U0629699

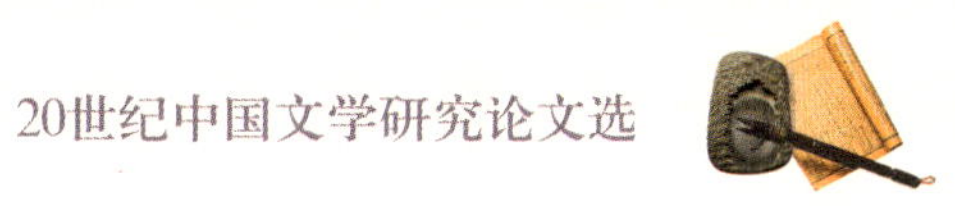
20世纪中国文学研究论文选

Selected Studies of Chinese Literature in the 20th Century

20世纪中国文学研究论文选

Selected Studies of Chinese Literature
in the 20th Century

Selected Studies of Chinese Literature
in the 20th Century

20世纪中国文学研究论文选

魏晋南北朝卷

丛书主编　张燕瑾　赵敏俐

曹　旭　选编

SSAP 社会科学文献出版社
SOCIAL SCIENCES ACADEMIC PRESS (CHINA)

教育部人文社会科学重点研究基地

首都师范大学中国诗歌研究中心规划项目

目录

序

曹 旭

一

在中国历史上，若举四个最血腥、最黑暗、最涅槃、最具思想爆发意义和自由精神的时代，当是春秋战国时代、魏晋时代、晚清时代和五四时代。我编选这本书，正是对魏晋南北朝这一时代诗学研究的一次巡礼。

二

以王朝盛衰嬗变划分中国文学，是文学史家常用的方法。因为，旧王朝的消亡，新王朝的诞生，是政治、经济、文化、各种矛盾合力的结果，是历史的标点符号，形成文学发展的自然段落，预示上一卷的结束，下一卷的开始。

魏晋南北朝文学是一段特殊的卷帙。始于汉献帝初平元年（公元190），结束于隋统一（589）的魏晋南北朝文学，约四百年。虽然其中大多数朝代是短命的，时间不长，但由于朝代多、错综复杂，它不仅在时间跨度上比以后的唐、宋、元、明、清各代文学长，且在历史空间上更有特殊性。

这种特殊的复杂性，有时违反逻辑，有时违反历史，许多概念都是约定俗成的。

譬如，从理论上说，“魏”的概念，应该从曹丕代汉，至少也要从曹操封魏公时算起，但是，这样一来，“三曹七子”很多只能归于汉代。

由于朝代匆匆如过客，有些人物的归属就成了问题。而历史上，新朝建立，不仅会把前朝的疆土划归自己的版图，且会把前朝的人物也算进本朝的范围。

《晋书》为阮籍、嵇康立传，其实，阮籍、嵇康死时，晋还没有建立，且像嵇康这种至死不肯归附司马氏的人，也被算作“晋人”。在撰写晋史时，当时人就开始辩论，“晋”应当起于何时？有人即主张始于魏正始年间，还有人主张将魏嘉平以来的朝臣全都列入（见《晋书·贾谧传》、《初学记》卷二一引陆机《晋书限断议》等）。东晋人撰晋代史，多载魏末人士如嵇康、阮籍事迹，唐初官修《晋书》，据惯例，也为嵇、阮立传。所以钟嵘《诗品》称“晋步兵阮籍诗”、“晋中散嵇康诗”，就像称“魏”一样，都是一种约定俗成的说法。

从时代的接续关系上看，魏晋南北朝四百年接在两汉四百年之后，许多方面都成了汉代的尾巴，收容了汉末所有的混乱、所有的血腥。所谓天下大势，分久必合，合久必分。各种社会矛盾、阶级矛盾、民族矛盾在汉代形成、潜伏、酝酿，然后到魏晋南北朝时代作总爆发。前四百年的板滞与凝固，稳定和僵化，形成了后四百年后复杂多变的形势、四分五裂的政体、犬牙交错的战线、动荡不宁的社会，以及杀戮异己的惨烈，这在中国历史上都是罕见的。

这一时代的文学思想、文学观念、各种文体、诗体内涵和形式美学，作为一种精神、一种意识形态，和当时的政治、军事、社会、文化掺和在一起，就是在这种复杂多变的形势、四分五裂的政体、犬牙交错的战线、动荡不宁的社会以及杀戮异己的惨烈中共生的。这一时期政治、军事、社会、文化和文学的混乱，不仅与两汉四百年相对稳定的社会秩序形成强烈的反差，且与以后繁荣富强的唐代社会形成鲜明的对照。

夹在相对稳定的汉、唐板块中间，魏晋南北朝文学也以自己特有的方式向前发展，呈点、线、面展开。相对于稳定时期的平稳、平凡、平和、平淡、平缓，这一时期激烈的思想，离经叛道的理论，放荡的行为，不稳定的状态，在激烈变动中逐渐成熟起来的诗学观念，所有正面和负面的东西，所有的怪异，所有的荒诞，都组合在一起，形成了鲜明独特的文学性格。

这些性格，从纵的方面说，是各呈风貌：魏有魏的特点，晋有晋的风格；魏的“文气说”代替了汉的“言志说”；晋的“缘情说”又发展了魏的“文气说”；而两晋也有不同，东晋的“诗体道”补充西晋的“诗缘情”，至宋、齐、梁、陈更由“缘情”走向“体物”，又复归“缘情”。

可以说，魏晋南北朝文学是一种——有别于稳定、对称、和谐的不规则多变统一体的新美学。

从横的方面说，这种独特的性格由几方面的作用交汇而成：一是魏晋以来的战乱，冲破了原来处于独尊地位的儒学思想的藩篱。社会动荡不宁、人心焦虑不安、世俗与高雅共处、暂短与永恒并存、怀疑与宿命交织在一起，四百年凝固的思想模式被打破，原来被束缚的社会能量不规则地释放，使这一时期形成“人的自觉”和“文的自觉”；新体五言诗产生以后，诗人大量写作，新的审美潮流，使年轻人对五言诗越来越喜欢。此外，中、印交通发展，佛学不断传入；南北文化对流，儒、佛、道思想交融，这又是一股涌动的新思潮，产生新观念。魏晋南北朝的诗学，就在几方面的交汇中，由新时期诗学观念、诗学实践发展出来的辉煌。

宗白华先生在《论〈世说新语〉和晋人的美》中指出：“汉末魏晋六朝是中国政治上最混乱、社会上最痛苦的时代，然而却是精神史上极自由、极解放，最富于智慧、最浓于热情的一个时代，因此也就是最富有艺术精神的一个时代。”

因此，我们说，为什么东汉传入的印度佛教，会在这一时期广泛地流行起来？为什么这一时期人的忧患意识和以悲为美的意识，会自然而然地成为一种时代的特征？为什么原有的儒家经典会被人怀疑，诗是什么？言志还是缘情？人为什么写诗？诗歌的价值与功能，诗歌与人生的关系？

许多不成疑问的疑问，都一起摆在人们面前，要求做出不容回避的抉择。而道家思想、任诞和放荡、玄言和清谈、各种形而上学流为时尚。假如我们对魏晋南北朝的社会有所了解，或作进一步考察，置身处地为当时的人想一想，我们就会明白，他们的举动、特征、思想行为，都是社会的产物，由社会背景形成文学背景。慷慨悲凉也好，穷途痛哭也好，在树下锻铁也好，回归大自然或在污浊的社会中寻找桃花源也好，都可以从生活的动荡，时代的镂刻，被解放了的人性与社会的冲突中找原因。

与前面的汉和后面的唐相比，呈现不同特点的魏晋南北朝社会，毋宁说倒与春秋战国时期有某些相似之处；同样的礼崩乐坏，纲纪松弛；同样的动荡不宁，天下大乱；同样的思想自由，争鸣创新。而汉、唐之间也有些相似，那是与稳定、繁荣、强盛连接在一起的社会秩序和思想秩序。

在整个魏晋南北朝历史上，虽然每一次政权的更替和嬗代，都要以死许许多多的人，包括文士，包括诗赋作者，包括未尽其才创作家和未成熟的诗学观念为代价，而每一次激烈的社会变动，就像地震，就像可怕的森林大火熊熊燃烧，但是，当大火熄灭在自己的眠床上以后，焦灼的土地会重新露出勃勃的生机，草仍然生长，花仍然开放，鸟仍然歌唱，而且，还绽放出前代没有的新绿，唱出前代所没有的新歌。苦难与成长，大火与涅槃，凤凰飞翔——这些成为诞生魏晋南北朝诗学的社会背景，塑造出魏晋南北朝的诗学性格，即探索性、审美性和抒情性。

三

如果作一个形象的比喻，先秦人和文学的关系，是无忧无虑、两小无猜的孩童关系。一切都在美丽的朦胧之中。两汉文学自主意识萌芽，知道要好看，要好听，要有文采，像个女孩子似的，要打扮自己，像《陌上桑》中的秦罗敷，头上戴的，身上穿的，以装饰为美，金翠为美，珠光宝气为美，汉赋就是不遗余力装饰的例子。

至魏晋六朝，文学变成青年，模样更俊俏，眼角更分明；人与文学开始谈恋爱。骑马的时候，采莲的时候，宴饮的时候，赠答的时候，觉醒的时代，觉醒的人，懂得了诗、赋、文学和他自己生命的关系。唐代人和诗歌举行婚礼，文学变成新郎、新娘。凡是读过唐诗的人，都目睹了婚礼壮观的场景。宋代，是人与文学婚后的回忆。越回忆，越理性；越回忆，细节越多，越清晰难忘，耐得起咀嚼，苦茶一般有味道。元、明、清诗是人与文学婚后的一大堆杂事：生孩子，做家务，洗尿布；那是一个夫妻吵架、邻里纠纷的时代；虽有绝妙好诗，但各种各样的诗观，各种各样的诗说，各执一词的理论更多。

比起唐代人与诗歌举行的婚礼，有人更喜欢人与文学“初恋”的魏晋南北朝时代。

四

呈现在读者眼前的，是整个一百年“魏晋南北朝文学”研究的论文集萃。

所选的文章，有论、有序、有跋、有注、有评、有辑录，因为这些都是中国论文的一种形式，不能偏废，不能遗弃。非唯它们都是一百年来的精粹，也为了启示方法论上的意义。

有点、有线、有面、有总论、有分论，按时代而论，有专书研究、有专题研究、有对魏晋六朝这一历史时期重要诗歌的研究，因为其人既往，其文克定，因此，不可能面面俱到，样样均称。由于研究时间跨度较长，研究观念变化，研究的方法也很多元。

当然，不是说，一百年所有的优秀论文，本集都已网罗殆尽，恰恰相反，优秀的论文还有很多，有些优秀论文不能入选进来，这是由编选的宗旨、研究者和研究对象和其他原因决定的。但是，入选的论文，应该是优秀而有代表性的。

譬如，在作为教材由东吴大学堂内部出版的黄人的《中国文学史》和作为京师大学堂讲义的林传甲的《中国文学史》以后，曾毅1915年9月由上海泰东书局出版的《中国文学史》，具有鲜明的特色和学术价值。本论集第一篇就选了曾毅的《从建安文学到隋统一的文学》（标题为编者所加），大家可以看看，最初的研究是什么样子的。

五年以后，刘师培开始对魏晋南北朝文学进行开垦。1920年前任北京大学教授时，作为教材，写了《中国中古文学史》，即是一部研究魏晋南北朝文学的开山之作。其中辑录排比了很多文献资料，用高度概括的语言，自成体系地勾勒出汉魏六朝文学发展的概貌。鲁迅《魏晋风度及文章与药及酒之关系》说："研究那时的文学，现在较为容易了。""能使我们看出这时代的文学的确有点异彩。"本论集节选了他的两部分论文：《魏晋文学之变迁》和《宋齐梁陈文学概论》，都非常有价值。

几乎与刘师培同时而略晚，鲁迅先生也致力魏晋文学的研究，他整理魏晋南北朝的志怪小说，辑成《古小说钩沉》，编校《嵇康集》，在编校、整理、辑佚、论述等方面，用文化学、社会学、民俗学等方法，对魏晋文学进行了富于开创性的研究，在当时大文化的背景下，由演讲记录写成的《魏晋风度及文章与药及酒之关系》，虽然当时只发表在一般期刊上，并没有发表在"核心期刊"，或像今天的"CSSSI"上，但成为20世纪中国古代文学研究史上的经典。这说明，文章好坏和期刊有时没有很大关系。本论文集选录了鲁迅先生的这篇著名文章。

在鲁迅以后，50年代的王瑶对魏晋南北朝文学又作了进一步的研究，写出了《中古文人生活》、《中古文人思想》、《中古文人创作》三书。这在20世纪魏晋南北朝文学的研究中，具有新里程碑的意义。本论集选王瑶的《文人与酒》、《徐庾与骈体》二文，即有昭示界碑，指明道路的作用。陈寅恪的《〈桃花源记〉旁证》、《东晋南朝之吴语》，一从历史学的角度，一从语言学的角度，分别研究了陶渊明的《桃花源记》和东晋南朝吴语与当时士人及文学的关系，虽然后人也从不同的方面提出质疑，但这些文章的经典性和重要性是不可动摇的。

随着南北文化的交流、交融，加上庾信、王褒、颜之推入北，北方文学家的进步，北方文学与南朝文学开始出现伯难为兄、仲难为弟的局面。甚至北朝后期的文学创作，其成就已经超过了南朝。本编的编选，注意到这些问题。

还有宫体诗，那是一个从梁、陈以来就非常敏感的问题，唐代史臣从道德的立场看，我们从阶级斗争的眼光看，帝王写他们小圈子里的女人，当然不好。因此，很长时间，宫体诗被视为糟粕，成为批判的对象，连研究它也会感染“病毒”，文章是“毒草”，写的人遭批判，简直很可笑。在改革开放的新时期，我们认识到，宫体诗就是那么一种新诗体，读它、写它、听它，都不足以亡国。当时的亡国，自有其他政治原因和军事原因。本集选了闻一多《宫体诗的自赎》，闻一多把宫体诗延伸到唐代，以为张若虚《春江花月夜》也是宫体诗的子嗣。虽然现在学者有不同的看法，但仍然是经典首选。在宫体诗研究沉寂了几十年以后，胡念贻小心翼翼地用“批判继承”的新尺度，重新评价宫体诗，文章写得很好，但却受到批判，一生都摆脱不了宫体诗研究带给他的阴影；阴霾过后的沈玉成表面上大大方方但仍存余悸地进一步研究，让人看到研究方法、政治环境、研究者的思想观念和整个时代的进步，都是很有意思的。

魏晋文学显然是美文学，但用美学的方法研究魏晋文学的却不多见。美学家宗白华的《论〈世说新语〉和晋人的美》填补了这一空白。宗白华在这篇文章中有许多精彩的论述，可以让读者得到享受。

另选一些“序言跋语”，也很重要，原因是，这些序言跋语的篇幅都很小，但容量却非常大，原是一本著作的“眼睛”，由此可以窥透整本著作和整个问题的究竟。譬如：刘汝霖的《〈东晋南北朝学术编年〉自序》，就是有让人对东晋南北朝学术长见识的序言；陆侃如的《〈中古文学系年〉序例》，也是纪实性大著提纲挈领的文字，读了可以以少总多，了解作者的作意和问题所在。同样，叶笑雪的《〈谢灵运诗选〉前言》，也是很有学术分量的论文，根据他的考证，《诗品·谢灵运》条中“旬日而卒”的人不是“谢玄”，而是“谢安”，都是重要的发明。

萧涤非的《汉魏六朝乐府文学史》，无疑是一部研究汉魏六朝乐府文学的重要著作，但作为硕士学位论文，导师黄节的评语却更具有启发性，收入本集，可以让所有的硕士研究生和指导硕士研究生的导师看看，受到启发。

在《文心雕龙》方面，杨明照、王利器、詹锳、王元化先生都是杰出的研究家，本编选了杨明照的《梁书·刘勰传笺注》、王利器的《〈文心雕龙〉新书跋尾》、詹锳的《〈文心雕龙〉的时代风格论》以及李庆甲的《刘勰卒年考》，均是不可多得的力作。

吴世昌的《魏晋风流与私家园林》也是一篇比较早的有意思的文章。作者说：“关于近人研究这时代的著作，我还只见过鲁迅先生一篇论魏晋文学及药酒的讲稿，此外没有了。”这篇文章，希望能引起读者的兴趣和注意。

私家园林在魏晋时期迅速建造，其原因有很多方面，尤其是与自然审美有关联。作者考证私家园林的起源，特别举北朝杨炫之《洛阳伽蓝记》和《水经注》中的记载，北方以“金谷园”为中心，南方以“兰亭”为中心，说明南北园林的建造，从建造的风格、材料、用途、审美上面都显出不同的特点。作者还说明了建筑美学在魏晋盛行的原因，和魏晋时代人物的思想性格、审美特征有关。魏晋风度、魏晋文化影响了园林的建设。

在《诗品》研究上，王达津的《钟嵘生卒年代考》是最好的论文之一，至今学术界就用王先生的这篇考证文字，考定钟嵘的生卒年。

有的文章发表后引起争鸣，如郭沫若的《谈蔡文姬的〈胡笳十八拍〉》，因为有争鸣，所以一谈、再谈、三谈、四谈、五谈、六谈。郭沫若《由王谢墓志的出土论到〈兰亭序〉的真伪》，便附录高二适的《〈兰亭序〉的真伪驳议》。韩愈好为人师，郭沫若好和人商讨，虽然有一点霸气，有点盛气凌人，但让学术形成热点，打破沉寂的局面，总是好的。

程千帆早年治魏晋文学，其《左太冲〈咏史〉诗三论》就是他研究成果中精彩的代表。在他的《古诗考索》中，还附了沈祖棻先生写的《阮嗣宗〈咏怀〉诗初论》一文，我觉得很有价值，除了论文本身的价值，还有程千帆先生在《后记》里说的“以志人琴”的纪念意义。管雄先生的《如隐堂本〈洛阳伽蓝记〉校记》，张伯伟兄以为功力极深，故录之。存文，可以存人，可认同伯伟观点，归根结底为《洛阳伽蓝记》专书研究。

五

最初的想法是，凡是对六朝文学研究贡献突出的学者，不能遗漏；凡是对六朝文学有一得之见，且论述精当的论文，绝不错过。但在实际编选的时候，觉得很难。魏晋南北朝文学包括了许多朝代，许多文体，许许多多的专题，每个专题选一篇文章，也许就要100万字。如果都进来，集子像一艘小船，论文一多船要翻。因此，捉襟见肘，挂一漏万也许不是客套的成语。

有的文章，如汤用彤论魏晋玄学的文章非常精彩，因与文学的关系较远，还是让哲学的选本去选吧。王瑶先生论中古文学的文章，可以说篇篇精彩，但限于篇幅，选了两篇，当不被读者指责，你既选了《文人与酒》，为何不选《文人与药》？郦道元《水经注》，从杨守敬、王国维、胡适、汪辟疆到陈桥驿，都作了重要的贡献，且已有专门的“研究资料汇编”，如吴天任编的《水经注研究史料汇编》上、下册（台北艺文印书馆1984年版）等，又主要是地理著作，故未入选。

还有，有的研究专题选文较多，有的专题只选了一篇，不是说那个专题不重要，裁长补短，在此作个说明。也许你还不满意，那你只能自己选了；因为本编选者绝对经历了秉烛寻觅、反复考虑、斟酌损益的过程。

所选论文，有的地方自会有一些错误，编选者不能一一注明，希望读者谅解。

至于论文的编排方式，可以有许多：可以按作者排，同一作者的文章排列在一起，因人存文，看起来比较清楚；也可以按文章内容排，同样的专论、同样的专题、同样的专书研究排列在一起，对读者也有好处。但考虑到整套书的一致性，这里按时间排列，刊出时间参考写作时间，以突出历史概念。这样的排列，可以看出时间对研究的重要性，在时代变化以后，研究者的观念发生过哪些变化，研究的水平达到什么高度，研究的真理性有何提高；发现问题、解决问题。

我编选的时候，喜欢求助社会和学术界的力量。编选的文章的作者都是去世的人，但他们的亲属仍在，子女仍在，学生仍在，我可以通过他们的亲属、子女、学生，编选先生最佳的文章。特别是学生，先生培养的硕士和博士，他们现在已经成为教授，有的已成为顶级的专家学者，成为学术界的重镇和栋梁。

一些文章，就是通过向他们请教，在他们的指点下编选出来的。

譬如，詹锳先生的文章，我选的是《文心雕龙风格学》中的一篇。我知道研究詹先生对学术的重要贡献，以前在复旦大学，王运熙老师就指导我们读詹锳先生的《文心雕龙风格学》，要求我们将《文心雕龙风格学》与王元化先生的《文心雕龙创作论》并读，说这是两部用西方文艺理论研究中国古代文论典范的著作。但是，《文心雕龙风格学》中，到底选哪一篇？我的体会，总不如詹先生的学生詹福瑞教授深刻，所以，我通过电话请教詹福瑞教授，并让他“考虑”了一个星期，最后确定了《〈文心雕龙〉的时代风格论》。

曹道衡先生是国内研究魏晋南北朝文学的著名学者，著作、论文很多，以前我也在王运熙老师的指导下学习过，曹道衡先生每送王老师一本书，王老师总拿给我看，那是魏晋南北朝学术界最重要的结论之一。但是，编选曹道衡先生的论文，不如请曹先生的学生傅刚教授和刘跃进教授。通过电话和伊妹儿联系、请教，编选了《从〈雪赋〉、〈月赋〉看南朝文风之流变》和《北朝文学六考》。有意思的是，曹道衡先生在广西师范大学出版社1999年9月版的《汉魏六朝文学论文集》，不知道在发行上出现了什么问题，几乎整个上海地区的图书馆，都没有曹先生的这本书，我们图书馆没有，复旦大学、上海交通大学、华东师范大学、同济大学等图书馆都没有，最后还是写信，请傅刚兄用特快专递从北京寄到上海，我用了以后再寄回。

中国社会科学院吴世昌先生，他研究的面很广，六朝方面的论文，我请教了吴先生的学生刘扬忠教授，选了《魏晋风流与私家园林》一篇，很有趣，也很有意思。

编选四川师范大学屈守元先生的文章，屈守元先生也是我熟悉的先生，以往每年过年，总要贺卡往返，他常常寄近照代替意义不大的贺卡，我常常收到室内阳光下一个穿红衣服精神健旺老人的照片，其实，先生的学问、思想、人生境界，我都可以从这张照片中看出来。我编选屈先生文章的时候，请教了屈的学生钟仕伦校长和常思春教授，通过他们，和屈先生的公子屈敬慈先生取得了联系，寄来屈守元先生的《览初阁论著辑录》，从中选择了最有意思的驳斥日本立命馆大学清水凯夫教授的《新〈文选〉学刍议》一文，像一个坚守传统古典文学研究和萧统《文选》阵地的战士，展现出自己的风采。虽然清水凯夫教授也是我很好的朋友，1992年的时候，他为了研究钟嵘《诗品》到上海来访问我，第二年，我去日本，经常和他在一起"奇文共欣赏，疑义相与析"，但属学术上的论争，我用的是不偏不倚的态度。

此外，编选郭绍虞先生的论文，我也与郭先生的公子郭泽泓先生交换过意见，请教过他。杨明照发表《梁书·刘勰传笺注》一文，即奠定了他在《文心雕龙》研究史上的地位，但最初发表在哪一年，临交稿，发觉没有日期，急得没有办法的我，清晨一个电话打到杨明照先生的高足曹顺庆兄家里，请他告诉我。

本集刚编选，王元化先生还健在，等集子编成，要出版的时候，王先生已经去世了。王先生是海内哲学、文艺理论和《文心雕龙》研究的大家，也是我博士论文《诗品研究》答辩委员会的主席。

王先生的著作，每一本都送给我，而且，每次签名都很有意思：最初送的书，上面签"赠曹旭同志指正"；第二次送的书，上面签"赠曹旭先生指正"；第三次送的书，上面签"赠曹旭教授指正"；第四次送的书，上面签"赠曹旭兄指正"；最后一本上面签"赠曹旭仁兄指正"。20年过去了，我觉得自己没有变化，变化的是王先生对我的称呼——我就在王先生的称呼中成长。

王先生对《文心雕龙》的研究，是想通过《文心雕龙》这部古代文论，去揭示文学的一般规律。但选什么论文最合适？我还是请教了王先生的两位学生，一位是远在广东任暨南大学校长、书记的学长蒋述卓教授；一位是近在华东师范大学学术上如日中天的胡晓明教授。我请教他们，一半是因为我想念他们，正像前面打电话给詹福瑞、傅刚、刘跃进、刘扬忠、钟仕伦、曹顺庆，也是因为想念他们一样。在蒋、胡二兄的指导下，我选了王先生的《刘勰身世与世庶区别问题》和《刘勰的文学起源论与文学创作论》。

六朝《世说新语》中的性情中人，每一相思，辄千里命驾，可惜我做不到。我们现在普遍比古人忙多了；我忙，他们更忙，尤其是命驾到广州、四川的机会不多，只能打打电话，发发伊妹儿而已。

编选这本论文选，工作过程确乎是颇为繁难而琐碎的，然通过编选，联络了兄弟，结识了朋友，增进了友谊。编选不仅仅是技术的过程，也是学术探讨、学术切磋的过程；其中融合了大家的劳动，这没有什么奇怪的，学术乃天下之公器，最后由我编选出版，纯粹是“学术义务劳动”，从未敢奢望什么回报的。不过，对曾为本书编选慷慨襄助的各位师长朋友，待本书出版后，我当向每位赠书一册。就像陶渊明在南亩垦荒、种桑、植麻、点瓜豆，大家一起帮忙。秋收的时候，向每个参加劳动的素心人，送一只南瓜，倒几升菽麦，让大家分享的，不是利益的分配，而是秋天的色彩、瓜果的香味和人心和谐的惬意。

曹　旭

2007年6月于上海伊莎士梦雨轩

从建安文学到隋统一的文学

曾 毅

第十五章 建安文学

建安文学，两汉之殿军，六朝之先导也。曹操以一世之雄，投身兵马倥偬之中，收揽英雄，推奖文学之士，一时天下俊才皆集于邺下。若鲁国孔融文举，广陵陈琳，孔璋，山阳王粲仲宣，北海徐幹伟长，陈留阮瑀元瑜，汝南应玚德琏，东平刘桢公幹。斯七子者，皆一世之隽，世称邺下七子。以其时当建安前后，或云建安七子，而号其诗为建安体，七子之于文，咸骋骥騄于千里，仰齐足而并驰。王粲长于辞赋，家本秦川贵公子孙，遭乱流寓，自伤情多。徐幹少无宦情，有箕颍之心事，故仕事多素辞，虽时有齐气，然粲之匹也。如粲之《初征》、《登楼》、《槐赋》、《征思》，幹之《玄猿》、《漏卮》、《图扇》、《橘赋》，虽张蔡不过也。然于他文未能称是。孔璋章表殊健，旧为袁本初书记，故述丧乱者多。元瑜亦筦书记之任，有优渥之言，翩翩然致足乐也。应玚汝颖之士，流离世故，颇有飘薄之叹，故其文和而不壮。刘桢卓荦偏人，而文最有气，所得颇经奇，然亦壮而不密。孔融体气高妙，有过人者，然不能持论，理不胜词，以至乎杂以嘲戏，及其所善，扬班俦也。此外尚有应璩、杨修、吴质、丁仪、丁廙诸人，皆有声于时，与七子共为邺下之游者也。而操纵之者，寔为曹丕、曹植；陶铸、曹丕、曹植，是为曹操。七子之与曹操，犹宋玉、唐勒、景差之与楚襄，邹阳、枚乘、严忌、司马相如之与梁孝。襄王、孝王不学无文，不若孟德之多才多艺，而又重之以公子敬爱客，终宴不知疲，行连舆，止接席，朝夕游从，未尝须臾相失。赋诗樽酒之间，弄姿丝竹之里。故当时邺下文章盛于天下，盖曹氏父子有以致之。

孟德非文学者，然其文学之技能，足以握一代之牛耳，掌邺下之文坛，故承两汉四百年之后。而金声也者，实赖其妙腕，立于六朝三百年之前；而玉振之也者，亦因其灵心，大胆周一身。故其文豪放，如天马行空，不稍羁靮，英气薄天地；故其诗雄劲无佻巧纤冶之态，乱世之奸雄，亦文界之怪杰也。盖操之生性，非笃于情、邃于理，唯驱于满腔之霸气，一片之功名心，勇往超迈，以成意外之大业。故其诗概成于咄嗟之间，不假推敲之力，有呜咽叱咤之风，无风流间雅之致，观于《短歌行》、《苦寒行》，可以知之。其子丕，天资文藻，下笔成章，继受汉禅，谥为文帝。亦能迈志存道，克广德心，然不及乃翁之雄武。故临江而叹，自致于文，一变其父沉鸷雄桀之气。而为便娟宛约，颇极徘徊俯仰之情矣。其弟陈思王子建，以八斗之才，遭夺储之忌，虽天潢懿亲，而一生坎壈不遇。尝以诗赋小道，不足以揄扬大义，欲戮力上国，流惠下民，建永世之业，留金石之功，意气峥嵘，不似乃兄之褊忌。故其作慷慨隽爽，无子桓柔媚之态。父兄多才，渠尤独步，苏李以后，故推大家。昔人称孟德如骁将，子桓如美媛，子建如贵宾，盖得其似已。

诗至建安，而古今之风会一转。思王独五色相宣，八音朗畅，情兼雅怨，体被文质，为世文宗。兹举其变迁之可寻迹者言之。

（一）调 古诗不费思索。子建则起调常工。如《杂诗》之“高台多悲风，朝日照北林”，《泰山梁父行》之“八方各异气，千里殊风雨”，皆喷薄而出，刻意为之。

（二）字 古诗不假烹炼。子建则用字必工。如《公讌诗》之“秋兰被长阪，朱华冒绿池”，《箜篌引》之“惊风飘白日，光景驰西流”，使字尖颖，皆经锤炼而后出。

（三）声 古诗节凑天然。子建则平仄谐协。如《赠白马王彪》之“孤魂翔故域，灵柩寄京师”，《情诗》之“游鱼潜绿水，翔鸟薄天飞。始出严霜结，今来白露晞”，皆音调铿锵，微露唐律端倪。

此汉魏之所由判也。等辞赋也，汉之文学主于赋，时一赋诗而诗未盛也；魏晋文学主于诗，亦时作赋而赋衰矣。惟魏之诗，结体行气，未失两汉之旧。晋之诗，则已为齐梁之先驱，渐入绮靡之习。此不可不辨也。

第十六章　魏晋之非儒教主义

三国鼎立，以蜀为正统乎？抑以魏为正统乎？此历史上之义例，存而不论可也。兹所论定者，则文学的正统。谓先主续卯金之运，而酌两汉文学之正流者，不在蜀而在魏；谓孙氏饮建业之水，而浚六朝文学之源泉者，不在吴而仍在于魏。故魏之国脉虽仅五十年，而魏之文学则掉尾两京之后，振鬣六代之前。魏之思潮又一扫两汉之儒教主义，振申韩之法术、以推毂老庄之玄虚。蔓衍于陈隋而不息。则魏之所系者大也！并争于三国，急刻于当涂，放荡于典午，其为状殆与周秦之迭擅，汉初之清静相同。而汉之黄老，能用其简静之宗振儒术以救其敝。晋则相尚以空谈释氏，踵而益乱其流焉。故夷狄相乘而祸乱无已。顾考其致此之由。总因于儒教之腐败而时势之相荡相靡有以成之。一张一弛，文武之道也。弛之极而欲张，张之极而欲弛。一反一激，适以酿魏晋之政俗。兹为分三端言之。

（一）学术上　东汉训诂之学盛矣。顾从事经术者，举半生之岁月，而委之于一经，至有白首而未能通者。穿凿其义，支离其词，说一尧典，篇目累十余万言不能休。明经之儒，不必怀经世之术；孝廉之士，不必有忠直之行，繁文缛礼之是崇，徒趋末而不求其本，拘文而不顾其用。天下士大夫，盖已贱礼文之拘细，鄙训诂之繁苛矣。故夏侯玄荀粲之徒，斥六经为圣人糟粕；王弼注易，窜以老庄之旨，而学者喜其清新。何晏傅粉，一为放浊之行，而荐绅争于旷达。正始遗音，至元嘉而未坠。徒令后之人斥王何于桀纣之伦，诛夷甫于陆沈之后，而拯救末由也。

（二）政治上　桓灵以来，政衰法弛，吏习为奸，人安苟且。有识者亟思有以易之矣。故崔寔荀悦著论，斤斤于督责之治。魏武以刻薄寡恩之资，惩汉失而进崔琰、毛玠、陈群、钟繇之徒，任法课能，以严为治。武侯，淡泊宁静士也，而亦与先主相尚以综核，导申韩之术，挽西蜀疲缓之人心。斯固出于因病制药之不得不然也。

（三）道德上　群雄割据，得士者昌，失士者亡。魏武知天下之人才，不可拘求于儒术也。于是崇尚跅弛之士，轻视节行之人，峻削严迫之相高。士困于督察，人苦于烦苛，激之已极。无所择而惟其泛滥，思一假息于清虚。司马氏起而收之以宽，而人心始愈趋于放荡；申韩原于道德之意，而刑名亦产老庄之风。又况据乱之世，杀戮为多，易代之交，嫌疑易搆，士有忧生之叹，人怀自危之心。故庞公登鹿门而不返，阮籍托醉乡而有逃。及至五胡云扰，人不聊生，六代禅传，如置棋石，益兴短世之虑，自诎名检之思。而陷溺之人心，几不可复返矣。

儒学道衰，经世才乏。故魏晋之际，鲜论策家、历史家，而汉世所萌芽之排偶文，演而为骈四俪六之体。下逮齐梁，益崇绮靡。脂粉之香，花钿之饰，涂布行间，有如倡冶。然厌世之想，喜近自然；放达之行，耽于审美。文质虽衰，而文貌亦开一新生面。

第十七章 八代文章之始衰

东汉以后，骈俪盛行，争尚词华，略于理实，忠直之气，旷焉无闻。后世以其语为四六，声必求其弼谐，辞必配以俪偶，因号曰骈体，或曰四六者是也。此由修辞上观之，偶一遣用，有如溶溶春水浮数片落红，亦自风神楚楚，然浓妆却形其丑，多宝不足为珍。及其敝也，用事浸巧，点鬼贪多，气累于词，文过其实。

夫造化赋形，支体必双，神理为用，事不孤立，丽辞之体，亦出自然。昔唐虞之世，辞未极文，而皋陶赞云，罪疑为轻，功疑为重，益陈谟云，满招损，谦受益。岂营丽辞，率然对尔。易之文系，圣人之妙思也。序乾四德，则句句相衔；龙虎类感，则字字相俪。乾坤易简，则宛转相承；日月往来，则隔行悬合。虽字句或殊，而偶意则一。至于诗人偶章，大夫联辞，奇偶适变，不劳经营。老子元经，词多妃偶；孙卿儒雅，文则斑斓。特其气力迈往，规度宏壮。自扬马张蔡，崇盛丽辞，如宋画吴冶，刻形镂法，丽句与深采并流，偶意与逸韵俱发，然风骨遒上，足障东川。至魏晋群才，析句弥密，联字合趣，剖毫析厘，子建倡霸魏朝，规橅东京，加以工整，骈俪之帜以张。暨乎晋初，斯风益畅。陆机连珠五十，属对精巧，更大开四六之门。然树骨立干，驱气遣辞，犹未甚靡。五马南奔以后，文格陵夷日甚。四六之浊流，涨溢于大江南北，滔滔之势，难可复返。秉意乎炎刘，回薄乎唐宋，通望乎来今，亦足见天地间自应有此一种美文，不可澌灭。顾西汉以上之为丽辞者，率本自然，魏晋以降，则意存奇巧，涂抹粉黛，不厌娇娆，斯为下耳。

如斯骈俪弥漫之中，而有不入浮靡，自成质奥，足追西汉以上之气格者，斯真严霜之中，而见黄华之傲，时妆队里，而见古衣冠之人。魏晋之交，风轨未遥，犹存古逸，如诸葛亮之《出师表》，李令伯之《陈情表》，王羲之《兰亭集序》，皆发于满腔之至情，而非同骈俪之虚饰。陈寿《三国志》，高简有法，足与马班抗衡。下此刘琨、陶潜，以抗愤之辞，冲缓之气，颇欲挽颓风于末俗，而卒病未能。斯亦足扬古文一缕之命脉者也。

第十八章 正始文学

正始文学，标榜老庄主义，破坏儒教主义者也。其倡始虽发之于王何，而继起之盛，则寔推竹林七贤。故七贤者为正始文学之中心，而刘伶之《酒德颂》，厌俗儒之拘泥，破学者之苛碎，又为七贤思想之代表。

《酒德颂》曰："有大人先生，以天地为一朝，万期为须臾，日月为扃牖，八荒为庭衢。行无辙迹，居无室庐，幕天席地，纵意所如。止则操卮执觚，动则挈榼提壶。惟酒是务，焉知其余？有贵介公子，缙绅处士，闻吾风声，议其所以，乃奋袂攘襟，怒目切齿，陈说礼法，是非蜂起。先生于是方捧罂承槽，衔杯漱醪，奋髯踑踞，枕麹藉糟。无思无虑，其乐陶陶，兀然而醉，豁尔而醒。静听不闻雷霆之声，熟视不睹泰山之形。俯观万物，扰扰焉如江汉之载浮萍。二豪侍侧焉，如蜾蠃之与螟蛉。"

竹林七贤者，山涛、阮籍、嵇康、向秀、刘伶、阮咸、王戎七人也。斯七人者，激于叔季之颓流，而更扬一波，托于麹蘖，逃入昏迷，一以遣慷慨悲愤之情，一以肆任放旷达之行，是岂非东汉全盛之弊，徒流形式，而以学者皆为无用，士大夫不足有为，遂排斥经术，唾弃名教，以自纵其情性，而安于恣睢。故彼等之思想，倾于破坏者也。彼等之主义，属于厌世者也。或为本能论，或倡怀疑论，一时景慕其风者，莫不骛于清谈，习于任达。

阮籍、嵇康，七贤中之领袖也。较其所作，阮之诗旨遥深，嵇之词气清峻；阮之才华如芳春，嵇之心情如劲秋；阮之志气狂易，嵇之气宇傲岸。故以诗言之，嵇诗峻切而乏蕴藉之致，阮诗雄劲之中，饶有渊深之趣。以文言之，阮文宽缓，不若嵇之剀切。

籍所作，于文有《大人先生传》、《乐论》、《达庄论》，于赋有《东平赋》、《元父赋》、《首阳山赋》。皆自陶写性情，发扬幽思。然其文学之价值，不在文与赋，而在诗。所为《咏怀》八十二首，触绪抒情，无端哀乐。身仕乱朝，文多隐避。原其忠悱所寓，《离骚》之遗也。当涂之世，此为别调。康之文，有《与山巨源绝交书》、《与吕长悌绝交书》，自写素志，而隋直之气，自见于文字之表。所作《幽愤诗》，最为清隽。然词气颇伤急促，少渊雅之致。

此外如山涛荷天子之宠任，常以知足知止，谦退自晦。向秀注《庄子》，能发明深趣，畅衍玄风，皆深得老庄之旨者也。王戎遭母丧，饮酒食肉，不遵礼制。阮咸于端午日悬犊鼻裈于竿头，树之庭中。皆欲以破陋儒之迂拘，矫末俗之委琐者也。于当时思想界，颇著其功。而于文学界，不及嵇阮二子。

自七贤出而天下为之风靡，相与放效之者，有王衍、乐广，以清谈著。王澄、谢鲲、毕卓、胡母辅之，以任达闻。士大夫之追攀，几如东汉名节之激劝。彼为儒教主义之团结，此为老庄主义之流行。彼则砥砺廉隅，崇尚节义，其极也流于虚伪。此则鼓吹自由，标榜任放，其敝也陷于恣睢。患中于人心，而国事不可复问已。

第十九章　太康文学

梁钟嵘尝论晋之文学曰：太康中三张二陆两潘一左，勃尔而起，是为文章之中兴。然就诸子评之，除左思外，似皆陷于同一之窠臼。张载张华，不及张协，二陆则弟逊于兄，两潘则尼不如岳，而推为冠首，实数陆潘。顾以比于邺下之词人，则微有间。盖汉魏之诗，主于造意；两晋以后之诗，重在造词。汉魏之诗，多起于患难流离之际；两晋以后之诗，则主供恬安娱乐之为。凡人当困苦之境，其操危虑深，故发之于文字者，特为幽婉感怆，可兴可观。反是而乐丝竹，盛谯游，以从容文藻之场，自必镂肝琢肺，研声律，务精巧，故纤密而少气骨，秀整而乏精神。风会之变迁，常足致文章之升降。虽有豪杰，犹无奈何。兹为略次太康以来诸家以著其概。

二陆，晋室之双璧也。张华尝称陆机之才曰："人为文恨才少，机独患才多。"周浚称陆云之才曰："闻一知十，当今之颜子也。"机字士衡，云字士龙，吴大司马陆抗之子。太康末，兄弟俱入洛，抵张华之家。张华素闻二陆名，一见如旧相识。乃曰克吴之利，不如获二俊。云虽与兄齐名，而文章实不及机。机著作最富，《晋书》称其诗文凡三百余篇，今存者，散文则论、序、表、传等不过十数篇，韵文则赋三十篇，诗一百首，连珠五十首，及诔、颂、箴、铭、吊文、哀辞等十数篇。就中最可观省者，为韵文。而诗赋连珠尤善，诗钟嵘以列入上品，赋皆取调楚辞，至为秀逸，而连珠五十尤为四六文之滥觞。文学史上所宜特笔大书者也。

演连珠曰：臣闻日薄星回，穹天所以纪物。山盈川冲，后土所以播气。五行错而致用，四时违而成岁。是以百官恪居，以赴八音之离。明君执契，以要克谐之会。

要之机作，意欲逞博而胸少慧珠，笔又不足以举之，遂间出排偶之一家。西京以来，空灵矫健之气，不复存矣。以士衡名将之后，破国忘家，称情而言，必多哀怨。乃调旨敷浅，但工涂泽。虽宏赡自足，而风骨已微，宜与弟并及于害也。

潘岳字安仁，幼有才颖，人目为奇童。及长，才名冠世，性轻躁。而姿貌甚美，奇才偃蹇，久不得志。谄事贾谧，后被诬告，见僇于市，人品上甚无足称。而所为文，皆才藻妍丽，辞气清绮，能承建安之余韵，启太康之新声。尤工于抒哀情，如《秋兴赋》、《怀旧赋》、《寡妇赋》、《内顾赋》、《悼亡诗》等，最为出色文字。其情韵有欲尽不尽之妙。试一诵其文，则词气悽惋，令人恻然呜咽，是为独得之妙技，亦千古之绝艺也。《晋史》称之曰："机文似海，岳藻如江。"二人者，实当代之雄也。

张协，潘陆之羽翼，三张中之冠冕也。字景阳，少有俊才，仕为秘书郎，累迁中书侍郎。时天下亦已多事，寇盗猖獗，协绝人事，屏居草泽，守道足己，优游自适。以吟咏为乐，因作《七命》。虽规橅枚乘《七发》，曹植《七启》，而行文渊博，造语名隽，有过人者。其他有《咏史诗》、《杂诗》，皆以恬退之人，自写胸臆。词彩葱蒨，音韵铿锵，亦堪为百世之矩矱也。

外此求诗人于两晋，西晋则有傅玄、傅咸，东晋则有王羲之、王献之。二傅以严正名，二王以风流称。然其气骨稜稜，则两者不相逊。其他与潘岳情好最渥，而有连璧之目者，有夏侯湛。耽于读书而有书淫之号者，有皇甫谧。受业皇甫谧，而才学通博，著《文章流别论》者，有挚虞。平吴之后，倾心经籍，自称左癖者，有杜预，作《天台山赋》。掷地作金石声者，有孙绰，虽有名当时，无关风会。惟左思、刘琨、郭璞三人，后先相望。以雄俊警健之音，振潘陆华膴之气。而徵士渊明，独于东晋之末，开淡远之宗，是诚疾风之劲草，狂澜之砥柱也。

第二十章　东晋之诗杰

东晋一代，前有刘琨、郭璞，方轨太冲，后有靖节陶潜，独标逸范，皆词人中之特秀者也。左思本出西晋，顾移叙于此者，以欲与越石、景纯，连类而及，以见三人之颇赓同调，于风会倾靡之中，而能陶冶汉魏，自铸伟词，斯诚空谷之足音矣。大抵太冲挺拔，越石清刚，景纯豪俊。究观其作，盖可知之。

左思初作《齐都赋》，一年而成。后作《三都赋》，构思十年。门庭藩溷，皆著笔纸，得一句辄书之，赋成，伟赡巨丽，当世无比。豪贵之家，竞相传写，洛阳为之纸贵。张华许为班固、张衡之流，思亦自负不让。初陆机入洛，欲作此赋，闻思方作之，抚掌而笑，寓书弟云云："此间有伧父，欲作《三都赋》。俟成，当以覆酒甕。"及见其赋，叹为不能复加，遂辍笔。思天性重厚，貌寝口讷，而辞藻壮丽。不好交游，唯以闲居为事。尝作《咏史诗》以见其志。沈德潜谓其"胸次高旷，笔力雄迈，故是一代作手。非潘陆辈所能比埒"。

其赋其诗，诚足嗣汉魏之遗响，障潘陆之颓波已。

越石生逢丧乱，志存晋室。盖慷慨之士，孤愤之臣也。北伐劝进两表，劲气直辞，回薄霄汉。诗亦悲凉酸楚，托意雄深。元遗山论诗绝句云：“曹刘坐啸虎生风，四海无人角两雄。可惜幽并刘越石，不教横槊建安中。”洵得之矣。

郭璞博学高才，好古文奇字。撰《洞林》、《新林》、《卜韵》、《尔雅注》数十篇，又注《三苍方言》、《山海经》、楚辞、诗赋数十万言。避地过江，元帝甚重之。王敦反，璞遇害。所作如《江赋》、《南郊赋》，沈博绝丽，可追马班。游仙诗辞多慷慨，与阮籍《咏怀》、左思《咏史》同趣。变永嘉平淡之体，足称中兴第一。

过江末季，挺生陶公，不啻屈指典午，势将上掩黄初。梁昭明序其集云：“渊明文章不群，辞彩精拔。跌宕昭彰，独超众类。抑扬爽朗，莫之与京。横素波而傍流，干青云而直上。语时事则指而可想，论怀抱则旷而且真。加以贞志不休，安道苦节，不以躬耕为耻，不以无财为病。自非大贤笃志，与道汙隆，孰能如此乎?”尝谓有能观渊明之文者，驰竞之情遣，鄙吝之意祛，贪夫可以廉，懦夫可以立。岂止仁义可蹈，抑乃爵禄可辞。不必傍游泰华，远求柱史，此亦有助于风教也。

渊明以名臣之后，丁改玉之交，虽长往不还，而意未忘世。慷慨之志，时形于言。其《拟古》云：“少时壮且厉，抚剑独行游。”盖不徒《饮酒》、《咏荆轲》诸诗，足以见其寄托矣。惟是渊明善寻孔颜乐处。自赋《归去来》以来，爱自然，守丘壑，娱诗酒，忘贫贱。能乐天而无怨天，方入世而非厌世。其与愤时嫉俗之不平家，破弃礼法之方外士，迥乎异矣。故能以光风霁月之怀，写冲淡闲远之致。任天机，主兴会，质而绮，癯而腴，开古今隐逸诗人之宗。后此唐之王维、储光羲、韦应物、柳宗元、白居易，宋之王安石、苏轼，学焉而各得其性之所近。然或失之平易，或失之清刻，莫有及焉者也。渊明诚独步千古者矣。

第二十一章　南北朝之佛教思潮

后汉明帝时，佛教始入中国，信奉者尚少。酝酿于魏晋，迎之以老庄之说。至南北朝，遂为佛教之全盛时代。历代君主，莫不崇奉佛法。而如僧道安、惠远、法显、鸠摩罗什，又能以一代之硕学高僧，坚其信仰。其在南朝者，宋文帝则令沙门与颜延之参与机政，齐武帝则使法献法畅，翌赞枢机。梁武帝幸同泰寺，三度舍身。陈武帝幸大庄严寺，因群臣奏请，久乃还宫。其佞佛可谓至矣。故梁时金陵之寺，多至七百，皆极庄严，至陈尤甚。其在北朝者，魏明元帝封沙门法果为辅国宣城子，孝文帝七发佛法兴隆之诏，宣武帝使菩提流支，译《十地论》于太极殿。其信仰亦云笃矣。故魏之僧侣，数达二百万，佛寺三万有余。而涅槃宗兴于宋，地论宗、净土宗兴于魏，禅宗兴于梁，俱舍宗、摄论宗、天台宗兴于陈。皆各辟宗门之起源，以光被教旨为务，故风靡于南北。

佛教之东渐，于中国文艺起一大革新，不惟伽蓝之建立，足以促建筑术之发明。佛画佛像之制作，足以敦绘画雕刻之进步。而诗人眼底，常认佛陀之光明；文士笔端，喜颂三宝之功德；学者之脑海，浸染因果报应之思潮。总其及于文学上之影响者，则思想之变迁与辞藻之窜用，声韵之发明是已。故诗人采佛典为文料，文士以禅意润篇章，学者竞交缁流，互延声誉。虎溪三笑，为世美谈。萧齐张融，尝以调和儒道佛三教自任。临死，左手取《孝经》、《老子》，右手执《小品法华经》，此足以窥见当时学者之思潮矣。又魏孙炎始唱反切法，晋沙门竺法护，因创四十一字母。寻十四字母之说，亦起齐梁之际。沈约著《四声谱》，周颙撰《四声切韵》，王斌作《四声论》，声韵之论盛兴。此皆佛教东渐之影响也。

第二十二章　元嘉文学

文至宋而又一大变。气变而韵，色变而丽，体变而整，句变而琢，诗则于律渐开，文则于排益甚，而质直之貌衰焉，原其所自，厥有数因。

（一）因于国势者　自五胡云扰，晋元中兴。举江东以号召，而名士播迁。渡江而至者，皆经大乱之后，元气耗敝，求能立国，斯为遂心。既而君臣拮据，幸完疆圉，中原规复，志早不存。故淝水之捷，谢安以之自盈；姚泓之俘，刘裕藉以为篡。朝野上下，率已放于晏安，熏于游佚，盖无复有击楫之概，新亭之泣矣。故声色之美盛而淫侈之辞多。

（二）因于地利者　吴楚古多词人，盖由于食物之饶足，得以乐其所生。然其地自春秋以来，中州人士，多以蛮夷外之。汉兴为立郡国，户口稍稍孳息焉。顾其蕃剧，尚未得比于腹地。东汉之末，孙氏凭以为雄，地利乃益开发。典午南渡，北士流移者无算。由是而人烟之稠密，富源之拓兴，自更倍于往昔。以江南佳丽之地，重金陵帝王之州。历朝踵事增华，而玩愒之风，乃以益畅。听莺载酒，漱流枕石之徒，后先师放。盖无复有苦寒之思，饮马之意矣。故冶荡之情盛，而荒乐之咏兴。

（三）因于学风者 儒术既绌，士大夫相习于清谈。贱礼节，贵玄虚，而佛教又乘之以兴。益驰于放弛之俗，无复有以国家为事者。视市朝之变异，若传舍之转迁。彼灵运所谓“韩亡子房奋，秦帝鲁连耻。本自江湖人，忠义感君子”，是岂真知忠义者哉！故六朝文士，除一渊明外，盖无非轻佻薄行之人。质既不存，于文何贵？

有宋一代作者，实推谢灵运、颜延之、鲍照三人为元嘉文学之代表，而灵运尤著。沈约修《宋书》，次《灵运传》，以其关一代得失，因纵论之曰：歌咏之兴，自生民始。周室既衰，风流弥著。屈平宋玉，导清源于前。贾谊相如，振芳尘于后。英辞润金石，高义薄云天。自兹以降，情志愈广。王褒、刘向、扬、班、崔、蔡之徒，异轨同奔，迭相师祖。虽清辞丽曲，时发乎篇，而芜音累气，固亦多矣。若夫平子艳发，文以情变，绝唱高踪，久无嗣响。至于建安、曹氏、基命、二祖、陈王，咸蓄盛藻。甫乃以情纬文，以文被质。自汉至魏，四百余年，辞人才子，文体三变。相如巧为形似之言，班固长于情理之说。子建仲宣，以气质为体，并标能擅美，独映当时。是以一世之士，各相慕习。原其飙流所始，莫不同祖风骚，徒以赏好异情，故意制相诡。降及元康，潘陆特秀，律异班贾，体变曹王，缛旨星稠，繁文绮合。缀平台之逸响，采南皮之高韵，遗风余烈，事极江左。有晋中兴，玄风独振。为学穷于柱下，博物止乎七篇。驰骋文辞，义单乎此。自建武暨乎义熙，历载将百。虽缀响联辞，波属云委，莫不寄言上德，托意玄珠。遒丽之辞，无闻焉尔。仲文始革孙许之风，叔源大变太元之气。爰逮宋氏，颜谢腾声。灵运之兴会标举，延年之体裁明密，并方轨前秀，垂范后昆。颜谢并称，其来久矣。谢诗如芙蓉出水，颜诗如错采镂金。然较其工拙，延之雕镂。不及康乐之清新，亦逊明远之廉俊。

灵运为性褊激，多愆礼度。而文章之美，冠于江左。朝廷以文义处之，不以应实相许。自谓才能宜参权要。既不被知，常怀愤愤。时或非毁执政，构扇异同。黜为永嘉太守，因放游山水，动逾旬朔，民间听讼，不复关怀，所至辄为诗咏以致其意焉。后被征为秘书监，使撰《晋书》。而灵运以觖望参政，但粗立条流，书竟不就，出郭游行，或经旬不归，公务旷废，免官东还，与族弟惠连、何长瑜、荀雍、羊璿之，以文章赏会，为山泽之游，时人谓之四友。故其集中多游览行旅之作，感时伤己之篇。又流连法业，时时赞佛辨宗，远有深致。故能刻尽山水，独具会心。世以陶谢并称，惟陶之对于自然也，以主观而纵往自得，所长在真在厚。谢之对于自然也，以客观而有意追琢，所长在新在俊。然究非渊明匹矣。延之亦性褊激，兼有酒过，肆意直言，曾无遏隐，在朝每犯权要。出为永嘉太守，意怀怨愤，作《五君咏》以见其志。又尝作《庭诰》之文，与灵运俱以词彩齐名，而性行亦颇相类。然谢尚豪奢，车服器皿，皆极鲜丽。颜居身清约，布衣蔬食，常独酌郊野，傍若无人。比于灵运为得善终。鲍照尝谓延年曰：谢诗自然可爱，君诗雕绘满眼。延之终身病之。

立于颜谢之间者，有鲍照，字明远，元嘉中，尝为《河清颂》。其叙甚工，以诗见知义庆，事文帝为中书舍人。帝好文章，自谓人莫能及。照悟其旨，为文章多鄙言累句。咸谓照才尽，实不然也。所作诗文，以俊逸之笔写豪壮之情，发唱惊挺，操调险急，雕藻淫艳，倾眴心魂，古乐府尤奇调独创。史称其文甚遒丽，信然。然其所短，颇喜巧琢，与延之同病。至其笔力之矫健，则远过之。与谢并称，允符二妙，顾名不及焉者。岂所谓才秀人微，取淹当代者耶?

抑颜鲍谢三家，尤足启后代之津涂。自汉以来，模山范水之文，篇不数语。而康乐重章累什，陶写流峙之形，后之言山水者，此其祖矣。陆士衡对偶已繁，而用事之密，雕镂之巧，始于延年。齐梁声病之体，后此对偶之习，是其源矣。国风好色而不淫，楚词美人以喻君子。五言既兴，义同诗骚，虽男女欢娱幽怨之作，未极淫放。至明远倾侧宫体，作俑于前。永明天监之际，延年康乐皆微，惟鲍体盛行，事极徐庾。红紫之文，遂以不反。并时文苑之才，虽有若傅亮、谢晦、谢瞻、谢庄、谢惠连、袁淑、范晔、何承天之伦，藻饰纷披，雕文纂合，各标所长，而比于三子之关系，为较轻矣。

第二十三章　永明文学

永明文学，承元嘉之流风，而更钻研声律者也。当是时，汝南周颙好为体语。因此切字皆有纽，纽皆有平上去入之异。而吴兴沈约，陈郡谢朓，瑯玡王融，盛为文章，以气类相推毂。约等文，皆准音韵，用宫商，以平上去入四声制韵，不可增减，世呼为永明体。沈约遂撰《四声谱》。刘绘范云之徒，慕而扇之，由是远近文学转相祖述，而声韵之道大行。约持论，以为五色相宣，八音协畅，繇乎玄黄律吕，各适物宜。欲使宫商相变，低昂互节。若前有浮声，则后须切响。一简之内，音韵尽殊；两句之中，轻重悉异。妙达此旨，始可言文。于是八病四声之论竞起，务为音律之协谐，雕绘者益进而纤巧，绮丽者益进而轻艳，是为明文学之特色。而为其中心者，竟陵八友。

竟陵王萧子良者，齐武帝第二子。而为当时奖励文学最有力者也。武帝有男二十三，竟陵王最贤。好士礼才，故天下文人词客，皆集其门下。而以谢朓、任昉、沈约、陆倕、范云、萧琛、王融、萧衍，为一代领袖。谢朓以诗鸣，任昉以文章闻，沈约诗文兼长。陆倕以下五人，并皆当代才俊。世称竟陵八友是也。

李青莲论诗，目无往古，惟于谢玄晖，三四称服。《泛月》、《登楼》篇咏数见，至欲携之上华山，问青天。其为五言诗，情文骏发，往往神似玄晖，诚心仪之，非临风空忆也。梁武帝绝重谢诗，云："三日不读，即觉口臭。"沈约亦曰："二百年来，无此作也。"其见贵当时如此。试反覆读之，觉其灵心妙悟，寓深情于笔墨之中，发至理于笔墨之外，渊然冷然，别饶风趣。然唐之声律，实自此肇矣。世以玄晖与灵运、惠连并称"三谢"，然康乐每患板涩，玄晖多清俊，以厚论之，终居康乐下。至法曹尤非二人敌也。朓性轻险，仕齐明帝为中书郎，寻出为宣城太守。东昏侯废立之际，朓畏祸，反覆不决，被收下狱死。时年三十六。

任彦升天才卓尔，文章辞赋，皆极精深典实，仕为尚书殿中郎，转竟陵王记室。性孝友，好交结，奖进士友，善属文，才思滔滔不穷。当时侯王奏疏，多出其手。为文起草辄成，不加点窜。梁武帝初在竟陵西邸，一日戏谓昉曰："吾登三府，当以卿为记室。"昉亦戏之曰："吾登三事，当以卿为骑兵。"盖以武帝善骑故也。后武帝登三府，果引昉为记室。齐梁禅让之际，玺书诏令，多昉为之。为文壮丽，少浮泛之弊。字字凝炼，语语铿锵，实齐梁二代之冠冕，六朝三百年之菁英。沈约称其心为学府，辞同锦肆。时人云任笔沈诗。昉闻，甚以为病。晚节用意为之，欲以倾沈。用事过多，属辞不得流便。自尔都下士子慕之，转为穿凿。于是有才尽之叹矣。

沈休文历仕三代，著书四百余卷，藏书至二万卷。六朝诗人文士甚多，鲜能出其右者。为学出入儒道佛三家，精通旧章，博览治闻，当世取则。谢玄晖善为诗，任彦升工于文章，约兼而有之，然不能过也。所撰《四声谱》，为声韵学上一大发明。时梁武帝不好四声，而约自信为入神之作。以为在昔词人累千载而未寤，己独得其妙旨。至令唐宋以后，千有余年之诗人，皆奉其遗型。是岂非文学史上可特笔大书者乎？性恬退，虽仕进而不恋荣利。居处俭素，以郊居之乐自慰。为《郊居赋》，辞情朗逸，论者尝以山涛比之。好诱掖后进，王筠、张率、何逊、刘孝绰、吴均、刘勰，皆当世能文之士，尝蒙其推挽，最有助于文学之发达者也。所著《宋书》，虽文章缓弱，不及范晔《后汉》，而该详富赡，亦自可观。诗较鲍谢为逊，在萧梁间亦不失为大家。

陆倕文章，与任昉并称。梁简文帝为太子时，与湘东王书曰：“谢朓、沈约之诗，任昉、陆倕之笔，实文章之冠冕，述作之楷模也。”王融博涉有文才，然好作艳句，刻饰涂泽，务以声色胜人，颇乏神气。所作《曲水诗序》，以巧丽称，一时有胜于颜延年之誉。范云每一下笔，金玉立成。时人疑其宿构。萧琛夙见知于梁武，备受恩遇，称为宗老。皆有声响于当时，蔚一世之文运者也。

谢朓《离夜》云：玉绳隐高树，斜汉耿层台。离堂华烛尽，别幌清琴哀。翻潮尚知限，客思耿难裁。山山不可梦，况及故人杯。

沈约《玩庭柳》云：轻阴拂建章，夹道连未央。因风结复解，沾露柔且长。楚妃思欲绝，班女泪成行。游人未应去，为此还故乡。

王融《临高台》云：游人欲骋望，积步上高台。井莲当夏吐，窗桂逐秋开。花飞低不入，鸟散远时来。还看云栋影，含月共徘徊。

范云《巫山高》云：巫山高不极，白日隐光辉。霭霭朝云出，冥冥暮雨归。岩悬兽无迹，林暗鸟疑飞。枕席竟谁荐，相望空依依。

此录其尤近唐音者。用以知其风骨卑弱，已开律体之先路矣。

第二十四章　梁陈间作者

齐梁陈三朝递嬗，其间文人大抵为贰臣。如沈约、任昉、陆倕、范云、萧琛、何逊、吴均、刘孝标、丘迟、庾肩吾之伦，旧皆策名萧齐。阴铿、徐陵、张正见辈，又皆筮仕萧梁。人既不殊，体无或异，统曰梁陈间作者。正以著当时文风之相同也。竟陵八友，惟萧衍遭际时会，自致大位，不仅以文名。

梁祚虽仅五十年，而文运之隆，在六朝中为最。其源实自武帝父子倡之。武帝幼而聪明睿敏，长更博学多艺。好筹略，有文武才干，洞达儒道佛。时流名辈，靡不推许。即位之后，博求人材，大修文教，鼓吹玄风，扇扬儒业。尤笃信正法，长于释典。为文下笔成章，千赋百诗，直疏便就。虽怒徐摛之宫体，而其诗亦渐染艳情，不能遂革靡靡之习而变诸子浮薄之风。太子统笃学早逝，第三子简文帝，博综儒书，善谈玄理，读书十行俱下，作诗千言立成。好作艳曲，江左化之，因有宫体之目。元帝天才英发，读书万卷，能继承父兄之风流，文采著述，辞章并传于世。而文格绮靡，无复温柔敦厚之遗。

梁武父子，酷似魏武父子，而功业文章，究莫能及。时为之，亦才为之也。顾当时文士，可匹建安诸子者，则少有人焉。任昉、沈约，其称著者已。何逊诗文工丽，范云见其文嗟赏曰："观文人质则过懦，丽则伤俗，能清浊古今，见之何生矣。"沈约谓："每读卿诗，一日三复，犹不能已。"刘孝绰为文甚美，王融谓"天下文章无我，卿当独秀"。王筠之文藻，沈约叹为晚来名家之独步。张率之才华，武帝称其长兼枚马。周兴嗣之《舞马赋》，压倒张率。《光宅寺碑》，凌驾陆倕。其病也，武帝兴斯人斯疾之叹。吴均博学才俊，体清拔，有古气，好事者效之，谓之吴均体。外此江淹、丘迟、到溉、到洽、徐摛、庾肩吾辈，要皆佼佼一时。而关系尤重者，莫若徐陵、庾信。

世以徐庾并称，然徐实不及庾。梁大通间，徐陵与其父摛，仕于太子，得恩宠。时庾信亦与其父肩吾，出入东宫，当时称为双俊。梁禅于陈，陵历事武帝、文帝、宣帝，盛被礼遇。凡梁陈禅让之诏策，及陈初之檄书诰命，皆出其手笔。盖犹任昉之于齐梁之际也。为文绮艳，世与庾信称徐庾体。一时后进之士，竞相放效，隐为一代文宗。庾信后入周，以南人而雄视北方，启隋唐之新运，则所关尤较重焉。信字子山，幼而俊迈聪敏，博览群书，尤精春秋左氏。及聘东魏，邺下文人学者，皆盛称其文辞。梁亡入西魏，遂仕于周。凡经四朝十帝，殊可谓长乐老人矣。陈周通好，南北流寓之士，各得归其乡。周主独留信与王褒不放还，居恒郁郁，有乡关之叹。此《哀江南赋》所为作也。其在周，以文倾世宗高祖，以逮滕赵诸王，皆款待优渥，与为布衣之交。凡周群公墓志碑铭，多出其手。其文不独高出北朝，即当时南朝诸人，亦皆可下风。时有南徐北庾之称。然其才华富有，绮丽之作，本自青年，渐染南朝数百年之流风。及其流转入周，重以飘薄之感，调以北方清健之音，故中年以后之作，能湔洒梁之宫体而特见风骨。杜甫称之曰："清新庾开府。"又曰："庾信文章老更成。"盖上摩汉魏之垒，下启唐宋之涂，实以信为能兼之也。徐庾以外，以善属文名者，南有阴铿，北有王褒。阴铿仕于陈世，与何逊并称阴何。然阴专工琢句，实不逮何。王褒与庾信留周，并齐名，往往有感怆之句，而亦终不及信。

夫文自齐梁以来，其词概绮艳而失于轻浮，其情则多哀思，几如听亡国之音。南风之不竞，是岂无故哉？彼其君臣游乐，据半壁之江山，以偷一时之安逸，而忘百年之远图。风俗日偷，淫荒日甚。陈后主之昏亡，尤足以著江左文章之结穴。后主少有才慧，自为太子时，与詹事江总等，为长夜之饮。即位后，更起临春、结绮、望仙三阁。各高数十丈，连延数十间。其窗牖壁带，悬楣栏槛，皆以沉檀为之，饰以金玉，间以珠翠，外施珠帘，内有宝床宝帐。其服玩瑰丽，近古所未有。每微风暂至，香闻数里。其下积石为山，引水为池，杂植奇花异卉。后主自居临春阁，贵妃张丽华居结绮阁，龚孔二贵嫔居望仙阁，并复道交相往来。又有王李二美人、张薛二淑媛，袁昭仪、何婕妤、江脩容并有宠，迭游其上。以宫人有文学者袁大舍等为女学士。仆射江总，虽为宰辅，不亲政务，日与孔范、王瑳等文士十余人，侍宴后庭，无复尊卑之序，谓之狎客。后主每饮酒，使诸妃嫔及女学士，与狎客共赋诗，互相赠答，采其尤艳丽者，被以新声，选宫女千余人，习而歌之，分部迭进，其曲有《玉树后庭花》、《临春乐》等，大略皆美诸妃嫔之容色。君臣酣饮，自夕达旦，以此为常。由是宦官近习，内外连结，宗戚纵横，货赂公行，文武解体，以至覆灭。淫靡之风，浮华之习，一至于此，其亡也宜哉。

第二十五章　大邢小魏

自五胡递兴，典午南渡，河淮以北，鞠为战场，礼乐文章，荡然以尽。拓拔崛起，收拾群窃，日寻干戈，不遑文事。虽有崔浩、高允之徒，蔑足道矣。孝文迁洛，慕尚文雅，庶几华风，如李冲、李彪、高闾、王肃、郭祚、宋弁、刘芳、崔光、邢峦之徒，皆以文雅见亲。而孝文亦善属文，每于马上口占，不更一字，一切诏策，多自为之。故能振起人文，革粗鄙之旧，兴太平之风。以迄于齐，而执当时文坛之牛耳者，前有袁翻、常景，后有萧悫、颜之推，尤以温子升、邢邵、魏收三人为最。

温子升、邢邵，皆才德兼备之士。以文章德行名一时，世称温邢。魏收则天才焕发，夐在二子之右，而年齿在其后。故子升死而邢魏并称，有大邢小魏之目。大小之意，非以其人品学识之高下，由其年辈之前后称之也。而二人者各异所好。邢邵规模沈约，魏收私淑任昉。及两人互争名而相訾毁也，魏收常薄邢之文，谓为沈约集中之贼；而邢邵亦谤收模拟任昉，时时剽窃。祖珽对颜之推曰：“邢魏之臧否决，即沈任之优劣定矣。”而文宣尝贬邢之才，谓不及收。文襄亦谓温邢词气逊于魏收。岂休文终乙于彦升乎？

北朝文学之特色，有清刚质实之音，无轻艳浮华之习。力虽不逮汉魏，格已高出齐梁，此固风会使然，亦由地气所致。如温邢二子，文行忠信士也。温素不作赋，邢亦不甚好之。惟魏收诘其所短而傲之，尝曰：“能作赋者始为大才。”然温邢之文质彬彬，其高出于魏收之奸秽者，固已多矣。

第二十六章　六朝之乐府

自乐经放失，汉立乐府以后，歌咏杂兴。而诗之流乃有八名，曰行，曰引，曰歌，曰谣，曰吟，曰咏，曰怨，曰叹，皆诗人六义之余也。至其协声律，播金石而总谓之曲。若夫均奏之高下，音节之缓急，文辞之多少，则系乎作者才思之浅深，与其风俗之薄厚。司马相如、匡衡之徒，所为文章深厚尔雅。曹氏父子，气爽才厉，恒悲壮奥崛，颇有汉家遗风。自晋迁江左，下逮隋唐，德泽浸微，风化不竞，去圣逾远，繁音日滋，艳曲兴于南朝，胡音化于北俗。哀淫靡曼之辞，递作并起，流而忘反，以至陵夷。故萧齐之将亡也有《伴侣》，高齐之将亡也有《无愁》。陈之将亡也有《玉树后庭花》，隋之将亡也有《泛龙舟》。所谓繁手淫声，争新怨衰，新声炽而雅乐亡矣。条其流品，略如左方。

汉以后乐府风体颇极发达，而雅颂则微。魏郊庙，疑用汉辞。晋使傅玄改其乐章宋命，颜延之造《天地郊登歌》三篇。大抵依仿晋曲。南齐梁陈，初皆沿袭，后更创制。元魏宇文，雅好胡曲。沿隋及唐，初依江左旧乐。既乃更造新章，然古意久亡矣。汉鼓吹铙歌，军乐也，原有《朱鹭》等二十二曲，魏使缪袭改为十二曲。而《君马黄》等十曲，并存旧名。晋命傅玄复制二十二曲，以代魏曲，惟《玄云钓竿》之名，不改汉旧。宋齐并用汉曲。北齐二十曲，皆改古名，其《黄爵钓竿》，则略而不用。后周革前代鼓吹，制为十五曲。隋唐承之，非复古遗矣。又魏晋以后，有横吹曲，初亦称鼓吹。汉有二十八解，后不复存。所用者，有《黄鹄》等十四曲，又有《关山月》等八曲。梁陈隋唐间，拟其辞者颇众。相和歌，汉旧歌也，旧有平调、清调、瑟调，谓之三调，后又有楚调、侧调，总谓之相和调。魏晋以来，相承用之。后魏用兵淮汉，获南音，谓之清商乐。相和诸曲亦皆在焉。隋加损益，特置清商署以管之，唐以领于十部，其新起于江左者，则吴歌杂曲、西曲歌、江南弄。吴歌杂曲，其始皆徒歌，既而被之管弦。盖自永嘉渡江后，下及梁陈，咸都建康，所由起也。西曲出于荆郢樊邓之间，其声节送和，与吴歌异。江南弄则梁武帝改西曲为之也。此外尚有舞曲、琴曲、杂曲等歌，而杂曲尤广用。杂曲者，历代有之。或心志之所存，或情思之所感，或宴游欢乐之所发，或忧愁愤怨之所兴，或叙离别之怀，或言征战之苦，或缘于佛老，或出自夷虏，其名甚多，或因义命题，或学古叙事，体变于风而情词放歠矣。

当是时，词人之歌咏，往往制为长短句，开后世填词之祖。如梁武帝、沈约等之所为者。至隋炀帝《望江南》八阕，直成词谱。然《西溪丛话》，谓为朱崖李太尉为亡姬谢秋娘所作，殆或然欤？今不取。

> 梁武帝《江南弄七曲》其一云：众花杂色满上林，舒芳耀绿垂轻阴。连手躞蹀舞春心。舞春心，临岁腴，中人望，独踟蹰。
>
> 沈约《六忆》云：忆眠时，人眠独未眠。解罗不待劝，就枕不须牵。复恐旁人见，娇羞在烛前。

长短句之相间，盖因合乐之时，随低昂而生节奏，以致错落不齐。周颂汉歌，往往然矣。惟天籁独摅，初无定谱。按歌合节，一主于和。洎乎郑卫杂兴，竞为靡曼。声病之说出，而朴直之气衰。律以密而弥拘，情以荡而益促。古人以声就词，后人以词就声，此不独乐府之变，抑亦天人之代迁也。

第二十七章　文集与文史之盛兴

六艺皆圣人之制作，所用以平治天下者，而文其寄焉耳。周道既衰，诸子蜂起，各以其学驰骛于世。思明其道术，而文始繁。然志在存道达情，初无意于为文。而无不可视为文也。逮乎两汉，学术益棼，文章渐富，文集与文史句萌始达，而后文学之涂径成焉。

班志艺文，如以贾谊之奏议入于儒家，辞赋入于赋家，但记目篇，不区体制。则以其渊源所自，犹足成一家之言。与诸子未甚相远。然赋本出于诗，不仿太史公入春秋例，以居葩经之后。而另立赋家，自为一略。文学分途，已难合轨。然犹未尝有汇次诸体，裒为文集者也。自东京以降，讫乎建安黄初之间，文章转繁，众家之集，日以滋广。范陈二史所次文士诸传，识其文笔。但云所著诗赋碑箴颂诔若干篇，而不云文集若干卷，则文集之实已具，而文集之名犹未立也。晋代挚虞，苦览者之劳倦，于是采摘孔翠，芟简繁芜，自诗赋以下，各为条贯，合而论之，谓之流别，学者便之。及阮孝绪撰《七录》，始立文集录。由是后世牵率应酬之作，决科俳优之文，亦横入别集，用供尾闾，是文集之名，实仿于晋代而成于萧梁。昭明太子复祖述挚虞之意，筑文选楼，与刘孝威、庾肩吾等，所谓高齐十学士者，讨论篇籍，商榷古今，成《文选》三十卷。徐孝穆又取《文选》之所弃余者，集其艳词为《玉台新咏》十卷。此二书者，为后世文选与诗选之权舆，亦为总集与别集之分派。文章之繁，盖于此而可见也。

战国诸子之所争，尝在学术。《荀子》之《非十二子》篇。《庄子》之《天下》篇，《韩非子》之《显学》篇，皆学术之品量，而不及于文艺。两汉专家之学就衰，而论文始盛。枚马之徒，互竞妍丑；向雄诸子，讥议前哲；魏文《典论》，则品藻夫时人。士衡赋文，又抉发其利病。文学之研究，浸重于世矣。由是而继起者，则有挚虞之著《流别》，李光之论翰林。本平生之心裁，充文坛之祈向。文学一途，益以精进。洎乎梁代，英彦朋兴，刻意文藻。刘勰始商榷古今，苞罗群籍，别其体制，较其短长，为《文心雕龙》，凡五十篇。将欲以济圣经之用，成一家之言。自谓梦执礼器，随仲尼南行。自负亦不浅矣。同时作者，尚有任昉之《文章缘起》，取秦汉以来之文，而析其源流。钟嵘之《诗品》，列古今诗人而分为三品。虽不逮刘氏之明通，抑亦艺苑之宝筏，大启后世文评诗话之宇者也。吴竞西斋取题文史，《文献通考》因之。文学之研究，盖至此而始盛也。

然则文集之兴，实起于学不专师，杂无可投，不得不以集统之也。文史之兴，实起于文章既繁，渐成专业，不能不有史以明之也。自《文选》出而言文学者始有范围，自《文心雕龙》出而言文学者始穷格调。此文学之坦途，抑亦文学史上之大关键也。

第二十八章　隋之统一与文运之更始

隋与秦，居相等之闰位者也。秦承姬周学术之分裂，为汉代文化之椎轮。隋亦承南北朝之浮华，启李唐文教之新运。先是宇文泰病当时文章，竞尚浮华，欲革其弊。魏主飨太庙，命苏绰仿周书作大诰。宣示群臣，戒以政事。其略云：惟中兴十有一年仲夏，庶邦百辟，咸会于王庭。柱国泰洎群公列将，罔不来朝。时乃大稽百宪，敷于庶邦，绥我王度。皇帝曰：昔尧命羲和，永厘百工；舜命九官，庶绩咸熙；武丁命说，克号高宗。时惟休哉，朕其钦若。格尔有位，胥暨我太祖之庭，朕将丕命女以厥官云云。并命自今文章，皆依此体。及隋文帝受周禅，性不喜词华，诏天下公私文翰并宜实录。泗州刺史司马幼之，文表华艳，付所司治罪。治书侍御史赵郡李谔，亦以当时属文体尚轻薄，上书曰：魏之三祖，崇尚文词，忽君人之大道，好雕虫之小技。下之从上，遂成风俗。江左齐梁，其弊弥甚。竞一韵之奇，争一字之巧。连篇累牍，不出月露之形。积案盈箱，唯是风云之状。世俗以此相尚，朝廷据兹擢士。利禄之途既开，爱尚之情愈笃。于是闾里童昏，贵游揔丱。未窥六甲，先制五言。至如羲皇舜禹之典，伊傅周孔之说，不复关心，何尝入耳。以傲诞为清虚，以缘情为勋绩。指儒素为古拙，用词赋为君子。故文笔日繁，其政日乱。良由弃大圣之轨模，构无用以为用也。今朝廷虽有是诏，如闻外州远县，仍踵弊风。躬仁孝之行者，摈落私门，不加收齿。工轻薄之艺者，选充吏职，举送天朝。盖由刺史县令未遵风教，请普加采察，送台推劾。诏以谔所奏颁示四方。王船山论之曰：文章之体，自宋齐以来，其滥极矣。裁之以六经之文，而言有所止。则浮荡无实之情，抑亦为之小戢。故自隋而之唐，月露风云，未能衰止，而言不繇衷。无实不祥者，盖亦鲜矣。则绰实开之先矣。宇文灭高齐而以行于山东，隋平陈而以行于江左，唐因之而治术文章咸近于道。生民之祸，为之一息。此天欲启晦，而泰与绰开先之功，亦不可诬也。

隋非必能起衰也，疲极思息，郁极思舒。当箕风毕雨之时，而有月晕础润之兆也。故其见于文字者，不古不今而有不醇之色。以至于唐初，徐庾邢魏之流风，盖犹未沫。积重难返之势，本不可遽期之岁月间也。炀帝，当时唯一之词人，司转移风会之枢机者也。其荒淫骄奢，等于陈之后主，而大有豪健之风，盖轻艳本之梁陈。而如《饮马长城窟白马篇》，则气体阔大，能存雅正之音。诏书亦稍近质厚。如《再伐高丽诏》，雄伟宏丽，颇为得体。正明而未融之候也。此外诸臣，亦同风调。足征南北思潮之合流。而犹有淄渑之味也。

北朝好质而尚经学，南朝好文而尚诗歌。及隋起而天下一统，南北潮流始合。故如陆《法言》之切韵，则承沈约之遗风也。颜之推之《家训》，王通之《中说》，则纯然儒家言也。而王通为尤。通字仲淹，家世以儒术显。至通而益大。通少受书于东海李育，学诗于会稽夏琠，问礼于河东关子明，正乐于北平霍汲，考易于族父仲华。仁寿中，西游长安，上太平十二策。文帝大重之，以见沮于公卿。遂归河汾，作东征之歌。隐居教授，乃续诗书，正礼乐，修元经，赞易道。九年，而六经大就。书未及行，遭时丧乱，竟以亡失，惜哉。而后之论者，多所疑怪，诮其续经为吴楚僭王。陋儒从而和之，加诟厉焉。于是通之道不行于当时，且长埋于后世矣。夫就秦汉以来之事，而窃取其义，以明王道。统文献，征进化，夫复何害。苟其不足比于六经，自有优劣之判。则并存焉而以观后王为法，亦未始非治平之一助。必悬一六经以尚古为能事，务排通而后快，谓经不可续，圣不可继也，岂不悖哉？而幸也通之道薪尽而火传也。

魏晋文学之变迁

刘师培

魏代自太和以迄正始，文士辈出。其文约分两派：一为王弼、何晏之文，清峻简约，文质兼备，虽阐发道家之绪，实与名、法家言为近者也。此派之文，盖成于傅嘏，而王、何集其大成；夏侯玄、钟会之流，亦属此派；溯其远源，则孔融、王粲实开其基。一为嵇康、阮籍之文，文章壮丽，摠采骋辞，虽阐发道家之绪，实与纵横家言为近者也。此派之文，盛于竹林诸贤；溯其远源，则阮瑀、陈琳已开其始。惟阮、陈不善持论，孔、王虽善持论，而不能藻以玄思，故世之论魏、晋文学者，昧厥远源之所出。今征引群籍，以著魏、晋文学之变迁，且以明晋、宋文学之渊源，以备参考。（凡论文学之变迁，当观其体势若何，然后文派异同，可得而说。）

甲　傅嘏及王何诸人

《三国志·魏·傅嘏传》：常论才性同异，钟会集而论之。

《三国志·嘏传》注引《傅子》曰：嘏既达治好正，而有清理识要；好论才性，原本精微，鲜能及之。司隶校尉钟会年甚少，嘏以明智交会。

《世说新语·文学篇》：傅嘏善言虚胜，荀粲谈尚玄远，每至共语，有争而不相喻。裴冀州释二家之义，通彼我之怀，常使两情相得，彼此具畅。（案：刘注引《荀粲别传》云："粲到京邑与傅嘏谈，嘏善名理，粲尚玄远。"）

案：与嘏同时善言名理者，为荀粲。裴松之《三国志·荀彧传注》引何邵《荀粲传》曰："粲字奉倩。（即彧少子。）诸兄并以儒术论议，而粲独好言道。常以为子贡称'夫子之言性与天道，不可得闻'，然则，六籍虽存，固圣人之糠秕。粲兄俣难曰：'《易》亦云：圣人立象以尽意，系辞焉以尽言。则微言胡为不可得而闻见哉？'粲答曰：'盖理之微者，非物象之所举也。今称立象以尽意，此非通于意外者也。系辞焉以尽言，此非言乎系表者也。斯则象外之意，系表之言，固蕴而不出矣。’当时能言者莫能屈。”（案：《世说注》摘引此文，称《荀粲别传》，知《别传》即邵所撰《粲传》也。）粲与嘏善，夏侯玄亦亲，常谓嘏、玄曰：“子等在世途间，功名自胜我，但识劣我耳。”嘏难曰：“能盛功名者，识也。天下孰有本不足而末有余者耶？”粲曰：“功名者，志局之所奖也。然则志局自一物耳，固非识之所独济也。”此荀粲善言名理之证。又《世说·文学篇》刘注引《管辂传》曰：“裴使君（即谓裴徽，徽字文季，曾为冀州刺史。）有高才逸度，善言玄妙。”《世说·文学篇》亦曰：“王辅嗣弱冠诣裴徽。徽问曰：‘夫无者，诚万物之所资。圣人莫肯致言，而老氏申之无已，何耶？’弼曰：‘圣人体无，无又不可以训，故言必及有。老、庄未免于有，恒训其所不足。’”此裴徽喜言名理之证。徽、粲言理之文，今鲜可考，然清谈之风，实基于此。盖嘏、粲诸人，其辨理名理，均当明帝太和时，固较王、何为尤早也。

《文心雕龙·论说篇》：傅嘏、王粲，校练名理。

案：嘏文载于《魏志》本传者，有《征吴对》、《难刘邵考课法》各篇。（《难邵考课法》，语语核实，近于名、法家言。是知嘏言名理，实由综窍名实为基。）又，《艺文类聚》所引，有《请立贵妃为皇后表》、《皇初颂》。其《才性论》不传。

又案：《雕龙》以嘏与王粲并言。《艺文类聚》所引粲文，有《难钟荀太平论》，其词曰：“圣莫盛于尧，而洪水方割，丹朱淫虐，四族凶佞矣。帝舜因之，而三苗畔戾矣。禹又因之，而防风为戮矣。此三圣，古之所大称也，继踵相承，且二百年，而刑罚未尝一世而乏也。然则此三圣能平；三圣能平，则何世能致之乎？孔子称曰：‘唯上智与下愚不移。’不移者，丹朱、四凶、三苗之谓也。当纣之世，殷罔不小大，好草窃奸宄。周公迁殷顽民于洛邑，其下愚之人必有之矣。周公之于三圣，不能逾也。三圣有所不化矣，有所不移矣；周公之不能化殷之顽民，所可知也。苟不可移，必或犯罪；罪而弗刑，是失所也；犯而刑之，刑不可错矣。孟轲有言：‘尽信书不如无书。’有大而言之者，‘刑错’之属也。岂亿兆之民，历数十年而无一人犯罪，一物失所哉？谓之无者，尽信书之谓也。”又《安身论》曰：“盖崇德莫盛乎安身，安身莫大乎存政，存政莫重乎无私，无私莫深乎寡欲。是以君子安其身而后动，易其心而后语，定其交而后行。然则动者，吉凶之端也；

语者，荣辱之主也；求者，利病之几也；行者，安危之决也。故君子不妄动也，必适于道；不徒语也，必经于理；不苟求也，必造于义；不虚行也，必由于正。夫然，用能免或击之凶，厚自天之佑。故身不安则殆，言不顺则悖，交不审则惑，行不笃则危，四者存乎中，则忧患接乎外矣。忧患之接，必生于自私，而兴于有欲。自私者不能成其私，有欲者不能济其欲，理之至也。”观此二文，知粲工持论，雅似魏、晋诸贤。其他所著，别有《儒吏论》、《务本论》、《爵论》，亦见《类聚》诸书所引，均于名法之言为近。《魏志·粲传》引《典略》曰：“粲才既高，辩论应机。”岂不信哉？（王辅嗣为王业之子，业即粲之嗣子也。知辅嗣善持论，亦承仲宣之传。）

《三国志·魏·钟会传》：会弱冠，与山阳王弼并知名。弼好论儒道，辞才逸辩，注《易》及《老子》；为尚书郎，年二十余卒。（裴注云：“弼字辅嗣。”）

又《曹爽传》：何晏，何进孙也。少以才秀知名，好老、庄言，作《道德论》及诸文赋，著述凡数十篇。（摘录。裴注：“晏字平叔。”）

《世说新语·文学篇》刘注引《魏氏春秋》曰：晏少有异才，善谈《易》、《老》。

又引《文章叙录》曰：晏能清言，而当时权势，天下谈士，多宗尚之。

又引《文章叙录》曰：自儒者论，以老子非圣人，绝礼弃学。晏说与圣人同，著论行于世也。

《三国志·魏·夏侯玄传》：玄字太初，少知名。裴注引《魏略》曰：玄尝著《乐毅》、《张良》及《本无肉刑论》，辞旨通远，咸传于世。

《三国志·魏·钟会传》：少敏慧夙成，及壮，有才数技艺，而博学精练名理。会尝论《易无互体》，《才性同异》。及会死后，于会家得书二十篇，名曰《道论》，而实刑名家也，其文似会。（《世说·文学篇》刘注引《魏志》作：“会论《才性同异》传于世。”）

《三国志·会传》注引何邵《王弼传》曰：弼幼而察慧，年十余，好老氏，通辩能言。父业为尚书郎时，裴徽为吏部郎，弼未弱冠，往造焉。徽一见而异之，问弼曰：“夫无者，诚万物之所资也。然圣人莫肯致言，而老子申之无已者何？”弼曰：“圣人体无，无又不可以训，故不说也。老子是有者也，故恒言无，所不足。”寻亦为傅嘏所知。于时何晏为吏部尚书，甚奇弼，叹之曰：“仲尼称后生可畏。若斯人者，可与言天人之际乎！”正始中，弼补台郎。初除，觐爽，请间。爽为屏左右，而弼与论道，移时，无所他及。淮南人刘陶，善论从横，为当时所称，每与弼语，常屈弼。弼天才卓出，当其所得，莫能夺也。性和理，乐游宴，解音律，善投壶。其论道，附会文辞，不如何晏，自然有所拔得，多晏也。颇以所长笑人，故时为士君子所疾。弼与钟会善，会论议以校练为家，然每服弼之高致。何晏以为圣人无喜怒哀乐，其论甚精；钟会等述之。弼与不同，以为圣人茂于人者，神明也，同于人者，五情也。神明茂，故能体冲和以通无；五情同，故不能无哀乐以应物。然则圣人之情，应物而无累于物者也。今以其无累，便谓不复应物，失之多矣。弼注《易》，颍川人荀融难弼"大衍"义，弼答其意，白书以戏之曰："夫明足以寻极幽微，而不能去自然之性。颜子之量，孔父之所预在，然遇之不能无乐，丧之不能无哀。又常狭斯人，以为未能以情从理者也；而今乃知自然之不可革。足下之量，虽已定乎胸怀之内；然而隔逾旬朔，何其相思之多乎？故知尼父之于颜子，可以无大过矣。"弼注《老子》，为之指略，致有理统；注《道略论》，注《易》，往往有高丽言。太原王济好谈，病老、庄，尝云："见弼《易注》，所悟者多。"然弼为人浅而不识物情。正始十年，曹爽废，以公事免。其秋遇疠疾亡，时年二十四。无子，绝嗣。弼之卒也，晋景王闻之，嗟叹者累日，其为高识所惜如此。（摘录。案：此传多为《世说》诸书所本。《世说》刘注引《魏氏春秋》亦云："弼论道，约美不如晏，自然出拔过之。"所云论道约美，即指《老》、《易》诸注言。）

案：晏文传于今者，以《景福殿赋》（《文选》）、《瑞颂》（《艺文类聚》）、《论语集解序》为最著。其议礼之文，有《难蒋济叔嫂无服论》（《通典》）、《祀五郊六宗厉殃议》（同上）。论古之文，有《白起论》（《史记起传集解》）、《冀州论》（《御览》引）。据《世说·文学篇》，则晏曾注《老子》，后见弼注，改以所注为《道德二论》，今已不传。其析理之文传于今者，有《列子仲尼篇》张注所引《无名论》，其文曰："为民所誉，则有名者也；无誉，无名者也。若夫圣人，名无名，誉无誉。谓无名为道，无誉为大，则夫无名者可以言有名矣，无誉者可以言有誉矣；然与夫可誉可名者，岂同用哉？此比于无所有，故皆有所有矣；而于有所有之中，当与无所有相从，而与夫有所有者不同。同类无远而相应，异类无近而不相违；譬如阴中之阳，阳中之阴，各以物类自相求从。夏日为阳而夕夜远，与冬日共为阴；冬日为阴而朝昼远，与夏日同为阳：皆异于近而同于远也。详此异同，而后无名之论可知矣。凡所以至于此者何哉？夫道者，惟无所有者也。自天地已来，皆有所有矣；然犹谓之道者，以其能复用无所有也。故虽处有名之域，而没其无名之象，由以在阳之远体，而忘其自有阴之远类也。夏侯玄曰：天地以自然运，圣人以自然用。自然者道也，道本无名，故老氏曰强为之名。仲尼称尧‘荡荡无能名焉’，下云‘巍巍成功’，则强为之名，取世所知而称耳，岂有名而更当云‘无能名焉’者邪？夫惟无名，故可得遍以天下之名名之；然岂其名也哉？唯此足喻而终莫悟，是观泰山崇崛，而谓元气不浩芒者也。”观晏此论，知晏之文学，已开晋、宋之先，而晏、玄所持之理，亦可悉其大略矣。

又案：弼文传于世者，今鲜全篇，惟《易注》、《易略例》、《老子注》均为完书。其《易略例·明象篇》曰：“自统而寻之，物虽众，则知可以执一御也；由本以观之，义虽博，则知可以一名举也。处旋机以观大运，则天地之动，未足怪也；据会要以观方来，则六合辐凑，未足多也。故举卦之名，义有主矣；观其彖词，则思过半矣。夫古今虽殊，军国异容，中之为用，故未可远也。品制万变，宗主存焉。”又《明爻篇》曰：“情伪之动，非数之所求也。故合散屈伸，与体相乖。形躁好静，质柔爱刚，体与情反，质与愿违。巧历不能定其算数，圣明不能典要，法制所不能齐，度量所不能均也。召云者龙，命吕者律。二女相违，而刚柔合体。隆坻永叹，远壑必盈。投戈散地，则六亲不能相保；同舟而济，则胡、越何患乎异心？故苟择其情，不忧乖远；苟明其趣，不烦强武。”观此二则，可以窥辅嗣文章之略，盖其为文，句各为义，文质兼茂，非惟析理之精也。

又案：王、何注经，其文体亦与汉人迥异。如《易·乾卦》三爻，王注云：“处下体之极，居上体之下，在不中之位，履重刚之险。上不在天，未可以安其尊也；下不在田，未可以宁其居也。纯修下道，则居上之德废；纯修上道，则处下之礼旷。故终日乾乾，至于夕惕，犹若厉也。”又《复卦》彖传注云：“复者，反本之谓也。天地以本为心者也。凡动息则静，静非对动者也；语息则默，默非对语者也。然则天地虽大，富有万物，雷动风行，运化万变，寂然至无，是其本矣。故动息地中，乃天地之心见也。若其以有为心，则异类未获具存矣。”又何晏《论语集解·为政篇》“百世可知”注云：“物类相召，世数相生，其变有常，故可预知。”又《里仁篇·德不孤章》注云：“方以类聚，同志相求，故必有邻，是以不孤。”又《子罕篇·唐棣之华节》注云：“夫思者当思其反。反是不思，所以为远；能思其反，何远之有？言权可知，惟不知思耳。思之有次序，斯可知矣。”举斯数则，足审大凡。厥后郭象注《庄子》，张湛注《列子》，李轨注《法言》，范宁注《谷梁》，其文体并出于此，而汉人笺注文体无复存矣。

又案：玄之所著，有《夏侯子》，其遗文偶见《太平御览》。其《肉刑论》（见《通典》）、《乐毅论》（《艺文类聚》），至今具存。（余文详本传。）《御览》所引，别有《辨乐论》二则，盖与嗣宗辨难之文也。（其一则云："阮生云：'律吕协则阴阳和，音声适则万物类。天下无乐，而欲阴阳和调，灾害不生，亦以难矣。'此言律吕音声，非徒化治人物，可以调和阴阳，荡除灾害也。夫天地定位，刚柔相摩，盈虚有时。尧遭九年之水，忧民阻饥；汤遭七年之旱，欲迁其社：岂律吕不和，音声不通哉？此乃天然之数，非人道所协也。"）

又案：会文传于今者，以《檄蜀文》、《平蜀上言》（本传）、《母夫人张氏传》（本传注）为最著；其《御览》诸书所引，别有《刍荛论》，与《魏志》所云《道论》或即一书；（《隋志》五卷。）其析论之文，如《魏志》所载《易无互体》、《才性同异》诸论，今均不传。《世说·文学篇》云："钟会撰《四本论》，欲使嵇公一见。"刘注云："四本者，有才性同、才性异、才性合、才性离也。尚书傅嘏论同，中书令李丰论异，侍郎钟会论合，屯骑校尉王广论离。"据刘说，则《才性同异论》即《四本论》，乃与嘏等同作，复集合其义而论之者也。（会作《老子注》，其逸文时见各家甄引。）

乙　嵇阮之文

《三国志·魏·王粲传》：阮瑀子籍，才藻艳逸，而倜傥放荡，行己寡欲，以庄周为模。（裴注：籍字嗣宗。）

案：《魏志》以"才藻艳逸"评籍，最为知言。籍为阮瑀之子，瑀之所作，如《为曹公作书与孙权》诸篇，均尚才藻，多优渥之言，此即籍文所自出也。

嵇叔良《魏散骑常侍阮嗣宗碑》曰：先生承命世之美，希达节之度。得意忘言，寻妙于万物之始；穷理尽性，研几于幽明之极。（《广文选》、杨慎《丹铅总录》以此文为东平太守嵇叔良撰，是也。或作叔夜撰，非是。）

臧荣绪《晋书》曰：籍善属文论，初不苦思，率尔便成。（《文选·五君

咏》李注引)

案：籍才思敏捷，盖亦得自阮瑀。《世说·文学篇》谓魏封晋王为公，备礼九锡，就籍求文，籍时宿醉，书札为之，无所点定，足与臧书之说互明。(刘注引顾恺之《晋文章记》曰：“阮籍劝进，落落有弘致。”)

《三国志·魏·王粲传》：时又有谯郡嵇康，文辞壮丽，好言老、庄，而尚奇任侠。(裴注：“康字叔夜。”)

案：《魏志》以“文辞壮丽”评康，亦至当之论。

《三国志》注引嵇喜所撰《康传》曰：家世儒学，少有俊才，旷迈不群，高亮任性，学不师授，博洽多闻。长而好老、庄之业，恬静无欲。善属文、弹琴、咏诗，自足于怀抱之中。著《养生篇》。撰录上古以来圣贤隐逸、遁心遗名者，集为传赞。(摘录)

《三国志注》引《魏氏春秋》曰：康所著诸文论六七万言，皆为世所玩咏。

案：《世说注》诸书所引，有《嵇康集目录》，《太平御览》引作《嵇康集序》。

《御览》引李充《翰林论》曰：研求名理而论生焉。论贵于允理，不求支离。若嵇康之论，成文矣。

案：李氏以论推嵇，明论体之能成文者，魏、晋之间，实以嵇氏为最。

《文心雕龙·体性篇》：嗣宗倜傥，故响逸而调远；叔夜俊侠，故兴高而采烈。

案：彦和以“响逸调远”评籍文，与《魏志》“才藻艳逸”说合；盖阮文之丽，丽而清者也。以“兴高采烈”评康文，亦与《魏志》“文词壮丽”说合；盖嵇文之丽，丽而壮者也。均与徒事藻采之文不同。

《文心雕龙·时序篇》：正始余风，篇体轻澹，而嵇、阮、应、缪，并驰文路。

案：彦和此论，盖兼王、何诸家之文言，故言篇体轻澹。其兼及嵇、阮者，以嵇、阮同为当时文士，非以轻澹目嵇、阮之文也。即以诗言，嵇诗可以轻澹相目，岂可移以目阮诗哉？

《文心雕龙·才略篇》：嵇康师心以遣论，阮籍使气以命诗，殊声而合响，异翮而同飞。

案：此节以论推嵇，以诗推阮。实则嵇亦工诗，阮亦工论，彦和特互言见意耳。

《文心雕龙·明诗篇》：正始明道，诗杂仙心，何晏之徒，率多浮浅；惟嵇志清峻，阮旨遥深，故能标焉。（《明诗篇》又谓“叔夜含其润”。）

案：嵇、阮之文，艳逸壮丽，大抵相同。若施以区别，则嵇文近汉孔融，析理绵密，阮所不逮；阮文近汉祢衡，托体高健，嵇所不及：此其相异之点也。至其为诗，则为体迥异，大抵嵇诗清峻，而阮诗高浑。彦和所谓遥深，即阮诗之旨言，非谓阮诗之体也。

又案：钟氏《诗品》谓阮籍《咏怀》之诗，可以陶性灵，发幽思，言在耳目之内，情寄八荒之外，会于风雅，厥旨渊放，归趣难求。又谓康诗露才，颇伤渊雅之志，然托喻清远，良有鉴裁，亦未失高流。与彦和所评相近，亦嵇、阮诗体不同之证也。要之，魏初诗歌，渐趋轻靡，嵇、阮矫以雄秀，多为晋人所取法，故彦和评论魏诗，亦惟推重二子也。

又案：阮氏之文传于今者，有《东平赋》、《首阳山赋》、《鸠赋》、《猕猴赋》、《清思赋》、《元父赋》，大抵语重意奇，颇事华采；其意旨所寄，所为《大人先生传》，其体亦出于汉人设论，（如《解嘲》之属。）然杂以骚赋各体，为汉人所未有。若《文选》所录《为郑冲劝晋王笺》、《诣蒋公奏记辞辟命》，文虽雅健，非阮氏文章之本色也。其论文传于今者，若《通老论》诸文，今均弗完，惟见《御览》诸书所引；其见于明人所刻《阮集》者，（《阮集》，《隋志》十三卷，今其存者仅矣。）有《通易论》、《达庄论》、《乐论》三篇。《通易》综贯全经之义，以推论世变之由，其文体奇偶相成，间用韵语；《达庄论》亦多韵语，然词必对偶，以气骋词；《乐论》文尤繁富，辅以壮丽之词：（如首段云：“夫乐者，天地之体，万物之性也。合其体，得其性，则和；离其体，失其性，则乖。昔者圣人之作乐也，将以顺天地之体，作万物之性也。故定天地八方之音，以迎阴阳八风之声；均黄钟中和之律，开群生万物之情。故律吕协则阴阳和，音声适而万物类；男女不易其所，君臣不犯其位；四海同其观，九州一其节。奏之圜丘，而天神下降；奏之方岳，而地祇上应。天地合其德，则万物和其生；刑赏不用，而民自安矣。乾坤易简，故雅乐不烦；道德平淡，故五声无味。不烦，则阴阳自通；无味，则百物自乐。日迁善成化而不自知，风俗移易而同于是乐，此自然之道，乐之所始也。”）阮氏之文，盖以此数篇为至美。别有《答伏义书》一书，亦足窥阮氏文体之概略。其词曰：“承音览旨，有心翰迹。夫九苍之高，迅羽不能寻其巅，四溟之深，幽鳞不能测其底，矧无毛分所能论哉？且玄云无定体，应龙不常仪；或朝济夕卷，翕忽代兴；或泥潜天飞，晨降宵升；舒体则八维不足以畅迹，促节则无间足以从容；是又瞽夫所不能瞻，瓅虫所不能解也。然则，弘修渊邈者，非近力所能究矣；灵变神化者，非局器所能察矣。何吾子之区区，而吾真之务求乎？人力势不能齐，好尚舛异：鸾凤凌云汉以舞翼，鸠鹓悦蓬林以翱翔；螭浮八滨以濯鳞，鳖娱行潦而群逝：斯用情各从其好，以取乐焉。据此非彼，胡可齐乎？夫人之立节也，将舒网以笼世，岂樽樽以入罔？方开模以范俗，何暇毁质以通（或作适）检？若良运未协，神机无准，则腾精抗志，邈世高超，荡精举于玄区之表，摅妙节于九垓之外；而翔翱之乘景，跃踸踔，陵忽荒，从容与道化同逌，逍遥与日月并流，交名虚以齐变，及英祇以等化；上乎无上，下乎无下，居乎无室，出乎无门；齐万物之去留，随六气之虚盈，总玄网于太极，抚天一于寥廓；飘埃不能扬其波，飞尘不能垢其洁，徒寄形躯于斯域，何精神之可察？虽业无不闻，略无不称，而明有所逮，未可怪也。观君子之趋，欲炫倾城之金，求百钱之售，制造天之礼，儗肤寸之检；劳玉躬以役物，守臊秽以自毕，沉牛迹之浥薄，愠河汉之无根；其陋可愧，其事可悲。亮规略之悬逾，信大道之弘幽，且局步于常衢，无为思远以自愁，比连疹愦，力喻不多。”此文亦阮氏意旨所寄，观其文体，余可类推。

又案：嵇氏之文传于今者。以《琴赋》、《太师箴》为最著，别有《卜疑》（文仿《卜居》）、《家诫》、《与山巨源绝交书》、《与吕长悌绝交书》，其文体均变汉人之旧。论文自《养生论》外，有《答向子期难养生论》、《无私论》、《管蔡论》、《明胆论》、《难宅无吉凶摄生论》、《答某氏难宅无吉凶摄生论》（本集作《答张辽叔》。），析理绵密，亦为汉人所未有。（嵇文长于辨难，文如剥茧，无不尽之意，亦阮氏所不及也。）其所著《声无哀乐论》，文词尤为繁富，今摘录其首节，其词曰：“夫天地合德，万物贵生，寒暑代往，五行以成。故章为五色，发为五音。音声之作，其犹臭味在于天地之间。其善与不善，虽遭遇浊乱，其体自若，而不变也；岂以爱憎易操，哀乐改度哉？及宫商集化，声音克谐，此人心至愿，情欲之所钟。古人知情不可恣，欲不可极，因其所用，每为之节，使哀不至伤，乐不至淫，斯其大较也。然乐云乐云，钟鼓云乎哉？哀云哀云，哭泣云乎哉？因兹而言，玉帛非礼敬之实，歌舞非悲哀之主也。何以明之？夫殊方异俗，歌哭不同，使错而用之，或闻哭而欢，或听歌而感，然而哀乐之情均也。今用均同之情，而发万殊之声，斯非音声之无常哉？然声音和此，感人最深者也。劳者歌其事，乐者舞其功。夫内有悲痛之心，则激切哀言，言比成诗，声比成音，杂而咏之，聚而听之，心动于和声，情感于苦言，嗟叹未绝，而泣涕流涟矣。夫哀心藏于苦心内，遇和声而后发；和声无象，而哀心有主；夫以有主之哀心，因乎无象之和声，其所觉悟，唯哀而已；岂复知吹万不同，而使其自已哉？风俗之流，遂成其政。是故国史明政教之得失，审国风之盛衰，吟咏情性，以讽其上，故曰亡国之音哀以思也。夫喜怒哀乐爱憎惭惧，凡此八者，生民所以接物传情，区别有属，而不可溢者也。夫味以甘苦为称；今以甲贤而心爱，以乙愚而情憎，则爱憎宜属我，而贤愚宜属彼也；可以我爱而谓之‘爱人’，我憎而谓之‘憎人’，所喜则谓之‘喜味’，所怒则谓之‘怒味’哉？由此言之，则外内殊用，彼我异名。声音自当以善恶为主，则无关于哀乐；哀乐自当以情感为主，别无系于乐音：名实俱去，则尽然可见矣。”又，《难张辽叔自然好学论》曰：“夫民之性，好安而恶危，好逸而恶劳。故不扰，则其愿得；不逼，则其志从。洪荒之世，大朴未亏，君无文于上，民无竞于下；物全理顺，莫不自得；饱则安寝，饥则求食；怡然鼓腹，不知为至德之世也。若此，则安知仁义之端，礼律之文？及至人不存，大道陵迟，乃始作文墨，以传其意；区别群物，使有类族；造立仁义，以婴其心；制其名分，以检其外；勤学讲文，以神其教。故《六经》纷错，百家繁炽，开荣利之涂，故奔骛而不觉。是以贪生之禽，食园池之粱菽；求安之士，乃诡志以从俗；操笔执觚，足容苏息；积学明经，以代稼穑。是以困而后学，学以致荣；计而后习，好而习成，有似自然，故令吾子谓之自然耳。推其原也，《六经》以抑引为主，人性以从欲为欢。抑引则违其愿，从欲则得自然。然则自然之得，不由抑引之《六经》；全性之本，不须犯情之礼律。故仁义务于理伪，非养真之要术；廉让生于争夺，非自然之所出也。由是言之，则鸟不毁以求驯，兽不群而求畜，则人之真性无为，正当自然，耽此礼学矣。论又云：‘嘉肴珍膳，虽所未尝，尝必美之，适于口也。处在暗室，睹烝烛之光，不教而悦得于心。况以长夜之冥，得照太阳，情变郁陶，而发其蒙，虽事以未来，情以本应，则无损于自然好学。’难曰：夫口之于甘苦，身之于痛痒，感物而动，应事而作，不须学而后能，不待借而后有，此必然之理，吾所不易也。今子以必然之理，喻未必然之好学，则恐似是而非之议，学如一粟之论，于是乎在也。今子立《六经》以为准，仰仁义以为主，以规矩为轩驾，以讲诲为哺乳，由其涂则通，乖其路则滞；游心极视，不睹其外，终年驰骋，思不出位，聚族献议，唯学为贵；执书摘句，俯仰咨嗟，使服膺其言，以为荣华；故吾子谓《六经》为太阳，不学为长夜耳。今若以讲堂为丙舍，以诵讽为鬼语，以《六经》为芜秽，以仁义为臭腐；睹文籍则目瞧，修揖让则变伛，袭章服则转筋，谭礼典则齿龋，于是兼而弃之，与万物为更始；则吾子虽好学不倦，犹将阙焉；则向之不学，未必为长夜，《六经》未必为太阳也。俗语曰：‘乞儿不辱马医。’若遇上有无文之始，可不学而获安，不勤而得志，则何求于《六经》，何欲于仁义哉？以此言之，则今之学者，岂不先计而后学？苟计而后动，则非自然之应也。子之云云，恐故得菖蒲菹耳。”观此二文，足审嵇氏论文之体矣。

又案：魏、晋文章，其文体与阮氏相近者，为伏义《答阮籍书》（见明刊本《阮嗣宗集》。义字公表。）、张辽叔《自然好学论》（见明刊本《嵇中散集》。辽叔此文与阮为近。）、刘伶《酒德颂》（见《晋书》。伶文惟传此篇，《世说·文学篇》以为意气所寄。）、嵇叔良《阮嗣宗碑》（此文盖仿阮文为之。），其与嵇氏相近者，厥惟向秀一人。向氏论文，其传于今者，虽仅《难嵇氏养生论》一篇（见《嵇中散集》），然其析理绵密，不减嵇氏诸难。（《隋志》有《向秀集》十二卷，知向氏之文，六朝之时传者甚众，然其所工，盖尤在析理一体。据《世说·言语篇》注引《向秀别传》谓：“弱冠著《儒道论》。”《世说·文学篇》又谓：“向秀于《庄子》旧注外为《解义》，妙析奇致，大畅玄风，郭象窃为己注。”是今所传《庄子注》，多属向氏之书也。）自是以外，若李康《运命论》、曹元首《六代论》，虽较汉人论体为恢，然与嵇、阮所作异也。

又案：嵇、阮学术文章，其影响及于当时及后世者，实与王、何诸人异派。据《世说·文学篇》谓袁彦伯作《名士传》，刘氏注云：“宏以夏侯太初、何平叔、王辅嗣为正始名士；阮嗣宗、嵇叔夜、山巨源、向子期、刘伯伦、阮仲容、王濬仲为竹林名士；裴叔则、乐彦辅、王夷甫、庾子嵩、王安期、阮千里、卫叔宝、谢幼舆为中朝名士。”此即嵇、阮诸人与王、何异之确证也。迄于西晋，一时文士，盖均承王、何之风，以辨析名理为主，即干宝《晋纪总论》所谓“学者以庄、老为宗，谈者以虚薄为辨”者也。故史册所载当时人士，或云通《老》、《易》，《老》、《庄》，如王衍妙善玄言，惟说《老》、《庄》为事，（《晋书·王衍本传》）裴楷特精《易》义，（《世说·德行篇》注引《晋诸公赞》）阮修好《老》、《易》，能言理，（《世说·文学篇》注引《名士传》）谢鲲性通简，好《老》、《易》，（《文学篇》注引《晋阳秋》）郭象能言《庄》、《老》，（《世说·赏誉篇》注引《名士传》）庾敳自谓老、庄之徒(《世说·文学篇》注引《晋阳秋》）是也；或以理识相高，如满奋清平有识，（《世说·言语篇》注引荀绰《冀州记》）闾丘冲清平有鉴识，(《世说·品藻篇》注引荀绰《兖州记》）乐广冲旷有理识，（《世说·言语篇》注引虞预《晋书》）刘漠以清识为名，（《世说·赏誉篇》注引《晋后略》）杨髦清平有贵识（《世说·品藻篇》注引《冀州记》）是也；或以善言名理相标，如裴頠善谈名理，（《世说·言语篇》引王衍语，注引《冀州记》）王济能清言，（《世说·言语篇》注引《晋诸公赞》）裴遐少有理称，（《世说·文学篇》注引《晋诸公赞》）以辩论为业，（《文学篇》注引邓粲《晋记》）王承言理辨物，但明旨要，（《世说·品藻篇》注引《江左名士传》）王敦少有名理，(《文学篇》注引《敦别传》）蔡洪有才辩（《世说·言语篇》注引《洪集录》）是也。又据《世说·文学篇》注引《晋诸公赞》云：“自魏太常夏侯玄、步兵校尉阮籍等，皆著《道德论》，于时侍中乐广、吏部郎刘汉亦体道而言约，尚书令王夷甫讲理而才虚，散骑常侍戴奥以学道为业，后进庾敳之徒皆希慕简旷。裴頠疾世俗尚虚无之理，故著《崇有》二论以折之，才博喻广，学者不能究。”（《崇有论》见《晋书》。又《世说·文学篇》注引《惠帝起居》注云：“頠著二论以规虚诞之弊，文词精富，为世名论。”）又据《言语篇》注引《晋诸公赞》谓：“夷甫好尚清谈，为时人物所宗。”盖清谈之风成于王衍诸人，而溯其远源，则均王、何之余绪，迄于裴頠、（《世说·文学篇》注引《晋诸公赞》谓：“裴頠谈理与王夷甫不相上下。”）乐广、卫玠（《世说·赏誉篇》注引《玠别传》云：“玠少有名理，善通《老》、《庄》。”《文学篇》注引《玠别传》云：“玠少有名理，善《易》、《老》。”）而其风大成，即王敦所谓“不悟永嘉之中，复闻正始之音”者也。（《世说·赏誉篇》注引

《玠别传》）故范宁之徒，即以王、何为罪人。孙盛《晋阳秋》亦曰：“正始中，王弼、何晏，好《庄》、《老》之谈，而俗遂贵玄。”）（《文选》注引）其他晋人所论，并与相同，均其证也。然王、何虽工谈论，及著为文章，亦为后世所取法；迄于西晋，则王衍、乐广之流，文藻鲜传于世，用是言语、文章，分为二途，（《世说·文学篇》谓：“乐令善于清言，而不长于手笔。将让河南尹，请潘岳为表，述己所以为让，二百许语，潘直取错综，便成名笔。”又谓：“太叔广甚辩给，而挚仲治长于翰墨。每至公坐，广谈，仲治不能对，退著笔难广，广又不能答。”又谓：“江左殷太常父子并能言理，亦有辩讷之异。扬州口谈至剧。太常辄云：‘汝更思吾论。’”是当时言语、文学分为二事。）惟出口成章，便成文彩。（具见《晋书》及《世说》各书。）迄于宋、齐，其风未替，亦足窥当时之风尚矣。至当时之文，其确能祖述王、何文体者，惟石崇《巢许论》（其词曰：“盖闻圣人在位，则群材必举，官才任能，轻重允宜。大任已备，则不抑大才使居小位；小才已极其分，则不以积久而令处过才之位。然则稷播嘉谷，契敷五教，皋陶、夔、龙，各已授职，其联属之官，必得其才，则必不重载兼置，斯可知也。巢、许则元、敳之俦。大位已充，则宜敦廉让以厉俗，崇无为以化世。然后动静之效备，隐显之功著。故能成巍巍之化，民莫能名，将何疑焉？”此文见《艺文类聚》引。）以及郭象《庄子注序》、（《世说·文学篇》注引《文士传》：“郭象作《庄子注》，最有清词遒旨。”所评至尽，其序文尤佳。今录如下。其词曰：“夫庄子者，可谓知本矣。故未始藏其狂言，言虽无会而独应者也。夫应而非会，则虽当无用；言非物事，则虽高不行。与夫寂然不动，不得已而发起者，固有间矣，斯可谓知无心者也。夫心无为则随感而应，应随其时，言唯谨尔。故与化为体，流万代而冥物；岂曾设对独遘，而游谈乎方外哉？此其所以不经而为百家之冠也。然庄生虽未体之，言则至矣。通天地之统，序万物之性，达死生之变，而明内圣外王之道，上知遗物无物，下知有物之自造也。其言宏绰，其旨玄妙，至至之道，融微旨雅，泰然遣放，放而不敖，故曰不知义之所适，猖狂妄行，而蹈其大方，含哺而熙乎澹泊，鼓腹而游乎混芒，至人极乎无亲，孝慈终于兼忘，礼乐复乎已能，忠信发乎天光，用其光则其朴自成，是以神器独化于玄冥之境，而源流深长也。故其长波之所荡，高风之所扇，畅乎物宜，适乎民愿，弘其鄙，解其悬，洒落之功未加，而矜夸所以散。故观其书，超然自以为已当经昆仑，涉太虚，而游恍惚之庭矣。虽复贪婪之人，躁进之士，而揽其余芳，味其溢流，仿佛其音影，犹足旷然有忘形自得之怀，况探其远情而玩永年者乎？遂绵邈清遐，去离尘埃，而返冥极者也。”）欧阳建《言尽意论》（其词曰：“有雷同君子问于违众先生曰：‘世之论者，以为言不尽意，由来尚矣。至乎通才达识，咸以为然。若夫蒋公之论眸子，钟傅之言才性，莫不引此为谈证。而先生以为不然，何哉？’先生曰：夫天不言，而四时成焉；圣人不言，而鉴识存焉。形不待名，而方圆已著；色不俟称，而黑白以彰。然则，名之于物，无施者也；言之于理，无为者也。而古今务于正名，圣贤不能去言，其故何也？诚以理得于心，非言不畅；物定于彼，非名不辩。言不畅心，则无以相接；名不辩物，则鉴识不显。鉴识显而名品殊，言称接而情志畅。原其所以，本其所由，非物有自然之名，理有必定之称也。欲辩其实，则殊其名；欲宣其志，　则立其称。名逐物而迁，言因理而变。此犹声发响应，形存影附，不得相与为二；苟其不二，则无不尽，吾故以为尽矣。”此文亦见《艺文类聚》所引。）诸篇而已。

又案：西晋之士，其以嗣宗为法者，非法其文，惟法其行。用是清谈而外，别为放达。据《世说·德行篇》注引王隐《晋书》谓：“魏末，阮籍嗜酒荒放，露头散发，裸袒箕踞。其后贵游子弟阮瞻、王澄、谢鲲、胡毋辅之之徒，皆祖述于籍，谓得大道之本。”据《晋书》所载，则山简、张翰、毕卓、庾敳、光逸、阮孚之流，皆属此派，即傅玄所谓“魏氏虚无放诞之论，盈于朝野”，（《文选·晋纪总论》注引干氏《晋纪》载玄上书）应詹所谓“以容放为夷达”（《文选·晋纪总论》注引刘谦《晋纪》所载詹表）是也。然山简以下，其文采亦少概见。其以文学著名者，首推张翰，（翰诗尤长于文。《文选》张季鹰《杂诗》注引王俭《七志》云：“翰字季鹰，文藻新丽。”）次则谢鲲、阮孚而已。即其推论名理，亦出乐广诸人之下。

丙　潘陆及两晋诸贤之文

《文选·文赋》李注引臧荣绪《晋书》曰：陆机字士衡，与弟云勤学，天才绮练，当时独绝，新声妙句，系踪张、蔡。

案：臧书以机文为“绮练”，所评至精。

《文选·籍田赋》注引臧荣绪《晋书》：潘岳字安仁，总角辩慧，摛藻清艳。

《世说·文学篇》引孙兴公（即孙绰。）云：潘文烂若披锦，无处不善；陆文若排沙简金，往往见宝。又引孙兴公云：潘文浅而净，陆文深而芜。

案：刘注引《文章传》曰："机善属文。司空张华见其文章，篇篇称善，犹讥其作文大冶，谓曰：'人之作文，患于不才；至子为文，乃患太多也。'"又引《续文章志》曰："岳为文，选言简章，清绮绝伦。"盖陆氏之文工而缛，潘氏之文虽绮而清，故孙氏论文，以为潘美于陆。（《御览》引《抱朴子》云："欧阳生曰：'张茂先、潘正叔、潘安仁文远过二陆。二陆文词源流，不出俗检。'"

又案：《世说·文学篇》注引《晋阳秋》曰："岳夙以才颖发名，善属文，清绮绝世，蔡邕不能过也。"亦以岳文为"清绮"，即《续文章志》之所本也。

《意林》、《北堂书抄》引葛洪《抱朴子》佚篇曰：吾见二陆之文，犹玄圃积玉，莫非夜光；方之他人，若江汉之与潢污，及其精处，妙绝汉、魏之人也。（又：每读二陆之文，未尝不废书而叹，恐其尽卷。又云：陆子十篇，词之富者，虽覃思不能损。）《文心雕龙·镕裁篇》曰：至如士衡才优，而缀辞尤繁；士龙思劣，而雅好清省。及云之论机，亟恨其多，而称清新相接，不以为病。（案：见云集《与兄平原书》。）

《文心雕龙·才略篇》曰：陆机才欲窥深，辞务索广，故思能入巧，而不制繁。士龙朗练，以识检乱，故能布采鲜净，敏于短篇。

案：诸家所论，均谓士衡之文偏于繁缛。又《雕龙·定势篇》云："陆云自称往日论文，先词而后情，尚势而不取悦泽。及张公论文，则欲宗其言。（亦见《与兄书》。）可谓先迷后能从善。"亦足为士云之文定论。（案：云集《与兄平原书》其中数首，于机文评论极当，允宜参考。）

《初学记》引李充《翰林论》：潘安仁为文，犹翔禽之羽毛，衣被之绡縠。

《文心雕龙·才略篇》曰：潘岳敏给，辞自和畅，钟美于《西征》，贾余于哀诔，非自外也。

案：彦和以"敏给"推岳，与《时序篇》义同。

《文心雕龙·体性篇》曰：安仁轻敏，故锋发而韵流。士衡矜重，故情繁而词隐。

案：六朝论西晋文学者，必以潘、陆为首。故《宋书·谢灵运传论》，以为降及元康，潘、陆特秀；《南齐书·文学传论》，亦谓潘、陆齐名，机、岳之文永异也。然西晋一代，文士实繁，《雕龙·才略篇》于评论潘、陆外，又谓"张华短章，奕奕清畅"，"左思奇才，业深覃思，尽锐于《三都》，拔萃于《咏史》"，又谓"孙楚缀思，每直置以疏通；挚虞述怀，必循规以温雅：其品藻流别，有条理焉。傅玄篇章，义多规镜；长虞笔奏，世执刚中：并桢干之实才，非群华之韡萼也。成公子安选赋而时美，夏侯孝若具体而皆微，曹摅清靡于长篇，季鹰辨切于短韵，各其善也。孟阳、景阳，才绮而相埒，可谓鲁、卫之政，兄弟之文也。刘琨雅壮而多风，卢谌情发而理昭，亦遇之于时势也。"（以上均《雕龙》语。）彦和所举，舍张华、（张华之文，陆云《与兄平原书》评之甚详。）挚虞、傅玄、傅咸兼长学业，（时学人工文者，别有皇甫谧、束皙、葛洪诸家。）刘琨兼擅事功外，均以文学著名。彦和所未举者，别有应贞、潘尼、欧阳建、木华、王瓒诸人，亦长文学，今略摘史册所记，录之如左：（张翰见前。）

应贞字吉甫　《三国志·王粲传》：贞以文章显。

孙楚字子荆　《晋书·楚传》载：王济铨楚品状云：天才英博。

张载字孟阳　《文选·七哀诗》注引臧荣绪《晋书》：载有才华。

张协字景阳，载弟　钟氏《诗品》谓：协诗雄于潘岳，靡于太冲，风流条达，实旷代之高手。（协弟亢，字季阳，与载、协并称三张。《晋书》谓其亦有文誉。）

潘尼字正叔，岳从子　《文选·赠陆机诗》注引《文章志》：尼有清才。

何邵字敬祖　《文选·游仙诗》注引臧荣绪《晋书》：邵博学多闻，善属篇章。

左思字太冲　《世说·文学篇》注引《思别传》：博览名文，有文才。

夏侯湛字孝若　《世说·文学篇》引《文士传》：湛有盛才，文章巧思，名亚潘岳。（岳有《湛诔》。）

成公绥字子安　《文选·啸赋》注引臧荣绪《晋书》：绥少有俊才，辞赋壮丽。

嵇含字君道　《太平御览》引《嵇氏世家》：书檄云集，含不起草。（《北堂书抄》引《抱朴子》逸文：君道摛毫妙观，难与并驱。

曹摅字颜远　《太平御览》引《晋书》：摅诗文多雄才。

卢谌字子谅　《文选·览古诗》注引徐广《晋纪》：谌有才理。

欧阳建字坚石　《御览》引《欧阳建别传》：文词美赡，构理精微。

木华字玄虚　《文选·海赋》引傅亮《文章志》云：玄虚为海赋，文甚隽丽。

王瓒字正长　《文选·杂诗》注引臧荣绪《晋书》：瓒博学有俊才。

又案：西晋人士，其于当时有文誉者，别有周处、（石拓《周处碑》云："文章绮合，藻思罗开。"）张畅、（陆机《荐畅表》："畅才思清敏。"）张赡、（《晋书·陆云传》："移书荐赡云：言敷其藻。又曰：篇章光觌。"）蔡洪、（《世说·言语篇》注引洪集录："洪有才辩。"）崔君苗（陆云《与兄平原书》："君苗自复能作文。"）诸人，其著作见《文选》者，见有石崇、枣据、郭泰机，其诗文集传于后世者，据《晋书》及《隋书·经籍志》所载，则王濬二卷、羊祜二卷以下，以及山涛五卷、杜预十八卷、司马彪四卷、何邵二卷、王浑五卷、王济二卷、贾充五卷、荀勖三卷、何曾五卷、裴秀三卷、裴楷二卷、刘毅二卷、庾峻二卷、薛莹三卷、盛彦五卷、刘实二卷、刘颂三卷、虞溥二卷、陈咸三卷、吴商五卷、曹志二卷、王沈五卷、卫展十五卷、江统十卷、庾鲦二卷、袁准二卷、殷巨二卷、卞粹五卷、索靖三卷、嵇绍二卷、华峤八卷、江伟六卷、陆冲二卷、孙毓六卷、郭象二卷、裴頠九卷、山简二卷、庾敳五卷、邹谌三卷、王瓒五卷、张辅二卷、夏侯淳二卷、阮瞻二卷、阮修二卷、阮冲二卷、张敏二卷、刘宝三卷、宣舒五卷、谢衡二卷、蔡充二卷、刘弘三卷、牵秀四卷、卢播二卷、贾彬三卷、杜育二卷、孙惠十一卷、间丘冲二卷之属，均有专集，（又：左贵嫔集四卷，王浑妻钟琰集五卷，亦见《隋志》。）足征西晋文学之盛矣。

又案：东晋人士，承西晋清谈之绪，并精名理，善论难，以刘琰、王蒙、许询为宗，其与西晋不同者，放诞之风，至斯尽革。又西晋所云名理，不越老、庄，至于东晋，则支遁、法深、道安、惠远之流，并精佛理，故殷浩、郄超诸人，并承其风，旁迄孙绰、谢尚、阮裕、韩伯、孙盛、张凭、王胡之，亦均以佛理为主，息以儒玄；嗣则殷仲文、桓玄、羊孚，亦精玄论。大抵析理之美，超越西晋，而才藻新奇，言有深致，即孙安国所谓"南人学问，精通简要"（见《世说·文学篇》）也。故其为文，亦均同潘而异陆，近嵇而远阮。《文心雕龙·才略篇》曰："景纯艳逸，足冠中兴，《郊赋》既穆穆以大观，《仙诗》亦飘飘而凌云矣。庾元规之表奏，靡密以闲畅；温太真之笔记，循理而清通：亦笔端之良工也。孙盛、干宝，文胜为史，准的所拟，志乎典训，户牖虽异，而笔彩略同。袁宏发轸以高骧，故卓出而多偏；

孙绰规旋以矩步，故伦序而寡状；殷仲文之孤兴，谢叔源之闲情，并解散辞体，缥缈浮音，虽滔滔风流，而大浇文意。”（以上均《雕龙》语）彦和所举、舍庾亮、温峤兼擅事功，孙威、干宝尤长史才外，均以文学著名。（王隐诸人，亦长史才。）彦和所未举者，别有庾阐、曹毗、王珣、习凿齿、嵇含，亦长文学，今略摘史册所记，录之如左：

郭璞字景纯　《世说·文学篇》注引《璞别传》：文藻粲丽，诗赋赞颂，并传于世。

袁弘字彦伯，小名虎　《世说·文学篇》注引《续晋阳秋》：虎少有逸才，文章绝丽。（钟氏《诗品》云：“彦伯虽文体未遒，而鲜明紧健，去凡俗远矣。”）

孙绰字兴公　《世说·言语篇》注引《中兴书》：绰少以文称。

许询字玄度　《文选·杂体诗》注引《晋中兴书》：询有才藻，善属文。

庾阐字仲初　《世说·文学篇》注引《中兴书》：阐九岁便能属文。

曹毗字辅佐　《世说·文学篇》注引《中兴书》：毗好文籍，能属词。

王珣字元琳　《世说·文学篇》注引《续晋阳秋》：珣文高当世。（《赏誉篇》注又引《续晋阳秋》：“王珉才辞富赡。”珉字季琰，珣之弟。）

习凿齿字彦威　《世说·文学篇》注引《晋阳秋》：凿齿才情秀逸。（《言语篇》注引《中兴书》：“凿齿少以文称。”）

殷仲文字仲文　《世说·文学篇》：仲文天才弘赡。（注引《续晋阳秋》：“仲文雅有才藻，著文数十篇。”）

谢混字叔源　《文选·游西池诗》注引臧荣绪《晋书》：混善属文。

又案：东晋人士，其于当时有文誉者，别有孔坦、（《世说·言语篇》注引王隐《晋书》：“坦有文辩。”）伏滔、（《世说·言语篇》注引《中兴书》：“滔少有才学。”）袁乔、（《世说·文学篇》注引《袁氏家传》：“乔有文才。”）杨方、（《晋书·方传》载贺遁书：“方文甚有奇致。”）谢万、（《世说·文学篇》注引《中兴书》：“万善属文，能谈论。”）顾恺之、（《世说·文学篇》引《晋阳秋》：“恺之博学有才气。”）王修、（《世说·赏誉篇》云：“谢镇西道敬仁文学锹镰，无能不新。”敬仁，即修字。）桓玄，（《世说·文学篇》注引《晋安帝纪》：“玄文翰之美，高于一世。”）其诗文集传于后世者，据《晋书》及《隋志》所载，则彭城王纮二卷、谯王无忌九卷、会稽王道八卷、贺遁二十卷、顾荣五卷、周顗三卷、王导十一卷、王敦十卷、王廙三十四卷、应詹五卷、华谭二卷、郗鉴十卷、陶侃二卷、蔡谟四十三卷、刘隗二卷、刘超二卷、沈充二卷、卞壸二卷、荀崧一卷、殷蚀十卷、何允五卷、谷俭一卷、温峤十卷、傅纯二卷、梅陶二十卷、张闿二卷、诸葛恢五卷、戴邈五卷、王愆期一卷、熊远十二卷、孔坦十七卷、庾冰二十卷、庾翼二十二卷、谢尚十卷、江虨五卷、江逌九卷、桓温二十卷、殷浩五卷、范汪十卷、孔严十一卷、王彪之二十卷、荀组三卷、王旷五卷、张虞十卷、罗含三卷、王述五卷、王坦之七卷、郄愔四卷、范宁十六卷、顾和五卷、王濛五卷、李充十卷、王羲之十卷、虞预十卷、应亨二卷、孙统九卷、王胡之十卷、谢沈十卷、王忱五卷、李颙二十卷、庾和二卷、王洽五卷、郄超十卷、张望十二卷、范弘之六卷、刘恢二卷、徐禅六卷、王献之十卷、庾康之十卷、王谧十卷、殷允十卷、殷康五卷、黄整十卷、张凭五卷、徐彦十卷、庾统八卷、王恭五卷、孔汪十卷、应硕二卷、张悛五卷、韩伯十卷、伏系之十卷、郑袭四卷、徐邈二十卷、戴逵十卷、袁崧十卷、殷仲堪十二卷、喻希一卷、苏希七卷、徐乾二十一卷、祖台之二十卷、何瑾十一卷、羊徽十卷、周祇二十卷、殷阐十卷均有专集，（又，傅统妻辛萧集一卷，王凝之妻谢道韫集三卷，陶融妻陈窈集一卷，徐藻妻陈玢集一卷，刘臻妻陈璆集七卷，刘柔妻王邵之集十卷，钮滔母孙琼集二卷，亦见《隋志》。）足征东晋文学之盛矣。

丁 总论

《晋书·文苑传》序曰：金行纂极，文雅斯盛。张载擅铭山之美，陆机挺焚砚之奇，潘、夏连辉，颉颃名辈。至于吉甫、太冲，江右之才俊；曹毗、庾阐，中兴之时秀。信乃金相玉润，野会川冲。

《晋书·夏侯湛、潘岳、张载等传论》曰：孝若掞蔚春华，时标丽藻；安仁思绪云骞，词锋景焕。贾论政范，源王化之幽赜；潘著哀词，贯人灵之情性。机文喻海，潘藻如江。

《宋书·谢灵运传论》曰：降及元康（晋惠帝年号），潘、陆特秀，律异班、贾，体变曹、王，缛旨星稠，繁文绮合，缀平台之逸响，采南皮之高韵，遗风余烈，事极江右。在晋中兴，玄风独秀，为学穷于柱下，博物止于七篇，驰骋文词，义殚乎此。自建武暨于义熙，历载将百，（建武，元帝年号。）虽比响联词，波属云委，莫不寄言上德，托意玄珠，遒丽之词，无闻焉耳。仲文始革孙、许之风，叔源大变太元之气。（太元，孝武年号。）

案：休文以江左文学“遒丽无闻”，又谓“为学穷于柱下，博物止于七篇”，亦举其大要言之。若综观东晋诸贤，则休文之论，未为尽也。

《南齐书·文学传论》：属文之道，事出神思，感召无象，变化不穷。俱五声之音响，而出言异句；等万物之情状，而下笔殊形。吟咏规范，本之雅什；流分条散，各以言区。若陈思“代马”群章，王粲“飞鸾”诸制，四言之美，前超后绝。少卿离辞，五言才骨，难与争骛。“桂林、湘水”，平子之华篇；“飞馆玉池”，魏文之丽篆：七言之作，非此谁先？卿、云巨丽，升堂冠冕，张、左恢廓，登高不继，赋贵披陈，未或加矣。显宗之述傅毅，简文之擒彦伯，分言制句，多得颂体。裴頠内侍，元规凤池，子章以来，章表之选。孙绰之碑，嗣伯喈之后；谢庄之诔，起安仁之尘。颜延《杨瓒》，自比《马督》，以多称贵，归庄为允。王褒《童约》，束皙《发蒙》，滑稽之流，亦可奇玮。五言之制，独秀众品。习玩为理，事久则渎；在乎文章，弥患凡旧，若无新变，不能代雄。建安一体，《典论》短长互出；潘、陆齐名，机、岳之文永异。江左风味，盛道家之言：郭璞举其灵变，许询极其名理；仲文玄气，犹不尽除；谢混情新，得名未盛；颜、谢并起，乃各擅奇；休、鲍后出，咸亦标世：朱蓝共妍，不相祖述。

案：萧氏亦以东晋文学变于殷仲文、谢混，与沈氏所论略同。

《文心雕龙·丽辞篇》曰：至魏、晋群才，析句弥密，联字合趣，割毫析厘。然契机者入巧，浮假者无功。

《文心雕龙·情采篇》曰：后之作者，采滥忽真，远弃风雅，近师词赋。故体情之制日疏，逐文之篇愈盛。

《文心雕龙·练字篇》曰：自晋以来，用字率从简易。时并习易，人谁取难？今一字诡异，则群句震惊；三人弗识，则将成字妖矣。

案：晋文异于汉、魏者，用字平易，一也；偶语益增，二也；论序益繁，三也。彦和所论三则，殆尽之矣。

《文心雕龙·时序篇》曰：逮晋宣始基，景、文克构，并迹沉儒雅，而务深方术。至武帝惟新，承平受命，而胶序篇章，弗简皇虑。降及怀、愍，缀旒而已。然晋虽不文，人才实盛：茂先摇笔而散珠，太冲动墨而横锦，岳、湛曜联璧之华，机、云标二俊之采，应、傅、三张之徒，孙、挚、成公之属，并结藻清英，流韵绮靡；前史以为运涉季世，人未尽才，诚哉斯谈，可为叹息。元皇中兴，披文建学，刘、刁礼吏而宠荣，景纯文敏而优擢。逮明帝秉哲，雅好文会，升储御极，孳孳讲艺，练情于诰策，振采于辞赋，庾以笔才逾亲，温以文思益厚，揄扬风流，亦彼时之汉武也。及成、康促龄，穆、哀短祚，简文勃兴，渊乎清峻，微言精理，函满玄席，澹思浓采，时洒文囿。至孝武不嗣，安、恭已矣，其文史则有袁、殷之曹，孙、于之辈，虽才或浅深，珪璋足用。自中朝贵玄，江左称盛，因谈余气，流成文体。是以世极迍邅，而辞意夷泰，诗必柱下之旨归，赋乃漆园之义疏。故知文变染乎世情，兴废系乎时序，原始以要终，虽百世可知也。

案：《雕龙》此节推论两晋文学之变迁，最为详尽。

《文心雕龙·通变篇》曰：魏之篇制，顾慕汉风。晋之词章，瞻望魏采。又曰：魏晋浅而绮。

案：《雕龙·通变篇》所论，于魏、晋文学亦得大凡。

又案：晋人文学，其特长之处，非惟析理已也。大抵南朝之文，其佳者必含隐秀，然开其端者，实惟晋文。又出语必隽，恒在自然，此亦晋文所特擅。齐、梁以下，能者鲜矣。（彦和以魏、晋之文为浅者，亦以用字平易，不事艰深，即《练字篇》所谓“自晋以来，用字率从简易”也。）

《文心雕龙·诠赋篇》曰：太冲、安仁，策勋于鸿规；士衡、子安，底绩于流制。景纯绮巧，缛理有余；彦伯梗概，情韵不匮。（案：晋人词赋传今较多，惟张华、潘尼、夏侯湛、二傅、二张、孙楚、挚虞、束晳、嵇含、曹毗、顾恺之诸人。）

案：东汉以来，词赋虽逞丽词，左思《三都》矫之，悉以征实为主。自是以降，则庾阐《扬都》，于当时最有盛誉。然孙绰《天台山赋》，词旨清新，于晋赋最为特出。其他诸家所作，大抵规模前作，少有新体。其与时作稍异者，惟曹摅《述志赋》、庾敳《意赋》而已。

《世说·文学篇》注引《续晋阳秋》论许询曰：自司马相如、王褒、扬雄诸贤，世尚赋颂，皆体则《诗》、《骚》，傍综百家之言。及至建安，而诗章大盛。逮乎西朝之末，潘、陆之徒，虽时有质文，而宗归不异也。正始中，王弼、何晏好庄、老玄胜之谈，而世遂贵焉。至过江，佛理尤盛。故郭璞五言，始会合道家之言而韵之。询及太原孙绰，转相祖尚，又加以三世之辞，而《诗》、《骚》之体尽矣。询、绰并为一时文宗，自此作者悉体之，至义熙中，谢混始改。（《世说·文学篇》亦云："简文称许掾云：'玄度五言诗，可谓妙绝时人。'"）

《文心雕龙·明诗篇》曰：晋世群才，稍入轻绮。张、潘、左、陆，比肩诗衢。采缛于正始，力柔于建安，或析文以为妙，或流靡以自妍，此其大略也。江左篇制，溺乎玄风。嗤笑狥务之志，崇盛亡机之谈。袁、孙已下，虽各有雕采，而辞趣一揆，莫与争雄。所以景纯仙篇，挺拔而为俊矣。宋初文咏，体有因革，庄、老告退，而山水方滋。

案：晋代之诗如张华、张载之属，均与士衡体近；然左思、刘琨、郭璞所作，浑雄壮丽，出于嗣宗。东晋之诗，其清峻之篇，大抵出自叔夜，惟许询、支遁所作，虽多玄言，其体仍近士衡。自渊明继起，乃合嵇、阮之长，此晋诗迁变之大略也。

《文心雕龙·乐府篇》曰：逮于晋世，则傅玄晓音，创定雅歌，以咏祖宗；张华新篇，亦充庭万。然杜夔调律，音奏舒雅，荀勖改悬，声节哀急，故阮咸讥其离声，后人验其铜尺。和乐精妙，固表里而相资矣。

案：本篇又谓"子建、士衡咸有佳篇，并无诏伶人，故事谢丝管"。盖歌行或不入乐，自魏、晋始。

《文心雕龙·颂赞篇》：魏、晋辨颂，鲜有出辙。陆机积篇，惟《功臣》最显；其褒贬杂居，固末代之讹体也。

又云：景纯注《雅》，动植赞之，义兼美恶，亦犹颂之变耳。

《文心雕龙·铭箴篇》：张载《剑阁》，其才清采，迅足骎骎，后发前至，勒铭岷、汉，得其宜矣。

又云：至于潘勖《符节》，要而失浅；温峤《傅臣》，博而患繁；王济《国子》，引广事杂；潘尼《乘舆》，义正体芜：凡斯继作，鲜有克衷。（此段论箴。）

《文心雕龙·诔碑篇》曰：孙绰为文，志在碑诔，温、王、郗、庾，词多枝杂；《桓彝》一篇，最为辨裁。

案：晋人碑铭之文，如傅玄《江夏任君墓铭》、孙楚《牵招碑》、潘岳《杨使君碑》、潘尼《杨萧侯碑》、夏侯湛《平子碑》，均以汉作为楷模；然气清辞畅，则晋贤之特色，非惟孙绪、王导、郗凿、庾亮、庾冰、褚褒诸碑已也。（彦和以为枝杂，持论稍过。）碑铭以外，颂之佳者，则有江伟《傅浑颂》、孙绰《徐君颂》诸篇。（陆云《盛德》诸颂以及潘尼《释奠颂》，过于繁富。）箴之佳者，则有陆云《逸民箴》、李充《学箴》诸作。赞自夏侯湛《东方朔画赞》、袁弘《三国名臣赞》外，若庾亮《翟徵君赞》、戴逵《闲游赞》，均有可观。（孙绰《列仙传》诸赞，郭元伯《列仙传赞》，均与郭氏赞体同。又陆云《登遐颂》，亦赞体。）诔则左贵嫔《元皇后诔》、陆机《愍怀太子诔》，（陆云各诔尤繁。）文之尤善者也。

王隐《晋书》：潘岳善属文，哀诔之妙，古今莫比，一时所推。

《文心雕龙·祝盟篇》曰：潘岳之祭庾妇，奠祭之恭哀也。

《文心雕龙·哀吊篇》：建安哀词，惟伟长差善，《行女》一篇，时有恻怛。及潘岳继作，实踵其美。观其虑善辞变，情洞悲苦，叙事如传；结言摹诗，促节四言，鲜有缓句，故能义直而文婉，体旧而趣新；《金鹿》、《泽兰》，莫之或继也。

又云：陆机之《吊魏武》，序巧而文繁。

案：晋代祭文传于今者，若庾亮《祭孔子文》、周祇《祭梁鸿文》，（庾文清约，周文畅逸。）吊文传于今者，若李充《吊嵇中散文》、嵇含《吊庄周文》，均为佳作。惟晋人文集所载，别有吊书、（如《陆云集·吊陈永长书》五首、《吊陈伯华书》二首是也。）哀策文（张华武帝及元皇后哀策文、潘岳《景献皇后哀策文》、郭璞《元帝哀策文》、王珣《孝武帝哀策》是也。）各体，文亦多工。

《文心雕龙·诏策篇》曰：晋氏中兴，惟明帝崇才，以温峤文清，故引入中书。自斯以后，体宪风流矣。（《艺文类聚》引《晋中兴书》："明帝元年，以峤为中书令，所下手诏，有'文清旨远，宜居机密'之语"。）

又云：教者效也。若诸葛孔明之详约，庾稚恭之明断，并理得而辞中，教之善也。

《文心雕龙·檄移篇》曰：陆机之《移百官》，言约而事显。

案：晋代诏书，前后若一，惟明帝《讨钱凤诏》、简文帝《优恤兵士诏》（晋明帝、简文帝、孝武帝均有文集。）较为壮美。诏书而外，教之佳者，王沈、虞溥、庾亮也；檄之佳者，庾阐、袁豹也。

《文心雕龙·论说篇》：迄至正始，务欲守文；何晏之徒，始盛玄论。于是聃、周当路，与尼父争涂矣。详观兰石之《才性》，仲宣之《去伐》，叔夜之《辨声》，太初之《本玄》，辅嗣之两例，平叔之二论，并师心独见，锋颖精密，盖人伦之英也。至如李康《运命》，同《论衡》而过之，陆机《辨亡》，效《过秦》而不及，然亦其美矣。次及宋岱、郭象，锐思于几神之区；夷甫、裴頠，交辨于有无之域：并独步当时，流声后代。然滞有者全系于形用，贵无者专守于寂寥，徒锐偏解，莫诣正理。动极神源，其般若之绝境乎！逮江左群谈，惟玄是务，虽有日新，而多抽前绪矣。

案：晋代论文，其最为博大者，惟陆机《辨亡》、《五等》，于宝《晋纪总论》诸篇。东晋之世，则纪瞻《太极》、庾阐《蓍龟》、殷浩《易象》、罗含《更生》、韩伯《辨谦》、支遁《逍遥》，均理精词隽，不事繁词。又，张韩《不用舌论》，王脩《贤才论》，袁弘《去伐》、《明谦》二论，孙盛《太伯三让》、《老聃非大贤论》，戴逵《放达为非道论》、《释疑论》，殷仲堪《答桓桓四皓论》，亦均清颖有致，雅近王、何。若孙绰《喻道》，体近于嵇，王坦之《废庄》，体近于阮，亦其选也。至若刘寔《崇让》、潘尼《安身》，虽为史书所载，然文均繁缛。其论事之文，以江统《徙戎》、伏滔《正淮》为尤善。择而观之，可以得作论之式矣。

《文心雕龙·奏启篇》：晋氏多难，灾屯流移。刘颂殷勤于时务，温峤恳切于费役，并体国之忠规矣。

又云：傅咸劲直，而按词坚深；刘隗切正，而劾文阔略：各其志也。

《文心雕龙·议对篇》：何曾蠲出女之科，秦秀定贾充之谥，事实允当，可谓达议体矣。（《御览》引李充《翰林论》云："驳不以华藻为先。傅长虞每奏驳事，为邦之司直矣。"）

又云：陆机断议，亦有锋颖，而谀词弗翦，颇累风骨。（《初学记》引李充《翰林论》云："士衡之议，可谓成文矣。"）

《文心雕龙·章表篇》：晋初笔札，则张华为俊，其三让公封，理周辞要，引义比事，必得其偶；世珍《鷦鷯》，莫顾章表。及羊公之辞开府，有誉于前谈；庾公之让中书，信美于往载：序志显类，有文雅焉。刘琨《劝进》，张骏《自序》，文致耿介，并陈事之美表也。（《御览》引《翰林论》："裴公之辞侍中，羊公之让开府，可谓德音。"）

案：昭明《文选》于晋人之文，惟录张悛、桓温诸表。然晋代表疏，或文词壮丽，（如卢谌《理刘司空表》、刘琨《劝进表》是也。）或择言雅畅，（如王导《请修学校疏》、孙绰《请移都洛阳疏》是也。）其弊或流于烦冗，（刘毅《请罢中正疏》、刘颂《治淮南疏》）为汉、魏所无。又，晋代学人，如司马彪、傅咸、吴商、孙毓、束晳、挚虞、虞潭、虞喜、蔡谟、贺循、王敞、何琦、范汪、范宁、王彪之、范宣、徐邈、谢沈、郑袭之伦，其议礼之文，明辩畅达，亦文学之足述者也。

《文心雕龙·书记篇》曰：嵇康《绝交》，实志高而文伟矣。赵至叙离，乃少年之激切也。

又云：刘廙《谢恩》，喻切以至；陆机《自理》，情周而巧：笺之为善者也。

案：晋人之书，或质（如《法书要录》阁帖所载诸王诸帖，及陆云与兄书。）或文，（如赵至《与嵇茂齐书》、辛旷《与皇甫谧书》、孙楚《为石仲容与孙皓书》。）其辩论义理，（如罗含《答孙安国书》，孙盛《与罗君章书》，戴逵《答周居王书》，王洽《与林法同书》，王谧答桓玄诸书，桓玄与慧远、王谧各书是。）亦汉、魏所无。

《文心雕龙·杂文篇》曰：景纯《客傲》，情见而采蔚，庾敳《客咨》，意荣而文悴。

又云：自桓麟《七说》以下，左思《七讽》以上，枝附影从，十有余家。或文丽而义暌，或理粹而辞驳。

又云：自《连珠》以下，拟者间出。惟士衡运思，理新文敏，而裁章置句，广于旧篇。

案：晋代杂文传于今者，如夏侯湛《抵疑》，束景玄《居释》，王沈《释时论》，曹毗《对儒》，均为设论。（又，王该《日烛》，体虽特创，亦设论之变体。）自是以外，《骚》莫高于《九愍》，（陆云作）《七》莫高于《七命》，（张协作），《连珠》舍士衡所作外，传者鲜矣。

《文心雕龙·谐隐篇》曰：潘岳《丑妇》之属，束皙《卖饼》之类，尤而效之，盖以百数。魏、晋滑稽，盛相驱扇。

案：晋人之文，如张敏《头责子羽文》、陆云《嘲褚常侍》、鲁褒《钱神论》，亦均谐文之属。

《文心雕龙·史传篇》曰：后汉纪传，发源《东观》。袁、张所制，偏驳不伦。薛、谢之作，疏谬少信。若司马彪之详实，华峤之准当，则其冠也。（袁谓袁弘，张谓张璠、张莹，谢谓谢承、谢沈，薛谓薛莹。）

又云：魏代三雄，记传互出。《阳秋》、《魏略》之属，《江表》、《吴录》之伦，或激抗难征，或疏阔寡要。惟陈寿三志，文质辨洽。（《阳秋》，谓习凿齿《汉晋阳秋》，非谓孔衍《汉魏春秋》及孙盛《魏氏春秋》也；《魏略》，谓鱼豢《魏略》；《江表传》，虞溥撰；《吴录》，张勃撰。）

又云：晋代之书，繁乎著作。陆机肇始而未备，王韶续末而不终。干宝述《纪》，以审正得序；孙盛《阳秋》，以约举为能。（《才略篇》：“孙盛、干宝，文盛为史。”与此互见云。）

又云：邓粲《晋纪》，始立条例。又撮略汉、魏，宪章殷、周。及安国（即孙盛）立例，乃邓氏之规。

案：彦和此篇，于晋人所撰史传，舍推崇陈寿三志外，其属于后汉者，则崇司马彪、华峤之书，（司马彪撰《续汉书》，起于世祖，终于孝献，为纪志传八十篇，见《晋书·彪传》。华峤作《后汉书》，为帝纪十二卷，皇后纪二卷，十典十卷，传七十卷，及三谱序传目录，凡九十七卷，见《晋书·峤传》。今惟彪书八志存。）谓胜袁、（弘，著《后汉纪》。）谢、（吴谢承著《后汉书》百三十卷，晋谢沈作《后汉书》八十五卷及外传。）薛、（薛莹，撰《后汉纪》百卷。）张（张莹，撰《后汉南纪》五十五卷；张璠，撰《后汉纪》三十卷。）诸作；（晋袁山松亦撰《后汉书》。）其属于晋代者，惟举陆、（机，撰《晋纪》四卷，《史通》谓其直叙其事，竟不编年。）干、（宝，作《晋纪》二十卷，《晋书》谓其书简略，直而能婉。）邓、（粲，撰《晋纪》十一卷）孙、（盛，撰《晋阳秋》三十二卷，《晋书》谓其词直理正。）王（宋王韶之撰《晋安纪》十卷。）五家，于王隐、（隐撰《晋书》九十三卷。）虞预、（预撰《晋书》四十四卷。）朱凤、（凤撰《晋书》十四卷。）曹嘉之（嘉之作《晋纪》十卷。）之书，则略而弗举；是犹论魏、吴各史，深抑《阳秋》、（习凿齿撰《汉晋阳秋》四十七卷。）《吴录》（张勃作《吴录》三十卷。）诸书也。（晋环纪亦撰《吴纪》九卷。）刘氏《史通》外篇谓："中朝华峤、陈寿、陆机、束皙，江左王隐、虞预、干宝、孙盛，并史官之尤美，著作之茂撰。"亦与彦和之论互明。故《史通》一书，于晋人所作，惟推华峤、（内篇谓："班固、华峤、子长之流。"又谓："创纪传者五家，推其所长，华氏居最。"）干宝，（《序例篇》谓："令升先觉，远绍丘明，重立凡例，勒成《晋纪》，邓、孙以下，遂蹑其踪。"又谓："干宝理切多功。"）于王隐、何法盛、孙盛、习凿齿、邓粲均有微词。（《书事篇》谓："王隐、何法盛专访州间细事，委巷琐言，聚而编之。"《采撰篇》谓："盛述《阳秋》，以刍荛鄙说，列为竹帛正言。"《论赞篇》谓："孙安国都无可采，习凿齿时有可观。"《序例篇》谓："邓粲词烦寡要。"均其证也。）盖汉、魏以降，史传一体，均由实趋华，而史才则有高下也。（《史通·烦省篇》谓："魏、晋以还，烦言弥甚。"《模拟篇》谓："自魏以前，多效二史。从晋已降，喜学五经。"又谓："编字不只，捶句必双。"均足为晋人史传定评。）

《文心雕龙·诸子篇》：两汉以后，体势漫弱，虽明乎坦途，而类多依采。

案：晋人所撰子书，文体亦异。其以繁缛擅长者，则有葛洪《抱朴子外篇》；其质实近于魏人者，则有傅玄《傅子》及袁准《正论》。自是以外，若陆云、（著《陆子新书》。）杨泉、（著《物理论》。）杜夷、（著《幽求子》。）华谭、孙绰、（谭作《新论》。绰作《孙子》。）苏彦，（著有《苏子》。）均著子书。然隋、唐以下，存者仅矣。

又案：晋人论文之作，以陆机之赋为最先，观其所举文体，惟举赋、诗、碑、诔、铭、箴、颂、论、奏、说，不及传、状之属，是即文、笔之分也。又，陆云《答兄平原书》，多论文之作，于文章得失，诠及细微；其于前哲，则伯喈、仲宣之作，多所诠评；其于时贤，则张华、成公绥、崔君苗之文，并多评核。二陆工文，于斯可验。自是以外，其论及文体正变及各体源流者，晋人撰作，亦多可采：如傅玄《七谟序》、《连珠序》，推论二体之起源，旁及汉、魏作者之得失；（均见《艺文类聚》引。）皇甫谧《三都赋序》、（《文选》）左思《三都赋序》、（《文选》）卫权《三都序略解序》、刘逵《蜀都吴都赋注序》，（并见《晋书·思传》。）推论赋体之起源，与汉儒"铺陈"之训，宛为符合。（又，郭象文《碑铭论》，今不传。）其著为一书者，则有挚虞《文章流别论》二卷，今群书所引尚十余则，（见严辑《全晋文》。）于诗、赋、箴、铭、哀、词、颂、七、杂文之属，溯其起源，考其正变，以明古今各体之异同，于诸家撰作之得失，亦多评品，集古今论文之大成。又，李充《翰林论》五十四卷，今群书所引亦仅七则，（见《全晋文》。）大抵于各体之文，均举佳篇为式。彦和论文，多所依据，亦评论文学之专书。汇而观之，足知晋代名贤于文章各体研核至精，固非后世所能及也。

选自《中国中古文学史》，人民文学出版社，1959

宋齐梁陈文学概略

刘师培

中国文学，至两汉、魏、晋而大盛，然斯时文学，未尝别为一科，（故史书亦无《文苑传》。）故儒生学士，莫不工文。其以文学特立一科者，自刘宋始。考之史籍，则宋文帝时，于儒学、玄学、史学三馆外，别立文学馆，（《宋书》本纪）使司徒参军谢元掌之。《南史·雷次宗传》明帝立总明观，分儒、道、文、史、阴阳为五部，（《宋书》本纪）此均文学别于众学之征也。故《南史》各传，恒以“文史”、“文义”并词，而《文章志》诸书，亦以当时为最盛。（《文章志》始于挚虞，嗣则傅亮著《续文章志》，宋明帝撰《江左文章志》，沈约作《宋世文章志》，均见《隋书·经籍志》。今遗文时见群书所引。）更即簿录之学言之：晋荀勖因魏《中经》区书目为四部，其丁部之中，诗、赋、图赞，仍与汲冢书并列；自齐王俭撰《七志》，始立“文翰”之名；梁阮孝绪撰《七录》，易称“文集”，（《七录》序云：“王以诗赋之名，不兼余制，故改为文翰。窃以顷世文词，总谓之集，变翰为集，于名尤显。故序‘文集录’为内篇第四。”）而“文集录”中，又区《楚辞》、别集、总集、杂文为四部，此亦文学别为一部之证也。

今将由宋迄陈文学，区为三期：一曰宋代，二曰齐、梁，三曰陈代。

甲　宋代文学

《文心雕龙·才略篇》：宋代逸才，辞翰鳞萃。

《文心雕龙·通变篇》：宋初讹而新。

《宋书·谢灵运传论》：爰逮宋氏，颜、谢腾声。灵运之兴会飙举，延年之体裁明密，并方轨前秀，垂范后昆。

《文心雕龙·时序篇》：自宋武爱文，文帝彬雅，秉文之德。孝武多才，英采云构。自明帝以下，文理替矣。尔其缙绅之林，霞蔚而飙起：王、袁联宗以龙章，颜、谢重叶以凤采，何、范、张、沈之徒，亦不可胜数也。

《齐书·文学传论》曰：颜、谢并起，乃各擅奇；休、鲍后出，咸亦标世：朱蓝共妍，不相祖述。（余见前课。）

案：宋代文学之盛，实由在上者之提倡。《南史·临川王义庆传》谓："文帝好文章，自谓人莫能及。"《南史·孝武纪》谓："帝少读书，七行俱下，才藻甚美。"《齐书·王俭传》亦谓："宋武帝好文章，天下悉以文采相尚。"又《宋书·明帝纪》亦谓："帝爱文义，（裴子野《雕虫论》谓：'帝才思朗捷。'）撰江左以来《文章志》。"均其证也。（《前废帝纪》亦谓："帝颇有文才，自造《孝武诔》及杂篇章，往往有辞采。"）故一时宗室，自南平王休铄外，（《宋书·铄传》："有文才，未弱冠，拟古三十余首，时人以为迹亚陆机。"）若建平王弘、卢陵王义真、江夏王义恭等，并爱文义。（见《宋书》及《南史》本传。）又据《宋书·临川王义庆传》谓："其爱好文义，才学之士，远近必至。袁淑文冠当时，引为卫军谘议；其余吴郡陆展，东海何长瑜、鲍照等，并有辞章之美，引为佐吏国臣。"其《始兴王浚传》亦谓："浚好文籍，与建平王弘、侍中王僧绰、中书郎蔡兴宗等，并以文义往复。"又《建平王景素（弘之子）传》云："景素好文章，招集才义之士，以收名誉。"此均宋代文学兴盛之由也。

又案：晋、宋之际，若谢混、陶潜、汤惠休之诗，均自成派。至于宋代，其诗文尤为当时所重者，则为颜延之、谢灵运。（《宋书·灵运传》云："文章之美，与颜延之为江左第一；纵横俊发，过于延之，深密则不如也；所著文章传于世。"又，《南史·延之传》云："字延年，文章冠绝当时。"又云："延之与谢灵运俱以辞采齐名，而迟速悬绝。延之尝问鲍照，己与灵运优劣。照曰：'谢五言如初发芙蓉，自然可爱；君诗若铺锦列绣，亦雕缋满眼。'斯时议者，以延之、灵运，自潘岳、陆机之后，文士莫及；江右称潘、陆，江左称颜、谢焉。"）颜、谢而外，文人辈出，（案：晋、宋之际，人才最盛。然当时人士，如孔淳之、臧焘、雷次宗、徐广、裴松之均通经史，宗少文、周续之、戴颙综达儒玄，不仅以文章著。）以傅亮、（《宋书·颜延之传》："傅亮自以文义一时莫及。"又《宋书》："傅亮，字季友，博涉经史，尤善文辞。武帝受命，表策文诰，皆亮辞也。"）范晔、（《宋书·范泰传》："好为文章，文集传于世。子晔，字蔚宗，善为文章，为《后汉书》；其《与甥侄书》，谓诸序论不减《过秦》，非但不愧班氏，赞无一字空设，奇变不穷。"）袁淑、（《宋书·淑传》："字阳源，文采遒逸，纵横有才辩，文集传于世。子觊，好学美才。"又《南史·临川王义庆传》亦谓："太尉袁淑，文冠当时。"）谢瞻、（《宋书·瞻传》："字宣远，六岁能属文，文章之美，与从叔琨、族弟灵运相抗。"又，《谢密传》云："瞻等才词辩富。"）谢惠连、（《宋书·惠连传》："十岁能属文。灵运见其新文，每叹曰：'张华重生，不能易也。'文章并行于世。"）谢庄、（《宋书·庄传》："字希逸，七岁能属文。袁淑叹曰：'江东无我，卿当独步。'著文章四百余首行于世。"又，《殷淑仪传》谓："谢庄作哀策文奏之。帝流涕曰：'不谓当今复有此才。'都下传写，纸墨为之贵。"）鲍照（《南史·临川王义庆传》云："照字明远，文辞赡逸，尝为古乐府，文甚遒丽。元嘉中，为《河清颂》，其叙甚工。"《史通·人物篇》亦谓："鲍照文学宗府，驰名海内，方之汉代，褒、朔之流。"）为尤工。（谢庄、鲍照诗文，尤为后世所祖述，次则傅亮诸人。）若陆展、何长瑜、（《宋书·谢灵运传》："东海何长瑜，才亚惠连。"）何承天、（《南史·承天传》："所纂文及文集，并传于世。"）何尚之、（《宋书·尚之传》："爱尚文义，老而不休。"）沈怀文、《宋书·怀文传："少好玄理，善为文，集传于世。弟怀远，颇娴文笔。"）王诞、（《宋书·诞传》："少有才藻。"）王僧达、（《宋书》本传云："少好学，善属文。"）王微、（《宋书·微传》："字景玄，少善属文，为文多古言，所著文集传于世。"）张敷、（《宋书·敷传》："好读玄言，兼属文论。"）王韶之、王淮之、（《宋书·韶之传》："博学有文辞。宋武帝使领西省事，凡诸诏，皆其词也。"又云："宋庙歌词，韶之所制也。文集行于世。"又《王淮之传》云："赡于文词。"）殷淳、殷冲、殷淡、（《宋书·淳传》："爱好文义，未尝违舍。弟冲，有学义文辞。冲弟淡，大明世以文章见知。"）江智深、（《宋书》本传："爱好文雅，辞采清赡。"）颜竣、颜测、（《南史·颜延之传》："延之曰：'竣得臣笔，测得臣文。'"）释慧琳（《南史·颜延之传》："时沙门释慧琳，以才学为文帝所赏。"）亦其次也。

又案：宋代臣僚，若谢晦、（《宋书》本传称："晦涉猎文义，时人以方杨德祖。"）蔡兴宗、（《宋书》本传："文集传于世。"）张永、（《宋书》本传："能为文章。"）江湛、（《宋书·湛传》："爱文义。"）孔琳之、（《宋书·琳之传》："少好文义。"）萧惠开、（《宋书》本传云："涉猎文史。"）袁粲、（《宋书》本传："有清才，著《妙德先生传》"。）刘勔，（《宋书》本传："兼好文义。"）亦有文学。自是而外，别有鲍令晖、（工诗。）荀伯子、（《宋书》本传："少好学，文集传世。"）孔宁之、（《宋书·王华传》："会稽孔宁之，为文帝参军，以文义见赏。"）谢恂、（《宋书·恂传》："少与族兄庄齐名。"）荀雍、羊璿之、（《宋书·谢灵运传》："与族弟惠连、东海何长瑜、颍川荀雍、太山羊璿之以文章赏会。长瑜才亚惠连，雍、璿之不及也。”）苏宝、（《南史·王僧达传》：“时有苏宝者，生本寒门，有文义之美。”）王昙生、（《宋书·王弘之传》：“子昙生好文义。”）顾愿、（《宋书·顾恺之传》：“弟子愿，好学有才词。”）江邃之、（《南史·江秉之传》：“宗人邃之，有文义，撰《文释》传于世。”）袁炳、（《齐书·王智深传》：“陈郡袁炳，有文学，为袁粲所知。”）卞铄、（《南史·文学传》：“铄为袁粲主簿，好诗赋。”）吴迈远、（《南史·文学传》：“迈远好为篇章。”）王素（《南史·素传》：“著《蚿赋》自况。”）诸人。（又《南史·宋武穆裴皇后传》：“妇人吴郡韩兰英，有文辞，宋孝武时，献《中兴赋》。”附志于此。）此可证宋代文学之盛矣。

乙　齐梁文学

《文心雕龙·时序篇》：暨皇齐驭宝，运集休明。太祖以圣武膺箓，高祖（即武帝）以睿文纂业，文帝（即文惠太子）以贰离含章，中宗（即明帝）以上哲兴运，并文明自天，缉熙景祚。今圣历方兴，文思充被；海岳降神，才英秀发；驭飞龙于天衢，驾骐骥于万里；经典礼章，跨周轹汉；唐、虞之文，其鼎盛乎！

《南史·文学传序》云：自中原沸腾，五马南渡，缀文之士，无乏于时。降及梁朝，其流弥甚。盖由时主儒雅，笃好文章，故才秀之士，焕乎俱集。

《梁书·文学传序》曰：高祖旁求儒雅，文学之盛，焕乎俱集：其在位者，则沈约、江淹、任昉，并以文采妙绝当时；若彭城到溉、吴兴邱迟、东海王僧孺、吴郡张率等，皆后来之秀也。（又《隋书·文学传序》云：“太和、天保之间，洛阳、江左文学尤盛。于时作者江淹、任昉、沈约、温子升、邢子才、魏伯起等，并学穷书圃，思极人文，英华秀发，波澜浩荡。”亦与此序互明。）

《南史·梁武帝本纪论》曰：自江左以来，年逾二百，文物之盛，独美于兹。（魏征《梁论》亦谓：“魏、晋以来，未有若斯之盛。”）

《文心雕龙·明诗篇》：俪采百字之偶，争价一句之奇；情必极貌以写物，辞必穷力而追新：此近世之所竞也。（江淹《杂拟诗》自序曰：“五言之兴，谅非变古。但关西邺下，既以罕同；河外江南，颇为异语。”亦齐、梁之诗与古不同之证。）

《文心雕龙·通变篇》：今才颖之士，刻意学文，多略汉篇，师范宋集，虽古今备阅，亦近附而远疏矣。（《情采篇》所云：“后之作者，采滥忽真，远弃风雅，近师词赋，故体情之制日疏，逐文之篇愈甚。”亦兼晐魏、晋、宋及齐言。）

《文心雕龙·指瑕篇》：近代词人，率多猜忌，至乃比语求蚩，反音取瑕。

《文心雕龙·总术篇》：凡精虑造文，各竞新丽，多欲练辞，莫肯研术。（即《风骨篇》所谓“文术多门，明者弗授，学者弗师，习华随侈，流遁忘反”也。）

《南齐书·张融传》：融为《问律自序》曰：中代之文，道体阙变，尺寸相资，弥缝旧物。（又谓：“文岂有常体，但以有体为常。”）

《南齐书·文学传论》：今之文章，作者虽众，总而为论，略有三体：一则启心闲绎，托辞华旷，虽存巧绮，终致迂回，宜登公宴，本非准的，而疎慢阐缓，膏肓之病，典正可采，酷不入情；此体之源，出灵运而成也。次则缉事比类，非对不发，博物可嘉，职成拘制；或全借古语，用申今情，崎岖牵引，直为偶说，唯睹事例，顿失精采；此则傅咸《五经》、应璩《指事》，虽不全似，可以类从。次则发唱惊挺，操调险急，雕藻淫艳，倾炫心魂，亦犹五色之有红紫，八音之有郑卫；斯鲍照之遗烈也。三体之外，请试妄谈：若夫委自天机，参之史传，应思悱来，勿先构聚，言尚易了，文憎过意，吐石含金，滋润婉切，杂以风谣，轻唇利吻，不雅不俗，独申胸怀；轮扁斲轮，言之未尽，文人谈士，罕或兼工；非唯识有不周，道实相妨，谈家所习，理胜其辞，就此求文，终然翳夺，故兼之者鲜矣。

梁简文帝《与湘东王书》：比见京师文体，懦钝殊常，竞学浮疎，争事阐缓；玄冬脩夜，思所不得；既殊比兴，正背风骚。若夫六典三礼，所施则有地；吉凶嘉宾，用之则有所。未闻吟咏情性，反拟《内则》之篇；操笔写志，更摹《酒诰》之作；“迟迟春日”，翻学《归藏》；“湛湛江水”，遂同《大传》。吾既拙于为文，不敢轻有掎摭。但以当世之作，历方古之才人，远则扬、马、曹、王，近则潘、陆、颜、谢，而观其遣辞用心，了不相似。若以今文为是，则古文为非；若以昔贤可称，则今体宜弃；俱为盍各，则未之敢许。又时有效谢康乐、裴鸿胪文者，亦颇有惑焉。何者？谢客吐言天拔，出于自然；时有不拘，是其糟粕。裴氏乃是良史之才，了无篇什之美。是为学谢，则不届其精华，但得其冗长；师裴，则蔑绝其所长，惟得其所短。谢故巧不可阶，裴亦质不宜慕。故胸驰臆断之侣，好名忘实之类，方分肉于仁兽，逞却步于邯郸，入鲍忘臭，效尤致祸。决羽谢生，岂三千之可及？伏膺裴氏，惧两唐之不传。故玉徽金铣，反为拙目所嗤；《巴人》、《下里》，更合郢中之听。《阳春》高而不和，妙声绝而不寻。竟不精讨锱铢，核量文质；有异巧心，终愧妍手。是以握瑜怀玉之士，瞻郑邦而知退；章甫翠履之人，望闽乡而叹息。诗既若此，笔又如之。徒以烟墨不言，受其驱染；纸札无情，任其摇襞。甚矣哉，文之横流，一至于此！（裴鸿胪即裴子野。）

姚铉《唐文粹自序》曰：至于魏、晋，文风下衰；宋、齐以降，益以滋薄。然其间鼓曹、刘之气焰，耸潘、陆之风格，舒颜、谢之清丽，谒何、刘之婉雅，虽风兴或缺，而篇翰可观。（案：铉说简约，故附录于此。）

案：齐、梁文学之盛，虽承晋、宋之绪余，亦由在上者之提倡。据《齐书·高帝纪》谓："帝博学善属文。"（《南史》本纪谓："帝所著文诏，中书侍郎江淹撰次之。"）故高帝诸子，若鄱阳王锵好文章，江夏王锋能属文，并见《齐书》、《南史》，非惟豫章王嶷工表启、武陵王晔工诗已也。（《齐书·晔传》："好文章，与诸王共作短句，诗学谢灵运体。"嗣则文惠太子、竟陵王子良、（《南史·太子传》云："文武士多所招集，虞炎、范岫、周颙、袁廓，并以学行才能应对左右。"《梁书·范岫传》云："文惠在东宫，沈约之徒，以文才见引。"又，《齐书·子良传》云："礼才好士，天下才学，皆游集焉。士子文章，及朝贵辞翰，皆发教撰录。所著内外文笔数十卷。"又，《梁书·武帝纪》谓："齐竟陵王开西邸，招文学。帝与沈约、谢朓、王融、萧琛、范云、任昉、陆倕等并游，号曰八友。"沈约、范云各传并同。又，《南史·刘绘传》云："永明末，都下人士，盛为文章谈义，皆凑竟陵西邸。"又，《王僧孺传》云："子良开西邸，招文学，僧孺与虞羲、丘国宾、萧文琰、丘令楷、江洪、刘季孙，并以善辞藻游焉。"）衡阳王钧、（《南史·钧传》："善属文，与琅琊王智深以文章相会，齐阳江淹亦游焉。"）随王子隆，（《齐书·子隆传》："有文才。武帝以为'我家东阿'。文集行于世。"又《谢朓传》云："为子隆镇西文学。子隆好辞赋，朓尤被赏。"）均爱好文学，招集文士。又开国之初，王俭之伦，亦以文章提倡。（详任昉《王文宪集序》及《齐书》各传。"）故宗室多才，（《梁书·萧几传》："年十岁，能属文，十五撰《杨公则诔》。子为，亦有文才。"又《齐书·萧颖胄传》云："好文义。"均其证也。）而庶姓之中，亦人文蔚起。梁承齐绪，武帝尤崇文学。（《南史》本纪谓："帝博学多通，及登宝位，躬制赞、序、诏、诰、铭、诔、箴、颂、笺、奏诸文百二十卷。"又《文学传序》云："武帝每所临幸，辄命群臣赋诗，其文之善者，赐以金帛。是以缙绅之士，咸知自励。"又《袁峻传》："武帝雅好词赋，时献文章于南阙者相望焉。"《王筠传》亦云："敕撰中书表奏三十卷，及所上赋颂，都为一集。”）嗣则昭明太子、简文帝、元帝，并以文学著闻，（《梁书·昭明太子传》：“每游宴祖道，赋诗至十数韵；或命作剧韵，皆属思便成。所著文集二十卷，又撰古今典诰文言为《正序》十卷，五言诗之善者为《文章英华》二十卷，《文选》三十卷。”又《南史·简文纪》谓：“帝六岁能文，及长，辞藻艳发，雅好赋诗。其自序云：‘七岁有诗，长而不倦。’所著文集一百卷行世。”又《元帝纪》谓：“帝天才英发，出言为论，军书羽檄，文章诏诰，点毫便就。著《词林》三卷，文集五十卷。世子方等有俊才，撰《三十国春秋》。”）而昭明、简文，均以文章为天下倡，（《梁书·昭明传》：“引纳才学之士，赏爱无倦，或与学士商榷古今，继以文章著述。于时名才并集，文学之盛，晋宋以来所未有也。”又《王锡传》云：“武帝敕锡与张缵入宫与太子游宴。又敕陆倕、张率、谢举、王规、王筠、刘孝绰、到洽、张缅为学士十人。”《刘孝绰传》云：“昭明好士爱人，孝绰与殷芸、陆倕、王筠、到洽等同见礼。”此昭明重文之证。又《南史·简文纪》云：“及居监抚，弘纳文学之士。”《庾肩吾传》云：“简文开文德省置学士，肩吾子信、徐摛子陵、吴郎、张长公、北地傅弘、东海鲍至等充其选。”此简文重文士之征。）此即《南史·梁纪》所谓“文物之盛，独美于兹”也。（《雕龙》所云：“唐、虞之文，其鼎盛乎。”亦与《南史》之说相合。）故武帝诸子能文者，有豫章王综、（《梁书·综传》：“有才学，善属文。”）邵陵王纶、（《梁书·纶传》：“博学，善属文，尤工尺牍。”）武陵王纪；（《梁书·纪传》“有文才。”）其诸孙能文者，有后梁主詧、（《周书·詧传》：“好文义，所著文集十五卷。子世宗岿，有文学，文集行世。后主琮，博学有文义。”南康王会理、建安县侯乂理、（并南康王绩子。《梁书·会理传》：“少好文史，弟乂理，有文才，尝祭孔文举墓，并为立碑，制文甚美。”）寻阳王大心、南郡王大连、乐良王大圜；（并简文子。《梁书·大心》、《大连传》并云：“能属文。”《周书·大圜传》：“有文集。”）其宗室能文者，则有长沙王业、（《梁书·业传》：“文集行于世。子孝俨，献《相风乌》、《华光殿》，《景阳山》等颂，其文甚美。孙南安侯骏，工文章。”）安成王秀、（《南史·秀传》：“精意学术。子机，所著诗赋数千言，元帝集而序之。机弟推，好属文，深为简文所亲赏。”）南平王伟、（《梁书·伟传》“制《性情》、《几神》等论。”）鄱阳王范、（《南史·范传》：“招集文才，率意题章，时有奇致。弟咨，十一能属文。”）上黄侯晔，（《南史·晔传》：“献《储德颂》。”）而安成、南平二王，尤好文士。（《南史·秀传》：“尤好人物，招刘孝标使撰《类苑》。当时高才游王门者：东海王僧孺，吴郡陆倕，彭城刘孝绰，河东裴子野。”又《伟传》云：“四方游士，当时知名者，莫不毕至。”）任昉之流，亦为当时文士所归。（《南史·陆倕传》云：“昉为中丞，预其宴者：殷芸、到溉、刘苞、刘孺、刘显、刘孝绰及陆倕而已，号曰龙门聚。”《南史·到溉传》：“任昉为御史中丞，后进皆宗之。时有彭城刘孝绰、刘苞、刘孺，吴郡陆倕、张率，陈郡殷芸，沛国刘显及溉、洽，车轨日至，号曰兰台聚。”《昉传》亦谓：“昉好交结，奖进士友。”）此亦梁代文学兴盛之由也。

又案：宋、齐之际，亦中古文学兴盛之时。齐初，臣僚如褚渊、王僧虔（《齐书·僧虔传》：“与袁淑、谢庄善，淑叹为文情鸿丽。”）之流，虽精文学，（又《齐书·崔元祖传》云：“善属文。”《沈文季传》云：“爱好文章。”亦其证。）然集其大成者，惟王俭。（《齐书·俭传》：“字仲宝，甚闲辞翰。大典将行，礼仪诏策，皆出于俭。”又云：“手笔典裁，为当时所重。文集行于世。”任昉有《王文宪集序》。）自嗣而降，文士辈出，（据《齐书》各传，如刘绘诸人，均以文义擅盛一时。周显诸人，尤精谈议，不仅以文学名。至若臧荣绪、沈驎士、陆澄、刘瓛、刘琎、明僧绍、刘虬、关康之诸人，兼通经业，所长不仅文章，然《齐书》瓛等各传，并云“有文集行世”。嗣则崔慰祖、贾希镜、祖冲之，亦不仅以文章名。）其兼工诗文者，厥唯王融、（《齐书·融传》：“字元长，博涉，有文才。武帝使为《曲水诗序》，当时称之。文辞捷速，有所造，援笔立就。”又云：“融文行于世。”又《南史·任昉传》：“王融有才俊，自谓无对。”）谢朓。（《南史·朓传》：“字玄晖，文章清丽，长五言诗。沈约常云：‘二百年来无此诗也。’敬皇后迁祔山陵，朓撰哀策文，齐世莫有及者。”钟氏《诗品》亦谓：“朓奇章秀句，往往惊遒，足使叔源失步，明远变色。”）齐、梁之际，则沈约、范云、江淹、邱迟并工诗文，（《南史·约传》：“字休文，善属文。时谢玄晖善为诗，任彦升工于笔，约兼而有之，然不能过。著《文章志》三十卷，文集一百卷。”又《范云传》：“字彦龙，善属文，下笔辄成，有集三十卷。”又《江淹传》：“字文通，留情文章。齐高帝让九锡及诸章表，皆淹制也。少以文章显，晚节才思微退。凡所著述，自撰为前后集。”又《邱迟传》：“字希范，八岁属文，辞采丽逸，劝进梁王及殊礼，皆迟文也。帝作连珠诏，群臣继作者数十人，迟文最美。”又据钟嵘《诗品》谓：“休文五言最优，辞密于范，意浅于江。”又谓：“范云婉转清便，如流风回雪，邱迟点缀映媚，似落花依草。”）任昉尤长载笔。（《南史·昉传》：“字彦升，八岁能属文，王俭每见其文，以为当时无辈。王融见其文，怳然自失。”又云：“昉尤长载笔，颇慕傅亮，才思无穷。当时王公表奏，莫不请焉，起草即成。沈约深所推挹。梁台建禅让文诰，多昉所具。所著文章数十万言，盛行于世。王僧孺谓过董生、扬子。”）嗣则刘孝绰、（《梁书·孝绰传》：“七岁能属文。王融深赏异之。任昉尤相赏好。梁武览其文，篇篇称赏，由是朝野改观。”又云：“孝绰辞藻，为后进所宗。时重其文，每作一篇，朝成暮遍，好事者咸传诵写，流闻河朔，亭苑挂壁，莫不题之。文集数十万言行于世。子谅，有文才。”）刘峻、（《梁书·峻传》：“字孝标，文藻秀出，为《山栖志》，文甚美。”）裴子野、（《梁书·子野传》：“字几原，善属文，武帝诸符檄皆令具草。”又云“为文典而速，不尚靡丽，制多法古，与今文体异。当时或有诋诃者，及其末，翕然重之。文集二十卷行于世。”）王筠、（《梁书·筠传》：“字元礼，七岁能属文，十四为《芍药赋》，其辞甚美。又能用强韵，每公宴并作，辞必妍靡。沈约谓王志曰：‘贤弟子文章之美，可谓后来独步。’自撰文章，以一官为一集，凡百卷，行于世。”）陆倕，（《南史·陆慧晓传》：“三子僚、任、倕，并有美名，时人谓之三陆。倕字佐公，善属文。武帝雅爱倕文，敕撰《新漏刻铭》，《石阙铭》。”）其诗文均为当时所法。其尤以诗名者，则柳恽、吴均、（《梁书·柳恽传》：“字文畅，著《述先颂》，文甚哀丽。少工篇什，王融见而嗟赏。和武帝《登景阳楼》篇，深见赏美，当时咸相称传。”又《吴均传》：“字叔庠，有俊才。沈约见均文，颇相称赏。柳恽为吴兴，召补主簿，日引与赋诗。均文体清拔，有古气，好事者或效之，谓为吴均体。著文集二十卷。”）何逊（《梁书·逊传》：“字仲言，八岁能赋诗。范云称为‘含清浊，中古今’。梁元帝论之云：‘诗多而能者沈约，少而能者谢朓，何逊。’文八卷。”）是也。

又案：宋、齐之际，有丘灵鞠、檀超、丘巨源、（《南史·文学传》：“丘灵鞠，善属文，宋时文名甚盛，著《江左文章录》，文集行世。”“檀超，少好文学。”“丘巨源，有笔翰。”）张融、（《齐书·融传》：“字思光，至交州作《海赋》，文辞诡激，独与众异。为《门律自序》曰：‘吾文章之体，多为世人所惊。’又戒其子曰：‘吾文体屡变，变而屡奇。’文集数十卷行世。”）谢超宗、（《南史》：“凤子超宗，有文辞。宋殷淑仪卒，作诔奏之，帝大嗟赏。齐撰郊庙歌，作者十人，超宗辞独见用。”）孔珪、（《齐书·珪传》：“好文咏。高帝使与江淹对掌辞笔。”）卞彬、（《南史·文学传》：“卞彬险拔有才，著《蚤》、《虱》等赋，文章传于闾巷。”）顾欢，（《南史·欢传》：“字景怡，六七岁作《黄雀赋》。善于著论，作《正名论》、《华夏论》。梁武帝诏欢诸子，撰欢文议三十卷。”）均以文学擅名。若虞愿、（《南史·愿传》：“撰《会稽记》、文翰数十篇。”）苏侃、（《南史·侃传》载所作《塞客吟》。）江敩、（《齐书》本传："教好文辞。"）袁象、（《南史·象传》："善属文及谈玄。"）刘祥、（《南史·祥传》："少好文学，著连珠十五首寄怀。"）谢颢、谢瀹、（《南史·谢庄传》："子颢，守豫章，免官，诣齐高帝自占谢，言辞清丽。弟瀹，齐帝起禅灵寺，敕为碑文。"）王僧佑、（《南史》本传："齐孝武时献《讲武赋》。"）王摛、（《南史·摛传》："王俭示以隶事，操笔便成，文章既异，辞亦华美。"）檀道鸾、（《南史·檀超传》："叔父道鸾，有文学。"）亦其次也。齐则陆厥、（《梁书·厥传》："字韩卿，善文章，文集行于世。"）虞炎、（《齐书·陆厥传》："会稽虞炎，永明中以文学与沈约俱为文惠太子所遇。"）王智深、（《齐书·智深传》："字云才，少从谢超宗学属文，成《宋书》三十卷。"）虞羲，（《文选注》引《虞羲集序》："羲字子阳，七岁能属文。"）并以文著。若孔广、孔逭、（《南史·文学传》："会稽孔广、孔逭，皆才学知名。逭有才藻，制《东都赋》，于时才士称之。"）诸葛勖、（《南史·文学传》："琅琊诸葛勖作《云中赋》。"）袁嘏、高爽、（《南史·文学传》："又有陈郡袁嘏，自重其文。广陵高爽，博学多才，作《镬鱼赋》，其才甚工。"）庾铣、（《齐书·王智深传》："颍川庾铣，善属文，见赏豫章王。"）孔觊、（《齐书·谢朓传》："会稽孔觊，粗有才笔。"）王斌、（《南史·陆厥传》："时有王斌者，初为道人，雅有才辩，善属文。"）丘国宾、丘令楷、萧文琰、江洪，（并见《南史·王僧孺传》。《吴均传》亦谓洪工属文。）亦其次也。齐、梁之际，则王僧孺、（《梁书·王僧孺传》："工属文，多识古事。其文丽逸，多用新事，人所未见者，时重其富博。文集三十卷。"）萧子恪、萧子范、萧子显、萧子云、（《南史·子恪传》："字景冲，十二和竟陵王《高松赋》，王俭见而奇之。颇属文，随弃其本，故不传文集。弟子范，字景则，南平王使制《千字文》，其词甚美，府中文笔，皆使具草。简文葬后，使制哀策，文理哀切。前后文集三十卷。子显，字景阳，工属文。著《鸿序赋》，沈约称为《幽通》之流，启撰《齐书》。武帝雅爱其才。尝为自序，略谓：'颇好辞藻，屡上歌颂，每有制作，特广思功，须其自来，不以力构。'文集二十卷。子云，字景乔，勤学有文藻，弱冠撰《晋书》。"）陶弘景、（《南史》："陶弘景，字通明，著《学苑》等书。"案：今传弘景集二卷。）江革、（《梁书·革传》："字休映，六岁解属文。王融、谢朓雅相敬重，竟陵王引为西邸学士。有集二十卷行世。"）徐勉、（《梁书·勉传》："六岁率尔为文，见称耆宿。长好学，善属文。凡所作前后二集，五十卷。"）范缜、（《南史·缜传》："字子直，作《伤暮诗》、《神灭论》，文集十五卷。"）周舍、（《南史·舍传》："字升逸，博学，精义理，文二十卷。"）王巾、（《文选》注引《姓氏英贤录》："巾字简栖，为《头陀寺碑》，文词巧丽，为世所重。"柳惔、(《梁书·惔传》："字文通，工制文，尤晓音律。齐武帝称其属文遒丽。著《仁政传》及诸诗赋。")袁峻、(《南史·峻传》："字孝高，工文辞，拟扬雄《官箴》奏之，奉敕与陆倕各制《新阙铭》。")钟嵘、(《南史·嵘传》："字仲伟，与兄岏并好学。衡阳王令作《瑞室颂》，辞甚典丽。"又云："嵘品古今诗。")刘勰、(《南史·勰传》："字彦和，撰《文心雕龙》五十篇，论古今文体。为文长于佛理，都下寺塔及名僧碑志，必请制文。")谢朏、(《南史·朏传》："字敬冲，谢庄子。十岁能属文。有文章行于世。")刘苞、刘孺、刘遵、(《南史·刘苞传》："字孟尝，少能属文，受诏咏《天泉池荷》及《采菱调》，下笔即成。"又《刘孺传》："字孝稚，七岁能属文。沈约与赋诗，大为嗟赏。少好文章，性又敏速，受诏为《李赋》，文不加点。文集二十卷。弟遵，工属文，皇太子令称为辞章博赡，玄黄成采。")刘昭、(《梁书·昭传》："字宣卿，善属文，江淹早相称赏。集注《后汉》百八十卷，文集十卷。")周兴嗣、(《梁书·兴嗣传》："字思纂，善属文。天监初，献《休平赋》，文甚美。武帝敕与陆倕各制《光宅寺碑》，帝用兴嗣所制；自是《铜表铭》、《栅塘碣》、《北伐檄》、《次韵王羲之书千字》，并使兴嗣为文。文集十卷。")王籍，(《南史·籍传》："字文海，为诗慕谢灵运，至其合也，殆无愧色。湘东王集其文为十卷。")并工文章。(案：齐、梁之际，若伏曼容、何佟之、贺玚、傅昭、何点、何胤、刘显、阮孝绪，均博于学术；张绪、张充、明山宾、庾诜，兼综儒玄，不仅以文学名，然其文亦均可观。)若范岫、(《南史·岫传》："文集行世。")裴邃、(《梁书·邃传》："十岁能属文。")袁昂、(《南史·昂传》："有集三十卷。")谢几卿、(《南史·谢超宗传》："子几卿，博学有文采，文集行于世。")王泰、(《南史·泰传》："每预朝宴，刻烛赋诗，文不加点。")孔休源、(《南史·休源传》："与王融友善，为竟陵王西邸学士。凡奏议弹文，勒成十五卷。")王彬、(《南史·彬传》："好文章。齐武帝起旧宫，彬献赋，文辞典丽。")顾宪之、(《南史》本传："所著诗赋铭赞并《衡阳记》，数十篇。")沈顗、(《南史》本传："著文章数十篇。")诸葛璩、(《南史·璩传》："所著文章二十卷，门人刘曒集而录之。")范述曾(《南史·述曾传》："著杂诗赋数十篇。")之流，亦其次也。梁则刘潜、(《南史·潜传》："字孝仪，工属文，敕制《雍州平等寺金像碑》，文甚弘丽。文集二十卷行世。弟孝威，大同中上《白雀颂》，甚美。")伏挺、(《南史·挺传》："长有才思，为五言诗，善效谢康乐体，任昉深加叹异。文集二十卷。")谢蔺、(《南史·蔺传》："字希如，献《甘露颂》，武帝嘉之，使制《萧楷德政碑》、《宣城王奉述中庸颂》。所制诗赋碑铭数十篇。"）萧洽、（《梁书·洽传》："博涉，善属文。敕撰《当涂庙碑》，辞甚赡丽。文集二十卷行于世。"）刘之遴、（《梁书·之遴传》："字思贞，八岁能属文，沈约、任昉异之。前后文集五十卷。"）刘杳、（《梁书·杳传》："字士深，博综群书。沈约叹美其文。著《林庭赋》，王僧孺叹曰：'《郊居》以后，无复此作。'文集十五卷。"）张率、（《梁书·率传》："字士简，十二能属文，日限为诗一篇。稍进，作赋颂，武帝谓兼马、枚工速。自少属文，《七略》及《艺文志》所载诗赋今无其文者，并补作之。所著《文衡》十五卷，集四十卷。"）陆云公、（《梁书·云公传》："字士龙，有才思，制《太伯庙碑》，张缵叹为'今之蔡伯喈'。文集行世。"）谢微、（《梁书·微传》："字玄度，善属文，于武德殿赋诗三十韵，二刻便成。又为临汝侯制《放生文》，亦见赏于世。文集二十卷。"）萧琛、（《梁书·琛传》："字彦瑜，有才辩，撰诸文集数十万言。又二子密，博学有文词。"）谢览、谢举、（《梁书·览传》："字景涤，与王、陈为时赠答，其文甚工。弟举，字言扬，年十四赠沈约诗，为约所赏。文集二十卷。"）王规、（《梁书·规传》："字威明，献《太极新殿赋》，其词甚工。于文德殿赋诗五十字，援笔立奏，其文又美。文集二十卷。"）到沆、到溉、到洽、（《梁书·沆传》："字茂瀣，善属文。武帝命为诗二百字，三刻便成，其文甚美。所著诗赋百余篇。溉字茂灌，善于应答，有集二十卷。洽字茂沿，有才学，谢朓深相赏好。梁武使与萧琛、任昉赋二十韵诗，以洽辞为工。奉敕撰《太学碑》。文集行世。"）张缅、张缵、（《梁书·缅传》："字元长，抄《江左集》未及成。文集五卷。弟缵，字伯绪，好学，为湘州刺史，作《南征赋》。文集二十卷。"）徐摛、（《梁书·摛传》："字士秀，属文好为新变，不拘旧体。为太子家令，文体既别，春坊尽学之。"）徐悱、徐绲、（《梁书·绲传》："为湘东王参军，辩于辞令，文冠一府，特有轻艳之才，新声巧变，人多讽习。"又《徐勉传》云："子悱，字敬业，聪敏能属文。悱妻刘孝绰妹，文尤清拔。"）何思澄、（《南史·思澄传》："字元静，少工文，为《游庐山诗》，沈约大相称赏，自谓弗逮。傅昭请制《释奠诗》，辞文典丽。文集十五卷。"又云："思澄与宗人逊及子朗，俱擅文名。子朗早有才思，尝为《败冢赋》，文甚工，行于世。"）任孝恭、（《南史·孝恭传》："有才学，敕制《建陵寺刹下铭》，又启撰《武帝集序》，文并富丽，自是专掌公家笔翰。孝恭为文，敏速若不留思，每奏称善。文集行于世。"）纪少瑜、（《南史·少瑜传》："字幼玚，十三能属文。王僧孺见而赏之曰：'此子才藻秀拔，方有高名。'”）庾肩吾、（《南史·肩吾传》：“字慎之，八岁能赋诗，辞采甚美。”）刘瑴、（《南史》：“珏字仲宝，善辞翰，随湘东王在藩，当时文檄，皆其所为。”）颜协、（《南史·协传》：“字子和，文集二十卷，遇火湮灭。”）鲍泉、（《南史·泉传》：“字润岳，兼有文笔。元帝谓：‘我文之外，无出卿者。'”）蔡大宝，（《周书·大宝传》：“善属文，文词赡速，督之章表书记教令册诏，并大宝专掌之。著文集三十卷。”）并擅文词。（梁代士人，无不工文，而文人亦均博学，故有文名为学所掩者，如贺琛、殷芸、严植之、崔灵思、沈峻、孔子祛、皇侃之流是也。然览其遗文，均有可观。又以《南史》各传考之，如《顾协传》：“文集十卷行于世。”《朱异传》：“文集百余篇。”《许懋传》：“有集十五卷。”《司马褧传》：“庾肩吾集其文为十卷。”协等诸人，亦不仅以文章著。）若萧子晖、萧滂、萧确、萧序恺、（《南史》：“萧子云弟子晖，有文才。”又云：“子范、子滂、确，并有文才。”又云：“子显、子序恺，简文与《湘东王令》，称为才子。”）萧贲、（《南史·萧同传》：“弟贲，有文才。”）萧介、（《梁书·介传》：“武帝置酒赋诗，介染翰便成，文不加点。”）臧严、（《南史·严传》：“幼作《屯游赋》七章，辞并典丽。文集十卷。”）谢侨、（《南史·侨传》：“集十卷。”）王承、王训、（《南史·承传》：“以文学相尚。弟训，文章为后进领袖。”）庾仲容、（《南史》本传：“文集二十卷行于世。”）江茜、（《南史·茜传》：“文集十五卷。”）江禄、（《南史·禄传》：“有文章。”）刘彀、（《南史·彀传》：“善辞翰。”）刘沼、（《南史·沼传》：“善属文。”）刘霁、（《南史·霁传》：“文集十卷。”）刘歊、（《南史·歊传》：“博学有文才，著《笃终论》。”）陆罩、（《南史·罩传》：“善属文，撰《简文帝集序》。”）何僴、（《南史·何逊传》：“从叔僴，亦以才著闻，著《拍张赋》。”）虞骞、孔翁归、江避、（《南史·何逊传》：“时有会稽虞骞，工为五言诗，名与逊埒。又有会稽孔翁归，工为诗。济阳江避，博学有思理。并有文集。”）罗研、李膺、（《梁书·研传》、《膺传》并云：“有才辨，以文达。”）吴规、（《梁书·张缵传》：“吴兴吴规，颇有才学，邵陵王深相礼遇。”）王子云、费昶、（《南史·何思澄传》：“太原王子云，江夏费昶，并为闾里才子。昶善乐府，又作鼓吹曲，武帝重之。子云尝为《自吊文》，甚美。”）江子一、（《南史·子一传》：“辞赋文章数十篇行于世。”）刘慧斐、（《南史》本传：“能属文。”）庾曼倩、（《梁书·庾诜传》：“子曼倩，所著文章凡九十五章。”）傅准、（《梁书·傅昭传》：“子准，有文才。”）江从简、（《南史·江德藻传》：“弟从简，少有文情。”）谢侨、（《南史·侨传》：“集十卷。”）鲍行卿、（《南史·鲍泉传》："时有鲍行卿，好韵语，上《王璧铭》，武帝发诏褒赏。集二十卷。"）甄玄成、岑善方、傅准、萧欣、柳信言、范迪、沈君游，（准，后梁臣。《周书》云：玄成善属文，有文集二十卷。善方善辞令，著文集十卷。准有文才，善词赋，文集二十卷。欣善属文。与柳信言俱为一代文宗，有集二十卷。迪善属文，有文集十卷。君游有词采，有文集十卷。）亦其次也。齐、梁文学之盛，即此可窥。

丙 陈代文学

《陈书·文学传》云：后主雅尚文词，傍求学艺，焕乎俱集。每臣下表疏，及献上赋颂者，躬自省览；其有辞工，则神笔赏激，加其爵位。是以搢绅之徒，咸知自励矣。

《南史·文学传》序：至有陈受命，运接乱离，虽加奖励，而向时之风流息矣。岂金陵之数将终三百年乎？不然，何至是也？（案：此说与《陈书》相反。今以《陈书》各纪传考之，则此说实非。盖陈之文学，虽不及梁代之盛，然风流固未尝歇绝也。）

案：陈代开国之初，承梁季之乱，文学渐衰。然世祖以来，渐崇文学。（据《南史·世祖纪》及《陈书·世祖纪论》，并谓崇尚儒术，爱悦文义。）后主在东宫，汲引文士，如恐不及，（《陈书·姚察传》："补东宫学士。于时江总、顾野王、陆琼、陆瑜、褚玠、傅縡等，皆以才学之美，晨夕娱侍。"）及践帝位，尤尚文章。（《陈书·后主纪论》云："待诏之徒，争趋金马；稽古之秀，云集石渠。"是其证也。）故后妃宗室，莫不竞为文词。（《陈书·后主沈皇后传》："涉猎经史。后主薨，自为哀词，文甚酸切。"《陈书》又谓："后主以宫人有文学者为女学士。"又谓："高宗子岳阳王叔慎，后主子吴兴王胤，皆能属文。是时，后主尤爱文章，叔慎与衡阳王伯信，新蔡王伯齐等，每属诏赋诗，恒被嗟赏。"）又开国功臣如侯安都、孙玚、徐敬成，均结纳文士。（《陈书·侯安都传》："为五言诗颇清靡。招聚文士褚玠、马枢、阴铿、张正见、徐伯阳、刘珊、祖孙登，或命以诗赋，第其高下。"《孙玚传》："尝于山斋集玄儒之士。"《徐敬成传》："结交文义之士。"）而李爽之流，以文会友，极一时之选。故文学复昌，迄于亡国。（《南史·除伯阳传》：太建初，与李爽、张见正、贺彻、阮卓、萧诠、王由礼、马枢、祖孙登、贺循、刘删等，为文会友，后有蔡凝、刘助、陈暄、孔范亦与焉，皆一时士也。游宴赋诗，动成卷轴。伯阳为其集序，盛传于世。”）然斯时文士，首推徐陵、（《陈书·陵传》：“字孝穆，摛子，八岁能属文，自有陈创业，文檄军书及禅授诏策，皆徐陵所制，而《九锡》尤美，为一代文宗。世祖、高宗之世，国家有大手笔，皆陵草之。其文颇变旧体，缉裁巧密，多有新意。每一文出手，好事者已传写成诵，遂被之华夷，家藏其本。存者三十卷。弟孝克，亦善属文，而文不逮。子义、俭，梁元帝叹赏其诗，以为徐氏复有文。俭弟份，九岁为《梦赋》，陵谓：“吾幼属文，亦不加此。”）沈炯，（《陈书·炯传》：“字礼明，少有隽才，王僧辩羽檄军书，皆出于炯。上表江陵劝进，其文甚工，当时莫逮。为西魏所虏。魏人爱其文才，尝经行汉武通天台，为表奏陈思归之意，寻获东归。文帝重其文。有集二十卷行世。”《南史》亦曰：“沈炯才思之美，足以继踵前良。”）次则顾野王、（《陈书·野王传》：“字希冯，九岁能属文，尝制《日赋》，朱异见而奇之，以笃学知之。著《玉篇》、《舆地志》等，及文集二十卷。”）江总、（《陈书·总传》：“字总持，笃学，有辞采。梁武览总诗，深降嗟赏。张缵等深相推重。”又云：“总能属文，于五言七言尤善，然伤于浮艳。文集三十卷行世。子溢，颇有文词。”）傅縡、（《陈书·縡传》：“字宜事，能属文。为文典丽，性又敏速，虽军国大事，下笔辄成，未尝起草，沉思者亦无以加。有集十卷。”）姚察、（《陈书·察传》：“字伯审，十二能属文。后主时，敕专知优册谥议等文笔。每有制述，多用新奇，人所未见，咸重富博。所撰寺塔及众僧文章，特为绮密，所著《汉书训纂》等，及文集二十卷行世。”）陆琼、（《陈书·琼传》：“字伯玉，云公子。六岁为五言诗，颇有词采；长善属文。后主即位，掌诏诰，有集二十卷。子从典，八岁拟沈约《回文砚铭》，便有佳致；十三为《柳赋》，其词甚美。”）陆琰、陆瑜，（《陈书·琰传》：“字温玉，琼从父弟。世祖使制《刀铭》，援笔即成。所制文笔多不存，后主求其遗文，撰成二卷。弟瑜，字幹玉，美词藻。太建二年，命为《太子释奠诗序》，文甚赡丽。有集十卷。瑜从父兄玠，字润玉，能属文，有集十卷。从父弟琛，字洁玉，十八上《善政颂》，颇有词采。”）并以文著。若沈不害、（《陈书·不害传》：“字孝和，治经术，善属史，每制文操笔立成，曾无寻检。文集十四卷。”）孔奂、（《陈书·奂传》：“字休文，善属文。王僧辩为扬州，笺表书翰，皆出于奂。有集十五卷，弹文四卷。”）徐伯阳、（《陈书·伯阳传》：“字隐忍，年十五，以文笔称。侯安都令为谢表，文帝见而奇之。又为《辟雍颂》，甚见嘉赏。”）毛喜、（《陈书·喜传》：“字伯武，高宗为骠骑，府朝文翰，皆喜词也。有集十卷。”）赵知礼、（《陈书·知礼传》：“字齐旦，为文赡速，每占授军书，下笔便就。

高祖上表元帝及与王僧辩论述军事，其文并知礼所制。"）蔡景历、（《陈书·景历传》："字茂世，好学，善尺牍。高祖镇朱方，以书要之。景历对使答书，笔不停缀。将讨王僧辩，草檄立成，辞义感激。"又云："景历属文，不尚雕磨，而长于叙事，应机敏速，为当时所称。有文集二十卷。子徵，聪敏才赡。"）刘师知、（《陈书·师知传》："工文笔，善仪体，屡掌诏诰。"）杜之伟、（《陈书·之伟传》："字子大，幼有逸才。徐勉见其文，重其有笔力。"又云："之伟为文，不尚浮华，而温雅博赡，所制多遗失，存者十七卷。"）颜晃、（《陈书·晃传》："字元明，少有辞采，献《甘露颂》，词义该典。其表奏诏诰，下笔立成，便得事理，而雅有气质。有集十二卷。"）江德藻、（《陈书·德藻传》："字德藻，善属文，著文笔十五卷。子椿，亦善属文。"）庾持、（《陈书·持传》："字允德，尤善书记，以才艺闻。持善字书，每属词，好为奇字，文士亦以此讥之。有集十卷。"）许亨、（《陈书·亨传》："字亨道，少为刘之遴所重。撰《齐书》、《梁史》。所制文笔六卷。"）褚玠、（《陈书·玠传》："字温理，长能属文，词义典实，不好艳靡，所制章奏杂文二百余篇，皆切事理。"）岑之敬、（《陈书·之敬传》："字思礼，以经业进。雅有词笔，有集十卷行世。"）蔡凝、（《陈书·凝传》："有文辞。"）何之元、（《陈书·之元传》："有才思。著《梁典》。"）章华（《陈书·傅縡传》："吴兴章华，善属文。"）之流，或工诗文，或精笔翰，亦其选也。又梁代士大夫，多仕陈廷，以文学著，如萧允、（《陈书·允传》："经延陵季子庙，为诗叙意，辞理清典。"）周弘正、（《南史·弘正传》："玄理为当时所宗。集二十卷。弟弘让、弘直。弘直幼聪敏，有集二十卷。"）萧引、（《陈书·引传》："善属文。弟密，有文词。"）张种、（《南史·种传》："有集十四卷。"）王劢、（《南史·劢传》："从登北顾楼，赋诗，辞义清典。"）沈众、（《陈书·众传》："沈约孙，有文才。梁武令为《竹赋》，手敕答曰：'文体翩翩，可谓无忝尔祖。'"）袁枢、（《陈书·枢传》："有集十卷行世。"）谢嘏、（《陈书·嘏传》："善属文，文集行世。"）虞荔、虞寄（《陈书·荔传》："善属文。梁武使制《士林馆碑》。弟寄，大同中上《瑞雨颂》，梁武谓其典裁清拔。"）是也。（又案：梁、陈之际，若王通、谢岐、袁敬、袁泌、刘仲威、王质、萧乾、韦载、韦鼎、王固、萧济、沈君公，虽不以文名，亦均工文。若夫沈文阿、沈洙、王元规、郑灼、顾超之流博综经术，张讥、马枢兼善玄言，亦不仅以文名。）其有尤工诗什者，自徐、沈外，则有阴铿、（《南史·铿传》："字子坚，尤善五言诗，为当时所重。世祖使赋《新成安乐宫诗》，援笔立就。有集三卷行世。"）张正见、（《陈书·正见传》：

“字见赜，年十三献颂，梁简文深赞赏之。有集十四卷。其五言诗尤善，大行于世。”）阮卓、（《陈书·卓传》：“尤工五言诗。”）谢贞（《陈书·贞传》：“八岁为《春日闲居》五言诗，有‘风定花犹落’句，王筠以为追步惠连。有集，值乱不存。”）诸人。若夫孔范、刘暄之流，惟工藻艳，（详下节。）亦又不足数矣。

丁　总论

宋、齐、梁、陈文学之盛，既综述于前。试合当时各史传观之：自江左以来，其文学之士，大抵出于世族；而世族之中，父子兄弟各以能文擅名。如《南史》称刘孝绰兄弟及群从子侄，当时有七十人，并能属文，近古未之有；（《孝绰传》）又王筠与诸儿论家门文集书谓：“史传所称，未有七叶之中，人人有集如吾门者。”（《筠传》）此均实录之词。（当时文学之盛，舍琅琊王氏、及陈郡谢氏、吴郡张氏外，则有南兰陵萧氏、陈郡袁氏、东海王氏、彭城到氏、吴郡陆氏、彭城刘氏、东莞臧氏、会稽孔氏、庐江何氏、汝南周氏、新野庾氏、东海徐氏、济阳江氏，均见《南史》。）惟当时之人，既出自世族，故其文学之成，必于早岁；（详前节。）且均文思敏速，或援笔立成，或文无加点，（亦详前节。故梁武集文士作诗文，均限晷刻。又《南史·王僧儒传》称：“齐竟陵王，集学士为诗四韵，刻烛一寸。”亦其证也。若《徐勉传》：“下笔不休。”《朱异传》：“不暂停笔。”又当时诏诰书疏，词贵敏速之证。）此亦秦、汉以来之特色。至当时文学得失，稽之史传及诸家各集，厥有四端。

一曰：矜言数典，以富博为长也。齐、梁文翰与东晋异，即诗什亦然。自宋代颜延之以下，侈言用事，（钟氏《诗品》谓：“文符应资博古，驳奏宜穷往烈；至于吟咏情性，亦何贵乎用事？颜延之喜用古事，弥见拘束，于时化之。故大明、泰始中，文章殆同书抄。尔来作者，浸以成俗，逐句无虚韵，语无虚字，拘挛补衲，蠹文已甚。”）学者浸以成俗。齐、梁之际，任昉用事，尤多慕者，转为穿凿。（《南史·任昉传》云：“既以文才见知，时人云，任笔沈诗。昉闻，甚以为病。晚节转好作诗，用事过多，属辞不得流便。自尔都下之士慕之，转为穿凿。”《诗品》亦云：“任昉博物，动辄用事。是以诗不得奇。”）盖南朝之诗，始则工言景物，继则惟以数典为工。（观齐、梁人所存之诗，自离合诗、回文诗、建除诗以外，有四色诗、八音诗、数名诗、州郡名诗、药名诗、姓名诗、鸟兽名诗、树名诗、草名诗、宫殿名诗各体，又有大言、小言诸诗，此均惟工数典者也。）因是各体文章，亦以用事为贵。（如王僧儒、姚察等传，并云“多用新事，人所未见”，是其证。）考之史传，《南史》称王俭尝使宾客隶事，（《南史·王谌传》：“王俭尝集才学之士，总校虚实，类物隶之，谓之隶事，自此始也。俭尝使宾客隶事，多者赏之。摛后至，俭以所隶示之，操笔便成，文章既奥，辞亦华美，举坐击赏。”）梁武集文士策经史事；（《南史·刘峻传》云：“武帝每集文士策经史事，范云、沈约之徒，皆引短推长。峻忽请纸笔，疏十余事，坐客皆惊。”）而类书一体，亦以梁代为盛，藩王宗室，以是相高，（《南史·刘峻传》：“安成王秀使撰《类苑》，凡一百二十卷。武帝即命诸学士撰《华林遍略》以高之。”《杜子伟传》：“补东宫学士，与刘陟等抄撰群书，各为题目。”《庾肩吾传》略同。《陆罩传》亦言：“简文撰《法宝联璧》，与群士抄掇区分。”均其证也。）虽为博览之资，实亦作文之助；即《诗品》所谓“文章略同书抄”，《齐书》所谓“缉事比类，非对不发，博物可嘉，职成拘制”也。（《南史·萧子云传》谓：“梁初，郊庙乐词，皆沈约撰。子云启宜改之。武帝敕曰：“郊庙歌词，应须典诰大语，不得杂用子史文章浅言。”此当时文章舛杂之征。又《萧贲传》：“湘东王为檄，贲读至‘偃师南望，无复储胥露寒；河阳北临，或有穹庐毡帐’，乃曰：‘圣制此句，非无过，似如体目朝廷，非关序赋。’王闻大怒。”此又文多溢词，不关实义之证也。举斯二事，足审其余。）故当时世主所崇，非惟据韵，兼重长篇，(如梁武诏群臣赋诗，或限据韵，或限五百字，均见《南史》各传。）诗什既然，文章亦尔。用是篇幅益恢，（梁代文章，以篇逾千字为恒。）偶词滋众，此必然之理也。

二曰：梁代宫体，别为新变也。宫体之名，虽始于梁；然侧艳之词，起源自昔。晋、宋乐府，如《桃叶歌》、《碧玉歌》、《白纻词》、《白铜鞮歌》，均以淫艳哀音，被于江左。迄于萧齐，流风益盛。（《南史·袁廓之传》谓：“时何涧亦称才子，为文惠太子作《杨叛儿歌》，辞甚侧丽。廓之谏曰：夫《杨叛》者，既非典雅，而声甚哀。”亦其证。）其以此体施于五言诗者，亦始晋、宋之间，后有鲍照，（明远乐府，固妙绝一时，其五言诗亦多淫艳，特丽而能壮，与梁代之诗稍别。《齐书·文学传论》谓：“次则发唱惊挺，操调险急，雕藻淫艳，倾炫心魂，斯鲍照之遗烈。”其确证也。）前则惠休。（绮丽之诗，自惠休始。《南史·颜延之传》云：“延之每薄汤惠休诗，谓人曰：‘惠休制作，委巷中歌谣耳，方当误后事。’”即据侧丽之诗言之。）特至于梁代，其体尤昌。《南史·简文纪》谓：“帝辞藻艳发，然伤于轻靡，时号宫体。”（《南史·帝纪论》：“宫体所传，且变朝野。”魏征《梁论》亦曰：“太宗神采秀发，华而不实，体穷淫靡，义罕疏通，哀思之音，遂移风俗。"）《徐摛传》亦谓："属文好为新变，文体既别，春坊尽学之，宫体之号，自斯而始。"盖当此之时，文士所作虽多艳词，（如徐摛特有轻艳之才，新声巧变，人多讽习是。）然尤以艳丽著者，实惟摛及庾肩吾，嗣则庾信、徐陵承其遗绪，而文体特为南北所崇。（《周书·庾信传》谓："庾肩吾、徐摛、摛子陵及信，并为梁太子抄撮学士。既有盛才，文并绮丽，世号徐庾体。当时后进，竞相模范，每有一文，京都莫不传诵。"《隋书·文学传序》曰："自大同以后，徐陵、庾信分路扬镳，而其意浅而繁，其文匿而采。"又唐杜确《岑嘉州集序》曰："梁简文帝及庾肩吾之属，始为轻浮绮靡之辞，名曰宫体。自后沿袭，务为妖体。"均其证。）此则大同以后文体之一变也。（梁代妖艳之词，多施于词赋。至陈，则志铭书札，亦多哀思之音，绮靡之词。）又据《后主纪》、《张贵妃》二传当皆见于《陈书》、《南史》二书，各传，谓帝荒酒色，奏伎作诗，以宫人有文学者为女学士，与狎客共赋新诗，采其尤艳丽者以为曲调，被以新声，其曲有《玉树后庭花》、《临春乐》等。《江总传》谓其尤工五七言诗，溺于浮靡，日与后主游宴后庭，多为艳诗，好事者相传讽玩，于今不绝。又《孔范传》云："文章赡丽，尤善五言诗，与江总等并为狎客。"《刘暄传》云："后主即位，与义阳王叔达、孔范、袁权、王瑳、陈褒、沈瓘、王仪等陪侍游宴，暄以俳优自居，文章谐谬，语言不节。"是陈季艳丽之词，尤较梁代为盛，即魏征《陈论》所谓"偏尚淫丽之文"也。故初唐诗什，竞沿其体，历百年而不衰。

三曰：士崇讲论，而语悉成章也。自晋代人士均擅清言，用是言语、文章虽分二途，而出口成章，悉饶词藻。（见前课。）晋、宋之际，宗炳之伦，承其流风，兼以施于讲学。宋则谢灵运、瞻之属，并以才辩辞义相高，王惠精言清理。（并见《宋书·王惠传》。）齐承宋绪，华辩益昌。《齐书》称张绪言精理奥，见宗一时，吐纳风流，听者皆忘饥疲；（《绪传》）又称周颙音辞辨丽，辞韵如流，太学诸生慕其风，争事华辨；（《颙传》）又谓张融言辞辩捷，周颙弥为清绮，刘绘音采不赡，丽雅有风则。（《绘传》）迄于梁代，世主尤崇讲学，国学诸生，惟以辨论儒玄为务，或发题申难，往复循环，具详《南史》各传。（梁代讲论之风，被于朝野，具详戚衮、周弘正、张讥、顾越、马枢、岑之敬各传。）用是讲论之词，自成条贯，及笔之于书，则为讲疏、口义、笔对，大抵辨析名理，既极精微，而属词有序，质而有文，为魏、晋以来所未有。当时人士，既习其风，故析理之文，议礼之作，迄于陈季，多有可观，则亦士崇讲论之效也。

四曰：谐隐之文，斯时益甚也。谐隐之文，亦起源古昔。宋代袁淑，所作益繁。惟宋、齐以降，作者益为轻薄，其风盖昌于刘宋之初。（《南史·谢灵运传》：“何长瑜寄书宗人何勖，以韵语序陆展染发，轻薄少年遂演之。凡人士并有题目，皆加剧言苦句，其文流行。”是其证。）嗣则卞铄、丘巨源、卞彬之徒，所作诗文，并多讥刺。（《南史·文学传》：“卞铄为词赋，多讥刺世人。丘巨源作《秋胡诗》，有讥刺语。卞彬拟《枯鱼赋》喻意，又著《蚤》、《虱》、《蜗》、《虫》等赋，大有指斥。永明中，诸葛勋为国子生，作《云中赋》，指祭酒以下，皆有形似之目。”）梁则世风益薄，士多嘲讽之文，（《梁书·临川王弘传》：“豫章王综，以弘贪吝，作《钱愚论》，其文甚切。”又《南史·江德藻传》：“弟从简，作《采荷调》刺何敬容，为当时所赏。”又《何敬容传》：“萧琛子巡，颇有轻薄才，制《卦名离合诗》嘲敬容。”）而文体亦因之愈卑矣。（孔稚珪《北山移文》、裴子野《雕虫论》亦属此派。）

要而论之，南朝之文，当晋、宋之际，盖多隐秀之词，嗣则渐趋缛丽。齐、梁以降，虽多侈艳之作，然文词雅懿，文体清峻者，正自弗乏。斯时诗什，盖又由数典而趋琢句，然清丽秀逸，亦自可观。又当此之时，张融之文，务为诡激；裴子野之文，制多法古。盖张氏既以新奇为贵，裴氏欲挽靡丽之风，然朝野文人，鲜效其体；观简文《与湘东书》，以为裴氏之文不宜效法，此可验当时之风尚矣。至当时文格所以上变晋、宋而下启隋、唐者，厥有二因：一曰声律说之发明，二曰文笔之区别。今粗引史籍所言，诠次如左。

子　声律说之发明

《南史·陆厥传》曰：永明末，盛为文章。吴兴沈约、陈郡谢朓、琅琊王融以气类相推毂。汝南周颙善识声韵，为文皆用宫商；以平上去入为四声，以此制韵，有平头、上尾、蜂腰、鹤膝；五字之中，音韵悉异，两句之内，角徵不同，不可增减，世呼为永明体。

《周颙传》云：颙始著《四声切韵》行于时。

《陆厥传》又曰：时有王斌者，不知何许人，著《四声论》行于时。

《沈约传》曰：约撰《四声谱》，以为在昔词人，累千载而不悟，而独得胸襟，穷其妙旨，自谓入神之作，武帝雅不好焉。尝问周舍曰：“何谓四声？”舍曰：“‘天子圣哲’是也。”然帝竟不遵用。（又《南史·陆厥传》：“约论四声，颇有铨辩，而诸赋亦往往与声韵乖。”）

案：音韵之学，不自齐、梁始。封演《闻见记》谓："魏时有李登者，撰《声类》十卷，以五声命字。"《魏书·江式传》亦谓："晋吕静仿吕登之法作《韵集》五卷，宫、商、角、徵、羽各为一篇。"是宫羽之辨，严于魏、晋之间，特文拘声韵，始于永明耳。考其原因，盖江左人士，喜言双声，（如《宋书·谢庄传》载庄答王玄谟：玄、护为双声，磝、碻为迭韵，以为捷速如此。又《王玄保传》："好为双声。"并其证。）衣冠之族，多解音律。（如《南史》："萧惠基解音律，尤好魏三祖曲及相和歌。"《颜师伯传》："颇解声乐。"又《齐书·齐临川王映传》及《南史》褚沄、谢恂、王冲各传，或云善声律，或云晓音乐，或云解音律、声律。是其证。）故永明之际，周、沈之伦，文章皆用宫商，又以此秘为古人所未睹也。

《庾肩吾传》曰：齐永明中，王融、谢朓、沈约文章，始用四声，以为新变。至是转拘声韵，弥为丽靡。

又案：唐封演《闻见记》亦云："周颙好为韵语，因此切字皆有平上去入之异。永明中，沈约文辞精拔，盛解音律，遂撰《四声谱》。时王融、刘绘、范云之徒，慕而扇之。由是远近文学，转相祖述，而声韵之道大行。

沈约《宋书·谢灵运传论》：夫五色相宣，八音协畅，由乎玄黄律吕，各适物宜。欲使宫羽相变，低昂舛节；若前有浮声，则后须切响；一简之内，音韵尽殊；两句之中，轻重悉异：妙达此旨，始可言文。至于先士茂制，讽高历赏：子建"函京"之作，仲宣"灞岸"之篇，子荆"零雨"之章，正长"朔风"之句，并直举胸情，非傍诗史，正以音律调韵，取高前式。自灵均以来，多历年代，虽文体稍精，而此秘未睹。至于高言妙句，音韵天成，皆暗与理合，匪由思至。张、蔡、曹、王，曾无先觉；潘、陆、颜、谢，去之弥远。世之知音者，有以得之，此言非谬；如曰不然，请待来哲。

陆厥《与沈约书》曰：范詹事自序："性别宫商，识清浊，特能适轻重，济艰难。古今文人，多不全了斯处；纵有会此者，不必从根本中来。"沈尚书亦云："自灵均以来，此秘未睹。或暗与理合，匪由思至。张、蔡、曹、王，曾无先觉；潘、陆、颜、谢，去之弥远。"大旨"欲使宫羽相变，低昂舛节；若前有浮声，则后须切响；一简之内，音韵尽殊；两句之中，轻重悉异。"辞既美矣，理又善焉。但观历代众贤，似不都暗此处，而云"此秘未睹"，近于诬乎？案：范云"不从根本中来"，尚书云"匪由思至"，斯可谓揣情谬于玄黄，摘句差其音律也。范又云"时有会此者"，尚书云"或暗与理合"，则美咏清讴，有辞章调韵者，虽有差谬，亦有会合。推此以往，可得而言。夫思有合离，前哲同所不免；文有开塞，即事不得无之。子建所以好人讥弹，士衡所以遗恨终篇，既曰“遗恨”，非尽美之作，理可诋诃。君子执其诋诃，便谓合理为暗，岂如指其合理，而寄诋诃为遗恨邪？自魏文属论，深以清浊为言；刘桢奏书，大明体势之致。岨峿妥帖之谈，操末续颠之说，兴玄黄于律吕，比五色之相宣，苟此秘未睹，兹论为何所指邪？故愚谓前英已早识宫徵，但未屈曲指的，若今论所申，至于掩瑕藏疾，合少谬多，则临淄所云“人之著述，不能无病”者也。非知之而不改，谓不改则不知，斯曹、陆又称“竭情多悔”，“不可力强”者也。今许以有病有悔为言，则必自知无悔无病之地；引其不了不合为暗，何独诬其一合一了之明乎？意者亦质文时异，古今好殊，将急在情物，而缓于章句。情物，文之所急，美恶犹且相半；章句，意之所缓，故合少而谬多：义兼于斯，必非不知，明矣。《长门》、《上林》，殆非一家之赋；《洛神》、《池雁》，便成二体之作。孟坚精正，《咏史》无亏于“东主”；平子恢富，《羽猎》不累于“凭虚”。王粲《初征》，他文未能称是；杨修敏捷，《暑赋》弥日不献。率意寡尤，则事促乎一日；翳翳愈伏，而理赊于七步。一人之思，迟速天悬；一家之文，工拙壤隔；何独宫商律吕，必责其如一邪？论者乃可言“未穷其致”，不得言“曾无先觉”也。（《齐书·厥传》）

沈约《答陆厥书》：宫商之声有五，文字之别累万。以累万之繁，配五声之约，高下低昂，非思力所举。又非止若斯而已也。十字之文，颠倒相配，字不过十，巧历已不能尽，何况复过于此者乎？灵均以来，未经用之于怀抱，固无从得其仿佛矣。若斯之妙，而圣人不尚，何邪？此盖曲折声韵之巧，无当于训义，非圣哲立言之所急也。是以子云譬之“雕虫篆刻”，云“壮夫不为”。自古辞人，岂不知宫羽之殊，商徵之别？虽知五音之异，而其中参差变动，所昧实多。故鄙意所谓“此秘未睹”者也，以此而推，则知前世文士，便未悟此处。若以文章之音韵，同弦管之声曲，则美恶妍蚩，不得顿相乖反。譬犹子野操曲，安得忽有阐缓失调之声？以《洛神》比陈思他赋，有似异手之作。故知天机启则律吕自调，六情滞则音律顿舛也。士衡虽云“炳若缛锦”，宁有濯色江波，其中复有一片是卫文之服？此则陆生之言，即复不尽者矣。韵与不韵，复有精粗，轮扁不能言，老夫亦不尽辨此。（同上）

《文心雕龙·声律篇》：夫音律所始，本于人声者也。声含宫商，肇自血气，先王因之以制乐歌。故知器写人声，声非学器者也。故言语者，文章神明，枢机吐纳，律吕唇吻而已。古之教歌，先揆以法，使疾呼中宫，徐呼中徵。夫商、徵响高，宫、羽声下；抗喉矫舌之差，攒唇激齿之异，廉肉相准，皎然可分。今操琴不调，必知改张，摘文乖张，而不识所调；响在彼弦，乃得克谐，声萌我心，更失和律，其故何哉？良由内听难为聪也。故外听之易，弦以手定；内听之难，声与心纷；可以数求，难以辞逐。凡声有飞沉，响有双叠；双声隔字而每舛，叠韵杂句而必睽；沉则响发而断，飞则声飏不还。并辘轳相往，逆鳞相比。迂其际会，则往蹇来连，其为疾病，亦文家之吃也。夫吃文为患，生于好诡，逐新趣异，故喉唇纠纷；将欲解结，务在刚断。左碍而寻右，末滞而讨前，则声转于吻，玲玲如振玉，辞靡于耳，累累如贯珠矣。是以声画妍蚩，寄在吟咏；吟咏滋味，流于字句，气力穷于和韵。异音相从谓之和，同声相应谓之韵；韵气一定，故余声易遣；和体抑扬，故遗响难契。属笔易巧，选和至难；缀文难精；而作韵甚易。虽纤毫曲变，非可缕言，然振其大纲，不出兹论。若夫宫商大和，譬诸吹籥；翻回取均，颇似调瑟。瑟资移柱，故有时而乖贰；籥含定管，故无往而不壹。陈思、潘岳，吹籥之调；陆机、左思，瑟柱之和也：概举而推，可以类见。又诗人综韵，率多清切；《楚辞》辞楚，故讹韵实繁。及张华论韵，谓士衡多楚，《文赋》亦称知楚不易，可谓衔灵均之声余，失黄钟之正响也。凡切韵之动，势若转圜；讹音之作，甚于枘方；免乎枘方，则无大过矣。练才洞鉴，剖字钻响，识疏阔略，随音所遇，若长风之过籁，南郭之吹竽耳。古之佩玉，左宫右徵，以节其步，声不失序，音以律文，其可忘哉！

又案：《雕龙》本篇赞云：“标情务远，比音则近。吹律胸臆，调钟唇吻。声得盐梅，响滑榆槿。割弃支离，宫商难隐。”

钟嵘《诗品》下：昔曹、刘殆文章之圣，陆、谢为体贰之才，锐精研思，千百年中而不闻宫商之辨。四声之论，或谓前达偶然不见，岂其然乎？尝试言之曰：古诗颂皆被之金竹，故非调五音，无以谐会。若“置酒高堂上”，“明月照高楼”，为韵之首。故三祖之词，文或不工，而韵入歌唱，此重声韵之义也，与世之言宫商者异矣。今既不被管弦，亦何取于声韵耶？齐有王元长者，尝谓余云：“宫商与二仪俱生，自古词人不知之，唯颜宪子乃云律吕音调，而其实大谬，唯见范晔、谢庄颇识之耳，常欲进《知音论》未就。”王元长创其首，谢朓、沈约扬其波。三贤或贵公子孙，幼有文辩，于是士流景慕，务为精密，襞积细微，转相凌架，故使文多拘忌，伤其真美。余谓：文制本须讽读，不可蹇碍。但令清浊通流，口吻调利，斯为足矣。至于平上去入，则余病未能，蜂腰鹤膝，闾里已具。

案：四声之说，盛于永明。其影响及于文学者，《南史》以为转拘声韵，而近人顾炎武《音论》又谓：“江左之文，自梁天监以前，多以去入二声同用，以后则绝不相通。”其说至确。然沈、周之说，所谓判低昂，审清浊者，非惟平侧之别已耳；于声韵之辨，盖亦至精。彦和谓“响有双叠”，“双声隔字而每舛，叠韵杂句而必睽”，即沈氏所谓“一简之内，音韵尽殊”，（故彦和又云：“异音相从谓之和，同声相应谓之韵。”）谓一句之内，不得两用同纽之字及同韵之字也。彦和谓“声有飞沉，沉则响发而断，飞则声飏不还”，即沈氏所谓“前有浮声，后须切响，两句之中，轻重悉异”，谓一句之内，不得纯用浊声之字、或清声之字也。至当时五言诗律，舍《南史》所举平头、上尾、蜂腰、鹤膝外，别有大韵、小韵、旁纽、正纽四端，是为八病。（平头，谓第二字不与第七字同声；上尾，谓第五字不与第十字同声；蜂腰，谓第二字不与第五字同声；鹤膝，谓第五字不与第十五字同声；大韵，谓五言诗两句除韵而外，余九字不与韵犯；小韵，谓五言诗两句不得互用同韵之字；旁纽，谓五言诗两句不得两用同纽之字；正纽，谓一纽四声不得两句杂用。）此即永明声律论之大略也。《南史》以为“弥为丽靡”，《诗品》以为“转伤真美”，斯固切当之论。然四声八病，虽近纤微，当时之人，亦未必悉相遵守。惟音律由疏而密，实本自然，非由强致。试即南朝之文审之，四六之体，粗备于范晔、谢庄，成于王融、谢朓，而王、谢亦复渐开律体。影响所及，迄于隋、唐，文则悉成四六，诗则别为近体，不可谓非声律论开其先也。又四六之体既成，则属对日工，篇幅益趋于恢广，此亦必然之理。试以齐、梁之文上较晋、宋，陈、隋之文上较齐、梁，其异同之迹，固可比较而知也。

丑　文学之区别

《南史·范晔传》：晔《与诸甥侄书》曰：常谓情志所托，故当以义为主，以文传意。以意为主，则其旨必见；以文传意，则其词不流；然后抽其芬芳，振其金石耳。观古今文人，多不全了此处。年少中谢庄最有其分，手笔差易，于文不拘韵故也。吾思乃无定方，但多公家之言，少于事外远致，以此为恨，亦由无意于文名故也。

《南史·颜延之传》：帝尝问以诸子才能，延之曰：“竣得臣笔，测得臣文，奂得臣义。”（又曰：“长子竣为孝武造书檄。元凶劭召延之，示以檄文，问曰，‘此笔谁造？’延之曰：‘竣之笔也。’又问：‘何以知之？’曰：‘竣笔体，臣不容不识。’”）

梁元帝《金楼子·立言篇》云：夫子门徒，转相师受，通圣人之经者谓之儒。屈原、宋玉、枚乘、长卿之徒，止于辞赋，则谓之文。今之儒，博穷子史，但能识其事，不能通其理者，谓之学。至如不便为诗如阎纂，善为章奏如伯松，若此之流，泛谓之笔；吟咏风谣，流连哀思者谓之文。

又云：笔，退则非谓成篇，进则不云取义，神其巧惠，（案：惠、慧古通。）笔端而已。至如文者，惟须绮縠纷披，宫徵靡曼，唇吻遒会，情灵摇荡。而古之文笔，今之文笔，其源又异。

《文心雕龙·序志篇》：若乃论文取笔，则囿别区分。（案：《雕龙》他篇区别文笔者，如《时序篇》云："庾以笔才逾亲，温以文思益厚。"《才略篇》云："孔融气盛于为笔，祢衡思锐于为文。"并文笔分言之证。又《风骨篇》云："若风骨乏采，则鸷集翰林；采乏风骨，则雉窜文囿；惟藻耀之高翔，固文笔之鸣凤也。"《章句篇》云："是以搜句忌于颠倒，裁章贵于顺序，斯固情趣之指归，文笔之同致也。"亦文笔并词之证。）

《文心雕龙·总术篇》：今之常言，有文有笔，以为无韵者笔也，有韵者文也。夫文以足言，理兼诗书，别目两名，自近代耳。颜延年以为：笔之为体，言之文也；经典则言而非笔，传记则笔而非言。请夺彼矛，还攻其楯矣。何者？《易》之《文言》，岂非言文？若笔不言文，不得云经典非笔矣。将以立论，未见其论立也。予以为发口为言，属笔曰翰，常道曰经，述经曰传。经传之体，出言入笔，笔为言使，可强可弱。分经以典奥为不刊，非以言笔为优劣也。（又本篇赞曰："文场笔苑，有术有门。"亦分言文笔。）

案：自《晋书》张翰、曹毗、成公绥各传，均以文笔并词，或云诗赋杂笔。自是以降，如《宋书·沈怀文传》："弟怀远，颇闲文笔。"《齐书·晋安王子懋传》："世祖敕子懋曰：'文章诗笔，乃是佳事。'"又《竟陵王传》："所著内外文笔数十卷，虽无文采，多是劝戒。"《梁书·鲍泉传》："兼有文笔。"《陈书·陆琰传》："所制文笔多不存。"《陈书·姚察传》："每制文笔，后主敕便索本。后主所制文笔甚多，别写一本付察。"《虞寄传》："所制文笔，遭乱多散失。"《刘师知传》："工文笔。"《江德藻传》："著文笔十五卷。"《许亨传》："所制文笔六卷。"均文笔分言之证。其有诗笔分言者，如《南史·刘孝绰传》："弟孝仪、孝威，工属文诗。孝绰尝云：'三笔六诗。'三即孝仪。六谓孝威。"《沈约传》谓："谢玄晖善为诗，任彦升工于笔，约兼而有之，然不能过。"《任昉传》谓："时人云：'任笔沈诗。'昉闻，甚以为病。"又《庾肩吾传》："简文《与湘东王书》云：'诗既若此，笔亦如之。'）又云：

“谢朓、沈约之诗，任昉、陆倕之笔，斯文章之冠冕，述作之楷模。”并其证也。亦或析言词笔，如《陈书·岑之敬传》“雅有辞笔”是也。（《谢朓传》亦云：“孔觊粗有才笔。”）至文笔区别，盖汉、魏以来，均以有藻韵者为文，无藻韵者为笔。东晋以还，说乃稍别：据梁元《金楼子》，惟以吟咏风谣，流连哀思者为文；据范晔《与甥侄书》及《雕龙》所引时论，则又有韵为文，无韵为笔。今以宋、齐、梁、陈各史传证之：据《宋书·傅亮传》谓：“武帝登庸之始，文笔皆是参军滕演。北征广固，悉委长史王诞。自此之后，至于受命，表册文诰，皆亮词也。”又据《齐书·孔珪传》云：“为齐高帝骠骑记室，与江淹对掌辞笔。”又据《齐书·谢朓传》谓：“明帝辅政，掌霸府文笔，又掌中书诏诰。”《梁书·任昉传》谓：“武帝克建邺，以为骠骑记室，专主文翰。每制书草，沈约辄求同署。尝被急召，昉出而约在。是后文笔，约参制焉。”（又《任昉传》：“昉尤长载笔，当时王公表奏，莫不请焉。梁台建，禅让文诰，多昉所具。”）《南史·萧子范传》谓：“南平王府中，文笔皆令具草。”《陈书·姚察传》亦云：“又敕专知优册谥议等文笔。”其文笔、辞笔并言，并与沈怀文各传相合。自是以外，或云手笔，（史传所载，有仅言手笔者，如《齐书·邱灵鞠传》：“敕知东宫手笔。”《王俭传》：“手笔典裁，为当时所重。”《陈书·姚察传》：“后主称姚察手笔，典裁精当。”是也。有云大手笔者，《南史·陆琼传》谓：“陈文帝讨周迪等，都官符及诸大手笔，并中敕付琼。”《徐陵传》：“国家有大手笔，必令陵草之。”是也。）或云笔翰。（《南史·任孝恭传》：“专掌公家笔翰。”《丘巨源传》：“有笔翰。太祖使于中书省撰符檄。巨源与袁粲书谓：‘朝廷洪笔，何故假手凡贱？又有羽檄之难，必须笔杰。’”等说，是其证。）合以颜延之各传，知当时所谓笔者，非徒全任质素，亦非偶语为文，单语为笔也。盖当时世俗之文，有质直序事，悉无浮藻者，如今本《文选》任昉《弹刘整文》所引刘寅妻范氏诣台诉词是也，亦有以语为文，无复偶词者，如齐世祖《敕晋安王子懋》诸文是也。（如刘瓛《与张融王思远书》，亦质直不华。齐、梁之文类此者，正复弗乏。）然史传诸云“文笔”、“词笔”，以及所云“长于载笔”、“工于为笔”者，笔之为体，统该符、檄、笺、奏、表、启、书、札诸作言，其弹事议对之属，亦属于史笔，册亦然。凡文之偶而弗韵者，皆晋、宋以来所谓笔类也。故当时人士于尺牍、书记之属，词有专工；（今以史传考之，所云尺牍，如《宋书·刘穆之传》：“与朱龄石并便尺牍。”《臧质传》：“尺牍便敏。”《梁书·徐勉传》：“既闲尺牍。”《邵陵王纶传》：“尤工尺牍。”《陈书·蔡景历传》：“善尺牍。”是也。所云书记，如《陈书·陈详传》："善书记。"《庾持传》："尤善书记以才艺闻。"是也。自是以外，或云书疏，如《陈书·陆山才传》："周文育出镇南豫州，不知书疏，乃以山才为长史。"是也。或云书翰，如《齐书·王晏传》："齐高帝时，军旅书翰皆见委。"《陈书·孙玚传》："尤便书翰。"是也。）而刀笔、（刀笔之名见于史传者，如《南史·虞玩之传》："少闲刀笔。"《王球传》谓："彭城王义康，专以政事为本，刀笔干练者多被意遇。"《吴喜传》："齐明帝以喜刀笔吏，不当为将。"是也。斯时所云刀笔，盖官府文书成于吏手者。）笔札、（笔札之名见于史传者，如《南史·宗夬传》："齐郁林为南郡王，使管书记，以笔札贞正见许。"又《沈庆之传》云："庆之谓颜竣曰：'君但当知笔札之事。'"皆其证也。）笔记、（如《齐书·丘巨源传》："巨源与袁粲书：'笔记贱伎，非杀活所待。'"是也。又《文心雕龙·才略篇》云："路粹、杨修，颇怀笔记之工。"又云："温太真之笔记，循理而清通。"亦笔记之名见于齐、梁著作者。）笔奏（《雕龙·才略篇》："长虞笔奏，世执刚中。"）之名，或详于史册，或杂见群书；又王僧孺、徐勉、孔奂诸人，其弹事之文，各与集别：（《南史·王僧孺传》："文集三十卷；两台弹事不入集，别为五卷。"又《徐勉传》云："左承弹事五卷，所著前后二集五十卷，又为人章表集十卷。"《孔奂传》云："有集十五卷，弹文集。"此均弹文别于文集之证。又《南史·孔休源传》云："凡奏议弹文，勒成十五卷。"亦其证也。又案：《南史·刘瑀传》云："刘瑀为御史中丞，弹萧惠开、王僧达，朝士莫不畏其笔端。"此亦弹事之体，南朝称笔之证也。）均足为文、笔区分之证。更即《雕龙》篇次言之，由第六迄于第十五，以《明诗》、《乐府》、《诠赋》、《颂赞》、《祝盟》、《铭箴》、《诔碑》、《哀吊》、《杂文》、《谐讔》诸篇相次，是均有韵之文也；由第十六迄于第二十五，以《史传》、《诸子》、《论说》、《诏策》、《檄移》、《封禅》、（篇中所举扬雄《剧秦美新》，为无韵之文。相如《封禅文》惟颂有韵。班氏《典引》，亦不尽叶韵。又东汉《封禅仪记》，则记事之体也。）《章表》、《奏启》、《议对》、《书记》诸篇相次，是均无韵之笔也：此非《雕龙》隐区文笔二体之验乎？（《雕龙·章表篇》，以左雄奏议，胡广章奏，并当时之笔杰。又《才略篇》云："庾元规之表奏，靡密而闲畅；温太真之笔记，循理而清通，亦笔端之良工也。"又《史传篇》云："秉笔荷担，莫此之劳。"《论说篇》云："不专缓颊，亦在刀笔。"《书记篇》云："然才冠鸿笔，多疏尺牍。"《事类篇》云："事美而制于刀笔。"据上诸证，是古今无韵之文，彦和并目为笔。）盖晋、宋以降，惟以有韵为文，较之士衡《文赋》，并列表及论说者又复不同。故当时无韵之文，亦矜尚藻采，迄于唐代不衰。

或者曰：彦和既区文笔为二体，何所著之书，总以《文心》为名？不知当时世论，虽区分文笔，然笔不该文，文可该笔；故对言则笔与文别，散言则笔亦称文。据《陈书·虞寄传》载衡阳王出阁，文帝敕寄兼掌书记，谓“屈卿游藩，非止以文翰相烦，乃令以师表相事。”又《梁书·裴子野传》谓子野为《移魏文》，武帝称曰：“其文甚壮。”是奏记檄移之属，当时亦得称文。故史书所记，于无韵之作，亦或统称“文章”。观于王俭《七志》，于集部总称“文翰”。阮孝绪《七录》，则称“文集”。而昭明《文选》其所选录，不限有韵之词。此均文可该笔之证也。

又案：昭明《文选》，惟以沉思翰藻为宗，故赞论序述之属，亦兼采辑。然所收之文，虽不以有韵为限，实以有藻采者为范围，盖以无藻韵者不得称文也。

梁昭明太子《文选序》：自姬、汉以来，眇焉悠邈，时更七代，数逾千祀。词人才子，则名溢于缥囊；飞文染翰，则卷盈乎湘帙。自非略其芜秽，集其清英，盖欲兼功，太半难矣。若夫姬公之籍，孔父之书，与日月俱悬，鬼神争奥，孝敬之准式，人伦之师友，岂可重以芟夷，加之剪截？老、庄之作，管、孟之流，盖以立意为宗，不以能文为本，今之所撰，又以略诸。若贤人之美辞，忠臣之抗直，谋夫之话，辨士之端，冰释泉涌，金相玉振。所谓坐狙丘，议稷下，仲连之却秦军，食其之下齐国，留侯之发八难，曲逆之吐六奇，盖乃事美一时，语流千载，概见坟籍，旁出子史。若斯之流，又亦繁博，虽传之简牍，而事异篇章，今之所集，亦所不取。至于记事之史，系年之书，所以褒贬是非，纪别异同，方之篇翰，亦已不同。若其赞论之综缉辞采，序述之错比文华，事出于沉思，义归乎翰藻，故与夫篇什，杂而集之。远自周室，迄于圣代，都为三十卷，名曰《文选》云耳。

案：昭明此序，别篇章于经、史、子书而外，所以明文学别为一部，乃后世选文家之准的也。要而论之，一代之文，必有宗尚。故历代文人所作，各有专长。试即宋、齐、梁、陈四代言之：自晋末裴松之奏禁立碑，（《宋书·松之传》云：“义熙初，松之以世立私碑，有乖事实，上表陈之：以为诸欲立碑者，宜悉令言上。为朝议所许，然后听之。庶可以防遏无征，显章茂实。由是普断。”）而志铭之文代之而起，（《文选注》及封演《闻见记》引齐王俭议谓：“墓志起于宋元嘉中，颜延之为王球石志，素族无铭策，故以纪行。”又谓：“储妃既有哀策，不烦石志。”然宋、齐以降，臣僚并有墓志，或由太子诸王撰立。据《南史·裴子野传》谓："湘东王为之墓志铭，陈于藏内，邵陵王又立墓志，堙于羡道。羡道列志自此始。"是当时志铭不止一石也。）然敕立、奏立之碑，时仍弗乏，（当时奏立之碑有二：一为墓碑，如梁刘贤等陈徐勉行状请刊石纪德，降诏立碑于墓是也；一为碑颂、碑记，如寿阳百姓为刘勔立碑记，南豫州人请为夏侯亶立碑是也。）寺塔碑铭作者尤众。又晋、宋而降，颇事虚文，让表谢笺，必资名笔；朝野文人，尤精树论，驳诘之词既盛，辨答之说益繁，（如《夷夏论》、《神灭论》及张融《门律》诸文，驳者既众，答者益繁，故篇章充积。）故数体之文，亦以南朝为盛。自斯而外，若箴、铭、颂、赞、哀、诔、骚、七、设论、连珠各体，虽稍有通变，然鲜有出辙。其有文体舛讹，异于前作者，亦肇始齐、梁之世，如行状易为偶文，（如《文选》所载任昉《齐竟陵王行状》是。）祭文不为韵语，（齐、梁以前，祭文均为韵语，此正体也。若王僧孺《祭禹庙文》、任孝恭《祭杂坟文》均偶而弗韵，北朝则魏孝文《祭恒岳文》，薛道衡《祭江文》、《祭淮文》并承其体，非祭文之正式也。）嗣则志铭之作，无异诔文，（铭以述德，诔以表哀，体本稍别。陈代志铭，词多哀艳，如后主等所撰是也。）赋体益恢，杂以四六，此则文体之变也。

选自《中国中古文学史》，人民文学出版社，1959

魏晋风度及文章与药及酒之关系

——九月间在广州夏期学术演讲会讲

（一九二七年）

鲁 迅

我今天所讲的，就是黑板上写着的这样一个题目。

中国文学史，研究起来，可真不容易，研究古的，恨材料太少，研究今的，材料又太多，所以到现在，中国较完全的文学史尚未出现。今天讲的题目是文学史上的一部分，也是材料太少，研究起来很有困难的地方。因为我们想研究某一时代的文学，至少要知道作者的环境，经历和著作。

汉末魏初这个时代是很重要的时代，在文学方面起一个重大的变化，因当时正在黄巾和董卓大乱之后，而且又是党锢的纠纷之后，这时曹操出来了。——不过我们讲到曹操，很容易就联想起《三国志演义》，更而想起戏台上那一位花面的奸臣，但这不是观察曹操的真正方法。现在我们再看历史，在历史上的记载和论断有时也是极靠不住的，不能相信的地方很多，因为通常我们晓得，某朝的年代长一点，其中必定好人多；某朝的年代短一点，其中差不多没有好人。为什么呢？因为年代长了，做史的是本朝人，当然恭维本朝的人物，年代短了，做史的是别朝人，便很自由地贬斥其异朝的人物，所以在秦朝，差不多在史的记载上半个好人也没有。曹操在史上年代也是颇短的，自然也逃不了被后一朝人说坏话的公例。其实，曹操是一个很有本事的人，至少是一个英雄，我虽不是曹操一党，但无论如何，总是非常佩服他。

研究那时的文学，现在较为容易了，因为已经有人做过工作：在文集一方面有清严可均辑的《全上古三代秦汉三国晋南北朝文》。其中于此有用的，是《全汉文》，《全三国文》，《全晋文》。

在诗一方面有丁福保辑的《全汉三国晋南北朝诗》。——丁福保是做医生的，现在还在。

辑录关于这时代的文学评论有刘师培编的《中国中古文学史》。这本书是北大的讲义，刘先生已死，此书由北大出版。

上面三种书对于我们的研究有很大的帮助。能使我们看出这时代的文学的确有点异彩。

我今天所讲，倘若刘先生的书里已详的，我就略一点；反之，刘先生所略的，我就较详一点。

董卓之后，曹操专权。在他的统治之下，第一个特色便是尚刑名。他的立法是很严的，因为当大乱之后，大家都想做皇帝，大家都想叛乱，故曹操不能不如此。曹操曾自己说过："倘无我，不知有多少人称王称帝！"这句话他倒并没有说谎。因此之故，影响到文章方面，成了清峻的风格。——就是文章要简约严明的意思。

此外还有一个特点，就是尚通脱。他为什么要尚通脱呢？自然也与当时的风气有莫大的关系。因为在党锢之祸以前，凡党中人都自命清流，不过讲"清"讲得太过，便成固执，所以在汉末，清流的举动有时便非常可笑了。

比方有一个有名的人，普通的人去拜访他，先要说几句话，倘这几句话说得不对，往往会遭倨傲的待遇，叫他坐到屋外去，甚而至于拒绝不见。

又如有一个人，他和他的姊夫是不对的，有一回他到姊姊那里去吃饭之后，便要将饭钱算回给姊姊。她不肯要，他就于出门之后，把那些钱扔在街上，算是付过了。

个人这样闹闹脾气还不要紧，若治国平天下也这样闹起执拗的脾气来，那还成甚么话？所以深知此弊的曹操要起来反对这种习气，力倡通脱。通脱即随便之意。此种提倡影响到文坛，便产生多量想说甚么便说甚么的文章。

更因思想通脱之后，废除固执，遂能充分容纳异端和外来的思想，故孔教以外的思想源源引入。

总括起来，我们可以说汉末魏初的文章是清峻，通脱。在曹操本身，也是一个改造文章的祖师，可惜他的文章传的很少。他胆子很大，文章从通脱得力不少，做文章时又没有顾忌，想写的便写出来。

所以曹操征求人才时也是这样说，不忠不孝不要紧，只要有才便可以。这又是别人所不敢说的。曹操做诗，竟说是"郑康成行酒伏地气绝"，他引出离当时不久的事实，这也是别人所不敢用的。还有一样，比方人死时，常常写点遗令，这是名人的一件极时髦的事。当时的遗令本有一定的格式，且多言身后当葬于何处何处，或葬于某某名人的墓旁；操独不然，他的遗令不但没有依着格式，内容竟讲到遗下的衣服和伎女怎样处置等问题。

陆机虽然评曰“贻尘谤于后王”，然而我想他无论如何是一个精明人，他自己能做文章，又有手段，把天下的方士、文士统统搜罗起来，省得他们跑在外面给他捣乱。所以他帷幄里面，方士文士就特别地多。

孝文帝曹丕，以长子而承父业，篡汉而即帝位。他也是喜欢文章的。其弟曹植，还有明帝曹睿，都是喜欢文章的。不过到那个时候，于通脱之外，更加上华丽。丕著有《典论》，现已失散无全本，那里面说：“诗赋欲丽”，“文以气为主”。《典论》的零零碎碎，在唐宋类书中；一篇整的《论文》，在《文选》中可以看见。

后来有一般人很不以他的见解为然。他说诗赋不必寓教训，反对当时那些寓训勉于诗赋的见解，用近代的文学眼光看来，曹丕的一个时代可说是“文学的自觉时代”，或如近代所说是为艺术而艺术（Art for Art's Sake）的一派。所以曹丕做的诗赋很好，更因他以“气”为主，故于华丽以外，加上壮大。归纳起来，汉末，魏初的文章，可说是：“清峻，通脱，华丽，壮大。”在文学的意见上，曹丕和曹植表面上似乎是不同的。曹丕说文章事可以留名声于千载；但子建却说文章小道，不足论的。据我的意见，子建大概是违心之论。这里有两个原因，第一，子建的文章做得好，一个人大概总是不满意自己所做而羡慕他人所为的，他的文章已经做得好，于是他便敢说文章是小道；第二，子建活动的目标在于政治方面，政治方面不甚得志，遂说文章是无用了。

曹操曹丕以外，还有下面的七个人：孔融，陈琳，王粲，徐幹，阮瑀，应玚，刘桢，都很能做文章，后来称为“建安七子”。七人的文章很少流传，现在我们很难判断；但，大概都不外是“慷慨”，“华丽”罢。华丽即曹丕所主张，慷慨就因当天下大乱之际，亲戚朋友死于乱者特多，于是为文就不免带着悲凉，激昂和“慷慨”了。

七子之中，特别的是孔融，他专喜和曹操捣乱。曹丕《典论》里有论孔融的，因此他也被拉进“建安七子”一块儿去。其实不对，很两样的。不过在当时，他的名声可非常之大。孔融作文，喜用讥嘲的笔调，曹丕很不满意他。孔融的文章现在传的也很少，就他所有的看起来，我们可以瞧出他并不大对别人讥讽，只对曹操。比方操破袁氏兄弟，曹丕把袁熙的妻甄氏拿来，归了自己，孔融就写信给曹操，说当初武王伐纣，将妲己给了周公了。操问他的出典，他说，以今例古，大概那时也是这样的。又比方曹操要禁酒，说酒可以亡国，非禁不可，孔融又反对他，说也有以女人亡国的，何以不禁婚姻？

其实曹操也是喝酒的。我们看他的“何以解忧？惟有杜康”的诗句，就可以知道。为什么他的行为会和议论矛盾呢？此无他，因曹操是个办事人，所以不得不这样做，孔融是旁观的人，所以容易说些自由话。曹操见他屡屡反对自己，后来借故把他杀了。他杀孔融的罪状大概是不孝。因为孔融有下列的两个主张：

第一，孔融主张母亲和儿子的关系是如瓶之盛物一样，只要在瓶内把东西倒了出来，母亲和儿子的关系便算完了。第二，假使有天下饥荒的一个时候，有点食物，给父亲不给呢？孔融的答案是，倘若父亲是不好的，宁可给别人。——曹操想杀他，便不惜以这种主张为他不忠不孝的根据，把他杀了。倘若曹操在世，我们可以问他，当初求才时就说不忠不孝也不要紧，为何又以不孝之名杀人呢？然而事实上纵使曹操再生，也没人敢问他，我们倘若去问他，恐怕他把我们也杀了！

与孔融一同反对曹操的尚有一个祢衡，后来给黄祖杀掉的。祢衡的文章也不错，而且他和孔融早是“以气为主”来写文章的了。故在此我们又可知道，汉文慢慢壮大起来，是时代使然，非专靠曹操父子之功的。但华丽好看，却是曹丕提倡的功劳。

这样下去一直到明帝的时候，文章上起了个重大的变化，因为出了一个何晏。

何晏的名声很大，位置也很高，他喜欢研究《老子》和《易经》。至于他是怎样的一个人呢？那真相现在可很难知道，很难调查。因为他是曹氏一派的人，司马氏很讨厌他，所以他们的记载对何晏大不满。因此产生许多传说，有人说何晏的脸上是搽粉的，又有人说他本来生得白，不是搽粉的。但究竟何晏搽粉不搽粉呢？我也不知道。

但何晏有两件事我们是知道的。第一，他喜欢空谈，是空谈的祖师；第二，他喜欢吃药，是吃药的祖师。

此外，他也喜欢谈名理。他身子不好，因此不能不服药。他吃的不是寻常的药，是一种名叫“五石散”的药。

“五石散”是一种毒药，是何晏吃开头的。汉时，大家还不敢吃，何晏或者将药方略加改变，便吃开头了。五石散的基本，大概是五样药：石钟乳，石硫黄，白石英，紫石英，赤石脂；另外怕还配点别样的药。但现在也不必细细研究它，我想各位都是不想吃它的。

从书上看起来，这种药是很好的，人吃了能转弱为强。因此之故，何晏有钱，他吃起来了；大家也跟着吃。那时五石散的流毒就同清末的鸦片的流毒差不多，看吃药与否以分阔气与否的。现在由隋巢元方做的《诸病源候论》的里面可以看到一些。据此书，可知吃这药是非常麻烦的，穷人不能吃，假使吃了之后，一不小心，就会毒死。先吃下去的时候，倒不怎样的，后来药的效验既显，名曰“散发”。倘若没有“散发”，就有弊而无利。因此吃了之后不能休息，非走路不可，因走路才能“散发”，所以走路名曰“行散”。比方我们看六朝人的诗，有云：“至城东行散”，就是此意。后来做诗的人不知其故，以为“行散”即步行之意，所以不服药也以“行散”二字入诗，这是很笑话的。

走了之后，全身发烧，发烧之后又发冷。普通发冷宜多穿衣，吃热的东西。但吃药后的发冷刚刚要相反：衣少，冷食，以冷水浇身。倘穿衣多而食热物，那就非死不可。因此五石散一名寒食散。只有一样不必冷吃的，就是酒。

吃了散之后，衣服要脱掉，用冷水浇身；吃冷东西；饮热酒。这样看起来，五石散吃的人多，穿厚衣的人就少；比方在广东提倡，一年以后，穿西装的人就没有了。因为皮肉发烧之故，不能穿窄衣。为豫防皮肤被衣服擦伤，就非穿宽大的衣服不可。现在有许多人以为晋人轻裘缓带，宽衣，在当时是人们高逸的表现，其实不知他们是吃药的缘故。一班名人都吃药，穿的衣都宽大，于是不吃药的也跟着名人，把衣服宽大起来了！

还有，吃药之后，因皮肤易于磨破，穿鞋也不方便，故不穿鞋袜而穿屐。所以我们看晋人的画像或那时的文章，见他衣服宽大，不鞋而屐，以为他一定是很舒服，很飘逸的了，其实他心里都是很苦的。

更因皮肤易破，不能穿新的而宜于穿旧的，衣服便不能常洗。因不洗，便多虱。所以在文章上，虱子的地位很高，“扪虱而谈”，当时竟传为美事。比方我今天在这里演讲的时候，扪起虱来，那是不大好的。但在那时不要紧，因为习惯不同之故。这正如清朝是提倡抽大烟的，我们看见两肩高耸的人，不觉得奇怪。现在就不行了，倘若多数学生，他的肩成为一字样，我们就觉得很奇怪了。

此外可见服散的情形及其他种种的书，还有葛洪的《抱朴子》。

到东晋以后，作假的人就很多，在街旁睡倒，说是“散发”以示阔气。就象清时尊读书，就有人以墨涂唇，表示他是刚才写了许多字的样子。故我想，衣大，穿屐，散发等等，后来效之，不吃也学起来，与理论的提倡实在是无关的。

又因“散发”之时，不能肚饿，所以吃冷物，而且要赶快吃，不论时候，一日数次也不可定。因此影响到晋时“居丧无礼”。——本来魏晋时，对于父母之礼是很繁多的。比方想去访一个人，那么，在未访之前，必先打听他父母及其祖父母的名字，以便避讳。否则，嘴上一说出这个字音，假如他的父母是死了的，主人便会大哭起来——他记得父母了——给你一个大大的没趣。晋礼居丧之时，也要瘦，不多吃饭，不准喝酒。但在吃药之后，为生命计，不能管得许多，只好大嚼，所以就变成“居丧无礼”了。

居丧之际，饮酒食肉，由阔人名流倡之，万民皆从之，因为这个缘故，社会上遂尊称这样的人叫作名士派。

吃散发源于何晏，和他同志的，有王弼和夏侯玄两个人，与晏同为服药的祖师。有他三人提倡，有多人跟着走。他们三人多是会做文章，除了夏侯玄的作品流传不多外，王何二人现在我们尚能看到他们的文章。他们都是生于正始的，所以又名曰“正始名士”。但这种习惯的末流，是只会吃药，或竟假装吃药，而不会做文章。

东晋以后，不做文章而流为清谈，由《世说新语》一书里可以看到。此中空论多而文章少，比较他们三个差得远了。三人中王弼二十余岁便死了，夏侯何二人皆为司马懿所杀。因为他二人同曹操有关系，非死不可，犹曹操之杀孔融，也是借不孝做罪名的。

二人死后，论者多因其与魏有关而骂他，其实何晏值得骂的就是因为他是吃药的发起人。这种服散的风气，魏，晋，直到隋，唐还存在着，因为唐时还有“解散方”，即解五石散的药方，可以证明还有人吃，不过少点罢了。唐以后就没有人吃，其原因尚未详，大概因其弊多利少，和鸦片一样罢？

晋名人皇甫谧作一书曰《高士传》，我们以为他很高超。但他是服散的，曾有一篇文章，自说吃散之苦。因为药性一发，稍不留心，即会丧命，至少也会受非常的苦痛，或要发狂；本来聪明的人，因此也会变成痴呆。所以非深知药性，会解救，而且家里的人多深知药性不可。晋朝人多是脾气很坏，高傲，发狂，性暴如火的，大约便是服药的缘故。比方有苍蝇扰他，竟至拔剑追赶；就是说话，也要胡胡涂涂地才好，有时简直是近于发疯。但在晋朝更有以痴为好的，这大概也是服药的缘故。

魏末，何晏他们以外，又有一个团体新起，叫做“竹林名士”，也是七个，所以又称“竹林七贤”。正始名士服药，竹林名士饮酒。竹林的代表是嵇康和阮籍。但究竟竹林名士不纯粹是喝酒的，嵇康也兼服药，而阮籍则是专喝酒的代表。但嵇康也饮酒，刘伶也是这里面的一个。他们七人中差不多都是反抗旧礼教的。

这七人中，脾气各有不同。嵇阮二人的脾气都很大；阮籍老年时改得很好，嵇康就始终都是极坏的。

阮年青时，对于访他的人有加以青眼和白眼的分别。白眼大概是全然看不见眸子的，恐怕要练习很久才能够。青眼我会装，白眼我却装不好。

后来阮籍竟做到“口不臧否人物”的地步，嵇康却全不改变。结果阮得终其天年，而嵇竟丧于司马氏之手，与孔融何晏等一样，遭了不幸的杀害。这大概是因为吃药和吃酒之分的缘故：吃药可以成仙，仙是可以骄视俗人的；饮酒不会成仙，所以敷衍了事。

他们的态度，大抵是饮酒时衣服不穿，帽也不带。若在平时，有这种状态，我们就说无礼，但他们就不同。居丧时不一定按例哭泣；子之于父，是不能提父的名。但在竹林名士一流人中，子都会叫父的名号。旧传下来的礼教，竹林名士是不承认的。即如刘伶——他曾做过一篇《酒德颂》，谁都知道——他是不承认世界上从前规定的道理的，曾经有这样的事，有一次有客见他，他不穿衣服。人责问他；他答人说，天地是我的房屋，房屋就是我的衣服，你们为什么进我的裤子中来？至于阮籍，就更甚了，他连上下古今也不承认，在《大人先生传》里有说：“天地解兮六合开，星辰陨兮日月颓，我腾而上将何怀？”他的意思是天地神仙，都是无意义，一切都不要，所以他觉得世上的道理不必争，神仙也不足信，既然一切都是虚无，所以他便沉湎于酒了。然而他还有一个原因，就是他的饮酒不独由于他的思想，大半倒在环境。其时司马氏已想篡位，而阮籍名声很大，所以他讲话就极难，只好多饮酒，少讲话，而且即使讲话讲错了，也可以借醉得到人的原谅。只要看有一次司马懿求和阮籍结亲，而阮籍一醉就是两个月，没有提出的机会，就可以知道了。

阮籍作文章和诗都很好，他的诗文虽然也慷慨激昂，但许多意思都是隐而不显的。宋的颜延之已经说不大能懂，我们现在自然更很难看得懂他的诗了。他诗里也说神仙，但他其实是不相信的。嵇康的论文，比阮籍更好，思想新颖，往往与古时旧说反对。孔子说：“学而时习之，不亦说乎？”嵇康做的《难自然好学论》，却道，人是并不好学的，假如一个人可以不做事而又有饭吃，就随便闲游不喜欢读书了，所以现在人之好学，是由于习惯和不得已。还有管叔蔡叔，是疑心周公，率殷民叛，因而被诛，一向公认为坏人的。而嵇康做的《管蔡论》，就也反对历代传下来的意思，说这两个人是忠臣，他们的怀疑周公，是因为地方相距太远，消息不灵通。

但最引起许多人的注意，而且于生命有危险的，是《与山巨源绝交书》中的“非汤武而薄周孔”。司马懿因这篇文章，就将嵇康杀了。非薄了汤武周孔，在现时代是不要紧的，但在当时却关系非小。汤武是以武定天下的；周公是辅成王的；孔子是祖述尧舜，而尧舜是禅让天下的。嵇康都说不好，那么，教司马懿篡位的时候，怎么办才是好呢？没有办法。在这一点上，嵇康于司马氏的办事上有了直接的影响，因此就非死不可了。嵇康的见杀，是因为他的朋友吕安不孝，连及嵇康，罪案和曹操的杀孔融差不多。魏晋，是以孝治天下的，不孝，故不能不杀。为什么要以孝治天下呢？因为天位从禅让，即巧取豪夺而来，若主张以忠治天下，他们的立脚点便不稳，办事便棘手，立论也难了，所以一定要以孝治天下。但倘只是实行不孝，其实那时倒不很要紧的，嵇康的害处是在发议论；阮籍不同，不大说关于伦理上的话，所以结局也不同。

但魏晋也不全是这样的情形，宽袍大袖，大家饮酒。反对的也很多。在文章上我们还可以看见裴頠的《崇有论》，孙盛的《老子非大贤论》，这些都是反对王何们的。在史实上，则何曾劝司马懿杀阮籍有好几回，司马懿不听他的话，这是因为阮籍的饮酒，与时局的关系少些的缘故。

然而后人就将嵇康阮籍骂起来，人云亦云，一直到现在，一千六百多年。季札说："中国之君子，明于礼义而陋于知人心。"这是确的，大凡明于礼义，就一定要陋于知人心的，所以古代有许多人受了很大的冤枉。例如嵇阮的罪名，一向说他们毁坏礼教。但据我个人的意见，这判断是错的。魏晋时代，崇奉礼教的看来似乎很不错，而实在是毁坏礼教，不信礼教的。表面上毁坏礼教者，实则倒是承认礼教，太相信礼教。因为魏晋时所谓崇奉礼教，是用以自利，那崇奉也不过偶然崇奉，如曹操杀孔融，司马懿杀嵇康，都是因为他们和不孝有关，但实在曹操司马懿何尝是著名的孝子，不过将这个名义，加罪于反对自己的人罢了。于是老实人以为如此利用，亵黩了礼教，不平之极，无计可施，激而变成不谈礼教，不信礼教，甚至于反对礼教。——但其实不过是态度，至于他们的本心，恐怕倒是相信礼教，当作宝贝，比曹操司马懿们要迂执得多。现在说一个容易明白的比喻罢，譬如有一个军阀，在北方——在广东的人所谓北方和我常说的北方的界限有些不同，我常称山东山西直隶河南之类为北方——那军阀从前是压迫民党的，后来北伐军势力一大，他便挂起了青天白日旗，说自己已经信仰三民主义了，是总理的信徒。这样还不够，他还要做总理的纪念周。这时候，真的三民主义的信徒，去呢，不去呢？不去，他那里就可以说你反对三民主义，定罪，杀人。但既然在他的势力之下，没有别法，真的总理的信徒，倒会不谈三民主义，或者听人假惺惺的谈起来就皱眉，好象反对三民主义模样。所以我想，魏晋时所谓反对礼教的人，有许多大约也如此。他们倒是迂夫子，将礼教当作宝贝看待的。

还有一个实证，凡人们的言论，思想，行为，倘若自己以为不错的，就愿意天下的别人，自己的朋友都这样做。但嵇康阮籍不这样，不愿意别人来模仿他。竹林七贤中有阮咸，是阮籍的侄子，一样的饮酒。阮籍的儿子阮浑也愿加入时，阮籍却道不必加入，吾家已有阿咸在，够了。假若阮籍自以为行为是对的，就不当拒绝他的儿子，而阮籍却拒绝自己的儿子，可知阮籍并不以他自己的办法为然。至于嵇康，一看他的《绝交书》，就知道他的态度很骄傲的；有一次，他在家打铁，——他的性情是很喜欢打铁的——钟会来看他了，他只打铁，不理钟会。钟会没有意味，只得走了。其时嵇康就问他："何所闻而来，何所见而去？"钟会答道："闻所闻而来，见所见而去。"这也是嵇康杀身的一条祸根。但我看他做给他的儿子看的《家诫》，——当嵇康被杀时，其子方十岁，算来当他做这篇文章的时候，他的儿子是未满十岁的——就觉得宛然是两个人。他在《家诫》中教他的儿子做人要小心，还有一条一条的教训。有一条是说长官处不可常去，亦不可住宿；官长送人们出来时，你不要在后面，因为恐怕将来官长惩办坏人时，你有暗中密告的嫌疑。又有一条是说宴饮时候有人争论，你可立刻走开，免得在旁批评，因为两者之间必有对与不对，不批评则不象样，一批评就总要是甲非乙，不免受一方见怪。还有人要你饮酒，即使不愿饮也不要坚决地推辞，必须和和气气的拿着杯子。我们就此看来，实在觉得很希奇：嵇康是那样高傲的人，而他教子就要他这样庸碌。因此我们知道，嵇康自己对于他自己的举动也是不满足的。所以批评一个人的言行实在难，社会上对于儿子不象父亲，称为"不肖"以为是坏事，殊不知世上正有不愿意他的儿子象自己的父亲哩。试看阮籍嵇康，就是如此。这是，因为他们生于乱世，不得已，才有这样的行为，并非他们的本态。但又于此可见魏晋的破坏礼教者，实在是相信礼教到固执之极的。

不过何晏王弼阮籍嵇康之流，因为他们的名位大，一般的人们就学起来，而所学的无非是表面，他们实在的内心，却不知道。因为只学他们的皮毛，于是社会上便很多了没意思的空谈和饮酒。许多人只会无端的空谈和饮酒，无力办事，也就影响到政治上，弄得玩"空城计"，毫无实际了。在文学上也这样，嵇康阮籍的纵酒，是也能做文章的，后来到东晋，空谈和饮酒的遗风还在，而万言的大文如嵇阮之作，却没有了。刘勰说："嵇康师心以遣论，阮籍使气以命诗。"这"师心"和"使气"，便是魏末晋初的文章的特色。正始名士和竹林名士的精神灭后，敢于师心使气的作家也没有了。

到东晋，风气变了。社会思想平静得多，各处都夹入了佛教的思想。再至晋末，乱也看惯了，篡也看惯了，文章便更和平。代表平和的文章的人有陶潜。

他的态度是随便饮酒，乞食，高兴的时候就谈论和作文章，无尤无怨。所以现在有人称他为“田园诗人”，是个非常和平的田园诗人。他的态度是不容易学的，他非常之穷，而心里很平静。家常无米，就去向人家门口求乞。他穷到有客来见，连鞋也没有，那客人给他从家丁取鞋给他，他便伸了足穿上了。虽然如此，他却毫不为意，还是“采菊东篱下，悠然见南山”。这样的自然状态，实在不易模仿。他穷到衣服也破烂不堪，而还在东篱下采菊，偶然抬起头来，悠然的见了南山，这是何等自然。现在有钱的人住在租界里，雇花匠种数十盆菊花，便做诗，叫作“秋日赏菊效陶彭泽体”，自以为合于渊明的高致，我觉得不大象。

陶潜之在晋末，是和孔融于汉末与嵇康于魏末略同，又是将近易代的时候。但他没有什么慷慨激昂的表示，于是便博得“田园诗人”的名称。但《陶集》里有《述酒》一篇，是说当时政治的。这样看来，可见他于世事也并没有遗忘和冷淡，不过他的态度比嵇康阮籍自然得多，不至于招人注意罢了。还有一个原因，先已说过，是习惯。因为当时饮酒的风气相沿下来，人见了也不觉得奇怪，而且汉魏晋相沿，时代不远，变迁极多，既经见惯，就没有大感触，陶潜之比孔融嵇康和平，是当然的。例如看北朝的墓志，官位升进，往往详细写着，再仔细一看，他是已经经历过两三个朝代了，但当时似乎并不为奇。

据我的意思，即使是从前的人，那诗文完全超于政治的所谓“田园诗人”，“山林诗人”，是没有的。完全超出于人间世的，也是没有的。既然是超出于世，则当然连诗文也没有。诗文也是人事，既有诗，就可以知道于世事未能忘情。譬如墨子兼爱，杨子为我。墨子当然要著书；杨子就一定不著，这才是“为我”。因为若做出书来给别人看，便变成“为人”了。

由此可知陶潜总不能超于尘世，而且，于朝政还是留心，也不能忘掉“死”，这是他诗文中时时提起的。用别一种看法研究起来，恐怕也会成一个和旧说不同的人物罢。

自汉末至晋末文章的一部分的变化与药及酒之关系，据我所知的大概是这样。但我学识太少，没有详细的研究，在这样的热天和雨天费去了诸位这许多时光，是很抱歉的。现在这个题目总算是讲完了。

原载于《北新》半月刊第2卷第2号，
1929年11月16日，后由作者编入《而已集》

跋张为骐论《孔雀东南飞》

胡 适

张先生这篇文章是陆侃如先生的主张的很有力的辩护。我终觉得张先生不免有点误解我的主张；并且我觉得他举的证据都可以助证我的主张。

第一，我明明说此诗作于建安以后，张先生不能说我认此诗“是汉诗”。为便利读者起见我先重说我的主张的原文是：

> 我以为《孔雀东南飞》的创作大概去那个故事本身的年代不远。大概在建安以后不远，约当三世纪的中叶。但我深信这篇故事诗流传在民间，经过三百多年之久（二三〇—五五〇）方才收在《玉台新咏》里，方才有最后的写定，其间自然经过了无数民众的增减修削，滚上了不少的“本地风光”（如“青庐”、“龙子幡”之类），吸收了不少的无名诗人的天才与风格，终于变成一篇不朽的杰作。

第二，张先生明明知道《玉台新咏》称此诗为“古诗，为焦仲卿妻作”。然而他偏要用古韵来证明“诗中非用古韵”。治国学的人应该知道“古韵”是很危险的工具，不可拿来乱用的。我们试开眼看看今日的方音的分布，便可以明白一国之大，南方还用古韵时，北方东方西方早已用今韵了。民歌是用方音的，他们用韵决不会错。张先生说的“古韵”究竟“古”到什么时候？张先生所谓“汉”，究竟指汉的何州何郡？——况且张先生明明说魏文帝诗中用“仪”字乃作“支”韵，明明承认“大概到了三国就相混了”。这不是恰恰证明我的主张吗？魏文帝正是建安的诗人，他的老家也与庐江相去不远。时代与地域上都可证明我的主张。我谢谢张先生替我寻得这一条好证据。

第三，《华山畿》的“华山”不是西岳，张先生也替我证明了。但他还要相信侃如的主张，说《孔雀东南飞》中的华山“决非地名，乃是用典”，这是最荒谬的见解。原诗云：

两家求合葬，合葬华山傍。

没有成见的人如何能说这是用典！我的原文说“华山”只是庐江的小地名；张先生已证明各地可有华山了，何以不许庐江有华山呢（神女冢所在的华山不在高淳，确在丹徒城东，已有几位朋友写信来更正了。我谢谢张先生替我加上一证）？

第四，“青庐”没有什么特别之处，也得张先生帮我证明了，我也该谢谢他。他引《世说新语》记曹操、袁绍少年时闹新房的故事，也有“青庐”的话。曹操的时代不可以助证我的主张吗？刘义庆是南朝人，他用“青庐”，并不觉奇怪；《孔雀东南飞》的诗中，记的是淮南事，也用“青庐”；徐陵是南朝人，也并不觉的希奇。认青庐为北朝特俗，乃是晚出的唐人谬说罢了。

第五，“交广”地名，张先生的考证也错了。他引的《吴志》明明说永安七年（二六四）“复分交州置广州”。他不曾注意这个“复”字。《吴志》孙权黄武五年（二二六）“分交州置广州，俄复旧”。此事紧接建安之后，在孙休复置之前四十年。初置广州的事，详见《吴志·吕岱传》，到吕岱讨平士徽之乱后，方才废广州，复为交州。交广之名起于三世纪之初期，这何足证明《孔雀东南飞》为齐梁时呢？

第六，张先生考证“下官”之称，更是无用的辨论。《南史·刘穆之传》所说明明是规定内史相对于“郡县为封国者”，不得称“臣”，一律称“下官”。这条特别规定与那普通的“下官”称谓有何关系？

此外的几条更没有年代考证的价值了。

最后，我要请张先生注意《玉台新咏》明明说此诗是“古诗”。徐陵生于梁初天监六年（五〇七），死于陈末（五五六）。此诗若是齐、梁（四七九—五五六）诗，何以徐陵要追称为“古诗”呢？

1928年1月19日

选自《胡适古典文学研究论集》，上海古籍出版社，1988

载《现代评论》7卷第165期

诗人吴均

朱东润

一

东晋、齐、宋以后，到了梁代，中国南部渐渐的从干戈扰攘的中间回复到太平的途上。同时国家的威力，也一再向中原发展。虽然未见若何胜利，已经和魏太武临江的时候迥异。所以太清二年侯景请降，萧衍就说："我国家承平若是，今便受地，讵是事宜，脱致纷纭，悔无所及。"（《梁书·朱异传》）纵是未免虑祸，但是从萧衍开国以来，一直到此的太平状况，也可概见。

承平的时候，每每是文学发生滋长的园地，这是在东西各国文学史上很容易考证的。在这四十余年承平的状况里，中国民族的文学，实在有不小的发展。萧衍本人就是一个有名的文人，他的《西州曲》，一直到现在，我们还认为很优越的作品。同时又有范云、任昉、沈约——尤其是沈约——这一班文士，所以就在文学史上出现一个很显著的时代来。我们通常称为齐梁体的文学，在齐代不过是稍见萌芽，直到梁代方始完成：再加以后来萧纲、萧绎的提倡，庾、徐宫体的流行，自然是更盛了。叶燮论诗说："或数十年而一变，或百余年而一变，或一人独自为变，或数人而共为变。"（《原诗·内篇》）这一个时期，的确是一变，而是数人共为变。它的特色，是靡曼的音调，纤细的情绪，肉感的描写，声病的拘忌，同时因为佛教的流行，还掺和了一些宗教诗。

王夫之在《姜斋诗话》里痛骂建立门庭，以为门庭一立，"举世悠悠，才不敏，学不充，思不精，情不属者，十姓百家而皆是；有此开方便门大功德主，谁能舍之而去？……下游印纸门神，待填朱绿者，亦号为诗"。在六朝中间，要算梁代的诗最多，也最芜杂。好的诗当然也有，而印纸门神，待填朱绿者亦所在皆是。这时期中，建立门庭的大功德主，当然要推萧衍。诗人中有能卓然独立，不为门户所限者，萧衍会挟着皇帝的尊严和文坛领袖的权威，加以二重的压迫。在这种不幸的诗人中，吴均（四六九—五二〇）就是一个。张溥在《吴朝请集》题辞里说："史云叔庠（吴均）与何仲言（何逊）同事梁武，赋诗失指。诏曰‘吴均不均，何逊不逊’，遂永疏隔。”吴均既为萧衍所疏，当然后来萧统撰述《文选》的时候，因为门庭的关系，他的诗便没有被收的机会。不幸得很，唐人以后对于古代诗文的欣赏，难出《文选》的范围。到了宋朝，一般人更连《文选》不读，专读唐诗；吴均的名字，尤其没人提起。直到明朝李攀龙高谈唐无古诗以后，始渐渐有人注意到吴均的诗。不幸王世贞批评道：“吴均起语颇多五言律法，余章绵丽，不堪大雅。”（《艺苑卮言》卷三）王世贞的评论，本来是有相当的见地，但是在此，恰恰评得文不对题。

二

我们要彻底了解诗人的著作，有时非深切地知道他的身世不可，所以需要年谱，及同类的作品。但是关于吴均，我们所知的实在太少，除去《梁书》及《南史》两篇本传以外，什么都难于猜测，加以两传详略互见，材料更感缺乏。

宋明帝泰始五年（四六九） 吴均生

本传：“吴均字叔庠，吴郡故鄣人也。”均诗《赠别新林》：“仆本幽并儿。”他的祖籍或在幽并，亦未可知。

在吴均出世的时候，那时有名的诗人生年可考者：沈约二十九岁，江淹二十六岁，范云十九岁，任昉十岁，谢朓六岁，萧衍六岁，柳恽五岁。均的后辈可考者：十八岁时萧子云生，卅三岁时萧统生，卅五岁时萧纲生，卅九岁时徐陵生，四十岁时萧绎生。均没于五十二岁，没后一年，庾信生。其同辈中与均最亲的如周兴嗣，及与均同事数年，其后同为萧衍所斥的何逊，生平均无可考。

“均家世寒俭，至均好学有俊才。沈约尝见均文，颇相称赏。”（《梁书·吴均传》）

齐明帝建武四年（四九七） 均二十九岁

是年谢朓罢吴兴太守，征为侍中中书令，不应，遣诸子还都，独与母留，筑室郡之西郭，以后屡征不至，直至梁天监元年六月，轻舟诣阙。（见《南史·谢朏传》）在谢朏做吴兴太守的时候，很赏识周兴嗣。《梁书·周兴嗣传》：“及罢郡还，（指谢朏）因大相称荐，本州举秀才，除桂阳郡丞。”此事《南史·周兴嗣传》但云“及罢郡，因大相称荐”，叙述较为简略。现在要考证的是周兴嗣为郡丞的时期。如照《梁书》所说，“还”后始荐，最早在梁天监元年六月以后。如照《南史》所说，“罢郡”即荐，最早即在建武四年。但是兴嗣在齐已为郡丞，到梁天监初年，拜安成王国侍郎。所以《南史》所说，确然可信，《梁书》衍一还字。兴嗣做桂阳郡丞的时候，大致在齐建武四年至梁天监初年之间。(四九七—五〇五?)

兴嗣共为郡丞二次，在桂阳郡时，“太守王嵘素相赏好，礼之甚厚”(《梁书·周兴嗣传》)。其后梁天监九年，复除新安郡丞，在天监十二年以前离郡。

在吴均的记载里，我们所以要考证周兴嗣的原故，并非因为周兴嗣是吴均的好友，而是因为在吴均的诗里，时代可考的一部分，最初就是当周兴嗣做桂阳郡丞的时候或略前做的。

均诗《赠周兴嗣》四首大致在兴嗣为桂阳郡丞以前不久所做。那时他们初行认识，所以第三首说：

与君初相知，不言异一宿。

又第一首说：

孺子贱而贫，又非席上珍。唯安莱芜甑，兼慕林宗巾。百年逢缱绻，千里遇殷勤。愿持江南蕙，以赠生刍人。

我们要记清他通首以徐孺子自比，所以一待兴嗣到了桂阳以后，他赶忙就到桂阳。此行也许是望兴嗣的汲引，但是不幸兴嗣又值离郡，所以做下面一首诗。

《诣周丞不值因赠此诗》(丞一作承，必误。兴嗣共为郡丞二次，现在把这一首诗，认为在桂阳郡做的原故，因为天监九年以后，均正随建安王伟在江州补国侍郎，不致向郡丞更求汲引。)

竹枝任风转，兰心逐风卷。青云叶上团，白露花中泫。闻君入骑疏，聊寄锦中书。一随平原客，宁忆豫章徐。

这里明说：“你不要因为发达了，就把豫章徐孺子忘去呀!”看他郑重提起豫章徐孺子，所以知道他作《赠周兴嗣》四首，必定与此时期相去不远。

诗寄去了以后，兴嗣仍未回来，所以再有《周丞未还重赠》一首。“甘泉无竹花，鹓雏欲还海”，言下已有汲引无人，怅怅欲返的意思。但是兴嗣毕竟为事所牵，未能回郡，所以最后有《遥赠周丞》一首。中云：“伯鱼留蜀郡，长房还葛陂。”则因兴嗣的淹留而决然回去了。

均在留滞桂阳的时候，桂阳太守王嵘曾经和他周旋，所以集中有《赠王桂阳》一首，处处流露了沉郁的意味，但是最后却说："何当数千尺，为君覆明月！"在穷途中仍有兀傲自负的意思。

出郡时有《赠王桂阳别》三首，归途又有《发湘州赠亲故别》三首。所以说是归途的缘故，因为诗中说："明哲遂无赏，文华空见沉。""怀金无人别，抱玉遂成非。"我们很容易看出此行不遇，怏怏而归的态度。

集中又有《至湘州望南岳》及《登二妃庙》二首，大致也是途中做的。

吴均往桂阳访周兴嗣不遇而返的故事，不见本传，但就集中考之，确然无疑。时间在宋建武四年以后，梁天监元年以前。

梁天监元年（五〇二） 均三十四岁

萧衍即位以后，拜任昉为给事黄门侍郎；天监二年，昉出为义兴太守。（《梁书·任昉传》）这时均已经回都，集中《赠任黄门》二首，必作于天监元二年之间。

天监二年（五〇三） 均三十五岁

天监二年，在吴均一生，要算最可纪念的一年。是年柳恽出为吴兴太守。（《梁书·柳恽传》）《梁书·吴均传》："天监初，柳恽守吴兴，召为主簿，日引与赋诗。均文体清拔，有古气。好事者或效之，谓为吴均体。"大致这一个时期，吴均正在侘傺无聊的时候，柳恽一到吴兴，特地招他到郡。恽在当时，确是第一流才人：弈棋，弹琴，行医，占卜，皆精妙；并且还有创造的天才。《南史·柳恽传》："尝赋诗未就，以笔捶琴，坐客过，以箸扣之。恽惊其哀韵，乃制为雅音。后传击琴自于此。"所以萧衍叹道："吾闻君子不可求备，至如柳恽，可谓具美。分其才艺，足了十人。"（《南史·柳恽传》）柳恽所做的诗不多见，但是最有名的如《捣衣诗》、《从武帝登景阳楼》（诗题应是后人所制，恽没在天监十六年，不应称"武帝"）。真是如王世贞所说："上可以当康乐而不足，下可以凌子安而有余。"（《艺苑卮言》卷三）吴均和柳恽相处数年，所受的影响必定很大。集中《同柳恽吴兴乌亭集送柳舍人》、《同柳吴兴何山集送刘余杭》、《送柳吴兴竹亭集》、《迎柳吴兴道中》，大致都是天监二年至天监四年做的。恽弟忱，"梁受命封州陵伯，历五兵尚书、秘书监、散骑常侍"（《南史·柳忱传》）。集中《赠柳秘书》一首，或亦作于此时。

集中《赠柳真阳》一首，《吴朝请集》及《全梁诗》均作真阳。读晁公武《郡斋读书志》，知为贞阳之误。《郡斋读书志》卷十七（王先谦校刊本）：

《吴均集》三卷

右，梁吴均叔庠也。……有集二十卷，唐世搜求，止得十卷，今又亡其七矣。旧题曰吴筠，筠乃唐人，此诗殊不类，而其中有赠周兴嗣、柳贞阳辈诗，因已知其非筠。

按：柳恽父世隆，宋升明二年封贞阳县侯，齐建武元年进为公。世隆没于齐永明九年，其时均年二十三岁。在世隆未没时，均容有赠诗之举。但均十岁时，世隆已贵盛，其后位居上公，负当代重望，均如有投赠，不应称“王孙”。此诗或系投赠世隆后嗣袭爵者，当亦天监二年后所作。

《南史·吴均传》：“均尝不得意，赠恽诗而去，久之复来，恽遇之如故，弗之憾也。”（不见《梁书》）吴均的不得意而去，和柳恽的待均如故，从两人的个性看，或系可能。但是吴均与柳恽赠答诸首中，不见与恽决绝以致容易引起遗憾的诗句。或诗已失传，或本无此事，史家因为赠柳贞阳诗“龙泉甚鸣利，如何独不知”二句，误认所赠者为柳恽，故有此说。（恽为世隆第三子，长子悦早没，次子惔尚健在，即使悦没无子岂容由恽袭爵，不应认恽为贞阳。）

天监四年（五〇五） 均三十七岁

天监四年，周兴嗣擢为员外散骑侍郎。均有《赠周散骑兴嗣》二首。第二首：“想君贵易朋，居然应见舍。”确是兴嗣初为散骑以后，故人责难的口吻。此诗应在天监四年三月后不久，按《梁书·周兴嗣传》：“河南献儛马，诏兴嗣与待诏到沆、张率为赋。高祖以兴嗣为工，擢员外散骑侍郎，进直文德、寿光省。”《兴嗣传》不载何年，检《张率传》，知是天监四年三月。

在这个时期，吴均在都中与萧子云、王筠结交。集中《酬萧新浦（子云）王洗马（王筠）》二首，《春咏》（原注一作春怨，或作春日。按：春咏、春怨皆误，应作春日。）大致皆此时所作。王筠有和吴主簿六首：计《春日》（一作“春月”，误。）二首，《秋夜》二首，《游望》二首。按：筠梁初累迁太子洗马中舍人，见《梁书·王筠》传。我们可说诗是此时做的，因为吴均为主簿的时期，在天监二年至四年，此时或因访周兴嗣正在都中。均集有《春日》一首，《秋夜》、《游望》均失传。（别有《秋念》一首，疑即《秋夜》。）

天监四年，萧衍大举北伐。《梁书·武帝本纪》：“天监四年冬十月丙午北伐，以中军将军，扬州刺史临川王宏都督北讨诸军事，尚书右仆射柳惔为副。”同书《临川王宏传》：“宏以帝之介弟，所领皆器械精新，军容甚盛，北人以为百数十年所未之有。”这一次战争，异常剧烈，历时数年方止。副都督柳惔即是柳恽的次兄。吴均在天监四年的冬间从军，也许是因为柳恽的推荐。

吴均从军的事，两传皆失载，但此事于吴均的一生，及其作风的形成，有极大的关系，不容忽略。

考之吴均和柳恽、萧子云赠答诸首，确然可见。

柳恽《赠吴均》三首之三：

夕宿飞狐关，晨登碛砾坂，形为戎马倦，思逐征骑远。边城秋霰来，寒乡春风晚，始信陇云轻，渐觉寒云卷。徭役命所当，念子加餐饭！

吴均《答柳恽》：

清晨发陇西，日暮飞狐谷。秋月照层岭，寒风扫高木，雾露夜侵衣，关山晓催轴。君去欲何之？参差间原陆！一见终无缘，怀悲空满目。

萧子云《赠吴均》：

欲知健少年，本来最轻黠。绿沉弓项纵，紫艾刀横拔。谁知命要宠？宁知敌可杀？有功终不言，明君自应察！

吴均《答萧新浦》：

问子行何去？高帆舣江干。今夜杯酒别，明朝江水边。

均与柳恽赠答，在从军之初，所以柳恽郑重地嘱咐道："徭役命所当，念子加餐饭！"吴均慷慨地设为问答之辞道："问子去何之？参差间原陆！"至于陇西、飞狐等地名，当然漫指合肥、寿春一带，中国诗人于地理方面的考据，向来不尽可恃。时间即在天监四年十月后，故云寒风、寒云，所称秋月、秋霰，当系泛指冬初，不必以辞害义。又均与萧子云赠答二首，大致在天监六年，吴均到扬州去的时候。吴均在军，仍旧是很不得意，所以萧子云安慰他道："有功终不言，明君自应察！"吴均却漫然道："今夜杯酒别，明朝江水边。"此二诗应在后此二年，提前和柳恽赠答诗并看，益见吴均从军，证据确凿，定非臆说。

天监五年（五〇六） 均三十八岁

天监元年五月梁江州刺史陈伯之举兵反，六月伯之奔魏，魏以伯之为使持节散骑常侍。都督淮南诸军事，平南将军。及至临川王宏率军北讨，宏命记室丘迟私与伯之书。伯之乃于五年三月，自寿阳拥众八千归降。（见《梁书·武帝本纪》及《陈伯之传》。）吴均在军曾到寿阳，有《初至寿春作》、《登寿阳八公山》、《寿阳还与亲故别》三首，皆此时所作。《边城将》四首，《咏怀》二首，皆自咏有功不赏的悲感，大约应属此时，或天监六年初。诗人咏怀谈兵，所言本难尽信。但是吴均常在自传一方面着力，许多咏物的诗，尚系借题替自己写照，何况《咏怀》及《边城将》四首。从“袖间血洒地，车中旗拂云”，“野战剑锋尽，攻城才智贫”几句，我们很可看见吴均的确经过好几次血战。

天监六年（五〇七） 均三十九岁

建安王伟迁扬州刺史，（《梁书·南平王伟传》，伟于天监十七年改封南平王。）引吴均兼记室，掌文翰。（《梁书·吴均传》）从此以后，均随萧伟凡六七年。

天监九年（五一〇） 均四十二岁

伟迁江州刺史，（《梁书·南平王伟传》）均补国侍郎，兼府城局。（《梁书·吴均传》）

天监十二年（五一三） 均四十五岁

伟自江州征为中卫将军。（《梁书·南平王伟传》）《梁书·吴均传》：“王迁江州，补国侍郎，兼府城局，还，除奉朝请。”萧伟十二年还都，“还”字指此。《南史·何逊传》：“梁天监中兼尚书水部郎，南平王引为宾客，掌记室事，后荐之武帝，与吴均俱进倖。后稍失意，帝曰：‘吴均不均，何逊不逊。未若吾有朱异，信则异矣。’自是疏隔，希复得见。”据此吴均、何逊同为建安王属者数年，其后萧伟入都，当举二人同荐，合二传语意可知。《南史·吴均传》称柳恽“荐之临川靖惠王，王称之于武帝。即日召之赋诗，悦焉，待诏著作，累迁奉朝请”，语意殊嫌简率。待诏著作，累迁奉朝请，在十二年自江州回都以后。《南史》称临川王荐者，临川、安平为同母兄弟，天监四年北伐，临川王都督北讨诸军事，均曾为其部属。此时或系二王同荐，或史传舛错，不可考。

均长于史才，《南史·吴均传》：“先是均将著史以自明，欲撰《齐书》，求借《齐起居注》及群臣行状。武帝不许，遂私撰《齐春秋》，奏之。书称帝为齐明帝佐命。帝恶其实录，以其书不实，使中书舍人刘之遴诘问数十条，竟支离无对，敕付省焚之，坐免职。”（《梁书·吴均传》所载略同，但称表求撰《齐春秋》，当误。）

但是不久萧衍有敕召见，“使撰通史，起三皇讫齐代。均草本纪、世家功已毕，唯列传未就”。（两传俱见。）《南史·萧子显传》：大通二年，衍“尝从容谓曰：我造通史。此书若成，众史可废。子显对曰：仲尼赞易道，黜八索；述职方，除九丘。圣制符同，复在兹日。”可见萧衍据此书为己有，所谓使撰者，当系命均代撰。均撰《齐春秋》及通史的时期，颇难确定，大致在天监十二年及普通元年间。

普通元年（五二〇） 均五十二岁

是年均没。（《梁书·吴均传》）

三

自来关于吴均诗文的评论，除《梁书》及《南史·吴均传》所称“均文体清拔，有古气”，与王世贞的批评外，王通说：“吴均、孔珪，古之狂者也，其文怪以怒。”（文中子）本传及文中子所称之文，当指有韵之文而言。就大体论，他们的批评是不错的。至于《艺苑卮言》所举二项：（一）起语颇多五言律法；（二）篇章绵丽。其实这是梁、陈之间一般诗人的总评。我们要是把一时期中普遍的现象，归之个人，无论为毁为誉，立刻可以见到批评的失当。第二项再加以“不堪大雅”的结论，尤其觉得武断。其实吴均与同时一般诗人不同的地方，正是因为他们的作品太绵丽了，太多五言律法了，所以本传和文中子的批评，完全和《艺苑卮言》相反。

在吴均的诗里，第一件可以唤起注意的，是他大胆的自陈。在他怀才不遇、东西奔走的时候，也很质直地说出来。所以他对周兴嗣说：“一随平原客，宁忆豫章徐？”又说：“想君贵易朋，居然应见舍。”赠柳贞阳说：“龙泉甚鸣利，如何独不知？”赠柳秘书说：“鸳鹭若上天，寄声谢明月。”就是在《赠任黄门》一首里，他说“欲言终未敢，徒然独依依”，也已经把他的命意尽情吐露出来。他对于自己的身分，尤其是不加犹豫地说出。

仆本二陵徒，英豪多久要，角觝良家儿，期门恶年少。

——《赠萧新浦》

小来重意气，学剑不学文。

——《战城南》

我们在这里很可以看见吴均大胆的叙述，不顾一切的精神。后来在韦应物的诗里，也看见一首。但是那一篇被村夫子看见以后，硬把韦应物东扯西捋，必定要把他编配成道貌岸然的酸儒而后止，真是可以叹惜的事。

吴均的确是王通所说的一位狂者，所以在他诗中，可以看见深挚的感情。

《咏怀》二首之一：

仆本报恩人，走马救东秦。黄龙暗迢递，青泥寒苦辛，野战剑锋尽，攻城才智贫。唯余一死在，留持赠主人！

这种深情的暴露，我们尤其可以在他从军的几首诗歌里看得出。他尝过军士的生活，经过几次的血战，从惨淡凄恻的经验里，发出激昂慷慨的歌声。这是齐、梁中间最不易得的作品。我们寻求吴均的代表作，惟有在此可得。他有几首乐府，也许是同时作品。他的“微诚君不爱，终自直如弦”，“男儿不惜死，破胆与君尝”，是何等惊人的诗句！我们彷佛看见一位血性的男儿，英姿飒爽地站在面前。回看同时的作家真令人有“始知渠是女郎诗”之感。

《边城将》四首：

塞外何纷纷？胡骑欲成群。尔时始应募，来投霍冠军。刀含四尺影，剑抱七星文，袖间血洒地，车中旌拂云。轻躯如未殡，终当厚报君。

仆本边城将，驰射灵关下，箭衔雁门石，气振武安瓦。勋轻赏废丘，名高拜横野。留书应凿楹，传功须勒社，徒倾七尺命，酬恩终自寡。

闻君报一餐，远送出平野，玉标丹霞剑，金络艳光马。高旗入汉飞，长鞭历地写，曙星海中出，晓月山头下。岁宴坐论功，自有思臣者。

临淄重蹴踘，曲城好击刺，不要身后名，专骋眼前智。君看班定远，立功不负义。掣拽二丈旗，踯躅双凫骑，但问相知否，死生无险易。

《胡无人行》：

剑头利如芒，恒持照眼光，铁骑追骁虏，金羁讨黠羌。高秋八九月，胡地早风霜，男儿不惜死，破胆与君尝！

《从军行》：

男儿亦可怜，立功在北边，阵头横却月，马腹带连钱。怀戈发陇坻，乘冻至辽川。微诚君不爱，终自直如弦！

吴均很雄直的诗句，有时用来写很平凡，或者很纤细的题目，如《闺怨》、《春咏》、《雪》这一类。要是给萧纲、萧绎做了，一定会有很艳丽的诗句，就是给何逊做，也决定会有很新鲜的风调。但是吴均做来，仍旧是很爽直，很雄伟。这狮子搏兔的精神，在这一个时代里，也很容易给吴均一个特殊的地位。

《闺怨》：

胡笳屡凄断，征蓬未肯还。妾坐江之介，君戍小长安，相去三千里，参商书信难。四时无人见，谁复重罗纨。

《春咏》（应作《春日》）：

春从何处来？拂水复惊梅。云障青琐闼，风吹承露台。美人隔千里，罗帏闭不开，无由得共语，空对相思杯。

《雪》：

雪逐春风来，过集巫山野，澜漫虽可爱，悠扬讵堪把。问君何所思？昔日同心者。坐须风雪霁，相期洛城下。

沈归愚《说诗晬语》：“梁、隋、陈间，专工琢句。”陆时雍《诗镜总论》：“庾肩吾，张正见，其诗声色臭味俱备。诗之佳者，在声色臭味之俱备，如庾如张是也。诗之高者，在声色臭味之俱无，如陶渊明是也。”这种声色臭味俱备，专工琢句的风气，为梁代以后的特色。但是在吴均的诗里，还可以看见很自然的句法。《赠周兴嗣》四首中间的“思君欲何言，中心乱如雾”，“意欲褰衣裳，阴云乱人目”，都能用很流动的诗句，写很深刻的感情。这种句法，或者是他少作的特采。以后也许因为接受了时代的潮流，他在句法一方面努力。所以我们见到“日映昆明水，春生鳷鹊楼”（《与柳恽相照答》），“沈云隐乔树，细雨灭层峦”（《酬周参军》），“疏峰时吐月，密树不开天”（《登寿阳八公山》)，“林疏风至少，山高云度急”（《酬闻人侍郎别》三首）这些名句。但是炼句的通病，是：有时因为太雕琢了，会使读者发生不快的感觉。如“一年流泪同，万里相思各”（《酬萧新浦王洗马》二首），“长风倒危叶，轻练网寒波”（《迎柳吴兴道中》)，已经觉得不甚自然。至于“才胜商山四，文高竹林七”（《登钟山燕集望西静坛》)，“不道参差菜，谁论窈窕淑”（《咏少年》)，简直生吞活剥，不成句法，幸而这种诗句，在吴均集中，为数极少。

吴均、何逊同时为论诗不合，为萧衍所疏斥。但是他们的作风，也各自不同。何逊的清新，确是吴均所不及。“游鱼乱水叶，轻燕逐风花”，“飞蝶弄晚花，清池映疏竹”，“疏树翻高叶，寒流聚细纹”这类诗句，在吴均集中，也许不易看见。但是如吴均的“雁渡章华国，叶乱洞庭天”（《寿阳还与亲故别》)，“水中千丈月，山上万重云”（《赠鲍春陵别》)，“山没清波内，帆在浮云中”（《忆费昶》)，以及前举的“曙星海中出，晓月山头下”，这些描写大自然的诗句，伟大而雄壮，在何逊集中不多见，在同时的诗集中也不多见。集中如《和萧洗马子显古意》六首、《杂句》四首，以及乐府里的《拟古》四首，充满了不少的时代色调，秀丽逼人。但是吴均的所长不在此，较之同时的诗人，也不见特殊的精采，所以不必深论。

吴均的特长，是深挚的感情，大胆的叙述，尤其长于描写战争，及自然界的壮美。时代潮流，对于他当然会发生相当的影响，但是他决不为时代潮流所征服而能继续地保持他独有的风格。在齐梁体风靡一世的时候，他还能保有他的特殊的地位，所以我们纵不推为大家，但是他的位置，决不下于同时其他的诗人，也许还在他们之上，——谢朓没于齐永元元年，其时吴均的作风尚未完成，所以不能认为与吴均是同时的诗人。

四

吴均著作，在史籍中，可以考见者，有如后列：

《梁书·吴均传》 注范晔《后汉书》九十卷；著《齐春秋》三十卷，《庙记》十卷，《十二州记》十六卷，《钱唐先贤传》五卷，《续文释》五卷，《文集》二十卷。

《南史·吴均传》 同上，惟《齐春秋》作二十卷。

《隋书·经籍志》 《齐春秋》三十卷，《续齐谐记》一卷，《吴均集》二十卷。

《旧唐书·经籍志》 《齐春秋》三卷，《吴郡钱唐先贤传》三卷，《续齐谐记》一卷，《吴均集》二十卷。

《唐书·艺文志》 《齐春秋》三十卷，《吴郡钱唐先贤传》五卷，《续齐谐记》一卷，《吴均集》二十卷。

《宋史·艺文志》 《续齐谐记》一卷，《吴均诗集》三卷。

吴均著作，入隋以后，《庙记》、《十二州记》、《续文释》均亡；别出《续齐谐记》一卷，其真伪概可想见。《吴郡钱唐先贤传》或系漏列。及至唐代，《齐春秋》及《吴郡钱唐先贤传》、《新、旧唐书》所载卷数各异，《旧唐书》屡经传写，所记容有讹误，惟本集皆作二十卷。《郡斋读书志》称“唐世搜求，止得十卷”，未审何据。到了宋代，《齐春秋》及《吴郡钱唐先贤传》又亡，本集止存《诗集》三卷。吴均的作品习见者止有《汉魏六朝百三家集》本《吴朝请集》及《全梁诗》（丁福保编）卷九。丁本较《吴朝请集》脱《春怨》一首、《闺怨》二首之二、《古意》七首之七，共三首；多《重赠临蒸郭某》一首，及《答柳恽》，共二首。《吴朝请集》另有文十四首：《与顾章书》《与朱元思书》，于自然界的状态，皆有极深入的描写，在广义方面讲，实在也是好诗。

选自《中国文学论集》，中华书局，1983
原载1929年《新月》第2卷第9期

六朝诗学之流变

刘永济

昔孟坚志民俗，兼著其风诗。彦和论文变，必资乎时序。故知文运之升降，关乎世风矣。

按孟坚《地理志》，每兼著其国风诗，已见卷壹第三节论《诗经》所引。彦和《文心雕龙》有《时序》一篇，总论十代文学升降之故。谓文变染乎世情，兴废系乎时序，原始以要终，虽百世可知也。

六朝诗学，其流至繁。揆厥所由，莫非时变，要而论之，得六端焉：篡夺相寻，人心摇荡，则风会易移，一也；世尚虚玄，俗竞心得，则意志解放，二也；政失纲维，絜士放失，则寄情物色，三也；佛学西来，宗风大扇，则流及咏歌，四也；加以南都佳丽，山水娱人，避世情深，则匡时意少，五也；中原板荡，恢复难期，晏安可怀，则淫靡斯著，六也。虽规矩同巧，而方圆或乖。兰菊齐芳，而萧艾时见。亦诗家之壮观矣！至其所变，亦有可言。尝试论之：诗之为物，根情苗言，华声实义。四者相需，若神形焉，未可须臾离也。

白居易《与元九书》："圣人感人心而天下和平。感人心者，莫先乎情，莫始乎言，莫切乎声，莫深乎义。诗者，根情苗言，华声实义。"

然而情有贞淫，义有邪正，言有文质，声有俗雅。文家优劣，于焉分涂。然则六朝诗变虽繁，其消息固在此矣。盖自建安主气，辞贵昭晰；

按刘彦和谓建安诸子之诗，造怀指事，不求纤密之巧。驱辞逐貌，唯取昭晰之能。盖对后文潘、陆采缛力柔立论也。大氐魏代五言，虽已微见构结之迹，不如汉人浑厚天成。然对偶未成，用典未著，声律未兴，凡齐梁以下，雕琢字句之功，非其所重。故彦和云然也。

正始明道，义切虚玄。故曹王以风力称雄，何晏以浮浅蒙诮。

刘勰《文心雕龙·明诗》：“及正始明道，诗杂仙心。何晏之徒，率多浮浅。”

易代之际，惟嵇志清峻，而辞复壮丽，足矫正始之颓风。阮旨遥深，而文亦艳逸，上接建安之芳轨，故后世并美焉。

按《文心雕龙·明诗》谓嵇志清峻，阮旨遥深。《三国志·魏王粲传》，称阮才藻艳逸，嵇文辞壮丽。刘论情志，范辨体裁。合而观之，尤能窥见二子之全体。

逮晋世尚文，而潘、陆肆以繁缛。虽亦远绍曹、王，实同流而异波也。

李善《文选·文赋注》，引臧荣绪《晋书》曰：陆机字士衡，与弟云勤学。天才绮练，当时独绝。新声妙句，系踪张、蔡。又《籍田赋注》，引臧荣绪《晋书》曰：潘岳字安仁，总角辨慧，摛藻清艳。

沈约《宋书·谢灵运传论》：“降及元康，潘、陆特秀，律异班、贾，体变曹、王。缛旨星稠，繁文绮合。缀平台之逸响，采南皮之高韵。遗风余烈，事极江左。”

按观沈论，可知潘、陆之诗，因沿建安之流而加繁缛者。故既称体变曹、王，又曰采南皮之高韵也。

又按潘、陆虽并称，而时论亦有同异。《世说·文学篇》引孙兴公云：潘文烂若披锦，无处不善；陆文若排沙简金，往往见宝。又云：潘文浅而净，陆文深而芜。刘注引《续文章志》曰：岳为文，选言简章，清绮绝伦。又引《文章传》曰：机善属文，司空张华见其文章，篇篇称善，犹讥其作文大治。谓曰：人之作文患于不才，至子为文，乃患太多也。此皆以潘为优者也。而仲伟《诗品》曰：潘岳其源出于仲宣，翰林叹其翩翩然如翔禽之有羽毛，衣服之有绡縠，犹浅于陆。谢混云：潘诗烂若舒锦，无处不佳。陆文如披沙简金，往往见宝。嵘谓益寿轻华，故以潘胜。翰林笃论，故叹陆为深。

余常言陆才如海；潘才如江，此皆以陆为优者也。

于頔《吴兴画公集序》：“自建安中王仲宣、曹子建鼓其风，晋世陆士衡、潘安仁扬其波，王、曹以气胜，潘、陆以文尚。气胜者，魏祖兴武功于二京已覆。文尚者，晋武图帝业于五胡肇乱。观其人文，兴亡之迹，人焉廋哉？”

按潘、陆而外，以诗名者，尚有张载孟阳，弟协景阳，弟亢季阳，陆机弟云士龙，潘岳从子尼正叔，左思太冲。仲伟所谓三张二陆，两潘一左，勃尔复兴，踵武前王，风流未沫。亦文章之中兴也。彦和亦云：晋世群才，稍入轻绮。张、潘、左、陆，比肩诗衢。采缛于正始，力柔于建安，或析文以为妙，或流靡以自妍，此其大略也。又有张华茂先，彦和谓其短章弈弈清畅。谢灵运称张公虽复千篇，犹一体也。孙楚子荆，晋书楚传载王济铨楚品状，谓其天才英博。应贞吉甫，何劭敬祖，欧阳建坚石，曹摅颜远，卢湛子谅，王瓒正长。皆有诗见《文选》。

江左好玄，而孙、许参以佛理，虽则近习潘、陆，又交枝而殊本也。

钟嵘《诗品·上品序》：“永嘉时贵黄老，稍尚虚谈。于时篇什，理过其辞，淡乎寡味。爰及江表，微波尚传，孙绰、许询，桓庾诸公，诗皆平典，似道德论，建安风力尽矣。”

刘勰《文心雕龙·明诗》：“江左篇制，溺乎玄风。嗤笑徇务之志，崇盛忘机之谈。袁、孙已下，虽各有雕采，而辞趣一揆，莫与争雄。”又《时序》：“自中朝贵玄，江左称盛。因谈余气，流成文体。是以世极迍邅，而辞意夷泰。诗必柱下之指归，赋乃漆园之义疏。”

沈约《宋书·谢灵运传论》：“在晋中兴，玄风独扇。为学穷于柱下，博物止于七篇。驰骋文词，义殚乎此。自建武暨于义熙，历载将百。虽比响联辞，波属云委，莫不寄言上德，托意玄珠。遒丽之辞，无闻焉耳。”

按《世说·文学篇》，简文称许掾云：“玄度五言诗，可谓妙绝时人。”注引《续晋阳秋》论许询曰：“询有才藻，善属文。自司马相如、王褒、扬雄诸贤，世尚赋颂，皆体则风骚，傍综百家之言。及至建安，而诗章大盛。逮乎西朝之末，潘、陆之徒，虽时有质文，而宗归不异也。正始中，王弼、何晏好庄老玄胜之谈，而世遂贵焉。至过江佛理尤盛，故郭璞五言，始会合道家之言而韵之。询及太原孙绰，转相祖尚，又加以三世之辞，而诗骚之体尽矣。询、绰并为一时文宗，自此作者悉体之，至义熙中，谢混始改。据此则孙、许之诗，为时称道如此。而钟评非之者，简文由旨义立言，仲伟据体裁持论，故觉有异耳。”

大抵两晋风尚，江右以放诞为归，弥近嗣宗。江左用名理相尚，微同叔夜。而识者多许嵇生为论宗，推阮公为诗杰。

刘勰《文心雕龙·才略》：“嵇康师心以遣论，阮籍使气以命诗，殊声而合响，异翮而同飞。”

钟嵘《诗品·上品》：“阮籍其源出于小雅，无雕虫之功。而咏怀之作，可以陶性灵，发幽思。言在耳目之内，情寄八荒之表。洋洋乎会于风雅，使人忘其鄙近。自致远大，颇多感慨之词。厥旨渊放，归趣难求。颜延年注解，怯言其志。”

又《中品》：“嵇康颇似魏文，过为峻切。讦直露才，伤渊雅之致。然托谕清远，良有鉴裁，亦未失高流矣。”

按李充《翰林论》以论推嵇，与彦和之言合。仲伟论诗，阮列上品，嵇居中品，而以渊放许阮，峻切评嵇。二子异同，于此可见矣。

故亦多扬潘、陆而抑许、孙，斯则玄胜之语，入诗易精。校练之言，归论为允。文笔之域，难可强同也。

按六朝文笔之分颇清，故《南史·颜延之传》，载颜延之答帝问诸子才能曰：竣得臣笔，测得臣文。梁元帝《金楼子》曰：屈原、宋玉、枚乘、长卿之徒，止于辞赋，则谓之文。至如不便为诗如阎纂，善为章奏如伯松。若是之流，泛谓之笔。吟咏风谣，流连哀思者，谓之文。又云：笔退则非谓成篇，进则不云取义。神其巧惠，笔端而已。至如文者，惟绮縠纷披，宫征靡曼。脉吻遒会，情灵摇荡。而古之文笔，今之文笔，其源又异，则分辨尤明。《文心雕龙》亦云：今之常言，有文有笔。以为无韵者笔也，有韵者文也，亦有以诗笔对言者。如《南史·刘孝绰传》，弟孝仪工属文诗。孝绰尝云：三笔六诗，三即孝仪，六谓孝威。《沈约传》，谓谢玄晖善为诗，任彦升工于笔，约兼而有之，然不能过。《任昉传》，谓时人云：任笔沈诗。《庾肩吾传》，简文《与湘东王书》云：诗既若此，笔亦如之。又云，谢朓、沈约之诗，任昉、陆倕之笔是也。亦有以辞笔对言者：如《南史·孔珪传》，高帝取为记室参军，与江淹对掌辞笔。《陈书·岑之敬传》：之敬雅有辞笔，大氐以有藻采韵律者为文，无藻采韵律者为笔。其详见阮福所为《文笔对》，兹不缕述。

及刘宋篡统，颜、谢腾声。虽组练之工益精于太康，旷达之情犹规乎正始，而寄玄思于山水，运人巧出天然，殆将合二流而并新之者矣。然观延年之雕缋满眼，岂为之而未至者欤。

《宋书·谢灵运传》：“文章之美，与颜延之为江左第一。纵横俊发，过于延之，深密则不如也。所著文章传于世。”

又《谢灵运传论》：“爰逮宋氏，颜、谢腾声。灵运之兴会标举，延年之体裁明密。并方轨前秀，垂范后昆。”

《南史·颜延之传》：“延年文章冠绝当时。延之与谢灵运俱以辞采齐名，而迟速悬绝。延之尝问鲍照，己与灵运优劣，照曰：谢五言如初发芙蓉，自然可爱。君诗若铺锦列绣，亦雕缋满眼。斯时议者，延之、灵运自潘岳、陆机之后，文士莫及。江右称潘、陆，江左称颜、谢焉。”

刘勰《文心雕龙·时序》：“自宋武爱文，文帝彬雅，秉文之德，孝武多才，英采云构。自明帝以下，文理替矣。尔其缙绅之林，霞蔚而飙起。王、袁联宗以龙章，谢、颜重叶以凤采，何、范、张、沈之徒，亦不可胜数矣。”

又《明诗》：“宋初文咏，体有因革。庄老告退，而山水方滋。俪采百字之偶，争价一句之奇。情必极貌以写物，辞必穷力而追新，此近世之所竞也。”

按钟仲伟列灵运于上品，谓其源出于陈思，杂有景阳之体，故尚巧似，而逸荡过之，颇以繁芜为累。列颜延年于中品，谓其源出陆机，尚巧似，体裁绮密，情喻渊深，动无虚散，一句一字，皆致意焉。又喜用古事，弥见拘束。虽乖秀逸，是经纶文雅才。雅才减若人，则蹈于困踬矣。又于頔《吴兴画公集序》曰：“康乐侯谢灵运，独步江南，俯视潘、陆。其文炳而丽，其气逸而畅。驱风雷于江山，变晴昏于洲渚。烟云为之惨淡，景气为之澄霁，信江表之文英，五言之丽则者也。”三家所论皆允当，颜、谢之异同，即曹、陆之优劣也。至其尚巧似，工琢句，善谋篇，则固尔时风尚，故二人皆同。而颜以渊雅明密见长，谢以纵横俊发标美，则其同中之异也。彦和谓庄老告退，盖比晋贤纯主玄言者为退耳。究之颜、谢玄言，篇中尚多有也。仲伟论颜一句一字皆致意，与彦和所谓俪采百字争价一句正同。宋齐以后诗人，多致力于此，实二家之影响也。下至唐初，其风犹未衰歇，亦可见其流波之远矣。盖五言一体，至此已由天机而渐入人力矣。特二家才高学富，尚能举之耳。然延年已见拘束，况不如延年者乎，故仲伟致慨于若人也。

永明之朝，休文擅美。观其所制，率以宫商谐协为高。王谢和之，遣词造句，弥见推拍。直欲陶铸天籁，熔范性灵。虽下开唐人律体，功施烂然，而后生竞习，重貌遗神，遂令声律之功益严，情性之机将锢，过亦相等矣。时贤非之，倘以此乎？

《南史·陆厥传》：“永明末，盛为文章。吴兴沈约，陈郡谢朓，琅琊王融，以气类相推。汝南周颙，善识声韵。为文皆用宫商，以平上去入为四声，以此制韵，有平头上尾蜂腰鹤膝。五字之中，音韵悉异。两句之内，角徵不同，不可增减。世呼为永明体。”

又《沈约传》：“约撰四声谱，以为在昔词人，累千载而不悟。彼独得胸衿，穷其妙旨，自谓入神，武帝雅不好焉。”

沈约《宋书·谢灵运传论》：“夫五色相宜，八音协畅。由乎玄黄律吕，各适物宜。欲使宫羽相变，低昂舛节。若前有浮声，则后须切响。一简之内，音韵尽殊。两句之中，轻重悉异。妙达此旨，始可言文。至于先士茂制，讽高历赏，子建函京之作，仲宣灞岸之篇，子荆零雨之章，正长朔风之句。并直举胸情，非傍诗史。正以音律调韵，取高前式。自灵均以来，多历年代。虽文体稍精，而此秘未睹。至于高言妙句，音韵天成，皆暗与理合，匪由思至。张、蔡、曹、王，曾无先觉；潘、陆、颜、谢，去之弥远。世之知音者，有以得之。此言非谬。如曰不然，请待来哲。”

按观上所引各条，齐世风尚已可概见。盖自东汉许叔重作《说文解字》，形定义明。后人更进而研求音声，自然之势也。故孙炎著《反语》，李登作《声类》，吕静作《韵集》，已远在魏晋之世，此固有之因缘也。而梵学西来，中土人士，渐习其文字。于是彼土谐声之字，与此方衍形之文，互相接触，而生影响。声韵之学，遂以兴起，此外来之影响也。但周、沈以前，犹未用之为文耳。然观《宋书·谢庄传》，载王玄谟问谢庄何为双声叠韵？庄答曰：玄护为双声，磝碻为叠韵。范晔自序，称性别宫商，识清浊，则齐代以前，文士已喜言双声妙解音律矣。故周、沈一倡而举世风靡。且时约居贵显，喜奖进，文人得其称誉者，名声遂高。如《谢朓传》，言沈约常称之云：二百年来无此诗也。《何逊传》，言沈约爱其文。尝谓逊曰：吾每读卿诗，一日三复，犹不能已。《吴均传》，言沈约尝见均文，颇相称赏。《王籍传》，言籍尝于沈约坐赋咏得烛，甚为约赏。《何澄传》，言澄为游庐山诗，沈约见之，大相称赏，自以为弗逮。约郊居宅新构阁斋，因命工书人题此诗于壁。《刘显传》，言显尝为上朝诗，沈约见而美之。时约郊居宅新成，因命工书人题之于壁。《王筠传》，言尚书令沈约，当世辞宗。每见筠文，咨嗟吟咏，以为不逮。约于郊居宅造阁斋，筠为草木十咏，书之于壁，皆直写文词，不加篇题。约谓人云，此诗指物呈形，无假题署。《刘孺传》，言沈约闻其名，引为主簿。尝与游宴赋诗，大为约所嗟赏。《谢举传》，言举尝赠沈约五言诗，为约称赏。观此则永明新体之成，固缘声调谐美，为世所好。亦半出休文奖掖之功，半由文士趋附之故也。

按约说初出，时人亦多异同。陆厥已非其此秘未睹之言，谓前英已早识宫徵，但未屈曲指的若今论耳。故可言未穷其致，不得言曾无先觉也。此犹非反对之论也。至钟嵘著《诗品》，其《下品序》曰：昔曹、刘殆文章之圣，陆、谢为体贰之才。锐精研思，千百年中，而不闻宫商之辨，四声之论。或谓前达偶然不见，岂其然乎？尝试言之。古曰诗颂，皆被之金竹，故非调五音，无以谐会。若“置酒高堂上”，“明月照高楼”，为韵之首。故三祖之词，文或不工，而韵入歌唱，此重音韵之义也，与世之言宫商异矣。今既不被管弦，亦何取于声律耶？齐有王元长者，尝谓余云：宫商与二仪俱生，自古词人不知之。唯颜宪子乃云：律吕音调，而其实大谬，唯见范晔、谢庄颇识之耳。常欲进《知音论》未就，王元长创其首。谢朓、沈约扬其波，三贤或贵公子孙，幼有文辨。于是士流景慕，务为精密。襞积细微，专相凌架。故使文多拘忌，伤其真美。余谓文制本需讽读，不可蹇碍。但令清浊通流，口吻调利，斯为足矣。至平上去入，则余病未能，蜂腰鹤膝，闾里已具。其论沈诗曰，观休文众制，五言最优。详其文体，察其余论，因知宪章鲍明远也。所以不闲于经纶，而长于清怨。永明相王爱文，王元长等，皆宗附之约。于时谢朓未遒，江淹才尽，范云名级故微，故约称独步。虽文不至，其工丽亦一时之选也。见重闾里，诵咏成音。嵘谓约所著既多，今剪除淫杂，收其精要，允为中品之第矣。故当词密于范，意浅于江也，此持反对之论者。然考《南史·嵘传》，称嵘尝求誉于沈约，约拒之。及约卒，嵘品古今诗为评，言其优劣云云，盖追宿憾以此报约也。今按休文之论，实五言诗形制改进之一端，未可因其不同于古人而轻之，亦未可因后之作者专讲形制而废之也。铺观前英所作，情思高茂，辞藻工丽，已无可加。所未尽美者，声调平仄，犹未经意耳。休文低昂舛节之言，浮声切响之说，深合韵文声律宜有相间相重之美之理。故齐梁新体，下生唐代律近，后世卒莫能废焉。至其酷裁八病，碎用四声，虽不免拘束，然欲矫古诗五字皆平，五字皆仄之失，则亦不得不严。况音律之道，由疏而密。亦自然之符。未可转以此讥休文也。特齐梁作者，大都情思不高，而体制特密，风力衰苶，而音律转调，遂成浮艳之文。声律之论，适扬其焰。推原其始，亦不得不归过永明诸贤。皎然所谓后之才子，天机不高，为沈生弊法所媚，懵然随流，溺而不返是也。

仲伟一概斥之，亦过矣。史称追憾报复，倘其然乎？若彦和《文心雕龙·声律》，极论声律之理，足与休文相发。或谓其特著此篇，取悦沈氏，则为妄揣。要当视其持论之是非，未可概以恩怨定之也。

迨宫体既兴，情思逾荡。绮罗香泽之好，形于篇章；帏闼床笫之私，流为吟咏。

按宫体之目，倡自梁简文帝。自此以后，竞为侧艳。不可复止。故《南史·帝纪论》曰：简文文明之姿，禀乎天授。粤自支庶，入居明两。经国之算，其道弗闻。宫体之传，且变朝野。本纪称帝方颐丰下，须鬓如画，直发委地，双眉翠色，项毛左旋。连钱入骨。手执玉如意，不相分辨。盼睐则目光烛人，读书则十行俱下，辞藻艳发，博综群言，善谈玄理。史述帝王之容，而柔丽纤妙如状夫人，则其淫荡轻艳，根于体性，从可知矣。

又按梁代诸臣，皆渐于新变之体。如《南史·徐摛传》，言摛幼好学，及长遍览经史，属文好为新变，不拘旧体。又曰：摛文体既别，春坊尽学之。宫体之号，自斯而起。又《徐陵传》曰：其文颇变旧体，缉裁巧密，多有新意。每一文出，好事者已传写成诵。又《徐绲传》曰：特有轻艳之才，新声巧变，人多讽习。又《梁书·庾肩吾传》曰：初太宗在藩，雅好文章士。时肩吾与东海徐摛，吴郡陆杲，彭城刘遵，刘孝仪，仪弟孝威，同被赏接。及居东宫，又开文德省，置学士。肩吾子信，摛子陵，吴郡张长公，北地傅弘，东海鲍至等，充其选。齐永明中，文士王融、谢朓、沈约，文章始用四声，以为新变。至是转拘声韵，弥尚丽靡，复逾于往时。据此则当时风尚，盖承永明之后而加靡者也。然当此体初起，一时贤达亦有非之者。如裴子野著《雕虫论》，极诋时习。其略曰：其五言为家，则苏、李自出。曹、刘伟其风力，潘、陆固其枝叶，爰及江左，称彼颜、谢。咸绣鞶帨，无取庙堂。宋初迄于元嘉，多为经史大明之代，实好斯文，高才逸韵，颇谢前哲。波流相尚，滋有笃焉。自是闾阎少年，贵游总角，罔不摈落六艺，吟咏情性。学者以博依为急务，谓章句为颛鲁。淫文破典，斐尔为功，无被于管弦，非止乎礼义。深心主卉木，远致极风云。其兴浮，其志弱。巧而不要，隐而不深，讨其综途，亦有宋之风也。若季子聆音，则非兴国。鲤也趋室，必有不敢。荀卿有言，乱代之征。文章匿而采斯著，岂近之乎？其持论正大，故其所作，不尚靡丽。制多法古，与刘之遴等讨论古籍，欲以变俗。特以不长于诗，故其力未宏。观简文《答湘东王和受试诗书》，可知尔时文体，亦颇有古今文质之争也。其略曰：比见京师文体，懦钝殊常。竞学浮疏，争为阐缓。元冬修夜，思所不得。既殊比兴，正背风骚。若夫六典三礼，所施则有地，吉凶嘉宾，用之则有所。未闻吟咏情性，反拟内则之篇。操笔写志，更摹酒诰之作。迟迟春日，翻学归藏，湛湛江水，遂同大传。（按观此数语，当时文笔之界颇严）吾既拙于为文，不敢轻有掎摭。但以当世之作，历方古之才人，远则扬、马、曹、王，近则潘、陆、颜、谢，而观其遣辞用心，了不相似。若以今文为是，则古文为非。若昔贤可称，则今体宜弃。俱为盍各，则未之敢许。又时有效谢康乐、裴鸿胪文者，亦颇有惑焉。何者？谢客吐言天拔，出于自然，时有不拘，是其糟粕。裴氏乃良史之才，了无篇什之美。是为学谢则不屈其精华，但得其冗长。师裴则蔑绝其所长，惟得其所短。谢故巧不可阶，裴亦质不宜慕。然简文晚年，亦颇悔其少作。故刘肃《大唐新语》，称简文为太子，好作艳诗，境内化之，晚年欲改作，追之不及，乃令徐陵为《玉台集》以大其体。观孝穆《玉台新咏序》，盖欲比傅美人香草之意，以文饰其妖艳淫靡之非。是以集中杂以张衡、陶潜之作，以乱观者之目，其意甚明。刘氏之言可信也，惟此集不如《昭明文选》之近雅，故《文选》盛行于唐。而此集称者独少。然亦幸赖此集未亡，尚可以考见尔时风尚耳。

又按承永明之余风者，除前举数人为沈休文所称赏者外，尚有范云彦龙、邱迟希范。《诗品》谓范云婉转清便，如流风回雪。邱迟点缀映媚，似落花依草，江淹文通，《诗品》谓其诗体总杂，善于摹拟。筋力于王微，成就于谢朓。任昉彦升，《诗品》谓少年为诗不工，晚节爱好既笃，又亦遒变，若铨事理。拓体渊雅，得国士之风。虞羲子阳，《诗品》谓其诗奇句清拔，谢朓尝嗟颂之。徐悱敬业，诗皆见《文选》。

降及陈世，运极屯难，情尤颓放。声色之娱，惟日不足。于是君臣赓唱，莫非哀思之音。而金陵王气，亦黯然销矣。

《南史·陈后主本记》："副使袁彦聘隋，窃图隋文帝状以归。后主见之大骇曰：吾不欲见此人。每遣间谍，隋文帝皆给衣马礼遣以归。后主愈骄，荒于酒色，不恤政事。左右嬖佞，珥貂者五十人，妇人美貌丽服巧态以从者千余人。常使张贵妃、孔贵人等八人夹坐，江总、孔范等十人预宴，号曰狎客。先令八妇人襞采笺制五言诗，十客一时继作。迟则罚酒，君臣酣饮，从夕达旦，以此为常。"

又《文学传序》："有陈受命，运接乱离。虽加奖励，而向时之风流息矣。诗云：人之云亡，邦国殄瘁。岂金陵之数，将终三百年乎？不然，何至是也。"

又《江总传》："总性宽和温裕，尤工五言七言，溺于浮靡。及为宫端，与太子为长夜之饮。后主即位，历吏部尚书，仆射尚书令加秩。既当权任宰，不持政务，但日与后主游宴后庭。多为艳诗，好事者相传讽玩，于今不绝。唯与陈暄、孔范、王瑳等十余人，当时谓之狎客。由是国政日颓，冈纪不立。有言之者，辄以罪斥之。君臣昏乱，以至于灭。"

论者谓其风肇自明远。

《南齐书·文学传后论》："今之文章，作者虽众。总而为论，略有三体：一则启心闲绎，托辞华旷。虽存巧绮，终致迂回。宜登公宴，本非准的。而疏慢阐缓，膏肓之病。典正可采，酷不入情。此体之源，出灵运而成也。次则缉事比类，非对不发。博物可嘉，职成拘制。或全借古语，用申今情。崎岖牵引，直为偶说。唯睹事例，顿失精采。此则傅咸五经，应璩指事。虽不全似，可以类从。次则发唱惊挺，操调险急。雕藻淫艳，倾炫心魂。亦犹五色之有红紫，八音之有郑卫，斯鲍照之遗烈也。"

按萧子显此文，亦溯源之论。灵运一体，其流实长，故简文亦云：时人学谢，得其冗长，与疏慢阐缓之目正合。傅应一体，则延年希逸其流也。彦升、元长，尤喜用故事。故钟仲伟谓颜延之、谢庄尤为繁密，于时化之。故大明泰始中，文章殆同书抄。任昉、王元长等，辞不贵奇，竞须新事。尔来作者，浸以成俗，遂乃句无虚语，语无虚字。拘挛补衲，蠹文已甚。

盖天才既绌，不得不以记诵为之。故史传所记，齐梁人士，如姚察、王僧孺等传，并称其多用新事，人所未见。王谌、刘峻等传，并称当时贵人，多使宾客隶事，以多为贵。而类书之作，亦以梁代为盛。如《南史·刘峻传》，安成王秀使撰《类苑》凡一百二十卷，武帝即命诸学士撰《笔林遍略》以高之。《杜子伟传》，补东宫学士，与刘陟等抄撰群书，各为题目。《庾肩吾传》同。《陆罩传》，言简文撰《法宝联壁》，与群士抄掇区分，皆其证也。此则记诵不足，又辅之以抄掇之功也。此外如杂体之诗，亦由数典之习而盛。其先孔融有《离合诗》，陆机有《百年歌》，苏蕙有《回文诗》，已兆其端。其后纷纷更作：有联句，四时，数名，建除，四气，郡县名，州名，药名，星名，四色，双声，大言，细言，卦名，宫殿名，姓名，屋名，车名，船名，歌曲名，针穴名，龟兆名，兽名，鸟名，树名，草名，将军名，四城门，五杂组，六府，八音，六甲，十二属，方圆动静，颠倒用韵等目。大都文人游戏之作，以数典为工，别无深意，不足登大雅之堂也。至淫艳一体，《齐书》虽特著明远，其源实出晋宋《乐府》。初为民间男女相悦之辞，后乃渐被于士林。如休文《六亿诗》，亦至妖艳。明远比之，犹为有骨。惟其诗名不如休文之盛，钟仲伟称其才秀人微，致湮当代，亦良可慨也。

推原其故。倘亦道家纵逸之流弊乎？

按道家极端放诞者，有杨朱一派，其学重暂时而贵自我。流风所及，使人纵逸无检，尤与乱世心理相合。梁陈之时，国势日蹙，祸乱靡常，人心感之，已多颓放。加以佛家空寂之义，渐渍亦深。益觉人世变灭须臾，于是远大之志日消，苟且之情弥著，而私欲复乘之，遂不可复制矣。梁之简文，陈之后主，皆此类也。此亦论乱世文学者所当留意也。

若夫太冲与潘、陆同称，独以高浑标致；

按钟仲伟评左诗，虽有野于陆机，深于潘岳之语。又称其源出公干，文典以怨，颇为精切，得讽谕之致。谢康乐尝言左太冲诗，潘安仁诗，古今类比，故后世复有以左、潘并称者，然左实胜潘。故《沧浪诗评》谓晋人舍陶渊明、阮嗣宗外，惟左太冲高出一时，陆士衡犹在诸公之下。大氐太冲古意多，时习少。故能以高浑之体，胜繁缛之制，特于时尚文，人不之重耳。

刘、郭当永嘉之世，同以挺拔见称；

钟嵘《诗品·上品序》："爰及江左，微波尚传。孙绰、许询、桓、庾诸公诗，皆平典似道德论，建安风力尽矣。先是，郭景纯用隽上之才，变创其体。刘越右仗清刚之气，赞成厥美。然彼众我寡，未能动俗。"

按彦和谓江左篇制，辞趣一揆，莫与争雄。所以景纯仙篇，挺拔而为俊矣。钟评刘诗，亦云自有清拔之气。而元好问《论诗绝句》曰：曹、刘坐啸虎生风，四海无人角两雄。可惜并州刘越石，不教横槊建安中。二子风尚相同可知。故彦和虽专以清拔目景纯，而仲伟则有赞成厥美之论也。

殷仲文革孙、许之风；谢叔源变太元之气。

沈约《宋书·谢灵运传论》："仲文始革孙许之风，叔源大变太元之气。"

《南齐书·文学传论》："江左风味，盛道家之言。郭璞举其灵变，许询极其名理，仲文玄风，犹不尽除，谢混情新，得名未盛。"按合休文、子显之论观之，殷、谢诗体可知。特沈从其已变者言之，萧由其将变者立论，似有异耳。

皆可谓逸群之才矣。而陶公之天情高朗，雅志渊深。直将糠秕曹、王，遑论潘、陆？固盖世之英杰也。然而以光禄之深交，昭明之雅好，记室之精识，舍人之博闻，或未之得知，或知之未尽，其故可思矣。

按渊明之诗，在六代为凤麟。然晋宋以下，知者已稀，好者尤鲜。至唐人王摩诘、韦应物、柳子厚、杜少陵、白乐天诸公，始知尊崇。以东坡之绝识高才，亦至晚岁始知好之。盖由其意境至高，而出语平淡，非易识其旨趣也。故延年与为深交，而其诔陶，但曰学非称师，文取指达。昭明雅好陶集，为之作序，犹云闲情一赋，白璧微瑕。仲伟评陶，惟曰文体省静，殆无长语。笃意真古，辞兴婉惬。观其列居中品，则亦知之不深。彦和博洽，而"文心"无一语及陶，殆尔时陶集未出，未之见也。惟今本"文心"明人补抄《隐秀篇》，有彭泽之豪逸一句。（豪逸二字，钱功甫本阙，一本补此二字。）语出后人，足证补抄之伪。

至如隋杨崛兴西隅，混一区复。高祖初政，颇厌浮华。宜可以革侧艳之俗，复淳古之化矣。然而宪台执法，霜简屡飞；而王、庾余风，未之或变。

《周书·王褒、庾信传赞》：“周氏创业，运属陵夷。纂遗变于既衰，聘奇士如弗及。是以苏亮、苏绰、卢柔、唐瑾、元伟、李昶之徒，咸奋鳞翼，自致青紫。然绰建言，务存质朴。遂糟秕魏晋，宪章虞夏。虽属词有诗古之美，矫枉非适时之用，故莫能常行焉。既而革车电迈，渚宫云撤。尔其荆衡杞梓，东南箭竹，备器用于庙堂者众矣。唯王褒、庾信，奇才秀出，牢笼于一代。是时世宗，雅词云委。滕、赵二王，雕章间发。咸筑宫虚馆，有如布衣之交。由是朝廷之人闾阎之士，莫不忘味于遗韵，眩精于末光。犹丘陵之仰嵩岱，川流之宗溟渤也。然则子山之文，发源于宋末，盛行于梁季。其体以淫放为本，其词以轻险为宗。故能夸旦侈于红紫，荡心逾于郑卫。昔扬子云有言：诗人之赋丽以则，词人之赋丽以淫。若以庾氏方之，斯又词赋之罪人也。”

《隋书·文学传序》：“梁自大同之后，雅道沦缺，渐乖典则，争驰新巧。简文湘东，启其淫放。徐陵庾信，分路扬镳。其意浅而繁，其文匿而彩。词尚轻险，情多哀思。格以延陵之听，盖亦亡国之音乎？周氏吞并梁荆，此风扇于关右。狂简斐然成俗宕，流连忘返，无所取裁。高祖初统万机，每念斫雕为朴。发号施令，咸去浮华。然时俗词藻，犹多淫丽。故宪台执法，屡飞霜简。”李谔《上高祖革文华书》：“降及后代，风教渐落。魏之三祖，更尚文词，忽君人之大道，好雕虫之小艺。下之从上，有同影响，竞骋文华，遂成风俗。江左齐、梁，其弊弥甚，贵贱贤愚，唯务吟咏。遂复遗理存异，寻虚逐微，竞一韵之奇，争一字之巧。连篇累牍，不出月露之形，积案盈箱，唯是风云之状。世俗以此相高，朝廷据兹擢士。禄利之路既开，爱尚之情愈笃。于是闾里童昏，贵游总丱。未窥六甲，先制五言。至如羲皇、舜、禹之典，伊、傅、周、孔之说，不复关心，何尝入耳。以傲诞为清虚，以缘情为勋业。指儒素为古拙，用词赋为君子，故文笔日繁，其政日乱。良由弃大圣之轨模，构无用以为用也。损本逐末，流遍华壤，递相师祖，久而逾扇。及大隋受命，圣道聿兴。屏出轻浮，遏止华伪。自非怀经抱质，志道依仁，不得引预缙绅，参厕缨冕。开皇四年，普诏天下，公私文翰，并宜实录。其年九月，泗州刺史司马幼之文表华艳，付所司治罪。自是公卿大臣，咸知正路。莫不钻仰坟索，弃绝华绮，择先王之令典，行大道于兹世。如闻外州远县，仍踵弊风，选吏举人，未尊典则。至有宗族称孝，乡曲归仁，学必典谟，交不苟合，则摈落私门，不加收齿；其学不稽古，逐俗随时，作轻薄之篇章，结朋党而求誉，则选充吏职，举送天朝。盖由县令刺史，未行风教，犹挟私情，不存公道。臣既忝宪司，职当纠察。若闻风即劾，恐挂网者多。请勒诸司，普加搜访。有如此者，具状送台。”

按李谔上书，论列当世风俗，至为详切。北朝宇文泰时，苏绰已有复古之志。特其力未宏，未能易俗。隋文著令，禁革浮华，即承苏氏之风者。然庾信自留北以后，文体亦稍变。观其所作，大有凄怆悲凉之气。至其音靡律调，自是沈约以后体制，未为病也。杜少陵屡称之：既曰“清新庾开府”，又曰“庾信文章老更成”，知少陵得力于兰成者多也。盖庾虽南人，而遭逢丧乱，羁留异国，身世之感，家国之痛，有以发其苍凉之情也。

重以炀帝天挺雄才，晚习骄逸，声伎弥盛，艳曲复行。虽其诗篇，体势轩举，微存北土贞刚之风。而素志已荒，雅音难复。岂非运当剥复，天行犹有未至者欤？

《隋书·文学传序》：“炀帝初习艺文，有非轻侧之论。暨乎即位，一变其风。《与越公书》，《建东都诏》，《冬至受朝诗》及《拟饮马长城窟》，并存雅体，归于典制。虽意在骄淫，而词无浮荡。故当时缀文之士，遂得依而取正焉。所谓能言者未必能行，盖亦君子不以人废言也。”

按隋代诗人，有薛道衡，史称其诗南北称美。炀帝至忌其和泥字韵甚工，因事诛之。与薛齐名者，有李德林、卢思道。史言李称一代俊伟，薛则时之令望，静言扬搉。卢居二子之右。南士北来者，尚有虞世基，亦复情理凄切，得于名时。大氐不出沈、庾新变之体，而情意则稍复清壮，已下开唐初风气矣，盖变而未纯者也。

《隋书·文学传序》：“江左宫商发越，贵于清绮。河朔词义贞刚，重乎气质。气质则理胜其词，清绮则文过其意。理深者便于时用，文华者宜于咏歌。此其南北词人得失之大较也。”按《隋书》此说，于南北文学风尚，得其长短矣。盖文学之事，固关乎时序，亦系于方土。北土凝重，南方轻浮。

影响所被，遂有此异。核而论之，北主于志，南主于文；北近建安之风，南承太康之习。虽各有工拙，而大体固莫能外于此矣。此又诗变之因乎方土者也。

夫隋文以九重之势倡之而世莫为，渊明以匹夫之力为之而人弗知，后之君子，可以观时运之力矣。

节选自刘永济《十四朝文学要略》，中华书局，2007

《胡笳十八拍》作于刘商考

罗根泽

我最喜欢章太炎先生反对的“流变之学”，对于一种学说，一种文艺，一部书，一篇诗文的真伪和年代，常常不惜笔墨的讨论它。因此，时时听到善意的劝告或恶意的讥讽说：无论学术、文艺，只当问它的好坏，不当问它的真伪和年代；因为真伪、年代和好坏不相干，而且是无用的。

不错，三家村塾的教师，他教学生读诗读文，从来不肯把时间用来介绍作者及作者的时代背景，他的意思也是：只当问它的好坏，不当问作者及作者的背景，因为和好坏不相干，而且是无用的。

可恨无情的社会，一天一天的进化，不知时代背景，便不能彻底了解作品的道理，被人们知道而且信崇了，只问好坏，不问时代的简而易行的妙法，便只能在三家村塾保持它的真理价值了。

现在，我又要来做“离经叛道”的事情了，挂名汉末女文学作家蔡文姬的《胡笳十八拍》，我要讨来送还唐朝的刘商。

《十八拍》的歌词，我先钞在下面，免得读者还要到他处翻阅：

第一拍

我生之初尚无为，我生之后汉祚衰；天不仁兮降乱离，地不仁兮使我逢此时。干戈日寻兮道路危，民卒流亡兮共哀悲，烟尘蔽野兮胡虏盛，志意乖兮节义亏。对殊俗兮非我宜，遭恶辱兮当告谁？笳一会兮琴一拍，心溃死兮无人知！

第二拍

戎羯逼我兮为室家，将我行兮向天涯，雪山万重兮归路遐，疾风千里兮扬尘沙。人多暴猛兮如虫蛇，控弦被甲兮为骄奢。两拍张悬兮弦欲绝，志摧心折兮自悲嗟！

第三拍

越汉国兮入胡城，亡家失身兮不如无生！毡裘为裳兮骨肉震惊，羯膻为味兮枉遏我情。鞞鼓喧兮从夜达明，胡风浩浩兮暗塞营。伤今感昔兮三拍成，衔悲畜恨兮何时平？

第四拍

无日无夜兮不思我乡土，禀气含生兮莫过我最苦；天灾国乱兮人无主，唯我薄命兮没戎虏。俗殊心异兮身难处，嗜欲不同兮谁可与语？寻思涉历兮何艱阻，四拍成兮益凄楚！

第五拍

雁南征兮欲寄边心，雁北归兮为得汉音；——雁飞高兮邈难寻，空断肠兮思愔愔。攒眉向月兮抚雅琴，五拍泠泠兮意弥深。

第六拍

冰霜凛凛兮身苦寒，饥对肉酪兮不能餐，夜闻陇水兮声呜咽，朝见长城兮路杳漫。追思往日兮行李难，六拍悲来兮欲罢弹。

第七拍

日暮风悲兮边声四起，不知愁心兮说向谁是？原野萧条兮烽戍万里，俗贱老弱兮少壮为美。逐有水草兮安家葺垒，牛羊满地（一做“野”）兮聚如蜂蚁。草尽水竭兮羊马皆徙，七拍流恨兮恶居于此！

第八拍

为天有眼兮，何不见我独漂流？为神有灵兮，何事处我天南海北头？我不负天兮，天何配我殊匹？我不负神兮，神何殛我越荒州？制兹八拍兮拟排忧，何知曲成兮转悲愁！

第九拍

天无涯兮地无边，我心愁兮亦复然。人生倏忽兮如白驹之过隙，然不得欢乐兮当我之盛年。怨兮欲问天，天苍苍兮上无缘。举头仰望兮空云烟，九拍怀情兮谁为传？

第十拍

城头烽火不曾灭，疆场征战何时歇？杀气朝朝冲塞门，胡风夜夜吹边月。故乡隔兮音尘绝，哭无声兮气将咽。一生辛苦兮缘别离，十拍悲深兮泪成血！

第十一拍

我非贪生而恶死，不能捐身兮心有以。生仍冀得兮归桑梓，死当埋骨兮长已矣。日居月诸兮在戎垒，胡人宠我兮有二子，鞠之育之兮不羞耻，愍之念之兮生长边鄙。十有一拍兮因兹起，哀响缠绵兮彻心髓。

第十二拍

东风应律兮暖气多，汉家天子兮布阳和。羌胡踏舞兮共讴歌，两国交欢兮罢兵戈。忽逢汉使兮称近诏，遣千金兮赎妾身。喜得生还兮逢圣君，——嗟别二子兮会无因！十有二拍兮哀乐均，去住两情兮谁具陈？

第十三拍

不谓残生兮却得旋归，抚抱胡儿兮泣下沾衣。汉使迎我兮四牡骓骓，号失声兮谁得知？与我生死兮逢此时，愁为子兮日无光辉。焉得羽翼兮将汝归？一步一远兮足难移。魂消影绝兮恩爱遗。十有三拍兮弦急调悲，肝肠搅刺人兮莫我知。

第十四拍

身归国兮儿莫知随，心悬悬兮长如饥。四时万物兮有盛衰，唯有愁苦兮不暂移。山高地阔兮见汝无期，更深夜阑兮梦汝来斯。梦中执手兮一喜一悲，觉后痛吾心兮无休歇时。十有四拍兮涕泪交垂，河水东流兮心是思。

第十五拍

十五拍兮节调促，气填胸兮谁识曲？处穹庐兮偶殊俗，愿得归来兮天从欲。再还汉国兮欢心足。心有忆兮愁转深，日月无私兮曾不照临。子母分离兮意难任，同天隔越兮如商参。生死不相知兮何处寻？

第十六拍

十六拍兮思茫茫，我与儿兮各一方。日东月西兮徒相望，不得相随兮空断肠。对萱草兮徒想忧忘，弹鸣琴兮情何伤？今别子兮归故乡，旧怨平兮新怨长。泣血仰头兮诉苍苍，生我兮独罹此殃？

第十七拍

十七拍兮心鼻酸，关山阻修兮行路难。去时怀土兮枝枯叶干，沙场白骨兮刀痕箭瘢。风霜凛凛兮春夏寒，人马饥虺兮骨肉单。岂知重得兮入长安，叹息欲绝兮泪阑干。

第十八拍

胡笳本自出胡中，缘琴翻出音律同。十八拍兮曲虽终，响有余兮思未穷。是知丝竹微妙兮，均造化之功。哀乐各随人心兮，有变则通。胡与汉兮异域殊风。天与地隔兮子西母东，苦我怨气兮浩于长空。六合虽广兮受之应不容。

我有什么理由从蔡文姬手里夺来送给刘商？请你先看刘商的《胡笳曲序》吧：

蔡文姬善琴，能为《离鸾别鹤》之操。胡虏犯中原，为胡人所掠，入番为王后，王甚重之。武帝（魏）与邕（文姬父）有旧，敕大将军赎以归汉。

> 胡人思慕文姬，乃卷芦叶为吹笳，奏哀怨之音。后董生以琴写胡笳声为《十八拍》，今之《胡笳弄》是也。——见《乐府诗集》卷五十九。

看了此序，我便有了证据：

第一，“蔡文姬善琴，能为《离鸾别鹤》之操”，见什么书？文姬的事迹言行俱载《后汉书·烈女传》，只说她：“博学有才辩，又妙于音律。”注文引稗官小说式的刘昭《幼童传》，也只说：“邕夜鼓琴，弦绝，琰（文姬名）曰：‘第二弦。’邕曰：‘偶得之耳。’故断一弦问之。琰曰：‘第四弦。’并不差缪。”也没有说她“能为《离鸾别鹤》之操”。况且《幼童传》是没有信史的价值的。

就使真“能为《离鸾别鹤》之操”，“《离鸾别鹤》之操”，固不是《胡笳十八拍》；《胡笳十八拍》又是根据什么书，说是蔡文姬作的？《后汉书》里没有，《文选》里没有，《玉台新咏》里也没有，一切的唐以前的书里都没有：不但没有著录，而且没有论述，没有征引；这种前无传授至商始出的东西，我们不能说刘商便是它的生母，不能叫它认一个风马牛不相及的老娘。

第二，我们就信刘商的话罢，他说：“胡人思慕文姬，乃卷芦叶为吹笳，奏哀怨之音。后董生以琴写胡笳声为《十八拍》，今之《胡笳弄》是也。”并没有说蔡文姬作《胡笳十八拍》呀！就这一段话看，《胡笳十八拍》的作者，可以有两种说法：

（一）胡人作。

（二）董生作。

决不能说是文姬作。而且这两说，以董生作为是，为什么？

（A）胡人所奏哀怨之音，并没有说共十八拍；董生所作则适为十八拍，且明说“董生以琴写胡笳为《十八拍》”，可见“为十八拍”是董生作始的。

（B）胡人所奏用的卷芦叶，董生所作用的琴，你看《十八拍》的歌词，第一拍说：

> 笳一会兮琴一拍。

第五拍说：

> 攒眉向月兮抚雅琴。

第十六拍说：

忘弹鸣琴兮情何伤？

可见《十八拍》是董生用琴所写的，不是胡人卷芦叶所吹的。尤其是第十八拍说得明白：

胡笳本自出胡中，缘琴翻出音律同。十八拍兮曲虽终，响有余兮思未穷，是知丝竹微妙兮，均造化之功。

这不是明明和刘商《胡笳曲序》说的“胡人卷芦叶为吹笳，后董生以琴写笳声为《十八拍》”的话一样吗？这不明明告诉我们《十八拍》是出于董生吗？

董生是谁？大概是董庭兰？李肇《国史补》说：“唐有董庭兰，善沈声、祝声，盖大小胡笳云。”（《乐府诗集》卷五十九引）李颀有《听董大弹胡笳声兼寄语房给事》，《全唐诗》卷五说：“一本作《听董庭兰弹琴兼寄房给事》。”知道董庭兰和李颀同时，大约是开元间人（颀，开元十三年进士）。他在刘商以前。

固然李颀说：“蔡女昔造胡笳声，一弹一十有八拍。”但我们知道这是董庭兰的“托古制作”，刘商《序》明明说“以琴写笳声为十八拍”出于董生。

那末，为什么又说作于刘商呢？我的意思以为：《十八拍》的乐调是董庭兰作的，《十八拍》的歌词是刘商作的。本来文人歌词，许多是按照俗乐或雅乐的调子作的，唐代这种风气尤其盛行，郑振铎先生的《中国文学史》第三篇第一章有很详细的考证（商务本页十五，十六），学者只要翻开一看，便可一目了然。董庭兰虽然制了《十八拍》的琴曲，并没有歌词，歌词是到刘商才添上去的；所以刘商以前没有《十八拍》歌词的流传。

第三，这是胡适之先生《白话文学史》已经说过的，“世传的《胡笳十八拍》，大概是很晚出的伪作，事实是根据《悲愤诗》，文字很像唐人的作品，如云‘杀气朝朝冲塞门，胡风夜夜吹边月’”，似不是唐以前的作品（《新月》本页八一）。这话我很相信，因为这样对仗工整的诗句，不但汉朝没有，魏、晋、六代也没有。刘商是代宗大历时的进士，于时律体极为盛行，而且他也是很会做律诗的，所以《十八拍》虽力求古体化，但律诗的句子不觉不知的涌出来了。

第四，唐代出了两件大同小异的伪诗事件。一，韦元甫作了两篇《木兰诗》，恐怕人说没有来历，由是说一篇得自民间（余当于下期另为《木兰诗作于韦元甫考》以论之）。一，便是刘商作了两篇《胡笳十八拍》，恐怕人说没有来历，由是说一篇作于蔡文姬。这是作伪的惯技，只要少研究过辨伪学的都知道。刘商《序》本有些忸怩，没有直接了当的说是蔡文姬作，不过隐隐约约的给人一个暗示，而后来的学者遂不加分析的承受了！

原载《朝华》1930年第2卷第1、2期

孔雀东南飞

郑振铎

《孔雀东南飞》一诗，为中国最长的叙事诗。欧洲各国，前如希腊，后如英、德，其最初之文学皆为史诗。中国则史诗极不发达。《诗经》里的诗，以抒情诗及颂歌为最多。后来作者，只白居易最善于叙事诗，他所作的却都不很长。所以《孔雀东南飞》虽不及二千言，而已被称为古今第一长诗。

这首诗的字句，各本颇不同，文词也有费解的地方。最可怀疑的便是，前言“共事二三年，始尔未为久”。后言“新妇初来时，小姑始扶床。今日被驱遣，小姑如我长”。在二三年中小姑决不会由扶床而走的孩子，骤长至与新妇同长。即以二三为相乘之数，言新妇在焦仲卿家已六年，而六年的时间，也不能使小姑由扶床而走，而长至如新妇之长。《乐府诗集》载此诗，将“小姑始扶床，今日被驱遣”二句删除。宋本的《玉台新咏》也不曾载此二句（据丁福保《全汉魏六朝诗》附注）。但考《古诗纪》及通行本《玉台新咏》则皆有此二句。丁福保以为“此二句乃后人添入”，实为臆断之言，不足信。细读原诗，“新妇初来时，小姑始扶床，今日被驱遣，小姑如我长”四句，语气融成一片，决非后人添入，且后人也无故将前后矛盾之句添入之理。如删去“小姑始扶床，今日被驱遣”二句，则“新妇初来时，小姑如我长”二句，便变为毫无意义了。宋人最好臆改古书。《乐府诗集》及宋刻《玉台新咏》见此处不可解，便删去二句，以求其无病。而不知斧痕显然，反失原诗低徊悲惋之意。丁氏不从《玉台新咏》，而信宋人，更强造后人添入之言，殊可笑！我以为古书偶有错，并不要紧，决不会因此便失其真价。我们遇到这种地方，只应该明明白白的把它举出，不宜巧辞强解，代古人掩护。这种无理的武断的掩护，中国人最喜为之。对于古书，是有害无益的。

选自《郑振铎全集》，原载《小说月报》14卷1号，1923年1月

《汉魏六朝乐府文学史》序（审查报告）

黄 节

论文第一章总论乐府之变迁[1]。谓汉魏而后，民间乐府与贵族乐府实行分化，是为变迁之所由，探源得要，甚有见地。其论五言诗之始，谓先有五言乐府，而后有五言诗；非先有五言诗，而后产生五言乐府，所举证佐，至为切实。又谓魏三祖陈王，大变汉辞，以旧曲翻新调，变两汉质朴之风，开私家模拟之渐，所论皆洞悉源流。

论文论两汉乐府，谓新声之输入，由于汉武帝好大喜功，开边黩武，足见读史得间。至所论《安世房中歌》，能举歌辞以正《通志》之误。论《鼓吹铙歌》，能举《汉书·韩延寿传》以正《通考》之失，皆特见也。

论文论两汉民间乐府，谓班固著《汉书》，阙然不录一字，至沈约《宋书·乐志》始稍稍收入于正史，能发此论，其重在民间乐府，真有识之言。故其于东汉民谣，引《汉书·韩延寿传》及《后汉书·循吏列传·刘陶传》，以证民谣之独重，论据真确。观此始知《毛诗·正月》"民之讹言"，为非小事。至其于民间乐府说理一类，揭出当时儒家道家思想，引《君子行》、《长歌行》、《猛虎行》以明儒家思想之作品，引《艳歌行》、《豫章行》、《满歌行》、《枯鱼过河泣行》以明道家思想之作品，是从乐府本体研究得来。抒情一类，谓南朝乐府多男女相思及刻画女性，而汉乐府则描写夫妇之情爱，盖由儒家思想之一尊时期，其男女之间，多能以礼义为情感之节文，引《公无渡河》、《东门行》、《艳歌何尝行》、《艳歌行》、《白头吟》、《陌上桑》诸篇以为证。因此并证明《孔雀东南飞》一篇，必产生于儒家思想一尊之世，决不能作于六朝，此论真从乐府中窥见大义者也。又叙事一类，举《陈遵传》遵之官，饮于故洛阳王外家左氏，起舞跳梁，顷仆坐上，暮而留宿，为司直陈崇所劾，以入寡妇之门为非礼，证明《陇西行》之妇为非好妇，而客亦非好客，亦从乐府中窥见大义者也。

论文论东汉文人乐府中，举班婕妤《怨诗》，谓本传无作《怨诗》之言，后人遂疑为伪作，不知婕妤为班彪之姑，班固为亲者讳，不欲以《怨诗》入传，是故《外戚传》赞语，于婕妤亦独不置一词，传无《怨诗》，不足为异。并引曹植、傅玄《班婕妤赞》，证其决非伪作，独申己见，可祛群惑。又举东平王苍《武德舞辞》证明舞之有辞，不始于晋，以正郑樵《通志》之误，读书心细，此为有补于史志之言。最后举《后汉书·西南夷传》田恭所作远夷《乐德》、《慕德》、《怀德》三歌，录其原文，以为吾国翻译诗文之最先作品，此亦有关于文化史上发明也。

论文论魏乐府，谓四言复兴，首推魏武，且举汉乐府相较，得其时代观念之转变，取证历史，语多中肯。而论魏文七言乐府之创为新体，陈思五言乐府之为世大宗，皆能上下古今，道其所见。至论缪袭乐府，举楚词比较，得其变化之迹，推论直至鲍照，始别出机杼，自成一格。于乐府文辞之变迁，洞悉源流。复取韦昭所作之《铙歌》与缪袭比较，又得其因袭摹仿之所自，此非全观诸家作品，不能有此确论。

论文论晋乐府，谓晋以前歌舞二者相应不相兼，据晋《拂舞歌》、《白鸠篇》、《通志》所引云“以其歌且舞”，可见歌舞合一，至晋时为吾国舞乐一大进步，举证确切，足为《通志》证明。而《独漉篇》之报父冤，引《魏志》黄初二年《诏书》及左延年《秦女休行》，傅玄《庞氏有烈妇行》以证当时社会复仇之风盛行，尤为卓见。至论《白纻舞歌》，继魏文《燕歌》后，全篇七言，影响后世，较曹为大，亦能道其所见。论张茂先《轻薄篇》，取证《宋书·五行志》，谓贵游子弟，相与为散发倮身之饮，对弄婢女，当时风俗如此，茂先此篇所由作，慨乎言之矣！论傅玄《苦相篇》，写社会重男轻女之心理，在乐府中，实为仅见云云，皆能从历史风俗中留心探讨，真可以乐府补史传之所阙。

论文论南朝乐府，从史事上证出诗歌，从诗歌证出地理，从地理上考见政治，从政治上窥及制度与当时人民之风尚及其思想，所举证皆极有见地。其论《清商曲辞》之施用，尤为独见。在民间乐府中论《清商》变迁之迹，举出史事证明其说，绝非空谈臆断。所举吴声双关语，非于乐府研究有素，不能发明。而《神弦曲》引《晋书·夏统传》证明当时风俗之不良，皆关史识。在文人乐府中，举出叠句之关系，是能从乐府本身研究所得，可谓独有发明。解释文人乐府诸篇，皆能证明其所出，而结论总述诸家变迁之迹，尤有慨乎言。

论文论北朝乐府，分虏歌时期汉歌时期，可谓提挈有体。其论北朝民间乐府，以《鼓角横吹曲》为主，所举乐曲皆能证明其地理风俗之所生，与夫异族性格之特殊，真有补于史之阙文。其论北朝文人乐府，谓当时所作，不离模拟，历举诸家作品以证之，以为不如民歌之犹有本色，眼光千古。至论南北朝乐府比较一章，更见良工心苦矣。

论文论隋乐府，采《李谔传》语，论隋初之拟古乐府，独得真谛。炀帝时之拟南朝乐府，证之史传，搜及稗官，取材甚富，从其分章中观乐府，则先后已判若两朝，可知著者统观兼营，方能辨别如此之确当也。

统观成绩全部，皆能从乐府本身研究。知变迁，有史识；知体制，有文学；知事实，有辨别；知大义，有慨叹，此非容易之才。

一九三三年黄节

〔1〕本书第一编第一章乃一年后所补作（据闻一多先生在论文答辩时所提建议），故此处所云“第一章”，实为本书第一编之第二章。

选自《汉魏六朝乐府文学史》，人民文学出版社，1984

魏晋风流与私家园林

吴世昌

北平是个风沙很大的地方。很少天然的明山秀水，西山比起南边的山来也是干燥乏味的。春天风沙一大，满天是黄沙和黑土。然而人喜欢北平，从各处挤到这儿来，我也是的。说它是文化都城，那当然也是对的；但许多人却是专来玩，或者因为玩的方便而来住家。北平的好玩，据我看完全是在于建筑。大街上摆着红红绿绿的牌楼和城门座子，白石的桥配着更白的白石栏杆，都是很好看的。当然人到北平来不能光是走走大街就算了，总得还要往各处看看，譬如皇宫，北海，颐和园之类。现在的故宫据陈援庵先生考证是元人也黑迭儿所造。[1]中南海和北海是否元人所造很难说，从许多碑文题字看来，乾隆皇帝大概很有过一番修葺增建的工夫。至于已经给外人毁了的圆明园和还没有给外人毁了的颐和园，这里面的楼台布置，却是经乾隆几次下江南之后参酌了江南的天然山水和许多私家园林而修筑的。据说北平南海瀛台、玉泉山、畅春园的叠石，还是张然的手迹。[2]张然是张涟的儿子，张涟是明末江南的叠石名手，《桃花扇》中说到阮大铖的石巢园，便是他所布置。所以现在北平园林的建筑虽然在国内好像要首屈一指，但它们的蓝本，却还是江南的山水和园林。

江南的园林又大都是从前朝抄下来的。明朝是一个比较的艺术意味很重的时代，从明人的小说和剧本，以及这些书本的图版可以窥见当时私家园林的一斑。这无疑是受南宋遗传下来的影响。宋也是一个爱美的朝代，徽宗对于太湖石的嗜好，竟促成了政府的南渡。[3]南宋苏杭一带的园林，其盛况恐怕远过于李格非所记的洛阳名园。而《洛阳名园记》所载的许多园林，都是唐人旧构；如大字寺园为唐白乐天园，湖园为唐裴晋公宅园。这样一代一代往上推，推到

---

① 见《燕京学报》第二期《元西域人华化考》下，页一八六——一八九。

② 见王士祯《居易录》卷四。

③ 见冯琦《宋史纪事本末》卷五五“花石纲”条。

几时呢？我以为应当推到魏晋六朝。

中国的魏晋六朝，和欧洲的中古时代差不多，是一个不大容易被人了解，有宗教热忱而又浪漫意味很重的时代。“浪漫”是近代人的说法，用古时的话来说，是“旷达”、“风流”。杜牧之所谓“大抵南朝都旷达，可怜东晋最风流”。一般的说，这时代的人喝酒、服药、清谈、放诞、狂狷、任性、好山水、好艺术，穷奢极侈的享乐和自暴自弃的颓废。中国私家园林的起来，也是在这个时代。

魏晋以前，除了帝王的宫殿和苑囿以外，私家是很少有园林的。大概在那时的封建制度之下，也不容许私家有园林。现在所知道的，梁孝王的菟园是一个。《史记》说：“孝王筑东苑，方三百余里。”① 菟园大概就在东苑之内。《西京杂记》记园的内部建筑说：

> 梁孝王好宫室苑囿之乐。作曜华之宫。作菟园。园中有白室山（一作百灵山），山上有肤寸石，落猿岩，栖龙岫。又有雁池，池间有鹤洲凫渚。宫馆相连，延亘数里。奇果异树，瑰禽怪兽，靡不毕备，王与宫人宾客，弋钓其中。

但《西京杂记》是魏晋以后的书，恐怕免不了受了当时园林的影响，参考枚乘的《梁王菟园赋》，作一些想当然耳的记载。因为“赋”是照例夸大的铺张，而枚乘又曾躬游菟园，也还没有说到：“瑰禽怪兽，靡不毕备。”只是说：“斗鸡走菟，俯仰射钓”而已。此外就很少见除了帝王还有谁有园林。孟尝君的客人虽然有“珠履三千”，但他也似乎没有特别讲究的园林可以引起当时写历史的人注意。邵平大概是有一个园的，但是可怜，他下了东陵侯的任之后，那园子只能让他种种瓜而已，其简陋也就可想而知了。我想古籍中所说的园，譬如《诗经》的：“园有树桃，其实之肴。”《史记》的：“梁有漆园，楚有橘柚园。”以至于曹参的从吏在隔壁饮酒高呼的后园，董仲舒讲《春秋》讲得太起劲，三年不去瞧它一下的园，多半是这类的果园菜园，并不是有楼台亭池的花园。再不然，就是桑园漆园，听说庄子曾经管过漆园。《说文》：“园树果，圃树菜也。”《周礼》：“场人掌国之场圃，而树之果蓏珍异之物，以时敛而藏

① 见《史记》卷五十八《梁孝王世家》。《索隐》云：“盖言其奢，非实辞。或梁国对城之方。”

之。凡祭祀宾客，供其果蓏。享亦如之。”这也可以看见当时人对于园圃的观念。《三辅黄图》（卷四页三）引《云阳宫记》：“云阳车箱坂下有梨园一顷。梨数百株，青翠繁密。望之如车盖。”《三辅黄图》是一部记载汉时宫殿、苑囿、街衢、桥梁等一切建筑的书，而说到“园”的，只此一条而已。另外有一节是很可注意的，在“上林苑”条下：

> 汉上林苑，即秦之旧苑也。……茂陵富民袁广汉藏镪巨万，家僮八九百人，于北山（《西京杂记》作“北邙山”，《太平御览》引作“邙山”）下筑园，东西四里，南北五里。激流水注其中。构石为山，高十余丈，连延数里。养白鹦鹉、紫鸳鸯、牦牛、青兕、奇兽珍禽，委积其间。积沙为洲屿，激水为波涛。致江鸥海鹤，孕雏产鷇，延漫林池。奇树异草，靡不培植。屋皆徘徊连属，重阁修廊，行之移晷，不能遍也。

袁某不过是一个平民，有一些钱，就这样大治园林，那是皇帝所不允许的。以后怎么样呢？妙得很：

> 广汉后有罪，诛。没入为官园。鸟兽草木，皆移入上林苑中。

广汉有什么罪，书上没有说，也没有人知道。我们猜想，大概是因为他的园子盖的太好。所谓“匹夫无罪，怀璧其罪”。这样看来，截止到汉代为止，私家园林大概是不会有，也不许有的。

至于皇帝御用的呢，上面已说到，《三辅黄图》所记，只有宫殿、苑囿、池沼而无“园”。有之，即是果园。汉代去周未远，还保存着猎狩的风气。帝王贵族要打猎，可是又不愿或不敢当真到荒林旷野中去猎，于是想一个中庸的办法：教别人去捉些野兽来，多半是熊、野猪、狐狸、鹿、兔之类，以可以射逐而不致十分伤人为原则，放在一个大林子内，（我想当时的河南、陕西一带一定还有许多树林，不像现在似的到处是黄土、黄土、黄土！）又在林子外面筑起围墙，不让它们逃走，于是帝王贵族，就在那儿向着已经吃了一次苦的野兽作第二次的追逐。这地方便是所谓“苑”。苑里面当然也有些宫殿、树林。但如果这样的苑大到三四百里见方，那是不会有整个的园林布置的，不过是断断续续，东一所离宫西一所别馆而已。举一两个例子，看看那些苑囿究竟是什么回事：

上林苑中以养百兽禽鹿，尝祭祠祀宾客，用鹿千枚，麕兔无数。佽飞具缯缴，以射凫雁，应给祭祀置酒。每射收得万头以上，给太官。

上林苑中天子秋冬射猎，取禽兽无数实其中。离宫观七十所，皆容千乘万骑。武帝时，使上林苑中官奴婢及天下贫民赀不满五千徙置［苑］中养鹿。因收抚鹿矢，人日五钱。元帝时七十亿万，以给军击西域。（《汉宫旧仪》卷下，页八，榕园丛书本）

上林苑令一人，六百石。主苑中禽兽。（《续汉书·百官志》）

汉西郊有苑囿，林数麓泽连亘，缭以周垣四百余里。离宫别馆，三百余所。（《三辅黄图》卷四）

孝文帝为太子，立思贤苑以招宾客。苑中有堂室六所，客馆皆广庑高轩。屏风帏褥甚丽。广陵王胥有勇力，常于别囿学格熊。后遂能空手搏之，莫不短(断?) 脰。后为兽所伤，陷脑而死。（《三辅黄图》卷四）

秦始皇欲大苑囿，东至函谷关，西至陈仓。优旃曰："善！多纵禽兽于其中，寇从东方来，令兽触之足矣！"始皇以故辍止。（《史记·滑稽列传》）

太仆牧师诸苑三十六所，分布北边四边。以郎为苑监。宦官奴婢三万人。养马三十万匹。（《汉仪注》，《三辅黄图》卷四引）

有时候别人捉来的是虎、豹、大熊、狮子之类的猛兽，那就不能随便放在苑里，得想法子把它们圈起来，免得伤人。把猛兽圈起来，还有一个用处，像罗马帝国时代一样，可以使罪人搏兽，他们看着玩儿：

李禹（按：李广之孙）有宠于太子，然好利，亦有勇。尝与侍中贵人饮，侵凌之，莫敢应。后愬之上。上召禹使刺虎。悬下圈中，未至地，有诏引出之。禹从落中以剑斫绝累，欲刺虎。上壮之，遂救止焉。（《汉书》卷五四《李广传》）

秦王也做过这样的事，那一次倒霉的是信陵君派去的代表朱亥。袁固则因为瞧不起老子，曾经被窦太后放在豕圈中叫他击豕。

这是魏晋以前帝王苑囿的情形。至于宫殿则大都是高大雄壮，很少曲折布置。最多的是台观。那是有许多原因的：第一，古代的都城都在陕洛一带，那里平原多于山水。华山是很险峻的，那时还没有人去凿石开路，不能登临；平常远远地望着，往往把它看得非常神秘，认为是登仙得道的去处。[1] 渭水和黄河是又脏又浊的。到处臃肿着泥沙，很不容易使人发生美感。因此这时代的人尤其是帝王对于山水还没有发现它的可爱，当然也就想不到在园子里收罗山水之美。（孔子因为生长在泰山脚下，又很游过一些地方，所以比别人更懂得爱好山水。）但是古代帝王却也不甘心老是站在地面上；要登高处，要望远处的理想是有的。于是他们就筑了许多高台。[2] 筑台的风气自文王的灵台、卫宣公的新台、秦始皇的琅琊台以来，历代不绝。在台上筑殿便成“观”，如豫章观，蜚廉观之类。“观”本来是观望之意。筑始必须掘土，于是便有了池沼。所以“台”和“池”常常不能分开，有了灵台便有灵沼，有了太液池便有渐台。[3]

至于私家的园林，却是魏晋以后才兴起来的。私家园林的起来，原因很多，最重要的却是对于山水之美的认识和欣赏。在魏晋以前，知识分子都聚在陕洛；江南秀丽的山水，在当地土人看来是熟视无睹的。一直到魏晋，这一带的自然风景才被人发现。说起来似乎不可信，在魏晋以前我们几乎找不到一本描写自然风景的书。一到此时便不同，我们读王羲之、献之的杂帖，如同读英国前浪漫主义时代诗人葛莱（Thomas Gray），在欧游途中写给Walpole和West的书札一样，渐渐透露出作者对于自然景物的爱好，预示一个艺术上新时代的到临——实际上也的确替唐代预备了浪漫主义文学的基础。中国文人爱好山水的习惯，盛起于此时。这里只能举几个比较熟悉的人物：

王氏一门都是艺术家，自然风景当然是他们的生命。《晋书》本传说王羲之“初渡浙江，便有终焉之志”。会稽是他的第二故乡，不用说了；其余东南的名山，他跟着采药的许迈，差不多都游过。王献之说：“从山阴道上行，山川自相映发，使人应接不暇。若秋冬之际，尤难为怀。”王羲之说：“大矣造

---

①《水经注》卷十九，页二十：“(又东过华阴县北。) 县有华山。”《山海经》曰：“其高五千仞，削成而四方。远而望之又若华状。”西南有小华山也。韩子曰：“秦昭王令工使钩梯上华山，以节柏之心为博，箭长八尺，棋长八寸，而勒之曰：昭王常与天神博于是。”《神仙传》曰：“中山卫叔卿尝乘云车，驾白鹿，见汉武帝。帝将臣之，叔卿不言而去。武帝悔；求得其子度世，令追其父。度世登华，见父与数人博于石上，敕度世令还山。”山层云秀，故攘灵抢异耳。

② 但最原始的台，我想是因为举烽火及宗教仪式而筑的。

③ 见《三辅黄图》卷五。又见《水经注》卷十九页九引《汉武故事》。

化工，万殊莫不均。群籁虽参差，适我莫非亲。”[①] 对于自然之美有这样深刻的欣赏和了解，那是前人所未有的。他们对自然界有种种的爱好，不仅山川而已。王羲之又爱鹅，爱听鹅叫；他那千金不卖的隶书只有拿鹅去才能换得到。[②]徽之则爱竹，住到一个地方便在那儿种起竹来，竹子他是一天都舍不得的。画家顾恺之尤其酷爱山水。他从会稽游了山回来，人家问他山川之美，他说：“千岩竞秀，万壑争流；草木蒙茏其上，若云兴霞蔚。”[③] 浙江潮、虎丘山，他都游过，还做过赋，写过序，他有文集二十卷，我们相信这里面一定有不少描写自然之美的作品，但是他的集子著录于《隋书·经籍志》者已只七卷，现在则只能从《初学记》、《艺文类聚》等书中见到一鳞半爪。《太平御览》卷九一八引到一句他的《湘中赋》，《北堂书钞》卷一五二引到他的《湘川赋》，可见他也一定游过湘、沅、洞庭。我们看不到这位画家对于山川的欣赏真是一宗极大的损失。王羲之的好友谢安，不消说更是山水的知己，四十岁以前他的生命完全消磨在山水之中。比他们更早一些的有阮籍、嵇康。阮籍一入深山，便是好几天不回家。嵇康也是的，他在山中遇见不少逃世的隐士，我们所知道的有孙登、王烈。他们在山中长啸、弹琴；饿了就掘些黄精、野术来吃，渴了饮石钟乳。他们有一个专事啸傲山川的团体，即所谓竹林七贤。[④]比他们后一些的有陶渊明、谢灵运。谢灵运因为祖上做过大官，他自己也很阔绰，他游山是雇了几百个工人替他凿石开路，他自己又特别制了爬山的木屐。有时明火执仗，呼啸入山，甚至于叫人疑心他们是土匪。老陶虽然穷而且懒，然而他的游兴可也不浅。平常我们在他诗中看不出来，他有一篇《祭从弟敬远文》，有一节说：“每忆有秋，我将其刈；与汝偕行，舫舟同济。三宿水滨，乐饮川界；静月澄高，温风始逝。抚杯而言：物久人脆。”可见他出去玩一次也是好几天不回家的。他如干宝、葛洪、许询、郭文之流，更不用说。并且在当时仅以栖幽见知的人是如此，一般士大夫，大都以爱好山水自负，傲人。明帝问谢鲲，你比庾亮怎么样？谢鲲说：“端委庙堂，使百僚准则，臣不如亮。一丘一壑，自谓过之。”周顗也说过同样的话。[⑤]后来顾恺之替谢鲲画像，因为他说过这句话，就

① 见《全晋诗》卷五，页十二《兰亭诗》。

② 今人盛道王羲之的草书行书，但在当时，他的隶书比草书更知名。事见《晋书》本传。

③ 见《世说新语》卷上之上，页四五，《四部丛刊》本。

④ 但七贤中无孙登、王烈。

⑤ 见《世说新语》卷中之下，页二十五。《四部丛刊》本。

把他画在岩石里；不知道这故事的人问恺之，他说："谢云：'一丘一壑，自谓过之'。此子宜置丘壑中。"[①] 这一条记载在画史上很重要，可以看作中国山水画的矫嚆矢。前乎此者，中国画的题材不外乎人物车马，如刘向《说苑》所记齐敬君画妻；《西京杂记》载毛延寿、陈敞等六人画宫女；《续齐谐记》所传魏徐邈画鱼；《华阳国志》说诸葛亮画南夷图。汉武梁石刻的浮雕也只有简单的人物。汉李刚祠堂石室所雕，也只是君臣官属，飞禽走兽。[②] 武英殿所藏汉猎壶的图案也不外乎人和鸟兽相搏。晋明帝、卫协诸人多画佛像帝王。顾恺之自己以画人物著名，也画过佛像，唐甘露寺还有他所画维摩诘像。[③] 在这以前的画家根本没有发现山水之美，当然不知道图写自然风景。自此以后，有宗炳画他自己所游过的山水。[④] 画山水的风气当然要到唐代才大盛，但是种子却是在这时播下的。

魏晋人物好游山水，直接是受道教思想的影响，间接却是受政治的影响。黄老道士的思想在汉朝虽然也有一部分人信它，如张良、汉武帝、窦太后之流，但毕竟不是当时学术思想的正统。比起董、郑、马诸大儒所领导的儒家思想来是毕瑟可怜的。一到东汉末，自灵帝中平元年（一八四）黄巾起义，断断续续内战了五六十年，一部分知识分子对于政治感到厌恶，近乎无政府思想的老庄便合了他们的胃口。同时政府当局军书旁午，也就没有闲情逸致来提倡正统思想，那些类乎反动的书籍——《老》、《庄》——也就传播得格外快些。恰巧佛教又是在那时候乘虚攻入，佛经的许多思想又和"无政府"、"出世"的老庄思想气味相投，[⑤] 这样推衍到魏晋，第一流的学者如何晏、王弼，索性不谈经术——他们懂是懂的，只是不谈——专治黄、老、庄、易，便是所谓"玄学"。继何、王而起的有阮籍、嵇康、向秀、郭象、诸葛厷。他如王羲之、殷仲堪等虽不著关于老庄的书，也很喜欢这类思想。殷仲堪说："三日不读《道德经》，便觉舌本间强。"《晋书·阮籍传》云："博览群籍，尤好老庄。"嵇康给山涛的信中说："老子、庄周，吾之师也。"郭象所注的《庄子》，王弼所注

① 见《世说新语》卷下之上，页三十四。

② 见《水经注》卷八，页二十四。

③ 见《历代名画记》卷二，页四十九，王氏画苑本。

④ 见《莲社高贤传》页二十二，汉魏丛书本。

⑤ 见《弘明集》卷一，牟融《驳难佛论》。

的《老子》、《易经》，到现在还有权威。佛教徒好老庄的则有支遁。同时搜神志怪之书，《山海经》、《神仙传》一类作品也在那时陆续出现。和这些玄学思想连带发生的，便是养性、服食、辟谷、求仙的那一套。魏晋名士最初深入重山的目的，许多是为求仙采药，看下列几段记载就可以知道：

康尝采药游山泽。会其得意，忽焉忘返。樵苏者遇之，咸谓神。……康又遇王烈，共入山。烈尝得石髓如饴，即自服半，余半与康；皆凝而为石。（《晋书》卷四十九《嵇康传》）

（葛洪）或寻书问义，不远数千里，崎岖冒涉，期于必得。遂究览典籍，尤好神仙导养之法。从祖玄、吴时学道得仙，号曰葛仙公。以其炼丹秘术授弟子郑隐，洪就隐学，悉得其法焉。……以年老，欲炼丹以祈遐寿。闻交趾出丹，求为句漏令。帝以洪资高不许。洪曰："非欲为荣，以有丹耳。"帝从之。洪遂将子侄俱行。至广州，刺史邓岳留不听去。洪乃亡罗浮山，炼丹岳表。（《晋书》卷七十二，本传）

（刘驎之）好游山泽，志存遁逸。尝采药至衡山，深入忘反。见一涧水，水南有二石囷。一囷闭，一囷开；水深广，不得过。欲还失道。遇伐弓人，问径，仅得还家。或说囷中皆仙灵方药诸杂物。驎之欲更寻索，终不复知处也。（《晋书》卷九十四，本传）

（陶）淡幼孤，好导养之术。谓仙道可期。年十五六，便服食绝谷。（《晋书》卷九十四，本传）

这里所谓服食，服的大概是些黄精、芝术、石钟乳、松脂之类。另有一种五石散是当时名士所常服的，那是汉代就有的东西，但那时吃的人少，到何晏才配合得吃起来有效验。[①]何晏说："服五石散，非唯治病，亦觉神明开朗。"[②]王羲之给朋友的信中说："服足下五色石，膏散身轻，行动如飞也。"[③]大概这东西吃了之后，和鸦片一样，也是很痛快的，所以大家都爱吃。但它毕竟是药，和鸦片一样，吃得不小心是很危险的；最易犯的是脚肿、生背痈之类。吃

① 《寒食散论》，见《世说新语》卷上之上注引，页二十三。

② 《寒食散论》，见《世说新语》卷上之上注引，页二十三。

③ 见《全晋文》卷二十六，页九。

了这东西又得走路散发，这也可以促成和帮助他们爬山。爬山要身体轻一点便宜；所以许询比人瘦，爬起山来方便，别人就非常羡慕他，说他“非徒有胜情，实有济胜之具。”① 但是胖一点人爬山就容易觉得吃力，于是乎不得不乞灵于顽石，等到“膏散身轻”，也就“行动如飞”了。又譬如吃了药，药性发作了，浑身发热，骨子里都痒出来，生理上的要求，非走动不可。但是走到哪里去呢？老在屋子里转不是事，何况屋子里铺着席子不一定可以转；总在这几条街道上走多腻？于是只好爬城，等到城也爬腻了的时候，只能爬山了。所以吃药和爬山，是相互为用的。

至于黄精、野术、灵芝之类，是山产的植物，很补的，吃了之后，当然可以不吃米饭，即所谓“辟谷”。杜甫逃难的时候，在山里饿的无法，靠他那支白木柄的长镵，常常掘黄精来充饥。我也吃过黄精，在华山半山腰一个道观里，两年以前的春假。那里经道士们用糖来渍过的。形状一条一条像萝卜干，吃起来像陈年的干枣，可就没有那枣子的香味儿。至于别的“服食”，因为我不懂药物学，说不清了。服食养性以求长年，当时人是信之颇笃的。嵇康以为人可以长年，假使他顺自然的法则。他说神仙非积学所能致，只在导养得理。按自然之理，他以为人是可以长年的，然而不能者，其原因多半是因为醇酒腐肠，妇人伐性，喜怒悖气，哀乐伤神。所以他以为普通人的寿不能长至百岁以外，全是不会摄生：

> 夫以蕞尔之躯，攻之者非一涂；易竭之身，而外内受敌，身非木石，其能久乎？其自用甚者，饮食不节，以生百病；好色不倦，以致乏绝；风寒所灾，百毒所伤，中道夭于众难，世皆知笑悼，谓之不善持生也。至于措身失理，亡之于微；积微成损，积损成衰，从衰得白，从白得老，从老得终，闷若无端；中智以下，谓之自然；纵少觉悟，咸叹恨于所遇之初，而不知慎众险于未兆。

因此他主张：

> 知名位之伤德，故忽而不营；非欲而强禁也。识厚味之害性，故弃而弗

---

① 散见王羲之杂帖，《全晋文》卷二十五、六。其他服食的利弊，又见《颜氏家训·养生篇》。

顾；非贪而后抑也。……旷然无忧患，寂然无思虑。……忘欢而后乐足，遗生而后身存。（《养生论》，《文选》卷五十三）

他以为这样便可以“与羡门比寿，王乔争年。”他这思想的根据，完全是从老庄思想发展出来的。他的基本主张是“返乎自然”。

“返乎自然”是各方面的；舍去人事的扰攘，回复到大自然的怀中，欣赏各种自然之美是一方面。用率真坦白的态度处世，任自己的性情，爱说什么话就说什么，爱怎么行动就怎么行动，不顾传统的礼教，当代的俗套，后世的毁誉是另一方面。魏晋风流中最可爱的一点，便是他们率真坦白的任性。但也就是这一点，最为自以为正人君子的人所不容，从那时候起，[1]一直把他们骂到现在。譬如说，既然是人，而又常见面，当然有感情，见了问好，别时说再见，那是最普通的人情，阮籍的嫂子要回娘家，阮籍和她作别，也是人之常情，然而正人君子们却非议了，因为《曲礼》上说，嫂叔是不准通问的。阮籍说：“礼教管得着我们这样的人吗?”于是正人君子们更哗然了。[2]但这班人却一切不顾，还是爱怎么样就怎么干。阮家隔壁酒店里有一个女人是很美的，阮籍常去她那里喝酒，喝醉了便在她身旁睡着了。她丈夫知道阮籍平常为人，也不以为意。（李白喝醉了在胡姬酒肆中睡，也许是学阮籍的）他乡里一个女子死了，她很美，又很有才，他觉得悲伤，便到她家里大哭一顿，虽然他并不认识她父兄。[3]王徽之在会稽，一天晚上刚下完雪，月色和雪色上下朗照，他睡不着了，起来打开门窗，望开去到处是纯洁和澄澈的银光，他一面喝着酒，一面念着左思的《招隐诗》，忽然想起朋友戴逵来，便立刻去找他。在银色的天地中，在清静的寒夜里，坐在小船里听橹声的咿唔，听篙水滴下去的丁东是很有风味的。戴逵住的很远，小船摇了一夜才到，到了戴家门口，月色消逝了，他又忽然不想找他了，便把小船掉了一个头，独自回家了。他爱竹，上面已说过；他在吴中的时候知道有一家有许多好竹，便坐轿到那家，坐在竹子下讽诵啸傲，也不管主人洒扫了等着他。弄得主人没办法，只好把大门关起来，他走不了，才不得不和主人说笑。[4]诸如此类的行为，当然要被人目为狂狷的。还

---

① 见《晋书》卷三五《裴秀附裴頠传》，卷五六《江惇传》，卷七五，《范宁传》。

② 见《世说新语》卷下之上，页三七。

③ 见《晋书》卷四九，本传。

④ 见《晋书》卷八十，本传。

有，儒教的传统训条是教人立德、立功、立言，可以“扬名于后世”，这个他们也反对。名誉本来是别人对于一个人行为思想的评价，但如果一个人的一举一动都在“扬名”上着想，那就未免卑鄙而可怜；卑鄙，因为一个人好自己的“名”和好钱、好地位、好权势没有什么分别；可怜，因为一个人做“名”的奴隶和做不论什么的奴隶是一样的。所以张翰的朋友看他一味任性自适，一番好心的劝他说：“卿乃可纵适一时，独不为身后名邪？”他说：“使我有身后名，不如即时一杯酒！”[①]

他们这样放纵任性，有许多事是现在看来也有点可异的。其实这是很自然的现象。一是因为反对汉儒的拘守礼教，局促虚伪；有意提倡率真任性的思想行为：既是矫枉，势必过正。二是因为生当乱世，放纵一点可以分散不利于他们的人的注意力，可以遮盖他们的愤怒。换句话说：是以“玩世”来代替“嫉世”。我们细看他们的行为就可以知道。现在先说反对礼教，再说玩世。

阮籍对于汉以来儒教所孕育出来的所谓正人君子，有极深的厌恶。他讨厌他们胸襟陋窄，定了许多法则礼教来束缚自己，教训别人；不认识天地之大、宇宙之美。他痛恶他们志趣卑劣，除了做官之外，不知道人间尚有更高尚的事，并且还欣欣然有得色。他有一个比方，比那些钻在礼教中的君子，正如钻在裤子缝里的虱子。他说那些君子“惟法是修，惟礼是克；手执圭璧，足履绳墨。”正如同那些虱子“行不敢离缝际，动不敢出裤裆，自以为得绳墨也。”他甚至于说：“汝君子之礼法，诚天下残贼乱危死亡之术耳。”[②]这简直是无政府的思想了。

但如果我们以为阮籍因为有了无政府思想才不问政治，厌恶政治，玩世不恭，那就错了。正惟因为他太关心政治，把政治问题看得太认真，觉得实在没有办法，才来一个反动，才有这类无政府思想。正如同曹雪芹把恋爱看得太严重太认真了，才发出“因色悟空，由空见色”一套议论。至于刘伶，则不仅发发议论而已，他简直和世人开大玩笑。他在屋子里不穿衣服，别人见了讥笑他，他说天地是我的屋子，屋子是我的裤子，谁教你跑到我裤子里来了？[③]他把万物看得极小，以为只如江海之载浮萍。他把自己的生死也看得极透彻，常常坐着鹿车，带一壶酒出去游玩；雇一个佣人扛了一个铁铲子跟在后面；对他

① 见《晋书》卷九二，本传。

② 见《全三国文》卷四六《大人先生传》。

③ 见《世说新语》卷下之上，页三七。

说，我要是死了，便掘一个坑子埋我。他是爱开玩笑的，不但和别人，也和他的妻子，他妻子痛哭流涕的劝他戒酒，他说很好，可是他自己戒不了，得在鬼神前面立个誓，要他妻子预备酒肉祭神。他跪了下去说：“天生刘伶，以酒为名。一饮一斛，五斗解酲，妇儿之言，慎不可听！”于是神桌上的酒肉一起祭到他肚子里去了。[①]

但他们喝酒也并不是无意识的胡闹，是有原因的。简单的说，就是王忱所谓“阮籍胸中块垒，故须酒浇之。”[②]当阮籍的时候，正是五六十年大乱以后，人命是和现在一样，很不值钱的。孔融、何晏、王弼、祢衡……一班稍有气骨和思想的知识分子都被统治阶级用这个名义或那个罪名杀掉，连他们同时的嵇康都不免。这当然是很可惨痛的事。他们不满于当时的政治，但又不准表示，不准发表思想。喝酒是装糊涂的妙法：譬如发了很危险的议论，他可以说，是酒醉了说的，算不得数。他们又是才名很高的人，统治者又往往要表示“延揽人才”或者“礼贤下士”，有时候还得“奉召”去做官。你若不愿去，统治者也有话的，譬如说：当今圣明之主在上，你还不出来，安着什么心？罪名是很重的。所以嵇康的朋友向秀本来可以很安心的和嵇康喝酒、弹琴，谈讲庄子、在柳树底下打铁；等到嵇康被杀之后，他反而跑到洛阳去了。文帝挖苦他道：“闻有箕山之志，何以在此？”他只能撒一个谎说：“巢、许狷介之士，未达尧心，岂足多慕？”[③]

当时内战虽然暂时停了，可是各级的统治者虐杀文人的事却常有的。各政治势力的一度消长，便有一批人要牺牲。还有党羽之间，互相凶杀报复的事。做官的滋味，在感觉敏锐一点的人是知道并不好尝的。于是他们就借一些名义来推诿。李密是说他祖母太老了。阮籍要做步兵校尉，可以整天喝酒装糊涂。张翰却说，因为看见西风起了，想起江南莼菜鲈鱼的滋味，要回家去吃。其他“以病免”、“以疾辞”之类，多到不可胜计。其实这些都是遁词。阮籍是把世事看得很清楚的。本传说：“籍本有济世志。属魏晋之际，天下多故，名士少有全者。籍由是不与世事，遂酣饮为常。文帝初欲为武帝求婚于籍，籍醉六十日，不得言而止。钟会数以时事问之，欲因其可否而致之罪；皆以酣醉获免。”张翰也是的，他把官丢了不久，他的上司齐王司马冏便在“八王之乱”中被杀

---

① 见《晋书》卷四九，本传。

② 见《世说新语》卷下之上，页四八。

③ 见《晋书》卷四九。

了。这些事情他是早料到的，然而一时往往不能摆脱。他刚做大司马东曹掾，便对他的老乡顾荣说："天下纷纷，祸难未已；夫有四海之名者，求退良难。"[①] 所谓吃鲈鱼云云，可见得也不过是一句聪明的谎话而已。后人信以为真，那是上了他一个小小的当。

并且一做官，还有许多意想不到的卑鄙行动，那是稍有自尊心的人所不能忍受的。何况魏晋的文人是自尊心最重，感觉最敏锐的——骄傲是自尊心膨胀到别人身上，或者是在不必要自尊的情形之下过分自尊——王羲之做了几年官，精神上苦痛极了，急得在父母坟前立誓不再做官。陶渊明的情形也是相同。实际上是因为不愿意跪拜长官，鞭扑吏民，才把官丢了。但他这样做是会招人非议的，所以他做了一篇《归去来辞》，在序中说，是因为他妹妹在武昌死了，他奔丧，才辞官的。[②] 这和张翰不愿意卷入政治漩涡，却说是想吃莼菜鲈鱼，是同一意思。

上节是说他们的处世，对于人生的态度，因为他们看透了自己对于社会的无能为力，又不愿与社会妥协，于是只好逃避现实，需要刺激，求一时的痛快来沉醉自己。喝酒是一种方法。吃药又是一种。此外是爱好自然界的景物——山水、草木、鸟兽、星辰；[③] 爱好艺术，除了字画以外，音乐和雕塑在这时候特别发达。[④] 中年伤于哀乐，要靠丝竹陶写余情，恐怕不止王（羲之）、谢（安）二人而已！实际上，上面所说到的人，差不多每人都酷好音乐，不仅精于欣赏，并且自己多少是音乐家。嵇康不用说了，从他《琴赋》的序可以知道他的嗜好有多深；他临刑还弹《广陵散》。阮家叔侄（籍、咸）、荀勖、张华，都不

---

① 见《晋书》卷九二，本传。

② 陶潜的《归去来辞》并非弃官时作。《陶集》卷八《祭从弟敬远文》云："余尝学仕，缠绵人事，流浪无成，惧负素志。敛策归来，尔知我意。常愿携手，置彼众意。"可见陶弃官而归，"众意"对他不满，只有这位从弟是他知己。《归去来辞》之作，大抵和前人的解嘲答宾戏之类同一作用。此点前人都未言及。

③ 所以《水经》、《洞冥记》、《竹谱》、《南方草木状》、《禽经》、《星经》一类的书，皆在此时写成。

④ 唐代音乐虽然发达，但唐代受西域胡乐影响太多，当作别论。晋代乐器以中国原有之琴箫为盛。

仅是音乐家，而且是审音家。除了乐器以外，他们还会吹口啸，其中阮籍和孙登是最著名的。他们把人生看得极透彻，但也看得极认真。“生死亦大矣，岂不痛哉!”他们越看见当时名士的脑袋一个个被砍下来，越感得自己生命的可贵。这可贵的生命是很短促，很没把握的，那就不能让它平淡的过去。他们的精神生活要有所寄托，要紧张，要不平凡。这可以说是魏晋人物各种性格的总原因。他们都有宗教的热忱，没有给他们发展的机会，便在别的种种行为上表现一种极端主义。中庸主义的儒家思想，当然要为他们所唾弃的。所以若说旷达，魏晋人物并不。那是晋末六朝的事。旷达是须要修养的，须要相当平静的生活。在乱世中，外界、内心，不断的有刺激来打扰，那是不能叫人修养到旷达的。嵇康虽然做“旷然无忧患，寂然无思虑”，“忘欢而后乐足，遗生而后身存”的文章，但他自己并不能做到那地步。一直要到陶潜的“采菊东篱下，悠然见南山”，才真是“忘欢而后乐足”，“未知明日事，余襟良已殚”，才真是“遗生而后身存”。但陶渊明的思想中已经掺入了儒家的成分。还有一个证据，可以证明魏晋人物并不旷达，便是那时候“游仙诗”特别的多。若是旷达，认清楚生是偶然，死是必然，那就不必在生和死之间这一段通常的生命以外更求超世的神仙生活。只有老陶是了解此理的，所以他说：“我无腾化术，必尔不复疑。”（《形赠影》）“彭祖爱永年，欲留不得住。”（《神释》）从另一方面看，魏晋人物因为不满于现实生活，所以产生理想的乃至幻想的游仙思想，那也不一定比旷达坏。因为旷达多少有点安于现状，有理想总比没有好些。但不要误会，以为我说陶渊明比他们更能“忘欢”、“遗生”，就说他安于现状。其实他是心肠极热，对政治极不满的人；读他的《咏荆轲》，《读山海经》（第十、十一首）诸诗就可以知道。如果他有时安于现状，那现状是经他自己理想化了的。

魏晋风流，大抵如斯：我不想再谈了，虽然还有许多应当要说的，譬如他们的謦咳吐属，清谈妙语。但我想下面说一说从魏晋风流直接产生的中国私家园林。魏晋以前，只有帝王的宫殿苑囿而没有私家园林，上面已经说过。私家园林的起来，最直接的原因是他们对于山水的爱好。间接原因有许多，除了上文已说过受老庄返于自然的思想以外，宗教的影响是最大的原因之一。说到宗教，当时的热忱和欧洲中古时相仿，他们杀身求道的精神，令人起敬得多，满不像现在的和尚，一味和要人来往，开开金刚时轮法会，或者青年会的耶教徒，举行些游艺会联青会之类。即如舍身喂虎、燃臂募化、割股供饥民、吞针劝人、点肉身供佛、剖腹感盗都是寻常的事。我们现在并不赞同这些残害肢体的事，但历史事实也不可抹杀。在道教徒，为要采药炼丹，往往徒步千里，穷搜名山。佛教大师也是的。他们要建立清静梵刹，非到深山去找不可。东南有许多山是他们开辟的。尤其是佛教中禅宗一派，这派的大师多半在深山修行。[①] 既然要入山采药、炼丹或修行，当然不能在山中露宿，不得不在山中建筑房屋。在山中建筑有许多条件：第一得靠近泉水或瀑布，否则在山中要到远处去取水是很困难的。第二得靠近树林，可以就近伐取木材。第三得找到有岩石的地方，因为在山中风雨皆烈，在泥土上盖屋不够结实，易为山洪所冲。土墙也不行，运砖又极费事，若靠近岩石就省事：悬崖可以当壁，又可以避风，凿下碎石来即可砌垣铺路。靠近泉水，靠近树林，又靠近岩石山崖，这地方的风景一定是好的。许多大刹的禅房佛殿，又极讲究曲折幽邃，于是山刹的起来，他本身便成为绝好的园林。《世说新语》云：

> 康僧渊在豫章去郭数十里立精舍。旁连岭，带长川。芳林列于轩庭，清流激于堂宇。乃闲居研讲，希心理味。（卷下之上，页十七）

在北边则有道安，他曾经和竺法汰住在飞龙山，又到太行山、恒山创立寺塔，再到陆浑山修行，以后又派大弟子法汰去扬州，法和入四川立寺讲道。自己带了四百余弟子，到襄阳再建檀溪寺。[②] 他的弟子慧远，跟着他遍历太行、恒山；到襄阳以后，又带了数十弟子南下荆州。这些和尚都是一时知识分子，趣味（taste）极高的人；又都游过名山，选择风景是他们的特长。慧远本来要去罗浮山，但他经过庐山时便舍不得这片清静的诗境了。他是一个最好的园林布置家：

> 远创造精舍，洞尽山美。却负香炉之峰，傍带瀑布之壑。仍石垒基，即松栽构。清泉环阶，白云满室。复于寺内别置禅林。森树烟凝，石径苔合。凡在瞻履，皆神清而气肃焉。
>
> 远闻天竺有佛影，是佛昔化毒龙所留之影，在北天竺月氏国那竭呵城南古仙人石室中，住道收流沙西一万五千八百五十里。每欣感交怀，志欲瞻睹。会有西域道士，叙其光相。远乃背山临流，营筑龛室。妙算画工，淡彩

① 禅宗起源甚早，晋初已有，但未盛行耳。见《高僧传》卷十一。

② 见《高僧传》卷五，《道安传》。

陶写。色疑积空，望如烟雾……（《高僧传》卷六《慧远传》）

在慧远四周，还有许多人，有的帮他建寺，譬如当时浔阳刺史桓伊便是。有的加入他的白莲社，便在庐山各处筑起别墅来。并且因为深识山水之美，以后离开庐山到别处去，便在别处盖起园林别墅来。《莲社高贤传》云：

宗炳，字少文。……炳妙善琴书，尤精元（**玄**）理。殷仲堪，桓玄并以主簿辟，皆不就。刘毅领荆州，复辟为主簿，答曰："栖丘饮谷，三十年矣。"乃入庐山筑室。依远公莲社。……雅好山水，往必忘归。西陟荆巫，南登衡岳；因结宇山中，怀尚平之志。（页一二至二三）

雷次宗，字仲伦。……入庐山预莲社，立馆东林之东。元嘉十五年（**四三五**），召至京师，立学馆鸡笼山。……复征诣京师，筑室钟山，谓之报隐馆。（页二二至二三）

庐山别的和尚，也有只在莲社附近筑茅屋的。但是山水园林的趣味，却因莲社而引起传布。

这类山中的寺观，当然不止庐山一处，在广东虎市山有晋僧律的精舍，[①] 上虞兰风山有葛洪的旧居，[②] 这些都是风景绝佳的地方。其他不详名称的寺观，散见于典籍者还不少：

滱水自倒马关（**今河北唐县西北**）与大岭水合。水出山西南大岭下，东北流出峡。峡右山侧有祇洹精庐。飞陆陵山，丹盘虹梁，长津泛澜，萦带其下。（《水经注》卷十一，页十一）

肥水自黎浆北径寿春县故城东。……西南流径导公寺西。寺侧因溪建刹五层。屋宇闲敞，崇虚携觉（?）也。……肥水西径寿春县西北，右合北溪水。导北山泉源下注，漱石颓隍。水上长林插天，高柯负日。出于山林精舍右，山渊寺左。……溪水沿注西南，径陆道士解南精庐，临侧川溪。（《水经注》卷三十二，页八）

① 《水经注》卷三八，页二一。

② 《水经注》卷四十，页二十。

沮水南径沮县西。……稠木傍生，凌空交合。危楼倾岳，恒有落势。风泉传响于青林之下，岩猿流声于白云之上，游者常若目不周玩，情不给赏。是以林徒栖托，云客宅心。泉侧多结道士精庐焉。（《水经注》卷三十二，页十二）

阳水东径故七级寺禅房南。水北则长庑偏驾，迥阁承阿，林之际则绳坐疏班，锡林闲设；所谓修修释子，眇眇禅栖者也。（《水经注》卷二十六，页十七）

溱水又西南径中宿县会一里水，其处隘，名之为观歧。连山交枕，绝岸壁竦。下有神庙；背河面流，坛宇虚肃。庙渚攒石巉巍，乱峙中川。（《水经注》卷三十八，页二十四）

这些例子都可以证明山中寺观僧舍和园林布置的关系和渊源。但实际上私家园林的起来，比莲社好像还早些。我们现在所最习知的，在北部有河南的金谷园，在江南有会稽的兰亭。假使就拿这两处为中心，我们可以把洛阳的寺宇，归于金谷园这系统之下，因为北魏洛阳的寺宇有许多是当时的权贵舍宅所立，而那些所舍的住宅里面的楼亭布置，当然要受洛阳附近的金谷园的影响的。在南边我们可以把东晋名流的别墅归于兰亭这系统之下，因为参与兰亭盛会的，在财力上，在知识上，在趣味上都是有资格自筑园林的。

先说金谷园：石崇自己作的《思归叹序》和《金谷诗序》，很可以看见当时的盛况。因为别的关于金谷园的材料太少，现在一并录下，以见大概：

余少有大志，夸迈流俗，弱冠登朝，历任二十五年。年五十，以事去官。晚节更乐放逸，笃好林薮，遂肥遁于河阳别业，其制宅也。却阻长堤，前临清渠，百（一作柏）木几于万株，流水周于舍下，有观阁池沼，多养鱼鸟。家素习技，颇有秦赵之声。出则以游目弋钓为事，入则有琴瑟之娱。又好服食咽气，志在不朽，傲然有凌云之操。……（《思归叹序》，《全晋文》卷三十三，页十一）

余以元康六年（二九六），从太仆卿出为使持节监青徐诸军事征虏将军。有别庐在河南县界金谷涧中。去城十里，或高或下，有清泉茂林，众果竹柏药草之属。金田十顷，羊二百口，鸡猪鹅鸭之类，莫不毕备。又有水碓鱼池土窟，其为娱目欢心之物备矣。时征西大将军祭酒王诩当还长安，余与众贤共送往涧中，昼夜游宴，屡迁其坐。或登高临下，或列坐水滨。时琴瑟笙筑，合载车中，道路并作；及住，令与鼓吹递奏。遂各赋诗，以叙中怀。或不能者，罚酒三斗。感性命之不永，惧凋落之无期，故具立时人官号、姓

名、年纪；又写诗著后。后之好事者，其览之哉！凡三十人。……（《金谷诗序》，《全晋文》卷三十三，页十三）

“感性命之不永，惧凋落之无期”，这是世纪末的悲哀。所以他们极度的享乐，极度的颓废。他们的奢侈荒唐，有出乎意料之外的。《晋书》说石崇和王恺斗奢，王恺以粭澳釜，石崇以蜡代薪。王恺以赤石脂泥壁，石崇以椒泥壁。王恺作紫丝步障四十里，石崇作锦步障五十里以敌之。即使我们把“四十里”、“五十里”打几次七折八扣，算他四里五里，也已经够荒唐了。《世说新语》有一条骇人听闻的记载，但以当时人放诞纵欲而论，多半是可信的：

石崇每要客宴集，常令美人行酒。客饮酒不尽者，使黄门交斩美人。王丞相与大将军尝共诣崇，丞相素不能饮，辄自勉强，至于沉醉。大将军固不饮，以观其变。已斩三人，颜色如故，尚不肯饮。丞相让之，大将军曰：“自杀伊家人，何预卿事？”（卷下之下，页三十二）

和石崇同时游宴的都是一时要人，这种风气是很容易传布的。陆翙《邺中记》所载石虎的园林，其奢侈更甚于金谷。《洛阳伽蓝记》中有许多庙宇都是显宦舍宅所立，可以见得他们的住宅已很擅园林之胜：

建中寺：本是阉官司空刘腾宅。屋宇奢侈，梁栋逾制。一里之间，廊庑充溢。堂比宣光殿，门匹乾明门。博敞宏丽，诸王莫及也。（卷一，页八）

这不过是说他屋宇众多，宏大美奂而已，还没说到园林。但下面一段，可以说是中国初期私家园林中最详尽的记载：

敬义里南有昭德里。里内有……司农张伦等五宅。……惟伦最为奢侈：斋宇光丽，服玩精奇；车马出入，逾于邦君。园林山池之美，诸王莫及！伦造景阳山，有若自然。其中重岩复岭，嵚崟相属。深溪洞壑，逦迤连接。高林巨树，足使日月蔽亏；悬葛垂萝，能令风烟出入。崎岖石路，似壅而通；峥嵘涧道，盘纡复直，是以山情野兴之士，游以忘归。（卷二，页七）

在这些山情野兴之士中间，有一位能文的姜质志，（一作姜质）写一篇《亭山赋》，描状这园子的风景，也是很重要的记载：

……尔乃决石通泉，拔岭岩前。斜与危云等并，旁与曲栋相连。下天津之高雾，纳沧海之远烟。……

若乃绝岭悬坡，蹭蹬蹉跎；泉水纡徐如浪峭，山石高下复危多。五寻百拔，十步千过：则知巫山弗及，未稔蓬莱如何？其中烟花雾草，或倾或倒；霜干风枝，半耸半垂。玉叶金茎，散满阶墀。……羽徒纷泊，色杂苍黄，绿头紫颊，好翠连芳。白鹤生于异县，丹足出自它乡：皆远来以臻此，借水木以翱翔。……（卷二，页七）

这篇赋中其余许多铺张夸美之词，上面引时都已略去。但此文可以补羊炫之记载的不足，譬如文中说园里有禽羽，即是上文所无的。这园中既有"高林巨树，足使日月蔽亏"，可见这园很有历史，树木不是一时所能长大的。大抵是前人旧园。不过到张伦时才加以修筑扩充罢了。

其他以私家而有园林的，《伽蓝记》所载都是一时王公贵族。因为北魏比较有一时的安宁，承平日久，大家就争尚山水之好。

于是帝族王侯外戚公主，擅山海之富，居川林之饶。争修园宅，互相夸竞。崇门丰室，洞户连房。飞馆生风，重楼起雾。高室芳树，家家而筑；花林曲池，园园而有。莫不桃李夏绿，竹柏冬青。而河间王琛最为豪首，常与高阳争衡。……造迎风馆于后园。窗户之上，列钱青琐。玉凤衔铃，金龙吐佩。素柰朱李，枝条入檐；伎女楼上，坐而摘食。……琛忽谓章武王融曰："不恨我不见石崇，恨石崇不见我。……"

经河阴之役，诸元歼尽。王侯第宅，多题为寺。寿邱里间，列刹相望。祇垣郁起，宝塔高凌。四月初八日，京师士女，多至河间寺。观其殿庑绮丽，无不叹息。以为蓬莱仙室，亦不是过。入其后园，见沟渎蹇产，石磴嶕峣，朱荷出池，绿萍浮水；飞梁跨阁，高树出云。咸皆唧唧。虽梁王兔苑，想之不如也。（卷四，页七—九）

从这条记载，可以知道：第一，他们互相竞争园林之胜，大都是受石崇的影响。第二，这时宅第和园林分开，所以有"入其后园"之语。第三，这时已有初步的叠石。第四，这时有“飞梁跨阁”的建筑，不知是不是现在南边园林中的“桥亭”？如果是的，那是很难得的记录，因为这种建筑在北边很少，北京只有颐和园有一个桥亭。（也许私人园林中尚有，我们不知道。）

《伽蓝记》中还有不少关于园林的记述，但这几条是最重要的。有许多庙宇，即使不是由私宅改建，也都雅擅园林之胜。因为那些庙宇大都是王公贵族所建，其作用和现在要人们的别墅差不多，专为游观休息的。有些庙宇西晋时就有（如宝光寺即石塔寺）。可以想到西晋的庙宇也一定有美好的园林风景。

《伽蓝记》所述寺观毕竟都在城市里或近郊，还不在真山真水之中。真正在自然中建设园林的，北魏有冯亮和茹皓。

《魏书·逸士冯亮传》云：

> 冯亮，字灵通，南阳人。萧衍平北将军蔡道恭之甥也。……隐居嵩高……亮既雅爱山水，又兼巧思，结架岩林，甚得栖游之适。颇以此闻。世宗给其工力，令与沙门统僧暹，河南尹甄琛等，周视嵩高形胜之处，遂造闲居佛寺。林泉既奇，营制又美，曲尽山居之妙。

《魏书·恩倖茹皓传》云：

> 茹皓，字禽奇，旧吴人也。……皓性微工巧，多所兴立，为山于天渊池西，采掘北邙及南山佳石，① 徙竹汝颖，罗莳其间，经构楼馆，列于上下，树草栽木，颇有野致，世宗心悦之，以时临幸。

至于南朝的园林，可以拿兰亭做一个代表。兰亭盛会中的领袖王羲之，当时人是把他比之石崇的。《兰亭集》中所作的诗，传于今者有王氏父子、谢安兄弟、孙绰等二十六人的作品。② 而王氏的好友李充、许询尚不见作品，那多半是失传了。这些人大都爱好山水，多半是有别墅的。《晋书·王羲之传》云：

> 羲之……初渡浙江，便有终焉之志。会稽有佳山水，名士多居之。谢安

---

① 由此条可知宋人米芾爱石，徽宗兴“花石纲”之役，乃是由茹皓的先例所引起的。

② 见《全晋诗》卷五。

> 未仕时亦居焉。孙绰、李充、许询、支遁等皆以文义名世。并筑室东土，与羲之同好。

这些人所建筑的“室”规模如何，因为没有记载，很难查考。惟有《世说新语》（卷上之上页四四）注引孙绰《遂初赋叙》云：“余少慕老庄之道，仰其风流久矣。却感于陵贤妻之言，怅然悟之。乃经始东山，建五亩之宅。带长阜，倚茂林；孰与坐华幕，击钟鼓者同年而语其乐哉！”从这寥寥数句，可知江南名士的别业和北部的园林建筑是大不相同的，他们比那些富贵气扑人的石崇之流更懂得自然之美。依此类推，其余诸人的园林大概也不外如此。

稍后一点的谢灵运也是一个游宴的领袖，和他同游的有他族弟惠连、何长瑜、荀雍、羊璇之、王弘之、孔淳之诸人。《宋书》本传云：“灵运父祖并葬始宁县。并有故宅及墅，遂移籍会稽，修营别业。傍山带江，尽幽居之美。”但这些别墅的内容建筑是怎么样的，颇费悬测。他的诗中虽然偶而说到，但也只是一些很模糊的印象：

> 中园屏氛杂，清旷招远风。卜室倚北阜，启扇面南江。激涧代汲井，插槿当列墉。群木既罗户，众山亦对窗。靡迤趋下田，迢递瞰高峰……（《田南树园激流植援》）
>
> 跻险筑幽居，披云卧石门。苔滑谁能步，葛弱岂可扪？……俯濯石下潭，仰看条上猿……（《石门新营所住四面高山回溪石濑茂林修竹》）

但谢灵运是很富有的，我们可以知道他的别墅一定要比“五亩之宅”的好些。本传又说他：“奴童既众，义故门人数百，凿山浚湖，功役无已。”可以想见他的经营园林，规模是像样的。《南史》本传录存他的《山居赋》“并自为注”，可参看。

《晋书·王献之传》还说到苏州顾辟疆的园子很有名。但这园子究竟是怎么建筑，有些什么，却全无可查。

在南朝，因为没有记载园林或庙宇的专书，材料颇不集中。但从散见于史籍的一鳞半爪看来，当时名流的宅第也很讲究园林，虽然在气概上毫无问题没有北魏王公的园林伟大华丽。江南山水复窴幽美，别业大都是依山傍水而筑，可以不必大兴土木，便能延致自然之美。大抵北部的园林以楼台建筑胜，江南则以丘壑点缀胜。在北部，只有王公贵族才有资格有能力建筑园林。在江南则不然，陶渊明穷到向人乞食，饿得好几天不能起床，然而他还有“方宅十余亩，草屋八九间，榆柳荫后檐，桃李罗堂前。”（《归园田居》）还有“花药分列，林竹翳如。”（《时运》）这种清福是北部的平民所不能享的。还有因气候和土质的关系所种的植物也不同，北部多种松柏，江南则多竹菊。这也影响到园林建筑，和松柏相配的建筑自必浑雄壮大。以竹菊点缀的便较幽雅清秀。他们对于园林之好的旨趣也不同。北部园林中的主人穷奢极欲，正是富贵气极重的享乐，江南人士却以园林作为退隐的处所。他们说：“朱门何足荣，未若托蓬莱。”“结庐在人境，而无车马喧。”北部的园林中有的是歌舞女乐，椒房崇台，而江南名士的园宅则“门无乱辙，室有清弦。”就拿金谷的豪华，来比兰亭的并无丝竹管弦之盛，只有“一觞一咏”，便可以看见两种全不相同的风趣了。

这篇文字原意是要考证私家园林的起源，因为要说到这个问题，非连带说明魏晋的人物的性格思想不可，便写成这样一篇东西。魏晋是一个极有趣味的时代，当时人的性格有许多和现在的国人很相像。近来治中国史者好弄古史，始者非三代两汉之书不敢读，今则非钟鼎甲骨之文不足贵矣。但我想魏晋这时代是很重要的。尤其是在了解现在中国人的性格上，了解唐以后各时代的文化上。这时代可以说是从古代中国到近代中国文化上的一个转折点。现在是又要转到另外一个新时代的关键了。关于近人研究这时代的著作我还只见过鲁迅先生一篇论魏晋文学及药酒的讲稿，此外没有了。我希望我的文章能引起当代学者的兴趣，整理一下中国艺术史的部分，虽然我是做得那样简陋潦草。

一九三四年四月十三日写完记。在燕大图书馆

原载一九三四年《学文》月刊第二期

附记：最近见到《后汉书》卷三十四《梁统传》（附梁冀传）的一段记载，其中说到梁冀“广开园囿……殆将千里”，如无夸张，当然要算园林。又，他当时的地位，实已超过帝王，恐怕在西汉的梁王也不如他。梁传文字如下：

冀乃大起舍第，而寿亦对街为宅，殚极土木，互相夸竞。堂寝皆有阴阳

奥室，连房洞户。柱壁雕镂，加以铜漆。窗牖皆有绮疏青琐，图以云气仙灵。台阁周通，更相临望。飞梁后蹬，陵跨水道。……又广开园囿，采土筑山。十里九坂，以像二崤。深林绝涧，有若自然，奇禽驯兽，飞走其间。……又多拓林苑，禁同王家，西至弘农，东界荥阳，南极鲁阳，北达河淇，包含山薮，远带丘荒。周旋封域，殆将千里。又起菟苑于河南城西，经瓦数十里。发属县卒徒，缮修楼观，数年乃成。

一九八三年十月

选自《罗音室学术论著》，社会科学文献出版社，1996

永明声病说

郭绍虞

一　声病说之由来

假使我们追溯声病说的渊源，必须分别韵文与非韵文的体制。在当时，有有韵之“文”与无韵之“笔”二种分别，所以当时永明体对于声病说的应用，也有韵文与非韵文两方面。

由非韵文言，则声病说为人为的声律，而此人为的声律所以能够逐渐完成者，实在是从自然的音调逐渐演变，逐渐蜕化而成的。前几年，在一九二八年时，我在《文气的辨析》一文中即已说明此意。大旨是说：“古文家之所谓文气，与骈文家之所谓声律，有同样的性质，至少有一部分属同样的性质。”因此，我又说：“古文家之所谓文气，近于自然的音调，而骈文家之所谓声病，则属人为的声律。”固然，所谓自然的音调，并不限于非韵文的方面；然而文气之说，原来确是指非韵文说的。从这一点讲，我们以为永明体的声律问题，即是昔人气势之说的转变。所以陆厥《答沈约书》说：“刘桢奏书，大明体势之致。”

我在《中国文学批评史》上册（一四四页）[①]中也已说过：“沈约音律说的原理，是在于‘宫羽相变，低昂舛节’。这‘宫羽相变，低昂舛节’的主张，固不能算是他的独得之秘。……但是本于这个原则而规定种种条件，以为遵守之定律者，则实肇端于沈约。”盖沈约所言“宫羽相变，低昂舛节”的理论，原也符合于自然的音调。这与钟嵘所言“清浊通流，口吻调利”，也可说没有什么不同。然而他既规定条律，“务为精密”，以使“襞积细微”，“文多拘忌”，则不能不说是人为的声律了。所以司马相如所谓“一宫一商”，陆机所谓

---

① 新中国成立前商务印书馆版。

“音声迭代”，与魏文之以清浊为言，刘桢之明体势之致，都指的自然的音调，都只能言其然而不能罗举其条例。因知，陆厥《与沈约书》谓“历代众贤似不都谙此处”，实在未曾搔着痒处。

以上是说文气与声律之关系。

若由韵文言，则声病说全属于文字的音节，与普通诗歌中所表现的语言的音节又不相同。我在《文气的辨析》一文中又曾说过：“骈文家之讲究声病，不外利用文字的特点，以完成人工的声律。古文家之好论文气，也不外利用语势之灏瀚流利，以自然的音调见长。……声律所以成文字的美，气势所以显语言之长。”这一节话，虽仍是指非韵文言，然而我们须知即就韵文的音节而论，实在也有语言的与文字的分别。“由中国语言文字之特性而言，其最与音节有关者，即为双声叠韵与平仄问题，此二者互有关系亦互为消长，其近于语言之自然的调协者则双叠之关系为多，适宜于文字的运用而属人为的组合者则平仄之关系为多。所以最初是双声叠韵的时代而后来便成为平仄的时代。”这是我在《中国诗歌中之双声叠韵》一文所说的话。到现在，我仍是这样主张。盖永明体的声律问题，是以平仄四声为中心，所以对于双声叠韵之非连语的复用，反而要避要忌。这正因双声叠韵适合于语言的自然的音调而平仄四声适合于文字的人为的声律底缘故。

大抵沈约之《四声谱》，所以矜为“独得胸衿穷其妙旨”者，一方面固是文词声律的问题，另一方面实更是文字学音韵学上的新发明。陈寅恪的《四声三问》一文以为“中国文士依据及摹拟当日转读佛经之声，分别定为平上去之三声。合入声共计之，适成四声，于是创为四声之说”。而“南齐武帝永明七年二月二十日，竟陵王子良大集善声沙门于京邸，造经呗新声，实为当时考文审音之一大事”。所以谓“四声说之成立，适值南齐永明之世，而周颙、沈约之徒又适为此新学说之代表人”（此文见《清华学报》九卷二期）。案古人论音只有长言短言之别。顾炎武《音论》谓“长言即今之平上去声，短言即入声”，那么声调之分昔人早已见到。何况古代经师还有一字两读之例呢。所以，陈氏谓平上去三声实依据及摹拟中国当日转读佛经之三声固极有理，但只能说是受转读佛经的启发才完成这个文字学音韵学上的新发明。在当时，文字之审音既密，而文学又走上骈俪的道路，则由形的对偶进一步到音的配合，以成为“宫羽相变，低昂舛节”的音节，也是当然的事情了。既欲成为“宫羽相变，低昂舛节”的音节，则对于双声叠韵之间用杂用，当然非避忌不可。所以平仄四声之说既起，实在是走上了偏重文字的音节底道路。

以上又是说语言音节之调协与文字音节之调协各有分别。所以有的文学批评史中仅根据我所说的文气与音律底关系以说明声病说底由来，仍不足以解决这全部的问题。

二 永明体的特点与声病说的内容

严羽《沧浪诗话》之论诗体，谓以时而论则有“永明体”、“齐梁体”诸称。其注永明体谓“齐年号，齐诸公之诗”；注齐梁体谓“通两朝而言之”。似乎永明体与齐梁体的分别，仅仅只是时代的关系。实则，所谓永明体者，系指其诗中声律的特征而言，称齐、梁体者，又就其绮艳及咏物之纤丽而言（见姚范《援鹑堂笔记·格诗条》）。这点《南史·陆厥传》说得很明白。他说：“永明时盛为文章，吴兴沈约，陈郡谢朓，瑯琊王融以气类相推毂，汝南周颙善识声韵。约等文皆用宫商……不可增减，世呼为永明体。”则知所谓永明体者正指当时新起的符合声律的诗体而言，正指当时沈约一辈人的作品而言。这与“建安”、“黄初”、“正始”、“太康”、“元嘉”诸体显然不同。所以我们考查永明体的特征，便应注意声病的方面，而论到声病的问题，更须研究永明的诗体。

那么所谓永明体的声律，其中心问题又何在呢？曰：此即所谓四声八病者是。《陆厥传》中也曾说过：“约等文皆用宫商，将平上去入四声，以此制韵，有平头、上尾、蜂腰、鹤膝，五字之中音韵悉异，两句之内角徵不同。”这一节解释很为明晰。平上去入是当时新发明的四声问题，平头、上尾、蜂腰、鹤膝又是八病中最重要的四病。能够这样讲究声病，当然能符合“宫羽相变，低昂舛节”的原则。

至当时对于这种原则底说明，在沈约所提出的则称之为“声”与“病”，在刘勰所说明的则称之为“韵”与“和”。四声的作用固亦有关于病的方面，然而更重要者在于韵的分析。刘勰所谓“同声相应谓之韵”，即指此而言。这是永明体的条件所谓“以平上去入为四声，以此制韵，不可增减”者是。四声之辨虽始于周颙，而四声之制韵，与应用于文辞，则至沈约而始定。八病的作用则又是和的问题。避忌同韵，避忌同纽，以及避忌同声与同调，所以这又是刘勰所谓“异音相从谓之和”的意思。这与永明体的条件所谓“五字之中音韵悉异，两句之内角徵不同”者亦正相符合。宫商之论虽发自王融，而八病之规定，则亦至沈约始举出具体的条目。所以齐梁之声律实创自沈约而刘勰和之。

钟嵘《诗品序》云："昔曹、刘殆文章之圣，陆、谢为体贰之才，锐精研思，千百年中，而不闻宫商之辨，四声之论。"他虽不赞成声病之说，然而他以宫商与四声对举而言，却正说明了"声"、"病"与"韵"、"和"的问题。叶韵取其同声相应，摛辞取其异音相从，所以四声之论是叶韵的问题，而宫商之辨是摛辞的问题。能这样二者兼顾，才尽声律之能事。所以声病与韵和，实是同一事物之异称。不过一从条目言，故说得具体；一从原理言，故较为抽象而已；又一从消极言，故称之为病；一从积极言，故称之为和而已。《文镜秘府论·论病》于鹤膝病下引沈约（一误作玉）东阳著辞云："若得其会者，则唇吻流易；失其要者，则喉舌蹇难。"这几句话，不即是对于"和"的诠释吗？冯班《钝吟杂录》说得更好："沈侯云：'一简之内音韵尽殊，两句之中轻重悉异。'详此则八病俱去，亦不在曲折分其名目也。"可知只须异音相从，便不必拘泥于"病"的名目；而能够避免了诸种病犯，当然也即解决了"和"的问题。

三 关于韵的四声

近人每谓"上古之时音韵重浊，无四声之分，故叶韵未区平仄……至齐梁之间始有四声之说"（刘师培《中国文学教科书》）。实则四声虽定于永明，而不必永明以前定无此分别。邹汉勋《五均论（上）》谓"阴阳上去入可约为三音"，则是四声以前原有三声。这固然只是彼一家之言，未为定论。然而韩非《外储说》已有徐呼疾呼之语，《淮南》高诱注有缓气急气之分，《公羊》何休注亦有长言短言之别，则是昔人发音审调，原有分别。所以李登《声类》、吕静《韵集》可为声学之祖。因知陈寅恪所谓四声由于摹拟转读佛经之三声，亦只四声成立之最近的原因。而且，就古诗通韵之例而言，不仅是平上去三声的关系。如《关雎》之"芼"、"乐"则去入为韵，《行露》之"家"与"角"、"屋"、"狱"、"足"则平入为韵，《谷风》之"慉"、"雠"、"售"、"鞠"、"覆"、"育"、"毒"则平去入通韵，《鸱鸮》之"子""室"则上入为韵，顾炎武《音论》之论江左之文，谓"自梁天监以前多以去入二声同用"。则知入声原与三声通叶，而转读佛经之三声，影响到四声问题者，也不过是一部分的原因了。由前一义言，则是永明以前已有声调的分别；由后一义言，则是当时之四声问题，本是语音中所固有。孔广森《诗声类》谓"入声创自江左，非中原旧韵"，固不尽然，要之最初带有塞声随"复辅音"的入声已有大部分蜕变为平上去三声，则是事实。盖四声之分别，虽有赖于专门学者之研析审辨，然而最重要的条件，必须是当时的语音已有或本有这些标准。当时或以前的语音已有这些分别的标准，然而始终只听到一些抽象的“一宫一商”之论，或空泛的“音声迭代”之说。始终不曾走上人为的声律，以平上去入四声制韵者，那又是什么关系呢？难道仅仅是上文所说的非韵文与韵文底关系，语言的音节与文字的音节底关系吗？我们更须知四声之应用于文辞韵脚的方面，实在另有其特殊的需要。这特殊的需要，即是由于吟诵的关系。吟诵，则与歌的音节显有不同，而用韵也更有分别。自诗不歌而诵之后，即逐渐离开了歌的音节，而偏向到吟的音节。于是，长短句的体制觉得不甚适合了；于是对于韵的分析也不得不严了。此意，在顾炎武《音论》，江永《古韵标准例言》中均曾说过：顾氏谓“古之为诗者主乎音者也；江左诸公之为诗，主乎文者也。文者一定而难移；音者无方而易转”。他所谓“音”，即是歌的音节；所谓“文”，即是吟的音节。吟的韵须分析得严，故一定难移；歌的韵可随曲谐适，故无方易转。所以江氏谓“如后人诗余歌曲，正以杂用四声为节奏，诗歌何独不然”。在四声分别既已明晰之后，而词曲用韵尚且可以平仄互叶，那么推知四声分别以前，尽管在语音方面已有声调之殊，而诗歌用韵，却并不欲其分别之严。所以当时四声之分，虽是音韵学上的事情，而永明体却利用之以定其人为的声律者，正因当时之诗重在吟诵而不重在歌唱的缘故。杨慎之解“韵”、“和”，乃谓“宋词元曲皆于仄声用和音以叶平韵，盖以平声为一类，而上去入三声附之。如‘东’、‘董’是和，‘东’、‘中’是韵也”。此则未免近于曲说了。

我以为假使明白自然的音调与人为的声律之分别，那么陆厥与沈约之争论可免；假使明白语言的音节与文字的音节之分别，那么钟嵘与沈约之争论也可以免；假使明白歌的音节与吟的音节之分别，那么甄琛与沈约之争论，更可不烦言而自喻。

四　关于和的八病

何以要注意到和的问题呢？因为永明体与古体不同之最显明的一点，即在于篇幅的简短。这在王闿运《八代诗选》所定的新体诗很可以看出。由于篇幅之短，所以不能讲气势，不需要自然的音调，也不适于语言的音节。于是有许多在古诗不成问题者，在永明体便成为问题。我们只看杜甫的《北征》诗“靡靡逾阡陌，人烟渺萧瑟”，及“经年至茆屋，妻子衣百结”，“老夫情怀恶，呕泄卧数日”，“那无囊中帛，救汝寒凛慄”诸句，句末均用入声；又如《彭衙行》“忆昔避贼初，北走经险艰”，“参差谷鸟吟，不见游子还”，“遂令所坐堂，安居奉我欢”诸句，句末均用平声。这都是八病中间最忌的上尾病，而在明白四声分别的唐人，其做古诗犹且如此，则永明以前更不必论了。盖篇幅阔大，气势灏瀚，则如长江黄河泥沙俱下，纵有病犯，不足为疵。若令短篇如此，便能令声调不响，气体卑弱；因为小溪小涧中，只宜清澈见底，浑浊便生厌了。所以讲到和的问题，我们更须分别长篇的音节和短篇的音节之不同。

王通《中说·天地篇》之称李伯药说诗，已有“上陈应、刘，下述沈、谢，分四声八病，刚柔清浊，各有端序”之语。阮逸《注》谓：“四声韵起自沈约，八病未详。”而严羽《沧浪诗话》论诗体亦有四声八病之目。其自注云：“四声设于周颙，八病严于沈约。”此二说正相反背，一以为沈约创四声而不言八病，一以为沈约严八病而未定四声。实则四声八病，在唐人旧说中均以为是沈约所定。卢照邻《南阳公集序》云：“八病爰起，沈隐侯永作拘囚；四声未分，梁武帝长为聋俗。”皎然《诗式》亦云：“沈休文酷裁八病，碎用四声。”这都是唐人旧说。然而近人每疑八病非沈约所定，则以（一）《南史·陆厥传》只举了四种，并未全举。（二）沈约于四声有谱而八病无说，所以后人解释，遂多附会，实则《陆厥传》所举四种，本是八病中最重要的四病。其余四病，《文镜秘府论》本已说过：“但须知之，不必须避。”则当然可以不举，并不是原无其目。而且沈约虽不曾解释八病，然而却讲到八体。其《答甄公论》云：“作五言诗者，善用四声，则讽咏而流靡；能达八体，则陆离而华洁。”而魏常景《四声赞》亦有“四声发彩，八体含章”之语（均见《文镜秘府论·四声论》引）。则知八病之称或者原名八体。观《南史·陆厥传》，“有平头上尾蜂腰鹤膝”一语，于“平头”诸名上冠一“有”字，则似乎与其称之为“病”，还不如称之为“体”。或者八体八病当时本有此异称，而后人以好讲病犯，遂只知八病而罕言八体了。①

① 八病与八体之说，有人以为八体应指《文心雕龙·体性篇》所举之八体，与八病无关。案《文心雕龙》所论，包括诗文，而沈约所言，则明明冠以“作五言诗者”五字，假使牵涉到刘勰所举的八体，我真不知如何才能解释得通。常景之题明言是《四声赞》，我也不理解如何才能与《体性篇》之八体发生联系。所以现在依旧用此假设。盖从消极讲则称之为病，从积极讲则称之为体。

不过八病虽定于沈约，而后人对于八病之解释实太混乱，所以对此问题还得仔细考究。我们对此问题，必须认清楚这是永明体的声律。永明体的声律是古诗转变到律诗的枢纽。所以在他前，不能以古诗的音节来解释永明体；在他后，也不能以律体的音节来附会永明体。可是，我们假使细考昔人的诠释八病，便觉得不是移前以古诗的音节来解释，便是移后以律体的音节去附会。对于永明体的声律似乎总觉得隔一层。

周春《杜诗双声叠韵谱括略》中解释沈约《宋书·谢灵运传论》关于声律的主张，以为双声叠韵的配合对偶，即是和的问题。于是谓“宫羽相变者，指母而言，即双声也；低昂互节者，指韵而言，即四声也。若前有浮声者，谓前有双声叠韵也；则后须切响者，谓下句必再有双声叠韵以配之也。一简之内音韵尽殊者，谓双声叠韵对偶变换也；两句之中轻重悉异者，谓平上去入四声调谐也”。此论极谬。诗中之用双声叠韵，说得早些，则《三百篇》与《楚辞》固已有之；说得后些，则杜甫近体律诗中亦屡屡用之，何足以见永明体声律之特质。至如时人之双声语与王融诸人之双声叠韵诗，则属一时游戏之作，正与后世皮日休、陆龟蒙唱和之作同例。所以选和之宜避双声叠韵，正是当时永明体应有的条件。永明体之考究声律，固不必避双声叠韵的连语，但除连语之外，则凡同声同韵者正以避去为宜。避去之，才是所谓“音韵尽殊”。因为这是双声叠韵之间用杂用，是隔字，是杂句，是所谓“双声隔字而每舛，叠韵杂句而必睽”者，所以永明体的声律欲避双声叠韵者以此。我尝以为《诗经》、《楚辞》之用双声叠韵妙合自然，纯属天籁。杜律之用双声叠韵，以病对病，因难见巧，则是人籁。至于永明体则既不能利用语言中的双声叠韵重复累用，以成一片宫商，而同时律体未定，当然更不能以病对病，以巧为运用文字上的双声叠韵之组合。所以双叠在永明体的五字十字之中实在是病，实在是应当避忌的。钱大昕《潜研堂文集》中说得好：“汉代词赋家好用双声叠韵，如‘滭浡滵汩，偪侧泌瀄’、‘蜚纤垂髾’、‘翕呷萃蔡’、‘纡余委蛇’之等等连篇累牍，读者聱牙。故周沈矫其失，欲令一句之中平侧相间耳。”（见《音韵答问》卷十五）此说最为通达。双声叠韵底过度滥用，真足为行文之疵。何况这是文字的音节，何况这是吟的音节，何况这更是五字十字的音节呢！

周氏之弊，在以古诗之音节解永明体之声律。至此外诸家所言，自日人遍照金刚之《文镜秘府论》、《文笔眼心抄》，伪托魏文帝之《诗格》以及李淑之《诗苑类格》，伪托梅圣俞之《续金针诗格》，下逮魏庆之之《诗人玉屑》，王世贞之《艺苑卮言》及近人刘大白之《旧诗新话》等等，有些固是保存旧说，但有些却不免泥于律体妄作揣测。所以歧解纷纭，莫衷一是。至清代吴镇所著之《八病说》（载《松花庵全集（中）》）索性“专以绳律”，则更与永明体之声律不发生关系。此等解释既不尽可靠，即有批评也不得要领。因为他们大半是根据律体的规律来探索永明体的声律的。

那么怎样站在永明体的立场以考究八病呢？这有几点应当注意。

第一点，我们且慢批评，不要管八病是不是弊法，是不是拘滞，或是不是谬妄，以及是病不是病。无论如何，（一）先得承认这是永明体的声律。若由古诗或律诗的声律言之，则八病也许是弊法，是拘滞，是谬妄，或者根本不是病，而在永明体的声律言之，却不妨有这些不甚合理的弊法。（二）更得承认这是利用文字之单音与孤立所形成的声律，这是文字的声律之第一步的考究，这是律体未定以前的声律说。因此，纵使拘滞或谬妄，也有可以原谅的地方。我们考究八病，不是批评八病，也不是为八病辩护，我们只想说明“古”、“律”之间的一段声律的问题。

然则沈约自己的诗何以多不合八病的规定呢？于是第二点更须注意：（一）当时的诗有新体旧体二种，沈约所撰，有时做旧体有时做新体，若本他所做的旧体诗而核以新定的声律，当然有合有不合。所以我们必得如王闿运《八代诗选》之分别古诗与新体诗才能了解永明体的声律。（二）新体初起尚未确定，偶有出入原不足怪，这和唐人律诗一样，即在沈、宋以后，也有不完全遵用者。即如四声问题，早为后人所采用，而顾炎武《音论》尚且说天监以前，永明以后，去入仍有混用的地方。那可知泥于八病之解释以核沈约诸人之作，本来应有未必尽合的地方。（三）何况八病之中有轻有重，其避忌有严有不严，其应当避忌之处也有急有缓，若以不必定避之病，议沈约矛盾自陷之失，也何得谓平！（四）沈约所作本有早年晚年之别，当时的新体诗，正在试验期间，其体屡变，直至永明之际方才渐趋固定。所以甄琛以其少时文咏犯声处以诘难之（见《文镜秘府论·四声论》），本属不甚公道。因此，即就沈约的新体诗而言，也应一考其是否在永明体成立以后之作，至少也应根据铃木虎雄的《沈休文年谱》，择其考定诸诗而属新体者，才可以八病绳之，否则无论如何诘难，如何怀疑，沈约也不任其咎的。我们知道天监以前去入之辨未严，却不以此怀疑到沈约的四声之论。何独于八病而疑之！

最后讲到第三点，即是八病的性质问题。窃以为（一）八病应分四组。平头上尾为一组，蜂腰鹤膝为一组，大韵小韵为一组，旁纽正纽又为一组。平头上尾是同声之病，蜂腰鹤膝是同调之病，大韵小韵是同韵之病，旁纽正纽是同纽之病。细目有八，大别则四，这在我的《中国文学批评史》中也已说过。假使不认清这四组的分法，对于其他诸病，尚无困难，对于解释蜂腰鹤膝便容易错误了。（二）于四组之中更应分为二类，即平头上尾蜂腰鹤膝是就两句的音节言的；（蜂腰鹤膝虽不一定是两句的音节，但决不能说仅是“五字内之疵，两句中则非巨疾”，所以与韵纽四病的性质不同。）大韵小韵旁纽正纽是就一句的音节说的。以其就一句的音节而言，所以在两句中就比较宽些，不为病累。因此，可知《南史·陆厥传》所以只举平头上尾蜂腰鹤膝四种之故。因此，也可知《文镜秘府论》所以谓大韵小韵旁纽正纽四病但须知之，不必须避之故。《文镜秘府论》引刘氏说云：“韵纽四病皆五字内之疵，两句中则非巨疾。”此真一针见血之谈。据储皖峰言刘氏即刘善经，则刘氏为隋时人，他所说的是当时事实。所以如本此说以读沈约《宋书·谢灵运传论》中“一简之中音韵尽殊，两句之内轻重悉异”二语，与《南史·陆厥传》中“五字之中，音韵悉异，两句之内，角徵不同”二语，则可知“音韵”二字，真应当如邹汉勋《五韵论》所讲，谓为纽与韵的问题，而这纽与韵的问题也只能是一句内的问题。同时，更可知“角徵”二字也应如《五韵论》所解，以商角为阴阳平，徵羽为去入，各为一类，而轻重二字也应如蔡宽夫、仇兆鳌诸人之说以清浊平仄当之。而这角徵轻重之不同，又是两句内的问题。

五　论平头上尾

平头上尾是指两句五言诗句头句尾同声之病，此二病，自来解释者大致不误，不过小有出入。

论“平头”，有与声律无关者，这是徐文弼《诗法度针》所举之又一说。他以“四句叠用四物与四古人在句首者亦是平头。”此只是修辞用事之例，可置不论。其就声律言而限制过严者，或以为句首二字并是平声（伪托魏文帝《诗格》），或以为句首第一字同声韵（沈道宽《六义郛郭》），或以为句首二字同声同韵兼防正纽（吴镇《八病说》），这些都未得要领。《文镜秘府论》谓“第一字不得与第六字同声，第二字不得与第七字同声。同声者不得同平上去入四声”。此说较古，也较近理，所以后人解释大率遵用。此说即为律体调协平仄的滥觞。所以永明体于此病犹不完全遵守，而律体既定之后此病也当然能免了。《文镜秘府论》引或曰云：“上句第一字与下句第一字同平声不为病，同上去入声一字即病。若上句第二字与下句第二字同声，无问平上去入皆是巨病。”又“引沈氏云：‘第一第二字不宜与第六第七同声，若能参差用之则可矣。’谓第一与第七、第二与第六同声，如‘秋月’、‘白云’之类即高”。此类解释，都是在律体既行之后。

论上尾病，亦有与声律无关者，如《诗法度针》以杜甫《秋兴》诗“降王母”、“满函关”、“开宫扇”、“识圣颜”为犯上尾便是。此外如《史通》以梁武“得既自我，失亦自我”二语为犯上尾，则似指复字，亦可不论。大抵上尾之病比较最严，故诸家歧说亦最少。自《文镜秘府论》以后诸书，都以为是“第五字与第十字同声为犯上尾，惟连韵者非病”。而齐梁以来之诗亦罕有犯此病者。待到律体既定则更无犯之之理。沈约所谓前有浮声则后须切响，当即指此。邹汉勋《五韵论》解《南史·陆厥传》“两句之内角徵不同”二语，谓“犹言两句住句之字一平一仄耳”。大体不误，然尚有可商者二事：（一）此文所称两句之内的角徵不同并不专指上尾之病；（二）即就上尾而言，永明体之浮声切响，也不必定指平仄。盖永明体避上尾之病不是平仄相间，而是指平上去入四声之相间。这也是永明体与律体不同的地方，而后来律体之研顺声势调协平侧却正从此出。

此二病与律调最有关系，所以《史通·杂说》言：“自梁室云季，雕虫道长，平头上尾，尤忌于时。”

六　论蜂腰鹤膝

蜂腰鹤膝二病，异解最多。其解释得最模糊者为杨万里《诚斋诗话》与沈道宽《六义郛郭》之说。杨氏谓：“何谓蜂腰鹤膝？曰‘词源倒流三峡水，笔阵横扫千人军’，‘无边落木萧萧下，不尽长江滚滚来’。前一联蜂腰，后一联鹤膝也。”沈氏谓：“蜂腰鹤膝，故言最忌生菜食单生食。”此二说未知其所本，也不知其所指，可置不论。其最普通的解释，谓第二字与第五字同声为蜂腰，第五字与第十五字同声为鹤膝。这是《文镜秘府论》以后诸书共同的解释。然而此说却不甚可信。（一）与蜂腰鹤膝的名称不很有关系，（二）永明体的声律只就两句而言，此却论及三句。（三）刘大白谓蜂腰病仄声可免，平声却无从避免，而平平仄仄平的句子，便不能有了（《旧诗新话·八病正误》条）。他虽泥于律体言之，然而蜂腰病也真有这种未能自圆其说的缺点。《文镜秘府论》引或曰云：“（蜂腰）第二字与第五字同去上入，皆是病，平声非病。”这即是就律体的声律而曲为之解者。（四）即就律体而论，唐人诗犯此蜂腰病者也是很多。如吴镇《八病说》所举诸例，已可知第二第五字之同声即在律体也非病犯。

刘大白《旧诗新话》知旧解之误，于是以为蜂腰是指第三字与第八字同声的病，鹤膝是指第四字与第九字同声的病。此说固合于腰膝二字的地位，然于古无据，不免近于臆测，假使也如刘氏所用的方法以律体言之，便不能有“仄仄仄平平，平平仄仄平”的句子了。而且永明体的声律，还不重在黏对。如沈约《冬节后至丞相第诣世子车中作》一诗“廉公失权势，门馆有虚盈；贵贱犹如此，况乃曲池平”。此诗王闿运编入新体诗，据铃木虎雄《沈休文年谱》亦定在永明体既定之后。而四句中“权”、“虚”、“如”、“池”四字全属平声，故知刘氏所言亦不合事实。

此外，只有《蔡宽夫诗话》所言，似较近理。蔡氏谓“所谓蜂腰鹤膝者，盖又出于双声之变。若五字首尾皆浊音，而中一字清，即为蜂腰，首尾皆清音，而中一字浊，即为鹤膝”。此说未知其所本，然其以字之清浊解蜂腰鹤膝，窃以为与当时声律之论最为近是。理由有三：（一）蜂腰鹤膝之义，当是指两头粗中央细者为蜂腰，两头细中央粗者为鹤膝，并不是指腰与膝的地位，所以刘大白以五言诗每句之第三第四字当之，未必能合。（二）蜂腰鹤膝，正以别为一组而又仅仅是两头粗细的分别，所以极易混淆。《文镜秘府论》引沈氏说云：“人或谓鹤膝为蜂腰，蜂腰为鹤膝，疑未辨。”假使果如昔人所说为第二第五字或第五第十五字的关系则极易辨别，又何致误之有！（三）钟嵘《诗品序》言“蜂腰鹤膝，闾里已具。”这是声病初起时人说的，是关于蜂腰鹤膝最早的议论。假使蜂腰鹤膝真是避忌第二字与第五字的同声、第五字与第十五字的同声，则何能谓为“闾里已具”！所以根据上述理由，觉得只有蔡宽夫说较为近是。因为辨别声音之清浊轻重则歌谣谚语中也自有其调协之法。此外，如胡震亨《唐音癸签》之以第二字与第四字同声为蜂腰，李宗文《律诗四辨》引安溪说及钟秀《观我生斋诗话》均以孤平孤仄四平字夹一仄或四仄夹一平为蜂腰，句末用三仄三平为鹤膝，此与蔡说虽微有差异，然而都有共同之点，即重在平仄四声配合的问题，所以亦可作为旁证。总之，蜂腰鹤膝之说，除蔡宽夫外，当推李、钟二家之说了。

蔡说比较近理，已如上述。然则蔡氏所谓清浊究竟何指，亦不可不一言。《蔡宽夫诗话》又云：“四声中又别其清浊以为双声，一韵者以为叠韵，盖以轻重为清浊尔，所谓前有浮声，则后有切响者是也。”根据此节，则知蔡氏所谓清浊，即是轻重。于是进一步再追究蔡氏所谓轻重又何指？关于这大概不外二种解释。一是等韵学上之所谓清浊轻重，一是所谓平仄。在以前，固然没有很显明的以等韵上之清浊轻重，去解释蜂腰鹤膝，去说明蔡氏对于蜂腰鹤膝的解释。然而《文笔眼心抄》中《调声》一节以“庄”为全轻，“霜”为轻中重，“疮”为重中轻，“床”为全重（《文镜秘府论》同），并谓“若五字并轻则脱略无所止泊处，若五字并重则文章暗浊。事须轻重相间，仍须以声律之”。则似乎蔡氏所谓清浊轻重，也未尝不可以等韵上之清浊轻重解之。或者永明体重在“轻重相间”，而律体则重在“以声律之”。待到后来既用平仄调谐，“以声律之”，则“轻重相间”的问题当然也不复重要了。所以我以为即以等韵之清浊轻重解释蔡氏之蜂腰鹤膝说，也未尝不可。

除此之外，更有以平仄为清浊者。此说见于仇兆鳌《杜诗详注》。他举例以说明之云：“今案张衡诗‘邂逅承际会’，是以浊夹清，为蜂腰也。如傅玄诗‘徽音冠青云’，是以清夹浊，为鹤膝也。”此说周春以为不合，实则由于周氏泥等韵之所谓清浊而不知清浊可指平仄之故。窃以为蔡氏既以轻重为清浊，则其义当即同于沈约之所谓轻重。关于沈约轻重之说当指那时以平上为一类，去入为一类的问题。钱大昕《潜研堂集·音韵答问》云：“古无平上去入之名，若音之轻重缓急，则自有文字以来，固区以别矣。……大率轻重相间，则平侧之理已具。缓而轻者平与上也，重而急者去与入也。虽今昔之音不必尽同，而长吟密咏之余自然有别。”是则以平侧为轻重也未尝无据，而蔡氏之所谓轻重，也可看作同于沈约之所谓轻重。

因此，可以再进一步讨论音之轻重与蜂腰鹤膝的关系，大抵沈约所谓“音韵”、“轻重”与刘勰所谓“声有飞沉，响有双叠”正是同实异名。轻重即飞沉的问题，音韵又双叠之异称。多用轻音，则刘勰所谓“飞则声飏不还”，多用重音，则刘勰所谓“沉则响发而断”。这正是蜂腰鹤膝所以宜避的理由。所以我以为蔡氏轻重之说无论以平侧或非平侧解之，说均可通。要之断不是第二字与第五字或第五字与第十五字同声的关系。

黄侃《文心雕龙札记》云：“飞谓平清，沉谓仄浊。……一句纯用仄浊，或一句纯用平清，则读时亦不便，所谓沉则响发而断，飞则声飏不还也。”这都以平侧之说解永明体的声律。盖平侧之称虽起于后世，而平侧问题之提出则在于当时，殷璠《河岳英灵集序》谓：“至如曹刘诗多直语，少切对。或五字并侧，或十字俱平，而逸驾终存。”此为“平”、“侧”二字始见引用之例。所谓“五字并侧”，“十字俱平”正由不谙蜂腰鹤膝之故。或者轻清重浊，是南朝所用之术语，待到四声之论既定，于是对于平而言侧，遂有所谓平侧之称。

平侧之实已为当时所固有，调协平侧之法也本为时人所习知，所以钟嵘谓："蜂腰鹤膝，闾里已具。"蔡氏说明了蜂腰鹤膝的分别，邹、黄诸氏又说明了平侧与永明体声律的关系，则知仇兆鳌之以平侧解蔡说也不为无据了。待到律体的黏缀规律既已确定，则蜂腰鹤膝之病又当然可以避免了。

七　论大韵小韵旁纽正纽

韵纽四病，是一句中的病，所以在永明体不为巨病，而在律体则以病对病，反成声美，也更不是病。此四病比较易明，歧解亦较少。邹汉勋《五韵论》解释沈约"音韵悉异"之语，谓"音目同纽，韵谓同类。言五字诗一句之中非正用重言连语，不得复用同韵同音之字，犯之即为病"。这可以算是这四病的总原则。

冯班《钝吟杂录》云："大韵小韵似论取韵之病，大小之义所未详也。"取韵二字若易为"用韵"则大小就有分别。盖大韵系指与押韵之字同韵之病，小韵则是除韵以外而有迭相犯者。这是他的分别。至于定得更严一些，则有时限定地位，如《文笔眼心抄》之以"五字中二五用同韵字名触绝病，是谓大韵，一三用同音字名伤音病，是谓小韵"。《杜诗详注》之以"上句第一字与下句第一字同韵相犯为大韵，上句第四字（四原作一）与下句第一字同韵相犯为小韵"。此二说一就五字言，一就十字言，均有一定位置，比较严密。

傍纽正纽完全是声的问题，不过于此也有数种歧解：（一）以为完全是双声的问题，早一些的如沈道宽之《六义郛郭》，谓"正纽如用'公'字为韵，二句中不得用'江'、'几'、'居'、'均'等字，旁纽如用'公'字为韵，不得用'羌'、'强'、'欺'、'奇'、'卿'、'鲸'、'邱'、'求'等字"。近一些的，如刘大白《旧诗新话》云："正纽就是正双声，例如'关关雎鸠'，关鸠两字同属见纽。旁纽就是准双声，例如'君子好逑'，君是见纽，逑是群纽，同属浅喉音；又如'胡然而天也，胡然而帝也'，天是透纽，帝是端纽，同属舌头音。"此二说，一指与韵同声者言，一指十字中任何字之同声，虽稍有出入，然似乎均就三十六字母确定以后的情形而言。在字母未定以前，恐所谓旁纽正纽，未必如沈、刘二氏所解。（二）以为完全是双声而兼韵的问题。如仇兆鳌《杜诗详注》云："所谓正纽者，如'溪'、'起'、'憩'三字为一纽，上句有'溪'字，下句再用'憩'字。如庾阐诗'朝济清溪峰，夕憩五龙泉'，是正纽也。所谓旁纽者，如'长'、'梁'同韵，长上声为丈，上句用丈字，下句首用梁字，是亦相犯。诗云：‘丈夫且安坐，梁尘将欲起。’此旁纽也。”案此说较为近是。《封氏闻见记》云：“周颙好为体语，因此切字皆有纽，纽有平上去入之异。”正以纽兼指韵，故有平上去入之异。《九经字样》云：“纽以四声”，孙愐《唐韵序后论》云：“切韵者本乎四声纽以双声叠韵。”是则旧说对于纽皆兼声与韵而言，故冯班《钝吟杂录》以正纽为四声相纽。因此，可知正纽断不是正双声。至于旁纽，则如仇氏所解，亦足备一说。《文镜秘府论》引刘氏说云：“其旁纽者，若五字中已有‘任’字，其四字不得复用‘锦’、‘禁’、‘急’、‘饮’、‘荫’、‘邑’等字，以其一纽之中有‘金’、‘音’等字与‘任’同韵故也。”此即为仇说所本。不过以此为病，恐避不胜避。所以《文镜秘府论》、《诗人玉屑》诸书，均以双声为傍纽。傍纽本异于正纽，所以不必更有四声的关系。冯班《钝吟杂录》云：“郭忠恕《佩觿》云‘雕弓之为敦弓，则又依乎傍纽’。按徵音四字端透定泥，敦字属元韵端母，雕字属萧韵端母，则是旁纽者双声字也。”此却找到了昔人所谓旁纽的根据，所以较为可靠。后人不得其解，于是《杜诗详注》、《诗法度针》诸书，均于八病之外更附双声叠韵二病，便不免近于蛇足了。（三）更有以为双声与四声均有正纽旁纽者。此则是周春《杜诗双声叠韵谱》之说。周氏议冯班之失谓：“三十六字母有正纽旁纽，平上去入四声亦有正纽旁纽。字母之正纽旁纽，如‘隆’、‘闾’为正，‘宫’、‘居’为旁是也，四声之正纽旁纽，如‘真’、‘轸’、‘震’、‘质’为正；‘之’、‘止’、‘至’、‘质’为旁是也。”此说也未尝不可通。然而只是后世音韵学家之见，当时人何尝知道见母之有一部分将分化而为舌面音“ㄍ”、“ㄐ”二音，何尝知道阴阳声之对转全以入声为枢纽，而有所谓二平一入之例。所以此说与永明体之八病亦无关。

八 永明体与律体

上所论证只足以说明永明体与古体之不同，究竟永明体与律体的音节，又有何关系呢？当然，这也是很重要的问题。自永明体之声病不明，于是古体与律体中间一段的声调问题便没法加以说明。（关于律体之组成当别为文论之）昔人有以合齐梁体为格诗者，赵执信《声调谱》甚至误从《白集》标题，创为“半格诗”之目，可知此问题久不为人注意。

大抵由声调以区别永明与律体，也有几点可以看出它的不同。

（一）永明体所注意的只是一句两句中间的声律，还没有注意到通篇的声律。沈约《宋书·谢灵运传论》云："两句之中轻重悉异"，其《答陆厥书》亦云："十字之中颠倒相配"，可知他们所注重的，至多不过两句，不过十字。因其如此，所以律体讲到黏，而永明体不讲黏。黏是两联中间的关系，不是两句中间的关系。惟其重在黏，所以能够研顺声势。所以律体的句数有定而永明体的篇幅虽短，句数却无定。因为律体的句数是从声势的黏缀来的。董文焕《声调四谱》云：

> 何谓律体？此格定于沈、宋，实沿于齐、梁以来，八句四韵，屹为定式，至今不易。盖律者法也，偶也，有法则不可乱，有偶则不可孤，而名因之以生。大抵起于平仄定式之后。盖定式仄起平起二联四句尽之矣。虽至百韵不能少易。故四句全备而后成篇，名曰绝句，为一体。盖诗之小成，言平仄之式单备也。因而重之，则成八句，每联两用，皆有偶而成篇，名曰律诗，为一体。盖诗之大成，言平仄之双备，而各得其偶，非孤行之可此也。过此以往，则多寡随人，无定联亦无定数，则统为长律而已，此又绝律之定式也。或问四句既单备矣，何以又必双备？曰：此所以申黏法也。三二句之黏明矣，而五四之黏则实以首句黏四句，故必八句双备而后黏法乃大备也。此所以定为四韵也。

律体黏法既如上述，那么（二）律体何以会注意到黏的问题呢？则又以律体的音节注意到音步的关系。永明体的声律只想到"音韵尽殊"，只想到"轻重悉异"，所以两句之中要分别平仄与四声，一句之中又要避免双声与叠韵，他只要求其异，重在异的配合，所以不会注意到音步的问题。至于律体则吟的技巧益进，当然声调的考究也更密，于是很自然的再于五字之中分出音步，成为二二一的音节；于是它的配合，便不必求其异，而可以使之同。沈约说过："十字之中颠倒相配，字不过十，巧历已不能尽。"真的，假使只重在异的方面，则颠倒相配，真是巧历所不能尽的。我们须知这巧历所不能尽的声律，正是永明体的声律所以失败之致命伤。因为如此办法，决不会定出声律来的。所以关于一般八病的解释，固然近于繁琐，然亦须知永明体的声律本是繁琐的缘故。

于是（三）再进一步，要问到律体的音律何以会注意到音步的关系？关于这，我们更须知道永明体的音律是重在四声，因为这是沈约所矜为独得之秘的。至于律体的音律则全重在平仄。重在平仄，则不必定严四声，至于韵纽四病就更不足论了。所以待到律体以平仄为音步的变化，于是二音相承自然成对，平头上尾蜂腰鹤膝四病不必避而自避。这是省繁就简，所以有律可循。于是消极方面使繁琐的问题都不成问题，积极方面遂悟到黏缀的关系。

至于（四）寻根究底，再问何以律体会悟到以平侧为音步的变化呢？那也不难明白。平侧问题，本也是时人共知的问题，不过因于四声之说方起，所以大家比较更重在四声的研析而已。实则沈约固已说过："至于先士茂制，讽高历赏，子建函京之作，仲宣灞岸之篇，子荆零雨之章，正长朔风之句，并直举胸情，非傍诗史，正以音律调韵，取高前式。"他所举的佳句，正是全近律调。可知这种律调的形成，也从自然的无意的演变成的。胡应麟《诗薮》卷四所举齐、梁、陈、隋似唐律之句，固然可说是永明体的影响。陈仅《竹林答问》再追溯到魏晋以后近唐律之句，也正是沈约所举诸例之推广。阮元说："休文所矜为创获者，谓汉魏之音韵乃暗合于无心，休文之音韵，乃多出于意匠也。"（《文韵说》）这是指永明体言。我们也可以说，沈、宋以前之诗句，其近于平仄调协者乃暗合于无心，而沈、宋以后之作则多出于意匠也。《竹林答问》说得好："沈约八病大半为驱古变律之用，今古律已划然，正无需于此。"明白这些，然后知八病之说正不能以古体或律体绳之，正亦不能以非病议之。

原载1935年《天津益世报》文学副刊

选自《照隅室古典文学论集》（上编），上海古籍出版社，1983

《桃花源记》旁证

陈寅恪

陶渊明桃花源记寓意之文，亦纪实之文也。其为寓意之文，则古今所共知，不待详论。其为纪实之文，则昔贤及近人虽颇有论者，而所言多误，故别拟新解，以成此篇。此就纪实立说，凡关于寓意者，概不涉及，以明界限。

西晋末年戎狄盗贼并起，当时中原避难之人民，其能远离本土迁至他乡者，东北则托庇于慕容之政权，西北则归依于张轨之领域，东奔则侨寄于孙吴之故壤。不独前燕、前凉及东晋之建国中兴与此中原之流民有关，即后来南北朝之士族亦承其系统者也。史籍所载，本末甚明。以非本篇范围，可置不论。其不能远离本土迁至他乡者，则大抵纠合宗族乡党，屯聚堡坞，据险自守，以避戎狄寇盗之难。兹略举数例，藉资说明。

晋书捌捌孝友传庾衮传略云：

> 张泓等肆掠于阳翟，衮乃率其同族及庶姓保于禹山。是时百姓安宁，未知战守之事。衮曰：孔子云：不教而战，是谓弃之。乃集诸群士而谋曰：二三君子相与处于险，将以安保亲尊，全妻孥也。古人有言：千人聚，而不以一人为主，不散则乱矣。将若之何？众曰：善。今日之主，非君而谁！于是峻险阨，杜蹊径，修壁坞，树藩障，考功庸，计丈尺，均劳逸，通有无，缮完器备，量力任能，物应其宜，使邑推其长，里推其贤，而身率之。及贼至，衮乃勒部曲，整行伍，皆持满而勿发。贼挑战，晏然不动，且辞焉。贼服其慎，而畏其整，是以皆退，如是者三。

晁公武郡斋读书志壹肆兵家类云：

> 庾衮保聚图一卷。
>
> 右晋庾衮撰。晋书孝友传载衮字叔褒。齐王冏之倡义也，张泓等掠阳翟，衮率众保禹山，泓不能犯。此书序云：大驾迁长安，时元康三年己酉，

撰保聚垒议二十篇。按冏之起兵，惠帝永宁元年也，帝迁长安，永兴元年也，皆在元康后，且三年岁次实癸丑，今云己酉，皆误。

晋书壹佰苏峻传云：

永嘉之乱，百姓流亡，所在屯聚。峻纠合得数千家，结垒于本县（掖县）。于时豪杰所在屯聚，而峻最强。遣长史徐玮宣檄诸屯，示以王化，又收枯骨而葬之。远近感其恩义，推峻为主。遂射猎于海边青山中。

又晋书陸贰祖逖传略云：

初，北中郎将刘演距于石勒也，流人坞主张平、樊雅等在谯，演署平为豫州刺史，雅为谯郡太守。又有董瞻、于武、谢浮等十余部，众各数百，皆统属平。而张平余众助雅攻逖。蓬陂坞主陈川，自号宁朔将军、陈留太守。逖遣使求救于川，川遣将李头率众援之，逖遂克谯城。〔桓〕宣遂留助逖，讨诸屯坞未附者。河上堡固先有任子在胡者，皆听两属，时遣游军伪抄之，明其未附。诸坞主感戴，胡中有异谋，辄密以闻。前后克获，亦由此也。

又艺文类聚玖贰引晋中兴书云：

中原丧乱，乡人遂共推郗鉴为主，与千余家俱避于鲁国峄山，山有重险。

又太平御览叁贰拾引晋中兴书云：

中宗初镇江左，假郗鉴龙骧将军、兖州刺史。徐龛、石勒左右交侵。鉴收合荒散，保固一山，随宜抗对。

又太平御览肆贰引地理志云：

峄山在邹县北，高秀独出，积石相临，殆无壤土。石间多孔穴，洞达相通，往往有如数间居处，其俗谓之峄孔。遭乱辄将居人入峄，外寇虽众，无所施害。永嘉中，太尉郗鉴将乡曲逃此山，胡贼攻守，不能得。

又晋书陆柒郗鉴传云：

> 鉴得归乡里。于时所在饥荒，州中之士素有感其恩义者，相与资赡。鉴复分所得，以恤宗族及乡曲孤老，赖而全济者甚多。咸相谓曰：今天子播越，中原无伯，当归依仁德，可以后亡。遂共推鉴为主，举千余家俱避难于鲁之峄山。

寅恪案，说文壹肆云：

> 坞，小障也。一曰：庳城也。

桂氏义证肆柒列举例证颇众，兹不备引。据寅恪所知者言，其较先见者为袁宏后汉纪陆王霸之“筑坞候”（后汉书伍拾王霸传作“堆石布土”。袁范二书互异，未知孰是原文，待考。）及后汉书伍肆马援传之“起坞候”之语。盖元伯在上谷、文渊在陇西时，俱东汉之初年也。所可注意者，即地之以坞名者，其较早时期以在西北区域为多，如董卓之郿坞是其最著之例。今伦敦博物馆藏敦煌写本斯坦因号玖贰贰西凉建初十二年敦煌县户籍阴怀条亦有“居赵羽坞”之语，然则坞名之起或始于西北耶？抑由史料之存于今者西北独多之故耶？此点与本篇主旨无关，可不详论。要之，西晋末世中原人民之不能远徙者，亦借此类小障庳城以避难逃死而已。但当时所谓坞垒者甚多，如祖逖传所载，固亦有在平地者。至如郗鉴之避难于峄山，既曰“山有重险”，又曰“保固一山”，则必居山势险峻之区人迹难通之地无疑，盖非此不足以阻胡马之陵轶，盗贼之寇抄也。凡聚众据险者因欲久支岁月及给养能自足之故，必择险阻而又可以耕种及有水泉之地。其具备此二者之地必为山顶平原，及溪涧水源之地，此又自然之理也。

东晋末年戴祚字延之，从刘裕入关灭姚秦，著西征记二卷。（见隋书叁叁经籍志史部地理类，并参考封氏闻见记柒蜀无兔鸽条唐语林捌及章宗源隋书经籍志考证陆等。）其书今不传。郦氏水经注中往往引之。中原坞垒之遗址于其文中尚可窥见一二。如水经注壹伍洛水篇云：

> 洛水又东，径檀山南。
>
> 其山四绝孤峙，山上有坞聚，俗谓之檀山坞。义熙中刘公西入长安，舟师所届，次于洛阳。命参军戴延之与府舍人虞道元即舟溯流，穷览洛川，欲

知水军可至之处。延之届此而返，竟不达其源也。

又水经注肆河水篇云：

河水自潼关东北流，水侧有长坂，谓之黄巷坂。坂傍绝涧。陟此坂以升潼关，所谓“溯黄巷以济潼”矣。历北出东崤，通谓之函谷关也。

郭缘生记曰：汉末之乱，魏武征韩遂、马超，连兵此地。今际河之西有曹公垒。道东原上云李典营。义熙十三年王师曾据此垒。西征记曰：沿路逶迤入函谷道六里有旧城，城周百余步。北临大河，南对高山。姚氏置关以守峡，宋武帝入长安。檀道济、王镇恶或据山为营，或平地结垒，为大小七营，滨河带险。姚氏亦保据山原陵阜之上，尚传故迹矣。

河水又东北，玉涧水注之。水南出玉溪，北流，径皇天原西。周固记：开山东首上平博，方可里余。三面壁立，高千许仞。汉世祭天于其上，名之为皇天原。河水又东径阌乡城南。东与全鸠涧水合。水出南山，北径皇天原东。

述征记曰：全节，地名也。其西名桃原，古之桃林，周武王克殷休牛之地也。西征赋曰：咸征名于桃原者也。晋太康记曰：桃林在阌乡南谷中。

又元和郡县图志陆虢州阌乡县条云：

秦山，一名秦岭，在县南五十里。南入商州，西南入华州。山高二千丈，周回三百余里。桃源，在县东北十里，古之桃林，周武王放牛之地也。

又陕州灵宝县条云：

桃林塞，自县以西至潼关皆是也。

又新唐书叁捌地理志陕州灵宝县条云：

有桃源宫，武德元年置。

又资治通鉴壹壹捌晋纪云：

义熙十三年二月，王镇恶进军渑池。引兵径前，抵潼关。三月〔檀〕道济、〔沈〕林子至潼关。夏四月，太尉〔刘〕裕至洛阳。（寅恪案，宋武伐秦之役，其军行年月宋书南史等书记载既涉简略，又有脱误。故今悉依司马君实所考定者立论。）

寅恪案，陶渊明集有赠羊长史（即松龄）诗。其序云：

左军羊长史，衔使秦川，作此与之。

则陶公之与征西将佐本有雅故。疑其间接或直接得知戴延之等从刘裕入关途中之所闻见。桃花源记之作即取材于此也。盖王镇恶、檀道济、沈林子等之前军于义熙十三年春二三月抵潼关。宋武以首夏至洛阳。其遣戴延之等溯洛水至檀山坞而返，当即在此时。山地高寒，节候较晚。桃花源记所谓“落英缤纷”者，本事之可能。又桃林桃原等地既以桃为名，其地即无桃花，亦可牵附。况晋军前锋之抵崤函为春二三月，适值桃花开放之时，皇天原之下，玉涧水之傍，桃树成林，更情理之所可有者。至于桃花源记所谓“山有小口”者，固与郗鉴之“峄孔”相同。所谓“土地平旷”者，殆与皇天原之“平博方可里余”者亦有所合欤？刘裕遣戴延之等溯洛水至檀山坞而返事与桃花源记中武陵太守遣人寻桃花源终不得达者，约略相似，又不待言也。

今传世之搜神后记旧题陶潜撰。以其中杂有元嘉四年渊明卒后事，故皆认为伪托。然其书为随事杂记之体，非有固定之系统。中有后人增入之文，亦为极自然之事，但不能据此遽断全书为伪托。即使全书为伪托，要必出于六朝人之手，由钞辑昔人旧篇而成者，则可决言。寅恪于与渊明之家世信仰及其个人思想皆别有所见，疑其与搜神后记一书实有关联。以其轶出本篇范围，姑置不论。搜神后记卷一之第五条即桃花源记，而太守之名为刘歆，及无“刘子骥欣然规往”等语。其第六条纪刘驎之即子骥入衡山采药，见涧水南有二石囷，失道问径，仅得还家。或说囷中皆仙灵方药，驎之欲更寻索，不复知处事。此事唐修晋书玖肆隐逸传亦载之。盖出于何法盛晋中兴书（见太平御览肆壹玖及肆贰伍又伍佰肆所引）。何氏不知何所本，当与搜神后记同出一源，或即与渊明有关，殊未可知也。

据此推测，陶公之作桃花源记，殆取桃花源事与刘驎之二事牵连混合为一。桃花源虽本在北方之弘农或上洛，但以牵连混合刘驎之入衡山采药事之故，不得不移之于南方之武陵。遂使后世之论桃花源者皆纷纷堕入迷误之途，历千载而不之觉，亦太可怜矣！或更疑搜神后记中渔人黄道真其姓名之意义与宋武所遣溯洛之虞道元颇相对应。刘驎之隐于南郡之阳岐山，去武陵固不远，而隆安五年分南郡置武宁郡，武武字同，陵宁音近（来泥互混），文士寓言，故作狡狯，不嫌牵合混同，以资影射欤？然此类揣测皆不易质证，姑从阙疑可也。（参考晋书壹伍下地理志、玖肆隐逸传、玖玖桓玄传、宋书叁柒州郡志及世说栖逸篇等。）又今本搜神后记中桃花源记，依寅恪之鄙见，实陶公草创未定之本。而渊明文集中之桃花源记，则其增修写定之本，二者俱出陶公之手。刘驎之为太元间闻人（见世说新语栖逸篇及任诞篇），故系此事于太元时。或因是以陶公之桃花源记亦作于太元时者，则未免失之过泥也。

桃花源事又由刘裕遣戴延之等溯洛水至檀山坞与桃原皇天原二事牵混为一而成。太守刘歆必无其人。岂即暗指刘裕而言耶？既不可考，亦不可凿实言之。所谓避秦人之子孙亦桃原或檀山之上"坞聚"中所居之人民而已。至其所避之秦则疑本指苻生苻坚之苻秦而言，与始皇、胡亥之嬴秦绝无关涉。此殆传述此事之人或即渊明自身因讹成讹，修改所致，非此物语本来之真相也。盖苻氏割据关陕垂四十载，其间虽有治平之时，而人民亦屡遭暴虐争战之难。如晋书壹壹贰苻生载记叙苻生政治残暴民不聊生事甚详。兹录其一例如下：

> 生下书（通鉴系此于晋穆帝永和十二年六月）曰：朕受皇天之命，承祖宗之业，君临万邦，子育百姓。嗣统以来，有何不善，而谤讟之音扇满天下？杀不过千，而谓刑虐。行者比肩，未足为稀。方当峻刑极罚，复如朕何？时猛兽及狼大暴，昼则断道，夜则发屋。惟害人而不食六畜。自生立一年，兽杀七百余人，百姓苦之，皆聚而邑居，为害滋甚，遂废农桑，内外凶惧。群臣奏请禳灾。生曰：野兽饥则食人，饱当自止，终不能累年为患也。天岂不子爱群生，而年年降罚，正以百姓犯罪不已，将助朕专杀而施刑教故耳。但勿犯罪，何为怨天而尤人哉？

又晋书壹壹叁苻坚载记上叙苻坚盛时云：

> 关陇清宴，百姓丰乐。自长安至于诸州，皆夹路树槐柳。二十里一亭，四十里一驿。旅行者取给于途，工商贸贩于道。

而晋书壹壹肆苻坚载记下叙苻秦亡时云：

关中人皆流散，道路断绝，千里无烟。

由苻生之暴政或苻坚之亡国至宋武之入关，其间相距已逾六十年或三十年之久。故当时避乱之人虽"问今是何世"？然其"男女衣着悉如外人"。若"乃不知有汉，无论魏晋"者，则陶公寓意特加之笔，本篇可以不论者也。

又陶诗拟古第二首云：

辞家夙严驾，当往志无终。问君今何行，非商复非戎。闻有田子泰，节义为士雄。斯人久已死，乡里习其风。生有高世名，既没传无穷。不学狂驰子，直在百年中。

吴师道礼部诗话云：

〔田〕畴始从刘虞。虞为公孙瓒所害，誓言报雠，卒不能践，而从曹操讨乌桓，节义亦不足称。陶公亦是习闻世俗所尊慕尔。

寅恪案，魏志壹壹田畴传云：

遂入徐无山中，营深险平敞地而居，躬耕以养父母。百姓归之，数年间至五千余家。

据此，田子泰之在徐无山与郗鉴之保峄山固相同，而与檀山坞桃原之居民即桃花源之避秦人亦何以异？商者指四皓入商山避秦事，戎者指老子出关适西戎化胡事。然则商洛崤函本为渊明心目中真实桃花源之所在。而田畴之亮节高义犹有过于桃源避秦之人。此所以寄意遣词遂不觉联类并及欤？吴氏所言之非固不待辨，而其他古今诂陶诗者于此亦皆未能得其真解也。

又苏东坡和桃花源诗序云：

世传桃源事多过其实。考渊明所记，止言先世避秦乱来此，则渔人所见似是其子孙，非秦人不死者也。又云："杀鸡作食"，岂有仙而杀者乎？旧说南阳有菊水，水甘而芳，民居三十余家，饮其水皆寿，或至百二三十岁。蜀青城山老人村多枸杞，根如龙蛇。饮其水，故寿。近岁道稍通，渐能致五味，而寿益衰。桃源盖此比也欤？使武陵太守得而至焉，则已化为争夺之场久矣！尝思天壤之间若此者甚众，不独桃源。

寅恪案，古今论桃花源者，以苏氏之言最有通识。洪兴祖释韩昌黎桃源图诗，谓渊明叙桃源初无神仙之说，尚在东坡之后。独惜子瞻于陶公此文中寓意与纪实二者仍牵混不明，犹为未达一间。至于近人撰著或袭苏洪之意，而取譬不切，或认桃源实在武陵，以致结论多误。故不揣鄙陋，别拟新解。要在分别寓意与纪实二者，使之不相混淆。然后钩索旧籍，取当日时事及年月地理之记载，逐一证实之。穿凿附会之讥固知难免，然于考史论文之业不无一助，或较古今论辨此记之诸家专向桃源地志中讨生活者聊胜一筹乎？

兹总括本篇论证之要点如下：

（甲）真实之桃花源在北方之弘农，或上洛，而不在南方之武陵。

（乙）真实之桃花源居人先世所避之秦乃苻秦，而非嬴秦。

（丙）桃花源记纪实之部分乃依据义熙十三年春夏间刘裕率师入关时戴延之等所闻见之材料而作成。

（丁）桃花源记寓意之部分乃牵连混合刘驎之入衡山采药故事，并点缀以“不知有汉，无论魏晋”等语所作成。

（戊）渊明拟古诗之第二首可与桃花源记互相印证发明。

补记一

匡谬正俗柒黄巷条云：

> 郭缘生述征记曰：皇天坞在阌乡东南。或云：卫太子始奔，挥泪仰呼皇天，百姓怜之，因以名坞。又戴延之西征记曰：皇天固去九原十五里。据此而言，黄天原本以坞固得名，自有解释。

寅恪案，颜氏所引，足以补证鄙说，故附录于此。

补记二

此文成后十年，得详读居延汉简之文，复取后汉书西羌传参证，坞壁之来源与西北之关系益了然矣。

选自《金明馆丛稿初编》，上海古籍出版社1980年10月版，
原载1936年1月《清华学报》第11卷第1期

东晋南朝之吴语

陈寅恪

近日友人多研究东晋南北朝音韵问题，甚可喜也。寅恪颇欲参加讨论，而苦于音韵之学绝无通解，不敢妄说。兹仅就读史所及，关涉东晋南朝之吴语者，择录数事，略附诠释，以供研究此问题者之参证。虽吴语吴音二名词涵义不尽相同，史籍所载又颇混用，不易辨析，但与东晋南朝古音之考证有关则一也。

宋书捌壹顾琛传（南史叁伍顾琛传同）云：

> 先是，宋世江东贵达者，会稽孔季恭，季恭子灵符，吴兴丘渊之及琛，吴音不变。

寅恪案，史言江东贵达者，唯此数人吴音不变，则其余士族，虽本吴人，亦不操吴音，断可知矣。

南齐书肆壹张融传（南史叁贰张邵传附融传同）略云：

> 张融，吴郡吴人也。出为封溪令。广越嶂崄，獠贼执融，将杀食之，融神色不动，方作洛生咏，贼异之而不害也。

寅恪案，世说新语雅量篇略云：

> 桓公伏甲设馔，广延朝士，因此欲诛谢安王坦之。谢之宽容，愈表于貌，望阶趋席，方作洛生咏，讽浩浩洪流，桓惮其旷远，乃趣解兵。

刘注引宋明帝文章志曰：

> 安能作洛下书生咏，而少有鼻疾，语音浊。后名流多敩其咏，弗能及，

手掩鼻而吟焉（晋书柒玖谢安传同）。

据此，则江东士族不独操中原之音，且亦效洛下之咏。张融本吴人，而临危难仍能作洛生咏，虽由于其心神镇定，异乎常人，要必平日北音习熟，否则决难致此无疑也。

颜氏家训音辞篇云：

易服而与之谈，南方士庶，数言可辩。隔垣而听其语，北方朝野，终日难分。

寅恪案，南北所以有如此不同者，盖江左士族操北语，而庶人操吴语；河北则社会阶级虽殊，而语音无别故也。

南史肆伍王敬则传略云：

王敬则，临淮射阳人也。侨居晋陵南沙县。母为女巫。后与王俭俱即本号开府仪同三司。时徐孝嗣于崇礼门候俭，因嘲之曰："今日可谓连璧。"俭曰："不意老子遂与韩非同传。"人以告敬则，敬则欣然曰："我南沙县吏，侥幸得细铠左右，逮风云以至于此。遂与王卫军同日拜三公，王敬则复何恨。"了无恨色，朝士以此多之。

南齐书贰陆王敬则传略云：

敬则名位虽达，不以富贵自遇，危拱傍遑，略不衿裾，接士庶皆吴语，而殷勤周悉。世祖御座赋诗，敬则执纸曰："臣几落此奴度内。"世祖问："此何言？"敬则曰："臣若知书，不过作尚书都令史耳，那得今日。"

寅恪案，敬则原籍临淮，后徙晋陵，其先世本来是否北人？姑不必考。但其居晋陵既久，口操吴语，则不容疑。据敬则传，有二事可注意者：东晋南朝官吏接士人则用北语，庶人则用吴语，是士人皆北语阶级，而庶人皆吴语阶级，得以推知，此点可与颜氏家训音辞篇所言者参证，此其一也。敬则属于庶人阶级，故交接士庶概用吴语，故亦不能作诗。若张融者，虽为吴人，但属于士族阶级，故将死犹作北咏。至于王俭，则本为北人，又为士族，纵屡世侨居江左，谅亦能以吴语接待庶族，而其赋诗，不依吴音押韵，断然可知，此其二也。

魏书伍玖刘昶传（北史贰玖刘昶传同）略云：

诃詈童仆，音杂夷夏。

史臣曰：昶诸子尫疏，丧其家业。〔萧〕宝夤背恩忘义，枭獍其心。此亦戎夷彯狡轻薄之常事也。

南史壹肆晋熙王昶传略云：

昶知事不捷，乃夜开门奔魏。在道慷慨为断句曰："白云满鄣来，黄尘半天起。关山四面绝，故乡几千里。"

寅恪案，刘昶萧宝夤皆南朝宋齐皇子，同为北人之后裔，而世居于江左，俱以家难奔北者。昶之"音杂夷夏"之"夷"，据魏收所作传论"戎夷彯狡轻薄"之语，知是指江左而言，盖以夏目北魏为对文也。然则所谓"音杂夷夏"即是音杂吴北。魏收欲极意形容刘昶之鄙俚无文，而不知其童仆之中必有庶族吴人，昶之用吴语诃詈童仆，正是江东以吴语接庶族之通例。至其作诗押韵，自附风雅，谅必仍用北音，如道中所作断句用起里二韵与西晋北人如齐国左思之吴都赋及东晋北人如河东郭璞之巫咸山赋山海经图大泽赞吉良赞用韵正复相同（俱见于海晏先生汉魏六朝韵谱第贰册第陆捌页下），可资参证，且仅二韵，故尤难据以论证昶之作诗用吴音押韵也。

世说新语排调篇云：

刘真长始见王丞相，时盛暑之月，丞相以腹熨弹棋局曰："何乃渹！"刘既出，人问："见王公云何？"刘曰："未见他异，唯闻作吴语耳！"

寅恪案，琅邪王导本北人，沛国刘惔亦是北人，而又皆士族。然则导何故用吴语接之？盖东晋之初，基业未固，导欲笼络江东之人心，作吴语者，乃其开济政策之一端也，观世说新语政事篇所载：

王丞相拜扬州，宾客数百人，并加沾接，人人有说色。唯有临海一客姓任及数胡人为未洽。公因便还到过任边云："君出，临海便无复人。"任大喜说。因过胡人前弹指云："兰阇！兰阇！"（寅恪疑"兰阇"与庚信之小字"兰成"同是一语，参考陈思小字录引陆龟蒙小名录。）群胡同笑，四坐并欢。

之条，则知导接胡人尚操胡语。临海任客当是吴人，虽其属于何等社会阶级，不可考知，但值东晋创业之初，王导用事之际，即使任是士流，当亦用吴语接待。然此不过一时之权略，自不可执以为江左三百载之常规明矣。今传世有王导麈尾铭一篇，载于北堂书钞壹叁肆、艺文类聚陆玖、太平御览柒佰肆等卷，以理子俟为韵，与西晋北人如齐国左思之白发赋，谯国曹摅之思友人诗其用韵正同（俱见于海晏先生汉魏六朝韵谱第贰册第陆捌页下），至其文之是否真出于王导，及为导渡江以前或以后所作？皆不可考知，然足征导虽极力提倡吴语，以身作则，但终未发见其作韵语时，以吴音押韵之特征也。

据上引史籍之所记载，除民间谣谚之未经文人删改润色者以外，凡东晋南朝之士大夫以及寒人之能作韵者，依其籍贯，纵属吴人，而所作之韵语则通常不用吴音，盖东晋南朝吴人之属于士族阶级语者，其在朝廷论议社会交际之时尚且不操吴语，岂得于其摹拟古昔典雅丽则之韵语转用土音乎？至于吴之寒人既作典雅之韵语，亦必依仿胜流，同用北音，以冒充士族，则更宜力避吴音而不敢用。故今日东晋南朝士大夫以及寒人所遗传之诗文虽篇什颇众，却不能据以研究东晋南朝吴音与北音异同及韵部分合诸问题也。

或问曰：信如子言，东晋南朝诗文其用韵无吴北籍贯之别，则何以同一时代，而诗文用韵间或不同？（见清华学报第壹卷第叁期王力先生南北朝诗人用韵考第柒捌玖页）其中岂亦有因吴北籍贯之异，而致参差不齐者耶？

应之曰：永嘉南渡之士族其北方原籍虽各有不同，然大抵操洛阳近傍之方言，似无疑义。故吴人之仿效北语亦当同是洛阳近傍之方言，如洛生咏即其一证也。由此推论，东晋南朝疆域之内其士大夫无论属于北籍，抑属于吴籍，大抵操西晋末年洛阳近傍之方言，其生值同时，而用韵宽严互异者，既非吴音与北音之问题，亦非东晋南朝疆域内北方方言之问题，乃是作者个人审音之标准有宽有严，乃关于当时流行之审音学说或从或违之问题也，故执此不足以难鄙说。

原载1936年12月《历史语言研究所集刊》第7本第1分

南朝乐府中的故事与作者

罗根泽

小　序

乐府，尤其是南朝的原出民间的乐府，之被人给予故事的解释与作者的附会，也正同《诗经》（尤其是《南风》）之被人给予故事的解释与作者的附会一样；所不同者，给予《诗经》者，偏于“王道圣功”，给予乐府者偏于“才子佳人”而已（自然不是说《诗经》与乐府中一切的诗本事与作者都是附会）。

给予《诗经》的故事与作者，虽有“载道派”的文人拥护，但也有“缘情派”的文人在剥除，以故时至今日，已有逐渐与《诗经》脱离关系的趋势。乐府则第一，一般人对它的兴趣远不如《诗经》，以故研究的人很少，至附在她身上的故事与作者，当然更无人注意。第二，“载道派”只读《郊祀歌》，《宗庙歌》，对这些源出民间的乐府，根本瞧不起，研究更谈不上。“缘情派”则宥于文学上的性爱说的偏见，由是承认了这种“才子佳人”的故事与作者。其实与附在《诗经》上的“王道圣功”的故事与作者一样的不可信。而我所编著的《乐府文学史》，也“习矣而不察焉”的承用着，实是错误。故今特草此文，以补前愆，并以与治乐府者商榷焉。

或者也许有人说这是一种大杀风景的工作，燕婉的歌词，应当附有燕婉的故事。不错，这便是故事的附会的原因。但第一，歌词自有其本身的独特的价值，并不因为故事的附会而增高。第二，附会的故事有时反是歌词的障碍，使读者不能领悟到歌词的真正的意义。

篇中所论，只是六朝的原出民间的乐府，这是因为六朝的民间乐府的附会特别多而有趣。他日当再上论两汉，下述隋、唐，以为续篇。

一　子夜歌

“歌谣数百种，《子夜》最可怜！”我们就从《子夜歌》说起罢。《宋书·

乐志》一说：

> 《子夜哥》者，有女子名子夜造此声。晋孝武太元（公元三七六年—公元三九六年）中，瑯邪王轲之家，有鬼哥《子夜》。殷允为豫章时，豫章侨人庾僧虔家亦有鬼哥《子夜》。殷允为豫章，亦是太元中，则《子夜》是此时以前人也。

《晋书·乐志下》也沿袭了这种说法，而且确定了子夜的时代：

> 《子夜歌》者，女子名子夜，造此声。孝武太元中，瑯邪王轲之家有鬼歌《子夜》，则子夜是此时以前人也。

《通志·乐略一》也便说：

> 晋有女子名子夜造是歌，其声甚哀。晋孝武太元中，瑯邪王轲家有鬼歌之。

这是注文。在本文里还说：

> 《子夜》，亦曰《了夜》。

“了”字当然是“子”字的残文，郑樵不知看了哪书的残文，于是多给她一个“了夜”的名字。其实，连子夜恐怕也是子虚乌有。它的来源，就在歌词里面。《子夜变歌》有此下一首：

> 人传欢负情，我自未常见；三更开门去，始知子夜变！

“始知子夜变”，当然应解为才知道你（欢子，或者是你）在夜里变了心了；不能曲解为所欢名子夜者变了心。因为歌咏欢子在夜里变心（《子夜歌》共一百多首，里边自有晚出模拟之作，其所歌咏者，便未必限于欢子的夜变了），所以后人命名为《子夜歌》。而好附会者也便抓着了“子夜”二字，说“《子夜歌》者，晋有女子名子夜造此声”。至“鬼歌《子夜》”，当然更是毫无根据的附会；不过像《子夜歌》这样美好的歌子，以人度鬼自然也喜歌唱，所以“鬼歌《子夜》”的故事，也便随“以人度鬼”的心理产生了。

二　阿子歌及欢闻歌

没有问题，这也是两种情歌。《欢闻》的命名，因为保存下来的歌词太少，无从考查；《阿子》的命名，想是采取起句前两字。“阿”就是“阿堵”之阿，相当于现在的“这个”，“阿子”相当于北京话的“这个人儿”，当然可以用指男人，但一般都用指女子。《世说新语·贤媛篇》：

> 桓温平蜀，以李势女为妾。郡主凶妒，不即知之；后知，乃拔刃往李所，因欲斫之。见李在窗梳头，姿貌端丽，徐徐结发，敛手向主，神色闲正，辞甚凄婉。主于是掷刀前抱之曰：“阿子，我见汝亦怜，何况老奴？”遂善之。

可见“阿子”一词，在晋宋是流行的，并没有什么稀奇。《乐府诗集》卷四十五录存《阿子歌》三首，第一首是：

> 阿子复阿子，念汝好颜容；风流世希有，窈窕无人双。

但后人总好给她一个曲解，给她一段故事。《宋书·乐志一》说：

> 《阿子》及《欢闻哥》者，晋穆帝升平（公元三五七年—公元三六一年）初，哥毕辄呼“阿子！汝闻不?”语在《五行志》。后人演其声，以为二曲。

这只是给她一个解题。《五行志》上便有了故事：

> 晋穆帝升平中，童子辈忽歌于道，曰《阿子》，闻曲终辄云：“阿子！汝闻不?”无几而穆帝崩，太后哭曰：“阿子！汝闻不?”

但《乐苑》，便不这样说。它说是（据《乐府诗集》引）：

> 嘉兴人养鸭儿，鸭儿既死，因有此歌。

弄的作《乐府诗集》的郭茂倩无所适从，只得说“未知孰是”。依我看都是一种附会。《宋书》的附会是牵依“阿子”二字，《乐苑》的附会，想是牵依歌词有“鸭”字的缘故。《乐府诗集》所载三首之第二首说：

春月故鸭啼，独雄颠倒落；工知悦弦死，故来相寻博。

什么“故鸭啼”，什么“独雄颠倒落”，都是比喻话。比喻是文学的普通抒写方法，尤其是南朝的民歌更喜欢援用。所以梁简文帝的《乌夜啼》说：“羞言独眠枕下流，托道单栖城上乌。”《阿子歌》中岂但有“鸭”，而且有“凫”。第三首说：

野田草欲尽，东流水又暴；念我双飞凫，饥渴常不饱。

难道说他或她“饥渴常不饱”的想念的真是“双飞凫”吗？难道据此可说这是因为某地人养凫，凫死而有此歌吗？真是“痴人前说不得梦”了。

《欢闻歌》现在只存一首，歌词是：

遥遥天无柱，流漂萍无根。单身如萤火，持底报郎恩。

就这四句里，我们委实找不出命名《欢闻》的原因。但《乐府诗集》还有《欢闻变歌》六首，第一首是：

金瓦九重墙，玉壁珊瑚柱。中夜来相寻，唤欢闻不顾！

我们知道《欢闻变》是《欢闻》的变曲，由变曲推知本曲的命名，当是有取于欢子的闻或不闻。然而陈释智匠（一作“丘”）的《古今乐录》①，却把《宋志》加在《阿子欢闻》的一段话，增添附会，加在《欢闻变歌》之上：

《欢闻变歌》者，晋穆帝升平中，童子辈忽歌于道，曰《阿子闻》，曲终辄云：“阿子汝闻不？”无几而穆帝崩。褚太后哭“阿子汝闻不？”声既凄苦，因以名之。

① 《古今乐录》旧题陈释智匠，实在误谬，因书中言及隋、唐，余别有专文论之。

《宋书·五行志》说："升平中，童子辈忽歌于道，曰《阿子》，闻曲终辄云："阿子汝闻不？"无几而穆帝崩，太后哭曰："阿子汝闻不？"歌词的命名系取于曲终之"阿子汝闻不？"遂即系以"无几而穆帝崩，太后哭曰：'阿子汝闻不'"者，认歌词曲终之"阿子汝闻不"是应验的谶语。《古今乐录》于"太后哭：'阿子汝闻不'"下，添上"声既凄苦，因以名之"二句，则歌词的命名，非取童子所歌的曲终之"阿子汝闻不"，乃取于太后哭声之"阿子汝闻不"了。

三　前溪歌

《前溪歌》，没有人给它一个故事，只有人给它一个作者。《宋书·乐志》说：

《前溪歌》者，晋车骑将军沈玩所制。

但到杜佑作《通典》的时候，又由沈玩变为沈充。《乐典》五说：

《前溪歌》者，晋车骑将军沈充所制也。

生在千数百年后的我们，信《宋书》呢？还是信《通典》呢？索性全不信吧。你看《玉台新咏》卷十里已经载有《前溪》一首：

黄葛结蒙茏，生在洛溪边；花落逐流去，何见逐流还？

并没有挂在沈玩或沈充名下，仅列在《近代吴歌》之中，我们便可以知道它一定是民间的产物；什么沈玩，沈充，都没有做它的生母的资格。

胡仔《苕溪渔隐丛话》说：

于竞《大唐传》：湖州德清县南前溪村，则南朝集乐之处；今尚有数百家习音乐，江南声伎，多自此出，所谓舞出前溪者也。

据此可知，前溪是德清县南的乡村，那里的人民喜欢集乐，因此有《前溪歌》。这也足可证明此歌产自民间，不是沈玩、沈充所作。

四　督护歌

《督护歌》的来源，《宋书·乐志》也给它一个故事的说明：

> 《督护哥》者，彭城内史徐逵之为鲁轨所杀，宋高祖使府内直督护丁旿收敛殡埋之。逵之妻，高祖长女也，呼旿至阁下，自问敛送之事，每问，辄叹息曰“丁督护！”其声哀切，后人因其声，广其曲焉。

可是《旧唐书·音乐志二》又说：“《督护》，晋、宋间曲也。……今歌是宋孝武帝所制。”所有晋、宋间曲，今全亡失；宋孝武帝所制者今存五篇于《乐府诗集》，其中有“督护”字者三首：

> 督护北征去，前锋无不平；朱门垂高盖，永世扬功名。
> 督护北征去，相送落星墟；帆樯如芒柽，督护今何渠？
> 督护初征时，侬亦恶闻许。愿作石尤风，四面断行旅。

这明明是一个军官（督护）的太太或情人送他远征的伤别词，和徐逵之夫妇的故事有什么关系？虽然宋孝武帝所制不是原始的民歌，但原始的民歌必定与此不甚相远。后人见到“督护”两字，遂与徐逵之妻问丁督护的故事缘附，《宋志》只题《督护歌》，《乐府诗集》又加上一个“丁”字，遂与徐、丁的故事成了不解之缘。这里应予指出的是：徐逵之是内史，不是督护，督护是殡殓他的丁旿。说是推衍徐逵之妻叹声，等于说徐逵之妻与丁督护有染，伤别丁督护出征了，岂不是绝大的笑话！

五　团扇歌

《团扇歌》的故事，依《宋书·乐志一》是：

> 晋中书令王珉与嫂婢有情，爱好甚笃，嫂捶挞婢过苦，婢素善哥，而珉好捉白团扇，故制此哥。

嫂婢还没有名字，到《古今乐录》便姓谢名芳姿了，故事也便越发繁复有趣了：

《团扇郎歌》者，晋中书令王珉捉白团扇，与嫂婢谢芳姿有爱，情好甚笃。嫂捶挞婢过苦，王东亭闻而止之。芳姿素善歌，嫂令歌一曲，当赦之。应声歌曰："白团扇，辛苦互[1]流连，是郎眼所见。"珉闻，更问之："汝歌何遗？"芳姿即改云："白团扇，顦顇非昔容，羞与郎相见。"后人因而歌之。

王东亭，名珣，字元琳；是晋代有名的儒臣，是王珉的哥哥。东亭是他的封号。由是这个故事又多出了一个鼎鼎大名的男角，凑成男女两对。

到宋代郑樵的《通志·乐略一》便又由谢芳姿变为谢芳，由嫂婢变成王珉的侍人，而且歌词也不同了：

晋中书令王珉好执白团扇，其侍人谢芳哥之。或云：珉与嫂婢谢芳有情，嫂鞭挞过苦，婢善歌，而作此曲。

其辞云："团扇复团扇，持许自遮面。憔悴无复理，羞与郎相见。"

用团扇遮面的原因是因为"憔悴无复理，羞与郎相见"。则团扇又由王珉的手里度到谢芳的手里去了。

这个故事确是好玩；但"一国三公，吾谁适从？"我们忍心割爱吧！你看与《宋书》时相先后，比《古今乐录》、《通志》都早的《玉台新咏》，与此全异其说。《玉台新咏》卷十载《团扇歌》三首，不系在王珉名下，也不系在谢芳或谢芳姿名下，却系在桃叶名下，而且《团扇歌》上有"答王"二字，王是指的王献之。歌词三首，第三首便是《通志》所载的一首；余二首是：

七宝画团扇，粲烂明月光；与郎却暄暑，相忆莫相忘！
青青林中竹，可作白团扇。动摇郎玉手，因风托方便。

又与谢芳或谢芳姿完全无关，固然桃叶也是镜花水月（参阅论《桃叶歌》节），但我们也可以由传说之不同而知其不足信了。

---

① 原作"五"，形之讹也。

六 长史变歌

叫我一筹莫展的，莫如《长史变歌》。《宋书·乐志一》说：

> 《长史变》者，司徒左长史王廞临败所制。

只说是司徒左长史，没有说出何朝何代，以著书的体例论，当在宋时，因为载在《宋书》。虽然《乐府诗集》引此言添上一个“晋”字，但我们不能不以原书做根据。

杜佑《通典·乐典五》却真认为是晋人了。说：

> 《长史变》者，晋司徒左长史王廞临败所制。

自此以后的被录乐府的书，如《旧唐书》的《音乐志》，《通志》的《乐略》，《通考》的《乐考》……都承袭《通典》之说，由是王廞遂自宋朝跳到晋朝。可是我找遍晋、宋两书，都没有王廞其人。就“临败”两字推测，一定是个轰轰烈烈的伟人，无论他是叛贼抑是讨贼者，作晋、宋两书的似乎不应当忘掉；既知他有“临败”的一桩惊天动地的壮举，为什么不为他立传？不立专传，至少也应当有附传。——我真有点莫明其所以然！

七 黄鹄曲

《古今乐录》告诉我们《黄鹄曲》是《吴声歌曲》（据《乐府诗集》卷四十四引），《晋书·乐志》又告诉我们《吴声歌曲》“并出江南……其始皆徒歌，既而被之管弦”。所以我们敢断定《黄鹄曲》其始是江南的徒歌。它的歌词现存四首于《乐府诗集》卷四十五，的确是始为徒歌的风味。我们现在似乎应当举一首作例：

> 黄鹄参天飞，半道郁徘徊。腹中车轮转，君知思忆谁？

这是第一首，余三首的起句，也同样为“黄鹄参天飞”，这当然只是偶然的起兴，不会是引用古代的故事。但《乐府诗集》却将《列女传》上的陶婴故事拉来了：

> 《列女传》曰："鲁陶婴者，鲁陶明之女也。少寡，养幼孤，无强昆弟，纺绩为产。鲁人或闻其义，将求焉。婴闻之，恐不得免，乃作歌明己之不更二庭也。其歌曰：'悲夫黄鹄之早寡兮，七年不双！宛颈独宿兮，不与众同！夜半悲鸣兮，想其故雄。天命早寡兮，独宿何伤？寡妇念此兮，泣下数行！呜呼哀哉兮，死者不可忘！飞鸣尚然兮，况于真良！虽有贤雄兮，终不重行。'鲁人闻之，不敢复求。"

这个故事的有无我们姑且不问，我们只问它和《黄鹄曲》有什么关系？若这样强拉强扯，则可与古事附会的歌词岂止《黄鹄》一曲？而且作歌谣的匹夫匹妇或樵童弱女，岂不都成了博古的史学家了吗？

八　碧玉歌

《碧玉歌》的故事，特别的叫人感觉甜蜜，虽然它极简单，《乐府诗集》卷四十五引《乐苑》说：

> 《碧玉歌》者，宋汝南王所作也。碧玉，汝南王妾名。以宠爱之甚，所以歌之。

有这样一个甜美的故事附在《碧玉歌》上，确是相得益彰。但我们为求真起见，又不能不忍心否认。为一个宋汝南王，累我在挥扇如雨的溽暑天气，遍翻了一次《宋书》和《南史》，只落得一个"踏遍铁鞋无寻处"！其实，哪有宋汝南王？《通典·乐典》说：

> 《碧玉歌》者，晋汝南王妾名，宠好故作歌之。

我们找出《乐苑》以前的书，才知道宋汝南王原是晋汝南王。晋汝南王，《晋书》卷五十九有传，名亮，字子翼，宣帝第四子。我们知道《碧玉歌》是《吴曲》（《乐府诗集》即列在《吴曲》），便知道决不是西晋产物，便知道决不是汝南王所作，便知道这碧玉决不是汝南王的妾。而且比《通典》更早的《玉台新咏》便不这样说，该书卷十孙绰名下有《情人碧玉歌》二首：

碧玉小家女，不敢攀贵德；感郎千金意，惭无倾城色。
碧玉破瓜时，郎为情颠倒；感郎不羞郎，回身就郎抱。

则徐陵（《玉台新咏》的编撰者，陈时人）时候，碧玉还只是一个文人的情人或姬妾，并没有登侯王之门。

可是为什么他们偏要说是汝南王的妾呢，我想必有原因。梁元帝的《采莲曲》说（据《乐府诗集》卷五十）：

碧玉小家女，来嫁江南王。莲花乱脸色，荷叶杂衣香，因持荐君子，愿袭芙蓉裳。

这“江南王”三字，似乎当解为江南姓王的，不当解为一个封为江南王的。因为江南姓王的是泛指，封为江南王的是实指。若是实指便应当有根据，而这里的根据却无从寻找。况说《采莲曲》所有歌词的题材大半是江南的风景，所以歌中“江南”字样极多，如刘孝威的一首说：

金桨木兰船，戏采江南莲。

吴均的一首说：

江南当夏清，桂楫逐流萦。

又一首说：

问子今何去，去采江南莲。

在这种“江南当夏清，桂楫逐流萦”的醉人时节、醉人情事中，哪容他(梁元帝）来忆及不相干的江南王呢？再进一步说，“来嫁江南王”的“王”字，固然当解为姓王的，但也不能太沾滞，说一定嫁的是江南姓王的；所以独用“王”

字的原因，恐怕只是取其与“香”字、“裳”字协韵。江南王也不过像说“苏家嫂”、“李家妻”，“张三”、“李四”一样，我们一定太沾滞的诠解它未免太笨，而且文学之美便被你送掉了。

我们还有一个强而有力的证据：梁元帝歌的“江南王”就解为真是江南姓王的吧，或就解为真是封为江南王的吧，那和晋朝的汝南王便愈发风马牛不相及，因为江南王不是汝南王。梁元帝比徐陵早，比其他著录《碧玉歌》的人更早，老前辈明明说“来嫁江南王”，明明不知道是晋汝南王的妾，后生小子哪里能知道是汝南王的妾呢？——但他所以说是汝南王的妾的原因，恐怕就是错读了梁元帝的歌词呢？

至于“碧玉”，最早也许真有这样一个人，她虽生在小家，却很美丽，后来便成了小家美女的共名。所以晋孙绰时有碧玉[①]，梁武帝（详下文）、梁元帝时也都有碧玉，李暇（详后）时也还有碧玉，直到现在人们谈到贫寒的美女，还总好说是“小家碧玉”。正如同春香成了历代的婢女，小二成为历代的店伙一样。也许根本就没有此人，“碧玉”二字是作歌者所虚构，亦未可知？

《玉台新咏》卷十还载有梁武帝的《碧玉歌》一首：

杏梁日始照，蕙席欢未极。碧玉捧金梧，绿酒助花色。

《玉台新咏》此处所载梁武帝的歌诗尚多，什么《子夜》，《上声》，《欢闻》，《团扇》……之类，都各有一两首，似乎是梁武帝仿俗乐而作，所以不能以武帝也有一首而说徐陵时代也有认碧玉为梁武妾者。但《乐府诗集》卷四十五有李暇的《碧玉歌》一首说：

碧玉上宫妓，出入千花林；珠被玳瑁床，感郎情意深。

则碧玉又不像是寒酸文人的情人，而是帝王的宫妓，似乎又在认为与梁武帝有关系了。

一个小家碧玉，能为晋汝南王的侍妾，能为晋孙绰的情人，能为梁武帝的宫妓，又能“来嫁江南王”，最奇者还能为无法寻找的宋汝南王的妾，真是灵

① 《玉台新咏》所载的两首《情人碧玉歌》，真是孙绰所作吗？我非常的怀疑；但所有咏碧玉的歌子，不见得是一个时代的产儿，这是可以断定的。

异的女子，怪不得他们都要为之“情颠倒”了。

九　桃叶歌

程大昌《演繁露》卷三“桃叶条”：

> 《桃叶歌》，王子敬为其妾作，辞曰：“桃叶复桃叶，渡江不用楫。”王惟之谓“渡江不用楫”，隐语也，谓横波急也，此语极似有理，而施建《乐府广题》所载乃不然。曰：“‘桃叶复桃叶，渡江不用橹；风波了无常，没命江南渡。’陈末，人多歌。后隋平陈、晋五营六合之桃叶山，实应其语。”建既得其本辞载之，则谓寄意横波者非也。

《乐府诗集》卷四十五载《桃叶歌》三首：

> 桃叶映红花，无风自婀娜。春花映何限，感郎独采我。
> 桃叶复桃叶，桃树连桃根。相怜两乐事，独使我殷勤。
> 桃叶复桃叶，渡江不用楫。但渡无所苦，我自来迎接。

又载标题“同前”者一首：

> 桃叶复桃叶，渡江不待橹。风波了无常，没命江南渡。

歌词中的“桃叶”，“桃树”，“桃根”，我想只是歌诗的“兴起”，就是古人所谓“赋比兴”的“兴体”。作歌的人嫌只说“春风映何限，感郎独采我”，太单调了，太突兀了，由是用“桃叶映红花，无风自婀娜”两句兴起。嫌只说“相怜两乐事，独使我殷勤”太单调了，太突兀了，由是用“桃叶复桃叶，桃树连桃根”两句兴起，这是我们中国诗——尤其是风谣体很普通的写法，兴起的句子和本文并没有意义的关系，只有音韵的关系，只是取“娜”字和“我”字协韵，“根”字和“勤”字协韵。至于所以独以“桃叶”，“桃树”，“桃根”兴起，也没有什么了不得的道理，只是郑樵所说：“作诗者一时之兴，所见在是，不谋而感于心也。”（《六经奥论》卷前《读诗易法》）

这种起兴的写法，《诗经》中的《南》与《风》已经很多，——如“窈窕淑女，君子好逑”的前面，先有两句“关关雎鸠，在河之洲”（《周南·关雎篇》）。“之子于归，宜其室家”的前面，先有两句“桃之夭夭，灼灼其华”《召南·夭桃篇》）。虽然经生者流一定给它一种牵强附会的意义，但我们知道这实在只是有音韵关系的兴起语。

现在的童谣，也常见此种写法，随便举一首，例如：

> 芭蕉扇，节打节。娶个老婆黑锅铁。人人说我老婆黑，我说老婆紫檀色；人人教我休了罢，隔（割）心隔（割）胆舍不得（《童谣大观》）。

我们知道《桃叶歌》属《吴曲》，又知道《吴曲》大半“始皆徒歌，既而被之弦管”（《晋书·乐志》）。所以我们可以用歌谣顶普通的兴起的写法来解释。但我们喜附故事的先民，却因为“桃叶”二字便有了文章了。《古今乐录》说：

> 《桃叶歌》者，晋王子敬之所作也。桃叶，子敬妾名；缘于笃爱，所以歌之（引见《乐府诗集》卷四十五）。

比《古今乐录》再早的《玉台新咏》虽没有说桃叶是王子敬之妾，但在王献之名下载《情人桃叶歌》二首，第一首即《乐府诗集》所载的第三首，第二首亦即《乐府诗集》的第二首。接着又在桃叶名下载《答王团扇歌》三首（歌词见《团扇歌》一节），已经暗示桃叶是王子敬的情人或姬妾了，——最低已由“桃树连桃根”上的桃叶变为娇滴滴的女郎了。

《玉台新咏》所著录的三首《答王团扇歌》，在《乐府诗集》（卷四十五）列为《团扇郎》一种，共歌六首，此三首都在内。引《宋书·乐志》卷一说：

> 晋中书令王珉与嫂婢有情，爱好甚笃，嫂捶挞婢过苦，婢素善哥，而珉好捉白团扇，故制此哥。

虽然我们对《宋志》的话也只承认是一种故事（详论《团扇歌》节），但我们由此可知徐陵以前的沈约还不知有《团扇歌》为桃叶作的传说。

而且，歌词中的“桃叶”若真是女郎的名字，真是王子敬的妾，那末，“桃树”、“桃根”又是什么呢？阮阅《诗话总龟》前集卷七引刘忠叟《乐府集》说："桃叶，王献之爱妾名也，其妹曰桃根。"时代愈晚，故事的附会愈为完美。可惜"桃树"还未及变为桃叶的姊妹，致丢遗一个绝大的漏洞。

以"桃叶"为王子敬之妾，本出于著录乐府者之误信传说，王子敬当然也想不到他有这样一段天外飞来的艳福艳史，给他作传的人当然也不知道，所以没有叙及；直至吴兆宜作《玉台新咏注》，桃叶之为子敬妾，才有史传可稽。他说：

> 《晋书》：王献之，字子敬，娶郗昙女，后离婚，尚新安公主。桃叶，其妾也。

自此有史为证，"桃树连桃根"上的桃叶，不得不变为娇滴滴的女鬼来作死后的王子敬的死妾，再没有反抗的余地。不错，自"王献之"至"尚新安公主"确见于《晋书》；但"桃叶，其妾也"，则出于吴兆宜的手笔了。

十　懊侬歌

《懊侬歌》也是极艳丽的歌曲，当然也须附在极艳丽燕婉的人的身上，才更有意味。《古今乐录》（《乐府诗集》卷四十六引）说：

> 《懊侬歌》者，晋石崇绿珠所作，唯"丝布涩难缝"一曲而已。后皆隆安（公元三九四年—公元四〇一年）初民间讹谣之曲。宋少帝更制新歌三十六曲。齐太祖常谓之《中朝曲》，梁天监十一年（公元五〇二年），武帝敕法云改为《相思曲》。

按"丝布涩难缝"一曲的歌词是：

> 丝布涩难缝，令侬十指穿。黄牛细犊车，游戏出孟津。

为什么独说这一首是绿珠所作？莫非是因为孟津离金谷园很近的缘故？其实《古今乐录》以前的书就不这样说。《宋书·乐志一》说：

> 《懊侬哥》者，晋隆安初民间讹谣之曲。语在《五行志》。宋少帝更制新哥，太祖常谓之《中朝曲》。

《五行志》的话是：

> 晋安帝隆安中，民忽作《懊恼歌》，其曲中有“草生可揽结，女儿可揽抱”之言。

《乐志》名《懊侬歌》，这里又名《懊恼歌》。命名的来源，我想就在歌词里面。《乐府诗集》卷四十六著录《懊侬歌》十四首，最末一首是：

> 懊恼奈何许！夜闻家中论，不得侬与汝！

取前两个字便叫“懊恼”，取歌意的使侬懊恨便叫“懊侬”，和绿珠有什么关系？虽然我们也觉得附在她的身上的确是更饶趣味。

《古今乐录》使她依附石崇的姨太太绿珠，《南史》卷四十五《王敬则传》则又使它依附于王敬则的儿子仲雄身上：

> ［明］帝既多杀害，敬则自以高、武旧臣，心怀忧惧。帝虽外厚其礼而内相疑备……伪倾意待之，以为游击将军。遣敬则世子仲雄入东。仲雄善弹琴，江左有蔡邕焦尾琴在主衣库，上（明帝）敕五日一给仲雄。仲雄在御前鼓琴，作《懊侬曲》，歌曰：“常叹负情侬，郎今果行许。”又曰：“君行不净心，那得恶人题。”帝愈猜愧。

后敬则举兵反，凡十日而败。

“常叹负情侬”二句也见于《乐府诗集》，全文如下：

> 我与欢相怜，约誓底言者。常叹负情人，郎今果成诈。

《南史》作“侬”，《乐府》作“人”，意义无殊。《南史》作“许”，《乐府》作“诈”，当以《乐府》为是。《乐府诗集》极好搜罗故实，独此不载，所以也未必可信。《古今乐录》说除了“丝布涩难缝”，都是“民间讹谣之曲”，《宋书·乐志》亦以为言。仲雄是煊赫一时的王敬则的少爷，不能算作“民间”；作于“御前”，不能算是“讹谣”。前者如可信，则此不可信无疑。

十一 华山畿

《华山畿》的故事，最能使读者陶醉。《古今乐录》（《乐府诗集》卷四十六引）说：

> 《华山畿》者，宋少帝（公元四二三年—公元四二四年）时《懊恼》一曲，亦变曲也。少帝时，南徐一士子，从华山畿往云阳。见客舍有女子，年十八九，悦之无因，遂感心疾。母问其故。具以启母。母为至华山寻访，见女，具说。闻，感之，因脱蔽膝，令母密置其席下，卧之当已。少日果差。忽举席见蔽膝而抱持，遂吞食而死。气欲绝，谓母曰："葬时，车载从华山度。"母从其意。比至女门，牛不肯前，打拍不动。女曰："且待须臾。"妆点沐浴，既而出。歌曰："华山畿，君既为侬死，独活为谁施？欢若见怜时，棺木为侬开！"棺应声开，女透入棺，家人叩打，无如之何，乃合葬，呼曰："神女冢。"

这个故事，以文学的眼光视之，当然极有趣味；以史学眼光视之，则极其荒唐。荒唐与否，我们且不管；只看现存二十五曲（《乐府诗集》卷四十六），第一曲便是女主角所歌的"华山畿，君既为侬死……"一首，自然和华山畿的故事相合。其余二十四首都是普通的情歌，若说她是歌咏华山畿的故事，总觉得有点太牵强附会。《古今乐录》说："宋少帝时《懊恼》一曲，亦变曲也。"今《乐府诗集》所著录的第六首，起首二字适为"懊恼"，全文如下：

> 懊恼！不堪止。上床解腰绳，自经屏风里。

则这一首似乎是宋少帝时的《懊恼》一曲？《古今乐录》说是变曲；变曲是由旁的曲子变来的，如《子夜变歌》是由《子夜歌》变来的，《欢闻变歌》是由《欢闻歌》变来的。《乐府诗集》在《华山畿》的前边著录《懊侬歌》，引《宋书·五行志》说："晋安帝隆安中，民忽作《懊恼歌》。"《通志·乐略一》懊侬的"侬"作"憹"，说"憹"一作"恼"。可见《懊侬歌》亦名《懊恼歌》，《乐府诗集》的排列次序，大半置变歌于本歌之后，所以我疑心《华山畿》是《懊侬》的变歌。命名《华山畿》的缘故，是因为第一首的发端有"华山畿"

字样。至于《华山畿》的故事，恐是第一首歌词的演绎吧？——即使真有这个故事，除第一首外，也都和它根本没有关系的。

十二 读曲歌

乐府词中的故事，尽管不合事实，却是颇有意味的。以史学的眼光分析，诚然有附会之嫌；若以文学的眼光欣赏，则觉得她与乐府词真是“相得益彰”。但是，这不能一概而论。《读曲歌》是如何的艳美，而且流传至今的还有八十九首之多；几是字字珠玉，句句玲珑。不知趣的《宋书·乐志》和《古今乐录》所附上的两个不同的故事，都是味同嚼蜡，不能不说是“佛头著粪”！《宋书·乐志》说：

> 《读曲哥》者，民间为彭城王义康所作也。其哥云：“死罪刘领军，误杀刘第四”是也。

《古今乐录》说（《乐府诗集》卷四十六引）：

> 《读曲歌》者，元嘉十七年（公元四四〇年）袁后崩，百官不敢作声歌，或因酒谎，止窃声读曲细吟而已，以此为名。

“死罪刘领军，误杀刘第四”，没有问题的和《读曲歌》毫无关系，因为太不相类了。解读曲为“不敢作声歌，只窃声读曲细吟”，倒是很能顺释字面，亏他不成小学家！但是我们翻开比《古今乐录》再早的《玉台新咏》（卷十），它的名字不作读书的“读”，而作孤独的“独”。载歌一首：

> 柳树得春风，一低复一昂。谁能空相忆，独眠度三阳！

此歌实在当名“独曲”，不当名“读曲”。不惟“独曲”之名较早，全部歌中满蕴藏着离愁别绪的独孤滋味，不但见于《玉台新咏》的此篇为然。那末“读曲细吟”的故事，自然无从附丽了。

《宋书·乐志》，《古今乐录》所载的两件关于《读曲歌》的产生及得名的故事，都是“味同嚼蜡”。《古今乐录》又载有关于《读曲歌》既经流行后的故事，则颇有意味，自然也不是事实。我们姑且钞在下面：

南齐时，朱硕仙善歌吴声《读曲》。武帝出游钟山，幸何美人墓。硕仙歌曰："一忆所欢时，缘山破芿荏。[①]山神感侬意，盘石锐锋动。"帝神色不悦，曰："小人不逊，弄我。"时朱子尚亦善歌，复为一曲云："暖暖日欲冥，观骑立蜘蟵。太阳犹尚可，且愿停须臾。"于是俱蒙厚赉。

十三　青溪小姑曲

《青溪小姑曲》的歌词，现存者只有一首：

开门白水，侧近桥梁。小姑所居，独处无郎。

此曲当然可以名"小姑"；为什么添上"青溪"二字名"青溪小姑"？这便太难推测了。《乐府诗集》卷四十七将吴均《续齐谐记》中的青溪女郎故事载入。

会稽赵文韶，宋元嘉中，为东扶侍，廨在青溪中桥。秋夜步月，怅然思归，乃倚门唱《乌飞曲》。忽有青衣，年可十五六许，诣门曰："女郎闻歌声有悦人者，逐月游戏，故遣相问。"文韶都不之疑，遂邀暂过。须臾，女郎至，年可十八九许，容色绝妙。谓文韶曰："闻君善歌，能为作一曲否？"文韶即为歌"草生盘石下"，声甚清美。女郎顾青衣，取箜篌鼓之，泠泠似楚曲。又令侍婢歌《繁霜》，自脱金簪，扣箜篌和之。婢乃歌曰："歌繁霜，繁霜侵晓幕。伺意空相守，坐待繁霜落！"留连宴寝，将旦别去，以金簪遗文韶，文韶亦赠以银碗及琉璃匕。明日，于青溪庙中得之，乃知得所见青溪神女也。

又引干宝《搜神记》说：

青溪小姑，蒋侯（子文）第三妹也。

---

① 此据《乐府诗集》卷四十六引；吴兆宜《玉台新咏注》引作"荏苒"。

《青溪小姑曲》的一首歌词莫非真为青溪女神而咏吗？只得说一句“书阙有间，无从稽考矣！”据宋程大昌《演繁露》卷三“三姑庙”条称：

建康清溪有庙，中塑三妇人像。《舆地志》谓为清溪姑。其在南朝数尝见形，今《建康志》因曰：“隋晋王广尝即其地斩丽华、孔贵嫔，因并清溪姑者，数以为三，俗亦呼三姑庙。此说非也。按吴均《续齐谐记》：“会稽赵文韶，宋元嘉五年为东宫扶侍，居清溪，犯梦妇人携二婢过之，女赠金簪，文韶报以银碗、琉璃，比明，至清溪庙中。见碗已在焉；庙中女姑神像青衣婢侍立，乃犯来所遇。”即《舆地志》所谓尝见形者。然则三妇人像，宋已有之，安得为张、孔乎？

而《古今图书集成》引《江宁府志》则又云：

青溪夫人祠，在金陵闸。……夫人南朝时甚有灵验，宋犹有之，今废。按青溪小姑者，汉秣陵尉蒋子文妹也。尝遇难，妹挟两女投溪中死，青溪小姑祠，其来旧矣。

歌词来源虽未言及，这故事确是流传下来了。

十四　石城乐

《石城乐》的作者，自《旧唐书》以来，公认出于宋朝的臧质。所以作乐的原因，据说有这样的一个故事：

石城在竟陵，质尝为竟陵郡，于城上眺瞩，见群少年歌谣通畅，因作此曲。歌云：“生长石城下，开门对城楼。城中美年少，出入见依投。”

依我看，不是因为质“于城上眺瞩，见群少年歌谣通畅，因作此曲”；实是因为此歌中在表现着这样的情况，好事者才给臧质造这样一个故事来附会歌词。虽然臧质确是“尝为竟陵郡”，但这只能说是附会者的聪明，不能据以说真有这样一件事。歌词现存五首于《乐府诗集》卷四十七，《唐志》所载的是第一首，余四首如下：

阳春百花生，摘插环髻前。捥指蹋忘愁，相与及盛年。
布帆百余幅，环环在江津。执手双泪落，何时见欢还？
大艑载三千，渐水丈五余。水高不得渡，与欢合生居。
闻欢远行去，相送方山亭。风吹黄蘖藩，恶闻苦离声。

这又和臧质有什么关系呢？难道也是因为“于城上眺瞩，见群少年歌谣通畅”而作的吗？就说能以和臧质缘附的第一首吧，《玉台新咏》列在《近代西曲歌》，并没有作者，更没有附带的作歌的原因。

假使我们承认考古者应以为据，则不能不承认《石城乐》根本是一种民歌，和臧质是各不相谋的。

十五　莫愁乐

关于莫愁的故事和歌词，我想另为专文论述，此处不想多说；只将应请读者特别注意的地方写在下面：

据《旧唐书·音乐志二》说：

> 《莫愁乐》出于《石城乐》。石城有女子名莫愁，善歌谣；《石城乐》和中复有“莫愁”声，故歌云：“莫愁在何处？莫愁石城西。艇子打两桨，催送莫愁来。”

《旧唐书》的意思，是说《莫愁乐》的产生原因有二：一，因石城有女子名莫愁；二，因为《石城乐》和中有“莫愁”声。何以知道石城有女子名莫愁？只是根据的《莫愁乐》的歌词。何以知道莫愁是女子？毫无证据，恐怕只是因为一班人的心理？觉得莫愁一定是女子才有意味。我们可以说，《莫愁乐》既然出于《石城乐》，而且《石城乐》和中又有“莫愁”声，那末《莫愁乐》明明是由“莫愁”声而来；《莫愁乐》中的莫愁，想是作歌者弄的把戏，不见得一定有此一人。不然，《石城乐》和中有“莫愁”声，石城地方便偏偏的有一名莫愁的女子，这我们没有别的可说，只是未免太巧了吧？

还有巧的呢，不惟石城有女子名莫愁，洛阳也有女子名莫愁，梁武帝的《河中之水歌》说：

河中之水向东流，洛阳女儿名莫愁。莫愁十三能织绮，十四采桑南陌头，十五嫁为卢家妇，十六生子字阿侯。

洛阳的莫愁，与石城的莫愁，有无关系？是否名字的偶同？抑或莫愁有孙悟空的技能，由石城一个筋斗便翻到洛阳，而且嫁给卢家？这恐怕只有天知道了。

还有更巧的呢，不惟石城有莫愁，不惟洛阳有莫愁，金陵也有莫愁。赵宋时的周邦彦有《西河》一阕（见《片玉词》卷下），自注说是“金陵忆古”，但里边有这样两句：

莫愁艇子曾系，空余旧迹！

《旧唐书》说《莫愁乐》出于《石城乐》，又说《石城乐》是宋臧质所作，假使我们信以为真的话，则石城的莫愁，大概是刘宋时人？梁时翻了一个筋斗，“起死人，肉白骨”，飞到洛阳，嫁到卢家。赵宋时又翻了一个筋斗，由石城跳到金陵，真是妙不可言！

她怎样的翻到洛阳，我们不大知道；她翻到金陵的路线，我们还有法可寻。后魏时的张祜有《莫愁乐》一曲（据《乐府诗集》卷四十八）说：

侬居石城下，郎到石城游；自郎石城出，长在石城头。

这里的石城头，当然是石城的城头，但周老先生却误认为是金陵的石头城，由是金陵成了“莫愁艇子曾系”的处所了！

【附录】《容斋三笔》及《云麓漫钞》各一则

此文草毕，因搜求宋代文学批评史料，翻阅宋人文集笔记，见洪迈《容斋三笔》有“两莫愁”一条，与余所考全同，所据诗词亦无异，余竟未稽阅，录之以自箴疏忽，且以古人已先得我心焉。又赵彦卫《云麓漫钞》亦谓周美成词误用，一并录下。《容斋三笔》卷十一“两莫愁”条云：

莫愁者，郢州石城人，今郢有莫愁村。画工传其貌，好事者多写寄四远。《唐书·乐志》曰：“《莫愁乐》者，出于《石城乐》，石城有女子名莫愁，善歌谣。”古词曰：“莫愁在何处？莫愁石城西。艇子打两桨，催送莫愁来”者是也。李义山诗曰：“海外徒闻更九州，他生未卜此生休。空传虎旅鸣宵柝，无复鸡人送晓筹。此日六军同驻马，他时七夕笑牵牛。如何四纪为天子，不及卢家有莫愁？”此莫愁者洛阳人。梁武帝《河中之歌》曰：“河中之水向东流，洛阳女儿名莫愁。莫愁十三能织绮，十四采桑南陌头，十五嫁为卢家妇，十六生儿似阿侯。卢家兰室桂为梁，中有郁金苏合香，头上金钗十二行，足下丝履五文章，珊瑚挂镜烂生光，平头奴子擎履箱，人生富贵何所望？恨不早嫁东家王”者是也。庐氏之盛如此，所云“不早嫁东家王”，莫详其义。近世周美成乐府《西河》一阕，专咏金陵，所云“莫愁艇子曾系”之语，岂非误指石头城为石城乎？

《云麓漫钞》卷五云：

周美成作《西河》词有云：“莫愁艇子曾系”，比郢州之石城，皆误用（泽案：原文前有汪彦章为《豫章石头记》，误用金陵石头城，故曰“皆误用”）。古乐府云：“莫愁在何处，莫愁石城西。艇子打两桨，催送莫愁来。”人不可考。

十六 乌夜啼

《乌夜啼》的命名，想是因为歌词里在展示着乌夜啼的一幅图画。《乐府诗集》卷四十七载《乌夜啼》八曲，第四、五两曲为：

可怜乌臼鸟，强言知天曙。无故三更啼，欢子冒暗去！
乌生如欲飞，二飞各自去。生离无安心，夜啼至天曙。

第四曲的意思，是懊恨乌夜啼将欢子惊走；第五曲的意思，是藉着乌夜啼比况自己的离愁别恨，意思不同，但都有乌夜啼。大概这一批歌词，是歌咏离愁别绪的，《乐府诗集》所存的八曲，除意思不可捉摸的第一曲外，没有一曲不是确切如此的。所以后来梁简文帝作《乌夜啼》说：

羞言独眠枕下泪，托道单栖城上乌。

刘孝绰的《乌夜啼》也说：

鹍弦且辍弄，鹤操暂停徽。别有《啼乌曲》，东西相背飞。倡人怨独守，荡子游未归。忽闻生离曲，长夜泣罗衣！

庾信的《乌夜啼》也说：

促柱繁弦非《子夜》，歌声舞态异《前谿》。御史府中何处宿？洛阳城头那得栖？弹琴蜀郡卓家女，织锦秦川窦氏妻。讵不自惊长泪落，到头啼乌恒夜啼。

本来六朝时举不出名氏的情歌，大半都是民间的歌谣，《乌夜啼》也当然不能例外。但一般文人总喜欢给它一个作者，给它一个故事。唐崔令钦的《教坊记》说：

《乌夜啼》，宋彭城王义康、衡阳王义季，帝囚之浔阳。后宥之。使未达，衡王家人扣二王所囚院曰："昨夜乌夜啼，官当有赦。"少顷，使至，故有曲。亦入《琴操》。

这是根据的《唐人说荟》本《教坊记》。《乐府诗集》引的《教坊记》比此更加详悉。说：

《乌夜啼》者，元嘉二十八年，彭城王义康有罪放逐，行次浔阳，江州刺史衡阳王义季留连饮宴，历旬不去。帝闻而怒，皆囚之。会稽公主，姊也，常与帝宴洽，中席起拜。帝未达其旨，躬止之，主流涕曰："车子岁暮，恐不为陛下所容！"车子，义康小字也。帝指蒋山曰："必无此；不尔，便负初宁陵！"武帝葬于蒋山，故指先帝陵为誓。因封余酒寄义康。且曰："昨与会稽姊饮，乐，忆弟，故附所饮酒往，遂宥之。"使未达浔阳，衡阳家人扣二王所囚院曰："昨夜乌夜啼，官当有赦。"少顷，使至，二王得释。故有此曲。

至后晋刘煦的《旧唐书·音乐志二》更由义季变为鼎鼎大名的《世说新语》的

作者义庆，歌词也便成了义庆所作，故事的本身也有些不同：

《乌夜啼》，宋临川王义庆所作也。元嘉十七年（公元四四〇年）徙彭城王义康于豫章，义庆时为江州；至镇，相见而哭。为帝所怪，征还宅，大惧。妓妾夜闻乌啼声，扣斋合云："明日应有赦。"其年更为南兖州刺史，作此歌，故其和云："笼窗，窗不开，乌夜啼，夜夜望郎来。"今所传歌，似非义庆本旨。

《乐府诗集》对所引《教坊记》的话加以驳斥说：

按史书称临川王义康为江州，而云衡阳王义季，传之误也。

其实呢，本来都是附会上的故事，与事实当然不能符合。据《宋书·临川武王传》（卷五十一），义庆于"（元嘉）十六年，改授散骑常侍，都督江州之西阳、晋熙、新蔡三郡诸军事卫将军江州刺史，持节如故。十七年，即本号都督南兖州、徐、兖、青、冀、幽六州诸军事，南兖州刺史，加开府仪同三司。"又卷六十八《彭城王义康传》："（元嘉）十七年十月……改授都督江州诸军事，江州刺史，持节侍中将军如故，出镇豫章。"义庆、义康，都做过江州刺史，义庆出镇豫章时遇见的江州刺史，当为义康。所以《乐府诗集》驳《教坊记》话中的义季，当是义庆之误，况且明明冠着他的封号临川王。但义庆"即本号都督南兖州、徐、兖、青、冀、幽六州诸军事，南兖州刺史，加开府仪同三司"，显是加官进禄，哪有"征还宅"的事情？

义康的释罪，确是赖着会稽公主的力量。本传说：

会会稽长公主于兄弟为长，太祖至所亲敬。义康南上后，久之，上尝就主宴集，甚欢。主起再拜稽颡，悲不自胜。上不能晓其意，自起扶之。主曰："车子，岁暮必不为陛下所容，今特请其生命！"因恸哭。上流涕，举手指蒋山曰："必无此虑，若违今誓，便负初宁陵。"即封所饮酒，赐义康。并书曰："会稽姊饮宴，忆弟，所余酒今封送。"车子，义康小字也。

但是哪有《乌夜啼》的鬼话呢？

大概故事的陶铸，时代愈晚，便愈完美，愈具体。《教坊记》说是衡阳王义季，说是在元嘉二十八年，确是和史实太背谬了。但流传的故事，本来是一种附会，和史实不合，是很平常的。到刘煦作《旧唐书》的时代便改衡阳王义季为临川王义庆，改元嘉二十八年为元嘉十七年，和史实不甚相远了（或者就是刘煦所改）。《教坊记》只说是“家人扣二王所囚院”，“家人”的范围是很笼统的，《旧唐书》便改为“妓妾夜闻乌啼声，扣斋阁云”了。《教坊记》只说“故有此曲”，作者是未指定的，《旧唐书》便指定是义庆，说是：“宋临川王义庆所作也。”但比他们都早的徐陵所编的《玉台新咏》卷十也著有《乌夜啼》一首，却只列在《近代西曲歌》，并没有作者，更没有所以作此歌的故事。其词曰：

歌舞诸年少，娉婷无穜（一作种）迹。菖蒲花可怜，闻名不曾识。

这就是《乐府诗集》所著的八首的第一首。由此可知作者及本事皆后人好事者所为也。

十七　估客乐

《估客乐》的著录，据现在流传的书，最早见于《玉台新咏》。《玉台新咏》卷十有《近代西曲歌》五首，第二首便是《估客乐》：

有信数寄书，无信心相忆；莫作瓶落井，一去无消息！

由此，我们可以确切的知道在徐陵时代，《估客乐》还是一种民歌，没有作者，更没有附带的故事。

但在徐陵以后，便慢慢的找到它的生母，而且找到它的生母能以产生它这“宁馨佳儿”的原因。它的生母，各书都说是齐武帝；它的生母如何的产生它，则其说各异。《旧唐书·音乐志二》和《通典·乐典五》这样说：

（帝）布衣时，常游樊、邓，登祚已后（《旧唐书》无此句），追忆往事而作歌（《旧唐书》多一“曰”字）：“昔经樊、邓役，假节（《旧唐书》作“阻潮”）梅根渚。感昔（《旧唐书》作“忆”）追往事，意满情不叙。”使太乐令刘瑶教习，百日无成。或启释宝月善音律，帝使宝月奏之，便就。敕歌

> 者常重为感忆之声。

《通典》的作者杜佑是唐时人，《旧唐书》的作者刘煦是后晋时人，所以我们敢断定唐朝以至后晋时，关于《估客乐》的传说只是如此。到宋朝便略有不同了。宋朝郑樵作《通志·乐略》，马端临作《文献通考·乐考》，所载齐武帝作歌的原因和《通典》、《旧唐书》同，惟歌辞多了，将《玉台新咏》所载的一首重新收入。这几种书所载的关于《估客乐》的故事似乎还不能令人满意吧？在旧题陈释智匠而实在成书很晚的《古今乐录》（引见《乐府诗集》卷四十八）里便颇有可观了。它在同他书一样的叙述齐武帝作歌，释宝月合乐，常重为感忆之声后，说“宝月又上两曲”。又说：

> 帝数乘龙舟，游五城，江中放观，以红越布为帆，绿丝为帆綷，鍮石为篙足；篙榜者悉著郁林布，作淡黄袴，列开，使江中衣出五城。殿犹在。

这个故事便很完美了。

十八　襄阳乐

宋程大昌《演繁露》卷一三“白铜鞮”条称：

> 《玉台新咏》载《襄阳白铜鞮歌》，大抵主言送别，且皆在襄阳。沈约曰：“分首桃林岸，送别岘山头。若欲寄音息，汉水向东流。”无名人一首云：“陌头征人去，闺中女下机，含情不能言，送别泪罗衣。”其末云：“龙马紫金鞍，翠毦白玉羁。照耀双阙下，知是襄阳儿。”郭茂倩《乐录》本《襄阳蹋蹄》，梁武西下所作，《玉台新咏》所载两首，皆沈约和白铜鞮，即太白所谓“襄阳小儿齐拍手，拦街争唱白铜鞮”者也。

《襄阳乐》在徐陵编《玉台新咏》的时候，只将它列在《近代西曲歌》，没有作者和附带的故事。歌词是：

> 朝发襄阳城，暮至大堤宿。大堤诸女儿，花艳惊郎目。

至唐杜佑作《通典》的时候，便有了作者，有了故事。《通典》中的《乐典五》说：

> 《襄阳乐》者，刘道彦为襄阳太守，有善政，百姓乐业，人户丰赡，蛮夷顺服，悉缘沔而居，由此有《襄阳乐》歌也。隋王（宜作“随王”，《宋书·竟陵王诞传》：“改封随郡王。”）诞作《襄阳乐》。始为襄阳郡，元嘉（公元四二五年—公元四五三年）末，仍为雍州刺史，夜闻群女歌谣，因而作之，所以歌和中有“襄阳来夜乐”之语也。

并且将《玉台新咏》所载的歌词一首列入，以为证佐。

杜佑是说原始的《襄阳乐》出于民间，是歌咏刘道彦德政的颂歌。至隋王诞因为“夜闻群女歌谣”，也来仿作此曲。但《古今乐录》（《乐府诗集》卷四十八引）和《旧唐书·音乐志二》便只说是“宋隋王诞之所作也”；关于作歌的缘故，和《通典》所述一样；只是没有民间为刘道彦作的故事。《旧唐书》且对此故事，加以否认，说：

> 裴子野《宋略》称：“晋安侯刘道彦为雍州刺史，有惠化，百姓歌之，号《襄阳乐》。”其辞旨非也。

《襄阳乐》的歌词，今存九首于《乐府诗集》卷四十八，说是民间颂扬刘道彦的歌子，自然是“其辞旨非也”，说是隋王诞作，也有些可疑。细观它的意旨，似乎是吴侬随郎到襄阳，却又憎嫌襄阳不如扬州的娇歌。第一首就是载于《玉台新咏》的“朝发襄阳城”，第二，三首云：

> 上水郎檐（当作“担”）篙，下水摇双橹；四角龙子幡，环环江当柱。
> 江陵三千三，西塞陌中央；但问相随否，何计道里长？

这很显然的是出发西上的情况。第四、五两首云：

> 人言襄阳乐；乐作非侬处。乘星冒风流，还侬扬州去。
> 烂漫女萝草，结曲绕长松；三春虽同色，岁寒非处侬。

这又是很显然的是到襄阳后的怀恋扬州的话。固然其余数首从字面看只是普通的情歌，和这四首所表现的故事不一定有关；但看第七首：

扬州蒲锻环，百钱两三丛；不能买将还，空手揽抱侬。

也像是吴侬思吴物的表示？由这一首和第二首看来，她的情人或丈夫大概是来往江上的挽船郎？假使这个推测不错，那末第一首："朝发襄阳城，暮至大隄曲（《乐府诗集》）作"宿"）；大隄诸女儿，花艳惊郎目。"也便是舟行所见的风光。"大隄诸女儿，花艳惊郎目"，绝似船女含有"酸素作用"的咀咒语。

统而观之，说它——《襄阳乐》——是吴侬随她的挽船郎到襄阳而憎嫌襄阳的娇恨而燕婉的歌子，恐怕不十分错误？即便不然，也决不似所说的隋王诞的故事；所以，也便决不是隋王诞所作。

十九　寿阳乐

《寿阳乐》的作者，《通典·乐曲五》说是：

南平穆王为荆河州作也。

《古今乐录》说是（《乐府诗集》卷四十九引）：

宋南平穆王为豫州所作也。

据《宋书》卷七十二《文九王传》，南平穆王名铄。"元嘉……二十二年（公元四四五年），迁使持节都督南豫、豫、司、雍、秦、并六州诸军事，南豫州刺史。时太祖方事外略，乃罢南豫州，并寿阳，即以铄为豫州刺史。"但并未载及为荆河州，所以，《通典》的说是他"为荆河州作也"，当然可疑。

南平穆王没有为荆河州，但确是曾为豫州，《古今乐录》说是他为豫州所作，我们生在千百年后，书阙有间矣，尽管你十分的怀疑，但没有方法可以否认。不过，为什么《通典》不说是为豫州所作，而说是为荆河州所作？这真使"笃信好古"者有些歉然。而且，其歌词与其他六朝乐府一样的近似风谣体，一样的酷似民间的情歌。如：

辞家远行去，空为君，明知岁月驶！
夜相思，望不来，人乐我独愁。

这也不能不减低我们的信任程度。

二十　杨叛儿

故事终久是故事，没有可以信为史实的，尤其是附在六朝乐府中的故事。《杨叛儿》的歌曲也照例有一件故事来依附。这个故事的起源在什么时候，我们不大知道；它什么时候来和这个歌子行了结婚礼，我们也不能十分确定；只知道在杜佑《通典》的《乐典五》里已经这样说：

《杨叛儿》，本童谣也。齐隆昌（公元四九四年）时，女巫之子曰杨旻。随母入内，及长为太后所宠爱。童谣云："杨婆儿，共戏来所欢。"语讹遂成杨叛儿。歌云："暂出白门前，杨柳可藏乌。欢作沉水香，侬作博山炉。"

自此以后，历代著录乐府的书，如《旧唐书·音乐志》，《通志·乐略》，《通考·乐考》等都毫不怀疑的照样钞录；由是歌词与故事成了人人承认的姊妹花，终古有极密切的关系。不作美的我，也无法使她们离异。不过我现在提出可疑的两点，请大家注意：

（一）南朝乐府中的故事，都是后人好事者所伪造或牵合，《杨叛儿》的故事，能否独是例外？

（二）据《乐府诗集》卷四十九，《杨叛儿》的歌，有这样一首：

杨叛西随曲，柳花经东阴；风流随远近，飘扬闷侬心！

"杨叛"二字能否解为"杨婆"的音讹？抑是和"柳花"对举的杨树上的一种东西？假使我们不解为"杨婆儿"，则《杨叛儿》歌的命名可知，这件故事的恣意附会也可知了。

二十一　西乌夜飞

《古今乐录》（《乐府诗集》卷四十九引）说：

> 《西乌夜飞》者，宋元徽五年（公元四七七年），荆州刺史沈攸之所作也。攸之举兵发荆州东下，未败之前，思归京师，所以歌。和云："白日落西山，还去来。"送声云："折翅乌，飞何处？被弹归！"

这种歌曲的名字大概是抽取的"歌和"和"送声"的意思。其歌词现存五首，假使我们认为他们有联属的关系，那末，便是一幕双双情死的悲剧。

> 日从东方出，团团鸡子黄。夫归（疑作"妇"）恩情重，怜欢故在傍。
> 暂请半日给，徙倚娘店前；目作宴瑱饱，腹作宛恼饥。
> 我昨忆欢时，揽刀持自刺；自刺分应死，刀作离楼僻。
> 阳春二三月，诸花尽芳盛；持底唤欢来，花笑莺歌咏。
> 感郎崎岖情，不复自顾虑；臂绳双人结，遂成同心去。

这和沈攸之有什么关系？《古今乐录》说："攸之举兵发荆州，东下，未败之前，思归京师，所以歌。和云：'白日落西山，还去来。'送声云：'折翅乌，飞何处？被弹归！'"其实是因为歌和云："白日落西山，还去来。"送声云："折翅乌，飞何处？被弹归！"所以才拿来附会沈攸之的"举兵发荆州东下，未败之前，思归京师。"未免太牵强了！——但各种故事的缘附每每如此，并不是只此一事为然也。

选自《罗根泽古典文学论文集》，上海古籍出版社1995年7月版，
原载《师大月刊》1936年第6期

从永明体到律体

郭绍虞

一

近年来，国内新诗界比较注意到音节的问题，鲜明的主张和热烈的讨论时常可以见到。这对于将来新诗声律的规定，究竟有无关系，又此种声律说对于新诗的前途将产生怎样的影响，现时固然不能预测。但是，既有人提出这些问题，则将来新诗之逐渐走上趋重音节的路或是当然的事实。本文所论，即在指出历史上自从提出声律问题之后，怎样进一步成为律体的经过。“椎轮为大辂之始，大辂宁有椎轮之质；增冰为积水所成，积水曾微增冰之凛”。文学史上踵事增华，变本加厉的情形，萧统在《文选序》中早已说明过了。

永明体的提倡声律问题，在文学史上确是值得注意的事实。在沈约以前，并不是没有人提出五音四声的问题，但是这只是声韵学上的问题，与文学之声律无关；也不是没有人提出诗赋中音节的问题，但是这也只能明其然而不能言其所以然：易言之，只成抽象的理论而不能作具体的说明。所以司马相如、陆机、范晔、谢庄诸人之音律说，虽有真有伪有存有佚，要之都不足以制定一种比较具体的声律。沈约诸人在文学史上的重要，即在能利用当时字音研究的结果，以为诗律的规定。于是以平上去入四声制韵，而同声相应者益见明晰；以平头上尾蜂腰鹤膝诸目论病，而异音相从者，至少也有消极的规律可以遵循。阮元《文韵说》云：“休文所矜为创获者，谓汉魏之音韵，乃暗合于无心，休文之音韵，乃多出于意匠也。”一出无心，一出意匠，这即是从古诗到永明体的分别。

我们现在先简单地说明永明体所提出的问题，然后可以知道律体的演成，是如何从永明体蜕变得来。

永明体所提出的问题，不外韵与和两部分。韵即四声，和同八病。韵是积极的条件，和是消极的条件。因为韵是积极的条件，所以刘勰说“韵气一定，故余声易遣”；因为和是消极的条件，所以刘勰说“和体抑扬，故遗响难契”。又因为韵是积极的条件，所以四声既分，后世奉为准绳，即进为律体，也不能有所变更。因为和是消极的条件，所以仍没有一定的规律。因知刘勰所谓“属笔易巧，选和至难，缀词难精，而作韵甚易”者，当着眼在这一方面，然后可知它所以难易的原因。

因此，我们可以说从永明体到律体中间的声律问题，也不过着重在“和”的问题而已。易言之，即是“和”的问题，从消极的条件，进为积极的条件而已。

我们现在先简略说明和的问题中所应当包含的问题。和的问题，应当着重在两部分：一是通篇的和，我们称之为“谐”，一是一联的和，即音偶的和，我们称之为“叶”。“叶”的问题，在沈约诸人只提出“宫羽相变，低昂舛节”的原则；由此原则，只指出“五字之中音韵悉异，两句之内角徵不同”的笼统的方法；由此方法，只规定“平头”、“上尾”、“蜂腰”、“鹤膝”等消极的条件，所以尚有待于补苴。“谐”的问题，则沈约诸人根本不曾注意到，所以律体的完成，即是声律上“谐”的问题推演的结果。

二

现在先论叶的问题。由叶的问题言，永明体与律体所注重者，各不相同。永明体所谓“宫羽相变，低昂舛节”者，固然可以包括平仄的问题，然而不全是平仄的问题。——至少，犹有四声的关系。沈约说过“十字之中颠倒相配，字不过十，巧历已不能尽”，假使重在平仄问题，则至简至易，何致如此！于此，我们更须知道刘勰之所谓“韵”、“和”可有两种解释：一是指每一字的韵和而言，一是指每一联或一首的韵和而言。上文所谓韵是积极的条件，和是消极的条件者，是指每一联或一首的韵和而言，假使我们就每一字的韵和而言，则韵主音尾，和主音之首腹；韵主音态，和主音势。音尾之别易明；首腹之变无穷；音态以有位腔的关系，比较有定准，音势则在同一发音状态之下而随作势之异可以发不同的音。所以协尾音易，调首腹之音难。协尾音而仅主音态，则易；调协句中的音节而兼主音势，则更难。刘勰所谓选和，所谓作韵，又可以从这一点解释。此二种解释虽不相同，然而并不冲突。因此，我们可以知道刘勰所谓飞沉，沈约所谓低昂，所谓轻重，所谓浮切，以及范晔所谓清浊，都是所谓和体抑扬的关系。盖当时之所谓抑扬律，虽可以从平仄方面去解释，然而未必仅仅只是平仄的问题。吴淇《选诗定论》有云：

> 今之为近体者，不过谓平声平道，上声抑，去声扬，入声抑于去而扬于平，分为一平三仄因以作式，两平夹一仄，两仄夹一平，以稳称其声势而

> 已。岂知字之抑扬，其来有自。微若气，细如发，岂区区在平仄之间乎？……试观等韵有十六摄，每摄有甚、有次，次如“思”，甚如“虞”，此一抑扬也。每摄七伦，有重有轻，轻如“飞”，重如“匪”，此亦抑扬也。每伦之音有清有浊，浊如“群”，清如“见”，此亦抑扬也。每音四声，有高有低，低如“上”，高如“去”，此亦抑扬也。……又乌得拘泥平仄一法，遂谓能尽抑扬之致乎？

此言极是。不过他以为这是“三代之遗而汉魏犹为近之”，以为“沈约不应以区区四声八病之说骄语古人”，则是结论与我们不尽相同的地方。我们以为永明体与律体的分别正在于此。《文中子·天地篇》称李伯药论诗“上陈应、刘，下述沈、谢，分四声八病，刚柔清浊，各有端序”。亦可知平仄之外，尚有它种抑扬关系。所以，永明体的诗有时可以不谐平仄。我们不妨套用吴淇的话：“永明体的声律，何尝区区只在平仄之间乎？”

然而平仄问题的提出，实在是声律说之进步，实在是从永明体的声律说得到启发而完成的。永明体之调“和”，正以不限于平仄，是多方面的关系，所以遗响难契。律体之调“和”，只重平仄，所以研顺声势之结果，会造成一定的声律。盖平仄之分，本从昔人长言短言中来，此较容易明白，而且重在音长则嘘翕疾徐之间，也容易见其抑扬。所以其他低昂、刚柔诸种关系渐渐不占重要，而可以统摄到平仄的关系中去。

不仅如此，自从侧重在平仄的问题，于是抑扬律中逐渐发见音步的关系。永明体之所谓八病，往往只重在某一字与某一字的相对，而并不是某一音步与某一音步的相叶，所以说：“十字之文颠倒相配。”盖它颠倒相配以使“宫羽相变、低昂舛节”者，重在每一字，而不是每一音步。所以永明体的病犯，有平头上尾蜂腰鹤膝诸称；而待到律体既定之后，当然不会再有此种病犯了。

这是永明体与律体在叶的问题的抑扬律中不同的一点。

三

现在应当说得比较详尽一些的，是“谐”的问题。谐则通篇一切的字音都须合律。永明体所注意的，只是“一简之内”、“五字之中”的问题而已。至多，也不过是“十字”，是“两句”，从不曾注意到通篇的音节。盖既在一句一联之内，讲究每个字的音韵尽殊，轻重悉异，当然不会注意到通篇音节的问题。待到发见音步的关系，于是进一步就有黏缀的方法，而通篇的音节遂于无意中间获到解决了。董文焕《声调四谱》谓：“绝句为诗之小成，言平仄之式单备也；律诗为诗之大成，言平仄之式双备，而各得其偶非孤行之可比也。”他再说到何以必须双备？曰：“此所以申黏法也。三二句之黏明矣，而五四之黏，则实以首句黏四句，故必八句双备，而后黏法乃大备也。”这话很重要。律体重在黏，永明体不重在黏。所以律体注意谐，而永明体不注意谐。因此从永明体到律体，也即是如何进到谐的问题。

然而，永明体虽不注意谐，却有可以渐趋于谐的趋势。盖齐梁之间，颇多二韵三韵与四韵之诗，这些短制，比较容易注意通篇的谐和。律体的基础，也即建筑在这些短诗上的。所以二韵之诗近于绝句，四韵之诗进为律诗，三韵之诗也成为唐人小律。绝句小律，现在姑置不论。现在专就此四韵之诗，如何注意通篇的谐和，如何于通篇的谐和中悟出黏缀的方法？那即是说，如何是由古趋律的过程。

我觉得永明以后，初唐以前，一般诗人对于这些短制，即就平仄的关系而言，也能很自由地创造多种谐和的方式。这即是律体研顺声势之所本。

现在为举例说明的方便，先分别规定律体各部音节的名称。律体八句凡分四联，此四联若分为两节，可称每节为截：前四句为前截，后四句为后截。若分为三节，则第一联为首联，第二三联为腹二联，第四联为尾联。若四分之，则适为四联，首联尾联之称可以仍旧；腹部二联，宜称第二联为腹前联，第三联为腹后联。而此四联又可合为奇偶二类：首联腹后联为奇类联，腹前联及尾联为偶类联。每联二句，凡一三五七为单数句，二四六八为双数句。音节上各种变化，要不外上述诸种错综关系的结果。

大抵时人对此四韵八句之音节，如何颠倒相配，不外二种原则：一是以联为本位，一是以句为本位。其以联为本位者，可有下列诸式：

（一）前后截分列式 前后二截的音节各不相同。兹举庾信《咏画屏风》诗二十五首中《高阁》一首为例：

南阁千寻跨　重榈百丈齐

—|——|　——||—

云度三分近　花飞一倍低

—|——|　——||—

吹箫迎白鹤　照镜舞山鸡

———||　|||——

何劳愁日暮　未有夜乌啼

———||　|||——

此外，如庾信《咏怀》诗“日色”一首，郑公超《送庾羽骑抱》诗，江总《奉和东宫经故妃旧殿》诗，唐太宗《咏雨》诗，褚亮《临高台》、《咏花烛》二诗，卢照邻《至陈仓晓晴望京邑》、《入秦川界》、《梅花落》、《折杨柳》四诗，骆宾王《王昭君》诗，苏味道《咏井》诗，陈子昂《送著作佐郎崔融等从梁王东征》诗，皆属此格。至因句式之关系，或仅双句分前后截，如骆宾王《秋风》诗；或仅单句分前后截，如骆宾王《秋云》诗等，又为此式变格。①

（二）奇偶联分应式 奇联与奇联应，偶联与偶联应，于是前后二绝的音节又多相同。律体即是如此。兹亦举庾信《咏画屏风》诗中“出没”一首为例：

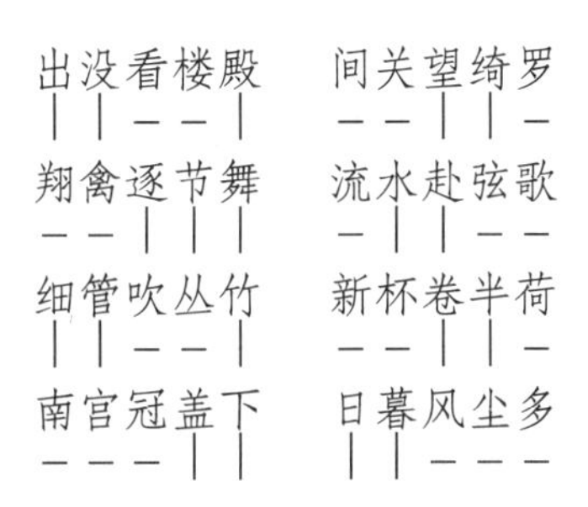

此外，如萧悫《上之回》，王胄《别周记室》，张正见《关山月》诸诗均近律体。然时人之作有奇偶联分应而不一定同律体者，如唐太宗《咏雨》诗四联句调大都相同，但奇偶联微别。②后来律诗拗体，如日人谷立德《全唐声律论》所

① 骆宾王《秋风》诗：“紫陌炎氛歇，青蘋晚吹浮。乱竹摇疏影，萦池织细流。飘香曳舞袖，带粉泛妆楼。不分君恩绝，纨扇曲中秋。”此亦前后二截的音节各不相同，但于一三五七等单句，不必尽同，而于二四六八等双句比较严格。又《秋云》诗：“南陆铜浑改，西郊玉叶轻。泛斗瑶光动，临阳瑞色明。盖阴连凤阙，阵影翼龙城。讵知时不遇，空伤流滞情。”此诗末句“空伤流滞情”，与第六句“阵影翼龙城”平仄不同，而于单句，则一与三，五与七的平仄都相同，正与前诗相反。所以又为单句分前后截例。

② 案太宗《咏雨》诗有二首。其一云：“和风吹绿野，梅雨洒芳田。新流添旧涧，宿雾足朝烟。雁湿行无次，花沾色更鲜。对此欣登岁，披襟弄五弦。”此首前四句用平平平仄仄联式，后四句用仄仄平平仄联式，是上述前后截分列式。其另一首云：“罩云飘远岫，喷雨泛长河。低飞昏岭腹，斜足洒岩阿。泫丛珠缔叶，起溜镜图波。濛柳添丝密，含吹织空罗。”此诗后四句稍近律体，因第七句改用仄仄平平仄句式，然第一句至第六句全用平平平仄仄式，而首联与腹后联首句皆为仄平平仄仄，与腹前联稍有不同。

举起句第五句同拗格，第三第七句拗格，第二第六句拗格，第四第八句三平格，实在也是奇偶联分应之式。[①] 至因句式之关系，亦有奇偶联仅单句相应或双句相应诸变格。

（三）首尾呼应式 首尾二联同调，遥相呼应。腹二联的音节可同可不同。其腹二联同调者，尤见首尾呼应之妙。今举唐太宗《初秋夜坐》诗为例：

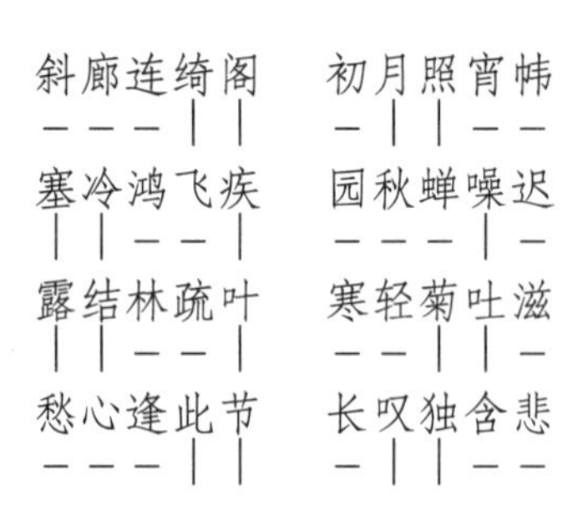

此外，如庾信《梅花》诗及《咏画屏风》诗"捣衣"一首，隋炀帝《晚春》诗，唐太宗《冬日临昆明池》、《远山澄碧雾》二诗，李百药《文德皇后挽歌》，骆宾王《秋雁》、《冬日宴赋得白云抱幽谷》诸诗皆同此格。其首句入韵者，则如太宗《咏饮马》诗，杨师道《初秋夜坐应诏》诗，上官仪《江上太妃挽歌》等亦同此格。至因句式关系，亦有单句呼应，与双句呼应诸变格。

（四）首尾变化式 此式腹二联必须同调，才见首尾二联之异。而首尾二联既须与腹二联不同，所以首尾二联中两句音节，往往一为相承，一为相对。其首联承而尾联对者，如上官仪《奉和山夜临秋》诗：

殿帐清炎气　　辇道含秋阴
｜｜——｜　　｜｜———

---

① 《全唐声律论》卷十所举起句第五句同拗格例，宋之问诗云："合浦涂未极，端溪行暂临。泪来空泣脸，愁至不知心。客醉山月静，猿啼江树深。明朝共分手，之子爱千金。"案第一第五句皆仄仄平仄仄拗句，实则此诗首联与腹后联相应，腹前联与尾联相应，正合当时创造律体的要求。又论第三第七句拗格，举沈佺期诗为例亦与此同。至论第二第六句拗，举高适、李白诸人之诗，第四第八句三平，举李颀、储光羲诸人之诗，则更在沈、宋之后，只能看作律体之变格。

凄风移汉筑　流水入虞琴
－－－｜｜　－｜｜－－
云飞送断雁　月上净疏林
－－｜｜｜　｜｜｜－－
滴沥露枝响　空濛烟壑深
｜｜｜－｜　－－－｜－

其首联对而尾联承者，如骆宾王《秋月》诗：

云披玉绳净　月满镜输圆
－－｜－｜　｜｜｜－－
裛露珠辉冷　凌霜桂影寒
｜｜－－｜　－－｜｜－
漏彩含疏薄　浮光漾急澜
｜｜－－｜　－－｜｜－
西园徒自赏　南飞终未安
－－－｜｜　－－－｜－

(五) 首联特异式　其余三联皆同调，惟首联独异。如贺力牧《关山月》：

重关敛暮烟　明月下秋前
－－｜｜－　－｜｜－－
照石疑分镜　临弓似引弦
｜｜－－｜　－－｜｜－
雾暗迷旗影　霜浓湿剑莲
｜｜－－｜　－－｜｜－
此处离乡客　遥心万里县
｜｜－－｜　－－｜｜－

此外，如吴均《渡易水》，裴让之《从北征》，徐陵《关山月》“月出”一首，庾信《咏画屏风》诗“玉押”一首，骆宾王《送郑少府入辽》诸首皆同此格。其稍加变化者，或仅双句如此，或仅单句如此。

(六) 尾联特异式　余三联同调，惟尾联独异。兹复举庾信《咏画屏风》诗中“裴回”一首为例：

裴回出桂苑　徙倚就花林
－－｜｜｜　｜｜｜－－

下桥先劝酒　跂石始调琴
| — — | |　| | | — —
蒲低犹抱节　竹短未空心
— — — | |　| | | — —
绝爱猿声近　唯怜花径深
| | — — |　— — — | —

此外，如唐太宗《望终南山》，虞世南《侍宴归雁堂》诗，窦威《出塞曲》，卢照邻《七夕泛舟》诗“汀葭”一首，李百药《火风词歌声》一首，董思恭《咏雾》诗，阎朝隐《三月曲水侍宴应制》诗，陈子昂《遂州南江别乡曲故人》诸诗皆同此格。其稍加变化者亦有仅属单句或双句诸例。

(七) 腹前联特异式 如虞茂《衡阳王斋阁奏妓》诗：

金沟低御道　玉管正吟风
— — — | |　| | | — —
拾翠天津上　回鸾鸟路中
| | — — |　— — | | —
镜前看月近　歌处觉尘空
| — — | |　— | | — —
今宵织女见　言是望仙官
— — | | |　— | | — —

此外，如唐太宗《帝京篇》“建章”一首，又《望雪》诗，王绩《独坐》诗，崔善为《答王无功冬夜载酒乡馆》诸诗皆同此格。亦有仅属单句或双句诸变格。

(八) 腹后联特异式 如何逊《慈姥矶》诗：

暮烟起遥岸　斜日照安流
| — | — |　— | | — —
一同心赏夕　暂解去乡忧
| — — | |　| | | — —
野岸平沙合　连山远雾浮
| | — — |　— — | | —
客悲不自已　江上望归舟
| — | | |　— | | — —

此外，如庚信《言志》诗“兴云”一首，庾丹《夜梦还家》诗，唐太宗《春池柳》诗，卢照邻《芳树》诗、《相如琴台》诗，骆宾王《途中有怀》诗等皆同此格。亦有仅属单句或双句诸变格。

其以句为本位者，可有下列诸式：

（一）四联同调式　此则兼有联与句二种关系，一方面为每联同调，一方面为单句或双句皆同一句式。兹举上官仪及唐太宗二诗为例：

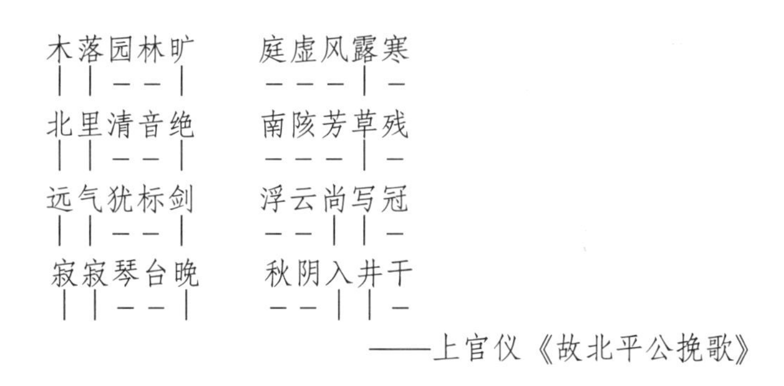

木落园林旷　　庭虚风露寒

||——|　　———|—

北里清音绝　　南陔芳草残

||——|　　———|—

远气犹标剑　　浮云尚写冠

||——|　　——||—

寂寂琴台晚　　秋阴入井干

||——|　　——||—

——上官仪《故北平公挽歌》

寒随穷律变　　春逐鸟声开

———||　　—||——

初风飘叶柳　　晚雪间花梅

———||　　|||——

碧林青旧竹　　绿沼翠新苔

|——||　　|||——

芝田初雁去　　绮树巧莺来

———||　　|||——

——唐太宗《首春》

此外，如庾信《咏怀》诗“萧条”一首，唐太宗《过旧宅》诗，王勃《长柳》诗，骆宾王《尘灰》诗、《送王明府参选》诗皆同此格。

（二）单句同调式　兹举卢思道《上巳禊饮》一诗为例：

山前好风日　　城市压嚣尘

——|—|　　—||——

聊持一尊酒　　共寻千里春

——|—|　　|——|—

余光下幽柱　　夕吹舞青蘋

——|—|　　|—|——

何言出关后　重有入林人
－－｜－｜　－｜｜－－

此外，如张正见《浦狭村烟度》诗，骆宾王《夏日游目聊作》诸诗皆同此格，不过于双句有时参用前述联本位各式，四句句调不必全异而已。

(三) 双句同调式　兹举庾信《咏怀》诗“倏忽”一首为例：

倏忽市朝变　苍茫人事非
｜｜｜－｜　－－－｜－
避谗应采葛　忘情遂食薇
｜－－｜｜　－－｜｜－
怀愁正摇落　中心怆有违
－－｜－｜　－－｜｜－
独怜生意尽　空惊槐树衰
｜－－｜｜　－－－｜－

此外，如阴铿《晚出新亭》，吴均《陌上桑》，许敬宗《送刘散员》，虞世南《奉和献岁谦宫臣》诗，陈子昂《喜遇冀侍御珪崔司议泰之二使》诗、《晦日重宴高氏林亭》诗等皆同此格。有时单句亦参用联本位各式。

此外的错综变化，如单句用联本位某式，双句又用联本位某一式，颠倒配合的结果遂生种种不同的方式，真是巧历所不能尽。自律体黏缀之说定，于是此种过涉琐屑或稍嫌单调的体式悉归淘汰，同时再有仄起平起诸式，音步的关系亦渐归明划，而上述诸种体式的优点，却于律体中大致兼备。这是律体所由成立的缘故，也是由永明体到律体的重要关键。至此后，由律体到吴体，则又为另一种关系，当别为文论之。

1937年5月《大公报》文艺副刊161~169期，
选自《照隅室古典文学论集》（上编），上海古籍出版社，1983

读《颜氏家训·后娶篇》论南北嫡庶身分的差异

唐长孺

《颜氏家训》卷1《后娶篇》云：

> 江左不讳庶孽，丧室之后，多以妾媵终家事；疥癣蚊虻，或未能免，限以大分，故稀斗阋之耻。河北鄙于侧出，不预人流，是以必须重娶，至于三四，母年有少于子者。后母之弟，与前妇之兄，衣服饮食，爰乃婚宦，至于士庶贵贱之隔，俗以为常。身没之后，辞讼盈公门，谤辱彰道路，子诬母为妾，弟黜兄为佣，播扬先人之辞迹，暴露祖考之长短，以求直己者，往往而有。悲夫！

按《家训》所谓“江左”，当即指南朝，所谓“河北”，应指北齐领域，恐不限于大河以北。嫡庶区分，由于继承关系，从来在理论上有严格的区别，这里无须赘述。本文所拟讨论的是像《家训》所述南北截然不同的风气是传统的地域性差别呢，还是南北朝时期的特殊情况。为了说明这一点，有必要追溯到东汉中叶以后的有关记载。

《后汉书》卷49《王符传》：

> 安定临泾人也。少好学，有志操，与马融、窦章、张衡、崔瑗等友善。安定俗鄙庶孽，而符无外家，为乡人所贱。自和、安之后，世务游宦，当途者更相荐引。而符独以耿介，不同于俗，以此遂不得升进。志意蕴愤，乃隐居著书二十余篇，以讥当时得失，不欲章显其名，故号曰《潜夫论》。

安定地在关陇，亦有鄙庶孽之风，王符以此被乡人贱视，这是他不能入仕为官的一个原因。他如果游宦交结，获得当权人物的荐引，仍可以仕进。结交标榜，博取名声，本是东汉人进身的通行道路。他虽然与马融、张衡等当时第一流学人友善，却又“不同于俗”，因而终身不仕。

采取某种值得当时人称道的行动以博取声名，是行之有效的途径。《后汉书》卷73《公孙瓒传》：“辽西令支人也。家世二千石，瓒以母贱，遂为郡小吏[①]。为人美姿貌，大音声，言事辩慧。太守奇其才，以女妻之。后从涿郡卢植学于缑氏山中，略见书传。举上计吏，太守刘君坐事槛车征，官法不听吏下亲近。瓒乃改容服，诈称侍卒，身执徒养，御车到洛阳。太守当徙日南，瓒具豚酒于北芒上，祭辞先人，酹觞祝曰：‘昔为人子，今为人臣，当诣日南。日南多瘴气，恐或不还，便当长辞坟茔。’慷慨悲泣，再拜而去，观者莫不叹息。既行，于道得赦。瓒还郡，举孝廉，除辽东属国长史。”按公孙瓒以母贱之故，虽然家世二千石，算得上辽西冠族，只能当冠族子弟不屑为的小吏。但本郡太守赏识他的才能，得娶太守之女，这和《家训》所说“鄙于侧出，不预人流”的风气还有区别。此后，公孙瓒的行动便是力图博取声名，为自己开辟升进的道路。他抛弃了郡小吏职位，去从卢植读书。卢植是当时最著称的大学者之一，公孙瓒虽然仅仅“略见书传”，但毕竟是这位大学者的著籍弟子，这一点对于选拔人才是颇为重要的。东汉选举的主要标准是“经明行修”，保举人才的文件不仅写明被保举者通晓何种儒家经典，还要特别说明“师事何官”[②]，表明他学有师法。曾经师事卢植，不管他是否真的学有所得，究竟可以满足这个标准。不久，公孙瓒便被举为上计吏。保举他的府主刘太守得罪，他诈称“侍卒”，护送太守到洛阳，甚至自愿送到多瘴气的日南。为此，他到洛阳丧葬区北芒山上去祭辞先人。前代学者指出公孙瓒是辽西人，先人坟墓不可能在北芒，前人对此有各种解释，我以为“遥祭”一说可能是对的[③]。公孙瓒先世即使曾为朝官，死于洛阳，按照当时通例亦必归葬故乡，不可能葬于北芒。值得一提的是，北芒为丛葬之处，后人祭奠，乃是常事，未必有人来观看。我想公孙瓒事先已告知一些人，他本“大音声”，慷慨陈辞，使观者大为感动。他忠诚于府主的行动也博得了声誉，故一返郡就被举为孝廉。到此时，他作为“庶孽”的身分也就完全摆脱了。

王符、公孙瓒都因庶出遭歧视，王符终身不仕，那是由于他性格耿介之故；公孙瓒却努力博得声名，终于被举为孝廉。知当时风俗虽鄙视庶孽，还不至于像北朝那样严重。

和公孙瓒同时的关东牧守盟主袁绍本来也是“庶孽”，这一点《三国志》卷6、《后汉书》卷74上本传都没有记载。《三国志》并不记袁绍父是谁，只在卷7《袁术传》称术为“绍之从弟”。袁术乃袁逢子，则绍应为逢之侄。《后汉书》称“父成，五官中郎将”，与《三国志·袁术传》符合。而《三国志》裴注引《魏书》却说“绍即逢之庶子，术异母兄也。出后成为子”。《后汉书》李贤注引袁山松《后汉书》亦云：“绍，司空逢之孽子，出后伯父成。”《三国志·公孙瓒传》注引《典略》所载瓒表绍罪状云：“春秋之义，子以母贵。绍母亲为婢使，绍实微贱。不可以为人后，以义不宜。乃据丰隆之重任，忝污王爵，损辱袁宗，绍罪九也。”又云：“又每得后将军袁术书，云绍非术类也。”据此，则《魏书》及袁山松《后汉书》以绍为逢庶子之说并非无据。王先谦《后汉书集解》、卢弼《三国志集解》并引清代洪亮吉之说，认为绍为逢庶子之说不可信。他据《三国志》本传裴注引《英雄记》称“绍生而父死”，又云：“遭母丧，服竟，又追行父服，凡在家庐居六年。”《后汉书》本传也称“追感幼孤，又行父服”。而袁逢死在灵帝光和三年（公元180年）之后，那时袁绍业已出仕为官，如果绍为逢子，“安得云幼孤与生而父死之说乎”？因而断言“绍断非逢子”。今按裴注引华峤《汉书》云袁成早卒，绍“生而父死”之父乃指嗣父袁成，“追行父服”也是为嗣父服④。袁绍这种“孝行”，固然为了博取声名，同时也表示他再也不是袁逢庶子，而是袁成的嗣子。至于袁逢之丧，袁绍既已出嗣，自应降服，于礼不当为三年之丧。洪氏之说实未深考。又公孙瓒称“绍微贱，不可以为人后”云云，为什么袁逢以己之庶子出嗣其兄呢？我想此时袁术尚未生，袁术母兄袁隗又属袁逢嫡长子，或袁逢不愿令其出嗣，因而袁绍遂得为袁成之后，从而摆脱“庶孽”的身分。

袁绍起家为郎，以后广事结纳，成为汉末名士宗主，从来没有受到歧视，但公孙瓒却还是抓住这一点来攻击他。公孙瓒本人就因“庶孽”而为小吏，这正是以河北所持的嫡庶之分来对待汝南袁氏的继承问题。由此可以看到，嫡庶之分在河南、河北有所差异。

《三国志》卷28《钟会传》称，会“太傅繇小子也”。裴注引会所撰其母张氏传云：“少丧父母，充成侯（即钟繇）家。”似亦“婢使”之类。又说：“贵妾孙氏，摄嫡专家，心害其贤，谗毁无所不至。”甚至在张氏怀孕时，谋加毒害。事发之后，孙氏“由是得罪”，被钟繇遣返母家。孙氏身分不明，当时人却认为她实是正室。裴注引《魏氏春秋》云：“会母见宠于繇，繇为之出其夫人。”这件事惊动了卞太后（曹操妻，曹丕母），文帝（曹丕）下诏要钟繇恢复孙氏的地位，钟繇坚决拒绝，不惜以自杀来威胁，曹丕只好作罢。这里明确称孙氏为“夫人”。钟繇的同僚老友王朗为此致书钟繇。《太平御览》卷357

《人事部·谏诤七》载王朗与钟元常（繇字）书云："朗白：近闻室人孙氏归，或曰大归也。共经忧乐既久矣，曷为一旦离析，以于归而不反乎？不得面谈，裁书叙心。"王朗称孙氏为钟繇"室人"，亦即夫人，不但当时朝野均以孙氏为嫡室，即钟会所作其母传叙张氏的话，也说"嫡庶相害，破家危国"，承认自己和孙氏有嫡庶之分。钟会称孙氏以贵妾摄嫡，恐非事实。钟繇出孙氏时已年逾七十，更娶贾氏为正嫡，却不以张氏"摄嫡"，可能为避宠妾出妻之嫌。

钟会庶出，他自己说得很清楚。《三国志》卷13《钟繇传》，繇死于明帝太和四年（公元230年），年八十，子毓嗣。《毓附传》云："年十四，为散骑侍郎……太和初，蜀相诸葛亮围祁山，明帝欲西征，毓上疏（谏）。"按诸葛亮出祁山，取三郡，明帝欲幸长安，事在太和二年正月，钟毓已能上疏谏止，必已长成。又二年而繇死，钟繇至少年在二十上下。钟会所作其母张氏传称会生于黄初六年（公元225年），钟繇死时，他仅六岁，弟兄年龄相距十余岁[⑤]。据张氏传，张氏死于甘露二年（公元257年），年五十九，上推生于建安四年（公元199年），生钟会时，年二十七，钟繇死时年三十一，不可能有二十上下之子，可知钟毓非张氏所生，与钟会异母，是否为孙氏所生不可知，但应是嫡长。钟毓起家散骑侍郎，钟会起家秘书郎，都是所谓"高门华选"，绝无嫡庶区别之迹，而且钟会升官爵且在钟毓之上。从这里我们可以察觉汉末以来大河南北嫡庶之分风气的差异。

《晋书》卷49《阮籍附从孙孚传》："孚字遥集，其母即胡婢也。孚之初生，其姑取王延寿《鲁灵光殿赋》曰'胡人遥集于上楹'，而以字焉。初辟太傅府，迁骑兵属。晋乱渡江，元帝以为安东参军。蓬发饮酒，不以王务婴。时帝既用申韩以救世，而孚之徒未能弃也。"按阮咸追鲜卑婢事见于《世说新语·任诞篇》，并为《晋书》所本。阮孚为胡婢所生，却是一时名士，一生官位显达，并没有由于庶孽而遭到任何歧视。

据上引钟会、阮孚两例，说明魏晋之际庶出与嫡子似乎没有什么区别。钟会为其生母作传，明言自己为庶出之子，阮孚亦为胡婢所生，正和"江左不讳庶孽"之风相符。按袁氏为汝南公族，钟氏为颍川高门，阮氏为陈留士族，地望均属河南，并非江左。魏晋之际思想文化领域的新风尚大抵起于以洛阳为中心的河南地区，江左、河北则偏于保守。陈留阮氏，阮籍、阮咸本以任诞著称，蔑视传统礼俗，理固宜然。即使如颍川钟氏亦为新风尚之推动者。《世说新语·言语篇》引《魏志》云："繇字元常，家贫好学，为《周易》、《老子训》。"按繇祖钟皓"世善刑律"，又"以诗、律教授门徒千余人"[⑥]。钟繇虽亦为律学名家，却为《周易》、《老子》作训，兼治名法与道家之学。钟会称其母"雅好书籍，涉历众书，特好《周易》、《老子》"。如果不是夸饰，则《易》、《老》之书传诵之广可知。《三国志·钟会传》末称："会尝论易无互体，才性同异。及会死后，于会家得书二十篇，名曰《道论》，而实刑名家也，其文似会。"钟会是正始名士之一，他的治学途径实承其家学。我们还知道钟繇是新书体行书的宗师。在这样一个家庭中不恪守传统礼俗，"不讳庶孽"，不足为怪。而且朝廷和社会上也接受了这种新风尚。

东汉至于西晋，江南地区由于材料阙如，难以探明嫡庶分别的情形，鉴于这一时期江南风尚偏于保守，如同河北，与河南地区魏晋之际兴起的新风尚有别，发展于洛阳为中心的河南地区的诸如名理玄谈、新经学、新书体以及饮酒、服散等新风尚，大都因永嘉乱后渡江名士而传布到江南⑦，"不讳庶孽"之风是否亦因受这种新风尚影响所致呢？

关于东晋南朝江左"不讳庶孽"，其例甚多。周一良同志《魏晋南北朝史论集》中《颜氏家训札记》已举《梁书》卷21《王志传》及《南齐书》卷23《褚渊传褚澄附传》，刘宋时琅邪王志及河南阳翟褚澄（周文误作褚涉）均为庶出子，却得尚公主，位至通显。又《南史》卷19《谢晦传弟谢皭传》称皭："年数岁，所生母郭氏疾，皭晨昏温凊，勤容戚颜，未尝暂改……一家尊卑感皭至性，咸纳履行，屏气语，如此者十余年。"谢皭于宋元嘉三年（公元426年）坐兄谢晦事死于黄门侍郎任上，知晋末宋初谢氏庶孽之子并未受到歧视。南齐初年朝廷重臣王俭本亦庶出子。宋明帝时，王俭娶明帝女阳羡公主，拜驸马都尉，"帝以俭嫡母武康公主同太初巫蛊事，不可以为妇姑，欲开冢离葬，俭因人自陈，密以死请，故事不行"。事见《南齐书》卷23《王俭传》。《梁书》卷41《王规传》说："规十一岁，以丁所生母忧，居丧有至性，太尉徐孝嗣每见必为流涕，称为孝童。叔父暕亦深器重之，常曰：'此儿吾家千里驹也。'"后起家为秘书郎。庶出子王规在家里家外都极受重视。《南史》卷23《王份传子王琳附传》称琳"齐代娶梁武帝妹义兴长公主，有子九人，并知名"。然王琳9个知名于世的儿子并非均是义兴长公主所生。同卷《王琳子王固附传》称王固"梁时以武帝甥，封莫口亭侯"。后又称："固清虚寡欲，居丧以孝闻……及丁所生母忧，遂终身蔬食。"王固虽非公主嫡出，但仍被视为公主所生，得以封侯。同书卷21《王冲传》称："冲有子三十人，并致通宫。"当亦此理。上举谢皭、王俭诸人嫡母是否有子，我们不清楚，但至少可以说明庶出子并不受排斥。

王、谢为北来高门，其“不讳庶孽”，可证当时侨姓士族风尚如此。今更举一例，以明吴姓士族亦有此风。《南史》卷31《张裕传孙张稷传》：“(稷)幼有孝性，所生母刘无宠，遘疾。时稷年十一，侍养衣不解带，每剧则累夜不寝。及终，毁瘠过人，杖而后起……州里谓之淳孝。长兄玮，善弹筝，稷以母刘氏先执此役，闻玮为《清调》，便悲感顿绝。遂终身不听之……起家著作佐郎，不拜。父永及嫡母丘相继殂，六年庐于墓侧。齐永明中，为豫章王主簿。”按张稷为吴郡高门，乃张永庶出子，生母刘氏当是弹筝妓。然起家著作佐郎，乃高门起家官。他在齐历官黄门侍郎、侍中、兼卫尉。梁武帝起兵，他与王珍国共谋杀东昏，迎梁武。在梁官领军将军、尚书左仆射，出为青冀二州刺史。张稷历官清要，并没有因庶出而遭歧视。这正是“江左不讳庶孽”的确证。

不过，“不讳庶孽”不等于不分别嫡庶。嫡、庶之间在继承权方面仍有差别。周一良同志《魏晋南北朝史札记》《宋书》“举、收举”条析“举”有“承认其身分地位之意”，引东晋南朝史籍为证：“《世说新语·豪爽篇》桓石虔条，‘司空豁之长庶也，小字镇恶。年十七八（唐写本作“十八九”），未被举，而童隶已呼其为镇恶郎’。郎犹后代所谓‘少爷’，言虽未被其父承认身分，而家人已尊称之也。《晋书》84王恭传载，恭言‘我有庶儿未举，在乳母家’。《宋书》41后妃传载，文帝袁后为袁湛之庶女，‘母本卑贱，后年至六岁方见举’。”是嫡庶有别之证。《南史》卷23《王华传王琨附传》云：“(琨)父怿不辨菽麦……人无肯与婚，家以獠婢恭心侍之，遂生琨。初名昆仑，怿后娶南阳乐玄女，无子，故即以琨为名，立以为嗣。”如乐氏女有子，庶出子王琨虽年龄居长，当亦不能为嗣子，虽然其出处入仕不会受到歧视。而同一时期，河北地区对嫡、庶的态度甚为严格。几于不近人情，南北风俗迥异。如后所述，宋元嘉时，即因江左“不讳庶孽”，在崔道固出仕一事上与北方风俗发生冲突。

上文已经提到，东汉时期关陇、河北虽然贱视庶出，而经过博取声名的途径，仍可获得荐举，致身显达。魏晋之际是否在河南新风尚影响下有所改变，我们不清楚。但到北魏时，变本加厉，《家训》所说庶子“不预人流”，嫡兄弟视之为“佣”的情况就屡见不鲜⑧。《魏书》卷47《卢玄传子度世附传》：“初，玄有五子。嫡唯度世，余皆别生。崔浩事发，其庶兄弟常欲危害之，度世深怀忿恨。及度世有子，每诫约令绝妾孽，不得使长，以防后患。至渊（度世子）兄弟，婢贱生子，虽形貌相类，皆不举接，为识者所非。”按识者所非为不让举接庶出子，并非对于庶生子的待遇。不举庶孽是卢度世一家的事，并不普遍，姑置不论。按《魏书》卷35《崔浩传》："真君十一年（公元450年）六月，诛浩。清河崔氏无远近。范阳卢氏、太原郭氏、河东柳氏，皆浩之姻亲，尽夷其族。"卢玄五子应该都在被杀之列，度世庶兄弟身在危难，还想危害度世，可知平时嫌怨之深。据《度世传》，他逃匿高阳郑罴家，郑罴长子因此被考问至死，后来"度世令弟娶罴妹，以报其恩"，此弟当然是庶弟。郑罴必是寒门，故仍以联姻卢氏为荣，不问嫡庶，而度世亦正因其弟庶出，故不以联姻寒门为嫌。然而这个庶弟名字官宦不见记载，可能虽得脱免，并为度世所承认，却因庶出之故，不能与嫡出子孙同享高门子弟的待遇。又传称卢玄五子，检《新唐书》卷73上《宰相世系表》范阳卢氏称"玄字子真，后魏中书侍郎、固安宣侯，二子，巡、度世"。按卢玄未曾为中书侍郎，也未封侯，谱牒往往夸饰祖先官爵，无须多说，但传称玄五子，嫡唯度世，而表却只二子，卢巡或是度世庶兄，也可能即娶郑罴妹之庶弟。但不应列名于度世前。其人官爵和后嗣都不见于表，至于其他三人，更不在卢玄诸子之列。《世系表》直接间接本于诸家谱牒，卢玄五子而表只二子，可知唐世所传卢氏家谱已把三庶子斥于家族之外。

庶子不作为子息在北朝并非特殊情况。《北史》卷56《魏收传》[⑨]："(崔）悛深忿忌。时节闵帝殂，令收为诏。悛乃宣言：收普泰世出入帏幄，一日造诏，优为词旨，然则义旗之士，尽为逆人；又收父老，合辞官归侍。南台将加弹劾，赖尚书辛雄为言于中尉綦俊，乃解。收有贱生弟仲同，先未齿录，因此怖惧，上籍，遣还乡扶侍。"魏收庶弟，先未齿录，亦即屏斥于钜鹿魏氏之外。只为避免父老不归养，干犯名教之罪，才令上籍。这里所谓"籍"，当兼指家籍及户籍，由于上籍，才承认了父子、兄弟关系。传末云收"先养弟子仁表为嗣，位至尚书膳部郎中，隋开皇中卒于温县令"。魏收父子建，传称"二子，收、祚"，祚不记官位，疑即仲同。《北齐书》卷21《高乾传从兄永乐附传》：永乐子长命"本自贱出，年二十余始被收举"。后以军功显达。魏仲同、高长命都是先因贱出不被收录，后来才得以承认，可以推想必定有终身不被收录的庶生子。卢玄五子而《宰相世系表》只记二子，其他三庶子大概因不被收录而被屏斥于卢氏家谱之外。

从崔道固的早年经历中，我们可以看出南北对待庶生子的差异。《魏书》卷24《崔玄伯传崔道固附传》："父辑，南徙青州，为泰山太守。道固贱出，嫡母兄攸之、目连每轻侮之。辑谓攸之曰：'此儿姿识如此，或能兴人门户。汝等何以轻之？'攸之等遇之弥薄，略无兄弟之礼。时刘义隆子骏为徐兖二州刺史，得辟他州民为从事。辑乃资给道固，令其南仕。既至彭城，骏以为从事……会青州刺史新除，过彭城，骏谓之曰：‘崔道固人身如此，岂可为寒士至老乎？而世人以其偏庶，便相凌侮，可为叹息。’青州刺史至州，辟为主簿，转治中。后为义隆诸子参军事，被遣向青州募人。长史以下皆诣道固，道固诸兄等逼道固所生母自致酒炙于客前。道固惊起接取，谓客曰：‘家无人力’，老亲自执劬劳。’诸客皆知其兄弟所作，咸起拜谢其母。母谓道固曰：‘我贱，不足以报贵宾，汝宜答拜。’”诸客皆叹美道固母子，贱其诸兄。按道固本清河崔氏，至其父始随慕容德南徙。这一家嫡庶兄弟间的贵贱差别，当然也是河北旧俗。当时青州已属宋境，元嘉二十五年（公元448年），武陵王刘骏以安北将军、都督南兖徐兖青冀幽六州及豫州之梁郡诸军事、徐兖二州刺史，镇彭城。至二十八年始以都督南兖州改镇山阳，在彭城首尾四年⑩。崔道固既因庶出遭歧视。不能出任本州僚属，而青州是刘骏所督州，所以其父要他到彭城去谋出仕途径。道固显然已被“举”，但其政治和社会地位在当地仍得不到承认。清河崔氏毕竟是当地北来大族，刘骏来自江左，自然“不讳庶孽”，遂辟道固为从事。按照当时惯例，高门甲族的起家官本不以本州僚佐为重，但青、兖旧姓，即使如清河崔氏仍然以受辟本州为其入官之途。崔道固出仕他州，终究为本州人士所轻，所以刘骏要在新任刺史前大兴感慨，其实就是嘱托。这位青州刺史是谁，《道固传》未明言⑪。这位刺史受皇子亲藩刘骏之嘱托，遵江左“不讳庶孽”的风习，一到任即辟道固为主簿，迁治中，都是州府首僚，地方士族子弟入仕的清阶。那时正当元嘉北伐时，崔道固以诸王军府参军的身分到青州募兵，青州僚佐到他家谒见，可算得上衣锦荣归，其嫡兄竟逼道固生母出来伺候酒食。这一举动一来表明道固即使已当官任职，并不能改变他生母的卑贱身分；二来也即是对“江左不讳庶孽”的抗议。从这里我们可以看到在南北文化礼俗错杂地区所发生的矛盾。

《隋书》卷77《隐逸崔廓传》：“博陵安平人也。父子元，齐燕州司马。廓少孤贫而母贱，由是不为邦族所齿。初为里佐，屡逢屈辱，于是感激，逃入山中。遂博览群书，多所通涉，山东学者皆宗之。”《北史》卷88本传与此略同。按崔廓以孤贫母贱，不为邦族所齿，后来因博览书籍，才获得山东学者的尊重。崔廓生活于齐末隋代，由此亦可见河北遗风的顽强性。

如上所述，嫡庶区别的传统礼俗在东汉时期已有某种迹象。魏晋之际，以洛阳为中心的新思想、新风尚兴起，传统礼俗有所突破，嫡庶之分虽仍不可逾越，但庶生子的待遇和社会身分并没有受到显著的歧视。永嘉乱后，兴起于河南的新风尚随着渡江名士传播到江南，“江左不讳庶孽”之风似亦因而兴起。当新思想、新风尚在河南盛行时，河北思想文化各方面大致仍守汉代遗风，轻视庶生子的风气大概也一如既往。永嘉乱后，至于北朝，轻视庶生子之风变本加厉，至于庶生子“不预人流”，不录入家籍，甚至不被举养，超出了一般嫡庶贵贱之分的常规。《家训》本篇名为“后娶”，申述由于再娶之故，前后母子兄弟为了继承权而互争嫡庶，至于“子诬母为妾，弟黜兄为佣”，但却并未解释为什么庶生便同于佣保，为什么便“不预人流”。如上所举诸例，可知北朝庶生子往往不被收举，即不录入家谱，父子、兄弟关系不为家族所承认，当然只能和佣保等类了。

---

① 《三国志》卷7《公孙瓒传》不言“家世二千石，瓒以母贱，遂为郡小吏”，但云“为郡门下书佐”。

② 《通典》卷13《选举》一注引《督邮版状》。

③ 王先谦《后汉书集解》卷72、卢弼《三国志集解》卷8本传注引何焯、惠栋、朱邦衡、赵一清诸人说。

④ 所云“遭母丧”之母亦当是嗣母。《后汉书》本传注引《献帝春秋》云：“太傅袁隗、太仆袁基，术之母兄，卓使司隶宣播尽口收之，母及姊妹婴孩以上五十余人下狱死。”此时袁绍生母尚存。

⑤ 《世说新语·言语篇》“钟毓、钟会少有令誉”条称毓年13，魏文帝召见事，余嘉锡《世说新语笺疏》据《三国志·钟毓传》及钟会所撰其母张氏传证《世说》此条之非。

⑥ 《三国志》卷1《钟繇传》裴注引《先贤行状》、《后汉书》卷63《钟皓传》。

⑦ 参拙撰《读〈抱朴子〉论南北学风的异同》，《魏晋南北朝史论丛》收录。

⑧ 《家训》说争讼时“弟黜兄为佣”，按佣即佣保，汉代常与奴僮并称，见扬雄《方言》。

⑨ 《北齐书》卷37缺，亦据《北史》补。

⑩ 《宋书》卷6《孝武帝纪》。

⑪ 《宋书》卷5《文帝纪》，元嘉二十七年（公元450年）六月丁酉，以侍中萧斌为青兖二州刺史。同书卷78《萧思话传萧斌附传》但云此年与王玄谟领兵北伐，他为青兖二州刺史已在北伐时，辟道固者当在前。

原载《唐长孺社会文化史论丛》，
武汉大学出版社，2001

论《世说新语》和晋人的美

宗白华

汉末魏晋六朝是中国政治上最混乱、社会上最痛苦的时代，然而却是精神史上极自由、极解放，最富于智慧、最浓于热情的一个时代。因此也就是最富有艺术精神的一个时代。王羲之父子的字，顾恺之和陆探微的画，戴逵和戴颙的雕塑，嵇康的广陵散（琴曲），曹植、阮籍、陶潜、谢灵运、鲍照、谢朓的诗，郦道元、杨衒之的写景文，云冈、龙门壮伟的造像，洛阳和南朝的闳丽的寺院，无不是光芒万丈，前无古人，奠定了后代文学艺术的根基与趋向。

这时代以前——汉代——在艺术上过于质朴，在思想上定于一尊，统治于儒教；这时代以后——唐代——在艺术上过于成熟，在思想上又入于儒、佛、道三教的支配。只有这几百年间是精神上的大解放，人格上思想上的大自由。人心里面的美与丑、高贵与残忍、圣洁与恶魔，同样发挥到了极致。这也是中国周秦诸子以后第二度的哲学时代，一些卓超的哲学天才——佛教的大师，也是生在这个时代。

这是中国人生活史里点缀着最多的悲剧，富于命运的罗曼司的一个时期，八王之乱、五胡乱华、南北朝分裂，酿成社会秩序的大解体，旧礼教的总崩溃、思想和信仰的自由、艺术创造精神的勃发，使我们联想到西欧十六世纪的“文艺复兴”。这是强烈、矛盾、热情、浓于生命彩色的一个时代。

但是西洋“文艺复兴”的艺术（建筑、绘画、雕刻）所表现的美是浓郁的、华贵的、壮硕的；魏晋人则倾向简约玄澹，超然绝俗的哲学的美，晋人的书法是这美底最具体的表现。

这晋人的美，是这全时代的最高峰。《世说新语》一书记述得挺生动，能以简劲的笔墨画出它的精神面貌、若干人物的性格、时代的色彩和空气。文笔的简约玄澹尤能传神。撰述人刘义庆生于晋末，注释者刘孝标也是梁人；当时晋人的流风余韵犹未泯灭，所述的内容，至少在精神的传模方面，离真象不远（唐修晋书也多取材于它）。

要研究中国人的美感和艺术精神的特性，《世说新语》一书里有不少重要的资料和启示，是不可忽略的。今就个人读书札记粗略举出数点，以供读者参考，详细而有系统的发挥，则有待于将来。

（一）魏晋人生活上人格上的自然主义和个性主义，解脱了汉代儒教统治下的礼法束缚，在政治上先已表现于曹操那种超道德观念的用人标准。一般知识分子多半超脱礼法观点直接欣赏人格个性之美，尊重个性价值。桓温问殷浩曰："卿何如我？"殷答曰："我与我周旋久，宁作我！"这种自我价值的发现和肯定，在西洋是文艺复兴以来的事。而《世说新语》上第六篇《雅量》、第七篇《识鉴》、第八篇《赏誉》、第九篇《品藻》、第十篇《规箴》，都系鉴赏和形容"人格个性之美"的。而美学上的评赏，所谓"品藻"的对象乃在"人物"。中国美学竟是出发于"人物品藻"之美学。美的概念、范畴、形容词，发源于人格美的评赏。"君子比德于玉"，中国人对于人格美的爱赏渊源极早，而品藻人物的空气，已盛行于汉末。到"世说新语时代"则登峰造极了（《世说》载"温太真是过江第二流之高者。时名辈共说人物，第一将尽之间，温常失色。"即此可见当时人物品藻在社会上的势力）。

中国艺术和文学批评的名著，谢赫的《画品》，袁昂、庾肩吾的《画品》、钟嵘的《诗品》、刘勰的《文心雕龙》，都产生在这热闹的品藻人物的空气中。后来唐代司空图的《二十四品》，乃集我国美感范畴之大成。

（二）山水美的发现和晋人的艺术心灵。《世说》载东晋画家顾恺之从会稽还，人问山水之美，顾云："千岩竞秀，万壑争流，草木蒙笼其上，若云兴霞蔚。"这几句话不是后来五代北宋荆（浩）、关（同）、董（源）、巨（然）等山水画境界的绝妙写照么？中国伟大的山水画的意境，已包具于晋人对自然美的发现中了！而《世说》载简文帝入华林园，顾谓左右曰："会心处不必在远，翳然林水，便自有濠濮间想也。觉鸟兽禽鱼自来亲人。"这不又是元人山水花鸟小幅，黄大痴、倪云林、钱舜举、王若水的画境吗？（中国南宗画派的精意在于表现一种潇洒胸襟，这也是晋人的流风余韵。）

晋宋人欣赏山水，由实入虚，即实即虚，超入玄境。当时画家宗炳云："山水质有而趣灵。"诗人陶渊明的"采菊东篱下，悠然见南山"，"此中有真意，欲辨已忘言"；谢灵运的"溟涨无端倪，虚舟有超越"；以及袁彦伯的"江山辽落，居然有万里之势"。王右军与谢太傅共登冶城，谢悠然远想，有高世之志。荀中郎登北固望海云："虽未睹三山，便自使人有凌云意。"晋宋人欣赏自然，有"目送归鸿，手挥五弦"，超然玄远的意趣。这使中国山水画自始即是一种“意境中的山水”。宗炳画所游山水悬于室中，对之云：“抚琴动操，欲令众山皆响！”郭景纯有诗句曰：“林无静树，川无停流”，阮孚评之云：“泓峥萧瑟，实不可言，每读此文，辄觉神超形越。”这玄远幽深的哲学意味深透在当时人的美感和自然欣赏中。

晋人以虚灵的胸襟、玄学的意味体会自然，乃能表里澄澈，一片空明，建立最高的晶莹的美的意境！司空图《诗品》里曾形容艺术心灵为“空潭写春，古镜照神”，此境晋人有之：

王羲之曰：“从山阴道上行，如在镜中游！”

心情的朗澄，使山川影映在光明净体中！

王司州（修龄）至吴兴印渚中看，叹曰：“非唯使人情开涤，亦觉日月清朗！”

司马太傅（道子）斋中夜坐，于时天月明净，都无纤翳，太傅叹以为佳。谢景重在坐，答曰：“意谓乃不如微云点缀。”太傅因戏谢曰：“卿居心不净，乃复强欲滓秽太清邪？”

这样高洁爱赏自然的胸襟，才能够在中国山水画的演进中产生元人倪云林那样“洗尽尘滓，独存孤迥”，“潜移造化而与天游”，“乘云御风，以游于尘壒之表”（皆恽南田评倪画语），创立一个玉洁冰清，宇宙般幽深的山水灵境。晋人的美的理想，很可以注意的，是显著的追慕着光明鲜洁，晶莹发亮的意象。他们赞赏人格美的形容词象：“濯濯如春月柳”，“轩轩如朝霞举”，“清风朗月”，“玉山”，“玉树”，“磊砢而英多”，“爽朗清举”，都是一片光亮意象。甚至于殷仲堪死后，殷仲文称他“虽不能休明一世，足以映彻九泉”。形容自然界的如：“清露晨流，新桐初引”。形容建筑的如：“遥望层城，丹楼如霞”。庄子的理想人格“藐姑射仙人，绰约若处子，肌肤若冰雪”，不是这晋人的美的意象的源泉么？桓温谓谢尚“企脚北窗下，弹琵琶，故自有天际真人想”。天际真人是晋人理想的人格，也是理想的美。

晋人风神潇洒，不滞于物，这优美的自由的心灵找到一种最适宜于表现他自己的艺术，这就是书法中的行草。行草艺术纯系一片神机，无法而有法，全在于下笔时点画自如，一点一拂皆有情趣，从头至尾，一气呵成，如天马行空，游行自在。又如庖丁之中肯綮，神行于虚。这种超妙的艺术，只有晋人萧散超脱的心灵，才能心手相应，登峰造极。魏晋书法的特色，是能尽各字的真态。“钟繇每点多异，羲之万字不同”。“晋人结字用理，用理则从心所欲不逾矩”。唐张怀瓘《书议》评王献之书云：“子敬之法，非草非行，流便于行草；又处于其中间，无藉因循，宁拘制则，挺然秀出，务于简易。情驰神纵，超逸优游，临事制宜，从意适便。有若风行雨散，润色开花，笔法体势之中，最为风流者也！逸少秉真行之要，子敬执行草之权，父之灵和，子之神俊，皆古今之独绝也。”他这一段话不但传出行草艺术的真精神，且将晋人这自由潇洒的艺术人格形容尽致。中国独有的美术书法——这书法也是中国绘画艺术的灵魂——是从晋人的风韵中产生的。魏晋的玄学使晋人得到空前绝后的精神解放，晋人的书法是这自由的精神人格最具体最适当的艺术表现。这抽象的音乐似的艺术才能表达出晋人的空灵的玄学精神和个性主义的自我价值。欧阳修云：“余尝喜览魏晋以来笔墨遗迹，而想前人之高致也！所谓法帖者，其事率皆吊哀候病，叙睽离，通讯问，施于家人朋友之间，不过数行而已。盖其初非用意，而逸笔余兴，淋漓挥洒，或妍或丑，百态横生，披卷发函，烂然在目，使骤见惊绝，徐而视之，其意态如无穷尽，使后世得之，以为奇玩，而想见其为人也！”个性价值之发现，是“世说新语时代”的最大贡献，而晋人的书法是这个性主义的代表艺术。到了隋唐，晋人书艺中的“神理”凝成了“法”，于是“智永精熟过人，惜无奇态矣”。

（三）晋人艺术境界造诣的高，不仅是基于他们的意趣超越，深入玄境，尊重个性，生机活泼，更主要的还是他们的“一往情深”！无论对于自然，对探求哲理，对于友谊，都有可述：

王子敬云：“从山阴道上行，山川自相映发，使人应接不暇。若秋冬之际，尤难为怀！”

好一个“秋冬之际尤难为怀！”

卫玠总角时问乐令“梦”。乐云：“是想。”卫曰：“形神所不接而梦，岂是想邪？”乐云：“因也。未尝梦乘车入鼠穴，捣齑啖铁杵，皆无想无因故也。”卫思因经日不得，遂成病。乐闻，故命驾为剖析之。卫即小差。乐叹曰：“此儿胸中，当必无膏肓之疾！”

卫玠姿容极美，风度翩翩，因而思索玄理不得，竟至成病，这不是柏拉图所说的富有“爱智的热情”么？

晋人虽超，未能忘情，所谓“情之所钟，正在我辈”（王戎语）！是哀乐过人，不同流俗。尤以对于朋友之爱，里面富有人格美的倾慕。《世说》中《伤逝》一篇记述颇为动人。庾亮死，何扬州临葬云：“埋玉树著土中，使人情何能已已！”伤逝中犹具悼惜美之幻灭的意思。

> 顾长康拜桓宣武墓，作诗云：“山崩溟海竭，鱼鸟将何依？”人问之曰：“卿凭重桓乃尔，哭之状其可见乎？”顾曰：“鼻如广莫长风，眼如悬河决溜！”
>
> 顾彦先平生好琴，及丧，家人常以琴置灵床上，张季鹰往哭之，不胜其恸，遂径上床，鼓琴，作数曲竟，抚琴曰：“顾彦先颇复赏此否？”因又大恸，遂不执孝子手而出。
>
> 桓子野每闻清歌，辄唤奈何，谢公闻之，曰：“子野可谓一往有深情。”
>
> 王长史登茅山，大恸哭曰：“琅琊王伯舆，终当为情死！”
>
> 阮籍时率意独驾，不由路径，车迹所穷，辄痛哭而返。

深于情者，不仅对宇宙人生体会到至深的无名的哀感，扩而充之，可以成为耶稣、释迦的悲天悯人；就是快乐的体验也是深入肺腑，惊心动魄；浅俗薄情的人，不仅不能深哀，且不知所谓真乐：

> 王右军既去官，与东土人士营山水弋钓之乐。游名山，泛沧海，叹曰，“我卒当以乐死！”

晋人富于这种宇宙的深情，所以在艺术文学上有那样不可企及的成就。顾恺之有三绝：画绝、才绝、痴绝。其痴尤不可及！陶渊明的纯厚天真与侠情，也是后人不能到处。

晋人向外发现了自然，向内发现了自己的深情。山水虚灵化了，也情致化了。陶渊明、谢灵运这般人的山水诗那样的好，是由于他们对于自然有那一股新鲜发现时身入化境浓酣忘我的趣味；他们随手写来，都成妙谛，境与神会，真气扑人。谢灵运的“池塘生春草”也只是新鲜自然而已。然而扩而大之，体而深之，就能构成一种泛神论宇宙观，作为艺术文学的基础。孙绰《天台山赋》云："恣语乐以终日，等寂默于不言，浑万象以冥观，兀同体于自然。"又云："游览既周，体静心闲，害马已去，世事都捐，投刃皆虚，目牛无全，凝想幽岩，朗咏长川。"在这种深厚的自然体验下，产生了王羲之的《兰亭序》，鲍照《登大雷岸寄妹书》，陶宏景、吴均的《叙景短札》，郦道元的《水经注》，这些都是最优美的写景文学。

（四）我说魏晋时代人的精神是最哲学的，因为是最解放的、最自由的。支道林好鹤，往郯东岇山，有人遗其双鹤。少时翅长欲飞。支意惜之，乃铩其翮。鹤轩翥不复能飞，乃反顾翅垂头，视之如有懊丧之意。林曰："既有凌霄之姿，何肯为人作耳目近玩！"养令翮成，置使飞去。晋人酷爱自己精神的自由，才能推己及物，有这意义伟大的动作。这种精神上的真自由、真解放，才能把我们的胸襟象一朵花似地展开，接受宇宙和人生的全景，了解它的意义，体会它的深沉的境地。近代哲学上所谓"生命情调"、"宇宙意识"，遂在晋人这超脱的胸襟里萌芽起来（使这时代容易接受和了解佛教大乘思想）。卫玠初欲过江，形神惨悴，语左右曰："见此茫茫，不觉百端交集，苟未免有情，亦复谁能遣此?"后来初唐陈子昂《登幽州台歌》："前不见古人，后不见来者。念天地之悠悠，独怆然而涕下！"不是从这里脱化出来？而卫玠的一往情深，更令人心恸神伤，寄慨无穷。（然而孔子在川上，曰："逝者如斯夫，不舍昼夜!"则觉更哲学，更超然，气象更大。）

谢太傅与王右军曰："中年伤于哀乐，与亲友别，辄作数日恶。"

人到中年才能深切的体会到人生的意义、责任和问题，反省到人生的究竟，所以哀乐之感得以深沉。但丁的《神曲》起始于中年的徘徊歧路，是具有深意的。

桓温北征，经金城，见前为琅琊时种柳皆已十围，慨然曰："木犹如此，人何以堪?"攀条执枝，泫然流泪。

桓温武人，情致如此！庾子山著《枯树赋》，末尾引桓大司马曰："昔年种柳，依依汉南。今逢摇落，凄怆江潭。树犹如此，人何以堪?"他深感到桓温这话的凄美，把它敷演成一首四言的抒情小诗了。

然而王羲之的《兰亭》诗："仰视碧天际，俯瞰渌水滨。寥阒无涯观，寓目理自陈。大哉造化工，万殊莫不均。群籁虽参差，适我无非新。”真能代表晋人这纯净的胸襟和深厚的感觉所启示的宇宙观。“群籁虽参差，适我无非新”两句尤能写出晋人以新鲜活泼自由自在的心灵领悟这世界，使触着的一切呈露新的灵魂、新的生命。于是“寓目理自陈”，这理不是机械的陈腐的理，乃是活泼的宇宙生机中所含至深的理。王羲之另有两句诗云：“争先非吾事，静照在忘求。”“静照”是一切艺术及审美生活的起点。这里，哲学彻悟的生活和审美生活，源头上是一致的。晋人的文学艺术都浸润着这新鲜活泼的“静照在忘求”和“适我无非新”的哲学精神。大诗人陶渊明的“日暮天无云，春风扇微和”，“即事多所欣”，“良辰入奇怀”，写出这丰厚的心灵“触着每秒光阴都成了黄金”。

（五）晋人的“人格的唯美主义”和友谊的重视，培养成为一种高级社交文化如“竹林之游，兰亭禊集”等。玄理的辩论和人物的品藻是这社交的主要内容。因此谈吐措词的隽妙，空前绝后。晋人书札和小品文中隽句天成，俯拾即是。陶渊明的诗句和文句的隽妙，也是这“世说新语时代”底产物。陶渊明散文化的诗句又遥遥地影响着宋代散文化的诗派。苏、黄、米、蔡等人们的书法也力追晋人萧散的风致。但总嫌做作夸张，没有晋人的自然。

（六）晋人之美，美在神韵（人称王羲之的字韵高千古）。神韵可说是“事外有远致”，不沾滞于物的自由精神（目送归鸿，手挥五弦）。这是一种心灵的美，或哲学的美，这种事外有远致的力量，扩而大之可以使人超然于死生祸福之外，发挥出一种镇定的大无畏的精神来：

> 谢太傅盘桓东山，时与孙兴公诸人泛海戏。风起浪涌，孙（绰）王（羲之）诸人色并遽，便唱使还。太傅神情方王，吟啸不言。舟人以公貌闲意说，犹去不止。既风转急浪猛，诸人皆喧动不坐。公徐曰：“如此，将无归。”众人皆承响而回。于是审其量足以镇安朝野。

美之极，即雄强之极。王羲之书法人称其字势雄逸，如龙跳天门，虎卧凤阙。淝水的大捷植根于谢安这美的人格和风度中。谢灵运泛海诗“溟涨无端倪，虚舟有超越”，可以借来体会谢公此时的境界和胸襟。

枕戈待旦的刘琨，横江击楫的祖逖，雄武的桓温，勇于自新的周处、戴渊，都是千载下懔懔有生气的人物。桓温过王敦墓，叹曰：“可儿！可儿！”心焉向往那豪迈雄强的个性，不拘泥于世俗观念，而赞赏“力”，力就是美。

庾道季说："廉颇、蔺相如虽千载上死人，懔懔如有生气。曹蜍、李志虽见在，厌厌如九泉下人。人皆如此，便可结绳而治。但恐狐狸猯狢啖尽！"这话何其豪迈、沉痛。晋人崇尚活泼生气，蔑视世俗社会中的伪君子、乡原、战国以后二千年来中国的"社会栋梁"。

（七）晋人的美学是"人物的品藻"，引例如下：

王武子、孙子荆各言其土地之美。王云："其地坦而平，其水淡而清，其人廉且贞。"孙云："其山嶵巍以嵯峨，其水泙渫而扬波，其人磊砢而英多。"

桓大司马（温）病，谢公往省病，从东门入，桓公遥望叹曰："吾门中久不见如此人！"

嵇康身长七尺八寸，风姿特秀，见者叹曰："萧萧肃肃，爽朗清举。"或云："萧萧如松下风，高而徐引。"山公云："嵇叔夜之为人也，岩岩如孤松之独立，其醉也，傀俄若玉山之将崩！"

海西时，诸公每朝，朝堂犹暗，唯会稽王来，轩轩如朝霞举。

谢太傅问诸子侄："子弟亦何预人事，而正欲其佳？"诸人莫有言者。车骑(谢玄）答曰："譬如芝兰玉树，欲使其生于阶庭耳。"

人有叹王恭形茂者，曰："濯濯如春月柳。"

刘尹云："清风朗月，辄思玄度。"

拿自然界的美来形容人物品格的美，例子举不胜举。这两方面的美——自然美和人格美——同时被魏晋人发现。人格美的推重已滥觞于汉末，上溯至孔子及儒家的重视人格及其气象。"世说新语时代"尤沉醉于人物的容貌、器识、肉体与精神的美。所以"看杀卫玠"，而王羲之——他自己被时人目为"飘如游云，矫如惊龙"——见杜弘治叹曰："面如凝脂，眼如点漆，此神仙中人也！"

而女子谢道韫亦神情散朗，奕奕有林下风。根本《世说》里面的女性多能矫矫脱俗，无脂粉气。

总而言之，这是中国历史上最有生气，活泼爱美，美的成就极高的一个时代。美的力量是不可抵抗的，见下一段故事：

桓宣武平蜀，以李势妹为妾，甚有宠，尝著斋后。主（温尚明帝女南康长公主）始不知，既闻，与数十婢拔白刃袭之。正值李梳头，发委藉地，肤

> 色玉曜，不为动容，徐徐结发，敛手向主，神色闲正，辞甚凄惋，曰："国破家亡，无心至此，今日若能见杀，乃是本怀！"主于是掷刀前抱之："阿子，我见汝亦怜，何况老奴！"遂善之。

话虽如此，晋人的美感和艺术观，就大体而言，是以老庄哲学的宇宙观为基础，富于简淡、玄远的意味，因而奠定了一千五百年来中国美感——尤以表现于山水画、山水诗的基本趋向。

中国山水画的独立，起源于晋末。晋宋山水画的创作，自始即具有"澄怀观道"的意趣。画家宗炳好山水，凡所游历，皆图之于壁，坐卧向之，曰："老病俱至，名山恐难遍游，惟当澄怀观道，卧以游之。"他又说："圣人含道应物，贤者澄怀味像；人以神法道而贤者通，山水以形媚道而仁者乐。"他这所谓"道"，就是这宇宙里最幽深最玄远却又弥沦万物的生命本体。东晋大画家顾恺之也说绘画的手段和目的是"迁想妙得"。这"妙得"的对象也即是那深远的生命，那"道"。

中国绘画艺术的重心——山水画，开端就富于这玄学意味（晋人的书法也是这玄学精神的艺术），它影响着一千五百年，使中国绘画在世界上成一独立的体系。

他们的艺术的理想和美的条件是一味绝俗。庾道季见戴安道所画行像，谓之曰："神明太俗，由卿世情未尽！"以戴安道之高，还说是世情未尽，无怪他气得回答说："唯务光当免卿此语耳！"

然而也足见当时美的标准树立得很严格，这标准也就一直是后来中国文艺批评的标准："雅"、"绝俗"。

这唯美的人生态度还表现于两点，一是把玩"现在"，在刹那的现量的生活里求极量的丰富和充实，不为着将来或过去而放弃现在价值的体味和创造：

> 王子猷尝暂寄人空宅住，便令种竹。或问："暂住何烦尔？"王啸咏良久，直指竹曰："何可一日无此君！"

二则美的价值是寄于过程的本身，不在于外在的目的，所谓"无所为而为"的态度。

> 王子猷居山阴，夜大雪，眠觉开室命酌酒，四望皎然，因起彷徨，咏左

思《招隐》诗。忽忆戴安道；时戴在剡，即便乘小船就之。经宿方至，造门不前而返。人问其故，王曰："吾本乘兴而来，兴尽而返，何必见戴？"

这截然地寄兴趣于生活过程的本身价值而不拘泥于目的，显示了晋人唯美生活的典型。

（八）晋人的道德观与礼法观。孔子是中国二千年礼法社会和道德体系的建设者。创造一个道德体系的人，也就是真正能了解这道德的意义的人。孔子知道道德的精神在于诚，在于真性情，真血性，所谓赤子之心。扩而充之，就是所谓"仁"。一切的礼法，只是它托寄的外表。舍本执末，丧失了道德和礼法的真精神真意义，甚至于假借名义以便其私，那就是"乡原"，那就是"小人之儒"。这是孔子所深恶痛绝的。孔子曰："乡原，德之贼也。"又曰："女为君子儒，无为小人儒！"他更时常警告人们不要忘掉礼法的真精神真意义。他说："人而不仁如礼何？人而不仁如乐何？"子于是日哭，则不歌。食于丧者之侧，未尝饱也。这伟大的真挚的同情心是他的道德的基础。他痛恶虚伪。他骂"巧言令色鲜矣仁！"他骂："礼云、礼云，玉帛云乎哉！"然而孔子死后，汉代以来，孔子所深恶痛绝的"乡原"支配着中国社会，成为"社会栋梁"，把孔子至大至刚、极高明的中庸之道化成弥漫社会的庸俗主义、妥协主义、折衷主义、苟安主义，孔子好象预感到这一点，他所以极力赞美狂狷而排斥乡原。他自己也能超然于礼法之表追寻活泼的真实的丰富的人生。他的生活不但"依于仁"，还要"游于艺"。他对于音乐有最深的了解并有过最美妙、最简洁而真切的形容。他说：

乐，其可知也！始作，翕如也。从之，纯如也。皦如也。绎如也。以成。

他欣赏自然的美，他说："仁者乐山，智者乐水。"

他有一天问他几个弟子的志趣。子路、冉有、公西华都说过了，轮到曾点，他问道：

"点，尔何如？"鼓瑟希，铿尔，舍瑟而作，对曰："异乎三子者之撰！"子曰："何伤乎？亦各言其志也。"曰："莫春者，春服既成，冠者五六人，童子六七人，浴乎沂，风乎舞雩，咏而归！"

夫子喟然叹曰："吾与点也！"

孔子这超然的、蔼然的、爱美爱自然的生活态度，我们在晋人王羲之的《兰亭序》和陶渊明的田园诗里见到遥遥嗣响的人，汉代的俗儒钻进利禄之途，乡原满天下。魏晋人以狂狷来反抗这乡原的社会，反抗这桎梏性灵的礼教和士大夫阶层的庸俗，向自己的真性情、真血性里掘发人生的真意义、真道德。他不惜拿自己的生命、地位、名誉来冒犯统治阶级的奸雄假借礼教以维持权位的恶势力。曹操拿“败伦乱俗，讪谤惑众，大逆不道”的罪名杀孔融。司马昭拿“无益于今，有败于俗，乱群惑众”的罪名杀嵇康。阮籍佯狂了，刘伶纵酒了，他们内心的痛苦可想而知。这是真性情、真血性和这虚伪的礼法社会不肯妥协的悲壮剧。这是一班在文化衰堕时期替人类冒险争取真实人生真实道德的殉道者。他们殉道时何等的勇敢，从容而美丽：

> 嵇康临刑东市，神气不变，索琴弹之，奏广陵散，曲终曰：“袁孝尼尝请学此散，吾靳固不与，广陵散于今绝矣！”

以维护伦理自命的曹操枉杀孔融，屠杀到孔融七岁的小女、九岁的小儿，谁是真的“大逆不道”者？

道德的真精神在于“仁”，在于“恕”，在于人格的优美。《世说》载：

> 阮光禄（裕）在剡，曾有好车，借者无不皆给。有人葬母，意欲借而不敢言。阮后闻之，叹曰：“吾有车而使人不敢借，何以车为？”遂焚之。

这是何等严肃的责己精神！然而不是由于畏人言，畏于礼法的责备，而是由于对自己人格美的重视和伟大同情心的流露。

> 谢奕作剡令，有一老翁犯法，谢以醇酒罚之，乃至过醉，而犹未已。太傅（谢安）时年七八岁，著青布绔，在兄膝边坐，谏曰：“阿兄，老翁可念，何可作此！”奕于是改容，曰：“阿奴欲放去耶？”遂遣之。

谢安是东晋风流的主脑人物，然而这天真仁爱的赤子之心实是他伟大人格的根基。这使他忠诚谨慎地支持东晋的危局至于数十年。淝水之役，苻坚发戎卒六十余万、骑二十七万，大举入寇，东晋危在旦夕。谢安指挥若定，遣谢玄等以八万兵一举破之。苻坚风声鹤唳，草木皆兵，仅以身免。这是军事史上空前的战绩，诸葛亮在蜀没有过这样的胜利！

一代枭雄，不怕遗臭万年的桓温也不缺乏这英雄的博大的同情心：

> 桓公入蜀，至三峡中，部伍中有得猿子者，其母缘岸哀号，行百余里不去，遂跳上船，至便即绝。破视其腹中，肠皆寸寸断。公闻之，怒，命黜其人。

晋人既从性情的真率和胸襟的宽仁建立他的新生命，摆脱礼法的空虚和顽固，他们的道德教育遂以人格的感化为主。我们看谢安这段动人的故事：

> 谢虎子尝上屋薰鼠。胡儿（虎子之子）既无由知父为此事，闻人道痴人有作此者，戏笑之。时道此非复一过。太傅既了己（指胡儿自己）之不知，因其言次语胡儿曰："世人以此谤中郎（虎子），亦言我共作此。"胡儿懊热，一月，日闭斋不出。太傅虚托引己之过，必相开悟，可谓德教。

我们现代有这样精神伟大的教育家吗？所以：

> 谢公夫人教儿，问太傅："那得初不见公教儿？"答曰："我常自教儿！"

这正是象谢公称赞褚季野的话："褚季野虽不言，而四时之气亦备！"

他确实在教，并不姑息，但他着重在体贴入微的潜移默化，不欲伤害小儿的羞耻心和自尊心：

> 谢玄少时好著紫罗香囊垂覆手。太傅患之，而不欲伤其意；乃谲与睹，得即烧之。

这态度多么慈祥，而用意又何其严格！谢玄为东晋立大功，救国家于垂危，足见这教育精神和方法的成绩。

当时文俗之士所最仇疾的阮籍，行动最为任诞，蔑视礼法也最为彻底。然而正在他身上我们看出这新道德运动的意义和目标。这目标就是要把道德的灵魂重新建筑在热情和率真之上，摆脱陈腐礼法的外形。因为这礼法已经丧失了它的真精神，变成阻碍生机的桎梏，被奸雄利用作政权工具，借以锄杀异己。（曹操杀孔融）

阮籍当葬母，蒸一肥豚，饮酒二斗，然后临诀。直言“穷矣！”举声一号，吐血数升，废顿良久。

他拿鲜血来灌溉道德的新生命！他是一个壮伟的丈夫。容貌瓌杰，志气宏放，傲然独得，任性不羁，当其得意，忽忘形骸，“时人多谓之痴”。这样的人，无怪他的诗“旨趣遥深，反覆零乱，兴寄无端，和愉哀怨，杂集于中”。他的咏怀诗是古诗十九首以后第一流的杰作。他的人格坦荡淳至，虽见嫉于士大夫，却能见谅于酒保：

阮公邻家妇有美色，当垆沽酒。阮与王安丰常从妇饮酒。阮醉便眠其妇侧。夫始殊疑之，伺察终无他意。

这样解放的自由的人格是洋溢着生命，神情超迈，举止历落，态度恢廓，胸襟潇洒：

王司州（修龄）在谢公坐，咏“入不言兮出不辞，乘回风兮载云旗！”（九歌句）语人云：“‘当尔时’觉一坐无人！”

桓温读《高士传》，至于陵仲子，便掷去曰：“谁能作此溪刻自处。”这不是善恶之彼岸的超然的美和超然的道德吗？

“振衣千仞冈，濯足万里流！”晋人用这两句诗写下他的千古风流和不朽的豪情！

选自《美学散步》，上海人民出版社1981年版，

原载《星期评论》1940年第10期

论南朝文学

陈钟凡

第一节　南朝文学勃兴的原因

南朝宋、齐、梁、陈四代人的文学，在中国文学史上，可算是极盛的时期了。试看当时文人辈出，真是肩背相望，更仆难数。举其最著者：如晋宋之际，则有谢混、陶潜、汤惠休诸诗人，皆自成一派。至于宋代，则颜延之、谢灵运最为时人所重。颜、谢而外，文人甚众，以傅亮、范晔、袁淑、谢瞻、谢惠连、谢庄、鲍照为大家。齐初有王俭、褚渊、王僧虔，后有王融、谢朓，诗文并茂。齐梁之际，则沈约、范云、江淹、邱迟皆工诗文，任昉尤长载笔。后来刘孝绰、刘峻、裴子野、王筠、陆倕，诗文亦为当时所法，柳恽、吴均、何逊尤以诗名。陈代文士，首推徐陵、沈炯，次有顾野王、江总、姚察诸家。一时济济称盛，诚秦汉以来所罕见，可算是中古文学史上的黄金时代了。而且最奇的现象，这班文学之士，大半出于世族。每见一门之内，父子兄弟，各以文学擅名。如《南史·刘孝绰传》说："孝绰兄弟及群从子侄，时有七十人，并能属文。近古未有！"《王筠传》载筠《与诸儿书》说："史传所称，未有七叶之中，人人有集，如吾门者。"这皆是的确的事实。因为文人多出于世族，故其文学成功，多在早年。莫不才思敏捷，或援笔立成，或文不加点。不知这班天才文人，何以皆会粹于是时，而放文学上异彩，蔚为大观呢？推原其故，约有数因。

（一）时代关系　自西晋末年，五胡竞起，割据中原，建立两赵、三秦、四燕、五凉，及汉、夏等十六国，互相攻伐，亘百余年而不止。汉民族所根据之黄河流域，一寸干净土亦没有，还有什么文化可说呢？所以一时名士，莫不渡江南迁。江左一隅，遂为文人会粹之所。其初，武人尚有击楫悲歌，誓复中原；文人尚作新亭之泣，伤心故国。到了后来，刘裕以功高而受晋禅，萧道成以国乱而篡君统，萧衍更受齐禅而为梁，陈霸先又代萧氏而立国。百六十余年之间，君臣篡夺，上下争权，内乱屡兴，封疆日蹙，士大夫逃生救死之不遑，安有经纬邦家，澄清宇宙之志呢？大家惟有朝夕晏安，相率到文苑艺圃里去，寻些乐趣，聊以自慰罢了。这是南朝文学勃兴的第一个原因。

（二）地理关系　自古北派文学偏于实际，南派文学偏于理想，《诗经》及《楚辞》是他们的代表了。这是因为气候及生物的关系。北方气候严寒，生物缺乏，故曹操《苦寒行》云："北上太行山，艰哉何巍巍，羊肠坂诘屈，车轮为之摧。树木何萧瑟，北风声正悲，熊罴对我蹲，虎豹夹路啼，溪谷少人民，雪落何霏霏。延颈长太息，远行多所怀！"虽仅写一地，可以代表大部分。曹植《赠白马王彪诗》又云："大谷何寥廓，山树郁苍苍，零雨泥我涂，流潦浩纵横，中逵绝无轨，改辙登高冈，修坂造云日，我马玄以黄。"也是写北地跋涉之苦，借以抒其闷郁之怀。若南朝四代所都的建业，地当吴头楚尾，江左淮南。较之北方，气候有惨舒之别，山川有清浊之分，物产更丰啬不同。一班渡江名士，远离寒荒之境，置身佳丽之邦，不觉俯仰之间，悲愉易位，难怪他们流连万象之际，沉吟视听之区，终日模山范水，乐而忘返了。这是六朝南派文学代汉、魏北派文学而起的一大机会，即当日文学勃兴的第二个原因。

（三）思潮关系　自玄理大盛，佛法东来，晋宋学者乃由老庄思想变而为佛老。一时文人，如陈郡谢灵运，琅琊颜延之，衡阳太守何承天莫不怡情禅悦，究心佛典。齐竟陵王萧子良，琅琊王僧虔，及吴郡陆澄，王俭，僧虔从孙融，汝南周颙，会稽孔稚圭，并叙佛书。梁武帝舍身事佛，昭明太子及简文帝、元帝更好谈玄。陈武帝亦舍身庄严寺，文帝自称菩萨戒弟子。这是南朝思想界的现象。当时文艺蒙其影响，焕然改观。建筑上有天竺式的伽蓝，雕刻上有立体的造像，绘画上有背影的山水。而诗人歌咏，动称三世之辞，学者著书，每为因果之说。这皆是当时思潮反映于文艺之显著者。更因字母之说，而发明四声，容于后章详之。这是南朝文学勃兴的第三个原因。

（四）政治关系　汉因武帝及淮南王，梁孝王雅好文辞，一时文风为之大振。魏有曹氏父子，乃得邺下诸贤。这不过少数大力者提倡，遂有那样效果。若南朝君相，几无一而非文豪，尤足令人惊异不置了！试观《南史·临川王义庆传》说："文帝好文章，自谓人莫能及。"《宋书·武帝纪》说："帝才藻甚美。"《庆帝纪》说："帝颇有文才。"当时宗室，如南平王休铄，建平王弘，卢陵王爱真，江夏王义恭等，莫不招集才士，爱好文义。《齐书·高帝纪》说："帝博学，善属文"，诸子如鄱阳王锵，江夏王锋，豫章王嶷皆以文学著名；梁武帝更崇尚文艺，其嗣子，昭明太子，简文帝，元帝均以文学为天下倡。其余诸子，诸孙，及宗室能文者，不可胜计。陈承梁季之乱，文学稍衰，自世祖以后，渐复旧状。后主在东宫，汲引文士，如恐不及。故后妃宗室，皆竞为文辞。开国功臣，如侯安都、孙玚等均结纳文士。故文学大昌，讫于亡国。这是政治领袖竭力提倡，所以文学勃兴的第四个原因。

(五) 文艺独立　前人说："余力学文，"看文学不过是道德的附属品罢了。汉魏以来，文学虽盛，亦未尝别立一科。自宋文帝元嘉十六年，置立四学。于儒学、玄学、史学三馆外，别立文学馆，使司徒参将谢元掌之。后来明帝泰始六年，立总明观，亦分儒、道、文、史、阴阳五部。并见《南史·宋本纪》。刘申叔先生《中古文学史》说："此文学别于他科而独立之始。"刘先生又说："《文章志》一书，始作于挚虞；至南朝傅亮著《续文章志》，宋明帝著《江左文章志》，沈约著《宋世文章志》，并见《隋书·经籍志》。"盖一种独立的学问，必有专门的历史。专史愈丰富，由于其学问日见发达。这是南朝文学勃兴的第五原因。

上述五者，皆南朝文学勃兴之最大原因也，其他尚有助缘，不及琐述。至于南朝文学价值如何，那更是别一问题，非本编所欲申述的了。

第二节　南朝文学的嬗变

诗文到了晋代，易朴为雕，化奇作耦，已与魏、晋不同了。到了南朝，色泽愈趋妍丽，体制愈加工整，音韵更为谐适。较之晋人，尤为殊异。刘申叔先生说：此种变化，厥有二因：

(一) 声律说之发明　反切之法，始于魏之孙炎，其时李登有《声类》一书，以五声命字，其书不传，今无可考。晋代吕静仿李登之法，作《韵集》五卷，今亦不存。自竺法护四十一字母之说出，齐人周颙著《四声切韵》，梁人沈约著《四声谱》，王斌著《四声论》，由是四声之说发明，文学上乃生绝大的变化。《南史·陆厥传》说："永明末，盛为文章，吴兴沈约，陈郡谢朓，琅琊王融以气类相推。汝南周颙善识声韵，为文皆用宫商，以平上去入为四声。以此制韵，有平头、上尾、蜂腰、鹤膝；五字之中，音韵悉异；两句之内，角徵不同。不可增减，世呼为永明体，"《沈约传》又曰："约撰《四声谱》，以为在昔词人，累千载而不悟；而独得胸衿，穷其妙旨，自谓入神之作。"从四声发明，文句必调平仄，五字之中，不能皆用平声或仄声；两句之内，不能以平声对平声，仄声对仄声。文句必须平仄相间，高下窜节，所谓"判低昂，审清浊"。使人读之，口吻调利，律吕谐和了。但时人对于声律之说，每持异说。

如《南史·庾肩吾传》说："齐永明中，王融、谢朓、沈约文章，始用四声，以为新变。至是转拘声韵，弥为丽靡。"钟嵘《诗品》曰："使文多拘忌，伤其真美。"我们现在对于四声的利弊，可置之不论。但说齐梁文学，异于前人，这是最大的一个分别。故王闿运称这派用声韵的诗为"新体诗"，诚与魏、晋以前的旧诗大大不同了。

（二）文笔之区别　文笔之辨，起于南朝。汉魏以前，散文中或夹韵语，奇偶可以叠用，未尝有文笔之分。晋宋以还，乃有此辨。梁元帝《金楼子·立言篇》说："吟咏风谣，流连哀思者谓之文。……笔退则非谓成篇，进则不云取义，神其巧慧笔端而已。"则惟以吟咏风谣，流连哀思者为文。据范晔《与甥侄书》曰："手笔差异，文不拘韵。"《文心雕龙·总述篇》亦曰："今之常言，有文有笔。以为无韵者笔也，有韵者文也。"两家又以有韵为文，无韵为笔。刘先生以宋、齐、梁、陈各史传证之，知当时所谓笔者，非徒全任质素，亦非偶文为文，单语为笔也。盖学时世俗之文，有质直叙事，悉无浮藻者，如今本《文选》任昉《弹刘整文》所引刘寅妻范氏诣台诉词是也。亦有以语为文，无复偶词者，如齐世祖《敕晋安王子懋》诸文是也。然史传诸云文笔、词笔、以及所云长于载笔，工于为笔者，笔之为体，统该符、檄、笺、奏、启、书札、诸作言，其弹事、议对之属，亦属于笔，史册亦然。凡文之偶而弗韵者，皆晋宋以来所谓笔类也。更即《雕龙》篇次言之：由第六迄于十五，以明诗、乐府、诠赋、颂赞、祝盟、铭箴、诔碑、哀吊、杂文、谐讔、诸篇相次、是均有韵之文也。由第十六迄于二十五，以史传、诸子、论说、诏策、檄移、封禅、章表、奏启、议对、书记、诸篇相次，是均无韵之笔也。此非《雕龙》文笔二体之验乎？盖晋宋以降，惟以有韵为文。故当时无韵之文，亦矜尚藻彩，迄于唐代不衰。文学界说自此始严，必偶语用韵，而后谓之文。即所谓笔，亦以藻彩相尚。此又是南朝文学异于汉魏之特点。

第三节　南朝文学的派别

缘前述诸端，南朝文学变化极大，其派别亦日趋复杂，兹择其著者，约分数派述之：

（一）山水派　《文心雕龙·明诗篇》说："宋初文咏，体有因革，庄老告退，而山水方滋。俪采百字之偶，争价一句之奇，情必极貌以写物，辞必穷力而追新。此近世之所竞也。"由玄学诗变而为山水诗，这是晋宋之间文学界最好的消息。因为冲淡无味的几句出世话，说之不休，没有多少兴趣。就进一步而为游仙诗，将理想的境界，具体写出，亦是可望而不可即，望梅止渴的空谈。当此“乱离瘼矣，奚其适归”的时候，究竟有什么办法，实现我们诗人的理想呢？惟有山颠水涯，深林空谷，寒荒寂寞之地，隔绝人间，比较与我们理想的境界接近些罢了。因此由理想的游仙诗，更进而为山水诗，这亦是必然的趋势。风气既然转移，大家皆走这条新路，作品非常之多，其中以陶潜及大谢、小谢为三大家，试略述之：

(甲) 陶潜　渊明本是晋人，但其山水诗当作于入宋致仕以后，开宋人之先声。他的诗描写农村景色，最为真切。如《归田园诗》第一首云：

开荒南野际，守拙归园田，方宅十余亩，草屋八九间，榆柳荫后檐，桃李罗堂前。暧暧远村人，依依墟里烟，狗吠深巷中，鸡鸣桑树顶。户庭无尘杂，虚室有余闲。

将田园前后左右的景物，写得如在目前。“暧暧远村人，依依墟里烟”两句，写远看茫昧的情形，尤有奇趣。又第三首云：

种豆南山下，草盛豆苗稀，晨兴理荒秽，带月荷锄归。道狭草木长，夕露沾我衣，衣沾不足惜，但使愿无违。

这首前后几句，皆为隐喻，含有讽世之意，独“带月荷锄归”一句，写景入神，最为清绝。又《游斜川》云：

气和天惟澄，班坐依远流，弱湍驰文鲂，闲谷矫鸣鸥。迥泽散游目，缅然睇层丘，虽微九重秀，顾瞻无匹畴。

写山泽之间，鸟飞鱼跃，真觉得天气澄和，风物闲美，非亲身目睹者不能写得如是逼真。又《饮酒》云：

结庐在人境，而无车马喧。问君何能尔？心远地自偏。采菊东篱下，悠然见南山。山气日夕佳，飞鸟相与还。此中有真意，欲辨已忘言。

这首写采菊之时，偶然见山，并非着意看山，而景与意会，故意趣悠然，真是出神入化之笔。渊明诗的特长，在不用彩藻，而冲淡高远，合于自然；非胸襟闲适，深得农田真趣者，不能为此本色语也。

（乙）谢灵运　《宋书·谢灵运传》说：“出为永嘉太守，郡有名山水，素所爱好，遂肆意游邀，遍历诸县，动逾旬朔。民间听讼，不复关怀，所志辄为诗咏，以致其志焉。”又说：“灵运因父祖之资，生业甚厚，奴童既众，义故门生百数，凿山浚湖，功役无已。寻山陟岭，必造幽峻，岩嶂千重，莫不备尽登蹑。”他简直以山水为性命，官可以不做，民事可以不理，甚至衣食都可以捐弃，山水是不可不登临的了。所以他的诗天质奇丽，运思精凿，足见工力之深，非浅率者所可几及。如《过始宁墅》云：

> 剖竹守沧海，枉帆过旧山，山行穷登顿，水涉尽洄沿。岩峭岭稠叠，洲潆渚连绵，白云抱幽石，绿筱媚清涟。

写山深水曲，云与石相倚，水与竹交映，而用一“抱”字，及“媚”字，把自然加以人格化，皆成活物，这是何等奇趣。又其《登江中孤屿》云：

> 乱流趋正绝，孤屿媚中川，云日相辉映，空水共澄鲜。

写天光云影，湛然清明。又《从斤竹涧越岭溪行》云：

> 猿鸣诚知曙，谷幽光未显，岩下云方合，花上露犹泫。

写清晨山谷间云雾弥漫的景色。又《游南亭》云：

> 时竟夕澄霁，云归日西驰，密林含余清，远峰隐半规。

写日暮雨霁，林峰隐约的景色，又《七里濑》云：

> 石浅水潺湲，日落山照曜，荒林纷沃若，哀禽相叫啸。

写秋日荒林景象。又《初去郡》云：

溯溪终水涉，登岭始山行，野旷沙岸净，天高秋月明。憩石挹飞泉，攀林搴落英。

写秋夜月明景象。总之：灵运写各种风物，皆能各极其致，颇费惨淡经营。不过句磨字琢，偏于雕缛；较之渊明，天工人巧各不相谋了。

（丙）谢朓　前举陶诗清新，谢诗精艳，玄晖较为后出，其风格异于两家，而备有清俊富丽之长，难怪他独步萧齐一代了。观其《之宣城诗》云：

江路西南永，归流东北骛，天际识归舟，云中辨江树。

写江天远望，云树苍茫，景象辽阔。又《晚登三山还望京邑》云：

灞涘望长安，河阳视京县，白日丽飞甍，参差皆可见。余霞散成绮，澄江静如练。喧鸟覆春洲，杂英满芳甸。

余霞成绮，澄江如练，天光水色，映带尤奇。《和王融登八公山》云：

二别阻汉坻，双崤望河澳，兹岭复巑岏，分区奠淮服，东限琅琊台，西距孟诸陆。阡眠起杂树，檀栾荫修竹，日隐涧疑空，云聚岫各复。出没眺楼雉，远近送春目。

登高眺远，感物造端，气势至为雄浑。又《游东田》云：

戚戚苦无悰，携手共行乐，寻云陟累榭，随山望菌阁。远树暧阡阡，生烟纷漠漠，鱼戏新荷动，鸟散余花落。不对芳春酒，远望青山郭。

鱼戏鸟散，闲情逸致，写来亦至清绮。钟嵘《诗品》说他："微伤细密，颇在不伦。一章之中，自有玉石。然奇章秀句，往往警遒。足使叔源失步，明远变色。善自发端，而篇末多踬，此意锐而才弱也。"现在看他如《暂使下都》诗起句云："大江流日夜，客心悲未央。"发端的确遒劲。又如《和王季哲怨情》结句云："故人心尚尔，故人心不见。"篇末未免稍弱。然亦不见首首如此。若说"微伤细密"，这是齐人诗协平仄的关系。我们试他《玉阶怨》及《王孙游》两首，已有唐人绝句的形式。而《怀故人》句云："清风动帘夜，孤月照窗时"，则又唐人律句之先声也。

（丁）山水文　当时人于山水诗外，还有专门描写山水的小品文章。如陶宏景《答谢中书书》云：

> 山川之美，古来共谈：高峰入云，清流见的，两岸石壁，五色交辉，青林翠花，四时俱备。晓雾将歇，猿鸟乱鸣；夕日欲颓，沉鳞竞跃。实是欲界之仙都，自康乐以来，未复有能与其奇者。

寥寥数语，简澹高素，萧然尘埃之外。比汉人长篇大赋好得多，真是少许胜人多许啊。又吴均《与宋元思书》曰：

> 风烟俱净，天山共色，从流飘荡，任意东西。自富阳至桐庐，一百许里，奇山异水，天下独绝，水皆缥碧，千丈见底，游鱼细石，直视无碍。急湍甚箭，猛浪若奔，夹岸高山，皆生寒树，负势上竞，互相轩邈，争高直指，千百成峰。泉水激石，泠泠作响；好鸟相鸣，嘤嘤成韵。蝉则千转不穷，猨则百叫无绝。鸢飞戾天者望峰息心，经纶世务者窥谷忘反。横柯上蔽，在昼犹昏；疏条交映，有时见日。

扫除浮艳，渗然无尘，南朝此作，颇为难得。这种名之为文，不如谓为"散体诗"，较为确当。又鲍照《登大雷岸与妹书》写庐山景色曰：

> 西南望庐山，又特惊异，基献江湖，峰与辰汉连接。上常积云霞，雕锦缛，若华夕曜，岩泽通气，傅明散彩，赫似绛天；左右青霭，表里紫霄；从岭而上，气尽金光；半山以下，纯为黛色。信可以神居帝郊，镇控湘汉者也。

亦能将烟云变幻，写得尽态极妍。但其全文铸词精缛，用字锤炼，出于汉人京都等赋。只可谓之"无韵赋"，不能谓为"散文诗"了。

（二）宫体派　宫体诗是南朝最盛的一种侧艳诗，其体作始于梁，大盛于陈。刘申叔先生考晋宋之间已经有了。他说："晋宋乐府，如《桃叶歌》、《碧玉歌》、《白纻词》、《白铜鞮歌》，均以淫艳哀音，被于江左。迄之萧、齐，流风益盛。其以此体施于五言诗者，亦始晋、宋之间，后有鲍照，前有惠休。特至于梁代，其体尤昌。《南史·简文纪》谓：‘帝辞藻艳发，然伤于轻靡，时号宫体。’《徐摛传》亦谓：‘属文好为新变，文体既别，春坊尽学之。宫体之号，自斯而始。’盖当此之时，文士所作，虽多艳词；然尤以艳丽著者，实惟摛及庾肩吾。嗣则庾信、徐陵承其遗绪，而文体特为南北所崇。此则大同以后文体之一变也。又据《陈书》、《南史》二书皆含《后主纪》及张贵妃各传，谓：‘帝荒酒色，奏伎作诗，以宫人有文学者为女学士，与狎客共赋新诗，采其尤艳丽者，以为典调，被以新声。其曲有《玉树后庭花》、《临春乐》等。’《江总传》亦谓：‘尤工五七言诗，溺于浮靡，日与后主游宴，后庭多为艳诗。好事者相传论玩，于今不绝。’是陈季艳丽之词，尤较梁代为盛。即魏征《陈论》所谓：‘偏尚淫丽之文也。’”他把宫体诗的本源及其末流，说得极详尽了。试将他们作品略引如下，以见异同。

鲍照《代白纻曲》云：

朱唇动，素袖举，洛阳少年邯郸女，古称《渌水》今《白纻》，催弦急管为君舞。穷秋九月荷叶黄，北风驱雁天雨霜，夜长酒多乐未央。

春风澹荡使思多，天色净绿气妍和，桃含红萼兰紫牙，朝日灼烁发园花，卷幌结帷罗玉筵，齐讴秦吹卢女弦，千金一笑买芳年。

汤惠休《白纻歌》：

琴瑟未调心已悲，任罗胜绮强自持，忍思一舞望所思，将转未转恒如疑。桃花水上春风出，舞袖逶迤鸾照日，徘徊鹤转情艳逸，君为迎歌心如一。

少年窈窕舞君前，容华艳艳将欲然，为君娇凝复迁延，流目送笑不敢言，长袖拂面以自煎，愿君流光及盛年。

四诗写舞女风情绮丽，汤诗尤为哀戚。《南齐书·文学传》说鲍诗“雕藻淫艳，倾炫心魂”。《南史·颜延之传》“延之诋惠休制作为委巷中歌谣”。这类诗歌，在当时已觉得轻靡，难登大雅之堂了；那知梁陈宫体，更加艳发。试录数首如下：

梁简文帝《美女篇》：

佳丽尽关情，风流最有名，约黄能效月，裁金巧作星；粉光胜玉靓，衫薄拟蝉轻；密态随羞脸，娇歌逐软声；朱颜半已醉，微笑隐香屏。

梁简文帝《戏赠丽人》：

丽姮与妖嫱，共拂可怜妆，同安鬟里拨，异作额间黄，罗裙宜细简，画屧重高墙。含羞来上砌，微笑出长廊，取花争间镊，攀枝念蕊香；但歌聊一曲，鸣弦未肯张，自矜心所爱，三十侍中郎。

梁简文帝《率尔为咏》：

借问仙将画，讵有此佳人？倾城且倾国，如雨复如神；汉后怜飞燕，周王重姓申，挟瑟曾游赵，吹箫屡入秦，玉阶偏望树，长廊每逐春，约黄出意巧，缠弦用法新；迎风时引袖，避日暂披巾，疏花映鬟插，细佩绕衫伸。谁知日欲暮，含羞不自陈。

陈后主《玉树后庭花》：

丽宇芳林对高阁，新妆艳质本倾城，映户凝娇乍不进，出帷含态笑相迎；妖姬脸似花含雾，玉树流光照后庭。

陈后主《七夕宴乐修殿》：

秋初菱荷殿，宝帐芙蓉开，玉笛随弦上，金钿逐照回，钗光摇玳瑁，柱色轻玫瑰，笑靥人前敛，衣香动处来，非同七襄驾，讵隔一春梅？神仙定不及，宁用流霞杯？

这类的诗，虽说是轻浮淫艳；然他们对于女性，仅为肉体的描写，没有多少神致。不能说他是有价值的作品。

（三）讽刺派　讽刺类的诗及文，当时谓之“谐讔”。《文心雕龙》说：“谐之言皆也，辞浅会俗，皆悦笑也。讔者，隐也。遁辞以隐意，谲譬以指事也。”其体起原亦古，但至宋、齐而后，作者益加轻薄。《南史·文学传》说：

卞铄为词赋，多讥刺世人。丘巨源作《秋胡诗》，有讥刺语。卞彬拟《枯鱼赋》喻意。又著蚤、虱、蜗、虫等赋，大有指斥。永明中，诸葛勋为国子生作《云中赋》，指祭酒以下，皆有形似之目。到梁代世风益薄，嘲讽之文更多。《梁书·临川王弘传》说："豫章王综以弘贪吝，作《钱愚论》，其文甚切。"又《南史·江德藻传》说："弟从简作《采荷调》，刺何敬容，为当时所赏。"现在录最著名的孔稚圭刺周彦伦的《北山移文》以见例。

> 钟山之英，草堂之灵，驰烟驿路，勒移山庭。……世有周子，俊俗之士，既文且博，亦玄亦史。然而学遁东鲁，习隐南郭，窃吹草堂，滥巾北岳，诱我松桂，欺我云壑，虽假容于江皋，乃撄情于好爵。……使我高霞孤映，明月独举，青松落阴，白云谁侣。涧户摧绝无与归，石径荒凉徒延伫。……今又促装下邑，浪栧上京，虽情殷于魏阙，或假步于山扃。岂可使芳杜厚颜，薜荔无耻，碧岭再辱，丹崖重滓？尘游躅于蕙路，污渌池以洗耳。宜扃岫幌，俺云关，敛轻雾，藏鸣湍，截来辕于谷口，杜妄辔于郊端。于是丛条瞋胆，叠颖怒魄，或飞柯以折轮，乍低枝而扫迹，请回俗士驾，为君谢逋客。

看其文词严义正，笔墨飞舞。然而牙尖口利，可谓刻薄到极点了。

（四）数典派　这是南朝流行最盛，而价值最少的一派文学。其风气开于宋代颜延之。《诗品》说："颜延之喜用古事，弥见拘束，于时化之；故大明泰始中，文学殆同书抄。"后来任昉用典尤多。《南史·任昉传》说："晚转好诗，用事过多，属诗不得流便。自尔都下之士慕之，转为穿凿。"《诗品》亦云："任昉博物，动辄用事，是以诗不得奇。"是南朝人诗，数典为其最大一派。他们有所谓"离合诗"，"回文诗"，"建除诗"，"四色诗"，"八音诗"，"数名诗"，"州郡名诗"，"药名诗"，"姓名诗"，"鸟兽名诗"，"树名诗"，"草名诗"，"宫殿名诗"各体；又有什么叫做"大言诗"，"小言诗"，皆是工于数典之诗，实皆无大价值，现在不必征引。所以《诗品》批他谓："拘挛补纳，蠹文已甚。"《齐书·文学传》说："缉比事类，非对不发，博物可嘉，职文拘制。"皆是确切的批评。但他们多闻强记，炫博惊奇，不能不说他有本领。到了王俭使宾客隶事，梁武帝又集文士策经史事，制成类书。从此属文之士，取材于此，操笔便成文章，华词翰藻，满纸皆是，文体更卑靡了。

（五）模古派　当此举世竞为新体，习华随侈之时，而主张模拟古调的，仍时有所闻。试观梁简文帝《与湘东王书》说："比见京师文体，懦钝殊常……既殊比兴，正背《风》《骚》。若夫六典三礼，所施则有地；吉凶嘉宾，用之则有所。未闻吟咏情性，反拟《内则》之篇；择笔写志，更摹《酒诰》之作；迟迟春日，翻学《归藏》；湛湛江水，遂同《大传》。"依其说观之，其时摹古的作家，大有人在。虽然，他们的作品侈陈故训典制，未免可笑；但是他们这种风气，居然流传于京师，就很值得注意了。不知究竟是什么人如是主张呢？现举宋代裴子野为其代表。裴氏见宋明帝命文武臣课诗，有人买文来应命。痛恨天下风尚雕虫之艺，不知留心经史，乃作《雕虫论》以诋之。其说曰：

> 古者四始六义，总而为诗；既形四方之风，且章君子之志，劝美惩恶，王化本焉。后之作者，思存枝叶，繁华蕴藻，用以自通。若悱恻芬芳，《楚骚》为之祖；靡漫容与，相如和其音；由是随声逐景之俦，弃旨归而无执，赋诗歌颂，百帙五车；蔡邕等之俳优，杨雄悔为童子。圣人不作，雅郑谁分？其五言为诗家，则苏李自出，曹刘伟其风力，潘陆固其枝柯。爰及江左，称彼颜、谢，箴绣鞶帨，无取庙堂。宋初讫于元嘉，多为经史，大明之代，实好斯文，高才逸韵，颇谢前哲，波流相尚，滋有竺焉。自是闾阎年少，贵游总角，罔不摈落六艺，吟咏情性。学者以博依为急务，谓章句为颛鲁，淫文破典，斐尔为功；无被于管弦，非止于礼义；深心主卉木，远致极风云；其兴浮，其志弱，巧而不要，隐而不深，讨其宗途，亦有宋之遗风也。

他这篇议论，对于南朝浮靡派的文艺，批评得不留余地了。但是他自家主张镕经铸史，实事文艺无关。他是个史家，盖以史学眼光来批评文学。所以梁简文帝说："裴氏乃良史之才，了无篇什之美。"他这种议论，没有什么价值了。当时还有一个诗文并茂的作家，竭力变革新体，效法汉魏的。《南齐书·文学传》说："次则发唱惊挺，操调险急，雕藻淫艳，倾眩心魂，亦犹五色之有红紫，八音之有郑、卫，鲍照之遗烈也。"我们看鲍照的诗文，虽是雕藻淫艳：但是他化复为单，变纡徐为险急，所以萧子显说他："发唱惊挺，操调险急，"与当时一般文艺实在不同。他集中有许多《拟古诗》、《绍古辞》，还有《学刘公干体》、《拟阮公咏怀诗》、《学陶彭泽体》。他的《芜城赋》虽开律赋之先声，《登大雷岸与妹书》仍是规模汉赋。他的诗虽自成一家，似未脱摹古的色彩。

(六) 平民文学　以上所举，皆是当时文人的文艺。此外乐府中所收的平民诗，不少有价值的作品，尤以哀情及艳情两类诗为最多。如《华山畿》二十五首，其末数首云：

相送劳劳渚，长江不应满，是侬泪成许。
奈何许，天下人何限，慊慊只为汝。
松上萝，愿君如行云。时时见经过。
夜相思，风吹窗帘动，言是所欢来。
长鸣鸡，谁知侬念汝，独向空中啼？
腹中如乱丝，愦愦适得去，愁毒乙复来。

又《读曲歌》八十九首，其中数首云：

芳萱初生时，知是无忧草；双眉画未成，那能就郎抱？
日光没已尽，宿鸟纵横飞；徙倚望行云，蹀躞待郎归。
闺阁断信使，的的两相忆；譬如水上影，分明不可得。
逍遥待晓分，转侧听更鼓；明月不应停，特为相思苦。

又《子夜歌》二百首，其中数首云：

秋风入窗里，罗帐起飘飏；仰头看明月，寄情千里光。
途涩无人行，冒寒往相觅；若不信侬时，但看雪上迹。
自从别欢来，奁器了不开；头乱不敢理，装拂生黄衣。
果欲结金兰，但看松柏林；经霜不堕地，岁寒无异心。

这类文字，浅显明白，不加丝毫粉饰，而真情毕露，委婉动人；较那班文人矫揉造作的作品，自然好得多。此外尚有《石城歌》、《莫愁乐》、《乌夜啼》、《襄阳乐》等，皆历来论南朝文学的人所不注意的平民文学。

（七）小说　汉魏由历史派小说，而为志怪派小说，至南朝又变为故事派小说。故事或捃摭前闻，或记录时事，本属历史之一种。但南朝人故事小说，多采撷古今佳事佳话，或词冷而趣远，或事琐而意深，风旨各条不同，事事皆有寄托，其文学兴趣极其浓厚。所以他们这派小说，可谓之文艺的故事，与那些琐碎的街谈巷语，写实的遗闻逸事，绝对不同。试举刘义庆的《世说新语》为例，以见大凡。《世说》言语第二曰：

> 庾公造周伯仁，伯仁曰："君何所欣说而忽肥?"庾曰："君复何所忧惨而忽瘦?"伯仁曰："吾无所忧，直是清虚日来，滓秽日去耳。"
>
> 过江诸人每至美日，辄相邀新亭，借卉饮宴。周侯中坐而叹曰："风景不殊，正自有山河之异!"皆相视流泪，惟王丞相愀然变色曰："当共勠力王室，克复神州，何至作楚囚相对?"
>
> 简文入华林园，顾谓左右曰："会心处不必在远，翳然林木，便自有濠濮间想也。"觉鸟兽禽鱼，自来亲人。
>
> 林公见东阳长山曰："何其坦迤!"顾长康从会稽还，人问山川之美，顾云："千岩竞秀，万壑争流，草木蒙笼，其上若云兴霞蔚。"
>
> 王子敬云："从山阴道上行，山川自相映发，使人应接不暇；若秋冬之际，尤难为怀。"
>
> 道壹道人好整饰音辞，从都下还东山，经吴中，已而会雪下，未甚寒。诸道人问在道所经，壹公曰："风霜固所不论，乃先集其惨淡，郊邑正自飘瞥，林岫便已皓然。"

每叙一事，寥寥数语，而清辞丽句，旨趣超远，令人玩味无穷。刘申叔先生《中古文学史》上说："自晋代人士，均擅清言，用是言语文章，虽分二途；而出口成章，悉饶词藻。晋宋之际，宗炳之伦，承其流风，兼以施于讲学。宋则谢灵运、谢瞻之属，并以才辩辞义相高。王惠精言清理。齐承宋绪，华辩益昌。《齐书》称：'张绪言精理奥，见宗一时，吐纳风流，听者皆忘饥疲。'又称：'周颙音辞辨丽，辞韵如流，太学诸生慕其风，争事华辨。'又谓：'张融言辞辩捷，周颙弥为清绮，刘绘音采不瞻，丽雅有风则。'迄于梁代，世主尤崇讲学，国学诸生，惟以辨论行玄为务。或发题中难，往复循环。具详《南史》各传。"他这段话，将当时言语文辞发达的原因，说得非常详尽。当时于《世说》之外，这派小说甚。多见于《隋书·经籍志》者：梁沈约有《俗说》三卷，殷芸有《小说》三十卷，杨松玢有《解颐》二卷，刘孝标有《世说注》十卷，皆属故事的小说。

（八）批评文学　文学批评之书，始于魏晋人；至南朝作者更多，其最有名者以刘勰《文心雕龙》及钟嵘《诗品》，为中古两大名著。但两书内容略有同异：（一）《文心雕龙》上卷分论各种文体。就每种文体，溯其原流，释其名义，并举古人名篇，讨论其得失。下卷专言文章的原理，原则，近于推理的批评。《诗品》叙中总论历代诗学变迁之趋势；其本文将汉魏以来诗人一百二十二家，分列上中下三品，详言其派别利弊。两书的体例不同。（二）刘、钟两氏同生于齐、梁之际，刘氏对于当时发明之声律说，极表赞同。其《声律篇》曰："凡声有飞沉，响有双叠。双声隔字而每舛，叠韵杂句而必睽。沉则响发而断，飞则声飏不还。"与沈约"前有浮声，后须切响，两句之中，轻重悉异。"之说相合。钟氏则竭力反对，谓其"襞积细微，专相凌架，故使文多拘忌，伤其真美"。这是他们对于当时新体诗意见的不同。刘氏最重情性，反对造作。其《情彩篇》曰："文彩所以饰言，而辨丽本于情性。"《丽辞篇》曰："气无奇类，文乏异彩，碌碌丽辞，昏睡耳目。"钟氏亦谓："气之动物，物之感人，故摇荡性情，形诸舞咏。"又谓："古今胜语，多非补假，皆由直寻。"这是他们根本意见相同之点。要而言之：其持论虽有参差，其价值难判高下，皆后人公认为不朽之名作也。

第四节 结论

南朝文学，诚中国美文全盛时期。惟其过于繁华绮艳，不免"文胜"之讥。这也是秦、汉以后质文代变，往复循环的一种自然现象。因为秦、汉两代文学堕落到最低度，魏晋以后，一天一天澎涨，涨到齐、梁，可谓到最高潮了。兹将其回涨的趋势，列举数点以明之：

（一）由质趋文　秦人无所谓文学，其四言韵语的刻石，简直就是一种文告。前汉除去最少数楚调诗，及平民的相和歌而外，其他多系模仿的无生气的作品，后汉并这种作品也不多见了。直到建安之际，才有五言诗发生。乐府诗到了曹氏父子一般文人手里，也就大有可观了。晋人言诗，乃有"缘情而绮靡"之说，主张华饰；但其时玄风独扇，诗多冲淡。潘、陆之作，方缛旨星稠，繁文绮合；颜、谢继起，由数典而趋琢句，益重彩藻。梁、陈宫体方兴，更务侧艳。所以昭明《文选·叙》以"沉思翰藻"为极则；元帝《金楼子》，须"绮縠纷披，宫徵靡曼"乃得为文。这皆是由质趋文之表征也。

（二）由单越复　古人行文，本来骈散不分，单复并用。这是文言合一时代，文章务便于口说的原故。秦汉以后，文语分途，文章乃有单复之别。刘申叔先生《论汉魏文章变迁》曰："西汉之时，箴、铭、赋、颂，原出于文；

论、辩、书、疏，原出于语。观邹、枚、杨、马之流，咸上词赋，沉思翰藻，不歌而诵；旁及箴、铭、骚、七，咸属有韵之文。若贾生作论，史迁报书，刘向、匡衡之献疏……大氐皆单行之语，不杂骈骊之词。或出语雄奇，或行文平实，咸能抑扬顿挫，以期语意之简明。东京以降，论辩诸作，往往以单行运排偶之词；而奇偶相生，致文体迥殊于西汉。建安之世，七子继兴，偶有撰者，悉以排偶易单行；华靡之作，遂开四六之先，而文体复殊于东汉。”他这是说汉、魏文体的变迁。西汉之世，虽属韵文，而对偶之法未严。东汉之文，渐尚对偶。至魏晋之文，析句弥密，联字合趣，剖毫无析厘，骈骊之风顿盛。至于南朝，务以声色相矜，藻绘相尚，四六之体，至此成立。这皆是由单趋复之表征。

（三）由刚趋柔　有人说：西汉之文，多雄丽刚劲；东汉较有逊色，然朴茂之气仍存，魏晋之文，虽多华靡，尚有清气；六朝以降，偏重词华，靡曼纤冶，毫无风骨。这种说法，似合乎自然趋势，然其词气之间，妄分优劣，这是一种偏见。友人某君与我论文书，尝说：“自晋而后，雄伟之文不再见；至宋而后，古雅之作不可遇；至齐而后，遒整之气不复存。”我复他信说：“足下谓晋以后雄伟之文不再见，此非的论也。试观晋文之著者，如刘琨《劝进》、《北伐》诸表，及卢谌《为刘氏理冤》一文，煌煌巨制，冠绝一时。其他论著之属，如陆机《辨亡》，江统《徒戎》，虽贾生《治安》，无以远过。齐梁以来，诚多短作，然《哀江南赋》，亦出陈世。并宜分别观之。又谓宋以来，古雅之作不可遇，齐后遒整之气不复存。此声律说发明，新旧文体之变革也。夫骈四骊六之风，实起萧齐以后，自是声调妍美，而汉魏质厚之风少杀。此由质趋文，自然之趋势，亦未容抑扬于其间也。”因为优美与壮美，派别不同，不可比较，如甲胄之士，与粉黛佳人，各有风格，不容相提并论。又如鼓角悲壮之声，与丝竹柔靡之调，各有所用，不必奏于一处。见者闻者亦各有嗜好，彼此不必相强。若妄分高下，褒甲贬乙，那就未免可笑。所以我们只要人知到由阳刚而至阴柔，由壮美而为优美，这是汉、魏六代文学界自然趋势，盛衰之说，优劣之分，那就置之不论了。

（四）由实趋虚　两汉诗文，所写多属实境，惟赋家词尚假托，而用意仍在讽劝人君，未能驰思于八表以外。乐府诗出于文人者皆颂祷之词；出于平民者，多抒情之什；《古诗十九首》更属人间感想。其“牵牛织女”一首，亦不过借二星为象征，咏男女之慕悦而已。惟张衡《仙诗》，算是一种新声。正始以后，诗杂仙心；江左篇制，玄言尤盛；然而意旨率多浮浅，辞趣千篇一律，没有多大价值。到了郭璞《游仙诗》，乃挺拔而称惟一的杰作。至南朝陶、谢之诗，虽以山水为其对境，而能加以美化，抒其理想，实境即虚境也。试观渊明《饮酒诗》云："采菊东篱下，悠然见南山。"无心见山，而景与意会，此意境中之山，非望中之山。灵运《进帆海》诗云："溟涨无端倪，虚舟有超越。"大海苍茫，而虚舟独能超越，此亦意境中之海，非望中之海。这是因为他们皆精研佛理，故能即色即空，两无所碍。故陶云："此中有真意，欲辨已忘言。"谢云："虑淡物自轻，意惬理无违。"皆是说明他们虽写实境，而意中别有寄托。这是由实趋虚的表征。

选自《汉魏六朝文学》，商务印书馆《万有文库》，1929

梁书刘勰传笺注

杨明照

刘舍人身世，梁书南史皆语焉不详。文集既佚，考索愈难。虽多方涉猎，而弋钓者仍不足成篇。（原拟作一年谱或补传）爰就梁书本传（视南史稍详）酌为笺注，冀有知人论世之助云尔。

刘勰，字彦和。

按本文所有之“勰”，原皆作“勰”（包括题目）。二字本同。尔雅释诂下：“勰，和也。”（说文劦部：“勰，同思之龢也。”）释训：“美士为彦。”古人立字，展名取同义。（说详论衡诘术篇）舍人名勰字彦和，犹刘协之字伯和，〔见后汉书卷九献帝纪及李贤注引帝王纪（当是帝王世纪）。尔雅释诂下释文：“（勰）本又作协。”是协与勰通。〕颜勰〔此依北齐书卷四五文苑颜之推传。梁书卷五十文学下本传则作协，颜氏家庙碑同（南史卷七二文学传作恊）。〕之字子和然也。唐颜师古匡谬正俗（卷五）忽有“刘轨思文心雕龙”之语，殊为可疑。考轨思乃北齐渤海人，史只称其说诗甚精，天统（后主纬年号）中任国子博士。（见北齐书卷四四及北史卷八一儒林传）它无著述。〔隋书卷七五儒林刘焯传：“少与河间刘炫同受诗于同郡刘轨思。”（北史卷八二儒林下焯传同）亦未言轨思有何著述也。〕与舍人之时地既不相同，（北齐天统时，舍人迁化已三十余年。）学行亦复各异。非颜监误记，（清叶廷琯吹网录卷五主此说）即后世传写之讹。〔刘勰之为刘轨思，与刘勰之为刘思协（见宋释德珪北山录注解随函卷上法籍兴篇），盖皆由偏旁致误。〕又按宋宗室长沙景王道怜之孙有名勰字彦龢〔见宋书卷五一宗室长沙景王道怜传（卷十五礼志二及卷八一顾觊之传均止举其名）。玉篇龠部：“龢，今作和。”广韵八戈：“龢，或曰古和字。”〕者，舍人姓名字均与之同。至名字相同者，则前有晋之周勰彦和，（见晋书卷五八本传）并世有北魏之拓跋勰彦和。（见魏书卷二一下本传）古今撰同名录、同姓名录及同姓字录者皆未著，故覃及之。

东莞莒人。

按莒，故春秋莒子国。前汉属城阳，后汉属琅邪。〔见续汉郡国志三（后汉书卷三一）及宋书卷三五州郡志一〕晋太康元年，置东莞郡，十年，割莒属焉。永嘉丧乱，其地沦陷。渡江以后，明帝始侨立南东莞郡于南徐州，镇京口。（见晋书卷十五地理志下）宋齐诸代因之。（见南齐书卷十四州郡志上）盖以其“衿带江山，表里华甸，经涂四达，利尽淮海，城邑高明，土风淳壹，苞总形胜，实唯名都”（宋文帝元嘉二十六年徙民实京口诏中语，见宋书卷五文帝纪。）故也。尔时北方士庶之避难过江者，亦往往于此寓居。晋书（卷九一）儒林徐邈传：“徐邈，东莞姑幕人也。祖澄之，为州治中。属永嘉之乱，遂与乡人臧琨等率子弟并闾里士庶千余家南渡江，家于京口。”〔晋书卷八二徐广传：“东莞姑幕人，侍中邈之弟也。”宋书卷五五徐广传：“广上表曰：‘……臣又生长京口。’”（南史卷三三广传同）是徐氏自澄之后，即世居京口。〕梁慧皎高僧传（卷十一）释智称传：“姓裴，河东闻喜人。魏冀州刺史徽之后也。祖世避难，寓居京口。”（南齐书卷五一裴叔业传：“河东闻喜人，晋冀州刺史徽后也。徽子游击将军黎，遇中朝乱，子孙没凉州，仕于张氏。……叔业父祖晚渡。”未审叔业父祖渡江后，亦寓居京口否?）并其明证。舍人一族之世居京口，（见后引宋书刘穆之及刘秀之传）当系避寇侨居，与徐澄之、臧琨等之“南渡江家于京口”，裴氏之“避离寓居京口”同。［它如孟怀玉本平昌安丘人，关康之本河东杨人，诸葛璩本琅邪阳都人，皆世居京口（见宋书卷四七怀玉本传〔南史卷十七本传同〕又卷九三隐逸康之本传〔南史卷七五隐逸上本传同〕梁书卷五一处士璩本传。〔南史卷七六隐逸下本传同〕）。盖皆因永嘉之乱避地侨居。］夫侨立州县，本已不存桑梓；而史氏狃于习俗，仍取旧号。非舍人及其父、祖犹生于莒，长于莒也。莒即今山东莒县，京口则为今江苏镇江。一北一南，固远哉遥遥也。明乎此，于当时南北文学之异，始能得其肯綮所在。盖南北长期对峙，双方地域不同，对文学创作诚然有所影响；但尤要者，则为各自不同之经济。从属于政治之文学，必受社会经济之制约。文心雕龙、诗品风格之与水经注、洛阳伽蓝记、刘子诸书不相侔者，职是故也。〔梁书卷四九文学上钟嵘传：“颍川长社人，晋侍中雅七世孙也。”晋书卷七十钟雅传：“颍川长社人也。……避乱东渡，元帝以为丞相记室参军。”是颍川长社乃嵘之原籍，七世祖时已侨居江左(高僧传卷十三释法愿传：“本姓钟……先颍川长社人，祖世避难，移居吴兴长城。”如嵘与法愿同宗，则侨居之地，或即为吴兴长城)。故诗品风格与文心同。〕隋刘善经四声论（见文镜秘府论天卷）以为吴人，系就其侨居之地言；宋黄庭坚与王观复书（山谷尺牍卷一）称为南阳〔指海本修辞鉴衡卷二引作南朝，非是（景印元刊本修辞鉴衡作南阳，余师录卷二引黄书同)。〕人，则误属邑里；〔按南阳有二，在山东者：宋曰益都，属青州（莒属密州)。见宋史卷八五地理志一〕明人纂诸子汇函（卷二四选文心原道等五篇，题为云门子。按汇函旧题归有光辑，当是假托。四库全书总目提要卷一三一子部杂家类存目八、周中孚郑堂读书记卷五八诸子汇函下均辨之。）者，谓舍人尝于青州府（明代以莒县为莒州，属青州府。见明史卷四一地理志二。）南云门山读书，自号云门子，（见汇函云门子解题）乃傅会杜撰。〔汇函所选，凡九十三种，除书原名子者外，余几全称为某某子（仅白虎通风俗通二书未改称)。如桓谭新论之为荊山子，王充论衡之为宛委子等，皆以其乡井之名山傅会。〕清世之修山东方志者，亦复展转沿袭，系舍人虚名于本土，(乾隆山东通志卷二八、光宣山东通志卷一六三、嘉庆莒州志卷十三、嘉庆重修一统志卷一七八人物门中，均列有舍人，盖相沿承袭旧志。）广书耆旧，无非夸示乡贤耳。（明钞本类说卷九题舍人为东平人，当是传写之误。）又按南朝之际，莒人多才，而刘氏尤众，其本支与舍人同者，都二十余人；（见后表）虽臧氏之盛，〔臧焘（宋书卷五五南史卷十八有传)、臧质（宋书卷七四有传)、臧荣绪（南齐书卷五四高逸南史卷七六隐逸下有传)、臧盾、臧厥（梁书卷四二有传)、臧严（梁书卷五十文学下有传)、臧熹、臧凝、臧稜、臧未甄、臧逢世（见南史臧焘传梁书臧严传及颜氏家训风操篇)，诸史皆书为东莞莒人。其实早已过江，且历仕南朝矣。〕亦莫之与京。是舍人家世渊源有自，于其德业，不无启历之助。且名儒之隐居京口讲学者，先后有关康之、（见宋书及南史本传）臧荣绪、（见南齐书及南史本传）诸葛璩（见梁书及南史本传）诸家，流风遗韵，或有所受之矣。它若高僧之出自东莞者，亦时有之：如竺僧度、（见高僧传卷四）竺法汰、（同上卷五）释宝亮、（同上卷八）释道登、（见唐释道宣续高僧传卷六）释宝琼（同上卷七）皆其选。舍人之归心内教，未始非受其薰习也。

祖灵真，宋司空秀之弟也。

按灵真事迹不可考。〔史不叙其官，盖未登仕。梁平原刘讦之父亦名灵真，齐武昌太守。见梁书卷五一处士刘讦传（南史卷四九讦传同)。〕宋书（卷八一)刘秀之传：“刘秀之字道宝，东莞莒人。刘穆之从兄子也。世居京口。……（大明）八年卒。……上（孝武帝）甚痛惜之。诏曰：‘秀之识局明远，才应通畅……兴言悼往，益增痛恨。可赠侍中、司空，持节、都督、刺史、校尉如故。’”（南史卷十五秀之传较略）又（卷四二）刘穆之传：“刘穆之字道和，小字道民，东莞莒人。汉齐悼惠王肥后也。世居京口。”（南史卷十五穆之传较略）是东莞莒为穆之原籍，史传言之甚明。（异苑卷四又卷七亦并谓穆之为东莞人）宋傅亮撰司徒刘穆之碑（见艺文类聚卷四七引）称为彭城人，则由“世重高门，人轻寒族，竞以姓望所出，邑里相矜”（史通邑里篇语）使然。此刘子玄所以有“碑颂所勒，茅土定名，虚引他邦，冒为己邑：……姓卯金者，咸曰彭城”（同上）之讥也。宋书（卷三九）百官志上：“司空，一人，掌水土事；郊祀，掌扫除，陈乐器；大丧，掌将校复土。”

父尚，越骑校尉。

按尚之事迹亦不可考。越骑校尉，本汉武帝置，后代因之。掌越人来降，因以为骑也。一说：取其材力超越。见宋书（卷四十）百官志下。舍人邑里家世既已笺注如上，复本宋书刘穆之、刘秀之、海陵王休茂（卷七七）三传，南齐书刘祥（卷三六）、徐孝嗣（卷四四）两传，文选（卷四十）任昉奏弹刘整文及刘岱墓志（载一九七七年文物第六期）列表如左。

勰早孤，笃志好学。

按六朝最重门第，立身扬名，干禄从政，皆非学无以致之，故史传所载少好学。〔如谢灵运（见宋书卷六七南史卷十九本传）、范晔（见宋书卷六九南史卷三三本传）是少笃学，如关康之（见宋书南史本传）、刘瓛（见南齐书卷三九南史卷五十本传）〕是孤贫好学，〔如江淹（见梁书卷十四本传）、孔子祛

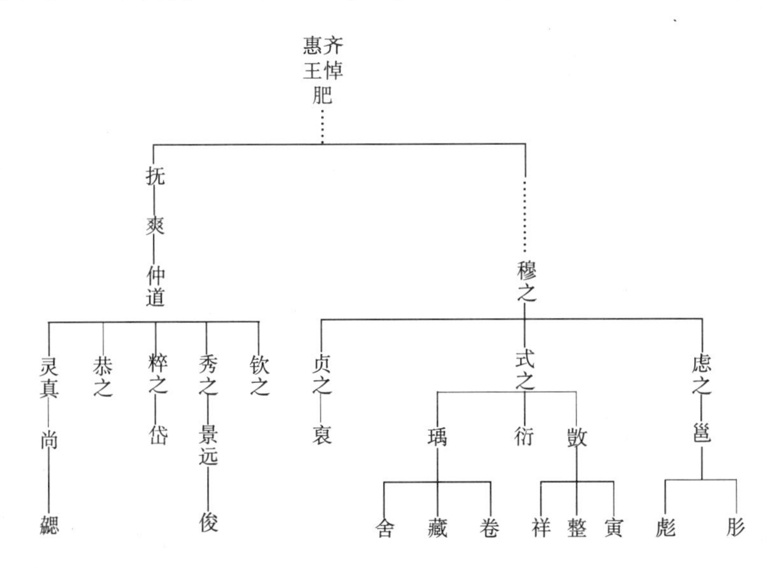

【附注】虑之，宋书卷七三南史卷三四颜延之传并作宪之。盖是。彤，殿本等作彤。以其弟名彪例之，彤字是。南齐书卷五四高逸、南史卷七五隐逸上宗测传载赠送测长子者有刘寅，未审即任昉弹文中之刘寅否？

(见梁书卷四八南史卷七一本传)〕是孤贫笃志好学〔如沈约(见梁书卷十三南史卷五七本传)、袁峻(见梁书卷四九南史卷七二本传)〕是者，比比皆是。舍人其一也。又按舍人笃志所学者，盖儒家之著作居多。后来撰文心以“述先哲之诰”，(文心序志篇语)其原道、征圣、宗经之浓厚儒家思想，谅即孕育于斯时。

家贫不婚娶。

按舍人早孤而能笃志好学，其衣食未至空乏，已可概见。而史犹称为贫者，盖以其家道中落，又早丧父，生生所资，大不如昔耳。非即家徒壁立，无以为生也。如谓因家贫，致不能婚娶，则更悖矣。无征不信，试举史实明之。宋书卷九三隐逸周续之传：“入庐山事沙门释慧远……以为身不可遣，余累宜绝，遂终身不娶妻。”(南史卷七五隐逸续之传无“遂终身不娶妻”句)南齐书卷五四高逸褚伯玉传：“高祖含，始平太守；父逖，征虏参军。伯玉少有隐操，寡嗜欲。年十八，父为婚。妇入前门，伯玉从后门出。遂往剡，居瀑布山。……在山三十余年，隔绝人物。”(南史卷七五隐逸上伯玉传同)梁书卷五一处士刘訏传：“父灵真，武昌太守。……长兄絜，为之聘妻，克日成婚，訏闻而逃匿。事息，乃还。……訏善玄言，尤精释典。曾与族兄刘歊听讲于钟山诸寺，因共卜筑宋熙寺东涧，有终焉之志。”(南史卷四九訏传同)又刘歊传：“祖乘民，宋冀州刺史；父闻慰，齐正员郎。世为二千石，皆有清名。……(歊)及长，博学有文才，不娶，不仕。与族弟訏并隐居求志，遨游林泽，以山水书籍相娱而已。……精心学佛。”(南史卷四九歊传同)彼四人者，皆非寒素。其不婚娶，固非为贫也。而谓舍人之不婚娶，纯由家贫，可乎？或又以居母丧为说，亦复非是。因三年之丧后，仍未婚娶也。然则舍人之不婚娶者，必别有故，一言以蔽之，曰信佛。此亦可从彼四人之好尚而探出消息：周续之之“入庐山事沙门释慧远”，褚伯玉之“有隐操、寡嗜欲”，刘訏之“尤精释典”，刘歊之“精心学佛”，皆与彼等之不婚娶有关。所不同者，伯玉溺于道；(如晋书卷九四隐逸传中郭文、杨轲、公孙永、石坦、陶淡五人之不娶，皆溺于道者。高僧传卷十一释僧从传：“禀性虚静，隐居始丰瀑布山。学兼内外，精修五门。……与隐士褚伯玉为林下之交，每论道说义，辄留连信宿。”是伯玉亦与闻法味者也。)续之、訏、歊笃于佛而已。舍人本博通经论，长于佛理者；后且变服出家。信佛之笃，此之訏、歊，有过之而无不及。益见舍人之不婚娶，原非由于家贫。至谓当时门阀制度，甚为森严。托姻结好，必须匹敌。舍人既是贫家，高门谁肯降衡？其鳏居终身，乃囿于薄阀，非能之而不欲，实欲之而不能也。此说虽辨，然亦未安。缘舍人入梁，即登仕涂，境地既已改观，行年亦未四十。高即不成，低亦可就。如欲婚娶，犹未为晚。“孤贫负郭而居”之颜延之，“行年三十犹未婚”；（见宋书南史延之传）“兄弟三人共处蓬室一间”之刘瓛，（见南史瓛传）“年四十余未有婚对”，（见南齐书南史瓛传）后皆各有其耦，便是例证。何点长而拒婚，老而又娶，（见梁书卷五一南史卷三十点传）尤为最好说明。高僧传卷十一释僧祐传：“年十四，家人密为访婚，祐知而避至定林，投法达法师。达亦戒德精严，为法门梁栋。祐师奉竭诚，及年满具戒，执操坚明。”舍人依居僧祐，既多历年所，于僧祐避婚为僧之事，岂能无所闻知，未受影响？若再证以上引褚伯玉、刘讦之避婚，则舍人因信佛而终身不娶，更为有征已。

依沙门僧祐，与之居处积十余年，遂博通经论，因区别部类，录而序之。今定林寺经藏，勰所定也。

按高僧传释僧祐传：“释僧祐，本姓俞氏。……永明（齐武帝年号）中，敕入吴，试简五众，并宣讲十诵，更伸受戒之法。凡获信施，悉以治定林、建初及修缮诸寺，并建无遮大集舍身斋等。及造立经藏，抽校卷轴。……初，祐集经藏既成，使人抄撰要事，为三藏记、法苑记、世界记、释迦谱及弘明集等，皆行于世。”据此，舍人依居僧祐，博通经论，别序部类，疑在齐永明中僧祐入吴试简五众，宣讲十诵，造立经藏，抽校卷轴之时。（以上略本范文澜文心序志篇注说）僧祐使人抄撰诸书，由今存者文笔验之，恐多为舍人捉刀。明曹学佺文心雕龙序：“窃恐祐高僧传，〔按高僧传乃慧皎撰，非僧祐也。曹氏盖误信隋志耳（隋书卷三三经籍志二杂传类著录之高僧传，题为僧祐撰本误。清姚振宗隋志考证卷二十史部十已辨其非）。〕乃勰手笔耳。”（曹序全文见后附录七）徐𤊹文心雕龙跋：“曹能始（学佺字）云：‘沙门僧祐作高僧传，乃勰手笔。’今观其法集总目录序及释迦谱序、世界序（按序上合有“记”字）等篇，全类勰作。则能始之论，不诬矣。”（徐跋全文见后附录七）清严可均全梁文（卷七一）释僧祐小传自注：“按梁书刘勰传：‘……今定林寺经藏，勰所定也。’如传此言，僧祐诸记序，或杂有勰作，无从分别。”皆持之有故，言之成理，可谓先得我心。又按当时庙宇，饶有资财，富于藏书。舍人依居僧祐后，必“纵意渔猎”，（文心事类篇语）为后来“弥纶群言”（文心序志篇语）之巨著“积学储宝”。（文心神思篇语）于继续攻读经史群籍外，研阅释典，谅亦焚膏继晷，不遗余力。故能博通经论，簿录寺中经藏也。经论，谓三藏中之经藏与论藏也。经为如来之金口说法，法华经、涅槃经等是；论为菩萨之祖述，唯识论、俱舍论等是。定林寺，即上定林寺，亦称定林上寺。(因下定林寺齐梁时已久废，故往往省去“上”字，而止称为定林寺。）故址在今南京市紫金山。（原名钟山）自宋迄梁，寺庙广开，高僧如僧远、僧柔、法通、智称、道嵩、超辩、慧弥、法愿辈，皆居此寺。（见高僧传各本传）处士、名流如何点、周颙、明僧绍、吴苞、张融、袁昂、何胤等，王侯如萧子良、萧宏、萧伟之徒，亦皆策踵山门，展敬禅室；或谘戒范，或听内典，（见高僧传卷八释僧远传又卷十一释僧祐传及南史卷三十何胤传又卷五十明僧绍传）曾极一时之盛。舍人寄居此寺长达十余年之久，而又博通经论，竟未变服者，盖缘浓厚儒家思想支配之也。

天监初，起家奉朝请。

按梁书卷二武帝纪中：“(天监元年夏四月）改齐中兴二年为天监元年。”宋书百官志下：“奉朝请、无员，亦不为官。汉东京罢省三公，外戚、宗室、诸侯，多奉朝请。奉朝请者，奉朝会请召而已。”（通鉴卷一三五齐纪一胡注：“奉朝请者，奉朝会请召而已，非有职任也。”）南齐书卷十六百官志：“侍中……领官有奉朝请……永明中，奉朝请至六百余人。”据下临川王宏引兼记室推之，舍人起家奉朝请，当为天监三年前两年中事。又按舍人终齐之世，未获一官。天监初，始起家奉朝请。其仕涂梗阻，绝非偶然。梁书（卷一）武帝纪上：“(中兴二年二月）高祖上表曰：‘且闻中间立格，甲族以二十登仕，后门以过立试吏。’”（南史卷六梁本纪上同）隋书卷二六百官志上：“陈依梁制，年未满三十者，不得入仕。”据文心雕龙序志篇“齿在逾立”语，是文心成书时，舍人行年已三十开外，约在齐永泰至中兴四年间。负书求誉沈约，谅亦不出此时。（并详后）未几入梁，即起家奉朝请。隐侯盖与有力焉。（清乾隆编修山东通志卷二八人物志一谓沈约见文心，大重之，言诸朝。仕至东宫通事舍人。盖想当然之辞。）舍人之先世，本邹鲁华胄，过江后则非著姓。北齐书（卷四五）文苑颜之推传：“(观我生赋自注）中原冠带，随晋渡江者百家，故江东有百谱。”新唐书（卷一九九）儒学中柳冲传：“(柳）芳之言曰：‘过江则为侨姓，王、谢、袁、萧为大。’”是侨姓四大族中，原无刘氏。宋书刘穆之传：“尝白高祖（武帝）曰：‘穆之家本贫贱，赡生多阙。’”（南史同）南史穆之传：“少时家贫。”（宋书无）是东晋一代，刘氏固非势族。（穆之传史未叙先世，秀之祖爽、父仲道皆只为县令。其非势族可知。）自穆之发迹后，始世有显宦。（如刘秀之刘式之刘瑀刘祥是）舍人之祖灵真既未登仕，父尚所官亦不过越骑校尉。远非“贵仕素资，皆由门庆，平流进取，坐致公卿”（梁萧子显语，见南齐书卷二三褚渊王俭传论。）者可比。而已又早孤，已无余荫，可资凭藉。其能厕身仕涂，殊为不易。如沈约、沈崇傃、刘霁、司马筠、刘昭、何逊、刘沼、任孝恭诸人之入仕，亦皆自奉朝请始。（见梁书各本传）可知“英俊沉下僚”，固不独舍人一人为然也。

中军临川王宏引兼记室。

按梁书卷二二临川王宏传：“临川静惠王宏，字宣达，太祖第六子也。……天监元年，封临川郡王。……寻为使持节散骑常侍，都督扬南徐州诸军事，后将军，扬州刺史。……三年，加侍中，进号中军将军。四年，高祖诏北伐，以宏为都督南北兖、北徐、青、冀、豫、司、霍八州，北讨诸军事。”（南史卷五一宏传较略）又武帝纪中：“（天监）三年，春正月戊申，后将军扬州刺史临川王宏进号中军将军。”舍人被引兼记室，当始于天监三年正月以后，萧宏进号可案也。高僧传释僧祐传：“梁临川王宏……并崇其戒范，尽师资之敬。”意萧宏往来定林寺顶礼僧祐时，即与舍人相识，且知擅长辞章，故于其起家奉朝请之初引兼记室〔慧琳弘明集卷八音义云：“刘勰，人姓名也。晋桓玄记室参军。”（见一切经音义卷九六）所系朝代与人俱误。〕宋书卷八四孔觊传：“（觊）转署（衡阳王义季）记室，奉笺固辞曰：‘记室之局，实惟华要。自非文行秀敏，莫或居之。……夫以记室之要，宜须通才敏思，加性情勤密者。觊学不综贯，性又疏惰，何可以属知秘记，秉笔文闺？……若实有萤爝，增晖光景，固其腾声之日，飞藻之辰也。’”（又略见通典卷三一）梁书卷四九文学上钟嵘传：“衡阳王元简出守会稽，引为宁朔记室，专掌文翰。”（南史卷七二文学嵘传同）又吴均传：“建安王伟为扬州，引兼记室，掌文翰。”是王府记室之职，甚为华要，专掌文翰。先后在萧宏府中任斯职者，除舍人外，尚有王僧孺、〔见梁书卷三三本传（南史卷五九僧孺传同）〕殷芸、（见梁书卷四一本传）刘昭、〔见梁书卷四九文学上本传（南史卷七二文学昭传同）〕丘迟、〔见梁书卷四九文学上本传（南史卷七二文学迟传同）〕刘沼（见梁书卷五十文学下本传）诸家，皆一时之选也。记室，详下句注。又按梁释宝唱经律异相序：“圣（谓梁武帝）旨以为像正浸末，信乐弥衰；文句浩漫，鲜能该洽。以天监七年，敕释僧旻等备钞众典，显证深文，控会神宗，辞略意晓，于钻求者已有太半之益。”唐释道宣续高僧传卷一释宝唱传：“天监七年，帝以法海浩汗，浅识难寻，敕庄严（寺名）僧旻，于定林上寺缵众经要抄八十八卷。”又卷五释僧旻传：“……仍选才学道俗释僧智、僧晃、临川王记室东莞刘勰等三十人，同集上林寺（按“林”上疑脱“定”字）钞一切经论，以类相从，凡八十按"十"下当再有"八"字）卷，皆令取衷于旻。"是天监七年备钞众经之役，舍人曾参与其事矣。隋费长房历代三宝记："众经要抄一部并目录，八十八卷。……天监七年十一月，帝以法海浩博，浅识窥寻，卒难该究。因敕庄严寺沙门释僧旻等于定林上寺，缉撰此部，到八年夏四月方了。见宝唱录。"〔卷十一（按宝唱撰经目录见隋书卷三五经籍志四）〕是天监七年十一月之前，舍人仍任职萧宏府中，故道宣称其衔也。

迁车骑仓曹参军。

按舍人迁任此职，当在天监八年四月撰经功毕之后。宋书百官志上："江左以来，诸公置长史、仓曹……各一人。……今诸曹则有录事、记室、户曹、仓曹……凡十八曹参军。……江左初，晋元帝镇东，丞相府有录事、记室……仓曹……骑士车曹参军。"南齐书百官志："凡公督府置……谘议参军二人。诸曹有录事、记室、户曹、仓曹……城局法曹……十八曹。局曹以上署正参军，法曹以下署行参军，各一人。"隋书百官志上："梁武受命之初，官班多同宋齐之旧。……诸公及位从公开府者，置官属有……记室……列曹参军……舍人等官。"

出为太末令，政有清绩。

按出令太末之年，以下文除仁威南康王记室推之，疑在天监十年萧绩尚未进号仁威将军前。其先一年许，盖司仓曹参军时也。政有清绩，当须时日。假定为二三年，则天监十一年左右，仍在太末任内。太末，汉旧县。（属会稽郡。见汉书卷二八地理志上。）齐时属东阳郡。（见南齐书州郡志上）今浙江衢县即其地。县，小者置长，大者置令。（见宋书百官志下）则是阙非左迁矣。又按文心雕龙议对篇云："难矣哉，士之为才也！或练治而寡文，或工文而疏治。"程器篇亦云："达则奉时以骋绩。"舍人出宰百里，正其"奉时骋绩"之日；小试牛刀，即政有清绩，固非"工文疏治"者也。

除仁威南康王记室。

按梁书卷二九南康王绩传："南康简王绩，字世谨。高祖第四子。天监八（按"八"字误，当依梁书武帝纪中南史梁本纪上及绩传作"七"。）年，封南康郡王。……十年，迁使持节都督南徐州诸军事，南徐州刺史，进号仁威将军。……十六年，征为宣毅将军，领石头戍军事。"（南史卷五三绩传较略）上文假定舍人作太末令至天监十一年左右，则除为萧绩记室之年，必与之相继；迄迁步兵校尉时，约为六七年。任期固甚久也。

兼东宫通事舍人。

按宋书百官志下："晋初，置舍人一人，通事一人；江左初，合舍人通事，谓之通事舍人。掌呈奏案章。"隋书百官志上："通事舍人，旧入直阁内。梁用人殊重，简以才能，不限资地，多以他官兼领。"东宫通事舍人职责，诸史虽未详，顾名思义，盖与通事舍人无甚差忒，惟所属有异耳。（通鉴卷一三八齐纪四胡注："东宫官属：文则……洗马、舍人。"）梁书文学上庾于陵传："旧事，东宫官属，通为清选。……近世用人，皆取甲族有才望者。"（"者"字从南史卷五十于陵传增补）是舍人之兼东宫通事舍人，甚为梁武所重视。梁书文学上庾肩吾传："历王府中郎、云麾参军并兼记室参军。中大通三年，王（晋安王萧纲）为皇太子，（肩吾）兼东宫通事舍人。"（南史卷五十肩吾传同）又文学下何思澄传："久之，迁秣陵令，入兼东宫通事舍人。"（南史卷七二思澄传同）足见东宫通事舍人多以他官兼领，且不止一人。陈书卷三二孝行殷不害传："年十七，仕梁，廷尉平。（按"廷"上当从南史有"为"字）不害长于政事。……大同五年，迁镇西府记室参军；寻以本官兼东宫通事舍人。是时朝廷政事，多委东宫。不害与舍人庾肩吾直日奏事，梁武帝尝谓肩吾曰：'卿是文学之士，吏事非卿所长，何不使殷不害来邪！'"〔南史卷七四孝义下不害传同（太平御览卷二四六引三国典略文略同）〕舍人亦文学之士，昭明爱接，谅由此时始。

时七庙飨荐，已用蔬果。

按隋书卷七礼仪志二："晋江左以后，乃至宋齐相承，始受命之主，皆立六庙，虚太祖之位。……（中兴二年）四月，（梁武）即皇帝位。……遂于东城时祭讫，迁神主于太庙。始自皇祖太中府君，皇祖淮阴府君，皇高祖济阴府君，皇曾祖中从事史府君，皇祖特进府君并皇考，以为三昭三穆，凡六庙。追尊皇考为文皇帝，皇妣为德（按梁书武帝纪中南史梁本纪上通鉴梁纪一并作"献"）皇后，庙号太祖。皇祖特进以上，皆不追尊。拟祖迁于上，而太祖之庙不毁，与六亲庙为七。"（梁书武帝纪中南史梁本纪上均略）梁书武帝纪中："（天监十六年）夏四月甲子，初去宗庙牲。……冬十月，去宗庙荐脩，始用蔬果。"隋书礼仪志二："（天监）十六年四月，诏曰：'……宗庙祭祀，犹有牲牢，无益至诚，有累冥道。……可量代。'……十月，诏曰：'今虽无复牲腥，犹有脯脩之类……可更详定，悉荐时蔬。'左丞司马筠等参议：'大饼代大脯，余悉用蔬菜。'帝从之。"是七庙飨荐之改用蔬果，自天监十六年冬十月始也。

而二郊农社，犹有牺牲。

按隋书卷六礼仪志一：“梁南郊为圆坛，在国之南。……常与北郊间岁正月上辛行事，用一特牛，祀天皇上帝之神于其上；以皇考太祖文帝配。……北郊，为方坛于北郊。……与南郊间岁正月上辛，以一特牛，祀后地之神于其上；以德后配。”又礼仪志二：“凡人非土不生，非谷不食；土谷不可偏祭，故立社稷以主祀。古先圣王，法施于人（民）则祀之，故以句龙主社，周弃主稷而配焉。岁凡再祭，盖春求而秋报。……梁社稷在太庙西。其初盖晋元帝建武元年所创：有太社、帝社、太稷，凡三坛。……每以仲春仲秋，并令郡国、县祠社稷先农。……旧太社廪牺吏牵牲，司农省牲，太祝吏赞牲。天监四年，明山宾议：‘……谓宜以太常省牲，廪牺令牵牲，太祝令赞牲。’帝唯以太祝赞牲为疑。……余依明议。”是二郊农社，原用牺牲也。七庙飨荐改用蔬果，既始于天监十六年十月，则二郊农社之“犹有牺牲”，其指次年正月、八月之祀乎？此可据史传推知者也。

勰乃表言二郊宜与七庙同改。

按传文于七庙飨荐曰“已用蔬果”，于二郊农社曰“犹有牺牲”，以“犹有”与“已用”对文，则舍人陈表，为时当在天监十七年八月之后，此又可就史传推知者。惜舍人文集亡佚，它书亦未见征引，表所具陈者，已无从考索矣。又按广弘明集（卷二六）叙梁武断杀绝宗庙牺牲事：“梁高祖武皇帝临天下十二（按当作“六”）年，下诏去宗庙牺牲，修行佛戒，蔬食断欲。上定林寺沙门僧祐、龙华邑正柏超度等上启云：‘京畿既是福地，而鲜食之族，犹布筌网；……请丹阳、琅琊二郡水陆，并不得搜捕。’”舍人表言二郊宜与七庙同改，与僧祐等之上启如出一辙。此固风会所钟，然其信佛之笃，亦可见矣。

诏付尚书议，依勰所陈。

按南史梁本纪上：“（天监十六年）三月丙子，敕太医不得以生类为药……于是祈告天地宗庙，以去杀之理，欲被之含识，郊庙牲牷，皆代以面；其山川诸祀则否。（广弘明集叙梁武断杀绝宗庙牺牲事文略同）时以宗庙去牲，则为不复血食。公卿异议，朝野喧嚣。竟不从。”足见当时儒释相争之烈。故舍人表言二郊宜与七庙同改，即诏付尚书议。此又与僧祐等上启而“敕付尚书详之”（同上）之事例同。上之所好，下必有甚，宜其依舍人所陈也。至于尚书之议，虽不复存，然江贶、王述、谢几卿、周舍诸家参议僧祐等上启之文尚在；（同上）触类以推，亦可得其仿佛。

迁步兵校尉，兼舍人如故。

按步兵校尉因陈表而迁，其年当在天监十七年八月以后。梁武之世，拜步兵校尉者，多士林名流：如贺玚、贺季、崔灵恩、卢广、孔子袪等是。（并见梁书卷四八儒林传）故曾任王府记室兼东宫通事舍人之刘杳，于大同元年迁步兵校尉时，昭明太子即以阮嗣宗相儗，而谓之曰："酒非卿所好，而为酒厨之职，政为不愧古人耳！"〔见梁书卷五十文学下杳传（南史卷四九杳传同）〕是舍人之迁步兵校尉，固当时殊遇也。〔宋书颜延之传："寻转太子中庶子；顷之，领步兵校尉。"（南史延之传同）梁书沈约传："齐初为征虏记室，带襄阳令。所奉之主，齐文惠太子也。太子入居东宫，为步兵校尉，管书记。"（南史约传同）又任昉传："拜太子步兵校尉，管东宫书记。"（南史昉传同）并其旁证。〕尤可异者，刘杳为王府记室时，兼东宫通事舍人；迁步兵校尉后，亦兼舍人如故。何其相似乃尔耶！宋书卷三武帝纪下："（永初二年）五月己酉，置东宫屯骑、步兵、翊军三校尉官。"（南史卷一宋本纪上同。通鉴卷一三八齐纪四胡注："东宫官属：……武则左、右卫率，翊军、步兵、屯骑三校尉。"）又按传自此后未再叙官职，盖舍人入直东宫，至昭明未卒之前犹然。非深被爱接，何克臻此？

昭明太子好文学，深爱接之。

按梁书卷八昭明太子传："昭明太子统，字德施。高祖长子也。……引纳才学之士，赏爱无倦。恒自讨论篇籍，或与学士商榷古今；闲则继以文章著述，率以为常。于时东宫有书几三万卷，名才并集。文学之盛，晋宋以来，未之有也。"（南史卷五三统传同）又卷三三刘孝绰传："时昭明太子好士爱文，孝绰与陈郡殷芸、吴郡陆倕、琅邪王筠、彭城到洽等，同见宾礼。"（南史卷三九孝绰传同）又（同上）王筠传："昭明太子爱文学士，常与筠及刘孝绰、陆倕、到洽、殷芸等，游宴玄圃。"（南史卷二二筠传同）又卷四一王规传："敕与陈郡殷钧、琅邪王锡、范阳张缅同侍东宫，俱为昭明太子所礼。"（南史卷二二传同）舍人深得文理者，与昭明相处既久，奇文共赏，疑义与析，必甚得君臣鱼水之遇，其深被爱接也固宜。〔又梁书昭明太子传："太子亦崇信三宝，遍览众经，乃于宫内别立慧义殿，专为法集之所。招引名僧，谈论不绝。"（南史统传同）舍人本传通经论，长于佛理，与昭明之爱接，或亦有关。〕又按昭明生于齐中兴元年九月，〔见梁书本传（南史同）〕时文心书且垂成，而后来选楼所选者，往往与文心之"选文定篇"（文心序志篇语）合；是文选一书，或亦受有舍人之影响也。近人骆鸿凯文选学（纂集第一）考之不审，乃谓

“雕龙论文之言，又若为文选印证”。其然，岂其然乎？（清李义钧缙山书院文话谓舍人为昭明所爱接，崇尚文艺，故有雕龙之作。亦非。）

初，勰撰文心雕龙五十篇，论古今文体，引而次之。

太平御览卷六百一引此文，“初”字无，有“自齐入梁”四字。按御览所引非是。文心成书，实在齐之末世。由时序篇“暨皇齐驭宝，运集休明，太祖以圣武膺箓，高（郝懿行云：“按‘高’疑‘世’字之讹。”）祖以睿文纂业，文帝以贰离含章，中（郝懿行云：“按‘中’疑‘高’字之讹。”）宗以上哲兴运；并文明自天，缉遐（梅庆生云：“疑作‘熙’。”）景祚”云云观之，可得三证：此篇所述，自唐虞以至刘宋，皆但举其代名，而特于齐上加一“皇”字。〔沈约于齐建元四年撰齐竟陵王题佛光文（见广弘明集卷十六），亦用有“皇齐”二字。〕证一；魏晋之主，称谥号而不称庙号，至齐之四主，惟文帝以身后追尊，止称为帝，余并称祖称宗。证二；历朝君臣之文，有褒有贬，独于齐则竭力颂美，绝无规过之词。证三。（以上用清刘毓崧通义堂文集卷十四书文心雕龙后说。原文见后附录六。）至“今圣历方兴，文思光被，海岳降神，才英秀发，驭飞龙于天衢，驾骐骥于万里，经典礼章，跨周轹汉，唐虞之文，其鼎盛乎”十句，溢美已极，则为专颂时君和帝者。故冠“今”字于其首，以显示成书年限。（郝懿行云：“按刘氏此书，盖成于萧齐之季，东昏之年。故其论文，盛夸当代，而不与铨评。著述之体，自其宜也。”所言虽不如刘毓崧之文翔实确切，然亦不中不远矣。）余如明诗、通变、指瑕、才略四篇，所评皆至宋代而止；于齐世作者，则未涉及，亦其旁证。惟自隋志以下著录（唐写本缺首篇）皆署曰梁，盖以其所终之世题之。此本古籍题署之常，无足怪者。是书原道以下二十五篇论文之体，神思以下二十四篇言文之术，序志统摄全书。传文乃浑言之耳。又按文心雕龙程器篇云：“摛文必在纬军国……穷则独善以垂文。”序志篇论“文章之用”则云：“五礼资之以成，六典因之致用，君臣所以炳焕，军国所以昭明。”篇末赞语又以“文果载心，余心有寄”作结。是舍人未仕前之撰文心，自负亦不浅矣！

其序曰：“夫文心者，言为文之用心也。……茫茫往代，既洗予闻；眇眇来世，傥尘彼观。”

按此文心序志篇文，实即全书总序。篇中于撰述宗旨，言之甚明。一则曰：“敷赞圣旨，莫若注经，而马郑诸儒，弘之已精，就有深解，未足立家。唯文章之用，实经典枝条……详其本源，莫非经典。而去圣久远，文体解散……离本弥甚，将遂讹滥。……于是搦笔和墨，乃始论文。”再则曰：“详观近代之论文者多矣：至于魏文述典，陈思序书……各照隅隙，鲜观衢路……又君山公幹之徒，吉甫士龙之辈，泛议文意，往往间出，并未能振叶以寻根，观澜而索源。不述先哲之诰，无益后生之虑。盖文心之作也：本乎道，师乎圣，体乎经，酌乎纬，变乎骚，文之枢纽，亦云极矣。”是文心之作，乃述儒家先哲之诰，为我国古代文论专著。所谓道也，经也，纬也，骚也，皆中夏所有，与梵夹所论述者无关。且其搦笔和墨，寻根索源之日，儒家思想适居主导地位。(余曾撰有从文心雕龙原道序志两篇看刘勰的思想一文，推论刘勰撰写文心雕龙时之主导思想为儒家思想。载一九六二年文学遗产增刊第十一辑。）论文征圣，窥圣宗经，亦与驳斥三破论及为京师寺塔、名僧碑志制文之意趣不同。故文心五十篇之内，不曾杂有佛理（仅论说篇用“般若”一词）也。

既成，未为时流所称。

按南史卷五齐本纪下明帝纪：“(永泰元年) 秋七月己酉，帝崩于正福殿。……群臣上谥曰明皇帝，庙号高宗。”（南齐书卷六明帝纪无群臣上谥句）据时序篇“高宗（原作中宗。考南齐诸帝无庙号中宗者。以舍人本文次第推之，当为高宗无疑。）以上哲兴运”之语，则文心成书必在永泰元年七月以后。南齐书(卷七）东昏侯纪：“建武（明帝年号）元年，立为皇太子。永泰元年七月己酉，高宗崩，太子即位。……永元元年春正月戊寅，大赦。改元。……（永元三年）十二月丙寅，新除雍州刺史王珍国、侍中张稷率兵入殿，废帝。”（南史齐本纪下东昏侯纪同）南史齐本纪下和帝纪：“中兴元年春三月乙巳，皇帝即位。大赦。改永元三年为中兴。……（中兴二年三月）丙辰，逊位于梁。”(南齐书卷八和帝纪略同）据时序篇“皇齐驭宝”文，则文心成书又必在中兴二年三月以前。（以上推演刘毓崧说）前后相距，将及四载。全书体思精密，虽非短期所能载笔，然其杀青可写，当在此四年中；最后定稿，谅不出于和帝之世。时舍人仍托足桑门，身名未显，其不为时流所称也必矣。地势使然，正令人不能不有感于涧松之篇。又按舍人自齐入梁，至大同四年或五年乃卒，(详后）其间凡三十七八年。吏事之余，于颇为自负之文心，偶加修订，精益求精，容或有之。如谓其书“作于齐代，告成梁朝”，（此李详语，见媿生丛录卷二。）则未敢苟同也。〔刘汝霖东晋南北朝学术编年系“刘勰撰文心雕龙”于天监元年；日本铃木虎雄沈约年谱于天监十年下云：“此书（按指文心）必成于梁初。”亦复非是。〕

勰自重其文，欲取定于沈约；约时贵盛，无由自达。乃负其书候约出，干之于车前，状若货鬻者。

按梁书卷十三沈约传：“沈约，字休文。吴兴武康人也。……笃志好学，昼夜不倦。……遂博通群籍，能属文。……（永元二年）改授冠军将军、司徒左长史、征虏将军、南清河太守。高祖（梁武帝）在西邸，（按在鸡笼山。见南齐书卷四十竟陵王子良传。）与约游旧；〔按子良开西邸招士，约与武帝等并曾往游。见南齐书子良传、梁书武帝纪上（南史同）及约传。〕建康城平，（按在和帝中兴元年十二月）引为骠骑司马，〔按在中兴二年正月。通鉴卷一四五梁纪一胡注：“为(萧）衍骠骑大将军府司马。”〕将军如故。……梁台建，为散骑常侍、吏部尚书兼右仆射。（按在中兴二年二月）……博物洽闻，当世取则。”（南史卷五七约传同）据此，约仕齐世，和帝时最为贵盛；官骠骑司马，迁梁台吏部尚书兼右仆射。名虽府僚，实则权侔宰辅。舍人之无由自达，当在此时。（以上本刘毓崧说）又按梁书王筠传：“尚书令沈约当世辞宗，每见筠文，咨嗟吟味，以为不逮也。约于郊居宅造阁斋，请（此字原脱，据南史筠传补。）筠为草木十咏，书之于壁。”（南史筠传无尚书令沈约当世辞宗以下四句）又卷四九文学上何逊传：“沈约亦爱其文，尝谓逊曰：‘吾每读卿诗，一日三复，犹不能已。’其为名流所称如此。”（南史卷三三逊传同）吴均传：“沈约尝见均文，颇相称赏。”（南史卷七二均传同）又（卷五十）文学下王籍传：“尝于沈约坐，赋咏得烛，甚为约赏。”何思澄传：“为游庐山诗，沈约见之，大相称赏，自以为弗逮。约郊居宅新构阁斋，因命工书人题此诗于壁。”（南史思澄传同）刘杳传：“约郊居宅，时新构阁斋，（二字据南史杳传补）杳为赞二首；并以所撰文章呈约。约即命工书人题其赞于壁。”是约在当时，固好奖掖文学后进者。舍人生丁“世胄蹑高位”之代，而又不甘沉沦，赋成三都，实赖玄晏一序。故不惜负书于隐侯车前，作货鬻之状。世说新语文学篇：“钟会撰四本论始毕，甚欲使嵇公（按即嵇康）一见。置怀中既定，畏其难，怀不敢出。于户外遥掷，便回急走。”舍人行径，颇相类似。与刘杳为赞、呈文，亦无二致。“音实难知，知实难逢；逢其知音，千载其一乎！”舍人于知音篇曾慨乎言之。其负书以求“当世辞宗”品题，谅非得已。齐萧遥光有言：“文义之事，此是士大夫以为伎艺，欲求官耳。”（见南史卷四一齐宗室始安王遥光传）陈姚察亦谓：“二汉求贤，率先经术，近世取人，多由文史。”（见梁书卷十四江淹任昉传论）然则舍人之干隐侯，殆亦有“奉时骋绩”之图乎？

约便命取读，大重之，谓为深得文理，常陈诸几案。

按梁书沈约传："(约) 撰四声谱，以为在昔词人，累千载而不寤，而独得胸襟，穷其妙旨，自谓入神之作。"(南史约传同) 其撰宋书卷六七谢灵运传论，亦畅谈音韵。舍人书中，适有声律一篇。休文之大重，固不必仅在乎此；然以此引为知音，则意中事也。至"谓为深得文理"，与称赏王筠、何逊、吴均、王籍、何思澄之诗文无异；"常陈诸几案"，则又与书王筠、何思澄、刘杳之诗、赞于壁相同。〔梁书杳传："(沈约) 仍报杳书曰：'……故知丽辞之益，其事弘多，辄当置之阁上，坐卧嗟览。'"与陈文心于几案，更为近似。〕"良书盈箧，妙鉴乃订。"(文心知音篇赞语) 休文之于舍人，岂非相得益章？清纪昀沈氏四声考 (卷下) 乃谓"休文四声之说，同时诋之者钟嵘，宗之者刘勰。嵘以名誉相轧，故肆讥弹；勰以宗旨相同，故蒙赏识。文章门户，自昔已然；千古是非，于何取定？"空谈门户，浑言是非，殊有未安。所撰四库全书总目提要集部总序卷一四八又谓："诗文评之作，著于齐梁。观同一八病四声也，钟嵘以求誉不遂，乃致讥排；刘勰以知遇独深，继为推阐。词场恩怨，亘古如斯！"其说亦与事实不符。寻文心之定名也，数彰大衍，舍人已自言之。(见序志篇) 是其负书干约之前，原有声律一篇 (序志篇有"阅声字"语) 在内。非感恩知遇，始为推阐也。且声律之说，齐永明时已有争论；〔永明末，沈约谢朓王融以气类相推毂，高唱声韵，陆厥即不谓然，曾与约书致诘，约亦以书答之，各持所见，辞多偏激。见南齐书卷五二文学陆厥传 (南史卷四八厥传同)。钟嵘亦持异议。见诗品序。北魏甄琛且斥以"不依古典，妄自穿凿"。约亦答书申辨。见文镜秘府论天卷隋刘善经四声论引。〕而文心为"弥纶群言"之文论专著，特辟一篇论之，乃势理之所必然。况舍人所论，颇能自出机杼，并非与休文雷同一响。近人黄侃竟以"随时"〔见文心雕龙 (声律篇) 札记〕相讥，亦复非是。又按宋叶廷珪海录碎事卷十八云："刘勰撰文心雕龙论古今文体，未为时所重；沈约大赏之，陈于几案。于是竞相传焉。"盖本传文而意加末句，未必别有所据也。(叶氏引书多注明出处，而此条独否，不知何故。)

然勰为文长于佛理，京师寺塔及名僧碑志，必请勰制文。

按文心全书，虽不关佛理，然其文理密察，组织谨严，似又与之有关。所制寺塔碑志，今存者仅梁建安王 (南平王萧伟曾封建安王) 造剡山石城寺像碑一篇，载宋孔延之会稽掇英总集。〔卷十六 (艺文类聚卷七六曾节引数小段。明陈翼飞文俪卷十五、梅鼎祚释文纪卷二七、清严可均全梁文卷六十，皆仅就类聚移录，是不知有全篇也。)〕余如释僧祐出三藏记集卷十二法集杂记铭目录所列钟山定林上寺碑铭，（一卷）建初寺初创碑铭，（一卷）僧柔法师碑铭，〔一卷（又见高僧传）〕及高僧传所言释僧柔（卷八）释僧祐（卷十一）释超辩（卷十二）三碑，皆只见其目，文已亡佚。若目亦不得见者，更不知凡几。至弘明集（卷八）之灭惑论，则辩护之文，（北山录卷十外信篇谓舍人“会道控儒，承经作训”，盖指此类文言之。）非碑志类也。又按梁武之世，迷信三宝，尔时为名僧“刻石铭德”，见于正续高僧传者，尚有周兴嗣、（见高僧传卷八释宝亮传）陆倕、〔见高僧传卷十释宝志传（景德传灯录卷二七宝志禅师条同）及续高僧传卷十六释慧胜传〕高爽、（见高僧传释宝亮传）萧机、〔续高僧传卷五释智藏传：“以普通三年九月十日卒于寺（开善寺）房。……新安太守萧机制文。”按梁书卷二二太祖五王萧机传，未言机为新安太守（南史卷五二梁宗室下机传同)。又卷四一萧几传：“末年专尚释教。为新安太守，郡多山水，特其所好，适性游履，遂为之记。”（南史卷四一齐宗室萧几传同）是机字误，当作几。〕谢几卿、（见续高僧传卷六释慧超传）何胤、（见续高僧传卷五释僧旻传）殷钧、（见续高僧传释智藏传）阮孝绪、（见续高僧传释僧旻传）袁昂、（见高僧传卷八释智顺传）萧子云、（见高僧传卷八释法通传）谢举、（同上）王筠、〔见高僧传释宝志传（梁书卷三三南史卷二二王筠传、南史卷七六隐逸释宝志传、景德传灯录并同）及续高僧传卷五释法云传〕萧纲、（见续高僧传释僧旻传）萧绎（见续高僧传释僧旻传、释法云传、释智藏传又卷十六释僧副传）十四家，其文虽未采录，二十篇之目固历历可数。艺文类聚及传法正宗记所引王僧孺、（栖玄寺云法师碑铭，见类聚卷七六。）陆倕、(志法师墓志铭，见类聚卷七七。）王筠、（国师草堂寺智者约法师碑，见类聚卷七六。）萧衍、（菩提达磨大师碑，见传法正宗记卷五。）萧纲、（同泰寺故功德正智寂师墓志铭、宋姬寺慧念法师墓志铭、甘露鼓寺敬脱法师墓志铭、湘宫寺智蒨法师墓志铭、净居寺法昂墓志铭，并见类聚卷七七。）萧纶、（扬州僧正智寂法师墓志铭，见类聚卷七七。）萧绎（庄严寺僧旻法师碑、光宅寺大僧正法师碑，见类聚卷七六。）七家之作，虽少全璧，十二篇之要指固可概见。除复重之三篇（王筠一篇、萧绎二篇复重）外，通计得二十有九篇。至寺刹佛塔碑志，明梅鼎祚释文纪（卷二十至二十九）清严可均全梁文所辑，亦不下三十篇。如益以颂诔铭赞，篇数更多。即以碑文而论，竟有一僧而立二碑（如宝亮、宝志、法通、法云是）三碑（如智藏）是至四碑（如僧旻是）者。佞佛谀墓，不已甚乎！〔高僧传所记为僧撰制碑文之十二人中，梁代即有七人（沈约

之释法猷碑撰于齐世，未计入)。释文纪全书共四十五卷，梁代即有十卷，比其它各代之卷帙都多。〕

有敕，与慧震沙门于定林寺撰经。

按齐永明中，僧祐于定林寺造立经藏，搜校卷轴，舍人曾为之经纪；天监七八年间，僧旻于上定林寺钞撰众经，舍人亦参与其事，已如前说。此复往撰经者，盖上两次编撰之后，续有增益，尚待理董，而舍人又博通经论，长于簿录，故佞佛之梁武，再敕舍人与慧震共修纂之。惟传文阔略，慧震事迹亦不可考，致何年受敕撰经，遽难指实。又按梁书（卷二七）殷钧传："乃更授散骑常侍，领步兵校尉，侍东宫；寻改领中庶子。昭明太子薨，官属罢。又领右游击，除国子祭酒，常侍如故。"（南史卷六十钧传无昭明太子薨下三句）又刘杳传："(昭明）太子薨，新宫建，旧人例无停者。"（南史杳传同）又（卷四）简文帝纪："(中大通）三年四月乙巳，昭明太子薨。五月丙申，诏曰：'……（晋安王纲）可立为皇太子。'"（新宫建后，庾肩吾兼东宫通事舍人。见梁书、南史肩吾传。）舍人为昭明旧人，既不得留，又未新除其它官职，中大通三年四月后，或即受敕于上定林寺与慧震共事撰经乎？

证功毕，遂启求出家，先燔鬓发以自誓。敕许之。乃于寺变服，改名慧地。未期而卒。

按撰经仅有二人，当非短期所能竣事。其始年虽难遽定，出家之年尚可探索。宋释祖琇隆兴佛教编年通论（卷八）梁："大同元年，慧约法师垂诫门人，言讫合掌而逝。……（大同）三年四月，昭明太子薨。（按萧统卒于中大通三年。祖琇系年有误。）……名士刘勰者，雅为（原误作无）太子所重。撰文心雕龙五十篇。……累官通事舍人。表求出家，先燔须自誓。帝嘉之，赐法名惠（与慧通。御览卷六五七引梁书即作惠。）地。"又释志磐佛祖统纪（卷三七）梁："(大同）三年，昭明太子统薨。（按此系年误与祖琇同）……（大同）四年，通事舍人刘勰，雅为太子所重。……是年，表求出家，赐名慧地。"又释本觉释氏通鉴（卷五）梁："辛亥三。（即中大通三年）四月，昭明太子统卒。……丙辰二。（即大同二年）刘勰……表求出家……帝嘉之，赐法名惠地。"元释念常佛祖历代通载（卷九）梁："辛亥。（即中大通三年）是年四月，昭明太子薨。……刘勰者，名士也。……表求出家……帝嘉之，赐法名惠地。"又释觉岸释氏稽古略卷二梁："辛亥。中大通三年四月，太子统卒。……丙辰。大同二年，梁通事舍人刘勰表求出家，帝嘉之，赐僧洪名慧地。"五书均以舍人出家于昭明既卒之后，揆诸情理，可信无疑。〔范文澜注谓舍人出家，当在普通元二年间。非是（其时昭明未卒）。〕至所系之年虽有差异，然亦不难考订。盖证功毕即启求出家，变服未几即卒，皆十二个月内事，传文言之甚明。如能推得舍人卒年，则五书之得失，昭然若揭矣。寻梁书文学传中名次，舍人列于谢几卿之后王籍之前，先后盖以卒年为叙。（然十四人中亦有先后失叙者：如刘峻与刘沼、王籍与刘杳、谢徵是。）此史家合传通例也。几卿传云："普通六年，诏遣领军将军西昌侯萧深（按当作渊。此避唐高祖讳改也。）藻督众军北伐，几卿启求行，擢为军师长史，加威戎将军。军至涡阳退败，几卿坐免官。居宅在白杨石井，朝中交好者，载酒从之，宾客满坐。时左丞庾仲容亦免归，二人意志相得，并肆情诞纵，或乘露车，历游郊野；既醉，则执铎挽歌，不屑物议。湘东王在荆镇，与书慰勉之。……几卿虽不持检操，然于家门笃睦。……几卿未及序用，病卒。"（南史卷十九几卿传所叙微异）几卿免官后与庾仲容之行径，仲容传（亦见文学下）亦有记载："迁安西武陵王谘议参军，除尚书左丞，坐推纠不直免。……唯与王籍谢几卿情好相得。二人时亦不调，遂相追随，诞纵谋饮，不复持检操。"（南史卷三五仲容传同）武陵王纪以大同三年闰九月改授安西将军、益州刺史，（见梁书武帝纪下）仲容盖未随府；除尚书左丞不久，即坐事免归。其时疑在大同四年。几卿与之肆情诞纵，当亦不出是年之外。因不屑物议，故湘东王绎在荆镇（萧绎自普通七年十月至大同五年七月，皆在荆镇。见梁书武帝纪下。）与书慰勉。几卿答书，满腹悲愤：如"言念如昨，忽焉素秋，恩光不遗，善谑远降。……徒以老使形疏，疾令心阻，沉滞床簟，弥历七旬，梦幻俄顷，忧伤在念。……怀私茂德，窃用涕零"云云，绝望哀鸣，溢于言表。传末谓其未及序用病卒，盖即卒于大同四年之冬者。籍传云："历余姚钱塘令，并以放免。……迁中散大夫，尤不得志。遂徒行市道，不择交游。湘东王为荆州，引为安西府谘议参军，带作塘令。（南史卷二一籍传下有"相小邑，寡事，弥不乐"三句。）不理县事，日饮酒。人有讼者，鞭而遣之。少时卒。"湘东王绎在荆镇于大同元年十二月进号安西将军，至五年七月始入为护军将军、安右将军、领石头戍军事。（见梁书武帝纪下）籍被引为安西府谘议参军，带作塘令，当在萧绎尚为安西将军期内。谢徵传（亦见文学下）谓徵于"大同二年卒官。……友人琅邪王籍集其文为二十卷。"则籍之卒必在大同二年谢徵卒之后，五年七月萧绎未离荊州之前。舍人名次既厕于谢几卿王籍之间，其卒年固不应先于谢几卿或晚于王籍。再以佛祖统纪所系舍人出家之年（大同四年）相印证，亦极吻合。（祖琇、本觉、念常、觉岸四家系年，与梁书文学传中所列舍人名次先后不符。）传文既言舍人变服未期而卒，是其出家与卒均在十二个月以内。如此段时间前后跨越两年，则舍人之卒，非大同四年即次年也。又按序志篇“齿在逾立”云云，述其撰文心缘起。假定舍人于永泰元年“搦笔和墨”（亦序志篇语）时为三十二三岁，由此往上推算，当生于宋明帝泰始二三年间。其卒也，上文已推定为大同四年或五年。一生历宋、齐、梁三世，计得七十二三岁。南朝文学家中，年逾古稀如舍人者，寔为罕见。又按舍人不于依居僧祐之年或受敕撰经之日变服；证功毕始启求出家，遁入空门。此固与信佛深化有关，然亦未始非无可奈何之归宿也。

文集行于世。

按舍人文集，隋志即未著录。岂隋世已亡之耶？抑唐武德中被宋遵贵漂没底柱之余，而其目录亦为所渐濡残缺耶？（见隋书卷三二经籍志一）南史删去此句，则是集唐初实已不存，思廉殆仍旧史文耳。（清嘉庆重修一统志卷一七八山东沂州府二人物门，于刘勰小传末，仍赘“有文集行于世”一句。不去葛龚，亦其疏矣。）又按今存刘子五十五篇，本北齐刘昼撰，与文心各成家言；而前人多错认颜标，属之舍人，非也。（余前撰有刘子理惑一文，曾详为论列。载一九三七年燕京大学文学年报第三期。）明廖用贤又误以北魏拓跋勰所撰之要略，（魏书卷二一下献文六王彭城王传：“勰敦尚文史，物务之暇，披览不辍。撰自古帝王贤达至于魏世子孙，三十卷，名曰要略。”）为舍人著述，〔尚友录卷十二刘勰条：“（勰）又撰自古帝王贤达至于魏世，通三十卷，名为要略。”〕亦非也。特于末简，略为举正。

选自《文心雕龙校注拾遗》，上海古籍出版社，1982

宫体诗的自赎

闻一多

宫体诗就是宫庭的，或以宫庭为中心的艳情诗，它是个有历史性的名词，所以严格的讲，宫体诗又当指以梁简文帝为太子时的东宫及陈后主、隋炀帝、唐太宗等几个宫庭为中心的艳情诗。我们该记得从梁简文帝当太子到唐太宗宴驾中间一段时期，正是谢朓已死，陈子昂未生之间一段时期。这其间没有出过一个第一流的诗人。那是一个以声律的发明与批评的勃兴为人所推重，但论到诗的本身，则为人所诟病的时期。没有第一流诗人，甚至没有任何诗人，不是一桩罪过。那只是一个消极的缺憾。但这时期却犯了一桩积极的罪。它不是一个空白，而是一个污点，就因为他们制造了些有如下面这样的宫体诗。

> 长筵广未同，上客娇难逼，还杯了不顾，回身正颜色。（高爽《咏酌酒人》）
> 众中俱不笑，座上莫相撩。（邓鉴《奉和夜听妓声》）

这里所反映的上客们的态度，便代表他们那整个宫庭内外的气氛。人人眼角里是淫荡，

> 上客徒留目，不见正横陈。（鲍泉《敬酬刘长史咏名士悦倾城》）

人人心中怀着鬼胎。

> 春风别有意，密处也寻香。（李义府《堂词》）

对姬妾娼妓如此，对自己的结发妻亦然（刘孝威《都县寓见人织率尔赠妇》便是一例）。于是发妻也就成了倡家。徐悱写得出《对房前桃树咏佳期赠内》那样一首诗，他的夫人刘令娴为什么不可以写一首《光宅寺》来赛过他？索性大

家都揭开了，

> 知君亦荡子，贱妾自倡家。（吴均《鼓瑟曲有所思》）

因为也许她明白她自己的秘诀是什么。

> 自知心所爱，出入仕秦宫，谁言连屈尹，更是莫遨通？（简文帝《艳歌篇》十八韵）

简文帝对此并不诧异，说不定这对他，正是件称心的消息。堕落是没有止境的。从一种变态到另一种变态往往是个极短的距离，所以现在像简文帝《娈童》，吴均《咏少年》，刘孝绰《咏小儿采莲》，刘遵《繁华应令》，以及陆厥《中山王孺子妾歌》一类作品，也不足令人惊奇了。变态的又一类型是以物代人为求满足的对象。于是绣领、袙腹、履、枕、席、卧具……全有了生命，而成为被沾污者。推而广之，以至灯烛、玉阶、梁尘，也莫不踊跃的助他们集中意念到那个荒唐的焦点，不用说，有机生物如花草莺蝶等更都是可人的同情者。

> 罗荐已擘鸳鸯被，绮衣复有葡萄带，残红艳粉映帘中，戏蝶流莺聚窗外。（上官仪《八咏应制》）

看看以上的情形，我们真要疑心，那是作诗，还是在一种伪装下的无耻中求满足。在那种情形之下，你怎能希望有好诗！所以常常是那套褪色的陈词滥调，诗的本身并不能比题目给人以更深的印象。实在有时他们真不像是在作诗，而只是制题。这都是惨淡经营的结果：《咏人聘妾仍逐琴心》（伏知道），《为寒床妇赠夫》（王胄）。特别是后一例，尽有"闺情"、"秋思"、"寄远"一类的题面可用，然而作者偏要标出这样五个字来，不知是何居心。如果初期作者常用的"古意""拟古"一类暧昧的题面，是一种遮羞的手法，那么现在这些人是根本没有羞耻了！这由意识到文词，由文词到标题，逐步的鲜明化，是否可算作一种文字的裎裸狂，我不知道，反正赞叹事实的"诗"变成了标明事类的"题"之附庸，这趋势去《游仙窟》一流作品，以记事文为主，以诗副之的形式，已很近了。形式很近，内容又何尝远？《游仙窟》

正是宫体诗必然的下场。

我还得补充一下宫体诗在它那中途丢掉的一个自新的机会。这专以在昏淫的沉迷中作践文字为务的宫体诗，本是衰老的，贫血的南朝宫庭生活的产物，只有北方那些新兴民族的热与力才能拯救它。因此我们不能不庆幸庾信等之入周与被留，因为只有这样，宫体诗才能更稳固的移植在北方，而得到它所需要的营养。果然被留后的庾信的《乌夜啼》、《春别诗》等篇，比从前在老家作的同类作品，气色强多了。移殖后的第二三代本应不成问题。谁知那些北人骨子里和南人一样，也是脆弱的，禁不起南方那美丽的毒素的引诱，他们马上又屈服了。除薛道衡《昔昔盐》、《人日思归》，隋炀帝《春江花月夜》三两首诗外，他们没有表现过一点抵抗力。炀帝晚年可算热忱的效忠于南方文化了，文艺的唐太宗，出人意料之外，比炀帝还要热忱。于是庾信的北渡完全白费了。宫体诗在唐初，依然是简文帝时那没筋骨，没心肝的宫体诗。不同的只是现在词藻来得更细致，声调更流利，整个的外表显得更乖巧，更酥软罢了。说唐初宫体诗的内容和简文时完全一样，也不对。因为除了搬出那僵尸"横陈"二字外，他们在诗里也并没有讲出什么。这又教人疑心这辈子人已失去了积极犯罪的心情。恐怕只是词藻和声调的试验给他们羁縻着一点作这种诗的兴趣（词藻声调与宫体有着先天与历史的联系)。宫体诗在当时可说是一种不自主的，虚伪的存在。原来从虞世南到上官仪是连堕落的诚意都没有了。此真所谓"萎靡不振"!

但是堕落毕竟到了尽头，转机也来了。

在窒息的阴霾中，四面是细弱的虫吟，虚空而疲倦，忽然一声霹雳，接着的是狂风暴雨！虫吟听不见了，这样便是卢照邻《长安古意》的出现。这首诗在当时的成功不是偶然的。放开了粗豪而圆润的嗓子，他这样开始：

> 长安大道连狭斜，青牛白马七香车，玉辇纵横过主第，金鞭络绎向侯家！龙衔宝盖承朝日，凤吐流苏带晚霞，百丈游丝争绕树，一群娇鸟共啼花。……

这生龙活虎般腾踔的节奏，首先已够教人们如大梦初醒而心花怒放了。然后如云的车骑，载着长安中各色人物panorama式的一幕幕出现，通过"五剧三条"的"弱柳青槐"来"共宿娼家桃李蹊"。诚然这不是一场美丽的热闹。但这颠狂中有战栗，堕落中有灵性。

得成比目何辞死，愿作鸳鸯不羡仙。

比起以前那光是病态的无耻——

相看气息望君怜，谁能含羞不肯前！（简文帝《乌楼曲》）

如今这是什么气魄！对于时人那虚弱的感情，这真有起死回生的力量。最后，

节物风光不相待，桑田碧海须臾改，昔时金阶白玉堂，即今唯见青松在！

似有“劝百讽一”之嫌。对了，讽刺，宫体诗中讲讽刺，多么生疏的一个消息！我几乎要问《长安古意》究竟能否算宫体诗。从前我们所知道的宫体诗，自萧氏君臣以下都是作者自身下流意识的口供，那些作者只在诗里。这回卢照邻却是在诗里，又在诗外，因此他能让人人以一个清醒的旁观的自我，来给另一自我一声警告。这两种态度相差多远！

寂寂寥寥杨子居，年年岁岁一床书，独有南山桂花发，飞来飞去袭人裾。

这篇末四句有点突兀，在诗的结构上既嫌蛇足，而且这样说话，也不免暴露了自己态度的褊狭，因而在本篇里似乎有些反作用之嫌。可是对于人性的清醒方面，这四句究不失为一个保障与安慰。一点点艺术的失败，并不妨碍《长安古意》在思想上的成功。他是宫体诗中一个破天荒的大转变。一手挽住衰老了的颓废，教给他如何回到健全的欲望，一手又指给他欲望的幻灭。这诗中善与恶都是积极的，所以二者似相反而相成。我敢说《长安古意》的恶的方面比善的方面还有用。不要问卢照邻如何成功，只看庾信是如何失败的。欲望本身不是什么坏东西。如果它走入了歧途，只有疏导一法可以挽救，壅塞是无效的。庾信对于宫体诗的态度，是一味的矫正，他仿佛是要以非宫体代宫体。反之，卢照邻只要以更有力的宫体诗救宫体诗，他所争的是有力没有力，不是宫体不宫体。甚至你说他的方法是以毒攻毒也行，反正他是胜利了。有效的方法不就是对的方法吗？

矛盾就是人性，诗人作诗本不必对自己的行为负责。原来《长安古意》的“年年岁岁一床书”，只是一句诗而已。即令作诗时事实如此，大概不久以后，

情形就完全变了，骆宾王的《艳情代郭氏答卢照邻》便是铁证。故事是这样的：照邻在蜀中有一个情妇郭氏，正当她有孕时，照邻因事要回洛阳去，临行相约不久回来正式成婚。谁知他一去两年不反，而且在三川有了新人。这时她望他的音信既望不到，孩子也丢了。“悲鸣五里无人问，肠断三声谁为续!”除了骆宾王给寄首诗去替她申一回冤，这悲剧又能有什么更适合的收场呢？一个生成哀艳的传奇故事，可惜骆宾王没赶上蒋防、李公佐的时代。我的意思是：故事最适宜于小说，而作者手头却只有一个诗的形式可供采用。这试验也未尝不可作，然而他偏偏又忘记了《孔雀东南飞》的典型。凭一枝作判词的笔锋(这是他的当行)，他只草就了一封韵语的书札而已。然而是试验，就值得钦佩。骆宾王的失败，不比李百药的成功有价值吗？他至少也替《秦妇吟》垫过路。

这以“一抔之土未干，六尺之孤何托”，教历史上第一位英威的女性破胆的文士，天生一副侠骨，专喜欢管闲事，打抱不平、杀人报仇、革命、帮痴心女子打负心汉，都是他干的。《代女道士王灵妃赠道士李荣》里没讲出具体的故事来，但我们猜得到一半，还不是卢郭公案那一类的纠葛？李荣是个有才名的道士。(见《旧唐书·儒学·罗道琮传》，卢照邻也有过诗给他。)故事还是发生在蜀中，李荣往长安去了，也是许久不回来，王灵妃急了，又该骆宾王给去信促驾了。不过这回的信却写得比较像首诗。其所以然，倒不在

梅花如雪柳如丝，年去年来不自持，初言别在寒偏在，何悟春来春更思。

一类响亮句子，而是那一气到底而又缠绵往复的旋律之中，有着欣欣向荣的情绪。《代女道士王灵妃赠道士李荣》的成功，仅次于《长安古意》。

和卢照邻一样，骆宾王的成功，有不少成分是仗着他那篇幅的。上文所举过的二人的作品，都是宫体诗中的云冈造象，而宾王尤其好大成癖（这可以他那以赋为诗的《帝京篇》、《畴昔篇》为证。）从五言四句的《自君之出矣》，扩充到卢骆二人洋洋洒洒的巨篇，这也是宫体诗的一个剧变。仅仅篇幅大，没有什么，要紧的是背面有厚积的力量撑持着。这力量，前人谓之“气势”，其实就是感情。有真实感情，所以卢骆的来到，能使人们麻痹了百余年的心灵复活。有感情，所以卢骆的作品，正如杜甫所预言的，“不废江河万古流”。

从来没有暴风雨能够持久的。果然持久了，我们也吃不消，所以我们要它

适可而止。因为，它究竟只是一个手段，打破郁闷烦躁的手段；也只是一个过程，达到雨过天青的过程。手段的作用是有时效的，过程的时间也不宜太长，所以在宫体诗的园地上，我们很侥幸的碰见了卢骆，可也很愿意能早点离开他们，——为的是好和刘希夷会面。

> 古来容光人所羡，况复今日遥相见？愿作轻罗著细腰，愿为明镜分娇面。（《公子行》）

这不是什么十分华贵的修词，在刘希夷也不算最高的造诣。但在宫体诗里，我们还没听见过这类的痴情话。我们也知道他的来源是《同声诗》和《闲情赋》。但我们要记得，这类越过齐梁，直向汉晋人借贷灵感，在将近百年以来的宫体诗里也很少人干过呢！

> 与君相向转相亲，与君双栖共一身，愿作贞松千岁古，谁论芳槿一朝新！百年同谢西山日，千秋万古北邙尘。（《公子行》）

这连同它的前身——杨方《合欢》诗，也不过是常态的，健康的爱情中，极平凡，极自然的思念，谁知道在宫体诗中也成为了不得的稀世的珍宝。回返常态确乎是刘希夷的一个主要特质，孙翌编《正声集》时把刘希夷列在卷首，便已看出这一点来了。看他即便哀艳到如：

> 自怜妖艳姿，妆成独见时，愁心伴杨柳，春尽乱如丝。（《春女行》）
>
> 携笼长叹息，逶迤恋春色，看花若有情，倚树疑无力。薄暮思悠悠，使君南陌头，相逢不相识，归去梦青楼。（《采桑》）

也从没有不归于正的时候。感情返到正常状态是宫体诗的又一重大阶段。唯其如此，所以烦躁与紧张都消失了，只剩下一片晶莹的宁静。就在此刻，恋人才变成诗人，憬悟到万象的和谐，与那一水一石一草一木的神秘的不可抵抗的美，而不禁受创似的哀叫出来：

> 可怜杨柳伤心树！可怜桃李断肠花！（《公子行》）

但正当他们叫着“伤心树”、“断肠花”时，他已从美的暂促性中认识了那玄学家所谓的“永恒”——一个最缥缈，又最实在，令人惊喜，又令人震怖的存在，在它面前一切都变渺小了，一切都没有了。自然认识了那无上的智慧，就在那彻悟的一刹那间，恋人也就是变成哲人了。

> 洛阳城东桃李花，飞来飞去落谁家？洛阳女儿好颜色，坐见落花长叹息：——今年花落颜色改，明年花开复谁在！……古人无复洛城东，今人还对落花风，年年岁岁花相似，岁岁年年人不同。（《代白头翁》）

相传刘希夷吟到“今年花落……”二句时，吃一惊，吟到“年年岁岁……”二句，又吃一惊。后来诗被宋之问看到，硬要让给他，诗人不肯，就生生的被宋之问给用土囊压死了。于是诗谶就算验了。编故事的人的意思，自然是说，刘希夷泄露了天机，论理该遭天谴。这是中国式的文艺批评，隽永而正确，我们在千载之下，不能，也不必改动它半点，不过我们可以用现代语替它诠释一遍，所谓泄露天机者，便是悟到宇宙意识之谓。从蜣娘转丸式的宫体诗一跃而到庄严的宇宙意识，这可太远了，太惊人了！这时的刘希夷实已跨近了张若虚半步，而离绝顶不远了。

如果刘希夷是卢骆的狂风暴雨后宁静爽朗的黄昏，张若虚便是风雨后更宁静更爽朗的月夜。《春江花月夜》本用不着介绍，但我们还是忍不住要谈谈。就宫体诗发展的观点看，这首诗，尤有大谈的必要。

> 春江潮水连海平，海上明月共潮生，滟滟随波千万里，何处春江无月明！江流宛转绕芳甸，月照花林皆似霰，空里流霜不觉飞，汀上白沙看不见。

在这种诗面前，一切的赞叹是饶舌，几乎是渎亵。它超过了一切的宫体诗有多少路程的距离，读者们自己也知道。我认为用得着一点诠明的倒是下面这几句：

> ……江畔何人初见月？江月何年初照人？人生代代无穷已，江月年年只相似，不知江月待何人，但见长江送流水！

更迥绝的宇宙意识！一个更深沉，更寥廓，更宁静的境界！在神奇的永恒前面，作者只有错愕，没有憧憬，没有悲伤。从前卢照邻指点出“昔时金阶白玉堂，即今唯见青松在”时，或另一个初唐诗人——寒山子更尖酸的吟着“未必长如此，芙蓉不耐寒”时，那都是站在本体旁边凌视现实。那态度我以为太冷酷，太傲慢，或者如果你愿意，也可以带点狐假虎威的神气。在相反的方向，刘希夷又一味凝视着“以有涯随无涯”的徒劳，而徒劳的为它哀毁着，那又未免太萎靡，太怯懦了。只张若虚这态度不亢不卑，冲融和易才是最纯正的，“有限”与“无限”，“有情”与“无情“——诗人与“永恒”猝然相遇，一见如故，于是谈开了——“江畔何人初见月？江月何年初照人？……江月年年只相似，不知江月待何人？”对每一问题，他得到的仿佛是一个更神秘的更渊默的微笑，他更迷惘了，然而也满足了。于是他又把自己的秘密倾吐给那缄默的对方：

> 白云一片去悠悠，青枫浦上不胜愁。

因为他想到她了，那“妆镜台”边的“离人”。他分明听见她的叹喟：

> 此时相望不相闻，愿逐月华流照君！

他说自己很懊悔，这飘荡的生涯究竟到几时为止！

> 昨夜闲潭梦落花，可怜春半不还家，——江水流春去欲尽，江潭落月复西斜！

他在怅惘中，忽然记起飘荡的许不只他一人，对此清景，大概旁人，也只得徒唤奈何罢？

> 斜月沉沉藏海雾，碣石潇湘无限路，不知乘月几人归，落月摇情满江树！

这里一番神秘而又亲切的，如梦境的晤谈，有的是强烈的宇宙意识，被宇宙意识升华过的纯洁的爱情，又由爱情辐射出来的同情心，这是诗中的诗，顶峰上的顶峰。从这边回头一望；连刘希夷都是过程了，不用说卢照邻和他配角骆宾王，更是过程的过程。至于那一百年间梁陈隋唐四代宫庭所遗下了那分最黑暗的罪孽，有了《春江花月夜》这样一首宫体诗，不也就洗净了吗？向前替宫体诗赎清了百年的罪，因此，向后也就和另一个顶峰陈子昂分工合作，清除了盛唐的路，——张若虚的功绩是无从估计的。

卅年八月二十二日陈家营，原载《当代评论》第10期
选自《唐诗杂论》，上海古籍出版社1998年版

《中古文学系年》序例

陆侃如

文学史的目的，在鉴古以知今。要达到这目的，我们不仅要明白文学史上的“然”，更要知道“所以然”。如以树木为喻，“然”好比表面上的青枝绿叶，“所以然”好比地底下的盘根错节。我们必须掘开泥土，方能洞悉底蕴。所以我认为文学史的工作应包含三个步骤：

第一是朴学的工作——对于作者的生平，作品年月的考订，字句的校勘训诂等。这是初步的准备。

第二是史学的工作——对于作者的环境，作品的背景，尤其是当时社会经济的情形，必须完全弄清楚。这是进一步的工作。

第三是美学的工作——对于作品的内容和形式加以分析，并说明作者的写作技巧及其影响。这是最后一步。三者具备，方能写成一部完美的文学史。

我自己很早就想研究文学史，可是经过若干年的摸索之后，深深感到过去走过的路都不十分对。朴学的工作既不精确，史学的工作完全没做。因此，对于“然”既仅一知半解，对于“所以然”更茫然无知。于是我立下志愿，打算对中古一段好好地探索一下。中古本是个含糊的名词，我是指公元一至五、六世纪。因为我假定这是封建初期，也可以说是奴隶制与封建制递嬗的时期。我打算写这三部书：

第一是《中古文学系年》——把当时文人的事迹和作品，按年考定排列，这是属于朴学方面的准备。

第二是《中古文学论丛》——就当时文学的社会经济背景方面加以探讨，分若干专题写成论文。

第三是《中古文学史》——经过上两部工作后，把我当时对文学的整个意见写成一部断代的文学史。

我打算每一部书花十年的工夫，希望三十年后对于封建初期的文学也许可以明了一些了。

这是抗战以前的计划。抗战期间，在西南各省流徙，生活既不安定，书籍又极缺乏，所以系年只有一些初稿。除了偶然在若干杂志（如《清华学报》、《中原》等）上发表一部分外，到胜利时全稿尚未写定。复员后，参考书渐渐多起来，才开始改写。因为字数过多，故暂写至三〇〇年止。每五十年为一卷，共分六卷。凡文人生平行事年代可考定的，或可约略推定的，都按年记载，以年为纲，以人为目。其人事迹在公元一年以前的，列于卷首，在公元三〇〇年以后的，列入卷末。

怎样才算文人，很难确定。我现在假定下列四种条件：

第一，《汉书艺文志·诗赋略》或《隋书·经籍志》集部著录他的作品的。

第二，正史列入《文苑传》，或本传提到他的文学作品的。

第三，《文心雕龙》或《诗品》论及他的作品的。

第四，《文选》或《玉台新咏》选录他的作品的。

这些人，未必每个都在文学史上有地位。但是这几部早期的选本、文评、史传和目录，可以证明他们在当时的文坛上确曾活跃过。事实上，几位第一流的文人差不多全合于这四条件，也有只合于三条件或二条件的。为免取材过滥，只合于一条件的都略去不算。在此三百年中，共得一百五十二人。

这些人，有很多兼有军功政绩，或兼有文学以外的著作。对于在文学范围内的，自然不厌其详，他仅略述。在年代的考订上，有时直录前人成说，有时略抒己见。时人论著，亦间采入；其有心所难安者，便略而不论，以免枝蔓。所引诗文，以严可均《全汉三国晋文》及丁福保《全汉三国晋诗》为主；偶有缺误，就我所见到的分别补正。为节省篇幅计，对于诗文只引标题，不载原文。这些标题大都是后人代拟的，其中虽有不妥处，今亦暂仍其旧。诏令一类的作品，有本人自撰的，也有他人代作的，除少数外大都不易分辨；今姑系于本人，因为至少在内容上是属于本人的。

三〇一年以后的系年初稿，现在还没有改写。我打算提前写论丛，因为那是更重要的工作。至于第三步何时完成，便非目前所能预必了。

一九四九年七月七日，序于沈阳东北大学西新村109号

选自《中古文学系年》，人民文学出版社1985年6月版

文人与酒

王　瑶

一

提起了文人与酒的关系，自然使我们首先就想到了竹林七贤。以前人当然也饮酒，但在文人还没有显著的社会地位的时候，在文人还被视若俳优的时候，酒正如同其他饮食一样，还没有被当作手段似地大量醉酣的时候，酒在生活中并没有起很大的作用和影响；因而也就惹不起人们的注意。到了魏末的竹林名士，一方面他们在社会上有了特殊的地位，这是汉末以来处士横议的余风和文学观念发展的结果；一方面酒在他们的生活中也的确占据了极显著的地位，几乎是生活的全部；因而文人与酒的关系，也就不可忽视了。

当然，远在竹林诸贤以前，名士们也已经有常常饮酒的，例如孔融；而且差不多是因为酒送了命。后汉书孔融传云："宾客日盈其门，常叹曰，坐上客常满，尊中酒不空，吾无忧矣。"又云："时年饥兵兴，操表制酒禁，融频书争之，多侮慢之辞。"今融集有难曹公制酒禁二表，皆措辞激昂，为饮酒辩护，而且明指说："疑但惜谷耳，非以亡王为戒也。"积嫌成忌，终至枉状弃市。其实曹氏父子也是饮酒的，曹操短歌行言："何以解忧，唯有杜康。"魏志陈思王植传言："植任性而行，不自雕励，饮酒不节。"全三国文卷八魏文帝典论酒诲云："荆州牧刘表，跨有南土，子弟骄贵，并好酒。为三爵，大曰伯雅，次曰中雅，小曰季雅。伯雅受七升，中雅受六升，季雅受五升。"又设大针于杖端，客有醉酒寝地者，轧以劖刺之，验其醉醒，是酷于赵敬侯以筒酒灌人也。大驾都许，使光禄大夫刘松，北镇袁绍军，与绍子弟日共宴饮。松尝以盛夏三伏之际，昼夜酣饮，极醉至于无知，云避一时之暑。二方化之。故南荆有三雅之爵，河朔有避暑之饮。"刘表为八俊之一，汉末在荆州，为一时名士所归趋。袁绍丧母，归葬汝南，会者三万人，盛况不下于陈实。他们都是汉末的名士，其幕僚所聚，也都是一时俊义，可见汉末的名士，早已与酒结了不解之缘了，虽然程度上还没有象竹林名士的那么沉湎。

为甚么饮酒之风到汉末特别盛起来了呢？正如我们在“文人与药”一文中所分析过的，是在于对生命的强烈的留恋，和对于死亡会突然来临的恐惧。这和古诗十九首以及建安以来的许多诗篇中所表现的时光飘忽和人生短促的思想，是一致的。由于社会秩序的紊乱会带给人不自然的死亡，也由于道家思想的抬头而带来了的对生命的悲观，从这时起，大家便都觉得生死问题在人生中的分量了。道教想用人为的方法去延长寿龄，佛教想用轮回的说法去解脱迷惘，都是针对着这一要求的。但佛教的普遍流行是在东晋以后，而道教的服食求神仙的办法，也很难让所有名士去接受，例如向秀难嵇叔夜养生论就说：“又云导养得理，以尽性命，上获千余岁，下可数百年，未尽善也；若信可然，当有得者，此人何在，目未之见。此殆影响之论，可言而不可得。”但即使是这些不大愿意服食求长生的人，对生死的看法也还是和别人一样的；死是生的整个结束，死后形神俱灭。因为他们更失去了对长寿的希冀，所以对现刻的生命就更觉得热恋和宝贵。放弃了祈求生命的长度，便不能不要求增加生命的密度。古诗十九首说：“服食求神仙，多为药所误，不如饮美酒，被服纨与素。”范云赠学仙者诗云：“春醴煎松叶，秋杯浸菊花，相逢宁可醉，定不学丹砂。”当时酒诗云：“对酒心自足，故人来共持，方欲罗衿解，谁念发成丝。”这都可说明汉末魏晋名士们喜欢饮酒的动机。曹操短歌行叹息：“对酒当歌，人生几何！”而办法即是“何以解忧，唯有杜康。”世说文学篇言“刘伶著酒德颂，意气所寄”，注引名士传说“常乘鹿车，携一壶酒，使人荷锸随之，云：死便掘地以埋。土木形骸，遨游一世。”对死的达观正基于对死的无可奈何的恐惧，而这也正是沉湎于酒的原因。阮嵇与何晏王弼年代相若，而世说注引袁宏名士传的体例，分为正始名士与竹林名士二者，正表明了这二种名士生活态度的不同。这“不同”不关时代阶级和思想，这些都是差不多的；而在对于这些背景的两种不同的反应。我们在“文人与药”一文中，称何晏他们是清谈派或服药派，阮嵇这些人正是饮酒派或任达派。他们对生命的悲观更超过了服药的人，而且既然无论贤愚贵贱的结果都是一死，对事业声名也就无心追求了。世说任诞篇云：“张季鹰（翰）纵任不拘，时人号为江东步兵。或谓之曰，卿乃可纵适一时，独不为身后名耶！答曰，使我有身后名，不如即时一杯酒。”另条云：毕茂世（卓）云：“一手持蟹螯，一手持酒杯，拍浮酒池中，便足了一生。”注引晋中兴书曰：“（卓）为吏部郎，尝饮酒废职。北舍郎酿酒熟，卓因醉，夜至其瓮间取饮之。主人谓是盗，执而缚之。知为吏部也，释之。”可知放浪形骸的任达和终日沉湎的饮酒，正是由同一认识导出来的两方面的相关的行为。

因为饮酒是为了增加生命的密度，是为了享乐，所以汉末以来，酒色游宴是寻常连称的。我们读古诗十九首中的“斗酒相娱乐，聊厚不为薄”，“不如饮美酒，被服纨与素”，酒不正是一种生活的享受吗？曹植箜篌引云：“置酒高殿上，亲友从我游……乐饮过三爵，缓带倾庶羞，主称千金寿，宾奉万年酬。”名都篇云：“归来宴平乐，美酒斗十千”；与吴质书也云：“顾举太山以为肉，倾东海以为酒，伐云萝之竹以为笛，斩泗滨之梓以为筝，食若填巨壑，饮若灌漏卮；其乐固难量，岂非大丈夫之乐哉！”都是这一种态度。吴志二孙权传黄武元年十二月“权使大中大夫郑泉聘刘备于白帝”下注引吴书曰：“郑泉，字文渊，陈郡人。博学有奇志，而性嗜酒。其闲居每曰，愿得美酒满五十斛船，以四时甘脆置两头，反复没饮之，惫即住，而啖肴膳。酒有斗升减，随即益之，不亦快乎！”饮酒只是为了“快意”，为了享乐，所以酒的作用和声色狗马差不多，只是一种享乐和麻醉的工具。

列子一书，今已公认为成于晋时，其中大半是讲生死问题的。象杨朱篇中所写的那种对生命的绝望和纵欲肆志的人生态度，正可视为由汉末以来名士纵酒行为的一种理论的说明。篇中云：“杨朱曰：百年寿之大齐，得百年者，千无一焉。设有一者，孩抱以逮昏老，几居其半矣；夜眠之所弭，昼觉之所遗，又几居其半矣；痛疾哀苦亡失忧惧，又几居其半矣；量十数年之中，逌然而自得，亡介焉之虑者，亦无一时之中尔。则人之生也，奚为哉！奚为哉！为美厚尔，为声色尔。而美厚复不可常厌足，声色不足常玩闻，乃复为刑赏之所禁劝，名法之所进退，遑遑尔，竞一时之虚誉，规死后之余荣。偊偊尔，慎耳目之观听，惜身意之是非，徒失当年之至乐，不能自肆于一时。重囚累梏，何以异哉！”又设喻云：“子产相郑，专国之政三年，善者服其化，恶者畏其禁；郑国以治，诸侯惮之。而有兄曰公孙朝，有弟曰公孙穆，朝好酒，穆好色。朝之室也，聚酒千钟，积麹成封，望门百步，糟浆之气，逆于人鼻。方其荒于酒也，不知世道之安危，人理之悔吝，室内之有亡，九族之亲疏，存亡之哀乐也。虽水火兵刃交于前，弗知也。穆之后庭，比房数十，皆择稚齿婑媠者以盈之；方其耽于色也，屏亲昵，绝交游，逃于后庭，以昼足夜，三月一出，意犹未惬。乡有处子之娥姣者，必贿而招之，媒而挑之，弗获而后已。……子产用邓析之言，因闲以谒其兄弟而告之曰：人之所以贵于禽兽者智虑，智虑之所将者礼义，礼义成则名位至矣。若触情而动，耽于嗜欲，则性命危矣。子纳侨之言，则朝自悔而夕食禄矣。朝、穆曰：吾知之久矣，择之亦久矣。岂待若言而后识之哉。凡生之难遇，而死之易及，以难遇之生，俟易及之死，可孰念哉！而欲尊礼义以夸人，矫情性以招名，吾以此为弗若死矣。为欲尽一生之欢，穷当年之乐，唯患腹溢而不得恣口之饮，力惫而不得肆情于色，不遑忧名声之丑，性命之危也。且若以治国之能夸物，欲以说辞乱我之心，荣禄喜我之意，不亦鄙而可怜哉！”这种为了“生之难遇而死之易及”，于是尽量地把握住这现存的一刻，尽量地去享受的人生态度，正是汉末以来名士们喜欢饮酒的理论的说明。世说任诞篇云：“王孝伯言名士不必须奇才，但使常得无事，痛饮酒，熟读离骚，便可成名士。”痛饮酒是增加享受的，读离骚是希慕游仙的，这是当时名士们一般的心境；而其背景则正是时光飘忽和人生无常的感觉的反映。

二

饮酒之风的盛行虽始于汉末，但一直到竹林名士，酒才几乎成了他们生活的全部，生活中最主要的特征。不只在量上他们饮得多，沉湎的情形加深，而且流风所被，竞相效仿，影响也是很大的。世说新语任诞篇云：“陈留阮籍，谯国嵇康，河内山涛，三人年皆相比，康年少亚之。预此契者，沛国刘伶，陈留阮咸，河内向秀，琅琊王戎。七人常集于竹林之下，肆意酣畅，故世谓竹林七贤。”注引晋阳秋云：“于时风誉扇于海内，至于今咏之。”魏志王粲传注引魏氏春秋曰：“（嵇）康寓居河内之山阳县，与之游者未尝见其喜愠之色。与陈留阮籍，河内山涛，河南向秀，籍兄子咸，琅琊王戎，沛人刘伶，相与友善，游于竹林，号为七贤。”晋书嵇康传云：“所与神交者，惟陈留阮籍，河内山涛。预其流者，河内向秀，沛国刘伶，籍兄子咸，琅琊王戎，遂为竹林之游，世所谓竹林七贤也。”世说排调篇云：“嵇阮山刘在竹林酣饮，王戎后往，步兵曰，俗物已复来，败人意。王笑曰，卿辈意亦复可败邪！”晋书山涛传云：“（涛）与嵇康吕安善，后遇阮籍，便为竹林之游，著忘言之契。”王戎传：“尝经黄公酒墟下过，顾谓后车客曰：吾昔与阮嗣宗酣畅于此，竹林之游，亦预其末。自嵇阮之亡，吾便为时之所羁绁；今日视之虽近，邈若山河。”阮咸传：“咸任达不拘，与叔父籍为竹林之游。”刘伶传：“淡默少言，不妄交游，与阮籍嵇康相遇，欣然神解，携手入林。”袁宏作名士传，亦以嵇阮等七人列为竹林名士。（见世说文学篇注）他们相聚的时间在魏末，（嵇康诛于景元三年，时王戎已三十三岁，竹林之游，当在正始嘉平间。）地点在山阳，（水经清水注引郭缘生述征记云：“白虎山东南二十五里，有嵇公故居，以居时有遗竹焉。”艺文类聚六十四引述征记云：“山阳县城东北三十里，魏中散大夫嵇康园宅，今悉为丘墟，而父老犹谓嵇公竹林地，以时有遗竹也。”所言盖即此。）而相聚后主要的事情便是肆意酣畅。他们都是能饮酒的，这成了他们共同的特点。晋书山涛传言其“饮酒至八斗方醉”。魏志王粲传注引魏氏春秋言阮籍“闻步兵校尉缺，厨多美酒，营人善酿酒，求为校尉，遂纵酒昏酣，遗落世事。”世说任诞篇言“刘伶病酒，渴甚，从妇求酒。妇捐酒毁器，涕泣谏曰：君饮太过，非摄生之道，必宜断之。伶曰，甚善。我不能自禁，唯当祝鬼神自誓断之耳；便可具酒肉。妇曰，敬闻命。供酒肉于神前，请伶祝誓。伶跪而祝曰：天生刘伶，以酒为名，一饮一斛，五斗解醒。妇人之言，慎不可听。便饮酒进肉，隗然已醉矣。”世说容止篇云：“山公曰，嵇叔夜之为人也，岩岩若孤松之独立；其醉也，傀俄若玉山之将崩。”（竹林诸贤中，叔夜比较最不善酒；其情形与他人略异，说详“文人与药”一文中。）任诞篇云：“诸阮皆能饮酒，仲容（咸）至宗人间共集，不复用常杯斟酌，以大瓮盛酒，围坐，相向大酌。时有群猪来饮，直接去上便共饮之。”晋书王戎传云：“尝经黄公酒墟下过，顾谓后车客曰，吾昔与嵇叔夜阮嗣宗酣畅于此。”太平御览四百九引向秀别传曰：“秀与吕安灌园于山阳，收其余利，以供酒食之资。”可知饮酒实在是竹林名士生活的共同特征。至于为甚么要这样地终日昏酣呢？除了我们上面所叙述的汉末以来的一般原因外，自然还有别方面的背景。因为假若单纯地是为了享乐的话，声色狗马都可以作为工具，酒并不是唯一的。而且远在竹林名士以前，已经有过许多纵酒的人，而并没有象他们这样能够“风誉扇于海内”，足见除了我们上面所述的一般背景以外，还有别的使名士们“肆意酣畅”的原因的，而这正是使魏晋文人和酒发生深的连系的根源。

三

世说任诞篇云：“王佛大叹言，三日不饮酒，觉形神不复相亲。”又：“王卫军云，酒正自引人箸胜地。”这是名士们要大量饮酒的一个理由。甚么是形神相亲的胜地呢？庄子达生篇云：“夫醉者之坠车，虽疾不死；骨节与人同，而犯害与人异，其神全也。乘亦不知也，坠亦不知也，死生惊惧，不入乎其胸中，是故逆物而不慴。彼得全于酒，而犹若是，而况得全于天乎？”照老庄哲学的说法，形神相亲则神全，因而可求得一物我两冥的自然境界，酒正是追求的一种手段。竹林诸人皆好老庄，饮酒正是他们求得一种超越境界的实践。晋书山涛传言其“性好庄老”阮籍著有老子赞，通老论，及达庄论。嵇康“好言老庄”（魏志王粲传），刘伶“常以细宇宙齐万物为心”（晋书本传），向秀“雅好老庄之学，庄周著内外数十篇，历世方士虽有观者，莫适论其旨统也，秀乃为之隐解，发明奇趣，振起玄风。读之者超然心悟，莫不自足一时也。”（晋书本传）钟会伐蜀，王戎对之言云：“道家有言，为而不恃，非成功难，保之难也。”可知笃信老庄也是他们之间的一个共同特征。他们不但相信，而且要实践。他们想要达到象阮籍“大人先生传”和刘伶“酒德颂”中所写的那样与造化同体的近乎游仙的境界。所谓“逍遥浮世，与道俱成”；所谓“无思无虑，其乐陶陶，兀然而醉，慌尔而醒”。所以“名士不必须奇才，痛饮酒，熟读离骚，便可称名士”。（世说任诞篇王孝伯语）因为这是一种感觉上的境界，而不是一种智识。陶渊明孟府君传言“（桓）温常问君酒有何好，而卿嗜之？君笑而答之，明公但不得酒中趣耳。又问听妓丝不如竹，竹不如肉，答曰，渐近自然”。其实所谓酒中趣即是自然，一种在冥想中超脱现实世界的幻觉。这些人行为的特点是任诞不拘，忽忘形骸，饮酒的原因也与此一致。陶诗言酒中有真味，真即“任真”之真，也即自然。老子云：“道法自然”。庄子渔父篇云：“真者所以受于天也，自然不可易也，故圣人法天贵真。”又云：“真者，精诚之至也，不精不诚，不能动人。故强哭者虽悲不哀，强怒者虽严不威，强亲者虽笑不和。真悲无声而哀，真怒未发而威，真亲未笑而和。真在内者，神动于外，是所以贵真也。其用于人理也，事亲则慈孝，事君则忠真，饮酒则欢乐。”所以酒中趣正是任真地酣畅所得的“真”的境界，所得的欢乐。因此饮酒的趣味也即寄托在饮酒的本身，所谓“酒正自引人箸胜地”；而“酒有何好”便成了无意义，同时亦不必有答案的问题。

这种境界的追求，又可以用音乐来说明。竹林名士中多半是嗜耽音乐的。阮籍著有乐论；能啸，善弹琴。嵇康著有声无哀乐论及琴赋：“弹琴咏诗，自足于怀。”（魏志王粲传注引嵇喜嵇康传）世说雅量篇言“嵇中散临刑东市，神气不变；索琴弹之，奏广陵散。曲终曰，袁孝尼尝请学此散，吾靳固不与，广陵散于今绝矣。”阮咸著有律议；晋书本传言其“妙解音律，善弹琵琶。”“荀勖每与咸论音乐，自以为远不及也。”阮嵇不只有音乐的技术和智识，而且有他的理论。从这理论中表现出他们对宇宙人生的态度，和对于自然的向往。阮籍乐论云：“夫乐者，天地之体，万物之性也，合其体得其性则和，离其体失其性则乖”；“知圣人之乐，和而已矣。”“乐者使人精神平和，衰气不入，天地交泰，远物来集，故谓之乐也。”他认为宇宙人生中最高的境界，是如同音乐般的“和”的境界，因为音乐本来是合乎天地万物的体性的。所以大人先生是他理想的人格，但主要地就在能“应变顺和”。音乐也是变的，所谓“礼与变俱，乐与时化，故五帝不同制，三王各异造，非其相反，应时变也”。但虽变而不能使其失和，所以至人要“应变顺和”。最好的乐只有和，乃不关人事，超乎人的好坏之上者。音乐最能表现自然之性，所以他所向往的自然底最完全的表现，即是象音乐的“和”的境界。嵇康声无哀乐论主旨与此相同，唯在说明声为天，哀乐为人心，声虽有节奏法度，而皆为自然之性底表现，超乎人事的。哀乐则只是人的感觉，乐不因之而变。所以说“音声之作，其犹臭味在于天地之间，其善与不善，虽遭遇浊乱，其体自若而不变也。”他认为乐器不过是表现自然之音的工具，与乐本身没有大关系；人的哀乐亦然。所谓“音声有自然之和，而无系于人情。”所以音乐可使人“怀忠抱义而不觉所以然也。”“和心足于内，和气见于外。”他以为和的境界是合乎自然节奏的境界，所以能“应变顺和”的便是至人，便是大人先生。这是一种幻觉中的境界，阮嵇都是诗人，音乐家，又都笃信老庄，因之也都向往这一种由老庄哲学出发的自然的艺术的和谐境界；同时他们也都努力创造和追求它。我们试看，饮酒所得到的形神相亲而接近自然的胜地，不正就是这里所描写的音乐的合乎自然的和谐境界吗？所以饮酒正是追求和享受这种境界的一种办法。可知他们都同时嗜酒耽音，笃信老庄，实在是因为有他们共同认识的必然理由。对于他们的任真自然，饮酒实在是一种很好的寄托和表现的方法。

四

但更重要的理由，还是实际的社会情势逼得他们不得不饮酒；为了逃避现实，为了保全生命，他们不得不韬晦，不得不沉湎。从上面看来，饮酒好象只是快乐的追求，而实际却有更大的忧患背景在后面。这是对现实底不满和迫害的逃避，心里是充满了悲痛的感觉的。当时政治的腐化黑暗，社会的混乱无章，而且属于易代前夕，和孔融以前的处境完全相似；一个名士，一个士大夫，随时可以受到迫害。由他们的处境说，如果不这样消极的话，只有两条路可走；一条是如何晏夏侯玄似地为魏室来力挽颓残的局面，一条是如贾充王沈似地为晋作佐命功臣，建立新贵的地位。但司马昭之心，路人皆知，何晏为魏之姻戚，夏侯玄为宗室，自当知其不可为而为之；竹林诸人明知其不可为，而魏的政治情形也并不能满足他们的理想，那又何必如此呢！至于贾充王沈，则自和竹林名士是两种人；司马氏虽然希望他们这样，他们却当然是不屑为的。但这时是政治迫害最严重的时候，曹操可以诛孔融杨修，甚至荀彧，司马氏也是一样；嵇康吕安就是例子。处在这种局势下，不只积极不可能，单纯地消极也不可能；因为很可能引起政治上的危害。那么最好的办法是自己来布置一层烟幕，一层保护色的烟幕。于是终日酣畅，不问世事了；于是出言玄远，口不臧否人物了。全梁文二十九沈约七贤论云："嵇生是上智之人，值无妄之日，神才高杰，故为世道所莫容。风邈挺特，荫映于天下；言理吐论，一时所莫能参。属马氏执国，欲以智计谋皇祚，诛诅胜已，靡或有遗。玄伯太初之徒，并出嵇生之流，咸已就戮。嵇审于此时非自免之运。若登朝进仕，映迈当时，则受祸之速，过于旋踵。自非霓裳羽带，无用自全。故始以饵术黄精，终于假涂托化。阮公才器宏广，亦非衰世所容。但容貌风神，不及叔夜，求免世难，如为有涂。若率其恒仪，同物俯仰，迈群独秀，亦不为二马所安。故毁形废礼，以积其德；崎岖人世，仅然后全。仲容年齿不悬，风力粗可，慕李文风尚，景而行之。彼嵇阮二生，志存保己，既托其迹，宜慢其形。慢形之具，非酒莫可。故引满终日，陶瓦尽年。酒之为用，非可独酌；宜须朋侣，然后成欢。刘伶酒性既深，子期又是饮客，山王二公，悦风而至；相与莫逆，把臂高林。徒得其游，故于野泽衔杯举樽之致，寰中妙趣，固冥然不睹矣。"这一段解释竹林名士以酒为慢行之具的理由，非常透澈。而且依照他们自己的说法，"天地四时，犹有消息。"（山涛对嵇绍语，见世说政事篇。）那么黑暗也不会这样永久地延长下去，于是便只有静以俟命了。庄子缮性篇云：“不当时命而大穷乎天下，则深根宁极而待，此存身之道也。"他们想存身，那么在这时期最好的慢形之具，最好的隔绝人事的方法，自然莫如饮酒。因为即使说错了一句话，做错了一件事，也可以推说醉了，请别人原谅的。所以他们的终日饮酒，实在是一件最不得已的痛苦事情。

晋书阮籍传言："籍本有济世志，属魏晋之际，天下多故，由是不与世事，遂酣饮为常。"嵇康与山巨源绝交书称"阮嗣宗口不论人过，吾每师之而未能及"。但"王戎自言与康居山阳二十年，未尝见其喜愠之色"（晋书嵇康传），则嵇康也够谨慎的了，但仍不免于祸；一定要象阮嗣宗样地至慎，才能苟免，这处境也真太困难了。魏志李通传注引李秉家诫述司马文王曰："天下之至慎，其惟阮嗣宗乎？每与之言，言及玄远，而未尝评论时事，臧否人物；真可谓至慎矣。"阮籍的韬晦竟然博得了司马氏的称赞，这也真够至慎了。嵇康虽也“性慎言行”，但孙登评其“性烈而才俊”（本传），他在与山巨源绝交书中也自云：“吾以不如嗣宗之资，而有慢弛之阙，又不识物性，暗于机宜。无万石之慎，而有好尽之累；久与事接，疵衅日兴。虽欲无患，其可得乎！”真可谓有自知之明。魏志王粲传注引郭颁世语言：“毌丘俭反晋，康有力焉，且欲出兵应之。以问山涛，涛止之，俭亦已败。”这是很可能的，叔夜心理上当然还是倾向魏室，而且与魏宗室婚，世说德行篇注引文章叙录曰，“康以魏长乐亭主婚，迁郎中”；同时又是性烈的人，自然很难永久沉沦下去；遂因钟会之谮，竟至被诛。可知在这时处世接物，是很困难的事情。阮籍不也是“礼法之士，疾之若仇”吗！所以阮籍的“时率意独驾，不由径路，车迹所穷，辄痛哭而返”（本传），实在是自己找不到出路的一种内心悲哀底流露。世说文学篇注引竹林七贤论，言刘伶“尝与俗士相忤，其人攘袂而起，必欲筑之。伶和其色曰：鸡肋岂足以当尊拳！其人不觉废然而返。”这种自甘受辱而不欲忤人的态度，不也是这种环境下面所产生的吗？

然而把饮酒当作麻醉自己和避开别人的一种手段，毕竟是有些效果的。晋书阮籍传云：“文帝初欲为武帝求婚于籍，籍醉六十日，不得言而止。钟会数以时事问之，欲因其可否而致之罪，皆以酣醉获免。”阮裕传云：“大将军王敦命为主簿，甚被知遇。裕以敦有不臣之心，乃终日酣畅，以酒废职。敦谓裕非当世实才，徒有虚誉而已。出为溧阳令，复以公事免官。由是得违敦难。论者以此贵之。”顾荣传云：“齐王冏召为大司马主簿，冏擅权骄恣，荣惧及祸，终日昏酣，不综府事。……与州里杨彦明书曰：吾为齐王主簿，恒虑祸及。见刀与绳，每欲自杀，但人不知耳。”南史十三衡阳文王义季传云：“自彭城王义康废后，遂为长夜饮，略少醒日。……成疾以及于终。”梁书谢朏传云：“为吴兴太守，（齐）明帝谋入嗣位，引朝廷旧臣，朏内图止足，且实避事。弟瀹时为吏部尚书，朏至郡，至瀹数斛酒，遗书曰：可力饮此，勿豫人事。”可知酒从来一直就被人视为一种方法，一种手段，来躲避政治上的迫害和人事上的纠纷的；而且有些人的确是收得了预期的效果。但即有迫害的危险，则饮者内心的痛苦可知；所谓“见刀与绳，每欲自杀”，则其饮酒时的悲痛心境，也就可想而知了。

竹林名士的行为，表面上都很任达放荡，自由自在地好象很快乐，实际上则都有这样忧患的心境作背景，内心是很苦的。山涛“介然不群”，阮籍“任情不羁”，嵇康“高亮任性”，刘伶“放情肆志”，向秀“清悟有远识”，阮咸“任达不拘”，王戎“短小任率，不修威仪”，（并见各传）“任达”也是他们之间的共同特点，但实在是不得已才如此的。他们不但对现实不满，对别人不满，即对自己也不满。世说任诞篇云："阮浑长成，风气韵度似父，亦欲作达。步兵曰，仲容已预之，卿不得复尔。"注引竹林七贤论曰："籍之抑浑，盖以浑未识己之所以为达也。"正是未识其"所以为达"，不知其找不到出路和办法的内心苦闷，而只以饮酒狂放为高，阮籍自然不愿意。他对自己的行为也并不满意，并不希望人效法，不过只好如此而已。嵇康也是这样，看他家诫一文中所写的应该持的行为，和他自己简直全不相象。对于饮酒，家诫云："不须离搂强劝人酒，不饮自已。若人来劝己，辄当为持之，勿请勿逆也。见醉熏熏便止，慎不当至困醉不能自裁也。"这不也与竹林风格完全相反吗？所以阮嵇实在是竹林名士最好的代表；不只他们在文学艺术上的造就大，而且他们也的确明了他们之所以为达。他们不愿如此，而又不得不如此。所以竹林名士的终日酣畅，实在也是一种麻醉性的逃避方法。

胡仔苕溪渔隐丛话引石林诗话云："晋人多言饮酒，有至沉醉者。此未必意真在于酒，盖时方艰难，人各惧祸，惟托于醉，可以粗远世故。盖陈平曹参以来用此策。汉书记陈平于刘吕未判之际，日饮醇酒戏妇人，是岂真好饮邪？曹参虽与此异，然方欲解秦之烦苛，付之清净，以酒杜人，是亦一术。不然，如蒯通辈无事而献说者，且将日走其门矣。流传至嵇阮刘伶之徒，遂全欲用此为保身之计，此意惟颜延年知之。故五君咏云：'刘伶善闭关，怀情灭闻见，韬精日沉饮，谁知非荒宴。'如是饮者未必剧饮，醉者未必真醉也。后世不知此，凡溺于酒者，往往以嵇阮为例，濡首腐肋，亦何恨于死邪！"嵇阮以后，饮酒的流风影响却并不佳，很多效法的人，都只知道沉湎任达，而不知其所以为达。竹林名士中，王戎已略逊一筹了；阮嵇的养生保身，是为了"俟命"，至少前边还有一个光明局面的向往。不然学贾充王沈，不也可以保全生命吗？那是司马氏非常欢迎的事情。这当然还有一点东汉以来高风亮节的士风底传统。但到了王戎，时异境迁了，已变成了一个单纯地饮酒任诞的晋朝名士。史称其位居司徒，"苟媚取容，属愍怀太子之废，竟无一言匡谏。"又云："戎以晋室方乱，慕蘧伯玉之为人，与时舒卷，无謇谔之节；自经典选，未尝进寒素，退虚名。但与时浮沉，户调门选而已。"而又"积实聚钱，不知纪极"。(均见晋书本传）这比山公启事的望旨选人，又逊一筹。山简传言其"镇襄阳，于时四方寇乱，天下分崩，王威不振，朝野危惧。简优游卒岁，唯酒是耽。诸习氏荆土豪族，有佳园池，简每出游嬉，多之池上，置酒辄醉，名之曰高阳池"。从阮籍嵇康变成了王戎山简，酒的麻醉性便发挥到了极致；痛苦的背景没有了，光明的向往取消了，饮酒的原因只剩下了如列子杨朱篇中所说的那种纵欲式的享乐，于是酒便变成了生活的麻醉品，变成了士大夫生活中享受的点缀。因为以市朝显要而酣畅任达，其势自必变为空虚浮沉，不负责任，以至骄逸汰侈。这种流风效者愈多，每下愈况。晋书载戴安道论隐遁云："故乡愿似中和所以乱德，放者似达所以乱道。然竹林之为放，有疾而为颦者也；元康之为放，无德而折巾者也。可无察乎?"世说德行篇注引王隐晋书曰："魏末阮籍嗜酒荒放，露头散发，裸袒箕踞。其后贵游子弟阮瞻、王澄、谢鲲、胡毋辅之之徒，皆祖述于籍，谓得大道之本；故去巾帻，脱衣服，露丑恶，同禽兽。甚者名之为通，次者命之为达也。"此外晋书中所载张翰毕卓庾敳光逸阮孚等，也大致如此。无怪乎乐广讥为"名教中自有乐地，何为乃尔也!"但这些人无论就文章辞采，或清谈名理说，都没有很高的成就。饮酒任达，已经到了末途。东海王越兵败，庾敳、胡毋辅之、郭象、阮修、谢鲲等，皆在军中，与王衍同为石勒所执。这些都是纵酒放荡，崇尚玄虚，不以世务婴心的名士；石勒以为"此辈不可加以锋刃"，遂夜使人排墙杀之。原来阮籍等所以纵酒任诞的环境，已经不存在了；晋朝饮酒的名士都是市朝显达，失去了忧患心境的背景。而阮籍所信仰所向往的"真"的"和"的境界，也没有人想去追求了。剩下的便只是单纯的增加享受快乐的纵酒任达。于是饮酒就只成了士大夫生活中的一种高尚点缀。这是时代的变迁，实际政治社会情况的变迁。晋书阮籍传言"当其得意，忽忘形骸"，是因为"得意"才"忽忘形骸"的；但到后来的名士们，则既不求"意"，便只剩尽量地"忽忘形骸"了。但他们却还不象汉末以来名士们对饮酒态度的坦白，不直接说饮酒是娱乐，快意，是"大丈夫之乐"；虽然事实上也已一样变成了纯粹的麻醉性的享乐，但表面上却还挂着一块"谓得大道之本"的通达自然的招牌。

五

梁昭明太子陶集序云："有疑陶渊明诗，篇篇有酒，吾观其意不在酒，亦寄酒为迹者也。"陶渊明所处的时代，又是晋宋变易的时候；政治社会的情况，与孔融之在汉末，阮嵇之在魏末，大略相似。政治上是"巨猾肆威暴，钦鴀违帝旨"；（读山海经第十一首。陶澍云：此篇为宋武弑逆作也。陈祚明古诗选曰：不可如何，以笔诛之；今兹不然，以古征之。人事既非，以天临之。）社会上是"闾阎懈廉退之节，市朝驱易进之心；"（感士不遇赋序）一般士人是

“终日驰车走，不见所问津；”（饮酒诗第二十首）那么渊明自己呢，只有叹气饮酒了。“理也可奈何，且为陶一觞。”（杂诗第八首）所以陶渊明的饮酒，也并不是那么绝对地“悠然”。但时代毕竟变易了，篡位窃国的事也不只一次了；而渊明自己的身份地位也和孔融阮嵇不同；以前虽也“历从人事”，但“皆口腹自役”的卑职，现在则已隐居躬耕了，所以对于政治的关系也毕竟要淡薄些。孔融阮嵇诸人对政治固不能积极为力，但即想消极也很困难；陶渊明则归田隐沦，是比较没有甚么麻烦的。所以他的态度较之阮嵇，就平淡得多了。但也决没有平淡到完全超于现实情况以外，同时这也是不可能的。除前引之读山海经第十一首外，著名之述酒诗，虽言辞隐晦，但自汤汉注解以迄今日，原意已渐明，是叙述晋宋易代的政治事情的。“流泪抱中叹，倾耳听司晨”，渊明也寄托了不少愤激的感情。茅鹿门云：“先生岂盼盼然歌咏泉石，沉冥麹蘖者而已哉！吾悲其心悬万里之外，九霄之上，独愤翮之系而蹄之蹶，故不得已以诗酒自溺，踯躅徘徊，待尽丘壑焉耳。”渊明虽无功名事业表现于当世，但他确是一个诗人，由诗中我们可以看出他的感情思想来。无论就所处的政治社会环境说，或说其思想情况说，渊明都和阮嗣宗有相似处；平淡虽然是比较平淡，但这只是程度上的差异。到陶渊明，我们才给阮籍找到了遥遥嗣响的人；同时在阮籍身上，我们也看到了陶渊明的影子。明潘聪刊阮陶合集，实在是有眼光的。宋书本传言“潜不解音声，而蓄素琴一张，无弦。每有酒适，辄抚弄以寄其意。”可知渊明也是和阮嵇一样地向往着那音乐的“自然”“和”的境界的。既然有这许多的相似处，无怪乎渊明“性嗜酒”（五柳先生传）了。求仕是为了“公田之利，足以为酒；”（归去来兮辞序）乞食也是要“觞至辄倾杯”（乞食诗）的。酒成了陶渊明生活中最重要的事情，于是诗中也“篇篇有酒”了。

我们在“文人与药”一文中讲过，陶诗中也有许多时光飘忽和人生短促的感觉；形影神诗：“天地长不没，山川无改时，草木得常理，霜露荣悴之；谓人最灵智，独复不如兹。”“三皇大圣人，今复在何处？彭祖寿永年，欲留不得住；老少同一死，贤愚无复数。”归田园居：“人生似幻化，终当归空无。”象这一类的思想在诗中是很多的，但陶渊明虽然“性嗜酒”，却并不象汉末和竹林名士们的那样“昏酣”。饮酒诗序云“既醉之后，辄题数句自娱”，他饮酒后还可以作诗；“一觞虽独尽，杯尽壶自倾”，他饮酒是有量的节制的。苏东坡云：“‘但恐多谬误，君当恕醉人’，此未醉时说也，若已醉，何暇忧误哉！”所以虽然“酒中有深味”，也绝不会有昏酣少醒的情形。这不仅因为他知道

“应尽便须尽，无复独多虑”（神释诗）；更重要的，是因为他并没有完全放弃了对于延年益寿的追求。九日闲居诗序云：“余闲居，爱重九之名，秋菊盈园，而持醪靡由；空服九华，寄怀于言。”九久谐音；九华言九日之黄华，指菊。艺文类聚四引魏文帝九日与钟繇书云：“岁往月来，忽复九月九日，九为阳数，而日有并应，俗嘉其名，以为宜于长久。……至于芳菊纷然独荣，辅体延年，莫斯之贵；谨奉一束，以助彭祖之术。”所以诗中说：“世短意长多，斯人乐久生”；又说：“酒能祛百虑，菊解制颓龄。”饮酒诗说“采菊东篱下，悠然望南山”，又说“秋菊有佳色，裛露掇其英。泛此忘忧物，远我遗世情。”离骚言“夕餐秋菊之落英”，足见他采菊是为了服食的，而其目的是在“乐久生。”西京杂记云：“汉人采菊花并茎叶，酿之以黍米，至来年九月九日，熟而就饮，谓之菊花酒。”续事始引续齐谐记云：“汝南桓景随费长房游，长房谓景曰：九月九日，汝家当有灾厄，急令家人作绛囊，盛茱萸，悬臂登高，饮菊花酒，此祸可消。”太平御览五十四引风俗通云：“南阳郦县有甘谷水甘美，云其山上大有菊华，仰饮此水，上寿百二三十，中者百余岁，七八十者名之为夭。菊花轻身益气，令人坚强故也。”水经注湍水注云：“湍水又南，菊水注之。水出西北石涧山芳菊溪，亦言出析谷，盖溪涧之异名也。源旁悉生菊草，潭涧滋液，极成甘美。云此谷之水土，餐挹长年。司空王畅，太傅袁隗，太尉胡广，并汲饮此水，以自绥养。”真诰说太元玉女有八琼九华之丹，足见“菊解制颓龄”是很流行的说法。渊明和郭主簿诗云：“舂秫作美酒，酒熟吾自斟。”宋书本传言为彭泽令，“公田悉令种秫稻，妻子固请种秔，乃使二顷五十亩种秫，五十亩种秔”。又言“值其酒熟，取头上葛巾漉酒，毕，还复著之。”可知渊明是经常自己酿酒的，而采得的菊英也正是要制菊花酒，要服食的。渊明既然没有完全放弃了对久生长寿的企求，自然对死的恐惧也就相对减轻了。在这点上，倒是和嵇康很相象。阮籍虽也说“独有延年术，可以慰我心”（咏怀十），但又有“人言愿延年，延年将焉之？”（咏怀五十五）所以他是不讲求服食长寿之道的。渊明在这点上和阮籍不大同，因此他纵酒的程度也就不象竹林名士那么“肆意酣畅”了。

但陶渊明最和前人不同的，是把酒和诗连了起来。即使阮籍，“旨趣遥深，兴寄多端”（沈德潜古诗源评）的咏怀诗底作者，也还是酒是酒，诗自诗的；诗中并没有关于饮酒的心境底描写。但以酒大量地写入诗，使诗中几乎篇篇有酒的，确以渊明为第一人。在阮嗣宗，酒只和他的生活发生了关系，所以饮酒所得的境界也只能见于行为；所以我们只看见了任达。虽然生活还会影响到诗，但毕竟是间接的。但陶渊明，却把酒和诗直接连系起来了，从此酒和文学发生了更密切的关系。饮酒的心境可以用诗表现出来，所以我们有了“笃意真古，辞兴婉惬”（钟嵘语）的陶诗。杜甫可惜诗云：“宽心应是酒，遣兴莫过诗。此意陶潜解，吾生后汝期。”文人与酒的关系，到陶渊明，已经几乎是打成一片了。

除了上面所说的菊花酒以外，陶诗中写饮酒时的心境，我们也可以举例说明。饮酒诗第十四首云：“不觉知有我，安知物为贵；悠悠迷所留，酒中有深味。”第七首云：“一觞虽独进，杯尽壶自倾。日入群动息，归鸟趋林鸣，啸傲东轩下，聊复得此生。”这和竹林名士一样，是用酒来追求和享受一个“真”的境界的，所谓形神相亲的胜地。陶集有“形影神”诗，谓“结托既喜同，安得不相语。”正是明形神必须相亲的。饮酒诗第二十首云：“但恨多谬误，君当恕醉人。”第十三首云：“一士常独醉，一夫终年醒，醒醉还相笑，发言各不领。”这是借酒来韬晦免祸的。即使别人对自己有迫害或劝仕的意思，但自己既然常独醉，自然彼此无法畅谈，只有“发言各不领”了。这本是一件事情的两方面，阮籍这样，陶渊明也是这样。他们的环境和思想皆相似，自然饮酒的动机和向往的境界亦相似。但陶渊明的身分地位毕竟和阮籍不同，他的悲痛只是内心的，受到实际政治迫害的机会比较少，所以陶诗中写后一种心境的诗不如前一种的多，如“中觞纵遥情，忘彼千载忧。”（游斜川）“何以称我情，浊酒且自陶。”（己酉岁九月九日）“忽与一樽酒，日夕欢相持”（饮酒第一首）等等。阮陶的差别是时代的差别，也是社会地位的差别。但到陶渊明，把酒和诗密切地连了起来，却确乎是件不平常的事情；对于后来的影响很大。象唐朝的很多诗人，特别是李太白，我们念他们的诗，自然会想到陶渊明。

六

其次还需要说明一点的，是饮酒的量的问题。竹林诸贤中，山涛饮至八斗方醉，刘伶五斗解酲；阮籍母死，犹一饮二斗；阮咸以大盆盛酒，与宗人相饮。此外如卢植周顗，都能饮一石；南齐沈文季饮五斗，陈后主与子弟日饮一石；而汉时于定国能饮到数石不乱。宋沈括梦溪笔谈云：“汉人有饮酒一石不乱，予以制酒法较之，每粗米二斛，酿成酒六斛六升。今之至醨者，每秫一斛，不过成酒一斛五升，若如汉法，则粗有酒气而已。能饮者饮多不乱，宜无足怪。然汉之一斛，亦是今之二斗七升。人之腹中，亦何容置二斗七升水耶？

或谓石乃钧石之石，百二十斤，以今秤计之，当三十二斤，亦今之三斗酒也。于定国饮酒数石不乱，疑无此理。”如果我们将“斗”当作“权”“量”谷物的单位计算，结果一定是两无所合的。斗本是一种大型的饮器，诗大雅行苇：“酌以大斗”，斗是指爵樽一类的饮具。小雅大东，“维北有斗，不可以挹酒浆。”左思吴都赋云：“仰南斗以斟酌”，五臣翰注，“南斗星将仰取以酌酒也。”酒器的斗本是肖斗星的，有柄，所以叫做“斗”。晋书韩伯传：“至太寒，母方作襦，令伯捉熨斗。”熨斗的形状也是肖斗星，现在乡间还有用这种老样子的，所以也叫做斗。三国志姜维传注引世语曰：“维死时，见剖胆如斗大”，杨恽报孙会宗书言“烹羊炮羔，斗酒自劳”；斗即指通行的酒器。曹操祭乔玄墓文，言“斗酒只鸡，过相沃酹”；古诗说“斗酒相娱乐，聊厚不为薄”；斗酒的意思和后人称杯酒差不多。饮器中最小的是升，樽爵是通称，斗大概是最大的。酌酒时用樽杓，所以叫做斟酌。用斗饮酒，好象用碗饮，是取其容量大的意思。世说方正篇云：“王恭欲请江卢奴为长史，晨往诣江，江犹在帐中，王坐，不敢即言。良久，乃得及。江不应，直唤人取酒，自饮一碗，又不与王。”又排调篇言王导与朝士共饮酒，举琉璃碗嘲周颛。三国志甘宁传云：“宁乃料赐手下百余人食，食毕，宁先以银碗酌酒，自饮两碗。……持酒通酌兵，各一银碗。”宋书刘湛传言卢陵王义真谓之曰：“旦甚寒，一碗酒亦何伤！这都是饮量大的例子，一碗正象阮籍刘伶们的一斗。量小的人即只能用升饮，三国志韦曜传言“曜素饮酒，不过二升。”晋书陆晔传言桓温“饮三升便醉”，陆纳“素不善饮，止可二升。”二升好象现在的两小杯。西京杂记说“韩安国作几赋不成，罚三升”；这和石崇金谷的罚酒三斗，兰亭禊集的罚三觥，取意完全相同。升斗觥虽有大小之别，但都是酒器，和杜诗的“百罚深杯亦不辞”中说杯是一样的。一石数石都是循着权量的习惯说的，意思就是十斗数十斗；所以最不能饮酒的人也能饮二升，而多的可以到数石。唐宋以下，以斗做权量的单位，饮酒改用杯盏，所以饮量很少能有到一斗的。李白斗酒诗百篇，杜诗“速令相就饮一斗”，已经都是极言其多了。明道杂志云：“平生饮徒，大抵止能饮五升已上，未有至斗者。……晁无咎与余酒量正敌，每相遇，两人对饮，辄尽一斗，才微醺耳。”五升已是大量，普通人只能以杯盏计算，但杯盏也和汉魏人的升斗差不多。否则象阮籍的“举声一号，吐血数升”，如果拿权量的单位计算，是绝无可能的。这样，他们一饮数斗，也就并不可怪了。

徐庾与骈体

王　瑶

一

《周书庾信传》云："时（父）肩吾为梁太子中庶子，掌管记。东海徐摛为右卫率，摛子陵及信并为抄撰学士。父子在东宫，出入禁闼，恩礼莫与比隆，既有盛才，文并绮艳，故世号徐庾体焉。"《北史·文苑传》云："徐陵庾信，分路扬镳，其意浅而繁，其文匿而采，辞向轻险，情多哀思。"《文中子》云："徐陵庾信，古之夸人也，其文诞。"可知徐庾一向是并称的。按晋安王纲立为皇太子在中大通三年（五三一），时徐陵年二十五岁，庾信十九岁。《周书》所指的父子出入禁闼，即在这一时期。但这时正是宫体诗盛行的时候，《梁书·简文帝纪》云："雅好题诗，其序云：余七岁有诗癖，长而不倦。然伤于轻靡，时号宫体。"《徐摛传》云："属文好为新变，不拘旧体。……摛文体既别，春坊尽学之；宫体之号，自斯而起。"所以徐庾的"文并绮艳"，也只是当时的普遍情形，并不足以解释"徐庾体"的特征。清倪璠注释《庾子山集·本传》云："按徐庾并称，盖子山江南少作宫体之文也。及至江北，而庾进矣。"又注庾信《春赋》云："盖当时宫体之文，徐庾并称者也。"这解释也不足以说明徐庾体与宫体的分别。我们认为徐庾二人成就的高下是一件事，但"徐庾体"一词所指的绝不仅只是他们的少作，而是作品的全部。它和"宫体"涵义的不同，不在时间和人的差别，而在所指的文体。宫体指"诗"，观梁简文帝的"诗序"就知道；而徐庾体却是指"文"的。现存的徐庾集中，诗的分量极少，徐只十之一，庾约十之三。其中除了庾的后期作品，都是属于宫体的；标明"奉和"简文帝的就不少。严羽《沧浪诗话》论诗体，虽也列有徐庾体，但若以诗而论，如果徐庾体一词的意义不等于宫体，最多也只能说它是宫体诗的延长，无论形式或内容；若仅指庾信在北所作各诗，则不但与史传所说的时间不合，而且徐庾也不能并称。严氏论诗体之分，虽也根据前人记载，但错误甚多，不足为据；详清冯班《钝吟杂录》卷五《严氏纠谬》。所以就诗说，徐庾体就是宫体。（庾信留北所作各诗，与宫体不同，释详后。）但就“文”说，徐庾是有他作风的特点的，这就是把宫体诗所运用的隶事声律和缉裁丽辞的形式特点，移植到了“文”上，发展了骈文的高峰。《陈书·徐陵传》云：“为一代文宗。……其文颇变旧体，缉裁巧密，多有新意。每一文出手，好事者已传写成诵；遂被之华夷，家藏其本。”《周书·庾信传》说“当时后进，竞相模范，每有一文，都下莫不传诵。”这都是指骈文说的。所以向来徐庾并言，都是指他们在“文”一方面的成就。明屠隆题徐庾集云：“仙李盘根，初唐最盛，应制游览诸作，婉媚绮错，篆玉雕金，筋藏肉中，法寓情内；莫不摅藻乎子山，撷芳于孝穆。故能琳琅一代，卓冠当时。”张溥庾集题辞也言其“文与孝穆敌体”。清程杲《四六丛话·序》云：“四六盛于六朝，庾徐推为首出。其时法律尚疏，精华特浑。譬诸汉京之文，盛唐之诗，元气弥沦，有非后世所能造其域者。”许梿《六朝文洁》评《玉台新咏·序》云：“骈语主徐庾，五色相宜，八音迭奏，可谓六朝之渤澥，唐代之津梁。”又清梅曾亮书管异之文集后云：“曾亮少好骈体文，异之曰：人有表示者面也；今以玉冠之，虽美，失其面矣；此骈体之失也。余曰：诚有是，然《哀江南赋》、《报杨遵彦书》，其意顾不快也，而贱之也？异之曰：彼其意固有限，使有孟荀庄周司马迁之意，来如云兴，聚如车屯，则虽百徐庾之辞，不足尽其一意。”这是桐城派古文家的论调，但由此正可看出徐庾在骈文造诣上的地位。唐初的四杰和燕许，都是学他们的。《唐书·陈子昂传》云：“唐兴，文章承徐庾之余风，天下祖尚，子昂始变雅正。”但马端临《文献通考》即言：“子昂诗意高妙，其他文不脱偶俪卑弱之体。”可知徐庾在骈文上的地位和影响了。所以传统所谓“徐庾体”，主要是指“文”说的；是指他们对于骈文的形式的贡献和示范。

当然在内容的表现上，徐庾也各有他们的特点和成就，这我们后面还要详论；但徐庾齐名而以文体为人艳称，主要却是指他们对于骈文底形式特点的运用和建树。在这种意义上，所谓“徐庾体”便可以包括他们除诗以外的作品的全部：并不因后来徐的入陈和庾的仕周而差别。他们都享了高龄，（徐七十七岁，庾六十九岁。）在长的时间内各为南北文宗，对于骈体的提倡和风行，都有深厚的影响；一直沿到唐朝。他们的出身教养相同，固不必说；即分居南北以后，文章也还是彼此经常流传的；所以他们的文体相近，即使在晚年也绝不是偶合。陈寅恪先生《读哀江南赋》一文，考证庾信为赋之直接动机，在读沈初明之《归魂赋》；沈文今存《艺文类聚》二七及七九，《序》云：“余自长安还，乃作《归魂赋》。”沈文作于建康，陈先生言“颇疑南北通使，江左文章本可流传关右。”（《清华学报》第十三卷第一期）按《陈书·徐陵传》言：“每一文出手，好事者已传写成诵，遂被之华夷，家藏其本。”所谓“被之华夷”自然是指风行南北的。《周书·王褒传》云：“初，褒与梁处士汝南周弘让相善，及弘让兄弘正来聘，高祖许褒等通亲知音问。”庾集也有“别周尚书弘正”及“和王少保遥伤周处士”二诗，又“徐报使来只得一见”诗云：“一面还千里，相思那得论，更寻终不见，无异桃花源。”可见使者是可以和朝臣见面的，当然文章也就可南北流通了。庾信寄徐陵诗云：“故人倘思我，及此平生时，莫待山阳路，空闻吹笛悲。”二人的交谊也很笃；所以徐庾虽然地处南北，在作品的互相影响观摩上，并不是鸿沟似的处在两个世界，那么他们文体作风的近似，也就并不奇怪了。《周书·赵王招传》云：“好属文，学庾信体，词多轻艳。”《周书·庾信传》云：“世宗高祖，并雅好文学，信特蒙恩礼。至于滕赵诸王，周旋款至，有若布衣之交。”传后论云：“由是朝廷之人，闾阎之士，莫不忘味于遗韵，眩精于末光，犹丘陵之仰嵩岱，川流之宗渤澥也。”今庾集首有滕王逌序，集中又有赵国公集序，其他和滕赵诸王来往的文启等也很多，可知他正是以“轻艳”的庾信体来“特蒙恩礼”的。倪璠注释庾信本传有云：“按子山少年宫体之作，当时习称徐庾。及至晚年，又与王褒并埒，而后世无庾王之目。”正因为庾王文体的特征仍然和徐庾体一样，徐又在南，所以《赵王招传》就干脆只称庾信体了。可知徐庾体一词的意义是可以包括他们作品的全部的；后来的分处南北，只是更扩充了这一文体的影响，并没有改变了他的涵义。虽然庾信后期“以悲哀为主”的“危苦之词”有了新的内容，但“徐庾体”一词本指的是骈文底形式特点，所以可以“当时后进，竞相模范”，并不受题材内容的影响的。

徐庾体是指当时的文说的；所谓“文”并不只限于书序碑志等体的文字，赋也包括在内。因为事实上徐庾的骈赋和当时骈文的组织形式，是已经没有甚么分别了。孙梅《四六丛话·叙赋》云：“古赋一变而为骈赋，江鲍虎步于前，金声玉润；徐庾鸿骞于后，绣错绮交。固非古音之洋洋，亦未如律体之靡靡也。”李调元《赋话》云：“邺中小赋，古意尚存。齐梁人为之，琢句愈秀，结字愈新，而去古亦愈远。”这都足以说明骈赋是和“述客主以首引，极声貌以写物”（《文心·诠赋》）的古赋不同的。但骈赋只是和当时的骈文近似，和后来的律赋也不同；这情形正如齐梁新体诗之不同于古诗或律诗一样。孙德谦《六朝丽指》云：“骈文宜纯任自然，方是高格，一入律赋，则不免失之纤巧。”所以许梿《六朝文洁》评庾信《小园赋》云：“骈语至兰成，所谓采不滞骨，隽而弥洁。”即因为他是骈语的好的标准，而不象后来的律赋。当然，在文体的详细辨析上，骈赋多注重在雕纂，和碑版书记等并不完全相同；但在属文时镕裁章句所注重的形式美的条件，却完全是一样的；所以庾子山的各赋，就成为历代骈文的典型了。梁章巨《退庵随笔》说“今欲为四六专家，则宜先读萧选及徐庾二集。”说“徐庾集必须熟读”。这原是唐宋以来骈文作者所一致奉为圭臬的。

所以要了解徐庾在文学史的地位，徐庾体的历史涵义，就必须从骈文这一体裁的源流和特点上去考察，因为徐庾的主要成就，在将宫体诗所运用的隶事声律和缉裁丽辞的形式特点，完全巧妙地移植在“文”上；使当时的骈文凝固成一种典型的文体，而成了后来唐宋四六和律赋的先导。

二

王闿运《湘绮楼论文》云：“骈俪之文起于东汉，大抵书奏之用，舒缓其词，经传虽有偶对，未有通篇整齐者也。自刘宋以后，日加绵密；至齐梁纯为排比，庾徐又加以抑扬，声韵弥谐，意趣愈俗。唐人皆同律赋，宋体更入文心。自是遂有文赋二派，愈益俳矣。”所以向来学习骈文的人，都是刻意研摩徐庾的，因为他们的作品实在是骈文发展上的高峰。骈文的第一要素当然是裁对，所以阮元以为《易·系辞》和《诗大》序中有偶句，即为骈文之初祖。这本是中国单音文字的特征，所以即使最散行的文字也很难完全没有对偶的成分；《文心·丽辞篇》所谓“高下相须，自然成对”，正是指对偶在文字中本即存在的性质。但到了文人以裁对的工巧为矜伐的时候，排偶的分量便逐渐在文字中多了起来。刘师培《论文杂记》云：“东京以降，论辩诸作，往往以单行运排偶之词；而奇偶相生，致文体迥殊于西汉。建安之世，七子继兴，偶有撰著，悉以排偶易单行；即有非韵之文，亦用偶文之体，而华靡之作，遂开四六之先，而文体复殊于东汉。”这种工夫愈来愈细密，其发展的极峰就是后来的四六。《文心·丽辞篇》云：“故丽辞之体，凡有四对：言对为易，事对为难，反对为优，正对为劣。”这是指齐梁通行的文学说的，自然是比以前讲求得细密了；但遍照金刚《文镜秘府论》三“论对”所说明的对，竟有二十九种之多，可见裁对工夫日趋琐细的情形。骈文是一种表现形式美的文体，对偶所呈现的感觉是一种意态和感觉的均衡，是对称的美；但若一篇文字完全是排偶的话，也会嫌得单调和没有归宿，后来四六律赋的纤巧俳弱，就是因为形式凝固了的原因。孙德谦《六朝丽指》云："骈体之中，使无散行，则其气不能疏逸，而叙事亦不清晰。故庾子山碑志文，述及行履，出之以散；每叙一事，多用单行先将事略说明，然后援引故实，以接其下。推之别种体裁，亦应骈中有散也。傥一篇之内始终无散行处，是后世书启体，不足与言骈文矣。"又云："作骈文而全用排偶，文气易致窒塞。即对句之中，亦当少加虚字，使之动宕。"后来有许多的折衷骈散之说，都是为了避免过分注重骈俪的毛病的。在这点上，徐庾的作品的确是运用骈偶到了最大的可能限度，使对称美在文中发挥了可能的最高效力，而不至象唐宋四六的产生了负作用。《文心·章句篇》云："若夫笔句无常，而字有条数。四字密而不促，六字格而非缓，或变之以三五，盖应机之权节也。"《文镜秘府论》四云："然句既有异，声亦互舛，句长声弥缓，句短声弥促，施于文笔，皆须参用。然而品之，七言以去，伤于太缓，三言以还，失于至促，惟可以闲其文势，时时有之。至于四言，最为平正，词章之内，在用宜多，凡所结言，必据之为述；至若随之于文，合带以相参，则五言六言，又其次也。"由于顾全音节声律的和谐，四六字的字句本来是最合宜的长度，而且对于意义的对偶上也很方便，所以后来便凝为定式了。柳宗元《乞巧文》云："骈四俪六，锦心绣口。"徐庾集中以四六句间隔作对的句子，已较前人用得甚多，如庾集《哀江南赋·序》的"山岳崩颓，既履危亡之运；春秋迭代，必有去故之悲。"徐集《与王僧辩书》的"栈道木阁，田单之奉霸齐；绾玺将兵，周勃之扶强汉。"都是这种例子。《六朝丽指》云："骈体与四六异，四六之名，当自唐始。李义山《樊南甲集·序》云：作二十卷，唤曰樊南四六。知文以四六为称，乃起于唐。而唐以前，则未之有也。"又云："吾观六朝文中以四句作对者，往往只用四言，或以四字五字相间而出；至徐庾两家；固多四六语，已开唐人之先，但非如后世骈文，全取排偶，遂成四六格调也。"徐庾虽多四六语，但变化多，并没有凝成了象后来的定型；因此也就比较疏逸散朗，而不至有沉滞呆重的毛病了。

骈文的第二种工夫是隶事。这也是文字形式方面的多年累积的结果。（详"隶事、声律、宫体"一文）《文心·事类篇》云："事类者，盖文章之外，据事以类义，援古以证今者也。"李兆洛《骈体文钞·序》云："盖指事欲其曲以尽，述意欲其深以婉，泽以比兴，则词不迫切，资以故实，故言为典章也。"这都说明了隶事在骈文中的重要。宋王铚《四六话》云："四六有伐山语，有伐材语。伐材语者，如已成之柱桷，略加绳削而巳。伐山语，则搜山开荒，自我取之。伐材谓熟事也；伐山谓生事也。生事必对熟事，熟事必对生事。皆生，则伤于奥涩；皆熟，则无工。”这都是讲隶事的方法的，但若专以饾饤堆砌为工，也会破坏了文章的效果。《六朝丽指》云：“《诗品》云：（任）昉既博物，动辄用事，是以诗不得奇。然则彦升之诗，失在贪用事，故不能有奇致。吾谓其文亦然，皆由于隶事太多耳。语曰：文翻空而易奇；以此言之，文章之妙，不在事事征实。若事事征实，易伤板滞。后之为骈文者，每喜使事而不能行清空之气，非善法六朝者也。”这是针对后来骈文的毛病说的，李义山称为獭祭鱼，杨大年号称衲被，都是极端重视隶事的结果。宋谢伋《四六谈麈》云：“四六全在编类古语，唐李义山有《金钥》，宋景文有一字至十字对，司马文正亦有《金桴》，王歧公最多。”这样下去，自然会有饾饤堆砌的弊端，也自然会限制到意义的发展。在这方面，徐庾的作品也是比较成功的。他们用事能灵活自然，而且参以白描的常语，所以虽然用事很多，其效果在丰富了意义的联想；而不至限制了内容的表现。如徐陵《玉台新咏·序》之“轻身无力，怯南阳之捣衣；生长深宫，笑扶风之织锦。”庾信《哀江南赋》之“燕歌远别，悲不自胜，楚老相逢，泣将何及！”都是好的例子。

骈文的第三四种工夫是敷藻和调声。敷藻是指渲染色泽的；“妃白俪黄”，向来是骈文工丽的要素，这也是由山水诗以来注重雕绘的累积。李兆洛《骈体文钞》评颜延之《三月三日曲水诗·序》云：“织词之缛，始于延之”；文中如以赪茎代朱草，素毳代白虎，以“并柯”“共穗”来代连理木嘉禾之类，都是这方面的工夫。调声是将永明声律的避忌方法来由诗移到文上，以求和谐的音乐美。阮元《四六丛话·后序》云：“彦升休文，肇开声韵，轻重之和，拟诸金石，短长之节，杂以咸韶。盖时会势然，故元音尽泄也。”这种选声配色的工夫也是愈来愈讲求得严密，但过分地讲求也同样会发生优孟衣冠的毛病，会“转伤真美”。孙梅《四六丛话·序》云：“六朝以来，风格相承，研华务益，其间刻镂之精，昔疏而今密；声韵之功，旧涩而新谐，非不共欣于斧藻之功，而亦微伤于酒醴之薄矣。”在声色的研求方面，徐庾更是有成就的。许梿评《玉台新咏·序》云：“骈语至徐庾，五色相宣，八音迭奏，可谓六朝之渤澥，唐代之津梁。”评庾信《镜赋》云：“选声练色，此造极巅，吾于子山无复遗恨矣。”又评《镫赋》云：“音简韵健，光彩焕鲜，六朝中不可多得。”这都是指他们在敷藻调声上的成就的。因为这是从永明的声律说由诗向文直接推进了一步，所以超越前人的工夫更比较多。

上述的四种骈文的特征，在文学史上是有一个演进的次序的。到了徐庾，这些形式特点的追求都到了极峰，所以发展到了骈文的完整的典型；唐宋的四六文再向细密上去追求，自然会愈趋于纤仄俳弱，限制了意义的表现。《南齐书·文学传论》说“放言落纸，气韵天成”，这是骈文的理想水准，但并不是容易达到的。形式的工夫和格律愈是严密地讲求，就愈会妨碍了意义的显明；这种毛病即是在大家也是很难避免的。《文心·丽辞篇》云：“刘琨诗言宣尼悲获麟，西首涕孔丘；若斯重出，即对句之骈枝也。”这种毛病在文中也很多。沈约《宋书·恩幸传序》云：“胡广累世农夫，伯始致位卿相，黄宪牛医之子，叔夜名动京师。”也同样是重出的骈枝。《文心·事类篇》云：“陈思，群才之英也。《报孔璋书》云：葛天氏之乐，千人唱，万人和；听者因此蔑韶夏矣。此引事之实谬也。”《颜氏家训·文章篇》云：“自古宏才博学，用事误者有矣。百家杂说，或有不同，书傥湮没，后人不见，故未敢轻议之。”他所引的例很多，在骈文中这尤其是常见的毛病。《文心·定势篇》云：“自近代词人，率好诡巧，原其为变，厌黩旧式，故穿凿取新。察其讹意似难，而实无他术也，反正而已。故文反正为乏，辞反正为奇。效奇之法，必颠倒文句，上字而抑下，中词而出外，回互不常，故新色耳。”可知效奇是为了取新色的。《文选·恨赋》“孤臣危涕，孽子坠心”下李注云：“心当云危，涕当云坠，江氏爱奇，故互文以见义。”又注鲍照《芜城赋》“东都妙姬，南国丽人，蕙心纨质，玉貌绛唇”云：“左九嫔《武帝纳皇后颂》曰：‘如兰之茂’。《好色赋》曰：‘腰如束素’。兰蕙同类，纨素兼名，文士爱奇，故变文耳。”庾信《梁东宫行雨山铭》的“草绿衫同，花红面似”，本应作“衫同草绿，面似花红”，因为碑文是铭文，倒用可以叶韵，一方面也是为了取新色的缘故。语言文字的功用本来是表现内容的，如果文字的形式格律限制得太严，则达到“放言落纸，气韵天成”的水准虽不绝对是不可能的，至少也是极难的。每一种增加形式格律的工夫或方法，在负的方面也就自然会妨碍了内容意义的确定和明显；完全地不产生负作用是不可能的。但正是在困难的情形下才更能显出作者的技巧和学问，才更可以炫耀他的地位和才力；而这正是当时文士们所竭力追求的事情。

这种“以辞害意”的情形本是骈文的通病，即使在徐庾的名作中也是不能避免的。徐陵《玉台新咏·序》云：“清文满箧，非惟芍药之花，新制连篇，宁止葡萄之树。九日登高，时有缘情之作；万年公主，非无诔德之辞。”葡萄树的出处，注家皆无解，只能算僻典；而以“九日登高”属对“万年公主”，也并不能说工切。王若虚《滹南遗老集·文辨》云“庾信《哀江南赋》，堆垛故实以寓时事，虽记闻为富，笔力亦壮，而荒芜不雅，了无足观。如‘崩于钜鹿之沙，碎于长平之瓦'，此何等语！至云'申包胥之顿地，碎之以首'，尤不成文也。杜诗云：'庾信文章老更成，凌云健笔意纵横，今人嗤点流传赋，不觉前贤畏后生。'尝读庾氏诗赋，类不足观，而《愁赋》尤狂易可怪。然子美推称如此，且讥诮嗤点者；予恐少陵之语未公，而嗤点者未为过也。”全祖望《鲒琦亭集》“题《哀江南赋》后”云：“信之赋本序体也，何用更为之序？故其词多相复，滹南直诋为荒芜不雅；学子信少陵者多，其肯然滹南之言乎！”这些毛病当然是事实，但这本是骈文的通病，是很难写得自然流宕的。徐庾能使这些裁对隶事和调声选色的形式特点在文字中发挥了可能的最高效果，而不致引起更多的负作用，不致过多地限制了意义的表现和流于纤仄俳弱，就是他们的成功。因为骈文的特点本是形式的，所以徐庾体的特点也只是在它提供了运用形式美的最好的典型和范例。他们在骈文这一文体的发展史上，占着一条抛物线的中点；这在中国文学史上是曾经有过长远的影响的。

三

在骈文盛行的时期，一切表情达意的文体，都是用骈俪的。是否有些文体的内容，根本用骈文难以表达呢；《四六丛话·序论》云：“夫文采葩流，枝叶横生，此骈体之长也。师其意不师其辞，为时似不为恒似，此古文之所尚也。若乃命微言以藻思，责奥意于腴词，以妃青媲白之文，求辨博纵横之用，譬之蚁封奔骋，珮玉走趋；舌本间强，恐类文家之吃；笔端繁拥，终滋腹笥之贫。固难以作致其情工用所短也已。”又《序章疏》云：“盖奏疏一类，下系民瘼，上关政本，必反复以申其说，切磋以究其端，论冀见从，多浮靡而失实，理惟其晓，拘声律而难明。此任沈所以栖毫，徐庾因之避席者也。”说骈体不宜于辨论奏疏，就是说骈文不宜于说理。大家就形式上看，骈文采色丰腴，似乎是只宜于表情叙事的；实际上如果说骈文形式上的拘束妨碍了意义的表现，则对于甚么内容的文体都是一样，并不限于说理的。骈文自有它特殊的一种议论说理的方式，虽然和散行文字不同，但也可以达到这种使命；其效果并不比对于表情叙事更无力。就“论”来说，从阮嵇诸论起，曹冏《六代》，陆机《辨亡》，干宝《晋纪·总论》，刘孝标《广绝交论》，以及才性道德，崇有贵无，和后来关于佛教的三报、神不灭等论，都可以说是骈体，更不用说象《文心雕龙》和《史通》了。奏疏的骈文诚然是少，但这是因为皇帝的制敕诏册例用骈体，用文字的排比来象征威权的气象，奏疏如果也用骈体，便显得不恭；所以就不能不“直抒胸臆，刊落陈言”了。这和骈文本身的表现能力无关，所以如贺谢表等称颂盛德的文字，也就多用骈体了。到了唐陆宣公的《翰苑集》，虽然多用骈句，但文势流转，色彩较淡，使读后有深婉畅明的感觉，而不至觉得剑拔弩张和不恭；这虽然把骈文应用的范围扩大了，但同时也缩小了骈文所具备的那些形式特点。所以唐《骈体文钞》及《四六法海》，都不录他的作品；而《新唐书》不收四六，反录了他的十几篇，《资治通鉴》录他的疏多至三十九篇，可知这并不能算骈文的正宗。同时也可说明骈体不适于奏疏的原因，与骈体本身的表现能力是无关的。

关于以骈体来议论说理的方式，我们可以借连珠来说明；而且由此也可看出骈体演进的情形来。《文心·杂文篇》云：“扬雄覃思文阔，业深综述，碎文璅语，肇为连珠，其辞虽小而明润矣。”《艺文类聚》五十七载傅玄《连珠》序曰：“所谓连珠者，兴于汉章帝之世，班固贾逵傅毅三子受诏作之。而蔡邕张华之徒又广焉。其文体辞丽而言约，不指说事情，必假喻以达其旨；而贤者微悟，合于古诗劝兴之义。欲使历历如贯珠，易睹而可悦，故谓之连珠也。”又载沈约《注制旨连珠表》曰：“窃闻连珠之作，始自子云，放易象论，动模经诰，班固谓之命世，桓谭以为绝伦。连珠者，盖谓词句连续，互相发明，若珠之结排也。”从连珠的文字组织看来，就是简短的骈文；而且都是假喻达旨，是说理的。今陆机有《演连珠》五十首，庾信有《拟连珠》四十四首。从扬雄班固，张华陆机，到沈约庾信，也说明了骈文的演进过程。《文选》陆机《演连珠》用刘孝标旧注，注文也是丽辞，《隋志》尚有何承天注，可知习作连珠是文士间普通的现象。连珠并不是扬雄的发明，也不是首“兴于汉章帝之世”，这种说理方式的起来是很早的。后来逐渐为文人所采用，如扬雄班固等，便成了骈体的滥觞。到骈文成立以后，这便成了属文的初步练习，好象现在练习造句一样。陆机庾信都是骈文演进上的重要人物，正可证明这种情形。李兆洛《骈体文钞序·连珠》云“此体昉于韩非之内外储说，淮南之《说山》”。《北史·李先传》云：“(魏明帝) 召先读韩子《连珠论》二十二篇，《太公兵法》十一事。”今韩非子无《连珠论》，以体例观之，所读的也是内外储说，因为这实在和连珠相似。而且和《太公兵法》同读，更为可信。今引《内储说》上众端参观一条如下：

观听不参，则诚不闻；听有门户，则臣壅塞。其说在侏儒之梦见灶，哀公之称莫众而迷。故齐人见河伯，与惠子之亡其半也。其患在竖牛之饿叔孙，而江乙之说荆俗也。嗣公欲治不知，故使有敌。是以明主推积铁之类，而察一市之患。

我们再钞陆机和庾信的一首连珠来比较：

臣闻任重于力，力尽则困，用广其器，应博则凶。是以物胜权而衡过，形过镜则照穷。故明主程才以效业，贞臣底力而辞丰。（陆机《演连珠》第二首）

盖闻死别长城，生离函谷。辽东寡妇之悲，代郡孀妻之哭。是以流恸所感，还崩杞梁之城；洒泪所沾，终变湘陵之竹。（庾信《拟连珠》第十四首）

这种组织的方式是先说明一普通立论的公理，书为命题的方式，再举例证明此理之无可置疑，然后再由此理及事例导出一欲求的同类的结论或断案；那么这结论当然也是无可置疑的。这种方法很象几何学的求证或逻辑的推理。就同例得同果言之，颇似类此法；就由公理以求结论言之，又颇似演绎法；若就由多种的事例以求结论言之，则又颇似归纳法。连珠中普通仅为两层，或先举事例，次明结论；或先明理由，继举事例；也有以设喻来代替事例所根据的理由的。可知用事或用喻，其作用都在使其发生推理的媒介作用；证明所言的真实或正确。《韩非子》中的说理方法，在《管子》《荀子》等战国时的书中，也有同样的例子。因为当时纵横之士流行，百家竞起，言者为使人信仰，所以对于推论说理的方法也就进步了。《文史通义·诗教》上云：“战国者，纵横之世也。是以比兴之旨，讽谕之义，固行人之所肄也。纵横者流，推而衍之，是以能委折而入情，微婉而善讽也。”《战国策》中所记游说之辞中设喻举事的众多，正可说明这一事实。汉代以后，“子史衰而文集之体盛。著作衰而辞章之学兴”（《诗教》上语），这种议论说理的方法便也由子史著作而移用在文辞上了；连珠一体的发展便可说明这情形。《文心雕龙·杂文篇》云：“自连珠以下，拟者间出。杜笃贾逵之曹，刘珍潘勖之辈，欲穿明珠，多贯鱼目。可谓寿陵匍匐，非复邯郸之步；里丑捧心，不关西施之颦矣。唯士衡运思，理新文敏，而裁章置句，广于旧篇。”《隋志》著录陆机《连珠》一卷，何承天注。谢灵运《连珠》五卷；陈证《连珠》十五卷；黄芳《连珠》一卷；梁武《连珠》一卷，沈约注。梁武帝《制旨连珠》十卷，邵陵王纶注；又陆缅注。梁有《设论连珠》十卷，谢灵运撰。《南齐书》刘祥著《连珠》十五首，庾信集有

《拟连珠》四十四首。可知自东汉以来，文士们都是练习拟作连珠的；因为这正是练习属文时必经的步骤。《四六丛话序杂文》云："猗彼连珠，委同繁露，珠以喻其辉之灼灼，连以言其琲之累累。参差结韵，比兴为长。倘兴情罔寄，则圆折而未见走盘；比义不深，则夜光而犹非缀烛。惟士衡子山，意趣渊妙；径寸呈姿，阑干溢目矣。"但不只连珠必须"参差结韵，比兴为长"，骈文也是需要如此的。李兆洛《骈体文钞序》，在"指事述意之作"后云："盖指事欲其曲以尽，述意欲其深以婉。泽以比兴，则词不迫切；资以故实，故言为典章也。韩非淮南，已导前略，王符应劭，其流孔长；立言之士，时有取焉。"这正可说明"参差结韵，比兴为长"的连珠对于骈文中"指事述意"的重要；而指事述意的作品正是需要议论和说理的。

一篇骈文的制作步骤，我们可以《文镜秘府》论定位篇的话来作说明。文云："凡制于文，先布其位，犹夫行陈之有次，阶梯之有依也。先看将作之文，体有大小；又看所作之事，理或多少。体大而理多者，定制宜弘；体小而理少者，置辞必局。须以此义用意准之，随所作文，量为定限。既次定限，次乃分位，位之所据，义别为科；众义相因，厥功乃就。故须以心揆事，以事配辞，总取一篇之理，析成众科之义。（下略）"这种"以事配辞"和"取理析义"的工夫，都需要用连珠式的句法才能表现的。《文心·附会篇》所讲的"附辞会义"的方法，也和连珠的表现方式完全相合；所以在骈文的演进过程中，类似连珠的句式是非常之多的；而且愈后愈华靡整齐了。我们现在摘举几条例子看看：

夫执狐疑之心者，来谗贼之口；持不断之意者，开群枉之门。（刘向《上灾异封事》）

夫不勤勤则前人不当，不悬悬则觉德不恺。是以发秘府，览书林，遥集乎文雅之囿，翱翔乎礼乐之场；胤殷周之失业，绍唐虞之绝风。（扬雄《剧秦美新》）

且夫政由宁氏，忠臣所为慷慨；祭则寡人，人主所不久堪。是以君奭鞅鞅，不悦公旦之举，高平师师，侧目博陆之势。（陆机《豪士赋序》）

朓闻潢污之水，愿朝宗而每竭；驽蹇之乘，希沃若而中疲。何则，皋壤摇落，对之惆怅，歧路西东，或以欷邑。（谢朓《辞随王子隆笺》）

且据图刎首，愚者不为；运斧全身，庸流所鉴。何则，生轻一发，自重千钧，不以贾道明矣。（徐陵《在北齐与杨仆射书》）

匠石回顾，朽材变于雕梁；孙阳一言，奔踶成于骏马。故知假人延誉，重于连城，借人羽毛，荣于尺王。（庾信《谢滕王集序启》）

连珠和骈体的演进历史过程是完全一致的；这种推论说理的方式因为需要设喻使事，又因为从来的习惯是用偶句，正符合于骈文所要求的形式条件，所以就成了骈体指事述意的普通方式了。如果说骈文底形式规律会妨碍和限制了意义表现的显明，当然是如此的；但这对于一切文体都一样，并不限于议论和奏疏。骈文自有它的一套表现理由的方式，也适宜于推论和说理；这就是为甚么骈文作者必须要习作连珠的道理。

四

骈文的特点是形式美的呈现，所以著名的文篇也只是指它写作技巧的圆熟高妙，内容往往是很平庸和贫乏的。《陈书·徐陵传》云："自有陈创业，文檄军书，及禅授诏策，皆陵所制；而九锡尤美，为一代文宗。"但这些作品都不是由内容来看的，依内容说，那至多不过是史料，不能算是文学。即如本传说是他代表作的"陈公九锡文"，李兆洛《骈体文钞》即云："九锡禅诏，类相重袭，愈袭愈滥。"不只如此，而且为了铺张文辞，尚有许多不合事实和过分夸大的地方。如《九锡文》云："任约叛国，枭声不悛，戎羯贪婪，狼心无改。穹庐毡幕，抵北阙而为营；乌孙天马，指东都而成陈。公（陈霸先）左甄右落，箕张翼舒，埽是欃枪，驱其猃狁。长狄之种，埋于国门，椎髻之囚，烹于军市。投秦坑而尽沸，噎濉水而不流。此又公之功也。"按《南史·陈本纪》上云："秦州刺史徐嗣徽，据城入齐，又要南豫州刺史任约举兵应（杜）龛，齐人资其兵食。嗣徽乘虚奄至阙下，侯安都出战，嗣徽等退据石头。"后来兵溃，嗣徽约等奔齐。《陈书·徐陵传》云："齐送贞阳侯萧渊明为梁嗣，乃遣陵随还。太尉王僧辩初拒境，不纳渊明，往复致书，皆陵辞也。及渊明之入，僧辩得陵，大喜。接待馈遗，其礼甚优。以陵为尚书吏部郎，掌诏诰。其年高祖率兵诛僧辩，仍进讨韦载。时任约徐嗣徽乘虚袭石头，陵感僧辩旧恩，乃往赴约。及约等平，高祖释陵不问。"可知任约之乱，徐陵也是在内的；而且和王僧辩任约都有特殊的知己之感。《南史·王僧辩传》云："僧辩既亡，弟僧智得就任约；约败走，僧智肥不能行，又遇害。"徐集有《与王吴郡僧智书》云："本应埋魂赵魏，析骨幽并，岂意余年，复反乡国。仰属伊公在亳，渭老师周，旌贲丘园，采拾衡巷，遂以哀骀不弃，瓮盎无遗；还顾庸虚，未应阶此。窃承君侯过被以光辉，屡有吹嘘之言，频蒙荐延之泽，故得周行紫阁，升降丹墀；点污清朝，岂不荒愧。虽复华阴砥柱，带地穷深，嵩高维岳，极天为重，未可以方斯盛典，譬此洪恩。”若以此书和后来的九锡文比较，当然不象一人所作；但九锡是他为梁帝代言的，与作者自己的身分无关。集中很多的诏策书表，都是这种性质，是不能就内容来作文学作品看的。清吴兆宜注徐集，不及禅代诸制，自然是着重在道德观念，但骈文一向是只就形式技巧定工拙的。即如著名的《玉台新咏序》，极力铺陈女子的才貌和高贵，就内容说本很简单，历来欣赏的人也都是赞美它的声色丽辞的。许梿《六朝文洁》评云："是篇尤为声偶兼到之作，炼格炼词，绮绾绣错，几于赤城千里霞矣。"《四六丛话叙序》云："玉台新咏，其徐集之压卷乎！美意泉流，佳言玉屑，其烂熳也若蛟蜃之嘘云，其鲜新也如兰茝之集翠。洵足仰苞前哲，俯范来兹矣。"这当然都是只就形式技巧的华丽圆熟说的。

诗赋在徐集中不占重要位置，今本还不足一卷。计《鸳鸯赋》一首，诗与乐府共四十首。内容都是宫体，有多首即题明是奉和简文帝的，并无特殊之处。《陈书·张贵妃传·魏征史论》云："后主每引宾客，对贵妃等游宴，则使诸贵人及女学士，与狎客共赋新诗，互相赠答。采其尤艳丽者，以为曲词，被以新声。选宫女有容色者以千百数，令习而歌之；分部迭进，持以相乐。其曲有《玉树后庭花》，《临春乐》等。大指所归，皆美张贵妃孔贵嫔之容色也。"后主即位时陵已七十六岁，次年即卒。今徐集中有《杂曲》一首。就是"美张贵妃之容色"的，这当然是他的晚年作品。诗云：

> 倾城得意已无俦，洞房连阁未消愁，宫中本造鸳鸯殿，为谁新起凤凰楼！绿黛红颜两相发，千娇百念情无歇，舞衫回袖胜春风，歌扇当窗似秋月。碧玉宫伎自翩妍，绛树新声最可怜，张星旧在天河上，从来张姓本连天。二八年时不忧度，旁边得宠谁相妒，立春历日自当新，正月春幡底须故，流苏锦帐挂香囊，织成罗幌隐灯光，只应私将琥珀枕，冥冥来上珊瑚床。

这首诗通为七言，四句换韵，体式也比较特殊，大概是为了要"被以新声"的。诗在他作品中的地位本不重要，但因为《玉台新咏》是他撰的，徐摛又是宫体诗的提倡者，所以在当时的潮流下，他的诗也是很著名的。

但文学是不能脱离内容的，无论形式上的技巧是如何地华美。所以徐集中最为后人推崇的作品，还是“《在北齐与杨仆射书》”。《陈书·本传》云：“通使于齐，陵累求复命，终拘留不遣。陵乃致书于仆射杨遵彦，遵彦竟不报书。”陵出使在太清二年（五四八），还南在绍泰元年（五五五），是他四十二岁到四十九岁的中年，在这长期的羁留生活中，情感是很悒郁的。书中云：“岁月如流，平生何几？晨看旅雁，心赴江淮；昏望牵牛，情驰扬越。朝千悲而掩泣，夜万绪而回肠，不自知其为生，不自知其为死也。”象这种并不过分堆砌故实而抒写情感的句子，倒是很动人的。书中假定齐人留而不遣的可能理由共有八端，都一一加以反驳；然后列举史实，证明扣留客卿的无益，再后又抒写自己的悲痛和思亲的心绪。全篇很长，但组织严密完整，说理也很透澈；并不只是声色辞藻的华靡。《四六丛话序书》云：“抑书之为说，直达胸臆，不拘绳墨。纵而纵之，数千言不见其多；敛而敛之，一二语不见其少。破长风于天际，缩九华于壶中，或放笔而不休，或藏锋而不露。孝穆使魏求还诸篇，推波助澜，万斛之源泉也。”书体是他的特长，今本徐集共六卷，书即占二卷。因为书体可以“直达胸臆，不拘绳墨”，而他羁北的一段时间内又是有情感上的郁积的，所以就以书体见长了。李兆洛《骈体文钞》云：“孝穆文惊彩奇藻，摇笔波涌，生气远出，有不烦绳削而自合之意。书记是其所长，他未能称也。”可知即使是骈文，内容也还是很重要的；徐陵的《在北齐与杨仆射书》所以动人，他所作各书的所以见长，就因为内容是说他自己的话，与诏策九锡等文的“代言”不同。但作为骈文的典型和示范，在后来学习模仿者的眼光中，他的文章仍然是以声色丽辞的形式特点为长的；而这正是所谓徐庾体的意义和特征。

五

徐庾相较，当然庾信的地位是更高的。《四库提要》于吴兆宜《庾开府集笺注》下云：“至信北迁以后，阅历既久，学问弥深，所作皆华实相扶，情文兼至。抽黄对白之中，灏气舒卷，变化自如，则非陵之所能及矣。”沈德潜《古诗源》云：“北朝词人，时流清响。庾子山才华富有，悲感之篇常见。风骨所长，不专在造句也。徐庾并名，恐孝穆华词瞠乎其后。”他高出徐陵的原因，自然是因为他后半生二十多年的流离羁旅的生活经验（信仕西魏始于梁元帝承圣三年，信四十二岁，就是《哀江南赋》所说的“穷于甲戌”。信卒时六十九岁。）；使他能在注重形式的文体里，输入了一点抒写悲痛的内容；这样，他的成功自然就超过徐陵了。倪璠《庾集题辞》云："《哀江南赋序》称不无危苦之词，惟以悲哀为主；予谓子山入关而后，其文篇篇有哀，凄怨之流；不独此赋而已。若夫枯树衔悲，殷仲文婆娑于庭树；邛竹寓愤，桓宣武赠礼于楚丘。小园岂是乐志之篇，伤心非为弱子所赋。咏怀之二十七首，楚囚若操其琴；连珠之四十四章，汉将自循其发。吴明彻乃东陵之故侯，萧世怡亦思归之王子。永丰和言志之作，武昌思食其鱼；观宁发思旧之铭，山阳凄闻其笛。何仆射还宅怀故，周尚书连句重别。张侍中藏舟终去，并尔述怀；元淮南宝鼎方归，犹惭全节。曾叨右卫，犹是故时将军；已筑仁威，尚赠南朝处士。徐孝穆平生旧友，一见长辞；王子珩故国忠臣，千行下泪。凡百君子，莫不哀其遇而悯其志焉。"可见庾信作品的所以比较成功，就因为除了形式技巧的华美外，还有这些旅人的"乡关之思"的内容。其实他留北的二十八年中，仕至骠骑大将军开府仪同三司，司宪中大夫，进爵义城县侯，位望也是很通显的。《周书·本传》云："时陈氏与朝廷通好，南北流寓之士，各许还其旧国。陈氏乃请王褒及信等十数人，高祖唯放王克殷不害等，信及褒并留而不遣。寻征为司宗中大夫。世宗高祖并雅好文学，信特蒙恩礼。至于赵滕诸王，周旋款至，有若布衣之交；群公碑志，多相请托。唯王褒颇与信相埒，自余文人，莫有逮者。信虽位望通显，常有乡关之思。"滕王逌《庾集原序》云："才子词人，莫不师教，王公名贵，尽为虚襟。"倪璠庾子山年谱结语云："信在江南，则有梁武帝二子简文元帝；及过江北，则有周太祖二子世宗高祖；并新情艳发，雅辞云委。又得滕赵诸王，周旋款至，皆一时之俊。君臣酬唱之际，文人遇合，可谓至矣。"所以他一生的生活和仕途，在那个兵马交驰的乱世里，其实是很得意的。唯一的缺陷就是一点"乡关之思"；而这也就是他后期作品中"以悲哀为主"的"危苦之词"的全部来源。但在那个诗文内容都极端贫乏和堕落的时代中，这也就弥足珍贵了。

他和徐陵另外不同的地方，就是诗在庾集中是有地位的。徐陵的诗不但数量少，而且内容也完全没有超出宫体的范围。庾集中诗的成分虽然也还不到三分之一，但他加入了"乡关之思"，纠正了宫体诗堕落的内容，是超出了当时文人的。他擅长的文体本来很多，《滕王逌序》说他"妙善文词，尤工诗赋，穷缘情之绮靡，尽体物之浏亮。诔夺安仁之美，碑有伯喈之情；箴似扬雄，书同阮籍。"所以成就的范围也是比徐陵广的。他的诗中有了抒情的身世之感，而形式技巧如对仗音律等也很精工，所以成就较高。明杨慎《升庵诗话》云："四朝十帝尽风流，建业长安两醉游，惟有一篇杨柳曲，江南江北为君愁。庾信字子山，本梁之臣，后入东魏，又西魏，历后周，凡四朝十帝。其杨柳曲云：‘君言丈夫无意气，试问燕山那得碑’，盖欲自比班固从窦宪。又云：‘定是怀王作计误，无事翻复用张仪’；盖指朱异酿成侯景之乱也。后之议者悲其失节，而愍其非当事权，此诗云为君愁是也。”其实就失节说，这也只是自解之词。《周书·本传》云：“领建康令，侯景作乱，梁简文帝命信率宫中文武千余人，营于朱雀航，及景至，信以众先退。”《四库提要》庾集笺注下云：“信为梁元帝（元帝误，当为简文帝。）守朱雀舫，望敌先奔，厥后历仕诸朝，如更传舍；其立身本不足重。”全祖望更说：“甚矣庾信之无耻也！失身宇文，而犹指鹑首赐秦为天醉，信则已先天而醉矣，何以怨天！后世有裂冠毁冕之余，蒙面而谈，不难于斥新朝，颂故国，以自文者，皆本之天醉之说也。”(《鲒埼亭集》“题《哀江南赋》后”）我们并不想对失节一事加以道德的评论，这在那个时代也是极普通的事；不过他的诗文中对此确乎有些是“自文”，不能认为是真实的感情的。但他以这种经历和哀思来代替了诗中男女私情的描写，不也就很难得吗？当然他的诗中也仍有很多篇是宫体，这也并不全是早期所作，如“和赵王看伎”，即显明是晚年作的；但宫体在唐初还风行了五十年，突然的廓清本是很难的；他这种努力已经很可贵了。沈约是宫体诗的最有力的开创者，（详“隶事、声律、宫体”一文）庾信的生年恰好是沈约的卒年，(梁天监十二年—五一三）这在文学史上也是件很巧的事情。

他写诗的技巧也是很高的，对唐人的影响很大。刘熙载《艺概》云：“庾子山《燕歌行》，开唐初七古；《乌夜啼》，开唐七律；其古体为唐五绝五律五排所本者，亦不可胜举。”李调元《雨村诗话》云：“庾子山诗，对仗最工，乃六朝而后转五古为五律之始。其造句能新，使事无迹，此何水部似又过之。”所以唐朝诗人学习和赞美他的很多。张说诗云：“兰成追宋玉，旧宅偶词人，笔涌江山气，文骄云雨神。”杜甫更是称赞备至，《春日忆李白》诗说“清新庾开府”；咏怀古迹诗说“庾信生平最萧瑟，暮年诗赋动江关”；《戏为六绝句》云：“庾信文章更老成，凌云健笔意纵横。今人嗤点流传赋，不觉前贤畏后生。”明张溥《庾集序》云：“史评庾诗绮艳，杜工部又称其清新老成，此六字者，诗家难兼，子山备之。”杨慎《升庵诗话》云：“庾信之诗，为梁之冠绝，启唐之先鞭。史评其诗曰绮艳，杜子美称之曰清新，又曰老成；绮艳清新人皆知之，而其老成，独子美能发其妙。余尝合而衍之曰，绮多伤质，艳多无骨。清易近薄，新易近尖。子山之诗，绮而有质，艳而有骨，清而不薄，新而不尖，所以为老成也。”胡仔《苕溪渔隐丛话》引黄山谷云：“宁律不谐，而不使句弱；用字不工，而语不俗，此庾开府之所长也。”他能把形式美运用到适当的好处，不至句弱语俗，而又纠正了宫体诗底堕落的内容，这就是他的成功处；杜诗得力于他的地方很多。这也是因为他工于骈文的关系，所以声色对仗都很精工，成了唐代律诗的先驱。如他的《郊行值雪》诗：

> 风云俱惨惨，原野共茫茫。雪花开六出，冰珠映九光。还如驱玉马，暂似猎银獐。阵云全不动，寒山无物香。薛君一狐白，唐侯两骕骦，寒关日欲暮，披雪上河梁。

声色光影都很显明，对仗用典也很工切。《古诗选》评他的诗说：“审其造情之本，究其琢句之长，岂特北朝一人，即亦六季鲜俪。”这成就也是因为他致力骈文的关系。诗文的写作方法本是相通的，宫体诗隶事声律的形式特点影响了骈文的成长，骈文也促成了诗底走向近体的道路。许梿评庾信《春赋》云：“六朝小赋，每以五七言相杂成文，其品致疏越，自然远俗。初唐四子颇效此法。”倪璠注《春赋》下云：“梁简文帝集中有《晚春赋》，元帝集有《春赋》，赋中多有类七言诗者。唐王勃骆宾王亦尝为之，云效庾体，明是梁朝宫中庾子山创为此体也。”这又是诗的写法影响到文的情形。

但庾信的更重要的成就和地位，还是他的骈文。这不只占去了他作品中的大部，而且对后来的影响也很大，远超过了他的诗。《四库提要》云：“其骈偶之文，则集六朝之大成，而导四杰之先路，自古迄今，屹然为四六宗匠。”而《哀江南赋》以自序传为干的骈体，历叙侯景之乱前后梁朝政治社会变迁，一直到陈的受禅，尤为他的名作。鲍觉生“赋则”评《哀江南赋》为“密丽典雅，精思足以纬之，激气足以驱之，下开三唐，不止为子山集中压卷。”《隋书·魏淡传》云：“废太子勇深礼遇之，颇加优锡，分注庾信集。”《唐志》载张廷芳等三家，尝注《哀江南赋》；这些虽都没有流传下来，但可见后人重视他作品的情形。就骈文说，他的成功也在于形式美的运用圆熟，和“乡关之思”的悲哀的内容。骈文的规律格式本来是限制作者的活动范围的，作者们愿意依照它，因为这可以增加形式的华美；但作者又尽力企图超越它，因为这可以增加意义表现的完满性，同时这又另是一种自然美。作者的才力就表现在这种处于束缚之中而能摆脱束缚。这几乎是不可能的，至少也是很难的；但作者的要求就是追求他所难以做到的事情。骈文在意义的表现上受到了形式的限制，不能如散文一样地流畅自如，这是事实，所以作者的手腕就在努力能使骈文可以和散文同样地有表现力；而并不减少一点，只是增多了骈文所要求的形式美。这是骈文的最高理想，也就是庾子山所成功的地方。就裁对隶事的工夫说，骈文以妃黄俪白典雅新隽为工丽，但他是能超出这些限制，而又并不损坏这些限制的。如《小园赋》云："一寸二寸之鱼，三竿两竿之竹。""燋麦两瓮，寒菜一畦。"《哀江南赋》云："十里五里，长亭短亭；饥随鸷燕，暗逐流萤；秦中水黑，关上泥青。"又如《谢滕王赍马启》云："张敞画眉之暇，直走章台；王济饮酒之欢，长驱金埒。"《哀江南赋》云："孙策以天下为三分，众才一旅，项籍用江东之子弟，人惟八千。"这些地方对仗和用事都特别自然贴切，不着雕琢迹象。许梿评《至仁山铭》云："有语必新，无字不隽，吾于开府当铸金事之矣。"孙德谦《六朝丽指》云："骈体之中，使无散行，则其气不能疏逸，而叙事亦不清晰。故庾子山碑志诸文，述及行履，出之以散；每叙一事，多用单行，先将事略说明，然后援引故实，作成骈语以接其下。推之别种体裁，亦应骈中有散也。"碑志是他特长的文体，但即如《哀江南赋》的"见被发于伊川，知百年而为戎矣。"也是这种例子。倪璠庾集题辞云："子山之文，虽是骈体，间多散行。譬如钟王楷法，虽非八体六文，而意态之间，便已横生古趣。"这都说明他企图使骈文能不受排偶限制所作的努力。就声色的工夫说，如《谢赵王示新诗启》云："文异水而涌泉，笔非秋而垂露"；《哀江南赋》云："君在交河，妾在清波，石望夫而逾远，山望子而逾多"；色彩声韵都很谐美。所以许梿评《镜赋》云："选声炼色，此造极巅。吾于子山无复遗恨矣。"又评《灯赋》云："音简韵健，光采焕鲜，六朝中不可多得。"可知在骈文的形式美的追求上，他的成就也是极高的。唐张鷟《朝野佥载》云："梁庾信从南朝初至北方，文士多轻之，信将《枯树赋》以示之，于后无敢言者。"就因为他的属文技巧是可以向时辈炫耀的。又《哀江南赋》之为人传诵而为庾集中的压卷，除了这些形式上的成就外，就在他写的内容是"惟以悲哀为主"的"危苦之词"，虽然他后期作品中篇篇有哀，但这篇自叙传却更详尽和哀痛，所以感人也比较深切。象"燕歌远别，悲不自胜；楚老相逢，泣将何及!""逢赴洛之陆机，见离家之王粲，莫不闻陇水而掩泣，向关山而长叹。"这种句子，在骈文中都是很难得的情文并茂的警策。

当然，我们举的例子都是集中的佳句，如果据此就说他可以完全摆脱了骈体的束缚，是不对的；同时这也是不可能的。钱大昕《十驾斋养新录》云："古人文字，不以重复为嫌。庾信《哀江南赋》：杜元凯两见，陆士衡一见，陆机两见，班超两见，白马三见，西河两见，骊山两见，七叶两见，墓齿两见。

秦庭、金陵、南阳、钓台、七泽、全节、诸侯、荒谷，皆两见。”又云：“未深思于五难，本无情于急难，一段之中，重押难字。”其实并不是不以重复为嫌，在可能的情形内还是尽量避免重复的。顾氏《日知录》云：“陈思王上书‘绝缨盗马之臣赦，楚赵以济其难’注谓赦盗马秦穆公事，秦亦赵姓，故互文以避上秦字也。”又张景阳《七命》“价兼三乡，声贵两都”，李注引《越绝书》，“然实二乡而云三者，避下文也。”但在长篇作品的写作中，因为受到了意义内容的限制，有时就不能不牺牲一点形式的规律了。而且隶事的范围也总是有限制的，以往的典籍和史实总不能由自己去创造，因此有时也是非重复不可的。例如《春赋》说“河阳一县并是花，金谷从来满园树”，《枯树赋》又说“若非金谷满园树，即是河阳一县花”，这种写法都是受到了用事的限制。可见完全不受形式格律束缚的作者，事实上是没有的。

所以骈文的极致是在竭力顾全和制造声色丽语等形式美的条件下，而又使这些形式的规律不至妨碍到意义内容的表现；要使骈体如散文一样地流畅自然，而又能作到骈体所要求的各种限制和规律。这是一个理想，完满地达到是不可能的。但所谓“徐庾体”，作为骈文的典型和示范的徐庾作品，是已经达到了向这个方向追求的最可能的高度。在骈文这一文体的成长上，他们完成了形式美所要求的各种人为的工夫；而又不象后来四六的凝为定式，缺乏表现的能力。这就是徐庾体一词在文学史上的意义，也就是他们之所以为后世骈文宗匠的原因。

选自《中古文学史论集》，上海古籍出版社，1982

阮嗣宗《咏怀》诗初论

沈祖棻

一

嗣宗《咏怀》，千古绝唱，而文多隐避，义存比兴。故在昔颜公作注，已谓其“百代之下，难以情测”。钟氏品诗，亦叹为“厥旨渊放，归趣难求”。考二君与嗣宗相距未遥。所言已复如此，虽由矜慎使然，而《咏怀》之不易索解，固可概见矣。逮及胜清，陈沆著《诗比兴笺》，尝选其三十八首，援据史事，加之疏释，虽颇有善言，亦间蹈穿凿。览读之者，犹有憾焉。窃谓微言幽旨，世远难征，固未可逐篇以史事相附会；至若古今之迹虽殊，哀乐之情不异，持此例彼，主旨所在，未尝不可贯通，是在善会之而已。余往在成都，偶为华西大学诸生说八代诗，尝就《文选》所载十七篇，敷陈大义。近者，东归鄂渚，养疴珞珈山，端忧多暇，因更取八十二章，寻绎旨趣，阐扬旧说，隐附新知，以成斯篇，聊供初学论世知人之助。夫嗣宗遭时不造，孤愤难任，其心至苦，其言至慎，犹有不得已于言者，乃始托之于诗。今余异代同悲，读而哀其情，伤其遇，以发为兹论，又岂得已哉！

二

欲识《咏怀》之诗，当先明嗣宗之为人；欲明嗣宗之为人，当先知嗣宗所处之时代。今姑就当时之政治局势与思想潮流两端，加之申述。盖斯二者，于《咏怀》诗与其作者之了解，所关尤巨也。

就政治局势言，则嗣宗生于汉献帝建安十五年，卒于魏常道乡公景元四年。（《晋书》卷四十九本传）魏文代汉，嗣宗方十一岁。故其所处时会，适当曹魏由隆盛而衰微之期。司马懿始虽受知于魏武，而慑于雄主之才略，常以恪勤自晦。（《晋书》卷一《宣帝纪》及卷三十一《宣穆张皇后传》）及文帝时，渐露头角。及后受遗诏以辅明帝，始握重权。（《魏志》卷二《文帝纪》）旋复受明帝托孤之重。（《魏志》卷三《明帝纪》及《注》引《魏氏春秋》）魏室之政，遂由司马氏出矣。懿死后，其子师、昭递掌威柄，卒以篡位。嘉平元年，懿始剪除同受顾命之宗臣曹爽；嘉平六年，其子师乃废齐王芳；景元元年，昭复弑高贵乡公髦。其事皆魏、晋易代之枢纽，而嗣宗所亲见者也。兹略引旧史以著其概。《魏志》卷九《曹爽传》云：

爽少以宗室谨重，明帝在东宫，甚亲爱之。及即位……宠待有殊。帝寝疾，乃引爽入卧内……与太尉司马宣王并受遗诏，辅少主。……齐王即位，丁谧画策，使爽白天子发诏，转宣王为太傅，外以名号尊之，内欲令尚书奏事先来由己，得制其轻重也。……宣王遂称疾避爽……密为之备。（正始）十年，（案即嘉平元年也。斯年以四月乙丑改元，见《魏志》卷四《齐王芳纪》）正月，车驾朝高平陵，爽兄弟皆从。宣王部勒兵马，先据武库，遂出屯洛水浮桥……于是收爽……等，皆伏诛，夷三族。

同书卷四《齐王芳纪注》引《魏略》云：

景王将废帝，遣郭芝入白太后。太后与帝对坐。芝谓帝曰："大将军欲废陛下。……"帝乃起去。太后不悦。芝曰："太后有子不能教。今大将军意已成，又勒兵于外以备非常。但当顺旨，将复何言?"太后曰："我欲见大将军，口有所说。"芝曰："何可见邪？但当速取玺绶。"太后意折，乃遣旁侍御取玺绶著坐侧。芝出报景王。景王甚欢，又遣使者授齐王印绶，当出就西宫。帝受命，遂载王车，与太后别，垂涕，始从太极殿南出。群臣送者数十人。太尉司马孚悲不自胜，余多流涕。

又《高贵乡公髦纪注》引《汉晋春秋》云：

帝见威权日去，不胜其忿，乃召侍中王沈、尚书王经、散骑常侍王业，谓曰："司马昭之心，路人所知也。吾不能坐受废辱，今日当与卿自出讨之。"王经曰："……今权在其门，为日久矣。朝廷四方，皆为之致死，不顾顺逆之理，非一日也。且宿卫空缺，兵甲寡弱，陛下何所资用，而一旦如此！无乃欲除疾而更深之邪？祸殆不测，宜更重详。"帝乃出怀中版令投地曰："行之决矣。正使死何所惧，况不必死邪?"于是入白太后。沈、业走告文王。文王为之备。帝遂率僮仆数百，鼓噪而出。文王弟屯骑校尉伷入，遇帝于东止车门。左右呵之。伷众奔走。中护军贾充又逆帝战于南阙下。帝自用剑。众欲退。太子舍人成济问充曰："事急矣，当云何?"充曰："畜养汝等，正谓今日。今日之事，无所问也。"济即前刺帝，刃出于背。

据上所载，司马氏翦除宗室，废弑君上之阴谋，实至明显。盖自曹爽之败，而魏室覆亡，已成定局。其后王淩、毌丘俭、文钦、诸葛诞等，虽迭兴义师，(《魏志》卷四《齐王芳高贵乡公髦纪》及卷二十八《王淩毌丘俭诸葛诞传》)然皆无效绩。此见不独其时守文之士，难济时艰，即握有军政实权者，亦无转旋之力。国祚之倾，殆岌岌不可终日矣。

与翦除宗室、废弑君上相辅而行者，则为排除异己、杀戮名士。盖一以夺取政权，一以禁制非议，两者固缺一不可也。自汉末曹氏擅权，已多忌才妒贤之举。(参赵翼《廿二史札记》卷七《三国之主用人各不同》条。)司马氏袭其故智，变本加厉，诛夷尤众。曹爽之难，何晏、邓飏、李胜、丁谧、毕轨、桓范等，并以与爽通谋，而遭族灭。(《魏志》卷四《齐王芳纪》及卷九《曹爽传》)同日斩戮，名士减半。(《魏志》卷二十八《王淩传注》引《汉晋春秋》。)嘉平五年，司马师又诛夏侯玄、李丰。玄、丰并负重名，时人目玄朗朗如日月之入怀，丰颓唐如玉山之将崩，(《世说新语·容止篇》)盖亦当时名士领袖。而史载玄不交人事，不畜华妍；丰历事三朝，家无余积，(《魏志》卷九《夏侯玄传》及《注》引《魏略》。)则其持操尤高。徒以尝议师无臣节，欲谋退之，遂陷大戮。(《魏志》卷二十八《毌丘俭传注》引《俭表》文。)然此犹有涉于实际政治也。下逮景元三年，司马昭之杀嵇康，则更进至以腹诽而蒙显戮之情势。《魏志》卷二十一《王粲传注》引《康传》云：

少有俊才，旷迈不群，高亮任性，不修名誉，宽简有大量，学不师授，博洽多闻。长而好《老》、《庄》之业……善属文论，弹琴咏诗，自足于怀抱之中。

又引《魏氏春秋》云：

康寓居河内之山阳县，与陈留阮籍、河内山涛、河南向秀、籍兄子咸、琅琊王戎、沛人刘伶相与友善。游于竹林，号为七贤。……大将军尝欲辟康。康既有绝世之言，又从子不善，避之河东，或云“避世”。及山涛为选曹郎，举康自代。康答书拒绝，因自说不堪流俗，而非薄汤、武。大将军闻而怒焉。初，康与东平吕昭子巽及巽弟安亲善。会巽淫安妻徐氏，而诬安不孝，囚之。安引康为证。康义不负心，保明其事。安亦至烈，有济世志力。钟会劝大将军因此除之，遂杀安及康。康临刑自若，援琴而鼓，既而叹曰：“雅音于是绝矣。”时人莫不哀之。

案康既旷迈自足，无有宦情，则非薄汤、武，充其量不过为表示消极之不合作，及对于时政之讽刺与鄙视，自与晏、飏、玄、丰等之有反对司马氏实迹者异科，而受祸之酷不二，则当时士流之慄慄自危可知。出处之际，既多嫌疑，故名士之欲全身远害者，遂不得不降心相从，以图苟安。此可以李喜、向秀二人之言为例。《世说新语·言语篇》云：

司马景王东征，取上党李喜以为从事中郎，因问喜曰：“昔先公辟君。不就。今孤召君，何以来?”喜对曰：“先公以礼见待，故得以礼进退。明公以法见绳，喜畏法而至耳。”

同篇“嵇中散既被诛”条《注》引《向秀别传》云：

秀少为同郡山涛所知，又与谯国嵇康、东平吕安友善，并有拔俗之韵。其进止无不同，而造事营生亦不异。尝与嵇康偶锻于洛邑，与吕安灌园于山阳，不虑家之有无。外物不足怫其心。……后康被诛，秀遂失图，乃应岁举，到京师，诣大将军司马文王。文王问曰：“闻君有箕山之志，何能自屈?”秀曰：“尝谓彼人不达尧意，本非所慕也。”一坐皆悦。随次转至黄门侍郎散骑常侍。

览二人所对，虽一直切，一宛曲，而以求全生，遂至失节，则较然可见。若彼党附典午，以博利禄，如何曾、钟会之流，则又在绳检之外，非此所论矣。

次就思想潮流言：西汉以来，处于独尊状态之儒学，久成利禄之途。其本身停滞于章句训诂及家法宗派诸琐屑问题，已渐不足维系人心，统制社会。及东京之末，外戚擅权，宦官害政，异族入侵，群雄蜂起，天灾流行，民生涂炭，社会秩序既大为紊乱，人生观念、学术思想亦因之变迁。而传统儒学遂以涂地。《魏志》卷十三《王肃传注》引《魏略·儒宗传序》云：

从初平之元，至建安之末，天下分崩，人怀苟且。纲纪既衰，儒道尤甚。

盖当时之实录。而其时有志之士，懔于局势之危迫，乃思假言论对政治作实际褒贬，以代替旧日以儒学对政治作原则指导之方式。此种褒贬，即所谓清议者是。《后汉书》卷九十七《党锢传序》云：

桓、灵之间，主荒政谬，国命委于阉寺，士子羞与为伍。故匹夫抗愤，处士横议，遂乃激扬名声，互相题拂，品覈公卿，裁量执政。婞直之风，于斯行矣。

夫清议之兴，其动机乃谋改善当时之政治，其思想固无悖于传统之儒学，特以别一方式出之而已。不幸此革新运动遭受宦官之压制，天下善士悉受党祸，因之终无补于汉室之危亡。及至曹操掌握政权，乃另起炉灶，以法术之学替代儒学，重能力，重法律，轻道德，轻名节，举以前清议家所标人伦模楷之条件，一扫而空之，而旧来传统遂彻底毁弃。今传建安十五年、十九年、二十二年诸令，均可概见。兹举《魏志》卷一《武帝纪注》引《魏书》所载二十二年八月令于次：

昔伊挚、傅说，出于贱人。管仲，桓公贼也。皆用之以兴。萧何、曹参，县吏也。韩信、陈平，负污辱之名，有见笑之耻，卒能成就王业，声著千载。吴起杀妻自信，散金求官，母死不归；然在魏，秦人不敢东向；在楚，则三晋不敢南谋。今天下得无有至德之人放在民间，及果勇不顾，临敌力战，若文俗之吏，高才异质，或堪为将守，负污辱之名，见笑之行，或不仁、不孝，而有治国用兵之术者。其各举所知，勿有所遗。

此操以法术之学为治之显证也。然儒学在社会上自有其悠久之历史，其所用以维系人心之名教礼法自有其潜在之势力。此点操固知之，故亦尝加以利用，俾遂其私。如其杀孔融，即利用名教礼法之一例。《后汉书》卷一百《孔融传》云：

> 曹操既积嫌忌……遂令丞相军谋祭酒路粹枉状奏融曰："少府孔融，昔在北海，见王室不静，而招合徒众，欲谋不轨，云：'我大圣之后，而见灭于宋。有天下者，何必卯金刀？'及与孙权使语，谤讪朝廷。又融为九列，不遵朝仪，秃巾微行，唐突宫掖。又前与白衣祢衡跌荡放言，云：'父之于子，当有何亲？论其本意，实为情欲发耳。子之于母，亦复奚为？譬如寄物瓶中，出则离矣。'既而与衡更相赞扬。衡谓融曰：'仲尼不死。'融答曰：'颜回复生。'大逆不道，宜极重诛。"书奏，下狱弃市。

案即令融言皆真，亦不过如操令所谓不仁、不孝而已，何为必欲杀之？可见操之治道，虽以法术为核心，亦复缘饰儒学，以收拾人心，减少阻力，而儒学遂以变质。故降及其子丕下令求贤，乃一则曰："牧守申政事，缙绅考六艺。"(《魏志》卷二《文帝纪》建安二十五年令）再则曰："儒通经术，吏达文法。"(同上黄初三年令）皆以儒、法并举。晋傅玄谓："魏武好法术而天下贵刑名，魏文慕通达而天下贱守节。"（《晋书》卷四十七《傅玄传》）所论盖犹仅得其一偏也。在此形势之下，法术之学原本以代替儒学者，乃转而与儒学结合，依然假借名教礼法，使之再度成为新统治集团控制社会之工具。而当时士大夫原本在不背儒学之前提下，以从事于时政之善意批评者，反失其依据，至不得不另觅精神上之寄托。《老》、《庄》之学，遂以此进为时代思潮之主流。而所有言论，因亦渐次脱离现实，变为清谈。盖自党锢之祸以迄曹氏秉政，清议已屡遭打击，且政治之黑暗，社会之堕落，与名士之诛戮，更足令人增加消极之心，以图苟全。始马融已以大儒而兼重《老》、《庄》，（《后汉书》卷九十《马融传》）及乎汉、魏易代之际，儒学严肃之精神，乃逐渐为道家放达之观念所代。至魏、晋间，司马氏主政，其苛刻猜忌，视曹氏殆尤过之。阳儒阴法之新传统既继续保持，不满现实之士大夫乃更沉溺玄虚，主张自然，以资逃避。流风转盛，差别亦显，故其维护名教礼法亦即拥戴当时政权之人，与崇尚自然亦即反对当时政权之人，思想行为遂各不同。陈寅恪丈尝于《陶渊明之思想与清谈之关系》文中论之云：

> 名教者，依魏、晋人解释，以名为教，即以官长君臣之义为教，亦即入世求仕者所宜奉行者也。其主张与崇尚自然即避世不仕者适相违反。……在

> 当时主张自然与名教互异之士大夫中，其崇尚名教一派之首领如王祥、何曾、荀顗等三大孝，即佐司马氏欺人之孤儿寡妇，而致魏末、晋初之三公者也。其眷怀魏室，不趋赴典午者，皆标榜《老》、《庄》之学，以自然为宗。“七贤”之义既从《论语》“作者七人”而来，则“避世”、“避地”固其初旨也。然则当时诸人名教与自然主张之互异，即是自身政治立场之不同，乃实际问题，非止玄想而已。观嵇叔夜《与山巨源绝交书》，声明其不仕当世，即不与司马氏合作之宗旨，宜其为司马氏以其党于不孝之吕安，即坐以违反名教之大罪杀之也。

据此，知当时士大夫由清议变为清谈，盖即由儒学而变为道家，由尊重传统而变为反对传统，由改善政治而变为脱离政治，由正视现实而变为逃避现实。用是，其人生活亦皆蔑视礼法，放浪形骸。旧籍所载，不遑悉举。前史论魏、晋诸公究心《老》、《庄》之故，以为：“贤者恃以成德，不肖者恃以免身。”（《晋书》卷四十三《王衍传》）所言固是，而于其藉以寄托其反抗精神，与表示其不合作态度之深衷，犹未审谛，则论世之难也。此汉末以迄嗣宗之世思潮变迁之大略也。

三

以上略述嗣宗所处之时代。兹请进言嗣宗个人之思想与生活。

嗣宗父元瑜以文学受知曹操，颇见优礼。（《魏志》卷二十一《王粲传》）元瑜虽卒于汉末，嗣宗则长于魏朝。其出仕已在易代之后，忠于曹氏，乃属当然。及司马氏威权日甚，嗣宗远识，已知事不可为，故遂韬晦市朝，苟全性命。《晋书》本传云：

> 籍本有济世志。属魏、晋之际，天下多故，名士少有全者。籍由是不与世事，遂酣饮为常。

此明言其行迹之变易也。《传》又云：

> 尝登广武，观楚、汉战处，叹曰：“时无英雄，使竖子成名。”登武牢山，望京邑而叹，于是赋《豪杰诗》。

则其本志亦时或显露，有未能完全消除者。时无英雄之叹，实深宗国之哀。徒以当时法网之严，迫害之酷，终不得不变坦率为玄远，代慷慨以谨慎。《传》称其“发言玄远，口不臧否人物”。司马昭亦谓为“天下之至慎”。（《魏志》卷十八《李通传注》引王隐《晋书》）殆尤足窥见其抑郁难堪之情。酣饮为常，正由胸中块垒须以酒浇之耳。（《世说新语·任诞篇》语）《传》又云：

文帝初欲为武帝求婚于籍。籍醉六十日，不得言而止。

则酒不独用以浇愁，且资之以避免与司马氏发生密切关系。此种消极态度，实嗣宗当时所可能采取之惟一态度，亦即崇尚自然诸人所共同采取之不合作态度也。《传》又云：

会帝让九锡，公卿将劝进，使籍为其辞，籍沉醉忘作。临诣府，使取之，见籍方据案醉眠。使者以告籍，便书案使写之，无所改窜，辞甚清壮。

案连姻权门，在利禄之徒，固惟恐弗得；劝进九锡，则忠义之士，实非所忍为。两事诚截然相反。而嗣宗于前者，虽以沉醉获免，于后者则欲以沉醉为藉口亦不可得，终不能不勉为操觚。原心略迹，盖又无不同焉。

在此种依违两可之情势下，嗣宗内心冲突之痛苦，自可想见。其恃以排遣之法，由今观之，不外二端。其一，则对《老》、《庄》思想之接受；其二，则对名教礼法之鄙夷。此亦诸贤之所同也。《老》、《庄》之学，自汉、魏易代以来，以政治之推移，乃成为对时政不合作者安身立命之地，已如前述。《传》称其“博览群籍，尤好《庄》、《老》。”“著《达庄论》，叙无为之贵。”此外其作品之流传于今者，尚有《通老论》、《大人先生传》诸篇，（《全三国文》卷四十五）亦皆发抒道家自然之旨。斯浸润于《老》、《庄》之证也。至若鄙夷名教礼法，则可于史载下列事迹数则见之。《传》云：

性至孝。母终，正与人围棋，对者求止，籍留与决赌。既而饮酒二斗，举声一号，吐血数升。及将葬，食一蒸肫，饮二斗酒，然后临诀，直言穷矣，举声一号，因又吐血数升。毁骨瘠立，殆至灭性。裴楷往吊之。籍散发箕踞，醉而直视。……籍又能为青白眼，见礼俗之士，以白眼对之。及嵇喜来吊，籍作白眼，喜不怿而退。喜弟康闻之，乃赍酒挟琴造焉。籍大悦，乃见青眼。由是礼法之士疾之若仇。……籍嫂尝归宁，籍见与别。或讥之。籍曰："礼岂为我设邪？"

盖接受《老》、《庄》思想，乃其精神上之安慰；鄙夷名教礼法，则其精神上之反抗，皆所以消释其内心之苦闷者。而何曾、钟会之徒，缘政治立场之不同，屡欲假此致之于罪，卒以戒慎得免，（《晋书》本传、《魏志》卷十八《李通传注》引王隐《晋书》及《世说新语·任诞篇》等。）可谓厚幸。《太平御览》卷四百四十七引袁宏《七贤序》云：

阮公瑰杰之量，不移于俗，然获免者，岂不以虚中荦节，动无过则乎？中散遣外之情，最为高绝，不免世祸，将举体秀异，直致自高，故伤之者至也。山公中怀体默，易可因任，平施不挠，在众乐同，游刃一世，不亦宜乎！

考山涛本司马氏之姻娅，（《晋书》卷四十三《山涛传》）其出处去就，本与嵇、阮不同，游刃当时，固为必然之事。若叔夜、嗣宗，其与司马氏不合作一也，而或遭横死，或获善终，固全由个性不同，斯行为亦异。袁氏之论，诚不可易矣。

嗣宗此种放纵之行，本由迫于时势，有托而逃，有激而然。及年世少后，情实已迁，或乃转有以此为嗣宗罪者，斯亦不可不辨也。如《世说新语·德行篇》"王平子、胡母彦国诸人以任放为达"条《注》引王隐《晋书》云：

魏末阮籍，嗜酒荒放，露头散发，裸袒箕踞。其后贵游子弟阮瞻、王澄、谢鲲、胡母辅之之徒，皆祖述之，谓得大道之本，故去巾帻，脱衣服，露丑恶，同禽兽。甚者名之为通，次者名之为达也。

同书《任诞篇》《阮籍遭母丧》条《注》引干宝《晋纪》云：

故魏、晋之间，有被发夷傲之事，背死忘生之人，反谓行礼者，籍为之也。

皆诋諆甚至。然案同篇又云：

阮浑长成，风气韵度似父，亦欲作达。步兵曰："仲容（阮咸字）已预之，卿不得复尔。”

《注》引《竹林七贤论》云：

> 籍之抑浑，盖以浑未识已之所以为达也。

由此观之，嗣宗实寓其沉痛之怀于放纵之迹，不特讥之者不得其意，即效之者亦未审其情。惟戴逵著论，谓竹林诸贤之放，乃有疾而为颦，与后来则效者异趣，（《晋书》卷九十四《戴逵传》）可谓通识。善乎！近人黄节《阮步兵咏怀诗集注自序》之言曰：

> 古之人有自绝于富贵者矣。若自绝于礼法，则以礼法已为奸人假窃，不如绝之。其视富贵，有同盗贼。志在济世，而迹落穷途；情伤一时，而心存百代；如嗣宗岂徒自绝于富贵而已邪？……钟嵘有言：嗣宗之诗源于《小雅》。夫《雅》废国微，谓无人服《雅》而国将绝尔。国积人而成者。人之所以为人之道既废，国焉得而不绝，非今之世邪？

其言绝精，其意绝痛。嗣宗有灵，固当惊知已于千古，而影响攻伐之说，亦更无庸置论焉。

四

兹更进论嗣宗之诗。

嗣宗诗四言及五言今传者皆以《咏怀》为名。四言残佚已多，难为深论；而五言八十二首具存。其旨深远，其辞繁博，故吴汝纶以为“决非一时之作，疑其总集平生所为诗题之为《咏怀》”。（黄节《集注》引。）所言甚是。嗣宗平生志业，既悉备于此数十篇中，辞旨自非仓卒所能覼缕。今为《初论》，但就愚管所及，略述其特征三事。三事者，一曰：情之急迫而辞之隐约也；二曰：思想感情之矛盾也；三曰：题材之严肃也。合三事而《咏怀》诗之面目大致可知。今分别举例并引成说以明之。

嗣宗之时，司马专横，魏祚已不可终日，而法网严密，人命尤危，故其发之于诗，情则急迫，而辞归隐约。此李善《选注》所谓“志在刺讥，而文多隐避”也。如第二十首云：

杨朱泣岐路，墨子悲染丝。揖让长离别，飘飖难与期。岂徒燕婉情，存亡诚有之。萧索人所悲，祸衅不可辞。赵女媚中山，谦柔愈见欺。嗟嗟涂上士，何用自保持？

陈祚明《采菽堂古诗选》云：

歧路、素丝，无定者也，以比患至之无方。典午窃国深心，初似诚谨。信用之后，权在难除。丧亡孰不悲，而祸衅已成，乌能自保。将述赵女之喻，先以燕婉比之，存亡旨甚显矣。寻省用意，深切如斯。辞愈曲而情愈明。

黄节云：

嗣宗诗意，盖谓后王取天下，藉口于汤、武用师。揖让之风既远，求如《诗》所云“予室……漂摇”者，（按《诗·鸱鸮》：“予室翘翘，风雨所漂摇。”）亦不可复期矣。彼篡夺之人貌为安顺，让王徒见其燕婉之情而已，岂知诚有关于国之存亡乎？故天下萧然，人皆知祸衅不可免。不见赵之图代，以谦柔而行其欺，亦犹篡夺者以燕婉而亡人之国也。杀夺之机，自上启之，可叹如此。世涂之人何以自保乎？

案二说皆得作者之意。惟三四两句似指司马氏虽将藉口尧、舜禅代，而去真正之揖让实远；非谓后王藉口汤、武之用师。全诗言典午阴谋，祸衅未已。宗国且将沦亡，世人如何自保？虽中心怛恻，而无径直之辞。又第八十首云：

出门望佳人，佳人岂在兹？三山招松乔，万世谁与期？存亡有长短，慷慨将焉知？忽忽朝日隤，行行将何之？不见季秋草，摧折在今时。

黄节云：

《三国志·曹爽传》裴松之《注》引《魏氏春秋》曰：“爽既罢兵，曰‘我不失作富家翁。’桓范哭曰：‘曹子丹佳人，生汝兄弟，犊耳。何图今日坐汝等族灭矣。'”子丹，曹真字也。《晋书·阮籍本传》曰：“曹爽辅政，召为参军。籍因以疾辞，屏于田里。岁余而爽除。”此诗盖悲曹爽之见诛。己虽屏居，而不能与松、乔逃世也。“存亡有长短，慷慨将焉知?”长短，谓长短术也。……《曹爽传》曰：“范说爽使车驾幸许昌，招外兵。爽兄弟犹豫未决。范重谓羲曰：‘当今日，卿门户求贫贱，复可得乎?’且匹夫持质一人，尚欲望活。今卿与天子相随，令于天下，谁敢不应者？羲犹不能纳。”此诗所谓长短也。言图存于亡，自有策在。惜范之慷慨陈辞，而爽不足以知之耳。

此《注》穿穴史传，极为精审。结语以秋草立枯为喻，危苦之情，殆不可言。陈祚明云：

嗣宗《咏怀诗》如白首狂夫，歌哭道中，辄向黄河，乱流欲渡。彼自有所以伤心之故，不可为他人言。

陆时雍《诗镜》云：

嗣宗慎言，诗中语都与世远。缱绻情深，忧危虑切，以此当穷途之哭矣。

二家之论，证以前举两诗，则情之急迫，辞之隐约，灼然可见。此则其特征之一也。

情动于中而形于言，故古今作者，莫不在理与情、爱与恨、积极与消极、入世与出世之各种不平衡状态中，宣泄其内心，产生其作品。屈原以其思想感情无法保持平衡，苦闷之极，终于自杀，此众所熟知。嗣宗个性与屈子有狂狷之别，然其作品中所表见之矛盾心理，则无不同。盖其蒿目时艰，未克匡救，乃思远引全身；同时复以不能忘情家国，绝意存亡，又疑神仙之无稽，知世累之难脱，故陷于极端之徘徊与惶惑。此虽魏、晋间人生活上所共具之问题，而宣之于诗，则以嗣宗最为强烈，而形成其作品之另一特征。如第十五首云：

昔年十四五，志尚好《诗》、《书》。被褐怀珠玉，颜、闵相与期。开轩临四野，登高望所思。丘墓蔽山冈，万代同一时。千秋万岁后，荣名将安之？乃悟羡门子，噭噭今自嗤。

陆时雍云：

“被褐怀珠玉，颜、闵相与期。”此志殊自不小。志之不就而思名，名之无成而思仙，知古人善于托言也。

何焯《义门读书记》云：

此言少时敦味《诗》、《书》，期追颜、闵。及见世不可为，乃蔑礼法以自废。志在逃死，何暇顾身后之荣名哉？因悟安期、羡门亦遭暴秦之代，诡托神仙耳。

盖此篇写由积极之入世心情转为消极之出世心情者，最为显豁。第四十一首云：

天网弥四野，六翮掩不舒。随波纷纶客，泛泛若凫鹥。生命无期度，朝夕有不虞。列仙停修龄，养志在冲虚。飘飖云日间，邈与世路殊。荣名非己宝，声色焉足娱。采药无旋反，神仙志不符。逼此良可惑，令我久踌躇。

陈祚明云：

起句言世涂逼窄，无可自展，随俗俯仰，可以苟容。然生命难期，颇欲遐举。末言荣名声色，既不足耽，而采药神仙，又非实事，不几进退失据乎！

方东树《昭昧詹言》云：

此即屈子《远游》所谓心烦意乱也。（按“心烦意乱”，语出《卜居》，方氏误记。）

此则又举前首所构成之理想世界而粉碎之，仍使一己陷入虚空之境矣。元好问《遗山乐府》卷下【鹧鸪天】云：

只近浮名不近情，且看不饮竟何成。三杯渐觉纷华近，一斗都浇块垒平。 醒复醉，醉还醒，灵均憔悴可怜生。《离骚》读杀浑无味，好个诗家阮步兵！

元氏此作，自属别有用意，然其于屈、阮二公，但着眼于狷、狂之异，而未审其思想感情之矛盾，所谓醒复醉、醉还醒者，正复相同，似不及方氏所见矣。斯乃《咏怀诗》特征之二也。

由民间歌谣进化为五言诗，东汉已趋成熟。故建安之初，五言腾踊。而其题材，亦远较旧传无主名诸作为广阔。《文心雕龙·明诗篇》云：其时篇什，“并怜风月，狎池苑，述恩荣，叙酣宴。”此类皆扩充之范围，而前人屐齿所不及者。嗣宗诗风，虽或上承建安诸子，而选择题材，则悉取屈原下逮《十九首》诸篇所写逐臣弃友、死生契阔、忠义慷慨、忧愁幽思之情。凡所谓风月、池苑、恩荣、酣宴者，皆不暇一道。盖缘时值艰难，心存危苦，一以其无可奈何之境，万不得已之情，托之《咏怀》。故皆属有为而言，绝无游枝之语。此则题材之严肃，殆尤非一般作者所能企及。今寻绎八十二篇，主题所关，大体不外六类：或为忧国，或为刺时，或为思贤，或为惧祸，或为避世。此五点者，皆缘时世而发。五点而外，时亦虑及生命无常，为人类超时世之永恒悲哀而咏叹。如第十六首云：

徘徊蓬池上，还顾望大梁。绿水扬洪波，旷野莽茫茫。走兽交横驰，飞鸟相随翔。是时鹑火中，日月正相望。朔风厉严寒，阴气下微霜。羁旅无俦匹，俯仰怀哀伤。小人计其功，君子道其常。岂惜终憔悴？咏言著斯章。

何焯云：

嘉平六年二月，司马师杀李丰、夏侯泰初等。三月，废皇后张氏。九月甲戌，遂废帝为齐王，乃十九日。是月，丙辰朔。十月庚寅，立高贵乡公，乃初六日。是月，乙酉朔。师既定谋而后白于太后，则正日月相望之时。末言后之诵者，考是岁月，所以咏怀者见矣。初，齐王芳正始元年改用夏正。则此诗正指司马师废齐王事也。

案阮诗属辞隐约，其有关国政者，尤不易知。此篇用意，经何氏从历法考定，斯较然可据。此忧国之例也。第二首云：

二妃游江滨，逍遥顺风翔。交甫怀环佩，婉娈有芬芳。猗靡情欢爱，千载不相忘。倾城迷下蔡，容好结中肠。感激生忧思，萱草树兰房。膏沐为谁施，其雨怨朝阳。如何金石交，一旦更离伤？

刘履《选诗补注》云：

初，司马昭以魏氏托任之重，亦自谓能尽忠于国。至是，专横僭窃，欲行篡逆，故嗣宗婉其辞以讽刺之。言交甫能念二妃解佩于一遇之顷，犹且情爱猗靡，久而不忘。佳人以容好结欢，犹能感激思望，专心靡他，甚而至于忧且怨。如何股肱大臣视同腹心者，一旦变更，而有乖背之伤也。君臣、朋友，皆以义合，故借金石之交为喻，所谓“文多隐避”者如此，亦不失古人谲谏之义矣。

案此诗是否确指司马昭，所不敢必，而金石交乃喻曹魏及世为曹魏重臣之司马氏，则可断言。又第六十七首云：

洪生资制度，被服有正常。尊卑设次序，事物齐纪纲。饰容整颜色，磬折执圭璋。堂上置玄酒，室中盛稻粱。外厉贞素谈，户内灭芬芳。放口从衷中，复说道义方。委曲周旋仪，姿态愁我肠。

陈祚明云：

礼固人生所资，岂可废乎？自有托礼以文其伪，售其奸者，而礼乃为天下患。观此诗，知嗣宗之荡佚绳检，有激使然，非其本意也。

先师黄季刚先生《咏怀诗补注》云：

此与《大人先生传》同旨，言礼法之士深为可憎，委曲周旋，令人愁损。盖不待世士嫉阮公，阮公已先恶世士矣。

是兹作乃以刺当时维护名教礼法之辈如何曾、钟会等甚明。此二篇皆刺时之例也。第十九首云：

西方有佳人，皎若白日光。被服纤罗衣，左右佩双璜。修容耀姿美，顺风振微芳。登高眺所思，举袂当朝阳。寄颜云霄间，挥袖凌虚翔，飘飖恍惚中，流眄顾我傍。悦怿未交接，晤言用感伤。

刘履云：

西方佳人，托言圣贤，如西周之王者。犹《诗》言“云谁之思，西方美人”之意。此嗣宗思见贤圣之君，而不可得，中心切至，若有其人于云霄间，恍惚顾眄，而未获际遇，故特为之感伤焉。

是其意盖与《诗序》之“哀窈窕，思贤才”同，则思贤之例也。第三十三首云：

一日复一夕，一夕复一朝，颜色改平常，精神自损消。胸中怀汤火，变化故相招。万事无穷极，知谋苦不饶，但恐须臾间，魂气随风飘。终身履薄冰，谁知我心焦？

陈沆《诗比兴笺》云：

此遁世自修之辞也。人谓嗣宗放达士耳，然少年颜、闵之志，终身薄冰之思，此岂粗豪浅陋轶荡形骸者哉！

此则惧祸之例也。第十四首云：

开秋兆凉气，蟋蟀鸣床帷。感物怀殷忧，悄悄令心悲。多言焉所告，繁辞将诉谁？微风吹罗袂，明月耀清晖。晨鸡鸣高树，命驾起旋归。

吴淇《选诗定论》云：

《月令》：“孟秋蟋蟀在壁。”故《豳风》：“十月蟋蟀，入我床下。”此诗“开秋兆凉气”，乃七月也。“蟋蟀鸣床帷”，则是先时而鸣。鸡本司晨，明月之夜多早鸣。则是未晨而鸣，起而命驾，所谓见几而作也。

曾国藩《十八家诗钞》云：

> 旧说：晨鸡，知时者。旋归，将返山林以避世也。

自余诸作或杂仙心者，多与此类同旨。斯避世之例也。以上五类，大抵皆以时世之感寄之于诗，虽其文情掩抑零乱，难得端倪，而主旨所存，要堪循省。此沈德潜《说诗晬语》所谓："遭阮公之时，自应有阮公之诗"也。然凡古之伟大诗人，其作品不仅反映时世之痛苦而已，亦或表见超时世之悲哀。盖自古人观之，人类以其短促与渺小之生命，而追求永恒与伟大之宇宙，自无法获得满意之答案，其结果终必陷入悲哀也。嗣宗于此，固深有会心。先师黄君之说阮诗，亦特重此点。其《咏怀诗补注自序》曰：

> 阮公深通玄理，妙达物情。《咏怀》之作，固将包罗万态，岂仅厝心曹、马兴衰之际乎！迹其痛哭穷路，沉醉连旬，盖等南郭之仰天，类子舆之鉴井。大哀在怀，非恒言所能尽，故一发之于诗歌。

今即其诗征之，如第五十二首云：

> 十日出旸谷，弭节驰万里。经天耀四海，倏忽潜蒙汜。谁言焱炎久，游没行可俟。逝者岂长生，亦云荆与杞。千岁犹崇朝，一餐聊自已。是非得失间，焉足相讥理。计利知术穷，哀情遽能止！

黄君云：

> 理无久存，人无不死。正当顺时待尽，忘情毁誉。而争是非于短期之中，竞得失于崇朝之内，计利虽善，未有不穷。以此思哀，哀能止乎？

盖即庄生"以有涯随无涯，殆矣"之说，哲人所见，固无不同。此又阮氏题材之一类，而与前五点略异者。然合此六条，皆足见其性质之严肃。是为特征之三。

以上就《咏怀》全部，粗加探究。语其特征，略可三端；析其题材，大分六类。学者循此经纬以为隅反之资，则于八十二篇之作，亦差得其辜较矣。若夫穷竟原委，辨析异同，抉评者之从违，订注家之得失，则犹有余义，请俟来日。

附　　记

此文祖棻一九四八年二月作于武昌，尝写呈其本师汪寄庵先生乞正。先生复书嘉许，仍为题词云："地坼天崩竟见之，阮公犹遇太平时，汉皋环佩托微辞。逃谤从来须止酒，咏怀今日并无诗。穷途相忆泪连丝。"今编次拙集，附载于此，以志人琴之感。一九八一年秋，千帆记。

选自《古诗考索》，上海古籍出版社，1984

曹植与五言诗体

缪 钺

中国文学以抒情诗为主。抒情诗体变化甚多，有四言，有《楚辞》，有赋，有乐府歌辞，有五言、七言，有词，有曲。最古之诗体为四言与《楚辞》，西周初至春秋用四言体，《楚辞》兴于战国。四言至汉代，其势已尽，魏晋以降，作者不多，亦鲜佳什。《楚辞》变为汉赋，由抒情而趋重体物，貌同心异。魏晋以还，抒情复昌，至庾信《哀江南赋》而止，唐以后赋体亦微。五、七言均出汉代，而七言至唐始大盛，惟五言诗，自建安时即为文学主要体裁，其后虽新体代兴，而五言诗体并未被淘汰，迄今仍可应用，故在中国各种诗体中，能流行二千年尚未僵化者，惟有五言。五言诗体发生虽在汉代，而其正式成立，则在建安、黄初之间，曹植为最重要之作者。钟嵘《诗品》乃专论五言诗之书，其称美曹植，"譬之人伦之有周孔"，良非无以。五言诗既为中国诗中最重要之体裁，而曹植即奠定五言诗体之人，故"曹植与五言诗体"，乃治中国文学史者所不可不注意之事也。

旧传西汉人五言诗，如枚乘《古诗》、苏李赠答、卓文君《白头吟》、班婕妤《怨歌行》，皆不可信据。古今学者，多已言及，近逯钦立氏《汉诗别录》，(一九四五年十二月《历史语言研究所集刊》外编《六同别录》卷中）论证尤详，兹不复赘。西汉虽无有作者主名之五言诗，而民谣短歌，多用五言，逯氏文中亦举例说明之。其所举民谣最早者，为《汉书·禹贡传》所载武帝时俗语"何以孝悌为"云云。其所举短歌最早者，为《汉书·李延年传》所载延年歌："北方有佳人，绝世而独立。一顾倾人城，再顾倾人国。宁不知，倾城与倾国，佳人难再得。"并谓："此歌第五句多出三字，当系歌者临时所加之趁字、此通篇既与《乌生八九子》之杂言不同，又与含兮字之楚歌亦迥乎有异，虽多出三字，固可谓五言首次用于倡乐之例也。"又谓："延年以故倡而善新声，则此非四言非楚歌之《北方佳人》，其为新曲可知，其为五言之首用于倡乐亦可知。"逯氏所举最早之五言民谣短歌均在武帝时，因此推论五言发生于武帝之世。钺按，西汉人用五言作短歌者，李延年之前，亦尚有迹象可寻。《汉书·外戚传》载高祖戚夫人歌曰："子为王，母为虏。终日舂薄莫，常与死为伍。相离三千里，当谁使告汝。"首二句虽为三言，下四句皆五言，似亦可视作五言短歌。用五言为短歌，乃汉初以降自然之趋势，非必李延年故意创制之新乐，亦不必拘定起于武帝之时也。又汉代乐府中之《相和歌辞》，多出民间，(《晋书·乐志》所谓"凡乐章古辞，今之存者，并汉世街陌谣讴，《江南可采莲》、《乌生八九子》、《白头吟》之属也。")其体裁无定，有四言者，如《箜篌引》，《善哉行》等，有杂言者，如《乌生八九子》、《平陵东》、《东门行》、《妇病行》、《孤儿行》等，有五言者，如《江南》、《鸡鸣》、《陌上桑》、《长歌行》、《相逢行》、《长安有狭斜行》、《陇西行》、《艳歌行》、《白头吟》等，而以五言者为多，此亦可见五言体在街陌谣讴中滋长之盛。

中国字为单音，诗体句调，宜于整齐。周诗多四言，句调简短，变化无多，易于凝重而难于动宕，故至汉代，箴铭颂赞等典重之作，多用四言，而鲜有用于抒情者。韦孟《讽谏》、《在邹》，及韦玄成《自劾》、《戒子孙》诸四言诗，殊板重少诗意。四言既不适于抒情，于是民谣短歌自然产生一种五言体，其后渐发展为较长之乐歌。五言较四言虽仅多一字，然因其为奇数，句法轻灵而变化，胜于四言。(钟嵘《诗品序》："夫四言文约意广，取效《风》、《骚》，便可多得，每苦文繁而意少，故世罕习焉。五言居文词之要，是众作之有滋味者也，故云会于流俗，岂不以指事造形穷情写物最为详切者耶?"即说明五言所以胜于四言之故。)文人觉得适用，故有模仿五言乐府者，如辛延年作《羽林郎》，宋子侯作《董娇饶》，(此两诗皆仿《陌上桑》描述之体。)有采乐府之五言体以抒情言志而不必被诸管弦者，是为五言诗之滥觞。据文献可征者，以班固《咏史》诗为最早，余如傅毅《古诗》(冉冉孤生竹)，张衡《同声歌》，秦嘉《赠妇》，蔡邕《翠鸟》，郦炎《见志》，赵壹《疾邪》，皆其伦也。

东汉文人，虽不乏作五言诗者，然成绩并不佳，盖此新体尚未被重视，作者不过偶尔尝试，非郑重为之。班固、张衡文学之天才，卓绝一代，所作《两都》、《二京》诸赋，殚精结撰，蔚为辞宗，而其作五言诗，则掉以轻心，并不经意，故钟嵘谓班固《咏史》"质木无文"。此种情形，亦如中唐之时，词体初兴，白居易、刘禹锡于诗造诣虽高，而偶作小词，则率意为之，无甚精彩也。东汉五言诗之传世者，除班固、张衡诸人之作以外，皆无作者主名，后人称为《古诗》，《文选》采录十九首，(钟嵘《诗品》谓："《古诗》，陆机所拟十四首，其外《去者日以疏》四十五首。"则钟嵘所见有五十九首。)其中不乏佳制。然既非一人一时之作，作者主名亦无考，盖新体初兴，标准未定，作诗者多出于自然之尝试，故东汉一代，未有专以五言名家之诗人。

《古诗》虽非一人之作，然其中亦颇有共同之特点。《古诗》虽无作者主名，大抵出自文人。五言之体，采自乐府歌辞，而《古诗》有与乐府不同者。乐府出自民间，多纪事之篇，写社会情况，重绚烂之描绘，其长处为清新，平易，活泼，而无高深之意境，且风格相似，不显作者个性。《古诗》为文人抒情之作，表现作者个性，情思深远。故《古诗》乃用乐府五言之体裁而提高其境界者。此一特点也。钟嵘谓《古诗》“原出于《国风》”，实则其中多含《骚》意，如：

> 涉江采芙蓉，兰泽多芳草。采之欲遗谁，所思在远道。还顾望旧乡，长路漫浩浩。同心而离居，忧伤以终老。
>
> 庭中有奇树，绿叶发华滋。攀条折其荣，将以遗所思。馨香盈怀袖，路远莫致之。此物可足贡（贡或作贵），但感别经时。

其芳馨悱恻轻灵幽渺之致，非《国风》所有。《楚辞》盛行于汉，其形式衍为赋，而其精神意味则融于五言诗，故东汉五言诗兼承《风》、《骚》，而得于《骚》者尤多。此其特点二也。

在班固《咏史》之后百余年，当三国纷扰之际，建安、黄初之间，作五言诗之风气大盛。曹操、曹丕、曹植、孔融、王粲、陈琳、徐干、刘桢、阮瑀、繁钦、应玚等，莫不从事于五言诗之创作，而曹植专精努力，造诣最高，从此遂奠定五言新体之基础。

建安时文人，喜仿乐府，所谓“依前曲，作新声”，（曹植《鼙舞诗序》语）故曹植作乐府甚多。兹就朱绪曾《曹集考异》统计之，（朱绪曾《曹集考异》，于曹植作品，搜辑校勘，最为详密，故依据之。所统计只取完篇，零章断句不计入。又如《善哉行》“来日大难”篇，非曹植作，亦不计入。）乐府共四十三篇，其中五言者三十篇。建安时文人作乐府之风气，有两件事可注意者。一、旧传汉曲之四言或杂言者，至此多以五言代之。如《善哉行》，古辞“来日大难”篇四言，曹操“自惜身薄祜”篇，曹丕“朝游高台观”篇皆为五言；《薤露》，古辞“薤上露，何易晞”篇杂言，曹操“惟汉二十世”篇则为五言；《蒿里》，古辞“蒿里谁家地”篇杂言，曹操“关东有义士”篇则为五言。（此意逯钦立氏所说，见所著《汉诗别录》。）二、建安时文人作乐府，往往借旧题自抒怀抱，不必尽用原题之意旨。如《薤露》、《蒿里》本挽歌，而曹操作《薤露》、《蒿里》，则伤感汉末时事；《陌上桑》本叙罗敷采桑拒过路官人相挑之事，而曹操作《陌上桑》，则言游仙之意，曹丕作《陌上桑》，则言弃乡离家远从军旅之苦；《善哉行》古辞言人命不可保，当酒歌行乐，或驾龙求仙，而曹操作《善哉行》，则言少罹孤苦，不闻督教，曹丕作《善哉行》，则言宴饮奏乐乐极哀来之情。凡此诸篇，虽借乐府之题，等于咏怀之什。曹植作乐府，亦依上述两种风气。《薤露》古辞本杂言，曹植作《薤露行》“天地无穷极”则为五言，《薤露》本挽歌，而曹植《薤露行》则言自己立功立言之志。《苦寒行》本言冰雪之苦，而曹植拟《苦寒行》，作《吁嗟篇》，则言转蓬之随风飘荡，以慨十年而三徙都之事。《长歌行》言芳华不久，当努力为乐，莫至老大乃伤悲，而曹植拟《长歌行》为《吁嗟篇》，则言壮士之怀非世人所能解，隐以自喻。

曹植之诗，亦多五言，兹仍依朱绪曾《曹集考异》统计之，（零章断句不计入）共诗三十三篇，其中五言二十六篇。

建安文人中，曹植对诗最努力，所作最多，而诗中尤以五言为多。就以上所统计，其作品传世者，乐府四十三篇，诗三十三篇，共七十六篇，其中五言五十六篇，几占全数四分之三，可见曹植特喜尝试五言。曹植作乐府虽不少，然既多自抒怀抱，不拘原题，且亦不必被诸管弦，（《文心雕龙·乐府》篇：“子建士衡，咸有佳篇，并无诏伶人，故事谢丝管，俗称乖调，盖未思也。”可见曹、陆等人作乐府已不尽歌唱。）则其五言乐府与五言诗无异。

上文已言，东汉人试作五言，有两种途径。或仿乐府，叙述故事，描写社会，如辛延年《羽林郎》，宋子侯《董娇饶》是也。或用五言抒自己之怀抱，如《古诗十九首》之类是也。曹植创作五言，似偏重第二种途径。（钟嵘《诗品》谓《古诗》“《去者日以疏》四十五首，旧疑是建安中曹、王所制。”按“弹筝奋逸响，新声妙入神”二句，在《古诗十九首》“今日良宴会”篇中，《北堂书钞·乐部·筝》引为曹植作，当别有所据。故《古诗》中是否杂有曹植之作，虽难一一确考，然就上引两事观之，可见昔人视曹植诗与《古诗》极近似，盖二人撰作之途径与态度相同也。）惟《古诗》作者虽已将五言诗境提高，然未有专精为之者。曹植同时文人，如曹操、曹丕、王粲、刘桢等，天才虽卓，而于五言之创作，皆不如曹植之努力。曹植殚精竭虑，创作五言，作多方面之尝试，其人格个性，皆渗透于五言诗中，遂增扩内容，提高境界。《楚辞》之体，出于楚国民间，（《楚辞》体与《诗》三百篇不同者，即在其句调曼长而悠扬，句中多用兮字，此盖南方民歌之体裁。屈原以前，南方歌谣，如《论语》、《庄子》中之《接舆歌》，《左传》中之《庚癸歌》，《孟子》中之《沧浪歌》，《说苑》所载之《越人歌》译文，均已如是。）有志洁行芳之屈原出，用此体裁，发抒哀怨，楚辞之体始昌。五言原出于汉代民间之乐歌，有曹植出，用此体裁，写其深厚之情思，树立高浑之风格，五言诗体始定。就中国文学史中考之，每一种新文学体裁之产生，必经多年之酝酿，多人之试作，至伟大之天才出，尽其全力，多方试验，扩大其内容，增进其技巧，提高其境界，用此种新体裁作出许多高美之作品，树立楷模，开辟途径，使后人有所遵循，于是此种新体裁始能成立，始能盛行，而此伟大作家遂为百世尸祝，奉为宗匠，曹植在五言诗中即居如此之地位。故以含思深远，造境旷逸而论，阮籍、陶潜、谢灵运之作，或有超过曹植之处，而后人论五言诗者，仍奉曹植为典型。钟嵘论曹植诗，譬之“人伦之有周孔”。周孔为人伦之规范，曹植为最早奠定五言诗体之人，故其所作亦为五言诗之规范也。（温庭筠在词中之地位，与曹植在五言诗中之地位相似。盖词虽发生于中唐，而温庭筠以前，未有以词名家之作者，温庭筠始专精作词，树立规范，故《花间集》以温庭筠冠首，选录最多，可见五代词人奉温为宗匠。五代、北宋之词家，其作品或超出温氏之上，而温氏在词中始终居重要地位，即以其有奠定词体之功也。）

逯钦立氏《汉诗别录》论五言诗体谓：“自西汉武帝至东汉章帝之时，应定为此一体裁之发生期，自东汉章帝至献帝建安以前，应定为此一体裁之成立期。”此固是一种看法。钺之愚见，则以为西汉时仅有五言民谣短歌，班固《咏史》，为现存文献中文人作五言诗之最早者，此后百余年，虽不乏尝试五言诗者，然未有专以五言名家之诗人，至曹植出，树立规范，而五言诗体始确立，后之作五言诗者奉为楷模。曹植以前，似只能称为五言诗之发生期，建安、黄初间，始为五言诗之成立期，与逯氏看法不同。谨志于此，以供商榷。

研究文学体制之流变，除注意于其表面之形式以外，对于内容，亦应探索。盖每一种新体制，往往兼具新内容，新意境。《楚辞》之不同于《诗》三百篇者，不仅在其句调之曼长悠扬，而尤在其芳馨悱恻之思。词之不同于诗者，不仅在其长短句之参差相间，而尤在其幽约凄迷之境。五言诗为东汉时发生之新体，成立于建安、黄初之间，滋盛于魏晋南北朝之际，其内容上承《诗》、《骚》，而融合佛道两家思想，歌咏自然，描绘山水，为其所增辟之新境。曹植之诗，在此方面关系如何，亦可加以研讨。

建安、黄初之间，政治、文学、学术思想，皆有蜕变之势，由两汉变为魏晋，此时实为一转关，曹植则为此转变时期之人物。东汉儒家思想盛行，魏晋以降，则谈老庄，讲佛学。汉人盛倡孝义，所谓“以孝治天下”，而曹植《仁孝论》（严辑《全三国文》。以后引曹植文不注明者，均本严辑。）则谓“孝者施近，仁者及远”。以为仁重于孝，此与汉人思想已不尽同。然就大体论，则曹植思想仍本儒家，故其诗中内容多言君臣、父子、兄弟、夫妇、朋友等人伦之情感。《责躬》、《应诏》两诗，君臣之情也。《赠白马王彪》，兄弟之情也。《七哀》、《弃妇诗》、《代刘勋妻王宋诗》、《寡妇诗》，夫妇之情也。《送应氏诗》、《离友诗》、《赠徐干》、《赠丁仪》、《赠王粲》、《赠丁仪王粲》、《赠丁翼》，朋友之情也。

曹植儒家思想，虽承汉人，而汉人五行迷忌之思，神仙方士之说，则均在屏弃之列。其《萤火论》辨熠耀之非鬼火，《说疫气》谓疫气“乃阴阳失位，寒暑错时，是故生疫，而愚民悬符压之，亦可笑也”。《辨道论》以神仙之书道家之言为虚妄，谓其父曹操招致方士甘始、左慈、郗俭等，集之于魏国，乃恐其“挟奸宄以欺众，行隐妖以惑民”，并非信奉其术。又谓甘始辞繁寡实，颇有怪言。凡此均可见曹植之重理智，一扫汉人迷信之思。（《抱朴子》内篇《论仙》引曹植《释疑论》：“初谓道术直呼愚民作伪，空言定矣，及见武皇帝试闭左慈等，全断谷近一月，而颜色不减，气力自若，（中略）乃知天下之事不可尽知，而以臆断之不可任也。但恨不能绝声色专心以学长生之道耳。”与《辨道论》所言乖牾。疑此乃葛洪伪托，非曹植之言。）又佛学自东汉桓、灵以来已渐盛，而曹植曾作论曰：“昔尧、舜、禹、汤、文、武、周、召、太公，并享百年之寿，六圣三贤，并行道修政，治天下，不足损神，贤宰一国，不足劳思，是以各尽其天年。桀放鸣条，纣死牧野，犬戎杀幽，厉王不终，周祚八百，秦灭于二世，此时本无佛僧”（按此文严辑曹植文未载，朱绪曾《曹集考异》卷十载此文，题曰：“失题论”，注云：“《辨正论》内九箴陈子良注引陈思王论”。），可见曹植亦不信佛。至于《法苑珠林》、《高僧传》、《广弘明集》诸书所载，曹植尝游鱼山，闻空中梵天之响，遂摹其声节，写为梵吹。亦出后人附会。

曹植虽不信方士之说，而其作品中颇喜言游仙，乐府中如《升天行》、《仙人篇》、《游仙》、《五游咏》、《苦思行》、《远游篇》、《桂之树行》、《飞龙篇》、《驱车篇》，均言神仙飞腾遨游之乐，盖假此放旷之思以抒其郁辒，上承屈原《离骚》汉人《远游》（《远游》乃汉人所撰，非屈原作。）之旨也。

总之，曹植思想，仍本儒家，不信方士之说，亦无玄释之思，其诗多咏人伦，喜言游仙，大抵不出《诗》、《骚》之域。故曹植虽有奠定五言诗体之功，而增扩新内容，则有待于阮籍、陶潜、谢灵运诸人矣。

选自《文学杂志》第2卷第12期，1948年5月

左太冲《咏史》诗三论

程千帆

左太冲诗今存者十有四篇。（据冯惟讷《诗纪》。丁福保《全晋诗》同。）《咏史》八首，最为杰构。故《文心雕龙·才略篇》云："左思奇才，业深覃思。尽锐于《三都》，拔萃于《咏史》，无遗力矣。"余往岁说诗上庠，曾就其旨趣、年代、渊源三事，有所考论。兹略加诠次，俟达者取裁焉。

一

太冲此诗，原以言志。昔之论者，已有甄明。如何焯《义门读书记》云："题云《咏史》，其实乃咏怀也。"（《文选》第二卷。后引同。）是其一例。然诵习之余，窃意犹有当推寻者，则诗辞所陈，已颇显豁，舍此而外，有无深衷是也。闲尝反复本文，参稽时事，乃悉八首之作，盖太冲自其妹芬入宫，颇思则效前代外戚之立功名，取富贵。所怀不遂，因假古人以寓言。其择题征事，胥有用意。请申论之：

按《晋书·文苑》本传云："父雍，起小吏，以能擢授殿中侍御史。"（考《北堂书钞》卷一百二引王隐《晋书》云："左思父雍起卑吏。"《〈世说新语·文学篇〉注》引《太冲别传》云："父雍起于笔札。"皆略同《新晋》。惟洛阳出土《左芬墓志》云："父熹，字彦雍。"名字与史传异，未知孰是也。）是太冲家世本属寒微。魏、晋以降，门阀制度已渐形成。太冲设欲自致隆高，以其资地，实非易事。值厥妹入宫，先拜修仪，后为贵嫔，（见《晋书·后妃传》。）始骤以寒门跻于外戚。本意功名，因求闻达。及乎蹭蹬经年，终无厚望，遂寄情柔翰，以抒愤思。衡之情理，亦势所必至也。《后汉书·窦宪传》尝以宪与西京卫青、霍去病并举，为之论曰："二三子得之不过房幄之间，非复搜扬仄陋，选举而登。……东方朔称：'用之则为虎，不用则为鼠。'（按此《汉书·东方朔传》载所撰《答客难》之文。）信矣！以此言之，士有怀琬琰以就煨尘者，亦何可支哉？"蔚宗此说，适如太冲意中所欲言，殆可视为八首之总赞。

今览本诗，以“铅刀贵一割，梦想骋良图”始，以“巢林栖一枝，可为达士模”终。所表见者，乃一由积极而消极、由希冀而幻灭之过程，披文可见。而谓其深衷所存，必如鄙说者，则有三诠焉。其一，诗云：“济济京城内，赫赫王侯居。冠盖荫四术，朱轮竟长衢。”又云：“列宅紫宫里，飞宇若云浮。峨峨高门内，蔼蔼皆王侯。”是作诗之地，实在洛阳。而太冲之居洛，则缘左芬之入宫。本传云：“会妹芬入宫，移家京师。”是也。至作诗之时，则据余所考，上距其妹入宫，已有八载。（下详。）尔时干禄，盖已甚久，然空庐抱影，卒无所成。诗云：“出门无通路，枳棘塞中涂。计策弃不收，块若枯池鱼。”殆属情实。若其谓：“自非攀龙客，何为欻来游？被褐出阊阖，高步追许由。”“饮河期满腹，贵足不愿余。”则又幻灭以后排遣之辞，非其初心然也。（按太冲功名之心，至老不衰。故其后更附贾谧，为二十四友之一，见《晋书·贾谧传》。又《全晋文》卷七十四载其《白发赋》云：“咨尔白发，观世之途，靡不追荣，贵华贱枯。赫赫阊阖，蔼蔼紫庐，弱冠来仕，童髫献谟。……曩贵耆耋，今薄旧齿。皤皤荣期，皓首田里。虽有二毛，河清难俟。”《全晋诗》卷四载其《杂诗》云：“高志局四海，块然守空堂。壮齿不恒居，岁暮常慨慷。”用意皆与《咏史》相发。）其二，诗中史事，纷然杂出，而细加条理，则友纪较然。析而言之，冯唐、主父偃、朱买臣、陈平、司马相如为一系。潜郎终身汩没，四贤初仕屯蹇，则作者所引为况譬者也。段干木、鲁仲连一系，功成身退，爵赏不居，则作者所引为仰慕者也。许由、扬雄一系，当时尊隐，来叶传馨，则作者所引为慰藉者也。苏秦、李斯一系，福既盈矣，祸亦随之，则作者所引为鉴戒者也。独荆轲之事，若无关涉，殆可谓寂寥中之奇想，而归本于自贵自贱，是与他篇固亦相通。其标举虽繁，要以出处穷通为枢纽。凡诸称说，或始否而终泰，或先荣而后枯，或享当时之富贵，或博后来之声名。而卒以知止、知足、立德、立言为其结论。斯盖悔吝之余，非如是不足以消释其内心之矛盾与苦闷耳。其三，诗云：“世胄蹑高位，英俊沈下僚，地势使之然，由来非一朝。”此于富贵之基于门第，若有微辞；然其《别传》云：“思……颇以椒房自矜，故齐人不重也。”则连姻帝室，太冲实引以为荣。所谓“朝集金张馆，暮宿许史庐”，与夫“金张籍旧业，七叶珥汉貂”之豪门，（按许、史之为贵戚，固不待言。金、张则《汉书·张汤传》所云：“亲近贵宠，比于外戚”者也。）其在太冲，乃欲之而不能，非能之而不欲，故终发“何世无奇才，遗之在草泽”之叹。（考《太冲别传》谓其“无吏干而有文才。”《晋书·左芬传》谓芬“姿陋无宠，以才德见礼。”而武帝好色，元后性妒，后父骏专擅朝政，或皆为太冲仕宦不进之由。兹不备论。）由是言之，诵此诗者，当知其中实有作者之“情意综”存焉，固不得如《义门读书记》之执“饮河期满腹”四句，辄云：“太冲之于二十四友，特以身托戚属，难以自疏，然非有所附丽乾没，读此足以知其志也。”

由本诗之时地及题材，作者之内心与行事，可以推见其微旨者，如此。其寄情在出处，故作者托之史事而易明；其结念在穷通，故读者加之分理而可晓。在昔《诗品》之论左诗，谓其“文典以怨，颇为精切，得讽谕之致。”（卷上）陈仲子先生《注》云：“此指《咏史》诗。”（古直《钟记室〈诗品〉笺》亦云。）斯说殊谛。盖典指其征材，怨指其用意。典怨二字，固八首之的评。《义门读书记》但就其风格，以“挥洒激昂顿挫”称之，说虽不误，犹非揣本之论也。

二

至本诗年代，惟第一首可为推断之资。《义门读书记》尝据其“长啸激清风，志若无东吴”，及“左眄澄江湘，右盼定羌胡”诸句，为之说云：“诗作于武帝时，故但曰‘东吴’；凉州屡扰，故下文又云‘定羌胡’。”按自晋武受禅，迄树机能为马隆所斩，孙皓为王濬所平，其间羌胡、东吴，与晋数相攻伐。史册所载，斑斑可稽。（参《晋书》卷三及《资治通鉴》卷七十九、八十《武帝纪》，又《通鉴纪事本末》卷十一“晋灭吴”条，“羌胡之叛”条。）何说诚是。然《晋书·后妃传·左芬传》云：“芬少好学，善缀文。……武帝闻而纳之。泰始八年拜修仪，受诏作愁思之文，因为《离思赋》曰：‘生蓬户之侧陋兮……谬忝厕于紫庐。’”（按《太平御览》卷一百四十五引《晋起居注》云：“咸宁三年，拜美人左嫔为修仪。”吴士鉴《〈晋书〉斠注》录此文于《左芬传》中，意其与史异也。然考《御览》同卷又引《晋诸公赞》云：“旧制：贵嫔、夫人比三公，假金紫。淑媛、淑仪、修容、修仪、婕妤、容华、充华为九嫔，比九卿，假银青。”是贵嫔之位，高于修仪；而九嫔之中，又无美人之目。则芬固不得先为贵嫔，后为修仪，亦不得同时为美人及九嫔，疑《起居注》所载，别是一人，嫔或其名也。）如前所论，此诗实太冲缘妹入宫移家洛阳后作，则不得在泰始八年之前。又《晋书·武帝纪》云：咸宁五年，“十二月，马隆击叛虏树机能，大破，斩之。凉州平”。泰康元年，“三月，王濬以舟师至于建邺之石头。孙皓大惧，面缚舆榇，降于军门。”而诗方期“澄江湘”，“定羌胡”，斯亦不得在咸宁五年后也。更加寻究，则泰始八年迄于咸宁五年，其中相距，亦有八岁。八首之作，定属何时，固犹有待于考证。

余尝取史文与诗辞对勘，乃决其必作于咸宁五年十一月。所以知其然者，则《武纪》载：是年“十一月，大举伐吴。”其诏曰：“吴贼失信，比犯王略；胡虏狡动，寇害边垂。……自宣皇帝以来，以吴、蜀为忧，边事为念。今孙皓犯境，夷虏扰边，此乃祖考之遗虑，朕身之大耻也。故缮甲修兵，大兴戎政，内外劳心，上下戮力，以南夷句吴，北威戎狄，然后得休牛放马，与天下共飨无为之福耳。今调诸士，家有二丁三丁取一人，四丁取二人，六丁以上三人，限年十七以上，至五十以还。先取有妻息者。其武勇散将家亦取如此比，随才署武勇掾史。乐市马比为骑者，署都尉司马。中间以来，内外解弛。吏寡尽忠之心，将无致命之节。……今当大修戎政，所混壹六合。赏功罚惰，明罚整法。其宣敕中外，使各悉心毕力，明为身计。”（《全晋文》卷五）此诏所称，与本诗第一首所咏，情事若合符节。如诏云：“吴贼失信，比犯王略；胡虏狡动，寇害边垂。”云：“孙皓犯境，夷虏扰边。”云：“南夷句吴，北威戎狄。”诗则云：“边城苦鸣镝，羽檄飞京都。”云：“长啸激清风，志若无东吴。”云：“左眄澄江湘，右盼定羌胡。”诏云：“其武勇散将家……随才署武勇掾史。乐市马比为骑者，署都尉司马。”诗则云：“虽非甲胄士，畴昔览穰苴。”诏云：“内外劳心，上下戮力。”云：“使各悉心毕力，明为身计。”诗则云：“铅刀贵一割，梦想骋良图。”诏云：“然后得休牛放马，与天下共飨无为之福耳。”诗则云：“功成不受爵，长揖归田庐。”设非针对立言，安能如此巧合。则此诗乃太冲奉读纶音，发为咏叹无疑。且其年十二月，凉州即平，观诗中尚以定羌胡为言，尤足知其作于《伐吴诏》下不久也。

抑有进者，览诗中“何世无奇才，遗之在草泽”，及“计策弃不收，块若枯池鱼”诸语，颇疑诏书初颁，太冲闻风兴起，曾有请缨求试之事，而武帝不纳，故退以声诗抒其愤思。特遗文零落，末由征諭耳。然诗中微旨，则固可由年代之证定而益彰焉。

三

若夫欲明其渊源之自来，则当先审其特征之所在。此诗特征，大可两端。胡应麟《诗薮》云：“咏史之名，起自孟坚，但指一事。魏杜挚《赠毋丘俭》，叠用八古人名，堆垛寡变。太冲题实因班，体亦本杜，而造语奇伟，创格新特，错综震荡，逸气干云，遂为古今绝唱。”（外编卷二。又同书内编卷二云：“《鰕䱇篇》，太冲咏史所自出也。”则谓太冲此诗用意在求自试，与子建彼诗同符，非兹所论。）则杂陈先典，不专一事，一也。《义门读书记》云：“咏史不过美其事而咏叹之，檃括本传，不加藻饰。此正体也。太冲多自摅胸臆，乃又其变。”则题为咏史，实寓衷怀，二也。胡氏兼陈体制所从出，何氏但及法式之有异。辄以愚管所窥，并加订补焉。

检胡氏所举杜挚诗云：“骐骥马不试，婆娑槽枥间。壮士志未伸，坎轲多辛酸。伊挚为媵臣；吕望身操竿；夷吾困商贩；宁戚对牛叹；食其处监门；淮阴饥不餐；买臣老负薪，妻叛呼不还；释之宦十年，位不增故官。才非八子伦，而与齐其患。无知不在此，袁盎未有言。被此万病久，荣卫动不安。闻有韩众药，信来给一丸。”（《全三国诗》卷三）其中叠用古事，诚如所说。然余考曹公父子乐府，于此已开其端。魏武《短歌行》二首之二云：“周西伯昌，怀此圣德，三分天下，而有其二。修奉贡献，臣节不坠。崇侯谗之，是以拘系。（一解）后见赦原，赐之斧钺，使得征伐，为仲尼所称。达及德行，犹奉事殷，论叙其美。（二解）齐桓之功，为霸之首，九合诸侯，一匡天下。一匡天下，不以兵车。正而不谲，其德传称。（三解）孔子所叹，并称夷吾。民受其恩，赐与庙胙，命无下拜。小白不敢尔，天威在颜咫尺。（四解）晋文亦霸，躬奉天王，受赐珪瓒秬鬯，彤弓卢弓矢千，虎贲三百人。（五解）威服诸侯，师之者尊。八方闻之，名亚齐桓。河阳之会，诈称周王，是以其名纷葩。（六解）”又《善哉行》二首之一云：“古公亶父，积德垂仁，思弘一道，哲王于豳。（一解）太伯仲雍，王德之仁，行施百世，断发文身。（二解）伯夷叔齐，古之遗贤，让国不用，饿殂首山。（三解）智哉山甫，相彼宣王。何用杜伯，累我圣贤。（四解）齐桓之霸，赖得仲父。后用竖刁，流虫出户。（五解）晏子平仲，积德兼仁，与世浮沉，未必思命。（六解）仲尼之世，王国为君。随制饮酒，扬波使官。（七解）”魏文《煌煌京洛行》云：“夭夭园桃，无子空长。虚美难假，偏轮不行。（一解）淮阴五刑，鸟尽弓藏。保身全名，独有子房。大愤不收，褒衣无带。多言寡诚，只令事败。（二解）苏秦之说，六国以亡，倾侧卖主，车裂固当。贤矣陈轸，忠而有谋，楚怀不从，祸卒不救。（三解）祸夫吴起，智小谋大，西河何健？伏尸何劣？（四解）嗟彼郭生，古之雅人。智矣燕昭，可谓得臣。峨峨仲连，齐之高士，北辞千金，东蹈沧海。（五解）”（均见《全三国诗》卷一。）此诸篇所出史迹，贤愚各异，得失互陈，则与太冲之取材同。篇中分解，或每解咏一事，或二解咏一事，或一解咏数事。则与太冲之联章同。特其法式尚系檃括本传，近于班固原作，太冲则更加以扩充、藻饰、变化、错综耳。是则谓其体出杜挚，无宁谓为推本曹公父子也。

次则假史言怀，实此作尤要之点。沈德潜《古诗源》云：“太冲咏史，不必专咏一人，专咏一事。咏古人而己之性情俱见。”（卷七）张玉穀《古诗赏析》更加之剖判，谓其“或先述己意，而以史事证之。或先述史事，而以己意断之。或止述己意，而史事暗合。或止述史事，而己意默寓。”（卷十一）二家所论，均极精当。试执其说，以绳汉、魏诸作，而求太冲之先驱，则鄙见所及，惟有孔融《杂诗》。其辞云：“岩岩钟山首，赫赫炎天路。高明曜云门，远景灼寒素。昂昂累世士，结根在所固。吕望老匹夫，苟为因世故。管仲小囚臣，独能建功祚。人生有何常，但患年岁暮。幸托不肖躯，且当猛虎步。安能苦一身，与世同举厝。由不慎小节，庸夫笑我度。吕望尚不希，夷齐何足慕？”（《全汉诗》卷二）加之比量，太冲八首，不独风骨、辞气有类此诗，其标举史事，但期发扬襟抱，尤无二致。盖自太冲而后，六代咏史，不乏名篇，而涂径所经，多遵斯轨，有同后世所谓“六经皆我注脚”者。溯其远源，固当推文举兹篇。

选自《古诗考索》，上海古籍出版社，1984

漫谈《孔雀东南飞》古诗的技巧

俞平伯

一　起兴

它是用“孔雀东南飞，五里一徘徊”十字起兴。出典当然是汉乐府瑟调曲《艳歌何尝行》。陈祚明《采菽堂古诗选》曰“兴彼此顾恋之情”是也。近人或疑为“孔雀东南飞”原本这一段还很长，流传众口，却被缩短，只剩开头两句了（张为骐说），恐未必然。我以为这十字已摄尽那篇乐府的精华，配合着“府吏”、“兰芝”的故事非常适合。读者对看自然明白。

这儿更有“起兴”的问题，本是极复杂的。现在十分简单的说，“兴”只是引起的意思，包括着譬喻。大概有两个情形，（一）借音来联想；（二）借义来联想。这等于说起兴有“含义”和“不含义”两种，像本篇即是含义的起兴一个例。（顾颉刚《写歌杂记》“起兴”，是说不含义的兴，可参看。）

二　说“十三能织素”一段——剪裁之妙

首先应该注意的，是剪裁的非常精简，原来长诗虽然贵繁，但却有极简处。繁简互用，始极其妙。非一味冗长拖沓之谓也。《采菽堂古诗选》似乎很懂得这个道理。

此下更不道两人家世，竟入“十三织素”等语，突然而来，章法甚异。盖长篇既极淋漓，最忌拖沓。此处写家世，末后写两家得闻各各懊恨追悔，便是太尽。太尽反无味，故突起突住，留不尽之意方妙。

前此不写两家家世，不重其家世也，后此不写两家仓皇，不重其仓皇也。最无谓语而可以写神者，谓之不间，若不可少而不关篇中意者谓之间。于此可悟剪裁法。（《古诗源》说略同）

这都很对，第二段话尤好。但陈氏的思想却不高明，因此对技巧的了解也还不够。如他说："母不先遣而悍然请去，过矣。"读者试观这诗，兰芝是悍然请去吗。大谬不然。以"女请去"一段话开头，省略了多少情事，不仅在两家家世也。她哪里会愿意去，不得不去啊。看下文焦母说："吾意久怀忿，汝岂得自由。"事势明白，是文家补叙法。他从家庭变故爆发这一点起笔，乃最经济的文学剪裁手段，不止突兀而已。

三　再说这一段言语记述之异

"十三能织素"一段话当为兰芝口气，但却又有点像诗人口气，这也是很特别的地方。陈氏说：

> "十三织素"等语是赞扬此女，一气下接"十七"二句便是此女口中语，过接无痕。

这说很特别：仔细想来却很有道理。古诗很难用新式标点，我常常这样说的，在此可以看出。假如用引号，依陈氏说便如下式，岂非笑话。

> 十三能织素，十四学裁衣，十五弹箜篌，十六诵诗书。"十七为君妇，心中常苦悲。……"

至少，他所谓过接无痕的好处，没有了，反而落了个不好的痕迹。陈氏的话也不太对，大致不错。当他作诗的时候，记人口气，还是兰芝口气；并不大分明，只是一气写去，所以我们今日不能用引号来硬取。如硬说为兰芝语，自夸自赞亦未尝不可，却于文情不很密合。总之，不是兰芝当日实在的话语，却非常明显。在下文阿母口中又说一遍，也并非纪实，陈说：

> 重"十三"云云映带作致，是作者用章法处，安顿此处却好，令人不觉，语亦稍变，故佳。

此言是也。即"蒲苇"、"盘石"云云亦是章法照应，《古诗源》亦言之。凡这等地方都不宜呆看，当时自有这样说的可能，却不见得真这样说，用笔在虚实之间，最耐寻味。至于照应之法，在文家并非第一义，贵乎用得自然，陈氏也说得很好，可以参看，兹不具引。

四　说繁简

长诗岂有不繁的呢。不繁则诗安得长。《孔雀东南飞》长至一千七百五十字，在古代是空前的巨著。我以为它的妙处在“繁简互用”。上述“十三能织素”云云突兀的起来，有剪裁即是简，但“十三”、“十四”、“十五”、“十六”、“十七”挨次敷叙，本身却又是繁。这已可说明“繁简互用”了。更引他例明之：

> 阿母大拊掌，不图子自归。十三教汝织，十四能裁衣，十五弹箜篌，十六知礼仪，十七遣汝嫁，谓言无誓违。汝今何罪过，不迎而自归。

“十七”以下，可能是纪实。必从“十三”数起，数这一大套贫嘴，是照应，是描写，反正不见得是事实，可谓有意用繁。下边紧接着说：

> 兰芝惭阿母，儿实无罪过。阿母大悲摧。

这又何等干脆！千言万语说不尽的痛苦，却迸出一句“儿实无罪过”来，五字即了。至于他母亲的惊疑、愤怒、悲哀种种复合的感伤，又只用五个字“阿母大悲摧”包括之。在这儿，用简是分明的。至于“阿母大拊掌”、“阿母大悲摧”句法全同，相映成趣，又极其自然，不露章法凑泊的痕迹，所以为佳也。

五　说写实与文章修饰

本篇是写实、白描的名著，所用的手法约可分为三类，（一）纯写实。（二）情意实而事不必实。（三）事不实而情意可思。一切文学的名篇大概都活用这三种笔法，拿本诗为例，却最分明。它十之八九都属于第一类。（二）（三）两类混合用之。

如写太守家办喜事的十个字，“其日牛马嘶，新妇入青庐”记述实况甚明。其他尽多夸饰，“青雀白鹄舫”以下凡十二句，铺张扬厉，正不必是事实，或竟全非事实。(二)(三) 之别，在此可略明之。

“青雀”以下六句，船跟车马，皆迎亲之用，但用了船便不必再用车，用车亦无须用船，然而并说舟车，意在铺张，不必是事实也。但不必是事实的，未必非事实，用了船，再备车马，也没有不可以的道理，所以该属第二类。

本节却另有一句，“交广市鲑珍”，也是铺张，却离事实更远，因为根本上不可能有这事。上文说过，“良吉三十日，今已二十七”，这也属于文章修饰之例，不必是事实，却有可能，反正时日很忽促的。假如这个算事实，那“广交”云云一定非事实。无论故事发生在什么地方，或在安徽庐江，或在江苏丹徒，或在北方，都不能在三天之内，赶到安南或广州去采购海味啊。所以很显明的属于第三类。他之所以必用违反事实的描写，正要表示太守家办喜事的“红火”，反跌出下文的一番扫兴，瓦解冰消，所谓事虽非实，意却不违也。

此外如“妾有绣腰襦”一段，“新妇起严妆”一段并“点染华褥，五色陆离”（《古诗源》语），皆属文家修饰之长技，文情相生，悲丽错杂，如悉较以事实，其不合亦多矣。还有，“右手持刀尺，左手执绫罗，朝成绣袂裙，晚成单罗衫”，陆时雍《诗镜总论》曰：“其亦何情作此也。”等于说，哪里有心情做这活计呢。话虽不错，诗意却不在这点。事实上非但没这心情去做，即做亦无此麻利快，然而非如此写，即不显兰芝的针神绝技，与上文美丽妆梳之描写，异曲同工，而其牺牲于“封建”、“礼教”、“势力”的家庭为尤可痛惜也。

我的总结：写实不一定纪事，情意得实，亦写实之类也。意不违则意自明，情不讹则情可思，悲喜无端，使读者油然善感，而文章之能事差毕矣。

六　略谈本篇的思想

本文原只谈技巧，而思想却和技巧相关，思想还是更要紧。上说的陈胤倩，技巧论未尝不精，但思想迂腐，与诗人之意，格不相入，因而技巧论亦为之减色。我们谈到文学，说或作的时候，形式技巧、内容主题自不能不分别言之。实际上，内外是浑然一体不能分拆的。所以创作跟批评，其过程实在是颠倒的，也难怪这两种人时常拌嘴，这有根本上的龃龉，不仅文人相轻而已也。

本篇容易引起人注意的地方，第一是长，第二是技巧，第三是思想。就价值而论，正应该倒过来，思想当居首位，长短实无关宏旨。它之所以成为中国最伟大的叙事诗，在于能当反抗礼教的旗手，对着传统伦理的最中心点“孝道”给了一个沉重的打击，当头一棒。我们看后来的选诗的、评诗的对这诗有些地方不太满意，甚至于很不满意，就可以明白这个道理了。《采菽堂诗选》即一好例。在此正无须征引它。

妙在它又用了艺术的手腕。换一个说法若无艺术的掩护，即无法干这中心突破的战术。作者或就不敢写，即写了在封建的社会中亦决定吃不开。即幸而无碍，教条式、标语口号式的文字，感召力亦很差，究竟得不到什么效果。所以，思想跟技巧哪个重要，是很难说的。思想重于技巧，虽似合理，但无技巧，思想失其所凭依。技巧跟思想既不可分，我们实亦不能说思想重于技巧也。这都是题外闲谈。

一句话就明白了，几千年读这诗的难道有同情这老太太而不同情少奶奶的吗？即顶迂腐的家伙，他亦不能，亦不敢这样说呵。诗人举出绝不含糊的事实，用极艺术的手段把它表现出来，使读者无论见仁见智如何的不同，反正不能歪曲了事实而颠倒黑白。甚至于结尾，“行人驻足听，寡妇起徬徨，多谢后世人，戒之慎勿忘”，用了教训的口吻，我们亦不起反感。这都证明了他的技巧的成功。本篇题为谈技巧，却说到思想，我却认为并非题外之话。

还有一点更值得注意的。诗虽写礼教吃人，但吃人的，不仅仅是礼教，家庭的势利，经济上的压迫，官面的强暴，又何尝都是礼教呢？若依“饿死事小，失节事大”的公式，即说从一而终，正不该逼她改嫁呵。这和鲁迅的小说《祝福》写祥林嫂的命运，是很像的。女人所受的压迫实不止一种，也不从一方面来，古诗人能够见到这很重要的一点，又能“如实”、“如画”地写了出来，恕我说句套话，这实在值得我们学习的。

选自1950年4月16日《光明日报》学术版

略谈“孔雀东南飞”

俞平伯

“孔雀东南飞”一诗初见于梁徐陵编选的《玉台新咏》，诗中叙述故事很详细，却缺故事发生和写作的时间、主角的名姓等等，只见于序中。序文所载：一、时为汉末建安，二、地为庐江府，三、男名焦仲卿，妻刘氏。后来谈本篇的大概都根据这序，并演为戏剧，焦仲卿、刘兰芝的姓名已为人民大众所熟识的了。

我一向认为这序不可靠，出于后人附益。不但序文如此，连这《古诗为焦仲卿妻作》这题目也是后来加上的。试问，做诗有自称“古诗”的么？既曰“古诗”，即是后人口气。如上列序中的三项，第一点在后面谈。第二、第三都不可靠。庐江府这地名和诗中叙述每多矛盾，这里也不想多谈。焦仲卿和其妻刘氏，在诗里完全不见。古代作品中有些无名氏，往往被后人添上姓名，如陶潜《桃花源记》的武陵人，便在《搜神后记》上说他姓黄名道真。焦仲卿大约也是这一类罢？至于女主角的名字原见于诗中，却不曾说她姓刘，不但不说她姓刘，而且说她不姓刘。“说有兰家女”是也。（后人因信序，反说：“兰字或是刘字伪。”甚误。）兰芝者，姓兰名芝，非姓刘而名兰芝也。东汉时代多单名，她姓兰名芝本不足怪。然则我们说“刘兰芝”也好比叫“花木兰”了（亦有说木兰姓朱的，却不曾通行）。

我自来抱这样的看法，记得在从前写的文字中也曾说到过；虽心知其如此，既没有什么“显证”，就也不值得多谈。此外，本诗似乎还有一个问题：就是从汉末建安到徐陵编《玉台新咏》，时代很长，为什么这么空前宏伟的名篇却不见于记载，而忽然突兀地如彗星一般出现在六朝的晚年？我抱着这样的怀疑相当久了。再说，它是不是建安时作品，在治文学史者也有过争论。

近来偶读阮籍《咏怀诗》中的“昔日繁华子”一首：“愿为双飞鸟，比翼共翱翔”下，《文选》卷二十三，注引：

建安中无名诗曰：“中有双飞鸟，自名为鸳鸯。”

仿佛如见故人，这就是“孔雀东南飞”呵。在李善本《文选》上《咏怀诗十七首》题颜延年、沈约等注，却与善注混杂，有些标明“颜延年曰”，“沈约曰”，有些标明“善曰”，有些什么也不标明。这一条就是不曾标明的，不知是颜、沈旧注，还是李善新注。但既引来注阮籍诗，作注的人自当认为在阮籍以前，所谓“建安”是也。序文所云“汉末建安中”，倒还是可信的，看他称此篇为“无名诗”，是不但诗的著作者无名，并诗本身亦无名，绝不提起焦仲卿妻字样，盖别有依据，非引《玉台新咏》明矣。看其情形，在六朝初期中叶流传的只是既无序文，又无标题，那么一首没头没脑的诗。至于是否已如今本那样的长，还是经过传唱传钞，有所附益加工，且不得而知了。

选自《文学评论》1961年第4期

读抱朴子推论南北学风的异同

唐长孺

一　抱朴子讥惑篇中所论四事

《抱朴子》外篇卷26《讥惑篇》云：

上国众事所以胜江表者多，然亦有可否者。君子行礼，不求变俗，谓违本邦之他国，不改其桑梓之法也；况于在其父母之乡，亦何为当事弃旧而强更学乎？吴之善书则有皇象、刘纂、岑伯然、朱季平，皆一代之绝手，如中州有钟元常、胡孔明、张芝、索靖，各一邦之妙，并有古体，俱足周事。余谓废已习之法，更勤苦以学中国之书，尚可不须也；况于乃有转易其声音以效北语，既不能便良似，可耻可笑，所谓不得邯郸之步，而有匍匐之嗤者。此犹其小者耳，乃有遭丧而学中国哭者，令忽然无复念之情。昔钟仪、庄舄不忘本声，古人韪之。孔子云："丧亲者若婴儿之失母，"其号岂常声之有！宁令哀有余而礼不足，哭以泄哀，妍拙何在，而乃治饰其音，非痛切之谓也。又闻贵人在大哀，或有疾病，服石散，以数食宣药，势以饮酒为性命；疾患危笃，不堪风冷，帏帐茵褥，任其所安。于是凡琐小人之有财力者，了不复居于丧位，常在别房，高床重褥，美食大饮，或与密客引满投空，至于沉醉，曰："此京洛之法也。"不亦惜哉！余之乡里先德君子，其居重难，或并在衰老，于礼唯应缞麻在身，不成丧致毁者，皆过哀啜粥，口不经甘，时人虽不肖者莫不企及自勉，而今人乃自取如此，何其相去之辽缅乎！

关于葛洪，我们在第三节中将更详细地谈到，这里只就本篇所说讨论。

葛洪是吴人，当吴国灭亡与晋室东迁之后，亲见江南人慕效洛阳风气，他是个比较保守的人，对于旧俗的废弃很不满意，所以加以讥刺。他所提出的例证有四：一是书法，二是语言，三是哀哭，四是居丧，我们现在稍加解释。

葛洪把吴之善书者与中国之书分列，二者之间一定有所不同。诸家手迹现在业已不能见到，有一些保留在宋代阁帖中的刻本，真伪既难鉴定，而又传拓失真。葛洪所举吴国书家4人，只有皇象还见于记载，其余3人不但笔迹失传，连最简单的事迹也不能知道。《法书要录》卷1宋王愔《文字志》下卷有一个岑泉，卷2庾肩吾《书品论》下之中有一个岑渊，应是一人，他本名渊，避唐讳作泉，这个人可能即葛洪所举之岑伯然。《三国吴志》卷12《虞翻传》注引《会稽典录》云："孙亮时有山阴朱育，少好奇字……造作异字，千名以上。"《文字志》下卷亦载朱育，也许即是葛洪所举之朱季平。刘纂、岑伯然、朱季平自唐以后论书艺者如张怀瓘、窦息等已没有著录，笔迹必久已失传。既然如此，现在要比较中原书法和江南的不同是有困难的。如果就传世碑刻而论，吴之天发神谶、禅国山、谷朗三碑与曹魏诸碑确有区别，但是否这种书法仅在南方流行还是不能断定。我们现在所能知道的只是江南书法与北方是不同的。《法书要录》卷1载王僧虔《论书》：

> 陆机书，吴士书也，无以较其多少。

说明"吴士"的书法和中原钟胡以至二王的书法太不同了，因此也无法比较其优劣。他特别提出"吴士"，就是说此一类型是普遍流行于江南的。例如《法书要录》载窦息《述书赋》上云：

> 吴则广陵休明（即皇象）朴质古情，难以穷真，非可学成，似龙蠖蛰启，伸盘复行。（以上皇象）贺氏兴伯，同时共体，瘠而不疏，逸而寘礼，等殊皇贺，品类兄弟。（以上贺邵）

贺邵并非著名书家，但其书体却和皇象类似，可见江南书艺之风尚。这一类的书体大概是较古。

北方书法之南流改变了吴人"朴质古情"的形制，我的推测主要是在于行书的推广。《晋书》卷36《卫瓘传》载卫恒《四体书势》：

> 魏初有钟胡二家为行书法，俱学之于刘德升而钟氏小异，然亦各有巧，今大行于世云。

卫恒所谓四体乃是古文、篆书、隶书、草书。行书、八分、楷书都属于隶书范围。卫恒于每一书体中都列举若干精于此一体的书家，钟繇、胡昭只见于隶体项下，而且特别说明其“为行书法，今大行于世”。可见西晋书家之推重钟胡只在于他们的为行书立法，而大行于世的钟胡体实即此行书法。固然《法书要录》卷1王僧虔《论书》云：“钟公之书，谓之尽妙。钟有三体：一日铭石书，最妙者也，二日章程书，世传秘书教小学者也，三日行押书，行书是也（亦作相闻书）；三法皆世人所善。”似乎钟繇最擅长的是铭石书。按当时碑铭都用篆隶（狭义之隶），汉末以隶著称的是师宜官和梁鹄。卫恒《四体书势》云：“鹄弟子毛弘教于秘书，今八分皆弘法也。”王僧虔自己也这样说，可知在魏时钟繇不以八分（隶）著称，也就不能以铭石书为最妙①。

行书是一种较新的书体。僧虔论书又云②：“刘德升善为行书，不详何许人，颍川钟繇魏太尉，同郡胡昭公车征，二子俱学于德升，而胡书肥，钟书瘦。”同书卷7张怀瓘《书断》云：“案行书者后汉颍川刘德升所作也，即正书之小伪，务从简易，相间流行，故谓之行书。王愔云：‘晋魏以来工书者多以行书著名，昔钟元常善行押书是也。’……刘德升即行书之祖也。”自晋以来，论书法者一说到行书就必以钟胡并论，钟胡同学于刘德升则卫恒已如此说。刘德升的事迹我们也不知道，张怀瓘以之为颍川人，恐怕因钟胡籍贯而推测，王僧虔为南齐人已经不详德升为何许人了③。至于以德升始作行书，乃是由于钟胡之前只知德升善行书，再往上推就不知道了。我们知道书体创造决非一两个人所能，汉代木简上我们已看到了行书，可见流传于民间已久。但这种较新的书体在士大夫间本来没有重视，大概到了刘德升始加以提倡，到了钟胡才形成风气，流行于士大夫间，于是行押书提高了地位，与篆隶（八分）正书并列。行押书称为刘德升所创造，或钟胡立法，其实际意义乃是民间朴质的艺术开始为文人所接受和加工，于是形成了一种最能表现艺术之美的新书体④。

据王愔的说法，晋以来工于书法者皆以行书著称，而行书是一种新兴的字体，晋初除掉钟胡无可取法。《晋书》卷39《荀勖传》：“俄领秘书监……又立书博士，置弟子教习，以钟胡为法。”照卫恒所说秘书监所教习的书法有毛弘的八分书；王僧虔认为秘书所教又有章程书，即出于钟繇；章程书既非八分，亦非行押，大概是指正书（即今所云楷书）；我想秘书所授必备四体，《荀勖传》所云“以钟胡为法”，虽也可能包括章程书，主要恐怕是指行押书。荀勖是钟氏外甥，也是颍川人，所以要尊重新书体，而且事实上新书体也是较进步而合用。

行书一体既然在汉末始在颍川受到提倡，曹魏时才流行于中原士大夫间，江南民间虽或流行，而号称书家的士大夫则尚未接受。吴人善书如皇象，照王僧虔论书，说他“能草，世称沉着痛快”，又张怀瓘《书断》引欧阳询语云：“张芝草圣，皇象八绝并是章草。”《三国吴志》卷8《张纮传》注引《吴书》说纮“善楷篆书”。僧虔论书又称吴人张纮特善飞白。吴国书家没有以行书著称的人，可知这是灭吴之后才传入江南的新书体。以后王羲之、献之父子书名最盛，晋以后又多学二王，特别是学献之，但羲之也学钟书，所以也可以说自晋之后行书之法悉出钟繇。胡昭从东晋后名望渐减，大概由于羲之学钟不学胡之故。葛洪所称吴人所学的中原书法虽非专指行押，但主要应即此江南所未有的新书体。

东晋之后，新书体的发展掩盖一切，篆与八分固然过了时，正书也不足与行书相比，而此时书艺重心也从洛阳移到了建康。

在这里我附带地说明晋室东渡带着中原新兴文化一起迁移，书艺是其中之一，但这决不是说北方就此绝迹。《魏书》卷24《崔玄伯传》：

> 尤善草隶行押之书，为世摹楷。玄伯祖悦与范阳卢谌并以博艺著名。谌法钟繇，悦法卫瓘而俱习索靖之草，皆尽其妙。谌传子偃，偃传子邈，悦传子潜，潜传玄伯，世不替业，故魏初重崔、卢之书。又玄伯之行押特尽精巧，而不见遗迹。

可见北魏书艺同样的取法钟繇。卫瓘书法不知如何，《晋书》卷36《卫瓘传》称瓘“与敦煌索靖俱善草书”，似以草书见长，但崔悦之草却又学索靖，那末所云法卫瓘者不知是哪一种。卫恒为瓘之子，他所著的《四体书势》明说钟胡为行书法，卫瓘即使亦善行押，想仍不脱钟胡之法，因此崔玄伯之行押书直接、间接可信仍出于钟胡。我们现在已不能见到北朝的尺牍笺奏之类的遗迹，假使有之，应与南朝不甚相远，其差别只是南方有二王对于新书体的发展，东晋之后便师法二王，与钟胡隔了一层而已。

葛洪所举的第二件事是“语言”。关于这个问题，陈寅恪先生有《东晋南朝之吴语》一文，阐发已明[⑤]，这里我不再赘述。陈先生的结论完全可以证明葛洪之说，即是江南士族普遍学习洛阳话。《宋书》卷81《顾琛传》称：“先时宋世江东贵达者会稽孔季恭，恭子灵符，吴兴邱渊之及琛吴音不变。”陈先生根据这一条证明“其余士人，虽本吴人，亦不操吴音，断可知矣”。

其实吴士学习洛阳语，早在东渡之前。《陆士龙集》有《与兄平原（陆机）书》，提出“音楚”的问题，还说他作文时，“会结使说音”。楚与雅相对，“音楚”即音韵不正，这里当指吴音。“结使”当为给使之讹，即伺候官吏的使役，作文要使役说音，当因其为洛阳人。这封信说明二陆入洛后，为了免于“音楚”的讥评，已有学洛阳语音之事。但是吴士虽然学说洛阳语，终究带着吴音。《颜氏家训·音辞篇》便说“南染吴越，北杂夷虏，皆有深弊，不可具论”。颜之推所说“南染吴越”的音辞，包括南渡侨姓与吴士。葛洪所谓“既不能便良似，可耻可笑”的语言就是这种吴人口中的北语，隔了多少年之后，连侨人也受到同化，一样地说那种不南不北的吴化洛阳语了。简单地说，这种吴化洛阳语相当于蓝青官话，因为是官话，所以只行于士族间。

吴语在音韵上的问题，我将另外讨论，不再涉及。

葛洪所举的第三件事是“哀哭”，这是无关重要的琐事，现在也稍加说明，以证南北风俗的转移。

照葛洪所说这种南人所学的北方哭法乃是“治饰其音”的，也就是说有“妍”、“拙”区别的，有“常声”的哭声。我们现在只能证明南北哭声之不同，究竟怎样哭法是难以知道的。《艺文类聚》卷85引《笑林》：

> 有人吊丧……因赍大豆一斛相与。孝子哭唤“奈何”，以为问豆，答曰：“可作饭。”孝子哭，复唤“穷已”，曰：“适得便穷，自当更送一斛。”

《笑林》大概是晋人所作，《隋书·经籍志》有《笑林》3卷，题邯郸淳著。今考《类聚》所引有吴张温使蜀事，邯郸淳当不及知。类书所引《笑林》多南人或吴人到京师，由于风俗语言不同而闹笑话的故事，显然是吴亡之后的著作；例如吴人食酪的笑话亦见于《笑林》，《世说新语》和《晋书》都以为即陆玩事，此种由于南北习惯不同而发生的笑话不一定坐实陆玩，但一定是灭吴以后吴人大量入洛以后事。因此我们相信此书当为晋灭吴后北人所写。这一条所述孝子唤奈何、唤穷疑为洛阳及其附近的哭法。《晋书》卷49《阮籍传》称他在母死之后“直言穷矣，举声一号，因又吐血数斗”，大概父母之丧，孝子循例要唤“穷”。这一条《笑林》未指明南人，但不懂得这个通例的可能是指南人，因为《笑林》是惯于嘲笑南人的。

南北朝时南北哭法不同亦见记载。《颜氏家训风操篇》云：

江南丧哭时有哀诉之言耳。山东重丧则唯呼“苍天”，期功以下则唯呼“痛深”，便是号而不哭。

江南哭法时有哀诉之言，可能有声调节奏，就是葛洪所云“治饰其音”的哭法，现在苏州一带的妇女哭法还是一种有声调节奏的哀诉之言。颜之推说山东(此当指邺都及其附近）号而不哭，盖即言其无声调。“治饰其音”的哭声出于洛阳，而为吴人所仿效，颜之推已经不知其来源，而此时北方反而没有这种哭法，所以径认为江南之俗。《酉阳杂俎》前集卷13《尸穸类》述北朝丧仪云：

哭声欲似南朝传哭，挽歌无破声，亦小异于京师焉。

这一段乃是南朝人所纪北魏的风俗，所称京师是指建康。在葛洪的时代是吴人学习北人的哭法，但此时北魏却效学南朝一种传哭，这大概是比较特殊的哭法。这里说明南北哭法不同，但南北朝后期的建康哭法可能倒是出于洛阳而非南方土法。

葛洪所举第四件事是“居丧”。吴国风俗居丧哀毁过于北方，《宋书》卷3《五行志》：

故吴之风俗相驱以急，言论弹射以刻薄相尚。居三年之丧者往往有致毁以死。诸葛（恪）患之，作《正交论》，虽不可以经训整乱，盖亦救时之作也。

和葛洪所说江南旧俗相符合。这种丧过于哀的旧俗，从晋室东迁之后带来了京洛名士放诞之风，于是遭到破坏。正确地说，如葛洪所指责的“居丧不居丧位”及“美食大饮”等也不是北方旧俗，而只是魏晋以来放诞名士的行为，但南渡侨人很多就是染有这种放诞之风的名士或贵族子弟，因此径以为京洛之风如此。关于这种蔑弃礼法之事在《世说新语》及《晋书》中所载阮籍、阮咸、王戎等事为人所共知，可以不再引证。

葛洪对于贵人的不遵丧礼，由于服散之故而加以原谅。《医心方》卷19引皇甫谧说，服散有十忌，第二忌愁忧，第三忌哭泣，第五忌忍饥；《诸病源流》引皇甫谧说服散须要常饮酒，令体中醺醺不绝，当饮醇酒。勿饮薄白酒；又说服散有六反、七急、八不可、三无疑，云：“当食勿忍饥二急也，酒必醇清令温三急也……食不厌多七急也。”而以“饮食畏多”为八不可之一。所以服散者虽居丧也不能不美食大饮。《法书要录》卷10王羲之书有云：

> 民以倾情事不可不勤，思自补节，勤以食啖为意，乃胜前者，而气力所堪不如。自丧初不哭，不能不有时恻怆，然便非所堪。

王羲之也是服散的人，他的“勤以食啖为意”，“丧初不哭”即是怕犯禁忌之故。五石散虽是古方，其盛行则在魏末。《世说新语·言语篇》何平叔条注引秦丞相（相应作祖）《五石散论》云：“寒食散之方虽出汉代而用之者寡，靡有传焉。魏尚书何晏首获神效，由此大行于世，服者相寻也。”服散既出何晏提倡，吴亡之前在江南大概不会盛行。但吴亡之后，此风亦即传入。《晋书》卷68《贺循传》说他为了拒绝陈敏之命，“又服寒食散，露发袒身示不可用”，可为南人效法京洛贵人服散之证[⑥]。葛洪不反对服散，却责备那些不服丧的凡琐小人居丧无礼，大概由于他自己也是服散的人。

葛洪所举四事，前三事都在建康或其附近地区形成风俗，只有居丧无礼似乎并未普遍流行。东晋以后名士一般都礼玄双修，对于居丧倒是十分拘忌的。

综上所述虽有些只是琐细之事，但整个说来却表示了吴亡之后，江南士人羡慕中原风尚的心理。一到晋室东迁，以洛阳为中心的中原文化便移到了建康，改变了江南所固有的较保守的文化、风俗等等。因此我们可以说东晋以后所谓江南的风尚有一部分实际上乃是发源于洛阳而以侨人为代表，并非江南所固有。

二　魏晋期间江南的学风

在讨论这个问题之先，我们有必要说明魏、晋期间所谓南北的界限。《世说新语·文学篇》：

> 褚季野语孙安国云：“北人学问渊综广博。”孙答曰：“南人学问清通简要。”支道林闻之曰：“圣贤固所忘言，自中人以还，北人看书如显处视月，南人学问如牖中窥日。”

从上引这一段来说明南北学风的都以为褚裒、孙盛和支道林所说的南北就相当于以后南北朝的界限。我觉得在东晋时可能范围有些出入。褚裒（季野）为阳翟人，孙盛（安国）是太原人，所谓南北应指河南北。东迁侨人并不放弃原来籍贯，孙褚二人的对话只是河南北侨人彼此推重，与《隋书·儒林传序》所云："南人约简，得其精华；北学深芜，穷其枝叶，"虽同是南北，而界限是不一致的。《晋书》卷62《祖逖附兄纳传》[⑦]：

时梅陶及钟雅数说余事，纳辄困之。因曰："君汝颍之士利如锥，我幽、冀之士钝如槌，持我钝槌，捶君利锥，皆当摧矣。"陶雅并称："有神锥，不可得槌。"纳曰："假有神锥，必有神槌。"雅无以对。

祖纳为范阳人，钟雅为颍川人，这又是河南北人的彼此诋毁，与褚孙的相互推重事虽不同，而同以河南北相对比则一。这种以河南北相对比的人物论大概始于东汉。三国期间卢毓《冀州论》[⑧]：

冀州，天下之上国也。尚书何平叔、邓玄茂谓其土产无珍，人生质朴，上古以来，无应仁贤之例，异徐、雍、豫诸州也。

何晏的贬抑冀州也许意在贬抑河内之司马氏。但卢毓为涿郡人，何晏、邓飏都是南阳人，卢毓为汉代经学世家，何晏则新兴之玄学创始人，这里的徐豫与冀州也是河南北的对比，雍州只是作为陪衬而已。

魏晋新学风的兴起实在河南。王弼创通玄学，乃是山阳人，同时名士夏侯玄是谯郡人，阮籍是陈留人，嵇康是山阳人。颍川荀氏虽然还世传经学，但荀氏的易学与王弼接近，而荀粲"独好言道"，也属于新学派开创人之一。创立行书法的钟繇、胡昭均是颍川人，而钟会也是精练名理。这些人都是河南人，大河以北我们很少看到这类人物。《三国魏志》卷28《钟会传》注引何劭《王弼传》云："太原王济好谈，病老庄，尝云：见弼《易》注，所悟者多。"可见王济本来不以老庄为然，见了王弼注《易》才有所启悟。注又引孙盛曰：

《易》之为书，穷神知化，非天下之至精，其孰能与于此，世之注解殆皆妄也。况（王）弼以附会之辨而欲笼统玄旨者乎？故其叙浮义则丽辞溢目，造阴阳则妙赜无间；至于六爻变化，群象所效，日时岁月，五气相推，弼皆摈落，多所不关，虽有可观者焉，恐将泥夫大道。

按王弼注《易》的特点正在于摆脱汉人的象数，然而孙盛却因此而表示不满，可见他是尊崇汉儒旧说的。孙盛的年辈较后，但魏晋之学多仍家门传习之旧，孙氏自孙楚以降大概即持此说。又《魏志》卷16《杜畿传》注引《魏略》称“至今河东特多儒者”。考鱼豢写《魏略》应在魏末[9]，当时玄学业已流行，而河东独崇儒学，也可说明河南北学风之不同。魏时著称的易学家还有个管辂，其学完全以阴阳五行之说结合卜筮，《魏志》卷29本传云邓飏称管辂之言为“老生之常谈”，就因其不脱汉儒象数之术。管辂是平原人，属于何晏、邓飏所讥的冀州。如上所述，可证河南北学风不同，而河北是比较保守的。当然这里所说的界限并非毫无出入，而只是一般的说法[10]。

综合上面所说，褚裒所谓“北人学问渊综广博”乃指大河以北流行的汉儒经说传注；孙盛所谓“南人学问清通简要”乃指大河以南流行的玄学。就是经学中郑玄、王肃的差异也由于郑较近于汉儒家法，而王肃则年轻时曾从荆州学派的宋忠读《太玄》，多少受新经学影响。《南齐书》卷39《陆澄传》称王肃《易》注“在玄（郑玄）、弼（王弼）之间”，可见其《易》注虽承其父王朗之业，而一部分也出于荆州之学，和王弼同出一源，所以一方面承汉学之旧，而另一方面又与新学相合。王肃在师承上与新学接近，而且他是东海人，亦属于此时的南方界限内。

魏晋期间所谓南人学问只能指以洛阳为中心的河南；其时江南自荆州学派星散之后还是继承汉儒传统，全未受什么影响，而与河北的经学传注之学相近。

在孙吴时江南有几种《易》注。其一是陆绩的注《京氏易传》。《三国吴志》卷12《陆绩传》：

> 绩容貌雄壮，博学多识，星历算数，无不该览……作浑天图，注《易》，释玄，皆传于世。

陆绩注已失传，《盐邑志林》收陆绩《易解》一卷，乃明人姚士粦从李鼎祚《集解》和《经典释文》中搜辑的。张惠言《易义别录》云：“公纪（绩字）注《京氏易传》，则其易京氏学也……今观公纪所述，凡纳甲、六亲、九族、四气、刑德生克（这些都是京氏《易》特有的东西）无一言及之。至言六爻发挥，旁通卦爻之变，有与孟氏《易》相出入者。京氏自言其学即孟氏《易》，公纪傥得之邪？”陆绩是否专门京氏学，或是兼通孟氏，我对于经学所知甚浅，不敢妄谈，只就现在所遗留的陆氏说法看来，他是专以象数说经的。因此后人也以他的《易》注与王弼《易》注对举。《太平御览》卷608引颜延之《庭诰》云：

> 易首体备，能事之渊；马（马融）、陆（陆绩）得其象数而失其成理；荀(荀爽)、王（王弼）举其正宗而略其数象。

颜延之以荀王为连类，想因二人同用费氏《易》及不重象数之故，其实二家仍有新旧之别。马陆连类亦因同重象数。但马融已由崇古文而趋于兼采今古，陆绩之《易》却还守西京博士之遗绪，较之马融更为专门，也更为保守，跟王弼的距离更不必说了。

他的释《太玄》也抱同样的态度，范望《太玄注》曾引他的《述玄》，他说：

> 章陵宋仲子（宋忠）为作解诂……仲子之思虑诚为深笃，然玄道广远，淹废历载，师读断绝，难可一备，故往往有违本错误……故遂卒有所述，就以仲子解为本。其合于道者因仍其说，其失者因释而正之。所以不复为一解，欲令学者瞻览彼此，论其学术，故合联之耳。夫玄之大义，揲蓍之谓，而仲子失其指归，休咎之占，靡所取定，虽得文间义说，大体乖矣。

陆绩认为《太玄》一书的大义在于卜筮休咎；他所以不满意宋忠的解诂就在于不重视占卜而但得“文间义说”。可见宋忠的注《易》和《太玄》基本态度是在于扫除象数，而注意发挥理论，这正是新经学的道路，而陆绩却是长于历算，又习京氏易，其治经沿袭汉儒的旧法已不待论，所以他要把《太玄》的大义放在占卜这一点。

其二是虞翻的《易注》。虞翻和陆绩同时，出于家传孟氏《易》的世家。《吴志》卷12《虞翻传》注引别传所载翻上《易注》奏云：

> 臣高祖父故零陵太守光少治孟氏《易》，曾祖父故平舆令成缵述其业，至臣祖父凤为之最密，臣先考故日南太守歆受本于凤，最有旧书，世传其业，至臣五世。前人通讲多玩章句，虽有秘说，于经疏阔。臣生遇世乱，长于军旅，习经于枹鼓之间，讲论于戎马之上，蒙先师之说，依经立注。

又有一奏云：

> 经之大者莫过于《易》，自汉初以来，海内英才，其读《易》者解之率少。至孝灵之际，颍川荀谞号为知《易》，臣得其注，有愈俗儒。至所说“西南得朋，东北丧朋”，颠倒反逆，了不可知……又南郡太守马融名有俊才，其所解释，复不及谞……若乃北海郑玄，南阳宋忠虽各立注，忠小差玄，而皆未得其门，难以示世。

虞翻易学出于家门传授。他对于汉代几家《易》注都表示不满，马郑都是今古杂采的通儒，宋忠是新易学的启蒙者，都和虞氏专家之学不同，所以都受到“未得其门”的批评。他对于荀谞（即荀爽）注说了一句“有愈俗儒”，这只是因为荀氏注的底本虽用费氏，却也兼用孟氏，和他的专业较近之故。

陆绩、虞翻行辈较前，他们都不能见到王弼注，然而此时荆州之学已行，宋忠的注《易》及《太玄》他们是见到的，可是未受影响。

第三种《易注》比较不出名。《隋书·经籍志》载吴太常姚信《易注》10卷。《经典释文》称其人于孙皓宝鼎初为太常。《吴志》卷13《陆逊传》云：“逊外生顾谭、顾承、姚信并以亲附太子，枉见流徙。”他是陆氏外甥，其易学可能与陆绩有关。张惠言《易义别录》辑《姚氏易注》序云：

> 其言乾坤致用，卦变旁通，九六上下则与虞氏之注若应规矩，元直（姚信字）岂仲翔（虞翻字）之徒欤？抑孟氏之传在吴，元直亦得有旧闻否？

我们知道陆绩虽注《京氏易传》，而据张惠言之说，他的说法颇近孟氏，姚信之孟氏《易》或亦得之陆绩。

孙吴时期同时出现了三种《易注》，可见易学之盛，而就三种《易注》看来江南所流行的乃是孟氏、京氏，都是今文说，这与时代学风相背驰，从这一点可以证明江南学风较为保守。

孙吴时江南流行的学术还有“天体论”。《吴志》卷12《陆绩传》称绩作《浑天图》。《开元占经》卷1卷2都载陆绩的《浑天仪说》，又卷67载陆绩的《浑天图》。《晋书》卷11《天文志》载葛洪驳王充论，中有引《浑天仪注》语。以上大概皆即陆绩的《浑天图》，他主张张衡之浑天而驳王充之盖天。《晋书·天文志》又称：“至吴时中常侍庐江王蕃善数术，传刘洪乾，象历依其法（依陆绩法）而制浑仪，立论考度”云云[11]。刘说“天体员如弹丸也，而陆绩造浑象，其形如鸟卵”，认为不对，且陆绩自己说天形正圆，不免矛盾。刘氏意在纠正陆绩，但主张浑天是一致的。王蕃，《吴志》卷20有传云“博览多闻，兼通术艺”，后为孙皓所杀。陆凯上疏称蕃“知天知物”，乃是孙吴有名的天文历算学者。他虽是庐江人，但渡江已久，仍可认为吴人。《晋志》又云：“吴太常姚信造昕天论。”结论是“天行寒依于浑，冬依于盖”，他认为天体南低北高，所以称“昕天”⑫。又《太平御览》卷2引《晋阳秋》云：“吴有葛衟字思真，改作浑天，使地居中，以机转之，天转而地止。”

就是入晋以后，江南人论天体者还有数家，据《晋书天文志》所载晋成帝时虞喜作《安天论》。喜称其族祖河间相耸立《穹天论》⑬，《吴志》卷12《虞翻传》注引《会稽典录》：“耸字世龙，翻第六子……在吴历清官，入晋除河间相。”他立《穹天论》可能还在吴末。虞氏之论天体必亦与家学有关。此外葛洪主浑天而驳安天、盖天亦见《晋志》及《抱朴子》。

如上所述，可知天体的讨论盛于江南，《晋》、《宋》二书的《天文志》所载各家自陆绩起都是江南人。《晋书》卷94《鲁胜传》称“元康初迁建康令(康应作邺)，到官，著《正天论》”。鲁胜是代郡人，上面我们已说过大河以北学风亦如江南之多遵汉人传统。鲁胜曾注《墨辩》，也是个名理学者，但他或者早先学过这一套天文历算之学，到了江南，习闻天体论者之争辩，因此也写了这一篇。

我们知道汉代天体的讨论是很流行的，自《淮南子》的《天文训》开始以至刘向、扬雄、桓谭、张衡、马融、王充、郑玄这些著名学者都曾著论讨论这个问题。可是一到三国却只流行于江南，中原几等于绝响，这也是江南学风近于汉代之一证。

吴亡之后，京洛学风自当流入江南，然老庄之学在江南缺乏基础，接受自较困难。刘敬叔《异苑》云：

> 陆机初入洛，次河南之偃师。时阴晦，望道左若有民居，见一年少，神姿端远，置《易》投壶，与机言论，妙得玄微。机心服其能，无以酬抗，乃提纬古今，总验名实，此年少不甚欣解。既晓便去，税驾逆旅，问逆旅妪。妪曰：“此东数十里无村落，止有山阳王氏冢尔。”机往视之……方知昨所遇者王弼也⑭。

此事亦见《晋书》卷54《陆云传》，最后说“云本无玄学，自此谈老殊进”。我们当然不相信这种鬼话，传说中逢见王弼鬼魂的是陆机或是陆云更不必问。但是这个故事的产生却有其背景。二陆在入洛之前，在江南的学术环境中对于中原玄学必未深入研究，入洛先后，为了适应京洛谈玄之风可能加以学习，有人奇怪他们“本无玄学”，而居然也能对答一下，才生出这样一个故事来。陆机入洛已在吴亡后10年，但江南尚无玄学，即二陆虽染习玄风，而现在传世二陆著作均与玄谈无关。《五等论》、《辨亡论》均《过秦》之类，正所谓“提纬古今，总验名实”之作而为王弼鬼魂所不甚欣解者。严可均《全晋文》卷117辑《抱朴子》佚文云：“秦时不觉无鼻之丑，阳翟憎无瘿之人，陆君（机）深嫉文士放荡流遁，遂往不为虚诞之言，非不能也。”葛洪自己不懂玄学，深恨虚浮，因此代陆机申说，但足见葛洪所见之陆机作品全部也是“不为虚诞之言”的；至于陆机是否如葛洪所说由于深嫉文士放荡流遁，有意不作玄谈，我想就上述故事看来，他倒是学之而未成，并非薄之而不为。

不但二陆在入洛时似曾学习玄谈，当时吴士入洛者可能都要作此准备。《晋书》卷68《纪瞻传》：

召拜尚书郎，与（顾）荣同赴洛，在途共论易太极。

顾荣是吴郡人，纪瞻是丹阳人，都是江南名士。两人讨论太极意见不同，但同样没有理解王弼的说法。顾荣反对王弼“太极天地”的说法。他认为“太极者，盖谓混沌之时，曚昧未分”的一个宇宙构成阶段，老子所云“有物混成，先天地生”，即指《易》之太极，而天地即是两仪。他说“若谓太极为天地，则是天地自生，无生天地者也”。他的太极论乃是讲宇宙构成先后次序，而王弼所讲的太极则是本末体用之辨，也就是顾荣以汉儒的旧说来驳魏晋的玄学。纪瞻是支持王弼说的，认为“王氏指向，可谓近之”，他不承认有“曚昧未分”的阶段，而谓“太极极尽之称，言其理极，无复外形，外形既极，而生两仪”，并非混沌，所以天地即太极。纪瞻的说法仍然在讲宇宙构成的先后次序，并非王弼本意。两人同引老子“有物混成，先天地生”这句话，顾荣以为即指《易》之太极，亦即混沌未判之状，以此驳王弼；纪瞻则云：“老子先天之言，此盖虚诞之说，非易者之意也。”干脆就把他抛开，仿佛王弼之言与老子无关。由此我们可以相信顾纪二人都没有看王弼的《老子注》。王弼注明明白白说：“冥然不可得而知，而万物由之以成，故曰混成也。不知其谁之子，故先天地生。”王弼正是把这个混成之物指太极，但这个太极只是作本体解；所以说“先天地生”，只因其为体、为全，而天地有名即只能是末、是用；所云先后乃指体用而非宇宙构成之时间先后。这里的说法正好与太极即天地之说互相发明，而顾氏据此以驳王弼，纪瞻则斥为虚诞，可见二人虽高谈王弼《易注》，实则仍守汉儒家数。

顾纪二人在赴洛阳的途中讨论太极王氏说，而陆机（或陆云）也在赴洛阳途中逢到王弼鬼魂；两件事情虽一真一虚，但却可以说明一个问题，就是吴亡之后江南名士对于玄学的态度。当时他们虽也可能看了王弼《易注》之类的书，但由于江南学术与此不同，所以一时不易理解。他们当然了解洛阳的风气正在玄学笼罩之下，自己要到洛阳去做官，不能不先事揣摩，所以即在途中还从事学习，希望不致临时无法对答，为京洛名士所笑，这种心理是不难猜测的。

如上所述，三国时期的新学风兴起于河南，大河以北及长江以南此时一般仍守汉人传统，所谓南北之分乃是河南北，而非江南北。吴亡之后，名士企慕中原，于是玄学以及其他风俗习惯亦传入江南，但仍未深入，所以入洛吴士在十年之后仍然没有能以此见长。我们的结论是魏晋期间的江南学风是比较保守的。

三　东晋以后南方土著与侨人学风的差异

晋室东迁之后，京洛风气移到了以建康为中心的江南地区，江南名士不少接受了新学风，开始重视三玄，而如《抱朴子》所云其他如书法、语言等也多仿效北人。《世说新语·言语篇》：

> 张玄之、顾敷是顾和中外孙，皆少而聪惠，和并知之，而常谓顾胜，亲重偏至，张颇不惬。于时张年九岁，顾年七岁，和与俱至寺中，见佛般泥洹象，弟子有泣者，有不泣者。和以问二孙。玄谓：“被亲故泣，不被亲故不泣。”敷曰：“不然，当由忘情故不泣，不能忘情故泣。”

又同书《夙惠篇》：

> 司空顾和与时贤共清言。张玄之、顾敷是中外孙，年并七岁，在床边戏，于时闻语，神情如不相属。暝，于灯下二儿共叙客主之言，都无遗失。顾公越席而提其耳曰：“不意衰宗，复生此宝。”

又同书《文学篇》：

张凭举孝廉，出都，负其才气，谓必参时彦，欲诣刘尹……顷之长史诸贤来清言，客主有不通处，张乃遥于末坐判之，言约旨远，足畅彼我之怀，一坐皆惊。真长延之上坐，清言弥日……即同载诣抚军……抚军与之话言，咨嗟称善，曰："张凭勃窣为理窟"，即用为太常博士。

上引三条都说明吴郡顾张二氏均染清谈之风，尤其是张氏。西晋时张翰的通脱为人所习知，门风如此，所以当京洛名士带着玄学清谈与任诞之习一起渡江之后，张氏最易于接受。《宋书》卷46《张邵附子敷传》称敷"好玄言"，《南齐书》卷41《张融传》（邵之侄孙）说他的遗令是："令人捉麈尾，登屋复魂曰：吾生平所善，自当凌云一笑。三千买棺，无置新衾。左手执《孝经》、《老子》，右手执《小品法华经》。"又称："融玄义无师法，而神解过人，白黑谈论，鲜能抗拒。"也是这个张融能作洛生咏，足见善于洛阳语[15]。

东晋以后的江南名士受新风气的影响自无可疑，但江南土著与渡江侨旧在学风上仍然有所区别；这只要看《世说新语》中叙述南人者大都不是虚玄之士，而一时谈士南人中可与殷浩、刘惔辈相比的更是一个都没有，便可知道玄谈还不是南士的专长。另一方面我们却可以看到南士还相当重视传统经学。《晋书》卷68《贺循传》：

会稽山阴人也，其先庆普，汉世传礼，世所谓庆氏学，族高祖纯博学有重名，汉安帝时为侍中，避安帝父讳，改为贺氏……循少玩篇籍，善属文，博览众书，尤精礼传，雅有知人之鉴，拔同郡杨方于卑陋，卒成名于世[16]。

《三国吴志》卷20《贺邵传》（循之父）注引虞预《晋书·贺循传》：

时朝廷初建，动有疑义，宗庙制度，皆循所定，朝野咨询，为一时儒宗。

据《晋书》卷69《刁协传》，及卷75《荀崧传》东渡礼仪为二人所定。荀崧为颍川荀氏，荀彧的玄孙，乃经学世家；刁协也以谙练故事著称，但剖析疑义却不能不征求南士贺循的意见。《晋书》卷19《礼志》上称郊祀仪"其制度皆太常贺循所定，多依汉及晋初之仪"；亲耕籍田仪亦贺循等所上。此外见于《通典》的贺循议礼之文又有数十条，可证庆氏礼学仅传于江南。

贺循之后在南朝世代以专门礼学著称。《南史》卷62《贺玚传》[17]：

会稽山阴人，晋司空循之玄孙也，世以儒术显……祖道力，善《三礼》，有盛名……父损亦传家业……时（梁）武帝方创定礼乐，玚所建议，多见施行……所著《礼》、《易》、《老》、《庄讲疏》、《朝廷博士议》数百篇，《宾礼仪注》145卷。玚于礼尤精，馆中生徒常数百，弟子明经对策至数十人。二子革季、弟子琛并传玚业。

革字文明……通《三礼》，及长，遍治《孝经》、《论语》、《毛诗》、《左传》。

琛字国宝。幼孤，伯父玚授其经业，一闻便通义理。玚异之，常曰："此儿当以明经致贵"。……尤精《三礼》，年二十余，玚之门徒稍从问道。初玚于乡里聚徒教授，四方受业者三千余人。玚天监中亡，至是复集。……既世习礼学，究其精微，古述先儒，吐言辩絜，坐之听授，终日不疲……琛所撰《三礼讲疏》、《五经滞义》及诸《仪注》，几百余篇。

可见贺氏自汉以来家学相传不绝。礼为五朝显学，我不是说只有南人才研究礼，而是想说明江南的经学直接两汉，其传授渊源长期保存在家门中。当然我们还必须承认南朝玄礼双修已成风气，所以贺玚亦撰《易》、《老》、《庄》三玄的讲疏，而保存在《礼记正义》中的贺玚之说，有一些颇带着玄学气味，但其为庆氏礼之传袭却是主要的一面。

江南易学偏重象数，已如前述，而东晋之后仍有其痕迹。《隋书·经籍志》有《周易难王辅嗣义》1卷，晋扬州刺史顾夷等撰。《世说新语文学篇》："谢万作《八贤论》以示顾君齐"，注引《顾氏谱》云："夷字君齐，吴郡人。"又《宋书》卷93《隐逸关康之传》："晋陵顾悦之难王弼易义四十余条，康之申王难顾，远有情致。"悦之，《晋书》卷77有传，《世说新语·言语篇》作顾悦。二顾反对王弼易义的内容大概是与象数有关。《南齐书》卷39《陆澄传》载澄与王俭书云：

《易》近取诸身，远取诸物，弥天地之道，通万物之情；自商瞿至田何，其间五传，年未为远，无讹杂之失；秦所不焚，无崩坏之弊。虽有异家之学，同以象数为宗。数百年后，乃有王弼。王济云："弼所悟者多"，何必能顿废前儒，若谓易道尽于王弼，方须大论。意者无乃仁智殊见，四道异传，无体不可以一体求，屡迁不可以一迁执也。晋太兴四年（公元321年），太常荀崧请置《周易郑玄注》博士，行乎前代。于时政由王庾，皆俊神清识，能言玄远，舍辅嗣而用康成，岂其妄然。泰元立《王肃易》，当以在玄弼之间。元嘉建学之始，玄弼两立。逮颜延之为祭酒，黜郑置王，意在贵玄，事成败儒。今若不大弘儒风，则无所立学。众经皆儒，唯《易》独玄，玄不可弃，儒不可缺，谓宜并存，所以合无体之义。

陆澄虽不反对王弼《易注》，而只主张应该郑王并立。但他说王弼之前的易学"同以象数为宗"，而且并无讹杂崩坏之弊，暗示《易》本完整，无待新说，其本意显然重视象数。陆澄自己虽云读《易》三年，"不解文义"[18]。但这一封书信却代表南士对于《易经》的见解。至于书中颇推重杜预的《左传注》，这自然是受侨人的影响。

此外我们还可以提出几个南士来证明其与侨人学风的区别。《晋书》卷91《儒林虞喜传》：

会稽余姚人，光禄潭之族也……永和初，有司奏称十月殷祭；京兆府君当迁祧室，征西、豫章、颍川三府君初毁主，内外博议不能决。时喜在会稽，朝廷遣就喜咨访焉，其见重如此。喜专心经传，兼览谶纬，乃著《安天论》以难浑（浑天）、盖（盖天）。又释《毛诗》，略注《孝经》，为《志林》30篇，凡所注述，数十万言行于世。

这个虞喜也就是以隐匿户口为山遐所治的豪族地主，虞氏与顾陆一样都是孙吴以来江南大族，其学当与虞翻有关。他读谶纬，著《安天论》都可以说明他还是遵守汉人治学的途径。本传所云为了祧迁问题朝廷不能解决，必须咨询他的意见，与贺循定礼事参观，可知经学之传流在于江南学门而不在侨人。

虞喜之弟虞预最讨厌名士放诞的人，《晋书》卷82《虞预传》：

征士喜之弟也……预雅好经史，憎疾玄虚，其论阮籍裸袒，比之伊川被发，所以胡虏遍于中国，以为过衰周之时。

虞预的论调和葛洪相似，江南人对于名士放荡的行为开始是看不惯的。《晋书》卷72《葛洪传》：

丹阳句容人也。祖系，吴大鸿胪；父悌，吴平后入晋，为邵陵太守。洪

> 少好学……以儒学知名……从祖玄，吴时学道得仙，号曰葛仙公。以其练丹秘术，授弟子郑隐，洪就隐学，悉得其法焉。后师事南海太守上党鲍玄。玄亦内学，逆占将来，见洪深重之，以女妻洪。

葛洪的学问综合了南北的旧传统、旧思想。那种神仙家与内学（谶纬）正是汉代盛行的东西。他的老师鲍玄是上党人，在魏晋时黄河北岸的学风和江南一样保守。葛洪的地域、家学、师承都重保守，因此他的学问纯为汉人之旧。他所著的《抱朴子》，内篇专论金丹、符箓之术，长生不死之法；外篇论治国之道。他在《明本篇》中说“道德衰而儒墨重”，仿佛在排斥儒家，但是他所说的“道”，初则提出《易经》中的道字，认为即是道家之道；终则以飞升为学道的目标，所说支离肤浅，自相矛盾。他也尊重老子，但是他的老子为神仙家的教祖，而不是玄学家的圣人。他憎恨京洛名士的放荡，而以维护礼教的理由予以痛斥。在外篇卷25《疾谬篇》中，他说：

> 汉之末世则异于兹，蓬发乱鬓，横挟不带，或亵衣以接人，或裸袒而箕踞……终日无及义之言，彻夜无规箴之益，诬引老庄，贵于率任，大行不顾细礼，至人不拘检括，啸傲纵逸，谓之体道，呜呼惜乎！岂不哀哉！……若问以坟索之微言，鬼神之情状，万物之变化，殊方之奇怪，朝廷宗庙之大礼，郊祀禘袷之仪品，三正四始之原本，阴阳律历之道度，军国社稷之典式，古今因革之异同则怳悸自失……强张大谈曰：“杂碎故事盖是穷巷诸生、章句之士吟咏而向枯简，匍匐以守黄卷者所宜识，不足以问吾徒也。”

本篇所谴责的汉末风俗，实际即指晋代⑲。葛洪强调这些名士对于学术的无知，总括起来他所列举的可分为三类：一是神仙谶纬之学，二是礼制典章之学，三是阴阳律历之学。这三类学术的结合正是董仲舒以降汉儒治学的特征，也是江南儒生自陆绩、虞翻、贺循以至葛洪自己治学的特征，而是为玄学家所不屑道的。

葛洪在《刺骄篇》中更直率地批评戴叔鸾、阮嗣宗，认为“其后羌胡猾夏，侵掠上京”，这种不守礼法的现象是其先兆。这种说法是与虞预相同的。《抱朴子》诸篇中随处可以找到责备浮华任诞之语，这里不再列举。批评这种风气者并不限于葛洪，但是以汉儒传统说法来批评的在当时却并不多。我们完全有理由说葛洪是汉代遗风的继承人。

如上所述，晋室东渡之后，玄学开始在江南发展，江南成为各种新学风的移殖地域，但南方土著保守旧业者还有其人，例如上述的贺、虞、顾、陆诸家和葛洪都是。一般说来，江南土著之学还是以儒家经典注释见长。《梁书》卷48《儒林传序》称梁武帝设立五经博士，“以平原明山宾、吴兴沈峻、建平严植之、会稽贺玚补博士，各主一馆”，五人中四人为南士。《南史》卷71《儒林传》连附传在内一共29人，其中南人占19人，现在节录如下：

严植之字孝源，建平秭归人也。少善庄老，能玄言，精解《丧服》、《孝经》、《论语》。及长，偏习《郑氏礼》、《周易》、《毛诗》、《左氏春秋》……所撰《凶礼仪注》479卷。

孔佥，会稽山阴人。少师事何胤，通五经，尤明《三礼》、《孝经》、《论语》……佥兄子元素，又善《三礼》，有盛名，早卒。

沈峻字士嵩，吴兴武康人也。家世农夫，至峻好学，与舅太史叔明师事宗人沈麟士，……遂博通五经，尤长《三礼》，为兼国子助教。时吏部郎陆倕与仆射徐勉书，荐峻曰：“凡圣贤所讲之书必以《周官》立义……此学不传，多历年世。北人孙详、蒋显亦经听习而音革楚夏，故学徒不至。唯助教沈峻，特精此书。比日时开讲肆，群儒刘岩、沈宏、沈熊之徒并执经下坐，北面受业，莫不叹服，人无间言。弟谓宜即用此人，令其专此一学，周而复始，使圣人正典，废而更兴。”勉从之，奏峻兼五经博士……传峻业者又有吴郡张及、会稽孔子云……太史叔明吴兴乌程人……少善庄老，兼通《孝经》、《论语》、《礼记》，尤精三玄……峻子文阿。

文阿字国卫……少习父业，研精章句。祖舅太史叔明，舅王慧兴并通经术，而文阿颇传之，又博采先儒异同，自为义疏，通《三礼》、《三传》，位五经博士……所撰《仪礼》八十余条，《春秋》、《礼记》、《孝经》、《论语》义记七十余卷，《经典大义》18卷。并行于时。

孔子祛，会稽山阴人也……勤苦自励，遂通经术，尤明《古文尚书》，为兼国子助教……子祛凡著《尚书义》20卷，《集注尚书》20卷，续朱异《集注周易》100卷，续何承天《集礼论》150卷。

皇侃，吴郡人……少好学，师事贺玚，精力专门，尽通其业。尤明《三礼》、《孝经》、《论语》，为兼国子助教……撰《礼记讲疏》50卷……所撰《论语义》、《礼记义》见重于世，学者传焉。

沈洙字弘道，吴兴武康人也……通《三礼》、《春秋左氏传》，精识强记，五经章句，诸子史书，问无不答。

戚衮，字公文，吴郡盐官人也。少聪慧，游学都下，受《三礼》于国子助教刘文绍，一二年中，大义略举……衮于梁代撰《三礼义记》，逢乱亡失，《礼记义》40卷行于世。

郑灼，字茂昭，东阳信安人也……少受业于皇侃……灼性精勤，尤明《三礼》……时有晋陵张崖、吴郡陆诩、吴兴沈德威、会稽贺德基俱以礼学自命……贺德基，字承业，世传礼学，祖文发，父淹仕梁，俱为祠部郎，并有名当世。

全缓，字弘立，吴郡钱塘人也……缓通《周易》、《老》、《庄》，时人言玄者咸推之。

顾越，字允南，吴郡盐官人也。所居新坂黄冈，世有乡校，由是顾氏多儒学焉……（越）家传儒学并专门教授……越遍该经义，深明《毛诗》，傍通异义，特善庄老，尤长论难，兼工缀文，闲尺牍……所著《丧服》、《毛诗》、《老子》、《孝经》、《论语》等义疏四十余卷。

沈不害，字孝和，吴兴武康人也……不害通经术，善属文……著《五礼仪》100卷。

吴郡陆庆少好学，遍通五经，尤明《春秋左氏传》。

我们丝毫也不怀疑上列诸人之受玄学影响，他们的释经自然也或多或少地渗杂玄学成分，特别是《易》、《论语》大概多主新经学，只是我们就其被称为儒生说来，不妨说南人较重经学而已。这不但在南朝如此，隋唐之际还是一样，《隋书·儒林传》有四个江南人，吴郡褚辉、余杭顾彪[20]，余杭鲁世达、吴郡张冲，而无侨人，也表示南人治经比侨人多注意一点，而《隋书·经籍志》所载顾彪的关于《尚书》著作三种，其一为《今文尚书音》，又其一为《尚书大传音》，似乎不主伪《孔传》，这也许和家学有关。

这里我们看出的迹象是东晋以后侨人和南方土著间在学风上还有一些差异，虽然礼玄双修已成风气，互相影响是很明显的。

---

①《法书要录》卷2陶弘景与梁武帝书有云："至世论咸云江东无复钟迹，常以叹息。皆日伫望中原廓清，太邱之碑，可就摹采。"则钟之铭石书在梁代知道的仅有太邱碑，而南北分裂，南人并不能看到，王僧虔何从知其"最妙"。

②《法书要录》以僧虔论书为羊欣，恐有误。

③ 《书断》中妙品行书16人第一个即是刘德升云："字君嗣，颍川人，桓灵之时以造行书著名，虽已草创，亦丰妍美，风流婉约，独步当时。"所述或有所本，但恐不可信，钟书南朝已皆是摹本，张怀瓘更何从见刘德升之书。

④ 行押书亦称为史书，《三国魏志》卷11《管宁附胡昭传》称昭善史书。史书之意恐是指令史之书。因为行书简便，适合于令史所用之故。

⑤ 《历史语言研究所集刊》，第七本，第一分册。

⑥ 以上所说服散事，均出《辅仁学报》7卷一、二期合订本余嘉锡先生《寒食散考》。

⑦ 又见梁元帝《金楼子》卷5。

⑧ 见《初学记》卷8。

⑨ 《史通正史篇》称："先是魏时京兆鱼豢私撰《魏略》，事止明帝。"则写成必在明帝死后。

⑩ 例如魏时最有名的经学家应是孙炎，而炎为乐陵人，却在大河南岸，又如山东区域由于郑玄之故，其学亦与河北较接近。

⑪ 《宋书》卷23《天文志》同。

⑫ 钱大昕《十驾斋养新录》卷5以为"昕"与"轩"双声、假借，"昕天"即是"轩天"，因为南低北高，其形似轩之故。

⑬ 见《太平御览》卷2引《安天论》，《晋志》即本虞喜说。

⑭ 此事又见《水经谷水注》引袁氏《王陆诗叙》，《太平御览》卷617、884及《太平广记》卷318引《异苑》，诸本略有异同。《晋书》卷54《陆云传》亦载此而以为云事，叙述较简。《太平广记》首作"晋清河陆机"，考机为平原内史，清河内史是陆云，又不当脱去内史二字。今从逮逮秘书本《异苑》。

⑮ 参观陈寅恪先生《东晋南朝之吴语》，载《历史语言研究所集刊》第七本第一分册。

⑯ 《贺循附杨方传》云方著有《五经钩沉》，也是个经学家。

⑰ 《梁书》卷38《贺琛传》，卷48《儒林贺玚传》略同。

⑱ 见本传。

⑲ 《抱朴子》中常常用"陈古刺今"的手法以讥斥当代，不但本篇如此。像上面所述种种，汉末确已有萌芽，但至少不是普遍的风气。其他篇中所云汉末之弊亦然，但也有自汉以来相沿之习。近人往往多误会，以此说明汉事，我们应该谨慎地引用。

⑳ 吴郡褚辉，余杭顾彪二人的籍贯应该互易，因为褚姓据《元和姓纂》有钱塘一望，《世说新语·赏誉篇》张华见褚陶条注引《褚氏家传》云："陶字季雅，吴郡钱塘人"，钱塘至陈时立为郡，隋改为余杭郡，所以褚辉应作余杭。顾氏为吴郡四姓之一，《旧唐书·儒学朱子奢传》称子奢为苏州吴人，"少从乡人顾彪习《春秋》"，可证彪为吴郡人。

选自《唐长孺社会文化史论丛》，武汉大学出版社，2001

分析《水经》和《水经注》作者的纷歧问题

汪辟疆

在未谈到本题以前，我们应当先知道什么是叫做经？和什么是叫做注？

经字的解释：有人说过“经就是常道，古人尝尝说过‘五常之道’，所以后人把教人养成德性的几部古书，叫它做《五经》。”这是最普遍的解释。但是又有人说：“经就是大路，路就是径。大道在人们的心中，就好像径路的四通八达，无往不是平平坦坦的大路。”这又是一个解释。这两种的解释，我认为都是后来人的附会，决不是经字的本训。我以为经字的本义，的确是取象治丝，丝是有纵有横有条有理有组织有光彩的东西，所以在《说文解字》上说：“经，织从丝也。从糸，巠声。又纬，织横丝也。从糸，韦声。”纵和横对举，经与纬对举，并且统同归之于织；岂不是明明白白说明了经就是丝的组织吗？有组织的东西，必定有条理，而光彩也就发生于组织错综的中间。前人把经字来名这古代的几部古书，也就不外这个意思。假如仅仅只有《五经》可以叫做经，其他的书不能算做经，那吗，《孝经》、《道德经》、《南华经》、《离骚经》、《山海经》、《太玄经》，为什么也要叫做经呢？我们知道经字不一定限于几部古圣流传的书，然则后来的人把记述天下水道的书，就加上一个经字，叫它做《水经》，也不算什么奇怪的事。

《水经》既然叫做经，当然是一部古书。古书文字的组织本来就很简单；原因是：一则古人著书本来只举其大纲；一则古人的立文，没有后来人来得详悉委曲。《水经》把天下的水道一百三十七条，穷源竟委，写入一本薄薄的小册子上，统共只有三卷书；而且有许多条水，仅仅只有发源和入河入江入海的起讫，至于这些水道所经过的郡邑，都不甚详细。在后人看了，自然有许多不明了的地方。经再加上注，自然是有必要。

注又是什么？在《说文解字》上也曾说过：“注，灌也。从水，主声。”诗经上说的：“挹彼注兹”，注就是灌的意思。古人释经以明义的文，也叫做注，取义也就在此。但是以注解经，却要知道好像取两个同量的盛水器，用甲器的水，灌注到乙器的里面；或者用乙器的水，再又灌注到甲器的里面；彼此互相灌注，无论如何，却要适如其量；过满了不可，不满也不可。这就是说以注释经，注的意义，恰恰和经的意义相合。注字既然从水，经注的注字，本义又正是如此；故注字又不宜作註。註字从言，古时只有记註字作註，如《起居註》之类便是。后人误认注字和註字相通，不但自己作的书题作註，而且有时把古书上的注字也改作註，已经失了古义，到了宋明以后，或径认註为注的本义了！这虽然是一个小小的枝节问题，但读《水经注》的人，却不可以为小事而忽略它了！

就上面的解释，我们就立刻明了《水经》是一部书；《水经注》却又是一部书，虽然后者在书本内仍然保存着《水经》的原文。

以下就《水经》和《水经注》的来源而详述之：

甲　属于官私目录上的记载

《隋书·经籍志》：《水经》三卷郭璞注。《水经》四十卷郦善长注。

《旧唐书·经籍志》：《水经》三卷郭璞撰。又四十卷郦道元撰。

《新唐书·艺文志》：桑钦《水经》三卷一作郭璞撰。郦道元注《水经》四十卷。

《崇文总目》：《水经注》四十卷郦道元撰。亡其五。

附记：辟疆按此本元人欧阳玄《补正水经序》。清胡渭、全祖望、赵一清皆本之。嘉庆间钱东垣、钱侗所辑《崇文总目辑释》脱此条。

《通志·艺文略》：《水经》三卷汉桑钦撰郭璞注。《水经》四十卷郦道元注。

《郡斋读书志》：《水经》四卷汉桑钦撰。成帝时人。《水经》三卷。后魏郦道元注。

附记：辟疆按此云《水经》四卷，四字下脱十字。

《直斋书录解题》：《水经》四十卷桑钦撰。钦，《邯郸书目》以为汉人，晁氏言成帝时人，当有所据。

《文献通考·经籍考》：《水经》四十卷。

附记：辟疆按马氏书皆采晁陈二氏说，不具录。

《宋史·艺文志》：桑钦《水经注》四十卷，郦道元注。

乙　属于其他记载与论著的考定

《魏书·郦道元传》：道元撰注《水经》四十卷。

《北史·郦道元传》：与《魏书》同。

《唐六典》注：桑钦《水经》所引天下之水百三十七，江河在焉。郦善长注《水经》，引其枝流一千二百五十二。

《通典》：《水经》晋郭璞注三卷。后魏郦道元注四十卷。皆不详所撰者名氏，亦不知为何代之书。

《玉海》：《隋志》《水经》三卷，郭璞注。《唐志》桑钦三卷。旧《志》云郭璞撰，郦道元注四十卷。后魏人，字善长，博采地志，穷述水源。《隋志》不言桑钦。晁《志》云汉桑钦撰，成帝时人。

看了上面所列举的记载，问题就发生了！

一　水经的撰人，是桑钦呢？还是郭璞呢？

二　作水经的人，要不是桑钦和郭璞，究竟是谁？

三　水经注的作者，有郭璞和郦道元两家，郭璞的水经注又是怎样？

这几个重要的问题，要不先得一解决，我们在一千四百年后，（郦道元死于公历五二七年）读《水经注》一书，终久总是一个疑团，不能确切的明白了解这一部奇书；而且在这一部书的里面，也许会发生矛盾的记载。

桑钦撰《水经》的传说，最早见于记载上，要算唐玄宗时的《唐六典》，在《六典注》说："桑钦《水经》，所引天下之水百三十七，江河在焉。"后来《新唐书·艺文志》、《崇文总目》、《通志·艺文略》、《郡斋读书志》、《直斋书录解题》和《宋史·艺文志》等，皆把《水经》题作桑钦撰，这就是桑钦撰《水经》传说的来源。《通志·艺文略》桑钦上更添上一汉字；据《直斋书录解题》，郑氏又是根据李淑的《邯郸书目》；《郡斋读书志》更申言："桑钦，汉成帝时人。"直斋又说："晁氏言成帝时人，当有所据。"至于所据何书，直斋也不能明白指出。今按《汉书·儒林传》："《古文尚书》，涂恽授河南桑钦君长。"《经典释文》："桑作乘"。是西汉年间确有桑钦其人，但《汉书》只言其传《古文尚书》，没有说到他作《水经》。颜师古的《汉书注》，也没有说桑钦是在成帝时，如果桑氏是成帝时人，则《水经》当是西汉末年的作品；班固在东汉根据刘歆《七略》作了一篇《艺文志》，西汉末年刘向、杨雄的书，班固都替他补入，为什么单单又遗漏了桑钦《水经》；要是说班氏没有见到桑钦《水经》，但《汉书·地理志》里面，明明引了许多桑钦说。这些都是可疑的事。

《水经》既假定是桑钦的作品，郦道元在五百年后替桑钦作注，何以在他序文绝未提到？郦氏不但不提到桑钦作经，而且在他的水经注内，时时引用桑钦的话，就算桑钦除了《水经》以外，还有其他的地理书，也不应直斥其名。向来怀疑而加以驳斥的，我且举出二家：

宋时姚宽的《西溪丛话》上说：

> 《水经》世以为桑钦撰。予读《易水注》云："易水径其东南合滱水，故桑钦曰，易水出北新城西北，东入滱，自下滱易互受通称矣。"又广阳县溪水，亦引桑钦说，且《水经》正文，皆无此语。恐非桑钦撰，当别有书也。古书散亡，良可叹已！

清胡渭《禹贡锥指例略》上也说：

> 《水经》非桑作，愚更有一切证。郦注于漯水，引桑钦《地理志》，又于易水浊漳水，并引桑钦。其说与《汉书》无异。乃知固所引即《地理志》，初无《水经》之名，《水经》不知何人所作？注中每举本文，必尊之曰经，使此《经》果出于钦，决无直斥其名之理。盖钦所撰名《地理志》，不名《水经》也。

就上面两家的话总括起来：姚氏是根据郦注易水和广阳县溪水，曾引桑钦的说，断定《水经》非桑钦所作，桑钦当别有书。——辟疆按广阳溪水，即二十九卷沔水陵阳县东溪水下引桑钦说，因上文郦注陵阳县，晋咸康四年改曰广阳县，姚连下文溪水又北读之，遂有小误。赵一清谓："姚宽所引郦注广阳溪水，是濡水篇温溪下，非广阳溪水也。"赵失考矣。胡氏更据河水五漯水，引桑钦《地理志》曰，"漯水出高唐"，据此证明桑钦所撰为《地理志》而不是《水经》。姚胡两家话，在原则上我很赞同，但对于胡氏的结论，我却认为不对。我们再证以《汉书·地理志》。班固在他的《地理志》里面，引桑钦的说，凡有七处：（一）上党屯留下云："桑钦言绛水出西南，东入海。"（二）平原高唐下云："桑钦言漯水所出。"（三）泰山莱芜下云："《禹贡》汶水出西南，入泲。桑钦所言。"（四）丹阳陵阳下云："桑钦言淮水出东南，北入大江。"（按此淮水即今大通河。）（五）张掖删丹下云："桑钦以为导弱水，自此西至酒泉合黎。"（六）敦煌效谷下云："本鱼泽也；桑钦说。孝武元封六年，济南崔不意为鱼泽尉，教力田以勤效得谷，因立为县名。"（按此条效谷下，有"师古曰"三字，何焯谓此乃小颜注。胡渭乃谓"师古曰"三字为后人所妄加，此言非师古所能引。《玉海》第二十卷，并载之，故阎若璩胡渭皆从之。辟疆案准泰山莱芜下班注例，当在桑钦说截句。“师古曰”三字，当在孝武元封六年句上。此句下非桑语也。）（七）甲山北新城下云：“桑钦言易水出西北，东入滱。”在这些所引桑钦的话，都不见于《水经》正文；在郦注里面，却泰半和班引相同。如：（一）见浊漳水。（二）见河水五；作桑钦《地理志》曰。（三）见济水；但桑钦误作李钦。（辟疆按全赵戴三家皆不据班《志》改正，极可怪。千虑一失；可见著书之难。）（四）见沔水东溪水下。（五）《水经》今本无弱水；但《史记索隐·夏本纪》，却有引《水经》文，恰与此略同，惟不言是桑钦说。说文溺下，亦有此文，但不载《水经》，却言桑钦所说。（七）见易水。在郦《注》里面所引的桑钦说，除了（六）效谷鱼泽不见本书外，其余都和班《志》略同。可见善长作注，无处不是奉班为依归。郦《注》里面尝尝引班氏《地理志》，而桑钦《地理志》，却只有在河水五里面仅仅一见，其余皆作桑钦。（卷十四濡水下，亦引桑钦说卢子之书。）却无更引桑钦《地理志》之语。我以为班《志》言漯水，在东郡东武阳下，既言“禹治漯水东北至千乘入海”，是班氏自己的考定。在平原郡高唐下，又言“桑钦言漯水所出”，是班氏举桑说以存异闻。郦氏既本班《志》，而桑说恰好又为班《志》所引，故在他的《河水注》五的注里面，遂连桑钦和《地理志》并两存之，以见所本，并非说桑钦所撰的《地理志》。详稽班《志》，细玩《注》文，文义明显。胡氏据此单本孤证，一口断定桑氏的书，名曰《地理志》，可谓毫无根据。

桑钦既然不作《水经》，又未尝别有《地理志》一书，那么，汉《志》和郦《注》及其他书上所引的桑钦说，却从何来？我敢肯定的答复这一问题：《汉书·儒林传》上，不是明明白白的说河南桑钦君长，是从涂恽受《古文尚书》吗？在汉代的经学家，虽然尽有许多不传于后世的章句和传注，但是单辞只义，是仍然有后人不断的口授，韩《诗》虞《易》，就是最好的例证。桑钦既然是传授《古文尚书》，他说《尚书》的口义，在东汉初年，班固是可以见到。班《志》里面所引的桑氏说，必是从桑钦的《古文尚书》引来。我们只要看绛、沛、漯、汝、弱、滱，这些水名，那有一水不见于《尚书·禹贡》，就可了然无疑了！

复次，谈到晋郭璞撰《水经》：

郭璞作《水经》的传说，最早见于记载上，要算《旧唐书·经籍志》。《旧唐·志》上说：“《水经》三卷，郭璞撰。”《新唐书·艺文志》上却说：“桑钦《水经》三卷，一作郭璞撰。”在两唐书志中，显然有两种不同的说法：旧唐志说得那样肯定；新唐志仍然沿袭《唐六典》，定《水经》撰人是桑钦，下面加上“一作郭璞撰”五字，这里所说的“一作”二字，至少含有怀疑的成分，却不尽依旧《志》。到了南宋末年的王应麟氏，在他所著的《困学纪闻》上说：“《水经》所载及魏晋，疑出于璞。”王氏的“疑”和《新唐书》的“一作”是没有分别。元朝欧阳玄《补正水经序》，在序文上说：“借曰旧唐志可据，则作者南人，注者北人；在唐时皆有此疆彼界之殊，又焉知其详略异同，不限于一时闻见之所逮。”后面又把景纯、道元、正甫并举（按正甫，即作《补正水经》之金礼部郎中蔡珪字。）故清初黄宗羲《今水经自序》言：“欧阳原功谓郭璞作《经》郦善长作《注》。”据此，是欧阳玄已肯定水经是郭璞所作。郭璞作《水经》，既然有《旧唐书·经籍志》作为根据，又得新唐志和王应麟的怀疑是郭璞撰，最后更得欧阳氏将景纯、道元并举；于是元明以来，就有不少的学者文人，在他们的著述上时时说郭璞《水经》。这就是晋郭璞作《水经》传说的由来。

《水经》疑为是晋郭璞所作，其最有根据的理由，就是因为《水经》里面有许多西汉以后的地名；这些地名，不是西汉成帝时的桑钦所能前知。首先提出疑惑的人，是唐人杜佑。杜氏在他所著的《通典》上说：

> 按《水经》，晋郭璞注三卷；后魏郦道元注四十卷。不详所撰名氏，亦不知属何代之书。又其《经》云：“济水过寿张。”则前汉寿良县，光武更名。又：“东北过临济。”则前汉狄县，安帝更名。又云：“荷水过湖陆。”则前汉湖陵县，章帝更名。又云：“汾水过河东郡永安。”则前汉彘县，顺帝更名；故知顺帝以后纂序也。详《水经》所作，殊为诡诞，全无凭据。按《后汉·郡国志》：“济水，王莽末，因旱渠塞，不复截河南过。”既顺帝时所撰，都不详悉，其余可知。

杜氏这一说，虽不主张《水经》是郭璞作，但是他首先打破《水经》不是西汉年间作品；桑钦作《经》的传说，是直接受他说的影响。至于说到《水经》里面有许多魏晋的地名，而疑为晋人郭璞所作，则自南宋王应麟始。王氏在他所著的《困学记闻》上说：

> 愚按《经》云：“武侯垒。”又云：“魏兴安阳县。”注谓：“诸葛武侯所居。魏分汉中立魏兴郡。”（辟疆按：此二事，一见沔水注，一见沔水经文。）又改信都从长乐；则晋太康五年也。（辟疆按此见河水五注文，又东

北径长乐枣疆县故城东。）非后汉人所撰。隋志云：“郭璞注”，而不著撰人；旧唐志云：“郭璞撰”。愚谓所载及魏晋，疑于璞也。

王应麟这一说，是又本着杜佑的论证法，而下推到《水经》上有魏晋的地名，疑旧唐志郭璞作经之说，似为可据。但是王氏虽然疑为郭璞，在他所举出的三条证据，并不健全。为什么呢？因为武侯垒和长乐这两条，是注文，不是经文。（辟疆按：此书经注混淆，是在北宋元祐以后，即赅博如深宁，亦不能详正其失也。）沔水内又东过魏兴安阳县南，确是经文，但是赵一清的《水经注释》，此一条经文下，有：“一清按观道元释魏兴安阳之文，此条经文，疑后人所续增”。是这一条也尚有疑问？（辟疆按：戴氏官私两本皆作经。）王说虽不尽可靠，但王氏毕竟是学术界的权威，自有他这一提示，到了元明两朝，也就有不少的学人，更不复辨别他的错证，而一致认郭璞是《水经》作者了！

《水经》不是晋郭璞所作，最先提出抗议的是阎若璩。阎氏在他所著的《尚书古文疏证》上说：

《通典》以《水经》所载地名，有东汉顺帝更名者，知出顺帝以后纂序。王伯厚又因而广之，下及魏晋地名，疑旧唐志作郭璞撰者近是。余请一言以折之曰：“璞注《山海经》，引《水经》者八。此岂经出璞手哉？”即郦氏于济水，引郭景纯曰，又云《经》言。因亦自判而二之。近黄太冲撰《今水经序文》，竟实以璞著，惜不及寄语此。

后来赵一清氏更就阎说而辨析之；他说：

郭璞注《山海经》，引《水经》者八：（一）《南山经》：青邱之山。注云：“亦有青邱国，在海外。《水经》云：即《上林赋》云，秋田于青邱”。（辟疆按：今本《水经注》亡此条，玩其词，亦不似经文。）（二）《西山经》：积石之山。注云：“《水经》引《山海经》云：积石山在邓林山东，河所入也。”（辟疆按：此条见《水经注》四十卷，《禹贡·山水泽地所在篇》注内。戴震谓郭注《山海经》引此，又后人所托，不足据。）（三）《北山经》：碣石之山。注云：“《水经》曰：碣石山，今在辽西临渝县南水中；或曰：在右北平骊成县海边山。”（辟疆按：碣石山在辽西临渝县南水中句，见本注四十卷《禹贡·山水泽地所在篇》，是经文。）（四）《中山经》：末山，末水出

> 焉，北流注于役。注云：“《水经》作沫。”（辟疆按：此条见本注二十二卷《渠水注》内。毕沅校《山海》中次七经，删去旧郭注“《水经》作沫”四字，谓此后人附入，则郭注为后人羼入者多矣。）（五）《海内东经》：汉水出鲋鱼之山。注云：“《书》曰，嶓冢导漾，东流为汉。按《水经》，汉水出武都沮县东狼谷，经汉中魏兴至南乡，东经襄阳至江夏安陆县入江，别为沔水；又东为沧浪之水。”（辟疆按：沔水出武都沮县东狼谷句为经文。以下错举经注。）（六）沅水。注云：“《水经》曰：沅水出牂柯且兰县，又东北至镡成县为沅水；又东过临沅县南；又东至长沙下嶲县。”（辟疆按：此条见本注三十七卷沅水，是经文。）（七）洛水。注云：“《尚书》曰：导洛自熊耳。按《水经》：洛水，今出上洛冢岭山，东北经宏农至河南巩县入河；成皋县，亦属河南也。”（辟疆按：此条见本注十五卷《洛水注》，但东北经宏农，亦不见注。）（八）济水下，注云：“诸水所出，又与《水经》违错，以为后山川，或有同名而异实，或同实而异名，或一实而数名，似是而非，似非而是；且历代久远，古今变易，语有夏楚，名号不同，未得详也。”凡此八条，济水下云云，系郭自撰述，中惟沅水碣石二条，合于《水经》耳。他如青邱之文，今本脱亡，疑是《注》，非《经》也。汉水所引，错举大略，南乡魏兴之名，又非桑氏所知。（辟疆按：魏兴郡三国魏置。故城在今陕西安康县西北。南乡，本后汉置县，属南阳郡，今河南淅川县东南。三国魏时，置南乡郡，则辖地南迄襄阳矣。）盖后来经注混淆之故。洛水下引《水经》云：“出上洛冢岭山。”今考《水经》云：“出京兆上洛县谨举山。”郦注乃云：“出冢岭山”耳。东北经宏农之文，亦不见《经》。至于积石末水，一在四十卷《禹贡·山水泽地所在》注中；一在二十二卷“渠水出荥阳北河”注中。其为郦注无疑，而景纯引之。景纯以晋明帝大宁二年为王敦所害，下追拓拔孝昌之朝，几二百余载；大抵容有羼入之辞，非其旧矣。宁可执是以为左证耶？然《水经》本非璞撰，璞但有注三卷。且太冲亦不云是璞，但引圭斋之语耳。潜邱竟未审视也。

赵氏的辨析，虽然说郭璞的《山海注》内所引《水经》八处，只有沅水碣石两条是经文，其余大半是注，而且有后人羼入的嫌疑，不能作为郭璞引《水经》有力的证据。但是他的结论，仍然是主张郭璞未尝作《水经》，是和阎若璩的抗议，大体相同。

我今就上面所引诸家辨证和我私人的意见而断定之：（一）郦《注》里面，

常常引用郭景纯的话，假如《水经》是出于郭璞所撰，郦氏似无直斥其名之理。这一说与前段胡渭驳《水经》非桑钦所撰正同。（二）郦氏《水经注·自序》，大典本尚保存全文，如果《经》出于璞，郦氏在自序里何以不提。（三）郭璞注《山海经》，曾引用《水经》八条，至少有两条可信。假如《水经》为郭自撰，不应自引其说。（四）《水经》自经全赵戴三家分别整理后，真本《水经》，却无西晋时的地名。有了这四大证据，郭璞不作《水经》，更何用疑。

桑钦和郭璞，都不是《水经》的撰人。然则《水经》究竟是那一个撰的？以下就可讨论这一问题了。

桑钦撰《水经》的传说，有唐开元时所撰的《唐六典》可凭；郭璞撰《水经》的传说，有五代时刘昫所撰的《旧唐书·经籍志》可据；但是再要别寻出另一个人撰水经的传说，在向来记载上是找不出的。那么，我们只好用杜佑的方法，从《水经》本文上所载及地名，看他的叙述到何时为止，然后根据研讨的结果，姑且定下来，“这一部书是何时人所撰集”，这只算是无法解决的一个解决。

杜佑究竟是一位好学深思的学者。他既已列举出经文上有寿张、临济、胡陆、永安这四个县名，是东汉时所改称，而断定《水经》是东汉顺帝以后人所纂序。一直到了清代乾隆年间，全祖望在他的五校本《水经注》题词上说：

> 《水经》为三国时人所作。

同时戴震在他所校的官本提要上更指出些证据，他说：

> 《水经》作者，《唐书》题曰桑钦。然班固尝引钦说，与此经文异。道元《注》亦引钦所作《地理志》，不曰《水经》。观其涪水条中，称广汉已为广魏，则决非汉时。钟水条中，称晋宁仍曰魏宁，则未及晋代。推寻文句，大抵三国时人。今既得道元原序，知并无桑钦之文，则据以削去旧题，亦庶几阙疑之义。

又在他私撰本序文上，更断定是三国时魏人。

> 善长于经文涪水至小广魏，解之曰：“小广魏，即广魏也。”于钟水过魏宁县，解之曰：“魏宁，故阳安也。晋太康元年，改曰晋宁。”然则《水

经》，上不逮汉，下不及晋初；实魏人纂叙无疑。

《水经》为三国魏人所撰，戴氏已发其端，后百三十年，杨守敬在他所著的《水经注疏·凡例》上，更切举三证，以证实戴氏魏人作经之说。他说：

> 自阎百诗谓郭璞注《山海经》，引《水经》者八，而后郭璞《水经》之说废；自《水经注·序》出，不言《经》作于桑钦，而后来附益之说为不足凭。前人定为三国时人作，其说是矣。余更得数证焉：（一）沔水经，东过魏兴安阳县南。魏兴为曹氏所立之郡，《注》明言之。赵氏疑此条为后人所续增，不知此正魏人作《经》之明证。（二）古淇水入河，至建安十九年，曹操始遏淇水，东入白沟；而《经》文明云：东过内黄县南为白沟。此又为魏人作《经》之切证。（三）又刘璋分巴郡，置巴东巴西郡，而夷水漾水《经》文，只称巴郡。蜀先主置汉嘉郡涪陵郡，而若水延江水《经》文，不称汉嘉涪陵。他如吴省沙羡，而《经》仍称江夏沙羡；吴置始安郡于始安，而《经》仍称零陵始安。盖以为敌国所改之制，故外之。此又魏人作《经》不下逮晋代之证也。

杨氏所指出的三个证据，更较戴氏所说为明确。自有了这三个证据，则《水经》一书，是三国时魏人所撰序，更无疑义了！

最后就要略说郭璞的《水经注》了！

郭璞有撰《水经》的传说，同时还有郭璞《水经注》的传说。璞注《水经》三卷，在《隋书·经籍志》已有明文；五代时刘昫《旧唐书·经籍志》亦载有《水经》三卷郭璞撰。后来目录，有郭注《水经》，多本于此。但唐时杜佑的《通典》上，却说："《水经》晋郭璞注三卷，后魏郦道元注四十卷。佑谓二子博赡，解释固应精当，访求久之，都不详悉。景纯注解，又甚疏略，亦多迂怪。"这是首先抨击郭注之第一人。

郭璞的《水经注》，杜佑是曾访求读过的人。据杜氏《通典》所说，他不但见了郭璞《水经注》，而且能指出他的疏略和迂怪。我们现在只看见郦道元的《水经注》，并没有看到郭璞的《水经注》，是郭璞注《水经》，早已亡佚。至于它亡佚的时候，据王应麟《困学记闻》，他说："今郭注不传。"是郭氏所注《水经》，在南宋末期已亡失了！

"郭注《水经》，是果真亡佚了吗？"由宋末到清初，都承认了郭璞有《水经注》，却没有人提出这一个疑问。到了清中叶乾隆四十九年，毕沅校正《山海经》，他在《山海经篇目考》一文上，曾说：

> 《海内东经》篇中，自岷三江首，至漳水入章武南，多有汉郡县名。据《隋书·经籍志》云：《水经》三卷，郭璞注；《旧唐书·经籍志》云：《水经》三卷，郭璞撰。此《水经》，隋唐二志，皆次在《山海经》末，当即《海内经》中文也。又有《水经》四十卷，郦善长注。乃桑氏之经。（辟疆按此毕氏之误）杜佑不知郭注是《海内东经》中《水经》，乃云《水经》郭璞注三卷，后魏郦道元四十卷，皆不详所撰者名氏，亦不知何代之书，是以二《经》为一，又引《经》云：济水过寿张云云（见前）而责景纯注解疏略，是以郭璞为注桑氏之书。其谬甚矣。

在《山海·海内东经》后，又附按语说：

> 右自岷三江首已下，疑《水经》也。……此《水经》，隋唐二《志》，皆次在《山海经》后，又是郭注。当即此也。

据毕沅所说，是郭璞《水经注》，即《山海·海内东经》里面的岷三江首以下之文。杜佑不知郭注为《海内东经》之《水经》，而与郦注桑《经》并举，是合二为一；又责景纯注解疏略，其谬益甚。这一说是向来学者所未尝说过，颇为新异。依照毕氏的说法，郭璞《水经注》三卷，是到今仍然存在。王深宁说："郭注不传"，是不能不说他读书疏忽，虽然他是一个好学深思的有数学者。

但是，我的意思，却又与毕说微微不同。在我初次读毕校《山海经》时，极为赞同毕说，其原因也是因为毕氏著书，太半是孙星衍、洪亮吉、汪中、庄炘诸人的手笔，这一般人不无所见。后来却是常常怀疑：（一）《山海·海内东经》，大半虽然述水道，却无《水经》之名，（二）《海内东经》，既然是《山海经》内的篇目，当然附《山海经》以行，何以郭璞又别出此《水经》而为之注？（三）隋唐二志在地理一类，著录古代地理书，当然在《山海经》后，接次《水经》和《水经注》，这是著录应有的义例，这也不能作为郭注《水经》就是《山海经》内的《水经注》切证。（四）《山海·海内东经》，岷三江首以下，叙次海内水道，寥寥二十七条，篇中郭注也只有三十余条，这一个短短的篇幅，也决非隋唐二志三卷之旧。有了这几个疑问，可以断定今本《海内东经》记水和郭注，决非杜佑所看见的郭璞三卷的《水经注》。那么，郭注《水经》，从何而来？我敢肯定的答复：郭璞固然未作《水经》，也并未尝注《水经》，注《水经》者，只有郦道元一家。《晋书·郭璞传》，备载他所著的《洞林》，《新林》，《卜韵》，《尔雅注释》，《音义》，《图谱》、《三仓》、《方言》、《穆天子传》、《山海经》和《楚辞·子虚》、《上林》诸注，最为详细，也并无《水经注》一书。我以为唐时所流传的郭璞《水经注》，是必因为郭氏《山海经》内，有不少的水道注释，不知何时何人从《海内东经》和其他篇里面说水道之文，剌取而系于旧传桑氏《水经》的下面，而仍其三卷之数，所以唐时遂流传郭氏《水经注》一本。我又想到隋唐以前造为此注的原因：（一）隋唐间不大重视郦注，而郭璞名大。（二）郦氏文繁，郭注简要。这两大原因，就是唐时流行郭注《水经》的缘故。宜乎杜佑讥其疏略遇怪了。我们只要看应劭所著的《汉书集解》，本来就是专为班书而作，不知何时何人把应氏的书移入荀悦《汉纪》的下面。故《新唐书·艺文志》史部编年里面，遂别出应劭等荀悦《汉纪注》三十卷。应劭和荀悦都是汉献帝建安时的人，（应劭卒于建安九年，荀悦卒于建安十四年）这不是更可笑的例证吗？

现在，我们根据上面的分析作一简短的结论：

桑钦并没有作《水经》，在《汉书·地理志》和郦注及其他书上所引的桑钦说，是从他所遗留的《古文尚书》说引来；桑钦是从涂恽受《古文尚书》，《汉书·儒林传》上是有明文的。

郭璞始终未作《水经》，向来传说，无论从何方面，无从取证。《水经》的作者，从戴震和杨守敬的证明，是三国时的魏人；但作者姓名不可考。

郭璞亦未尝注《水经》，其注《水经》的传说，出于唐人取郭璞所注的《山海经》内《海内东经》和其他篇里面说水道的，剌取而系于桑氏《水经》三卷的下面，故有《水经》郭注三卷的传说；实皆不足据。

选自《江海学刊》创刊号（1958年第1期）

钟嵘生卒年代考

王达津

《诗品》的作者钟嵘，《梁书》卷四十九、《南史》卷七十二有传，但是他的生卒年代，史所未详；《历代名人年谱》、《疑年录》、《中国文学年表》等也均无考。按钟嵘《诗品》序："今所寓言，不录存者。"书中品评所及的梁代诗人，则有梁卫将军范云，中书郎丘迟，太常任昉，左光禄沈约，中书郎范缜，秀才陆厥，常侍虞羲，建阳令江洪，步兵鲍行卿，晋陵令孙察等。如果能知道这些诗人死的年代，那么钟嵘的卒年也是容易推知的。

这里面，卒年最早的是陆厥，旧说系他的死于齐永明元年，这是误解了史传文，当以《诗品》为正，考《南史》卷四十八《陆厥传》："永元元年始安王遥光之叛，厥父闲被诛，厥坐系尚方。寻有赦，厥感恸而卒。"按永元只三年，《南齐书》卷七《东昏侯纪》：永元二年壬子大赦，赦当在此时，永元三年即为萧实融中兴元年，十二月梁即代齐。厥当死于梁初。

范云卒于天监二年，见《梁书·武帝纪》。范缜卒年虽不详，但《梁书》卷四十八本传记他天监四年坐党尚书令王亮贬广州，在南累年，追还既至以为中书郎，兼国子博士。同时据《梁书》卷十六《王亮传》："天监八年起为秘书监……迁太常卿，九年转中书监。"那么追还既至当在九年，卒于是官，死年也就约当此时或略后。

丘迟，据《梁书》卷四十九本传，是死于天监七年。任昉也死于此时，《梁书》卷十四任昉传：天监六年，出为新安太守，期岁卒于官舍。

其中常侍虞羲，据《文选》虞子阳咏霍将军北伐诗注引他的集序说他："齐始安王引为侍，寻兼建安征虏府主簿功曹，又兼记室参军，天监中卒。"建安即梁建安王伟，天监十七年改封南平王。建阳令江洪是见于《梁书》卷四十九《吴均传》，均普通元年卒，传上说先是有济阳江洪云云，则当死于天监中。鲍行卿见《南史》卷六十二《鲍泉传》云："位后军临川王录事兼中书舍人，迁步兵校尉。"临川王宏据《梁书》本传他在天监元年到三年有后军将军号，那么鲍行卿死于步兵校尉官，当在天监初年。道裹只有孙察不详，当亦天监中卒[①]。

而诗人沈约，史称他卒于天监十二年，在可知的卒年中是最迟的。

这样我们从《诗品》只录天监中死去的诗人，可以推想钟嵘是死于天监之末的。我们再进一步考察钟嵘本传，本传记他最后的官是“迁西中郎、晋安王记室”，这就是他死前的官位了。那么晋安王（萧方智）是谁呢？叶长青《诗品集释》曾有考释，他根据《梁书·敬帝纪》，“承圣元年，封晋安郡王，二年，出为江州刺史”。说记室之死，实方智迁王之年，而《诗品》一书，又其绝笔之作。叶先生考订他死于承圣，但从天监到承圣其间历武帝普通、大通、中大通到太清、简文帝大宝、天正等50多年，其间死去著名诗人，何以一个都不见录呢？这是可疑之一。又罗根泽先生《魏晋六朝文学批评史》中根据《诗品序》“方今皇帝……昔在贵游，已为称首，况八纮既奄，风靡云蒸”，也有所疑，以为著作在武帝时，不在死前[②]，其实这正是矛盾的地方。按这事实上是易于解决的，原来晋安王是宋齐以来未来太子未立为太子之前的照例封号，晋安王不是萧方智，而是简文帝萧纲。《梁书·简文帝纪》：天监五年，封为晋安王，八年为云麾将军、领石头戍。九年都督南北兖、青、徐、冀五州诸军事、宣毅将军、南兖州刺史。十二年入为宣惠将军、丹阳尹。十三年出为荆州刺史。十四年徙江州刺史。十七年征为西中郎将，领石头戍军事。而钟嵘本传所说西中郎即西中郎将简称，当然是萧纲，事实不是说明钟嵘是在天监十七年做西中郎晋安王记室的么？萧方智虽封为晋安王，作了简文的继承人。但他却始终未加宣惠、镇军、西中郎等将军称号。既然钟嵘卒于此官，那么他死于何时也就不难考知了，因为萧纲官西中郎将只有这一年，史就在这下面写：寻复为宣惠将军、丹阳尹如故。又次年就是普通元年又出为云麾将军徐州刺史了。寻是立即的意思，萧纲改官即在同年，那么钟嵘卒年就可以完全解决了，那就是梁武帝天监十七年即纪元518年。而上述只录天监中死去的诗人，称梁武为方今皇帝，就都符合了，叶先生称为死前绝笔，罗先生所疑，这样也就可以全通了！

这是我们对于伟大古典文学批评家钟嵘卒年的考定。但是我们还可以补充一点理由，梁名诗人柳恽，《梁书》卷二十一本传记他死于天监十六年，何逊哭柳吴兴诗有“蔓草生车辙，枯木卧崩坻”之句，当死于十六年冬，钟嵘已不及品评。钟嵘自然也不及见何逊之卒，若嵘死于敬帝时，也不容不见录。《梁书》卷四十九《何逊传》记逊：“除仁威（将军）庐陵王记室，复随府江州，未几卒。”《梁书》卷二十九《庐陵王续传》：“天监十六年为都督江州诸军事、云麾将军、江州刺史，普通元年征为宣毅将军，领石头戍军事。”而《梁书·武帝纪》也载庐陵王出为江州刺史在十六年六月，则“未几卒”也当在天监十七年，但较钟嵘为迟，不然《诗品》中不可能没有何水部。何逊卒年有人误据《南史·庐陵王续传》的简单记载，《南史》遗漏了初刺江州刺史一段，只记大同三年再都督江州军事、江州刺史的一事，把何逊卒年移后很多，实误[③]。又何逊卒于柳吴兴之后，必在十七年，有人订为十六年也误[④]。又庐陵王在天监中号仁威将军，《梁书》以为云麾将军，亦误。云麾一直是晋安王萧纲称号，纲也督过江州，见《简文帝纪》。又《梁书·江革传》："出为云麾晋安王长史，寻阳太守。徙仁威庐陵王长史，太守行事如故。"盖萧纲十四年任江州，后任即仁威庐陵王，江革即留任。又江革与何逊同僚。本传云："俄迁左光禄大夫南平王长史。"按《武帝纪》天监十三年以建安王伟为左光禄大夫，十七年三月改封南平王，江革于是秋去任，何逊有诗赠别有"秋月照沙溆"之语，逊当卒于十七年冬。或订江革去任为武帝纪十一月以南平王伟为左光禄大夫开府仪同三司之时（此是加开府仪同），而定逊卒于天监十八年亦非[⑤]。

卒年既已确定，我们再探讨他的生年，考嵘本传："齐永明中，为国子生，明《周易》，卫将军王俭领祭酒，颇赏接之，举本州秀才。"按《南齐书·王俭传》：永明元年为卫将军。二年三年俱领国子祭酒。按二年为谋复国子学时期，三年实领祭酒，史疑有误，《南史》卷二十二《俭传》："三年领国子祭酒。"又《南齐书·百官志》："永明三年立学，尚书令王俭领国子祭酒"，又《礼志》："永明三年正月诏立学，召公卿子弟下及员外郎之胤，凡置生二百人。"钟嵘当即于此时入学。又《诗品》"钟宪条"下云"余从祖正员"，则宪曾为正员郎，又嵘父为中军参军，嵘当缘父祖关系，得以入学。又按《南齐书·礼志》国子生入学年龄是十五以上，二十以还，但嵘家世卑末，当非甚少，又《梁书》本传在王俭赏待的后面，即写举本州秀才，当是王俭在国子学中所提拔，《南史》也就因之省略此句[⑥]。同样的情形也见于《南史》卷七十二《丘仲孚传》："齐永明初，为国子生，王俭曰：'东南之美，复见丘生。'举高第，未调，还乡里。"则钟嵘和丘仲孚同在此时被王俭所荐，举州秀才。举秀才的年龄一般也非甚少，见于史的有《梁书·江革传》："弱冠举秀才。"《何逊传》也是："弱冠举州秀才。"而《南史》卷四十八《陆倕传》："十七举州秀才。"这就是最年轻的了。以此来推钟嵘入学在18岁，举秀才在19岁，应当是近乎情理的。又王俭永明三年领祭酒，以后领祭酒时间很长，可是三年即表请解职，四年又以本官领吏部，十日一还学，监试诸生，巾卷在庭，士流选用，奏无不可。此后即累表请解职，诏听三日一朝，又诏驻省中，十日一外出，还是不问事，七年病死。则提拔钟嵘在永明四年是最合情理的，吏部又是诠选主管之司，举秀才、高第当然很方便。以此推定嵘永明三年十八入学，永明四年（486）举秀才，年近弱冠，当与事实相符，由此上推钟记室的生年则应当在宋明帝的泰始四年（468），他卒于天监十七年（518），共年51岁。这一考证出入的可能性当很小。

以上考证似较前贤略密，又我们还可以用《诗品》来辅证，《诗品》云："余从祖正员尝云'大明、泰始中鲍、休美文，殊已动俗'。"这是他能得之闻诵的。也就是他未生和幼年时代。而永明的诗风，却是他所熟知的。如论沈约云："约于时，谢朓未遒，江淹才尽，范云名级故微，故约称独步。"谢朓下云："朓极与余论诗，感激顿挫过其文。"序也说："齐有王元长者，尝谓余云……"按朓生于大明八年（464），长于嵘四岁。王融生于泰始三年（467），长于嵘一岁。谢朓时官王俭卫军东阁祭酒。而王融为秘书丞，在永明五年从叔在俭释仪同时，还曾写诗赠俭（融本传）。钟嵘与谢朓、王融年份相当，相接融也就在这数年中。

又《南史》卷六十《江革传》："十六丧母，服阕，诣太学补国子生，举高第。齐中书郎王融，吏部郎谢朓雅相钦重。"江革时代略后，入太学，在19岁。但入太学与举秀才也相距一年，革本传说：革入庐陵王府，弱冠举南徐州秀才。又同卷《徐勉传》："年十八召为国子生，祭酒王俭每见常目送之，曰：'此子非常器也……'射策甲科，起家王国侍郎。"这二例都与钟嵘情况很相似，当可佐证前说。

以上考证系为我古代文学批评家钟嵘传记作进一步阐明的资料，还请通人，加以补正，为了更好纪念古代伟大文学批评家，这样作还是有意义的。

注释

① 疑即《梁书·良吏传》的孙廉，廉与察意同，名盖有二，廉与广陵高爽在一起，而《南史·王僧孺传》高爽与虞羲同时齐名。孙廉曾官晋陵太守。

② 罗根泽《魏晋六朝文学批评史》111页。

③ 如《中国文学年表》。

④ 如《中国文学家大辞典》何逊条。

⑤ 见何融撰《何水部诗注年谱》。

⑥ 《梁书》卷二十六《萧琛传》："(王) 俭与语大悦，俭为丹阳尹，辟为主簿，举为南徐州秀才。"可见王俭荐举例证。事在永明二年领丹阳尹后。

选自《光明日报·文学遗产》1957年8月18日

陶潜不为五斗米折腰新释

附论东晋南朝地方官俸及当时士大夫食量诸问题

缪 钺

陶潜是我国两晋南北朝时期一位杰出的诗人。当时诗人绝大部分出身于高门世族，诗风崇尚华靡雕琢，诗中内容与形式大都趋向于贵族化，距离人民颇远。但是陶潜则出身于没落的官僚地主家庭，早年曾受过贫困，后来屡次为贫而仕，因为他“性刚才拙，与物多忤”，又看不惯新兴军阀刘裕的擅权得势，所以终于弃官归家，过田园生活，晚年躬耕自给，愈与农民接近，因此体会了饥饿贫困与劳动，根据生活的实践，在诗中描写田园景物、农业生产，反映了被压迫剥削的劳动人民的情思与希望，诗中所用语言，也是质朴平淡，绝去雕饰，与人民语言接近。在两晋南北朝诗中，陶潜的作品是最具有人民性的。

当陶潜作彭泽令时，“郡遣督邮至县，吏白应束带见之，潜叹曰：‘我不能为五斗米折腰向乡里小人。’即日解印绶去职。”（《宋书》卷九十三《陶潜传》）这是一个世人所熟知的故事。但是陶潜当时所说“我不能为五斗米折腰向乡里小人”这句话，究竟是什么意义？古今学者似乎还少有人注意研究，加以解释。据一般的理解，认为所谓“五斗米”大概与当时县令的俸禄有关，陶潜的意思是说：“我不能为区区五斗米的俸禄向乡里小人折腰。”孟浩然《京还赠张维》诗：“欲徇五斗禄，其如七不堪?”（《孟浩然集》卷三）可见唐朝人已是这样理解。但是这种理解究竟对不对呢？是不是陶潜的原意呢？近几年中，我研究南北朝的物价与当时人的经济生活，对于东晋、南朝官俸与当时人食量诸问题稍加探索，因此有所触悟，对于陶潜“不能为五斗米折腰”之言有了新的理解。所谓“五斗米”，与当时县令官俸无关，而另有其意义，并且了解了这句话的意义，对于了解陶潜的为人也有所帮助。但是我的新解释是否正确，仍未敢自信，所以写出来，请大家指正。

我们先研究一下，陶潜不为五斗米折腰这个故事的可靠性如何？这件事的记载，最早见于沈约《宋书·陶潜传》，沈约修《宋书》在南齐武帝永明时，其后梁昭明太子萧统作《陶渊明传》，唐初官修《晋书·陶潜传》及李延寿《南史·陶潜传》，都载此事。陶潜《归去来辞序》说他弃官之故是因为“程氏妹丧于武昌，情在骏奔，自免去职”。并未提到不愿束带见督邮的事情。所以宋人韩子苍怀疑陶潜这个故事是靠不住的，他说：“此士（指陶潜）识时委命，其意固有在矣，岂一督邮能为之去就哉？躬耕乞食，且犹不耻，而耻屈于督邮，必不然矣。”（《四部丛刊》影宋本《陶渊明集·归去来辞》附录）我不同意韩子苍的看法。古人作文章往往有些含蓄，陶潜《归去来辞序》因妹丧去官是托辞，是表面上的原因，实际的原因也正如他在《归去来辞序》中所说：“质性自然，非矫励所得，饥冻虽切，违己交病。”这就是说，他的性情不惯于当时官场上的逢迎趋谒，不能“违己”以求“矫励”，所以他不愿束带见督邮因而弃官是很可能的。当然，陶潜弃官而去，绝不是很简单的只为了不愿束带见督邮，主要原因还是因为他不满意东晋末年的官场与政治。他本已怀有弃官之意，不过因不愿束带见督邮一事触发而实现就是了。至于韩子苍说：“躬耕乞食，且犹不耻，而耻屈于督邮，必不然矣。”这是韩子苍完全不了解陶潜。陶潜对于躬耕甚至于乞食，他的确不以为耻，并且认为躬耕是求衣食最正当的办法，他说：“衣食当须纪，力耕不吾欺。”（《移居》）至于贫穷呢？陶潜认为“重华去我久，贫士世相寻”（《咏贫士》第三首）。在古代淳朴之世过去之后，贫穷的人历代都很多的，贫穷并非可耻之事，而“不赖固穷节，百世当谁传”（《饮酒》第二首）。固穷正是高节，因贫偶而乞食，也并不算什么。陶潜的生活与思想感情已逐渐接近劳动农民，而韩子苍完全用官僚地主的观点去看，无怪乎他不能了解了。

我们既然肯定：《宋书·陶潜传》所载，他为彭泽令时，不愿束带见督邮，叹曰：“我不能为五斗米折腰向乡里小人。”遂弃官而去，这个故事是可靠的。然后再问，所谓“五斗米”，是否如一般人所理解的，指当时县令的官俸？

据陶潜《归去来辞序》，他作彭泽令在乙巳岁，即东晋安帝义熙元年。关于晋代县令俸禄，《晋书·职官志》与《通典·职官》典都无记载。南朝制度大抵沿袭东晋，《宋书·百官志》所记地方官俸似乎可供参考，兹抄录于下：

州牧二千石，刺史六百石。

郡太守二千石。

县令千石至六百石，长五百石。

但是这些似乎都是沈约修《宋书》时根据汉制而写的一种具文，实际上宋代地方官俸并不如此。汉代刺史是中央派出的监察官，以卑临尊，所以俸禄只有六百石，而宋代刺史是一州的行政长官，权位在郡守之上，其俸禄绝不会仍如汉代刺史是六百石，反不如郡守俸禄的三分之一。《宋书·百官志》所记地方官俸禄既不足据，我们如果要考明东晋县令的官俸，只有在东晋、南朝诸史书的列传中搜集有关资料，加以比勘推寻，或者能够得其梗概。

《南齐书》卷二十二《豫章王嶷传》，记载他作荆、湘二州刺史时，曾提到荆州、湘州每年的资费，都是分钱、布、米三项。固然，这里所谓“资费”，指的是刺史府的经费，不仅是刺史个人的俸禄，但是我们推想，当时刺史的俸禄大概也许是分钱、布、米诸项。关于郡守的俸米，《南史》卷五十九《任昉传》、《陈书》卷二十七《江总传》都有记载。《南史·任昉传》：

> 出为宜兴太守……在郡所得公田奉秩八百余石，昉五分督一，余者悉原，儿妾食麦而已。

《陈书·江总传》：

> 梁元帝平侯景，征总为明威将军，始兴内史，以郡秩米八百斛给总行装。

两传所记宜兴太守与始兴内史俸米都是八百斛。（郡的行政长官称太守，王国的行政长官称内史，内史与太守名称虽不同，但是职权地位一样，俸禄也是一样的。《晋书·职宫志》：“郡皆置太守，诸王国以内史掌太守之任。”南朝仍是沿袭晋制。）那么，八百斛大概就是南朝郡守俸米的数量。至于这八百斛米是年俸或是月俸，史无明文。我想就数量论，如果月俸是八百斛，为数过多，并且《任昉传》中明明说是“公田奉秩”，应当是公田一年所收的租作为“奉秩”，自然是年俸。《宋书》卷八十四《孔觊传》记载一件事，也可以帮助说明此问题。

> 〔大明〕八年，觊自郢州行真征为右卫将军，未拜，徙（殿本《宋书》无“徙”字，兹从百衲本《廿四史》影宋本《宋书》校增）司徒左长史。道存（孔觊弟）代觊为后军长史，江夏内史。时东土大旱，都邑米贵，一斗将百钱，道存虑觊甚乏，遣吏载五百斛米饷之。觊呼吏谓之曰：“我在彼三载，

去官之日，不办有路粮，二郎至彼未几，那能便得此米邪？可载米还彼。”

由此事，可知南朝郡守或内史俸米不会月得八百斛。如月俸八百斛，那么，孔道存作江夏内史，虽然到任不久，而送五百斛米与其兄觊，也不足为异了。所以我们可以大致推定南朝郡守年俸米是八百斛。（《宋书》卷九十二《良吏·阮长之传》：“时郡县田禄，芒种为断，此前去官者，则一年秩禄皆入前人，此后去官者，则一年秩禄皆入后人；始以元嘉末改此科，计月分禄。”据此，宋元嘉末曾经将郡县官俸米改为计月分禄。这种办法大概只行过一个短时期，不是南朝经常的制度。）俸米之外，还应有钱有绢。《南齐书》卷四十八《袁象传》：

象到郡（吴兴），坐过用禄钱，免官付东冶。

《梁书》卷五十三《何远传》：

迁始兴内史，田秩俸钱，并无所取，岁暮择民尤贫者充其租调。

这都是南朝郡守或内史有俸钱的证据。但俸钱若干，未有记载。

至于东晋、南朝县令的俸禄，各史传中都无具体记载，但是我们可以就郡守俸米的比例去推测。汉制：郡守秩二千石，县令秩千石至六百石（《汉书·百官公卿表》）；县令俸秩高的相当郡守俸秩的一半，低的也差不多到郡守俸秩的三分之一。据上文所考定，南朝郡守年俸米八百斛，那么，县令年俸米应当是四百斛至二百六十斛左右，东晋大致也是如此。再证以《宋书·陶潜传》中所载，陶潜为彭泽令时有公田，二顷五十亩种秫，五十亩种粳，合计起来，有公田三顷。（萧统《陶渊明传》：“乃使二顷五十亩种秫，五十亩种粳。”《南史·陶潜传》：“乃使二顷五十亩种秫，五十亩种粳。”都与《宋书·陶潜传》同。惟《晋书·陶潜传》作：“乃使一顷五十亩种秫，五十亩种粳。”少一顷，盖误。）公田所收的租大概就是县令的俸米。公田三顷，每年所收的租应当是多少呢？我们需要先研究一下东晋时江南稻田每亩的收获量。据东汉末仲长统估计，当时北方每亩平均收获量是三斛（《后汉书》卷七十九《仲长统传》），这所谓三斛，大概指的是粟，如果舂成米，只有一斛半，至多到一斛八斗。南方稻田则收获较多。《三国志》卷六十《吴志·钟离牧传》说，钟离牧少时在永兴(浙江萧山）种稻二十余亩，舂得六十斛米，则每亩可得米约两斛多，将近三斛，如以粟计，则每亩应收五斛多，不到六斛。东晋时亩积斗量与农业生产技术较三国时无大变化，彭泽稻田，姑且以永兴稻田收获量作标准去推算，每亩假定产米二斛八斗，则三顷应收米八百四十斛。东晋地方官公田收租率不可考，如按汉代地主收租十分之五曹魏屯田“与官中分”的办法推论，假定当时公田收租率也是十分之五，则陶潜彭泽令公田每年应收租四百二十斛米，相当那时郡守俸米八百斛的一半稍多，与上文所推算的比例相合。所以，就《宋书·陶潜传》中所说的公田三顷，推知当时县令每年俸米应在四百斛左右，证以南朝郡守俸米，比例合理，大概去事实不远。那么，陶潜所说的“五斗米”，如果说他是年俸或月俸，固然绝对不合理，即便说是日俸，一天五斗米，一月十五斛，一年才一百八十斛，也未免太少，与上文所考东晋县令年俸米四百斛的数量相差还多。东晋，南朝地方官俸制度，并非整齐画一，可能随时常有小变化，而史传中与此有关资料又比较缺乏，以上所考，自然不能十分精确细密，只是得其梗概，不过，已经足以说明，陶潜所谓“五斗米”，与当时县令俸禄绝无关系。

我们既然考明，陶潜所谓“五斗米”，与当时县令的俸禄绝无关系，那么，世人一向认为，陶潜所说“我不能为五斗米折腰向乡里小人”之言中的“五斗米”是指当时县令俸禄，这一个误解可以完全肃清。现在要进一步追问：陶潜这句话究竟是什么意义？为什么他想弃官而去的时候要提到“五斗米”？

让我们先研究一下，陶潜那时的五斗米相当现在的多少米。中国的度量衡，都是古时小，到后世渐渐变大，这是治史者都知道的。但是要弄清楚每一个时代度量衡与今日度量衡的比例数，那就要费点工夫。近人刘复作《新嘉量之校量及其推算》（载《辅仁学志》第一卷第一期)，根据故宫所藏的新嘉量，推算出王莽时一斗之量相当于今日1.937624市升，约当二市升。魏晋斗斛之量，虽无实物可供测量，但是据《隋书》卷十六《律历志》所记，王莽铜斛当曹魏斛九斗七升四合有奇，那就是说，曹魏斛与王莽斛为1与0.974之比，曹魏斛比王莽斛稍大一些，而相差无几。两晋南朝斗斛之量是承继曹魏的，所以我们如果说，陶潜那时（即东晋末）一斗之量约当今日的二市升，也还大致不错。那么，陶潜所谓“五斗米”，不过相当今日一市斗米。

由于这一启示，我就联想到当时士大夫食量的问题。我平日读南北朝诸史，时常遇到记载当时人食量的资料。关于记载士大夫食量的，如《梁书》卷五十一《处士·何胤传》：

胤曰："吾年已五十七，月食四斗米不尽，何容得有宦情？"

《梁书》卷三十六《江革传》记江革为魏人所执，魏人命作《丈八寺碑》、《祭彭祖文》，革坚辞，魏人虐待之：

日给脱粟三升，仅余性命。

脱粟是粗米仅去稃壳者，如果再舂一下，脱粟三升不过得米二升许。一日得米二升许，一月得米六斗左右。何胤衰老，月食四斗米不尽，江革壮年，月得六斗米，仅余性命。《南齐书》卷五十五《孝义·崔怀慎传》：

怀慎孤贫独立，宗党哀之，日敛给其升米。

崔怀慎因贫穷之故，宗党日给以升米，月得米三斗许，也可勉强维持生活。《南史》卷七十《循吏·傅琰传》：

琰子翙，为官亦有能名。……后翙又代〔刘〕玄明为山阴令，问玄明曰："愿以旧政告新令尹。"答曰："我有奇术，卿家谱所不载，临别当相示。"既而曰："作县令唯日食一升饭而莫饮酒，此第一策也。"

如果日食一升饭，则每月食三斗米，盖言所食之少以表示清廉。据以上所引诸条综合观之，我们可以推知，南朝士大夫的食量，大概每月要五斗米左右，约当今日的一市斗。特殊的例子如北魏阚骃，《魏书》卷五十二《阚骃传》说他"性能多食，一饭至三升乃饱"。一饭要三升米，如果以每天两餐计，则需要六升米，一月要吃一斛八斗米。阚骃虽然是士大夫，但是他的饭量几乎与当时士兵相等（据《宋书》卷八十六《刘勔传》，当时兵士每人每月食米两斛），所以史书特记之曰："性能多食。"

由于以上的论证，知道南朝士大夫的食量是每月五斗米左右，约当今日一市斗。因此，我们就可以理解陶潜"不能为五斗米折腰"这句话的意义了。陶潜的意思认为：我一个人每月有五斗米就可以勉强吃饱了，再多的也不需要，我回去过田园生活，虽然劳苦些，还是可以够吃的，何必一定要作县令，逢迎长吏，"违己交病"呢？所以他在想弃官而去的时候说："我不能为五斗米折腰向乡里小人。”就如同说：“我不能为求一饱之故折腰向乡里小人。”

我们再从陶潜一生求官出仕的态度与心情说明这种解释的合理。陶潜出身于没落的官僚地主家庭，少时经济情况并不好。颜延之说陶潜“少而贫病，居无仆妾，井臼弗任，藜菽不给”（《陶征士诔序》）。陶潜自己也说“少而穷苦”（《与子俨等疏》），所以他常要为贫而仕。他的诗中有明显的自白，如“畴昔苦长饥，投耒去学仕”（《饮酒》第十九首）。他作彭泽令，也是因为“余家贫，耕植不足以自给……生生之资，未见其术，亲故多劝余为长吏。……彭泽去家百里，公田之利，足以为酒，故便求之”（《归去来辞序》）。也就是说“为口腹自役”。但是当他感觉到“与物多忤”，“违己交病”，不满意当时的官场时，他就毅然舍去。他出处进退的态度是坦白的。两晋南北朝文人大多数是虚伪的，表面清高，而内心热中。刘勰批评魏晋以后的文人是“志深轩冕，而泛咏皋壤，心缠几务，而虚述人外”（《文心雕龙·情采》篇）。元好问讥讽潘岳说：“心画心声总失真，文章宁复见为人？高情千古《闲居赋》，争信安仁拜路尘！”（《论诗绝句》）但是陶潜不如此。苏轼说：“陶渊明欲仕则仕，不以求之为嫌，欲隐则隐，不以去之为高。”朱熹说：“晋、宋人物虽口尚清高，然个个要官职，这边一面清谈，那边一面招权纳货，陶渊明真个是能不要，此所以高于晋、宋人物。”（均见《四部丛刊》影宋本《陶渊明集》总论）明白了这一点，我们知道，陶潜屡次求官，都是为贫而仕，并非热中富贵，所以当他不习惯于仕途的逢迎奔走，看不上东晋末年腐败政治的时候，他就会感觉到，“饥冻虽切，违己交病”，倒不如回去躬耕田园，“衣食当须纪，力耕不吾欺”（《移居》）。“四体诚乃疲，庶无异患干”（《庚戌岁九月中于西田获早稻》）。身体虽然劳苦，精神反觉愉快些。陶潜《饮酒》诗第十首：

> 在昔曾远游，直至东海隅。道路回且长，风波阻中涂。此行谁使然？似为饥所驱。倾身营一饱，少许便有余。恐此非名计，息驾归闲居。

这是陶潜在作彭泽令之前有一次为饥驱而出仕的时候，大概又感觉到“违己交病”，于是他自己想：“倾身营一饱，少许便有余。恐此非名计，息驾归闲居。”人生所求，不过一饱，再多的也无用，如只为求一饱，作官并不见得是好办法，不如“息驾归闲居”，回到田园谋生活还更好些。他后来作彭泽令时，因为不肯束带见督邮一事的触发，而说：“我不能为五斗米折腰向乡里小人。”因解印绶去职，也就是“倾身营一饱，少许便有余。恐此非名计，息驾归闲居”的想法再一度的实现。

总之，据以上所论证，所谓“五斗米”，与东晋县令官俸绝无关涉，而史书所载当时士大夫每月食量恰是五斗米左右，再证以陶潜作官的态度与心情，可以推知，陶潜弃官时“不能为五斗米折腰”之言，并非谓不为五斗米官俸而折腰，其意乃谓不能为求一饱之故而折腰，亦即其诗中“倾身营一饱，少许便有余。恐此非名计，息驾归闲居”之意。

理解了陶潜“我不能为五斗米折腰向乡里小人”这句话的意义，对于认识陶潜的为人，也可以免去一些误解。在一九五二年思想改造时，批判清高思想，有一位同志说：“陶渊明也并不能算清高，因为他还要价钱呢！区区县令五斗米的俸禄他还看不起。”如果认为所谓“五斗米”指的是当时县令的俸禄，这位同志对陶潜的责难也颇有道理，那么，陶潜此言，有嫌县令官小之意，如果是高官厚禄，他就宁可折腰而不肯舍弃了。但是就事实来看，并不如此。陶潜归隐田园之后，“义熙末，征著作佐郎，不就”（《宋书·陶潜传》）。著作佐郎虽非大官，但却是中朝清职，升迁颇快，而陶潜不就。王弘、檀道济相继为江州刺史，王弘敬重陶潜，想结识他而“不能致也”，檀道济劝陶潜出仕，而陶潜婉辞谢绝，馈以粱肉，他也不受。王、檀二人都是刘宋时的权贵，声势煊赫，陶潜如果希望高官厚禄，很可以和他们联络，为什么又婉辞谢绝呢？我们考明所谓“五斗米”与当时县令俸禄无关，也就不会误解陶潜之言有嫌县令官小禄薄之意了。至于陶潜所以不贪官职，正是因为他不以躬耕为耻。他认为“代耕本非望，所业在田桑”（《杂诗》第八首）。“商歌非吾事，依依在耦耕”（《辛丑岁七月赴假还江陵夜行涂中》。“田家岂不苦，弗获辞此难。四体诚乃疲，庶无异患干。……但愿长如此，躬耕非所叹”（《庚戌岁九月中于西田获早稻》）。他重视农业劳动而且实践，因此，他的思想感情便可以接近劳动人民，这远非两晋南北朝时期高门世族大地主家庭出身的文人所能够达到的。

原载《历史研究》1957年第1期

附　录

对于《陶潜不为五斗米折腰新释》的商榷

张志明的意见

我读了本年一月号《历史研究》上的《陶潜不为五斗米折腰新释》一文后，有些不同的意见，提出来和缪先生商讨。

我认为陶潜一月五斗米是不够吃的。

首先，我们知道由汉代到唐代，斗的大小无大变化，而汉代的斗量也可能是继承古制而来的。又由于古代的人并不比现代的人饭量大，所吃粮多少，也应当是一样的。

有关古人的饭量的记载，在汉以前的如：

《管子·国蓄》："中岁之谷粜石十钱，大男食四石，月有四十之籍；大女食三石，月有三十之籍；吾子食二石，月有二十之籍。"

《汉书·食货志》："是时李悝为魏文侯作尽地力教，以为……今一夫挟五口治田百晦，岁收晦一石半，为粟百五十石，除十一之税十五石，余百三十五石。食人月一石半，五人终岁为粟九十石，余有四十五石。"

《庄子·天下》篇："日请置五升之饭足矣。"（据《御览》八百五十引）

《周礼·廪人》："凡万民之食食者，人四鬴，上也；人三鬴，中也；人二鬴，下也。"注："此皆谓一月食米也。六斗四升曰鬴。"疏："此谓给万民粮食之法。……食者，谓民食国家粮。……上也，上谓大丰年……中也，谓中丰年……下也，谓少俭年，此虽列三等之年，以中年是其常法。鬴当今六斗四升，即今给请亦然。"

以上所说的一个人一月的口粮数量，《管子》中比较大，这足证齐国的斗小。李悝的石五，《庄子》上的也是石五，《周礼》上的中数是一石九斗二。《周礼》虽不可靠，但起码也可做汉人的看法。

汉代和汉代以后一般的也是以石五至两石为一个人一月的吃的。如：

《居延汉简》："出粟二石，廪候长杨禹六月食。"（《居延汉简考释》释

文之部二六六页)

又:“米一石九斗三升少,廪当谷隧卒秦詬方六月食。”(同上书页)

又:“妻大女谢年卅四用谷二石一斗六升大。”(同上书二七五页)

又:“九月食一斛五斗。”(同上书三〇三页)

又:“□大石一石八斗,始元三年乙丑朔,以食吏一人,尽甲午,卅日,积卅人,人六升。”(《居延汉简考释》释文之部三一五页)

又:“出糜大石一石七斗四升,以食吏一人,闰月甲戌尽壬寅,廿九日,积廿九人,人六升。”(同上书三二一页)

《汉书·匈奴传》下:“莽将严尤谏曰:臣闻匈奴为害,所从来久矣。……今天下遭阳九之厄,比年饥馑,西北边尤甚。发三十万众,具三百日粮……计一人三百日食用糒十八斛。”

《氾胜之书》:“丁男长女治十亩,十亩收千石,岁食三十六石,支二十六年。”

《九章算术·均输》:“今有人当禀粟二斛,仓无粟,欲与米一、菽二,以当所禀粟,问各几何?”

《后汉书·南蛮传》:“军行三十里为程,而去日南九千余里,三百日乃到。计人禀五升,用米六十万斛。”

《三国志·魏书·管宁传》末注:“时有隐者焦先,河东人也。”

《魏略》曰:“……至十六年关中乱,先失家属,独窜于河渚间,食草、饮水,无衣履。时太阳长朱南望见之,谓为亡士,欲遣船捕取。武阳语县:此狂痴人耳。遂注其籍,给廪日五升。”

《宋书·刘勔传》:“臣又以为二万人岁食米四十八万斛。”

《文选》任昉《奏弹刘整》:“刘整兄寅第二息师利,去年十月十二日忽往整墅停住十二日,整就兄妻范求米六斗哺食。”

以上这些例子都说明汉至南北朝时代,人的饭量是一月吃石五至两石之间。这个数量一直延长到唐朝,因为唐代以古斗为小斗。如上文《周礼》廪人孔颖达的疏中所说的,唐代也是给人每月发等于三鬴(近二石)的粮食。又如:

杜甫《醉时歌》:“日籴太仓五升米,时赴郑老同襟期。”

杜甫一天也是吃五升米的。

有的人饭量大,和“性能多食,一饭至三升乃饱”的阚骃相像。五升米是不够一天吃的。如：

《三国志·魏书·管宁传》末注："扈累……至嘉平中，年八九十，裁若四五十者。县官以其孤老，给廪日五升。五升不足食，颇行佣作以裨粮。"

又："寒贫者，本姓石，字德林，安定人也。……郡县以其鳏穷，给廪日五升。食不足，颇行乞。"

假如有人一天吃三、四升，当时便以为吃的太少。如：

《晋书·宣帝纪》："先是亮使至，帝问曰：诸葛公起居何如？食可几米？对曰：三、四升。次问政事，曰：二十罚已上皆自省览。帝既而告人曰：诸葛孔明其能久乎？竟如其言。"

诸葛亮以食少事烦，享年不永；江革每日只得脱粟三升，也只能"仅余性命"。脱粟是不再加工的，所以江革一月吃九斗，并不是如缪先生所算的"一日得米二升许，一月得米六斗左右"。

至于缪先生所引的何胤"月食四斗米不尽"，我认为这不过是何胤为避免征召和谢恩对使者王果所说的空话。我们看看他的全段话便明白了。

《梁书·处士·何胤传》："果曰：今君遂当邈然绝世，犹有致身理不？胤曰：卿但以事见推，吾年已五十七，月食四斗米不尽，何容得有宦情？昔荷圣王眄识，今又蒙旌贲，甚愿诣阙谢恩；但比腰脚大恶，此心不遂耳。"

即使这话是真的，何胤的性命，也是朝不保夕的了。缪先生还引《南齐书·崔怀慎传》里的"怀慎孤贫独立，宗党哀之，日敛给其升米。"以为"崔怀慎因贫穷之故，宗党日给以升米，月得米三斗许，也可勉强维持生活。"我认为这说法是不对的。《隋书·律历志》上说："齐以古五升为一斗。"一般的人，一天要吃古斗五升左右，崔怀慎只吃十分之一，就"可勉强维持生活"，这是不能令人信服的。"升米"之"升"，应是"斗"字之讹，"升""斗"二字是经常相讹的，《南史》卷六十三《崔怀慎传》里，"升"正作"斗"字。可知崔怀慎一天也是吃相当于古制五升的米。《南史·傅琰传》里的"作县令唯日食一升饭而莫饮酒，此第一策也"。这不过是如缪先生所说的"盖言所食之少，以表示清廉”。并非真的吃这一点。所以这个例子也不足以说明崔怀慎真的一天可以只吃一升米。

南齐的这种小斗是有历史根源的。吴承洛的《中国度量衡史》中臆改“齐以古升五升为一斗”为“齐以古升一斗五升为一斗”（见二一二页），是不对的。汉代就有一种小斗和齐斗相近。汉代的小斗是“斗五升为大斗”（见《居延汉简考释》释文之部，三二〇页），这不过是个大略数字，按汉简中所载的实际折合量来看，小斗一斗六升左右才是大斗的一斗。一小斗等于六大升多些。南齐的小斗和汉代的小斗相近似。汉代一个人一月要吃小石三石粮食。如：

> 《居延汉简》：“六月食三石。”（《居延汉简考释》释文之部，二六一页）
> 又：“出麦五斗，廪夷胡隧长王勤五日食。”（同上书二六五页）
> 又：“八月陈宽受一人食三石三斗三升。”（同上书三二〇页）
> 《盐铁论·散不足》：“夫一豚之肉得中年之收十五斗粟，当丁男半月之食。”
> 《论衡·祀义》：“中人之体七八尺，身大四五围，食斗食，饮斗羹，乃能饱足。”

在汉代以前，如上文所举的《管子》里所估计人一月的食量，显然也是用这类小斗估计的。《史记·廉颇蔺相如列传》里所说的“廉将军虽老尚善饭”，“一饭斗米，肉十斤”，可能也是用的这类小斗。

由以上这些情况看来，南朝士大夫的饭量决不可能是“五斗米左右”，陶潜也不能例外，从他的诗文里，也不能证明他一月只吃五斗。固然，士大夫可以比一般人吃的少些，但却不可能过份悬殊。和陶潜同类型的人如诸葛亮、杜甫，每天都要吃三升至五升的米，陶潜应当也是这样的。那么陶潜为什么要说“为五斗米”呢？我认为可能是他信手拈来一个现成数量。因为在汉末有五斗米教，声势很大，他们给人治病或让人入教，总是要五斗米的。“五斗米”对以后的人来说，是个很熟的短语，所以陶潜用了它。“为五斗米”犹现在说“为两个钱”，是极言其少，并不是真的指的是每月全部的俸米或食量。

缪钺的答复

《历史研究》编辑部寄示张志明先生的文章，对于拙著《陶潜不为五斗米折腰新释》中“五斗米”的问题提出商讨意见，使我得到切磋之益，很是高兴。

张志明先生的文章列举史料中关于唐代以前每人每月食量的记载，加以核算，提出怀疑，士大夫食量虽然较小，而在东晋、南朝时一月五斗米似乎还是不够吃，因此认为，陶潜所谓“五斗米”固然不是指官俸，也不一定是指士大夫每月的食量，可能是用一个当时很熟的短语，“为五斗米”犹如现在说“为两个钱”，是极言其少之意。

张先生用思深细，能帮助我对此问题作更进一步的研讨，现在将我考虑后的意见写录于下，再请张先生指教。

张先生征引史料证明，在汉以前，每人每月食量是一石五斗至两石，汉代及汉代以后也是如此。这个结论我同意。不过，这些史料中绝大多数都是说的农民与兵士。《汉书·食货志》记李悝尽地力之教中所说的是农民，《管子·国蓄》与《周礼》廪人通计全国人食量，当然也是以劳动人民为主，《汉书·匈奴传》、《后汉书·南蛮传》所指的是兵士，《居延汉简》所说的是边塞戍卒与候长。农民与兵士的食量自然要此士大夫的食量大得多，甚至于大到一倍以上，在今日仍是如此，工人、农民、兵士的饭量比知识分子还是大得多。拙著《陶潜不为五斗米折腰新释》一文（以后简称拙著）中虽然推算东晋、南朝士大夫食量约为每月五斗米左右，而同时也指出：“据《宋书》卷八十六《刘勔传》，当时兵士每人每月食米两斛。”我并非未注意到此问题，不过没有作进一步的详细说明。

关于士大夫的食量，古代史料中提到者较少，拙著曾引《梁书·何胤传、江革传》，《南齐书·崔怀慎传》，《南史·傅琰传》，推断当时士大夫食量“大概每月要五斗米左右”。当然这是一个约略的说法，并不一定准是五斗米。关于这几条史料的解释，张先生提出商讨的意见，我想再补充说明一下。

张先生认为何胤“月食四斗米不尽”之言是为避免征召而故甚其词，说自己身体坏，饭量小。这种解释，我也承认，因为拙著中也并未认为何胤“月食四斗米不尽”是士大夫的标准食量，也正如我所引《南史·傅琰传》所记刘玄明说的“日食一升饭”时，也认为是“盖言其所食之少以表示清廉”。不过，虽是有时故甚其词的说食量小，但是由此也可以推测出一个相当的标准。何胤“月食四斗米不尽”，只合三斗多，刘玄明说“日食一升饭”，也是一月只合三斗，这当然是太少了，但是即便再加一倍，也不过六斗至七斗多。如果说当时士大夫的食量是每月六斗至七斗多，举整数而言，说是“五斗米”，也还是可以的。古人平常言语，提到数目字时，难以很精确，常常喜欢用整数如“五”或“十”之类。至于每月六斗至七斗多米，一个士大夫是否够吃呢？以今况古，是可以的。譬如我住在成都，学校教师每月购粮，据政府规定，最初每人每月是二十三斤，后来增加为二十五斤。我的饭量小，每月所吃大约不到二十三斤米，有的朋友同我差不多，有的朋友饭量大些，而每月二十三斤至二十五斤米也可以够吃。东晋南朝时的五斗米约当今日一市斗，合十六斤多，那么，今日的二十斤米只合东晋南朝的六斗多，今日的二十三至二十五斤米也只合东晋南朝的七斗多不到八斗，所以说以今日知识分子的饭量作标准来推算，则东晋南朝时士大夫每月吃六斗至七斗多的米是可以够的。

拙著中引《南齐书·崔怀慎传》："怀慎孤贫独立，宗党哀之，日敛给其升米。"并且说明："崔怀慎因贫穷之故，宗党日给以升米，月得米三斗许，也可勉强维持生活。"张先生认为这种说法不对，并引《南史·崔怀慎传》（钺按：《南史》作崔怀顺），"升"字作"斗"，又引《隋书·律历志》上："齐以古五升为一斗。"（钺按：《隋书·律历志》原文，"古"字下尚有"升"字。）认为崔怀慎每日所得的是一斗米，也就是相当于古制五升的米。我认为张先生此处有点弄错了。《隋书·律历志》上所谓"齐以古升五升为一斗"，指的是北齐，并非南齐。《隋书》中十志，兼叙梁、陈、北齐、北周、隋五代典制，故当时俗呼为《五代史志》。关于此事，《四库全书总目提要》史部正史类《隋书》条有简要的说明：

> 《隋书》八十五卷。唐魏征等奉敕撰。贞观三年，诏征等修隋史。十年，成纪传五十五卷。十五年，又诏修梁、陈、齐、周、隋《五代史志》。显庆元年，长孙无忌上进。……其十志最为后人所推，而或疑其失于限断。考《史通·古今正史》篇称：太宗以梁、陈及齐、周、隋氏并未有书，乃命学士分修，仍以秘书监魏征总知其务，始以贞观三年创造，至十八年方就，合为五代纪传，并目录凡二百五十二卷。书成，下于史阁。惟有十志，断为三十卷，寻拟续奏，未有其文。太宗崩后，刊勒始成。其篇第编入《隋书》，其实别行，俗呼为《五代史志》，云云。是当时梁、陈、齐、周、隋五代史本连为一书，十志即为五史而作，故亦通括五代，其编入《隋书》，特以《隋书》于五史居末，非专属隋也。后来五史各行，十志遂专称《隋志》，实非其旧，乃议其兼载前代，是全不核始末矣。

因为《隋书》十志本是《五代史志》，所以其中常是连叙梁、陈、北齐、北周、隋五代制度。现在将张先生所引《隋书·律历志》上"齐以古升五升为一斗"句的上下文全录于此，就可以明白：

> 梁、陈依古。齐以古升五升为一斗。后周武帝保定元年辛巳五月，晋国造仓，获古玉升。暨五年乙酉冬十月……准为铜升，用颁天下。……开皇以古斗三升为一升，大业初，依复古斗。

很明显的可以看出，这一段是兼叙梁、陈、齐、周、隋五代斗量，而“齐以古升五升为一斗”是指北齐，不可误引来说明南齐斗量。南齐斗量承继晋、宋，并无变动。至于崔怀慎宗党每日敛给他的米，究竟应当从《南齐书》作“升”，或从《南史》作“斗”，固然难以遽断。我个人的意见认为仍从《南齐书》作“升”为是。因为就上下文意看来，是说崔怀慎贫穷，宗党敛些米帮助他，勉强维持，当然是很少的，所以每日只有一升多；如果每日有一斗，那么，一月就是三石，不但不算少，而且是相当多，因为三石米可供劳动人民两个月的食粮，而对崔怀慎来说，几乎够吃四个月了。

张先生文中又引《晋书·宣帝纪》与杜甫《醉时歌》，说明“和陶潜同类型的人如诸葛亮、杜甫，每天都要吃三升至五升的米，陶潜应当也是这样的”。按杜甫《醉时歌》“日籴太仓五升米，时赴郑老同襟期”二句，并不能据以说明杜甫的食量。杜甫这首诗是公元754年（天宝十三载）作的，冯至先生所著《杜甫传》中对于这两句诗有一段说明：

> 七五三年八月，长安霖雨成灾，米价腾贵，政府从太仓里拨出十万石减价粜给贫人，每人每天领五升，一直延续到第二年春天。杜甫也属于天天从太仓里领米的贫人，可是他得到一点钱，就去找郑虔，二人买酒痛饮。（人民文学出版社1952年版《杜甫传》五三页）

冯至先生的解释是对的。所谓“五升米”是政府限定每人每天所买的数量，并非杜甫每天的食量。唐朝斗量较六朝大三倍。《日知录》卷十一“权量”条：“三代以来，权量之制，自隋文帝一变。杜氏《通典》言：六朝量三升当今一升，称三两当今一两，尺一尺二寸当今一尺。”如果按大三倍计算，唐朝的五升米相当东晋、南朝的一斗五升，不但士大夫如杜甫者一天绝对吃不了，就是劳动人民每人每天也吃不了这许多。当时唐朝政府规定“五升米”的数量，可能是供贫民一家两三口人一天吃的。至于《晋书·宣帝纪》所记，诸葛亮的使者说诸葛亮每日食三、四升，司马懿认为他吃得少，这一件事倒是颇费解释。如果按照当时士大夫的食量来说，日食三、四升，每月约食一石，不但不算少，而且还是相当多的。因为照上文所推算，魏、晋、南朝士大夫平均每月食六斗至七斗米，较之兵士或农民月食一石半至二石者，少一倍或一倍以上，今日知识分子每月约吃二十斤至二十五斤米，情况仍相似，则诸葛亮日食三四升，并不算少，或者司马懿是按军中将帅的食量标准去衡量罢。

总之，陶潜为彭泽令，因为不愿束带见督邮弃官而去之时说："我不能为五斗米折腰向乡里小人。"我在拙著《陶潜不为五斗米折腰新释》中既然证明所谓"五斗米"与当时县令俸禄绝无关涉，又根据史书中关于南朝士大夫食量的记载，悟及陶潜所谓"五斗米"之意义是指士大夫每月的食量。不过拙著中对于此问题解释还不够细致，因张先生的商讨，再作以上的补充说明。"五斗米"是举整数而言，实际上，当时士大夫每月食量大约是六斗至七斗米，与今日知识分子每月吃米数量（二十斤至二十五斤）仍然相似。陶潜说这句话，也并不意味着他每月只吃五斗米，他的意思好像是说："我不能为吃一碗饱饭而折腰向乡里小人。"

选自《历史研究》1957年第10期

《谢灵运诗选》前言

叶笑雪

一

永嘉乱起，北中国整个陷于异族的统治下，人民的生命财产丧失殆尽，不要说老百姓不堪其苦，就是那“废池乔木，犹厌言兵”啊！士族人士受不住胡马铁蹄的蹂躏，便带着亲党部曲纷纷渡江，联合江南的大姓，建立了东晋王朝。

魏末西晋时代，士族人士已懂得领略山水，羊祜每“造岘山置酒，言咏终日”；阮籍“或登临山水，经日忘归”；七贤所聚集的竹林，不也是一个风景区吗？不过，在黄土平原上，水深土厚的朴实风光，不能引起他们更多的爱好。渡江以后，一方面，由于江南的地理条件与中原不同，永嘉、会稽多佳山水，“千岩竞秀，万壑争流，草木蒙茏其上，若云兴霞蔚”，山川是何等的秀丽！另一方面，又由于士族人士被赶出了温暖的家园，撇下丰厚的资产，过着半流浪的生活，在国破家亡的惨痛中，对祖国河山分外觉得可爱。因此，士族人士一旦置身于杏花春雨的江南，便狂热地爱好着山水，尽情地欣赏着山水。《世说新语·言语》篇说：

> “过江诸人，每至美日，辄相邀新亭，借卉饮宴，周侯（顗）中座而叹曰：‘风景不殊，正自有山河之异！’皆相视流泪。”

他们对着良辰美景，以极其沉痛的心情悲叹着祖国的幅裂；在锦绣河山的伟大的感召下，又自发地促进了爱国主义思想的高涨。但是，这些地主阶级的士族人士的态度是消极的，很少作“克复神州”的打算；反而在江南这个半壁江山上，积极地进行着土地兼并，于富饶的“鱼米之乡”再建庄园，重新挂起从北方带来的“剥削世家”的老招牌，过着苟安偷生的日子。

渡江之初，士族人士的爱好山水，本来是建筑于爱国主义思想的基础上的。之后，他们苟安江南，在重享安居乐业之福时，那一点子仅有的爱国主义思想便和山水分了家，渐渐于思想领域中消逝；而爱好山水则转而与物质生活紧密地结合起来，成为生活享受的不可分割的一部分。（在《世说新语》里，有很多关于这一类的记载。）东晋士族人士虽然过着寄生性的穷奢极侈的生活，但是还保持着严肃和淡远的风度，没有发展到齐梁时“玉体横陈”的淫靡地步。他们都有一定的教养，物质的和精神的生活尚不至于垂直地堕落。因此，他们仅仅满足于相当红茶的“山水”，无须若渴地去寻找类乎吗啡的“艳情”。这在齐梁人看来，是“典正可采，酷不入情”。

从生活到诗，本是十分接近的，山水诗就在这样历史的和社会的条件下产生。

二

山水诗不是凭空出现的，它是接着玄言诗的衰歇而兴起的。为了对山水诗的兴起作较深入的理解，有回顾一下东晋玄言诗的必要。

建安时代，在曹氏父子的倡导下，五言诗获得卓越的成就，在中国诗史上揭出光辉的一页。太康时代的诗，是在建安诗的基础上发展的，风貌各有不同，而“宗归不异”。这时的诗，还是记事的抒情的，没有被用来谈玄说理；玄学的风气虽然已很盛行，但是还没有影响到诗。到了东晋，玄学如决堤的潮水，冲进了整个的诗的领域，诗起了一个根本的变化，玄言诗便应运而兴了。

在玄言诗时代，不但未出现第一流的诗人，简直可以说没有诗人，玄学既代替了诗，玄学家也兼了诗人。兼诗人们所写的诗，高明点的是有韵脚的玄学小论文，等而下之，便是一些玄学概念的杂烩拼盘之类。这时的诗专为玄学服务，完全失去了诗所有的现实内容，建安诗的优良传统给斲丧欲尽，使诗走上一条不健康的道路。《诗品序》说：

> “永嘉时贵黄老，稍尚虚谈。于时篇什，理过其辞，淡乎寡味。爰及江表，微波尚传。孙绰许询桓庾诸公，诗皆平典似道德论，建安风力尽矣！”

《文心雕龙·时序》篇也说：

> “自中朝贵玄，江左称盛。因谈余气，流成文体，是以世极迍邅，而辞意夷泰。诗必柱下之旨归，赋乃漆园之义疏。故知文变染乎世情，兴废系于

时序，原始以要终，虽百世可知也。”

钟嵘、刘勰对于东晋诗所作的叙述是简要的，批评也是中肯的。东晋的玄言诗，现在流传的固然很少，而就文献记载看来，它确实是当时诗的主流。这种玄言诗，好“似道德论”，又像《庄子》的注疏，都是一些“理过其辞，淡而寡味”的东西。严格地说，它们不像诗。

玄言诗的兴盛，也有它的一定的社会根源。永嘉之后，北中国做了“五胡十六国”混战的场所，关洛变为丘墟，人民百不存一；而南中国却得到一个相对稳定的偏安局面，偷安江南的士族不敢也不愿正视当时的社会，作一切的努力来逃避现实。玄学思想是老庄思想的继续和发展，而老庄思想中本来就含有不太少的逃避现实的思想成分，这对逃避现实的士族人士来说，真可算得“千载知己”。老庄的思想又是“玄之又玄”的，清静无为的，这对“遗事天下”，喜作“经虚涉旷”的玄思的士族人士来讲，也是极适合胃口的。事实证明，这些逃避现实的人们，终于一个个掉到唯心主义哲学的深坑中而不克自拔。当时的诗，既然掌握在士族人士的手里，被用来作为谈玄说理的工具，也就无足怪了。因此，在玄言诗里，瞧不出社会生活的踪影，看不到时代动乱的痕迹，正如钟嵘所说的：“世极迍邅，辞意夷泰。”

东晋玄言诗人以许询孙绰为代表，而孙许都是爱好山水的人物，许询因为“会稽有佳山水”，就筑室住下；孙绰也“居于会稽，游放山水”。山水是大自然的一部分，它突出地表现了自然美。但是，士族人士是以超现实的态度去玩赏山水的，他们把山水当作体现玄理和获得玄趣的桥梁。《世说新语·言语》篇说：

“简文入华林园，顾谓左右曰：‘会心处不必在远，翳然林水，便自有濠濮间想也，觉鸟兽禽鱼自来亲人！’”

于此可以看出山水和诗正起着同样的作用，它们都是谈玄的工具。诗是用语言写的，而语言本身是有限的，以有限的语言说明无限的不可言说的“道”，其效果是不太理想的。至于山水，它是“以形媚道”的，通过山水去体会玄理，更能得到“神超形越”的境界。虽然，在当时有人把山水用来作为品藻人物的比喻，如顾恺之说王衍“岩岩清峙，壁立千仞”；看到裴叔则：“如玉山上行，光映照人”，山水的气象和人物的神明得到无间的结合。《世说新语·赏誉》篇说：

“孙兴公为庾公参军，共游白石山。卫君长在坐，孙曰：‘此子神情都不关山水而能作文。’”

孙绰已肯定山水对于诗文的启发作用。但是，山水没有被作为诗的题材，正因为它和诗处于同等的地位的原故。

庄子也是接近自然，喜爱山水的，《知北游》篇说：“山林与，皋壤与，使我欣欣然而乐焉！”自庄子的思想到东晋士人的生活，都是息息相通的。山水诗就在这样的生活和思想的土壤（基础）中孕育和发展起来。由此看来，山水诗的发生、发展条件是消极的，而山水诗本身体现着现实主义精神，它带来东晋诗的一个新的发展阶段，是一种良好的倾向。

三

晋宋之际，是山水诗的勃兴时代。

说山水诗兴于晋宋间，并不等于说晋宋前的诗里没有山水的成分。从三百篇到《楚辞》、到建安，自然虽然也是诗的抒写对象，诗中也有写景的语言，如《郑风》的“山有扶苏，隰有荷华”；如王仲宣《七哀诗》的“山冈有余暎，岩阿增重阴”；但是，在这个漫长的时期中，山水到底不是诗的主要题材，正如绿叶为红花而存在一样，它始终处于衬托的地位。说山水诗兴于晋宋之际，是指在这个时代里山水已成为诗的主要的甚至是唯一的内容而说的。

《宋书·谢灵运传论》说：

“仲文始革孙许之风，叔源大变太元之气。”

而檀道鸾对于西汉迄晋的文学流变，曾作了一个扼要的评述，《续晋阳秋》说：

“（许）询有才藻，善属文。自司马相如、王褒、扬雄诸贤，世尚赋颂，皆体则诗骚，傍综百家之言。及至建安，而诗章大盛。逮乎西朝之末，潘陆之徒，虽时有质文，而宗归不异也。正始中，王弼、何晏好庄老玄胜之谈，而世遂贵焉。至过江佛理尤盛，故郭璞五言，始会合道家之言而韵之。询及太原孙绰转相祖尚，又加以三世之辞，而诗骚之体尽矣。询绰并为一时文

宗，自此学者悉体之。至义熙中谢混始改。”（《世说新语·文学》篇刘孝标注引）

檀道鸾沈约清楚地指出：山水诗的兴起，它的绝对时间在义熙中，先驱作者为殷仲文和谢混，殷谢以山水入诗，给当时奄奄一息的诗注射了一股新鲜血液，把诗从瘫痪的状况中救出，使它慢慢地回复到健康的路上。殷谢就是依赖着山水的万千气象，驱散了弥漫于诗界的玄学的滓秽的。不过，殷谢对于山水诗，虽有“荜路蓝缕”之功，但成绩并不太好。正如《南齐书·文学传论》所说的：“仲文玄气，犹不尽除；谢混清新，得名未盛。”这个批评是恰当的。的确，仲文的诗仍然保留着浓郁的玄学气氛；而谢混的诗，如《游西池》的“惠风荡繁囿，白云屯曾阿，景昃鸣禽集，水木湛清华”，自是清新醒目，和玄言诗判若泾渭，他担当起“大变太元之气”的任务，从而奠定了山水诗发展的基础。可惜作品不多，终有“得名未盛”的遗憾！

稍前于山水诗的兴起时，画里已有了山水。中国画从开始到魏晋，本以人物为主，画里没有山水，正如诗中缺少风景，情况既类似，道理也一样。到了东晋顾恺之的手里，中国画才起了一个划时代的变革。《世说新语·巧艺》篇说：

“顾长康画谢幼舆在岩石里，人问其所以，顾曰：‘谢云：“一丘一壑，自谓过之。”此子宜置丘壑中。’”

这幅画里的山水，虽说还是人物的背景，但无可疑义地，它是中国画从人物过渡到山水的里程碑。顾恺之给画找到了山水这一新颖的内容，开创了山水画派。谢安说：“顾长康画，有苍生以来所无。”如就开拓山水画的功绩来说，谢太傅的评语是对的，说得一点也不过分，不能算作一种虚美。之后，“好山水，爱远游”的画家宗炳，因为年老多病，不能“西涉荆巫，南登衡岳”了，便把“凡所游履”过的名山胜水画于室间，“卧以游之”。到这时，山水画已完全取得了独立的地位。

在晋宋之际，诗里写山水，画里画山水，就是赋里书信里也铺陈山水，有大段的景语。文学艺术和山水已脉络相通，并吸取了有利的养分。由此可知，这是一个人们对自然的觉醒的时代，山水诗不是孤另另地出现的，是有山水画等伴随着而兴起的。

四

提到山水诗，就必然和谢灵运的名字分不开。

谢灵运是谢混的侄子，在叔源的长期教育熏陶下，无论在学术思想或文学修养上，都深受其影响。在诗的创作方面，谢灵运遵循着谢混的道路，亦步亦趋地在殷谢原有的基础上发展了山水诗。齐萧悫说："颜谢同声，遂革太元之气，"（《太平御览》卷五八六引《三国典略》）是指灵运对玄学诗的革命而说的。

当时山水诗的思想内容怎样呢？《文心雕龙·明诗》篇说：

> "宋初文咏，体有因革，庄老告退，而山水方滋。"

"庄老"和"山水"都是当时诗的主要的思想内容，而"山水"是一种新生的欣欣向荣的力量，"庄老"则是一种腐朽的日就衰亡的东西，它们在诗的领域里相摩相荡。在山水诗的蓬勃发展过程中，那原来作为诗的内容的玄学思想，逐步地被排斥到诗外去，所以说"庄老告退"。（"庄老告退，而山水方滋"，它的先后次序是按照修辞法则排列的，不应理解为诗的发展规律中的因果关系。）说"庄老告退"并不等于说诗里的"庄老"成分已完全（或最后）被肃清，消灭得干干净净，宋初的诗什中已毫无玄学思想的存在；而只是说"庄老"已大部分（或开始）退出了诗坛，还有些少玄学思想隐藏在诗的某些角落里，负隅顽抗。山水诗的发展过程，也就是一个诗人们思想斗争的过程，"山水"的战胜"庄老"而在诗里取得统治的地位，并不是在十分悦快的情境中获得的。（这不应与诗的"涵咏自得"的创作过程，混为一谈。）

谢灵运诗的思想内容，也正如上面所分析的一般情况一样。在他的诗里，"山水"已占了统治的地位。山水是大自然的一部分，它最能代表自然的美，把山水写入诗中，诗自然就体现出高华气象，如"春晚绿野秀，岩高白云屯"，盈溢着一股清新意味；如"云日相辉映，空水共澄鲜"，使人觉得形象鲜明，美不胜收。汤惠休说："谢诗如芙蓉出水"，这个形象化的比喻，最足以说明谢诗的妙处在"自然可爱"。在谢灵运诗里，还保留着一小部分"庄老"糟粕，也是一个不可否认的事实，如"矜名道不足，适己物可忽"；"怀抱既昭旷，外物徒龙蠖"，这一类专讲玄理的句子，在他的诗篇里也是触处可见；还有一些不以完整句子表达的玄意，像游魂一样在字里行间东闪西躲地浮动着，也真叫人惹厌呢！但是，这一残存的庄老糟粕，并不足以减低谢诗的价值，正如钟嵘所品评的："譬犹青松之拔灌木，白玉之暎尘沙，未足贬其高洁也。"它们对方滋的"山水"，只起极其轻微的腐蚀作用。

当山水诗已得到高度发展时，在诗里还有"庄老"成分的残余，这不是作为一个奇迹而存在的，也自有它的社会根源。玄学思想和士族是有血肉相连的关系的，它和士族共存亡，它的盛衰依赖于士族势力的强弱。在太元时，士族已走上下坡路；谢安淝水之战的胜利，一边稳定了南北对立的形势，一边又促使士族势力的一度高涨。晋宋之际，当士族势力再度低落时，那落后于现实的思想意识（玄学思想），却刚好进到回光返照的时期。谢灵运是当时士族的代表人物，又是一个货真价实的玄学家，在他的诗里，也必然要或多或少地反映出玄学思想。再说，山水本是"以形媚道"的，它可以不拐语言的湾儿，而直接表述玄趣。因此，它也能够通过诗里的山水，将虚寂的理融入生意盎然的景中，同样可以表现"超以象外"的理或道，也同样可以得到也许比在玄言诗里所得到的还要多一点的"玄趣"的满足，这是士族人士的"嗜痂之癖"的福音。《宋书·谢灵运传论》说："自建武暨于义熙，历载将百，虽比响联辞，波属云委，莫不寄言上德，托意玄珠。""庄老"真正从诗里告退，当在宫体诗兴起的齐梁之间。因此，在山水诗兴起的初期，就某种意义上说，并不意味着玄言诗的中断或绝迹；恰恰相反，残存于诗中的玄理，由于得到山水清新之气的滋润，反而获得较高境界的发展。（玄言诗时代过去后，玄理转而寄存于和尚的语录里，唐诗里保留着一些玄趣，到宋诗里又找到"说理"的嗣音。这说明了诗不宜于用来说理，说理太多的诗往往成为偈语，而不是说诗里绝对不应该带有说理的成分，少量的说理并不妨害诗的健康。）

从中国诗的发展史看，田园诗是山水诗的另一种形式，田园和山水，是晋宋间诗的主潮中的两个不同流派。（这两个齐头并进的流派，中间经过宫体诗的冲激而流缓浪伏下来，到盛唐的韦应物、孟浩然时代，才汇合为一而出现了新的风貌。）当时的田园诗人陶渊明（三六五~四二七，比谢灵运大二十一岁），出身寒素，又是一个不求闻达的隐士，在那个以门阀相尚的时代里，人既不是士人乐于去捧的对象，诗也就在他们的抹杀态度下埋没了。那时诗坛的权威是谢灵运和颜延之，《诗品》序说："谢客为元嘉之雄，颜延年为辅。"《宋书·颜延之传》也说："与谢灵运俱以词采齐名，江左称颜谢焉。"约经过一世纪，梁代昭明太子给陶渊明编集子，为他的诗集作序，又采他的诗入《文选》，渊明的诗的价值才被发现，正如一颗明星摆脱了云翳的纠缠，闪灿着瑰丽而又永恒的光辉。在时间和读者的不断考验中，颜延之的声名日就低落，颜谢齐名已为陈迹，陶谢并称继之以兴。

谢灵运和陶渊明的诗，基本精神是相同的，他们在“庄老告退，山水方滋”这条道路上，同样为着把诗从玄学中解放出来的目标而作出一切的努力。但是，谢灵运是谢玄的孙子，簪缨世族，雍容华贵，一生又狂热于政治权力的追求；而陶渊明出身寒素，虽说也是一个士族人士，但生活却很困苦，不免过着“夏日长抱饥，寒夜无被眠”的日子。他们由于社会地位的悬殊，对人民和山水的思想态度也就不一样。就以隐逸来说吧，陶谢诗里都谈隐逸，而所谈的隐逸，却又有本质上的不同。谢灵运在仕途失意时，虽有企羡隐逸的思想，也确实高卧东山过；但他显然无意于真的做隐士，而是以“山中宰相”自许。他说：“樵隐俱在山，由来事不同。”这在表面上看来，不过是说明雅俗的分野；而在骨子里却划出一条“士”和“庶”间的不可逾越的鸿沟，流露着极其强烈的阶级意识。至于陶渊明，他真的淡于仕，甘于隐，长期地住在彭泽一带农村里，过着田园生活，和劳动人民很接近，甚至已到不觉有士庶界限的存在的境地，“相见无杂言，但道桑麻长”，他和邻居的农民多亲切，对生产事业又多关心！再以山水说吧，陶谢诗里都写山水，而他们对山水的态度，却又有很大的区别。谢灵运童奴数百，颐指气使，在他看来，世界上的一切事物都是为他而存在的。因此，他的对待山水，也是以统治者的姿态出现的，他认为山水是供他赏玩的，他说：“景夕群物清，对玩咸可憙。”他笔下所写的山水，如“江山共开旷，云日相照媚”，就和写生画家画面上的风景素描一样，画里看不到作者的存在，作者和山水间有着一定的距离。陶渊明呢？他对山水的态度是感受的，他的精神往往和景物打交道，在一片情景相融中，体现着一种“物我同一”的境界。“平畴交远风，良苗亦怀新”，在他的诗里，一株树一片山都染着他的情感和色彩。（谢灵运诗中也有“物我同一”的境界，但它的源头是玄学思想。）

陶谢的诗，又由于他两人的生活经验的不同，在内容和风格上也有很大的差异。谢灵运出入群从、惊动县邑地过着游放生活，有意识地把诗向自然界扩展，处处以山水作为诗的题材，一面是“山阴道上，应接不暇”；一面“兴多才高，寓目辄书”，因此，山水就成为他的诗的主要内容。谢灵运是以写实的态度写诗的，他天才极高，“内无乏思，外无遗物”，能将内思和外物恰如其分地表达出来。同时，又讲究写作技巧，雕刻骈俪，因此“丽典新声，络绎奔会”，把诗写得十分精工，形成一种富艳难踪的风格。而陶渊明呢？就跟灵运不一样。农村永恒地在自然的摇篮里，而山水又那么不感厌倦地陪对着恬静的农村，渊明既长期地生活于田园和山水间，那丰富多彩的田园生活，就成为他诗的新鲜真实的题材。又因为田园和山水，还有一间之隔。因此，陶诗的内容稍偏重于社会生活，自然、山水仅居次要的地位。田园生活本身是朴素的，平淡自然的，倘若用富丽雕琢的笔调来写，浓妆艳抹的结果，便会失去田园的真和美。渊明了解这一层道理，就运用田家语，恰如其分地表达田园生活，而他的诗就造成一种平淡自然的风格。

总的说来，晋宋之际，是山水诗的时代，田园诗是山水诗的另一种形式。山水诗是中国诗的一个优良传统，谢灵运是当时的山水诗大师，祖国锦绣河山的可爱，一旦被他尽情地歌唱出来，便无往而不属于全民的喜悦，发扬了无比的现实主义精神！

五

内容决定形式，从诗的内容的更换到诗的形式的改变是一致的。谢灵运的诗，既具有山水这一崭新的内容，自然要形成一种簇新的形式，出现一种与众不同的面貌。

东晋以前的诗，没有把山水作为主要的题材；因而在诗里也就缺少写景的传统，写景技巧是极不发达的、幼稚的。到了灵运手里，才自觉地意识到，要把美妙的山光水色恰如原样地搬到诗里，把诗写得如画，写得逼真，使诗里的山水和自然界的山水相似，就得大大地革新和提高诗的写作技术。《文心雕龙·物色》篇说：

> “自近代以来，文贵形似。窥情风景以上，钻貌草木之中，吟咏所发，志唯深远；体物为妙，功在密附。故巧言切状，如印之印泥，不加雕削，而曲写毫芥。故能瞻言而见貌，即字而知时也。”

在“文贵形似”的口号下，必然地要发生“情必极貌以写物”的要求；而要达到这个目标，就得做到“辞必穷力而追新”。钟嵘《诗品》评谢灵运诗说：“其源出于陈思，杂有景阳之体，故尚巧似，而逸荡过之。”是就谢灵运的诗继承了曹植、郭璞的骋辞传统而加以发扬光大方面立论的。说得很对，诗的写作修辞技术，到谢灵运时代才得到热烈地提倡和高度的发展。灵运不但把诗写得更像诗，就是一向不为人注意的诗的题目，也被他写得富有诗意，如“于南山往北山，经湖中瞻眺”等，它本身简直就是诗。灵运这一手绝活，只有唐柳宗元能得其彷彿。山水诗的兴起，促进了诗的写作技术的长足进步。

山水这一类诗的题材既是新的，就必须创造数以千百计的“写物”新词汇，诗人不能用“玄言”等诗的词语写山水，正如画家不能以画人物的线条去画风景。写繁复的山水景色，要做到“貌其形而得其似”（《文镜秘府》语），自然需要很多的说明样子的形容词、描绘动态的疏状词和借以表达形态的比喻，才能“巧言切状”。谢灵运的诗，如“密林含余清，远峰隐半规”；“初篁苞绿箨，新蒲含紫茸”，正因为没有夹杂着陈言烂语，全用新的语言表达新的意象，才使人觉得清新之气扑面而来。山水诗的兴起，丰富了诗的语言。

山水，就它的内容说，是很单纯的，不外是山，不外是水；而就它在大地上所呈现的形态说，又是极端复杂和变化莫测的，山和水到处构成佳境，而这些胜地既处处相似又处处不同，那么辽阔无际地铺陈排列着。把山水写入诗中，就是化过一番煞费苦心的剪裁和组织，也不过是山外山、水外水、山山水水地加以排列，像画面上的山水铺陈一样。因此，在山水诗兴起的时候，诗中的偶句也就跟着增多了，如谢灵运《登池上楼》一诗，自始至终几乎全是清一色的偶句。本来么，偶句是在自然的条件下产生的，它本身并不带有退步的不自然的因素，如《文心雕龙·丽辞》篇所说的：“心生文辞，运裁百虑，高下相须，自然成对。”但是，极意于诗中编排罗列偶句的结果，不免阻滞诗的气韵的流行，既产生呆板臃肿的流弊，又破坏了魏晋诗的浑然一气的好处。也就是说，从谢灵运时代开始，诗人已渐次放弃了以散文写诗的法则，而以写赋的原理用来写诗，“体物浏亮”，铺叙的方法一般地被采用。（整整隔了五个多世纪，到宋代的诗人才重新用散文的法则写诗。）

山水，是富有声色的自然景物；以山水入诗，要写得“极貌”，便不能不注意声色的描绘，追求图画音乐式的美。谢灵运的诗，对于声色的运用是十分成功的，如“白云抱幽石，绿筱媚清涟”，笔触鲜明，是诗里图画；如“鸟鸣识夜栖，木落知风发”，又完全诉之听觉，是诗里的音乐（天籁）。正如焦竑所说的：“弃淳白之用，而竞丹雘之奇；离质木之音，而任宫商之巧。”（《谢康乐集》题辞）就对后来诗的影响说，由于谢灵运的导夫先路，注意诗中的音乐成分，句子间的韵律谐美，便造成了永明诗的声律的新变。谢灵运的诗，因为讲求渲染，有清丽欲飞的形象，也有回荡流动的韵律，至被钟嵘誉为“富艳难踪”，很合当时“清华风靡”的诗的标准。

上面所说的，是谢灵运诗的风貌的几个特点。这些也可以作为优点看待的特点，它本身就包含着缺点。佳山秀水，遍布天下，所谓“山川自相映发，使人应接不暇”；却又碰上谢灵运是个“兴会标举”的诗人，能够把树影山光，云容花色尽量地写入诗里。“博喻酿采”，看来便觉繁缛，而诗篇的结构也就显得“疏慢”，使人有“作体不辨首尾”的印象。又由于诗中排偶用得过多，“上句写山，下句写水”；“上句写闻，下句写见”，辞句也就变成拖沓冗长，难免要得到“颇以繁芜为累”的评语。

山水诗人谢灵运，在当时是一代巨子，于后世为千古宗匠，在刘宋时代的诗坛上，风尚所趋，山水诗自然盛极一时。就是到齐梁时，也还有人模仿学习，相沿不衰，如《南史·王籍传》说：“籍好学有才气，为诗慕谢灵运，至其合也殆无愧色。时人咸谓康乐之有王籍，如仲尼之有丘明，老聃之有严周。”《伏挺传》说：“为五言诗，善效谢康乐体。父友乐安任昉深相叹异，常曰：‘此子目下无双！’”又《武陵昭王晔传》说：“性刚颖俊出，与诸王共作短句诗，学谢灵运体。”都是很典型的例子。但是，一般都认为谢诗纵横俊发，“吐言天拔，出于自然”，好处不容易学到，而往往带来“繁芜”的拖累，所谓“学谢则不届其精华，但得其冗长”。其间经过齐梁的王籍、谢朓，直到盛唐王维、孟浩然诸人，在长期地不断努力下，山水诗的词句结构才达到省净严密的地步。

六

最后，应该谈谈本诗选所根据的本子、选的标准和注的体例等。

关于谢灵运的集子，最早见于《隋书·经籍志》四著录，说：“宋临川内史《谢灵运集》十九卷。”注又说：“梁二十卷，录一卷。”《旧唐书·经籍志》下，《新唐书·艺文志》五十也著录，均作十五卷。郑樵《通志·艺文略》载临川内史《谢灵运集》二十卷。马贵与《经籍考》不见著录。晁公武《郡斋读书记》、陈振孙《直斋书录解题》均未收载。又宋嘉泰年间宣城刻的《三谢诗》，是唐庚（子西）从《文选》中录出的，他在《文录》中说：“三谢诗，灵运为胜。当就选中写出，熟读自见其优劣也。”（见《顾氏文房小说》）可见《谢灵运集》在宋代就散佚了。到了明万历时，李献吉、黄勉之、沈道初诸人，先后将散于《文选》、《乐府诗集》、《宋书》列传及诸类书中的谢灵运诗文辑出，编排成书，由焦竑（弱侯）刊刻行世。明人张溥《魏晋六朝百三名家集》有《谢康乐集》二卷，汪士贤《汉晋六朝诸家文集》有《谢康乐集》四卷，搜辑疎略，都不够完备。以张本《谢康乐集》中的《游名山志》说，《太平御览》所引十四条，概未录入，可见多有遗漏。灵运的诗文，以严可均《全上古三代秦汉三国六朝文》、丁福保《全汉三国南北朝诗》中所载较多，但跟十九卷本原著相比，散亡实多。如《赠王琇》一诗，除《宋书·谢灵运传》所载的"邦君难地崄，旅客易山行"二句，其余的部分世间已不易找到了。在现在的辑本中，有些诗是残缺不全的，如《登庐山绝顶望诸峤》："积峡忽复启，平涂俄已闭，峦陇有合沓，往来无踪辙。昼夜蔽日夕，冬夏共霜雪。"一看就知道不是一首完整的诗。《文选》卷三十、江文通《杂体诗》谢灵运《游山》李善注引谢灵运《登庐山诗》："山行非前期，弥远不能辍，但欲淹昏旦，遂复经盈缺。"从题目和韵脚看，极可能是一首诗，可还凑它不全。经过许多人的努力，灵运的诗文，能见的都已辑出，残缺的要补全也就不大可能了。谢灵运诗的注本，以黄晦闻《谢康乐诗注》最称详备。作为一个诗的选集来说，它的要求应该是"精"，而不必求"备"。因此，本诗选就不傍求，从黄氏注本中选录。原诗以《四部丛刊》本《文选》，影宋刻本《三谢诗》和《乐府诗集》相对勘，择善而从。如《登池上楼》的"徇禄及穷海"的及字，《文选》作"反"，别的本子也作"反"，于义未妥，兹改从《三谢诗》。注则用《文选》李善注、黄氏《谢康乐诗注》为蓝本。

选的标准怎样？山水诗既为中国诗的优良传统，谢灵运又是山水诗的开创和发展者，因此本选集主要是以"山水诗"为标准的。不过，为了使读者对灵运的诗有全面的了解，也不局限于山水诗的范围里。如《拟魏太子邺中集》八首，它和山水诗虽无关系，但既被萧统采入《文选》，我们自然不忍弃而不录。从这些拟古的作品中，可以证实钟嵘说灵运诗"源出陈思"的论点；也可以看到像灵运这样历史上负有盛名的诗人，他为了继承汉魏诗的传统是多么勤苦地向建安诗人学习啊！又如乐府诗，原不是灵运的特长，因之在乐府诗创作上的成就，自然不及鲍照的丰采多姿。现存的灵运的乐府诗数目不多，有些又带有很浓重的颓废思想，而我们所选录的这几首，是晋宋间乐府诗的代表性的作品。至如《三月三日侍宴西池》、《命学士讲书》一类的诗，刻板滞重，本身就不是好诗，也就不入选。而《石壁立招提精舍》、《过瞿溪山饭僧》诸诗，其中虽有"绝溜飞庭前，高林映窗里"；"清霄飏浮烟，空林响法鼓"的佳句，但以运用佛典过多，一般的读者要感到厌倦，也不去选它。

关于如何注，也有讲几句话的必要。本诗选每首诗的注解工作，分做两个步骤进行。第一步，将诗里不常见的生僻字的“音”和“义”注出；意义隐晦不明的词语，也加以浅显的解说；一般的典故，都用口语译注。不过，谢灵运的诗里，还杂有相当多的玄言，有好些《庄》《老》《周易》中的话头。处理这些话头，实在是件十分棘手的事情，用口语译注，很容易把原样儿说走了，弄得画虎不成像只狗，自己看了也有啼笑皆非的感觉。只好采取不得已的办法，在必要时酌抄原文，在原文后头附上注者的看法和体会。这种类似中俄对照的做法，也许比“天马行空”的单行注解要客观些，即使注解把原意曲解了，不用翻书查对也可以发现错处。就字句注解这方面说，本书和别的选本没有什么不同的地方。现在，有好些诗文集的选注本，字句的注解工作做得很到家，确实给读者解决了许多疑难。但是，大家似乎都以此为满足，很少进一步去诠译诗（或文）意的。由于看到这个注解工作中的缺陷，而妄想加以弥补。所以，第二步就是将全诗略加诠释，除了几首明白易晓的，差不多每一诗的后面都有一段评述。这是一个大着胆子试做的工作，它的成绩总是不会使人满意的。注者对谢诗本非素习，做这一个选注工作，可以说是边学边唱的“钻锅”，加以学识浅陋，对诗的修养又差；再，今年夏天特别炎热，在注释的过程中，又为别的事情缠住，心境十分不安，工作是在夜间神思昏倦的情形下进行的。因此，书中一定有若干不应该弄错的错误，敬请读者不吝指教！

徐森玉先生以影宋刻本《三谢诗》相赠，沈宗威先生惠借黄节《谢康乐诗注》，并蒙潘伯鹰先生题耑，沈维岳先生和出版社编辑部同志的帮助，谨此致谢！

一九五六年九月一日于上海。

选自《谢灵运诗选》，古典文学出版社，1957

洛阳伽蓝记校注序

范祥雍

一　洛阳伽蓝记与北魏佛教

我国南北朝时代，在经济上和文化上都较落后的北魏拓跋王朝，百六十年间留下的著作不多，贾思勰的《齐民要术》、郦道元的《水经注》、杨炫之的《洛阳伽蓝记》，可称北魏的三部杰作。《齐民要术》是我国最早的一部完整的而有科学价值的农书。《水经注》是一部具有很高的文学价值的地理书。《洛阳伽蓝记》以记北魏京城洛阳佛寺的兴废为题，实际记述了当时的政治、人物、风俗、地理以及掌故传闻，具有很高的文学价值和历史价值。这三部书因钞刻舛误，错字脱文太多，都很难读。《水经注》一书，清代的学者，从全祖望、戴震到王先谦、杨守敬，都还下过不少的工夫，而其他两书，校订注释的工作，不是绝少人做，即是有人做了，也还不够。这就是《洛阳伽蓝记校注》一书的来由罢。

我们知道，南北朝时代是承魏晋以来五胡十六国长期大动乱的时代，也就是黄河流域南北两岸人民大遭苦难的时代；同时它是我国中古时期宗教狂热的时代，也就是佛教臻于极盛的时代。历史告诉我们，当人民受到阶级压迫或民族压迫还反抗无力之时，往往会产生对美好的来世生活的憧憬。宗教就利用其对美好的来世生活这一幻想来安慰他们，麻醉他们，使他们能够忍受在现实中遭遇到的一切痛苦。而在剥削阶级或压迫民族的统治者中就利用宗教驯服人民的这一精神武器，作为缓和阶级矛盾或民族矛盾以巩固其统治权力的一种有效工具。又在宗教本身也必须依靠统治者的力量来达到它推行教义和牟取僧侣特权的目的，正如晋释道安说的，“不依国主，则法事难举”。[①]我想这就是南北朝时代何以成为我国历史上宗教狂热时代的一个大原因。王昶在《金石萃编》总论北朝造像诸碑时早已接触到了这一点。

南朝梁释僧佑《弘明集》，唐释道宣《广弘明集》，反映到这一时代关于宗教的发展及其在教理上和政治上的斗争。魏收《魏书》特撰《释老志》，记载了这一时代北魏王朝的宗教史实。云岗、龙门、敦煌等石窟都留下了这一时代北朝方面的佛教艺术，最可珍视的是造像和壁画。《洛阳伽蓝记》也特写了这一时代北魏王朝迁都洛阳以后的佛教寺塔。

二 北魏建都平城时期的佛教

北魏王朝迁都洛阳以前对于佛教是怎样的情形呢？

北魏崛起于极北鲜卑游牧民族，[②] 到太祖道武帝拓跋珪天兴元年，（东晋安帝司马德隆安二年，公元三九八年）定国号为魏，迁都平城，开始营宫室，建宗庙，立社稷，[③] 才算具有国家规模，初步完成了向汉族封建社会转化的过程，同时也开始了修建佛寺。《释老志》载着拓跋珪的诏书说：

夫佛法之兴，其来远矣。济益之功，冥及存殁。神踪遗轨，信可依凭。其敕有司于京城建饰容范，修整官舍，令信向之徒，有所居止。

《广弘明集》还载拓跋珪的《与朗法师书》，遣使者送太山朗和尚“素二十端，白毡五十领，银钵二枚”。[④] 表示敬意。可以想见他对佛教的态度了。

经过太宗明元帝拓跋嗣到世祖太武帝拓跋焘太平真君七年（宋文帝刘义隆元嘉二十三年，公元四四六年）三月，下《灭佛法诏》[⑤] 说：

昔后汉荒君，信惑邪伪，妄假睡梦，事胡妖鬼，以乱天常，自古九州之中无此也。夸诞大言，不本人情。叔季之世，暗君乱主，莫不眩焉。由是政教不行，礼义大坏，鬼道炽盛，视王者之法蔑如也。自此已来，代经乱祸，天罚亟行，生民死尽。五服之内，鞠为丘墟。千里萧条，不见人迹，皆由于此。朕承天绪，属当穷运之敝，欲除伪定真，复羲农之治。其一切荡除胡神，灭其踪迹，庶无谢于风氏矣。自今以后，敢有事胡神，及造形象泥人铜人者，门诛。虽言胡神，问今胡人，共云无有。皆是前世汉人无赖子弟刘元真、吕伯强之徒，乞胡之诞言，用老庄之虚假，附而益之，皆非真实。至使王法废而不行，盖大奸之魁也。有非常之人，然后能行非常之事，非朕孰能去此历代之伪物？有司宣告征镇诸军刺史：诸有佛图形像及胡经，尽皆击破焚烧；沙门无少长悉坑之。

这是在太平真君五年正月下了《禁容匿沙门师巫诏》[6]之后，又下的一道严诏。“诏诸州坑沙门，毁诸佛像。”[7]这是中国宗教史上的一件大事。这和后来北周武帝、唐武宗的灭佛法相类似，佛家称为“三武之厄”。先是拓跋焘太延四年(公元四三八年）三月，诏“罢沙门年五十已下”。[8]《通鉴》采用了这条史实，胡三省注：“以其强壮，罢使为民，以从征役。”明年改元为太平真君。又二年而“亲至道坛，受符箓。备法驾，旗帜尽青”。[9]这当是由于他笃信道教天师寇谦之的缘故。《释老志》说：

> 世祖即位，富于春秋，既而锐志武功，每以平定祸乱为先。虽归宗佛法，敬重沙门，而未存览经教，深求缘报之意。及得寇谦之道，帝以清净无为，有仙化之证，遂信行其术。时司徒崔浩博学多闻，帝每访以大事。浩奉谦之道，尤不信佛，与帝言，数加非毁。常谓虚诞为世费害，帝以其辩博，颇信之。会盖吴反杏城，关中搔动，帝乃西伐至于长安。先是长安沙门种麦寺内，御驺牧马于麦中。帝入观马，沙门饮从官酒。从官入其便室，见藏有弓矢矛楯，出以奏闻。帝怒曰：“此非沙门所用，当与盖吴通谋，规害人耳。”命有司案诛一寺。阅其财产，大得酿酒具，及州郡牧守富人所寄藏物，盖以万计。又为屈（窟）室，与贵室女私行淫乱。帝既忿沙门非法，浩时从行，因进其说。诏诛长安沙门，焚破佛像。敕留台下四方，令一依长安行事。

这是记拓跋焘下《灭佛法诏》之前的事，促成了他下诏的动机和决心。由此可见这一历史事件的复杂，不仅是由于道教佛教间的斗争，同时也由于当时佞佛招致了政治经济和军事上的许多不利。比如说，僧徒不事生产，不从“征役”，“虚诞为世费害”。佛寺暗藏兵器，有阴谋反抗嫌疑。并有收寄赃贿，败坏风化，以及“妄生妖孽”种种“非法”行为，“至使王法废而不行”。拓跋焘毁灭佛法，想要“除伪定真，复羲农之治”，俨然“具有张中华王道正统之义”。[10]我们懂得了当时在宗教上或说在佛教上这件大事的现实根据、历史意义，才会了解到这也有了可能影响到杨炫之写作洛阳伽蓝记的动机和态度。

拓跋焘死，其孙濬立，是为高宗文成帝，兴安元年，（宋文帝刘义隆元嘉二十九年，公元四五二年）即下《修复佛法诏》[11]说：

> 夫为帝王者，必祇奉明灵，显彰仁道。其能惠著生民，济益群品者，虽

在古昔，犹序其风烈。是以《春秋》嘉崇明之礼，祭典载功施之族。况释迦如来功济大千，惠流尘境。等生死者叹其达观，览文义者贵其妙明。助王政之禁律，益仁智之善性，排斥群邪，开演正觉。故前代已来，莫不崇尚，亦我国家常所尊事也。世祖太武皇帝开广边荒，德泽遐及。沙门道士，善行纯诚。惠始之伦，无远不至。风义相感，往往如林。夫山海之深，怪物多有。奸淫之徒，得容假托。讲寺之中，致有凶党。是以先朝因其瑕衅，戮其有罪。有司失旨，一切禁断。景穆皇帝，（拓跋晃，文成帝父）每为慨然，值军国多事，未遑修复。朕承洪绪，君临万邦，思述先志，以隆斯道。今制诸州郡县，于众居之所，各听建佛图一区，任其财用，不制会限。其好乐道法，欲为沙门，不问长幼，出于良家，性行素笃，无诸嫌秽，乡里所明者，听其出家。率大州五十，小州四十人，其郡遥远台者十人，各当局分，皆足以化恶就善，播扬道教也。

拓跋焘毁灭佛法，只看到了佛教“至使王法废而不行”，对统治有害的一面。拓跋濬修复佛教，只看到了佛教“助王政之禁律，益仁智之善性”，于人民起了麻醉作用，对统治有利的一面。和平初（公元四六〇年），沙门统“昙曜，白帝于京城西武州塞，凿山石壁，开窟五所，镌建佛像各一，高者七十尺，次六十尺，雕饰奇伟，冠于一世”。[12] 这就是世界闻名的大同云岗石窟造像的开始了。

拓跋濬既于“兴光元年（公元四五四年）秋，敕有司于五缎（级）大寺内为太祖已下五帝铸释迦立像五，各长一丈六尺，都用赤金二万五千斤”。[13] 其子弘，即献文帝，又于天安元年，（宋明帝刘彧泰始二年，公元四六六年）“起永宁寺，构七级佛图，高三百余尺，基架博敞，为天下第一。又于天宫寺造释迦立像，高四十三尺，用赤金十万斤，黄金六百斤。皇兴中，又构三级石佛图，榱栋楣楹，上下重结，大小皆石，高十丈，镇固巧密，为京华壮观”。[14] 这可以想见当初北魏都平城时，建筑寺塔，铸造佛像，规模已经很大了，耗费已经很多了。

拓跋弘死，其子宏立，是为高祖孝文帝。太和元年，（宋顺帝刘准升明元年，公元四七七年）“京城内寺，新旧且百所，僧尼二千余人。四方诸寺，六千四百七十八，僧尼七万七千二百五十八人”。[15] 这可以想见北魏王朝建都平城百年间（公元三九八—四九五）佛教骤兴的盛况。

三 北魏迁都洛阳时期的佛教

北魏高祖孝文帝拓跋宏，太和十七年，（齐武帝萧赜永明十一年，公元四九三年）“定迁都之计。冬十月戊寅朔，幸金墉城。诏征司空穆亮与尚书李冲，将作大匠董爵，经始洛京。”[16] “十九年，九月庚午，六宫及文武尽迁洛阳。”[17]二十年，“诏改姓为元氏。”[18]这时向中原迁移的北魏鲜卑民族算已完成了全盘接受汉化的过程，而以中国正统自居了。从高祖孝文帝迁洛，经过世宗宣武帝元恪、肃宗孝明帝元记诩、敬宗孝庄帝元子攸、前废帝广陵王元恭、后废帝安定王元朗、出帝平阳王元脩，到孝静帝元善见立，天平元年（梁武帝萧衍中大通六年，公元五三四年）京师迁邺，是为东魏。从此东西魏分立，以迄不久都归灭亡。总计北魏都洛凡四十年（公元四九五—五三四）。

拓跋宏既“善谈老庄，尤精释义”。[19] “每与名德沙门，谈论往复。”[20] “迁京之始，宫阙未就，高祖住在金墉城，城西有王南寺，高祖数诣沙门论义。”[21]其子世宗宣武帝元恪又“笃好佛理，每年常从禁中亲讲经论，广集名僧，标明义旨，沙门条录为《内起居》焉。上既崇之，下弥企尚。至延昌中（公元五二一—五一五），[22]天下州郡僧尼等（寺）积有一万三千七百二十七所，徒侣逾众。”[23]但不知当时京城洛阳有多少寺塔，若干僧尼。“景阴初（公元五〇〇)，世宗诏大长秋卿白整准代京灵岩寺石窟，于洛南伊阙山为高祖文昭皇太后营石窟二所。初建之始，窟顶去地三百一十尺。至正始二年（公元五〇五）中始出斩山二十三丈。至大长秋卿王质谓斩山太高，费功难就，奏求下移就平，去地一百尺，南北一百四十尺。永平中（公元五〇八—五一二)，中尹刘腾奏为世宗复造石窟一，凡为三所。从景明元年至正光四年(公元五〇〇—五二三）六月已前，用功八十万二千三百六十六。”[24]这可以想见最初洛阳龙门三所石窟从景明初到正光四年开凿了二十多年，是在大同云岗石窟之后的又一个伟大艰巨的工程。

元恪死，元诩立，是为肃宗孝明帝，而实际政权掌握在母后灵太后胡氏的手里。她因略通佛义,[25]崇奉佛教，侈靡更甚。“肃宗熙平中（公元五一六—五一七)，于城内太社西起永宁寺，灵太后亲率百寮，表基立刹。佛图九层高四十余丈，其诸费用不可胜计，景明寺佛图亦其亚也。至于官私寺塔其数甚众。”[26]虽说当时对于出家，对于造寺，也有诏令限制，实际并未奉行。[27]反而洛阳寺塔大大兴建起来，神龟元年（公元五一八）总计至五百所。[28]其中永宁寺的工程最为伟大，耗费之多不可胜计。[29]这可以想见它给国计民生带来了多大的损害！

北魏群臣单从儒家观点，或逞儒释华夷之辩，而反对佛教的，先是裴延俊有《上宣武帝疏谏专心释典不事坟籍》，[30]这时李玚有《上言宜禁绝户为沙门》。李玚斥佛教为“鬼教”，激怒了沙门统僧暹等，泣诉于灵太后，罚玚金一两。[31]李崇有《减佛寺功材以修学校表》。说是“宜罢尚方雕靡之作，颇省永宁土木之工，并减瑶光瓦材之力，兼分石窟镌琢之劳，及诸事役非急者。使辟雍之礼，蔚尔而复兴；讽诵之音，焕然而更作”。[32]这些迂阔空谈可置而不论。我们要特别提出来说的，是从国计民生，从人民利益着想来反对佛教的几个人。先是阳固因宣武帝广访时政得失，有《上说言表》[33]里面说：

绝谈虚穷微之论，简桑门无用之费，以存元元之民，以救饥寒之苦！

这时崔光有《谏灵太后登永宁寺九层佛图表》和《谏灵太后幸嵩高表》。[34]前表谏人主不可轻动，后表谏不可扰民。后表里说：

往返累宿，銮游近甸，存省民物，诚足为善。虽渐农隙，所获栖亩，饥贫之家，指为珠玉，遗秉滞穟，莫不宝惜。步骑万余，来去经践，驾辇杂遝，竞骛交驰。纵加禁护，犹有侵耗。士女老幼，微足伤心。厮役困于负担，爪牙窘于赁乘。供顿候迎，公私扰费。厨兵幕士，衣履败穿。昼暄夜凄，罔所覆藉。监帅驱捶，泣呼相望。霜旱为灾，所在不稔，饥馑荐臻，方成俭敝。自近及远，交兴怨嗟。伏愿罢劳形之游，息伤财之驾。

张普惠《上疏谏崇佛法不亲郊庙》[35]里说：

殖不思之冥业，损巨费于生民。减禄削力，近供无事之僧；崇饰云殿，远邀未然之报。昧爽之臣稽首于外，玄寂之众遨游于内。愆礼忤时，人灵未穆。愚谓从朝夕之因，求祇劫之果，未若先万国之忻心以事其亲，使天下和平，灾害不生者也。伏愿量撤僧寺不急之华，还复百官久折之秩。已兴之构，务从简成；将来之造，权令停息。仍旧亦可，何必改作？庶节用爱人，法俗俱赖？

更其重要的，是神龟元年（公元五一八）司空公、尚书令、任城王澄，《奏禁私造僧寺》[36]里说：

> 仰惟高祖，定鼎嵩瀍，卜世悠远。虑括终始，制洽天人。造物开符，传之万叶。故都城制云："城内唯拟一永宁寺地，郭内唯拟尼寺一所，余悉城郭之外。"欲令永遵此制，无敢逾矩。逮景明之初，微有犯禁。故世宗仰修先志，爰发明旨，城内不造立浮图，僧尼寺舍，亦欲绝其希觊。文武二帝岂不爱尚佛法？盖以道俗殊归，理无相乱故也。但俗眩虚声，僧贪厚润，虽有显禁，犹自冒营。至正始三年（公元五〇六），沙门统惠深有违景明之禁，便云："营就之寺不忍移毁，求自今已后更不听立。"先旨含宽，抑典从请。前班之诏，仍卷不行。后来私竭，弥以奔竞。永平二年（公元五〇九），深等复主条制，启云："自今已后，欲造寺者，限僧五十已上，闻彻听造。若有辄营置者，依俗违敕之罪。其寺僧众，摈出外州。"尔来十年，私营转盛。罪摈之事，寂尔无闻。岂非朝格虽明，恃福共毁，僧制徒立，顾利莫从者也？比日私造，动盈百数。或乘请公地，辄树私福。或启得造寺，限外广制。如此欺罔，非可稍计。臣以才劣，诚忝工务，奉遵成规，裁量是总。辄遣府司马陆昶、属崔孝芬，都城之中，及郭邑之内，检括寺舍，数乘五百。空地表刹，未立塔宇，不在其数。自迁都已来，年逾二纪，寺夺民居，三分且一！高祖立制，非徒欲缁素殊途，抑亦防微深虑。世宗述之，亦不锢禁营福，当在杜塞未萌。今之僧寺，无处不有。或比满城邑之中，或连溢屠沽之肆，或三五少僧共为一寺。梵唱屠音，连檐接响。下司因习而莫非，僧曹对制而不问。昔如来阐教，多依山林，今此僧徒恋著城邑。岂湫隘是经行所宜，浮喧必栖禅之宅？当由利引其心，莫能自止。非但京邑如此，天下州镇，僧寺亦然。侵夺细民，广占田宅，有伤慈矜，用长嗟苦！今宜加以严科，特设重禁，纠其来违，惩其往失。脱不峻检，方垂容借，恐今旨虽明，复如往日。

全文太长，这里只能节录它一部分。案《魏书·张普惠传》说："任城王澄为司空，表议书记多出普惠。"这篇文章也可能是出自张普惠手笔。任城王澄奏上，史称"奏可"。但是"未几，天下丧乱，加以河阴之酷，朝士死者，其家多舍居宅以施僧尼，京邑第舍略为寺矣。前日禁令不复行焉"。《释老志》总结北魏时佛法的流行，说："自魏有天下，至于禅让，佛经流通，大集中国，凡有四百一十五部，合一千九百一十九卷。正光（公元五二〇）已后，天下多虞，王役尤甚。于是所在编民相与入道，假慕沙门，实避调役，猥滥之极，自中国之有佛法，未之有也!”

以上根据《魏书》纪传和《释老志》所载，简要地叙述了北魏王朝迁都洛阳四十年间的佛教情形。我们倘要进一步研究，就得细读记载这一时期这一史迹的一部专书《洛阳伽蓝记》了。

四 杨炫之与洛阳伽蓝记

《洛阳伽蓝记》一书的作者杨炫之，《魏书》不曾为他立传，杨或作阳，或作羊，家世爵里生卒都不甚可考。书首所署作者官衔姓名是“魏抚军府司马杨炫之撰”。书中自述“永安中（公元五二八—五二九）炫之时为奉朝请”，“武定五年（公元五四七），余因行役，重览洛阳”，如是而已。或说他做过“期城郡太守”，或说他做了“秘书监”，都不知道确否。[37] 据他在书首序文和书尾结语所说，洛阳兴建佛教寺塔，从后汉明帝（永平十一年，公元六八年）时开始有白马寺。到晋怀帝永嘉（公元三〇七—三一二）年间，才有佛寺四十二所。直到北魏迁都洛阳，陡然大量增加起来。他说：

> 逮皇魏受图，光宅嵩洛，笃信弥繁，法教愈盛。王侯贵臣弃象马如脱屣，庶士豪家舍资财若遗迹。于是昭提栉比，宝塔骈罗，争写天上之姿，竞摸山中之影，金刹与灵台比高，广殿共阿房等壮。岂直木衣绨绣，土被朱紫而已哉!

最盛时佛宇多到“一千三百六十七所”。后来到了孝静帝天平元年（公元五三四）迁都邺城，洛阳残破之后，还“余寺四百二十一所”。他说：

> 暨永熙（公元五三二—五三四）多难，皇舆迁邺，诸寺僧尼亦与时徙。至武定五年（见前），岁在丁卯，余因行役，重览洛阳。城郭崩毁，宫室倾覆，寺观灰烬，庙塔丘墟，墙被蒿艾，巷罗荆棘。野兽穴于荒阶，山鸟巢于庭树。游儿牧竖，踯躅于九逵；农夫耕稼（老），艺黍于双阙。麦秀之感，非独殷墟；黍离之悲，信哉周室!京城表里，凡有一千余寺。今日寮廓，钟声罕闻。恐后世无传，故撰斯记。

他把洛阳一地的状况前后对照，两两相形写来，抚今思昔，怵目惊心!前时佛寺是那样的多而且那样豪华壮丽，今日佛寺是这样的少而且这样残破凄凉；前时洛阳是王侯贵臣庶士豪家骄奢淫佚的一大都会，今日洛阳是农夫耕老游儿牧竖种地息足的一片废墟。这部书字面上是记洛阳城佛寺的盛衰兴废，文心里实系作者对国家成败得失的感慨。虽说佞佛并不一定亡国，而北魏亡国未尝全于佞佛无关。作者本来不是佞佛之徒，借此寄托排佛之意，这就是作者特撰这部书的动机和企图罢？

《广弘明集》卷第六《叙列代王臣滞惑解》，首叙唐太史傅奕，引古来王臣讪谤佛法者二十五人为《高识传》，一帙十卷，有杨炫之名。卷末说：

> 杨炫之，北平人，元魏末为秘书监。见寺宇壮丽，损费金碧，王公相竞，侵渔百姓，乃撰《洛阳伽蓝记》，言不恤众庶也。后上书述释教虚诞，有为徒费，无执戈以卫国，有饥寒于色养，逃役之流，仆隶之类，避苦就乐，非修道者。又佛言有为虚妄，皆是妄想。道人深知佛理，故违虚其罪。启又广引财事乞贷，贪积无厌。又云，读佛经者，尊同帝王，写佛画师，全无恭敬。请沙门等同孔老拜俗，班之国史。行多浮险者，乞立严勤（当作勒）。知其真伪，然后佛法可遵，师徒无滥。则逃兵之徒，还归本役。国富兵多，天下幸甚！

我们读此，知道唐初已有学者认识到杨炫之写作《洛阳伽蓝记》的善良动机，和他排佛的卓越见识。原来杨炫之这部书的特点就在揭露北魏王公争先恐后地修建了成百成千豪华壮丽的寺塔，乃是“侵渔百姓”，“不恤众庶”，榨取广大劳动人民的血汗才能成功的。“不读《华严经》，焉知佛富贵?”不读《伽蓝记》，不知佛浪费。他是北魏反对佛教最激烈的一个人。他以为佛法无灵，徒然浪费。僧侣假借特权，损人利己。剥削为活，贪积无厌。逃役逃税，不爱国家。出家修道，不孝父母。尊同帝王，不拜君主。虽然他的思想同属于北朝儒家体系，却不同于裴延俊、李崇、李玚之流，反对佛教主要是为儒家卫道着想；而同于阳固、崔光、张普惠、任城王澄诸人，反对佛教侧重在为国计民生着想，为人民利益着想。而且他不止在当时上书排佛，为北魏君主服务，还怕“后世无传，故撰斯《记》”，以警告后世一切人。他的见识确是高人一等，不愧称为“高识”!

他写这部书既有一定的目的，因而精心结撰，成为一部体系完整的著作，虽然他还自谦“才非著述”。他说：

> 寺数最多，不可遍写。今之所录，上大伽蓝。其中小者，取其详世谛事，因而出之。先以城内为始，次及城外，表列门名，以远近为五篇。余才非著述，多有遗漏。后之君子，详其阙焉。

我们根据他这部书可以很正确地绘出一张北魏京城洛阳图，还可以在这张地图上按照城门方向，城内外里坊远近，填出书里所记许多伽蓝以及宫殿官署名胜古迹的地点，都很正确。要不是文字记载有条理，有系统，有很大的正确性，这是可能做到的吗？伽蓝那么多，他只记录上大的伽蓝，中小的伽蓝就要因为涉及年代和事实的才一起记出，可见其记载时对于主次详略都有一定的原则。再据刘知几《史通》卷五《补注》篇，称许这部书的体例完善，既有正文，又有子注。（原注：注列文中，如子从母。）就是说，既能“除烦”，又能“毕载”；既近“伦叙”，又算“该博”。可惜现在这部书的通行本子，文和注不分，久已失却原来面目。后人想要还原也就感到不容易见功了。[38]陈寅恪先生《读洛阳伽蓝记书后》[39]说：

> 炫之习染佛法，其书体裁乃摹拟魏晋南北朝僧徒合本子注之体，刘子玄盖特指其书第五卷慧生、宋云、道荣等西行求法一节以立说举例。后世章句儒生，虽精世典，而罕读佛书，不知南北朝僧徒著作之中实有此体，故于《洛阳伽蓝记》之制裁义例，懵然未解，固无足异。寅恪昔年尝作《支愍学说考》载于中央研究院历史语言研究所《蔡元培先生六十五岁纪念论文集》中，详考佛书合本子注之体。兹仅引梵夹数事，以比类杨书，证成鄙说，其余不复备论。

杨炫之写这部书是否摹拟当时僧徒合本子注的体例，尚待考证；但他曾读佛书，根据书的内容和后来僧传的记载[40]可以相信。读了佛书不被迷惑而又排斥佛，这就更足以证明他的“高识”！

五　洛阳伽蓝记的评价（上）

前人对于《洛阳伽蓝记》的评价实在不多，而且都很简略。除了刘知几《史通》提及这部书仅从某类史书体例上着眼以外，其他都是兼从历史和文艺两方面来说的。毛晋绿君亭本《洛阳伽蓝记跋》说：

> 魏自显祖好浮屠之学，至胡太后而滥觞焉。此《伽蓝记》之所繇作也。铺扬佛宇，而因及人文。著撰园林歌舞鬼神奇怪兴亡之异，以寓其褒讥，又非徒以记伽蓝已也。妙笔葩芬，奇思清峙，虽卫叔宝之风神，王夷甫之姿态，未足以方之矣。

《四库全书总目提要》（卷七十，地理类，古迹之属）里说：

> 魏自太和十七年作都洛阳，一时笃崇佛法，刹庙甲于天下。及永熙之乱，城郭邱墟。武定五年，炫之行役洛阳，感念废兴，因捃拾旧闻，追叙故迹，以成是书。其文秾丽秀逸，烦而不厌，可与郦道元《水经注》肩随。其兼叙尔朱荣等变乱之事，委曲详尽，多足与史传参证。其他古迹艺文，及外国土风道里，采摭繁富，亦足以广异闻。刘知几《史通》云："秦人不死，验符生之厚诬；蜀老犹存，知葛亮之多枉。"蜀老事见《魏书·毛脩之传》，秦人事即用此书赵逸一条。知几引据最不苟，知其说非凿空也。他如解魏文之《苗茨碑》，纠戴延之之《西征记》，考据亦皆精审。惟以高阳王雍之楼为即古诗所谓"西北有高楼，上与浮云齐"者，则未免固于说诗，为是书之瑕颣耳。

吴若准《洛阳伽蓝记集证序》说：

> 杨炫之慨念故都，伤心禾黍，假佛寺之名，志帝京之事。凡夫朝家变乱之端，宗藩废立之由，艺文古迹之所关，苑囿桥梁之所在，以及民间怪异，外夷风土，莫不巨细毕陈，本末可观，足以补魏收所未备，为拓跋之别史，不特遗闻逸事可资学士文人之考核已也。

现在我们就从这部书的内容来试论它的历史价值和文学价值。卷二，明悬尼寺条，说：

> 阳渠石桥，桥有四柱，在道南，铭云："汉阳嘉四年将作大匠马宪造。"逮我孝昌三年，大雨颓桥，柱始埋没，道北二柱，至今犹存。炫之按刘澄之《山川古今记》、戴延之《西征记》，并云"晋太康元年造"，此则失之远矣。按澄之等并生在江表，未游中土，假因征役，暂来经过，至于旧事，多非亲

览，闻诸道路，便为穿凿，误我后学，日月已甚！

杨炫之难道不知造桥年代原是小事，他也以为不应该穿凿误载，诒误后学，可以见他要求记载正确的严肃态度。同卷建阳里东有绥民里条，说：

时有隐士赵逸，云是晋武时人，晋朝旧事，多所记录。又云："自永嘉已来，二百余年，建国称王者十有六君，皆游其都邑，目见其事。国灭之后，观其史书皆非实录，莫不推过于人，引善自向。符生虽好勇嗜酒，亦仁而不煞（杀），观其治典未为凶暴。及详其史，天下之恶皆归焉。符坚自是贤主，贼君取位，妄书生恶。凡诸史官，皆是类也。人皆贵远贱近，以为信然。当今之人，亦生愚死智，惑已甚矣！"人问其故？逸曰："生时中庸之人耳，及其死也，碑文墓志莫不穷天地之大德，尽生民之能事。为君共尧舜连衡，为臣与伊皋等迹。牧民之官，浮虎慕其清尘；执法之吏，埋轮谢其梗直。所谓生为盗跖，死为夷齐。妄言伤正，华辞损实。"当时构文之士惭逸此言。

他借赵逸的话骂尽永嘉以来二百多年史官，史书"皆非实录"；当今文人所写墓碑墓志，"妄言伤正，华辞损实。"要是他也在被骂之列，"惭逸此言"，我想他不会备记赵逸的故事和言论。要不是当时确有赵逸其人，他不会"凿空"；刘知几论史那样严刻，也会引据他说的赵逸一事，《四库提要》说的不错。史书要做到"实录"，谈何容易！班固《汉书》评司马迁说："自刘向、扬雄博极群书，皆称迁有良史之材，服其善序事理，辨而不华，质而不理，其文直，其事核，不虚美，不隐恶，故谓之实录。"司马迁早就为历史家树立了光辉的模范。我们对于历史家，首先就要求他记载正确，态度谨严。我们在上文已经说过《伽蓝记》记载正确的话，正是这部书有历史价值的一点。

其次，这部书的主要目的在记北魏京师洛阳四十年间佛教寺塔的兴废，作者却不孤立地专记这一兴废。好比一发牵动全身，全身系于一发。这一兴废当然和洛阳都市的盛衰，北魏王朝的兴亡有关。而洛阳的盛衰，北魏的兴亡，又恰巧单从当时佛教寺塔的兴废一件事上就差不多可以全盘地反映出来。总之，这部书主要地反映了这四十年间洛阳佛教寺塔的情况，同时也反映到了当时洛阳这个都市在经济上文化上和人民生活上的情况，由繁荣到衰败的情况；又同时反映到了北魏王朝在这四十年政治上军事上的许多大事，如高祖迁洛，太后临朝，宦官用事，外藩举兵，诸王争立，乃至与南朝关系，四夷关系，都有涉及，尤其是颇为翔实地记载了当时中印间的交通；反映到了一个王朝盛极而衰，祸乱迭起，迄无宁日，至于灭亡。总之，这部书本身就是一部反映一个时期，一种宗教，同时又是反映一个京师，一个王朝的历史文学。这是它的最大价值。其中不少史料可补《魏书》的缺失，《通鉴》就曾采用了一些。还有应该特别指出的，即是关于宋云、惠生等西行求法一事，这在法显之后，玄奘之前，也是中国佛教史上和中外交通史上的一件大事，宋云《家记》，惠生《行记》、《道荣传》都已失传，就靠这部书保存了这份珍贵史料的一个大概。要不是作者具有良史之材，做过秘书监一类的官，熟习政府档案，留心当代艺文，又曾有深入社会的生活实践，了解现实，而又重视民间口碑，重视历史遗迹，我想他对于史料的搜集未必这样丰富，对于史料的组织未必这样完密。就提供史料来说，他提供了丰富而翔实的关于北魏迁都洛阳四十年间的佛教史料，以及其他方面不可多得的史料，这也是他这部书有历史价值的一点。

六　洛阳伽蓝记的评价（下）

再，单就这部书的文学价值来说，我们已说过这部书的本身就是一种历史文学，可算第一流的文学作品，现在不妨把它作为游记小说来读，作为特写或报告文学来读。作者在北魏末年重游乱后残破的洛阳，首先引起他回忆和注意的是先前壮丽繁多的佛教寺塔。他历游城内、城东、城西、城南、城北，五方都到，采摭见闻，写成五卷。写时既以佛教寺塔为中心，重点突出，又多用注释和追溯的手法，故使人不觉他是写游记。当他寻访佛教寺塔，十不存一，凭吊遗迹，枨触万端。佛法无灵，自身不保，其他帝王宫殿，公侯第宅，以及繁华大市，大都成为废墟，更不必说了。作者胸中有无限的感慨，笔下有极大的魄力！

固然这一部书可以作为整个的一篇游记小说来读，同时我们必须知道在这一大篇小说之中还含有无数杂事短书的小说。因为每记一寺都有它的历史或故事，有的寺还有和它相关的神话或异闻，这一部分大都可以一则一则独立的来看，作为魏晋以来《搜神》、《志怪》、《世说新语》一类小说来读，它是继承了这一类小说发展而来的产物。宋代修纂的小说类书《太平广记》逐录了不少则，这且不必引来作例。最重要的是在它继承了这一类小说发展到唐宋传奇小说的中间一段时期，它完成了这一时期的历史任务。即是说，由这一类小说的初级发展到高级，它完成了经过中级发展的一段任务。我们如果不读《伽蓝记》，很难了解中国小说史何以会由魏晋《搜神》、《志怪》、《世说新语》一类的小说忽然跃进到唐宋传奇一类的小说？好像动物或生物由幼稚忽到成熟而不经过成长期是很难理解的一样。现在这里就从《伽蓝记》摘录几则这样的小说作例，来证明我的说法。本书卷二崇真寺条，有《惠凝还活》（题系本文作者所加，下同。）一则：

崇真寺比丘惠凝死，一七日还活，经阎罗王检阅，以错名放免。

惠凝具说过去之时，有五比丘同阅。有一比丘云是宝明寺智圣，坐禅苦行，得升天堂。有一比丘云是般若寺道品，以诵《四涅槃》亦升天堂。有一比丘云是融觉寺昙谟最，讲《涅槃华严》，领众千人。阎罗王云：“讲经者心怀彼我，以骄凌物，比丘中第一麁行，今唯试坐禅诵经，不问讲经。”其昙谟最曰，“贫道立身以来，唯好讲经，实不暗诵。”阎罗敕付司。即有青衣十人送昙谟最向西北门，屋舍皆黑，似非好处。有一比丘云是禅林寺道弘，自云：“教化四辈檀越，造一切经，人中象十躯。”阎罗王曰：“沙门之体，必须摄心守道，志在禅诵，不干世事，不作有为。虽造作经象，正欲得人财物。既得它物，贪心即起。既怀贪心，便是三毒不除，具足烦恼。”亦付司。仍与昙谟最同一黑门。有一比丘，云是灵觉寺宝明，自云：“出家之前，尝作陇西太守，造灵觉寺成，即弃官入道。虽不禅诵，礼拜不缺。”阎罗王曰：“卿作太守之日，曲理枉法，劫夺民财，假作此寺，非卿之力，何劳说此?”亦付司。青衣送入黑门。

太后闻之，遣黄门侍郎徐纥依惠凝所说，即访宝明寺。城东有宝明寺，城内有般若寺，城西有融觉寺、禅林、灵觉等三寺。问智圣、道品、昙谟最、道弘、宝明等，皆实有之。议曰：“人死有罪福，即请坐禅僧一百人常在殿内供养之。”诏：“不听持经象沿路乞索。若私有财物造经象者任意。”

凝亦入白鹿山，居隐脩道。

自此以后，京邑比丘悉皆禅诵，不复以讲经为意。

这是关于佛教神话的一则小说，它的主题思想反映了北朝佛教重禅诵苦行，不像南朝佛教好讲经说理。北朝虽许作经像佛寺，却不许沿路乞索，得人财物。本书卷三大统寺条，有《洛水之神》一则：

孝昌初，妖贼四侵，州郡失据。朝廷设《募征格》于堂之北，从戎者拜旷掖将军、偏将军、裨将军，当时甲胄之士号明堂队。

> 时虎贲骆子渊者，自云洛阳人，昔孝昌年戍在彭城。其同营人樊元宝得假还京，子渊附书一封，令达其家，云："宅在灵台南，近洛河。卿但是至彼，家人自出相看。"
>
> 元宝如其言至灵台南，了无人家可问。徙倚欲去。忽见一老翁来问："从何而来，徬徨于此？"元宝具向道之。老翁云："是吾儿也。"取书引元宝入。遂见馆阁崇宽，屋宇佳丽。坐，命婢取酒。须臾，见婢抱一死小儿而过。元宝初甚怪之。俄而酒至，色甚红，香美异常。兼设珍羞，海陆具备。饮讫辞还，老翁送元宝出，云："后会难期！"以为悽恨，别甚殷勤。
>
> 老翁还入，元宝不复见其门巷，但见高岸对水，绿波东倾。唯见一童子，可年十五，新溺死，鼻中出血，方知所饮酒是其血也。及还彭城，子渊已失矣。元宝与子渊同戍三年，不知是洛水之神也。

这也是一则属于神话性质的小说。这个洛水之神原是嗜饮人血的鬼物，难怪他也参加北魏统治阶级镇压人民起义的血腥屠杀。又菩提寺条《崔涵》一则：

> 菩提寺西域胡人所立也，在慕义里。沙门达多发冢取砖，得一人以进。时太后与明帝在华林都堂，以为妖异。谓黄门侍郎徐纥曰："上古以来，颇有此事否？"纥曰："昔魏时发冢，得霍光女婿范明友家奴，说汉朝废立，与史书相符。此不足为异也。"
>
> 后令纥问其姓名，死来几年，何所饮食？死者曰："臣姓崔，名涵，字子洪，博陵安平人也。父名畅，母姓魏，家在城西阜财里。死时年十五，今满二十七，在地十有二年，常似醉卧，无所食也。时复游行，或遇饭食，如似梦中，不甚辨了。"
>
> 后即遣门下录事张秀携诣准（阜）财里访涵父母，果得崔畅，其妻魏氏。携问畅曰："卿有儿死否？"畅曰："有息子涵，年十五而死。"秀携曰："为人所发，今日苏活，在华林园中。主人故遣我来相问。"畅闻惊怖，曰："实无此儿，向者谬言。"秀携还，具以实陈闻。
>
> 后遣携送涵回家。畅闻涵至，门前起火。手持刀，魏氏把桃枝，谓曰："汝不须来！吾非汝父，汝非吾子。急手速去，可得无殃！"
>
> 涵遂舍去，游于京师，常宿寺门下。汝南王赐黄衣一具。涵性畏日，不敢仰视。又畏水火及刀兵之属。常走于逵路，遇疲则止，不徐行也。时人犹谓是鬼。

洛阳太（大）市北奉终里，里内之人多卖送死人之具，及诸棺椁。涵谓曰："作柏木棺，勿以桑木为欀。"人问其故。涵曰："吾在地下，见人发鬼兵，有一鬼诉称是柏棺，应免。主兵吏曰：'尔虽柏棺，桑木为欀。'遂不免。"京师闻此，柏木踊贵。人疑卖棺者货涵发此等之言也。

以上三例都是属于《搜神》、《志怪》一类性质的小说。作者写来，有凭有据，好像实有其事。鲁迅先生《中国小说史略》里说得好："中国本信巫，秦汉以来，神仙之说盛行，汉末又大畅巫风，而鬼道愈炽；会小乘佛教亦入中土，渐见流传。凡此皆张皇鬼神，称道灵异，故自晋迄隋，特多鬼神志怪之书。其书有出于文人者，有出于教徒者。文人之作虽非如释道二家，意在自神其教，然亦非有意为小说。盖当时以为幽明虽殊涂，而人鬼乃皆实有，故其叙述异事，与记载人间常事，自视固无诚妄之别矣。"以下再举两例。本书卷三，报德寺条有《王肃》一则：

劝学里东有延贤里，里内有正觉寺，尚书令王肃所立也。肃字公懿，琅琊人也。伪齐雍州刺史奂之子也。赡学多通，才辞美茂，为齐秘书丞。太和十八年，背逆归顺。时高祖新营洛邑，多所造制论。肃博识旧事，大有裨益，高祖甚重之，常呼王生。延贤之名，因肃立之。

肃在江南之日，聘谢氏女为妻。及至京师，复尚公主。谢作五言诗以赠之。其诗曰："本为箔上蚕，今作机上丝，得路逐胜去，颇忆缠绵时？"公主代肃答谢云："针是贯线物，目中恒任丝。得帛缝新去，何能衲故时！"肃甚愧谢之色，遂造正觉寺以憩之。

肃忆父非理受祸，常有子胥报楚之意。卑身素服，不听乐。时人以此称之。

肃初入国，不食羊肉及酪浆等物，常饭鲫鱼羹，渴饮茗汁。京师士子道肃一饮一斗，号为漏卮。

经数年已后，肃与高祖殿会，食羊肉酪粥甚多。高祖怪之，谓肃曰："卿中国之味也，羊肉何如鱼羹？茗饮何如酪浆？"肃对曰："羊者是陆产之最，鱼者乃水族之长，所好不同，并各称珍，以味言之，甚是优劣。羊比齐鲁大邦，鱼比邾莒小国，唯茗不中与酪作奴。"高祖大笑，因举酒曰："三三横，两两纵，谁能辨之赐金钟。"御史中丞李彪曰："沽酒老妪瓮注坻（瓨），屠儿割肉与秤同。"尚书右丞甄琛曰："吴人浮水自云工，妓儿掷绝（绳）在虚空。"彭城王勰曰："臣始解此字是习字。"高祖即以金钟赐彪。

朝廷服彪聪明有智，甄琛和之亦速。

彭城王谓肃曰："卿不重齐鲁大邦，而爱邾莒小国？"肃对曰："乡曲所美，不得不好。"彭城王重谓曰："卿明日顾我，为卿设邾莒之食，亦有酪奴。"因此复号茗饮为酪奴。

时给事中刘缟慕肃之风，专习茗饮。彭城王谓缟曰："卿不慕王侯八珍，好苍头水厄。海上有逐臭之夫，里内有效颦之妇，以卿言之，即是也。"其彭城王家有吴奴，以此言戏之。自是朝贵谯会虽设茗饮，皆耻不复食，唯江表残民远来降者好之。

后萧衍子西丰侯萧正德归降，时元义欲为之设茗，先问："卿于水厄多少？"正德不晓义意，答曰，"下官生于水乡，而立身以来，未遭阳侯之难"。元义与举坐之客皆笑焉。

当时中国南北分立，南人称北人为胡为索虏，北人称南人为夷为岛夷。从上引一则故事里就已反映了当时人的这种畛域偏见，种族偏见。只有醉心汉化的孝文帝以为这是由于习惯使然，他特设了一个习字的谜，作为酒令，使群臣自猜，暗示他们不要再反对汉化，也不把汉化的责任推在王肃头上。同样，本书卷二景宁寺条，记陈庆之与杨元慎争论南朝北朝谁是正统，是一场激烈有趣的斗争，并且显示北魏自迁都洛阳之后，鲜卑民族和汉族的迅速融化。这也应当作小说读。文章太长，就不引用了。再本书卷四法云寺条，有《王子坊》一则：

自退酤（里）以西，张方沟以东，南临洛水，北达芒山，其间东西二里，南北十五里，并名为寿丘里。皇宗所居也，民间号为王子坊。

当时四海晏清，八荒率职。缥囊纪庆，玉烛调辰。百姓殷阜，年登俗乐。鳏寡不闻犬豕之食，茕独不见牛马之衣。于是帝族王侯，外戚公主，擅山海之富，居川林之饶，争修园宅，互相夸竞。崇门丰室，洞户连房，飞馆生风，重楼起雾。高台芳树，家家而筑，花林曲池，园园而有。莫不桃李夏绿，竹柏冬青。

而河间王琛最为豪首。常与高阳（王雍）争衡，造文柏堂，形如徽音殿，置玉井金罐，以金五色缋为绳。妓女三百人，尽皆国色。有婢朝云，善吹篪，能为《团扇歌》，《垄上声》。琛为秦州刺史，诸羌外叛，屡讨之，不降。琛令朝云假为贫妪，次篪而乞。诸羌闻之，悉皆流涕，迭相谓曰："何为弃坟井在山谷为寇也？"即相率归降。秦民语曰："快马健儿，不如老妇吹篪!”

琛在秦州，多无政绩。遣使向西域求名马，远至波斯国，得千里马，号曰追风赤骥。次有七百里者十余匹，皆有名字。以银为槽，金为锁环。诸王服其豪富。

琛语人云：“晋室石崇，乃是庶姓，犹能雉头狐掖，画卵（卵）雕薪。况我大魏天王，不为华侈?”造迎风馆于后园，牕户之上，列钱金琐，玉凤衔铃，金龙吐佩。素奈朱李，枝条入檐，伎女楼上，坐而摘食。

琛常会宗室，陈诸宝器，金瓶银瓮百余口，瓯檠盘盒称是。自余酒器有水晶钵、玛瑙琉璃碗、赤玉卮数十枚。作工奇妙，中土所无，皆从西域而来。又陈女乐，及诸名马。复引诸王按行府库，锦罽珠玑，冰罗雾縠，充积其内。绣缬、紬绫、丝彩、越葛、钱绢等，不可数计。琛忽谓章武王融曰：“不恨我不见石崇，恨石崇不见我!”融立性贪暴，志欲无限，见之惋叹，不觉生疾。还家，卧三日不起。江阳王继来省疾，谓曰：“卿之财产应得抗衡，何为叹羡以至于此?”融曰：“常闻高阳一人宝货多融，谁知河间，瞻之在前?”继笑曰：“卿欲作袁术之在淮南，不知世间复有刘备也!”融乃蹶起，置酒作乐。

于时国家殷富，库藏盈溢，钱绢露积于廊者，不可较数。及太后赐百官负绢，任意自取，朝臣莫不称力而去。唯融与陈留侯李崇负绢过性，蹶倒伤踝。侍中崔光止取两匹，太后问：“侍中何少?”对曰：“臣有两手，唯堪两匹，所获多矣!”朝贵服其清廉。

经河阴之役，诸元歼尽，王侯第宅多题为寺，寿丘里闾，列刹相望，祇洹郁起，宝塔高凌。四月初八日，京师士女多至河间寺，观其廊庑绮丽，无不叹息，以为蓬莱仙室亦不是过。入其后园，见沟渎蹇产，石磴礁峣，朱荷出池，绿萍浮水，飞梁跨阁，高树出云，咸皆唧唧，虽梁王兔苑，想之不如也。

这部书凡写北魏王朝统治阶级尽管是实录，作者不加褒贬，却往往好像有意暴露他们的丑恶，而又斐然成章，引人入胜，具有小说风格。即如这里写诸王贪暴荒淫的生活，只借王子坊一个最典型的环境，勾勒出一两个最典型的形象，又斩截，又概括，都是很高的手法。这在唐宋传奇写帝后遗事之前，是值得注意的。书中写人间实事，如写隐士赵逸（卷二），写吹笳手田僧超（卷四），此例甚多。这当是沿着《世说新语》记社会风尚和人间言动那条道路前进而来的。上引毛晋的本书《跋》语，已经把《世说新语》里的人物卫玠王衍之流来比拟作者的人格及其文章的风格了。

总之，我们读这部书好像读小说，比读魏晋以来《搜神》、《志怪》一类杂事短书，粗陈梗概的小说；比读《世说新语》一类辑录历史人物轶事的小说，都觉更加快意。我想这是由于书有体系，有史有文；不仅谈神说怪，猎奇拾遗，而且叙述宛转有致，文辞秾丽秀逸，富于小说趣味的缘故。到了唐人传奇，大都自觉地创作小说，“作意好奇”，“尽幻设语”，叙述就更加曲折，文辞就更加恣肆了。我们从这里可以看出中国小说从魏晋，经过南北朝，直到唐宋，它的历史演变的过程。最后，我们以为必须指出《洛阳伽蓝记》一书单在中国小说史上就应该有它的一个重要的地位。至于这部书里记录了许多神话，异闻，以及谣谚，大都是当时当地随事随人而伴有现实意义的民间口头创作，它还涉及了流行民间的百戏和音乐。作者杨炫之是一个深入社会生活，留心民间文艺，汲取创作源泉的文学家，这很值得我们学习，也还应该引起民间文艺研究者的注意了。

关于校注体例和编次的方法，具详在例言之内，这里不再谈了，附此说明。

附注

① 世说新语赏誉篇注引车频秦书。高僧传五释道安传。

② 魏书序纪一。

③ 同书纪二。

④ 广弘明集二十八。

⑤ 魏书释老志。全后魏文一。

⑥ 魏书释老志。全后魏文一。

⑦ 魏书纪四。

⑧ 魏书纪四。

⑨ 魏书纪四。

⑩ 汤用彤，汉魏两晋南北朝佛教史四九六页。

⑪ 释老志。全后魏文二。

⑫ 释老志。

⑬ 释老志。

⑭ 释老志。

⑮ 释老志。

⑯ 魏书纪七。

⑰ 魏书纪七。

⑱ 魏书纪七。

⑲ 魏书纪七。

⑳ 魏书韦阆附韦缵传。

㉑ 洛阳伽蓝记序录。

㉒ 参看本书附录年表，以后年号同此。

㉓ 魏书释老志。

㉔ 魏书释老志。

㉕ 魏书皇后列传宣武灵皇后胡氏传说：“太后性聪悟，多才艺。姑既为尼，幼相依托，略得佛经大义。”

㉖ 释老志。

㉗ 释老志，下引任城王澄奏。

㉘ 释老志，下引任城王澄奏。

㉙ 详见本书卷一永宁寺条及注。

㉚ 魏书六十九，裴延俊传。全后魏文三十八。自此以下，可参看汉魏两晋南北朝佛教史页五一二至五二二。

㉛ 全后魏文三十三。魏书五十三，李孝伯附传。又北史三十三。

㉜ 全后魏文三十五。魏书六十六，李崇传。

㉝ 全后魏文四十四。魏书七十二，阳尼附传。

㉞ 全后魏文二十四。魏书六十七，崔光传。

㉟ 全后魏文四十七。魏书七十八，张普惠传。

㊱ 全后魏文十七。魏书任城王澄传。释老志。

㊲ 参看本书附编杨炫之传略。

㊳ 参看本书附编历代著录及序跋题识内史通补注篇、四库总目提要、顾广圻跋、朱紫贵序、吴若准序、唐晏叙例、张宗祥跋、陈寅格书后各条。

㊴ 同上附编内。

㊵ 道宣续僧传菩提流支传内附载杨炫之撰洛阳伽蓝记事。又景德传灯录记达摩与炫之谈论的话，虽不大可靠（辨见附编传略），但傅会传说也有它的根据和来源，从这里可见佛教徒早就认为炫之对佛法是有研究的。

选自《洛阳伽蓝记校注》，上海古籍出版社，1958

谈蔡文姬的《胡笳十八拍》

郭沫若

在中国文学史上有一件令人不平的事，是蔡文姬的《胡笳十八拍》所受到的遭遇。这实在是一首自屈原的《离骚》以来最值得欣赏的长篇抒情诗。杜甫的《寓同谷县作歌七首》和它的体裁相近，但比较起来，无论在量上或质上都有小巫见大巫的感觉。

唐代的刘商也拟作了《胡笳十八拍》（见郭茂倩《乐府诗集》卷五十九），呆板得更不能相比。不怕不识货，只怕货比货。请大家把两种《胡笳十八拍》，连同杜甫的《同谷七歌》，读它们一两遍，便立见分晓。

但是，蔡文姬《胡笳十八拍》的遭遇，比蔡文姬本人的遭遇似乎还要惨。《后汉书》的《董祀妻传》里面没有提到它，《晋书》、《宋书》的《乐志》也没有提到。南宋的朱熹根据北宋晁补之的《续楚辞》和《变离骚》二书（均已失传）而成《楚辞后语》，对所选录有所增删，其所增的即有《胡笳十八拍》。朱熹系辞云：

> 《胡笳》者蔡琰之所作也。东汉文士有意于骚者多矣，不录而独取此者，以为虽不规规于楚语，而其哀怨发中，不能自已之言，要为贤于不病而呻吟者也。范史乃弃不录，而独载其《悲愤》二诗。二诗词意浅促，非此词比。眉山苏公已辩其妄矣。蔚宗文下固有不訾，归来子祖屈而宗苏，亦未闻此，何邪？琰失身胡虏，不能死义，固无可言，然犹能知其可耻，则与扬雄《反骚》之意又有间矣。今录此词，非恕琰也，亦以甚雄之恶云尔。

据此可见，朱熹虽不免有些迂腐的见解，而他对《胡笳十八拍》是欣赏的；眉山苏公是指苏轼，也同样欣赏；归来子是晁补之的别号，他的《续楚辞》里面是选了楚歌体的《悲愤诗》而把《胡笳》遗漏了。

近代搞文学史的人大抵都认它为伪作。我看了好几部文学史，像胡适的《白话文学史》说它不得早于唐以前；像郑振铎的《插图本中国文学史》、《中国俗文学史》，刘大杰的《中国文学发展史》也都认为伪作。谭丕模的《中国文学史纲》根本没有提到它。最新出版的北京大学中文系文学专门化一九五五级集体编著的《中国文学史》中也没有提到《胡笳十八拍》。据此可见，大家都是不重视《胡笳十八拍》的。

我倒要替《胡笳十八拍》呼吁一下。务必请大家读它一两遍，那是多么深切动人的作品呵！那像滚滚不尽的海涛，那像喷发着融岩的活火山，那是用整个的灵魂吐诉出来的绝叫。我是坚决相信那一定是蔡文姬作的，没有那种亲身经历的人，写不出那样的文字来。如果在蔡文姬之后和唐刘商之前，有过那么一位诗人代她拟出了，那他断然是一位大作家。但我觉得就是李太白也拟不出，他还没有那样的气魄，没有那样沉痛的经验。我这不是夸夸其谈，总之请大家认真读一读就可以体会得到。

蔡文姬《胡笳十八拍》在唐以前就有了是不成问题的。唐开元年间的李颀有《听董大弹胡笳声》一首诗，开头几句是：

> 蔡女昔造胡笳声，一弹一十有八拍。胡人落泪沾边草，汉使断肠对归客。古戍苍苍烽火寒，大荒沉沉飞雪白。先拂商弦后角羽，四郊秋叶惊摵摵。

这里虽只说到声没有说到辞，但弹和唱往往是分不开的，有了琴谱尽可以证明也有了唱辞。这里所说的声，是已经由胡笳谱为琴调了，故说弹而不说吹，并有商弦角羽之类。这里分明说谱为琴调的人是蔡女自己，和《胡笳十八拍》的辞是合拍的。第一拍里说“笳一会兮琴一拍”，第二拍里说“两拍张弦兮弦欲绝”，第六拍里说“六拍悲来兮欲罢弹”，第十三拍里说“十有三拍兮弦急调悲”，第十八拍里说得更明白：“胡笳本自出胡中，缘琴翻出音律同”，都说明蔡文姬归汉以后，或在归汉的途中，把胡笳的音律用琴弹出了。

但有趣的是后人却连胡笳声的创作权都从蔡文姬手里剥夺掉了。宋人朱长文的《琴史》里有下面的一段记载：

> 《汉书》载蔡琰字文姬，蔡邕之女也。博学有才辩，又妙于音律。其父邕弹琴弦绝，琰闻之曰第一弦也。复断，闻之曰第四弦也。父甚异之（沫若案：这里已小有错误，据《后汉书》传注所引刘昭《幼童传》云：“邕夜鼓琴，弦绝。琰曰第二弦。邕曰偶得之耳。故断一弦，问之，琰曰第四弦。并不差谬”）。

> 后适河东卫仲道，夫亡归宁。汉末大乱，琰为胡骑所掠，入番为王后十二年，生二子，王甚重之（沫若案：这基本上是根据《后汉书》，但有所省略，《后汉书·董祀妻传》云："适河东卫仲道，夫亡无子，归宁于家。兴平中天下丧乱，文姬为胡骑所获，没于南匈奴左贤王。在胡中十二年，生二子"）。
>
> 春月登胡车（应为"殿"字之误），琰感胡笳之音作诗言志曰：胡笳动兮边马鸣，孤雁归兮声嘤嘤（沫若案：这是抄袭《蔡琰别传》而有错字）。
>
> 后武帝与蔡邕有旧，遣大将军赎文姬归汉，二子留胡中。后胡人思慕文姬，乃卷芦叶为吹笳，奏哀怨之音（案《后汉书》云：曹操痛邕无嗣，乃遣使者以金璧赎之，而重嫁陈留董祀。后感伤乱离，追怀悲愤，作诗二章云云）。
>
> 后唐董庭兰善为沈家声、祝家声，以琴写胡笳声，为大小胡笳是也。

这里把胡笳声认为唐人董庭兰所作，董庭兰就是李颀诗中的董大，他是开元间弹琴的名手。这简直是大错而特错。错误的由来是有趣的，是由于所根据的古书在抄录上夺掉了一个字，因而发生了误会而把它扩大了。

郭茂倩《乐府诗集》卷五十九，在所选录的蔡文姬《胡笳十八拍》之前附有小序，征引了《后汉书》、《蔡琰别传》、唐刘商《胡笳曲序》及其他。刘商的序文是这样的：

> 蔡文姬善琴，能为离鸾别鹤之操。胡虏犯中原，为胡人所掠，入番为王后，王甚重之。武帝与邕有旧，敕大将军赎以归汉。胡人思慕文姬，乃卷芦叶为吹笳，奏哀怨之音。后董生以琴写胡笳声为十八拍，今之胡笳弄是也。

这序文里的"后董生"应该是"后嫁董生"，董生即陈留董祀。"写胡笳声为十八拍"的并不是董生而是蔡文姬自己，更不是唐开元年间的董庭兰。朱长文的《琴史》谈到《胡笳十八拍》的一些文字是杂抄《后汉书》、《蔡琰别传》、刘商《胡笳曲序》而成的，不幸刘商的序文抄本有夺误，脱了一个"嫁"字，便由朱长文妄作聪明而把董生解为董庭兰，把蔡文姬《胡笳十八拍》的创作权剥夺了。

这虽然是无关紧要的事，但不能不辩。因为如果胡笳声都不是蔡文姬谱出的，那么《胡笳十八拍》的辞更不是蔡文姬作的了。错误之妙就妙在这里，由于一字之差便可以把历史推翻好几百年。

至于《胡笳十八拍》的歌辞，我坚决相信是蔡文姬自己做的。在这里我不能不把郑振铎和刘大杰两位的意见提出来讨论一下。

郑振铎在《插图本中国文学史》里说：

> 《悲愤诗》（相传为蔡琰作）共有两篇，一篇是五言体，一篇是楚歌体。更有一篇《胡笳十八拍》，其体裁乃是这时所绝无仅有的类似以音乐为主的"弹词"体。这三篇的内容，完全是一个样子的，叙的都是蔡琰（文姬）的经历。由黄巾起义，她被虏北去起，而说到受诏归来，不忍与她的子女相别，却终于不得不回的苦楚为止。
>
> 这三篇的结构也完全是一个样子的，全都是用蔡琰自述的口气写的；叙述的层次也完全相同。难道这三篇全都是蔡琰写作的么？如此情调相同的东西，她为什么要同时写作了三篇呢？……
>
> 《胡笳十八拍》一篇乃是沿街卖唱的人的叙述，有如白发宫人弹说天宝遗事的样子，有如应伯爵盲了双目以弹说西门（庆）故事为生的情形（应事见《续金瓶梅》）。难道这样的一种叙事诗竟会出于蔡琰她自己的笔下么？这当然是不可能的。所以三篇之中，《胡笳十八拍》不成问题的是后人的著作；且也显然可见其为《悲愤诗》的放大（在《中国俗文学史》中的论点大抵相同）。

郑先生的议论是很成问题的。别人的是抒情诗，而他把它说成"叙事诗"。三篇诗（至少其中两篇）都是抒述自己的悲愤，并不是同时作的，而他偏说是"同时"。形式和情调都大有不同，而他偏一而再、再而三地说"完全一个样子"。他在问"为什么要写作三篇？"这也问得很奇怪，我们也可以反问"为什么不能写作三篇？"要写多少篇，这是作者的自由。屈原除《离骚》之外，不是还写了情调相同的《九章》中的好几章吗？司马迁把自己的悲愤写在了《史记·自序》里，不是又写了《报任少卿书》吗？

郑先生认为在三篇中楚歌体的一首是比较可靠的。他说"楚歌体的文字最浑朴，最简练，最着意于练句造语。……没有一句空言废话。确是最适合于琰的悲愤的口吻。琰如果有诗的话，则这一首当然是她写的无疑。"我要说一句不客气的话，郑先生的鉴别力实在有问题。楚歌体的一首可以说是最呆笨，最僵硬，最不切实际的。蔡文姬是被南匈奴所掠获的，而诗中说是"历险阻兮之羌蛮”。在南匈奴中也竟有“乐人兴兮弹琴筝”。特别是“儿呼母兮啼失声，我掩耳兮不忍听”，状绘得不近人情。这首诗倒很有可能是别人假造的。请想想看：蔡文姬所经历的境遇是多么惨切，尽管是回到自己的故土，而是丢掉自己的子女（是否一子一女，史无明文，姑照郑说）独自回来，这是比死别还要痛苦的生离。何况蔡文姬还是女性，有强烈的母性爱！楚歌体的这一首不仅没有丝毫的“悲愤”，甚至可以说没有丝毫的真实情感。郑先生独独欣赏它，是不可理解的。

五言体的一首也是好诗，在我看来，毫无问题也是蔡文姬所作。它比起《胡笳十八拍》来，情绪已经稳定得多了。一起便说“汉季失权柄”，可见汉朝已亡，是在曹魏时代做的。事出追叙，虽然犹有余哀，但她那时已经“托命于新人”，重嫁于陈留董祀了。郑对于这首诗也是否认的，诗一开首骂了董卓，他认为“琰为了父故，似未便那末痛斥”。董卓在死时已经遭了众怒，为什么蔡文姬在几十年之后还不能痛斥？又说“‘马边悬男头，马后载妇女’，大似韦庄的《秦妇吟》。像这样的诗……实颇难信其为作者自身的经历。”这简直不合逻辑。韦庄的《秦妇吟》是唐末的诗，而蔡文姬的《悲愤诗》已见《后汉书》，到底是《秦妇吟》像《悲愤诗》，还是《悲愤诗》像《秦妇吟》呢？郑先生的论调不是有点滑稽吗？关于这一首，谭丕模是肯定的，我觉得比郑的见解高明得多。

刘大杰的见解和郑振铎的见解差不离。他也在问“同一的题材她为什么要写三篇呢?”他也在说“三篇中最为真实的是那篇楚辞体的悲愤诗”，所说的理由和郑相同。刘书迟郑书九年出版[1]，我看大概是刘受了郑的影响吧。刘在否定《胡笳十八拍》为蔡作上还加了一番“简略的推论”，不妨征引如下：

> 《胡笳十八拍》中虽多通俗的句子，然大部份的技巧与格调却不像汉代的诗。如八拍中“为天有眼兮何不见我独漂流？为神有灵兮何事处我天南海北头?”如九拍中的“生倏忽兮如白驹之过隙，然不得欢乐兮当我之盛年”。这样风格的诗句，是要在鲍照时代的作品里**才有**的。汉诗中却**不易见**。再如十拍中的“杀气朝朝冲塞门，胡风夜夜吹边月”，十七拍中的“去时怀土兮心无绪，来时别儿兮思漫漫。……岂知重得兮入长安，叹息欲绝兮泪阑干”。

① 刘书出版于一九四一年，郑书序作于一九三二年。

这种琢练的技巧与格调，最早也在南朝，迟恐怕是到了隋、唐了。

这逻辑性也是非常薄弱的。才在说“这样风格的诗句，是要在鲍照时代的作品里才有的”，接着便是“汉诗中却不易见”。“不易见”并不是没有而是少而已，为什么能说要到鲍照时代才有呢？这岂不是不通？我在这里不想多举例证，只想举出一首《越人歌》：

今夕何夕兮搴洲中流，今日何日兮得与王子同舟。蒙羞被好兮不訾诟耻，心几烦而不绝兮得知王子。山有木兮木有枝，心悦君兮君不知？

这和《胡笳十八拍》的格调不是很相近似的吗？这是见于刘向《说苑》的一首古歌，据说是鄂君子晳所听得的越人歌辞的翻译。即使认为也是假托，但在西汉末年已经有这样的格调了。且如所引“为天有眼”、“为神有灵”的两个“为”字都是作为“谓”字用的，这样的字法在汉以后的人是没有的，这也可以作为歌辞古远的证明。

说到“琢练的技巧与格调”，太抽象了，很难把握。是说七言格调而且讲对仗吗？七言诗在汉代民歌、民谣里很多，在新莽以来的铜镜的铭文中也不少。在这里我只想举出同时代曹丕的《燕歌行》第一首的头两句“秋风萧瑟天气凉，草木摇落露为霜”，这不是七言格调，也在讲技巧吗？更远一点的，我还可以举屈原《招魂》[①]的末尾几句：“湛湛江水兮上有枫，目极千里兮伤春心。魂兮归来哀江南。”那琢练还不够技巧吗？

任何歌辞在民间流传中，有些辞句会受到后人的琢磨和润色，是在所难免的。我们应该从整个的内容和气韵上来看问题。像《胡笳十八拍》，无论在形式或内容上，那种不羁而雄浑的气魄，滚滚怒涛一样不可遏抑的悲愤，绞肠滴血般的痛苦，决不是六朝人乃至隋、唐人所能企及的。现在单举它的第八拍为例吧：

为天有眼兮何不见我独漂流？为神有灵兮何事处我天南海北头？我不负天兮天何配我殊匹？我不负神兮神何殛我越荒州？制兹八拍兮拟排忧，何知曲成兮心转愁？

---

① 王逸谓为宋玉所作，我是根据司马迁，认为屈原所作。

这把天地神祇都诅咒了。感情的沸腾、着想的大胆、措辞的强烈、形式的越轨，都是前代人所不能接受的。思想大有无神论的倾向，形式是民间歌谣的体裁，既有伤乎“温柔敦厚”的诗教，而又杂以外来影响的胡声，因而不足以登大雅之堂。史籍里不载它，前代选集里不选它，是有由来的。在这里倒可以令人想到韦庄的《秦妇吟》。《秦妇吟》里面因为对当时的统治阶级有所批判，特别是有“内库烧为锦绣灰，天街踏尽公卿骨”那样的话伤了公卿们的尊严，因而这诗遭了忌避，连韦庄自己也把它禁锢起来了。这诗一直埋没了一千多年，在近年来才从敦煌石窟中被发现。假使没有敦煌石窟的储存，它是会永远失传了。《胡笳十八拍》在宋以前未见著录和这有相类似的地方，但《胡笳十八拍》的被保存下来却不是埋没在何处的石窟里，而是传播在民间。那是民间的艺人们把它传唱着，弹奏着，一直保存了下来的。在这一点上郑振铎的“有如白发宫人弹说天宝遗事”，“有如应伯爵盲了双目以弹说西门故事为生”的说法，倒得到了一些近似。人民是最公正而卓越的鉴赏家，好的作品人民总会把它保留下来的。

关于蔡文姬的生平，我略略考查了一下。根据《后汉书》知道她是汉献帝兴平中没于南匈奴，兴平只有两年。据史书所载，兴平二年（公元一九五年）匈奴南单于呼厨泉立，遣右贤王去卑率数千骑侍卫汉献帝由长安回洛阳，拒击李傕、郭汜，可知蔡文姬被匈奴人虏获，必当在这一年。又右贤王去卑是以建安元年（公元一九六年）回匈奴的，建安元年即兴平三年，蔡文姬去匈奴可知也就在这一年。在匈奴凡十二年，那她的归汉是在建安十二年或十三年（公元二〇七—二〇八年）了。她回来之后又重嫁陈留董祀，可见她的年龄还不太老。

汉灵帝光和元年（公元一七八年），她父亲蔡邕被诬陷获罪，“与家属髡钳，徙朔方”。在这时，她如果已经诞生，当然也受了髡钳，成为罪隶，充军[①]。充军凡九月，第二年遇赦。但蔡邕在归途又得罪了五原太守王智，弄得来又不得不“亡命江海，远迹吴会，往来依太山羊氏积十二年”。在这十二年中蔡文姬也必然是跟着父亲亡命的。十二年后回到洛阳，蔡邕为董卓所强迫，被拜为左中郎将，是在汉献帝初平元年（公元一九〇年）。当年二月邕从献帝迁都长安，封为高阳乡侯。初平三年董卓在长安被杀，蔡邕为司徒王允所因，并处死

---

① 按当时蔡文姬尚未诞生。据《后汉书·蔡邕传》，蔡邕充军时，曾上书云：“臣年四十有六，孤特一身”，可见文姬或生于朔方。

于狱中（以上根据《后汉书·蔡邕传》）。在这三年期间，估计蔡文姬是嫁给了河东卫仲道，她没有跟随她父亲同去长安。嫁后可能不两年卫仲道就死了，她才回到了陈留，在陈留被胡人虏获。由初平元年至兴平二年仅仅六年。

由上的推考，可以看出蔡文姬的一生是很悲惨的。年幼时即忧患重重，被没于南匈奴又十二年之久，虽然得归故土，而是抛别了亲生的二子，这应该是有难言之痛的。

蔡文姬重嫁董祀后，还有一段插曲，便是救了董祀的命。据《后汉书》本传："祀为屯田都尉[①]，犯法当死，文姬诣曹操请之"，曹操终于怜悯她把董祀赦了，还让她抄呈蔡邕遗著。文姬活到多大年纪，那就无从知道了。

从蔡文姬的一生可以看出曹操的业绩。她是曹操把她拯救了的。事实上被曹操拯救了的不止她一个人，而她可以作为一个典型。曹操虽然是攻打黄巾起家的，但他却受到了农民起义的影响，被迫不得不采取一些有利于生产的措施。由黄巾农民组成的青州军，是他的武力基础。他的屯田政策也是有了这个基础才能树立的。他锄豪强，抑兼并，济贫弱，兴屯田，费了三十多年的苦心经营，把汉末崩溃了的整个社会基本上重新秩序化了，使北部中国流离失所的农民重新回到土地上来恢复了生产劳动。自殷代以来即为中国北边大患的匈奴，到他手里，几乎化为了郡县。他还远远到辽东去把新起的乌桓平定了。他在文化上更在中国文学史中促成了建安文学的高潮。他之所以赎回蔡文姬，就是从文化观点出发，并不是纯粹地出于私人感情；而他之所以能够赎回蔡文姬，也并不单纯靠着金璧的收买，而是有他的文治武功作为后盾的。曹操对于民族的贡献是应该作适度评价的，他应该是一位杰出的历史人物。然而自宋以来，所谓"正统"观念确定了之后，这位杰出的历史人物却蒙受了不白之冤。自《三国志演义》风行以后，更差不多连三岁的小孩子都把曹操当成坏人，当成一个粉脸的奸臣，实在是历史上的一大歪曲。

一九五九年一月七日

原载《光明日报·文学遗产》第245期

① 曹操军事胜利的基础之一即在屯田。屯田都尉亦称典农都尉，当于县令。其上有典农中郎将与典农校尉，当于郡守。

论宫体诗的问题

胡念贻

一

一位朋友见我要写专谈宫体诗的文章，吃惊地问我：你是不是认为宫体诗好？我说：我从来没有这样认为。宫体诗内容贫乏，甚至有许多无聊的东西（包括一些猥亵的东西），其轻浮绮靡的诗风，相当卑下。它反映了梁陈等时代宫廷、帝王贵族的精神空虚和腐朽荒淫的生活，这是无可争辩的。不过我认为作为一种文学历史现象，应该对它进行全面的分析和评价。作为一个文学流派来说，不能说它是根本反动的（其中当然包含有根本反动的作品），而它在六朝诗歌艺术形式的发展上，却起过一定的作用，同时其中也有很少数可诵之作。我们在对它进行评价时，也应该适当注意到这些方面，不必在绝对的意义上对它完全否定，应该具体分析。我的意见不过如此而已。

这位朋友又说，既然许多人都对它完全否定，不去谈它也就算了；古典文学中有多少重要的题目可以研究，为什么要在这个问题上纠缠呢？我说：说实在话，我自己也感觉写这样一个题目并不是当务之急，但又想到宫体诗在六朝文学史上还是一个重要的流派，对它简单地一笔抹煞，就会使人对那个时代的文学历史现象弄不清楚。这就牵涉到一个文学史的研究方法问题：我们研究古代文学流派和作家作品，应该首先抓住和强调它的主要倾向，应该把注意力集中在它的主要倾向的问题上，这是确定不移的；但主要倾向的问题并不是唯一的问题。我们还应该对那些文学流派和作家作品的各个方面进行了解，这自然要涉及到一些次要方面的问题。有些次要问题还是比较复杂的。如果我们看不到作家作品的主要倾向，只去强调次要方面的问题，这毫无疑问是不对的；但如果在首先注意主要倾向的前提下，适当注意一些次要方面的问题，在主要倾向的问题上作一些补充或说明，使我们对于作家作品或文学流派获得更全面一些的了解，这是否算什么错误呢？

关于宫体诗的问题，我在前年写的《谈谈我国古代文学遗产的批判继承问题》的文章里，曾经简单地谈到它：

> 萧纲和当时一些文人写的诗，号为“宫体诗”。现在一些人一提到宫体诗，就斥为色情。当然，他们的诗中有许多无聊的东西，但也间有一些清新之作，其中有的和唐代的五言近体诗已没有多大差别，可以看到作者在诗歌形式探索上的努力。①

这几句话是有不妥当的地方，它对宫体诗没有作具体的批判，没有突出地指出它的不良倾向；“清新”二字也用得不妥贴。不过我对宫体诗的基本态度还是明确的，这里谈到它“有许多无聊的东西”，“清新之作”不过“也间有”，对它作了基本的否定；着重肯定的是它“有的和唐代的五言近体诗已没有多大差别，可以看到作者在诗歌形式探索上的努力”。这就是我对于宫体诗的基本看法。那篇文章发表后，引起了不少同志的批评。沙光斗同志说我“把一些细枝末节拿来强调得和主要的东西一样重要”②，廖仲安同志说我把宫体诗当作“有益的东西”的“标准”③。这些批评使我产生了一些疑问。难道我把宫体诗的作者强调得和杰出的伟大作家一样重要？把宫体诗的“也间有”的“清新之作”强调成了主要的东西？我也没有把宫体诗当作“有益的”“标准”；既然认为它的“无聊的东西”是主要的，如何又会奉它为标准？

这些同志提出这样的批评，也许是因为我把文学史上这样一个不足取的诗歌流派提了出来，而且在一篇谈批判继承问题的文章里谈到它。的确，在一篇谈批判继承问题的文章里举了一个这样的例子，是有些令人奇怪。然而我并不是认为宫体诗有很多可继承的东西；只是在谈到古代作家作品的评价问题时，把它当作一个极端的例子而已，意思是说像宫体诗那样的文学流派，也不能一概抹煞（当然，其中许多无聊的东西，是要彻底否定的）。宫体诗不足取，但不足取不等于不能研究，它总的说来不足取，但有某些可取之处，它在六朝诗歌形式的发展上起过一定的作用，把它当作次要问题提出来，这是否可以？争论的关键问题就在这里。前面所引的那些批评，可惜不符合我的原意，以致争

---

① 《新建设》，1962年7月号。

② 《谈古典文学研究中的一个方法问题》，《文艺报》：1963年第12期。

③ 《批判继承与“兼收并蓄”》，《新建设》，1963年12月号。

论没有很好展开。我在那篇文章里不可能充分地去谈我对宫体诗的看法，因此我现在再来专门谈谈这个问题。

二

研究宫体诗，首先要明确宫体诗是什么。我在《再谈我国古代文学遗产的批判继承问题》[①]的一条注文里，曾说“宫体诗是梁萧纲提倡，庾肩吾、柳恽、徐陵等附和，在当时文人中间很风行的一种‘争尚新巧’的‘轻艳’、‘绮丽’的诗歌，所谓‘宫体’，就是指这种诗体或风格而言”；还引了《梁书》里面《徐摛传》和《简文帝本纪》以及唐杜确《岑嘉州集序》里的材料来说明最早所说的“宫体”，都是指的一种特殊的文体或风格。宫体诗包括了各类题材的诗歌，其中较多的是写男女之情或妇女生活的诗，即所谓“艳情诗”。因为它包括的艳情诗较多，后人一提到宫体诗，就联想到艳情诗，几乎把宫体诗和艳情诗等同起来，但它的本来意义并不是这样的。明确地说宫体诗即是艳情诗的，从闻一多先生《宫体诗的自赎》开始[②]。然而闻一多先生一方面说宫体诗是艳情诗，一方面又把梁陈隋及唐初说得除宫体诗外没有诗，隐然用宫体来概括了当时的全部诗歌，而且他具体地把薛道衡的并非写艳情的《人日思归》说作宫体诗，这就有一些不能自圆其说之处。现在有些论著里，以为艳情就是色情，宫体诗主要就是写色情，这就更是很难说通的了。

宫体诗是否艳情诗或色情诗，它究竟有些什么内容，这还要具体地研究这个流派的一些代表作家的作品。在萧纲的诗集里，有诗二百九十多首，艳情诗约三分之一；萧绎诗共一百零几首，艳情诗约四分之一；庾肩吾诗近一百首，艳情诗约十分之一；吴均诗一百四十首，艳情诗约七分之一；何逊诗近一百首，艳情诗约五分之一；徐陵集中共诗四十余首，艳情诗约三分之一。从这几个作家的艳情诗的比例来看[③]，萧纲和徐陵最高，庾肩吾最低。除了艳情诗以

---

① 《新建设》：1963年9月号。

② 刘师培：《中古文学史讲义》第五课讲到宫体诗，强调了它的“侧艳之词”，但同时也强调它是“大同以后文体之一变”。

③ 这里所统计的艳情诗，包括了一切写男女之情和妇女生活的诗，写征夫思妇之情的也在内。

外，他们都还有大部分的诗是写其他题材的。当然，那大部分的诗，内容也大都是不足取的。以萧纲来说，较多的是描写自然景物，如《登烽火楼》、《山池》、《往虎窟山寺》等一类登临游览的诗和《初秋》、《秋夜》、《晚景纳凉》等一类写时候节令的。它还有许多咏物之作，如《赋枣》、《咏烟》、《初桃》、《咏橘》之类。它还有一些宣扬佛教的诗，如《蒙预忏悔诗》、《蒙华林园戒诗》、《十空六首》等。佛教诗固然无聊，其写景咏物之作也不过表现一个帝王的精神空虚的生活，大都写得十分浮薄。萧纲萧绎以外的一些贵族文人，他们的诗除了艳情诗外，也大都不外乎这样一些题材内容（有许多是“应教”、“应令”之作），所不同的是有的有宦途飘泊的生活经历，写景抒情有一些真情实感，另外还有较多的伤离送别的诗而已。

以上所举已足说明，宫体诗不等于艳情诗。即使是萧纲和徐陵，艳情诗在集中也只占三分之一。那三分之二的诗诚然大都不足取，但无论如何不能算作艳情诗。如果说宫体诗专指他们的艳情诗部分，其余的除外，则所未之闻。《梁书·简文帝本纪》里说萧纲的诗“当时号为宫体”，明是指他全部的诗而言。现在谈宫体诗的，也常常举萧纲的《十空》、萧绎的《车名》、《船名》等诗为例，可见宫体诗并非专指艳情，它包括了各类题材，是不成问题的了。总的说来，宫体诗是内容不足取，较多地描写艳情和自然景物，有许多表现了宫廷的生活，在写作上只注重形式，有严重的形式主义倾向，这是宫体诗的主要特征。

描写艳情是宫体诗的主要特征之一，但不能说写色情是它的主要特征。对宫体诗中艳情诗要具体地看，它大部分是拟乐府，乐府本来多是写男女之情的，拟作当然是仿照原来的题意写。从魏晋开始，许多作家都写了不少拟乐府的艳情诗。然而到了萧梁时代，这些拟乐府的艳情诗，有许多写得轻佻浮薄，有的确是写了色情。另外，那些作家除了拟乐府外，还写了一些“闺情”、“闺怨”和描写妇女的诗，其中也有不少色情和庸俗的东西。总的说来，他们的艳情诗有一部分主要是写色情；有一部分包含有不同程度的色情和庸俗成份；有一部分只是一般的写男女之情，这一部分当然风格也不高，但它的数量比较大。根据这些情况，不能笼统地说他们的艳情诗都是写色情的。色情诗只是其中的一小部分，色情诗和艳情诗应该严格地区别开来。

一些论文强调宫体诗主要是写色情，每每根据梁简文帝《诫当阳公大心书》中的“立身先须谨慎，文章且须放荡”这两句话。我以为，这个“放荡”和“谨慎”乃相对而言，是说“立身”要“谨慎”，文章却不要写得拘谨，这和他在《与湘东王书》里的反对“儒钝殊常”是一个意思。“放荡”是指文章的笔墨蹊径，不是指文章的内容。《南史》卷四十三《武陵昭王晔传》里说萧晔“作短句诗，学谢灵运体”，齐高帝萧道成批评他，有“康乐放荡，作体不辨有首尾”之语[1]，都是就文章写作而言。萧纲《诫当阳公大心书》保存下来的全文是：“汝年时尚幼，所阙者学。可久可大，其唯学欤？所以孔丘言‘吾尝终日不食，终夜不寝，以思，无益，不如学也’。若使墙面而立，沐猴而冠，吾所不取。立身之道，与文章异。立身先须谨慎，文章且须放荡。”[2] 这是萧纲板起面孔在教诲他的弟弟，并不是鼓励他的弟弟在文章里面描写放荡的行为。封建统治者对于他们的子弟，也常常是虚伪地讲一点封建道德，显得那样道貌岸然[3]。

宫体诗中反映了梁陈等时代的帝王贵族和封建士大夫的腐朽荒淫的生活和他们的精神状态。当时的风气是好拟乐府，他们把自己的生活感受和生活情调写进了拟乐府诗里，自然产生了许多轻浮绮靡甚至色情的作品。在这种风气之下，他们除了写拟乐府诗外，还写了其他许多艳情诗。这就更显得突出了。然而艳情诗毕竟是他们诗集中的一部分，色情诗更是其中的一小部分。他们更多的是写了其他各类题材的诗，那些诗当然也大都没有深厚的意义，有的也很无聊，但这也可以说明他们作品里反映的并非单纯某一方面。我们研究宫体诗，不能把着眼点局限在它的一小部分上，应该看得全面一些。

三

宫体诗，总的说来是思想内容贫乏，风格轻浮绮靡。不过我们也不必否认它间或也有一些可诵之作。像庾肩吾的某些写景的诗句，如《赛汉高庙》中的

---

① 隋王通《中说·事君篇》说：“谢灵运小人哉！其文傲，君子则谨。”王通也认为谢灵运的文是不“谨”的。萧纲在《与湘东王书》里也说谢灵运文“时有不拘”，但他又说这“不拘”是“糟粕”，这是否和他的“为文且须放荡”矛盾呢？不！他这里是批评谢灵运文“不拘”的流为“冗长”，反对“学谢则不届其精华，但得其冗长”。

② 严可均辑《全梁文》卷11。

③ 萧纲在《与湘东王书》里说：“是以握瑜怀玉之士，瞻郑邦而知退。”他也要装出鄙夷“郑邦”，自命高雅的样子，这是并不足为奇的。

“野旷秋先动，林高叶早残。尘飞远骑没，日徙半峰寒”；《游甑山》中的“路高村反出，林长鸟更稀。寒云间石起，秋叶下山飞”等，虽然意境不深，但它经过作者精雕细琢，也还显得匀称。又如他的《乱后行经吴邮亭》：

邮亭一回望，风尘千里昏。青袍异春草，白马即吴门。……辇道同关塞，王城似太原。休明鼎尚重，秉礼国犹存。殷牖爻虽赜，尧城吏转尊。泣血悲东走，横戈念北奔。方凭七庙略，誓雪五陵冤。人事今如此，天道共谁论！

这是作者在侯景乱后回忆这次历史事变的一首感叹的诗。它突破了当时宫体诗的一般题材，这种诗在庾肩吾集中不过数首。它还是没有脱离宫体诗的那种轻靡的风格；通篇每联都对仗工稳，显出雕琢之迹。但在宫体诗中，不能不说还是比较有意义的。

艳情诗中，也有不同情况。如庾肩吾的《有所思》：

佳人远于隔，乃在天一方。望望江山阻，悠悠道路长。别前秋叶落，别后春花芳。雷叹一声响，雨泪忽成行。怅望情无极，倾心还自伤。

这首诗只是写相思之情，可以说“艳而无骨”。它把相思之情作了极力的渲染，这里表现了作者的描写技巧。它没有什么深厚的意义，但也没有包含很恶劣的东西。这种类型的诗是较多的。又如徐陵的《关山月》：

关山三五月，客子忆秦川。思妇高楼上，当窗应未眠。星旗映疏勒，云阵上祁连。战气今如此，从军复几年？

这首诗写边塞战士的室家之思，意境比较新鲜，对于唐代同类题材的诗歌发生了影响。这种诗在这批人的诗集里却较少。

那个时代还有一些诗人也受宫体诗的影响，但他们突破了宫体诗的限制，因而获得了较大的成就。吴均、何逊就是这样。这两位诗人的诗歌创作的题材和内容，比起同时期的宫体诗人来，没有很多突破。他们也曾在宫廷中充任文学侍从之臣。然据《南史·何逊传》：“(逊) 与吴均俱进倖，后稍失意。帝曰：‘吴均不均，何逊不逊，吾未若有朱异，信则异矣。’自是疏隔，希复得进。”他们受到了皇帝的歧视，常飘徙在外，没有毕生置身宫廷里，这给他们在诗歌创作上带来了较大的益处。他们的诗歌总的说来都不像当时一般宫体诗人的轻靡。吴均诗有清拔之气[①]。何逊的诗，当时范云曾有这样的评论："顷观文人，质则过儒，丽则伤俗。其能含清浊，中今古，见之何生矣。"[②]他的诗曾被杜甫称赏。宋黄伯诗《东观余论·跋何水曹集后》："集中若'团团月隐洲'，'轻燕逐风花'，'野岸平沙合，连山远雾浮'，'岸花临水发，江燕绕樯飞'，'游鱼上急濑'，'薄云岩际宿'等语，子美皆采为己句，但小异耳。故曰'能诗何水曹'[③]，信非虚赏。"这些诗句都是写景，然和萧纲、庾肩吾等写景的诗句比，气味有些不同。还有时代稍晚的庾信，他前期是宫体诗人，后期羁留北周，诗歌创作有很大的发展。他后期的诗，从题材和内容来看，大部分和前期的诗没有多少差别，只有《拟咏怀》二十七首、《奉和永丰殿下言志》十首等诗里写到的东西，大都是宫体诗中不曾有的。然而这已是值得重视的变化。他在诗歌艺术风格上的变化很显著。明杨慎《升庵诗话》卷九《庾信诗》条说："庾信之诗，为梁之冠冕，启唐之先鞭，史评其诗曰'绮艳'，杜子美称之曰'清新'，又曰'老成'，绮艳清新，人皆知之，而其老成，独子美能发其妙，余尝合而衍之曰：绮多伤质，艳多无骨，清易近薄，新易近尖，子山之诗绮而有质，艳而有骨，清而不薄，新而不尖，所以为老成也。"庾信诗歌的艺术风格正是经历"绮艳"、"清新"发展到"老成"，并且把这三者融合起来，铸成了他自己的新的风格。吴均、何逊和庾信，他们都和宫体诗派有不同程度的关系，他们有各自的发展，他们的成就都超过了宫体诗派的作家。然而在对他们进行研究时，不能不联系宫体诗来考察。

宫体诗派在六朝诗歌艺术形式的发展上起了一定的作用。在齐高帝永明年间，沈约、谢朓等在诗歌创作上提倡声律，称为永明体，这是六朝诗歌向新的形式发展变化的第一步。在沈约、谢朓等说来，这是一种新的尝试。这种尝试，被宫体诗派继承下来，并且作了较大的发展。《梁书·庾肩吾传》说：

> 初，太宗（肖纲）在藩，雅好文章士。时肩吾与东海徐摛，吴郡陆杲，彭城刘遵、刘孝仪、仪弟孝威，同被赏接。及居东宫，又开文德省，置学

---

① 《梁书·文学传》："均文体清拔，有古气。"

② 《梁书·文学传》。

③ 见杜甫《北邻》。

> 士。肩吾子信，摛子陵，吴地张长公，北地傅弘，东海鲍至等充其选。齐永明中，文士王融、谢朓、沈约，文章始用四声，以为新变。至是转拘声韵，弥尚丽靡，复逾于往时。

这一段话说得很明白：永明中文章始用四声，以为新变。到了萧纲时，集合一批文士，加以提倡，就“转拘声韵”，“复逾于往时”，这里用了一个“复”字，可见中间曾一度稍衰。这时除了“转拘声韵”外，还有一个值得注意之点是“弥尚丽靡”，这就说明宫体诗在讲究声律外还有一个讲究辞藻的特点。

宫体诗还有一个特点，这就是要求简短和句数固定下来的趋势。谢朓、沈约和王融等的诗已出现了这种趋势，他们的诗里都有不少十二句、十句、八句和四句的诗，萧纲等人更是注意这一方面。以萧纲的诗来说，全首十二句的有十五首，十句的有三十首，八句的有六十八首，六句的有二十六首，四句的有六十一首。萧绎的诗全首十二句的有二首，十句的有三十首，八句的有二十八首，六句的有七首，四句的有二十五首。他们的诗四句、八句、十句一首的较多。他们在句数上作了一些摸索，其结果自然而然地以八句、四句一首为最合适的形式，这就是唐代五言近体诗形式的初步形成。他们的八句一首的诗，中间两联都讲对仗，有时首尾两联也讲对仗，只是在平仄上常有一些和五律不合。前面所举的徐陵的《关山月》却是完全合乎唐律的。合乎唐律的五言，陈隋两代逐渐多起来，而这正是许多作者大量试验的结果。

宫体诗专注重诗歌形式，“转拘声韵，弥尚丽靡”，而思想内容却很贫乏，并且有许多无聊的东西，这种形式主义的倾向，很不足取。这是它的主要的方面。我们要紧紧抓住它的主要方面，同时也要适当地注意它的次要方面。它注重诗歌形式，讲究声律，讲究对仗，讲究辞藻，这说明那些作者在艺术形式上还是用了工夫。他们是一批属于腐朽的统治集团里面的上层人物，精神空虚，思想贫乏，这决定了他们写不出好的作品，只能在艺术上去雕琢。然而经过他们在艺术上用过工夫的作品，只要不是根本反动和根本腐朽的，我们还是可以研究它，从艺术技巧的方面来吸收某些营养。它在诗歌发展史上起的作用，我们也不必去抹煞。六朝所谓“新体诗”，是永明诗人谢朓、沈约等开其端，萧纲、庾肩吾、徐陵等承其绪，通过当时宫廷的提倡，其影响自然更大，同时也传播得更快，这也是不必否认的。如果我们说新体诗，只谈永明诗人，根本不承认萧纲等一批人所起的作用，这就等于从历史上截去一段，那是不妥当的。

四

必须说明，我并不是提倡研究古代作家作品或文学流派的一些次要问题。我认为在研究中首先应该抓住它的主要问题和主要创作倾向，但也适当地注意一些次要问题，不要对某些方面采取完全抹煞和弃置不顾的态度，这就是说要求说得全面一些。如果有人在研究中只去注意一些枝枝节节的次要的问题，不去管作家作品的主要倾向，这种作法，我认为是应该根本反对的。我还要说明，我并不是作翻案文章。宫体诗有严重的形式主义倾向，思想内容方面有许多无聊的东西，这在历史上已有定评。最早在唐代，姚思廉已指出萧纲的诗“伤于轻艳”[①]，魏征说萧纲“文艳用寡，华而不实，体穷淫丽，义罕疏通。哀思之音，遂移风俗”[②]。虽然这里并没有揭出宫体诗的阶级实质，但已指出了它的不良倾向，这种批评是历来所公认的。这是历史铁案，没有什么可翻的。至于说宫体诗主要是表现色情，这是近几十年来的说法，这种说法不完全符合实际情况，这还不能说是什么“案”，如果不同意，也无所谓“翻”，因为这还是可以商讨的。

对于古代作家作品，必须认真地严格地批判，分清精华和糟粕。象宫体诗派这样的作家作品，糟粕是大量存在，它包含了浓重的毒素，必须对它采取基本否定的态度，作彻底的批判。但不能用简单的方法，说它主要是表现色情，把它完全否定。如果采用简单的方法，我们的批判也会因而缺乏说服力。我们在研究当中，应该细心地研究它各方面的情况，找出它的主要倾向，作出实事求是的批评。如果它不是根本反动和根本腐朽堕落，就是有一些可取之处，也适当承认它，这是为了使我们对它的评价作得更圆满，更周到，也更能让人信服。这不是“把某些次要的东西和主导倾向对立起来”，那些次要的东西和主导倾向本来就是统一的，主导倾向不好，它的某些可取之处也很有限。我们不抹煞那些次要的东西，不过是为了立论更有科学性而已。至于根本反动和根本腐朽堕落的“作品”，那是另外的问题，如萧纲的《娈童》、《十空》之类，除了扔进垃圾箱外，没有什么可说的了。

另外，我们必须记住，要“尊重历史的辩证法的发展”[③]。宫体诗如果没

---

① 《梁书·简文帝本纪》。

② 《南史·梁本纪下》引。

③ 《毛泽东选集》第2卷，第701页。

有在诗歌形式的发展上起过一定的作用，即使它偶然有一些可诵之作，不去对它作出评价也无妨，的确，历史上达到这样水平的作品是太多了。它过分注重艺术形式，在声律、词藻等方面付出极大心力，这样来掩盖作者的思想贫乏和精神空虚，这种形式主义倾向是它的很大的垢病，然而，如前面所说，它却是在诗歌艺术形式上有一点承先启后之功，在诗歌艺术形式发展史上有一定的历史地位。不承认这一点是不行的。沙光斗同志认为，宫体诗的作者，“即使也写过一两首比较清新可读的诗，又有什么值得加以赞扬的呢。像这样的作品，如果我们翻阅一下明清以来无数二三流以下的诗人的集子，也未必找不出来。假如像有些同志那样，对每一首可读之作或某些点滴的、细微的优点，也要肯定作者在文学史上的地位，那么，一部中国文学史的内容，很可能变得十分庞杂，被大量平庸的作品所充斥，反而显不出它的光辉了”。我觉得这些意见是有些不恰当的。当然，如果有人赞扬宫体诗，那是十分荒谬的观点。宫体诗决没有什么值得赞扬的东西，它即使写了一些可诵之作，那也决没有什么动人之处。肯定它在文学史上一定的历史地位，不是从它的“某些点滴的、细微的优点”着眼，而是首先从它在当时“新体诗”的承先启后的问题上着眼，肯定它在诗歌形式探索上所作的努力；其次，那些诗有的在声律、对仗、词藻等方面下了工夫，这也可以说是在诗歌创作的艺术形式上的一点有益贡献。然而，必须指出，这都是艺术形式方面的问题，它在思想内容方面不足取，我们在肯定它的这点努力和贡献时，必须首先批判它在思想内容方面的严重缺陷，说明艺术形式方面的问题毕竟是次要的，不能给予过高的估价。这里所说的，都不是“点滴的、细微的优点”的问题。宫体诗的作者，在文学史上都是二、三流以下的作家，然而还是不能用“明清以来无数二三流以下的诗人”来比。明清的二三流诗人，当然也有比较重要的，但既然是“无数”，可见是指的极不重要的诗人。明清的“无数”的诗人在文学史上的影响，我们无法看得见，宫体诗的作者，在文学史上的确是发生了影响。除了上面说的它在诗歌艺术形式发展上起的作用外，它的某些诗，唐代一些诗人还是读的。像萧纲的《乌栖曲四首》的第一首：“芙蓉作船丝作绊，北斗横天月将落。采莲渡头拟黄河，郎今欲渡畏风波。”这是一首普通艳情诗，艺术风格上显得纤弱，说不上怎么好。但李白却欣赏其中第四句，他的《横江词》：“横江馆前津吏迎，向余东指海云生。郎今欲渡缘何事，如此风波不可行。”后两句就可能受了那首诗的一些启发。王士祯曾说“崔国辅‘长信宫中草，年年愁处生。故侵珠履迹，不使玉阶行’。则竟用庾（肩吾）诗‘全因履迹少，并欲上阶生’”[①]。这些都可见唐人对于那些宫体诗，还是记诵很熟，在写作时很自然地受它的某些影响，这是两个很具体的例子。这些影响的意义，当然是很微小的，我这里附带提到它，不过是说明过去文学史上，某些诗人在创作中也还是有可能从宫体诗里获得一些艺术上的营养，即使极力反对六朝形式主义的李白，也不拒绝从中吸取营养。我们在研究和评价宫体诗时，对此也不能不作为某种因素适当地加以考虑。

1964年3月6日

选自《新建设》1964年5~6期

---

① 《池北偶谈》卷12，《唐诗本六朝》条。

由王谢墓志的出土论到《兰亭序》的真伪

郭沫若

一　王兴之夫妇墓志

近年，在南京郊外及其近境出土了几种东晋时代的墓志。就中以《王兴之夫妇墓志》与《谢鲲墓志》，最有史料价值。

《王兴之夫妇墓志》，以今年（一九六五年）一月十九日出土于南京新民门外人台山，一石两面刻字。一面的刻字是：

> 君讳兴之，字稚陋。琅耶临沂都乡南仁里。征西大将军行参军，赣令。春秋卅一。咸康六年十月十八日卒。以七年七月廿六日葬于丹阳建康之白石，于先考散骑常侍、尚书左仆射、特进卫将军、都亭肃侯墓之左。故刻石为识，藏之于墓。
>
> 长子闽之，女，字稚容。
>
> 次子嗣之，出养第二伯。
>
> 次子咸之。
>
> 次子预之。

另一面的刻字是：

> 命妇西河界休都乡吉迁里，宋氏名和之，字秦嬴，春秋卅五。永和四年十月三日卒。以其月廿二日，合葬于君柩之右。
>
> 父哲，字世俊，使持节散骑常侍、都督秦梁二州诸军事、冠军将军、梁州刺史、野王公。
>
> 弟延之，字兴祖。袭封野王公。

兴之虽未着姓，南京市文物保管委员会的同志们考证为王彬之子，是确切不可易的。《晋书》卷七十六《王彬传》云："彬字世儒……与兄廙俱渡江。……豫讨华轶功，封都亭侯。……苏峻平后，改筑新宫，彬为大匠。以营创勋劳，赐爵关内侯，迁尚书右仆射。卒官，年五十九。赠特进卫将军，加散骑常侍，谥曰肃。长子彭之嗣，位至黄门郎。次彪之，最知名。"

王彬是王正的第三子，其长兄为廙，次兄为旷。旷即王羲之的父亲。王氏的原籍是琅琊临沂，郡望既合，年代亦无不合。其他和石刻中所述有关"先考"的爵位、官职、谥号，也都相符。只是尚书左仆射，左误为右。《世说新语·人名谱》也误左为右，当以石刻为正。

晋成帝咸康六年为公元三四〇年，兴之年三十一岁，则当生于晋怀帝永嘉三年，公元三〇九年。东晋以三一七年成立，他是在童年时代，随着父兄南渡的。

王彬之子除彭之、彪之外，据《世说新语·人名谱》，尚有一人名翘之，曾任光禄大夫。今又有兴之，足见王彬有子四人，而不是仅仅两人了。

"征西大将军"应是庾亮。《晋书·庾亮传》：（成帝咸和九年，公元三三四年）"陶侃薨，迁亮都督江、荆、豫、益、梁、雍六州诸军事，领江、荆、豫三州刺史，进号征西将军。""行参军"者，据《隋书·百官志》在左右卫、左右武卫、左右武侯各大将军之下都有行参军，是比较低级的属吏。左右卫、左右武侯各六人，左右武卫各八人。隋制盖因袭晋制。

庾亮以咸康六年正月卒，先于王兴之之死半年以上。王兴之盖先为庾亮的行参军，后升为赣县县令。赣县在晋属江州南康郡。

王羲之亦曾参庾亮军，是则兴之与羲之，不仅是从兄弟，而且还曾经共事。兴之小羲之三岁。有人拟议：《兴之夫妇墓志》，可能是王羲之所书。考虑到羲之与兴之的关系，更考虑到《兴之墓志》只书名而不着姓，显然是王家的亲人自己写的，王羲之为兴之夫妇写墓志的拟议，看来不是毫无根据的。

然墓志中称谓是从写作者的身份出发，如称兴之为"君"，称兴之妇为"命妇"。《兴之墓志》中称王彬为"先考"，可见写墓志的人是兴之的胞兄弟，即当于彭之、彪之、翘之三人中求之。三人中究为那一人虽无法断定，但墓志非王羲之所书则是可以断定的。

当然，先考的称谓，有时只就墓主的身份而言。如北魏元诱妻薛伯徽墓志云"先考授以礼经"（见《汉魏南北朝墓志集释》图版一三八），又唐吕岩诜撰张轸墓志云"先考漪朝散大夫著作郎"（见《八琼室金石补正》五十四卷二十九页），即其证。然在《兴之妇墓志》中，宋和之的亡父，却只称为"父"

而不称“先考”，可见书属墓志者在称谓上是有所区别的。故《兴之墓志》中之“先考”，不仅单就兴之而言，实表示书属墓志者与王彬亦有父子关系。

建康即今之南京，在晋属丹阳郡。原名秣陵，汉献帝建安十六年所置。孙权改为建业。晋武帝时复为秣陵。太康三年分秣陵之水北为建业。后避愍帝讳，改称建康。

《晋书·职官志》：“散骑常侍，本秦官也。秦置散骑，又置中常侍。散骑，骑从乘舆车后。中常侍，得出入禁中。……魏文帝合之，于中司掌规谏，不典事。……至晋不改，常为显职。”

“仆射，服秩印绶与［尚书］令同。……汉献帝分置左右。经魏至晋迄于江左，省置无恒。置二，则为左右仆射。或不两置，但曰尚书仆射。［尚书］令缺，则左为省主。若左右并缺，则置尚书仆射以主左事。”

又“特进，汉官也。二汉及魏晋以加官从本官车服，无吏卒”。看来是官上加官的意思。卫将军有左右，职位颇高。“特进卫将军”者是加上了卫将军的虚衔。

根据《晋书·王彬传》的叙述看来，王彬是以尚书左仆射为本官，特进卫将军和散骑常侍都是死后的官上加官。王彬的地位在当时是相当显要的。

“长子闽之，女，字稚容。”这和她的母亲宋和之字秦嬴，相仿佛。女子也可以称子，古有“之子于归”的成语，后人每称为“女子子”。

“次子嗣之，出养第二伯”。关于“第二伯”的问题，南京文管会的同志们有独到的见解。他们注意到《世说新语·轻诋篇》中的一项重要资料。“王右军在南，丞相（王导）与书，每叹子侄不令。云：虎豘、虎犊，还其所如（还像个样子）。”此下注云：

> 虎豘，王彭之小字也。《王氏谱》曰：彭之字安寿，琅琊人。祖正，尚书郎。父彬，卫将军。彭之，仕至黄门郎。
>
> 虎犊，彪之小字也。彪之字叔虎，彭之第三弟。年二十而头须皓白。时人谓之“王白须”。少有干局之称。累迁至左光禄大夫。

文管会来函云：“考注中彪之为彭之第三弟，又字叔虎，如版本无误，彭之尚有一第二弟。抑即翘之，或另有其人，早卒或无后，故以嗣之过继。”这说法是正确的。版本可无问题，日本金泽文库藏宋本、四库丛刊影印明本均作“第三弟”。我意，翘之当即第二弟，兴之则是第四。此可补《晋书·王彬传》

的简略。又王彪之长兴之五岁，活到孝武帝太元二年（公元三七七年），年七十三，后于兴之之死三十七年。他有两个儿子，曰越之，曰临之（见《晋书·本传》）。

王兴之的岳父宋哲，名见《晋书·元帝纪》："建武元年（公元三一七年）春二月辛巳，平东将军宋哲至。"他是来传达晋愍帝遗诏，要当时的琅琊王司马睿即帝位的。所以宋哲是所谓辅命之臣。晋时的将军本分四级，曰征，曰镇，曰安，曰平；东西南北都有。宋哲当时为平东将军，可见是第四级。后来升了官，晋封公爵，但《晋书》中无传。其子宋延之亦无传。

《晋书·职官志》云："魏文帝黄初三年，始置都督诸州军事，或领刺史。……及晋受禅，都督诸军为上，监诸军次之，督诸军为下。使持节为上，持节次之，假节为下。使持节，得杀二千石以下。持节，杀无官位人；若军事，得与使持节同。假节，唯军事得杀犯军令者。江左以来，都督中外尤重，唯王导等权重者乃居之。"今考宋哲以"使持节"冠于中外诸官职之上，其权重殆几乎和王导相等。《晋书》何以不为立传？殊觉可异。

二　谢鲲墓志

谢鲲墓志，以一九六四年九月十日，出土于南京中华门外戚家山残墓中。文凡四行，横腰被推土机挖去数字，但大抵可以意补。其文如下：

> 晋故豫章内史，陈［国］阳夏，谢鲲幼舆，以泰宁元年十一月廿［八］亡，假葬建康县石子岗，在阳大家墓东北［四］丈。妻中山刘氏，息尚仁祖，女真石。弟褒幼儒，弟广幼临。旧墓在荥阳。

谢鲲，石刻作谢鯤，鲲字变从角作，乃讹字。鳏字亦有从角作者。碑刻中这样偏旁讹误字多见，如竹头变作草头，示旁变作禾旁，双人旁与单人旁互易，日字旁与目字旁互易，等等，举不胜举。谢鲲是东晋初年的名士。《晋书》卷四十九《谢鲲传》云："谢鲲字幼舆，陈国阳夏人也。……鲲少知名，通简，有高识，不修威仪。好老、易，能歌，善鼓琴。……避地于豫章。……以讨杜韬功，封咸亭侯。"大将军王敦要背叛当时的朝廷时，他曾经婉谏。

其后，谢鲲赴豫章郡太守任。史称其"莅政清肃，百姓爱之。寻卒官，时年四十三。……追赠太常，谥曰康。"

他是王衍的四友之一。《晋书·王澄传》："时王敦、谢鲲、庾敳、阮修，皆为衍所亲善，号为四友。"

其子谢尚及从子谢安等《晋书》中均有传。

《谢尚传》："谢尚字仁祖，豫章太守谢鲲之子也。……十余岁遭父忧。"

《谢安传》："谢安字安石，尚从弟也。父裒，太常卿。"此《晋书》中之裒，即石刻中之褒。

《晋书》称"豫章太守"，《世说新语》及刘孝标注所引《晋阳秋》也同样称"豫章太守"，但石刻则作"豫章内史"。考《晋书·职官志》："诸王国以内史掌太守之任。"又云："王，改太守为内史。"太守与内史，职权相同，只是名称上有点差别而已。但豫章郡不属于王国，而太守却也可以称为内史，可见到了东晋，连这点称谓上的小差别都在无形中消失了。

《世说新语·人名谱》中有《陈国阳夏谢氏谱》，谢鲲列于第二世，其弟有裒而无广。关于谢裒的叙述如下：

> 裒，衡子，字幼儒。太常卿，吏部尚书。

据石刻，谢鲲"以太宁元年（公元三二三年）十一月廿八亡"，逆推四十三年，可知鲲生于晋武帝太康元年（公元二八〇年）。他是西晋初年的人，经历了永嘉南渡，而属于所谓"渡江名士"之流。

太宁元年在南渡后仅仅七年，当时的名士们不用说是还想恢复中原的。有名的"新亭对泣"的故事，值得在这儿引用一下：

> 过江诸人，每至美日，辄相邀新亭，借卉饮宴。周侯（颉）中坐而叹曰：风景不殊，正自有山河之异。皆相视流泪。唯王承相（导）愀然变色曰："当共戮力王室，克复神州，何至作楚囚相对？"（《世说新语·言语篇》）

这很鲜明地表达了"渡江名士"们的心境。这同一心境，在这《谢鲲墓志》里也表达出来了。所谓"假葬建康县石子岗"，所谓"旧墓在荥阳"，都是没有忘记还要"光复神州"的。南宋陆游辞世时的诗句，有"王师北定中原日，家祭毋忘告乃翁"之语，这同样的遗憾，尽管谢鲲如何旷达，恐怕在弥留时也在脑子里面萦回过的。暂时埋在南方，将来还要归葬于"旧墓"。这个希望虽然落了空，但《墓志》却在今天重见天日，这在谢鲲倒是意想不到的幸运了。

“石子岗”见《三国志·吴志·诸葛恪传》，言“建业南有长陵，名曰石子岗。葬者依焉”。《世说新语·言语篇》“高座道人不作汉语”条下刘孝标注引《塔寺记》：“尸密黎（西域人），冢曰高座，在石子岗，常行头陀。卒于梅冈，即葬焉。”又《陈书·任忠传》：“隋将韩擒虎自新林进军，忠乃率数骑，往石子岗降之，仍引擒虎军共入南掖门。”

“阳大家”即阳大姑，古音家与姑通。《尔雅·释亲》：“父之姊妹为姑。”准《兴之墓志》称“葬于先考墓之左”，又准同时代的颜含后人之墓集中埋葬于南京老虎山南麓（详见下），可以推定此人可能是谢鲲之姐，南渡后死于江左。有的同志不同意这个意见，认为“阳大家”非谢氏族人，乃原葬在石子岗者，证据是《世说新语·伤逝篇》有卫玠以永嘉六年丧的记载，注云：“永嘉流人名曰玠，以六年六月廿日亡，葬南昌城许征墓东。”

今案许征与卫玠的关系，注中并未说明。在我看来，两人可能非亲即友。朋友，在旧时是五伦之一，并不是毫无关系的。但“阳大家”究竟是否谢鲲之姐，我只说是“可能”，并未断定。希望“阳大家”之墓将来也有被发现的一天。

谢鲲的妻是“中山刘氏”，可能和刘琨有些瓜葛。《晋书·刘琨传》：“刘琨字越石，中山魏昌人，汉中山静王胜之后也。”

谢鲲有子二人，长子早没。次子即谢尚。《晋书·谢尚传》称：尚“七岁丧兄，哀痛过礼，亲戚异之”。“善音乐，博综众艺。”“袭父爵咸亭侯。”“永和中，拜尚书仆射，出为都督江西、淮南诸军事，前将军、豫州刺史、给事中、仆射如故，镇历阳，加都督豫州扬州之五郡军事，在任有政绩。”后留京师，署仆射事。“寻进号镇西将军，镇寿阳。”“升平初，又进都督豫、冀、幽、并四州诸军事。”病卒，年五十，无子。史称东晋有钟石之乐是由谢尚创始的。

谢裒有六子，奕、据、安、万、石、铁；安最有名。孝武帝太元八年（公元三八三年）前秦苻坚进攻东晋，号称百万之众。谢安被任为征讨大都督。后击败苻坚于肥水，这是历史上有名的肥水之战。战胜后，谢安“以总统功进拜太保”。继复自请北征，遂进都督扬、江、荆、司、豫、徐、兖、青、冀、幽、并、宁、益、雍、梁十五州军事，加黄钺。真是显赫无比了。但他的北伐并没有成功。卒时年六十六。

三　由墓志说到书法

一九五八年，在南京挹江门外老虎山南麓，发掘过四座东晋墓，都是颜姓一家的（详见《考古》一九五九年第六期《南京老虎山晋墓》）。其中一号墓出土了一种砖刻的墓志，其文为：

琅耶颜谦妇刘氏，年三十四。以晋永和元年七月廿日亡，九月葬。

颜谦见《晋书·颜含传》，他是颜含的第二子。颜含被列入《孝友传》中，是“琅耶莘（县）人”，为人厌恶浮伪，不信卜筮，反对权豪。虽官至右光禄大夫，而生活朴素，为世所重。“致仕二十余年，年九十三卒，遗命素棺薄敛”。这样的人，在崇尚浮华的东晋当年，是别具风格的。

颜含有三个儿子，长子名髦，次子名谦，第三子名约。据说三人“并有声誉”。长子做过黄门郎，侍中和光禄大夫。次子颜谦官至安成太守，安成郡在今江西新喻和湖南萍乡一带。第三子做过零陵太守。老虎山三号晋墓出土了一个石章，曰“零陵太守章”，那便是颜约的官章了。

老虎山二号晋墓中出铜章一，六面刻字，乃颜綝字文和之墓。綝乃约之子，见《金陵通传》。四号墓中亦出一铜印，形制全同，也六面刻字，乃颜镇之之墓。镇之无可考，与綝殆属于兄弟行。

晋人喜以砚殉葬，颜家四墓中共出砚六枚，陶砚四，瓷砚、石砚各一。并有墨出土，经化验，其中有的成份与现代墨同，是值得注意的。

颜谦妇刘氏墓出土物中有一陶砚，灰色，圆形，三足。考晋初左太冲之妹左棻（《左棻墓志》早年出土，文献上误棻为芬，芬乃左太冲长女名，见《左棻墓志》，不可混），是有名的才女；谢安的侄女，王羲之的媳妇、王凝之之妻谢道韫，同样有才名；王羲之向她学过书法的卫夫人茂猗更是有名的书家；可见当时的妇女很留心翰墨。

此外在镇江市东郊还出土了一种《刘克墓志》（详见《考古》一九六四年第五期《镇江市东晋刘克墓的清理》）。一九六二年十二月，镇江市砖瓦厂在市南郊取土，发现了一座古墓。一九六三年二月，市博物馆进行发掘，出土瓷器十数件，三足青瓷砚一件，三足黑陶砚一件，砖刻墓志两方。墓志砖面涂以黑漆，甚坚实。正反两面均刻字，两砖文字相同。其文为：

东海郡郯县都乡容丘里刘克，年廿九，字彦成。晋故升平元年十二月七日亡。

升平元年是晋穆帝即位后第十三年。旧历既届十二月，在公元则当为三五八年。刘克事迹，不详。

以上几种墓志的年代先后，列表如下：

谢鲲墓志	晋明帝太宁元年	公元三二三年
兴之墓志	晋成帝咸康七年	公元三四一年
颜刘氏墓志	晋穆帝永和元年	公元三四五年
兴之妇墓志	晋穆帝永和四年	公元三四八年
刘克墓志	晋穆帝升平元年	公元三五八年

五种墓志只是三十五年间的东西。以《兴之夫妇墓志》来说，二人之死虽然相隔了八年，但墓志是一个人写的。在这儿却提出了一个书法上的问题，那就是在东晋初年的三十几年间，就这些墓志看来，基本上还是隶书的体段，和北朝的碑刻一致，只有《颜刘氏墓志》中有些字有后来的楷书笔意。这对于传世东晋字帖，特别是王羲之所书《兰亭序》，提出了一个很大的疑问。

王羲之和王兴之是兄弟辈，他和谢尚、谢安也是亲密的朋友，而《兰亭序》写作于“永和九年”，后于王兴之妇宋和之之死仅三年，后于颜刘氏之死仅八年，而文字的体段却相隔天渊。《兰亭序》的笔法，和唐以后的楷法是一致的，把两汉以来的隶书笔意失掉了。

旧说王羲之以三十三岁时写《兰亭序》，其实“永和九年”时王羲之已四十七岁（据清人鲁一同《右军年谱》）。这可作为旧说不尽可靠的一个旁证。王羲之自来被奉为“书圣”，《兰亭序》被认为法帖第一。但《兰亭序》的笔法和北朝碑刻悬异，早就有人怀疑。固守传统意见的人，认为南朝与北朝的风习不同，故书法亦有悬异。后来知道和南朝的碑刻也大有径庭，于是又有人说，碑刻和尺牍之类的性质不同，一趋凝重，一偏潇洒，也不能相提并论。因此，书家中分为南派与北派，或者帖学派与碑学派，问题悬而未决。

其实存世晋陆机《平复帖》墨迹与前凉李柏的《书疏稿》，都是行草书；一南一北，极相类似。还有南朝和北朝的写经字体，两者也都富有隶书笔意。这些都和《兰亭序》书法大有时代性的悬隔。碑刻与尺牍的对立，北派与南派的对立，都是不能成立的。现在由于上述几种南朝墓志的出土，与王羲之的年代是相同的，就中如《颜刘氏墓志》还带有行书的味道，而书法也相悬隔。东晋字帖，特别是《兰亭序》的可靠性问题，便不能不重新提出来了。

东晋字帖的种类相当多，没有工夫一件一件地加以论列，我现在只想就《兰亭序》的可靠性来叙述我的见解。

四 《兰亭序》的真伪

《兰亭序》不仅从书法上来讲有问题，就是从文章上来讲也有问题。

首先有人注意到《兰亭序》一文为梁昭明太子萧统的《文选》所未收入。因而有人推论到所以未被收入的原因。《兰亭考》卷七引陈谦说："近世论《兰亭》，叙事兴怀太悲，萧统所不取。"也有人说是因为《兰亭》文字有语病，如云"天朗气清"，自是秋景，以此不入《选》（陈虚中说）。又如"丝竹管弦"亦重复（丝竹即管弦），故不入《选》（陈正敏说）。以上二陈说见《兰亭考》卷八引《山樵夜话》。但也有人为"天朗气清"辩护的，以为"季春乃清明之节，朗亦明也，于义未病"（《兰亭考》卷八引王得臣《麈史》所引，或说王得臣本人却是同意二陈说的）。

这些怀疑和解说，不能说没有见地，但没有接触到问题的核心。事实上《兰亭序》这篇文章根本就是依托的！这到清朝末年的光绪十五年（公元一八八九年）才被广东顺德人李文田点破了。他的说法见汪中旧藏《定武兰亭》后的跋文。汪中藏本后归端方收藏，李的跋文就是应端方之请而写的。他的议论颇精辟，虽然距今已七十五年，我是最近才知道有这篇文章的。我现在率性把李文田的跋文整抄在下边。

唐人称《兰亭》自刘悚《隋唐佳话》始矣。嗣此，何延之撰《兰亭记》，述萧翼赚《兰亭》事，如目睹。今此记在《太平广记》中。第鄙意以为：《定武石刻》未必晋人书，以今所见晋碑，皆未能有此一种笔意；此南朝梁陈以后之迹也。按《世说新语·企羡篇》刘孝标注引王右军此文，称曰《临河序》，今无其题目，则唐以后所见之《兰亭》，非梁以前《兰亭》也。可疑一也。《世说》云人以右军《兰亭》拟石季伦《金谷》，右军甚有欣色。是序文本拟《金谷序》也。今考《金谷序》文甚短，与《世说》注所引《临河序》篇幅相应。而《定武本》自"夫人之相与"以下多无数字。此必隋唐间人知晋人喜述老庄而妄增之。不知其与《金谷序》不相合也。可疑二也。即谓《世说》注所引或经删节，原不能比照右军文集之详，然“录其所述”之下，《世说》注多四十二(?)字。注家有删节右军文集之理，无增添右军文集之理。此又其与右军本集不相应之一确证也。可疑三也。有此三疑，则梁以前之《兰亭》与（非?）唐以后之《兰亭》，文尚难信，何有于字！且古称右军善书，曰“龙跳天门，虎卧凤阙”，曰“银钩铁画”，故世无右军书则已，苟或有之，必其与《爨宝子》、《爨龙颜》相近而后可。以东晋前书，与汉魏隶书相似。时代为之，不得作梁陈以后体也。然则《定武》虽佳，盖足以与昭陵诸碑相伯仲而已，隋唐间之佳书，不必右军笔也。往读汪容甫先生《述学》有此帖跋语，今始见此帖，亦足以惊心动魄。然予跋足以助赵文学之论，惜诸君不见我也。

这跋文的临末处所说的“赵文学”是赵魏，其说见汪中跋文之一。

吾友赵文学魏、江编修德量，皆深于金石之学。文学语编修云：南北朝至初唐，碑刻之存于世者往往有隶书遗意。至开元以后始纯乎今体。右军虽变隶书，不应古法尽亡。今行世诸刻，若非唐人临本，则传摹失真也。

赵魏是乾隆年间人，比李文田要早一百年左右，他的见解和李的意见比起来是有些距离的。赵只是从书法上立论，而疑是“唐人临本”，或“传摹失真”，李则根本否定了《兰亭序》这篇文章，真正是如他所说的“文尚难信，何有于字”了。

最近也还有人不相信李文田的说法。有人说：王羲之写《兰亭序》，在书法上不妨发挥他的独创性。又有人说：篆书和隶书是有传统历史的官书，王羲之所写的行书和真书是当时的新体字，还不能“登大雅之堂”，直到唐初才被公认，才见于碑刻；南北朝人写经字体之有隶意者，也含有郑重其事之意。这些说法，首先是肯定着《兰亭序》是王羲之的文章，在这个前提之下，对于《兰亭序》的书法加以辩护的。因此，我认为还有必要进一步来研究这个前提：《兰亭序》这篇文章，到底是真是伪。

五　依托说的补充证据

为了把问题叙述得明白易晓起见，我现在把王羲之的《临河序》和传世

《兰亭序》，比并着写在下边。

《临河序》

永和九年，岁在癸丑，暮春之初，会于会稽山阴之兰亭，修禊事也。群贤毕至，少长咸集。此地有崇山峻岭，茂林修竹，又有清流激湍，映带左右，引以为流觞曲水，列坐其次。

是日也，天朗气清，惠风和畅。娱目骋怀，信可乐也。

虽无丝竹管弦之盛，一觞一咏，亦足以畅叙幽情矣。

故列叙时人，录其所述。

右将军司马太原孙承公等二十六人，赋诗如左。前余姚令会稽谢胜等十五人，不能赋诗，罚酒各三斗。

《兰亭序》

永和九年，岁在癸丑，暮春之初，会于会稽山阴之兰亭，修禊事也。群贤毕至，少长咸集。此地有崇山峻岭，茂林修竹，又有清流激湍，映带左右，引以为流觞曲水，列坐其次。虽无丝竹管弦之盛，一觞一咏，亦足以畅叙幽情。

是日也，天朗气清，惠风和畅。仰观宇宙之大，俯察品类之盛，所以游目骋怀，足以极视听之娱，信可乐也。

夫人之相与俯仰一世，或取诸怀抱，悟言一室之内，或因寄所讬，放浪形骸之外，虽趣舍万殊，静躁不同，当其欣于所遇，暂得于己，快然自足，不知老之将至。及其所之既倦，情随事迁，感慨系之矣。向之所欣，俯仰之间，以为陈迹，犹不能不以之兴怀。况修短随化，终期于尽。古人云，死生亦大矣，岂不痛哉！每揽昔人兴感之由，若合一契，未尝不临文嗟悼，不能喻之于怀。固知一死生为虚诞，齐彭殇为妄作。后之视今，亦由今之视昔，悲夫！

故列叙时人，录其所述。虽世殊事异，所以兴怀。其致一也。后之揽者亦将有感于斯文。

这样一对照着看，很明显地可以看出：《兰亭序》是在《临河序》的基础之上加以删改、移易、扩大而成的。“天朗气清”与“丝竹管弦”为《临河序》所固有。暮春时节，偶有一天“天朗气清”是说得过去的。“丝竹管弦”

连文见《汉书·张禹传》："禹性习知音声……身居大第，后堂理丝竹管弦。"（《兰亭考》卷八引《山樵夜话》）可见王羲之亦有所本。至于《兰亭序》所增添的"夫人之相与"以下一大段，一百六十七字，实在是大有问题。王羲之是和他的朋友子侄等于三月三日游春，大家高高兴兴地在饮酒赋诗。诗做成了的，有十一个人做了两篇，有十五个人做了一篇；有十六个人没有做成。凡所做的诗都留存下来了。唐代大书家柳公权还书写了一通，墨迹于今犹存。在这些诗中只有颖川庾蕴的一首五言四句有点消极的意味，他的诗是："仰怀虚舟说，俯叹世上宾。朝荣虽云乐，夕毙理自因。"虽消极而颇达观。但其他二十五人的诗都是乐观的，一点也没有悲观的气息。我只把王羲之的两首抄在下边。

代谢鳞次，忽焉已周。欣此暮春，和气载柔。咏彼舞雩，异世同流。乃携齐契，散怀一丘。

三春启群品，寄畅在所因。仰眺望天际，俯磐绿水滨。寥朗无崖观，寓目理自陈。大矣造化功，万殊莫不均。群籁虽参差，适我无非新。（此据唐人陆柬之墨迹《兰亭诗》五首之二，柳公权墨迹无首二句，文字上有小异。其他典籍上所载者均于文字上小有不同。）

就这两首诗看来，丝毫也看不出有悲观的气氛——第一首末句"散怀一丘"是说大家在一座小丘上消遣，这和《临河序》的情调是完全合拍的。即使说乐极可以生悲，诗与文也可以不必一致，但《兰亭序》却悲得太没有道理。既没有新亭对泣诸君子的"山河之异"之感，更不适合乎王羲之的性格。《世说新语·言语篇》中有下述一段故事：

王右军（羲之）与谢太傅（安）共登冶城。谢悠然远想，有高世之志。王谓谢曰："夏禹勤王，手足胼胝。文王旰食，日不暇给。今四郊多垒，宜人人自效，而虚谈废务，浮文妨要，恐非当今所宜。"（此故事亦见《晋书·谢安传》）

请把这段故事和传世《兰亭序》对比一下吧，那情趣不是完全像两个人吗？王羲之的性格是相当倔强的，《晋书》本传说他"以骨鲠称"。他自己是以忧国忧民的志士自居的。他致殷浩书有云，"若蒙驱使关陇巴蜀，皆所不辞"。又他谏止殷浩北伐书，痛斥当时的吏政腐败，他要"任国钧者，引咎责躬，深自贬降，以谢百姓”。又说：“自顷年割剥遗黎，刑徒竞路，殆同秦政，惟未加参夷之刑耳。恐胜广之忧，无复日矣！”阶级立场限制了他，他没有雄心以陈胜、吴广自任，而是怕陈胜、吴广起事。但尽管这样，总比那些“割削遗黎”者要稍胜一筹。他虽然也相信五斗米教，常服药石，这是当时统治阶级的通习，并不是他个人有意遁世。他后来同王述闹意气，悲愤誓墓，永绝“贪冒苟进”。这也并不表明他的消极，不，倒是相反。他是在骂王述之流“贪冒苟进”，而不愿同流合污。王羲之的性格，就是这样倔强自负，他决不至于像传世《兰亭序》中所说的那样，为了“修短随化，终期于尽”，而“悲夫”、“痛哉”起来。

但这一大段文字也有它的母胎。会稽山阴同游者之一人孙绰有《兰亭后叙》，其中有这样的几句：

乐与时去，悲亦系之。往复推移，新故相换。今日之迹，明复陈矣。

这就是“俯仰之间，已为陈迹”的不胜今昔之感的蓝本。但这倒真是两个人的感情了，不能够信手地“合二而一”。

六　依托于何时？

然则，《兰亭序》当依托于何时？

这个问题很值得研究。梁代是不会有的，因为梁人刘孝标并没有见过，他所见到的是《临河序》。《晋书》是唐太宗的“御撰”，《王羲之传》中已经有《兰亭序》，那吗这篇文章必依托于唐代以前。梁与唐之间相距六十余年，这就是依托的相对年代。

文章都是依托的，墨迹不用说也是假的了。说到《兰亭序》墨迹的刘馀《隋唐佳话》和何延之《赚兰亭记》，李文田以为刘在先，何在后，不知何所据。今考刘书称唐玄宗为“今上”，又有“开元始年”、“开元中年”等字样。开元凡三十年，所谓“中年”必须指十五年前后。而且必须在开元以后始能对开元年间分别出始、中、晚。那吗，刘书当是在天宝年间撰述的。再据唐人张彦远《法书要录》卷三中所收录的何延之《兰亭记》，末尾处却有“仆，开元十年四月二十七日任均州刺史”的自白——此语为《太平广记》所删节。看来，何记是先于刘书的，尽管二人可能是年岁相同的人。

何延之的《赚兰亭记》叙述得十分离奇。他说《兰亭序》的墨迹“凡二十八行，三百二十四字”，这不用说是指伪造的《兰亭》了。又说“右军亦自爱重，留付子孙，传掌至七代孙智永。……禅师年近百岁乃终，其遗书付弟子辩才。……至贞观中，太宗锐意学二王书，仿摹真迹备尽，唯《兰亭》未获。寻知在辩才处”。从此便想尽办法诱取《兰亭》，而辩才却始终推说经乱散失，不知所在。后来房玄龄推荐监察御史萧翼去骗取，费尽了苦心，终于骗到了手。太宗高兴得了不得，对于房玄龄、萧翼、辩才都给了很重的赏赐。并命“赵模、韩道政、冯承素、诸葛贞四人各拓数本，以赐皇太子、诸王、近臣。”贞观二十三年，太宗要死的时候，他向高宗耳语：“吾欲将所得《兰亭》去。”于是《兰亭序》的真迹便被葬入了昭陵。

这完全是虚构的小说！宋人王铚早就表示了怀疑。他说：“此事鄙妄，仅同儿戏！太宗始定天下，威震万国，尪残老僧敢吝一纸耶？诚欲得之，必不狭陋若此！况在秦邸，岂能诡遣？台臣亦轻信之，何耶？”（《兰亭考》卷八引）这驳斥得很有道理。但特别离奇的还有太宗与高宗的耳语！太宗要以《兰亭》陪葬，何必向他儿子乞讨？父子之间的耳语又是谁偷听来的？真真是莫须有的妄拟了！

刘悚所述的经过却又大有不同。刘说不甚长，不妨把他的全文抄在下边：

> 王右军《兰亭序》，梁乱，出在外。陈天嘉中，为僧永所得。至太建中，献之宣帝。隋平陈日，或以献晋王（案即后来的隋炀帝），王不之宝。后僧果从帝借拓，及登极，竟未从索。果师死后，弟子僧辩得之。太宗为秦王日，见拓本惊喜，乃贵价市大王书，《兰亭》终不至焉。及知在辩师处，使萧翼就越州求得之（一作“乃遣问辩才师，欧阳询就越州求得之”）。武德四年入秦府。贞观十年，乃拓十本以赐近臣。帝崩，中书令褚遂良奏：“《兰亭》，先帝所重，不可留。”遂秘于昭陵。

刘与何的说法大相悬异，但刘文比起何记来较为翔实。在这里，骗取的花样没有了，耳语没有了，僧辩才的抗命也没有了。王铚是相信刘说的。他说：“刘悚父子世为史官，以讨论为己任，于是正文字尤审。”姜夔也曾经把刘何两人的不同处对比过，他还提到：“梁武（帝）收右军帖二百七十余轴，当时唯言《黄庭》、《乐毅》、《告誓》，何为不及《兰亭》？”（《兰亭考》卷三引）姜是有识见的，但他同样是深信《兰亭》的人，故只把问题提出，没有穷追到底。

现在我们已经知道《兰亭序》是梁以后人依托的，梁武帝当然不会见到。其实在梁武帝当时，连他所见到的钟王真迹已经就少得可怜了。我们请注意一下《法书要录》卷二所收的梁武帝与陶宏景之间往来论书的书简吧。我只摘录几条在下边，以供举一反三之便。

梁："《乐毅论》乃微粗健，恐非真迹。《太师箴》小复方媚，笔力过嫩，书体乖异。"

陶："逸少（王）有名之迹不过数首。《黄庭》、《劝进》、《像赞》、《洛神》，此等不识犹得存否？""谬袭《告墓文》一纸是许先生书。"

梁："钟（繇）书乃有一卷，传以为真。意谓悉是摹学，多不足论。"

陶："世论咸云'江东无复钟述'，常以叹息。"

这可表明：在梁武帝时，钟王的真迹已经寥如晨星，而依托临摹的风气却已盛极一时。梁人虞和《论书表》（见《法书要录》卷二）说到晋宋人伪造大小二王书的情况，如"以茅屋漏汁，染变纸色"等。说得非常具体。

还有值得注意的是：梁代的书画典籍，在梁元帝承圣三年十二月（公元五五五年）还遭了一次大劫。那就是西魏的于谨攻陷了江陵（当时梁的首都），"元帝将降，乃聚名画、法书及典籍二十四万卷，遣后阁舍人高善宝焚之。……于谨等于煨烬之中收其书画四千余轴归于长安。故颜之推《观我生赋》云'人民百万而囚虏，书史千两（辆？）而灰扬。史籍以来，未之有也。普天之下，斯文尽矣'"（见张彦远《历代名画记》卷一《叙画之兴废》）。二十四万卷的数目或作"七万"，或作"十四万"，或作"十余万"。古人一卷如今人一册，二十四万不算太多，"七万"或"十四万"却嫌太少。经过这一浩劫，梁武帝所收右军帖二百七十余轴，究竟还保留多少，是无法肯定的。

到了唐初，时代又相隔了一百多年。中间由于丧乱，书画还继续有所损失。然由于朝廷的奖励收购，钟王真迹却如雨后春笋一样，涌现了出来。

> 太宗皇帝肇开帝业，大购图书，宝于内库。钟繇、张芝、芝弟昶、王羲之父子书四百卷，及汉、魏、晋、宋、齐、梁杂迹三百卷（徐浩《古迹记》，《法书要录》卷三）。
>
> 自太宗贞观中搜访王右军等真迹，出御府金帛重为购赏。由是人间古本纷然毕进。帝令魏少师（征）、虞永兴（世南）、褚河南（遂良）等定其真伪。右军之迹凡得真行二百九十纸，装为七十卷；草书二千纸，装为八十卷。小王及张芝等亦各随多少，勒为卷帙（韦述《叙书录》，《法书要录》卷四）。

“上有好者，下必有甚焉”。这真可以说是洋洋大观了。尽管有魏、虞、褚诸人加以鉴定甄别，但他们的鉴别似乎没有梁武帝、陶宏景那么谨严。请看褚遂良撰的《晋右军王羲之书目》吧（见《法书要录》卷三）。他把梁武帝“恐非真迹”的《乐毅论》列为“正书第一”，把依托的《兰亭序》列为“草书第一”。这是可以相信得过的吗？答案是：“尽信书，则不如无书。”

至于刘、何两人之说到底是刘真何伪，或者两者都伪，或者各有部份真实呢？我看，以第三种的可能性最大。特别是两说之中都有智永，是一位关键性的人物。这个人很值得重视。

智永是陈代永兴寺的僧人。他是有名的书家。据说他临书三十年，能兼诸体，尤善草书，他的真草书《千字文》就写了八百多本，石刻至今还保存在西安碑林中。隋炀帝曾经称赞他的书法是“得右军之肉”。《淳化阁法帖》卷七曾把智永署名的《承足下还来》一帖，收为王羲之书；这虽然出于编者王著的疏陋，但也并不是毫无来由的。“铁门限”的故事属于他，“退笔冢”的故事也属于他。据说，向他求书的人太多，连门限都被踏穿了，故不得不用铁皮来保护着。又据说，他使用过的废笔头装了十几缸，每缸可容几石，后来把它们埋成了一个大土堆。

像这样一位大书家是能够写出《兰亭序》来的，而且他也会做文章。不仅《兰亭序》的“修短随化，终期于尽”的语句很合乎“禅师”的口吻，就其时代来说也正相适应。因此，我敢于肯定：《兰亭序》的文章和墨迹就是智永所依托。请看世传墨池堂祖本智永所书的王羲之《告誓文》吧。帖后有“智永”的题名，用笔结构和《兰亭序》书法，完全是一个体系。智永书《告誓文》世称为智永所“临”，更有人说是“集字”，其实都是臆说。王羲之墨迹早于梁代已入于秘府，智永何从得而临摹？墨池堂本其所以称为“祖本”者，因传世尚有石刻残本和玉烟堂本都是墨池堂本的复刻。墨池堂本缺“渐”，“贪”二字，后二本亦缺；墨池堂本“乏”字颇似之字，而石刻残本竟误为“之”。石刻残本后半残缺，有无“智永”题名不得而知；玉烟堂本则把“智永”题名删去了。这是有意假充王羲之的真迹，那才是后人的作伪，智永是不能负责的。

前代也有人说过：“《兰亭修禊前序》，世传隋僧智永临写。……永师实右军末裔，颇能传其家法。”（《兰亭考》卷六引钱塘吴说语）又有人说“隋僧智永亦临写刻石，间以章草。”（《兰亭考》卷五）两者都说为“临写”，虽然没有把真相透露出来，但智永和《兰亭》有密切关联是很明显的。我估计，智永写《兰亭》应该不只一本，像他写的《千字文》有八百多本的一样，故旁观者以为他在“临写”而已。

我在这里要作一交代：我说《兰亭序》依托于智永，这并不是否定《兰亭序》的书法价值；也并不是有意侮辱智永。不，我也承认《兰亭序》是佳书，是行书的楷模，这是不能否认的。我把《兰亭序》的写作权归诸智永，是把应享的名誉归还了主人。我自己也是喜欢《兰亭序》书法的人，少年时代临摹过不少遍，直到现在我还是相当喜欢它。我能够不看帖本或墨迹影印本就把它临摹出来。这是须得交代明白的。

唐初弘福寺的僧人怀仁，集王羲之书而成的《大唐圣教序碑》建立于唐高宗咸亨三年（公元六七二年），上距太宗之死仅二十三年。序中有不少的字采集自《兰亭》。特别值得注意的是有两个“群”字，一个见“导群生于十地”，另一个见“拯群有之涂炭”。两个“群”字都采自《兰亭序》的“群贤毕至”。《兰亭》的“群”字，所从羊字的竖划有破锋，《圣教》的两个“群”字也照样临摹出原有的破锋。这就证明怀仁的临摹是怎样地认真；而且也证明唐初流传的《兰亭序》的写本或临摹本，同传世的帖本或墨迹本，是一致的。

《兰亭序》的书法，在唐初已经享受着十分崇高的称誉。孙过庭在他的《书谱》里说：“《乐毅论》、《黄庭经》、《东方朔画赞》、《太师箴》、《兰亭集序》、《告誓文》，斯并代俗所传，真行绝致者也。”又说：“兰亭兴集，思逸神超。”《书谱》写于武则天垂拱三年（公元六八七年），而《兰亭序》已经在民间流传遍了，被称为行书的最高峰，可见它的影响之深远。敦煌也曾发现过《兰亭序》的民间写本（现藏巴黎），虽然字迹拙劣，不知道是何人所书，但系唐代写本是无可怀疑的。

《兰亭序》的书法有这样崇高的盛誉，故在开元、天宝年间所流传的关于它的“佳话”，差不多就和神话一样了。像陪葬昭陵一事，在我看来，就是神话。何延之的耳语说自是虚构，刘悚的褚遂良奏请说也应该是莫须有的。奏请说既已成为“佳话”流传，同时代的何延之，身为刺史和上柱国，何以竟不知道而造作“耳语”，并敢于向上方进呈？这就证明：奏请说也只是圆谎而已。

七　王羲之的笔迹应当是怎样？

总之，《兰亭序》是依托的，它既不是王羲之的原文，更不是王羲之的笔迹。

那吗，王羲之的笔迹究竟应该是怎样？

先请注意一下离王羲之只有一百六十年左右的梁武帝的《书评》吧。这篇

《书评》是根据袁昂《古今书评》（见《法书要录》卷二）而把它稍稍整理、润色、扩充了的。袁昂以梁武帝普通四年（公元五二三年）奉命评书，他只评了二十五人，梁武帝却扩充为三十四人。评语大同小异，唯袁昂文字颇零乱，疑有错简，故今不根据袁昂，而根据梁武帝。梁武帝总比唐人较多地看见过王羲之的笔迹。

隋僧智果所书梁武帝《书评》被收入《淳化阁法帖》中。其中关于王羲之的评语是这样：

> 王右军书，字势雄强，如龙跳天门，虎卧凤阙，故历代宝之，永以为训。

"字势雄强"和性格倔强很相一致，但《兰亭序》的字势却丝毫也没有雄强的味道。韩退之的《石鼓歌》早就讥讽过，"羲之俗书趁姿媚"，《兰亭序》的字迹是相当妩媚的。清人包世臣，在他的《艺舟双楫》中也说："《书评》谓'右军字势雄强'……若如《阁帖》所刻，绝不见'雄强'之妙。即《定武兰亭》亦未称也。"（见《艺舟双楫》卷四）《阁帖》即《淳化阁法帖》，其第六、七、八诸册收入了王羲之的草书，在包世臣看来，连那些字迹都是有问题的。唐人张怀瓘的《书议》（《法书要录》卷四），列王羲之的草书于八人之末。他也早就说过："逸少（草书）格律非高，功夫又少。虽圆丰妍美，乃乏神气，无戈戟铦锐可畏，无物象生动可奇。"又说："逸少草，有女郎材，无丈夫气，不足贵也。"这些批评是相当严峻的，和梁武帝的《书评》恰恰相反。这就表明：现存王羲之草书，是否都是王羲之的真迹，还值得作进一步的研究。

但梁武帝的《书评》评得却很抽象，有意追求辞藻。所谓"字势雄强"，所谓"龙跳天门，虎卧凤阙"，使人很难仿佛王羲之的字迹到底是怎样一种体裁。

关于这个问题，梁代庾肩吾有《书品》一文，他把汉魏以来迄于梁代的名书家一百二十八人分为三等九品，统称之为"善草隶者"。其中包含着王羲之与王献之父子，王羲之是上上品三人中的第三人，王献之是上中品五人中的第五人。

何谓"草隶"？庾肩吾是分开来说的，草是草书，隶是隶书。

> 寻隶体发源秦时，隶人下邳程邈所作。始皇见而重之，以奏事繁多，篆字难制，遂作此法，故曰隶书。今时正书是也。
>
> 草势起于汉时，解散隶法，用以赴急。本因草创之义，故曰草书。建初中京兆杜操始以善草知名，今之草书是也。

隶书是没有问题的，这儿所说的“今之草书”指的是章草。建初是后汉章帝的年号，后人虽然有的把章草说成为章帝所造，其实是章帝时代所开始流行的一种写表章的草写隶书，字字分离，不相连接。故庾又云：“隶既发源秦史，草乃激流齐相，跨七代而弥遵，将千载而无革。”自秦至梁为“七代”，这是说梁代以前，正书就是隶书，草书就是章草。庾所说的过去的事是正确的，但他说到将来千年也不会变，那就没有说对。

“齐相”即指杜操。杜操之名，后人书中每改为杜度。如庾肩吾《书品》列“杜度伯度”于上中，谓“杜度，滥觞于草书，取奇于汉帝，诏复奏事，皆作草书”。“汉帝”即指汉章帝。唐人张怀瓘《书断（中）》（《法书要录》卷八）列杜度于“精品”，云“后汉杜度字伯度，京兆杜陵人。御使大夫延年曾孙，章帝时为齐相，善章草”。又引萧子良云：“本名操，为魏武帝讳，改为度。”怀瓘不同意萧说，谓“蔡邕《劝学篇》云‘齐相杜度，美守名篇’，汉中郎不应预为武帝讳也”。其实萧子良是说后人为曹操讳，非杜操自讳。怀瓘似将杜操与杜度判为二人，在其《书断（上）》（《法书要录》卷七）论章草条下，既引萧子良说“章草者汉齐相杜操始变稿法”，又云“至建初中，杜度善草，见称于章帝，上贵其迹，诏使草书上事”。杜操与杜度既误为两人，因而“汉齐相”亦有误作“魏齐相”者。如齐人王僧虔录《宋羊欣：采古今能书人名》（《法书要录》卷一）云：“乐兆杜度为魏齐相，始有草名。”此又后人妄作聪明者所臆改。唯庾氏《书品》中杜度与杜操之名亦歧出，此盖由于讳改未尽，或则回改未尽（前代讳者，后代因不讳而又改回原字，故书中往往零乱）。《述书赋（上）》窦众注：“杜操字伯度，京兆人，终后汉齐相。章帝贵其迹，诏上章表，故号章草。”（见《法书要录》卷五）此最为翔实。

还请注意《羊欣：采古来能书人名》那篇纪录吧。羊欣是王献之的弟子，是晋宋两代的人。文中在草书之外还有所谓“草稿”，或单称“稿”。

一、“卫瓘字伯玉，更为草稿。草稿，相闻书也。”（“相闻”乃尺牍之意）

二、杜畿、杜恕、杜预，“三世善草稿”。

三、“王导善稿、行。”（稿书与行书）

四、“王献之善隶、稿。”（隶书与稿书）

说到王羲之，则是“博精群法，特善草隶”。草、隶者章草与隶书。这和“王献之善隶、稿”对照起来看，草书与稿书的差别、大王与小王的差别，可以一目了然。宋代宗炳的九体书中，“稿书”与“半草书”、“全草书”并列（见《法书要录》卷二梁庾元威《论书》），宋代王愔《文字志》（见《法书要录》卷一）在“古书有三十六种”中亦以“稿书”与“草书”并列。这些都证明：唐以前所说的“草”是章草，唐以后所说的“草”是“稿书”。章草有一定的规律，“稿书”则比较自由。故张芝曾云：“匆匆不暇草书”，是说没有工夫作有规律的章草，只好写“稿书”。实际上“稿书”并不始于卫瓘，特卫瓘的稿书写出了风格而已。近代发现的西陲魏晋竹木简上的文字其实都是“稿书”。但那些稿书虽然没有章草那么谨严，却总还保留着隶书的笔意。这是时代使然，任何变化都是有一定的过程的。

我很欣赏上举李文田的推测，“故世无右军之书则已，苟或有之，必其与《爨宝子》、《爨龙颜》相近而后可”。请注意，他说的是“相近”，也就是说必须有隶书笔意而后可。隶书的笔意究竟是怎样的呢？具体地说来，是在使用方笔，逆入平出，下笔藏锋而落笔不收锋，形成所谓“蚕头”和“燕尾”。南北朝人的碑刻字或写经书，虽已收锋，仍用方笔；凡一点一划、一起一收，笔锋在纸绢等上转折如画三角形。这样的用笔法，就是所谓隶书笔意。

再者，李文田所提到的《宝子碑》，以清乾隆四十三年出土于云南曲靖县南七十里杨旗田，后移入城内武侯祠侧。《龙颜碑》在云南陆良县东南二十里贞元堡，直到清代道光年间才被当时的云贵总督阮元幕下的文人们所注意到，而加以重视。《宝子》刻于东晋安帝义熙元年（公元四〇五年）五月——碑文作“太亨四年，岁在乙巳，四月”，盖安帝元兴元年（公元四〇二年）曾改元为太亨，后又改回元兴，元兴只有三年，于第四年春正已改元为义熙，陆良道远，不知道中央已屡次改元，故犹沿用太亨年号至于四年四月。《龙颜》则刻于宋孝武帝大明二年（公元四五八年）。

有趣的是，《王兴之夫妇墓志》的字迹与《宝子》极相类似，而《谢鲲墓志》的字迹则与《龙颜》相近。这可证明，在南朝的晋宋时代，无论在中央或极僻远的地方，文字结构和北朝的碑刻完全是一个体段，对于两汉的隶书都是一脉相承的。这就是李文田所说的“时代为之，不得作梁陈以后体”。

故有《王兴之夫妇墓志》与《谢鲲墓志》的出土，李文田的预言可以说已经实现了一半。我很相信，在南京或其近境的地下，将来很可能有羲之真迹出土，使李的预言能得到全面的实现。姑且写在这里，作为第二次的预言。

一九六五年三月三十一日

原载《文物》1965年第6期

书 后

文章脱稿后，我同一位对于文字学和书法都有研究的朋友谈及李文田的说法。出乎意外的是，这位朋友却不以李说为然。他认为《临河序》是节录，文后的四十个字是把文外的记事掺杂进去了的。

我只得请他把《兰亭墨迹》的神龙本，拿出来研究一下。这是所谓《冯承素摹本》。因为唐人把隔水换过，一首一尾还留下“神龙”二字的长方形半印。文前剩下“神龙”二字的左半，文后剩下右半。“神龙”是唐中宗的年号，在存世墨迹本中，大家倾向于以这本为最好。它的真迹尚存故宫博物院，我曾经亲自去对勘过。

我对不同意李文田说的朋友说道：暂且把文章的真伪避开，就字论字吧。依托者在起草时留下了一个大漏洞。那就是一开始的“永和九年，岁在癸丑”的“癸丑”两个字。这两个字是填补进去的，属文者记不起当年的干支，留下空白待填。但留的空白只能容纳一个字的光景，因此填补上去的“癸丑”二字比较扁平而紧接，“丑”字并且还经过添改。这就露出了马脚，足以证明《兰亭》决不是王羲之写的。在干支纪岁盛行的当年，而且已经是暮春三月了，王羲之写文章，岂有连本年的干支都还记不得，而要留空待填的道理？……

我的话还没有十分说完，朋友已经恍然大悟了。《兰亭序》是依托，看来是无可争辩的。

说到了《神龙本兰亭墨迹》，在这里不妨再写出一些我自己关于它的看法。照我看来，这个墨迹本很可能就是真迹。它不是临摹本或者“响拓本”。原文二十八行，基本上是用浓墨写成的，但有三个字的墨色较淡而润。那就是“齐彭殇为妄作”句中的彭、殇、为三个字，彭字较淡，殇字稍浓，为字又转淡。这是在写属中笔尖蘸了两次水的原故。

还有，几处删改的字句使用了三种墨笔，即浓笔、淡笔、半浓半淡笔。为明了起见，我在这里画出一个表来。

浓　　笔	癸丑（首 行）	痛（二十一行）	文（末 行）
淡　　笔	向之（十七行）	每（二十一行）	囿（末 行）
半浓半淡笔	良可（二十五行）	夫（二十五行）	因（十三行）

“痛”字是由“哀”字改的，初稿为“岂不哀哉”，改定为“岂不痛哉”。

末行“文”字，也是序文最后一字，先写为“作”，用淡墨笔涂去，然后用浓墨笔改写为“文”。即“将有感于斯作”被改定为“将有感于斯文”。

“向之”二字，初稿为“于今”。即“于今所欣，俯仰之间，以为陈迹”用淡墨笔被改定为“向之所欣，俯仰之间，以为陈迹”。原用“于今”，很明显地还保留着孙绰《兰亭后序》中的“今日之迹，明复陈矣”的胎盘。

“每”字最值得注意。它是先用浓墨笔写成“一”字，然后用淡墨笔添写为“每”字，故一字之中有浓有淡。为什么要这样改？那是因为在修辞上避免文字的重复。初稿是“一揽昔人兴感之由若合一契”，一句之中有两个“一”字，故把上字改为“每”。在这儿把作文者的精神活动明显地摄影在纸上了。

第二十五行的一句初稿的“良可悲也”是用浓墨笔写的，用半浓半淡笔涂去“良可”二字，又把“也”字改为“夫”。于是“良可悲也”便被改为“悲夫”两个字。

这些改动，特别是用三种墨笔来改动，这是表明着文章在定稿过程中经过反复的修改。在前也有人注意到这些，但他们坚信《兰亭序》是王羲之自己做的，自己写的，故认为是临摹者仔细地临摹了王羲之的稿本，连笔墨的浓淡都照样临摹出来了。这是为先入之见所囿的见解。今天我们知道《兰亭序》既不是王羲之的《临河序》，更不是他的亲笔，那就用不着再走弯路，可以直捷了当地说：今存神龙本墨迹就是《兰亭序》的真本了。这个墨迹本应该就是智永所写的稿本，同他所写的《告誓文》和别人临他所写的《归田赋》，笔迹差不多完全相同。

神龙本有石刻本传世，在第十三行（“或因寄所托”云云）与第十四行（“趣舍万殊”云云）之间，有“贞观”、“褚氏”、“绍兴”三印，而故宫博物院所藏墨迹本却只有“绍兴”一印，而无“贞观”与“褚氏”二印。因此，也有人怀疑墨迹本的可靠性。其实这是把问题弄颠倒了。这不是墨迹本有问题，而是石刻本的“贞观”与“褚氏”二印是被后人移植上去的。还有，墨迹本的前隔水，在重新裱装时，左侧的边缘被剪去了二分左右，以致前隔水上原有的题字和印章略被剪损。至于前后隔水上的印章与刻体不尽相同，那些都是刻石者玩弄的诡诈，不足为异。

在这里，附带着再谈一谈羲献父子的异同。唐人张怀瓘的《书估》（《法书要录》卷四）写于天宝十三年，其中有下列一段故事：

> 子敬年十五六时，尝白逸少云："古之章草，未为宏逸，颇异诸体。今穷伪略之理，极草纵之致，不若稿行之间。于旧法固殊，大人宜改体。"逸少笑而不答。

这同一故事，又见张怀瓘的《书议》（《法书要录》卷四）及《书断(上)》（《法书要录》卷七），怀瓘当有所本。这个故事，和陶宏景《与梁武帝论书启》中所谈到的另一个故事，表面上虽似矛盾，而实质上是相通的。

> 逸少自吴兴以前诸书犹为未称。凡厥好迹，皆是向在会稽时永和十余年中者。从失郡告灵以后，略不复自书，皆使此一人，世中不能别也。见其缓异，呼为末年书。逸少亡后，子敬年十七八，全仿此人书，故遂成，与之相似。

由这两个故事看来，在书道发展史中，羲之是属于守成派，献之和羲之晚年的代笔者，则是革新派。献之幼年，他的父亲说他："善隶书，咄咄逼人。"(见王羲之《致郗昙论婚书帖》) 但他稍长后，认识到了社会的要求，感觉到书法必须改革，应该采取"稿行之间"的道路。稿书，速度快。行书，容易认。在这个基础之上而追求艺术化，则可适用而美观。这正是后来书法发展的道路。

羲之晚年的代笔者，可惜陶宏景未记其姓名，看来他倒是羲献父子之间的桥梁。羲献字帖每每混淆，可在这里找到它的钥匙。例如，《淳化阁法帖》所收的王献之字帖中，有《玄度时往来帖》与《玄度何来迟帖》，是比较豪放的字体，前者提到谢尚，后者提到谢安，前人以为乃羲之语，非献之书。在我看来，很可能就是这位无名氏的代笔者所留下的痕迹。

合乎社会的要求，便会受到社会的欢迎。故王献之书，在当年是曾经受到过盛大欢迎的。陶宏景的《论书启》中说道："比，世皆高尚子敬。子敬、元常（钟繇），继以齐名。贵斯式略，海内非唯不复知有元常，于逸少亦然。"这倒真是做到了"咄咄逼人"的地步。守成派对于献之是不大满意的，他们崇仰古雅，以钟繇、王羲之为轨范。梁武帝和陶宏景都是属于守成派。有名的梁代书家萧子云，就是受到梁武帝书论的影响，由学习献之，改而崇尚钟繇。他也有《致梁武帝论书启》（见《法书要录》卷一），其略云：

> 臣昔不能拔赏，随世所贵，规模子敬，多历年所。……十余年来，始见敕旨论书一卷，商略笔势，洞达字体。又以"逸少不及元常，犹子敬不及逸

少"，因此研思，方悟隶式。始变子敬，专法元常。

这可表见在书法变革时期中的波动。然而"稿行之间"的道路，却是开拓出了梁陈以后，特别是隋唐以后的书法主流。这一变化，到唐代的颜真卿而登峰造极。颜真卿有字帖自述云："自南朝来，上祖多以草隶篆籀为当代所称。及至小子，斯道大丧。"颜真卿说得很客气，其实这是时代使然，并不是他不守祖训。就给大小篆书之让位于隶书章草一样，隶书章草随着时代的进展也不能不让位于真书和行草书了。后人所崇拜的王羲之字迹，大都不是王羲之自己写的。"法帖第一"的《兰亭序》便道穿了其中的消息。王羲之的章草传世很少，而他的隶书则从来没有看见过。后人所传的王羲之，大抵是经过粉饰（或者可以称为"圣化"）后的王羲之，也犹如后人尊敬的孔夫子是经过"圣化"后的孔夫子一样。

当然，篆、隶、章草还是有生命力的，就连殷代的甲骨文和殷周的金文都依然为世所宝贵，为书法家所临摹。但它们是作为纯粹的艺术品，而不是作为通用的文字工具了。今天的文字更有剧烈的改变，知道了今天，便可以更好地了解昨天。

最后，我还想提到近年（一九五六年二月上旬）在武昌东北郊的河家大湾，由武汉市文物管理委员会所发现的齐永明三年（公元四八五年）的《刘觊买地券》，（详见《考古》一九六五年第四期中的《武汉地区四座南朝纪年墓》）其中的刘觊墓出现了一方砖刻的买地券，文多至四百余字，大抵完好。砖券现存历史博物馆。券文的内容，和往年山西出土的《张叔敬瓦缶文》（汉熹平二年所书）大抵相同。这两件古文书，不仅可以考见当时民间书法的体裁，而且还可以考见未受印度影响以前的民间信仰的轮廓。特别有趣的是：地下官吏是地上官吏的翻版，阴间是阳间的翻版。

从《刘觊买地券》的文字看来，仍然还保留着一定的隶书味道，但和后来的真书、行书也相差不远了。这正证明书法的发展，确实在采取着王献之所说的"稿行之间"的道路。

一九六五年五月十三日

再书后

顷得南京文管会五月十九日来信，言于兴之墓旁又发现王彬长女丹虎之墓，出土物较为丰富。有砖志一块，其文为：

> 晋故散骑常侍特进卫将军尚书左仆射都亭肃侯琅耶临沂王彬之长女字丹虎，年五十八。升平三年七月八日卒。其年九月卅日，葬于白石，在彬之墓右。刻砖为识。

来信云：“《王丹虎砖志》之出土，证明前所考兴之即王彬之子，已确凿无疑。”这是可以完全肯定的，将来王彬之墓也很有可能被发现。目前文管会“正积极着手编写发掘简报”，很希望能够早一天见到。

由寄来的拓片看来，《丹虎墓志》和《兴之夫妇墓志》是一人所书。字迹完全相同。《丹虎墓志》中两次直称王彬之名，看来这些墓志都不会是王彬的儿子写的，也不会是王羲之写的。在封建时代，儿子不好直写父亲的名字。王彬是王羲之的叔父，论理也得回避。王羲之父子对于家讳的回避颇严。王虚舟《淳化秘阁法帖考正》卷六引顾汝和说云：

> 逸少祖名“正”，故王氏作书，正月或作“初月”，或作“一月”。及他正字皆以“政”代之也。

王虚舟更加以引伸，谓：“近人不解此义，多以求正为‘政’。或以孔语解之曰‘政者正也’，不妨通用。又以郢人善用斤，移为‘郢政’、‘斧政’，愈远愈讹，可为一笑。”

的确是可笑。今天的一些旧式的书画家或诗人，一直还在沿用着“法政”、“雅政”等字样。这是在回避一千多年前的江左王家的家讳了。应该把这些陈腐的笑料，一扫而空。

王丹虎未言其夫家，看来是未出嫁的。女子名虎是很少见的例子。

一九六五年五月二十二日

选自《郭沫若古典文学论文集》，上海古籍出版社，1985

《兰亭序》的真伪驳议

高二适

顷见光明日报连载郭沫若先生《由王谢墓志的出土论到〈兰亭序〉的真伪》一文。文章的内容，划为七大段，洋洋洒洒，都两万余言。关于兰亭部分，郭先生的立论要旨：在其文（三）“由墓志说到书法”。大抵概括于南京附近出土的东晋墓石（原作墓志，本人改称。）拓片，与王羲之所写《兰亭序》年代是相与上下的。由于墓石上的书体，与《兰亭序》笔迹迥殊，于是《兰亭序》的可靠性的问题，便不能不重新提出了。原文尤其是席清季顺德李文田题满人端方收得吾乡汪容甫先生旧藏《定武禊帖不损本》的跋语之势。他论定了“《兰亭序》不仅从书法上来讲有问题。就是从文章上来讲也有问题。”又其文由（五）到（六）揭题以《兰亭序》为依托，郭先生更斩钉截铁的批判了这篇文章，“根本就是伪托的，墨迹就不用说也是假的了。”郭的决定性的论断如此。又其文（七）“王羲之的笔迹，应当是怎样。”这一段作者更认定“现存王羲之的草书。是否都是王羲之的真迹，还值得作进一步的研究。”这些又都是郭先生根本在怀疑凡属祖刻“澄清堂”及其次“淳化阁”等丛帖上刻的右军书迹，此乃不啻在帖学上作了一个大翻身。惟兹事体大，而问题又相当的繁复。今日而有人提出了这样的问题，倒真是使人们能够“惊心动魄”的。二适无似。谨以浅陋之质，怀战栗之思。俾掇芜言，创为驳议如左：

首先郭先生之为此文。愚以为是系于包世臣在其《艺舟双楫》论书十二绝句内。咏“龙藏寺”诗。诗云：“中正冲和龙藏碑，坛场或出永禅师，山阴面目迷梨枣，谁见匡庐雾霁时。”世臣设想“龙藏寺”为陈智永僧所书。又其自注“称‘龙藏寺’出魏‘李仲璇’‘敬显隽’碑。……左规右矩近《千文》。《书平》谓右军笔势‘雄强’，此其庶几。若如‘阁帖’所刻，绝不见‘雄强’之妙，即《定武兰亭》，亦未称也”等语，世臣本北碑起家，其不信“禊帖”及大王书。此影响尚属微薄。（余疑包未见帖本佳刻，其于华亭摸“澄清堂”又顷水雨十二字，未为能手。而世臣极称之。至“龙藏寺”为北齐张公礼之书，宋拓本字迹尚存，何可张冠李戴。）至李文田题端方《定武兰亭》，疑问丛生。其断语称“文尚难信：何有于字。”这问题就显得重大了。何况郭先生对“右军传世诸帖，尚欲作进一步的研究”主张来。

今吾为驳议行文计。请先把清光绪十五年顺德人李文田跋端方的帖语所存在的诸疑义，櫽括起来，分为两点。盖缘郭文李跋，前后都有错杂突出的意义。窃恐理之难清；词安可喜。

（一）李云：“定武石刻，未必晋人书。以今所见晋碑，皆未能有此一种笔意，此南朝梁陈以后之迹也。可疑一也。”按李称晋碑，系指《爨龙颜》《爨宝子》的笔意，不与《兰亭》帖合。郭文则指南京镇江先后出土之东晋墓石拓片上之隶书也。墓石文差不多均与《兰亭序》在同一个时期，而墓石与《兰亭》笔迹，又是悬殊。

（二）李跋引用《世说新语·企羡篇》：王右军得人以《兰亭集》序方《金谷诗》序。又以己敌石崇，甚有喜色条。李云：“刘孝标注引王右军此文，称曰《临河序》，今无其题目，则唐以后所见之兰亭，非梁以前之兰亭也。《世说》云：人以右军《兰亭》拟（按此当作方。拟、方两字，意小有别。）石季伦《金谷》，右军甚有喜色。是序文本拟（此处即见方、拟字用法。）《金谷序》也。今考《金谷序》文甚短，与《世说注》所引《临河序》篇幅相应。（此处李以用字异于世说，本文已自入误矣。）而《定武本》(应作兰亭。定武与兰亭用法自有别，此李又一误。）自夫人之相与下多无数字。此必隋唐间人知晋人喜述老庄而妄增之。不知其与《金谷序》文不相合也。可疑二也。即谓《世说注》所引，或经删节。……然录其所述之下，《世说注》多四十余字。注家有删节右军文集之理；无增添右军文集之理。此又其与右军本集不相应之一确证也。可疑三也。有此三疑。则梁以前之兰亭，与唐以后之兰亭，文尚难信，何有于字。且古称右军善书：曰‘龙跳天门，虎卧凤阁。’……故世无右军书则已。苟或有之，必其与《爨宝子》《爨龙颜》相近而后可。以东晋前书，与汉魏隶书相似。时代为之，不得作梁陈以后体也，然则定武虽佳，盖足以与昭陵诸碑相伯仲而已，隋唐间之佳书，不必右军笔也。往读汪容甫先生《述学》有此跋，今始见此帖。亦足以惊心动魄。然余跋足以助赵文学之论。……”等语。今按李文田此一跋文，措词尖巧，一般以为最可倾倒一世人。其跋似又囿于北碑名家包世臣之诗义。以吾观之，包李之论据虽工，而其言之不中，亦且无能为讳矣。

此处提示包李评述《兰亭》的识见。而今代郭先生著为论辨，又是采撷前二家先入之见，而更加以序文“癸丑”二字作为留白补填之题材。及“兰亭出于依托，借词以取证依托者（智永）所露出来的马脚”云云。郭文又说：“现存神龙本的墨迹，就是兰亭序的真本。就应该是智永所写的稿本。”

以上为撮合郭先生的论列《兰亭序的真伪》的一文。大似拟议个人要为交割清晰。则知余所持之驳难、会其有在，庶无间我乎？以下则节节驳难李文田诸可疑之点。

寻当日右军修其禊事，兴集为文。其手笔稿草，本可无须命题。如羲之之于集序，亦并未著己名也。羲之虽未命题著名，而《世说》本文，固已标举王右军《兰亭集序》字面。至方之《金谷诗序》，岂必在文章短长之数？及梁刘孝标加注，又换新题为《临河序》。是故李跋即不得云：“今无其题目”。况又称“唐以后之《兰亭》，非梁以前之《兰亭》哉”？余意自唐太宗收得《兰亭》，即命供奉拓书人，赵模、韩道政、冯承素、诸葛贞等四人，各拓数本。一时欧、虞、褚诸公，皆摸拓相尚。故唐摸《兰亭》，确甚繁夥。然所谓“梁以前出世之兰亭。”文田究从何得睹？（余此信姜夔说。）遣词缭绕，不澈不明。此李文田之误一也。然吾窃诧异《世说》载“王右军得人以兰亭方金谷诗序。甚有喜色。”夫以誓墓辞荣之身，忽侪望尘下拜之辈。右军宜无可喜。然《世说》竟称其事。吾于此亦欲有如郭先生论文所云：“尽信书则不如无”之感。凡此固《兰亭文》（东坡用此称。）真假的支节问题，原非最要。最要为何？吾请仍以《世说注》为证。吾则重袭郭的原文，抄出《临河》《兰亭》两序为对比的前例。我今也钞《世说注》陆机荐戴渊于赵王伦，及《陆机本集》全文，为率先解剖李跋中可疑的一件事。即我前文以为文田最能倾倒一世人的一件事。

《世说新语·自新》。戴渊少时游侠条。（文长不录。）刘注如下。

陆机荐渊于赵王伦曰：盖闻繁弱登御。然后高墉之功显。孤竹在肆，然后降神之曲成。伏见处士戴渊。砥节立行，有井渫之洁。安穷乐志，无风尘之慕。诚东南之遗宝，朝廷之贵璞也。若得寄迹康衢，必能结轨騄骥。耀质廊庙，必能垂光瑜璠。夫枯岸之民，果于输珠。润山之客，烈于贡玉。盖明暗呈形，则庸识所甄也。

与赵王伦荐戴渊笺（陆机本集全文）盖闻繁弱登御，后然高墉之功显。孤竹在肆，然后降神之曲成。是以高世之主，（此下《世说注》有删节）必假远迩之器。蕴匮之才，思托太音之和。伏见处士广陵戴若思，年三十。清冲履道，德量允塞。（此下《世说注》文字，有移动及增减处。）思理足以研幽，才鉴足以辨物。安穷乐志。无风尘之慕。砥节立行，有井堞之洁。诚东南之遗宝，宰朝之奇璞也。若得托迹康衢，则能结轨骥騄。曜质廊庙，必能垂光璵璠矣。惟明公垂神采察，不使忠（此下《世说注》有增添文）允之言，以人而废。

以上《世说新语》的注，与《陆平原（机）集》对看。较易了然“注家有增减前人文集之事”。而李文出跋语却说“注家有删节右军文集之理，无增添右军文集之理。”这是站不住脚的。而李又曾昌言《世说注》《临河序》的文字，与《右军本集》有不相应之确证，李若同时见此二文，倘否可云《陆机文集》，荐戴渊与赵王伦笺，又与《世说注》陆机荐戴渊与赵王伦文，有不相应之确证耶？《世说注》《临河序》（“临河”二字，吾意系刘孝标的文人好为立异改上的。至于末尾上的右将军司马孙承公等二十六人，迄罚酒各三斗诸文。则是记述褉集诗事。此或系褉饮中人写的。刘既删节右军文，遂不妨给他添上，这也是注家的能事。但此别无证据，惟照《晋书羲之本传》，称“作序以申其志”。则夫人之相与一大段，确可说是右军的本文。特假此附记。）与《右军本集》序文，同被刘孝标删添而异其词，已无疑矣。本是一个《兰亭》，而李跋乃判为“梁以前唐以后两个《兰亭》”，此李文田之误二也。至于李又尝称：“故世无右军书则已，苟或有之，必其与《爨宝子》《爨龙颜》相近而后可。”吾熟知右军书博精群法，不名一体。今李文田欲强右军之写兰亭，必如铭石之书而后可。斯乃胶柱鼓瑟，亦其无博识常理者。此李文田之误三也。吾行文至此，不禁心情鼓荡。猛忆郭先生原文（七）“王羲之笔迹，应当是怎样”的小标题下。有云：“关于这个问题，康生同志，就文献中作了仔细探索。”以及康生先生列举了五个例证。结语“是王羲之的字迹，具体的说来，应当是没有脱离隶书的笔意。”等语。旨哉言乎！王右军《定武兰亭》佳本，即是没有脱离过隶书笔意的。但除《定刻五字未损本》，则为最不易识。而非可取证求索于通称褚摸之《神龙本》，亦不可以以羲之已变隶入正行，而要其重新字字作隶法。昔黄山谷谓“楷法生于兰亭。”即指《定武本》言。而草生于隶，（草，为章草。）正生于草，亦生于隶。此为书法上相传授之一准则，世人往往未尽能识之。今《定武兰亭》，确示吾人以自隶草变而为楷，（此意未经人道过，为吾苦思而得之。）故帖字多带隶法也。昭陵茧纸，如在人间，当亦不外乎此。今欲证吾言，明帖意，特摸出如干字如次：《兰亭序》首行

(指定武佳本言) 癸丑之丑，即系蝙扁隶法。曲水之水，如魏《张黑女志》。宇宙之宇，似汉《西狭颂》中字。而王十明《玉石版本》尤神妙。形骸之外，外字右卜，由急就章卜字来。亦与《瘗鹤铭》外字同法。欣字欠右一笔作章草发笔状，不是捺。老之将至，老字与皇象章草同科。死生亦大矣死字。隶体。临文之文，亦同于急就章，及钟宣示表。(钟帖今本系王临。) 此右军变草未离钟皇处。至其序中的改字笔迹，如“回”“向之”“夫”“文”等。凡欧摸宋拓佳本，皆未脱离此种款式。《定武兰亭》，余所见以“元人吴柄藏本”，最为不失笔意。

又余今为此驳议，在他一方面言之。亦殊想拍合郭先生继康生先生后，“找到了的一些补充证据。”以为他日得有反复讨论到王右军的字迹真假之所同异。今特根据汪容甫自跋其“修禊序”语，甄录少许。容甫的考订鉴赏，其精诣处远在同时的翁覃溪上。观其第一跋曰：“今体隶书，以右军为第一，右军书，以修禊序为第一。修禊序，以定武本为第一。……”隶字着得最有眼光。又曰：“定武乃率更响拓，而非其手书，唐书文苑传，称率更本学王羲之书，可谓高识。此必柳芳、吴兢之旧文。宋子京采用之尔。”称定武为欧阳询响拓，容甫是有一定的看法的。在本题李跋端方的帖尾文，亦尝引用容甫之友人赵文学魏之论断。顾李文田未能领会赵氏之本意，遂至放言一发而难准。赵云：“南北朝至初唐碑刻之存于世者，往往有隶书遗意，至开元以后，始纯乎今体，右军虽变隶书，不应古法尽亡。今行世诸刻，若非唐人临本，则传摸失真也。”汪容甫题跋到此，吾意必为郭康两先生所叹服。再吾忆往年在沪，于闽诗人李拔可墨巢斋中，偶林子有谈隶变及章今草法之递嬗，墨巢翁是之，别后之翌日，墨巢忽举其所藏王右军书影本见遗。附有残帖拓片，极可贵。此盖吴门缪氏所收淳化初刻也。其书点画波磔，皆带隶法。尝为容甫所推许，今亦见汪氏重摸之禊序跋尾中。故容甫曾寄慨词：谓“前贤遗翰，多为俗刻所汩没。而不见定武真本，终不可与论右军之书也。”以上各则，以稍涉琐尾。然为考求《兰亭》之真伪，不知能值得郭康二先生一顾否？然余独不解郭先生论《兰亭》真伪的大文，何以一定要牵联到南京近境出土之晋石。引攻错北碑者为己张目。今审包世臣所咏“龙藏”句意，乃适为浅陋已。(见上下文。) 而李文田则昌言“使右军而有书，必其与《爨龙颜》《爨宝子》相近而后可。”吾今试问之，假如王右军当日写兰亭序，竟作“二爨”碑字体，即得符于梁武“龙跳虎卧”之势耶？吾恐其又不必然矣。

然则此一疑问，将从何而得解，吾于此仍当继吾言也。尝读张怀瓘《书断》“行书，王愔云：晋世以来，工书者多以行书著名。昔钟元常善行押(字亦作狎,）书是也。尔后王羲之、献之，并造其极焉。”今李文田斤斤焉欲王右军兰亭序之书，与大小爨相近。郭先生以获见王谢墓石，又著论从而广之。且词益加激厉，理益加横肆。吁！是皆不识羲之得名之所自而然。又怀瓘别有《书论》云：“其真书，逸少第一，元常第二。其行书，逸少第一，子敬第二。又右军得重名者，以真行故也。”窃意南京他日倘有可能得再发现东晋碑碣，其碑字亦必与王兴之夫妇、谢鲲等摹石书体不相远。盖南朝本禁立碑。其碑是否出于当时名能书者之手。今则举不可知！观王右军字迹，从未有见之墓石者，其故端有可思。是故郭先生以为江南所掘石刻，“使李文田预言可以说已经实现了一半。”及“将来在南京近境的地下，很有可能有羲之真迹的出土。使李的预言，能得到全面的实现。”等语。鄙意郭先生有此雅怀，则殊难必其料量到此。何也，以碑刻字体例，固与兰亭字迹无可通耳。

又查宋羊欣“采古来能书人名”，颍川钟繇条：……“钟书有三体。一曰铭石之书，最妙者也。二曰章程书，传秘书教小学者也。三曰行押书，相闻者也。三法皆世人所善”云。按此即所谓太傅之三色书者，其用法自各有别。吾偶得元人著《衍极》一书。其中有言：“初行草之书，魏晋以来，惟用简札。至铭刻必正书之。故钟繇正书，谓之铭石。”此语明显，堪作前文注脚。缘此之故，使右军写碑石，绝不可作行草。而今右军书兰亭，岂能斥之以魏晋间铭石之隶正乎？是李跋前后所言，均属无所依据，是可不攻而自破矣。考羲之本属各体皆工，允为当时及后世人所临习。今梁陈间书，总不离羲、献父子。而反谓羲之为梁陈以后体耶？此文田之误四矣。吾素不乐随人俯仰作计，如云：“右军书兰亭序，在书法上不妨发挥他的独特性。”又“王羲之所写的行书和真书。是当时的新体字，还不登大雅之堂”等说法。这是哗众取宠，羌无故实。惟草生于汉，汉碑无虑数什佰种，而竟未见有作草者。北朝魏齐，南朝东晋梁陈，书风虽不尽同。而地上所表立，地下所发掘者。累世迄均无一魏晋人行押书，此亦可思矣。溯自唐太宗令弘福寺僧怀仁集王右军真行书，为“圣教序”文刻石。及太宗御书之.“晋祠铭”，以至后来敦煌发现之“温泉碑”。（宝刻类篇、著录此名。）始次第开行草立石之渐。厥后高宗御书之“万年宫”，“李贞武”，及“大唐功德颂”皆真行之间也。而文皇父子，亦均得法于右军之《兰亭》。贞观诸臣工，又均竞相摸拓羲之《兰亭》书迹。观魏征对太宗言：“褚遂良下笔遒劲，得王逸少法。”又高宗龙朔间，许圉师称“魏晋以后，惟称二王。”斯乃可见一班。惟摸勒《兰亭》，而能夺真，当时只得欧阳询“定武”一刻耳。夫太宗之收《兰亭》也，于羲之传亲为制赞。又誉右军作《兰亭序》，以申其志。文皇“笔意”，更载“学书先须知王右军绝妙得意处，真书《乐毅》，行书《兰亭》草书《十七帖》”云云。窃以太宗之玄鉴，欧阳信本之精摸。当时尚复有何《兰亭》真伪之可言。又观右军年五十三，或恐风烛奄及，遂作“笔阵图”以遗子孙云：“夫书，先须引八分章草入隶字中，发人意气。”此倘即为《兰亭》法以立家训否？总之《兰亭》而有真赝，绝不能逃唐文皇之睿赏矣。何谓“有梁以前唐以后兰亭之说耶？”此李文田之误五矣。

前义既粗陈。吾乃说向褚摸《神龙本》之考究。据郭称：“神龙墨迹本，应该就是智永所写的稿本。也就是《兰亭》序的真本。”此浮誉难实，永禅师无可当。鄙意郭先生既找到了《兰亭》出于依托，此或不得不归之智永。抑或归之智永，始可弥缝其已之依托之说。“墨池堂”所刻，吾不能举。惟知其中亦收有《神龙兰亭》，摸手失笔极多。吾不久前在大公报“艺林”，见有署名启功者，谈“神龙本”兰亭一文。及附印有《神龙》全本。予以廓大镜照之，审京“故宫博物院”藏本，与通行石本初无二致。不知此是否为宋人苏耆家《兰亭》三本之一，为耆子、才翁东斋所遗之物，题为褚遂良摸者。如其是也。米南宫当日曾谓：“其改字多率笔为之，有褚体，余皆尽妙，此书下真迹一等。”云云。予今据“艺林”启功先生所谈帖中一字。（每）与郭先生文中听考定为比。启功云：“这里每字的一大横，与上下文各字一律是重墨。而每字的部分，则全是淡笔，表现了改写的程度。”郭云：“这里的‘每’字最值得注意。他是先用浓墨笔写成一字，然后用淡墨笔添写为‘每’字。故一字中有浓有淡。”我从这一点看来，便知道两位笔下的《神龙兰亭》，原是一个东西。郭先生拟《神龙》于智永，不识别有何种秘义？寻《神龙本》亦只逊于《定武》一筹。故米评又有：“勾填之肖，自运之合”语。已示微意！吾见《神龙》除改字（改笔的率）外，即无一隶笔可寻。意者青琐瑶台，其不逮《定武》乃在自运之合耶？而智永“千文”真迹，（阁帖承足下还来帖，有人认系释智果书。其末两字，为押字也。）长安有刻石，书坊有宋拓影本流传。其真书近虞永兴，（世南本从智永为师）草则多有章书笔致。在铁门限固应有临习兰亭遗迹，但何可以褚摸之本归之。至郭称：“帖中‘癸丑’二字，是留下空白补填上的”，以此折服其友人。审文中转折，岂无“口是而心非”。吾意兰亭中的“癸丑”二字，自有此帖，即今化身千亿，自始即已如此作。从来摸帖，贵在毫芒备尽，与真无差，此属是已。窃意“癸丑”二字，如郭的文章所称说：“属文者记不起当年的干支，留下空白待填”，然而干支配合，缀成岁纪。此人连著留下两个字的空白，都忘却了。还谈得上什么兴集为文。此等处原不是兰亭序的真伪的核心问题，然若稍稍领会右军的“用笔阵图法”（见后文引）书道固在玄妙之间耳。郭先生于《神龙本》考证精详，此是也。而视为智永之真迹，掠取其七代祖先而代之。鄙意郭先生的友人，震慑于“补填”二字之说。接着便认“兰亭是由于依托”。此其文过饰非，不肯明辨是非。此在今日对人对事，均非所宜出矣。

此处余得钞来唐人李嗣真的《书后品》踵庾肩吾“推能相越，小例而九。引类相附，大等而三。”之意。其书列王羲之为“逸品”，褚遂良得“上下品”，释智永得“中中品”。嗣真兼称：“智永精绝，惜无奇态。”此三人《书品》相越如上。倘《神龙》属之智永，取“智”而抑“褚”无论书迹之相悬殊，其“品”亦极难称。是故郭文书后一段，其自发语：“这个墨迹，很可能就是真迹。”又“今存神龙本。墨迹就是兰亭序的真本了。”若视同定案，亦颇可有待商之处在。

或有问余曰：兰亭“癸丑”二字，不作填补说，应作何解？余曰：此王羲之所留真迹也。以《定武》照之，皆然。以其他本照之，亦无不然。寻《笔阵图：有“夫欲书者，先干砚墨。凝神静思。……若平直相似，状如算子。上下方整，前后齐平，此不是字，但得其点画尔”。又“用笔亦不得使齐平大小一等”，此右军屡言之，不一见。观序文“癸丑”一格作两字，如第十二行行首“一世”二字，亦然。丑作隶扁，世字隶草尤神妙。抑此等字法，张伯英亦时发之。顾其佳境，乃在“引八分章草入隶字中。”发人意气耳。何深疑焉！

愚不才中岁嗜书，坐卧王氏书帖。往于佳本《兰亭》，时有心神散朗，一似帖气显露“雄强”，使人凭生振发。故事：有赵文敏在元大德间，与同时鉴赏家霍清臣等十三人，集鲜于伯几池上。座有郭右之者，出羲之思想帖真迹（刻淳熙续帖中）侑客。观者无不咨嗟叹息，真见有“龙跳虎卧”之势。吾意此并非难遇也。玩书字故应如相马然，牝牡骊黄，妙尽神凝，却能涵茹性趣。又吾每一临习《吴炳不损本》，思与古人“神交”，解衣盘礴，辄成“默契”。此吾之所得也。岂识包世臣能识华亭重开“澄清帖”残本，又顷“水雨以复为灾彼何似”两行十一字。（据张溥百三名家集，顷水作须求。澄清今传四卷，吾查未见此帖。而戏鸿本未可定为佳摸也。）叹其如“虫网络壁，劲而复虚”，而又作诗讥刺《定武兰亭》为未称梁武书平之势。文人见异思迁，是非无准。岂不痛哉！包李一时均服膺北碑，或于帖学偏见，兼有所未窥。此倘《世说》所称：“轻在角觽中为人作议论者。”

以上余于郭先生兰亭真伪的“驳难”，其大处略尽于此。

谨议。

选自《光明日报》1965年7月23日

徐陵为“律诗”首创人说

顾学颉

一　律诗起源之旧说

“律诗”格体之确立，向谓成于初唐诗人宋之问、沈佺期二人。《新唐书·文艺传》云：“魏建安后迄江左，诗律屡变。至沈约、庾信以音韵相婉附，属对精密。及之问、佺期，又加靡丽，回忌声病，约句准篇，如锦绣成文；学者宗之，号为沈、宋。”元稹《杜君（甫）墓志铭》云：“……沈、宋之流，研炼精切，稳顺声势，谓之律诗。”顾陶《唐诗类选·序》云：“……爰有‘律诗’，祖尚清巧：以切语对为工，以绝声病为能，则有沈、宋、燕公九龄。”皮日休《杜陵集·序》云：“……及吾唐开元之世，易其体为律焉，始切于声偶，拘于声势。”明王世贞《艺苑卮言》云：“卢、骆、王、杨，号为四杰，词旨华丽，内缘陈、隋之遗，骨气翩翩，意象老境，超然胜之，五言遂为律诗正始。”又云：“五言至沈、宋始可称‘律’。律为音律、法律，天下无严于是者。知虚实平仄不得任情，而法度明矣。”——以上所引诸家之说，自唐人以下，皆谓律诗成于唐初沈、宋二人。

明·杨慎《五言律祖》取六朝人谢朓《曲池》、王融《临高台》、沈约《秋夜》等诗为律诗之祖。胡应麟《诗薮》亦云：“五言律诗，肇自齐梁，而极盛于唐。”而以阴铿《安乐宫诗》为“百代近体（按：即指律体）之祖”。近代刘师培《中古文学史》云：“试即南朝之文审之：四六之体，粗备于范晔、谢庄，成于王融、谢朓。而王、谢诗，亦复渐开律体。影响所及，迄于隋唐：文则悉用四六，诗则别为近体，不可谓非声律开其先也。”——凡此诸说，又谓律诗成立之期，应肇始于齐、梁；但具体作品，并不明确。

按：声律之论，远起于典午之世，晋·陆机《文赋》云：“暨音声之迭代，若五色之相宣。”《南史·陆厥传》云：“永明（齐武帝年号，自公元四八三—四九三）末，盛为文章：吴兴沈约，陈郡谢朓，琅邪王融，以气类相推毂。汝南周颙，善识声韵。约等文皆用宫商，将平上去入为四声。以此制韵，有平头、上尾、蜂腰、鹤膝。五字之中，音韵悉异；两句之类，角徵不同，不可增减，世呼为‘永明体’。”沈约《宋书·谢灵运传·论》云：“欲使宫羽相变，低昂互节。若前有浮声，则后须切响。一简之内，音韵尽殊；两句之中，轻重悉异。”沈约等既制为四声八病之说，文章受此约束，诗歌自不免亦受其影响。所谓“五字之中，音韵悉异；两句之内，角徵不同”者，即调平仄之谓；所云“不可增减”者，即句数有定之意，（诗之限定句数，可能系受当时鼓吹曲乐府之影响。）然沈约等虽立此等名目及限制，但并无固定格式之明白规定，更无合于此种格式之具体作品；今以“律体”格式，衡量沈约等人诗作，固未能相合。此或者为一种新型体制正式出现之前，必须经过摸索阶段之公例欤？试以杨慎所举王、沈诸作为例，与正式“律诗”格律比较，并不相合。如：

临高台

高台不可望，远望使人愁。连山无断绝，河水复悠悠。
所思暧所在，洛阳南陌头。可望不可至，何用解人忧。
如用平仄声调表示，则为：
平平仄仄仄，仄仄仄平平。
平平平仄仄，平仄仄平平。
仄平仄仄仄，仄平平仄平。
仄仄仄仄仄，平仄仄平平。

芳 树

发萼九华隈，开跗露寒侧。氛氲非一香，参差多异色。
宿昔寒飙举，摧残不可识。霜雪交横至，对之长太息。
仄仄仄平平，平仄仄平仄。平平平仄平，平平平仄仄。
仄仄平平仄，平平仄仄仄。平仄平仄仄，仄平平仄仄。

以此与律体相较：一句之中，平仄既不规律叶调；一联之内，对偶亦不工稳、甚至有不对者；一篇之中，上下句之平仄，亦无相应之定式；总之，与律体并无共同之处，仅为八句而已。其它如谢朓之《临高台》、《芳树》，王融之《巫山高》、《有所思》等，大体均如此。以此类格式作品，目为律诗之祖，殊觉漫无客观标准，未能示人以信，其说未允。果尔，反不如谢灵运对仗工稳诸作，似较上述诸诗犹略近律体也。

二 首创律体之徐陵

由上所述，萧齐时期，诗歌受声律说之影响，作者渐多注意诗之声调；又因受乐府曲调之影响，句数由多少不定而渐趋于一定。因之，在此时期，诗已有由不定形而渐趋定形（包括声调平仄，上下句对仗及整首句数等之趋势，作者对此种趋势，渐已由暗中摸索到自觉成熟之萌芽阶段。但无此项格式明白之规定或说法，亦无与后来律体完全（或基本上）相符合之作品出现。严格言之，仍处于半自觉、不成熟阶段。

至萧梁时代，此种由不定形而渐达定形之趋向，逐渐明朗化而完成其定形。此种定形，虽然仍如萧齐时代未经过明白规定或说明；但已有明确无误、与此种定形（即律体）完全（或基本上）相符合之作品出现，且出于同一作家之手，而其百分比（合于律体定形之作品与不定形作品两者相比，前者比例较大）甚大。——不过，此种定形迄于唐代始锡以“律诗”（或律体）之名而已，其律体定形固早在梁代已告完成，实际存在，约早于名称百年。而首先创定此种定形（律体）、并有不少此种新兴体制作品传世之人物，即著名骈文家兼诗人徐陵（徐孝穆）。

徐陵（公元五〇七—五八三年，即梁武帝天监六年至陈后主至德元年）字孝穆，东海郯（今山东省郯城西）人。仕梁官至散骑常侍，仕陈为吏部尚书，领大著作，封建昌县开国侯。在梁代，其文名已甚籍籍，与庾信齐称，号“徐庾”。“既文并绮艳，故世号‘徐庾体’焉。当时后进，竞相模范。每有一文，都下莫不传诵”（见《北史·庾信传》)。及入陈，政府每有大文，皆出陵手。“自有陈创业，文檄军书及禅授诏册，皆陵所制。而九锡尤美，为一代文宗。……国家有大手笔，皆陵草之。其文颇变旧体，缉裁巧密，多有新意。每一文出手。好事者已传写成诵。遂被之华夷，家藏其本。”（见《陈书》本传）由此可见其影响于当时文坛之大。

《梁书·简文帝纪》云：“余（简文）七岁有诗癖，长而不倦；然伤于轻艳，当时号曰‘宫体’”。按：“宫体”之形成，徐陵父子实与有力焉。《梁书·徐摛传》云：“摛（陵之父）文体既别，春坊尽学之，‘宫体’之号，自斯而起。”《北史·庾信传》云：“……徐摛为右卫率，摛子（即徐陵）及（庾）信，并为抄撰学士。”刘肃《大唐新语》云：“梁简文为太子时，好作艳诗，境内化之，浸以成俗。晚欲改作，追之不及；乃令徐陵撰《玉台新咏》以大其体，凡为十卷。”孝穆之于简文，虽属君臣，实即文友；初则“宫体”之制，相与成风；晚则《玉台》之选，欲改变诗风；其对当时诗坛影响之大，又可见矣。

惜孝穆诗文，散佚颇多，《隋书·经笈志》载其集三十卷。《文献通考》卷二四二云：“《徐孝穆集》一卷。本传称其文丧乱散失，存者二十卷，今惟诗五十余篇。”今所传者，乃后人自《艺文类聚》、《文苑英华》诸书中所录采缀而成者，仅余六卷，所佚必多。（本文即据吴兆宜笺注本，诗文均在内。）诗及乐府共仅四十首而已。然就此四十首之作，详加分析，其中已多与后来“律体”格式完全相合者，殆非偶然之巧合，而成为已然之事实。——即徐陵时，诗之形式，已成律体；仅未明白规定，亦无“律诗”之名而已。然由此已可窥见徐陵首创律体之功，影响于诗体者至大且巨，对于中国文学发展之重大贡献矣！

三 徐陵诗之分析

徐陵诗今传乐府十八首，诗二十二首，共四十首。今以“律诗”格式与之比较，分析于后。

（甲）与五律格式完全相符合者，有《折杨柳》、《关山月》（以上乐府），《别毛永嘉》、《内园逐凉》、《斗鸡》（以上诗），共五首，占全作百分之十二·五。

折杨柳

袅袅河堤树，依依魏主营。江陵有旧曲，洛下作新声。
妾对长杨苑，君登高柳城。春还应共见，荡子太无情。
仄仄平平仄，平平仄仄平。平平仄仄仄，仄仄仄平平。
仄仄平平仄，平平平仄平。平平平仄仄，仄仄仄平平。

关山月

关山三五月，客子忆秦川。思（可读仄声）妇高楼上，当窗应未眠。
星旗映疏勒，云阵上祁连。战氛今如此，从军复几年。
平平平仄仄，仄仄仄平平。平仄平平仄，平平仄仄平。
*
平平仄平仄，平仄仄平平。仄仄平平仄，平平仄仄平。
* *

内园逐凉

昔有北山北，今余东海东。纳凉高树下，直坐落花中。
狭径长无迹，茅斋本自空。提琴就竹篠，酌酒劝梧桐。
仄仄仄平仄，平平平仄平。仄平平仄仄，仄仄仄平平。
仄仄平*平仄，平平仄*仄平。平平仄*仄仄，仄仄仄平平。

斗鸡

愿子厉风规，归来振羽仪。嗟余今老病，此别空长离。
白马君来哭，黄泉我讵知。徒劳脱宝剑，空挂陇头枝。
仄仄仄平平，平平仄仄平。平平平仄仄，仄仄平平平。
仄仄平平仄，平平仄仄平。平平仄*仄仄，平*仄仄*平平。

[附记] 凡旁有*号者，皆平仄与律诗格式不合之处。但细按之，多为第一字或第三字声调微拗。（第一字平仄，唐人多不论，）综家检唐诗大如王、杜、白、刘之伧，所作五律，亦常工此类失黏之处，固不可谓其非律体也。又如“平平仄平仄”或“平平仄仄仄”等式，唐律中常工此律格。每于下句相应之字设法“救”之，盖亦律体中常用之法（以下不再重述）。

（乙）已成五律，而上下句调微拗不叶者，有《关山月》（后一首），《洛阳道》（前一首），《长安道》（以上乐府）《奉和山池》，《山池应令》，《秋日别庾正员》，《和王舍人送客未还闺中有望》，《咏织妇》、《咏雪》，《春日》（以上诗），共十首，占全作百分之二十五。

关山月

月出柳城东，微云掩复通。苍茫萦白晕，萧瑟带长风。
羌兵烧上郡，胡骑猎云中。将军拥节起，战士夜鸣弓。
仄仄仄平平，平平仄仄平。平平平仄仄，平仄仄平平。
平平平仄仄，平仄仄平平，平平平仄仄，仄仄仄平平。

洛阳道

绿柳三春暗，红尘百戏多。东门向金马，南陌接铜驼。
华轩翼葆吹，飞盖响鸣珂。潘郎车欲满，无奈掷花何。
仄仄平平仄，平平仄仄平。平平仄平仄，平仄仄平平。

平平仄仄仄，平仄仄平平。平平平仄仄，平仄仄平平。

长安道

辇道乘双阙，豪雄被上都。横桥象天汉，法驾应坤图。
韩康卖良药，董偃鬻明珠。喧喧拥车骑，非但执金吾。
仄仄平平仄，平平仄仄平。平平仄平仄，仄仄仄平平。
平平仄平仄，仄仄仄平平。平平仄平仄，平仄仄平平。

奉和山池

罗浮无定所，郁岛屡迁移。不觉因风雨，何时入后池。
楼台非一势，临玩自多奇。云生对户石，猿挂入桐枝。
平平平仄仄，仄仄仄平平。仄仄平平仄，平平仄仄平。
平平平仄仄，平仄仄平平。平平仄仄仄，平仄仄平平。

山池应令

画舸图仙兽，飞艎挂辰斿。榜人事金桨，钓女饰银钩。
细萍时带楫，低荷乍入舟。猿啼知谷晚，蝉咽觉山秋。
仄仄平平仄，平平仄仄平。仄平仄平仄，仄仄仄平平。
仄平平仄仄，平平仄仄平。平平平仄仄，平仄仄平平。

秋日别庾正员

征途愁转旆，连骑惨停镳。朔气凌疏木，江风送上潮。
青雀离帆远，朱鸢别路遥。惟有当秋月，夜夜上河桥。
平平平仄仄，平仄仄平平。仄仄平平仄，平平仄仄平。
平仄平平仄，平平仄仄平。平仄平平仄，仄仄仄平平。

和王舍人送客未还闺中有望

倡人歌吹罢，对镜览红颜。拭粉留花称，除钗作小环。
绮灯停不灭，高扉掩未关。良人在何处，光帷见月还。
平平平仄仄，仄仄仄平平。仄仄仄平平，平平仄仄平。
仄平平仄仄，仄仄仄平平。平平仄平仄，平平仄仄平。

咏织妇

纤纤运玉指，脉脉正蛾眉。振蹑开交缕，停梭续断丝。
檐前初月照，洞户朱帷垂。弄机行掩泪，弥令（可读平声）织素通。
平平仄仄仄，仄仄仄平平。仄仄平平仄，平平仄仄平。
平平平仄仄，仄仄平平平。仄平平仄仄，平平仄仄平。

咏 雪

琼林玄圃叶，桂树日南华。岂若天庭瑞，轻云带风斜。
三农喜盈尺，六出舞崇花。明朝阙门外，应见海神车。
平平平仄仄，仄仄仄平平。仄仄平平仄，平平仄平平。
平平仄平仄，仄仄仄平平。平平仄平仄，仄仄仄平平。

春 日

岸烟起暮色，岸水带斜晖。径斜横枝度，帘摇惊燕飞。
落花承步履，流涧写行衣。何殊九枝盖，薄暮洞庭归。
仄平仄仄仄，仄仄仄平平。仄仄平平仄，平平平仄平。
仄平平仄仄，平仄仄平平。平平仄平仄，仄仄仄平平。

（丙）有律体之形式及对偶，但上下句调及句中平仄多不合者，有《洛阳道》（后一首），《梅花落》，《紫骝马》，《刘生》（以上乐府），《新亭送别应令》，《咏日华》（以上诗）等六首，共计占全作百分之十五。

洛阳道

洛阳驰道上，春日起尘埃。濯龙望如雾，河桥渡似雷。
闻珂知马蹀，傍幌见甍开。相看不得语，密意眼中来。
仄平平仄仄，平仄仄平平。仄平仄平仄，平平仄仄平。
平平平仄仄，仄仄仄平平。平平仄仄仄，仄仄仄平平。

梅花落

对户一株梅，新花落故栽。燕拾还莲井，风吹上镜台。
倡家怨思妾，楼上独裴徊。啼看竹叶锦，簪罢未能裁。
仄仄仄平平，平平仄仄平。仄仄平平仄，平平仄仄平。
平平仄平仄，平仄仄平平。平平仄仄仄，平仄仄平平。

紫骝马

玉镫绣缠鬃，金鞍锦覆幪。风惊尘未起，草浅埒犹空。
角弓连两兔，珠弹落双鸿。日斜驰逐罢，连翩还上东。
仄仄仄平平，平平仄仄平。平平平仄仄，仄仄仄平平。
仄平平仄仄，平平仄平平。仄平平仄仄。平平平仄平。

刘 生

刘生殊倜傥，任侠遍京华。戚里惊鸣筑，平阳吹怨笳。
俗儒排左氏，新室忌汉家。高才被摈压，自古共怜嗟。
平平平仄仄，仄仄仄平平。仄仄平平仄，平平平仄平。
仄平平仄仄，平仄仄仄平。平平仄仄仄。仄仄仄平平。

新亭送别应令

风吹临伊水，时驾出河梁。野燎村田里，江秋岸荻黄。
隔城闻上鼓，回舟忆去樯。神襟忧远别，流睇极清漳。
平平平平仄，平仄仄平平。仄仄平平仄，平平仄仄平。
仄平平仄仄，平平仄仄平。平平平仄仄，平仄仄平平。

咏日华

朝晖烂曲池，夕照满西陂。复有当画景，江上铄光仪。
时从高浪歇，乍逐细波移。一在雕梁上，讵比扶桑枝。
平平仄仄平，仄仄仄平平。仄仄平仄仄，平仄仄平平。
平平平仄仄，仄仄仄平平。仄仄平平仄，仄仄平平平。

（丁）与五言排律格式相合者，有《同汪詹事登宫城南楼》，《和简文帝赛汉高帝庙》，《春情》，《山斋》等四首，占全作百分之十。

同汪詹事登宫城南楼

元良属上德，率土被中孚。汉幄朝无怠，周门夕复趋。
桓经既受业，贺拜且尊儒。壮志谐风雅，高文会斗枢。
铿锵叶舞蹈，照烂等琨瑜。河水惭雄伯，漳川仰大巫。
鲍鱼宁入俎，钩鳖匪充厨。叔誉恒词屈，防年岂滥诛。

平平仄仄仄，仄仄仄平平。仄仄平平仄，平平仄仄平。
平平仄仄仄，仄仄仄平平。仄仄平平仄，平平仄仄平。
平平仄仄仄，仄仄仄平平。平仄平平仄，平平仄仄平。
仄平平仄仄，仄仄仄平平。仄仄平平仄，平平仄仄平。

和简文帝赛汉高帝庙

山官类牛首，汉寝若龙川。玉碗无秋酎，金灯灭夜烟。
丹帷迫灵岳，绀席下群仙。堂虚沛筑响，钗低戚舞妍。
何殊后庙里，子建作华篇。
平平仄平仄，仄仄仄平平。仄仄平平仄，平平仄仄平。
平平仄平仄，仄仄仄平平。平平仄仄仄，平平仄仄平。
平平仄仄仄，仄仄仄平平。

春 情

风光今日动，雪色故年残。薄夜迎新节，当炉却晚寒。
奇香分细雾，石炭捧轻纨。竹叶裁衣带，梅花奠酒盘。
年芳袖里去，春色黛中安。欲知迷下蔡，先将过上兰。
平平平仄仄，仄仄仄平平。仄仄平平仄，平平仄仄平。
平平平仄仄，仄仄仄平平。仄仄平平仄，平平仄仄平。
平平仄仄仄，平仄仄平平。仄平平仄仄，平平仄仄平。

山 斋

桃源惊往客，鹤峤断来宾。复有风云处，萧条无俗人。
山寒微有雪，石路本无尘。竹径蒙笼巧，茅斋结构新。
烧香披道记，悬镜压山神。砌水何年溜，檐桐几度春。
云霞一已绝，宁辨汉将秦。
平平平仄仄，仄仄仄平平。仄仄平平仄，平平平仄平。
平平平仄仄，仄仄仄平平。仄仄平平仄，平平仄仄平。
平平平仄仄，平仄仄平平。仄仄平平仄，平平仄仄平。
平平仄仄仄，平仄仄平平。

(戊) 全不合律者，有七言杂曲，(乐府；格调颇与以后之“长庆体”相似)，及《骢马驱》，《中妇织流黄》，《出自蓟北门行》，《陇头水》，《乌栖曲》（二首)，《长相思》（二首)，（以上乐府)，《走笔戏书应令》，《奉和咏舞》，《咏柑》，《侍宴》，《奉和简文帝山斋》，《为羊兖州家人答饷镜》(以上诗）等十五首，占全作百分之三七·五。不具录。

四　结论

综观以上各项，以百分比言之：（甲）项占一二·五，（乙）项占二五，(丙）项占一五，（丁）项占一〇，四项共占百分之六二·五。（戊）项（不合律者）仅占百分之三七·五。由此可见，徐陵之诗，已有约近三分之二作品合于后来所谓“律诗”之格式。即退一步更严格言之，仅以（甲）（乙）（丁）三项合计，亦占百分之四七·五，与（戊）相较，已多百分之十。此种现象，绝非偶然暗合；反之，完全可以表明萧梁时期“律诗”格式确已形成；律体之首创人物，即为徐陵。(徐陵生于梁、卒于陈。在梁代约五十年，在陈二十余年。所作诗中，有与梁简文唱和之作，亦有入陈以后之作，今定为萧梁，从其朔也。又，与陵同时之庾信，亦有合于律体格式作品数首，但在其全部作品中所占比例数极小，只能视为偶然现象，因而不能与徐陵并论。但亦可作为此一时期，诗坛趋向，“律诗”格式已逐渐形成之旁证。）其有功于文苑诗坛，为后世无数诗人开辟新途径、新体制，在中国文学发展史上放一异彩，贡献之大，影响之远，诚不可泯没。故特撰此文，表而出之，以颠扑不破之事实，纠正旧说，供研究文学史者参考，并希世之同好不吝赐教！

〔附记〕

右文，昔年任教西北师范学院时所作，并发表于一九四二年该院《学术季刊》第二期，距今已三十余年矣。时当抗日战争时期，僻处西北，纸张困难，交通梗塞，这区区小文，未能引起同行之反应与讨论。迄后见治文学史者谈律体时，仍多沿袭旧说。今春养疴之余，略事修订，重新发表，以期就正于同好，并补充说明几点。

(一）初唐四杰王、杨、卢、骆，上距徐陵不过百年，所作“五律”，格调多与徐陵相近，不过更达于成熟阶段而已。可见“律诗”一体，从初期酝酿，到正式确立，以迄最后成熟，大约经过三个世纪左右，而徐陵为此体之关键人物。

（二）观徐陵及唐初诸人合于“五律”格式之作，其中不少为乐府，如《巫山高》《芳树》《有所思》等等，可见律体发展与乐府之关系；至少，律诗基本形式为八句，极可能受乐府中某些曲调之影响。

（三）初唐成熟后之五律，其中仍偶有平仄不调、拗句、拗格等现象出现；从而返观上文所引徐陵作品中偶有平仄不调，拗句、拗格之处，即更不足为怪，不可过为苛求矣。

（四）宋之问、沈佺期与初唐四杰同时而稍晚，“律诗”之作，早则有徐陵，迟亦有四杰，而沈、宋独擅其名，殊觉与事实未符。始作俑者，其元稹一语为之厉阶乎？

一九七八年三月，肇仓识于京华之寓庐。

选自《艺文志》第1辑，山西人民出版社，1983

如隐堂本《洛阳伽蓝记》校记

管　雄

今传《洛阳伽蓝记》各本，以明如隐堂本为最早。武进董康诵芬室曾依式刊行。《四部丛刊·三编》即据之影印。但如隐堂本讹夺甚多，且有缺页。自晚清以至现代，治《洛阳伽蓝记》诸家，若吴若准、若唐晏、若张宗祥，各有校补，互见短长。

抗战军兴，东南沦倾。予间关于役，弛担渝都。横书氛雾之间，潜思锋镝之下。生民坎坷，国步艰窘。百忧丛集，企仰光明。邢子才云："日思误书，更是一适。"偶有所得，辄札之简端。日月云迈，时节如流，掇拾旧文，不觉成帙。

方今红旗高卷，咸欲骋千里之骥足；薄海腾欢，不拘降一格于人才。非敢以言述作，聊补前修所未烛云尔。

一九五八年花朝题记

一

《洛阳伽蓝记序》校记：

九流百代之言

按"代"当作"氏"，形近致讹。费长房《历代三宝记》卷第九、释道宣《续高僧传·菩提流支传》引此并作"氏"，盖所据本未讹。《汉书·叙传》"总百氏"，《文选》曹丕《与朝歌令吴质书》"逍遥百氏"，《太平御览》卷六〇八引王粲《荆州文学志》"百氏备矣"，百氏犹百家也。《颜氏家训·归心篇》："九流百氏，皆同此论。"此九流百氏连用之证也。

农夫耕稼

按“稼”当作“老”，写书者以耕老少见，辄易为“稼”。《历代三宝记》引作“老”，可见唐人所见本犹未误也。“农夫耕老”与上句“游儿牧竖”对文。

上大伽蓝

按“上”当作“止”。《历代三宝记》引正作“止”。各本已校改作“止”。

汉曰东中门

按“东中”当作“中东”。李尤《铭》曰：“中东处仲，月位当卯”（见张溥《汉魏六朝百三名家集》）。《后汉书·百官志》亦作中东门。《水经·谷水注》：“又北，径东阳门东，故中东门也”。知隋唐以前古籍并作中东门，中东亦上东之例也。

南面有三门

按“三”当作“四”，说详下。

东头第一曰开阳门

按上文“东面有三门，北头第一门曰建春门”，下文“西面有四门，南头第一门曰西明门”，依前后文例求之，此句“一”下，当补“门”字。

次西曰宣阳门汉曰津门

按此二句义不连属。宣阳门汉名小苑门，而津门是另一门，非宣阳门也。考《水经·谷水注》魏时洛阳南面有四门：一、津阳门，二、宣阳门，三、平昌门，四、开阳门。《晋书·地理志》亦云：“洛阳城南有开阳、平昌、宣阳、建（疑津形近致误）阳四门。”则此句宣阳门下，当增“汉曰小苑门，魏晋曰宣阳门，高祖因而不改，次西曰津阳门”二十三字，文义方洽。句文既有阙略，后人又不加深考，又更南面有四门之“四”字为“三”以傅会之，致了戾不可解。唐晏《钩沉》本、近人张宗祥《合校本》知此句有误，但未能阐明其故也。

魏晋曰大夏门尝造三层楼去地二十丈

按依前后文例求之，“门”下当补“高祖因而不改”六字。前贤校注，皆不憭此。吴若准《集证》本易“尝”为“帝”，唐晏又于“帝”上加“魏明”二字，于“去地”下增“十丈，高祖世宗造三层楼去地”十二字，并非。

二

《洛阳伽蓝记卷第一校记》：

面有二户六窗

按“二”当依各本作“三”。

复有金环铺首布殚土木之功

按“布”字衍文。

青缫绮疏

按“缫”当作“璅”。“璅”讹为“镙”，又讹为“缫”也。《后汉书·梁冀传》：“窗牖皆有绮疏青琐”。“琐”或作“璅”。见《集韵》。

绮□青镙

按□当补“疏”字，“镙”当作“璅”。

□赫丽华

按当补“辉”字。

路断飞尘不由奔云之润

按“奔”当作“渰”。《续高僧传·菩提流支传》引作“渰”，《历代三宝记》作“淹”，亦作“渰”，当从改。盖“渰”误为“弇”，又误为“奔”也。《诗·小雅·大田》：“有渰萋萋，兴云祈祈。”《毛传》：“渰，云兴貌。”是其义。

大风发屋拔树

按“发”读为“拨”。《释名·释言语》：“发，拨也。拨使开也。”《续高僧传·菩提流支传》引此正作“拨”。曹植《诰咎文序》：“于时大风，发屋拔木。”此用其文。

遣苍头王丰入洛

按《魏书·尔朱荣传》“丰”作“相”，未知孰是。

唯黄门侍郎徐统曰

按《魏书》有《徐纥传》，“纥”、“统”形近易讹，当从改。

不意驾入城皋

按“城”当作“成”。《魏书·地形志》成皋属北豫州荥阳郡。

或□生素怀

按当补“贰”字。贰，差贰也。《诗·卫风·氓》：“士贰其行。”是其义。

假有内阋外犹御侮

按“阋”当作“阋”，此用《诗·小雅·常棣》文也。

兼利是图

按“兼”当作“羲”，以形近致讹。

此黄门即祖荣词也

按《魏书》“荣”作“莹”，当从改。《艺文类聚》卷四十七有温子升《司徒祖茔墓铭》，“茔”亦“莹”之讹。

握手成列

按“列”当为“别”之讹。

时太原王位极心骄功高意侈与夺臧否肆意

按“与夺藏否肆意”文不成义。“夺”下应补“任情”二字，则词美义足。《魏书·孝庄纪》：“永安三年九月，责荣诏曰：与夺任情，臧否肆意，不臣之迹，日月已甚。”此即用其文也。

朕宁作高贵卿公死

按“卿”当作“乡”。

庄帝手刃荣于光明殿

按《魏书·孝庄纪》、《魏书·尔朱荣传》俱作“明光殿”。此作“光明殿”，或写书者讹也。

隆与妻乡郡长公主

按“妻”上当有“荣”字，“乡”上当有“北”字，据《魏书·孝庄纪》、《魏书·尔朱荣传》知之，吴若准说。

造济生民

按“造”当作“道”，声近致误。

有汉中人李荀为水军

按“荀”当作“苗”，形近致误。《魏书·李苗传》记此事始末甚详。但言“苗，梓潼涪人”，与此言“汉中人”稍异，未知孰是。

改号曰建□元年

按据《魏书·长广王晔传》当补“明”字。

长广王□晋阳

按当依各本补“都”字。

易称大道祸淫

按据《周易·谦卦》彖辞，“大”当作“天”，以形近误。“淫”当作“盈”，以声近误。

录尚书长孙椎

按“椎”当依《魏书》本传作“稚”。又据《魏书·出帝纪》及稚本传，“书”下应有“事”字。

至七月中平阳王为侍中斛斯椿所使奔于长安

按“使”当为“挟”，形近致讹。《魏书·出帝纪》：“帝为椿等迫胁”，又《斛斯椿传》：“假说游声以劫胁，帝信之”，本书卷第二亦有“帝为侍中斛斯椿所逼”之文，所谓“迫胁”、“劫胁”、“逼”，皆“挟”之谓也。《续高僧传·菩提流支传》、《开元释教录》引此并作“挟”，知所据本未讹也。

西阳门内御道□有永康里

按以方位求之，此处当补“南”字。

投心入正归诚一乘

按“入”当作“八”，形近致讹。“八正”与下句“一乘”对文。《大品经》说八正：一、正见，二、正思维，三、正语，四、正业，五、正命，六、正精进，七、正念，八、正定。

阊阖南御道西望永宁寺正相当

按句首应增“寺在”二字。“道”下应增“东”字，文义方足。“西”字属下句读。吴若准《集证》以“西”字属上句读，并谓“西”当作“东”，非也。

北连义井里井里北门外有桑树数株

按第二“井”字上应加“义”字，因上句而脱略也。

是以萧忻云高轩斗升者阉官之釐厘妇胡马鸣呵者莫不黄门之养息也

按“阉”字上当依各本增“尽是”二字，与下句对文。“釐”通“嫠”。“呵”当作“珂”。

此地今在太仓西南

按据上文“昭仪寺有池”句，则此“地”字当作“池”，“今在”当乙作“在今”，前后文义才洽。

中书舍人王翊舍宅所立也

按“舍人”当作“侍郎”。《魏书·王翊传》：“翊历司空主簿、清河王友中书侍郎。”《御览》九百七十三引此正作中书侍郎，与《魏书》合，知所据本未讹也。

晖其异之

按“其”当作“甚”。《御览》六百五十八引此即作“甚”。

加□禅阁虚静

按当补“以”字。

华林园中有大海即汉天渊池池中犹有文帝九华台

按“汉”字当作“魏”，方与下句相协。《三国志·魏书·文帝纪》：“黄初五年，穿天渊池”，《水经·谷水注》：“东注天渊池，池中有魏文帝九华台。”可证。此作“汉”，或衒之涉笔偶误，或写书者讹，未可知也。

景阳山南有百果园果列作林

按“果列作林”，文不成义，《御览》九百六十五引“列”作“别”，当据改。又“林”上有“一”字，当据增。

柰林南有石碑一所魏明帝所立也题云苗茨之碑

按“明”当作“文”。《水经·谷水注》：“天渊池南，直魏文帝茅茨堂，前有茅茨碑，是黄初中所立也。”可证。

魏明英才世称三公祖干仲宣□其羽翼

按此数句，谬误最甚。“明”当作“文”。盖魏明之世，刘、王已逝，安得为其羽翼。后人因上文“明”字之误，并改李同轨之言，遂致胶盭。“公”“祖”当互乙。□当补“为”字。

奈林西有都堂

按“奈”当作“柰”。形近致讹。

阳谷泄之不盈

按“谷”当作“渠”。

三

《洛阳伽蓝记卷第二》校记：

综字世□

按当依《梁书》本传补“谦”字。

中朝时白社池董威辈所居处

按“池”当作“地”，“辈”当作“辇”，并以形近致误。《水经·谷水注》：“北则白社故里，昔孙子荊会董威辇于白社，谓此矣。”《晋书·隐逸传》：“董京，字威辇，初为陇四计吏，俱至洛阳，被发而行，逍遥吟咏，常宿白社中。”

炎光腾辉赫赫

按此句当作“炎光辉赫。”“腾”字因下文“刘腾”而衍。“赫”字重，当删。

有一比丘是般若寺道品

按依前后文例，“是”上应有“云”字。《法苑珠林》、《太平广记》引此都有。

以诵四涅槃亦升天堂

按“四涅槃”不辞。“四”下应有“十卷”二字。《法苑株林》引作“自云诵涅槃经四十卷”，《太平广记》引作“以诵涅槃四十卷”，俱有“十卷”二字。《历代三宝记》有北凉昙摩谶译《大般涅槃经》四十卷，或即诵此也。

出建春南门外一里余

按建春门在洛阳城东，“南”字衍。

澄之等盖见北桥铭因而以桥为太康初造也

按“北”当作“此”，形近致讹。

作工甚精难可扬推

按“推”当作“榷”，形近致讹。

建阳里东有绥民里

按此句起应提行。

今始馀半

按“馀”当作“踰”。

崇仪里东有七里桥

按“仪”当依上文作“义”。

<u>内有驸马都尉司马恍济州刺史分宣幽州刺史李真奴豫州刺史公孙骧等四宅</u>

按“恍”当作“朏”。《魏书·司马悦传》：“子朏，尚世宗妹华阳公主，拜驸马都尉。”此因朏事误悦，“悦”又误“恍”。一本作“洸”，亦“悦”之误。“分”一本作“介”，未知孰是。真奴为李䜣小名。据《魏书·李䜣传》：“父崇，为北幽州刺史，兄恭，卒赠幽州刺史。”未言真奴为幽州，或以父崇兄恭事致误。史阙年湮，莫可详究。

<u>冀州刺史李诏</u>

按“诏”当为“韶”之误。《魏书》有《李韶传》。下文“李韶宅”，字亦作“韶”，可证。

<u>延实宅东有修和宅是吴王孙皓宅</u>

按第二“宅”字当作“里”。

<u>当时太后正号崇训母天下</u>

按母下当有“仪”字，文义始足。

<u>甜然浓于四方</u>

按此句有脱文。一本“浓”下有“泗譬”二字，则当分二句读，但亦费解。

<u>御史尉李彪</u>

按“尉”上应有“中”字。《魏书》本传及本书序文俱有之。

<u>兵部尚书崔林</u>

按《魏书·官氏志》无兵部尚书，列传亦无崔林。“兵部尚书”或当为

“七兵尚书”。“林”或当为“休”。《魏书·崔休传》：“休，字惠盛，清河人，进号抚军将军、七兵尚书。”

爱昔先民之重由朴由纯

孙星衍曰：“之下旧衍重字，今删。”按姜质《亭山赋》讹舛最多，几不可卒读。孙星衍《续古文苑》校此，时有善言，今取用之。以下凡用孙说，皆加“孙曰”以别之。

与造化而津勉

按“勉”字各本作“梁”，当从改。吴若准云：“津梁”当作“梁津”，协韵。

心托空而挒有

按“挒”当作“栖”。

斜与危云等曲

按“曲”当作“并”，形近致讹。

危与曲栋相连

按“危”，严可均《全后汉文》作“旁”，当据改。

缕列之状一如古崩剥之势似千年

按“一如”二字宜乙。与下句“似千年”对文。

水纡徐如浪峭山□高下复危多

按“水”上应有“泉”字，“纾”当“纡”之讹。“山”下当补“石”字。

<u>则知巫山弗及□□蓬莱如何</u>

按当依各本补“未审”二字。

<u>天地未觉生此异人焉识其中</u>

孙曰：“中误，当改为名”。

<u>伺候鸟之迷方</u>

孙曰：“伺当作何”。

<u>入神怪之异□</u>

按当依各本补“趣”字。

<u>气岑与梅岑随春之所悟</u>

按“气”当作“菊”。孙曰：“案菊旧误气，今改。菊上当脱一字，无以补之。”“春”下当脱一“秋”字。

<u>□为仁智之田</u>

按当补“乃”字。

<u>春夏兮其游陟</u>

按“其”当作“共”。

<u>而孝明晏驾人神□王</u>

按当补“乏”字。“王”为“主”之误。

岳立基趾

按“基趾”当为“棊跱”之误。《魏书·萧衍传》：“猛将精兵，基跱岳立。”基亦为棊之误。跱、峙通。又《李骞传·释情赋》：“既云扰而海沸，亦岳立而棊峙。”正用“棊峙”。棊峙即棊跱。

招聚轻侠左右士人

按“士”当作“壬”。“壬人”即“佞人”。

往以运属殷忧时多□难

按当补“遭”字。“遭”、“多”应互乙。

凡恭让者二

按“凡恭”当乙作“恭凡”，“二”当作“三”。

表用其下都督□瑗为西兖州刺史

吴若准曰：“按《魏书》列传。有窦瑗、裴瑗二人，未知孰是，不敢臆补。”

世隆侍宴每言太原王贪天之功以为己力罪有合死世隆等愕然

按“每”上应有“帝”字，前后文意才足。“贪”正应作“佻”，见《国语·周语》。“有”当作“亦”。

椿弟慎冀州刺史慎弟津司空

按《魏书·杨椿传》：“椿弟顺，字延和。宽裕谨厚，为冀州刺史。”考椿诸弟无名慎者，“顺”、“慎”形近，“慎”或“顺”之误也。又如隐堂本卷第二、十八页原阙，名家皆据《古今逸史》本、《汉魏丛书》本传抄，则其误已旧矣。

孝义里东即是洛阳小寺

按“寺”当作“市”。小市对大市言。西阳门外四里御道南，有洛阳大市，周回八里。作“寺”误也。

景仁会稽山阴人也正光年初从萧宝夤归化

按《魏书·萧宝夤传》，宝夤入北，在（世宗）景明二年，而此记云（肃宗）正光年初，相去几二十年，事远年荒，史文零落，未知孰是。

地里湿蛰

按“蛰”当作“垫”。《说文》：“垫，下也。”一本作“热”，亦“垫”之讹也。湿垫即垫湿，《大唐西域记》有垫湿语。

文身之民禀叢陋之质

按“叢陋”不辞。“叢”当为“蕞”之误。此用左思《魏都赋》“宵貌蕞陋，禀质遳脆”语。《隋书·地理志》：“貌多蕞陋”，亦用古辞也。

礼乐所不沽

按“沽”盖“沾”之讹。下文“未沽礼化”之“沽”亦同误。

移风易俗之典与五常而并迹

按“常”当作“帝”，与下文“百王”对文。

元慎即口含水噀庆之日

按“噀”正当和“潠”。《说文》：“潠，含水喷也。”

<u>若其寒门之鬼□间犹修</u>

按当作“甶”字。《说文》：“甶，鬼头也，象形。”敷勿切。

<u>洗湘江汉鼓棹遨游</u>

按“洗”当作“沅”。

<u>自晋宋以求</u>

按“求”盖“来”之讹。

<u>始登泰山者卑培塿</u>

按“始”当作“如”。

<u>仁心自放不为时羁</u>

按“仁”当作“任”。

<u>未常修敬诸贵</u>

按“常”当作“尝”。

<u>孝昌年广陵王元渊初除仪同三司</u>

按各本“年”上有“元”字。据《魏书·肃宗纪》，事在孝昌二年。则年上应补“二”字，作“元”者非。又广陵王元渊，《魏书》作广阳王深。唐人避讳，改渊为深。“陵”当为“阳”，形近致讹。《御览》九百五十四引此作“陵”，盖所据本已误。《酉阳杂俎·八·梦篇》引此正作“阳”。下文“广陵死矣”，“陵”亦当作“阳”。

<u>广陵果为葛荣所煞追赠司空公</u>

按“陵”当作“阳”。“煞”正字当作“杀”。“司空”当据《魏书·广阳王深传》作“司徒”。《御览》九百五十四及《酉阳杂俎》引皆作“司徒”，盖所据本未误也。

<u>建义阳城太守薛令伯闻太原王诛百官立庄帝</u>

按建义为孝庄帝年号。“义”下应添“初”字，则文理周洽矣；否则，不辞。

<u>元慎解梦义出方途</u>

按“方”当作“万”。此由“萬”写为“万”，又误为“方”也。

四

《洛阳伽蓝记卷第三》校记：

<u>山悬堂光观盛一千余间</u>

按此句有脱略。

<u>交疏对霤</u>

按各本此句上有“复殿重房”四字，当据增，文义方备。

<u>青凫白雁</u>

按“青”上应有“或”字。

三八月节

按“月”当作“日”。四月八日为佛诞辰。自“日”误为“月”，后人复加“节”字以足句，其实非也。

子时金花映日

按“子”当作“于”。

沾其赏者犹聽东吴之句

按“聽”《汉魏丛书》本作“得”，当从。此因“得”误“德”，又误为“聽”也。“句”读曰钩。东吴之钩，事见《越绝书》。

寻进中书侍郎黄门

按《北齐书·邢邵传》：“永安初，累迁中书侍郎。普泰中，兼给事黄门侍郎。”据此，则黄门上就有给事二字，下应有侍郎二字。

竟怀雅术

按“竟”一本作“競”，义较长。

所生之处给事力五人岁一朝以备顾问

按“生”当作“在”。《北齐书·邢邵传》：“以亲老还乡，诏所在特给兵力五人，并令岁一入朝，以备顾问。”此其证也。吴若准说：“所生，谓母也。”望文生义，谬甚。

就洛索之

按“洛”当作“略”，以声近误。亦以上文皆作“显略”知之。

东有秦太师公二寺

按“师”当作“上”。《魏书·礼志》：“神龟初，灵太后父司徒胡国珍薨，赠太上秦公。”本记卷之二有秦太上君寺，灵太后为其母追福者。此为其父追福，则当为秦太上公寺矣。

即是汉武帝所立者

按汉武帝未筑灵台，当是东汉光武帝事。此“武”上应补“光”字。《后汉书·光武帝纪》：“中元元年，初起明堂、灵台、辟雍。”《水经·谷水注》：“阳渠水又径灵台，北望云物也，汉光武所筑，高六丈，方二十步。”并可证也。

从戎者拜旷掖将军偏将军裨将军

按“掖”当作“野”。《魏书·官氏志》：“旷野将军，第九品，上阶。偏将军、裨将军，从第九品，上阶。”无旷掖将军之目。

魏文帝作典论云碑至太和十七年犹有四□

按“云”当作“六”，形近致误。□当补“存”字。《水经·谷水注》：“文（按当作明）帝刊《典论》六碑，附于其次。”《御览》五百八十九引《西征记》：“魏文《典论》六碑，今四存二毁。”并其证也。

武定四年大将军迁石经于颍

按“颍”当作“邺”。《魏书·孝静帝纪》：“武定四年八月，移洛阳汉魏石经于邺。”《北齐书·文宣帝纪》亦有记载。又《隋书·经籍志》：“后魏之末，齐神武执政，自洛阳徙于邺都，行至河阳，值岸崩，遂没于水，其得至邺者，不盈大半。”

有大谷梨承光之柰

按《御览》九百六十九引“大谷”作“含消”。“承”上有“重六斤，禁苑所无也。从树投地，尽散为水焉。世人云报德之梨”二十四字。当据以补改，文义才洽。

肃字公懿

按《魏书》、《北史》本传，“公”俱作“恭”。

多所造制论

按“论”字衍。“造制”犹创制也。

肃甚愧谢之色

按“甚”下当添一“有”字。

卑身素服不听乐

按“听”下当依各本加“音”字。

御史中丞李彪曰

按“丞”《魏书》本传作“尉”，本书卷二正始寺条下亦作“尉”。当据改。

沽酒老妪瓮注坻

按“坻”当作“㼿”。《说文》：“㼿，似罂，长颈，受十升，读若洪。”《集韵》：“㼿，与缸同。”

妓儿掷绝在虚空

按“掷绝”当作“踯绳”，形近致讹。“踯”本作“蹢”。《说文》：“蹢，住足也。”言妓儿于绳上凌虚住足，旁无依接。今闽、越间犹有此戏。作“掷绝”则无义。

<u>神龟中常景为汭颂</u>

按此与《魏书》所记不同。《魏书·常景传》：“既而萧综降附，徐州清复，遣景兼尚书持节，驰与行台都督。观机部分。景经洛汭，乃作铭焉。”考萧综降附，事在孝昌元年，景经洛汭，当在其时，而本记云神龟中为汭颂，乖牾一也。夫颂者，容也；铭者，名也。体制不同，其用亦异。详观斯文，属辞比事，褒德显容，宜名为颂。而《魏书》称之为铭，乖牾二也。

<u>帝世光宅□函下风</u>

按据孙星衍《续古文苑》、严可均《全后魏文》，“□函下风”当作“函夏同风”。

<u>详观古列考见丘坟</u>

按“古列”不辞。“考”当作“昔”，又与“列”上下互讹也。《续古文苑》、《全后魏文》已校，皆作“详观古昔，列见丘坟。”

<u>魏箓仰天玄符握镜</u>

按“仰”当作“御”，各本皆误。“御天”本《周易》文。《文选》王融《永明十一年策秀才文》：“朕秉箓御天，握枢临极。”亦用“御天”。

<u>玺运会昌龙图受命</u>

孙星衍曰：“此二句衍。”按玺运句与上文魏玺二句意同。龙图句与上文“图书受命”句意同。孙说是也。

<u>道东有四馆一曰归正</u>

按“馆”下应增“一名金陵，二名燕然，三名扶桑，四名崦嵫。道西有四

里”二十一字，方与下文相协。

伪齐建安王萧宝寅来降

按“寅”，《魏书》本传作“夤”。

宝寅耻与夷人同□

按“寅”亦当作“夤”。“□”依各本当补“列”字。

正光元年□□至郁久闾阿郍肱来朝

按《魏书·蠕蠕传》：“蠕蠕，东胡之苗裔也，姓郁久闾氏。始神元之末，掠骑有得一奴，发始齐眉，忘本姓名，其主字之曰木骨闾。木骨闾者，首秃也。木骨闾与郁久闾声相近，故后子孙因以为氏。木骨闾死，子车鹿会雄健，始有部众，自号柔然，而役属于国。后世祖以其无名，状类于虫，故改其号为蠕蠕。”又：“正光元年九月，阿那瓌将至，封朔方郡公蠕蠕主。”据此，则“□□”当补“蠕蠕”二字。“至”当为“主”之讹。“郍肱”则“那肱”之俗体。“肱”史作“瓌”者，二字声同。当时迻译取声，故字或异也。

百国千城莫不欢附

按“欢”一本作“款”，当从改。《文选》孙子荆《为石仲容与孙皓书》：“民庶悦服，殊俗款附。”正作“款附”。

别立市于乐水南

按“乐”当作“洛”，以音近讹。

狮子者波斯国胡王所献也

按《魏书·西域传》，“波斯”作“呎哒”。年荒事湮，未知孰是。

庄帝谓侍中李或曰

按“或”当作“彧”。《魏书·李延实传》附李彧。

可觅诚之

按“诚”当作“试”，形近致讹。

魏氏把挑枝谓曰

按“挑”当作“桃”，形近致讹。

作栢木棺勿以桑木为欀

按“栢”即“柏”或字。“欀”当作“穰”。“穰”与“镶”音近义通。《法苑珠林》、《太平广记》引此作“榱”，非是。

修容亦能为绿水歌

按“绿”当作“渌”，下文同。《文选》马融《长笛赋》“中取度于白雪渌水。”李善《注》引《淮南子》曰：“手会渌水之趣。”高诱曰：“渌水，古诗。”郭茂倩《乐府诗集》有王融《渌水曲》。

里内荀颖子文

按各本皆作“里内颍川荀子文”，当从改。

桓帝祠老子于跃龙园室华盖之座用郊天之乐

按“室”当作“设”，属下句读。《后汉书·桓帝纪》：“论曰：前史称桓帝好音乐，喜琴笙，饰芳林而考濯龙之宫，设华盖以祠浮图老子。”李贤《注》引《续汉志》曰：“祀老子于跃龙宫。设华盖之座。用郊天之乐。”是其证也。

五

《洛阳伽蓝记卷第四》校记：

以怿名德茂亲

按“名”当作“明”，以音同致误。

至于清晨明景

按“明”当作“美”，以声近致误。

孝昌元年太子还总万机

按据《魏书·宣武灵皇后胡氏传》“子”当作“后”。

永康中北海入洛

按北魏无永康年号。“康”当作“安”。据《魏书·北海王颢传》，北海入洛，正当永安二年五月。事亦见卷第一永宁寺条。

中书舍人温子升曰

按“升”当依《魏书》本传作“昇”。本卷大觉寺条下：“是以温子升碑云”，“升”亦当改“昇”。“升”盖“昇”之简写也。

祖仁诸房素有金三十斤马五十匹

按“五”一本作“三”，征之下文“尽送致兆，犹不充数”句，则作“三”者是也。

阉官杨王桃汤所立也

按“杨”字衍，《魏书·阉宦传》：“王温，字桃汤。”

世人称□英雄

按当补“之”字。

宦者招提最为入室

按“入室”当作“人宝”。盖写书者误“人”为“入”，写“寳”为“宝”，又讹为“室”也。

时白马负而来

按“负”下当增“经”字，文义方足。《御览》六百五十八引有“经”字。

自此從后

按“從”当作“以”，盖“以”误“从”，又误为“從”也。

得者不敢辙食

按“辙”当作“辄”，形近致讹。《御览》九百七十二引此正作“辄”。

发言似谶不可解

按“解”上当有“得”字。《御览》六百五十五引有之。

时亦有洛阳人赵法和请占早晚当有爵否

按此为询问句，“否”字与“早晚”义复，“否”疑为“官”之误，在

“爵”上，后人不解早晚之义，又误“官”在“爵”下，辄臆改为“否”，致意思重叠。早晚，犹言何时也，盖六朝恒言。本记卷第二建阳里条下：“未知早晚造。”《颜氏家训·风操篇》：“尊侯早晚过宅。”并同此义。此语唐人仍多沿用，杜甫《江雨有怀郑典设》：“春雨阇阇塞峡中，早晚来自楚王宫。”李白《长干行》：“早晚下三巴，预将书报家。”近顷发现敦煌唐词《菩萨蛮》：“早晚竖金鸡，休磨战马蹄。”皆是也。《太平广记》引此无“否”字，可证所据本未误。

造十二辰歌终其言也

按何本及《太平广记》引，“造”字上有“初”字，当据增。“终”下当有“如”字。“终如其言”，本记已数见。

普泰末雍西刺史陇西王尔朱天光捴士马于此寺

按“雍西”字“西”当作“州”。《魏书·尔朱天光传》：“建义元年，除雍州刺史。”可证。作“西”者，当以下“陇西”字而误也。

西域乌场国胡沙门僧摩罗所立也

按“场”，《魏书·西域传》作“苌”，因翻译取其音同也。《御览》六百五十五引作“长”，又“苌”之省也。“僧”，《御览》五百五十五引作“昙”，当据改。

凡闻见无不通解

按“凡”字下当依各本增“所”字。

至三元肇庆万国齐珍

按“珍”当作“臻”，以音同致讹。

<u>子明八日而醉眠时人譬之山涛</u>

按“日”当从各本作“斗”。谓子明如山涛之饮八斗而醉也。

<u>台西有河阳县</u>

按河阳县故城在河南孟县西南三十里，与皇女台邈不相接，疑“县”下有脱文，守见阙之谊，不敢臆补。

<u>高平失据虐吏充斥</u>

按“虐”当从各本作“虎”。《礼记·檀弓》：“苛政猛于虎。”《汉书·王温舒传》：“其爪牙吏，虎而冠。”颜师古《注》：“言其残暴之甚也，非有人情。”“虎吏”之义，当出于此。作“虐”者非。

<u>单马入阵旁若无人</u>

按“单”字上应增“延伯”二字，义较长。

<u>威镇戎竖</u>

按“镇”作“振”，义较长。

<u>市北慈孝奉终二里</u>

按依二文句例求之，“慈”上应增“有”字。

<u>衣服靓妆</u>

按“衣”当为“袨”之误。《文选》左思《蜀都赋》：“都人士女，袨服靓妆。”此正用其语。袨服谓盛服也。据下文“彩衣”句，尤知其当作“袨”字。

千金比屋层楼□□

按当依各本补“对出”二字。

有牛一头拟为金色

按《法苑珠林》、《太平广记》引，“为”上有“货”字，当据补。否则，文不成义。

尚书右仆射元稹

按“稹”《魏书》本传作“瑱”。

高台芳树

按“树”当作“榭”，形近致讹。

犹能雉头狐掖画卵雕薪

按“掖”当作“腋”。《史记·孟尝君列传》裴骃《集解》引韦昭曰：“以狐之白毛为裘，谓集腋之毛，言美而难得者。”“卯”当作卵。《管子·侈靡篇》：“画卵以后瀹之，雕橑以后爨之。”尹知章《注》：“皆富者所为也。”《太平广记》引正作“卵”。

绣缬油绫

按“油”当作“细”。

常谓高阳一人宝货多融

按“多”下应有“于”字。

朱荷出也

按“也”当作“池”。

飞梁跨阁□树出云

按当依各本补“高”字。

僧徙千人

按“徙”当作“徒”。

传之于西域沙门常东向遥礼之

按“沙门”上各本重“西域”二字，当据增。语义文气较足。

西顾旗亭禅皋显敞

按“禅”当作“神”。《文选》张衡《西都赋》：“实惟地之奥区神皋。”李善《注》引《广雅》曰：“皋，局也。谓神明之界局也。”

适兹藥士

按“藥”当作“乐”。《诗·魏风·硕鼠》：“适彼乐土。”此用其句。

尽天地之西垂□绩纺

按“□”当依别本补“耕耘”二字，才文从字顺。

今始有沙门焉子善提拔陁

按各本无“焉子”二字，“善”皆作“菩”，“陁”下有“至焉”二字，当据改。

随扬州比丘法融来至京师沙门问其南方风俗

按“沙门”上，何本重“京师”二字，当据增。

乘四轮马为车

按此句不辞。“为”“马”形近，疑“为”字衍。

时有奉朝请孟仲晖者武城人也

按“城”字《御览》六百五十四引作“威”，当据改。

晖遂造人中夹贮像一躯

按“贮”当作“纻”。“夹纻”为外来语，意即灰泥。

昔都水使者陈⿰黑劦所造

按“⿰黑劦”正当作“勰”。《水经注》卷十六引作“协”。

六

《洛阳伽蓝记卷第五》校记：

虎贲张车掷刀出楼一丈

按据《魏书·宣武灵皇后胡氏传》，“车”下应有“渠”字。

阉官济州刺史贾璨所立也

按“璨”，《魏书·阉宦传》作“粲”。

洛阳城东北有上高景

按"景"当作"里"。由下文"世人歌曰：洛阳东北上高里。"知之。或谓"高"为"商"之误。

迭相幾刺

按"晢"当作"讥"。

洛阳城东北上高里

按"城"字衍。

即国之西彊也

按"彊"当作"疆"。

其国有文字况同魏

按"况"上疑脱一字。

□中国佛与菩萨乃无胡貌

按"□"当依各本补"城"字。"国"当依各本作"图"字。

居丧者剪发劈面为哀戚

按"劈"当为"剺"之误。《说文》："剺，划也。"剺面之俗，突厥有之。《北周书·突厥传》："死者停尸于帐，其家人亲属等绕帐走马，剺面而哭，葬时亦如之。"此可证当时于阗国即突厥族所居处。

有商将一比丘石毗卢旃

按“商”下当添“胡”字，《御览》九百六十八引有之。“石”当为“名”之讹。

今辄将吴国沙门来在城南杏树下

按“吴”当依各本作“异”。《御览》九百六十八引即作“异”。因“異”简写作“异”，又误为“吴”也。

十月之初至嚈哒国

按“嚈”，《魏书·西域传》作“噘”，翻译异文也。

王妃出则與之

按“與”当作“舆”。

一直一道

按当作“有一直道”。

唯縱空山

按“縱”当作“徙”，形近致讹。

若水践泥

按此句文不成义，“水践”当乙作“践水”。

有如来昔作摩休国剥皮为纸折骨为笔之处

按“作”疑当作“在”，形近致讹。

每及中飡

按《说文》："湌"，"餐"或字。"飡"则"湌之俗"。

此寺昔日有沙弥常除灰目入神定

按"目"当作"因"。以"因"误"囙"，又误为"目"也。

遂立勑懃为王

按据《魏书·西域传》及各本，"懃"应作"勤"，"懃"盖"勤"之别体。

时跋跋提国送狮子儿两头与乾陀罗王

按各本"跋"字不重，当据改。

十二年□以肉济人处

按当依各本补"中"字。

我入涅槃后三百年

按"三"依下文"佛入涅槃后二百年"句，亦当作"二"。《法苑珠林》引正作"二"。

至如来为尸昆王求鸽之处

按"昆"当作"毘"。即上文"拟奉尸毗王塔"之"毗"。"尸毘王"即"尸毘迦王"。尸毘迦王救鸽事见《贤廜经》卷十、《六度集经》卷一、《菩萨本生鬘经》卷一。又《大唐西域记》亦作"毘"。

有佛袈装十三条

按"装"当作"裟"。

以水筒盛之

按"水"，《高僧法显传》作"木"。《说文》："筒，断竹也。"《汉书·赵广汉传》颜师古《注》引孟康曰："筒，竹筒也，如今官受密事筒也。"《晋书·陆机传》："机乃书以竹筒盛之。"据此，则"水"当作"竹"为是，作"木"者亦非。《大唐西域记》作"宝筒"，则不分"竹""木"，浑言之也。

值有轻时二人胜之

按"二"当作"一"。

至正元二年二月始还天阙

按据《魏书·释老志》、《历代三宝记》引，"元"当作"光"。"二年"当作"三年"。

京东石关有元领军寺关刘长秋

按"关"当作"阙"。"秋"下应有"寺"字。

嵩高中有阙居寺

按"阙"当作"閒"。《魏书·冯亮传》："亮既雅爱山水，又兼巧思，结架岩林，甚得栖游之适，颇以此闻。世祖给其工力，令与沙门统僧暹、河南尹甄琛等周视嵩高形胜之处，遂造闲居佛寺。林泉既奇，营制又美，曲尽山居之妙。""闲"通"閒"，即此閒居寺也。

1978年4月25日疝气手术后疗养期间抄

附 记

抗日战争中期，我由东南海陬长汀的厦门大学转至当时的陪都重庆中央大学工作。教学之余，即埋头整理《洛阳伽蓝记疏证》五卷稿。历时一年多，约得35万字。当稿子写定的时候，怅然若有所失，曾长叹一声，企图立即把它烧毁。这心情，在旧社会的许多知识分子里是完全可以理解的。但是否我就觉得自己当时的工作，比之前线抗敌战士，实在太渺小的缘故呢？我想也不是的。我实在还没有这觉悟。然而也决没有像古人那样“藏之名山，传之后人”的想法，这是肯定的。所以结果也还没有真正下决心把它烧毁，似乎还有些眷恋。年复一年，就让它安稳地躺在书箧里。

解放战争期间，许多亲友知道我曾对《洛阳伽蓝记》摩挲过一段时间，虚掷过一些生命。在沙坪坝、在柏溪的茶棚里摆龙门阵的时候，也偶尔同他们交谈过。直至解放后，他们有的就劝我把它公开发表。有的就直接把稿子借去，从中撷取一些他认为有用的东西。也有的出版社曾来书索稿，愿意把它定期付印的。我却听之任之，采取漠然置之的态度居多，还是继续让它安稳地躺着。

在十年浩劫初期，我正在江西工作。那时家住南昌，人在瑞金。我突然间完全丧失人身自由。我迷惑，我愤怒。尤其我的老伴，惊惶失措。她独挈三个孩子在南昌，一天，被逼无奈，也来不及告诉我。横下一条心，真的放了一把火，把稿子统统烧掉了。似乎她早已了解到我的初衷。其实，事后她又不敢直接告诉我，怕斫丧了我的自信心。等到我回到南昌，在书堆里发现了一些余烬残骸，我不仅没有惋惜，却对之相视而笑。因我在二十多年前，就有把它化为灰烬的设想，现在落得这结局，不仅没有一点先前眷恋的感觉，倒有决绝之快。同时又想到那时国内治这部书的先生们的著作，也都已出版。我写定这部书的时日，虽然比他们稍微早了一些，也没有很多特殊发现的地方，只是在当时的环境下，想通过史实的考证，隐隐约约地倾吐一点爱国的思绪而已，烧掉也没有什么值得可惜的。但“四人帮”的爪牙们，却借此来诬陷我，说我是什么什么权威，其实我哪里是什么权威。在牛棚里，我只是皮里阳秋，嗤之以鼻。

直到1976年秋天，党中央一举粉碎“四人帮”的篡党阴谋，国家才重现光明。许多关心我的亲友们，又殷殷来信询问《疏证》旧稿的下落。旧稿现在确已烧毁不在人间了。我个人的兴趣，也已转移到别的方面去了，已无心提笔把它苏生。时代正在飞跃地前进，我觉得一个人的生命是有限的，知识是无涯的，做重复的事是无趣的，也没有这必要。心潮又时刻在起伏。亲友们的追问，象一颗颗小石子投在河心，在我的心田里激起一层层微波，使我回忆起在战火弥漫的岁月里的一些朝夕过从的亲友们，现在都已分散在祖国的各个角落，为社会主义革命和建设，努力做出自己应有的贡献。但如风卷绮云，飘荡四散，很难止泊在一块。也有的已归泉下，和我的旧稿一样，同遭毁灭，永无重见之日，这实在是无可奈何的。古人所谓“人琴俱亡”，也许就是这意思吧！

现在我们的国家已进入一个新的历史发展时期，逐步走向大治。为了报答亲友们的垂询和关注，爰检旧箧，仅得1958年春天迻录的《如隐堂本洛阳伽蓝记校记》一篇，还赫然在目。这是准备写《疏证》的先行工作的成果。特迻录一遍，献诸同好。其中虽没有惊人的高言谠论，但片言只字，都是在当时的昏垫的天地里，为之于举世不为之日。这不仅是我个人的历史陈迹记录，也可以觇出时代的影子。如此而已，岂有他哉？

1978年4月30日

选自《魏晋南北朝文学史论》，南京大学出版社，1998

刘勰卒年考

李庆甲

《梁书·刘勰传》是现存研究刘勰生平最原始的主要资料。《南史·刘勰传》系据《梁书》删节而成，未增添任何史料，不及原书详细。《梁书》未载刘勰的生年，关于他的卒年也只是简略地说他在出家为僧之后“未期而卒”，此外没有作任何记载。

《文心雕龙》成书于齐代末年，但历代著录《文心雕龙》的公私书目大都题为“梁刘勰撰”，很容易使人误解它成书的时间是在梁代。清纪昀在评《文心雕龙》时，针对这种不准确的提法说：“据《时序》篇，此书实成于齐代，今题曰梁，盖后人所追题，犹《玉台新咏》成于梁而今本题陈徐陵耳。”[①] 他在《四库全书总目》中也指出了这一点[②]。后来刘毓崧对《文心雕龙》的成书时间作了进一步考索，无可辩驳地证实此书成于齐永泰元年（498）八月之后，齐中兴二年（502）四月之前[③]。纪昀、刘毓崧尽管未涉及刘勰的生卒年问题，但是他们对《文心雕龙》成书时间的考索，却给后人研究刘勰生卒年问题以很大的启发。

范文澜根据刘毓崧的研究成果和其它有关资料，参稽旁考，将刘勰的身世勾画出了一个比较具体的“郛郭”，除了推想他的生平“当在宋明帝泰始元年（465）前后”，并推想他在梁“普通元、二年（520、521）卒”[④]。范氏梁说受到学术界注重，为有关研究者普遍采用。

最近，从《大藏经》、《续藏经》史传部里发现《隆兴佛教编年通论》(以下简称《隆兴通论》)、《佛祖统纪》、《释氏通鉴》、《佛祖历代通载》、《释氏稽古略》等五部著作中载有刘勰出家为僧的具体年限。这五部著作，《隆兴通论》成书时间最早，撰于南宋初年。它并且是《佛祖统纪》等著作成书时蓝本或重要参考资料，《佛祖统纪》等著作关于刘勰出家为僧年限的记载，也都是以《隆兴通论》为依据的。按理说，这五部著作关于刘勰出家为僧年限的记载应该一致，然而实际上竟有三种不同的说法：《隆兴通论》、《佛祖历代通载》认为是梁中大通三年（531），《释氏通鉴》、《释氏稽古略》认为是梁大同二年（536），《佛祖统纪》认为是梁大同四年（538）。这里，就产生了这样两个问题：哪一种说法准确？既然《佛祖统纪》等著作都是依据于《隆兴通论》，为什么会产生不同的说法？为了说明这两个问题，有必要先将这五则记载简要介绍一下。

一、《隆兴通论》，南宋释祖琇撰于隆兴（1163~1164）年间[⑤]，该书卷八载云：

> 三年四月，昭明太子薨（此下有一段叙述萧统生平梗概的文字，全部节录自《南史·昭明太子传》。个别地方文字有小误，因与本文论证无关，故删节）。名士刘勰者，雅为（原误作无）太子所重，撰《文心雕龙》五十篇（此下有一段叙述刘勰生平梗概的文字，全部节录自《南史·刘勰传》，因与本文论证无关，故删节）。表求出家。先燔须自誓，帝嘉之，赐法名惠地。
>
> ——《续藏经》第一辑第二编乙

二、《佛祖统纪》，南宋释志磐撰于咸淳（1265~1274）年间[⑥]，该书卷三十七云：

> （大同）三年，昭明太子统薨……
>
> （大同）四年，通事舍人刘勰……是年表求出家，赐名惠地。
>
> ——《大藏经》第四十九卷史传部一

三、《释氏通鉴》，南宋释本觉撰于咸淳年间[⑦]，该书卷五载云：

> 辛亥三（按：即中大通三年）
>
> 四月昭明太子统卒……
>
> 丙辰二（按：即大同二年）
>
> 刘勰……表求出家……赐法名惠地。
>
> ——《续藏经》第一辑第二编乙

四、《佛祖历代通载》，元释念常撰于元泰定（1324~1328）年间[⑧]，该书卷九载云：

> 辛亥（按：即中大通三年）
> 是年四月，昭明太子薨……
> 刘勰者，名士也……表求出家……赐法名惠地。
>
> ——《大藏经》第四十九卷史传部一

五、《释氏稽古略》，元释觉岸撰于元至正（1341~1368）年间⑨，该书卷二载云：

> 辛亥，中大通三年四月，太子统卒。
> 丙辰，大同二年，梁通事舍人刘勰表求出家，帝嘉之，赐僧洪名曰慧地。
>
> ——《大藏经》第四十九卷史传部一

《隆兴通论》把刘勰与萧统载于同一段文字。为了便于说明问题，我们把《佛祖统纪》等著作关于萧统的记载也一并引述如上。上引资料中有“……”号者，文字有的与《隆兴通论》完全一样；有的较它简略，但内容与之是一样的。因和本文论证无关，故予删节。

在正史中萧统、刘勰是分别列传的：《梁书》萧统的传在卷八，刘勰的传在卷五十；《南史》萧统的传在卷五十三，刘勰的传在卷七十二。既然正史没有把刘勰的传附在萧统传后，合写在一起，那么为什么《隆兴通论》把萧统、刘勰记载在同一段文字中？这是很值得注意的一个问题。事实说明，祖琇决不是随意地把他们记载在一起，而是有着特定的用意的。

《隆兴通论》是一部“编年”体的佛教史著作，它叙述的方法多数是一段文字记载一人或一事，在文字开头的地方有一个系年，但也有时把时间相同的两条材料合段记载、合用同一个系年的，如该书目录中分别题为《逆贼侯景破京城》、《梁高祖武皇帝崩》的两件事都发生于梁太清三年（549），祖琇在记载时就将它们合为一段。该书对萧统、刘勰的记载也是采用的这个方法：目录中分别题为《昭（原误作照）明太子》、《舍人刘勰舍俗》，记载时合并为一段。这当然是表明萧统之死与刘勰出家在同一年。这里我们还应看到，祖琇不仅把它们合并为一段，并且在这两条材料的衔接处，特意用了“雅为太子所重”这句话，使前后语气连贯起来。祖琇这样做，显然是为了不致于使人误认为是编撰者偶然地把它们错放在一起，从而使人更加明确地看到这两件事发生于同一年。

《隆兴通论》所载关于昭明太子萧统的史料，除个别细节外，绝大部分节录自《南史·昭明太子传》，因此祖琇在记载中所说的萧统卒于“三年四月”，就是《南史》本传中所说的“中大通”“三年”“四月乙巳”，这是毫无疑问的；祖琇把刘勰“表求出家”记载在这一段文字的后半部分，说明刘勰出家为僧是在萧统死后，也是在中大通三年。祖琇的记载可靠性如何？陈垣《中国佛教史籍概论》说《隆兴通论》“采摭佛教碑碣及诸大家之文字颇备，编纂有法，叙论娴雅，不类俗僧所为”。由此可间接证明，祖琇当不会向壁虚造，尽管他没有注明关于刘勰出家是中大通三年的资料来源，但他这样记载，必有其可靠的依据，应该说是比较准确可信的。《佛祖历代通载》“自汉明帝至五代十余卷，悉抄《隆兴通论》”[10]，关于萧统卒年、刘勰出家年限以及这两条史料的文字都和《隆兴通论》完全相同。这也可间接证明祖琇的记载是具有一定的可靠性的，因为，如《隆兴通论》不可靠或可靠性很差，《佛祖历代通载》决不至于以这样的态度对待它。《梁书》、《南史》都未载刘勰何年出家为僧，祖琇的记载具有较高的史料价值，对于确定刘勰的卒年有决定性的意义。

《隆兴通论》记载史实基本上以时代先后为序，但并不十分严格，如第七卷在系年为“天监十八年”的《法师慧皎》与系年为“天监十八年”的《魏孝明帝会僧道论教》这两条记载之间，插进了系年为“普通元年”的《武帝命慧约法师授归戒》就是一例。该书把萧统、刘勰这一段文字置于系年为“大同元年”的《法师慧约》之后，也是没有严格按时间顺序排列，因为“中大通”年号在前，“大同”年号在后。祖琇在萧统、刘勰这一段文字的系年处，未标明“中大通”年号，只是笼统地写“三年四月”而且又把它排列在系年为“大同元年”的《法师慧约》之后，这样记载，读者如果不注意，很容易把萧统的卒年和刘勰出家的年限误解为“大同”三年四月。《佛祖历代通载》在采用《隆兴通论》成果的同时，纠正了它在这方面的缺点：于系年处把“三年四月”改标为含意明确的“辛亥”（即中大通三年）；把《惠约法师》从前面移置于《昭明太子》、《刘勰出家》之后。陈垣在《清初僧诤记》中批评《佛祖历代通载》“伪谬不堪”，主要指其中念常自纂的宋、元那一部分而言；至于该书抄自《隆兴通论》的从汉明帝到五代这一部分，包括萧统、刘勰的记载在内，其可靠性当与《隆兴通论》一样。正如陈垣所批评的那样，念常抄自《隆兴通论》的这一部分，确实存在“叙论亦抄之”、并且“不明著为琇叙”的严重缺点[11]；但另一方面，念常在袭用《隆兴通论》成果的同时，在原书的基础上还是作了一些整理加工的，关于萧统、刘勰的记载就是一例。这方面应予适当肯定。

据《佛祖统纪·通例》[12]，可知《佛祖统纪》是以成书于宋嘉熙（1237~1240）年间的《释门正统》为蓝本，并“援引”了《隆兴通论》等著作而写成的。查《释门正统》及志磐所“援引”的其他著作，仅《隆兴通论》载有刘勰出家的年限，这说明《佛祖统纪》关于刘勰出家年限的记载显然的“援引”自《隆兴通论》。但是，为什么《佛祖统纪》在这个问题上的说法会和《隆兴通论》不一致呢？看来，当是志磐在“援引”祖琇的这条记载时出了问题。这个问题形成的来龙去脉，清晰可辨。首先，志磐把萧统的卒年就弄错了。这可能是由于《隆兴通论》关于萧统、刘勰这一段文字开头地方的系年失之笼统，前后排列的次序失当，当志磐在引用时没有核对正史，以致把应该是“中大通”的三年，误解成“大同”三年。志磐可能也是为了想把萧统的卒年写得具体一些，但是由于他没有把问题弄清楚就动手修改，结果只能是弄巧成拙：《隆兴通论》说萧统卒于“三年四月”，未标明具体年号，容易使人误解，充其量而言，这只能算是一个缺点，但记载本身不能算错；《佛祖统纪》将之改为“大同三年”，表面上看比《隆兴通论》的记载明确，但实际上这个经过“改正”后的记载恰恰成了道道地地的错误记载。然而，问题并没有到此为止，这只是志磐把刘勰出家年限弄错的第一步。如前所述，为了强调萧统之死与刘勰出家这两件事发生于同一年，所以祖琇把《昭明太子》与《舍人刘勰舍俗》记载在一段文字之中。志磐改变了这种分题合段的记载方式，把它们分开，使它们各自成段。这样做当然未可厚非，《佛祖历代通载》也是把它们分开叙述的。但是，可能是由于志磐没有体会到祖琇分题合段记载的用意，没有注意到原先合段时共用“三年四月”的系年，所以，他在把刘勰这一条材料分离出来另立一段移置于萧统这一段文字之后的同时，没有能像《佛祖历代通载》那样仍然采用合段记载时的系年，却把年限也后推了一年。这就是说，志磐在把萧统的卒年错改成“大同三年”之后，又错上加错地把刘勰出家年限误改为“大同四年”。当然，即使志磐也像《佛祖历代通载》那样地移段不移年，也只能把刘勰的出家年限记载成与萧统卒年一样的“大同三年”。这同样是一条道道地地的错误的记载。

像上面所讲的那样的问题，在《佛祖统纪》中绝非仅见。这部著作把时间弄错的地方很多，即以该书二十三卷《历代传教表第九》关于梁武帝年号的记载为例，在不到一百字的一段文字中竟有四、五处错误：天监元年的甲子当为壬午，误为壬辰；大同元年当为乙卯，误为丁卯；梁武帝用“大通”年号仅二年多，志磐却将之改为八年，而梁武帝于“大通”三年改元“中大通”的史实，以及历史上使用了五年多的“中大通”年号，统统不见了；漏载了“中大同”年号。由此可见，志磐把萧统的卒年、刘勰出家的年限搞错，是不足为怪的。近人刘汝霖《东晋南北朝学术编年》卷五（下）采用了《佛祖统纪》关于刘勰于大同四年出家为僧的说法，可是他既没有提到另外几种不同的说法，也没有说明他为什么引用此说而不用它说的原因，更没有论证志磐此说的可靠性如何。《东晋南北朝学术编年》引用《佛祖统纪》的这一则记载，当然不足以证明它就是准确可靠。根据以上对《佛祖统纪》的分析，我们只能说是《东晋南北朝学术编年》的编撰者没有接触到记载有另外几种说法的资料，把《佛祖统纪》的错误记载当成正确的史料而加以采用了。

《历代编年释氏通鉴采摭经传录》[13]，叙述了本觉撰《释氏通鉴》参考的种种著作，其中记载有刘勰出家年限的也仅只《隆兴通论》一书。《释氏通鉴》在刘勰出家这一则记载下面注明资料出自《南史》，而《南史》未载刘勰出家年限，可见《释氏通鉴》的这一则记载以及与之有联带关系的关于萧统的卒年的记载，肯定都是本觉从《隆兴通论》中“采摭”来的。本觉在萧统之死这一条记载的系年处，把“三年四月”改标为“辛亥”（即中大通三年），并把这一条记载从系年为“乙卯”（即大同元年）的记载的后面移置到它的前面，这些都是正确的。但可能也是由于本觉没有体会到祖琇分题合段记载的用意，没有注意到《隆兴通论》原先记载时共用“三年四月”的系年，所以他在把萧统之死这一条记载独立出来移置到前面的同时，没有能像《佛祖历代通载》一样，把刘勰出家这一条记载一道移前，却仍然把它放在系年为“乙卯”（即大同元年）的那一条记载后面，并在它开头的地方冠之以“丙辰”即大同二年的系年。本觉和志磐相同，也是在“采摭”祖琇的记载时出了问题，相异之处是志磐以大同三年作为推算刘勰出家年限的基点，本觉以大同元年作为推算的基点。本觉的结论虽和志磐不一致，但同样的不可靠，则是显而易见的。

成书时间最晚的《释氏稽古略》主要本于《释氏通鉴》写成，它关于萧统卒年、刘勰出家年限的记载都抄自《释氏通鉴》。指出了《释氏通鉴》的问题[14]，《释氏稽古略》的错误也就不言而喻，毋庸赘述。

通过上面的分析，可以看出唯一能正确理解和采用《隆兴通论》记载的是《佛祖历代通载》。《佛祖统纪》等书的记载都不足为据。刘勰出家为僧当是在中大通三年，即公元五三一年。

知道了刘勰出家为僧的年限，也就知道了刘勰的卒年。《梁书·刘勰传》说他出家之后“未期而卒”。他出家是在公元五三一年，他的卒年当是在公元五三一年或五三二年，以五三二年的可能性为大。

范文澜说刘勰卒于公元五二〇年或五二一年，是以他对刘勰出家时间的推想为依据，而这个推想又是以他对《梁书》本传提及的刘勰“与慧震沙门于定林寺撰经”时间的推想为前提。范文澜估计刘勰于“定林寺撰经，在僧祐没后”，即僧祐死去的梁天监十七年五月以后。范文澜又估计刘勰撰经“大抵一、二年即毕功”，由于《梁书》本传说刘勰“证功毕，遂启求出家。先燔鬓发以自誓，敕许之。乃于寺变服，改名慧地。未期而卒”，所以范文澜推想刘勰出家和逝世当在武帝普通元、二年间[15]。

根据现在所能考知的刘勰入梁后的具体经历来看，范氏上述推论存在这样的问题：首先，讲刘勰于定林寺撰经的时间是在天监十七年五月僧祐死后，这与当时的情理不合。天监十七年刘勰任仁威太康王萧绩的记室，兼东宫通事舍人，天监十八年开始迁步兵校尉、兼东宫通事舍人如故[16]。担任这样的职务，并为当时年仅十八、九岁的喜爱文学的昭明太子所“深爱接之”的刘勰，有可能在这段时间内被梁武帝敕令去定林寺撰经吗？第二，说刘勰撰经“大抵一、二年即毕功”，既无直接根据，也无间接旁证，完全是一种假设之辞。第三，说刘勰在普通元、二年间出家，尤其难以令人置信。这时的昭明太子年方弱冠，刘勰与他相处已有一段时间，萧统“深爱接之”恐怕正是这一段时间，他们双方的关系一定是比较融洽的。在这种情况下，即使撰经是在这一、二年毕功，刘勰怎么可能出家？萧统怎么可能让他出家？梁武帝怎么可能“敕许之”？

结合《隆兴通论》的记载来研究，《梁书》本传所说的“有敕与慧震沙门于定林寺撰经”，当是在中大通三年四月萧统死后的事。定林寺撰经的工作，可能是从僧祐死时甚至在僧祐生前就早已开始了，刘勰大概只是参加了最后的审定工作，历时不会太久，撰经毕功和出家为僧看来都是在这一年的下半年。《梁书》本传说刘勰出家后“未期而卒”，即不到一年就逝世了。所以我们把他的卒年确定在中大通四年，即公元五三二年。

范文澜的《文心雕龙注》取精用弘，具有较高的学术水平，在学术界享有盛誉。他对刘勰生平及生卒年的考索，从总体上讲，也是比较精当的。尤为难能可贵的是他的考索是在可资参考的资料极为稀少的情况下进行的，这种勇于探讨新问题的精神就很值得我们后一辈学习。当然，由于他没有注意到《隆兴通论》等著作对刘勰出家年限的记载，所以他对刘勰卒年的推论有修改的必要。其实这方面的问题，范文澜早已有所估计。他曾明确声称，他的上述论断是在“史料简缺”的情况下所作的一种“推想”[17]。随着史料的新发现，证实或修改原先的假设、推论，这在学术研究中是常见的事。本文仅仅在史料上补充范说的不足，关于刘勰的卒年对范说略加订正而已。至于范氏对刘勰生于宋明帝泰始元年（465）的推想及其他一系列论断，现在看来仍然是不可动摇的。

刘勰，这个中国文学批评史上杰出的理论家，他的生年当是公元四六五年左右，他的卒年是公元五三二年，总共活了六十七、八岁。

---

① 见《文心雕龙辑注》卷1。

② 见《四库全书总目》卷195。

③ 见《通谊堂集·书〈文心雕龙〉后》。

④ 见《文心雕龙注》卷10。

⑤《佛祖统纪·通例》："祖琇，隆兴初居龙门。"《中国佛教史籍概论》："曰隆兴者，作书之时地。"

⑥ 见《中国佛教史籍概论》。

⑦ 见《中国佛教史籍概论》。

⑧ 见《中国佛教史籍概论》。

⑨ 见《中国佛教史籍概论》。

⑩ 见《中国佛教史籍概论》。

⑪ 见《中国佛教史籍概论》。

⑫ 见《佛祖统纪》卷首。

⑬ 见《释氏通鉴》卷首。

⑭ 见《中国佛教史籍概论》。

⑮ 见《文心雕龙注》卷10。

⑯ 见杨明照《文心雕龙校注·梁书刘勰传笺注》。

⑰ 见《文心雕龙注》卷10。

选自《文学评论丛刊》第1辑，中国社会科学出版社，1978

刘勰身世与士庶区别问题

王元化

刘勰的生平事迹史书很少记载，现在留下的《梁书》和《南史》的《刘勰传》几乎是仅存的文献资料。这两篇传记过于疏略，甚至未详其生卒年月。清刘毓崧《通谊堂集·书文心雕龙后》，根据《时序篇》“暨皇齐驭宝，运集休明，太祖以圣武膺箓，高祖以睿文纂业，文帝以贰离含章，中宗以上哲兴运，并文明自天，缉遐（熙）景祚。今圣历方兴，文思光被”一段文字，考定《文心雕龙》成书不在梁时而在齐末。所据理由三：一、《时序篇》所述，自唐虞至刘宋，皆但举其代名，而特于齐上加一皇字。二、魏晋之主，称谥号而不称庙号；至齐之四主，唯文帝以身后追尊，止称为帝，余并称祖、称宗。三、历朝君臣之文，有褒有贬，独于齐则竭力赞美，绝无规过之词。《书后》又说：“东昏上高宗庙号，系永泰元年八月事，据高宗兴运之语，则成书必在是月之后。梁武帝受和帝之禅位，系中兴二年四月事，据皇齐驭宝之语，则成书必在是月之前。其间首尾相距，将及四载。”这一考证经过近人的研究，已渐成定谳。范文澜《文心雕龙注》根据此说进一步考定刘勰于齐明帝建武三、四年间撰《文心雕龙》，时约三十三、四岁，正与《序志篇》“齿在逾立”之文相契。从而推出刘勰一生跨宋、齐、梁三代，约当宋泰始初年（公元四六五年）生，至梁普通元、二年间（公元五二〇或五二一年）卒，得年五十六、七岁。至此，刘勰的生平才有了一个比较清楚的轮廓（关于刘勰的卒年还有待进一步探索）。杨明照《文心雕龙校注》就在这个基础上，参照《宋书》、《南齐书》、《梁书》、《南史》并《梁僧传》中有关资料，加以对勘，写成《梁书刘勰传笺注》。这篇笺注虽不越《梁书》本传范围，但对刘勰的家世及其在梁代齐以后入仕的经历，都有相当丰富的增补。上述研究成果提供了不少线索，但仍留下一些问题尚待解决。这里首先想要提出刘勰的身世问题。

《梁书》本传说到刘勰的家世只有寥寥几句话：“刘勰字彦和，东莞莒人。祖灵真，宋司空秀之弟也。父尚，越骑校尉。勰早孤，笃志好学，家贫不婚娶，依沙门僧祐，与之居处，积十余年，遂博通经论，因区别部类，录而序之。”灵真、刘尚二人，史书无传，事迹已不可考。但是我们从这里知道灵真为宋司空秀之之弟，而秀之又是辅佐刘裕的谋臣刘穆之的从兄子。根据这条线索，就可以从刘穆之、刘秀之两传来推考刘勰的家世了。杨明照《笺注》曾参考有关资料，制出刘勰的世系表录[①]。《本传笺注》分析刘勰的世系表说："南朝之际，莒人多才，而刘氏尤众，其本支与舍人同者，都二十余人，虽臧氏之盛，亦莫之与京。是舍人家世渊源有自，其于学术，必有启属者。”这里所说的臧氏，亦为东莞莒人，是一个侨姓大族，其中如臧焘、臧质、臧荣绪、臧严、臧盾、臧厥等，史书并为之立传。刘师培《中国中古文学史》称："自江左以来，其文学之士，大抵出于世族。”[②]其中所举能文擅名的士族，舍琅玡王氏、陈郡张氏、南兰陵萧氏、陈郡袁氏、东海王氏、彭城到氏、吴郡陆氏、彭城刘氏、会稽孔氏、庐江何氏、汝南周氏、新野庾氏、东海徐氏、济阳江氏外，就有东莞臧氏在内。《本传笺注》虽然没有明言刘勰出身士族，但以之比配东莞臧氏，似乎认为刘勰也是出身于一个士族家庭。这种看法在王利器《文心雕龙新书序录》中得到了进一步的肯定。《序录》作者直截了当地把刘勰归入士族。近来探讨刘勰阶级出身的文章也多持此说。

刘勰究竟属于士族还是庶族，这是研究刘勰身世的关键问题。自然，在南朝社会结构中，无论士族或庶族，都属于社会上层。（当时的下属民众是小农、佃客、奴隶、兵户、门生义故、手工业劳动者等）。但是由于南朝不仅承袭了魏文帝定立的九品中正门选制，而且逐渐形成了一种等级森严的门阀制度，因而使士族享有更大的特权。士、庶区别是南朝社会等级编制的一个特点。这一点我们可以举《南史·王球传》来说明："徐爰有宠于上，上尝命球及殷景仁与之相知。球辞曰：'士庶区别，国之章也，臣不敢奉诏。'上改容谢焉。”这里清楚地说明了士、庶区别是国家的典章。当时士族多是占有大块土地和庄园的大地主，有的甚或领有部曲，拥兵自保。晋代魏改屯田制为占田制后，士族可以按照门阀高低，荫其亲属。这也就是说，通过租税和徭役对于被荫庇的族人和佃客进行残酷的剥削。他们的进身已无须中正的品评，问题全在区分血统，辨别姓望。在这种情况下，官有世胄，谱有世官，于是贾氏、王氏的“谱学”成了专门名家的学问，用以确定士族的世系，以防冒滥。士族拥有政治上、经济上的特权，实际上成了当时改朝换代的幕后操纵者。至于庶族则多属中小地主阶层，但是在豪族右姓大量进行搜刮、土地急剧集中的时代，他们占有的土地时有被兼并的危险。在进身方面，他们由于门第低卑，更是受到了压抑，绝不能像士族那样平流进取坐公卿。《晋书》载刘毅陈九品有八损疏，第一条就是“上品无寒门，下品无世族”，意思说庶族总是沦于卑位。左思在《咏史诗》中也发出了“世胄蹑高位，英俊沉下僚”的感叹。到了宋、齐两朝，庶族进身的条件受到了更大的限制，《梁书·武帝纪》载齐时有“甲族以二十登仕，后门以过立试吏”的规定[③]。当时，虽然也有一些庶族被服儒雅，侥幸升迁高位，但都遭到歧视和打击。《晋书》记张华庶族儒雅，声誉日隆，有台辅之望，而荀勖自以大族，恃帝深恩，憎疾之，每伺闲隙，欲出华外镇。《宋书》记蔡兴宗居高位，握重权，而王义恭诋其“起自庶族”。兴宗亦言：“吾庶门平进，与主上甚疏，未容有患。”《南齐书》称陈显达自以人微位重，每迁官，常有畏惧之色。尝谓其子曰：“麈尾扇是王谢家物，汝不须捉此自随。”这些事例充分说明士、庶区别甚至并不因位之贵贱而有所改变。所谓“服冕之家，流品之人，视寒素之子，轻若仆隶，易如草芥，曾不以为之伍”(《文苑英华》引《寒素论》)。所以，无论从政治上或经济上来说，庶族都时常处于升隆浮沉、动荡不定的地位。总之，士族和庶族的不同身份以及由此形成的不同政治地位和社会地位，必然会经过间接折射反映到思想领域中来。因此，辨清刘勰究竟属于士族还是庶族就成为对他作出全面评价的关键问题了。

根据笔者对刘勰家世的考定，并参照他在著作中所表现的思想观点来加以印证，刘勰并不是出身于士族，而是出身于家道中落的贫寒庶族。理由有下面几点：

第一，按照士族身份的规定，首先在于魏晋间的祖先名位，其中以积世文儒为贵，武吏出身的不得忝列其数。可是我们在刘勰的世系表中，不能找到一个在魏晋间位列清显的祖先。秀之、灵真的祖父爽，事迹不详，推测可能是刘氏在东晋时的最早人物。《南史》只是说他做过山阴令，而晋时各县令系由卑品充任。至于世系表称东莞刘氏出自汉齐悼惠王肥后，则颇可疑。此说原本之《宋书·刘穆之传》，似乎应有一定根据。但是，南朝时伪造谱牒的现象极为普遍，许多新贵在专重姓望门阀的社会中，为了抬高自己的身价，编造一个做过帝王将相的远祖是常见的事。因此，到了后出的《南史》，就把《宋书·刘穆之传》中“汉齐悼惠王肥后”一句话删掉了。这一删节并非随意省略，而是认为《宋书·刘穆之传》的说法是不可信的。这一点，我们可以据《南史》改削《齐书》本纪一事推知。《齐书》本纪曾记齐高帝萧道成世系，自萧何至高帝之父，凡二十三世，皆有官位名讳。《南史·齐本纪》直指其诬说：“据齐、梁纪录，并云出自萧何，又编御史大夫望之，以为先祖之次。案何及望之，于汉俱为勋德，而望之本传，不有此言，齐典所书，便乖实录。近秘书监颜师古，博考经籍，注解《汉书》，已正其非，今随而改削云。”可见《南史》改削前史是以其有乖实录为依据的。据此，我们知道东莞刘氏不仅没有一个在魏晋间致位通显的祖先，而且连出于汉齐悼惠王肥后的说法也是不可靠的。这是刘勰并非出身士族的第一个证据。

第二，在刘氏世系中，史书为之立传的有穆之，穆之从兄子秀之，穆之曾孙祥和刘勰四人（其余诸人则附于各传内）。其中穆之、秀之二人要算刘氏世系中最显赫的人物。据《宋书》记载，穆之是刘宋的开国元臣，出身军吏，因军功擢升为前军将军，义熙十三年卒，重赠侍中司徒，宋代晋后，进南康郑公，食邑三千户。秀之父仲道为穆之从兄，曾和穆之一起隶于宋高祖刘裕部下，克京城后补建武参军，事定为余姚令。秀之少孤贫，何承天雅相器重，以女妻之；元嘉十六年，迁建康令，除尚书中兵郎。他在益州刺史任上，以身率下，远近安悦。卒后，追赠侍中司空，并赠封邑千户。穆之、秀之都被追赠，位列三公，食邑千户以上，自然应该归入官僚大地主阶级。可是，从他们的出身方面来看，我们并不能发现属于士族的任何痕迹。穆之是刘氏世系中最早显露头角的重要人物，然而史籍中却有着充分证据说明他是以寒人身份起家的。《宋书》记刘裕进为宋公后追赠穆之表说：“故尚书左仆射前将军臣穆之，爰自布衣，协佐义始，内端谋猷，外勤庶政，密勿军国，心力俱尽。”（此表为傅亮代刘裕所作，亦载于《文选》，题为：《为宋公求加赠刘前军表》。）这里明白指出穆之出身于布衣庶族。《南史》也曾经说到穆之的少时情况，可与此互相参照：“穆之少时家贫，诞节，嗜酒食，不修拘检，好往妻兄家乞食，多见辱，不以为耻。其妻江嗣女，甚明识，每禁不令往。江氏后有庆会，属令勿来，穆之犹往，食毕求槟榔，江氏兄弟戏之曰：‘槟榔消食，君乃常饥，何忽须此？’妻复截发市肴馔，为其兄以饷穆之。”（此事亦见于宋孔平仲之《续世说》。）这段记载正和上表“爰自布衣”的说法相契。在当时朝代递嬗、政局变化的情势下，往往有一些寒人以军功而被拔擢高位，参与了最高统治集团。但是，他们并不因此就得列入士族。这里可举一个突出的事例。《南史》称：“中书舍人纪僧真幸于武帝，稍历军校，容有士风，谓帝曰：‘小人出自本县武吏，邀逢圣时，阶荣至此，为儿婚得荀昭光女，即时无复所须，唯就陛下乞作士大夫。’帝曰：‘由江敩谢瀹，我不得措此意，可自诣之。’僧真承旨诣敩，登榻坐定，敩便命左右曰：‘移吾床让客。’僧真丧气而退，告武帝曰：‘士大夫故非天子所命。’”这个例子清楚说明身居高位的庶族乞作士丈夫，连皇帝都爱莫能助。我们在《南史·刘祥传》里还可以找到有关穆之身世的一个旁证："祥少好文学，性韵刚疏，轻言肆行，不避高下。齐建元中，为正员郎。司徒褚彦回入朝，以腰扇障日，祥从侧过曰：'作如此举止，羞面见人，扇障何益?'彦回曰：'寒士不逊。'"刘祥是穆之曾孙，时隔四世，仍被士族人物呼为"寒士"，更足以说明刘氏始终未能列入士族。"寒士"亦庶族之通称。（《唐书·柳冲传》称"魏氏立九品，置中正，尊世胄，卑寒士，权归右姓已"，即以寒士与世胄对举。）总之，细审刘穆之、刘秀之、刘祥三传的史实，刘氏出身布衣庶族，殆无疑义，这是刘勰并非属于士族的第二个证据。

第三，再从刘勰本人的生平事迹来看，我们也可以找到一些线索。首先，这就是《梁书》本传所记下面一段话："初，勰撰《文心雕龙》……既成，未为时流所称。勰自重其文，欲取定于沈约。约时贵盛，无由自达，乃负其书候约出，干之于车前，状若鬻货者。"据《范注》说，《文心雕龙》约成于齐和帝中兴初。案此时刘勰已居定林寺多年，曾襄佐僧祐校定经藏，且为定林寺僧超辩墓碑制文（据《梁僧传》载，超辩卒于齐永明十三年），不能说是一个完全默默无闻的人物。另一方面，当时沈约与定林寺关系也相当密切，这里只要举出定林寺僧法献于齐建和未卒后由他撰制碑文一事即可说明。法献为僧祐师[④]，齐永明中被敕为僧主，是一代名僧。刘勰与僧祐关系极为深厚，而僧祐地位又仅次于其师法献。沈约为法献碑制文在建武末，《文心雕龙》成书在中兴初，时间相距极近。在这种情况下，刘勰如果要使自己的作品取定于沈约，似乎并不十分困难。为什么《文心雕龙》书成之后，刘勰不利用自己在定林寺的有利地位及和僧祐的密切关系去会见沈约，相反却无由自达，非得装成鬻货者干之于车前呢？这个疑问只能用"士庶天隔"的等级界限才能解答。南朝士族名士多以拒庶族寒人交际为美德。庶族人物即使上升为贵戚近臣，倘不自量，往见士族，仍不免会受以侮辱。这类故事史籍记载极丰，不烦赘举。沈约本人就是极重士、庶区别的人物，《文选》载他所写的《奏弹王源》一文可为证。东海王源为王朗七世孙，沈约以为王源及其父祖都位列清选，竟嫁女给富阳满鸾；虽然满鸾任吴郡主簿，鸾父璋之任王国侍郎，可是满氏"姓族士庶莫辨"，因此"王满连姻，实骇物听，玷辱世族，莫此为甚"。刘勰要使自己的作品取定于这样一个人物，只有出于装成鬻货小贩之一途了。其次，《梁书》本传又说，沈约得书取读后，"大重之，谓为深得文理，常陈诸几案"。沈约重视的原因，前人多有推测，以为在于《声律篇》，因为它和沈约自诩独得胸襟的《四声谱》有相契之处。纪昀《沈氏四声考》曾谓："勰以宗旨相同，故蒙赏识。”这是不无理由的。距此时不久，刘勰就于梁天监初起家奉朝请，进入仕途了[⑤]。不过，尽管《文心雕龙》见重于沈约，尽管刘勰入仕后又被昭明太子所爱接，但二人的史传和留下的文集，竟没有一件事涉及刘勰，也没有出现一句对他称道的话，可见他仍旧“未被时流所称”[⑥]，其原因很可能和他出身微贱有关。此外，刘勰少时入定林寺和不婚娶的原因，也只有用出身于贫寒庶族这件事才能较为圆满地说明。史称南朝赋役繁重，人民多所不堪，只有士族特邀宽典，蠲役免税。庶族自然不会得到优免。根据当时历史记载，一般平民为了避免沉重的课输徭役，往往只有进入寺庙，因为寺庙是享有特权的地方，入寺庙后可以不贯民籍，免于向政府纳税服役。《魏志·释老志》已有“愚民侥幸，假称入道，以避课输”之语。《南史·齐东昏侯纪》称：“诸郡役人，多依人士为附隶，谓之属名，出家疾病者亦免。”《弘明集》载桓玄《与僚属沙汰僧众教》称：“避役钟于百里，逋逃盈于寺庙，乃至一县数千，猥成屯落。邑聚游食之群，境积不羁之众。”又僧顺《释三破论》引《三破论》曰：“出家者未见君子，皆是避役。”明明说出当时因避租役而入寺庙是普遍现象。当然，不可否认，刘勰入定林寺可能还有其他原因，如佛教信仰以及便于读书等等（当时的寺庙往往藏书极丰）。不过，我们不能把信仰佛教这一点过于夸大，因为他始终以“白衣”身分寄居定林寺，不仅没有出家，而且一旦得到进身机会，就马上离开寺庙登仕去了，足证他在定林寺时期对佛教的信仰并不十分虔诚。再就刘氏家世来看，亦非世代奉佛，与佛教关系并不密切[⑦]。他自称感梦撰《文心雕龙》，梦见的是孔子，而不是释迦。《文心雕龙》书中所表现的基本观点是儒家思想，而不是佛学或玄学思想。这一切都充分说明他入定林寺依沙门僧祐居处的动机并不全由佛教信仰，其中因避租课徭役很可能占主要成分[⑧]。至于他不婚娶的原因，也多半由于他是家道中落的贫寒庶族的缘故。《晋书·范宁传》、《宋书·周郎传》都有当时平民“鳏居每不愿娶，生儿每不敢举”的记载。总之，从刘勰本人的一些事迹来看，只能用出身庶族、家境贫寒的原因才可以说明，否则便很难解释。这是刘勰并非属于士族的第三个证据。

有了上面三个证据，现在回过头来，参照一下《文心雕龙》所表现的思想观点来加以印证，我们也可以得到同样的结论。

《文心雕龙》是一部文学理论著作，刘勰并没有在这部论著中对当时的社会问题、政治问题直接表示看法。自然，我们从《文心雕龙》的思想体系和基本观点也可以推出刘勰的政治倾向。不过，这里需要找到一些可以用来论证刘勰家世的更直接的材料。就这方面来说，我以《程器篇》是一篇最值得重视的文字。刘勰在这篇文章中论述了文人的德行和器用，借以阐明学文本以达政之旨。其中寄慨遥深，不仅颇多激昂愤懑之词，而且也比较直接正面地吐露了自己的人生观和道德理想。纪昀评《程器篇》说："观此一篇，彦和亦发愤而著书者。观《时序篇》，此书盖成于齐末，彦和入梁乃仕，故郁郁乃尔耶。"纪昀这个说法虽然也看出一些问题，可是由于他拘于传统偏见，不仅没有进一步去发掘其中意蕴，究明刘勰的愤懑针对哪些社会现象，反而只是笼统地斥之为"有激之谈，不为典要"就一笔带过了。直到最近，刘永济《文心雕龙校释》始对《程器篇》作出较充分的分析。兹摘要录下："细绎其文，可得二义：一者，叹息于无所凭借者之易召讥谤；二者，讥讽位高任重者，怠其职责，而以文采邀誉。于前义可见尔时之人，其文名籍甚者，多出于华宗贵胄，布衣之士，不易见重于世。盖自魏文时创为九品中正之法，日久弊生……宋齐以来，循之未改……至隋文开皇中，始议能之。是六代甄拔人才，终不出此制。于是士流咸重门第，而寒族无进身之阶，此舍人所以兴叹也。于后义可见尔时显贵，但以辞赋为勋绩，致国事废弛。盖道文既离，浮华无实，乃舍人之所深忧，亦《文心》之所由作也。"这里显然把刘勰的愤激归结到士庶区别问题上面。现在我们就从《程器篇》援引下面几段文字来加以说明。

一、"古之将相，疵咎实多。至如管仲之盗窃，吴起之贪淫，陈平之污点，绛灌之谗嫉，沿兹以下，不可胜数。孔光负衡据鼎，而仄媚董贤，况班马之贱职，潘岳之下位哉！王戎开国上秩，而鬻官嚣俗，况马杜之磬悬，丁路之贫薄哉！"——这里例举的前人仅西晋王戎时间最近，且出身势豪。（《晋书·王戎传》说他"好兴利，广收八方园田，水碓周遍天下，积实聚钱，不知纪极"。）其余管仲以下诸人，已经年代绵邈，似乎与士、庶区别问题无关。但是"纪评"指为非为典要的有激之谈正是针对这一段文字而发。细审其旨，我们可以看出刘勰在这里含有借古喻今的深意，表面似在指摘古代将相，实际却是箴砭当时显贵。《奏启篇》以"不畏强御，气流墨中，无纵诡随，声动简外"为楷式，《谐谵篇》用"心险如山，口壅若川，怨怒之情不一，欢谑之言无方"来解释民间嘲谵产生的原因，也都是从这种精神出发的。这一点，只要再看一看下面一段引文就更可以明白。

二、"盖人禀五材，修短殊用，自非上哲，难以求备。然将相以位隆特达，文士以职卑多诮，此江河所以腾涌，涓流所以寸折者也。名之抑扬，既其然矣；位之通塞，亦有以焉。"——这一段话最早为鲁迅所重视，他曾经在早期著作《摩罗诗力说》中加以援引，并指出："东方恶习尽此数语。"从这段话里，我们可以清楚看到，刘勰对于当时等级森严的门阀制度产生的种种恶习所感到的愤懑和不平。正如《校释》所说，他一方面慨叹于布衣寒族无所凭借而易招讥谤，另方面不满于贵胄士流位高任重而常邀虚誉。《史传篇》："勋荣之家虽庸夫而尽饰，迍败之士虽令德而常嗤；吹霜煦露，寒暑笔端，此又同时之枉，可为叹息者也！"刘勰推崇"良史直笔"，而指摘某些史臣文士专以门阀高低作为褒贬的标准，亦同申此旨。

三、"士之登庸，以成务为用。鲁之敬姜，妇人之聪明耳，然推其机综，以方治国，安有丈夫学文，而不达于政事哉？"——这里以妇人聪明来说明学文以达政之旨，寓有箴砭时弊之意。当时士族多不问政事，流风所扇，虽所谓英君哲相亦不能免，甚至武人亦沿其流。朝士旷职，多见宽容。《齐书·褚渊传》称："贵仕素资，皆由门庆。平流进取，坐至公卿。则知殉国之感无因，保家之念宜切。"《梁书·何敬容传》载姚察之论曰："宋世王敬弘，身居端右，未尝省牒。风流相尚，其流遂远。望白署空，是称清贵，恪勤匪懈，终滞鄙俗。是使朝经废于上，职事堕于下。"《陈书·后主纪论》曰："自魏正始晋中朝以来，贵臣虽有识治者，皆以文学相处，罕关庶务，朝章大典，方参议焉。文案簿领，咸委小吏，浸以成俗。迄至于陈，后主因循，未遑改革。"这类情况，史不绝书，几乎随处可见。士流不问政事是由于尚于玄虚，贵为放诞。事实上，玄谈在当时已成了登仕之阶。《世说新语》曾记张凭因清谈得到刘真长赏识而被举为太常博士。任彦升在《为萧扬州作荐士表》中更直截了当地提出"势门上品犹当格以清谈"。这些都说明了属言玄远方能入仕。刘勰在《明诗篇》中也批评了江左玄风"嗤笑徇务之志，崇盛亡机之谈"的不良倾向。《议对篇》则以贵媵还珠之喻斥责了"不达政体"的浮华文风。这种批评和《程器篇》"学文达政"的主张是声气相通、原则同贯的。

四、"文武之术，左右惟宜，郤縠敦书，故举为元帅，岂以好文而不练武哉！孙武兵经，辞如珠玉，岂以习武而不晓文也！"——刘勰为什么以文人习武作为衡量梓材之士的标准呢？此说人多以为异。但是，我们如果参照一下当时的时代背景，也就不难发现刘勰倡立此说的由来。史称"齐梁之际，内难九兴，外寇三作"，刘勰撰《文心雕龙》正在此时。当时中原沦丧已久，北魏迁都洛阳，出兵南侵，萧齐皇朝不仅毫无御侮决心，反而不断演出了自相残杀的丑剧。南渡后，士族偏安江左，过着糜烂腐朽的生活，耽好声色，体赢气弱。这一点，这里可引《颜氏家训·勉学篇》的一段文字来说明："梁朝全盛之时，贵游子弟，多无学术，至于谚云'上车不落则著作，体中何如则秘书'，无不熏衣剃面，傅粉施朱，驾长檐车，跟高齿屐，坐棋子方褥，凭斑丝隐囊，列器玩于左右，从容出入，望若神仙。夫射御书数，古人并习，未有柔靡脆弱如齐梁子弟者。士习至此，国事尚可问哉？”刘勰就是在这种情况下提出文事武备并重之论的。

五、“君子藏器，待时而动，发挥事业，固宜蓄素以弸中，散采以彪外，楩柟其质，豫章其干，摛文必在纬军国，负重必在任栋梁，穷则独善以垂文，达则奉时以骋绩，若此文人，应梓材之士矣。”——此说出于儒家。孔子：“用之则行，舍之则藏。”孟子：“得志，泽加于民；不得志，修身见于世。穷则独善其身，达则兼善天下。”是其所本。这种人生观决定了刘勰的愤懑和不平，不会超越“在邦无怨，在家无怨”的儒家思想界线。纪昀说他由于郁郁不得志而发愤著书，这个论断，大体不差。《诸子篇》“身与时舛，志共道申”的感叹，也同样说明了“穷则独善以垂文”的道理。

根据上面的引文和说明来看，《程器篇》在许多场合都对士庶区别这一社会现象提出了批评，而这种批评是正符合于一个贫寒庶族的身分的。由此同样得出了刘勰并非属于士族的结论，正与上文考定刘勰家世所得证据完全一致。确定了刘勰属于庶族，就不难发现，他的一生经历都和他的出身有关。在等级森严的门阀制度中，贫寒庶族往往处于动摇不定的地位：在经济上遭到排挤，在进身上受到歧视，甚至在日常生活方面也得时时忍辱含垢。这种受压抑、不稳定的地位使他们有可能对当时社会中的某些黑暗现象感到不满。

刘勰的一生，经过了入寺——登仕——出家三个阶段。他在第一个时期，由于出身低微，家境贫寒，在不得已的情况下进入寺庙，采取了“穷则独善以垂文”的权变之计，发愤著书⑨。虽然他在《文心雕龙》中，吐露了内心的不平和愤懑，反对了代表门阀标榜的浮华尚玄的文风，提出了文质并重的文学主张；但是从思想体系上来说，他始终没有越出儒家的思想原则和伦理观念。《文心雕龙》基本观点是“宗经”。他处处都在强调仁孝，对儒家称美的先王和孔子推崇备至。从入寺以来，他就一直怀着儒家经世致用发挥事业的理想，当他一旦有了进身机会，认为自己可以实现自己的抱负时，就马上登仕去了。因而，他从第一阶段到第二阶段，即由居寺而登仕，完全是合逻辑的发展。这正反映了所谓“穷则独善以垂文，达则奉时以骋绩”的人生观。他在第二个时期由于有了个人的前途，社会地位骤然提高，从而在思想上也就产生了相应的变化。他自梁天监初起家奉朝请后，就在言行上充分表现出亦步亦趋地趋承萧梁皇朝的意向。《梁书》本传称：“时七庙飨荐，已用蔬果，而二郊农社，犹有牺牲；勰乃表言二郊宜与七庙同改。诏付尚书议，依勰所陈。迁步兵校尉，兼舍人如故。”据《本传笺注》分析：“步兵校尉因陈表而迁。”此说甚是。梁武帝即位不久即长斋素食，曾三次舍身入寺。刘勰陈表正好投合了这种需要[10]。此外，我们还可以从刘勰在这个时期所写的《灭惑论》找到更有力的证据。这篇论著标志着刘勰由儒家古文学派立场转变到向玄佛合流。（此事将在下章中详论。）《灭惑论》中有一段话说：“张角、李弘，毒流汉季；卢悚、孙恩，乱盈晋末；余波所被，实蕃有徒。”刘勰反对奉太平道的张角和五斗米道的孙恩，似乎是佛道之争。卢悚亦奉天师道。李弘事迹不详，但为道教徒似无疑问。《老君音诵戒经》云：“称名李弘，岁岁有之。”晋时李弘有五，但在汉代史籍中，则尚未查出李弘名字。《灭惑论》所谓“余波所被，实蕃有徒”，正是指此而言。事实上，这种思想乃在于维护社会的统治力量。《诸子篇》：“昔东平求诸子《史记》，而汉朝不与，盖以《史记》多兵谋，而诸子杂诡术也。”照刘勰看来，兵谋诡术都是造成社会动乱的祸源，因此他对于儒家经典以外的《史记》、“诸子”颇多微词。尽管刘勰在仕途中抛弃了以前的愤懑竭力趋承萧梁皇朝的意向，幻想通过妥协道路去实现自己纬军国、任栋梁的理想；可是，看来他在仕途中并不得志。梁武帝学兼内外，奉佛教而不废儒书，曾经在这两方面发起过许多活动，史籍和《弘明集》都留下不少记载，其中却找不到刘勰参与的任何痕迹，可见他并未得到梁武帝的重视。到了晚年，他仍落入以前郁郁不得志的处境。梁武帝只命他和僧人一起撰经。他的地位又和入寺时相差无几了。终于他选择了出家遁世的途径，作为自己的归宿。据《梁书》本传称：“有敕与慧震沙门于定林寺撰经。证功毕，遂启求出家，先燔鬓发以自誓，敕许之。乃于寺变服，改名慧地。未期而卒。”刘勰用燔鬓发自誓的坚决态度来启求出家，可能由于在仕途上感到了幻灭，怀有说不出的苦衷。这就是他由第二阶段到第三阶段，即由仕途而出家的原因。综上所述，刘勰的一生经历正表明了一个贫寒庶族的坎坷命运。他怀着纬军国、任栋梁的入世思想，却不得不以出家作为结局。他不满于等级森严的门阀制度，却不得不向最高统治集团进行妥协。他恪守儒家古文学派立场反对浮华文风，却不得不与玄佛合流的统治思潮沆瀣一气。这些矛盾现象只有通过他的时代和身世才能得到最终的说明。

注：

① 杨明照《梁书·刘勰传笺注》所制刘勰世系表如下：

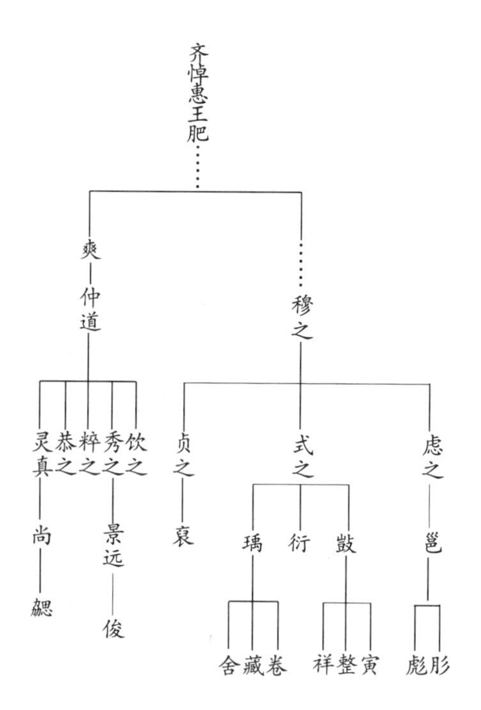

（此表载于一九七九年《中华文史论丛》第一辑经作者增订过的《梁书刘勰传笺注》。同刊同一期发表了笔者收入本书的第一章《刘勰身世与士庶区别问题》，其中附有一九七八年有关《刘岱墓志》的《补记》。在《补记》中我说明可据此以增补杨明照所撰刘氏世系表，应加上刘抚、刘岱二人。一九八二年底出版的杨明照《文心雕龙校注拾遗》已将刘抚、刘岱之名补入。）——《文心雕龙创作论》二版补记。

② 在史籍和前人著作中，“士族”一词并无统一用法，有时又称“世族”、“势族”、“世胄”、“右族”、“右姓”、“高门”、“甲族”、“势门”等。“庶族”一词亦同，有时又称“寒门”、“寒人”、“寒族”、“寒素”、“寒士”等。

③ 刘勰没有正面批评九品官人法，但他同情于两汉的察举制度，而对魏晋以来徒具虚名的秀孝策试则颇多微词。《议对篇》云：“汉饮博士，而雉集乎堂，晋策秀才，而麏兴于前，无他怪也，选失之异耳。”这里多少透露他对九品官人法以后的选举制度的不满。钟嵘和他的态度不同。《梁书·钟嵘传》记嵘之言曰：“若吏性寒人，听极其门品，不当因军，遂滥清级。”

④ 《梁僧传》只称僧祐“师事僧范道人，受业于沙门法颖”。玄畅《法献传》则称“献弟子僧祐”。汤用彤《汉魏两晋南北朝佛教史》亦称：“按《珠林》所载，称献为先师，僧祐乃献弟子，此记（指《法苑珠林》之《佛牙感应记》——引者）乃祐之手笔。”《法献传》记献于永明中任僧主后，“被敕三吴，使沙简二众”。《僧祐传》则称：祐于“永明中，敕入吴，试简五众”。疑二人当系同时被敕入吴宏法。

⑤ 近来有人曾以刘勰入仕一开始就奉朝请而断言他“自必属于士族”。这个说法是不正

确的。案：《文献通考》称："汉律：诸侯春朝天子曰朝，秋曰请。奉朝请，无员，本不为官。汉东京罢省三公、外戚、皇室、诸侯，多奉朝请。奉朝请者，奉朝会请召而已。"南朝时是否只有士族始得奉朝请，未可遽断。据《通考》称，宋武帝永初以来，就已经有"奉朝请选杂"的情况，至齐更是"人数猥积"，到了永明中，奉朝请"多至六百余人"。撇开这种情况不说，我们也不可依据刘勰以奉朝请入仕这一单文孤证来断定他必属士族。当时少数寒人或由于被服儒雅，或由于军功及其他种种特殊原因，亦可破例得入清选。前文所举张华、蔡兴宗、陈显达诸人，就都是以庶族致位通显。这里还可再举萧梁时代一个事例来说明。梁武帝时，中书通事舍人一职，曾先后由周舍、朱异二人担任。汝南周舍出身士族，朱异则为寒人。异尝言："我寒士也，遭逢以至今日，诸贵皆恃枯骨见轻，我下之则为蔑尤甚，我是以先之。"梁时统治者采取了拔擢寒人的政策，完全是由于政治上的需要。梁武帝于齐末上表陈"设官分职，唯才是务。若八元立年，居皂隶而见抑，四凶弱冠，处鼎族而宜甄，是则世禄之家，无意为善，布衣之士，肆意为恶，岂所以弘奖风流，希向后进"。即位后，又屡有求才之诏。八年五月诏曰："虽复牛监羊肆，寒品后门，并随才试吏，勿有遗隔。"正因为这缘故，《颜氏家训》才有"举世怨梁武父子爱小人而疏士大夫"之语。

⑥ 明冯允中谓《文心雕龙》见重于沈约后遂为"当时所贵"，这只能说是出于悬揣。事实上，《文心雕龙》一书，直到唐代才逐渐有了较大的影响。刘知几首先给予它一定的评价。唐代的古文运动自然会使最早揭橥宗经的《文心雕龙》得到重视。孔颖达曾经援用《文心雕龙》为经籍作注疏。不过这种影响毕竟还有限，只要看颜师古《匡谬正俗》尚且把刘勰的名字误作"刘轨思"就足以说明了。确定《文心雕龙》较高地位的是清代。章学诚曾有"体大而虑周"的评语。晚近，章太炎《五朝学》继清代汉学家朱彝尊、钱大昕等人余绪，对魏晋以来的学术思想进行重新估价，更起了推波助澜作用，使《文心雕龙》取得了更大影响。黄侃《文心雕龙札记》、刘师培《中国中古文学史》等大抵都是这种潮流下的产物。

⑦ 《续僧传·法融传》称："宋初刘司空在丹阳牛头山造佛窟寺，其家巨富，访写藏经书，用以永镇山寺，至贞观十九年全毁于火。"汤用彤《佛教史》以为《续僧传》中的宋初刘司空"疑系刘穆之或刘秀之"。此说不可信。案：刘穆之、刘秀之传中并无奉佛记载，而《佛窟寺经藏》一事，《祐录》亦未曾著录。我们知道，《祐录》系刘勰襄佐僧祐编定。倘佛窟寺果为穆之或秀之营造，则刘勰决不会对于寺中的经藏茫然无知。为什么《祐录》著录了《大云邑经藏》、《定林寺经藏》、《建初寺经藏》等名目，独于《佛窟寺经藏》只字不提呢？这是很难解释的疑问。据宋张敦颐《六朝事迹编类》中《寺院门第十一》称，佛窟寺乃"梁天监中，司空徐庆造"。

⑧ 我认为刘勰很可能因避租役而进入寺庙，这里还需要解决两个问题：第一，他在当时是不是并不享有蠲役免税的特权？第二，他在入寺前是不是由于家贫而无力负担租役？先说第一个问题，刘氏东莞人，隶南徐州。刘宋初期，对徐、青、兖三州侨人表示优异，所以使之独异于其他诸郡，未土断，不著籍。根据这种情况来看，东莞刘氏自然可以得到蠲役免税的优待。不过，刘氏享受这种特权为时并不长久。宋孝武帝孝建元年纪已有"是年始课南徐

州侨民租”之文。据此，至孝建元年时，南徐州不著籍的侨民也要和旧民一样同输租课了。第三，《梁书》本传称勰少时家贫，这个说法曾经引起了不少怀疑。在刘氏世系中，穆之、秀之位望不可谓不高，家产不可谓不富，为什么到了刘勰竟会变得贫穷起来了呢？回答这个疑问并不困难。首先我们必须注意：穆之、秀之的后嗣在齐代宋后，已经家道中落，经过几次降封削爵，土地大为减少，地位日渐下降。纵然他们仍据有一定位望，占有一定的土地，而刘勰却并不能因此享受同样权利。因为在南朝社会中普遍存在着同族分异不能相恤的现象。《宋书·周朗传》载朗上书曰：“今士大夫之家，父母在而兄弟异计，十室而七矣。庶人父子殊产，亦八家而五矣。甚者危亡不相知，饥寒不相恤，又嫉谤谗害，不可称数，宜期其禁，以革其风。”参考史事，宗族能同居者极少，群从同居者更寡。穆之曾孙彤因坐刀砍妻夺爵后，以弟彪绍封。彪坐庙墓不修，削爵为羽林监，后又坐与亡弟母杨别居，杨死不殡葬，为有司弹奏。这种连弟母都生不奉养死不殡葬的情况，正可作为周朗所谓“危亡不相知，饥寒不相恤”的一个佐证。事实上，同族同宗的穷人往往成了被剥削被虐待的对象，这是荫亲属占田制的必然结果。刘勰祖父灵真是否为秀之兄弟，据《范注》说尚有疑问。纵使这是事实，到了三世以后亲属关系已极疏远，在当时同族分异、互不相恤的情况下，刘勰丧父后，仍然会落入微贱贫穷境地。

⑨ 《文心雕龙》是刘勰这一时期的主要事业。梁绳祎《文学批评家刘彦和评传》说：“刘勰《文心》不过是治佛经的一种副业……只是他少年草草的作品。”此说断案不确。无论从系统、规模甚至搜集资料所需的时间和酝酿构思所需的精力各方面来看，《文心雕龙》都不是“草草的作品”。《梁书》本传称“勰自重其文”，更可为证。

⑩ 梁武帝蔬食断杀是为了宣扬因果报应的迷信思想。《广弘明集》载他的《断酒肉文四首》，开宗明义就有“行十恶者受恶报，行十善者受善报”的说法。显然，这是他用来欺骗人民的一种手段。在当时，断杀成了朝廷上的一件大事。《广弘明集》中《叙梁武帝断杀绝宗庙牺牲事》一文称：“梁高祖武皇帝临天下十二年下诏去宗庙牺牲，修行佛戒，蔬食断欲。”案：此事系由上定林寺沙门僧祐、龙华邑正柏超度等上表陈请，敕付尚书详议。其时朝臣中分成两派，主断者有兼都令史王述，反对方面则有议郎江贶等多人。梁武帝使周舍难贶，乃下诏绝宗庙牺牲。刘勰陈表，据《本传笺注》考定“在天监十八年正月后”。经过上面一番周折，刘勰表陈二郊宜与七庙同改，自然不难得到梁武帝的赏识。

[补记]

一九六九年，江苏句容出土了南齐《刘岱墓志》，未残损，碑文完整。现撮要录下：

“高祖抚，字士安，彭城内史。曾祖爽，字子明，山阴令。祖仲道，字仲道，余姚令。父粹之，字季和，大中大夫。南徐州东莞郡莒县都乡长贵里刘岱，字子乔。君龆年歧嶷，弱岁明通，孝敬笃友，基性自然，识量淹济，道韵非假。山阴令，淬（淬）太守事，左迁，尚书札，白衣监余杭县。春秋五十有四，以永明五年太岁丁卯夏五月乙酉朔十六日庚子遘疾，终于县廨。粤其年秋九月癸未朔廿四日丙午，始建坟茔于扬州丹阳郡句容县南乡糜里龙窟山北。记亲铭德，藏之墓右，悠悠海岳，绵绵灵绪。或秦或梁，乍韦乍杜。渊懿继芳，世盛龟组。德方被今，道乃流古。积善空言，仁寿茫昧。清风日往，英猷长晦。奠设徒陈，泉门幽暧。敢书景行，敬遗千载。”

这一《墓志》可增订前注刘勰的世系表。在刘爽名上应增刘抚，在刘粹之名下应增刘岱。刘抚当为东莞刘氏之远祖，而刘岱则为刘勰的堂叔。刘抚、刘岱，史书无传。刘抚距穆之、仲道已有三世，估计当为晋代人物。《晋书》于汉帝刘氏之后，多为之立传。如刘颂（《列传十六》）、刘乔（《列传六十一》）、刘琨（《列传三十三》）、刘隗（《列传三十九》）、刘超（《列传四十》）、刘兆（《列传六十一》）等。更值得注意的是《列传五十一》载：“刘胤为汉齐悼惠王肥之后”，但他的籍贯并非东莞莒县，而是东莱掖人。胤卒后，子赤松嗣，尚南平公主，位至黄门郎，义兴太守。从以上诸传中，都找不到有关刘抚的线索，这更使我觉得《宋书·刘穆之传》称他为“汉齐悼惠王肥之后”的说法是可疑的。

南齐《刘岱墓志》还有一点很值得注意，这就是它增加了颂功铭德的内容，这是东晋墓志所没有的。南齐《刘岱墓志》所出现的这一新的特点，正和刘勰《诔碑篇》“写实追虚，诔碑以立，铭德慕行，文采允立”之说相契。

〔《文心雕龙创作论》二版附记〕

这几年研究刘勰卒年，具有代表性的新说有二。一是杨明照据宋释志磐《佛祖统纪》，推断刘勰卒年“非大同四年即次年”（说详《文心雕龙校注拾遗》）。一是李庆甲据元释念常《佛祖历代通载》，推断刘勰卒于“中大通四年”（说详一九七八年《文学评论丛刊》第一辑《刘勰卒年考》）。后一说大概是这几年重新考定刘勰卒年的最早文献。解放前出版的刘汝霖《东晋南北朝学术编年》一书早已涉及这一问题。上举李庆甲文中曾经提及此书。此书作者就是据宋释志磐《佛祖统纪》推断刘勰卒于大同四五年之际的。现引其文如下：

大通三年辛亥（五三一）

梁太子统卒。（诏司徒左长史王筠为哀册文。）

大通四年戊午（五三八）

梁刘勰出家为僧。刘勰为文长于佛理，京师寺塔及名僧碑志，必请勰制文。有敕与慧震沙门于定林寺撰经，证功毕，遂求出家，先燔须发自誓，敕许之，乃于寺变服，改名惠地，未期而卒。文集行于世。

〔出处〕《佛祖统纪》卷第三十七，《梁书》五十《刘勰传》，《南史》七十二《列传》六十二《刘勰传》。

刘汝霖《东晋南北朝学术编年》注明刘勰卒年出处是引自《佛祖统纪》，但又据《南史》卷五十一《列传》第四十三《梁武帝诸子》所记昭明太子卒于中大通三年来订正《佛祖统纪》之误。《佛祖统纪》把昭明太子卒年中大通三年误为大同三年。此与祖琇《隆兴佛教编年通论》并同。后者曾被陈垣目为“编纂有法，叙论娴雅”（《中国佛教史籍概论》）之作。它是《佛祖统纪》等著作成书时的蓝本或参考资料。

《通论》把昭明太子一段文字置于大同元年《法师慧得》之后，虽未标明年号，但就此书体例来看，它所说的三年自然指的是大同三年。于是由此就产生了刘勰卒年的两种不同说法。刘汝霖《东晋南北朝学术编年》一方面据《南史》纠正了《佛祖统纪》记昭明太子卒年之误，另方面又仍旧沿袭《佛祖统纪》推定刘勰卒于大同四年之说。（杨明照《梁书刘勰传笺注》并同）。殊不知，这是忽视了一个不应忽视的要点，即《佛祖统纪》是把刘勰简历紧附于昭明太子事迹之后。因此订正了昭明太子的卒年，就必须同时订正刘勰事迹的系年，将两者都改作中大通年代才是。念常《佛祖历代通载》正是这样做的。《通载》据正史订正了昭明太子卒年，并将刘勰事迹附于其后，即中大通三年。李庆甲据此推断刘勰卒于中大通三、四年，而以中大通四年可能性更大。我认为倘以宋、元释家的编年记载来推考刘勰卒年，当以后一说较为合理。

不过，我以为据祖琇、志磐、本觉、念常、觉岸诸作来推断刘勰卒年并不是十分可靠的。第一，何以《梁书》、《南史》等史籍都没有提到（或不能确定）刘勰的卒年，而事隔数百年之后，到了宋元之际，这个一向悬而不决的问题，竟突然迎刃而解了呢？解决这个问题的根据又是什么？上述佛家编年史书都没有提供任何有力证据，甚至连单文孤证或可供我们去按迹追寻的线索也没有。第二，不论是《佛祖统纪》或者是《佛祖历代通载》，虽然都是按编年体裁撰写的，可是这两部书都以刘勰事迹附于昭明太子事迹之后。同时，又都是以昭明太子事迹为主体，为了记叙昭明而兼及刘勰的。撰者涉及刘勰的原因是由于他“雅为太子所重”。例如《通载》就是将刘勰事迹附述于昭明事迹文末。这就很使人怀疑念常这样做究竟是认为刘勰逝于昭明太子卒后，还是出于行文的方便，而并不是严格地按照编年的顺序去兼述刘勰事迹？我认为，后者不是没有可能性的。

载于《中华文化论丛》第1辑

刘勰的文学起源论与文学创作论

王元化

《原道篇》探讨了宇宙构成和文学起源问题，这篇文章是我们研究刘勰的宇宙观和文学观的重要资料。刘勰的文学起源论是以他的宇宙观为基础的。早在刘勰以前，我国古代天体学说已有浑天、盖天、宣夜三家。东汉至南北朝时期，天文学方面有了很大发展，当时人材辈出，如张衡、祖冲之、虞喜、何承天等，都是其中代表人物。他们不仅创造了一些测量仪器和度量方法，而且在理论上也提出一些较新的假说。刘勰的宇宙构成论并没有汲取前人在自然科学方面所获得的成果，相反，他仍袭《易传》“太极生两仪”之类的说法。《原道篇》的理论骨干是以《系辞》为主，并杂取《文言》、《说卦》、《彖辞》、《象辞》以及《大戴礼记》等一些片断拼凑而成。不管刘勰采取了怎样混乱的形式，有一点很清楚，这就是他以为天地万物来自太极。《原道篇》所谓“人文之元，肇自太极”，显然是从“太极生两仪”这一说法硬套出来的。这样，他就通过太极这一环节，使文学形成问题和《易传》旧有的宇宙起源假说勉强地结合在一起。《文心雕龙》一书的体例同样露出了这种拼凑的明显痕迹。《序志篇》说：“位理定名，彰乎《大易》之数，其为文用，四十九篇而已。”这意思是说：《文心雕龙》全书规定为五十篇是取《易传》的“大衍之数”。《系辞》称：“大衍之数五十，其一不用。”所谓其一不用即指太极。刘勰没有明言《文心雕龙》五十篇中哪一篇属于不用之一，但就全书的思想体系来看，显然指的是《原道篇》。因为他以为道（亦即太极）是派生天地万物包括文学在内的最终原因，正如《易传》所说的太极作用一样。

刘勰这种看法究竟反映了怎样一种宇宙观和文学观呢？前人多半根据他的原道观点把他列入儒家思想体系。元人钱惟善《文心雕龙序》说：“自孔子没，由汉以降，老佛之说兴，学者日趋于异端，圣人之道不行，而天地之大，日月之明，固自若也。当二家滥觞横流之际，孰能排而斥之？苟知以道为原，以经为宗，以圣为征，而立言著书，其亦庶几可取乎？呜呼，此《文心雕龙》

所由述也。夫佛之盛，莫盛于晋宋齐梁之间，而通事舍人刘勰生于梁，独不入于彼，而归于此，其志宁不可尚乎？”自钱惟善以下，历来论者几乎都持此说[①]。他们只是笼统地指出刘勰的原道观点反映了儒家思想，而没有注意到《原道篇》和《周易》之间的密切关系。《周易》原是儒家的一部重要经典。魏晋以来，《老》、《庄》、《周易》并称三玄，从而它又成为玄学的理论骨干。在这种情况下，我们要确定刘勰的原道观点是不是属于儒家思想，不能仅仅根据《原道篇》本之《易》理这一点来判断，因为《原道篇》可能是按照儒家思想原则解《易》，也可能是按照玄学思想原则解《易》。儒玄二家都谈《易》理，但对于《易》理却有不同的解释。南北朝时期，河北用郑玄《易注》，江左用王弼《易注》。《晋书·荀崧传》称：“晋元帝修学校，简省博士，置《周易》王氏。太常博士荀崧上书，请增置郑氏《易》。逢王敦之难，不复果行。”宋元嘉年间，王、郑两立，颜延之为祭酒，黜郑置王，郑《易》又遭受一次打击。郑《易》在南方虽未全废，间或有一些宗尚汉儒的经学家出来为之力争立学官、置博士的正统地位，可是就总的趋势来说，它已临到衰微命运，不能和王《易》争一日之长了。郑《易》和王《易》的不同，在于郑《易》本汉儒象数之说，王《易》本玄学有无之辨。河北用郑《易》，江左用王《易》，反映了北方重经学南方重玄学的不同学风。

《中国通史简编》据《魏书·李业兴传》介绍南北不同的学风说：“李业兴到梁朝骋问，梁武帝问他儒玄二学怎样贯通。李业兴答，我只学五经，不懂深义（指玄学）。梁武帝又问，太极有没有。李业兴答，我从来不习玄学，不知道太极有没有。李业兴答朱异问南郊，伸明郑学，排斥王学。这一问答，可以说明南北学风的不同。”根据这里介绍的第二项问答来看，儒学是根本否认太极的。按照这个说法推论，《原道篇》所提出的宇宙构成论和文学起源论既以太极作为出发点，那它也就不能归入儒家之列了。然而，这显然和《中国通史简编》对《文心雕龙》所作的分析是自语相违的。《中国通史简编》说：“刘勰撰《文心雕龙》，立论完全站在儒学古文学派的立场上。”又说：“儒学古文学派的特点是哲学上倾向于唯物主义，不同于玄学和佛学。”如果儒学和玄学的区别是以承认太极有没有为标志，那么刘勰怎么可能站在根本否认太极的儒家立场上呢？案“太极”一词，见于《易传》。《系辞上》曾明言“易有太极”。《周易》是儒家的五经之一，照理崇尚汉儒的经学家是不会不承认《系辞上》这个说法的。事实上，李业兴也并没有否认太极的存在。《中国通史简编》所引《魏书·李业兴传》的那段话是把古汉语加以今译。它的原文如下：

“衍又问《易》曰，太极是有无。业兴对，所传太极是有，素不玄学，何敢辄酬。”这里，《中国通史简编》显然有着误译。梁武帝学综内外，会通儒、道、佛三家，而以玄学为骨干。玄学乃本体论之学，从事于有无本末之辨，梁武帝据玄学解《易》，他问“太极是有无”，并不是问太极有没有，而是问太极属于“有”的范畴，还是属于“无”的范畴。李业兴学宗汉儒，不懂玄学，所以不能回答这个问题。不过，儒学虽然不讲有无本末之辨，但和玄学比较之下，玄学“贵无”，儒学接近于“崇有”，因此李业兴又有“所传太极是有”的说法。从这里我们可以看出，儒玄二家都不否定太极的存在，它们的区别只是在于对太极有着不同的解释。

玄学据本体论解《易》，认为太极是本、是体、是无。《周易正义》引何晏文曰：“上篇（指《系辞上》——引者）明无，故曰《易》有太极，太极即无也。”韩康伯注“大衍之数”引王弼曰：“演天地之数，所赖者五十也。其用四十有九，则其一不用。不用而用以之通，非数而数以之成，斯《易》之太极也。四十有九，数之极也。夫无不可以无明，必因于有，故常于有物之极，而必明其所由之宗也。”何晏明言太极即无。王弼亦同此旨，并且通过有无本末之辨作了更充分的发挥。玄学类认本无而末有。本无是指宇宙的本体，代表一种绝对虚玄的精神。末有则是由这个绝对精神外化出来的现象界，它们刹那生灭，瞬息万变，是不真的东西。本无是宇宙的实相，又称为体。末有是宇宙的假相，又称为用。王弼释大衍义，以五十代表宇宙整体，而在此宇宙整体中，“其一不用”与“其用四十有九”之间的关系，亦即体用（或本末、有无）之间的关系。所谓“不用而用以之通，非数而数以之成，斯亦太极也”，这就是说，作为其一不用的太极为宇宙万有所由之宗极。万有不超出本体外，本体自身虽然非用非数，但万有却离不开它。有了宇宙本体，宇宙万有才能成为“用”成为“数”。另一方面，本体是无，而无不可以无明，我们要认识无，必须因于有，只有通过宇宙万有，才能把握作为宇宙本体的无的存在。用玄学的术语来说，这就叫做体用一如，有无相即。在这里，王弼充分发挥了一种精雕细琢的唯心主义。他认为太极是天地万物赖以存在的绝对精神，从而把精神放在物质之上，作为第一性的因素。这就是玄学对太极所作的解释。至于儒学则多以“元气”或“北辰”去解释太极，而与玄学异旨。汉儒《易》学的全貌今已不可考。唐定正义，《易》主王弼，郑学浸微。李鼎祚《周易集解》表章汉学，辑虞翻、荀爽等三十余家遗文，保存了一些残缺不全的汉《易》古训。李道平为《周易集解》作《纂疏》，并采惠氏、张氏之说，通其滞碍，作了进一步的补充。从这些片段资料中，我们大体可以推知汉儒是据宇宙构成论解《易》的，他们大多认为太极是天地未分的混沌元气。刘歆《钟历书》曾明言“太极元气，函三为一”。郑玄注《乾凿度》“孔子曰《易》始于太极”亦云：“气象未分之时，天地之所始也。”这是说太极为天地未分、万物未形的宇宙最初状态。马融曰：“《易》有太极，谓北辰也。”虞翻曰：“太极，太一也。分为天地，故生两仪。”马融、虞翻二人，一说太极是北辰，一说太极是太一，似有差异。然而，郑玄注《乾凿度》曰：“太一者，北辰之神名也。”据此，太一亦即北辰，故马、虞二说相契。郑玄又引《星经》曰：“太一，主气之神。”据此，北辰则又与元气之说可通。不论汉学或以元气解释太极，或以北辰解释太极，他们都是按照宇宙起源的假说，把太极规定作派生天地万物的起点。照他们看来，天地未分、万物未形之前，宇宙间只有元气存在。元气是物质性的东西，从而他们的宇宙构成论是以物质性的东西为第一性因素的。

刘勰撰《文心雕龙》，基本上是站在儒学古文派的立场上。这一点他在《序志篇》中说得很明白：“敷赞圣旨，莫若注经，而马、郑诸儒，弘之已精，就有深解，未足立家。唯文章之用，实经典枝条。”马融、郑玄是汉末儒学古文派大师，刘勰不仅对他们极为称道，而且对于刘歆、扬雄、桓谭等也表示赞美[②]，说明了他对儒学（尤其是古文派）的尊崇。他把文学当作儒家经典的枝条，企图遵循儒学古文派路线去阐明文理，这并不是一句空话。《文心雕龙》文体论自《明诗篇》至《书记篇》，辨析了二十种文体的源流。刘勰为了论证上述观点，竟把每种文体的产生都追溯到儒家经典上去，从而在文学史方面制定出一套先验的理论结构。他还采取了儒学古文派所倡导的“通训诂，举大义”的办法，去为每种文体“释名章义”。在论述儒家五经的时候，他从古文派之说，而与笃守一家之法、一师之说的今文学家有所区别。《论说篇》所谓“秦延君之注《尧典》，十余万字。朱普之解《尚书》，三十万言。所以通人恶烦，羞学章句”。可以视为古文派对于“章句小儒”（今文派）的批评。尽管他提出：“毛公之训《诗》，安国之传《书》，郑君之释《礼》，王弼之解《易》，要约明畅，可为式矣。”似乎以王弼与古文学家并举，同作楷式。但是，从他对《周易》所作的具体分析中，却找不到采纳王《易》的明显痕迹。实际上，他仍依古文派之说解《易》。例如，他说：孔子作“十翼”，文王作《卦辞》，《归藏》为《殷易》……这些说法全都本之郑玄[③]。前人称，郑《易》多参天象，王《易》则本玄旨，而杂以清言。王弼解《易》一反汉儒之风，主张得意忘象，得象忘言，而于五行术数，悉皆摈落[④]。宋赵师秀诗曾有“辅嗣

《易》行无汉学”之语。刘勰解《易》，基本上依从郑学路线，而并不像王《易》那样对于五行象数之说一概采取排斥的态度。《原道篇》：“取象乎河洛，问数乎蓍龟。”《征圣篇》：“书契断决以象夬，文章昭晰以象离。”这些说法均与王《易》摈黜象数之旨背驰。更值得注意的是刘勰的宇宙观同样以汉儒的宇宙构成论为基础。他在《原道篇》中提出了这样一个宇宙形成的系统：“夫玄黄色杂，方圆体分。日月叠璧，以垂丽天之象；山川焕绮，以铺理地之形，此盖道之文也。仰观吐曜，俯察含章，高卑定位，故两仪既生矣。惟人参之，性灵所钟，是谓三才。〔人〕为五行之秀，实天地之心。心生而言立，言立而文明，自然之道也。”（此即上一章所引鲁迅《汉文学史纲要》：“梁之刘勰，至谓‘人文之元，肇自太极’，三才所显，并由道妙。”的原文。）这可以说是完全根据汉儒宇宙构成论所作的阐述⑤。汉儒宇宙构成论认为天地万物由太极（自然元气）所生。玄学本体论从体用一如或有无相即的原则出发，否认宇宙有这样一个形成过程。玄学只认太极是一种统摄万有的绝对精神，而天地万物都只是这个绝对精神的外现或外化，其间并没有什么太极生两仪之类的先后秩序。所以，王弼又把太极直接解释作天地。《晋书》卷六十八记顾荣之言曰：“王氏云太极天地，愚谓未当。夫两仪之谓，以体为称则是天地，以气为名则是阴阳。今若谓太极为天地，则是天地自生，无生天地者也。”顾荣不同意王弼把太极解释作天地，严格规定天地是太极所生的两仪，正表明汉儒宇宙构成论对于玄学本体论的批评。

根据上述分析来看，刘勰的原道观点以儒家思想为骨干，这是不容怀疑的。他撰《文心雕龙》，汲取了东汉古文派之说。他的宇宙起源假说也的确接近于汉儒的宇宙构成论。然而，我不同意因此就把刘勰的宇宙观归定为唯物主义。因为他在什么是太极这个关键问题上并没有作出明确的规定，从而和古文学家明白断定太极就是元气的态度比较起来，可以说是表现了朦胧的态度。他的宇宙构成论和文学起源论都采取了极其混乱的形式，这固然一方面是儒家思想本身所固有的，另方面也出于他自己的牵强附会。《原道篇》所提出的文学起源论是把《易传》的太极说和三才说串连在一起。（三才说见于《说卦》：“立天之道，曰阴与阳，立地之道，曰柔与刚，立人之道，曰仁与义。兼三才而两之。”）照他看来，太极生两仪，两仪即天地，人与天地并生，同为三才。由于人为性灵所钟，是五行之秀，天地之心，所以由心产生了语言，由语言产生了文学。这就是他所说的“人文之元，肇自太极”的具体内容。他又把这一文学产生过程叫做“自然之道”。他认为人类几乎与天地同时诞生，而文学在人类诞生后不久就马上出现了。这显然是充满神秘精神、违反科学的谬说。有些论者撇开这一点不论，却突出了刘勰所说的“自然之道”，从而作出种种不符实际的曲解。黄侃《札记》释《原道篇》曰：“案彦和之意，以为文章本由自然生，故篇中数言自然。《韩非子·解老篇》曰：‘道者，万物之所然也，万理之所稽也。理者，成物之文也；道者，万物之所以成也。（道，公相。理，私相。）故曰：道，理之者也。’案庄韩之言道，犹言万物之所由然。文章之成，亦由自然，故韩子又言圣人得之以成文章。韩子之言，正彦和所祖也。”（节录）陆侃如、牟世金《文心雕龙选译引言》更进一步肯定刘勰的文原于道的主张贯彻了唯物主义思想，并断言“自然之道”就是“客观规律”或“宇宙间的真理”。《札记》以佛说之“如”比附韩非之道，已属不伦，至于说“韩子之言，正彦和所祖”，就尤为牵强了[⑥]。韩非的天道观舍弃了老子的自然（即无为）之义。他所说的“道”，除具有先秦后期法家所谓“主道”、“君道”之类的偏见外，并没有突破老子的客观唯心主义的局限。（此说参阅笔者的《韩非论稿》，见《附记》。）刘勰所说的“自然之道”是具有另一种涵义的。刘勰把太极作为天地万物产生的最终原因。太极产生了天地，天地本身具有自然美（即所谓“道之文”）。太极在产生天地的同时，也产生了人（圣人），人（圣人）通过自己的“心”创造了艺术美（即所谓“人之文”）。道文、人文都来自太极，这就叫做“自然之道”。《原道篇》提出“傍及万品，动植皆文”、“无识之物，郁然有彩”的说法，从而肯定了自然美的存在，承认自然本身具有美的属性。所谓“云霞雕色，有逾画工之妙，草木贲华，无待锦匠之奇，夫岂外饰，盖自然耳”，就更进一步将自然美与艺术美并列，给予自然美和艺术美同等地位。这些说法在当时都具有积极意义，我们应当给予它一定的历史地位。但是，承认自然美的客观存在，并不等于是从唯物主义立场出发的（黑格尔的美学就是例子）。就刘勰文学起源论的思想根底来说，基本上是客观唯心主义的。

我们不难看出，刘勰所说的“自然之道”也就是“神理”。这一点，黄侃的《札记》也并不讳言。《原道篇》说：“若乃河图孕乎八卦，洛书韫乎九畴，玉版金镂之实，丹文绿牒之华，谁其尸之，亦神理而已。”“神理”即自然之道的异名。篇末《赞》曰：“道心惟微，神理设教。”二语互文足义，说明道心、神理、自然三者可通。据此，刘勰说的“自然之道”，虽与人为人造的概念相对，含有客观必然性的意思，但这个客观必然性只是代表宇宙主宰（即神理）的作用，而不是指物自身运动的客观规律[⑦]。在刘勰的文学起源论中，“心”这一概念是最根本的主导因素。从“心生而言立，言立而文明”这个基本命题来看，他认为“文”产生于“心”。通过“心”这一环节，他使道——圣——文三者贯通起来，构成原道、征圣、宗经的理论体系。（郭绍虞《中国文学批评史》指出，明道、征圣、宗经三种意义合而为一，为我国传统文学观，“其根基确定于荀子”。）照刘勰看来，儒家圣人之心合于天地之心，所以儒家经典之文即是自然之文。在这里，人文和道文固然联在一起，然而，这不是由于自然美是艺术美的源泉，或者艺术美是自然美的反映，而是由于圣人之心完全体现了天地之心的结果。用《原道篇》的话来说，这就是“道沿圣以垂文、圣因文而明道”。由于他把“心”作为沟通道——圣——文的根本环节，因而对“心”这一概念作了荒诞的夸大。《征圣篇》全文主旨即在阐明圣人之心合于天地之心。篇末《赞》曰：“妙极生知，睿哲惟宰”，就是这一观点的概括说明。（这句话的大意是说，圣人所以睿哲是因为圣人之心合于天地之心，而宇宙产生了充满智慧的圣人之心，实在有着极其神妙的道理。）《原道篇》所谓“道心惟微，神理设教”，也同样是为了表明道心或神理的神秘性。不过，道心虽然是不可捉摸的，神理虽然是难以辨认的，但由于“元圣创典，素王述训，莫不原道心以敷章，研神理以设教”，圣人用来实行教化的经典却容易理解。这样，他就作出了圣心是道心的具现，经文是道文的具现的结论。于是，在他的文学起源中，作为“恒久之至道，不刊之鸿教”的儒家圣人经典，也就被装饰了神圣的光圈，成为凌驾一切的永恒真理了。

这种儒学唯心主义观点使刘勰的文章起源论采取了极其混乱而荒唐的形式，自然这也会对《文心雕龙》创作论发生一定影响。不过，总的说来，刘勰的文学创作论并不完全受到他的文学起源论先验结构的拘囿，其中时时闪露出卓识创见。《中国通史简编》曾据《神思篇》、《物色篇》、《养气篇》中的基本论点，断定刘勰“在论文时，却明确表示唯物主义的观点”。对这一说法，这里需要加以补充和说明。我们应该承认，《文心雕龙》创作论（自《神思篇》至《物色篇》），的确存在不少合理的因素。刘勰在创作论中提出丰富的范畴，并通过它们之间的联系和矛盾来阐明艺术创作过程。在艺术规律和艺术方法方面，他总结了前人艺术实践的经验，掌握了大量资料，作出相当渊博的论述。他说出不少深刻的意见，不仅超越前人，就是在全部封建时代的文学理论领域内也放出了异彩。对于这些成就，我们需要加以实事求是的剖析，给予应有的评价。一方面我们应该认识到：这些精华部分仍旧包括在刘勰的客观唯心主义思想体系之内，不能不受到他的思想原则的制约。另一方面我们也必须注意：过去一些优秀思想家的理论著作，往往呈现了矛盾状态。他们的思想原则并不是永远贯串并浸透在每个具体的论点里面。原理和原理的运用之间，体系和方法之间，形式和内容之间，可能存在某种不一致的情况。例如，费尔巴哈“下半截为唯物主义者，上半截为唯心主义者”。作为客观唯心主义者黑格尔，在伦理学或法权哲学方面，则与费尔巴哈相反，“形式上是很唯心的，而内容却是很现实的”。《自然辩证法》曾指出：黑格尔《大逻辑》关于“物自体”的论述，证明他“比起近代自然科学家来是一个更加坚决得多的唯物主义者”。《文心雕龙》的创作论所以超出文学起源论，能够具有现实的内容，正是由于同样的原因。因此我们不能根据刘勰的文学起源论是荒诞的，于是断定他的文学创作论也同样只有谬误。然而分辨原理和原理运用之间，体系和方法之间，形式和内容之间，可能存在的矛盾和差距，并不等于否定它们之间的联系。任何优秀的思想家都不能完全摆脱作为建筑自己理论结构基础并指导自己理论方向的思想体系的影响。

刘勰在文学起源论中把“心”作为文学的根本因素，但是他在创作论中却时常提到“心”和“物”的交互作用。他比较充分地研究了“心”、“物”这一对范畴在艺术创作活动中的关系问题。《神思篇》揭示了“思理为妙，神与物游”的纲领，《物色篇》进一步阐明“情以物迁，辞以情发”的主旨。他说：“是以诗人感物，联类不穷，流连万象之际，沉吟视听之区；写气图貌，既随物以宛转；属采附声，亦与心而徘徊。”篇末《赞》曰：“目既往还，心亦吐纳”，“情往似赠，兴来如答。”在这里，刘勰阐明作为文学内容的情志，不是来自主观冥想，而是心和物接触的结果。他所说的诗人感物是以感觉活动作为发端，这种看法基本上是符合认识规律的。当时玄风日炽，老庄思想盛行。庄子曾以庖丁解牛为喻，提出了“以神遇而不以目视，官知止而神欲行”的神秘主张，否定了认识活动必须通过感觉摄取物象作为起点。这种弃官知而重神理的唯心主义认识论，直到后来还对许多艺术理论发生了影响。刘勰不受这种神秘主义观点的浸染，他在创作论中坚持了感观的作用，这主要是由于他在一定程度上继承了荀子的学说。史称荀子“推儒墨道德之行事兴坏”。荀子对儒墨显学都有所修正，进行了批判的继承。后期墨学的主要著作《墨辩》（书名依晋鲁胜《墨辨注》）在认识论方面作出了具有科学性的阐发。《经上》与《经说上》第三至第六这四条是一组系统阐述认识论的理论。其中把认识作用分为“知材”、“虑求”、“知接”、“恕明”四类，并直接把它们和“见物”、“接物”、“过物”、“论物”的物观对象相联系，说明思维活动必经此感知、虑知、觉知、理知的认识过程，然后才能界立出正确思维活动的逻辑形式（用汪奠基《中国逻辑史料分析》说）。虽然《墨辨》对于感知、虑知、觉知、理知的表述过于粗略而隐晦，但是我们在大体上还是可以辨认，它们作为一种萌芽状态的认识分类，已经初步接近于我们现在所说的感觉、知觉、表象和抽象思维这几个不同阶段的认识功能。荀子的认识论就是在前人基础上加以发展和改造而建立起来的。他提出了"缘天官"说，更强调地指出人的认识活动是通过目、耳、口、鼻、形体、心这几种器官来进行的。前五种属于感觉官能，心（应该说是大脑）代表思维活动的器官。荀子在《正名篇》中曾充分地阐述了他的"缘天官"的认识论："形、体、色、理，以目异。声、音、清、浊、调、竽、奇声，以耳异。甘、苦、咸、淡、辛、酸、奇味，以口异。香、臭、芬、郁、腥、臊、洒、酸、奇臭，以鼻异。疾、养、沧、热、滑、铍、轻、重，以形体异。说、故、喜、怒、哀、乐、爱、恶、欲，以心异。心有征知。征知，则缘耳而知声可也，缘目而知形可也，然而征知必将待天官之当簿其类，然后可也。"引文中所说的"异"是指别同异，亦即认识事物的特性。这里指明目、耳、口、鼻、形体所摄取的外物映象必须有待于心的征知才能构成认识的内容，而心的征知倘不通过目、耳、口、鼻、形体簿物（去接触客观世界）就无法发挥它的综合与分析、区别同异的作用。

自然，刘勰的创作论并没有把荀子的唯物主义认识论加以进一步的发展和深化，甚至也没有对荀子的这些观点作出完整的介绍和阐述。但他的创作论受到了荀子学说的一定影响是可以肯定的。否则我们就无法理解：当时在玄风弥漫整个学术界的情况下，他的创作论为什么不受老庄学派"官知止而神欲行"的神秘思潮的浸染，而倾向于唯物的认识论？他的这种观点是从哪里来的？前人中只有荀子才在这方面作过详赡的论述。因此刘勰很可能把荀子的认识论作为既成的结论运用在他的创作论中。我们只要把他在"神与物游"纲领下所提出的"流连万象之际，沉吟视听之区"、"物沿耳目，而辞令管其枢机"、"目既往还，心亦吐纳"这些以感觉活动作为认识起点以及论述感官与心官作用的说法和荀子的认识论加以对勘，就不难看出其间的渊源关系。在这基础上，刘勰论述了作家进入创作过程后形成心物交融的复杂情况，说出不少深刻的见解。就创作过程这一范围来说，他的一些看法比他以前的文艺理论家提供了更多新的成分。他的"心物交融说"基本上是以"吟咏所发，志惟深远，体物为妙，功在密附"为宗旨。从他提出的"巧言切状，如印之印泥，不加雕削，而曲写毫芥，故能瞻言而见貌，印（即）字而知时"的主张来看，他是倾向于对物色作出真实反映的文艺理论的。

除了心和物的关系外，刘勰的创作论还提出了神和形的关系问题。后一对范畴与前一对范畴是有着密切联系的。魏晋以来，神形之辨成为儒、玄二家争论的焦点之一。玄学揭橥得意忘形之说，引申到神形问题上面，就是重神味而遗形骸，主张神形分殊，认为神可以不依赖形而存在。当时某些学者继承了荀子、王充等人的传统，反对这种唯心主义观点，提出了“形毙神散”（何承天《达性论》）的说法。到了齐梁之际，在这一争论基础上更爆发了神灭问题的大辩论。梁武帝等为了用佛教的因果报应去欺骗人民，大力宣扬神不灭论。范缜起而抗辩，他在《神灭论》中说：“形存则神存，形谢则神灭。”他用刀和利的关系为比喻，以为神之于形，譬如利之于刀；形之于神，比如刀之于利。虽然刀不能称为利，利不能称为刀，然而舍利则无刀，舍刀则无利，哪里有刀灭而利存，形亡而神在的道理呢？这一观点是唯物主义的。刘勰的创作论基本上汲取了儒学古文派的观点，而不同于玄学。我们从《养气篇》就可以看出他受到自然元气论的某些影响。《中国通史简编》称：“《养气篇》说人的精神，依附于身体，养神首先在养身。”此说甚是。《养气篇》一开头就说“昔王充著述，制养气之篇，验己而作，岂虚造哉”，证明刘勰是肯定王充的自然元气论的。尽管《养气篇》包含了许多不科学的成分，可是其中的主旨很明白。所谓“率志委和，则理融而情畅；钻砺过分，则神疲而气衰”，“思有利钝，时有通塞，沐则心覆，且或反常”，都是说明身体状态必然会影响到精神状态，从而论证了神依附于形的道理。自然，这种看法带着机械论意味，并不完全正确，但在当时却有一定积极意义，因为它正与主张神形分殊的玄学观点针锋相对。例如，《弘明集》卷二载宗炳《明佛论》，即本玄佛合流立场提出了全然相反的说法：“若使形生则神立，形死则神死，则宜形残神毁，形病神困。（疑有阙文——引者）据有腐，则其身或属纩临尽，而神意平全者；及自牖执手，病之极矣，而无变于德行之室；斯殆不灭之验也。”宗炳从神形分殊的观点出发，认为人即使病到垂危，精神也不会受到丝毫影响，从而由形残神不毁，形病神不困，引申出形亡神不灭的结论。

《养气篇》所提出的形影响于神的论点并不是孤立的，它也贯串在与神形有关的其他问题里面。《比兴篇》是探讨艺术形象问题的专论，篇中所提出的“拟容取心”的命题，就是在艺术形象问题上分辨神形之间的关系。心和容亦即神和形的异名。汉人尚骨法，魏晋重神理。南朝时期，由于玄风的浸染，许多文艺理论家都提倡神似，反对形似，以至把神形分割开来。刘勰并没有受到这种影响，他始终主张神似形似并重。有人认为刘勰的创作论反映了玄学重神遗形的倾向，这是不对的[8]。《比兴篇》提出“比类虽繁，以切至为贵，若刻鹄类鹜，则无所取焉”，充分证明刘勰认识到形似的重要。他所说的“拟容取心”就包括了心和容（即神和形）两个方面。拟容是指模拟现实的表象，取心是指揭示现实的意义。他认为要创造成功的艺术形象，拟容和取心都是不可缺少的条件，既需要摹拟现实的表象，以做到形似，也需要揭示现实的意义，以做到神似。《神思篇》“物以貌求，心以理应”，《物色篇》“志唯深远，体物密附”，《章句篇》“外文绮交，内义脉注”，都是申明此旨。在这里，刘勰并不承认神可以不依存形而独立存在。显然这在当时是代表一种健康的文艺观点。后来的文艺理论家，自司空图的“离形得似”说起，几乎大多在这个问题上沿着重神遗形的斜坡，滑入了迷离恍惚的神秘境界。然而，刘勰的上述见解并不是通过鲜明的形式叙述出来。他只是根据诗、骚、赋等有限的文学样式所提供的材料，作出有关艺术形象的理论概括。当时小说和戏曲尚在萌芽，处于幼稚阶段，且未列入文学之林，这使他的形象论停留在原始的状态上，并局囿在狭隘的范围内。同时，由于他的客观唯心主义思想体系的局限，他只能用多少带有神秘意味的“心”来表示“现实意义”这一概念。他在《养气篇》中还硬把道家方士的“胎息”、“吐纳”、“卫气”之类长生久视之术，应用到文学创作活动方面，从而使一些精华和糟粕交织在一起。

围绕着艺术形象问题这个中心，刘勰提出了一系列对立统一的范畴来阐明艺术的创作活动。《比兴篇》“称名也小，取类也大”，《物色篇》“以少总多，情貌无遗”，是两个互为补充的命题。刘勰通过“少”和“多”这一对既矛盾又联系的范畴，说明作家需要运用最精练、最集中、最节省的材料，去表现最复杂、最丰富、最深远的内容。就时间空间的条件来说，任何作品都有一定的限度，只能容纳一定数量的事件，一定时期的生活。作家掌握“以少总多”的方法，就是为了突破这种限度和限制，通过个别去表现普遍，通过有限去表现无限，以扩大作品的容量。用刘勰的话来说，这就叫做“称名也小，取类也大”。“名”指的是“这一个”，“类”指的是“这些个”。尽管文学作品所表现的仍旧是某一瞬间的片断生活，但由于它通过“以少总多”的艺术创造，使某一现象成了无数这类现象的代表，因而构成一个自成起讫的完整世界，可以使读者从作品所提供的瞬间去追踪它的来龙去脉，从作品所提供的片断看出它的全貌或整体。刘勰这种看法，可以说已经蕴涵了“典型性”这一艺术理论的胚胎。为了创造“以少总多，情貌无遗”的作品，刘勰又在《神思篇》中提出了“博而能一”的命题。这个命题是就作家的体验和表现而言。“博”是指“博见”，“一”是指“贯一”。所谓“博见为馈贫之粮，贯一为拯乱之药”，就是要求作家在体验上要“博”，在表现上要“一”，把“博”和“一”统一在一起。《事类篇》曾经用了一个巧妙的比喻说明博见的重要：“狐腋非一皮能温，鸡蹠必数千而饱。”意思是说，世间没有粹白之狐，只有粹白之裘，而粹白之裘正是取众狐之白缀成的。作家所见不博，就会产生“迍邅于事义”的缺陷；如果不断拓广自己的视野，就能“博见足以穷理”了。自然，仅仅做到博还不够，必须要“博而能一”。“一”就是避免庞杂，要有中心，在思想上达到首尾一贯。刘勰从“类”的概念出发，把大和小、少和多、博和一这些对立的范畴统一起来。这种辩证观点是值得注意的。它们也同样是在前人所取得的成果的基础上建立起来的。在他以前，《墨辨》曾提出过“达名”、“类名”、“私名”三个范畴。据《经说》的解释：“名：‘物’，达也。有实必待文多也，命之。‘马’，类也。若实也者，必以是名也，命之。‘臧’，私也。是名也，止于是实也。”《墨辨》所谓“达名”是指普遍性的范畴，即后来荀子在《正名篇》中说的“大共名”，如“物”，这个概念可统摄万有。“类名”是指特殊性的范畴，即荀子说的“大别名”，如“马”，这个概念以区别牛羊，但又赅括一切不同形态的马在内。“私名”是指个体性范畴，即荀子说的“推而别之至于无别然后止”，如“臧”，这个概念作为某一个体（人）的专名。《墨辨》提出了“辞以类行”的理论。荀子对于“类”的概念更多有发挥：《儒效篇》“举统类而应之”，《子道篇》“言以类使”，《非相篇》“以类度类”，“类不悖，虽久同理”，《王制篇》“以类行杂，以一行万”。大体说来，荀子认为知类为立名之本，掌握了“类”的概念就可以突破感性认识的局限，以近知远，以一知万。不难看出，刘勰的创作论是吸取了这些理论成果的。他在论述小与大、少与多、博与一这类对立统一关系时，显然继承了《墨辨》和荀子所揭示的普遍性、特殊性、个体性三范畴之说。虽然他并没有把它们整理出科学的理论，作出明确的论断，但他已开始认识到：普遍性统摄着特殊的个体，而个体又蕴含了普遍性与特殊性于自身之中。因此，普遍、特殊、个体在区别中有其不可分离性。由此刘勰在前人说的“称名也小，取类也大”的指引下，作出了“以少总多”、“博而能一”的辩证论断。

刘勰的创作论还比较深入地研究了形式与内容问题。《通变篇》和《情采篇》都探讨了“文”和“质”的关系。刘勰大概是首先把“文”和“质”这对概念运用于文学领域的理论家。文质二词最早见于《论语》和《礼记》。《雍也》：“质胜文则野，文胜质则史，文质彬彬然后君子。”《颜渊》：“文犹质也。虎豹之鞟，犹犬羊之鞟。”《礼记·表记》：“虞夏之质，殷周之文，至矣。虞夏之文，不胜其质。殷周之质，不胜其文。”在这里，文和质的关系是由仁和礼的关系推演出来，专指道德规范和礼乐制度而言。“质”是代表一种素材，“文”是代表在素材上的加工。它们之间的关系有些近似形式和内容的关系。在刘勰之前，班彪《史记论》称司马迁“辩而不华，质而不俚，文质相称，盖良史之材”。（《后汉书·班彪列传》）这是把文质概念用于史学。（应玚《文质论》不关论文，可置而不论。）魏晋以来，释家传译佛典，转梵言为汉语，要求译文忠实而雅驯，广泛地提到文质关系问题，开始把这一对概念引进了翻译理论⑨。在这基础上，刘勰所提出的文质论就更接近于文学的形式和内容问题了。《通变篇》通过文和质的概念（“斟酌乎文质之间”）去分析历代文学的流变，已经把原始的文质概念加以发展，而和原义有所不同。《情采篇》说：“水性虚而沦漪结，木体实而花萼振，文附质也。虎豹无文，则鞟同犬羊，犀兕有皮，而色资丹漆，质待文也。”显然，这里所说的文和质是指文学的形式和内容。刘勰不仅主张文附质和质待文，要求形式服从内容，内容通过优美形式表现出来，而且他也接触到内容决定形式之一原理。《情采篇》把“为情造文”（从内容出发）和“为文造情”（从形式出发）区别开来，肯定前者，否定后者，从而打击了当时弥漫文坛的形式主义倾向。刘勰在这方面说出了不少深刻见解：“铅黛所以饰容，而盼倩生于淑姿。文采所以饰言，而辩丽本乎情性。故情者，文之经，辞者，理之纬；经正而后纬成，理定而后辞畅，此立文之本源也。”《体性篇》也说：“情动而言形，理发而文见，盖沿隐以至显，因内而符外者也。”“情性”或“情理”属于内容的范畴，“文采”或“文辞”属于形式的范畴。“经定而纬成”和“因内而符外”是两个互相补充的命题，用来说明形式由内容产生，并被内容所规定。

刘勰把形式叫做“外”，把内容叫做“内”。《比兴篇》所提出的“拟容取心”，也可以分为内外两个方面。拟容切象是“外”，取心示义是“内”。由于刘勰认为内容决定形式，因此他在《比兴篇》中反对了徒知拟容切象、不知取心示义的词人作品，把这种重形式的倾向称为“用小而忘大”。《风骨篇》则从不同的角度，研究了“内”和“外”的关系问题。篇中说：“辞之待骨，如体之树骸。情之含风，犹形之包气。”黄侃《札记》释曰：“风即文意，骨即文辞。”这个解释虽嫌过于简单，但大体不差。《范注》对《札记》作了进一步补充：“此篇所云风情气意，其实一也。而四名之间，又有虚实之分。风虚而气实，风气虚而情意实。可于篇中体会得之。辞之与骨，则辞实而骨虚。辞之端直者谓之辞，而肥辞繁杂亦谓之辞，惟前者始得文骨之称，肥辞不与焉。”《范注》所说的虚与实也可以理解作内与外。虚包括在实里面，是实的内在素质。有人根据《范注》之说，以为《札记》把风归为“内”（文意），把骨归为“外”（文辞）是不对的。因为《风骨篇》明明把辞与骨比作体与骸，把情与风比作形与气，既然骸包括在体内，气包括在形内，从而骨也就包括在辞内，风也就包括在情内。据此，风骨都应属于内的范畴了。事实上，这种看法是没有认识到风骨这对概念在内和外的关系上的相对意义。骨对于辞来说，骨虚辞实，骨是内，辞是外（正如骸包括在体内一样）。风对于情来说，风虚情实，风是内，情是外（正如气包括在形内一样）。就这个意义来看，风和骨都是作为形体的内在素质，所以同属于“内”的范畴。但是，骨对于风来说，它们本身又有内外之分。因为风与作为文学内容的文意联在一起，骨与作为文学形式的文辞联在一起。就这个意义来看，风又属于“内”的一方，骨又属于“外”的一方了。这一内外关系，在某种意义上也是形式和内容的关系，《文心雕龙》创作论特辟《风骨篇》专论作为文意内在素质的“风”和作为文辞内在素质的“骨”，以论证“因内而符外”的重要性。刘勰认为只有练于骨者，析辞才能精，深于风者，述情才能显。风指的是“意气骏爽”，它的反面是“思不环周，索莫乏气”。骨指的是“结言端直”，它的反面是“瘠辞肥义，繁杂失统”。他提出风和骨这一对概念，正是为了反对无风的文意，无骨的文辞。此外，《体性篇》、《情采篇》、《事类篇》、《隐秀篇》等也都论述了一些既联系又矛盾的范畴的内外关系。这些段落在《文心雕龙》全书中特别显得突出。《情采篇》以“联辞结采，将欲明经”为旨归；《通变篇》以“矫讹翻浅，还宗经诰”为根本；《体性篇》特别推重“方轨儒门”的典雅风格；《风骨篇》首先援引“风乃教化之本源”的诗教说。刘勰的文质说和孔子的文质说固然因用于不同领域而有所区别，但前者毕竟以孔子赋于文质概念的那种道德规范的意义为依据。

注：

① 前人评论《文心雕龙》，几乎毫无例外地把它归入儒家之列。据我所见，仅李家瑞《停云阁诗话》持有异说。他以为刘勰“与如来释迦随行则可，何为其梦我孔子哉”！这种批评充满偏见，是不能成立的。刘勰撰《文心雕龙》正当玄佛盛行之际。《南史·儒林传》称：

“宋齐国学，时或开置，而劝课未博，建之不能十年，盖取文具而已。是时乡里莫或开馆，公卿罕通经术。朝廷大儒，独学而不肯养众；后生孤陋，拥经而无所讲习。”在这种情况下，刘勰撰《文心雕龙》采取儒学立场，表现了对于玄学的抗拒态度。

② 刘勰提到刘歆、扬雄、桓谭之处颇多。《文心雕龙》往往引申他们的见解。此外，他对于一些反对玄风的儒学家也多表示肯定的态度。《才略篇》：“成公子安，选赋而时美。”《奏启篇》：“傅咸劲直，而按辞坚深。”《才略篇》：“傅玄篇章，义多规镜。”成公绥著有《钱神论》。傅玄、傅咸都抨击了“以望空为高而笑勤恪”的玄谈风习。干宝《晋纪总论》曾说：“核傅咸之奏，钱神之论，而睹宠赂之彰。”

③ 孔子作《十翼》——《原道篇》：“庖牺画其始，仲尼翼其终。”《宗经篇》：“夫子删述，而大宝咸耀，于是《易》张《十翼》。”孔子作《十翼》之说原出《史记》。《周易正义》云：“郑学之徒，并依此说。”文王作卦辞——《原道篇》：“文王患忧，繇辞炳曜。”《周易正义》谓“郑学以为卦辞爻辞并为文王所作”。《归藏》为《殷易》——《诸子篇》：“归藏之经，大明迂怪，乃称羿毙十日，嫦娥奔月，殷汤（汤当作易）如兹，况诸子乎。”此言《归藏》为《殷易》。郑玄《易赞》云“夏曰《连山》，殷曰《归藏》，周曰《周易》”，当是刘勰所本。此外，《原道篇》“日月叠璧，以垂丽天之象”，系引申郑玄注《系辞上》之文。郑注“在天成象”曰：“日月星辰也。”（杨明照据《意林》引《论衡》文“天有日月星辰谓之文，地有山川陵谷谓之理”，称：“刘勰把日月山川看作天地自然之文，可能受了王充的影响。”此说可备参考。）《原道篇》：“炎（炎帝即神农——引者）皞（太皞即伏羲——引者）遗事，纪在《三坟》。”此说见于孔安国《尚书传序》。皮锡瑞《经学历史》称，孔氏解《三坟》、《五典》，本之郑氏。在儒家经典的排列上，刘勰也依古文学家所规定的先后秩序。从以上诸例可以看出刘勰基本上是依古文派之说去解经的。

④ 王弼《易例略》批评汉儒《易》学说：“互体不足，遂及卦变。变又不足，推致五行。一失其原，巧愈弥甚。”

⑤ 《原道篇》这段话是据汉儒宇宙构成论把《易传》的太极说和三才说拼凑在一起。《系辞下》本有“三才之道”的说法。三才是指天道、地道、人道。刘勰对于“三才”的理解，全遵汉儒的训释。孟康注《钟历书》“太极元气，函三为一”，谓三即三才，指天、地、人。郑玄释三才与两仪的关系说：“太极函三为一，相并俱生。是太极生两仪，而三才已具矣。”何承天《达性论》亦云：“夫两仪既位，帝王参之，宇中莫尊焉。天以阴阳分，地以刚柔用，人以仁义立。人非天地不生，天地非人不灵。三才同体，相须而成者。”显然，这些说法都给予刘勰以很大影响。

⑥ 《文心雕龙》处处都表现了对于法家的歧视。《诸子篇》更露骨地说：“至如商、韩，六虱五蠹，弃孝废仁，轘药之祸，非虚至也。”刘勰对韩非的批评十分严厉，他的原道主张与韩非思想殊少关联。

⑦ 在前人著述中“自然”一词并不一定代表“自然界”，更不一定等于今天所说的“物质”。例如魏晋以来，玄学家就很喜欢用“自然”这个词。夏侯玄曰：“天地以自然运，圣

人以自然用。”何晏释曰：“自然者，道也。道本无名。”（《无名论》）何晏又说：“道之而无语，名之而无名，视之而无形，听之而无声，则道全焉。”（《道论》）所以，叫做“自然”的“道”就是无语、无名、无形、无声的本体，或更明白地说：“无”。王弼也同样根据玄学本体论来解释“自然”：“自然者，无称之言，穷极之辞也。”（《道德经注》）又说：“自然，其端兆不可得而见也，其意趣不可得而睹也，无物可以易其言。”（同上）据此，玄学所谓“自然”即是不可认识的无（即作为宇宙本体的绝对精神）。刘勰的“自然之道”虽然本之儒家，而与玄学殊旨，但也不是指物质自身运动的客观规律。

⑧ 汤用彤《言意之辨》称：“汉代相人以筋骨，魏晋识鉴在神明。顾氏（长康）之画理，盖亦得意忘形学说之表现也。魏晋文学争尚隽永，《文心雕龙》推许隐秀。隽永在甘美而义长，情在词外曰隐，状溢目前曰秀。均可知当时文学亦用同一原理……”事实上，《隐秀篇》残文以情状并举，内外兼顾，正可以作为刘勰不废形似的明证。

⑨ 魏晋以来，佛书大量传入中土，译业宏富。当时名僧如鸠摩罗什、道安、僧睿、慧远诸人，都在经序中对翻译佛书问题进行了相当广泛的讨论。论题之一就是分辨文质之间的关系。这里由于篇幅所限，仅举以下数例：《梁僧传》记道安之言曰：“支谦弃文存质，深得经意。”《出三藏记》卷八载道安《摩诃钵罗若波罗蜜经钞序》：“昔来出经者，多嫌梵言方质，改适今俗，此所不取。何者？传梵为秦，以不闲方言，求知辞趣耳，何嫌文质？文质是时，幸勿易之，经之巧质，有自来矣，唯传事不尽，乃译人之咎耳。”《出三藏记》卷七载道安《合放光光赞随略解序》：“光赞护公执胡本，聶承远笔受，言准天竺，事不加饰，悉则悉矣，而辞质胜文也。”《出三藏记》卷十载慧远《大智论钞序》：“圣人以方设训，文质殊体。若以文应质；则疑者众。以质应文，则悦者寡，是以化行天竺，辞朴而义微，言近而旨远。义微则隐昧无象，旨远则幽绪莫寻。故令玩常训者，牵于近习，束名教者，惑于未闻。若开易进之路，则阶藉有由，晓渐悟之方，则始涉有津。远于是简繁理秽，以详其中，令文质有体，义无所越。”《出三藏记》卷七载《首楞严后记》（不详作者）：“饰近俗，质近道。文质兼，唯圣有之耳。”僧祐《出三藏记》：“方言殊音，文质以异，译梵为晋，出非一人。或善梵而质晋，或善晋而未备梵。众经浩然，难以折中。”

〔附记〕

现将拙作《韩非论稿》有关部分摘录如下，以备参考：

近人论述韩、老关系，往往宣称韩非继承了老子的唯物主义思想。任继愈《中国哲学史》引韩非《解老篇》的一句话“凡理者，方圆、短长、粗靡、坚脆之分也”，加以解释说：“道是自然界的根本规律，理是万物借以互相区别的特殊规律。特殊规律离开不了总的规律，总的规律寓于特殊规律中。”这种说法是把今天的哲学概念套在韩非的理论上。“道”乃老子的本体论，它对于春秋前的人格神来说是进步的。但韩非对老子的道和德的解释已离开老子的原旨，而在认识论上却又并没有突破老子的唯心主义。我们只要把《中国哲学史》所引《解老》二十五节全文通读一遍，就可以发现从那里面并不能推出一般规律和特殊规律及其间辩证关系的结论。《解老篇》二十五节全文是这样说的："凡理者，方圆、短长、粗靡、坚脆之分也。故理定而后物可得道也。故定理有存亡，有死生，有盛衰。夫物之一存一亡，乍生乍死，初盛而后衰者，不可谓常。……圣人观其玄虚，用其周行，强字之曰道，然而可论，故曰：'道可道非常道也'"。《中国哲学史》以为《解老篇》所阐释的道不是"绝对观念"。但是，事实恰恰相反。照韩非看来，理是可变的。方圆、短长、粗靡、坚脆、存亡、盛衰都是相对待的；而一切有待的皆非道。道是无待的，换言之，就是绝对的常。常是永恒不变的，与天地同生，天地消灭仍不死不衰。常是没有变易，没有定理的。《解老篇》二十三节释道云："道者万物之所然也，万理之所稽也。理者，成物之文也；道者，万物之所以成也。"又《主道篇》云："道者，万物之始，是非之纪也。"由此看来，道就是万物的本体，这个本体正是无待的绝对观念。万物万理的变化就是这个永恒不变的道的显现。所以道和理的关系并不是什么一般与特殊的辩证关系，而是无待驭有待，不变驭万变。在韩非的本体论中，道是唯一的主宰，作为万物万理的个体本身是没有任何价值的。这种本体论，连客观唯心主义者黑格尔都曾经指出过它的虚妄。黑格尔在《哲学史演讲录》中讲到这种流行于古代东方的本体论的实质是在于只承认"那唯一自在的本体才是真实的，个体若与自在自为者（指本体——引者）对立。则本身既不能有任何价值，也无法获得任何价值。只有与这个本体合而为一，它才有真正的价值。但与本体合而为一时，个体就停止其为主体，而消逝于无意识之中了"。简括地说，这种本体论是把本体认作是存在于现实世界一切个别事物之外的绝对，这个作为绝对的本体不是从现实世界一切个别事物之中抽象出来的。它先于现实世界的一切个别事物而存在，它的存在不依赖于现实世界一切个别事物。相反，现实世界一切个别事物的存在必须依赖它才获准生存权。这种如黑格尔所说的使"个体停止其为主体"——即用共性去湮没个性，用同一性取消特殊性的本体论，就是韩非的哲学思想基础。在这个基础上导致他的君主本位主义的全部理论。

侯外庐《中国思想通史》也是同样不别韩、老的同异，有时甚至直接把韩非解老的话作为老子本人学说的内容来看待。《通史》作者在解释"德"这个概念时说："'德'既是这样'核理而普至'的东西，既然是'成物之文'，那么它便相当于万物的规律性。"所谓"核理而普至"一语，见于韩非的《扬権篇》："夫道者弘大而无形，德者核理而普至。至于群生，斟酌用之，万物皆盛，而不与其宁。道者，下周于事，因稽而命，与时生死。参名异事，通一同情。故曰：道不同于万物，德不同于阴阳，衡不同于轻重，绳不同于出入，和不同于燥湿，君不同于群臣。凡此六者，道之出也。道无双，故曰一。是故明君贵独道之容。君臣不同道，下以名祷。君操其名，臣效其形，形名参同，上下和调也。"这里说的"道者弘大而无形，德者核理而普至"，二句互文足义，老子把道说得很玄妙，韩非倘不用"核理而普至"即"切合事理普遍存在"的"德"的定义去加以补充，就很难把它引申到他那君主本位主义的政治思想上来。但是一经补充之后，也就离开了老子崇自然的道德本义，由朴素的宇宙观一变为君主专制的霸术论。《扬榷篇》这一节的要点同样在于阐明他那套存在于现实世界一切个别事物之外的本体论：道不同于万物，故能生万物；德不同于阴阳，故能生阴阳；以见君主不同于群臣，故能治群臣。君主和臣民的关系，正如道和万物的关系一样：道是万物的主宰，所以君主也是臣民的主宰。"道无双，故曰一"，所以君主必须认清自己是独一无二的道的化身。"明君贵独道之容"，所以君主必须专断独揽天下的大权。于是作为老子的朴素宇宙观的道德论，一到韩非手里，终于归结到君主本位主义上去了。那么，怎么能根据"核理而普至"一句话来断定它是在阐明"万物的规律性"？试问：又怎么能运用这种规律性去说明事物的关系和运动呢？

载于1979年王元化《文心雕龙创作论》

文心雕龙新书跋尾

王利器

三十年前，为《文心雕龙新书》写的前言，曾就刘勰身世，《文心雕龙》成书年代，以及自己整理此书的方法，有所论列。今天重读旧著，觉得剩义尚多，还有些话可说，因而重写此文，以补前者之不足。

一

刘勰对于丰富的文学批评遗产，不是盲目继承，而是批判地接受的。他在《序志篇》写道：

> 详观近代之论文者多矣：至如魏文述《典》，陈思序《书》，应玚《文论》，陆机《文赋》，仲洽《流别》，弘范《翰林》，各照隅隙，鲜观衢路。或臧否当时之才，或诠品前脩之文，或汎举雅俗之旨，或撮题篇章之意。魏《典》密而不周，陈《书》辩而无当，应《论》华而疏略，陆《赋》巧而碎乱，《流别》精而少巧，《翰林》浅而寡要。又君山、公干之徒，吉甫、士龙之辈，汎议文意，往往间出，并未能振叶以寻根，观澜而索源。不述先哲之诰，无益后生之虑。

他对于文学批评遗产的看法，我们可引和刘勰时代相先后的一些人的说法，来相印证。萧子显在《南齐书·文学传论》写道：

> 若子桓之品藻人才，仲洽之区判文体，陆机辨于《文赋》，李充论于《翰林》，张眎摘句褒贬，颜延图写情兴：各任怀抱，共为权衡。

钟嵘《诗品序》写道：

陆机《文赋》，通而无贬；李充《翰林》，疏而不切；王微《鸿宝》，密而无裁；颜延论文，精而难晓；挚虞文志，详而博赡，颇曰知音。观斯数家，皆就谈文体，而不显优劣。至于谢客集诗[①]，逢诗辄取；张骘《文士》，逢文即书；诸英志录[②]，并义在文，曾无品第。

他们对于文学批评遗产的态度，基本上是一致的，而刘勰则更为系统而深入。如他在《总术篇》写道：

昔陆机《文赋》，号为“曲尽”；然汎论纤悉，而实体未该。故知九变之贯匪穷，知言之选难备矣。

又在《定势篇》写道：

桓谭称：“文家各有所慕，或好浮华而不知实核，或美众多而不见要约。”陈思亦云：“世之作者，或好烦文博采，深沉其旨者；或好离言辨白，分毫析厘者。所习不同，所务各异，言势殊也。”刘桢云：“文之体指实强弱，使其辞已尽而势有余，天下一人耳，不可得也。”公干所谈，颇亦兼气。然文之任气，势有刚柔，不必壮言慷慨，乃称势也。又陆云自称：“往日论文，先辞而后情，尚势而不取悦泽。及张公论文，则欲宗其言。”夫本固先辞，势实须泽，可谓先迷后能从善矣。

这些，很好地说明了刘勰对于文学批评遗产，不是人云亦云，而是有他自己的看法的。但是，有时他也袭用前人之说，而不说明来源。如《章表篇》写道：

及羊公之辞开府，有誉于前谈；庾公之让中书，信美于往载。

这是用的《翰林论》：

---

① 《隋书·经籍志·总集类》有谢灵运《诗英》九卷。

② 《隋志》、《唐志》著录有：挚虞《文章志》四卷，傅亮《续文章志》二卷，宋明帝《晋江左文章志》二卷，沈约《宋世文章志》二卷及丘渊之《文章录》。

裴公之辞侍中，羊公之让开府，可谓德音矣。[①]

如《议对篇》写道：

及陆机断议，亦有锋颖，而谀辞弗剪，颇累文骨，亦各有美，风格存焉。

这也是用的《翰林论》：

陆机议晋断，亦各其美矣。[②]

又如《丽辞篇》写道：

如宋画吴冶，刻形镂法，丽句与深采并流，偶意共逸韵俱发。

这是用的《淮南子·脩务篇》：

夫宋画吴冶，刻形镂法，乱脩曲出。

《书记篇》写道：

籍者，借也。岁借民力，条之于版，《春秋》司籍，即其事也。

这是用的《孟子·滕文公》上赵岐注：

籍者，借也。犹人相借力助之也。

就连一些文学概念的术语，也是承袭前人的。他在《神思篇》写道：

古人云："形在江海之上，心存魏阙之下。"神思之谓也。文之思也，

---

① 《御览》五九四引。

② 《初学记》二一引。

其神远矣。

这里谈作家的灵感作用，也是有所本的。萧子显《南齐书·文学传论》写道：

属文之道，事出神思。感召无象，变化不穷。

则“神思”一词，本来就是六朝人恒言嘛。他又在《诠赋篇》写道：

风归丽则，词翦稊稗[①]。

诗赋写作，要求丽则。丽则，就是张铣注《文选·三都赋序》所说的“美丽有法则”，这是扬雄首先提出的。《扬子法言·吾子篇》写道：

诗人之赋丽以则。

嗣后，象班固《汉书·艺文志·诗赋略》、左思《三都赋序》，都用了扬雄的说法。六朝、唐人，都以此为诗赋创作的准则。如沈约《报王筠书》写道：

览所示诗，实为丽则。

何逊《哭吴兴柳恽诗》写道：

清文穷丽则。

魏收《魏书·文苑传序》写道：

雅言丽则之奇。

日本遍照金刚《文镜秘府论》南卷引或曰[②]：

---

① 据唐写本。

② 铃木虎雄以为《芳林要览序》。

文乖丽则。

于頔《吴兴昼上人集序》写道：

信江表之文英，五言之丽则者也。

甚至还有专书以丽则为名的。《旧唐书·经籍志·总集类》：

《词林丽则》二十卷，康明贞撰。

《新唐书·艺文志·总集类》：

康明贞《辞苑丽则》二十卷，康显《辞苑丽则》三十卷，《丽则集》五卷。

《日本国见在书目》册《总集家》：

《词苑丽则集》廿，庾显真撰。

《两唐志》和《见在书目》的康明贞、康显、庾显真当即一人，盖康显真即康明贞之误，而康显则并脱一“贞”字了。这种展转因袭的作法，不仅刘勰对于前人如此，就是后人对于刘勰，也是如此。梁元帝《金楼子·立言》下写道：

管仲有言：“无翼而飞者，声也；无根而固者，情也。”然则声不假翼，其飞甚易；情不待根，其固匪难；以之垂文，可不慎欤！古来文士，异世争驱，而虑动难固[①]，鲜无瑕病。陈思之文，群才之隽也，而《武帝诔》云：“尊灵永蛰。”《明帝颂》云：“圣体浮轻。”“浮轻”有似于蝴蝶，“永蛰”可拟于昆虫，施之尊极，不其嗤乎[②]！

① “固”，疑当作“周”。

② 《御览》九四五引“可”作“颇”，“极”作“德”，“嗤”作“蚩”。

这是完全抄袭《文心雕龙·指瑕篇》：

管仲有言："无翼而飞者，声也，无根而固者，情也。"然则声不假翼，其飞甚易，情不待根，其固非难；以之垂文，可不慎欤！古来文才，异世争驱，或逸才以爽迅，或精思以纤密；而虑动难圆，鲜无瑕病。陈思之文，群才之俊也，而《武帝诔》云："尊灵永蛰。"《明帝颂》云："圣体浮轻。""浮轻"有似于蝴蝶，"永蛰"颇疑于昆虫，施之尊极，岂其当乎！

又如《史通·言语篇》写道：

战国虎争，驰说云涌，人持弄丸之辩，家挟飞钳之术。

这是本之《文心雕龙·论说篇》：

暨战国争雄，辩士云涌，从横参谋，长短角势，转丸骋其巧辞，飞钳伏其精术。

又《浮词篇》写道：

是以伊、惟、夫、盖，发语之端也；焉、哉、矣、兮，断句之助也；去之则言语不足，加之则章句获全。

这是本之《文心雕龙·章句篇》：

至于夫、惟、盖、故者，发端之首唱；之、而、于、以者，乃劄句之旧体；乎、哉、矣、也，亦送末之常科。据事似闲，在用实切。巧者回运，弥缝文体，将令数句之外，得一字之助矣。

又《叙事篇·简要章》写道：

轮扁所不能语斤，伊挚所不能言鼎也。

这是本之《文心雕龙·神思篇》：

伊挚不能言鼎，轮扁不能语斤。

对于这样的作法，刘勰曾有所解释，他在《事类篇》写道：

观夫屈、宋属篇，号依诗人，虽引古事，而莫取旧辞。唯贾谊《鹏赋》，始用《鹖冠》之说；相如《上林》，撮引李斯之书；此万分之一会也。及扬雄《百官箴》，颇酌于《诗》、《书》；刘歆《遂初赋》，历叙于纪传，渐渐综采矣。至于崔、班、张、蔡，遂捃摭经史，华实布濩，因书立功，皆后人之范式也。

又在《序志篇》更明白指出他之所以承袭文学批评遗产之故：

及其品列成文，有同乎旧谈者，非雷同也，势自不可异也。有异乎前论者，非苟异也，理自不可同也。同之与异，不屑古今，擘肌分理，唯务折衷。

章学诚对这种现象说得很好嘛，他在《文史通义·说林篇》写道：

著作之体，援引古义，袭用成文，不标所出，非为掠美，体势有所不暇及也。亦必观其志识之足以自立，而无所藉重于所引之言；且所引者，并悬天壤，而吾不病其重见焉，乃可语于著作之事也。

“后之视今，亦犹今之视昔”，鲁迅之所谓拿来主义者，于《文心雕龙》一书，得到了充分的例证。

二

《文心雕龙》一书，在谋篇布局方面，是通过精心设计的，是有脊有伦的。《序志篇》写道：

盖《文心》之作也：本乎道，师乎圣，体乎经，酌乎纬，变乎骚。文之枢纽，亦云极矣。若乃论文叙笔，则囿别区分，原始以表末，释名以章义，选文以定篇，敷理以举统：上篇以上，纲领明矣。至于剖情析采，笼圈条贯，摛神性，图风势，苞会通，阅声字，崇替于《时序》，褒贬于《才略》，怊怅于《知音》，耿介于《程器》，长怀《序志》，以驭群篇；下篇以下，毛目显矣。位理定名，彰乎《大易》之数，其为文用，四十九篇而已。

这里，关于“上篇以上”的所谓“纲领”，刘勰是把《原道》、《徵圣》、《宗经》、《正纬》、《辨骚》五篇所论述的内容，作为“文之枢纽”。这里，除了所谓道也、圣也、经也、纬也作为“文之纲领”来提出，为后来“文章原本《五经》”论[①]的滥觞。此外，值得我们注意的，他还把《离骚》列入“文之纲领”。刘勰在《比兴篇》写道：

楚襄信谗，而三闾忠烈，依《诗》制《骚》，讽兼比兴。

说明了《离骚》与《诗经》的关系，是和王逸《楚辞·章句序》“屈原……独依诗人之意而作《离骚》”的观点一致的；而《文心》一书，就是从这个观点出发，把《离骚》与《诗经》相提并论的。他在《章句篇》写道：

六言、七言，杂出《诗》、《骚》。

《练字篇》写道：

《诗》、《骚》适会。

《物色篇》写道：

① 这种说法，以颜之推为代表，他在《颜氏家训·文章篇》写道：“夫文章者，原出《五经》：诏、命、策、檄，生于《书》者也；序、述、论、议，生于《易》者也，歌、咏、赋、颂，生于《诗》者也；祭祀、哀、诔，生于《礼》者也，书、奏、箴、铭，生于《春秋》者也。”

《雅》咏棠华，或黄或白；《骚》述秋兰，绿叶紫茎。

又写道：

《诗》、《骚》所标，并据要害。

又写道：

屈平所以能洞监《风》、《骚》之情者，抑亦江山之助乎！

这个问题，在刘勰之前，檀道鸾《续晋阳秋》写道：

自司马相如、王褒、扬雄诸贤，代尚诗赋，皆体则《风》、《骚》。①

在刘勰之后，沈约《宋书·谢灵运传论》写道：

自汉至魏，四百余年，辞人才子，文体三变：相如工为形似之言，二班长于情理之说，子建、仲宣，以气质为体，并标能擅美，独映当时。是以一世之士，各相慕习；源其飚流所始，莫不同祖《风》、《骚》。

钟嵘《诗品》上写道：

四言文约意广，取效《风》、《骚》。

他们，后先一辙，历史地反映了当时文学的发展，以及《离骚》的影响，从而后人有"《风》、《骚》共一源"② 之说了。

继"文之枢纽"之后，《文心雕龙》论列了文学的体裁和流变。刘勰自言"论文叙笔，则囿别区分"，这说明自《明诗》至《书记》这二十篇，是按照文

---

① 《文选》沈休文《宋书·谢灵运传论》注引。

② 见王得臣《麈史》中《诗话》引徐某《过杜工部坟》诗。

笔之分来排列的。至于这些篇目，如何组合；文笔之分，究竟如何；我们将在下章加以论述，这里暂且表过不提。

刘勰又言：“下篇以下，毛目显矣。”所谓“显”者，是指《神思》至《序志》二十五篇，都包括在他这段论述之中：

> 至于剖情析采，笼圈条贯，摛神往，图风势，苞会通，阅声字，崇替于《时序》，褒贬于《才略》，怊怅于《知音》，耿介于《程器》，长怀《序志》，以驭群篇。

“下篇以下”这二十五篇，除了《时序》、《才略》、《知音》、《程器》、《序志》五篇已然明白指出外，其余二十篇，试拿刘勰自己的语言来论列，则：

《神思》、《体性》、《风骨》、《通变》、《定势》五篇，是属于“摛神往，图风势”的范畴，换言之，就是论述创作的命意。

《情采》、《熔裁》、《声律》、《章句》、《丽辞》、《比兴》、《夸饰》、《事类》、《练字》、《隐秀》、《指瑕》十一篇，都是论述“割情析采”；换言之，也就是讨论作品的遣辞。

命意，遣辞，工序既定，则进入创作的结构过程；作品的好坏如何，取决于作家自己的文学修养如何，因而以《养气》一篇，紧承《指瑕》之后。

作品有了初稿，则进行修改加工，惨淡经营，这是最后一道工序，故又承之以《附会》，也就是所谓“笼圈条贯”了。

从命意、遣辞到修改加工，都须“执术驭篇”。由于“文体多术，共相弥纶”；因而继《附会》之后，把《总术》“列在一篇，备总情变”，所谓“苞会通，阅声字”，都是为了要求作品达到丽则的标准。这些，都是有关创作方法的论述。

至于《时序》，谈作家与时代的关系；《物色》，谈作家对景物的感受；《才略》，谈作家的风格才华；《知音》，论述批评作用；《程器》，论述作家贡献：这些篇目，又是一篇原原本本的作家论。

刘勰系统地“弥纶群言”，写成一书，后人对他的评价是很高的。刘知几《史通·自序》写道：

> 词人属文，其体非一，譬之甘辛殊味，丹素异彩，后来祖述，识昧圆通，家有诋诃，人相掎摭，故刘勰《文心》生焉。

臧琳《经义杂记》二十五《三刘三绝》写道：

刘勰《文心雕龙》之论文章，刘劭《人物志》之论人，刘知几《史通》之论史，可称千古绝作。

章学诚《文史通义·诗话篇》写道：

《诗品》之于论诗，视《文心》之于论文，皆专门名家，勒为成书之初祖也。《文心》体大而虑周，《诗品》思深而意远，盖《文心》笼罩群言，《诗品》深从六艺，溯流别也。

又写道：

《诗品》、《文心》，专门著述，自非学富才优，为之不易。

孙梅《四六丛话》三十一《作家》四写道：

案士衡《文赋》一篇，引而不发，旨趣跃如。彦和则探幽索隐，穷形尽状，五十篇之内，百代之精华备矣。其时，昭明太子纂辑《文选》，为词宗标准；彦和此书，实总括大凡，妙抉其心：二书宜相辅而行者也。自陈、隋下迄五代，五百年间，作者莫不根柢于此。呜呼盛矣！

谭献《复堂日记》四写道：

阅《文心雕龙》，童年习熟，四十年后，始识其本末，可谓独照之匠，自成一家……固辞人之圭臬，作者之上驷矣。

上来所引诸说，对于《文心雕龙》，不无溢美之词。但是，此书体大虑周，取精用宏，专门名家，前无古人，在今天看来，可以继承和借鉴的东西，还是不少的。

三

刘勰在《序志篇》写道：

> 若乃论文叙笔，则囿别区分。

这说明《文心雕龙》在组合“上篇以上”从《明诗》到《书记》的二十篇文章时，是按照这个标准去排列，因而才满有信心地向天下后世宣称，他是完全做到了“纲领明矣”。因之，我们在分析这二十篇文章时，力争按照刘勰的意图，把《明诗》至《谐讔》十篇，作为论列有韵之文，而把《史传》至《书记》十篇，作为论列无韵之笔的。

刘勰在《总术篇》写道：

> 今之常言，有文有笔。以为无韵者笔也，有韵者文也。

在那时，由于文笔之分是“常言”，也就是说是文学界的普通常识，所以用不着𫄨缕，只称引什么叫做文，什么叫做笔就够了。由于刘勰没有进一步把那些才是文，那些才是笔，强聒读者，从而引起后人劳心苦思，冥行索涂，如清代阮元、阮福父子的《文笔策问》，繁征博引，越是弄得读者莫名其妙，大惑不解，就是一个显著的例子。

约莫在五十年前，刘师培在《中国中古文学史讲义》第五课《宋齐梁陈文学概论总论》写道：

> 更就《雕龙》篇次言之，由第六迄于第十五，以《明诗》、《乐府》、《诠赋》、《颂赞》、《祝盟》、《铭箴》、《诔碑》、《哀吊》、《杂文》、《谐讔》诸篇相次，是均有韵之文也；由第十六迄于第二十五，以《史传》、《诸子》、《论说》、《诏策》、《檄移》、《封禅》、《章表》、《奏启》、《议对》、《书记》诸篇相次，是皆无韵之笔也：此非《雕龙》隐区文笔二体之验乎？

今案：刘氏之说，完全不是臆测；所惜者，刘氏没有见到东土诸书，致其说尚未达一间耳。

日本沙门遍照金刚《文镜秘府论》西册《文笔十病得失》引《文笔式》写道：

> 制作之道，唯笔与文：文者，诗、赋、铭、颂、箴、赞、吊、诔等是也；笔者，诏、策、移、檄、章、奏、书、启等也。即而言之：韵者为文，非韵者为笔。

《日本国见在书目·小学家》有《文笔式》二卷，当即其书。又有《文笔要诀》一卷，杜正伦撰[①]。这一类书，当是当时日本入唐求法僧侣，或入唐求学学生于归国时随身带着东渡的。后来，这类书在中土失传了，而东邻还流传着，因而在日本有些著述之家，得以引用其书。

日本《大正新修大藏经》第八十四卷《悉昙轮略图钞》卷第七[②]载有《文笔事》：

> □游（源为宪云）："诗、赋、铭、颂、箴、赞、序、诔谓之文；绍（诏）、策、移、檄，章、奏、书、启谓之笔。"

下又引《秘府论》四（西）卷引《文笔式》此文，其言明且清。我们从《文笔式》以及《悉昙轮略图钞》言《文笔事》，来印证《文心雕龙》之"论文叙笔，则囿别区分"，不仅可以解惑，也从而对两汉、三国、六朝的文章流别，更加了如指掌了。

选自《古典文学论丛》第1辑，齐鲁书社，1980

① 杜正伦，《旧唐书》列传二十、《新唐书》列传三十一俱有传。

② 见六九四页。

新《文选》学刍议

屈守元

“新《文选》学”这个倡议，是日本神田喜一郎博士提出的。神田博士的著作，我未读到。清水凯夫先生与神田博士这一倡议相呼应，对探索《文选》的本质，作了尝试[①]。“先民有言，询于刍荛。”清水先生的“探索”反复于萧统编撰《文选》问题，似有贡一“刍荛”之议的必要。

清水先生一九九五年在郑州“《文选》学国际讨论会”上声明：他的“新《文选》学”是对日本只搞翻译、编索引的“《文选》学”而言，并不与曹宪以来的“《文选》学”相干。这个主张，我无异议。

可是，一九九四年二月二十五日清水先生曾给我信说：“你惠赐的巴蜀书社出版的大著《文选导读》已收到，深表感谢！我已迅速地拜读完毕。对先生的高论，我大体上表示赞同之处很多；但是对《文选》研究的核心问题，即《文选》编纂之事，我与你的意见却相当的不一致。”清水先生还说：“可见从传统的见解的束缚中脱出是一件至难之事。”从这封信中，我了解到清水先生所谓探索《文选》的本质，就是要否定萧统编纂《文选》。此论恕我不敢苟同。我仔细阅读了《六朝文学论文集》中清水先生一系列研究《文选》的论文，聊发八难，谨献疑于清水先生。

一、清水先生全面否定萧统编纂《文选》。他有一条最重要的理由，那就是说：“一般在史书中，即使有所谓帝、太子、王撰的记载，实际上也是帝、太子、王只下达编辑的命令，而把编辑委任给臣下。”这个理由，清水先生把它作为规律、原则，那就把历史上“帝、太子、王”著书的可能全部否定了。我不禁要问清水先生：“三祖陈王，咸蓄盛藻。”[②]难道他们的作品，都是下达命令，由“徐、陈、应、刘”代为完成？中国人还很有兴趣于另外一个皇帝，那就是南唐后主李煜。难道他那些称为杰作之词，都是下达命令，由冯延巳、徐鼎臣之辈所完成？清水先生如果承认这些“帝、太子、王”不为你所订的规律所限制，那末，萧统就有理由应当特殊看待了。史称萧统“引纳才学之士，赏奖无倦。恒自讨论篇籍，或与学士商榷古今，间则继以文章著述，率以为常。于时东宫有书几三万卷，名才并集，文学之盛，晋宋以来未有也”。[③]萧纲《昭明太子集序》，列举萧统有“十四德”，其十三、十四德云：“群玉名记，洛阳素简，西周东观之遗文，刑名儒墨之旨要，莫不殚兹闻见，竭彼绨缃，总括奇异，征求遗逸。命谒者之使，置籝金之赏。惠子五车，方兹无以比；文终所收，形此不能匹。此十三德也。借书治本，远记齐攸；一见自书，闻之阚泽。事唯列国，义止通人。未有降贵纡尊，躬刊手掇，高明斯辩，已亥无违。有识口风，长正鱼鲁。此十四德也”。[④]张溥《百三名家集·昭明太子集题辞》云：“简文序其遗集，颂德十四，合之史传，俱非虚言。”《艺文类聚》卷三七引何胤《答皇太子启》云：“犹复留神六经，降意百代。同仁博古，等物篴闻。辟承华而延儒雅，扫黄闼而列文学。嘉美聿宣，无思不劝。”若谓简文之序已非虚言，则何胤高人，其言更宜征信。岂有如此好学尚文之人，竟把著述大业，付与别人，听其“感恩报怨”，而不闻不问者乎？依清水之言，萧统竟似一无主见之贵游子弟，能令人信服乎？这样的太子，我对他主持编撰《文选》信之不疑，难道这就算是“束缚于传统思想”么？我情愿受此“束缚”，自视为濡染于传统文化的人，有捍卫传统文化的责任。记得在香港与清水先生相遇时，我曾坦白地告诉他，我对于萧统是有感情的，便是这个意思。

二、对刘孝绰的论定，清水先生也不公平。刘孝绰的才智，是当时的名流，如范云、沈约、任昉等，皆所推崇。就是皇帝萧衍，也对他维护备至。萧统、纲、绎兄弟，莫不称许。史书只说萧统把自己文集编辑、撰序的任务交给刘孝绰，并未谈他参与《文选》编纂工作之事。以理推之，萧统一生最大的编书工程是《文选》，吸收刘孝绰参加，原属可能。《文镜秘府论·南集·集论》已云“至如昭明太子与刘孝绰等撰集《文选》”[⑤]。但是，必须注意：此举《文选》撰集者，首云“昭明太子萧统”，而在“刘孝绰”之后，又有一个“等”字，并未把《文选》编纂之事，写在刘孝绰一人名下。又日本古钞本《文选序》上标注有云：“太子令刘孝绰作之云云”，这个材料本是我告知清水先生的。清水先生在台北故宫博物院所藏杨守敬遗书中，觅得这个钞本，并以复制本惠赠我一份。如果说我束缚于旧传统，不愿意见到这些新材料，则我可以直言不讳地说，我见到这个材料已有六十年了，于我并非新材料。我倒认为，这个材料充分证明《文选》编纂的主持者是萧统。“太子令刘孝绰作之云云”，说明刘孝绰不过承太子之命而写文章，是在执行太子之命，在萧统这个内行太子面前，刘孝绰是绝对不敢塞进私货的。这句话，从语法结构上看，主词是

“太子”。何况清水先生也承认这句话的来历尚待研究。拙著《文选导读》对《文选》编纂问题的结论说：“刘孝绰是萧统的得力助手，这样说没有错；但因此而把《文选》的主编权，从萧统手上夺取给刘孝绰，那就完全错了。”这样的结论，我至今仍坚持不变。清水先生认为萧统只是挂空名，刘孝绰才是实际编纂者。言之无据，我不能同意。清水先生更进一步认为“《文选》选文，全凭刘孝绰的爱憎恩怨”，这种论调，全属信口无据之谈，连具有才智之名的刘孝绰也给全毁掉了，我实在不能接受。

三、清水先生为了证明他的说法——《文选》的实际编纂者是刘孝绰，而刘孝绰编纂《文选》，既不顾萧统所订立的选录标准，也不分作品优劣，唯以感恩报怨作为入选与否的原则。他特选了齐梁作品任昉的《刘先生夫人墓志铭》、刘峻的《广绝交论》、王巾的《头陀寺碑文》三篇，作为例证，费尽心思，千方罗织，定下刘孝绰在《文选》编纂中塞进私货的罪名。今略举数例，说明清水先生不顾事实，全凭臆断之处。

清水先生认为墓志铭必须先叙世系、名字、爵里等等，是散文；然后才是“辞曰”以下的押韵之文。今此《墓志铭》只有九十六字的韵语铭辞，这是“破例”，以“破例”之文入选，是刘孝绰别有用心。清水先生为了罗织刘孝绰的罪名，真是不顾一切。墓志铭之例，一般信奉的有黄宗羲的《金石要例》，未必清水先生连这样普通流行的书也未见到？《金石要例》即有《单铭例》一项，说：“事即在铭语中。”并举韩愈《房使君郑夫人殡表》、《大理评事胡君墓志铭》、《卢浑墓志铭》为例。怎么说任昉此文只有单铭为“破例”呢？《全梁文》所载墓志铭共有六十三篇，有序（即散文）者只有四篇，四篇中徐勉的《永阳昭王墓志铭》和《永阳太妃墓志铭》都是长文，不能埋在墓内，实为碑文，并非墓志。这些只有铭辞的墓志铭，包括萧纲写的《仪同徐勉墓志铭》，萧绎写的《黄门侍郎刘孝绰墓志铭》，足见梁代写墓志铭，以单铭为正体，有序者翻为“破例”。清水先生随意指责任昉之文为“破例”，不过欲罗织刘孝绰塞进私货之罪名，竟置梁人写墓志铭常例于不顾，非主观而何？且姚范《援鹑堂笔记》卷三九、梁章钜《文选旁证》卷四六，皆谓“志铭”本为四言韵语，其前散文，乃是序。此文无序，即是正体，而清水先生乃谓之破例，翩其反矣。

至于这篇铭文入选，清水先生竟认为是因刘瓛夫人王氏，籍属琅琊，与刘孝绰母同宗，这也近于笑谈。在六朝时代，琅琊之王，多于董泽之蒲、渤澥之鸟，刘孝绰之母为琅琊王氏，有何证明其与王法施（刘瓛夫人之父）有瓜葛？

且刘瓛之德，天下共仰。夫人王氏不得阿姑之意，不过为琢壁落尘，比之蒸梨不熟，事更轻微。刘瓛之痛，过于曾参，而与焦仲卿相似。任昉此墓志铭，开头便说："既称莱妇，亦曰鸿妻。复有令德，一与之齐。"以刘瓛之令德，颂王氏之美行，文章得体，实为佳制。安得谓此亦为刘孝绰塞进私货？文末云："暂启荒埏，长扃幽垄。"发冢合葬，墓志铭已交代清楚。李善注云："萧子显《齐书》曰：王氏被出，今云合葬，刘瓛卒之后，王氏宗合之。"合葬之事，李注此铭辞，已解释得很明白。清水先生竟谓本不合葬，不过任昉写此辞为王氏恢复名誉而已。随意想像，竟乃如此！刘瓛有放翁禹迹之感、容甫沟水之叹，而清水先生不为彦升此举称善，反欲为焦母槌床之怒张目，但求罗织孝绰徇私之罪，何以不思，至于如此！

四、刘峻《广绝交论》，亟叹世途之艰，是一篇讽世杂文。李兆洛《骈体文钞》卷二〇评此文云："以刻酷抒其愤，真是状难状之情，《送穷》、《乞巧》，皆其支流也。"刘峻此文选入《文选》，从来没有人说此为选者夹嫌塞入之私货。而清水先生为了横加刘孝绰在《文选》编辑上专擅取舍之权，竟置此篇代表作品之优劣于不顾，谓此文入选，全出刘孝绰私意。我曾举《辩命论》亦入选，那篇文章明言与萧衍之论作对，难道刘孝绰竟敢专意选入这样的文章，以攻击萧衍吗？《梁书》（卷一四）、《南史》（卷五九）的《任昉传》，都载入这篇文章，难道姚思廉、李延寿也与到氏兄弟有仇，才故意采入这篇文章吗？清水先生抓住刘、到交恶这一点，把《文选》选此佳文，列为私货，能使人相信么？

五、王巾《头陀寺碑文》，本是《文选》碑文中出色之作，清水先生曲折迂回，一定要把它说成是刘孝绰所塞入。南北朝时代，佛教遍及南北，为佛寺撰文，莫不极精研思。而佛寺之碑，照例歌颂营建佛寺之人。庾信自南入北，独称温子升《韩陵山寺碑》，谓"唯有韩陵片石堪共语"，"自余驴鸣犬吠，聒耳而已"。⑥他对温碑作了这样高的评价。今温子升《寒陵山寺碑》载在《艺文类聚》卷七七，我们犹可检读。这篇碑文几乎全部都在歌颂建寺之人高欢（渤海王，即北齐神武皇帝），与王巾之碑比较，对刘暄只提几句者大不相同。清水先生竟劳神苦思，谓王巾此碑，乃为刘暄翻案。原文俱在，王巾此文，究竟有多少句提到刘暄建寺以外的政治上其他事状？总得容许大家研究，拿来与《寒陵山寺碑》比较，优劣异同，毋庸多说。

更奇怪的是，清水先生竟把刘暄拉来与刘孝绰的父亲刘绘成为同宗同辈。他的依据是刘绘字士章，而刘暄字士穆。大家都知道：中国人论排行，是用名，与表德之字毫不相干。清水先生还列数刘孝绰的伯父刘悛字士操、叔父刘瑱字士温，认为由此“可以推定是相当亲近的同族”。[⑦]清水先生是熟悉魏晋南北朝文学的专家，难道从魏以来一般表德之字喜用“士”字都忘记了吗？《三国志》中以“士”为字的有十一人；《晋书》中以“士”为字的有二十九人；南朝五史（《宋书》、《齐书》、《梁书》、《陈书》、《南史》）和北朝四史（《魏书》、《北齐书》、《北周书》、《北史》）中，以“士”为字的多至一百余人；《世说新语》中以“士”为字的有十六人。最近大家看电视剧《三国演义》，征蜀二将：钟会字士季，邓艾字士载；与卧龙齐名的凤雏先生庞统字士元。这些都是家喻户晓的。清水先生竟置此民俗于不顾，一定要把刘暄字士穆，拉来与字士章的刘绘列为同宗同辈，给刘孝绰定下塞私货进《文选》的罪名，不知是何居心！

《头陀寺碑文》是六朝有数的好文章，而清水先生竟用“文体冗长，过份讲究修饰，大部份内容不值得一读，没有个性”，这样简单粗暴的几句话，把它否定了。《头陀寺碑文》竟遭如此否定，齐梁还有什么文章呢？梁章钜、胡绍煐引《高僧传》，本用以说明“简栖于宗教究心已久，宜此作之精诣”。而在清水先生眼中，王巾乃成为《高僧传》所批评否定的人物了。昭明选王巾之文，其人其事，仅见于《姓氏英贤传》，可知其并非显贵之流。《姓氏英贤传》出于姓氏专家贾执之手，其言可以信赖。[⑧]而清水先生又毫无依据地否定了李注所引。一有成见，遂致睁目不见丘山，清水先生何竟若此！

六、萧统除编纂《英华》、《正序》、《文选》之外，还搜集、整理了《陶渊明集》。萧梁敌国北齐宰相阳休之也因袭这个本子，加上《五孝传》、《四八目》（即《圣贤群辅录》），成为今传《陶渊明集》的定本（陶澍辑注本名《靖节先生集》）。阳休之还作题记，明确地称萧统所编之本“编录有体，次第可寻”。这是清水先生也未敢否定的事实。试想：萧统自己的文集，交付刘孝绰编辑、作序。此事他不隐晦，何以编《陶集》他又亲自动手，并为之作《序》、作《传》？由此可以从侧面证明：萧统编纂《文选》，绝不会只挂空名，让刘孝绰作弊徇私。清水先生对于《文选》，便使用“帝、王、太子”编书只下达命令的原则；而对萧统编《陶渊明集》，却取消自己所订的这个原则，是否明知有阳休之的铁证，所订的原则绝对行不通，便偷偷地把它取消了。如此矛盾自陷，只能堕入于主观臆断的实用主义之中，非科学研究之道。

七、萧统编纂《文选》，不仅《梁书》、《南史》本传明白记载，而且《隋书·经籍志》以下史志及公私书目著录，莫不皆然。非特此也，寻治《文选》

之学，最早为《文选》作《音》的，即是萧统的从父兄弟之子，他的侄儿萧该。萧该当为追随萧绎在襄阳的萧修之子[9]。是《文选》早已流传到萧绎那里，为萧氏兄弟子侄所承认是萧统之作。不然，萧该何以把它尊奉来与《汉书》等齐，为之作《音》。萧绎是很佩服萧统的文章学识的，这在萧统生前，他便向萧统索求《文集》及《诗苑英华》[10]，可以证明。所以《文选》成书，很快在萧绎统治的襄阳地区流传，这是很合乎情理的。《文选》得到萧绎的尊重，有一个很重要的理由，就是因为它是萧统亲自编纂的。萧绎很厌恶那些贵族（即清水先生所说的“帝、太子、王”）挂名著书。他的《金楼子·自序》说：“常笑淮南之假手，每嗤不韦之托人。”但是他向萧统求《英华》，并让萧该作《文选音》，这就充分证明：萧统编纂之书，都是亲自料理，不是只挂空名。《英华》犹且如此，何况《文选》乎？萧统卒后二百年（唐开元十九年，七三一年），萧统的第七代孙萧嵩，在唐代作了中书令（即宰相），自称《文选》“是先代旧业”，准备在集贤院组织班子，从事注释[11]。这项工程虽没有完成，但是萧嵩把《文选》看作“先代旧业”，充分说明《文选》确实出于萧统编辑，二百年后，他的直系子孙，还没有放弃这个知识产业的继承权呢！这些材料，可以彻底驳倒清水先生“只挂空名”之说，不知清水先生考虑及此否？

八、清水先生据《颜氏家训》的《文章篇》，谓刘孝绰撰《诗苑》，止取何逊两篇，因此断定《诗苑》即萧统《古今诗苑英华》之省称，以此证明萧统编撰之书，皆只挂空名。此又一毫无证据之臆说也。寻《南史》称萧统集五言诗之善者为《英华集》三十卷，《梁书》则称统撰《文章英华》三十卷。是《英华集》为两种，其省称皆宜称“英华”，不得云“诗苑”。萧统《答湘东王求文集及〈诗苑英华〉书》，即云：“往年因暇，搜采《英华》。”未尝以“诗苑”为省称，此说明刘孝绰集《诗苑》另是一书，不与萧统《诗苑英华》相干。《隋志》著录孔逭辑有《文苑》，安知孝绰不效之而辑《诗苑》乎？清水先生之言，实无根据之附会也。

至于《文选》不选何逊之作，在今人言之，或可云漏略，然在萧统当时，何逊并非必须入选之材。其文笔如《代衡山侯与妇书》，后人选骈体文，以为佳品（如《骈体文钞》、《六朝文洁》等）。然其文侧艳，萧统不选，实为适宜。其诗虽不少，然风范不出谢朓。钟嵘卒在何逊之后[12]，《诗品》无何逊之名，则何逊未为当时推重，不仅《文选》不选其作而已。萧统《答湘东王求文集及〈诗苑英华〉书》云：“上下数千年间，未易详悉，犹有遗恨。”必于总集，求全求备，此脱离历史条件，苛求于古人之为也。《文选》不取何逊之作，古人言者多矣，然未闻有如清水先生所指，出于刘孝绰捣鬼之说也。

上发八难，聊示一隅。掎摭利病，伫闻良说。窃谓若以否定萧统编纂《文选》为“新文选学”核心，则萧统此人选文徒挂空名，实为不学，纵容刘孝绰，实为昏愦。刘孝绰但知恩怨，不辨美恶，实乃小人之行，何得称为才士？《文选》乃寻隙报恩之书，恶同秽史，衅比谤书。一千四百年来所谓有“文选学”者，皆事异箴肓，行同济恶。《文选》及一切“《文选》学”之书，只宜付之嬴政一炬而已。

“《文选》学”之名本立自曹宪。萧该、曹宪之书，以音义为事。浮声切响，通流调利，本为《文选》选文之要害，萧曹始建此学，即注意于斯，实为碧海掣鲸之业。及传之崇贤，兼释事义，五臣、善经而后，又立意于通俗。及至宋元，雕板聿兴，集注、续补之风，行于坊肆。明人比之墨卷，清儒通于朴学。凡此变迁，咸可谓之“新《文选》学”。然以朱明之凭臆断衡量，比之李唐之识字正读，其于《文选》，为进步亦为倒退，实犹当有待于评估。然则所谓“新”者，非必皆能超越前人也。今谓研究《文选》，所宜提倡者乃为实事求是的科学精神，谓之“科学的文选学”，其名优于“新《文选》学”，姑较可知。

我先师向宗鲁先生于《文选》一书，几乎全能背诵，并有志于爬梳整理李注。拙著《文选导读》自序中言：“有生之年，必为完成先师遗志尽力。”从事《文选》教学六十年来，计所整理李注，已有成稿二百余篇。近与常君思春相约，即日动手编写《文选李注疏义》。我们从校勘音训入手，近将《文选》诸本（包括李注、五臣注、六臣注及唐写《集注》及古抄本标注旁注）之音，与陆法言、陆德明诸书比较。此千四百年前萧、曹诸公之所为，然后之治“《选》学”者竟无人过问，则此谓之“新《文选》学”可，谓之“传统《文选》学”亦可，谓之“旧《文选》学”，亦所不辞也。

《文选》编撰问题，可以作为“新《文选》学”一个讨论题，若必谓否定萧统编撰《文选》，始得为“新《文选》学”，则我坚决不为此“新《文选》学”，亦不承认此为“新《文选》学”，此乃“标新立异”，意在毁灭《文选》之学也。

① 见清水凯夫先生《六朝文学论文集》的《前言》，韩基国先生译，重庆出版社出版。

② 见《宋书·谢灵运传论》。

③《梁书》、《南史》本传并同。

④ 此序见影宋淳熙本《昭明太子集》。《常州先哲丛书》所收《昭明太子集》即据此本，《全梁文》所抄录，全与此同。

⑤ 此当据唐元兢《古今诗人秀句序》。

⑥《朝野佥载》卷六。

⑦《论文集》第二十二页。

⑧ 见章宗源《隋书经籍志考证》卷七、姚振宗《隋书经籍志考证》卷二二。

⑨ 见拙著《文选导读》第四十六页。

⑩ 见拙著《文选导读》第四〇页。

⑪ 见拙著《文选导读》第七十六至七十七页。

⑫ 钟嵘之卒，据曹旭先生推定在天监十七年（五一八年），比何逊卒年为晚。

选自《文选学新论》，中州古籍出版社，1997，

收入《览初阁论著辑录》

关于《木兰诗》的著录及其时代问题

齐天举

《木兰诗》产生在什么时代，这是自赵宋以来一直聚讼的问题。今人多据宋代郭茂倩《乐府诗集》所引《古今乐录》推断《木兰诗》作于萧梁以前。有人又进一步论证它为北朝乐府民歌。目前，《木兰诗》产生在北朝的说法，似乎已为多数人接受。如六十年代初中国科学院编的三卷本《中国文学史》和游国恩等编的四卷本《中国文学史》，其中论述《木兰诗》部分，便都以北朝说为准的。

是的，既然《古今乐录》灼然记载着《木兰诗》的篇目，而《古今乐录》这一书名又明明见于《隋书·经籍志》、《旧唐书·经籍志》、《新唐书·艺文志》和《宋史·艺文志》等正史，都是说《古今乐录》十二卷（或云十三卷），陈沙门智匠撰，有什么可以怀疑的呢？这一条证据被提出来以后，不论持齐梁说者，还是持隋唐说者，都只好放弃原来的看法。这道理看来很简单。

然而，持北朝说者，迄今没有提出任何其他证明《木兰诗》作于北朝（元魏）的有力证据。相反，许多材料都成为这一说法的否定。这样看来，《木兰诗》的时代问题，有必要再讨论。

《木兰诗》究竟什么时候开始著录？

持北朝说者从郭茂倩《乐府诗集》中引以为证据之处有二。一处出于卷二十五《梁鼓角横吹曲》的解题：

> 《古今乐录》曰："《梁鼓角横吹曲》有《企喻》、《琅琊王》、《钜鹿公主》、《紫骝马》、《黄淡思》、《地驱乐》、《雀劳利》、《慕容垂》、《陇头流水》等歌三十六曲。二十五曲有歌有声，十一曲有歌。是时乐府胡吹旧曲

> 有《大白净皇太子》、《小白净皇太子》、《雍台》、《擒台》、《胡遵》、《利羝女》、《淳于王》、《捉搦》、《东平刘生》、《单迪历》、《鲁爽》、《半和企喻》、《比敦》、《胡度来》十四曲。三曲有歌，十一曲亡。又有《隔谷》、《地驱乐》、《紫骝马》、《折杨柳》、《幽州马客吟》、《慕容家自鲁企由谷》、《陇头》、《魏高阳王乐人》等歌二十七曲，合前三曲，凡三十曲，总六十六曲。”江淹《横吹赋》云：“奏《白台》之二曲[①]起《关山》之一引，采菱谢而自罢，绿水慚而不进。”按：歌辞有《木兰》一曲，不知起于何代也。[②]

《古今乐录》在这里并没有著录《木兰诗》的名目。只是《乐府诗集》编辑者郭茂倩在称引《古今乐录》之后所加按语中提到它。《古今乐录》原文和郭氏的按语告诉我们，《木兰诗》系《梁鼓角横吹曲》六十六曲以外的篇目。不仅如此。这里说“有《木兰》一曲”，正是相对《古今乐录》无《木兰》一曲而言。案其辞多称“可汗”，绝不会是两汉魏晋的东西。这一点已无庸明辩。也正因为如此，论者多以为元魏时代的作品。说是北朝作品，又不属《梁鼓角横吹曲》，又不见另有著录，这不是很奇怪吗？当然不能排除《木兰诗》有因乐籍散乱而不知何属的可能。但这种可能性极小。因为不管《木兰诗》象《梁鼓角横吹曲》六十六曲一样在北朝入乐后传到南朝（梁），还是流传到南朝以后至梁时入乐，都基本是智匠那个时代的事。不用说智匠不会不了解它的来龙去脉（如《古今乐录》有记载，则郭氏之疑问无得而发也），它的乐籍也不会散失得那样快。《古今乐录》著录的《梁鼓角横吹曲》篇目连亡佚者也都一一著明，并无含胡。史籍上根本找不出除此以外的关于北朝乐府民歌的片言只语。即便是曾经散失，郭氏又有何根据把它重置《梁鼓角横吹曲》中呢？反过来说，既经编入前代乐府歌辞，郭氏也就不会提出“不知起于何代”的疑问了。许多乐府歌辞，它们的本事、具体出在什么时代，多无可稽考；郭氏把它们编辑在《乐府诗集》时都没有提出“不知起于何代”的疑问——也不会提出这样的疑问。既已著录于各代乐籍，就是言而有征的了。郭氏之所以没有对《梁鼓角横吹曲》六十六首歌中任何一首提出疑问（尽管这些作品有些是“歌辞虏音，竟不可晓”，到唐朝初年“虽译者已不能通其辞”[③]了）而对《木兰诗》提出疑问，正说明《古今乐录》没有著录这首歌。

要之，郭氏加“歌辞有《木兰》一曲”的按语附于《古今乐录》所录《梁鼓角横吹曲》曲目后，所按是第二部分歌辞即《梁鼓角横吹曲》十二首；别的篇什未加说明，惟特别提出《木兰》一曲。本意也没有硬要将《木兰诗》塞进第一部分歌辞即《梁鼓角横吹曲》六十六首内。一句话，这一处材料刚好证明，《木兰诗》不是北朝乐府民歌。

另一处在卷二十五《木兰诗》题注中。原文是这样的："《古今乐录》曰：'木兰不知名'，浙江西道观察使兼御史中丞韦元甫续附入。"这一处是北朝说的立脚点。

其实，这一处材料也是并不那么可靠的。

如果"木兰不知名"这句话果真出自《古今乐录》，郭氏的按语就应该加在这句话下边。照理，应当把这句话提到前面《梁鼓角横吹曲》的题解中，就完全没有必要加按语了。郭氏舍此而去没有著录《木兰诗》的地方特为作说明，岂不成了无的放矢？此其一。

《乐府诗集》所收《梁鼓角横吹曲》的篇章与《古今乐录》著录的篇目已有出入，这证明郭氏没有看到过《古今乐录》所录原歌辞。所引《古今乐录》的题注也系转引。既然篇章有增减，而《木兰诗》是后世出现于《梁鼓角横吹曲》，"木兰不知名"一语的来源不是大可疑么？此其二。

《文苑英华》辑录《木兰歌》，题下亦有注云："郭茂倩乐府不知名，韦元甫续附入。"加注的不管是原书的编者还是后来的校订者，全是宋人。《文苑英华辨证》说："刘氏次庄、郭氏《乐府》并云：'古词，无姓名。'"《辨证》的作者彭叔夏也是宋人。《古文苑》说："不知名。浙江西道观察使兼御史中丞韦元甫闻续附入。"各本文字小有出入，或依"郭乐府"，或别有所据。宋刊本《乐府诗集》也可能有异文。此其三。

《乐府诗集》中郭氏的话通例是以"按下"同引文相区别：引文之间的界限也是清楚的。例如：

> 《乐府解题》曰："《左传》云：'齐将与吴战于艾陵，公孙夏命其徒歌虞殡。'杜预云：'送死《薤露》歌即丧歌，不自田横始也。'"按：蒿里，山名，在泰山南。魏武帝《薤露行》曰："惟汉二十二世，所任诚不良。"曹植又作《惟汉行》。（引者案：这一段引据相当繁杂，却没有丝毫的含混和歧义。直接引用称"曰"，间接引用称"云"，层次井然）④

而《木兰诗》的题注在所引《古今乐录》语和以下显系后人附语中间没有加"按"，也没有加以别的区分，结果弄得混淆不清。后世不少人都把这两句连读。直至近人丁福保辑《全汉三国晋南北朝诗》还是连“浙江西道观察使兼御史中丞韦元甫续附入”一句一起转录，而且正文中不加说明地将韦氏拟作与之并列。这种错误主要应由丁氏自己负责，但也不能说和这个题注的混乱没有关系。今人徐中舒也把这两句话弄错了。徐先生说，“‘附入’者，著者以韦作附入于其《古今乐录》中也”。[5] 也是把两句都当作《古今乐录》中语。这个题注到底是谁加的，出处如何，就中也涉及一个时代问题。此其四。

后世称前人官号不冠朝代，当用简称而不用全称（即使同一个朝代而不是同时的人，若用全称，也须说明是某某皇帝的时候），如“阮步兵”、“陶彭泽”、“杜工部”、“岑嘉州”之类。因此，“浙江西道观察使兼御史中丞韦元甫续附入”这句话，绝不会出于唐以后，当然也就不会出于郭茂倩，明为唐人语。从行文看，这句话显然是唐代与韦元甫同时的人编录乐辞时写上去的（这同以下要说到的《木兰诗》入乐时的情况恰好一致）。郭氏引前人一律指明出处；这里当是直接转录，故成例外。但不管怎样，这一句和“木兰不知名”一句之间总是有些含混不清。或者两句话同出一人。如果是那样，《古今乐录》一书为错引。此其五。

综上各款，可见《古今乐录》并未著录《木兰诗》，“木兰不知名”一句不足据。

若《木兰诗》真是尝著录于《古今乐录》，而且郭茂倩看到了，那末，同时代而早于郭氏《乐府诗集》的《文苑英华》一书就不当以为唐人韦元甫作。《文苑英华》是北宋初年（太平兴国年间）李昉等二十多名学者奉敕编纂的一部书；所能利用的馆阁图书的条件不用说要比郭氏优越得多，二十几个人的识见当亦不下于郭氏。《古文苑》也认为唐人作的。《古文苑》这部书据传得于佛寺经龛中，唐人所藏，固不足凭信；但经韩元吉重编至章樵作注解，尚可信为和“郭乐府”先后略同的东西。再说，象《木兰诗》这样少见的优秀长诗被著录之后的二百年间竟未发生任何影响，甚至连提到它的人都没有，这难道是可能的吗？

宋人黄庭坚在《题乐府木兰诗后》一文中作过这样的记载：

唐朔方节度使韦元甫[6]得于民间。刘原父往时于秘书省中录得。元丰乙丑五月戊申会食于赵正夫平原监郡西斋，观古书帖甚富，爱此纸得澄心堂法。与者三人：石辅之、柳仲远、庭坚。[7]

这是一条令人振奋的信息。因了这条记载，我们会明白：为什么唐代人没有提出过《木兰诗》的时代问题，这个问题的提出始于宋代，而宋代人如程大昌、朱熹、刘克庄等[8]，又都认为作于唐代。他们是多少有些根据的，唯得其大概而不能详也。因此多不能确指。这同唐代韦元甫“续作”《木兰诗》以及为什么《文苑英华》连原作都归于韦元甫名下诸事，可以互相发明印证。黄庭坚的这段话，讲清楚了韦元甫和《木兰诗》的因缘。

今人罗根泽和江慰庐都对这条资料作了错误的处理。罗、江二先生都是在“智匠已著录”这样一个既定前提下讲话的。一个说“韦元甫以前，《木兰诗》在士大夫间已有流传（杜甫已引用过）”[9]，一个说“风行天下，迄于唐初”[10]，都是毫无根据的推断之词。江先生所谓“安史之乱”后“一度湮失”，韦元甫“重得”云云，也显然是虚构。

第一个借鉴《木兰诗》章法、诗句的是唐代大诗人杜甫。这一点，南宋的刘后村就已经指出。这同韦元甫得《木兰诗》于民间的记载完全吻合。杜甫生于公元七一二年，死于公元七七〇年。韦元甫生年不详，死于公元七七一年，两人恰生活在同一个时代。有人从民间得到这样一篇伟大壮丽的史诗，作为同时代伟大的人民诗人杜甫当然可能知道。既知道了，就有可能借鉴。这不消说是合情合理的。

奇怪的是，萧涤非先生和罗根泽先生却将这作为《木兰诗》产生在唐以前或北朝的重要证据。特别是萧先生。他继四十年代《汉魏六朝乐府文学史》一书之后，又在五十年代发表了题为《从杜甫、白居易、元稹诗篇看木兰诗的时代》的文章，力图据杜甫、白居易、元稹的关涉《木兰诗》的诗篇进一步证明《木兰诗》产生在北朝。这是不会有什么说服力的。关于杜甫诗和《木兰诗》的关系，该文所列举的例证，除了萧先生和罗先生都曾举出过的《草堂》和《忆昔》的第一首，又举出《后出塞》第一首等几首诗，仍无非是说杜甫借鉴了《木兰诗》，当然也还是说明不了什么问题。值得提出来一说的，一是《兵车行》中“耶娘妻子走相送”一句下据说为杜甫所加的“元注”：“古乐府木兰诗：‘不闻耶娘唤女声，但闻黄河之水流溅溅。’”这一条注，萧、罗二位先生都曾援引过，这次萧先生又详加申订[11]。究其实，这条注是不是杜甫原注都没多大关系。萧先生苦心考索，要的也不是注解本身，而是“元注”称《木兰诗》为“古乐府”这一点。因据以得出结论：“依杜甫看来，木兰诗并不是他那个朝代——唐代的作品。”[12]“古乐府”究竟“古”到什么时代？从杜甫的时代上溯起，是不是一定要到北朝或者北朝以前才算“古”？其实，“古乐府”一语并非有什么确切内涵的概念。称《木兰诗》为“古乐府”，犹如称它为一首古代民歌一样；此外，尚指其诗体和风格所近。又由于人们不知道它到底出于什么时代（虽则诗是韦氏得于民间，但他也不能知道它作于何时。杜甫也没什么例外），以为无非古诗之流。大多数本子削去这条注释，决非全是率意为之的。且有相反者，钱氏笺注本引作吴若注。从“耶娘妻子走相送”和“不闻耶娘唤女声”这两句诗中间也看不出任何脱化的痕迹，杜甫本无须特别加注。二是白居易《咏木兰花》诗。诗是这样的：“腻如玉脂涂朱粉，光似金刀剪彩霞。从此时时春梦里，应添一树女郎花。”萧先生说：“在古代，一首诗特别是一首口头创作的民歌由上而下的在封建文人中间普遍地流传起来，是需要一个相当长的时间的。现在白居易显然把木兰诗作为流传已久、人所共知的作品来处理，这就充分地说明了木兰诗不可能是唐代……的作品。”⑬萧先生据以立论的前提就成问题。一篇文学作品，不管是口头创作还是文人创作，其流传的迟速，都并不由时间来决定。如说白居易在这里是“把木兰诗作为流传已久、人所共知的作品来处理”，但只从时间看，倒未尝不可以。因为白居易生在韦、杜既死之后。可是从白诗的内容看，则不然。诗的后二句以“从此”“应添”相关联，再清楚不过地表明“女郎花”是创用“新典”。白居易另有《戏题木兰花》诗。该诗后二句也说：“怪得独饶脂粉态，木兰曾作女郎来。”细玩诗句，诗人不是说对木兰的“曾作女郎”原本不知道，只是如今才恍然了悟么？不然，何以要说“怪得”？这正暗示《木兰诗》传世不很久。三是如何理解元稹的《乐府古题序》把《木兰》和《仲卿》、《四愁》、《七哀》并列。萧先生也说这并不能说明元稹认为《木兰诗》比其他三篇还要古老。那又何从表明《木兰诗》产生的时代呢？元稹是就这几篇诗是否曾播于管弦而言⑭。此外，萧先生还列举了岑参、李益、孟郊等用《木兰诗》词语（有的实系偶合）的诗句，更无助于说明问题。岑、李、孟诸人，比起韦、杜，除岑参算是同时，其余二人则是晚生后辈了。

从《木兰诗》影响于诗人的情况，可以约略知道《木兰诗》产生的时代。决不能说《木兰诗》自陈代著录以后，长期遭到冷落，只是到了唐中叶以后才突然被人们认识。这是根本讲不通的。

《乐府诗集》卷二十一说：《梁鼓角横吹曲》“自隋已后，始以横吹用之卤簿，与鼓吹列为四部，总谓之鼓吹，并以供大驾及皇太子、王公等”，“夜警亦用之”。又说：“唐制，太常鼓吹，令掌鼓吹。施用调习之，节以备卤簿之仪，而分五部。”足见隋唐时代沿用了《梁鼓角横吹曲》，规模和施用范围都不断扩大。随着规模和施用范围的扩大，必然要不断地采录新的歌辞入乐，创制新声。

上面说过，《乐府诗集》在“梁鼓角横吹曲”一类下面分作两个部分，第一部分基本是《古今乐录》著录过的，第二部分是文人乐府，包括梁陈至唐的各代作品。就中唐代占将近一半。这正反映着《梁鼓角横吹曲》的因革情况。《乐府诗集》保存的，大约就是唐代《梁鼓角横吹曲》的面貌。《木兰诗》既然编录在第二个部分的末尾，它入乐的时间不是很了然么。郭氏自己并没有认识到这一点，他只不过是因袭了旧有著录的体例。至于《木兰诗》为什么被编入《梁鼓角横吹曲》，自然和它的内容有关，《梁鼓角横吹曲》本为军中马上之乐。后世编纂的乐府诗大致因循郭氏《乐府诗集》的体例，如元代左克明的《古乐府》和明代梅鼎祚的《古乐苑》。但是左氏和梅氏都不明白“郭乐府”何以要把同属《梁鼓角横吹曲》的歌辞分作两类，以为大无必要，就干脆把它们合并。这样一来，两类歌辞的界限就泯灭了。

我们现在能看到的关于《木兰诗》的最早的记载，见于唐代吴兢的《古乐府》（原书已佚[15]，《木兰诗》一条保存在宋人曾慥所辑《类说》中）。吴氏在他的《乐府古题要解》一书中也曾提到[16]。这应该是《木兰诗》因韦元甫而传世以后的事。很可能《木兰诗》面世之后即传入宫庭而播于管弦。韦氏得诗以后自己拟作了一篇。因为有此一节，这篇无主名的民间作品渐而讹传为韦元甫作，便毫不足怪。后世人无从知道委曲，乃至宋代，《木兰诗》的时代和作者都成为问题了。

《木兰诗》产生在隋末或唐初

《木兰诗》开头八句和《折杨柳枝歌》几乎完全相同。后者是全篇，前者是断片，很明显是前者截取后者。移植的痕迹宛然可辨。截取旧有歌辞作为一首新歌的开篇起兴，是民歌创作中常见的手法。《诗经》里有不少这样的例子。汉乐府的长篇叙事诗《孔雀东南飞》开头的“孔雀东南飞，五里一徘徊”二句，就是从《艳歌何尝行》来。

对于这样的现象，应作如何解释呢？

萧先生说：“木兰诗首六句，与鼓角横吹曲折杨柳枝歌‘敕敕何力力’二曲，（见上）几完全相同，足证其为同时同地之作。”[17]罗先生说，《折杨柳枝歌》“和《木兰诗》的前几句全同，显然有相互关系，彼由被梁朝采用可以断定不会晚于西魏，《木兰诗》也应与时代相近。”[18]

歌辞的某一部分“几完全相同”，就能证明“为同时同地之作”吗？这种说法是难于成立的。上引《孔雀东南飞》和《艳歌何尝行》之间，连诗的形式都有很大差异，前者是成熟时期的五言诗形式，后者是四言诗向五言诗过渡时期的形式，更无法证明为同时同地。恰恰相反，原歌和采用者之间，只有是古今、先后的关系，才是合乎逻辑的。所谓“彼由被梁朝采用”就可以断定“不会晚于西魏”，而且《木兰诗》就也应该“与时代相近”，则完全是主观臆断。

《折杨柳枝歌》题下共包括四首歌：

上马不捉鞭，反拗杨柳枝。下马吹长笛，愁杀行客儿。
门前一株枣，岁岁不知老。阿婆不嫁女，那得孙儿抱？
敕敕何力力，女子临窗织。不闻机杼声，只闻女叹息。
问女何所思，问女何所忆？阿婆许嫁女，今年无消息。

《梁鼓角横吹曲》另有《折杨柳歌辞》，同题五首：

上马不捉鞭，反折杨柳枝。蹀坐吹长笛，愁杀行客儿。
腹中愁不乐，愿作郎马鞭。出入擐郎臂，蹀坐郎膝边。
放马两泉泽，忘不著连羁。担鞍逐马走，何得见马骑。
遥看孟津河，杨柳郁婆娑。我是虏家儿，不解汉儿歌。
健儿须快马，快马须健儿。䟲跋黄尘下，然后别雄雌。

前题四首歌，实则两个内容，第一首和后三首不相连属。后题五首歌，内容互不相关，是杂凑在一起的。两题的第一首歌辞大同而小异，可以肯定是同一首歌而有异文。《旧唐书·音乐志》说：“梁乐府有‘上马不捉鞭，反拗杨柳枝。下马吹横笛，愁杀行客儿’。此歌元出北国，即《鼓角横吹曲·折杨柳》是也。”也只称这一首为《折杨柳》（即《折杨柳歌辞》）。可见《折杨柳歌辞》只有一首，其余七首都不是。

不难看出，前题后三首歌的题材、风格，和作为典型的北朝民歌的第一首迥别。这就是说，《折杨柳枝歌》题下只有三首歌。《折杨柳枝歌》载于《乐府诗集》中的《梁鼓角横吹曲》，但《乐府诗集》引《古今乐录》的《梁鼓角横吹曲》的曲目中却不见这个名目。上文说过，《乐府诗集》

依据的是梁以后的乐籍，所录《梁鼓角横吹曲》已不是《古今乐录》著录时的面目。

南朝乐府民歌《西曲歌》中有《攀杨枝》、《月节折杨柳歌》，皆咏男女相思，与《折杨柳枝歌》内容、风格相近似。此外，梁元帝、陈后主都有《折杨柳》歌，也属于这一类。可见，《折杨柳枝歌》是南朝民歌。梁用北朝乐府曲，难免要羼杂进本朝乐曲，绝不会是那么纯的。我们在本文第一部分谈到《梁鼓角横吹曲》由梁代到唐代的沿革过程，可以说明这一点。北朝曲《折杨柳歌辞》和南朝曲《折杨柳枝歌》，盖因题目相近以致混淆。

《梁鼓角横吹曲》还辑录《地驱乐歌》同题四首：

青青黄黄，雀石颓唐。槌杀野牛，押[19]杀野羊。
驱羊入谷，白[20]羊在前。老女不嫁，蹋地唤天。
侧侧力力，念君无极。枕郎左臂，随郎转侧。
摩捋郎须，看郎颜色。郎不念女，不可与力。

前两首和后两首格调又自不同。即如同是描写儿女之情，第二首表现感情，直出直入，毫“没遮拦”；第三首和第四首则表现得悱恻缠绵，尽管一写热恋，一写失恋，情调却没有什么不同。第二首的女主人公是道地的北方女性，第三首、第四首很象南朝乐府民歌。

《古今乐录》曰：“‘侧侧力力’以下八句是今歌。有此曲。”[21] 所谓“今歌”，即梁陈时歌。

《乐府诗集》卷八十八载《晋明帝太宁初童谣》一首，歌辞曰：“恻恻力力，放马山侧。大马死，小马饿。高山崩，石自破。”这首歌的时代在题目中已经标明：东晋太宁初年。

上举《折杨柳枝歌》、《地驱乐歌辞》和《晋明帝太宁初童谣》分别有“敕敕何力力”、“侧侧力力”、“恻恻力力”的句子。“敕敕”、“侧侧”和“恻恻”同音异字，都是表感叹词语，六朝以前不见，北朝也不见。

既然《折杨柳枝歌》是六朝的东西，那么，截取《折杨柳枝歌》作为开篇的《木兰诗》便无论如何不会产生于六朝以前，应该是比《折杨柳枝歌》更晚。

以下我们还将从《木兰诗》中所反映的名物制度、风俗习惯，以及它的语言风格等方面作进一步的、全面的考察。

（一）府兵制。根据诗中自市鞍马的情节，可以认定，《木兰诗》产生在府兵制实行以后。府兵制起自西魏、后周，但未见有成文。当时的情况是“自相督率，不编户贯”；“每兵唯办弓刀一具，月简阅之。甲槊戈弩，并资官给”。（《北史·李弼等传附录》）与诗中所写不合。寓兵于农的府兵制度是隋以后的事。《隋书·食货志》云：“开皇三年正月，（隋文）帝入新宫。初令军人（乃民字，唐避太宗讳改）以二十一成丁。减十二番每岁为二十日役；减调绢，一匹为二丈。”《高祖纪（下）》开皇十年五月乙未诏曰：“凡是军人可悉属州县，垦田籍帐，一与民同。军府统领，宜依旧式。”《新唐书·兵志》所载唐代府兵制度则是很具体、很完备的：“十人为火，火有长。火备六驮马。凡火具乌布幕、铁马盂、布槽、锸、镬、凿、碓、筐、斧、钳、锯皆一，甲床二，镰二。队具火钻一，胸马绳一，首羁、足绊皆三。人具弓一，矢三十，胡禄、横刀、砺石、大觿、毡帽、毡装、行縢皆一，麦饭九斗，米二斗，皆自备，并其介胄、戎具藏于库。有所征行，则视其入而出给之。”又说府兵制“备于隋，唐兴因之”。因此，从唐代府兵制即可考见隋代府兵制。《木兰诗》中写到的情况和《新唐书》的记载是一致的。“火”或“火伴”一语就是明证。

（二）可汗。《木兰诗》内容上一个突出特点，就是写的是汉族的生活，用的是汉语，而混称“天子”“可汗”。这反映隋代的政治特点。隋文帝受禅于北周，统一中国。但由于北部中国长达二、三百年的异族分裂统治，政治制度很难一朝划一。“天子”和“可汗”混称，刚好说明隋天子和各部胡人的关系。有人提出“可汗”没有封“尚书郎”的道理。我以为，可汗和木兰对话，可以指在天子朝做官，并不一定非得死扣住木兰与可汗之间的关系。“尚书郎”也无非是夸说官高。

内容上的这样一个特点，无法解释成北朝的元魏时代。史载北魏跖跋氏本为“东胡别部之鲜卑”，诗中说“胡骑声啾啾”也不对。

（三）明堂。罗根泽先生说，因为魏周“遵周制”，“应当常设明堂”，“所以证明”《木兰诗》“产生的时代一定在周魏”[22]。以毫无根据的假设作为前提，竟可以推出十分肯定的结论，这怎能教人信服呢？

明堂，即所谓明政教之堂，是古时天子祭祀、庆赏、朝诸侯、教学、选士的处所。《木兰诗》的“天子坐明堂”，只不过是借指天子庆功行赏。一些解释《木兰诗》的人，一定要把它坐实，未免过于拘泥，不符合文学创作的实际。

（四）策勋。据《唐六典》：隋开皇初，采后周之制，置上柱国以下十一等，以酬勋劳。十二级的戎勋制确立于唐高祖武德七年（公元624年）三月。“策勋十二转”是唐制。如诗写于隋，即是余冠英先生所指出的那种情况：“唐人用当时制度窜改原文。”[23] 如写于唐初，则是合情合理的夸张。

勋官制度之渐不在隋唐。考所谓柱国大将军之号建于北魏末年。《魏书·官氏志》云：“孝庄初，以尔朱荣有扶翼之功，拜柱国大将军，位在丞相上。”《周书·侯莫陈崇传》亦云：“初，魏孝庄帝以尔朱荣有翊戴之功，拜荣柱国大将军，位在丞相上。荣败后，此官遂废。大统三年，魏文帝复以太祖建中兴之业，始命为之。”然当时官制的一些条文“朝出夕改，莫能详录”，未成定制。而《隋书·百官志序》云：“高祖践极，百度伊始，复废周官，还依汉魏。”又《百官志（下）》云：“高祖既受命，改周之六官，其所制名，多依前代之法。”《唐六典》二十四注云：“自两汉至北齐，大将军位视三公，至隋十二大将军直为武职，位左右台省之下，与右（疑当作古——引者）大将军但名号同，而统务别。”说明隋制虽渊源于北魏，但已有很大变革。

（五）诗中写木兰脱戎服、著旧装时，有“对镜贴花黄”一句。“额黄眉间黄”这一富有时代特点的装束起源于北周。据《通鉴·陈纪》太建十一年载：周宣帝宇文赟“禁天下妇人不得施粉黛；自非宫人，皆黄眉墨妆”。这一记载，确定《木兰诗》产生的上限不早于北周宣帝末年（公元579年）。此后，于文人歌咏中屡见对这种时装的描写。

（六）《木兰诗》的风格问题。古今论《木兰诗》，有人以为高古似魏晋，有人说它“自是齐梁本色”。今人多据其中体现的所谓尚武精神，说明它是北朝民歌；且举出产生于北朝的《李波小妹歌》加以比况。前两说已没有多少人相信。目前人们多信从第三种说法。

谈到《木兰诗》的风格，首先不要忘记它是一篇民间作品，和某些文人创作的诗歌是两回事。民间创作的语言风格是相当稳定的。有时尽管时代发生变动，文风有改变，民间创作尚能保持旧有的风调。《木兰诗》的语言风格的古朴，岂止和北朝乐府民歌相近，简直可以说是直逼汉魏。更何况，继北周而起的隋，在精神文化上直接承袭北朝。又由于隋的历史很短，所以直到唐代初年，一些风俗、习惯都没有发生太大的变化。

准上，我认为：木兰故事从隋代开始流传，《木兰诗》成于隋末或者唐初。

主张《木兰诗》产生在北魏的人，多据元魏神䴥二年（公元429年）北伐蠕蠕（柔然）为背景。但据记载，这次战争是突袭性的，为时并不长。时隔五年，到延和三年（公元434年），北魏即与蠕蠕和亲。此后至公元449年以前两国间并无战争。以后虽有战争，也都不是相持很久的。一些研究者之所以认为这次战争和产生《木兰诗》的背景有关，则是因为史书上记载这次北魏征蠕蠕，有“出东道向黑山”一句。这与《木兰诗》中的“黑山”实在是巧合。从诗本身也找不出内证。

把木兰故事发生的时代属之于隋，即有足资产生《木兰诗》的环境和背景。按之《隋书·西突厥传》：突厥一国分为二可汗，一为启民可汗，一为处罗可汗，自相仇敌，每岁交兵，积数十年。二部皆附隋——“入臣天子”；隋亦介入其战争。后处罗又从征高丽。

有关木兰的故事传说相当多，多数不可信，但不能说所有的记载和传说都托诸空言，一概斥之为妄。如果连一点影象也没有，就未必有如此广泛的流传。

《大清一统志》卷一二九说：“木兰，魏氏女，谯郡城东魏村人。隋恭帝时募兵戍北方，木兰以父当往而老羸，弟妹俱稚，即市鞍马，请于父代戍。历十二年，人不知为女子。……”《江南通志》有类似记载。俞理初反驳说，“隋恭帝不得有十二年”[24]。并不足以否定记载的可信性。也可以理解为木兰从征在恭帝时凯旋，或者木兰故事是恭帝时开始流传。个别细节上的出入，正说明这个故事不是从《木兰诗》附会的。

由上论述可以看到，北朝说的提出，分作两个步骤。第一步提出“智匠著录”的记载。至于这一条是怎么来的，是否可靠，似乎是用不着怀疑、也不容怀疑的。第二步，再根据郭茂倩把《木兰诗》编入《梁鼓角横吹曲》，而《梁鼓角横吹曲》原为北朝乐府民歌，《木兰诗》的内容看去与北歌仿佛等疑似之迹，遽断《木兰诗》为北朝作品。就这样，一个本来较为复杂的问题给以简单化的结论。从此事实真相被掩盖了。

---

① 当是“白登”之误。

② 据毛氏汲古阁本。

③ 见《旧唐书·音乐志》。歌辞虏音，各本均作“歌音虏辞”，据《通典》卷一四六、

《乐府诗集》卷二十一、卷二十五引本志改。

④ 《乐府诗集》卷二十七《薤露》题解。

⑤ 见《木兰歌再考》，载《东方杂志》第二十二卷第二十三号。

⑥ 《旧唐书》本传不载韦元甫做过朔方节度使。大约史书失载，抑或传者误记。但说《木兰诗》出于朔方，与事实不悖。隋时朔方与连年交兵的突厥毗邻。

⑦ 见《豫章先生集》卷二十五。

⑧ 程、朱、刘的论点分别见于《演繁露》、《语类》、《后村诗话》。

⑨⑱㉒ 《木兰诗产生的时代和地点》，见《中国古典文学论集》，五十年代出版社版。

⑩《谈谈怎样研究木兰诗》，见《文学遗产增刊》第1辑。

⑪⑫⑬ 见《文学遗产增刊》第1辑。

⑭ 见《元氏长庆集》卷二十三。

⑮ 见该书卷五十一。

⑯ 见《乐府诗集》卷二十三引。

⑰ 《汉魏六朝乐府文学史》，中国文化服务社版，第343页至第344页。

⑲ 《乐府诗集》原作“押”，似误字。

⑳ 《乐府诗集》原作“自”，显系讹误。

㉑ 见《乐府诗集》本辞题注。

㉓ 《乐府诗选》，人民文学出版社1953年版，第122页。

㉔ 见《癸巳存稿》卷十三。

选自《文学遗产》增刊第14辑
中华书局，1982

陶渊明诗显晦

钱钟书

渊明文名，至宋而极。永叔推《归去来辞》为晋文独一；东坡和陶，称为曹、刘、鲍、谢、李、杜所不及。自是厥后，说诗者几于万口同声，翕然无间。宋《蔡宽夫诗话》言："渊明诗、唐人绝无知其奥。惟韦苏州、白乐天、薛能、郑谷皆颇效其体。"《国粹学报》己酉第八号载李审言丈《愧生丛录》，一则云："太白、韩公，恨于陶公不加齿叙，即少陵亦只云'陶潜避俗翁'也。"余按少陵《夜听许十诵诗》曰："陶谢不枝梧，风骚共推激。"《江上值水如海势》曰："焉得思如陶谢手，令渠述作与同游。"其不论诗而以"陶谢"并举者，尚有《石柜阁》诗之"优游谢康乐，放浪陶彭泽"。李群玉《赠方处士》云："喜于风骚地，忽见陶谢手。"即本少陵来，不得谓少陵只云"陶潜避俗翁"也。如以"陶潜避俗翁"为例，则太白《古风》第一首虽数古代作者而不及渊明，他诗如《赠皓弟》、《赠徵君鸿》、《赠从孙铭》、《赠郑溧阳》、《赠蔡秋浦》、《赠闾丘宿松》、《别中都明府兄》、《答崔宣城》、《九日登山》、《游化城寺清风亭》、《醉题屈突明府厅》、《嘲王历阳》、《紫极宫感秋》、《题东溪公幽居》、《送傅八至江南序》诸作，皆用陶令事。沈归愚《唐诗别裁》评昌黎《荐士》诗，早怪其标举诗流而漏却渊明；而昌黎诗如《秋怀》、《晚菊》、《南溪始泛》、《江汉虽云广》等，未尝不师法陶公，前已言之。清初精熟杜诗，莫过李天生；《续刻受祺堂文集》卷一《曹季子苏亭诗序》论少陵得力《文选》，且云："少陵全集，托兴莫如开府，遣怀专拟陶公。"由是观之，蔡、李二氏所言，近似而未得实。余泛览有唐一代诗家，初唐则王无功，道渊明处最多；喜其饮酒，与己有同好，非赏其诗也。尔后如王昌龄、高达夫、孟浩然、崔曙、张谓、李嘉祐、皇甫曾、严维、戴叔伦、戎昱、窦常、卢纶、李端、杨巨源、司空曙、顾非熊、邵谒、李颀、李群玉、卢肇、赵嘏、许浑、郑谷、韦庄、张蠙、崔涂、崔道融、汪遵等，每赋重九、归来、县令、隐居诸题，偶用陶公故事。颜真卿咏陶渊明，美其志节，不及文词。钱起诗屡称渊明，惟《寄张蓝田》云："林端忽见南山色，马上还吟陶令诗。”乃及渊明之诗。孟郊《报张翰林舍人见遗》云：“忽吟陶渊明，此即羲皇人。”刘禹锡《酬湖州崔郎中见寄》云：“今来寄新诗，乃类陶渊明。”许浑《寄李远》云：“赋拟相如诗似陶。”《途经李翰林墓》云：“陶令醉能诗。”《南海府罢归京》云：“陶诗尽写行过县。”皆空泛语。崔颢有《结定襄郡狱效陶》一首，刘驾有《效陶》一首，曹邺有《山中效陶》一首，司马扎有《效陶彭泽》一首，唐彦谦有《和陶渊明贫士》七首，并未能劣得形似。张说之、柳子厚皆不言“绍陶”，然张诗如《闻雨》，柳诗如《觉衰》、《饮酒》、《读书》、《南磵》、《田家》五首，望而知为学陶；《南磵》、《田家》两作尤精洁恬雅。韦苏州于唐贤中，最有晋、宋间格，曾《效陶》二首，然《种瓜》一首，不言效陶，而最神似。苏州行旅之什，全本谢客；柳州乃元遗山《论诗绝句》所谓“唐之谢灵运”。二家之于陶，亦涉笔成趣焉耳。东坡称渊明诗：“质而实绮，癯而实腴。”王右丞田园之作，如《赠刘蓝田》、《渭川田家》、《春日田园》，太风流华贵，持较渊明《西田获早稻》、《下潠田舍获》、《有会而作》等诗，似失之过绮。储太祝诗多整密，惟《同王十三偶然作》第一第三首、《田家杂兴》，淳朴能作本色田夫语，异于右丞之以劳农力田为逸农行田者。然皆未屑斤斤以陶诗为师范，故右丞《偶然作》第五首“陶潜任天真”云云，专论其嗜酒傲兀，未及其诗；文集《与王居士书》至斥其“忘大守小，终身抱惭”，并不取渊明之为人矣。至白香山明诏大号，《自吟拙什因有所怀》云：“苏州及彭泽，与我不同时。”《题浔阳楼》曰：“常爱陶彭泽，文思何高玄；又怪韦江州，诗情亦清闲。”所作诗亦屡心摹手追。皎然《赠韦卓陆羽》曰：“只将陶与谢，终日可忘情。”薛大拙《论诗》曰：“李白终无敌，陶公固不刊。”《读前集》第二首自言曰：“爱日满阶看古集，只应陶集是吾师。”然少陵皎然以陶、谢并称，香山以陶、韦等类，大拙以陶、李齐举，虽道渊明，而未识其出类拔萃；至薛氏所谓师法渊明者，其集中亦不可得而按也。钟记室《诗品》称渊明为“隐逸诗人之宗”；陆鲁望自号“江湖散人”，甫里一集，莫非批抹风月，放浪山水，宜与渊明旷世相契。集中《袭美先辈以龟蒙献五百言提奖之重蔑有称实再抒鄙怀用伸酬谢》一篇亦溯风骚沿革，尤述魏晋来谈艺名篇，如子桓《典论》、士衡《文赋》，更道彦和《文心》，唐人所罕，而竟只字不及渊明。更推而前，则晋代人文，略备于《文心雕龙·才略》篇，三张、二陆、潘、左、刘、郭之徒，无不标其名字，加以品题，而独遗渊明。沈休文《宋书·谢灵运传论》叙晋宋以来诗流，渊明终不与。萧子显《南齐书·文学传论》亦最举作者，别为三体，穷源分派，与钟记室《诗品》相近，而仍漏渊明。记室《诗品》列渊明于中驷，《自序》上篇历数三张、二陆、两潘、一左，以及刘、郭、孙、许，推谢客为极致；与休文论指，无乎不同，而于渊明，勿加齿列。惟《自序》下篇末称五言警策。陶公《咏贫》得与二十一作者之数；谢客则拟古登临，称道者再，故篇首曰："曹刘文章之圣，陆谢体贰之才。"则其篇终论列，直是苏侯之配唐尧，匪特信哙等伍、老韩同传而已。抉妙别尤，识所未逮。颜延之与渊明友善，及其亡也，为作哀诔，仅称徵士"孤生介立之节"，于其文章，只曰："文取指达。"几不以渊明为工于语言者。阳休之能赏渊明文，言其"往往有奇绝异语"矣，而所撰《陶集序录》乃曰："词采未优。"美中致不足之意。鲍明远、江文通学陶，皆只一首，而仿他人者甚多；江学嗣宗至十五首，鲍学公干至五首，则以渊明与其他文流类视，何尝能刮目相看。当时解推渊明者，惟萧氏兄弟，昭明为之标章遗集，作序叹为"文章不群"，"莫之与京"。《颜氏家训·文章》篇记简文："爱渊明文，常置几案，动静辄讽。"顾二人诗文，都沿时体，无丝毫胎息渊明处。昭明[①]《与湘东王书》论文只曰："古之才人，远则扬、马、曹、王，近则潘、陆、颜、谢。"宋陈仁子撰《文选补遗》，赵文作序，述仁子语，亦怪昭明选渊明诗，十不存一二。可见渊明在六代三唐，正以知希为贵。即今众议佥同，千秋定论，尚有王船山、黄春谷、包慎伯之徒。或以为渊明"量不弘而气不胜，开游食客恶诗"。（见《夕堂永日绪论》内编。）或以为："今情五言之境，康乐其方圆之至矣，犹之洙泗之道，遍及人伦，虽陶彭泽亦夷、惠、老、庄之列也。"（《梦陔堂文集》卷三《与梅蕴生书》。）或以为渊明诗"不如康乐诗竟体芳馨"，（见《艺舟双楫》卷一《答张翰风书》。）《归去来辞》言不丽而意无则。（卷一《书韩文后》下篇。）则当时之进前不御，奚足怪乎。近有笺《诗品》者二人，力为记室回护；一若记室品诗，悉本秤心，断成铁案，无毫发差，不须后人作诤友者。于是曲为之说，强为之讳，固必既深，是非遂淆。心劳日拙，亦可笑也。记室以渊明列中品，予人口实。一作笺者引《太平御览》卷五八六云："钟嵘诗评：古诗、李陵、班婕妤、曹植、刘桢、王粲、阮籍、陆机、潘岳、左思、谢灵运、陶潜十二人，诗皆上品。"又一作笺者亦引《太平御览》卷五八六云："钟嵘诗评：古诗、李陵、班婕妤、曹植、刘桢、王粲、阮籍、陆机、张协、潘岳、左思、谢灵运、陶潜十二人，诗皆上品。"据此一条，遽谓陶公本在上品，今居中品，乃经后人窜乱，非古本也。余所见景宋本《太平御览》，引此则并无陶潜，二人所据，不知何本。单文孤证，移的就矢，以成记室一家之

---

① 昭明，应作"简文"。选编者注。

言，翻征士千古之案。不烦傍引，即取记室原书，以破厥说。记室《总论》中篇云："一品之中，略以世代为先后。"而今本时有错乱，如中品晋张华，乃置魏何晏、应璩之前。作笺者以《御览》所引为未经窜乱之原本，何以宋之谢客，在晋之陶公之先，与自序体例不符。岂品第未乱，而次序已乱乎。则安知其品第之未乱也。且今本上品之张协，作笺者所引《御览》独漏却，而作笺者默不置一词。何耶。高仲武《中兴间气集》卷下论皇甫曾有曰："昔孟阳之与景阳，诗德罔惭厥弟，协居上品，载处下流。"当即指《诗品》等次而言。可见唐时《诗品》上品有张协，与北宋初《太平御览》之上品无张协而有陶公者，果孰为古本哉。一作笺者所引《御览》有张协，然合之《古诗》，数为十三，不得云十二。记室论诗，每曰："某源出于某。"附会牵合，叶石林、王渔洋皆早著非议。然自具义法，条贯不紊。有身居此品，而源出于同品之人者：如上品王粲之本李陵，潘、张之本王粲，陆、谢之本陈思；中品谢瞻等五人之本张华，谢朓之本谢混，江淹之本王微、谢朓，沈约之本鲍照，其例是也。有身列此品，而源出于上一品之人者：中品魏文本李陵，郭璞本潘岳，张、刘、卢三人本王粲，颜延本陆机；下品檀、谢七人本颜延，其例是也。有身列此品，而源出于一同品、一上品之人者：鲍照本张华、张载是也。若夫身居高品，而源出下等，《诗品》中绝无此例。古人好宪章祖述，每云后必逊前，如《论衡·超奇》、《抱朴·尚博》所嘲。菜甘蜜苦，山海日月分古今。(按拉丁文中antiquus一字数义：古先一也，佳胜二也，引申之为爱悦三也。此最曲传信而好古之心。盖antiquus自ante来，亦犹吾国文之前字先字，不特指时间之古，亦指品地之优也。参观Gabriel Tarde：*Les lois de l'imitation*，p.269论吾国人好古，惟于拉丁文释义举例，尚未审确。）齐世钧世之论，增冰出蓝之喻，持者盖寡。使如笺者所说，渊明原列上品，则渊明诗源出于应璩，璩在中品，璩诗源出于魏文，魏文亦只中品。譬之子孙，俨据祖父之上。里名胜母，曾子不入；书称过父，大令被讥。恐记室未必肯自坏其例耳。记室之评渊明曰："文体省净，殆无长语。笃意贞古，词兴婉惬。"又标其"风华清靡"之句。此岂上品考语。固非一字之差，所可矫夺。记室评诗，眼力初不甚高，贵气盛词丽，所谓"骨气高奇"、"词彩华茂"。故最尊陈思、士衡、谢客三人。以魏武之古直苍浑，特以不屑翰藻，屈为下品。宜与渊明之和平淡远，不相水乳，所取反在其华靡之句，仍囿于时习而已。不知其人之世，不究其书之全，专恃斠勘异文，安足以论定古人。况并斠勘而未备乎。余因略述渊明身后声名之显晦，于谭艺或不无少补云。

选自《谈艺录》，中华书局，1984

《文心雕龙》的时代风格论

詹锳

在现代文艺理论中，谈到风格问题时，一方面探讨风格的个性，即作家的个人风格，一方面也探讨风格的共性，例如民族风格、文体风格、时代风格等等。一个时代的作家作品，在风格上有许多相同或相近的地方，这就是时代风格。所谓时代风格都是相对的，因为同一时代的作家作品，在风格方面不可能完全一致，因而人们谈到某一时代的时代风格时，并不能包括这一时代文艺创作的全部特点，而只是指明这一时代文艺创作的主要特点。这类主要特点的存在是客观的，而对它的认识则是主观的。那就是说，某一时代的时代风格是客观存在的，而古代的文学理论家由于受了时代、及文艺理论水准的局限，对它的认识不可能百分之百的正确。准确地把握各个时期的不同的时代风格，对于我们深入探讨中国文学史的发展规律，具有重要的意义。

《文心雕龙》里并没有论时代风格的专篇，在全书里也没有一个名词相当于现在所谓的“时代风格”。但是在《文心雕龙》的《时序》、《通变》、《明诗》等篇里，以及其它篇章的某些地方，确有某些论述涉及时代风格问题。

《时序》篇谈论的是文学和时代的关系问题。文学和时代的关系，在周秦两汉的著作里已经见到了。《孟子·万章下》说：“诵其诗，读其书，不知其人可乎？是以论其世也。”《礼记·乐记》说：“凡音者，生人心者也，情动于中，故形于声。声成文谓之音。是故治世之音安以乐，其政和；乱世之音怨以怒，其政乖；亡国之音哀以思，其民困。声音之道与政通矣。”这是讲音乐的情调与政治的关系。《毛诗·关雎序》也说：“情发于声，声成文谓之音。治世之音安以乐，其政和；乱世之音怨以怒，其政乖；亡国之音哀以思，其民困。”则是用来说明一代的诗风，刘勰在《时序》篇里把每一朝代的文学特点与当代的政治和社会生活联系起来，并对于历代文学的史的发展作了系统的阐述。这篇文章一开始就提出“时运交移，质文代变”的观点，这是说：由于时代风气的不同，有的朝代文章尚“质”，就是比较朴素；有的朝代文章尚

“文”，就是讲究藻采。

作者接着举出尧舜时代的歌谣来说：“昔在陶唐，德盛化钧；野老吐‘何力’之谈，郊童含‘不识’之歌。有虞继作，政阜民暇，‘薰风’诗于元后，‘烂云’歌于列臣。尽其美者何？乃心乐而声泰也。”无论他所艳羡的尧舜时代的太平盛世是否实有其事，但就精神实质来说，太平的时代人民心里快乐，唱出的歌谣声音和泰，这种见解还是有一定的道理的。由于同样的理由，他说西周上升时期的诗歌是“姬文之德盛，《周南》勤而不怨；大王之化淳，《邠风》乐而不淫”。这是说由于西周初期“德盛”、“化淳”，诗歌就具有“勤而不怨”、“乐而不淫”的风格。但是到了西周的末叶和东周的初期，由于君王的昏愦，国势的衰微，诗歌的风格就变了。《时序》篇说：“幽厉昏而《板》、《荡》怒，平王微而《黍离》哀。”由于厉王幽王的昏愦，引起《诗经》中像《板》、《荡》等诗篇那样激怒的风格；由于平王东迁，国势衰微，引起像《黍离》诗那样哀伤的风格，这些和当时的政治衰落都是密切联系的。于是作者得出初步的结论说：“故知歌谣文理，与世推移。”意思是说歌谣的写作思路，是随着时代的推移而变化的。接着他说：“风动于上而波震于下者”，这种自上而下的“风化论”，说上面有什么样的政治风浪，下面就有什么样的波动，这是指文学又受到政治的影响。

刘勰认为文学风格不仅受政治的影响，也受社会风气的影响。《时序》篇说：“春秋以后，角战英雄，六经泥蟠，百家飙骇。”到了战国时期，由于纵横家的诡辩之风，影响到文学方面，则形成诙诡离奇，藻采艳丽，而又辉煌灿烂的风格。刘勰对于《楚辞》风格的描写，就和纵横家的诡辩联系起来，他说：“屈平联藻于日月，宋玉交彩于风云。观其艳说，则龙罩《雅》、《颂》；故知炜烨之奇意，出乎纵横之诡俗也。”

刘勰还把文学时代风格的转变，归之于历代帝王们的提倡。他提到汉武帝时代的文学说：“逮汉武崇儒，润色鸿业；礼乐争辉，辞藻竞骛。”到了汉昭帝和宣帝时代，还继承这种风气，他说：“越昭及宣，实继武绩。……集雕篆之轶材，发绮縠之高喻。”但是到了东汉时代，文学风气就变了。由于汉光武帝“深怀图识，颇略文华”，加上汉明帝“崇爱儒术”，从这以后，“班、傅、三崔，王、马、张、蔡，磊落鸿儒，才不时乏，而文章之选，存而不论”。班固、傅毅、崔骃、崔瑗、王逸、马融、张衡、蔡邕这些人都是“鸿儒”，他们虽然也有文才，但他们的文章并不是主要的，所以才说“文章之选，存而不论”。尽管如此，“然中兴之后，群才稍改前辙，华实所附，斟酌经辞；盖历政讲聚，故渐靡儒风者也。”文学沾染了儒学的风气，以经书作为写文章的典范，自然风格质朴，不那么讲究华采了。刘勰提倡文学创作要“征圣”、“宗经”，对东汉的文风反而是比较推崇的。《文心雕龙·事类》篇说：“至于崔、班、张、蔡，逐捃摭经史，华实布濩，因书立功，皆后人之范式也。”其实两汉所推行的儒雅风格，只能在少数的学者和士大夫中发生影响，和平民的要求是不相适应的。像两汉的民间乐府，是平民表达情感愿望的工具，这类民间乐府浑厚、刚健、清新、活泼的风格，和两汉文人辞赋的典重风格是大相径庭的。刘勰抹煞了汉民间乐府的地位，只把文人辞赋等当作说明两汉文学风格的代表作品。他认为前后汉文学风格之不同，则在于西汉文学还继承《楚辞》的“余影”，东汉文学就更加朴实典重了。

假如政府不提倡文学和儒术呢？在刘勰看来，文风就会衰落，而趋向于自流，这样虽然有很多人才，仍不能发挥文学的威力，反而形成绮靡的时代风格。刘勰认为西晋的文风就是这样的。他说：“逮晋宣始基，景、文克构，并迹沉儒雅，而务深方术。至武帝惟新，承平受命，而胶序篇章，弗简皇虑。”他认为西晋历朝的皇帝都不提倡文学，这样社会上虽然有很多人才，也不能施展他们的文学才能，于是感慨地说：“然晋虽不文，人才实盛：茂先摇笔而散珠，太冲动墨而横锦；岳、湛曜‘联璧’之华，机、云标‘二俊’之采；应、傅、三张之徒，孙、挚、成公之属，并结藻清英，流韵绮靡。”《明诗》篇里对于西晋诗歌的时代风格作了更为详细的论述：“晋世群才，稍入轻绮，张、潘、左、陆，比肩诗衢；采缛于正始，力柔于建安；或析文以为妙，或流靡以自妍，此其大略也。”沈约《宋书·谢灵运传论》也说：“降及元康，潘、陆特秀，律异班、贾，体变曹（曹植）王（王粲），缛旨星稠，繁文绮合。”和刘勰的看法是一致的。

反过来，建安末年的文风就不同了。那时“魏武以相王之尊，雅爱诗章；文帝以副君之重，妙善辞赋；陈思以公子之豪，下笔琳琅：并体貌英逸，故俊才云蒸”。由于曹氏父子的提倡，建安文学达到了鼎盛时代。这个时期的文风怎样呢？刘勰说：

> 观其时文，雅好慷慨；良由世积乱离，风衰俗怨；并志深而笔长，故梗概而多气也。

这就是许多文学史和文学批评史的编者以及《文心雕龙》的研究者，都大加称引的一段话。刘师培讲、罗常培笔记《汉魏六朝专家文研究》六、《论文章之音节》中解释说："刘彦和云：洎夫建安，'雅好慷慨'，以其文多悲壮也。(例如陈琳《为袁绍檄豫州》文，壮有骨鲠，克举其词。）大凡文气盛者，音节自然悲壮；文气雅懿静穆者，音节自然和雅；此盖相辅而行，不期然而然者。"这种时代风格的特点是激昂慷慨，富于气势，态度光明磊落，不从纤巧处着眼，而在刻划形象时，用词也准确鲜明。这就是所谓"建安风骨"或"建安风力"。建安时代所以出现这样的风格，是由于"自献帝播迁，文学蓬转，建安之末，区宇方辑"。汉魏之际是一个军阀割据，战祸深重的时代，当时的作家亲眼看到人民在战争年代饱受死亡流离之祸，而他们自己也像蓬草似的到处飘飖流转。这些作家处于世风衰弊，人民怨恨的长期离乱生活之中，在思想感情上对这种社会现实体会得比较深刻，他们又长于表达技巧，所以写来激昂慷慨而富于气势；如曹操的《步出夏门行》、曹植的《送应氏》、王粲的《七哀》诗，都是很好的例证。看起来，刘勰确实抓到了建安文学时代风格的特点，而且抓得很准。不过刘勰在这里所说的是建安文学的主要风格特点，并不全面。刘师培在《中国中古文学史》里又作了比较细致一些的分析。他在该书第三课《论汉魏之际文学变迁》中说："建安文学，革易前型，迁蜕之由，可得而说：两汉之世，户习七经，虽及子家，必缘经术。魏武治国，颇杂刑名，文体因之渐趋清峻，一也。建武以还，士民秉礼。迨及建安，渐尚通侻：侻则侈陈哀乐，通则渐藻玄思，二也。献帝之初，诸方棋峙，乘时之士，颇慕纵横，骋词之风，肇端于此，三也。又汉之灵帝，颇好俳词，下习其风，益尚华靡，虽迄魏初，其风未革，四也。"鲁迅基本上同意刘师培的看法，他在《魏晋风度及文章与药及酒之关系》那篇报告里就说："归纳起来，汉末魏初的文章，可说是'清峻，通脱，华丽，壮大'。"这可以说是对刘勰的补充。

刘勰对于建安文学也并非全盘肯定，他有时还是从儒家的正统观点出发，对曹氏父子乐府诗的风格特点，缺乏应有的认识。《文心雕龙·乐府》篇说："至于魏之三祖，气爽才丽；宰割辞调，音靡节平。观其'北上'众引，'秋风'列篇，或述酣宴，或伤羁戍；志不出于淫荡，辞不离于哀思，虽三调之正声，实《韶》、《夏》之郑曲也。"其实他所批评的曹操《苦寒行》（"北上太行山"）、曹丕《燕歌行》（"秋风萧瑟天气凉"），慷慨悲凉，却正是代表建安时代风格特点的乐府名篇。

在时代风气的包围之中，有少数杰出的作家能够拔出于流俗之中，卓然成家，显示他们的个人风格特点。例如正始时代的文学风格，刘勰就是不欣赏的。他在正始时代的文学作家中，只取出类拔萃的几位。《时序》篇说：“于时正始余风，篇体轻澹；而嵇、阮、应、缪，并驰文路矣。”正始时代的文学风格，总地说来是“轻澹”。产生这种风格的原因，刘勰在《明诗》篇里有解释。他说：“乃正始明道，诗杂仙心，何宴之徒，率多肤浅。”可见风格的轻靡澹薄，是由于内容的浮浅。而嵇康、阮籍之所以能够“并驰文路”，是由于“嵇志清峻，阮旨遥深，故能标焉”。《中国中古文学史》第四课《魏晋文学之变迁》解释说：“按彦和此论，盖兼王、何诸家之文言，故言篇体轻澹。其兼及嵇、阮者，以嵇、阮同为当时文士，非以轻澹目嵇、阮之文也。即以诗言，嵇诗可以轻澹相目，岂可移以目阮诗哉！”又说：“嵇、阮之文，艳逸壮丽，大抵相同。……至其为诗，则为体迥异：大抵嵇诗清峻，而阮诗高浑。彦和所谓遥深，即阮诗之旨言，非谓阮诗之体也。”至于应璩的《百一》诗，更表现了“独立不惧”的精神，显示了“辞谲义贞”（以上均见《明诗》篇）的风格特点。可见时代风格有时也指某一时代在文学上流行的不良风气，而这种流行风气，虽然势力很大，流行较广，却并不能代表这一时期的时代精神的。

刘勰之所以不喜欢正始风格，是由于这时的文学作品受了玄学的影响，以至于“诗杂仙心”。这种玄学思想对于文学风格的影响，在东晋时代表现得尤为显著。《时序》篇说东晋简文帝时代“微言精理，函满玄席，澹思浓采，时洒文囿”。结果是“自中朝贵玄，江左称盛。因谈余气，流成文体。是以世极迍邅，而辞意夷泰；诗必柱下之旨归，赋乃漆园之义疏”。《明诗》篇也说：“江左篇制，溺乎玄风，嗤笑徇务之志，崇盛亡机之谈。”这种“澹思浓采”的风格，是缺乏生气与骨力的。《世说新语·文学篇》注引《续晋阳秋》说：“正始中，王弼、何晏好庄、老玄胜之谈，而世遂贵焉。至过江，佛理尤盛，故郭璞五言始会合道家之言而韵之。（许）询及太原孙绰，转相祖尚，又加以三世之辞，而诗骚之体尽矣。询、绰并为一时文宗，自此作者悉体之。至义熙中，谢混始改。”也可作为旁证。《时序》这一段是说：随着清谈风气的传播，流变而形成一种文风。结果是在艰难的岁月里，作品的内容和辞气都很安闲。刘勰对于这种文风是持否定态度的。这种风气并不表明时代与文学绝缘。而是表明东晋文人在时代极度纷乱之中，找不到正当的出路。在高压之下，不敢对政治表示不满，从而逃避现实，假借谈玄来麻醉自己的灵魂。这样在他们轻淡玄远的风格中，似乎看不到时代的色彩，实际上是时代极度纷乱，政治上采取高压手段所造成的曲折反映。所以说社会环境虽然极其艰困，而辞意还是平淡无动于衷。对于这种风气，沈约《宋书·谢灵运传论》和钟嵘《诗品序》里都作了严厉的指责。《谢灵运传论》说："有晋中兴，玄风独振，为学穷于柱下，博物止乎七篇，驰骋文辞，义殚乎此。自建武及乎义熙，历载将百，虽缀响聊辞，波属云委，莫不寄言上德，托意玄珠。遒丽之辞，无闻焉尔。"《诗品序》说："永嘉时，贵黄老，稍尚虚谈。于时篇什，理过其辞，淡乎寡味。爰及江表，微波尚传。孙绰、许询、桓、庾诸公诗，皆平典似道德论，建安风力尽矣。"在这个问题上，和刘勰的观点是比较接近的。

通过对于正始和东晋文学风格的评述，刘勰说明了玄学思想对于文章风格的影响。这种学术思想对于文章风格的影响，不仅表现在诗歌方面，也表现在应用文的语言风格中。《文心雕龙·奏启》篇说："秦始立奏，而法家少文。观王绾之奏勋德，辞质而义近；李斯之奏骊山，事略而意径。政无膏润，形于篇章矣。"这是说法家不尚文采，所以秦代所上的奏启也是"辞质义近"、"事略意径"的。这种朴实简略而缺乏藻采的风格，同时也是政治严酷缺乏"膏润"的表现。

《时序》篇虽然一直叙述到齐代的文学，实际上对于时代风格的分析，只到东晋为止。刘勰在谈完东晋文学之后，就作了总结："故知文变染乎世情，兴废系乎时序。原始以要终，虽百世可知也。"意思是说：文章风格的变化，主要是受社会风俗的感染，而文坛的盛衰是和时代的递嬗有关的。这是因为作家的思想感情受时代的影响，而这种思想情感体现在作者笔下就成为不同风格的作品。这类影响时代风格的因素，在刘勰看来，主要是政治的兴衰，社会的安定或动乱，君主的提倡，以及社会风气、学术思想等。刘勰比较推崇的时代风格是建安文学"慷慨多气"的风格；而对于西晋文学的绮靡风格，正始和东晋的轻澹寡味的风格，则均有微辞。至于宋齐两代的文学风格，刘勰是很不满意的。他在《时序》篇里虽然避免作明确的评论，但是从别的篇里还是可以看得出来。《明诗》篇说："宋初文咏，体有因革。庄老告退，而山水方滋；俪采百字之偶，争价一句之奇；情必极貌以写物，辞必穷力而追新：此近世之所竞也。"这是说宋齐的诗歌从题材方面来说，已由玄言诗过渡到山水诗，由于大力描写，于是追求新奇、讲究对偶的风气盛行。他对当时这种追求诡巧新奇的风尚是很不满意的。《定势》篇说："自近代辞人，率好诡巧，原其为体，讹势所变。厌黩旧式，故穿凿取新，察其讹意，似难而实无他术也，反正而已。"在《序志》篇也说当时"去圣久远，文体解散，辞人爱奇，言贵浮诡，饰羽尚画，文绣鞶帨，离本弥甚，将遂讹滥"。但是就描写风景来说，这种风格的文字，只要不雕琢过甚，还是有一定的作用。《物色》篇说："自近代以来，文贵形似，窥情风景之上，钻貌草木之中。吟咏所发，志惟深远；体物为妙，功在密附。故巧言切状，如印之印泥，不加雕削，而曲写毫芥。故能瞻言而见貌，印（疑作即）字而知时也。”刘勰所以对“新奇”的风格持保留的态度，甚至说它是“讹滥”，这是和他“征圣”、“宗经”的态度分不开的。

大体来说，刘勰对建安、正始、东西两晋文风的变化，概括得相当准确，评价也是比较适当的。尤其他从许多社会因素方面来解释文学时代风格如何形成，具有极大的创造性。

刘勰的结论是“文变染乎世情，兴废系乎时序”。我们不能不说它有一定的道理。类似的论点，例如法国的丹纳（Taine——译泰纳）在《艺术哲学》里举出物质文明与精神文明的性质面貌都取决于种族、环境、时代三大因素。他说：“自然界有它的气候，气候的变化决定这种那种植物的出现；精神方面也有它的气候，它的变化决定这种那种艺术的出现。”

某一时代文艺的时代风格，往往通过这一时代主要的风格流派表现出来。所谓风格流派是指某些作家由于修养、经历、思想、性格以及创作方法的大致相同，他们在风格上便可能形成相似的特点，假如他们同处于一个时代，便会彼此接近，形成一个文艺团体。丹纳在《艺术哲学》里以莎士比亚为例，指出他的周围有十来个优秀的作家，“都用同样的风格，同样的思想感情写作。他们的戏剧的特征和莎士比亚的特征一样……”（同上，第八页）在中国古代的诗人来说，那就是同一或类似风格的作家互相唱和，形成一个风格流派。在刘勰的脑子里，当然还没有形成风格流派的概念，然而他的某些评论，确实指出了风格流派在时代风格形成上所起的作用。例如《明诗》篇说：“暨建安之初，五言腾踊。文帝陈思，纵辔以骋节；王、徐、应、刘，望路而争驱；并怜风月，狎池苑，述恩荣，叙酣宴。慷慨以任气，磊落以使才；造怀指事，不求纤密之巧，驱辞逐貌，唯取昭晰之能：此其所同也。”这里从“慷慨以任气”到“唯取昭晰之能”，说的是曹氏父子和建安七子诗歌的共同特色，也就是建安诗坛的时代风格。这种时代风格就是以建安时期诗坛上的主要风格流派曹氏父子和建安七子为代表的。而这个文坛之所以形成一个风格流派，是和这班诗人过着共同的“怜风月，狎池苑，述恩荣，叙酣宴”的此唱彼和的生活分不开的。他们有共同的生活基础，而又有共同的好尚，都在五言新体诗上进行角逐，所以才形成建安诗坛的繁荣景象。

刘勰除去在《时序》篇里，具体说明每一朝代文学的时代风格以外，在《通变》篇里，对于历朝文风的演化过程，还有更为简括的论述。他说：“榷

（铃木云：诸本作确）而论之：则黄唐淳而质，虞夏质而辨，商周丽而雅，楚汉侈而艳，魏晋浅而绮，宋初讹而新。从质及讹，弥近弥澹。何则？竞今疏古，风味（当作昧，指风格暗昧）气衰也。”这几句话虽然可以说明《时序》篇所谓“时运交移，质文代变”的具体内容，但却多少流露了厚古薄今的倾向。关于这类问题，葛洪在《抱朴子·钧世》篇里说：“且夫《尚书》者，政事之集也，然未若近代之优文诏策军事奏议之清富赡丽也。《毛诗》者，华采之辞也，然不及《上林》、《羽猎》、《二京》、《三都》之汪涉博富也。……若夫俱论宫室，而《奚斯》、《路寝》之颂，何如王生之赋《灵光》乎？同说游猎，而《叔畋》、《卢铃》之诗，何如相如之言《上林》乎？并美祭祀，而《清庙》、《云汉》之辞，何如郭氏《南郊》之艳乎？等称争伐，而《出车（原作军，孙星衍校改）》、《六月》之作，何如陈琳《武军》之壮乎？”于是葛洪得出结论说：“且夫古者事事醇素，今则莫不雕饰，时移世改，理自然也。至于罽锦丽而且坚，未可谓之减于蓑衣;辎軿妍而又牢，未可谓之不及椎车也。”葛洪抛开思想内容，专从形式技巧方面来衡论古今文学的高下，显然有他的片面性。到了刘勰，虽然在《知音》篇里也表示反对“贵古贱今”，可是他在这里却认为黄帝和尧、舜时代的文风是尚质的，“商周丽而雅”则是“文质彬彬”所形成的风格。他指出经书的风格既典雅而又有文采，是学习模仿的极则。这些经书的风格，用《宗经》篇的话来说，就是“根柢槃深，枝叶峻茂，辞约而旨丰，事近而喻远”的。在他看来，从楚汉以后，越来越趋重文采，在内容方面也越来越远离儒家圣人的思想，以至于如《序志》篇所说：“去圣久远，文体解散。”楚汉的“侈而艳”，指的是“楚艳汉侈，流弊不还”（《宗经》），魏晋的“浅而绮”，指的是正始文学的“浮浅”和晋代文学的“轻绮”，到了宋初，由“新奇”而至于“讹滥”，就愈趋愈下了。他说“由质及讹，弥近弥澹”，就是说越到近代，文风越“澹乎寡味”。照他这样的说法，商周的经书是文学风格发展的最高峰，以后越来越差，要想挽救颓风，只有复古宗经。这种文学退化论的历史发展观，显然是缺乏具体分析，而且不合乎文学发展的实际的。用这样的观点来谈“通变”，来谈继承与创新的关系，必然抓不到时代风格的本质。

再就是当他分析这种“讹滥”风格造成的原因时，他没有看到六朝时代在上位者及其文人的思想腐朽、生活空虚，没有看到他们的逃避现实，颓废没落，他只是抓到一些表面的因素，如说“今才颖之士，刻意学文，多略汉篇，师范宋集”，指责他们没有继承古代的优良传统，因而他提出来的挽回颓风的办法是“矫讹翻浅，还宗经诰”（《通变》），这种主张虽然有一定的补偏救弊作用，但毕竟不彻底，而且违背时代精神，这样下去，会走上开倒车的道路。

总之，《文心雕龙》的时代风格论，在中国古典文艺理论中要算是首创的，这时风格理论属于萌芽阶段，刘勰还没有明确的时代风格概念，可是他从几种社会因素来说明时代风格的形成，具有很高的创造性，值得我们重视。

节选自詹瑛《文心雕龙的风格学》，台湾木铎出版社，1984

从《雪赋》、《月赋》看南朝文风之流变

曹道衡

谢惠连的《雪赋》和谢庄的《月赋》是南朝小赋中的名篇。历来的选家和评论家们往往把这两篇赋看作同一类型。如萧统《文选》在选录它们时，就把它们同入“物色”一类。近人瞿蜕园《汉魏六朝赋选》则仅收《月赋》，据编注者在《前言》中说，这是为了精简，“每一类型的赋，尽可能不重复入选”。这两篇赋之所以被视为同属一种类型，主要是因为它们写的都是自然景物，而且手法上又都是托诸古代文人之口。但是对这两篇赋的评价，历来也有不同看法。清人刘熙载在《艺概》中曾认为《雪赋》胜于《月赋》；瞿蜕园取《月赋》而不录《雪赋》则似以为前者更好。在我个人来说，也觉《月赋》稍胜。但这纯属个人的喜爱，恐怕很难有一致的看法。其实这种评价问题，往往反映着作品本身各自的特点。因为《雪赋》与《月赋》虽可归入同一类型，而从思想倾向到艺术特点都有较显著的区别。这种区别来源于作者们的历史环境、生活经历以及文学发展不同阶段。在这里，我想就这几个方面谈一些初步的看法，请大家指正。

一　关于谢惠连和谢庄的身世

谢惠连和谢庄同属陈郡谢氏，在南朝是著名的高门。谢惠连生于东晋安帝隆安元年（397），卒于宋文帝元嘉十年（433）；谢庄生于宋武帝永初二年（421），卒于宋明帝泰始二年（466）；两人生活的时代，相差最多不过三十多年，如果单纯从时间和两人的门第来看，似不应有太大的区别。然而我们只要仔细考察一下从东晋末到刘宋后期这半个世纪左右的历史，就可以发现陈郡谢氏在激烈的政治斗争中，遭受了一系列的变故。这些变故和教训不能不影响到作者的思想及创作。谢庄《月赋》和谢惠连《雪赋》的区别，恐怕也可以从中得到解释。

如果我们仅仅总阅读这两篇赋，就不难发现它们的情调不很相同。《雪赋》是假托西汉的梁孝王在菟园赏雪，招来了邹阳、枚乘和司马相如等文人，一起咏雪。他们各逞文才，竭力铺陈雪的典故，刻画雪景，主要以写景见长，通篇的情调是写宾主相得，情调是乐观的。《月赋》则假托曹植在应玚、刘桢死后，情绪不佳，在月夜和王粲一起望月怀旧[①]，整篇赋都贯彻着凄凉寂寞的情调，尤其“情纡轸其何托，诉皓月而长歌”一语，更烘托着两人的心境，一般来说，《雪赋》是景多于情，而《月赋》则情胜于景。这种差别正是有些读者更喜爱《雪赋》而另一些读者更欣赏《月赋》的原因。

要是我们探讨一下谢惠连和谢庄的生平，还可以发现一种矛盾的现象。那就是谢惠连一生在仕途上很不得志，早年因居父丧时赠诗给会稽郡吏杜德灵，因此受到非议，不能出仕。后来因殷景仁向宋文帝说情，才被任为彭城王刘义康的法曹参军之职。这个官职本甚卑小，而且此时离他去世仅三年左右。谢庄的情况与此相反，他早年即以文才见赏于宋文帝，初为始兴王刘濬后军法曹行参军，又转太子舍人，他的文名在元嘉后期已传至北魏；到宋孝武帝时，他已官至吏部尚书的显职，最后做到散骑常侍、光禄大夫加金章紫绶，官位不为不高。从两人的生平来看，似乎谢惠连的赋应该有更多的牢骚，而谢庄则应较为乐观，而事实恰与此相反。这究竟是什么原因呢?

我们知道，陈郡谢氏作为南朝的高门大族，始于东晋中期以后。人们虽习惯于将“王谢”并称，其实在东晋初年，谢氏的地位，还不足与王氏并提。所以当时人有“王与马（指司马氏），共天下”之语。《世说新语·排调篇》：“诸葛令（恢）、王丞相（导）共争姓族先后。王曰：‘何不言葛王，而云王葛?’令曰：‘譬言驴马。不言马驴，驴宁胜马邪?’”这是一句玩笑话，却可见当时足以与琅邪王氏抗衡的高门是诸葛氏而非谢氏。《世说新语·方正篇》又载，谢裒（谢安之父）曾向诸葛恢提议结为儿女亲家，遭到拒绝，其主要原因即在诸葛恢认为谢家门第还不够与自己结亲。谢家的兴起主要是由于谢安在应付桓温的跋扈以及后来淝水之战中他和谢玄挫败前秦的大功。谢家贵显以后，也曾引起某些士人的不满。《世说新语·方正篇》载：“韩康伯病，柱杖前庭消摇，见诸谢皆富贵，轰隆道路，叹曰：‘此复何异王莽时!’”

---

① 这篇赋当然纯属假托。事实上王粲比应、刘先死，而且他们去世时，曹植尚未封陈王。这些不合史实的情节，我们可以姑置勿论。

谢家的兴盛并不很久，在谢安和谢玄死后，这个家族就遭到了一系列的厄运。谢安之子谢琰在东晋末年镇压孙恩起义中兵败被杀。谢琰子谢混又在刘裕和刘毅的争权斗争中，因站在刘毅方面而被杀。谢安之兄谢据的曾孙谢晦，因参与杀害宋少帝刘义符、庐陵王刘义真的事，于元嘉初年被宋文帝所诛。谢玄的孙子谢灵运又在元嘉十年被人诬为造反而被杀。接着，谢据的又一些曾孙谢综和谢约也在元嘉十二年因参预范晔密谋杀害宋文帝一案被杀。谢综之弟谢纬，虽未参预，也被流放到广州。这一系列事变，对谢庄来说，都是他所熟知有的甚至是目睹的。对于谢惠连来说，他对晋末宋初的事虽然知道得很清楚，而后来谢灵运及谢综、谢约之死，至少在他写作《雪赋》时，尚未发生。这样的不同情况，对两人的思想及创作，自然会有一定的影响。在谢惠连生时，谢家虽已遭受了不少打击，但那些事件大抵与受害者自己卷入政治斗争有关，而像谢惠连这样的贵公子，连官场也没有进，当然感受不会很深。再说谢家当时虽已不像晋末时那样煊赫，但产业还是很雄厚的。《宋书·谢弘微传》说到谢混被杀后，他的产业交给谢弘微（谢庄之父）经管，有“田业十余处童仆千人”。《谢灵运传》也称“灵运父祖之资，生业甚厚，奴童既众，义故门生数百”。谢混和谢灵运是谢安、谢玄的直系后代，在谢氏门中最为富裕，这是无疑的。谢惠连的产业，也许较此稍逊，但生活显然也较优裕。他尽管仕途上不得志，却仍不失清贵的社会地位，也不会有什么忧生之嗟。谢庄的情况与此不同，他在谢氏家族中是唯一没有遭受打击的一支，他的子孙一直到梁陈时代，尚为南朝的高门。他在仕途上虽未受过大挫折，然而当他置身官场之际，却正是南朝政局变幻莫测之时。他目睹了谢灵运之死、彭城王刘义康之被废、范晔的密谋、刘劭的杀害宋文帝以及孝武帝的入讨、刘义宣、臧质的叛乱、竟陵王刘诞之乱、孝武帝晚年的残杀、前废帝的诛杀功臣以及明帝杀前废帝和刘子勋的起兵等等事件[①]，几乎无时不处于统治阶级内部争权斗争的惊风骇浪之中。他为了保全性命，只有以谦退为自全之计。试看他在被任为吏部尚书时，曾有笺与刘义恭，文中自称：“下官凡人，非有达概异识，俗外之志，实因羸疾，常恐奄忽，故来无意于人间，岂当有心于崇达邪！”（《宋书·谢庄传》）在这篇文章他甚至自称“今之所希，唯在小闲。下官微命，于天下至轻，在己不能不

① 从《南史·谢庄传》记载颜延之曾讥笑《月赋》中“隔千里兮共明月”之句看，《月赋》写作年代至迟当在宋孝武帝初年。我这里只是说谢庄一生所见的事变。

重，屡经披请，未蒙哀恕。良由诚浅辞讷，不足上感”（同上）。这种迫切要求辞官的心情，正是他目击当时政局，想以辞官为全身的手段。在南朝这样的历史环境中，置身仕途的人往往比在野者有更多的忧虑和牢骚，这似乎不足怪。所以《雪赋》的情调反而比《月赋》乐观，这应该从谢惠连和谢庄两人的具体处境来理解，才能得到较近情理的解释。

二 《雪赋》和《月赋》的艺术特色

《雪赋》和《月赋》在艺术上虽有其共同之点，但从形式到技巧也都有不同之处。大体上说，这两篇赋都是六朝小赋从“体物”为主向抒情为主的转变中的产物。六朝小赋虽然一般都可以称为“抒情小赋”，但从赋的发展来看早在汉末的王粲，就写了《登楼赋》这样以抒情为主的作品。但从现存的作品来看从魏晋一直到南朝初年，大多数赋作仍以“体物”为主，谢惠连的《雪赋》最精彩处是司马相如那段对雪景的描写，但后面邹阳、枚乘作歌，已有很明显的抒情意味。谢庄的《月赋》从结构来看有不少地方都效法《雪赋》。例如开首述陈王（曹植）赏月和《雪赋》的梁王赏雪情节相同；王粲铺陈关于月亮的典故，亦与司马相如铺陈雪的典故相近，最后的结尾略有出入。只是《雪赋》中邹阳、枚乘作歌在《月赋》中却成了王粲一人作歌。这种变动似乎不算很大，而且谢庄《月赋》的写法，似亦有先例。如果说谢惠连《雪赋》这样托于三人之口的做法是模仿相传为宋玉所作的《大言赋》、《小言赋》等作品的话，那么谢庄的《月赋》该是受了晋代陆机《羽扇赋》的影响。陆机《羽扇赋》主要也只假托宋玉一人在咏扇，只是末尾加上了唐勒作“辞”（一作“乱”）的情节，而那四句“唐勒”的话，在全赋中并不起重要作用。所以粗看起来，谢庄的《月赋》好像在抒情小赋的发展史上并没有增添多少新的成分，然而事实却并不如此。如果我们细读《月赋》，就可以发现这篇作品在写景方面是有匠心的，赋中的写景，其目的都是为了配合抒情，尽量使“情”和“景”融合起来。这样在赋中有“体物”之处，而“体物”的目的，却只是为了抒情。从这个角度来说，《月赋》比《雪赋》应该是一篇更纯粹的抒情小赋。试看此赋一开头就是“陈王初丧应刘，端忧多暇，绿苔生阁，芳尘凝榭，悄焉疚怀，不怡中夜”几句，就与《雪赋》开头不大一样。《雪赋》虽然也写到了“寒风”、“愁云”和“梁王不悦”，但这些字句和下文的描写并无必然的联系。《月赋》写曹植的“不怡中夜”却与下文有着密切的呼应。试看《雪赋》中写景的名句如“始缘甍而冒栋，终开帘而入隙。初便娟于墀庑。末萦盈于帷席。既因方而为珪，亦遇圆而成璧。眄隰则万顷同缟，瞻山则千岩俱白”等语，写景确很工致，而与“梁王不悦”，毕竟没有内在关系。《月赋》中也有写景的佳句如“若夫气霁地表，云敛天末，洞庭始波，木叶微脱，菊散芳于山椒，雁流哀于江濑，升清质之悠悠，降澄辉之蔼蔼，列宿掩缛，长河韬映，柔祇雪凝，圆灵水镜，连观霜缟，周除冰净”等语，这几句却是为了引出下面一段写曹植此时所感受的无非是“亲懿莫从，羁孤递进，聆皋禽之夕闻，听朔管之秋引”等悲凉景色，由此而生的情绪，当然是“情纡轸其何托，诉皓月而长歌”。《月赋》的两首歌，写得都很凄凉，尤其后一首“月既没兮露欲晞，岁方晏兮无与归。佳期可以还，微霜沾人衣”，更流露出无可奈何之感。谢庄在写作这段文字时，显然联想到了曹植《求通亲亲表》中“每四节之会，块然独处，左右惟仆隶，所对唯妻子，高谈无所与陈，发义无所与展，未尝不闻乐而拊心，临觞而叹息也”的话。从历史事实来说，却正是为了寄托他门庭零落，深感孤危的心情。再看《雪赋》结尾枚乘所作的歌：“白羽虽白，质以轻兮。白玉虽白，空守贞兮。未若兹雪，因时兴灭。玄阴凝不昧其洁，太阳曜不固其节。节岂我名，洁岂我贞。凭云升降，从风飘零。值物赋象，任地班形。素因遇立，污随染成。纵心皓然，何虑何营。”这首歌的情调是旷达的，而且偏于说理，从思想上说，近乎老庄的“和光同尘”、委运任命的论点。这与魏晋以后一些清谈家的思想比较一致。这首歌在全赋中的作用，恰似谢灵运的不少诗，在模山范水之后，必然要引出一些玄理来。其实谢灵运的诗所以传诵不衰，主要是由于其中写景的名句，而其中玄理却并未引起读者的共鸣。《雪赋》的情况也与此相同，此赋所以受到读者喜爱，主要也只在借司马相如之描写雪景的部分，而不在结尾那首歌上。这和《月赋》结尾所起的作用很不相同。《月赋》的两首歌，不但和上文是紧密联系的，而且正是由于这两首歌才使全赋的抒情意味更浓厚，令人产生“言有尽而意无穷”之感。《月赋》和《雪赋》的这种差别，与刘宋初年山水诗及齐梁山水诗差别颇有共同之点。试看刘宋初“元嘉体”的代表作家谢灵运和后来所谓“永明体”的代表作家谢朓的诗，也可以感到这种差别。谢灵运诗的特色在于刘勰所谓“俪采百字之偶，争价一句之奇，情必极貌而写物，辞必穷力而追新”（《文心雕龙·明诗》）；谢朓诗的特色则正如沈约所述他自己的话：“好诗圆美流转如弹丸”（《南史·王筠传》）。谢灵运的写景名句，往往极为精工，出人意表；谢朓似更注意抒情意味及通篇的完整。因此前人论诗，有的认为大谢的“明月照积雪”胜于小谢的“澄江静如练”，理由是形象更鲜明，这显然是有见地的。但我们也会感到大谢的一些诗，似乎抒情意味不如小谢强，通篇的完整也有所逊色。这正是元嘉诗风与永明诗风的差别。我们在阅读《雪赋》和《月赋》时，也会产生类似的感觉。如果就写景的生动而论，《雪赋》确有胜于《月赋》之处，如司马相如咏雪的部分，大抵都是“自铸伟辞”，像“眄隰”、“瞻山”两句。不但传神，且有气魄；而《月赋》中不少写景之句，则多化用《楚辞》等古人创造的意境，较之《雪赋》略逊一筹。所以刘熙载认为《雪赋》较好的意见，不为无理。但从通篇完整来说，则《月赋》似又胜于《雪赋》，且多抒情意味。不少人更喜《月赋》也有一定道理。

当然，谢庄生活于刘宋中后期，和“永明体”作者还不完全一样。不过，元嘉与永明文风的因革，却正是在刘宋中后期开始的。梁代裴子野在《雕虫论》中曾经说：“宋初迄于元嘉，多为经史。大明之代，实好斯文，高才逸韵，颇谢前哲，流波相尚，兹有笃焉。自是闾阎年少，贵游总角，罔不摈落六艺，吟咏情性。”裴子野作为一个力主儒学正统的文人，对这种变化持否定态度是可以理解的。不过，他道出了一个事实，就是齐梁“吟咏情性”的风气，始于刘宋的孝武帝时，而宋孝武帝时代，正是谢庄创作的旺盛时期。如果我们把与谢庄同时的作家鲍照的诗赋作一番考察，就不难发现在鲍照作品中，已出现了类似的变化。前人评鲍照与谢灵运的优劣时，往往认为鲍照不能像谢灵运那样综合《周易》、老庄与佛理入诗，而又认为他的诗较之谢诗更为自然活泼。这恐怕就是谢诗长处多少体现了宋初“多为经史”的风尚。而鲍照已开“吟咏情性”的先声。鲍照的诗对“永明体”是有影响的，他的“归花先委露，别叶早辞风”等名句，已和谢朓颇相似。谢庄和鲍照同时，且有交谊，还曾联句作诗。谢庄的《月赋》和鲍照的《芜城赋》产生时间相近，两赋都有着偏重抒情和注意情景交融的特点。这说明在谢庄身上，也体现了文风转变的契机。

从刘宋中后期开始而大盛于齐梁的这种强调抒情的文学风尚，在历史上遭到过不少非议。人们往往指责这些作品流于纤弱，偏于低沉。这种指责未始不能成立。像钟嵘在《诗品》中，说谢朓诗“善自发诗端，而末篇多踬，此意锐而才弱也”。这里所谓“多踬”，其实是指一些消极或伤感的情绪。这和谢灵运的一些诗的收尾，虽流于玄理，却总较旷达不大一样。小谢诗末篇若论与全首的联系紧密是超过大谢的。但情调较低因此被人们称为“多踬”。同样地，《月赋》与《雪赋》的对比，也有这种情况。《雪赋》全篇的联系，似亦不如《月赋》紧密，但结尾并没有流于感伤，而《月赋》则多少有这种倾向。当然，在六朝小赋中，情调较低沉，风格更纤弱的恐怕要数江淹的《恨赋》、《别赋》

和庾信的《枯树赋》、《小园赋》诸作，相对来说，《月赋》还比较开朗。不过相对于《雪赋》来说，它已开了江淹、庾信之端。这种倾向的产生是因为南朝的政局在宋初毕竟还有点承平的气象，而到了齐梁以后，更趋混乱，另一方面则由于江淹、庾信的处境也确实比谢惠连、谢庄更为困难。这些较为低沉的调子虽然受到了一些人的指责，但那也是当时社会现实的产物，何况江淹、庾信的赋，有时却更能写出人们的一些细致的心理状况，在艺术上亦有其贡献。因此我认为从刘宋中叶开始到齐梁完成的那种文风变革，还是应予以一定的评价，而不应一味指责。

三　谢惠连和谢庄的其他作品

前面我在分析《雪赋》和《月赋》的各自特色时，曾借用了陆机《文赋》在论述诗和赋的话，认为《雪赋》偏于“体物”而《月赋》偏于“缘情”。其实，陆机在《文赋》中断言“诗缘情而绮靡，赋体物而浏亮”的话，在他那个时代，基本上是符合实际情况的。但到了东晋南朝，情况就有所改观。因为文学史上的各种文体，都不是相互孤立的。文学的发展除了受当时社会存在以及各种意识形态的影响以外，它本身也在不断发生变化。这种变化也包括着各类文体间的相互影响。大体说来，东晋末南朝初的文学主要是以山水诗代替玄言诗为突出的标志。当时诗为了改变“淡乎寡味”，“平典似道德论”的诗风，力求用艳丽的辞藻和生动的语言来表现自然界的美景。他们要达到这个目的，势必向辞赋中去吸取技巧。因为在此以前的诗歌，虽然也有写景的名句，但毕竟较少。这不光在谢灵运的作品中有类似情况，在谢惠连的作品中也同样如此。谢惠连的许多名篇，长处正在于描写客观事物。如《泛湖归出楼中望月》中“哀鸿鸣沙渚，悲猿响山椒，亭亭映江风，飗飗出谷飙，斐斐气幕岫，泫泫露盈条”诸句，写景的手法均与谢灵运相近。钟嵘《诗品》评谢惠连时，最推崇他的《秋怀》、《捣衣》二诗。现在看来，《秋怀》诗的风格，也酷似谢灵运。其中“皎皎天月明，奕奕河宿烂，萧瑟含风蝉，寥唳度云雁，寒商动清闺，孤灯暧幽幔”诸句，以写景见长，前四句的风格也与谢灵运类似，而“寒商”两句，则稍见细腻，略有齐梁诗的意味；“虽好相如达，不同长卿慢，颇悦郑生偃，无取白衣宦”几句，以古人自比，亦为谢灵运诗中常见的手法。《捣衣》的题材接近东晋曹毗的《夜听捣衣》，但写得远比曹毗那首细致动人。这些诗的长处，主要在于刻画细致，而《秋怀》、《捣衣》之所以尤为人们所喜爱，则在于其写景名句，已多少带有抒情色彩。

主要生活在刘宋中期的谢庄，由于历史环境和个人经历不同，其作品的特点也与谢惠连有很大的差别。历来的评论家对谢庄的诗评价不高，例如钟嵘《诗品》把谢惠连列入中品而谢庄列入下品。这种做法应该说颇为合理。因为钟嵘论诗，仅限于五言诗，而谢庄对诗的贡献，主要不在于五言而在杂言。他五言诗中如《游豫章四观洪崖井》、《北宅秘园》诸作，虽也有佳句，而在手法上基本没有超出谢灵运、谢惠连所达到的成就。其他作品则多属应制之作。这些作品大抵好搬弄典故，虽典雅庄重，但不免流于板滞。前人论诗往往把他与颜延之说成同一流派，这是很对的。像颜延之和谢庄这些人，长期置身官场之中，他们的身分不能不写作一些应制之作，这是可以理解的。不过从现存的作品看，大量存在的是那些应制之作，自然会影响到对他们的评价。平心而论，这些人在创作方面还是有一定的才华，然而这种才华在应制诗中却难以发挥出来。如颜延之的《五君咏》，就未必可以受到“雕缋满眼”之讥。谢庄诗中像《北宅秘园》，就不能和他那些应制诗等量齐观。至于他在创作杂言诗方面的努力，尤其不应忽视。他的杂言诗数量虽然不多，但这些作品中，却多少可以看出作者的真情实感及其为创造诗歌新形式而作的努力。他的杂言诗现存四首，这四首诗从文体来说，大抵都介于诗和赋之间。其中《山夜忧》和《瑞雪咏》还较近于《楚辞》及赋体。这种杂言诗，东晋后期的湛方生已作过一些。然而湛方生的作品像《秋夜诗》，就有不少散文化的句法。谢庄之作则诗的意味较浓。如《山夜忧》中的一段：

涧鸟鸣兮夜蝉清，橘露靡兮蕙烟轻。凌别浦兮值泉跃，经乔林兮遇猿惊。跃泉屡环照，惊猿亟啼啸。徒芳酒而生伤，友尘琴而自吊。

这段文字既写景，又抒情，并且把情和景结合得很紧密，形式也显得很自由。这在南朝人的诗作中，也还是较难得的。他的《怀园引》，最可注意。这首诗除了后段稍带赋体外，基本上是综合了五言诗和一些七言以及杂言诗的形式。如：

去旧国，违旧乡，旧山旧海悠且长。回首瞻东路，延翮向秋方。登楚都，入楚关，楚地萧瑟楚山寒。岁去冰未已，春来雁不还。

这种句法，与鲍照《代淮南王》、《代雉朝飞》、《代北风凉行》近似，显然是吸取了民歌的形式，而从语言上说，也较通俗晓畅，与民歌相近。又如：

> 风肃幌兮露濡庭，汉水初绿柳叶青。朱光蔼蔼云英英，离禽喈喈又晨鸣。菊有秀兮松有蕤，忧来年去容发衰。流阴逝景不可追，临堂危坐怅欲悲。轩凫池鹤恋阶墀，岂忘河渚捐江湄。

这一段又纯属七言。形式也与东晋以来南方民歌《白伫歌》相似。这些诗句都没有搬弄典故的成分，通俗易晓，与作者一些应制的五言诗大异其趣。显然，作者是想通过综合诗赋二体来创造一种新的形式。值得注意的是谢庄那些五言诗很少流露过自己的真实感情，而在杂言诗中，却往往能见到真性情的流露。因此我们也许可以说，谢庄在诗歌方面的成就，主要在杂言而不在五言。

谢庄这些杂言诗还有一个特点，就是从内容上说，抒情成分已多于写景成分。这些诗中也写景，而景与情已紧密结合，甚至可以说写景只是为了衬托人的心情。这种情况。正和他的《月赋》不同于谢惠连《雪赋》一样，反映了刘宋中叶以后，文学风尚已由偏重于"体物"转向偏重于抒情。如果说在前一个时期，诗和赋两种文体之间的相互影响主要是赋影响诗的话；这时恰好相反，倒是赋本身受到了诗的影响而增强了抒情性，这在谢庄的《月赋》和鲍照的《芜城赋》中都有所表现。更可注意的是，谢庄在杂言诗方面所作的尝试，对后代的影响虽然远不如鲍照之大，但还是在某些作家身上产生了影响。例如沈约的《八咏》，基本上正是沿着谢庄所开辟的道路创作的。《八咏》在艺术价值上不但超过了谢庄，而且较之沈约本人的其他诗歌也绝无逊色。然而谢庄那些杂言诗对后人的影响恐怕更多地表现在南北朝后期的小赋方面。例如梁代萧绎《荡妇秋思赋》、《对烛赋》、《采莲赋》、《鸳鸯赋》、《秋风摇落》等，陈代徐陵的《鸳鸯赋》和北周庾信的《春赋》、《荡子赋》、《灯赋》、《对烛赋》、《鸳鸯赋》等①，在文体上都和谢庄的杂言诗相近。在这些小赋中，已有大量的五七言句存在，基本上已和诗体十分相似。至于庾信的《杨柳歌》，虽属七言歌行，但从排比铺陈的手法来说，却又宛似辞赋。到了初唐的长篇歌行

---

① 徐陵由梁入陈，庾信由梁入西魏、北周。他们那些短赋，似为和萧绎而作，可能作于梁时。

中，也有类似这样的写法。这说明从谢庄开始，小赋与诗正在逐步接近与融合。这种文学史现象说明了各种文体间不但会互相影响，有时也能融合起来。同时，正是这种融合，使在南北朝后期还比较兴盛的抒情小赋，到了唐以后就逐步衰落，代之而起的律赋，不过是应科举的作品，很难有真正的文学价值。唐人作品中较有真情实感的抒情赋作，当推韩愈的《进学解》、《送穷文》和柳宗元的《乞巧文》一类。然而这些作品毕竟更接近散文，与诗歌的关系就较少了。

选自《汉魏六朝文学论文集》，广西师范大学出版社，1999

刘孝标及其《世说注》*

萧　艾

《世说》问世后约四十余年，即萧齐永明初，有史敬胤其人，为之作注。又过了二十余年，刘孝标所注出现。史注留传不多，过去一直无人提及；刘注则极负盛名。《四库全书总目提要》云：

> 孝标所注，特为典赡。高似孙《纬略》亟推之。其纠正义庆之纰缪，尤为精核。所引诸书，今已佚其十之九，惟赖是注以传。故与裴松之《三国志注》、郦道元《水经注》、李善《文选注》，同为考据家所引据焉。

此外，称道刘注者尚多，故特为对它进行探讨。本文共分如下五个部分：

（一）刘孝标其人

（二）刘孝标所处的时代特点

（三）刘孝标注《世说》的年代

（四）裴松之《三国志注》与刘孝标《世说注》

（五）对刘孝标《世说注》的评价

一

关于刘孝标的生平事迹，《梁书》、《南史》有传。《梁书》为姚思廉撰；《南史》则出于李延寿之手。姚、李均属李唐时人。《南史》成书稍后，大抵因《梁书》旧文略加剪裁而成。我们就以此两书为依据，参以孝标《自序》及其他有关资料，叙列于次，中间间作说明，便于读者了解。

---

* 《世说新语》，唐、五代前名《世说新书》，最初名《世说》。见拙作《世说新语原名世说考》。

孝标（四六二—五二一）名峻，字孝标，本名法武，平原（今山东省平原县）人。父璇之（《魏书》作旋之），刘宋时为始兴内史。孝标出生于秣陵(在今江苏省江宁县)，刚满月，而璇之去世。母亲许氏，携带孝标及其兄法凤回山东原籍。这里所谓“原籍”，非指平原而言，乃山东青州东阳。（据《魏书·刘休宾传》：休宾的儿子文晔，曾对北魏孝文帝拓跋宏说：“臣之陋族，出自平原，往因燕乱，流离河表。居齐以来，八九十年。”“燕乱”系指公元三九九年慕容德率兵驱逐齐郡太守辟闾浑，占领青齐，定都广固，建立南燕，自立为帝之事。公元四〇九年，刘裕伐南燕，灭之，从此，青齐地区归东晋、刘宋所有，达六十年之久。）孝标八岁时，山东为北魏所攻占。（宋明帝泰始三年，魏兵围攻东阳。青州刺史沈文秀坚守，至泰始五年而城破。于是山东河北悉为北魏所有。）魏徙山东人民于平城（在今山西大同），立平齐郡以居之。自余分赐百官为奴婢。（魏对待强迫迁徙的东阳、历城等地的人户，给予分别处理：部分原属于青齐豪族、而又表示降服北魏的，可以继续担任不甚重要的官职，其次就是并不拒降的地主或在地方有点声望的人，以平民看待；普通老百姓，大部分给鲜卑贵族充当奴仆。）刘氏一族，本是由平原迁到青州的大族。与房、崔、傅三族，在青州地区拥有一定的势力。虽属迁徙的对象，却不至沦为奴隶。本传说，孝标全家徙至中山为奴，可能是出于孝标兄弟尚未成年，又是从江南迁回北方不久，加以族中著名人物象刘怀珍、刘乘民、刘休宾等，在戎马倥偬中，自顾不暇，谈不到对孝标兄弟有所沾溉。故史称孝标“孤贫不自立”，“为时人所弃”。当时象刘孝标家处境艰难的，绝不是个别现象，而是带有普遍性的民族遭劫所罹之祸患。在中山，孝标为中山富人刘宝赎出，并送他读书。当然，这是出于刘宝的高度同情，但也是时代风习使然。《南史·王懿传》称：“此土重同姓，并谓之骨肉，有远来相投者，莫不竭力营赡，若有一人不至者，以为不义，不为乡邑所容。”可惜好景不长。北魏政府统治下的中山有听说孝标还有亲戚在江南的，深怕发生什么事故，把孝标一家，迁到代都。中山在河北定县滹沱河以北，代都在山西代县五台一带，治所在雁门。这样，离孝标的老家山东就越来越远了。山东、河北、山西、整个辽阔的北方，因连年用兵，加以天旱，广大人民生活十分贫困，而作为俘虏从山东移民来的最下层的奴隶，更可想而知。这时，贫不能自存的孝标母子，遂出家为僧尼，(北魏奉佛，有所谓“僧祇户”、“佛图户”，史称：居民有输谷六十斛给寺院者，即为“僧祇户”，罪犯及官奴，到寺院服役的为“佛图户”。僧祇户和佛图户大概在菩萨保佑下，比起一般老百姓和贵族家的奴隶来，生活待遇上要好一点。孝标母子可能即属于“佛图户”。）我们知道：泰始五年青州陷落时，山东境内东阳、历城、梁邹三处城内户口一律驱赶到平城、中山的人数是很多的，而且管束相当严厉。孝标有一个同族兄弟刘善明的母亲，原住在东阳城郭内，也当了俘虏，移置代郡。善明在齐高帝时，身居要职，后来通过朝廷大力援助，花了大宗钱财，善明才把母亲赎回江南。这事，《南史·刘善明传》记得很详细。在代都的孝标母子，不久还俗，寄人庑下。孝标刻苦学习，往往夜以继日，发愤读书。因为置身异族奴役下的寡母孤儿，除做儿子的学有成就外，不会有别的出路。北魏孝文帝拓跋宏，五岁即位，公元四九○年亲政。在他亲政之前，由母亲冯太后临朝。高允等用事。这个时期，鲜卑统治者并不那样歧视汉人。反之，出于政治的需要，北魏当局甚至还有企图建立鲜卑族和汉族联合政权的倾向，所以起用了不少汉族中才能之士。但是孝标兄弟，无人引进，却得不到被选拔的机会。因此，最后决定奔还江南。兄弟俩之所以能奔还江南，是与北魏政策放宽，允许一些豪强回到青州分不开的。

史载：孝标奔江南的时期为齐永明中，我把它定为永明四五年之间。因为《梁书》和《南史》本传都说“时竟陵王子良招文学士”，按齐武帝诸子传：武帝即位，子良封竟陵郡王。永明二年为护军将军兼司徒。五年，正位司徒，“移居鸡笼山西邸，集学士抄五经百家，仿《皇览》例为《四部要略》千卷”。关于萧子良开西邸招集学士这件事，《梁书·武帝本纪》及《沈约传》等，都或详或略地叙及之。

孝标回到出生的江南建业，时方二十六岁，学业达到一定的造诣。但他时时感到学问不足，比以往更加刻苦用功。本来南朝文风胜过北魏，孝标所接触的多属文学之士，这也是促使他加倍勤奋的因素，一时遂有“书淫”之称。他为了广交学士大夫，同时希望获到适合自己理想的工作机会，活动加入鸡笼山竟陵王王邸的文学行列。但遭到了徐孝嗣的压抑，未能如愿。刘孝标是通过谁进行接洽的？徐孝嗣为什么不同意他去竟陵王手下？史无明文交代，推想可能是孝标资历尚浅，又是新从沦陷区来的缘故。不然，爱好文学、器量宏雅、不以权势自居的徐孝嗣是不会“抑而不许”的。再看看西邸学士大都是在社会上已露头角的人物。孝标既未达到目的，也就不欲退而求其次，所以徐孝嗣用他为南海王侍郎被谢绝了。齐明帝时，萧遥欣为豫州刺史，未之任，建武元年为荆州，用孝标为府刑狱。遥欣、字重晖，为齐明帝侄儿。兄弟三人，皆受宠任。遥欣博览经史，对孝标礼遇甚厚。关于孝标与萧遥欣之间的渊源及其始末，《梁书》、《南史》所载，非常简略，且与《文选》注不无矛盾。《文选》

卷四十三，于刘孝标《重答刘秣陵诏书》下，介绍作者时，称：孝标“于齐永明四年二月（?）逃还京师，后为崔豫州刑狱参军”。崔豫州为崔慧景，齐武帝永明十年为豫州刺史，过了几年，即齐明帝建武二年，转散骑常侍、左卫将军，加冠军将军。时朝廷诏举士，慧景“举从弟慰祖及孝标并硕学”，事见《南史·崔慰祖传》。看来《文选》注所言是有根据的。孝标可能先在崔慧景处任职，然后再任萧遥欣荆州府刑狱。萧遥欣为荆州，起于建武元年，永泰元年转雍州刺史，移镇襄阳卒，前后五年。遥欣卒后，孝标久不调。直到齐禅梁，萧衍做了皇帝，改元天监，他才“召入西省，与学士贺踪典校秘书”。整理皇家图书工作，自然很合孝标之意。他在岗位上果然做出了成绩。《隋书·经籍志》载：“梁文德殿四部目录四卷，刘孝标撰”，就是明证。孝标兄法凤（南归后改名孝庆）因有干略，齐末充兖州刺史。曾为萧衍尽力。这时，任青州刺史，孝标请假往省视，“坐私载禁物，为有司所奏，免官”。免官的具体时日不得而知，但他在天监七年又在安成王荆州府中任事了。安成王萧秀，字彦达，为萧衍异母兄弟。天监元年封安成郡王，南东海太守，六年迁江州刺史，七年丁陈太妃忧，诏起视事。寻为平西将军，荆州刺史，同年改平西号为安西。十一年征为侍中。萧秀在荆州计达五年。史称其人美风仪，性方静，并能爱民下士。在荆州任内立学校、招隐逸，请来了不少知名人士，最难得的是他还精意学术，向来器重孝标的学问。发表孝标为户曹参军，并提供条件，让孝标安心修撰《类苑》一书，也可算是孝标生平知己了。大约天监十一年年近五十的孝标，离开西州后，便不再出仕了。这，固然与身多疾病有关，而更重要的原因是他自知得罪了当今皇帝，前程无望。孝标一生最后十年，是在金华紫启山度过的，山居讲学，竟以隐逸终。

孝标是怎样得罪萧衍的呢？《南史》孝标本传说：

> 初，梁武帝招文学之士，有高才者，多被引进，擢以不次。峻率性而动，不能随众沉浮。武帝每集文士，策经史事，时范云、沈约之徒，皆引短推长，帝乃悦，加其赏赉。曾策“锦被”事，咸言已尽。帝试呼峻，峻时贫悴冗散，忽请纸笔，疏十余事。坐客皆惊，帝不觉失色，自是恶之，不复引进。

这件事，看似好笑，其实不难理解。因为在至尊无上的最高统治者心目中，任何本领他都理所当然地应居天下第一。断不允许有人超过自己。如果居然有人敢超过自己，那简直是不把皇上放在眼里。尤其是地位太悬殊的小人物，竟敢在自己面前显狠逞能，那怎么能忍受得了呢！其结果便是谁让我一时不高兴，我就让谁倒霉一辈子。萧衍就是这样的人。他连最早拥戴他做皇帝的沈约也没有放过，《梁书·沈约传》记得很清楚：

> 约尝侍宴，会豫州献栗，径寸半，帝奇之，问“栗”事多少？与约各疏所忆，少帝三事，约出，谓人曰：此公护前，不让，即羞死。帝以其言不逊，欲抵其罪。

从这些小事上，固可看出萧衍的狭隘，容不得人；同时也可见到孝标倔强的性格和无所顾忌的书呆子气。

孝标不仅仕宦不如意，家庭生活也无幸福之可言。用他自己的话来说，“余有悍室，亦令家道坎坷”，且“祸同伯道，永无血胤”。这种光景的确是令人难堪的。况且由于青少年时期环境过于艰辛，致中年多病，常常忧虑“溘死无时”，更谈不到什么欢娱了。

综观孝标一生，以奔还江南为划界线，二十五岁前是从贫贱中度过的，被侮辱、被损害的生活，养成了他坚忍不拔的性格和勤奋向学的好习惯。二十五岁后回到江南，满怀壮志，依然得不到施展抱负。唯一的精神安慰是更加努力地从事学术工作，希望著述传布，“郁烈芬芳，久而弥盛”。

二

从司马睿建立东晋王朝算起，到隋文帝杨坚开皇九年全国统一为止，为时约二百七十余年，中间经历了宋、齐、梁、陈四个朝代，历史学家往往合北方统称之为南北朝时期。若专指南朝，则又加吴称之为六朝。六朝中东晋达一百年以上，宋次之，约六十年，齐为最短，不过二十三四年。其余梁五十多年，陈三十多年。东晋至宋，尽管政治上兴亡更迭，社会面貌、社会风尚变化却不大。至于齐梁，虽则仍然是用人重门阀，士庶界限分明，可是，无论从政治、经济、文化的角度来看，与晋宋是迥然有别的。尤其是社会风气，学术风气以及人的精神壮态，可以是几乎完全不同了。我们知道：随着晋室南渡、偏安江左，学术文化的中心，也由洛下移到建业。侨居建业的东晋士大夫，无一例外，莫不想望邺下风流。事实上，士大夫平日谈及中朝故实，总是津津有味、流连不已。

《世说·企羡》云：

王丞相过江，自说：昔在洛水边，数与裴成公、阮千里诸贤共谈道，羊曼曰：人久以此许卿，何须复尔。王曰：亦不言我须此，但欲尔时不可得耳！（欲，一作歎。）

的确，魏晋时期，弥漫整个上层社会的，是一股新鲜、活泼、历史上前所未有的、由名士煽起、以谈《易》、谈老庄、谈养生、谈声无哀乐、谈四本、谈小品……为内容的玄学之风。这股玄学之风，通过坐谈、辩论，散播朝野，时至南朝，流风未泯。《世说》一一摄入镜头，这里不妨展现一二：

《世说·文学》云：

支道林、许掾诸人，共在会稽王斋头，支为法师，许为都讲，支通一义，四坐莫不厌心；许送一难，众人莫不抃舞。但共嗟咏二家之美，不辨其理之所在。

(都讲，本谓主持学舍之人，见《后汉书·侯霸传》。魏晋时和尚开讲佛经，一人唱经，一人讲解。唱经者曰都讲，讲解者为法师，通一义，即讲述一段道理；送一难，即提出一个问题。)

又：

支道林、许、谢盛德共集王家。谢顾谓诸人：今日可谓彦会。时既不可留，此集固亦难常。当共言咏，以写其怀。许便问主人：有《庄子》不？正得《渔父》一篇。谢看题，便各使四坐通，支道林先通。作七百许语，叙致精丽，才藻奇拔，众咸称善。于是，四坐各言怀毕，谢问曰：卿等尽否？皆曰：今日之言，少不自竭。谢后粗难，因自叙其意，作万余语。才峰秀逸，即自难干。加意气拟托，萧然自得，四坐莫不厌心。支谓谢曰：君一往奔诣，故复自佳耳。

象这样的聚会，是常有的。亲临其境的人，确实是一种享受，所以“四坐莫不厌心”。诚如王僧虔《戒子书》中所说：“见诸玄，志为之逸，肠为之抽。”当刘义庆编撰《世说》时，情形依然如此。甚至当王僧虔的儿子这一辈，也就是刘义庆的子婿一辈，也依然如此。但就在王僧虔的侄儿王俭成长起来的时候，社会风气、学术风气大大转变了。由宋入齐、玄学之风渐沫。齐竟陵王萧子良，是学术界领袖人物，史称：

> 子良少有清向，礼才好士，居不疑之地，倾意宾客，天下才学，皆游集焉。善立胜事，夏月客至，为设瓜饮及甘果。

他这样殷勤接待文学之士，究竟做了一些什么呢？除“著之文教，士子文章及朝贵辞翰，皆为发教撰录”外，便是“集学士抄五经百家，依《皇览》例为《四部要略》”。同时，“招致名僧，讲论佛法，造经呗新声”而已。

王俭也是主持一代风雅的人物，虽以风流宰相谢安自况，但却是“弱冠便留意三《礼》，尤善《春秋》，发言吐论必于儒教”的道地经生。他也时常召集学士在一起，举行变相的经史策试。

《南史·陆澄传》称：

> 俭在尚书省，出巾箱、几案、杂服饰，令学士“隶事”，事多者与之。人人各得一两物。澄后来，更出诸人所不知事复各数条，并旧物夺将去。

陆澄是有名的“书厨”，从小惟以读书为业。当世称为“硕学”。可是他“读《易》三年，不解文义；欲撰《宋书》竟不成”。

“隶事”就是搬弄典故。这两个字的由来，便始于王俭。《南史·王谌传》又说：

> 谌从叔摛以隶博学见知，尚书令王俭尝集才学之士，总校虚实，类物隶之，谓之“隶事”，自此始也。俭尝使宾客隶事多者赏之。事皆穷。唯庐江何宪为胜，乃赏以五花簟、白团扇。坐簟执扇，容气甚自得。摛后至，俭以所隶示之，曰：卿能夺之乎？摛操笔便成，文章既奥，辞亦华美，举坐击赏。摛乃命左右抽宪簟，手自掣取扇，登车而去。俭笑曰：所谓大力者负之而趋。

就在王俭的提倡鼓励下，象陆澄、何宪、王摛这样博览强记的才学之士，自然越来越多。王俭有至交孔逷，字世远，会稽山阴人，以“典故学”见称于世。

王俭卒于齐武帝永明七年（四八九），萧子良卒于齐郁林王隆昌元年（四九四)。二人卒后不到十年，萧衍即皇帝位，改国号为梁，萧衍是萧子良“八友”之一，参加过鸡笼山西邸文学行列。他也时常召集学士，以“隶事”为乐，而且还躬亲与范云、沈约、刘孝标诸人角胜。上文已经写了。语云：上有好焉者，下必有甚焉者。毫无疑问，“隶事”这件事蔚然成为盛行一时的学术风气。正是在这种风气下，不断出现“书橱”式的人物。

“隶事”的必备条件，第一是博览，第二是强记。换句话说，书要读得多，而且还要有特殊的记忆力。否则便不能称为“硕学”。当然，博览强记的硕学之士，并非专为隶事赢得五花簟、白团扇之类才勤奋笃学的。博览强记最适宜于从事以下的学术工作：

(一) 编撰相当于今之所谓资料汇编之类的类书；

(二) 整理古代文献，编订目录；

(三) 为古代文献作注。

正是这样，齐梁时期在这几个方面取得了相当大的成绩。例如：刘孝标编撰了《类苑》一百二十卷。徐增权等编撰了《华林遍略》六百二十卷。孝标同族孙辈刘杳编撰了《寿光书苑》二百卷。王俭有《四部书目录》、王亮、谢朏也有《秘阁四部目录》，丘宾卿有《四部书目》，任昉、殷钧有《四部书目录》，刘遵有《东宫四部目录》，刘孝标有《文德殿四部目录》，祖暅有《术数》，阮孝绪有《七录》，明山宾有《吉礼仪注》二百二十四卷，贺玚有《礼仪注》一百四十五卷，司马褧有《嘉礼仪注》一百二十卷，严植之有《凶礼仪注》四百七十九卷。真是数不胜数。

话又说回来，不管在这几个方面取得的成绩多么大，都不外乎是向故纸堆中讨生活，与汉儒明经训故又有什么差别呢？魏晋时期，人们从儒家思想长期禁锢中初步解放出来，热烈追求新的精神境界，于是重新翻读老庄哲学，也不拒绝外来的佛教哲学。一切都从头探索，所以极力称赞人的智慧。这是一个充满思想自由的时代，是在战国百家争鸣之后又一个哲学发展史上的黄金时代。然而，曾几何时，又回到原来起步的地方去了。西方文艺复兴的美妙景色，蓦地降临，蓦地砉焉而止。昨天还在赞赏“六经乃圣人之糠秕”的名士崇拜者，今天竟投身“糠秕”中去寻找安身立命之地了。真是昙花一现啊！

刘孝标就是在这个转变时期生活、成长的一员。《南史·崔慰祖传》说崔慧景曾举孝标“硕学”，《梁史》本传又说安成王秀“好峻学”，所谓硕学就是说他博览强记，“峻学”是什么呢？亦不过像孔逷一样擅“典故学”罢了。然而，刘孝标毕竟是当时学术界杰出之士，他虽不象同时代的何承天、祖冲之那样在天文历数上有惊人的成就，也不象刘勰写出了不朽的《文心雕龙》，甚至不如周颙、沈约等创立四声之说，对后世文学发展产生了莫大的影响；可是，他并没有完全为时代所囿，有时还有点对时代的叛逆精神，因而他并未把自己培养成为“书橱”式的学者。首先他是一个文学家。《辨命论》、《广绝交书》乃至《山栖志》，都证明他不同于陆澄与王摛。他的《世说注》也绝非《周礼注》、《凶礼仪注》所能望其项背。不过，儒家思想这个时代的烙印在他身上存在是无可否认的。我们只有认识刘孝标所处时代的特点，才能对《世说注》作出实事求是的评价。

三

刘孝标是什么时期作《世说注》的呢？

这个问题，我在六十年代之初，从《世说·文学》篇“康僧渊初过江”条注文“尚书令沈约撰《晋书》亦称其有义学”一语，认为这是孝标注《世说》时期的最好依据。近读段熙仲、余嘉锡两先生著作，皆有此说，可谓不谋而同。按：沈约以尚书左仆射为尚书令，事在天监六年冬。天监九年正月，约迁左光禄大夫，以左光禄大夫王莹为尚书令。因知天监七、八两年是孝标注《世说》的时期。

同时，安成王萧秀于天监六年为江州刺史，七年丁慈母陈太妃忧，诏起视事。五月，迁荆州刺史，十一年征为侍中。七、八、九、十这几年皆在荆州任内，这也是刘孝标相随在荆州、由安成王供给书籍、使孝标抄录事类、撰述《类苑》的时期。《类苑》一百二十卷，大约一年多时间就编纂完成了。我们怎么知道的呢？《艺文类聚》五十八载孝标的友人、太学博士南阳刘之遴纂有《与刘孝标书》说：

> 闻足下作《类苑》，括综百家，驰骋千载，弥纶天地，缠络万品。撮道略之英华，搜群言之隐赜。铅摘既毕，杀青已就。义以类聚，事以群分，述征之妙，扬班俦也。擅此博物，何快如之！虽复子野调声，寄知音于后世，文信搆《览》，悬百金于当时，居然无以相尚。自非沉郁淡雅之思，安能闭志经年，勤成若此！吾尝闻为之者劳，观之者逸，足下已劳于精力，宜令吾见异书。

显然，之遴此书是写于《类苑》“杀青”之后，史称：“《类苑》未及成,”孝标“复以疾去”；又云：书“未及毕，已行于世”。可见《类苑》是随编随付印。中间孝标害病，可能中断了很短时期。值得注意的是：一百二十卷的巨著，仅仅用了一年多的时间就陆续完成。这，决不是单靠“沉郁淡雅之思”所能办得到的事。主要原因是刘孝标在“与学士贺踪典校秘书”时，已作了编纂的准备工作。也许更早以前，即齐永明中孝标“因人求为子良国职”时，就有志于此。因为竟陵王子良在鸡笼山西邸正是“召集学士抄五经百家；依《皇览》例为《四部要略》”。就这样，经过长期规划和搜集资料，等到着手编撰，自然用不着花费过长的时间。当然，孝标在从事编写工作中紧张劳动，夜以继日，埋头苦干，是可想而知的。不然他为什么中途累病了呢？

如上所述，是不是编纂《类苑》和为《世说》作注在时间上会发生冲突呢？我认为这两项工程是同时进行的，编《类苑》与注《世说》并不矛盾，甚至《世说注》还是《类苑》编撰过程中的副产品。《类苑》与《世说注》性质固有所不同，但是，检阅群书，分别部居，作出处理，是一致的。当《类苑》杀青已就时，《世说注》也就事半而功倍地顺利完成了。

《类苑》部分杀青问世，很受欢迎。当然，这与当时的学术风气有关，它，满足了知识界。既须博览、又少花费时间精力去读书的需要。因此，《类苑》在社会上名噪一时，萧衍知道了，“即命诸学士撰《华林遍略》以高之”。也正因其如此，所以很多人只知有《类苑》，而不知有《世说注》。以至《梁书》孝标本传也未曾提到《世说注》。

除《世说·文学》“康僧渊初过江”条注文可以证明天监七、八年为刘孝标作《世说注》的时期外，还有一条间接的材料，也可供参考。《南史·刘讦传》称：讦与族兄歊，欲交尚书郎何炯，炯拒而不见。歊、讦，皆孝标同族孙辈。两人博学有文才，歊年十二能读《庄子》、讦亦善玄言，尤精意释典。都不欲出仕，以山水书籍自娱，深为孝标所赏。乃作书与何炯称之曰：“讦超越俗，如天半朱霞；歊矫矫出尘，如云中白鹤。皆俭岁之粱稷，寒年之纤纩。”所谓“天半朱霞”、“云中白鹤”、“俭岁之粱稷、寒年之纤纩”，全是采用《世说》中语言或稍加点化而成。足见孝标其时正从事《世说注》，故不自觉地信手拈来，运用自如。讦、歊先后卒于天监十七、十八年。年三十一、二岁。何炯释褐为秘书郎。与讦歊均属弱冠之年。正天监八、九年间也。

天监七、八、九这数年内，正是刘孝标精神劳动最为紧张的时期。同时，也是他获得硕果累累的时期。我们略为考察一下他的著作年月，就不难得出这一结论。例如：《文选》所收、为人传诵已久的《广绝交论》，作于任昉去世不久，故文内有“德帐犹悬”、“坟未宿草”之句。按：任昉卒于天监七年夏，梁武帝萧衍正食西苑绿沉瓜，闻知即投之于盘，悲不自胜。是年冬月昉子西华犹著葛帔练裙。道逢孝标，泫然矜之，于是乃作《广绝交论》。此文至迟作于天监八年春间，可断言也。

本来，孝标两次在荆州任事，生活都比较安定。萧遥欣对他“礼遇甚厚”，萧秀可能有过之无不及，不然不会给予书籍，让他专心著述。何况后一段时期还有陆倕、王僧孺、刘孝绰、裴子野这般文人学士相切磋呢？这时的孝标，正如汪中所说：“作赋章华之宫，置酒睢阳之苑。白璧黄金，尊为上客。虽车耳未生，而长裾屡曳”。可算是摇笔著书的最佳环境了。

余嘉锡先生《世说新语笺疏》在《文学》篇“僧意在瓦宫寺”条下有云：“按《贤媛》篇注曰：臣谓王广名士，岂以妻父为戏？《汰侈》篇注曰：臣按其相经云云，然则孝标此注为奉敕而作，故自称臣。”前辈读书细致深入，令人殊钦佩。惟《世说注》系孝标在荆州所作，非奉敕而为，甚明；至于谓安成王秀所命，则“使撰《类苑》”，史有明文，未闻使注《世说》也。且孝标《辨命论》开端即云“臣观管辂天才英伟，珪璋特秀”，却非奉诏作论。鄙意古人行文称“臣”，殆亦“率土之滨，莫非王臣”之意欤？观扬子云《连珠》云：“臣闻天下有三乐、有三忧”，沈约亦谓“臣闻鸣籁布响，非有志于要风”。“臣闻”、“臣闻”，岂不是成了习用语吗？

四

刘孝标《世说注》是以裴松之《三国志注》为蓝本的。读者稍加考察，就会承认孝标对松之师法惟谨。因此，我们在评论《世说注》之前，必先了解《三国志注》。

《三国志》是西晋初年蜀人陈寿的著作。陈寿为史学家谯周的弟子，有良史之才。加以时代相去不远，闻见亲切，所以当时名流如张华及后世史学家大都对《三国志》评价甚高。但是，毕竟因为所掌握的材料不足，《三国志》的内容，还是不够充实的。

陈寿卒后一百三十余年，宋文帝刘义隆命中书侍郎裴松之为《三国志》作注。元嘉六年七月，注成。松之上表云：

……臣前奉诏，使采三国异同以注陈寿《国志》。寿书诠叙可观，事多审正。诚游览之苑囿，近世之嘉史。然失在于略，时有所脱漏。臣奉旨寻详，务在周悉。上搜旧闻，傍摭遗逸。按三国虽历年不远，而事关汉、晋。首尾所涉，出入百载。注记纷错，每多舛互。其寿所不载，事宜存录者，则罔不毕取以补其阙。或同说一事而辞有乖杂，或出事本异，疑不能判，并皆抄内以备异闻。若乃纰缪显然，言不附理，则随违矫正以惩其妄，其时事当否及寿之小失，颇以愚意有所论辩。自就撰集，已垂期月。写校始讫。谨封上呈。

松之注书的体例，《表》内陈述无遗。现分别述列如下：

（一）补阙

凡陈寿书中所不载，而又有保存价值的，都作了补充。例加：《武帝记》叙曹操的家系，正文只一行：

恒帝世，曹腾为中常侍大长秋，封费亭侯。养子嵩嗣，官至太尉，莫能审其生出本末。

注文引司马彪《续汉书》曰：

腾父节，字元伟，素以仁厚称。邻人有亡豕者，与节豕相类，诣门认之。节不与争。后所亡豕自还其家，豕主人大惭，送所认豕，并辞谢节。节笑而受之，由是乡党贵歎焉。长子伯兴，次子仲兴，次子叔兴。腾，字季兴，少除黄门从官。……顺帝即位，为小黄门，迁至中常侍大长秋。在省闼三十余年，历事四帝，未尝有过。……

又注曰：

嵩，字巨高，质性敦慎，所本忠孝。……

又引吴人作《曹瞒传》及郭颁《世语》并云：

嵩，夏侯氏之子，夏侯惇之叔父。太祖于惇为从兄弟。

(二) 备异

同一件事，有不同的纪载，不能判断谁是谁非，只好两说并存。例如：《袁术传》写曹操与袁绍合兵击败袁术，正文是：

> 术以余众奔九江，杀扬州刺史陈温，领其州。

注文引《英雄传》曰：

> 陈温，字元悌，汝南人，先为扬州刺史。自病死。袁绍遣袁遗领州，败散，奔沛国，为兵所杀，袁术更用陈瑀为扬州。……

又如：《张邈传》述张邈为曹操击败，正文曰：

> 邈诣袁术求救，未至，自为其兵所杀。

注引《献帝春秋》云：

> 袁术议称尊号，邈谓术曰：……公居轴处中，入则享于上席，出则为众目之所属。华、霍不能增其高，渊泉不能同其量，可谓巍巍荡荡，无与为贰。何为舍此而欲称制？…

同时，注者还加了按语：

> 按《本传》：邈诣术，未至而死。而此云谏称尊号，未详孰是。

(三) 惩妄

注者认为有不合理之处，进行纠正。例如：《崔琰传》述曹操赐崔琰死，并连类提到孔融诸人的遭遇说：

> 初，太祖性忌，有所不堪者，鲁国孔融，南阳许攸、娄圭，皆以恃旧不虔见诛。

因为正文仅仅提到孔融的名字，注中遂先后引《续汉书》、《九州春秋》、《汉纪》、《魏氏春秋》及《世语》诸书，详叙孔氏生平事迹及其致死缘由。其中，《魏氏春秋》、《世语》均写到融二子的情况。《魏氏春秋》说："二子年八岁，时方奕棋，融被收，端坐不起。左右曰：而父见执，不起何也？二子曰：安有巢毁而卵不破者乎？"《世语》则谓："融见收，顾谓二子曰：何以不辞？二子俱曰：父尚如此，复何所辞！"在此，裴松之认为：

> 《世语》云融二子不辞，知必俱死，犹差可安，如孙盛之言，诚所未譬……盛以此为美谈，无乃贼夫人主子欤！

（四）论辩

裴松之在注中，发挥议论甚多。例如：《武帝纪》说：官渡之战，曹操"兵不满三万，伤者十二三"，松之认为与事实不合。他说：

> 魏武初起兵已有众五千，自后百战百胜，败者十二三而已。但一破黄巾，受降卒三十余万。余所吞并，不可悉纪。虽征战损伤，不应如此之少也。夫结营相守，异于摧锋决战。《本纪》云：绍众十余万，屯营东西数十里。魏太祖虽机变无方，略不世出，安有以数千之兵，而得逾时相抗者哉？以理而言，窃谓不然。……

又如，《傅嘏传》陈寿评曰：

> 昔文帝、陈王以公子之尊，博爱文采，同声相应，才士并出，惟粲等六人最见名目。而粲特处常伯之官，兴一代之制，然其冲虚德宇，未若徐幹之粹也。卫觊亦以多识典故，相时王之式。刘劭该览学籍，文质周洽。刘廙以清鉴著，傅嘏用才达显云。

裴松之认为：

> 傅嘏识昺名辈，实当时高流。而此评云但"用才达显"，既于题目为拙，又不足以见嘏之美也。

就这样，裴松之的注文超过了陈寿原书三倍以上。为裴氏所引用的书，达一百四十余种，其中有许多是陈寿所未见的。更重要的是裴松之开创了注书的新例。我们知道：从汉儒开始，为古书作注，一般重在音义。因此，注释首先是属于训诂学范围内的事。其次便是故实，注者把原著所引用的典故出处详加胪列。而裴松之却把注书的重点放在增补事实、考订异同方面。他这样做，无疑是正确的。因为《三国志》是历史书，历史书必须考虑的是历史事实是否纪录完备？所纪录的是否真实可靠？《四库全书总目提要》谓松之“初意亦欲如应劭之注《汉书》，考究训诂，引证故实。……盖欲为之而未尽，又惜所已成，不欲删弃，故或详或略，或有或无”。并且还说这是体例不纯。我们认为《提要》这种说法是主观臆断，想当然的说法。《提要》作者忘记了裴松之上书表内所说的陈寿原书“失在于略，时有所脱漏”，松之“奉旨寻详，务在周悉”。这是他注书的出发点。但，裴氏也并非为了求详，把一些不相干的材料塞进注文中去。至于他的注文之所以“或详或略，或有或无”，一则是因为须视陈书正文所表达的内容是否有必要增补和修订；再则也要看自己手中掌握的材料是否合用。我们看《三国志注》超出原书正文数倍的，要数《魏书》各传为第一。《吴书》次之，《蜀书》极少。即使《魏书》各传中也有全篇未注一字者。如：乐进、许褚、典韦诸传是。原因是陈寿著《三国志》时，魏、吴两国有王沈《魏书》、鱼豢《魏略》及韦昭《吴书》可作参考之依据，而蜀国无史，必须作者广为搜集。时至裴松之作注，有关三国时期的史料，纷纷出现，而亦以中原地区为最多。所以最后形成“或详或略、或有或无”的情况。

总之，裴松之《三国志注》是成功的。宋文帝刘义隆见了书后所说“裴世期为不朽矣”这句话不是虚美之辞。从而刘孝标注《世说》效法裴松之也是极为可取的。

虽说刘孝标注书体例是以《三国志注》为榜样，然而，两家注文侧重点毕竟不同。《三国志注》务求周悉，侧重于补其脱漏；而《世说注》却在备异、纠缪的同时，更着重于让读者了解书中人物发言、行事之时代背景，加深其认识。至于裴注中偶有似汉人考究训诂之处，刘注皆一扫而空。（书中少量的如《轻诋》“高柔在东”条“觵”字，注“奴角反”，疑属后人所为，）而且前人指摘裴注不免“繁芜”之病，刘孝标似乎早已看到，所以注文力求雅洁。因此，师法裴松之的刘孝标，在注《世说》这件工程中比起《三国志注》来是有所突破的。

如前所述，裴松之注《三国志》，引书达一百四十余种。而刘孝标注《世说》，引书竟达四百余种。前者清人赵翼有《三国志注引用书目》之作；后者叶德辉于上世纪末亦撰有《世说新语注引用书目》。由于裴刘两家所引用之书，赵宋后已佚十之八九。因此，两家注文，为考据家纷纷引据。这是人们从南宋高似孙后一提到《世说注》时首先给以高度评价的重要因素。

其实，《世说注》的最大优点尚不在此。我们在论述《世说》一书的性质时，曾经讲到历来学者都认为这是专记街谈巷语，道听途说之书，目录书把它列入小说家类，从《隋书·经籍志》到《书目答问》，无一例外。“小说”一词的含义，古今不同，但并不排斥虚构则一。而《世说》一书所最忌讳者，厥为所记之事有虚假不实之辞。晋宋之间的人，大抵都有这样的认识：既然所写的是真实的人，就应该是真实的事。那管它是轶闻琐事，也不可无中生有。《世说》有两则纪载，合而观之，充分说明了这个问题。

一是《文学》篇第九十条：

> 裴郎作《语林》，始出，大为远近所传，时流年少，无不传写，各有一通。载王东亭作《经王公酒垆下赋》，甚有才情。

一是《轻诋》篇第二十四条：

> 庾道季诧谢公曰：“裴郎云：‘谢安谓裴郎乃可不恶，何得为复饮酒？’裴郎又云：‘谢安目支道林，如九方皋之相马，略其玄黄，取其隽逸。’”谢公云：“都无此二语，裴自为此辞耳。”庾意甚不以为好，因陈东亭《经酒垆下赋》。读毕，都不下赏裁，直云：“君乃复作‘裴氏学’！”于此，《语林》遂废。今时有者，皆是先写，无复谢语。

裴启《语林》一书，所记皆汉魏以来直到东晋，上层社会中人言语应对之可称述者。当时人极为喜爱，但经谢安指出他的话有两处不实，此书遂废。《世说》作者特意记下这件事，用意所在，显然是不欲“复作‘裴氏学’”。换言之，《世说》所记，必是真实的。既如此，那就非小说可比了。

刘孝标不把《世说》看作街谈巷语、道听途说的小说，而是把《世说》看成为一部历史资料汇编，看成是汉魏以来直到东晋上层社会代表人物生活的写照。正是这种对《世说》的认识态度，决定了他注《世说》时要以《三国志注》为榜样，着重于对历史资料的补充、修订，特别是审视资料有错误的时候，就大胆地进行纠缪。这是刘孝标的卓识，也是他注《世说》取得成功最得力之处。

综计孝标注文，纠缪之处相当多，试略举部分于下：

（一）《言语》“边文礼见袁奉高”条，袁奉高即袁闳，注曰：“按：袁闳卒于太尉椽，未尝为汝南，斯说谬矣。”

又：“陶公疾笃，都无献替之言”条，注引王隐《晋书》所载陶侃《临终表》，谓“有表若此，非无献替”。

（二）《政事》“陈仲弓为太丘长”条，谓“有贼劫财主，（主）者，捕之，未至发所，道闻民有草不起子者，回车往治之”，注曰：“按后汉时贾彪有此事，不闻寔也。”

（三）《方正》“梅颐尝有惠于陶公”条，注引邓粲《晋纪》、王隐《晋书》，证明有惠于陶侃者，非梅颐，乃颐弟梅陶。

（四）《品藻》“明帝问周伯仁：卿自谓何如庾元规”条，注曰：“按诸书皆以谢鲲比亮，不闻周顗。”

又：“谢遇诸人共道竹林优劣”条，谢安认为先辈初不臧贬七贤。注曰：“《魏氏春秋》曰：‘山涛通简有德，秀、咸、戎、伶朗达有俊才，于时之谈，以阮为首，王戎次之，山、向之徒，皆其伦也，’若如盛言，则非无臧贬，此言谬也！”

（五）《规箴》“小庾在荆州”条，谓庾翼问僚佐：“我欲为汉高、魏武，何如？”注引宋文帝《文章志》曰：“庾翼名辈，岂应狂狷如此哉？时若有斯言，亦传闻者之谬矣。”

（六）《捷悟》“王敦引军垂至大桁”条，谓温峤为丹阳尹，帝令断大桁，故未断，帝大怒。注曰：“按《晋阳秋》、《邓纪》皆云，峤烧朱雀桥以阻其兵，而云未断大桥，致帝怒，大为讹谬！”

（七）《容止》“卫玠从豫章至下都”条，谓玠至下都，观者如堵墙，体不堪劳，成病而死，时人谓“看杀”。注称：“按《永嘉流人名》曰：‘玠以永嘉六年五月六日至豫章，其年六月二十日卒。’此则玠之南度豫章四十五日，岂暇至下都而亡乎？且诸书皆云玠在豫章，而不云在下都也。”

（八）《贤媛》“李平阳，秦州子，中夏名士”条，谓赵王伦听孙秀言逼李重自裁。注曰：“按诸书皆云：重知赵王伦作乱，有疾不治，遂以致卒。而此书乃言自裁，甚乖谬。且伦、秀凶虐，动加诛夷，欲立威权，自当显戮，何为逼令自裁？”

（九）《巧艺》“弹棋始自魏宫内”条，注引傅玄《弹棋赋叙》曰：“汉成帝好蹴鞠，刘向以谓劳人体，竭人力，非至尊所宜御。乃因其体作弹棋。今观其道，蹴鞠道也。”注者又曰：“按玄此言，则弹棋之戏，其来久矣。且《梁冀传》云：‘冀善弹棋、格五。’此云起魏世，谬矣。”

（十）《假谲》“王右军年减十岁时，大将军甚爱之”条，载王羲之眠帐内得闻王敦遂谋，以诈熟眠，吐唾纵横得全事，注曰：“按诸书皆云王允之事，而此言羲之，疑谬。”

《世说注》不但对刘义庆书有所纠正，对作注时引用各书亦时加驳诘。例如：

《方正》“夏侯玄既被桎梏”条，谓钟会先不与玄相知，因便狎之。玄曰：虽复刑余之人，不敢闻命。注引《世语》及《名士传》，认为后者不可信，曰：“按郭颁两晋人，时世相近，为《晋魏世语》，事多详核，孙盛之徒皆采以著书，并云玄距钟会。而袁宏《名士传》最后出，以为钟毓，可谓谬矣。”

又：“和峤为武帝所亲重”条，谓武帝遣和峤往观太子，是否差进，峤对以圣质如初。注引《晋诸公赞》，干宝《晋纪》、孙盛《晋阳秋》三书，最后论定以孙盛所说：遣和峤、荀勖同往观察，勖称太子德更进茂，峤曰圣质如初为得。

孝标注书工作严肃认真，还表现在阙疑方面。例如：《政事》“陈元方年十一时”条，正文有“袁公曰：孤往者尝为邺令”句。注曰：

> 检众《汉书》，袁氏诸公，未知谁为邺令？故阙其文，以待通识者。

又如《任诞》“张骥酒后挽歌甚凄苦”条，关于挽歌的由来，谯周以为出于汉高祖时田横客。孝标于注中引《庄子》、《春秋左氏传》、《史记·绛侯世家》诸说，认为“挽歌之来久矣，非始起于田横也。然谯氏引礼之文，颇有明据，非固陋者所能详。闻疑以传疑，以俟通情”。

对于《世说》原文有不易理解的，注者往往采取笺释的办法疏通、说明，孝标在注陆机《演连珠》时正是这样做的。例如：

《赏誉》第四十一条正文是：

> 庾大尉目庾中郎：家从谈谈之许。

"家从谈谈之许"，的确不好理解。注称："一作家从谈之祖。从、一作诵。许、一作辞。"因为太尉庾亮是庾敳的从子，敳能清谈，为亮所推重，故有此言。

又：第五十一条正文是：

胡毋彦国吐佳言如屑，后进领袖。

"吐佳言如屑"，也不好理解。注称："言谈之流，靡靡如解木出屑也。"

此外，如《排调》"晋文帝与二陈共车"条，"钟毓为黄门郎"条，彼此以父辈名讳相嘲戏，倘不经注出名讳为何，读者便如坠五里雾中。特别是象《赏誉》第五十四条：

王丞相云："刁玄亮之察察，戴若思之岩岩，卞望之之峰距。"

王导这席话，似乎无头无尾，一经注者引用《语林》指出：

孔坦为侍中，密启成帝，不宜往拜曹夫人。丞相问之曰："王茂弘驽痾耳。若卞望之之岩岩，刁玄亮之察察，戴若思之峰距，当敢尔不？"

才知道这是王导在发牢骚，《世说》列入《赏誉》，未免断章取义。同样的情况，如《轻诋》第六条：

王丞相轻蔡公曰："我与安期，千里共游洛水边，何处闻有蔡充儿！"

经注者引《妒记》详细介绍，方知事出有因。蔡谟对王导开玩笑有些过火，触伤了他的疮疤，所以招来怒骂。

这些，在在说明刘孝标的注是必不可少的。《世说注》体例尤为严密。我们从一个不甚为人注意之处，就可以发现注者匠心独运。注中常见"已见"字，皆知其意；又有"别见"，共不下百十条，用意良深。例如：

《德行》第二条正文是：

周子居常云："吾时月不见黄叔度，则鄙吝之心已复生矣。

注："子居别见。"见于《赏誉》第一条：

陈仲举尝叹曰："若周子居者，真治国之器。譬诸宝剑，则世之干将。"

为什么周子居的生平事迹，一定要在《赏誉》第一条注文中才写出来？因为《德行》第二条黄叔度是主，周子居是宾。《赏誉》第一条则以周子居为主，陈仲举为宾了。又如：

《言语》第五十二条"何骠骑亡后，征褚公入"云云。何骠骑句下，注曰："何充别见。"直至《政事》第十七条，"何骠骑作会稽"云云，方见何充其人仕历。理由与以上同。《言语》第五十二条内容本是记褚裒、王濛、刘惔三人。《政事》第十七条才是何充充当主角。注中所有"别见"，都是本着这个原则处理的。因此，我说《世说注》体例之严密远远超出刘义庆书之上。

刘孝标是一个个性很强的人，我们在上文叙其生平时已涉及。他的名作《辨命论》、《广绝交书》也表露了作者个性。《世说注》亦然。例如：《轻诋》第二十四条，全文见本节开端所引。孝标注曰：

《续晋阳秋》曰：晋隆和中，河东裴启撰汉魏以来迄于今时语言应对之可称者，谓之《语林》。时人多好其事，文遂流行。后说大傅事不实，而有人于谢坐叙其黄公酒垆，司徒王珣为之赋，谢公加以与王不平，乃云："君遂复作，'裴郎学'"，自是众咸鄙其事矣。安乡人有罢中宿县诣安者，安问其归资，答曰："岭南凋弊，惟有五万蒲葵扇。又以非时为滞货。安乃取其中者捉之。于是京师士庶竞慕而服焉。价增数倍，旬月无卖。"夫所好生羽毛，所恶成疮痏。谢相一言，挫成美于千载，及其所与，崇虚价于百金，可不慎哉！

最后几句话，真是愤慨之情，溢于言表。

无庸讳言，《世说注》存在一些缺点。最大的缺点就是注者站在儒家立场，用儒家正统的观点评论是非。例如：

（一）《文学》第一条，记马融、郑玄事，注曰：

马融海内大儒，被服仁义；郑玄名列门人，亲传其业。何猜忌而行鸩毒乎？委巷之言，贼乎人之子！

（二）《假谲》第十条，记诸葛恢女改嫁江虨事，注曰：

葛令之清英，江君之茂识，必不背圣人之正典，习蛮夷之移行。康王之言，所轻多矣。

（三）《尤悔》第二条，记王济不拜其父王浑后妻事。注曰：

婚姻之礼，人道之大，岂由一不料而遂为妾媵者乎？

以上这些，姑勿论其所评议之事如何，但注者的立场已可概见。用儒家立场来对待《世说》中的人和事，肯定有相当长的一段距离。刘义庆追记魏晋以来的人和事，特别是描写清谈时的情状，使人如闻其謦欬，如睹其须眉，唯妙唯肖。就因为他对这些人和事很感兴趣，他的思想感情，和书中人物的思想感情极为接近的缘故。刘孝标既然是站在儒家立场，那么对书中的人和事，自不免隔膜。因此，他注《世说》只能象裴松之之注《三国志》，不可能象刘义庆之撰述《世说》。刘义庆能够深入到魏晋人物的精神领域中去，所以《世说》成为魏晋人物生活的写照。刘孝标只是看了这个写照后作了一些鉴定而已。刘义庆的书是文学的，情感的，在力求真实中带有浪漫主义情调的人物素描。刘孝标的注是科学的，理性的，读起来枯燥无味的，带有批评意味的历史著作新诠。

我们要着重指出的是：孝标注中凡涉及《易》、《庄》、《四本》、《声无哀乐》……这些清谈的内容时，所引材料，非常拘谨，更谈不上进一步发挥其奥蕴，引人入胜。相反地，如《文学》篇“简文称许椽云：玄度五言诗可谓妙绝时人”条，作为文学家的刘孝标，所注恰到好处，简直可以当作汉魏西晋以来文学流变史读：

自司马相如、王褒、扬雄诸贤尚赋、颂，皆体则诗、骚，傍综百家之言；及至建安，而诗章大盛。逮乎西朝之末，潘、陆之徒，虽时有质文，而宗归不异也。正始中，王弼、何晏好庄、老玄胜之谈，而世遂贵焉。至过江，佛理尤盛。故郭璞五言，始会合道家之言而韵之。询及太原孙绰，转相祖尚，又加以三世之辞，而诗骚之体尽矣。询，绰并为一时文宗，自此作者悉体之，至义熙中谢混始改。

可是，同样是文学家的刘孝标对《世说》之文章，为《史记》、《汉书》以来前所未有的、富有创造性、开拓性的绝妙处，从未加以指点或赞赏。刘义庆书中充满着魏晋人的习用语及各种方言，是最能传达人物说话神态的精采部分，注中全未诠释。以致时间距离越远越成为研究《世说》者的难点。可以断言，在刘孝标的时代，特别是生在南方、长在北方的刘孝标，对魏晋人的习用语及各种方言，绝大部分是能懂甚至能说的。当然，也有为刘孝标所不懂的，如：书中出现多处的"阿奴"，为对年幼于己者之昵称，孝标悉注为其人"小字"，显然是错误的。

《世说》自刘孝标注后，后人亦间有添注者。如《假谲》第九条，记温峤婚其从姑女事。注中有：

> 谷口云：刘氏，政为其姑尔，非指其女姓刘也。孝标之注，亦未为得。

又，《方正》第十一条，记王武子回武帝语事，注有：

> 瓒注曰：言一尺布帛，可缝而共衣；一斗米粟，可舂而共食。况以天下之广，而不相容也。

这些，都是自作聪明的糊涂虫所为，好在只有少数几条，有了它反而愈见刘孝标注的高不可及。

选自《中国历史文献研究》（一）
华中师范大学出版社，1986

宫体诗与《玉台新咏》

沈玉成

一

南朝文学，除了有限几位大作家如二谢、鲍照、江淹的作品曾得到过肯定以外，大部分作家的作品历来都被看成轻绮华靡的标本。“齐梁”两个字竟至成为这类风格的代称，“齐梁宫体”那样时间断限上的错误提法，也不止一次地出现在学术论文里。

如果对中国文学史作鸟瞰式的观察，齐、梁两代的文风紧密相承，大同小异。从隋代开皇年间李谔上书请正文体，就有“江左齐梁，其弊弥盛”的指责(《隋书·李谔传》)；之后就是人所共知的“恐与齐梁作后尘”（杜甫《戏为六绝句》之五)，“齐梁及陈隋，众作等蝉噪”（韩愈《荐士》)；再后，严羽的《沧浪诗话》里除了提出“永明体”以外又有“齐梁体”。这一概念本身有其合理性，诗伯文宗和理论权威的意见有理由受到后人的尊重，加上使用已成习惯，今天没有必要去做什么翻案文章。不过，要是对南朝文学做比较细致的分析，在齐、梁两代中划一条界线，分一下阶段，也许并不是不必要的。

齐、梁两代诗风所存在的“小异”，具体说，就是永明体和宫体的差异。从齐武帝永明年间至梁武帝前期的五十年左右不妨称为永明体时期，以谢朓、沈约为代表；从梁武帝后期到陈末的近七十年间不妨称为宫体时期，以萧纲兄弟和徐摛、庾肩吾为代表。再明确一点说，梁武帝统治的四十八年中，天监，普通之际可以作为前后期的大致分界。前期的主要作家，沈约、范云、任昉年岁行辈较高，和梁武帝同属“竟陵八友”中人，为永明文苑的健将；[①] 年辈稍低的何逊、吴均、柳恽等人，作品的内容和风格接近于永明体。后期是宫体诗

① 前期的著名作家还有江淹，但他早已“才尽”，其中看不到入梁以后的作品。

形成、兴盛的时期，萧纲、萧绎以及出入东宫西邸的主要作家如徐摛、庾肩吾父子，刘遵兄弟，作品的内容风格都与前期有相当明显的差异而与后来的陈后主及其狎客的诗作出于一辙。所以，就总体与趋向而论，梁代前期属于承上，后期属于启下。清代的陈祚明、沈德潜，使用“梁陈”这一时间概念，较之“齐梁”似乎显得更为确切。

宫体诗这一文学现象比较复杂，六十年代，报刊上曾对这一问题展开过争论，惜乎由于“文革”的袭来，争论没有能够深入。近年来，又有一些文章继续加以研究，这都是有裨于学术的探索。

首先需要明确的是宫体诗兴起的时间。《梁书·徐摛传》：

> （摛）属文好为新变，不拘旧体。……会晋安王纲出戍石头，高祖谓周舍曰：“为我求一人，文学俱长兼有行者，欲令与晋安游处。”舍曰：“臣外弟徐擒，形质陋小，若不胜衣，而堪此选。”高祖曰：“必有仲宣之才，亦不简其容貌。”以摛为侍读。……王入为皇太子，转家令。兼掌管记，寻带领直。摛文体既别，春坊尽学之，“宫体”之号，自斯而起。高祖闻之怒，召摛加让。

萧统病死后，萧纲继立为皇太子，时在中大通三年（531）七月。从唐朝人开始，都认为宫体的形成时间在萧纲立为太子之后，所根据的就是这一段记载。不过细一查考，其中却有疑问。因为《徐摛传》接着记载说，梁武帝本来要责备徐摛，等到召见以后，徐摛作了一番得体的答对，反而因祸得福，“宠遇日隆”。梁武帝的另一宠臣朱异怕受排挤，于是先下手为强，建议把徐摛外放，“中大通三年，遂出为新安太守”。试想，萧纲于七月入主东宫，徐摛于是年外放，其间最多相隔半年。而梁武帝由怒而喜，徐摛宠遇日隆而至于使朱异感到威胁，至少也要几个月。在半年又减去几个月的短时期内要形成一种体，显然有悖于事理。

对作品的具体考察也可以证明这一点。宫体由萧纲而得名，但作俑者是徐摛和庾肩吾，这两位诗人同为萧纲的文学侍从兼启蒙师傅。徐摛在天监八年（509）入萧纲府。正好是萧纲自己说“七岁而有诗癖”（《梁书·简文帝纪》）的那一年，庾肩吾入府的时间不可确考，但大致和徐摛同时。七岁的幼童如同一张白纸，被画上的图画当然是徐、庾的工笔重采。徐摛诗今存仅五首，写作时间都不可考，但从庾肩吾和萧纲所存诗作中写作时间可以确考的，如庾的

《和晋安王薄晚逐凉》、《和晋安王咏燕》、《奉和泛舟汉水》，萧的《雍州曲》、《东飞伯劳歌》、《饯庐陵王内史王脩应令》、《从顿暂还城》等等，都是萧纲立为太子以前的作品，但已经是相当典型的宫体风格。[①] 因此可以说，宫体诗开始形成于萧纲入东宫之前，只是随着萧纲的被继立才正式获得了“宫体”这一名称。

这次诗风的“新变”，在萧纲始立为太子时只是流行于雍府文人、东宫文人的圈子里。而当时的建康文坛，在萧纲眼中显得十分不景气。他在《与湘东王书》中提到：

> 比见京师文体，懦钝殊常，竞学浮疏，争为阐缓。……故玉徽金铣，反为拙目所嗤；下里巴人，更合郢中之听。阳春高而不和，妙声绝而不寻，竟不精讨锱铢，核量文质，有异巧心，终愧妍手。是以怀瑾握瑜之士，瞻郑邦而知退；章甫翠履之人，望闽乡而叹息。诗既若此，笔又如之。徒以烟墨不言，受其驱染；纸札无情，任其摇襞。甚矣哉，文之横流，一至于此！(《梁书·庾肩吾传》)

这封信的确切写作时间已难详考，但从《庾肩吾传》中所记“及居东宫，又开文德省”，“时太子与湘东王书论之曰”来看，当在中大通三年后不久。萧纲对文坛“现状”所作的估计、评价，可以从两个方面来解释。第一，萧纲在普通四年镇雍州，这之前五、六年在建康。这一段时期正值一些著名的诗人相继凋谢，如柳恽卒于天监十六年，何逊卒于天监十八年，吴均卒于普通元年，刘峻卒于普通二年，王僧孺卒于普通三年。[②] 在萧纲离京之后的七、八年间，建康没有出现什么有成就的诗人。第二，梁武帝早年喜好吴声、西曲，登皇帝位以后，则不断致力于儒学、制礼乐，佞佛也日甚一日。普通以后的近臣，担任中书侍郎和通事舍人的多是著名的经学家、史学家。《梁书·刘显传》：“显与河东裴子野、南阳刘之遴、吴郡顾协，连职禁中，递相师友，时人莫不慕之。”

---

① 这些诗中有的显然作于雍州，即普通四年至中大通元年（523~529）萧纲任刺史期间之作。

② 何逊卒年，史无明文。但近年来研究者多数认为他卒于天监十七或十八年。刘峻卒年，《南史》作三年；王僧孺卒年，《南史》作二年，此处均从《梁书》。

据《顾协传》萧绎荐表称协时年六十推算，顾协等人“连职禁中”的时间当在大通至中大通初的三、四年间。这些学者在理论上主张儒家的传统，以文学为“劝美惩恶”的工具，作为旗帜的是裴子野的《雕虫论》：“闾里年少，贵游总角，罔不摈落六艺，吟咏性情。学者以博依为急务，谓章句为专鲁。淫文破典，斐尔为功，无被于管弦，非止乎礼义。深心致卉木，远致极风云，其兴浮，其志弱。……荀卿有言，‘乱代之征，文章匿而采’，斯岂近之乎？”在实践中为文提倡法古，“子野为文典而速，不尚丽靡之词，其制作多法古，与今文体异当时或有诋诃者，及其末皆翕然重之”（《裴子野传》），“之遴好属文，多学古体，与河东裴子野、沛国刘显常共讨论书籍。因为交好”（《刘之遴传》）。从“及其末皆翕然重之”所透出的消息，可以想见在大通、中大通间裴子野是受到社会重视的。《雕虫论》序云：“梁鸿胪卿裴子野”，按裴在大通元年官鸿胪卿，中大通二年卒官，《雕虫论》之作必在此时。萧纲信中所批评的“懦钝”现象，正是那几年中出现的“复古”之风，而所谓“未闻吟咏性情，反学《内则》之篇；操笔写志，更摹《酒诰》之作”云云，明显地是针对《雕虫论》而发的。[①] 萧纲于中大通二年返建康，三年入主东宫，“比见京师文体”的“比”字，与《庾肩吾传》的“时”字，都可以证明这封信是立为太子以后不久所写，同时也可以进一步证明宫体诗风当时并没有席卷建康诗坛。信中的意见，可以看成是萧纲所代表的“新观念”的宣言，他要立志改变和他格格不入的陈腐诗风了。微妙的是这封信的写作时间是刚好在昭明太子萧统死后不久，恐怕多少有对萧统不点名的指责。这一点，在下面论述《玉台新咏》的时候还要谈到。

其次需要明确的是宫体诗的概念。宫体诗具有哪些特点？究竟什么样的诗才算宫体诗？换言之，就是宫体诗的内涵和外延如何确定。

对这一概念，《梁书》的作者姚察和唐人的理解有一定程度的不同。《徐摛传》的解释是“不拘旧体”的“新变”文体，《庾肩吾传》中又作了补充：“齐永明中，文士王融、谢朓、沈约始用四声，以为新变，至是（萧纲入主东宫）转拘声韵，弥尚丽靡，复逾于往时。”在姚察看来，宫体诗之成为一体，在于形式上和风格上不同于前代。唐人的论述，常被引用的是两段文字：

---

① 裴、萧之间理论上的得失，不在本文讨论的范围之内。不过在以前一段时期里，对裴子野“复古”的理论确实存在过评价偏高的倾向。

> 简文之在东宫，亦好篇什。清辞巧制，止乎衽席之间；雕琢蔓藻，思极闺房之内。后生好事，递相放习，朝野纷纷，号为“宫体”。（《隋书·经籍志》四）
>
> 太宗谓侍臣曰：“朕好作艳诗。”虞世南便谏曰：“圣作虽工，体制非雅。上之所好，下必随之。此文一行，恐致风靡。而今而后，请不奉诏。”太宗曰：“卿恳诚如此，朕用嘉之。群臣若皆世南，天下何忧不理?”乃赐绢五十匹。先是，梁简文帝为太子，好作艳诗，境内化之，浸以成俗，谓之“宫体”。晚年改作，追之不及，乃令徐陵撰《玉台集》以大具体。永兴之谏，颇因故事。（刘肃《大唐新语·方正》）

魏征、长孙无忌等史臣把宫体诗理解为专写衽席闺房的诗，刘肃也明确地认为宫体就是艳体，而且用《玉台新咏》中所收绝大多数诗都有关妇女生活作为证明，所以他的看法和史臣并无二致。他们认为，宫体诗的含义已经不限于形式、风格而涉及内容。

这两种理解的相同之处在于都认为宫体诗的风格轻艳丽靡；不同之处在于姚察把宫体诗看成一种诗歌形式，而唐朝人则以为宫体就是艳体，艳体就是以女人为内容的诗。我个人以为，姚察由梁入陈，由陈入隋，其前半生正当宫体风靡诗坛之际，此中人语，他的理解应该是直接的、准确的。不过唐朝人的意见也说到了事情的一个方面。因为在文学艺术中，内容、风格、体制之间的变化往往互为因果，艳情确实也是宫体诗中最普遍的题材。唐朝人，尤其在初唐，沿袭隋代对梁、陈文风的批评，对宫体诗的指责是十分严厉的。不论他们在创作中从宫体诗中继承借鉴了多少东西，在理论上可以完全不承认，而且还要说成亡国之音。劝谏唐太宗不写宫体诗的虞世南就写过不少这样的诗，长孙无忌今存诗三首，其中两首是典型的宫体。这种理论和实际的游离，而且以艳体这个部分代替宫体的全体，打翻在地，指责为一无是处，那是唐朝人的事。今天的研究者所需要的是客观的科学态度。

如果上述分析可以成立，那么对“宫体诗”的概念不妨作如下的解释。它的内涵是：一声韵、格律，在永明体的基础上踵事增华，要求更为精致。二风格，由永明时期的轻绮而变本加厉为秾丽，下者则流入淫靡。三内容，较之永明时期更加狭窄，以艳情为多，其他大都是咏物和吟风月、狎池苑的作品。与内涵相适应，它的外延是：梁代普通年间以后的诗，凡符合上述三种属性的，就是宫体诗。这样的解释不敢说是在为宫体诗下定义，而只是为了讨论的方便而提供一种个人的理解。从这样的理解出发，又可以引申出一个结论，即历来被目为宫体诗人的诗并不全是宫体诗。①

二

宫体诗的产生有它的必然原因。

南齐二十三年，政局一直动荡不定。齐武帝猜忌，齐明帝残暴，东昏侯荒淫，皇室内部的权力之争超过刘宋后期。南朝时代门阀垄断政治，也垄断文学，于是文人和政治斗争就有了扯不断的关系，每次比较剧烈的政治动荡总要波及文人。齐武帝永明时期，在文惠太子萧长懋和竟陵王萧子良的优礼保护之下，文士们有过十年左右比较安定的生活，有条件在技巧上切磋争胜，在理论上探索总结。但是，一种不祥的阴霾始终笼罩在诗人敏感的心灵上，及至永明十一年（403）开始，王融被赐死，之后是谢朓被杀，沈约、范云受迫害，阴霾乃终于化为霰雪。所以，在这一时期的文学作品中，还可以多少看到不平、忧虑和哀愁的真情实感。梁武帝代齐，在位四十八年，除最后两年侯景之乱的大破坏以外，社会表面一直维持着和平气象。梁武帝“文武兼资”，爱好文学，驭下也比较宽大，所以梁代文风之盛冠于南朝，现存的作家作品，总数超过宋、齐、陈三代。社会的晏安可以产生大量文人，却不一定出现优秀作品。何逊、吴均、柳恽的成就比不上前此的鲍、谢、江淹，后此则更自郐而下，其中消息不难窥见。文人习于逸乐，思想愈益萎靡，生活愈益狭窄，这是诗风变化的社会原因。

和一切事物一样，文学本身也总在发展变化。过去的文艺理论家中不乏具有辩证思想的人物，从刘勰的《文心雕龙》到刘师培的《中古文学史》，都曾经探索过“三百篇”降及齐梁文学的发展变化轨迹。叶燮的《原诗》对此作了较为明快的叙述。他认为文学的发展由简到繁，由质朴到华丽，不同的时期都有各自的创造：从《尚书》中的“股肱喜哉”开始，“一增华于‘三百篇’再增华于汉，又增华于魏，自后尽态极妍，争新竞异千状万态，差别井然”。他的所谓“自后”，自然包括南朝文学。南朝作家经常有意识地在追求“新变”，“若无新变，不能代雄”（《南齐书·文学传论》）。所以，诗风一变于元嘉，再

① 比如有的同志提到的“应该扔进垃圾箱里”的萧纲的《十空》诗，就很难说是宫体诗。值得注意的倒是这应该是偶语式的诗里出现了“昼斜花色去，夜树有轻阴”这样漂亮的句子。

变于永明，三变于普通以后。宫体是永明体“新变”之后的又一次“新变”，开始于对声韵、格律和对偶隶事等进一步追求完善。由于生活、思想所决定的视野狭窄、视力短浅，他们呕心沥血以追求的“新变”，只能是这些形式范畴内的东西。他们不可能也无意于再在作品的思想深度上开掘，妃青丽白，琢句雕章成为占统治地位的审美观念，而这种观念又是和他们所咏歌的主要题材艳情、咏物若水乳之交融，内容和形式之间相互制约，互为因果。

这里需要提到南朝民歌对宫体诗的影响。南朝乐府歌辞几乎全是男女言情之作。这种情形与社会风尚和甄采的标准密不可分。文士对这些歌辞由加工进而摹拟。刘宋时代谢灵运的《东阳溪中赠答》已开其端，鲍照、汤惠休的拟作更多。以后的沈约、谢朓也有这类作品，到萧衍和萧纲而数量更多，质量更高，情调与《子夜歌》一类经过加工的歌辞已经难于分辨。《玉台新咏》、《乐府诗集》和类书如《艺文类聚》等所收录的这些作品，作者的署名每多歧异，除了传抄过程中的讹误以外，主要是写作这类作品的目的在于入乐歌唱，作者本不经意，歌唱时也不会有报幕人郑重宣布歌词的作者主名，辑集中就难免出现混乱。这种情形有点类似于晚唐五代和早期宋词，不过如果把南朝乐府歌辞与五言诗，和唐以后诗和词的关系相比较，却出现了一个有趣的差别。钱钟书先生指出：“据唐宋两代的诗词看来，也许可以说，爱情，尤其是在封建礼教眼开眼闭监视之下那种公然走私的爱情，从古体诗里差不多全部撤退到近体诗里，又从近体诗里大部分迁移到词里。”（《宋诗选注序》）南朝则刚刚相反，爱情、艳情甚至色情，从摹拟民歌的遮掩之中走出来，大摇大摆地挤进了正统的诗歌里。出现这种差别的原因在于封建礼教监视力量的消长以及与此相关的对诗、词性质，功能的不同要求。宫体诗以艳情为主要题材，和这些诗的作者经常听唱以及拟作那些情歌有不容否认的关系。鲁迅就承认“如《子夜歌》之流，会给文学一种新力量”（《且介亭杂文·门外文谈》）。遗憾的是，《子夜歌》之流中的少量糟粕为宫体诗所吸收而且扩大，而大量营养却多被排泄。

上层统治者的意志往往会对文学创作起重要作用。梁武帝父子对文学的提倡奖掖以及自身的创作实践，中国文学史上只有曹操父子可以相比。梁武帝萧衍早年是个文人，名列“竟陵八友”。即位以后，“敦悦诗书，下化其上，国境之内，家有文史”（《隋书·经籍志》一），“旁求儒雅，诏采异人，文章之盛，焕乎俱集。每所御幸，辄命群臣献诗”（《梁书·文学传序》）。他大约可以算古代帝王中著述数量最多的人，仅文集就是一百二十卷。留传至今的诗有一百首左右，其中不乏清丽温雅的作品。他喜爱吴歌西曲，亲自修改以至创作歌辞，像《子夜四时歌》，风情的旖旎并不逊于宫体。然而为什么“宫体”之名一起，他又要召见徐摛加以斥责呢？文献不足，很难直接解释，但是无妨作两点推论：一、梁武帝的这一类作品，多是永明时期至即位以前的创作；即位以后如果还写过一些“绮语”，应当是在天监时期。据他自称，中年以后就断绝房室，不食鱼肉（《净业赋序》），“朝中曲宴，未尝奏乐”（《梁书·贺琛传》）。既然一心皈依净土，以绮语为过（《答菩提树颂手敕》）自然顺理成章。二、梁武帝本人的诗属于永明体风格，而且在艺术形式上还伪于保守。[①]中大通三年他已年近七十，思想难免老化，即便是形式上的“新变”、“别体”也会感到不习惯。等到徐摛“应对明敏”，他就释而不问。宫体诗风得以由雍州随着萧纲入京从而风靡一时，和梁武帝的年老和忙于弘扬佛法不能说毫无关系。当然，萧纲、萧绎兄弟，以“副君之重”、“公子之豪”，在理论和实践上都做出样板，而且各有一批追随捧场的文士，这种正面的大力提倡，功首罪魁，都应当算在他们头上。前引《大唐新语》中虞世南所说“上之所好，下必随之”，正是根据宫体诗得出的历史经验。

论证了宫体诗的概念，兴起的时间和原因，就可以进而讨论对它的评价。过去评价中的分歧，除了对这一概念本身的理解不同以外，还有两个与此相关的问题或左或右地干扰了专家们冷静地切磋探讨。

一个问题是对民间文学和作家文学的宏观估价。“五四”以来，随着对封建文化的冲击，过去被视为下里巴人的民间文学洗却了封建文人洒泼的污泥浊水，恢复了它原有的光采。鲁迅、刘半农、顾颉刚、郑振铎等前辈学者在这方面所做的贡献都值得在文学史上大书特书。然而真理跨越一步就会变成谬误，自从五十年代后期起，“民间文学主流论”一度成为文学史研究中的指导思想，而且在材料处理上也流于简单化，即无名氏文学等于民间文学。而另一方面，对古典作家首先追究出身成分，对作品则首先鉴定它是否反对封建统治。这种以人兴言和以人废言的方法，到七十年代末才被多数研究者所抛弃。《子夜歌》之类的作品中，那怕杂有猥亵，也只能“为人民讳”；宫体诗，由于作者是帝王、官僚，那怕是《咏内人昼眠》、《伤美人》，也由一

---

① 永明体在形式上的主要表现形式是声律论的具体运用于五言诗，然而梁武帝连四声都不清楚，见《梁书·沈约传》、《文镜秘府论·四声论》。

般的轻佻而加重判决为淫靡、色情。至于南朝民歌对宫体诗所产生的影响，自然更加不能触及。不正确的理论指导加上有形无形的政治压力，专家们在对古典文学尤其是宫体诗的批评中多少失去了应有的分寸感，这也是不难理解的。

另一个问题是传统的文学观念中对诗、词的不同看法。从孔子开始，就要求诗歌应该“无邪”，应该起“兴、观、群、怨”的作用。汉儒把诗歌和政治、道德拉得更紧，提出“诗者，志之所之也”，“先王以是经夫妇，成孝敬，厚人伦，美教化，移风俗”（《毛诗序》）。儒家思想是封建社会的统治思想，他们对文学的看法也成为正统的文学观。而词则不然。胡寅的《题酒边词》可以算具有代表性的意见：“词曲者，古乐府之末造也。古乐府者，诗之旁行也。……然文章豪放之士鲜不寄意于此者，随亦自扫其迹，曰谑浪游戏而已也。”诗是教化的工具，词是宴席间的娱乐，有类于我们今天的“严肃文学”与“通俗文学”间的区别，宫体诗中的艳情和南朝民歌可以说貌同心异，但和晚唐五代和两宋词中不少作品的内容、风格则心貌皆同。然而宫体诗一再受到“污秽”、“腐朽”一类的严厉批评，唐宋词中的那些作品得到的待遇却要宽大得多。这种传统观念的影响，也是造成对宫体诗评价失当的因素。

宫体诗以“新变”的面貌出现。如所周知，一切“新变”并不意味都是进步。叶燮提出过文学由变而盛，也可以由变而衰。纪昀说得更明白：“求新于俗尚之中，则小智师心，转成纤仄”（《文心雕龙·通变》评语，黄叔琳辑注本附载）。对宫体诗这一“新变”的得失，不妨从两个方面作粗略的探讨。

第一，在创作倾向上，宫体诗不能得到肯定。因为在这一派诗歌里看不到有意义的社会生活，看不到对人生的积极追求，甚至看不到诗人的人格和个性。陈祚明说，“梁陈之弊，在舍意问辞，因辞觅态”（《采菽堂古诗选》卷21），不失为中肯的批评。宫体诗中写妇女受《子夜》、《读曲》的影响，然而两相比较，南朝民歌写妇女，着力处在情；宫体诗写妇女，着力处在态。换句话说，宫体诗里的妇女不是爱情的对象而是欣赏乃至玩弄的对象，所以不管作者费多大力气去绘声绘色，总难于离开儇薄。宫体诗中也有一部分写情的诗，如闺情、宫怨、离别、相思，多以“拟古”和“乐府”的形式出现，表现了对妇女的同情，但还是给人以轻而且浅的感觉。另外，占相当比重的咏物诗，大多是命题分咏，重在形式上的争新竞异，即或偶有寄托，也只是一道淡淡的痕迹，并没有破坏宫体诗的富贵气。至于色情描摹到近于不堪或者像《娈童》、

《繁华应令》那样写性变态的诗，究竟为数极少①，而且从晋代直到明清各个时期都有，并不是宫体诗独有的罪状。

第二，宫体诗的整体风格是在秾丽掩盖下的苍白，即前人所批评的浮艳、卑弱，这是思想和生活营养缺乏而带来的先天性贫血症。同时，宫体诗的风格呈单一化，李商隐、温庭筠、晏几道、周邦彦都写艳情，但各有自己的面目，宫体作家达不到这样的成就。不过，在美的领域里，秾丽、淡雅或者别的什么，都有存在的理由，即使把这秾丽比之为化装术，它的精巧也高出于前代。唐诗的壮丽、闳丽，在丽字上，和宫体的血缘关系是不容切断的。同时，在永明体的基础上，宫体诗人专注于语言的平易明快，更加彻底地体现了沈约"三易"的主张，把刘宋时代"文章殆同书抄"的风气扫荡以尽。由于题材的狭窄贫乏，诗人对耳目所及的自然美和体态美，还有他们所能体察到的心理活动，都力求在细密精巧上呕心沥血，炼字炼句。从格律、声韵上看，宫体诗巩固和发展了永明以来的成绩。五言诗由长篇而走向短制的趋势更为明显，诗中的对偶、平仄和定型的五律、五绝已相去不远。

总的来说，宫体诗是一种贵族化的沙龙文学，是中国诗歌发展过程中一个不大值得称道的阶段。尽管步履飘浮，付出的代价也十分昂贵，不过还是多少有所前进，那怕只是几步。而这过于曲折的前进，其正反两面的经验，都为唐代以后的诗歌创作提供了有价值的借鉴。

三

讨论宫体诗总要联系到《玉台新咏》，研究《玉台新咏》，从明朝的赵均到今天的研究者又都举出前面引用的《大唐新语》，作为确定编选目的和编定时间的唯一原始材料。

一年多以前，我通过对《玉台新咏》卷一至卷十编次的考查，确定卷一至六所录为已故作家，卷七、八所录为生存作家，以此推知其编定当在中大通

① 有的专家提出，六朝文集散佚极多，现存作品中各类题材的比例不能代表当时的实际情况。这一意见是有理由的。不过，除非再有类似敦煌卷子或马王堆帛书的出现，已经散佚的"未知"将是无法弥补的遗憾；而今天的研究工作，这令人遗憾的"已知"只能是惟一的出发点。

五、六年间（534、535）。去年有机会见到日本京都大学兴膳宏教授，谈起我的看法，才知道兴膳先生的意见和我不谋而合，而且已经写成文章，译成汉语，收入《六朝文学论稿》（岳麓书社，1983版）中。在为邻邦的学者着我先鞭而欣喜、为自己的寡陋而惭愧之后，我仔细读完了兴膳先生的文章，他的论证方法、结论，和我完全相同，而且还据《法宝联璧序》人名的排列次序考出《玉台新咏》卷八（生存者）是按官阶大小排列的，这真可谓读书得间。为此，我从本文的初稿中删去了这一部分。这里先就兴膳先生的文章作几点小的补充，再进而讨论《玉台新咏》的性质：（一）据《陈书·徐陵传》，徐陵在中大通三年为萧纲东宫学士，“稍迁尚书度支郎，出为上虞令”。由于和刘孝仪不和，加上有一点贪赃的名声，为刘孝仪所劾免官。从《陈书》行文和刘孝仪为御史中丞在大同中期来推测，徐陵出京为上虞令当在大同前期，之前，曾任尚书度支郎。《玉台新咏》的编定，据序中所说有条件利用“麟阁”、“鸿都”的典籍材料，当然是在东宫学士时期，所以不会晚于大同初。（二）兴膳先生指出：“在卷八之末，有僧（汤僧济）和妇人（王叔英妻）各一人。”注释中又说：“赵本王叔英妻刘氏诗之前有徐悱妻之作一首，宜从纪氏《考异》改为王叔英妻诗。”“汤僧济即汤惠休，宋人。置于此卷于理不当。有可能是梁代旁的诗僧”，按王叔英妻刘氏与徐悱妻刘令娴均为刘孝绰之妹，见《梁书·刘孝绰传》。《玉台新咏》原本或作王叔英妻刘氏，后来《艺文类聚》编纂时误分为二。刘令娴见卷六，已故，不当在卷八重见，至谓汤僧济即汤惠休或梁代另一诗僧，似无据。《宋书》、《南史》、江淹《杂体诗》、《诗品》等原始材料中均无惠休一名僧济的记载。《初学记》卷7题作“梁汤僧济”，《太平御览》卷718误作“梁阳济”。名中有“僧”字，南朝常见，如纪僧真、王僧虔、张僧繇，所以不能断其为僧人。又，“卷九和卷十则是把卷一至卷八的结构压缩在一卷之中，前半卷按卒年顺序，后半卷按在世者的地位来进行排列”，基本情况确实如此，卷九王叔英妇下有沈约《八咏》六首，其二首已见前，这六首当然是宋人补上的，情况类似于卷六刘令娴的两见。但卷十王叔英妇下又有戴暠、刘孝威，则不知何故。程琰删补吴注本引《升庵诗话》，疑暠为陈时人，不足信。按戴暠在《乐府诗集》中凡数见，卷18列沈约后、刘孝绰前，卷27列简文后、柳恽前，卷40明题作梁戴暠。戴暠、刘孝威何以在卷十置于最后，最可能的原因也是出于宋人的增补。《玉台新咏》的版本系统比较乱，上述一些补充只是就程删吴注本的情况所作的说明。（三）《法宝联璧序》所列三十八人，基本上是按职能高低“徐徐下降”的，但也有少数例外，如王规、褚球、徐喈等的职位次序都与《隋书·百官志》的次序不合。但这种例外并不妨碍兴膳先生论证的正确。

《玉台新咏》编定于中大通五、六年间，至少我个人认为可成铁案。这样，本文所引刘肃说“萧纲”晚年改作，追之不及，乃令徐陵撰《玉台集》云云，就失去了根据。本来萧纲只活了四十九岁，不得善终，过去习惯上一般都不用“晚年”一词，同时在萧纲现存的作品里，丝毫也看不出“追悔”的迹象。现在考定《玉台新咏》编定时萧纲年仅三十一二，这就更谈不上“晚年追悔”了。至于刘肃认为编纂《玉台新咏》的目的是“以大其体（宫体)”，却是值得注意的。

编纂《玉台新咏》的直接目的，徐陵自己的序文里已经作了明确的说明。他说，居住在深宫中的女子，长日无聊，所以：

> 无怡神于暇景，惟属意于新诗。庶可得彼萱苏，微蠲蜀愁疾。但往世名篇，当今巧制，分诸麟阁，散在鸿都，不藉篇章，无由披览。于是燃脂暝写，弄笔晨书，撰录艳歌，凡为十卷。曾无忝于雅颂，亦靡滥于风人，泾渭之间，若斯而已。

情况十分明白，梁代后宫中住着成千上万的女子，梁武帝父子又一贯提倡文学，后宫女子读一点诗，一则解闷，再则提高修养。在此以前，梁武帝就让张率“撰妇人事二千（原作“十”，字误）余条，勒成百卷，使工书人琅琊王深、吴郡范怀约、褚洵等缮写，以给后宫”（《梁书·张率传》)。张率所编的是类书，早佚，《隋书·经籍志》已无著录；《玉台新咏》是选集、读本，《隋书·经籍志》入总集类。

《玉台新咏》虽说是为后宫妇女编选的一部读本，但正像任何选本一样，必然会体现选家本人的观点和眼光，编纂者是徐陵，实际上的编选标准即指导思想则应当出于萧纲。事涉后宫，没有皇帝或太子的命令、指示，一位文学侍从之臣决不可能去编这样性质的书。刘肃说萧纲令徐陵撰集此书“以大其体”，多少接触到了事情的深层目的。所谓“以大其体”，可以作两种意义的理解，即扩大宫体诗的影响或范围。我个人以为，这两种意义兼而有之，下面试作进一步的说明。

第一是关于艳诗的理解。徐陵自己说“撰录艳歌”，《玉台新咏》中所收六百六十首左右的作品，当然都属于这一范围。但是像《汉时童谣歌》、阮籍

《咏怀》、左思《娇女诗》、李充《嘲友人》、陶渊明《拟古》、鲍照《玩月城西门》、何逊《日夕望江赠鱼司马》等等，和我们通常理解的“艳情”几乎全不相干。有的诗虽然表面上写男女之情，实际上则比喻君臣、朋友，这是《离骚》以来的老传统。艳字本身没有贬义，《左传·桓元年》记华父督称赞孔父之妻“美而艳”，范宁《谷梁传序》说“左氏艳而富”，都是例证。后来“轻艳”、“浮艳”成为贬辞，“华艳”、“富艳”成为褒辞，关系在上字而不在下字。徐陵之所谓“艳”，指的还是辞藻的华丽和情调的缠绵。宫体诗“伤于轻艳”（《梁书·简文帝纪》），然而在这一派诗人自己看来，他们的作品却是“吟咏性情”，“曾无忝于雅颂，亦靡滥于风人”，合于风骚比兴之志。《玉台新咏》从汉诗选起下迄当代，所选的诗至少在字面上和男女有关，这就可以证明他们的宫体诗风其来有自，正如梁启超所说：“《新咏》为孝穆承梁简文意旨所编，目的在专提倡一种诗风，即所谓言情绮靡之作也。其风格固卑卑不足道，其甄录古人之作，尤不免强彼以就我。”（南陵徐氏覆小宛堂影宋本《玉台新咏》跋，据中华书局《玉台新咏笺注》附录转引）

第二，萧纲、徐庾提倡宫体诗风，《玉台新咏》的编选正好是在萧纲入主东宫之后的二、三年。如果《与湘东王书》是这种诗风的理论纲领，《玉台新咏》就是为这一纲领作论证的一个范本。前面提到梁武帝在萧纲立为太子后曾经召见徐摛，指责宫体诗风，徐摛的对答竟使梁武帝为之释然。对答的内容不得而知，但联系萧纲那封信，总不外乎引古证今，诸如“思无邪”、”发乎情”、“治世之音安以乐”之类，这才能博得提倡儒学的梁武帝的首肯。梁武帝既然已经同意徐摛的辩解，因势利导编出这样一部选本，更可以扩大影响。尤其有意思的是选录了梁武帝本人的作品达四十一首之多，从积极方面说，可以得到梁武帝的支持或至少认可；从消极方面说，则可以塞反对者之口。用现代语言来说，这不失为一种相当高明的策略。

第三，《文选》大约编定于大通年间，说另有考；由萧统署名主编的另一部《古今诗苑英华》，成书早于《文选》。在萧统的两部选集之后不到十年，另一位皇太子指令编纂的《玉台新咏》又继之成书，这个现象不能不令人注意。萧统、萧纲为一母所出，兄弟之间的感情也比较和睦，但在文艺观和创作实践上却有相当深刻的分歧。萧统幼年接受的教育偏于正统，这从天监前期在东宫任职的文人中可以窥见消息。当时总管东宫事务的是徐勉：“昭明太子尚幼，敕知宫事。太子礼之甚重，每事询谋。”（《徐勉传》）其他当过侍读以及和萧统比较密切、受信任的，有张充、陆倕、到洽、到溉、明山宾、殷钧、刘孝绰、王筠等，除刘孝绰一人外，都是文人而兼学者。梁武帝崇信儒、佛，萧统亦步亦趋，而萧纲则不然。他的启蒙老师是徐摛、庾肩吾，而且从“七岁有诗癖”开始到立为太子，绝大部分时间都不在建康，梁武帝的思想以及在建康占统治地位的永明诗风对他的影响都比较小。萧统、萧纲之间在政治上不像曹丕、曹植那样有切身的利害冲突，但是一接触到“经国之大业，不朽之盛事”的文学，旧与新、正统与异端、保守与变革的矛盾立即会尖锐化。这种文学观念上的冲突有时会不亚于政治利益中的矛盾。萧纲的《昭明太子集序》作于萧统身后，序中列举“十四德”，有许多堂皇典裔的溢美之辞，但没有一个字提到萧统的文学主张；最后称颂萧统的创作也重在“近逐情深，言随手变，丽而不淫”，从现存的萧统作品来验证，这样的评语固然是官样文章，但也是另一种形式的“强彼就我”。而在《与湘东王书》中，萧纲对这位同声相应的异母兄弟却讲了真话，他所批评京师文体的懦钝，表面上矛头对准裴子野一伙，实则很难说没有“虎兕出于柙，龟玉毁于椟中，是谁之过欤”的弦外之音。萧纲以拨正文风为己任，进入东宫后，首先撤换萧统的属官，[①]开文德省，组织自己的班子。指定徐陵编《玉台新咏》，直接的目的是为后宫妇女提供一部读本，深层的动机则是在为新变诗风拿出示范的实例，和《诗苑英华》、《文选》相对抗。

《诗苑英华》的情况已不可知，把《文选》和《玉台新咏》试作比较，多少可以再次证明上面的推论并非全是无根之谈。首先是《玉台新咏》不收萧统的诗。[②]萧统诗比较质朴，但符合《玉台新咏》选录标准的诗并非没有，今存的就有《长相思》等好几首乐府诗。之所以不录，恐怕不会是出于技术上的原因诸如次序先后不好安排之类。其次，《文选》的采录标准是“文质彬彬”，重视“事出于沉思，义归乎翰藻”的使事用典技巧，轻清绮而尚典雅，奉为圭臬的是陆机、颜延之一派的风格，艳情和咏物之作完全摒弃而不录，《玉台新咏》却一反其道，“咏新而专精取丽”（赵均跋语）。从入选的具体作家作品来看，《文选》所收诗作最多的，计陆机诗61篇、谢灵运41篇，曹植24篇，谢

---

① 例如《梁书·殷钧传》、《陆襄传》都有“昭明太子薨，官属罢”的记载，《何恩澄传》载“昭明太子薨，（思澄）出为黟县令”。

② 《玉台新咏》不收萧统之作。《昭明太子集》中现有《玉台新咏》中作萧纲、庾肩吾的诗，必属后人阑入，决非刘孝绰所编。

朓23篇，颜延之22篇。《玉台新咏》选录作品的总数超过《文选》中诗作有二百余首，但仅收陆机14篇，谢灵运2篇，曹植10篇，谢朓12篇，颜延之2篇。又，《文选》当收而未收的柳恽、何逊、吴均、王僧孺四家，《玉台新咏》却大量入选他们的作品，分别为9、16、26、19篇。这种现象是很难用读者对象和编选体例的不同来解释的。再次，《文选》和《玉台新咏》中重出的诗共69篇，但《玉台新咏》在不少诗的作者、篇题等技术处理上都有不同。最明显的例子是《文选》中《古诗十九首》，《玉台新咏》录其8篇，题作“枚乘《杂诗》”。朱彝尊说：“徐陵少仕于梁，不敢明言其非，乃别著一书，列枚乘姓名，还之作者，殆有微意焉。”（程琰删补吴注本跋语）朱氏对作者是枚乘的判断并不正确，不过“殆有微意”却没有说错。其他如题作苏武诗四首，《玉台新咏》仅选一首，题作《留别妻》；古辞《饮马长城窟行》，《玉台新咏》作者作蔡邕；陆机《拟古》十二首，《玉台新咏》选录七首，次序也有不同；陆云《为顾彦先赠归》二首，《玉台新咏》作《为顾彦先赠妇往返》且有四首。诸如此类，其是非暂且不论，但这种不同显然有针锋相对或者“纠谬”的意味。如果不是出于今太子的授意或首肯，徐陵是不敢有这种针对前太子的“微意”的。

对宫体诗的形成过程以及《玉台新咏》的编纂时间、目的既如上述，那么过去对《玉台新咏》的某些评价就可以重新考虑。比如程琰删补赵注本卷八之末的按语：“三、四卷是宫体间见；五、六卷是宫体渐成；七卷是君倡宫体于上，诸王同声；此卷是臣仿宫体于下，妇人同调。”这显然是概念的混乱，又比如说《玉台新咏》所收的诗多数是艳体即宫体，恐怕也不尽妥当。如果说，卷七（除梁武帝）、卷八的全部，卷九、卷十的一部分是宫体诗，这就合乎事实了。

选自《文学遗产》1988年第6期

自序

刘汝霖

东晋南北朝者，一中国南北分裂之时代也。自刘石骋暴，两京覆亡，冠带之伦，退避江左。六月之驾无闻，鸿雁之歌日远，仅保荆扬之域，以安中原遗黎。草创伊始，日不暇给，庠序之教，犹有未遑。是以博士力趋于简易，太学权置于中堂。而箕踞之习，解袒之风，四本之论，哀乐之旨，仍流行于朝野，复驰辩于无穷。儒术不振，玄风犹章，有由然也。至于关河燕赵，羌胡纷争，间有乡学之主，明达之人，亦知虚襟正直，礼送经生。顾兵戈未息，国祚不长，黉舍之兴废靡定，教化之攸成难期。迨至金运告尽，刘宋代兴，学开四馆，观立总明，而劝课未博，建之匪久，盖取文具而已，不成为旷世之业也。齐梁以还，文学浸盛，叔达名列八友，深沐儒风，诏开五馆，讲论诸经。分遣博士，立学州郡；拣选胄子，受教云门。集雅士林之馆，高齐文省之士，人才济济，可谓盛矣。太清之难，盗贼纵横，典籍散绝，文武道穷。陈氏拾梁馀绪，力挽颓风，而三百数尽，江左遂倾。元魏在北，初混中原，赏眷文士，广聚典坟。渐脱草昧之习，跃登文明之途。道武以后，经又百年，孝文迁洛，偃武修文。于是经术弥显，斯文郁然。及元颢西上，南人北游，乃知衣冠仕族，并在中原。民风丕变，此可知矣。属跖跋丧乱，尔朱逞凶，文章咸荡，礼乐同崩，俎豆之容中绝，弦歌之音不闻。旋永熙西迁，天平北徙，魏氏分裂，继以周齐。虽庠序渐备，学者向风，而旧日之盛，迄未复焉。

南北战乱，民生愁苦，慈悲之教，应运发扬。盖自羯石肆虐，毒焰漫天，茫茫禹域，几无宁日。佛图澄默，运用神功，化及凶暴，启彼慈悲之念，遏其杀伐之心，泽被蒸黎，实非浅鲜。天竺圣典，初化东土，夷夏不同，音韵殊隔。自非妙兼梵汉，难尽翻译之致。罗什硕学钩深，神鉴奥远，历游中土，备悉方言。深悯前译诸经，文制古质，辞旨不明，未尽美善。乃更临梵本，重为宣译。朗昼昏以慧日，觉安寝以大音。于是灵风遐扇，逸响高腾。江左浮图，肇自僧会。而世滞悠旷，苦海遐长。法灯不耀，慧日霾光。释慧远道业贞华，风才秀发，宣唱法理，开导众心，净土往生，倾动凡庶。大法已被，戒律未完，释法显誓志寻求，西渡流沙。远涉数万，卒抵灵鹫；时过星槎，方归本土。遂使毗尼之典，风靡华夏，法雷惊梦，万众厉心。南北分治，伽蓝益众，南之建康，北之洛邑，寺逾千百，僧至亿万，致使高洋崇福于洪谷，萧衍舍身于同泰，缘结震旦，亦云伟矣。惟趋向奢靡，渐失本真，重形式而遗精义，祈福泽而忘苍生。是以粟罄于惰游，货殚于泥木，吏空于官府，兵挫于行间，风俗颓败，奸宄弗胜，有识之士，惄焉忧之。然此乃传者之过，非泥洹之道然也。今游其故墟，纵览遗迹，庄严之兰若，瑰玮之彫刻，犹有存者。北之云冈，南之龙门，千佛之崖，莫高之窟，皆足使人流连忘反，徘徊弗去。想微言之要妙，知大法之无穷，功效之美，良足羡巳。

余生于穷乡，典籍罕睹，仰希古烈，追踪莫由。寤寐忧悸，有若疾首。壮年游学，负笈名都，博观经史，泛览百家，始觉宝山炫目，望洋堪羞。念典籍之浩繁，惜纯驳之不掩，后生学子，探索匪易，遂拟整理四部，勒成专书，开来学之捷径，解千年之纠纷。十九年夏，任职女师院研究所，余师湘潭黎公，以学术编年，嘱令从事。遂广收史料，抉择真伪，厘定年代，谨于去取。荏苒三载，书夜靡停。而国难日亟，强敌压境。隐几读书，效仲举之朗诵；近郊伐鼓，等安公之译经。当道诸公，轸怀文物。有鉴汉末之难，戒心晋初之灾。是以鹰扬未奋，兰台先移。会敌人满志，暂戢凶锋。庠序无恙，诵声复拥。乃得再事铅摘，从容杀青。念此三百年中，我先民虽处铁马金戈之里，一摘再摘之下，而固有文化，渐见倡导，盖民族意识未尝一日亡也。故终能化除异种，复我家邦。一吐炎黄之气，再振大汉之风。谚曰：往者之不忘，近事之师也。世之览者，睹其变迁之迹，庶有以鉴助于今乎！

廿四年五月廿七日刘汝霖识

选自刘汝霖《东晋南北朝学术编年》，中华书局，1987

北朝文学六考

曹道衡

一　杜弼《檄梁文》

杜弼的《檄梁文》现存有二篇，都见于《文苑英华》卷六百四十五和严可均《全北齐文》卷五。其中有一篇全文见《魏书·岛夷·萧衍传》，另一篇则见《资治通鉴》卷一百六十，但有删节。据《艺文类聚》卷五十八，作魏收撰。严可均在文的末尾说："岂此檄魏收润色之，曾编入魏集邪？疑误也。"清李兆洛《骈体文钞》卷十七选录此文时迳作魏收。钱钟书先生在《管锥编》中说："窃意后篇（《通鉴》和《骈体文钞》所录）乃杜弼原文，前篇载在魏收所著《魏书》，当经其'润色'，面目几乎全非；《类聚》题魏收，主名虽误，事出有因。两篇相较，以前为胜"（见第四册第1509页）。按：钱先生的看法似主要从文章的技巧着眼，但这两篇文字恐非一时之作。根据《魏书》的记载，前一篇文章应作于梁武帝太清元年（547）十二月以前。因为《萧衍传》记此事在慕容绍宗、高岳等大破萧渊明所率梁军之前，文中说到侯景时云："乃闻将弃悬瓠，远赴彭城。老贼奸谋，复将作矣。固扬声赴助，计在图袭，吞渊明之众……"这说明萧渊明所率领的军队尚未溃散。至于后一篇文章则作于当年十二月萧渊明既败之后。这在《通鉴》卷一百六十中有明确的记载，在文中说："及其锋刃踅援，埃尘旦接，便已亡戟弃戈，土崩瓦解。贞阳以从子之亲，为戎首之任，非独力屈道穷，亦将无路还蜀。兼亦挟子垂翅，俱在笼樊。"这说明作于萧渊明既败之后。两篇文章虽有个别字句相同，应为后文沿袭前文。这是因为二文写作时间虽有不同，但梁与东魏的矛盾依旧存在，有些话还是可用的。至于究竟哪一篇曾经魏收"润色"，似难确证。南北朝人的诗文被收入类书时，主名被弄错的例子是不少的。在缺乏确切证据时，似难得出一定的结论。

二 再论王褒的生卒年

前几年，我曾对北周作家王褒的生卒年作过推测，认为他卒于周武帝建德三年（574）左右，最迟也不得超过四年（575），据此他的生年应为梁武帝天监十至十一年（511~512），见拙著《关于王褒的生卒年问题》（《中古文学史论文集》，中华书局版第420~422页）。近年来国内外都有研究者对此发表不同看法，认为王褒应卒于建德六年（577）或更后。他们的主要根据是《周书·庾信传》中一段话：

> 时陈氏与朝廷通好，南北流寓之士，各许还其旧国。陈氏乃请王褒及信等十数人。高祖唯放王克、殷不害等，信及褒并留而不遣。

检《陈书·殷不害传》，殷不害从关中还到江南的时间为陈宣帝太建七年即周武帝建德四年（575）。因此一些研究者据此推想王褒卒年应在这一年之后，于是就提出了建德六年或更后的说法。其实《周书·庾信传》上述的话，乃综述好几年中的事，并非专言一时之事。因为据《陈书·沈炯传》载，沈炯自江陵陷落时被俘入关，作《经汉武帝通天台表》，“少日，便与王克等并获东归。绍泰二年至都”。“绍泰”是梁敬帝年号，二年当西魏恭帝三年（556）。至于沈炯、王克被获准南归，甚至可能还是前一年的事。此时关中名义上还是西魏，掌实权的也还是宇文泰或宇文护，而不是“高祖”宇文邕；江南名义上还是梁朝，不是“陈氏”，和《周书·庾信传》所言“高祖”、“陈氏”不相干。再说从王克南归到殷不害南归经历了将近二十个年头，绝不能看作一时之事，更不能据此论证王褒的卒年必在殷不害南归之后。至于王褒曾任宜州刺史一职，并卒于任上，这是肯定的。因为《周书》本传有明文记载。据学生吴先宁博士考证，王褒为北周宜州刺史时间最大可能是在周武帝建德四年至宣政元年(575~578) 间，因为此前和此后北周的宜州刺史都有姓名可考。这个结论是以“北周刺史任期一般为三年”计算的。吴先宁统计从周武帝保定元年的郑伟直到建德二年的丘乃敦崇，“各任宜州刺史的任期亦在一到三年之间”（见《王褒卒年及庾信〈哀王司徒褒〉作年考》，《北朝文学研究》，台湾文津出版社版第199~202页）。这个结论基本上是正确的。但丘乃敦崇出任宜州刺史时间据庾信《周使持节大将军广化郡开国公丘乃敦崇传》，为建德二年（573）；而从传文看来，他是卒于宜州刺史任上的，未必做满三年。再从传中所引周武帝敕书提到“自夏季无雨，以迄于今”等语看来，他任宜州刺史时正值旱灾，而《周书·武帝纪》下也明确地说：“自春末不雨，至于是（七）月”，可见确为建德二年。再看庾信所作传文，下面就说“但令天假之年，时绥之福”等语，可见丘乃敦崇很可能当年就去世了，最多也不过活到次年。那么王褒就任宜州刺史时间有可能是建德三年（574）。

再看《梁书·王规传》所载王褒《幼训》，有“吾始乎幼学，及于知命”一语。《梁书·王规传》述王褒事迹，终于梁元帝承圣三年（554）入关以前，可知《幼训》当作于此年以前。“知命”二字出于《论语》“五十而知天命”的典故，当然不能机械地理解为五十岁，但至少也当年过四十，才能自称“知命”。我曾推论王褒卒于建德四年（575）以前。如果照建德四年算，王褒在江陵陷落时，年四十二；作三年算，当年四十三，因为王褒享年六十四是肯定的，《周书》本传有明文。如果说四十二三岁自称“知命”，不免早了些。若以南齐武帝享年五十四，而自称“行年六十”例之，也还可通。但如果照国内外一些学者说的卒于建德六年（577）的话，在承圣三年时，年仅四十，那就只能自称“不惑”，而不能称“知命”了。

此外，还有一个问题，即王褒和周弘让的交谊问题。王褒在给周弘让的信中，自称“弟昔因多疾，亟览九仙之方”；周弘让答书亦云“昔吾壮日，及弟富年”，可知二人是以兄弟相称的。考周弘让所说的“壮日”，应指三十左右。《礼记·曲礼》上：“三十曰壮。”《礼记·曲礼》又曰：“年长以倍，则父事之；十年以长，则兄事之。”周弘让在答书中特地提到“壮日”，是因为周、王定交是在这个年代。周弘让的生卒年史无明文，但据《陈书·周弘正传》，他是周弘正之弟，周弘直之兄。周弘正卒于陈宣帝太建六年（574），年七十九，当生于南齐明帝建武三年（496）。周弘直卒于太建七年（575），年七十六，当生于南齐东昏侯永元二年（500）。据此，周弘让的生年必在建武四年至永元元年（497~499）这三年之中，其壮年应在梁武帝大通元年至中大通元年（527~529）左右。假设王褒生于天监十至十一年，已少于周弘让十三至十五岁，自称曰“弟”，已经够倨傲的了，如果照一些研究者说的那样，王褒卒于建德六年的话，当生于天监十三年（514），要比周弘让小十七岁左右。古人结婚早，年长十七岁以上，当属父辈，完全适用“年长以倍，则父事之”的规定，即使周弘让讲客气，王褒也不能以“弟”自称了。

我们如果再看有关王褒的史料，像《周书·杜杲传》记杜杲出使陈朝，陈宣帝提到“王褒、庾信之徒既羁旅关中，亦当有南枝之思耳”是建德初的事。

王褒诗文中以现在确可考知其写作年代的，当以《太子太保中都公陆逞碑铭》为最晚，此文和庾信的《周太子太保步陆逞神道碑》作于同时。庾氏之文作于建德二年（573）。至少，从目前已有的史料看，尚难得出建德三年或四年以后王褒尚在的证据。因此我以为我过去的推测还是可以成立的。

三　颜之推生卒年

颜之推的生卒年，《北齐书》和《北史》本传均无明文记载。他自己所作的《颜氏家训·终制》中却透露了一点消息，原文云："吾年十九，值梁家丧乱。"这里所谓"梁家丧乱"，当指梁武帝末年的"侯景之乱"。从史实来看，侯景发动叛乱，进攻都城建康，是太清二年（548）的事；侯景攻破台城，梁武帝忧愤而死，是太清三年（549）的事。如果照此计算，颜之推的生年应该是梁武帝中大通二年（530）或中大通三年（531）。但从事实上看来，这说法是不能成立的。因为据《北史·文苑传》，颜之仪是颜之推的弟弟。卒于隋文帝开皇十一年（591）。《周书·颜之仪传》所载颜之仪卒年与《北史》同，但多出"年六十九"一语。据此推算，颜之仪当生于梁武帝普通四年（523）。这样，弟弟反而比哥哥大了七八岁，岂非怪事？然而，《颜氏家训》是颜之推自己的文字，还是值得注意的，其最大的可能应该是《颜氏家训》经过缮抄出现了错误。我们不妨假设："吾年十九"一语或者"十"为"廿"之误；也可能"十"上脱一"二"字。那么，侯景之乱时，颜之推为二十九岁，当生于普通元年（520）或二年（521），比颜之仪大二至三岁，似乎较近情理。当然，如果仅仅作这样的推测，还很难有说服力。不过，根据现有的史料，似乎还可以找到旁证。因为据《北齐书》本传云：

> 年十二，值（萧）绎（即梁元帝）自讲《庄》、《老》，便预门徒。虚谈非其所好，还习《礼》、《传》（按：据上文当指《左传》），博览群书，无不该洽，词情典丽，甚为西府所称。（《北史》本传同，惟"值绎"作"遇梁湘东王"；"群书"作"书史"。）

这里说"年十二"，如果照今本《颜氏家训》说他在侯景之乱时"年十九"的话，那么十二岁应为大同八年或九年（542或543）。检《梁书·元帝纪》，当时元帝萧绎正在任江州刺史。根据南朝的惯例，江州例称"南府"，和《北齐书》、《北史》称"西府"不合。"西府"指的是荆州（江陵）。以萧绎本人为例，他任荆州刺史时，官号为“西中郎将”，后来进升“平西将军”、“安西将军”、“镇西将军”；调任江州刺史时改号“镇南”，重新调回荆州时，又恢复“镇西”之号。这不仅梁代如此，整个南朝都是这样。谢朓的名篇《暂使下都夜发新林至京邑赠西府同僚》，指的也是荆州刺史的属官。但如果认为他在侯景之乱时年二十九的话，十二岁为中大通三年（531）或四年（532），当时萧绎正任荆州刺史。可见这一假设不但与《周书·颜之仪传》符合，而且与《北齐书》、《北史》的《颜之推传》相合。

在《颜氏家训·终制》中还有两段话，亦颇可注意：一句是“吾已六十余”；另一段是“今虽混一，家道罄穷，何由办此奉营资费？”根据前一句话，那么颜之推作此文时年已“六十余”；根据后一段话，则此文作于隋文帝平陈之后。隋文帝平陈为开皇九年（589），如果颜之推生于大通二年的话，他还刚六十岁，“余”字没有着落；生于中大通元年的话，还只有五十九岁。这样《终制》一文中就自相矛盾，还不仅和《周书》、《北齐书》及《北史》不合。但若照他生于普通二年算的话，他正年六十九，可以符合“六十余”之说。又据《北齐书》本传云，颜之推“隋开皇中，太子召为学士，甚见礼重。寻以疾终”。我们现在根据陆法言的《切韵序》，称颜之推的官职为“外史”。此序所记为“开皇初”事，笔者曾考证其具体时间约为开皇四年（584，见《从〈切韵序〉推论隋代文人的几个问题》，台湾文津出版社版《中古文学史论文续集》第368至378页）。那么废太子杨勇召颜之推为学士，最早当为开皇五年（585），由此下推到隋平陈凡四年，从《北齐书》和《北史》本传说“寻以疾终”来看，大约不会很晚，可能是开皇九年至十年（589~591）颜之推已去世，享年六十九或七十岁。

四　《隋书·李德林传》志误

《隋书·李德林传》云：

> 是时中书侍郎杜台卿上《世祖武成皇帝颂》，齐主以为未尽善，令和士开以颂示德林。宣旨云：“台卿此文，未当朕意。以卿有大才，须叙盛德，即宜速作，急进本也。”德林乃上颂十六章并序，文多不载。武成览颂善之，赐名马一匹。

这段文字不见于《北史·李德林传》，无从比勘。但李德林作颂事在后主武平年间。《隋书》本传叙其事在“武平初”李德林丁母忧及魏收与阳休之争议齐史起元之后，显然在北齐武成帝死后，而且文章称“世祖武成皇帝”，是死后所加的庙号及谥号。因此“武成览颂善之”句显然有误，称赏此文并赐以名马的帝王应为北齐后主而非武成帝。清殿本及中华书局标点本校记均漏校。

五 杨素《赠薛播州诗》

杨素《赠薛播州诗》，原见《文苑英华》卷二百四十八。逯钦立《先秦汉魏晋南北朝诗》引《北史》曰：“素尝以五言诗七百字赠播州刺史薛道衡，词气颖拔，风韵秀上，为一时盛作，未几而卒。道衡曰：‘人之将死，其言也善，若是乎。’”按：此文见《北史·杨素传》，文字稍有出入。检清殿本及中华书局标点本《北史》，“播州”皆作“番州”；又殿本及中华书局本《隋书·杨素传》，亦均作“番州”，可见“播”字乃误从《文苑英华》。薛道衡当时是番州刺史，非播州。《隋书·薛道衡传》记他任番州刺史时，误为“潘州”，中华书局标点本校记已指出其误。据《旧唐书·地理志》，播州是唐太宗贞观十一年所置，在今贵州遵义，隋时尚无此名，只是牂柯郡之牂柯县。《新唐书·地理志》则云：“本朗州。贞观九年以隋牂柯郡之牂柯县置，十一年废，十三年复置更名。”二说不同，但都认为“播州”是唐以后地名，非隋代所有。又据《隋书·地理志》：“南海郡，旧置广州，梁、陈并置都督府。平陈，置总管府。仁寿元年置番州，大业初府废。”这“番州”本从汉以来的番禺得名。“番禺”之“番”，音潘，所以《隋书·薛道衡传》误作“潘州”，乃音同而误。这样，薛道衡任刺史的“番州”，应在今广东的广州市，而不在贵州遵义。这在薛氏的作品中也可以找到旁证。《初学记》卷六有他的《入郴江诗》，郴江在今湖南东南部的郴州，是北方去广东的必经之路。如果去贵州，就不会经过这里。尤其薛道衡去番州，是由襄州总管移任番州。襄州即今湖北襄阳。由襄阳去广东，古人一般是经江陵南下，再由江陵去广东，中间应经过郴州。试看韩愈的《祭河南张员外文》，说到韩愈在唐顺宗永贞元年（805），由阳山令（在今广东）改任江陵法曹参军时，就经过郴州北上，所以有“郴山奇变，其水清写”诸语。韩愈这次北返和薛道衡的去番州，虽然方向相反，所经过的路线正好相同。由此我们可以考知，薛道衡的《入郴江诗》作于去番州的途中。如果结合《隋书·地理志》说的番州置于隋文帝仁寿元年，废于隋炀帝大业初的话和《隋书·薛道衡传》说的“炀帝嗣位，转番州刺史”的话看来，《入郴江诗》应作于仁寿四年（604）或大业元年（605）。杨素的《赠薛番州》，则作于此后不久。因为番州在大业初被废，而杨素本人也于大业二年（606）死去。

六 刘焯和刘炫被“枷送益州”

《隋书·儒林》中的《刘焯》、《刘炫》二传都载有两人均有一段被蜀王杨秀“枷送于蜀”的经历。如《刘焯传》云：

> 后因国子释奠，与（刘）炫二人论义，深挫诸儒，咸怀妒恨，遂为飞章所谤，除名为民。……废太子勇闻而召之，未及进谒，诏令事蜀王，非其好也，久之不至。王闻而大怒，遣人枷送于蜀，配之军防。其后典校书籍。王以罪废，焯又与诸儒修定礼律，除云骑尉。

又《刘炫传》记刘炫因伪造古书上献，被人告发：

> 经赦免死，坐除名，归于家，以教授为务。太子勇闻而召之，既至京师，敕令事蜀王秀，迁延不往。蜀王大怒，枷送益州。既而配为帐内，每使执杖为门卫。俄而释之，典校书史。炫因拟屈原《卜居》，为《筮涂》以自寄。及蜀王废，与诸儒修定《五礼》，授旅骑尉。

这两段记载写的虽然是两个人的遭遇，而事情十分相像，颇疑是在同一时期里发生的事。因为废太子杨勇征召学士，隋文帝叫他们事蜀王杨秀，两人都拖着不去，触怒杨秀，被枷送到蜀，在蜀王被废后，又都回到京城议礼，事情完全一样。这两人被枷送到蜀的时间，《隋书·儒林传》的记载很含糊。《刘焯传》记此事在开皇六年“运洛阳石经至京师”以后。《刘炫传》记此事在开皇二十年“废国子四门及州县学”之前，但从六年到二十年，中间有十四年之久，究竟在哪一时间似应进一步探索。

首先，把刘焯和刘炫枷送于蜀的人是蜀王杨秀，那么蜀王杨秀何时在蜀的问题是必须弄清的。检《隋书·文四子·庶人秀传》：

> 开皇元年，立为越王。未几，徙封于蜀，拜柱国、益州刺史、总管、二十四州诸军事。二年，进位上柱国、西南道行台尚书令，本官如故。岁余而

罢。十二年，又为内史令、右领军大将军。寻复出镇于蜀。

根据这段记载，蜀王杨秀去蜀地前后凡二次。第一次是开皇元年前往，二年进位，再经“岁余而罢”。这里所谓“岁余而罢”大约指罢去官职，但罢官后是否回长安居住，却是有疑问的。因为《北史·隋宗室诸王传》也有上引《隋书·文四子传》中的文字，但“又为内史令”的“又”字作“入”。似乎杨秀既是蜀王，罢任后留居蜀地做藩王，也是很有可能的。所以“入”可以作入京城解。不过，说二刘在杨秀第一次在蜀时即被“枷送于蜀”恐怕不大可能。因为据《儒林传》，二刘被枷送到蜀地后，要到杨秀被废后才能回长安，而二刘在开皇六年还奉敕考定石经，并曾在乡里教书。还有，据《刘炫传》，刘炫曾经和吏部尚书牛弘争议二品官为傍亲服丧的问题；开皇二十年，又曾谏止隋文帝废国子四门及州县学问题。在这里，后一件事有确切时间；前一件事，也应发生在此前不久。因为据《隋书·牛弘传》，牛弘任吏部尚书是在杨素将兵击突厥之后，又据同书《杨素传》，杨素击突厥在开皇十八年。那么从开皇十八至二十年，刘炫尚未被枷送入蜀。二刘之被枷送当在杨秀第二次莅蜀之后。

杨秀的第二次入蜀，应在开皇十二年以后。因为《文四子传》已说到他在那一年任内史令。再看《隋书·高祖纪》，苏威、卢恺得罪罢官在这一年；而据《苏威传》，杨秀曾参加审理此案。此后不久，他又到蜀，直到仁寿二年被废前夕回长安。那么二刘之被枷送到蜀应在何时呢？在笔者看来，当在开皇二十年至仁寿元年（600~601）间。因为二刘都是应太子杨勇的征召而来，却又未谒见杨勇，就奉隋文帝之命去“事蜀王秀”。为什么隋文帝要他们去蜀王杨秀那里？很可能是因为当二刘应命来到长安时，杨勇已经被废，所以隋文帝改令他们去事蜀王杨秀。他们接到命令后，拖延时间没有立刻去蜀，在这期间，刘炫还曾和牛弘议论过二品官为傍亲服丧之事，还谏劝过隋文帝废国子四门学及州县学的事。关于废国子四门学及州县学之事，据《隋书·高祖纪》及《通鉴》卷一百七十九均谓是仁寿元年六月的事，与《刘炫传》所记不同。有可能是开皇二十年已有此打算而刘炫进谏，未被采纳，次年就付诸实施。这样，刘焯和刘炫在开皇二十年尚在长安，后来拖得时间长了，引起杨秀大怒，才有“枷送”之事。其“枷送”时间应在开皇二十年末至仁寿元年。因此才有与牛弘议礼及谏废国子学的事。否则，在蜀王被废前，他们是不可能在长安议论这些事的。

选自《汉魏六朝文学论文集》，广西师范大学出版社，1999

图书在版编目(CIP)数据

20世纪中国文学研究论文选.魏晋南北朝卷/张燕瑾,赵敏俐丛书主编;曹旭选编.
—北京:社会科学文献出版社,2010.1
ISBN 978-7-5097-1166-8

Ⅰ.①2… Ⅱ.①张… ②赵… ③曹… Ⅲ.①古典文学-文学研究-中国-魏晋南北朝时代-文集 Ⅳ.①I206-53

中国版本图书馆CIP数据核字(2009)第201344号

20世纪中国文学研究论文选·魏晋南北朝卷

丛书主编 / 张燕瑾　赵敏俐
选　　编 / 曹　旭

出 版 人 / 谢寿光
总 编 辑 / 邹东涛
出 版 者 / 社会科学文献出版社
地　　址 / 北京市西城区北三环中路甲29号院3号楼华龙大厦
邮政编码 / 100029
网　　址 / http://www.ssap.com.cn
网站支持 / (010) 59367077
责任部门 / 人文科学图书事业部 (010) 59367215
电子信箱 / bianjibu@ ssap.cn
项目经理 / 宋月华
责任编辑 / 张晓莉　段景民
责任校对 / 张茂涛　孔　军
责任印制 / 岳　阳　郭　妍　吴　波

总 经 销 / 社会科学文献出版社发行部
(010)59367080　59367097
经　　销 / 各地书店
读者服务 / 读者服务中心(010)59367028
排　　版 / 北京春晓伟业
印　　刷 / 三河市文通印刷包装有限公司

开　　本 / 787mm×1092mm　1/16
印　　张 / 44
字　　数 / 785千字
版　　次 / 2010年1月第1版
印　　次 / 2010年1月第1次印刷

书　　号 / ISBN 978-7-5097-1166-8
定　　价 / 1680.00元(共十卷)

高考基础能力精讲精练

链接高考

中国中小学基础教育研究中心高考教研室编

主编：赵海山

化学

全国高校报考指南